O CAMINHO DOS REIS

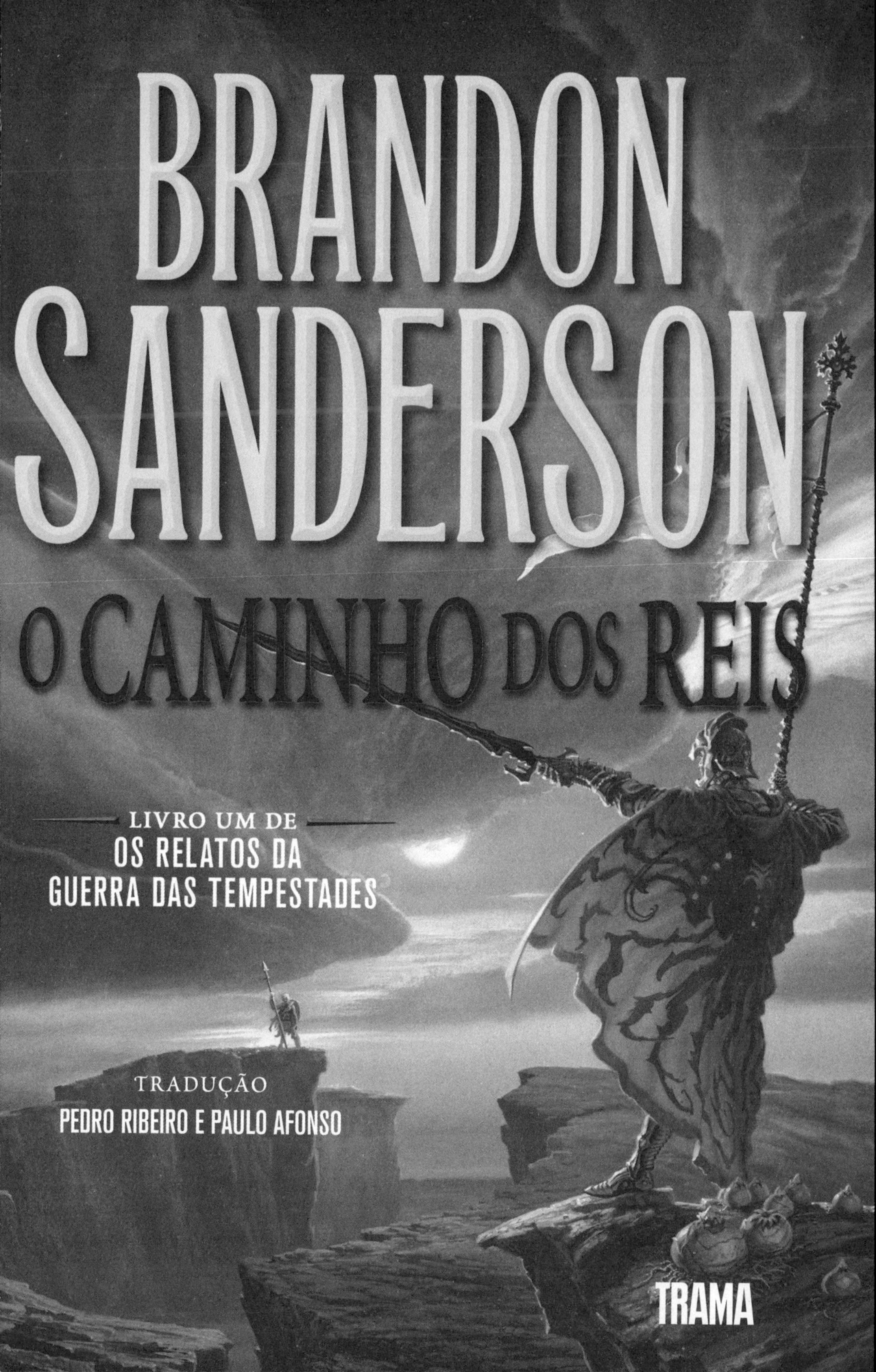

BRANDON SANDERSON

O CAMINHO DOS REIS

LIVRO UM DE

OS RELATOS DA GUERRA DAS TEMPESTADES

TRADUÇÃO

PEDRO RIBEIRO E PAULO AFONSO

TRAMA

Título original: *The Way of Kings*

Editora Nova Fronteira Participações S.A.
A. Rio Branco, 115 – salas 1201 a 1205 – Centro – 20040-004
Rio de Janeiro – RJ – Brasil
Tel.: (21) 3882-8200

Nossos agradecimentos à Editora Leya Brasil pela gentileza da cessão não onerosa da tradução ora publicada nesta edição.

Dados Internacionais de Catalogação na Publicação (CIP)

S216c Sanderson, Brandon
O caminho dos reis / Brandon Sanderson; traduzido por Pedro Ribeiro e Paulo Afonso. Rio de Janeiro: Trama, 2022.
1240 p. ; 15,5 x 23 cm ; (Os Relatos da Guerra das Tempestades, v.1)

Título original: *The Way of Kings*

ISBN: 978-65-89132-68-4

1. Literatura americana I. Ribeiro, Pedro. I I. Afonso, Paulo. III. Título

CDD: 810
CDU: 82 1.111(73)

www.editoratrama.com.br
/ editoratrama

PARA EMILY,

Que é paciente demais
Bondosa demais
E maravilhosa demais
Para ser descrita em palavras.
Mas eu tento mesmo assim.

SUMÁRIO

AGRADECIMENTOS

TERMINEI O PRIMEIRO ESBOÇO de *O caminho dos reis* em 2003, mas comecei a trabalhar em partes do livro no final dos anos 1990. Partes deste romance estavam até há mais tempo no meu cérebro. Nenhum livro meu levou tanto tempo fermentando: passei mais de uma década criando esta história. Assim, não será nenhuma surpresa o fato de que muitas pessoas me ajudaram. Seria impossível mencionar todas; minha memória simplesmente não é tão boa. Entretanto, há alguns protagonistas a quem eu gostaria de agradecer com mais ênfase.

Em primeiro lugar, minha esposa Emily, a quem este livro é dedicado. Ela se doou muito para que o romance acontecesse. O que incluiu não só ler o manuscrito e dar sugestões, como também abrir mão de seu marido durante grandes períodos. Se vocês, leitores, tiverem oportunidade de conhecê-la, alguns agradecimentos podem vir a calhar. (Ela gosta de chocolate.)

Como sempre, meu ótimo revisor e meu ótimo agente — Moshe Feder e Joshua Bilmes — trabalharam duro neste romance. Moshe, convém destacar, não recebe nada a mais quando seus escritores lhe entregam monstruosidades de quatrocentas mil palavras. Mas revisou o livro sem qualquer reclamação, e sua contribuição no sentido de transformá-lo no romance que vocês têm em mãos agora foi inestimável. Ele também convocou F. Paul Wilson para conferir as cenas que envolvem medicina, o que as melhorou bastante.

Agradecimentos especiais a Harriet McDougal, que está entre as maiores editoras de nosso tempo e que, por pura generosidade, fez uma detalhada revisão do romance. Os fãs de *A roda do tempo* devem reconhecê-la como a pessoa que descobriu, publicou e se casou com Robert Jordan. Ela não tem editado muita coisa hoje em dia além de *A roda do tempo*; portanto, humildemente, sinto-me muito honrado com sua opinião e colaboração. Alan Romanczuk, que trabalhou juntamente com ela, também recebe meus agradecimentos pela ajuda na revisão.

Na Tor Books, Paul Stevens tem sido de enorme valia. Ele é o meu contato na editora e realiza um ótimo trabalho. Moshe e eu temos sorte de contarmos com seu apoio. Da mesma forma, Irene Gallo — a diretora de arte — foi maravilhosamente prestativa e paciente ao lidar com um autor intrometido, que desejava fazer coisas malucas nas ilustrações do livro. Muitos agradecimentos a Irene, Justin Golenbock, Greg Collins, Karl Gold, Nathan Weaver, Heather Saunders, Meryl Gross e toda a equipe da Tor Books. Dot Lin, que foi minha agente publicitária até o lançamento deste livro (e que agora está trabalhando para complementar sua formação), foi de uma ajuda extraordinária, não só na parte publicitária como também ao me oferecer sugestões e uma calorosa recepção em Nova York. Obrigado a todos vocês.

E por falar em ilustrações, vocês notarão que o trabalho artístico no interior deste livro é muito mais amplo que o normal em uma obra de fantasia épica. Isso se deve aos maravilhosos esforços de Greg Call, Isaac Stewart e Ben McSweeney. Eles trabalharam duro, efetuando diversos esboços até acertarem tudo. O trabalho de Ben nas páginas do caderno de Shallan é simplesmente lindo, uma fusão das minhas melhores fantasias com as interpretações artísticas dele. Isaac, que também produziu ilustrações para a série Mistborn, foi muito além do esperado. Trabalhar até tarde, com prazos apertados, foi a norma neste livro. Ele merece elogios. (Os ícones dos capítulos, os mapas e as páginas do caderno de Navani são de sua autoria, caso estejam curiosos).

Como sempre, minha equipe de produção foi incrível. Seus integrantes receberam o reforço dos seguintes leitores alfa e beta, aqui relacionados sem nenhuma ordem especial: Karen Ahlstrom, Geoff e Rachel Biesinger, Ethan Skarstedt, Nathan Hatfield, Dan Wells, Kaylynn ZoBell, Alan e Jeanette Layton, Janci Olds, Kristina Kugler, Steve Diamond, Brian Delambre, Jason Denzel, Mi'chelle Trammel, Josh Walker, Chris King, Austin e Adam Hussey, Brian T. Hill e Ben, aquele cara cujo sobrenome eu nunca acerto. Tenho certeza de que estou esquecendo alguns. Vocês são todos maravilhosos e, se eu pudesse, daria Espadas Fractais a todos.

Ufa. Isto aqui está se tornando um agradecimento épico. Mas há mais algumas pessoas que merecem destaque. Estas palavras estão sendo escritas quase no primeiro aniversário da contratação do Inevitável Peter Ahlstrom como meu assistente pessoal, assistente editorial e cérebro sobressalente. Se vocês derem uma olhada nas páginas de agradecimentos mais antigas, sempre o encontrarão. Ele tem sido, há anos, um querido amigo e um promotor do meu trabalho. É uma sorte tê-lo trabalhando para mim em expediente integral. Ele hoje acordou às três da manhã para ler as últimas provas desta obra. Quando o virem em uma convenção, comprem um pedaço de queijo para ele.

Também seria omissão minha não agradecer a Tom Doherty por me permitir escrever um livro como este. Foi graças à sua fé no projeto que conseguimos produzir um romance tão longo. E um telefonema pessoal de Tom foi o que convenceu Michael Whelan a criar a capa. Tom me concedeu aqui provavelmente mais do que mereço; este romance (com seu grande número de páginas, ilustrações e vinhetas) é do tipo que faria muitos editores fugirem. Este homem é a razão pela qual a Tor publica consistentemente livros tão impressionantes.

Por fim, algumas palavras sobre a maravilhosa capa de Michael Whelan. Para os que não sabem, eu comecei a ler romances de fantasia (sim, fui primeiramente um leitor) quando ainda era adolescente, atraído por uma linda capa desenhada por Michael Whelan. Ele tem uma capacidade única para capturar a verdadeira alma de um livro em uma pintura — eu sempre sabia que ia gostar de um livro quando a capa era feita por ele. E sonhava ter uma pintura sua na capa de um dos meus. Parecia tão improvável.

Que isso tenha finalmente acontecido, e com meu livro mais íntimo, no qual trabalhei por tanto tempo, é uma honra incrível.

A EDIÇÃO ESTRANGEIRA DA DRAGONSTEEL com capa de couro — na qual se baseia o conteúdo desta primeira edição brasileira — tem sua própria lista de pessoas incríveis que contribuíram para a sua publicação. Para os volumes um e dois, gostaria de agradecer ao meu editor interino Peter Ahlstrom e meu diretor de arte Isaac Stewart. Sem esses dois indivíduos talentosos e dedicados, os exemplares com capa de couro seriam apenas um sonho. Obrigado por torná-los uma realidade.

Minha empresa, a Dragonsteel Entertainment, tem uma grande equipe das pontes liderada pela espetacular Kara Stewart que, lançando mão da Luz das Tempestades organizacional, manteve essa equipe armazenando, embalando e enviando livros. Esses aprendizes de Radiantes são: Mem Grange, Jacob Chrisman, Lex Willhite, Michael Bateman, Joe Deardeuff, Erika Marler e Christi Jacobsen.

Minha gratidão vai para Bill Wearne e todos aqueles que trabalharam duro imprimindo, cortando, colando, costurando, encadernando, embalando e preparando os livros. Obrigado por criarem esses lindos volumes.

Muitas pessoas trabalharam para fazer os livros com capa de couro, mas gostaria de mencionar especificamente Rachel Bass e Kristy Gilbert. Sua ajuda inestimável salvou minha equipe inúmeras vezes.

Este volume é uma mistura de arte familiar e arte nova, e gostaria de agradecer a cada colaborador por permitir que sua arte enfeitasse esta edição: Michael Whelan, Howard Lyon, Steve Argyle, Dan dos Santos, Micah Epstein, Ben McSweeney, Bryan Mark Taylor, Miranda Meeks, Audrey Hotte, Greg Call, Käri Christensen, Alain Brion, Sam Green, Jian Guo, Sergei Shikin, o Azbooka-Atticus Publishing Group, Rebecca Sorge Jensen, Randy Vargas, Ashley Coad, Bea Jackson, Kelley Harris e Tara Spruit. Obrigado por permitir que Os Relatos da Guerra das Tempestades inspirassem suas visões artísticas.

PREFÁCIO

ESTE LIVRO REPRESENTA MEU maior (ou, no mínimo, o mais longo) trabalho como romancista. Posso traçar sua origem a partir de uma ideia que tive na adolescência, logo depois de me apaixonar pelo gênero fantasia. Minha primeira tentativa de escrever um romance (realizada em algum momento do ano de 1992, quando tinha dezessete anos) foi sobre um rei assassinado e seu irmão, que tentava juntar as peças do reino.

O conflito central do irmão tornou-se uma disputa entre lealdade à sua família e lealdade ao seu país — já que, nesse texto, o herdeiro era jovem demais para assumir o trono, mas o reino precisava de um líder estável e capaz. Para complicar ainda mais a situação, o jovem príncipe havia sido raptado, e o reino precisava imediatamente de um rei para enfrentar ameaças. Será que esse homem (chamado Jared — um nome típico no gênero fantasia, eu sei) assumiria o trono e tomaria o poder pelo bem de todos ou se concentraria em encontrar o príncipe sequestrado para torná-lo rei?

Essa ideia foi muito mal trabalhada nesse livro — eu ainda era um escritor novato na época. Mas o irmão amadureceu com o passar dos anos, assim como aquele personagem, que acabou sendo desenvolvido como Dalinar Kholin.

— A rainha pôde ser curada, graças ao nosso mago da corte, mas quanto ao rei e seu filho, não houve nada que pudéssemos fazer. Sou oficialmente o rei. — Jared teve que se esforçar muito para controlar suas emoções, mas agora havia coisas mais importantes do que o luto. Ele podia deixar isso para depois.

Dragonsteel (versão de 1992, não publicada)

Tento não ser místico demais sobre o processo de escrita. Minhas próprias inclinações tendem para o extremo racional do espectro, o que pode parecer estranho para alguém que escreve sobre magia e temas de fé tanto quanto eu. Mas eu adoro o equilíbrio que a religião e a ciência têm na minha própria vida, e frequentemente sou atraído por aquela linha porosa entre a superstição e a causalidade.

De qualquer modo, geralmente tenho uma abordagem muito pragmática em relação ao ato de escrever, evitando conversas sobre musas e sentimentos. Ainda assim, escrever é uma arte — e muito embora usemos a técnica para expressar essa arte, no seu cerne mais profundo, até mesmo um escritor pragmático trabalha a maior parte do tempo por instinto. Então eu sempre soube que se eu pudesse escrever *O caminho dos reis* — se eu pudesse de algum modo capturar a história grandiosa que minha mente estava tentando construir — eu teria algo especial.

Minha tentativa seguinte foi no final dos anos 1990, depois de ter escrito *Elantris*, mas antes de ter me formado na faculdade. Essa tentativa chamava-se *Dragonsteel* (o mesmo nome da tentativa de 1992 — eu não chegaria ao título *O caminho dos reis* por mais alguns anos).

Funcionou parcialmente. Foi então que surgiram as equipes das pontes e as Planícies Quebradas. Dalinar ainda não tinha esse nome, e nem lembro se seu conflito país/família aparecia no livro, mas Hoid já havia emergido a essa altura e era basicamente ele mesmo. A Teceluminação como magia estava sendo desenvolvida, assim como a ideia de estabelecer laços com forças primordiais para ganhar acesso a habilidades mágicas.

> *— Vamos, vamos, vamos! — berrou Gaz enquanto os homens se dividiam em vários grupos. — Você! — gritou o enorme Ke'Chan, apontando para Jerick. — Siga aquele grupo; você é um membro da Ponte Quatro. Vá!*
>
> *Dragonsteel* **(versão de 1999, não publicada)**

Gaz era Ke'Chan nessa versão, o mesmo grupo étnico a que Rocha pertencia na época. E o personagem principal era Jerick, que era o clássico arquétipo de fantasia "camponês em uma missão". Tudo saiu horrivelmente errado quando ele entrou para a Ponte Quatro em vez de juntar-se ao exército como pretendia.

Em algum momento eu removeria tudo de *Dragonsteel*, exceto a história original de Hoid, e passaria para o novo mundo que estava construindo, chamado Roshar.

Os anos seguintes da minha carreira foram bem estranhos. Eu não havia vendido qualquer livro, mas havia escrito uma dezena deles ou mais. Já falei várias vezes como esse foi provavelmente o ponto mais baixo e escuro da minha experiência como escritor — eu havia começado a acertar algo que eu considerava maravilhoso com *Dragonsteel*, *White Sand* e *Elantris*. Mas, ao mesmo tempo, eu não estava conseguindo publicar minhas obras. Foi um período difícil, e nos anos seguintes tentei entrar no mercado com meus livros com pouco sucesso.

Foi assim até que comecei a escrever histórias sobre um mundo com uma colossal tempestade mágica.

Dalenar podia ver a grantormenta se aproximando. Suas nuvens ascendiam no horizonte como uma vasta onda sombria e silenciosa. Ela ainda estava distante, mas chegaria. Furiosas e precisas, as grantormentas eram tão inevitáveis quanto o sol nascente.

O caminho dos reis (versão de 2002, não publicada)

O processo de escrita dessa versão foi uma dessas experiências tão absolutamente belas e envolventes que mesmo eu, um escritor profissional, tenho dificuldade em expressar. Parte descoberta, parte conexão rápida e furiosa de ideias, era como mapear uma ilha recém-descoberta que ninguém visitara até então, embora ao mesmo tempo fosse como montar uma criação de Lego sem instruções e só com uma vaga ideia de como o resultado final deveria ser.

Às vezes escrever é como cortar lenha. Você sabe o que precisa fazer e obriga-se a seguir até o fim. Em outras ocasiões, é como desenterrar um belo e precioso objeto, de maneira delicada e cuidadosa, mas também extremamente empolgante. *O caminho dos reis* teve esses dois lados, e eles interagiram de um modo sublime.

Levou dez batimentos cardíacos. Dalenar contou-os enquanto a fumaça se acumulava ao redor da palma da sua mão, tomando a forma de uma espada de quase um metro e meio de comprimento. A fumaça tornou-se aço no décimo batimento, e a arma caiu na mão que a esperava. Ela era leve e familiar ao toque — ela a conhecia tão bem quanto conhecia a si mesmo. Ela havia se tornado parte dele no dia em que desenvolveram um laço, e crescera para corresponder às suas necessida-

des específicas. A Espada de Dalenar era uma arma simples e utilitária, reta, de fio duplo e quase sem ornamentos — a não ser por um único padrão de glifos.

O caminho dos reis (versão de 2002, não publicada)

Eu estava no ápice da minha habilidade de escritor em estágio de pré-publicação, não tinha praticamente distração alguma. Eu trabalhava à noite em um hotel, mas havia me formado na faculdade — e tinha sido rejeitado por todos os programas de letras a que havia me candidatado (usando *Elantris* como minha amostra de escrita). Eu não tinha mais dever de casa para me incomodar e ainda não estava casado. Meus amigos estavam se formando e se afastando. Eu nem mesmo era mais editor na revista.

Éramos só eu e esse livro. Ele começou com Dalinar, embora a grafia ainda não estivesse finalizada, e mostrava seu horror quando seu sobrinho, o rei, é quase morto no campo de batalha. O rei teria morrido, não fossem as ações de um único soldado, Merin.

Um lanceiro solitário vestido de azul subitamente lançou-se sobre as pedras e saltou sobre o Fractário anônimo. Um único homem.

Mas foi o bastante. O lanceiro pulou heroicamente, descartando sua lança e agarrando a cintura do Fractário inimigo. O peso atrapalhou o ataque do surpreso Prallan, e ele errou o rei. Desequilibrado, o Fractário procurou desesperadamente suas rédeas, mas falhou. Ele cambaleou para trás, com o bravo lanceiro alethiano pendendo teimosamente da cintura do inimigo.

O caminho dos reis (versão de 2002, não publicada)

O outro personagem central era Taln, o Arauto que havia voltado só para descobrir que ninguém acreditava que ele era quem dizia ser.

Ele sentiu dor.

Aquilo estava errado. Ele não deveria ser capaz de sentir dor. Sentir era uma palavra fraca demais. Durante tanto tempo, a dor havia sido tudo — mundo, sonho, pensamento e respiração. Sentir permitia uma separação grande demais. Se ele possuísse sanidade suficiente para pensar, teria ansiado pelo tempo quando a dor era simplesmente algo que sentia.

Ele sentiu dor.

O caminho dos reis (versão de 2002, não publicada)

Merin treinou com um homem chamado Vasher para se tornar um Fractário, tendo adquirido duas Fractais ao salvar a vida do rei. Ele conheceu os dois filhos de Dalinar e tornou-se amigo deles, e de alguma forma as coisas ficaram malucas quando um ataque inesperado ao reino fez com que todos eles fugissem. Durante sua fuga, Merin começou a descobrir que havia poderes antigos retornando para os homens — e que um homem louco que alegava ser um Arauto podia ter razão.

Esprenos não estavam no livro, mas os indícios de poderes primordiais e sua conexão com os mortais estavam emergindo.

Merin entrou no quarto, como fora instruído. O corpo do barco rangia intensamente enquanto balançava, mas Merin sentia como se houvesse adentrado outro mundo — um mundo de estranhos sinais alienígenas. Ele havia esperado ver números nas paredes — Renarin estava passando tempo demais no seu quarto, afinal de contas —, mas enxergá-los ainda foi insólito para Merin. Renarin havia talhado seus números diretamente nas paredes e no piso de madeira, marcando cada um deles com uma mão precisa e cuidadosa. Milhares e milhares de glifos desfiguraram o quarto, que Renarin havia esvaziado de toda mobília, exceto por uma única cadeira e uma trouxa de roupa de cama amassada no canto.

Os números eram minúsculos desta vez, ainda menores do que aqueles que Renarin havia desenhado na sua cela. E havia muito mais deles. Parecia haver uma... lógica, algo que Merin não conseguia captar. Alguns dos números se moviam em amplas formações, como exércitos marchando, e outros pareciam formar murais se o observador se afastasse o suficiente. Todas as quatro paredes estavam revestidas de garranchos, assim como todo o piso. Só uma seção do recinto ainda estava limpa — um local circular diretamente no centro da porta pela qual Merin havia entrado.

O caminho dos reis (versão de 2002, não publicada)

Sou um idiota. Vasher me explicou uma vez, e nunca parei para pensar o que ele queria dizer. Ele não me treinou para duelar.

Ele me treinou para lutar.

Os ventos falavam com ele. Merin podia senti-los, podia sentir quando corpos perturbavam seu fluxo. Incorporando esse conhecimento à sua postura, ele bloqueou ataques que não podia ver. Moveu-se suavemente de um ataque para outro.

Ele estava bem no meio de cinco oponentes — e durante um gracioso e convergente momento, ele lutou com todos eles ao mesmo tempo.

O caminho dos reis (versão de 2002, não publicada)

O livro concluído ficou maravilhoso. Ainda assim, era repleto de defeitos. Eu estava muito orgulhoso dele, mas sabia, mesmo enquanto o terminava, que a minha habilidade não fora suficiente para a tarefa.

Foi uma experiência estranha. Saber que eu cresceria imensamente durante o processo de escrita; sentir que *O caminho dos reis* era, de muitas maneiras, meu melhor livro. Sentir que finalmente eu havia me aproximado do escopo que tentara duas vezes até então ao escrevê-lo — mas também saber que ainda não tinha conseguido.

Eu vendi *Elantris*, finalmente, bem na hora em que terminei *O caminho dos reis*. O enviei para meu editor, Moshe, mas quando ele me ligou de volta para conversar sobre a publicação, eu disse que não queria; não ainda. O livro não estava do jeito certo.

Passariam-se mais sete longos anos antes que eu escrevesse o livro do jeito certo. Anos durante os quais aprendi um bocado sobre minha escrita e descobri exatamente o que eu queria dizer com o livro. *A roda do tempo* me ensinou a equilibrar um grande número de pontos de vista, mas meu sucesso com *Mistborn* me ensinou a manter o foco mais íntimo — mesmo quando a história era enorme. E, naturalmente, acabei percebendo que precisava trazer a Ponte Quatro para o livro.

De certo modo, o volume que você está segurando agora é a quarta encarnação de algo que passei vinte anos tentando escrever. Mesmo quando eu o entreguei, fiquei preocupado de que seria apenas um livro para um nicho muito específico, amado por uma pequena minoria de leitores. Ele quebra muitas regras literárias, tendo não apenas um, não apenas dois, mas três prólogos (ainda que eu chame o primeiro de capítulo um). É ricamente ilustrado e inclui uma coleção de contos (na forma dos interlúdios) para explorar o mundo. É exatamente o que sempre me disseram para não publicar, para não escrever e para não esperar que as pessoas lessem.

É a prova de que, mesmo para um escritor como eu, a arte realmente pode vencer a lógica. Neste caso, espero que todos vocês concordem que o destino foi digno de tal jornada.

Brandon Sanderson
Julho de 2019

Roshar
Oceano Sem Fim
Rall Elorim
Ilhas
Quili
Abri
Kasitor
Kurth
Iri
Rira
Mar
Eila
Babatharnam
Marabeth
Panatham
Lagopuro
Shinovar
Yulay
Desh
Azir
Mar Aimiano
Aimia
Alm
Yezier
Azimir
O Vale
Emul
Liafor
Steen
Tashikk
Sesemalex Dar
Tukar
Aquagelo
N
S
Sotavento
Direção das Tempestades

Oceano dos Vapores
Reshi
Arak
Sumi
Reshiano
Akak
Forteboreal
Herdaz
Tumba da Lamentação
Varikev
Ru Parat
Elanar
Jah Keved
Valath
Picos dos Papaguampas
Kholinar
Alethkar
Shulin
Colinas Devolutas
Bavlândia
Silnasen
Rathalas
Sombra do Alvorecer
Triax
Vedenar
Dumadari
Mar Taratiano
Karanak
Planícies Quebradas
Kharbranth
Terras Geladas
Nova Natanan
Estreitos de Longafronte
Criptas Rasas
Thaylenah
Oceano das Origens
Para Sua Majestade Real Gavilar Kholin
Por Seu Supremo Cartógrafo Real
Isasik Shulin
1167

OS RELATOS DA GUERRA DAS TEMPESTADES

PRELÚDIO

KALAK CONTORNOU UM ROCHEDO pedregoso e se deparou com o corpo de um petronante moribundo. O enorme animal de pedra jazia caído de lado; as protuberâncias do peito, que lembravam costelas, estavam quebradas e rachadas. A monstruosidade tinha uma forma um tanto esquelética, com membros anormalmente longos que brotavam de ombros de granito. Os olhos eram de um vermelho-vivo na face afunilada, como se tivessem sido criados por uma fogueira no interior da pedra. Estavam esmorecendo.

Mesmo após tantos séculos, ver um petronante de perto fez Kalak estremecer. As mãos do monstro tinham o tamanho de um homem. Já tinha sido morto por mãos como aquelas, e não fora agradável.

Claro, morrer raramente era.

Ele contornou a criatura e abriu caminho com mais cuidado através do campo de batalha. A planície era cheia de rochas e pedras disformes, onde pilares naturais se erguiam ao redor e corpos cobriam o chão. Poucas plantas cresciam ali.

Os penedos e montes exibiam várias cicatrizes. Alguns estavam estilhaçados, explodidos nos lugares em que os Manipuladores de Fluxos haviam lutado. Com menos frequência, Kalak passava por buracos irregulares, nos locais em que os petronantes haviam se desgarrado da pedra para se juntar à luta.

Muitos ali eram humanos, muitos não. Os sangues se misturavam. Vermelho. Laranja. Violeta. Embora nenhum dos corpos em volta se movesse, uma indistinta bruma de sons pairava no ar. Gemidos de dor, gritos de luto. Não pareciam os sons de uma vitória. Fumaça espiralava de esparsos tufos de vegetação ou pilhas de cadáveres queimando. Até alguns trechos rochosos fumegavam. Os Pulverizadores haviam feito um bom trabalho.

Mas eu sobrevivi, pensou Kalak, a mão no peito enquanto caminhava às pressas em direção ao ponto de encontro. *Realmente sobrevivi dessa vez.*

E isso era perigoso. Quando morria, ele era enviado de volta, não havia escolha. Quando sobrevivia à Desolação, supostamente deveria retornar também. Retornar ao lugar que temia. Retornar àquele lugar de dor e chamas. E se simplesmente decidisse... não ir?

Pensamentos perigosos, talvez desleais. Ele acelerou o passo.

O ponto de encontro era à sombra de uma grande formação rochosa, uma torre que se elevava até o céu. Como sempre, os dez o haviam escolhido antes da batalha. Os sobreviventes deveriam se dirigir até lá. Estranhamente, apenas um deles o aguardava. Jezrien. Os outros oito teriam morrido? Era possível. A batalha tinha sido intensa daquela vez, uma das piores. O inimigo estava cada vez mais tenaz.

Mas não. Kalak franziu a testa ao se aproximar do sopé do rochedo. Sete magníficas espadas se erguiam orgulhosamente no local, fincadas no chão rochoso. Eram obras de arte, tinham formas graciosas, inscritas com glifos e arabescos. Ele reconheceu cada uma. Se seus donos tivessem morrido, as Espadas teriam desaparecido.

O poder daquelas Espadas superava até o das Espadas Fractais. Eram únicas. Preciosas. Jezrien estava parado diante do círculo que elas formavam, olhando para leste.

— Jezrien?

O vulto vestido de branco e azul olhou para ele. Mesmo após tantos séculos, Jezrien ainda parecia jovem, como se mal tivesse completado trinta anos. Sua barba negra e curta estava cuidadosamente aparada, embora as vestes elegantes estivessem chamuscadas e manchadas de sangue. Pondo os braços atrás das costas, ele se virou para Kalak.

— O que houve, Jezrien? — perguntou Kalak. — Onde estão os outros?

— Partiram. — A voz de Jezrien era calma, profunda, soberba. Embora não usasse uma coroa havia séculos, ele conservava seus modos majestosos. E sempre parecia saber o que fazer. — Pode chamar de milagre. Só um de nós morreu desta vez.

— Talenel — disse Kalak.

A Espada dele era a única que faltava.

— Sim. Ele morreu defendendo a passagem junto ao canal do norte.

Kalak assentiu. Taln tinha tendência a escolher lutas desesperadas, e costumava vencê-las. Também costumava morrer no processo. Agora devia estar de volta ao lugar para onde eles iam entre Desolações. O lugar dos pesadelos.

Kalak sentiu que estava tremendo. Quando se tornara tão fraco?

— Jezrien, não posso retornar dessa vez — sussurrou ele, se adiantando e segurando o braço do outro homem. — Não *consigo*.

Ele se sentiu desabando com a confissão. Quanto tempo se passara? Séculos, talvez milênios de tortura. Era difícil calcular. Aquelas chamas, aqueles ganchos se cravando em sua carne todos os dias. Arrancando a pele do braço, queimando a gordura e chegando ao osso. Ele podia sentir o cheiro. Ó Todo-Poderoso, ele podia sentir o *cheiro*!

— Deixe sua espada — disse Jezrien.

— O quê?

Jezrien acenou com a cabeça para o círculo de armas.

— Eu fui escolhido para esperar por você. Não sabíamos ao certo se você tinha sobrevivido. Nós... tomamos uma decisão. Está na hora de o Sacropacto terminar.

Kalak sentiu uma aguda pontada de pavor.

— Qual será o resultado disso?

— Ishar acredita que, se um de nós continuar ligado ao Sacropacto, talvez seja suficiente. Existe a chance de pormos fim ao ciclo de Desolações.

Kalak olhou nos olhos do rei imortal. Uma fumaça preta se elevava de um pequeno arbusto à esquerda. Gemidos dos moribundos ecoavam atrás deles. Nos olhos de Jezrien, Kalak viu angústia e pesar. Talvez até covardia. Ali estava um homem pendurado sobre um abismo, agarrado a um fio.

Pelo Todo-Poderoso, pensou Kalak. *Você também está arrasado, não está?* Todos eles estavam.

Kalak se virou e foi até uma beirada que dava vista para parte do campo de batalha.

Havia muitos cadáveres, em meio aos quais caminhavam os vivos. Homens em mantos primitivos, portando lanças com pontas de bronze. Outros, perto deles, envergavam resplandecentes armaduras. Um grupo de quatro homens, vestidos com peles curtidas ou peças de couro de má qualidade, foi se juntar a uma figura de ar portentoso, envergando uma linda armadura de prata, incrivelmente intrincada. Um enorme contraste.

Jezrien se postou ao seu lado.

— Eles nos veem como divindades — disse Kalak. — Eles confiam em nós, Jezrien. Nós somos tudo o que eles têm.

— Eles têm os Radiantes. Vai ser o bastante.

Kalak balançou a cabeça.

— Ele não vai se deter por causa disso. O inimigo. Ele vai encontrar um meio de contornar a situação. Você sabe disso.

— Talvez.

O rei dos Arautos não ofereceu mais nenhuma explicação.

— E Taln? — perguntou Kalak.

A carne queimando. O fogo. A dor após dor após dor...

— É melhor um homem sofrendo do que dez — murmurou Jezrien. Ele soava tão frio. Como uma sombra gerada por calor e luz caindo sobre alguém honrado e honesto, projetando uma escura imitação.

Jezrien retornou ao círculo de espadas. Surgindo da bruma e úmida de condensação, sua própria Espada se materializou em suas mãos.

— Já foi decidido, Kalak. Vamos seguir nossos caminhos e não vamos nos procurar. Nossas Espadas devem ser deixadas aqui. O Sacropacto termina agora.

Levantando a espada, ele a cravou na pedra, junto com as outras sete. Olhou então para a arma, hesitante. Por fim, fez uma mesura e virou o rosto. Como se envergonhado.

— Nós escolhemos esse fardo voluntariamente. Podemos escolher nos livrar dele se quisermos.

— O que vamos dizer às pessoas, Jezrien? — perguntou Kalak. — O que vão dizer deste dia?

— É simples — respondeu Jezrien. — Vamos dizer que eles finalmente venceram. É uma mentira bem fácil. Quem sabe? Talvez acabe se mostrando verdade.

Kalak observou Jezrien se afastar em meio à paisagem calcinada. Por fim, convocou a própria Espada e a cravou na rocha ao lado das outras oito. Depois deu meia-volta e caminhou em direção oposta a Jezrien.

Mas não conseguiu deixar de olhar para trás, para o único espaço ainda vazio no círculo. O local em que a décima Espada deveria estar fincada.

O único deles que fora perdido. O único que eles haviam abandonado.

Perdoe-nos, pensou Kalak. Então foi embora.

LIVRO

UM

O CAMINHO DOS REIS

4.500 anos depois

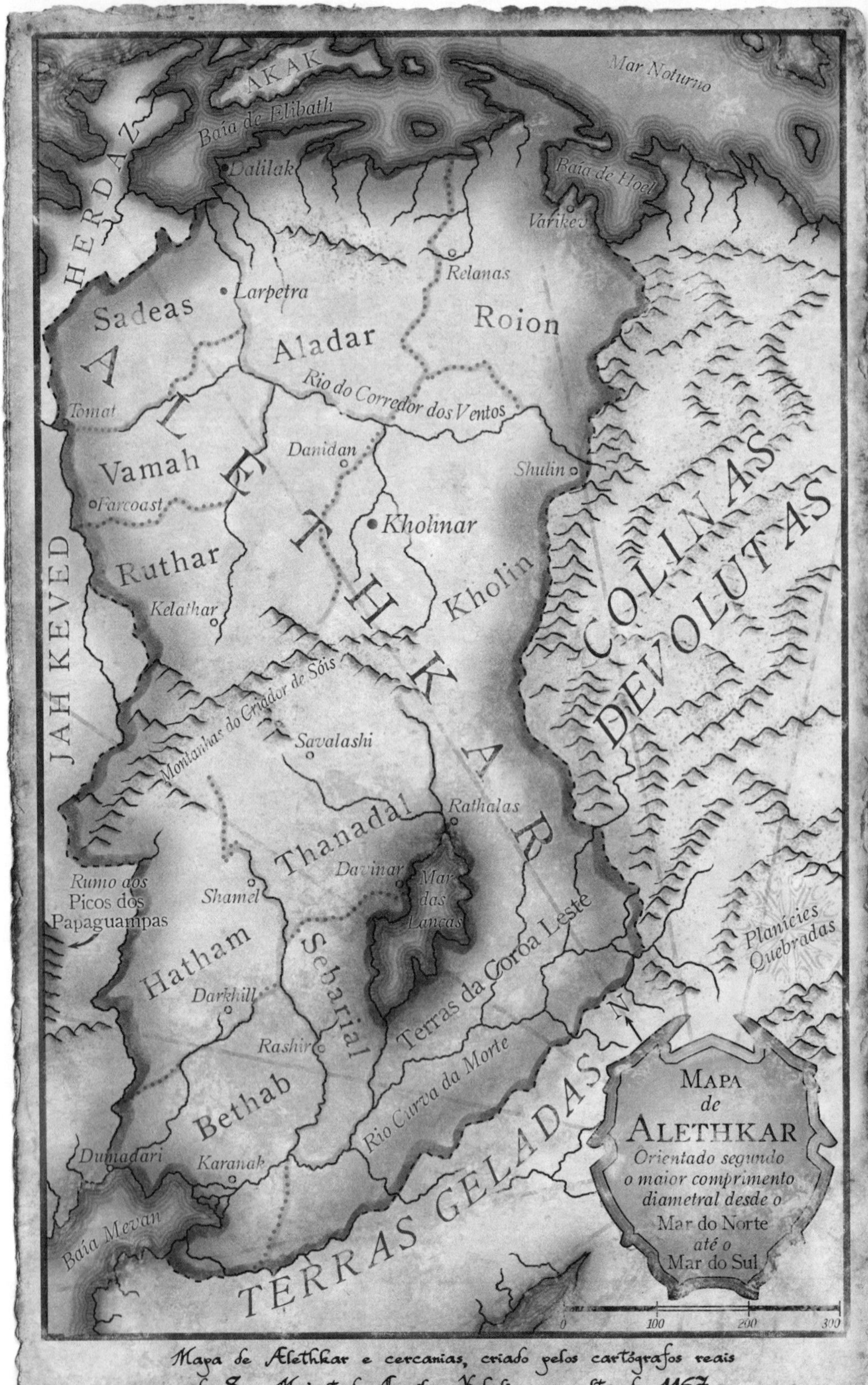

Mapa de Alethkar e cercanias, criado pelos cartógrafos reais de Sua Majestade Gavilar Kholin, por volta de 1167.

PRÓLOGO

MATAR

"O amor dos homens é uma coisa fria, um riacho de montanha a três passos do gelo. Nós lhe pertencemos. Ó Pai das Tempestades — nós lhe pertencemos. Mil dias somente e, a Tempestade Eterna chegará."

— Coletado no primeiro dia da semana palah do mês shash do ano de 1171, 31 segundos antes da morte. O indivíduo era uma mulher olhos-escuros, de meia idade e grávida. A criança não sobreviveu.

SZETH-FILHO-FILHO-VALLANO, INSINCERO DE SHINOVAR, vestiu-se de branco no dia em que deveria matar um rei. A roupa branca era uma tradição parshendiana, estranha para ele. Mas fazia o que seus mestres mandavam e sem pedir explicações.

Estava sentado em um grande salão de pedra aquecido por enormes fogueiras, que projetavam uma luz extravagante sobre os convivas, fazendo gotas de suor brotarem em suas peles enquanto eles dançavam, bebiam, gritavam, cantavam e batiam palmas. Alguns caíam ao chão com os rostos vermelhos de tanto farrear, demonstrando que seus estômagos eram odres ordinários de vinho. Pareciam mortos, pelo menos até que seus amigos os carregassem para fora do salão até seus leitos.

Szeth não se movia ao som dos tambores, nem bebia o vinho cor de safira nem se levantava para dançar. Permanecia sentado em um banco ao fundo, como um criado imóvel vestido de branco. Durante a celebração da assinatura do tratado, poucos repararam nele. Era apenas um criado, e os shinos eram fáceis de se ignorar. Quase todos ali no Oriente consideravam o povo de Szeth dócil e inofensivo. Geralmente tinham razão.

Os percussionistas iniciaram um novo ritmo. As batidas ressoavam nos ouvidos de Szeth como um quarteto de corações pulsantes, bombeando ondas de sangue invisível através do recinto. Os mestres de Szeth — vistos desdenhosamente como selvagens por alguns reinos mais civilizados — estavam sentados a suas próprias mesas. Eram homens de pele preta como azeviche com estrias vermelhas. Eram chamados de parshendianos, primos do povo mais dócil e servil conhecido como parshemano na maior parte do mundo. Uma singularidade. Eles não chamavam a si mesmos de parshendianos; esse era o nome que os alethianos lhes deram. Significava algo como "parshemanos que raciocinam". Nenhum dos lados parecia ver isso como um insulto.

Os parshendianos haviam trazido os músicos. Os alethianos olhos-claros a princípio se mostraram hesitantes. Para eles, tambores eram instrumentos rudimentares da plebe olhos-escuros. Mas o vinho era um grande assassino de tradições e decoro, e agora a elite alethiana já dançava com abandono.

Szeth se levantou e começou a abrir caminho em meio ao salão. A festança durara bastante tempo; até o rei já se retirara horas antes. Mas muitos ainda celebravam. Szeth se viu forçado a contornar Dalinar Kholin — o irmão do rei —, que se aboletara, bêbado, em uma pequena mesa. Velho, mas de compleição robusta, o homem afastava todos que tentavam encorajá-lo a ir para a cama. Onde estaria Jasnah, a filha do rei? Elhokar, filho e herdeiro, estava sentado a uma mesa alta, presidindo a festa na ausência do pai. Conversava com dois homens; um azishiano de pele escura, que tinha uma estranha mancha clara em uma das bochechas; o outro, de aparência alethiana, era mais magro e não parava de olhar por cima do ombro.

Os companheiros do herdeiro não tinham importância. Mantendo distância deles, Szeth caminhou rente à parede do salão e se aproximou dos percussionistas. Esprenos de música percorriam o ar ao redor deles, os pequenos espíritos rodopiavam e assumiam a forma de fitas translúcidas. Quando Szeth passou, os músicos notaram sua presença. Logo iriam se recolher, juntamente com os demais parshendianos.

Não pareciam ofendidos. Não pareciam enraivecidos. No entanto, iam romper o tratado que haviam firmado apenas poucas horas antes. Não tinha sentido. Mas Szeth não fazia perguntas.

No fundo do salão, ele passou por uma fileira de luzes azuis que se projetavam da interseção da parede com o piso. Provinham de safiras infundidas com Luz das Tempestades. Sacrilégio. Como podiam os homens daquelas terras usar algo tão sagrado para simples iluminação? Pior ainda, dizia-se que os sábios alethianos estavam prestes a criar novas Espadas Fractais. Szeth torcia para que estivessem apenas se exibindo. Pois se aquilo *realmente* acontecesse, mudaria o mundo. Provavelmente de tal forma que pessoas de todos os países — do distante Thaylenah às altitudes de Jah Keved — acabariam falando em alethiano com seus filhos.

Eram um grande povo, esses alethianos. Mesmo bêbados, emanavam uma nobreza natural. Altos e bem constituídos, os homens trajavam casacos de seda escura abotoados nas laterais do peito e meticulosamente ornamentados com ouro ou prata. Todos pareciam generais em um campo de batalha.

As mulheres eram ainda mais esplêndidas. Usavam grandes vestidos de seda bem ajustados, cujas cores vivas contrastavam com as tonalidades escuras preferidas pelos homens. A manga esquerda de cada vestido era mais longa que a direita, recobrindo a mão. As alethianas tinham um estranho senso de decoro.

Seus cabelos muito escuros eram presos no alto, em coques ou tranças intrincadas. Frequentemente elas os entrelaçavam com fitas ou ornamentos de ouro, além de pedras preciosas que irradiavam Luz. Lindas. Profanas, mas lindas.

Szeth deixou o salão de banquete. No corredor, passou pela porta do recinto onde se realizava a Festa dos Mendigos. Era uma tradição alethiana — um banquete para os homens e mulheres mais pobres da cidade, complementando o que era oferecido ao rei e seus convivas. Um homem de barba longa e grisalha estava estirado junto à porta, sorrindo tolamente — se devido ao vinho ou a uma mente fraca, Szeth não sabia dizer.

— Você me viu? — perguntou o homem, a voz pastosa.

Depois riu, começou a falar baboseiras e estendeu a mão para um odre de vinho. Então era mesmo a bebida. Seguindo em frente, Szeth passou por uma fileira de estátuas representando os Dez Arautos da antiga teologia Vorin. Jezerezeh, Ishi, Kelek, Talenelat. Ele os contou um a um e percebeu que só havia nove ali. Claramente, faltava um. Por que a estátua de Shalash fora removida? Diziam que o Rei Gavilar era muito devotado à fé Vorin. Excessivamente devotado, segundo alguns.

A certa altura, o corredor fez uma curva para a direita, acompanhando o perímetro do palácio abobadado. Szeth estava no andar do rei, o segundo, cercado por paredes, teto e piso de pedras. Um sacrilégio. Pedras não deviam ser pisadas. Mas o que ele podia fazer? Era um Insincero. Fazia o que seus mestres mandavam.

Naquele dia, isso incluía vestir-se de branco. Calça branca larga atada na cintura com uma corda e uma camisa translúcida de mangas compridas, aberta na frente. Roupas brancas para um assassino era uma tradição entre os parshendianos. Embora Szeth não tivesse perguntado, seus mestres tinham lhe explicado o motivo.

Branco para ser ousado. Branco para não se confundir com a noite. Branco para alertar.

Pois, se fosse assassinar um homem, ele tinha o direito de vê-lo se aproximando.

Szeth dobrou novamente à direita, seguindo em direção aos aposentos do rei. Tochas queimavam nas paredes, produzindo uma luz que ele achou insatisfatória — como um caldo ralo após um longo jejum. Esprenos de chamas dançavam ao redor de cada uma como grandes insetos feitos de luz solidificada. As tochas eram inúteis para Szeth. Ele tateou sua bolsa para pegar as esferas lá dentro, mas hesitou quando viu luzes azuis à frente: eram duas lanternas de Luz das Tempestades presas à parede, com brilhantes safiras em seu centro. Szeth se adiantou e estendeu a mão para o vidro que recobria uma das gemas.

— Você aí! — gritou uma voz, em alethiano.

Dois guardas estavam postados na interseção. Vigilância dupla, pois havia selvagens em Kholinar naquela noite. Verdade que os selvagens agora eram supostos aliados. Mas alianças podiam ser muito superficiais. Aquela não duraria mais uma hora.

Os dois guardas se aproximaram, segurando lanças; não sendo olhos-claros, eram proibidos de usar espadas. Mas suas armaduras peitorais azuis eram ornamentadas, assim como seus elmos. Podiam ser olhos-escuros, mas eram cidadãos eminentes, com posições de destaque na guarda real.

Parando a poucos passos, o guarda à frente fez um gesto com a lança.

— Vá embora. Aqui não é lugar para você.

Ele tinha a pele bronzeada de alethiano e um fino bigode lhe contornava a boca, transformando-se em barba logo abaixo.

Szeth não se moveu.

— E então? — disse o guarda. — O que está esperando?

Szeth inspirou profundamente, absorvendo Luz das Tempestades, que fluiu para seu corpo das safiras gêmeas nas paredes, sugada por sua profunda inalação. A Luz das Tempestades vibrou dentro dele e subitamente o corredor mergulhou nas sombras, como uma colina privada do sol por uma nuvem passageira.

Szeth podia sentir o calor da Luz, sua fúria, como uma tempestade injetada em suas veias. Seu poder era revigorante, mas perigoso. Impelia-o a agir. A avançar. A golpear.

Prendendo a respiração, ele se aferrou à Luz. Podia senti-la escapando. A Luz das Tempestades só podia ser retida por pouco tempo, no máximo alguns minutos. Então escapava, o corpo humano um receptáculo poroso demais. Szeth ouvira dizer que os Esvaziadores conseguiam contê-la perfeitamente. Mas será que eles existiam, realmente? Seu castigo proclamava que não. Sua honra exigia que sim.

Ardendo com a energia sagrada, Szeth encarou os guardas, que enxergavam a Luz fluindo dele, espiralando de sua pele como fumaça luminosa. O guarda à frente apertou os olhos e franziu a testa. Szeth teve certeza de que o homem jamais vira algo assim. Até onde sabia, matara todos os pisapedras que haviam visto o que ele podia fazer.

— O que... O que você é? — A voz do guarda perdera a segurança. — Espírito ou homem?

— O que eu sou? — murmurou Szeth, deixando escapar um pouco de Luz por entre os lábios e fixando o olhar em um ponto atrás do segundo homem. — Sou... alguém que lamenta muito.

Szeth piscou e se projetou para aquele ponto distante. A Luz das Tempestades se irradiou dele com um clarão, esfriando sua pele. Imediatamente, o solo deixou de atraí-lo para baixo e ele foi puxado até o ponto de projeção — era como se, para ele, aquela direção tivesse se tornado *para baixo*.

Fora uma Projeção Básica, a primeira de seus três tipos de Projeção. Dava-lhe a capacidade de manipular qualquer força, espreno ou deus que prendesse os homens ao chão. Com aquela Projeção, ele conseguia ligar pessoas ou objetos a diferentes superfícies ou direções.

Da perspectiva de Szeth, o corredor era agora um poço profundo no qual estava caindo, enquanto os dois guardas estavam em uma das laterais. Ambos ficaram perplexos quando foram atingidos na cara pelos pés de Szeth e derrubados. Szeth mudou sua perspectiva e se projetou para o chão. A Luz escapava dele. O chão do corredor se tornou *embaixo* novamente, e ele aterrissou entre os dois guardas, as roupas crepitando e soltando flocos de gelo. Ele se ergueu e iniciou o processo de convocar sua Espada Fractal.

Um dos guardas tateou em busca da própria lança. Szeth estendeu a mão, tocou o ombro do soldado e levantou os olhos. Focalizando um ponto acima, forçou a Luz para fora de si e para dentro do corpo do guarda, projetando o pobre homem ao teto.

O guarda gritou de surpresa quando *acima*, para ele, virou *abaixo*. Deixando um rastro de luz, ele atingiu o teto e soltou a lança. Como a arma não fora especificamente projetada, caiu ruidosamente no chão, ao lado de Szeth.

Matar. Era o maior dos pecados. Entretanto, ali estava Szeth, Insincero, caminhando profanamente sobre pedras usadas para construir. E isso nunca terminava. Em sua condição de Insincero, havia uma única vida que ele estava proibido de tirar.

A própria.

Na décima batida de seu coração, a Espada Fractal surgiu em sua mão. Materializou-se como uma névoa solidificada, com gotas d'água sobre o metal da lâmina. Sua Espada Fractal era longa e fina, com dois gumes, menor que a maioria das outras. Com um movimento largo que entalhou uma linha no chão de pedra, Szeth decepou o pescoço do segundo guarda.

Como sempre, a Espada Fractal matava de modo estranho; embora cortasse facilmente pedra, aço e qualquer material inanimado, o metal parecia se esfumar quando tocava pele viva. A lâmina atravessou o pescoço do guarda sem deixar marcas, mas tão logo o movimento se completou, os olhos do homem começaram a fumegar e arder. Por fim, escureceram, murcharam, e ele caiu para a frente, morto. Uma Espada Fractal não cortava carne viva; amputava a alma em si.

Acima, o primeiro guarda arquejou. Conseguira se levantar, ainda que seus pés estivessem plantados no teto do corredor.

— Fractário! — gritou ele. — Um Fractário está atacando as dependências do rei! Às armas!

Finalmente, pensou Szeth. Os guardas não estavam familiarizados com o uso que Szeth fazia da Luz das Tempestades, mas reconheciam uma Espada Fractal.

Szeth se abaixou e pegou a lança caída do guarda. Ao fazer isso, liberou o ar que estava prendendo desde que absorvera a Luz. Enquanto ele a retinha, a Luz das Tempestades o sustentava, mas como as duas lanternas não continham uma grande quantidade, ele logo precisaria inspirar mais. Agora que parara de prender o fôlego, a Luz se escoava mais rapidamente,

Apoiando o cabo da lança no piso de pedra, Szeth levantou os olhos. O guarda acima havia parado de gritar e arregalara os olhos enquanto as barras de sua camisa começavam a pender, à medida que o chão abaixo readquiria sua predominância. A Luz que emanava de seu corpo minguou.

Ele olhou para Szeth. Olhou para a ponta da espada, que apontava diretamente para o seu coração. Esprenos de medo violáceos brotaram da pedra ao seu redor.

A Luz acabou. O guarda caiu.

Ele gritou quando a lança lhe atravessou o peito. Szeth largou a arma, deixando-a cair com um baque surdo puxada pelo corpo que se retorcia em sua ponta. Empunhando a Espada Fractal, Szeth entrou em um corredor lateral, seguindo o mapa que havia memorizado. Virou uma esquina e se encolheu contra a parede no exato momento em que outros guardas acorriam ao local onde estavam os colegas mortos. Os recém-chegados começaram a gritar, repercutindo o sinal de alerta.

As instruções de Szeth eram claras. Matar o rei e ser visto cometendo o ato. Deixar que os alethianos soubessem que ele estava chegando e o que estava fazendo. Por quê? Por que os parshendianos haviam concordado com o tratado, para enviar um assassino na mesma noite de sua assinatura?

Outras gemas brilhavam nas paredes daquele corredor. O rei Gavilar gostava de ostentação; não tinha como saber que, deste modo, fornecia a Szeth fontes de energia para usar nas Projeções. As habilidades de Szeth não eram vistas há milênios. Histórias daqueles tempos já quase não existiam e as lendas eram tremendamente imprecisas.

Szeth espreitou novamente o corredor. Um dos guardas na interseção o viu, apontou para ele e gritou. Após se assegurar de que fora visto, Szeth se afastou correndo. Enquanto corria, inspirou profundamente, absorvendo a Luz contida nas lanternas. Seu corpo se preencheu, sua velocidade aumentou e seus músculos transbordaram de energia. A Luz dentro dele se tornou uma tempestade; sua pulsação retumbava em seus ouvidos. Era algo terrível e, ao mesmo tempo, maravilhoso.

Ele atravessou dois corredores, dobrou em um terceiro e abriu a porta de um depósito. Parou então por alguns momentos — o bastante para que um guarda contornasse a esquina e o visse — e entrou correndo. Preparando uma Projeção Plena, ergueu um braço e ordenou à Luz que se concentrasse ali, fazendo a pele irradiar luminosidade. Em seguida, gesticulou na direção da moldura da porta, recobrindo-a com uma luminescência branca. No momento exato em que os guardas chegaram, ele fechou a porta.

A Luz das Tempestades prendeu a porta na moldura com a força de cem braços. Uma Projeção Plena unia coisas e as mantinha juntas até a Luz se esgotar. Porém, demorava mais para ser criada e consumia Luz com rapidez muito maior que uma Projeção Básica. Os guardas começaram a jogar seu peso contra porta, fazendo a maçaneta estremecer e a madeira rachar. Um homem pediu por um machado.

Szeth atravessou o aposento em passadas rápidas, ziguezagueando por entre os móveis armazenados lá. Eram de madeiras preciosas e decorados com tecidos vermelhos. Ao chegar à parede oposta, ele ergueu a Espada Fractal e — preparando-se para mais um sacrilégio — golpeou a pedra cinza-escura no sentido horizontal. A pedra cedeu facilmente; uma Espada Fractal podia cortar qualquer objeto inanimado. Seguiram-se dois golpes verticais e outro horizontal, mais abaixo, que destacaram um grande bloco da parede. Szeth pressionou a mão contra a pedra e a infundiu com Luz das Tempestades.

Atrás dele, a porta do aposento começou a ruir. Szeth olhou por cima do ombro e se concentrou na porta que tremia, projetando o bloco naquela direção. Cristais de gelo se formaram em suas roupas — projetar algo tão grande exigia uma enorme quantidade de Luz. A tempestade dentro dele se amainou como um temporal reduzido a um chuvisco.

Ele deu um passo para o lado. O grande bloco de pedra estremeceu e começou a deslizar para dentro da sala. Normalmente, mover o bloco seria impossível. O próprio peso o prenderia nas pedras abaixo. Agora, no entanto, o mesmo peso o havia liberado; para o bloco, a porta do aposento estava embaixo. Com um profundo rangido, o cubo de pedra se desprendeu da parede e atravessou o ar, destroçando os móveis.

Os soldados, que haviam finalmente quebrado a porta, entraram aos tropeções justamente no momento em que o enorme bloco se chocou contra eles.

Szeth virou as costas para os terríveis sons de gritos, de madeira se estilhaçando, de ossos se partindo. Abaixando-se, passou pelo buraco e entrou no corredor ao lado.

Caminhou devagar, absorvendo Luz das lâmpadas pelas quais passava, bombeando-a para dentro de si e reestocando tempestade em seu corpo. À medida que a luz das lâmpadas minguava, o corredor escurecia. Ao fundo, havia uma grossa porta de madeira. Quando ele se aproximou, pequenos esprenos de medo — sob a forma de viscosos globos purpúreos — começaram a se soltar das paredes e se dirigir para a porta. Estavam sendo atraídos pelo medo sentido do outro lado.

Szeth abriu a porta e entrou no último corredor, que levava aos aposentos do rei. Altos vasos de cerâmica vermelha ladeavam a passagem, intercalados por soldados nervosos. No centro, um tapete longo e estreito. Vermelho como um rio de sangue.

Sem esperar que Szeth se aproximasse, os lanceiros à frente deram uma breve corrida e ergueram suas curtas lanças de arremesso. Szeth bateu com a mão em um dos umbrais da porta e introduziu Luz das Tempestades na moldura, utilizando o terceiro e último tipo de Projeção, a Projeção Reversa. Esta funcionava de modo diferente das outras duas. Não fez a moldura da porta emitir Luz das Tempestades; na verdade, pareceu *sugar* a luz circundante, o que lhe conferiu uma estranha obscuridade.

Os lanceiros arremessaram suas lanças. Szeth permaneceu imóvel, com a mão pousada no umbral. Uma Projeção Reversa requeria um contato constante, mas consumia relativamente pouca Luz. Enquanto estivesse em efeito, tudo o que se aproximasse dele — sobretudo objetos mais leves — era atraído, em vez disso, para a Projeção.

As lanças mudaram de rumo em pleno ar, desviando-se de Szeth e colidindo contra a moldura da porta. Assim que sentiu as batidas, Szeth saltou no ar e se projetou para a parede à direita, onde seus pés atingiram a pedra com um baque.

Imediatamente, ele reorientou sua perspectiva. A seus olhos, ele não estava de pé na parede, os soldados que estavam, com o tapete vermelho-sangue se estendendo entre eles como uma longa tapeçaria. Szeth disparou pelo corredor, desferindo golpes com sua Espada Fractal, varando os pescoços de dois dos homens que lhe haviam arremessado lanças. Eles desabaram no chão com os olhos queimados.

Os outros guardas no corredor entraram em pânico. Alguns tentaram atacá-lo, outros gritaram pedindo ajuda e outros fugiram dele. Os atacantes estavam em apuros — desorientados pela estranheza de tentar atacar alguém de pé na parede. Szeth cortou mais alguns, saltou no ar, rodopiou e se projetou de novo para o chão.

Aterrissou em meio aos soldados. Completamente cercado, mas empunhando uma Espada Fractal.

Segundo a lenda, as Espadas Fractais haviam sido empunhadas pela primeira vez pelos Cavaleiros Radiantes, em épocas remotas. Foram presentes de seu deus, concedidos para que pudessem combater monstruosidades de pedra e chamas com vários metros de altura, inimigos cujos olhos ardiam de ódio. Os Esvaziadores. Quando seu adversário tinha a pele dura como pedra, o aço era inútil. Algo sobrenatural se fazia necessário.

Szeth se ergueu, suas largas roupas brancas esvoaçando, o maxilar tenso diante dos próprios pecados. Depois atacou, sua arma cintilando à luz das tochas. Desferiu três golpes, um após outro. Golpes largos e elegantes. Não teve como deixar de ouvir os gritos que se seguiram, nem de ver os homens tombarem à sua volta como brinquedos derrubados por uma criança descuidada. Se a Espada tocasse a coluna de um homem, este morria com os olhos queimados. Se atravessasse o núcleo de um membro, matava esse membro. Um dos soldados cambaleou para longe de Szeth, um dos braços pendendo inutilmente do ombro. Jamais seria capaz de senti-lo ou usá-lo novamente.

Szeth baixou a Espada Fractal, parado em meio aos corpos de olhos carbonizados. Ali em Alethkar, os homens sempre falavam das lendas — da difícil vitória da humanidade sobre os Esvaziadores. Mas, quando armas criadas para combater pesadelos se voltavam contra soldados comuns, as vidas dos homens se tornavam coisas sem valor.

Szeth se virou e seguiu caminho, seus chinelos pisando o macio tapete vermelho. A Espada Fractal, como sempre, lançava límpidos reflexos prateados. Quando se matava com uma Espada Fractal, não havia sangue. O que parecia um sinal. A Espada Fractal era somente uma ferramenta; não podia ser culpada pelos homicídios.

A porta no final do corredor se escancarou. Szeth parou quando um grupo de soldados saiu correndo, escoltando um homem com vestes reais que mantinha a cabeça abaixada, como que para evitar flechadas. Os soldados, vestidos de azul-escuro, a cor da Guarda do Rei, não pararam para olhar os cadáveres. Estavam preparados para as habilidades de um Fractário. Abrindo uma porta lateral, empurraram seu protegido para dentro, vários deles apontando as lanças para Szeth enquanto recuavam.

Outra figura saiu dos aposentos do rei; usava uma reluzente armadura azul, confeccionada com placas delicadamente entrelaçadas. Ao contrário de uma armadura comum, porém, aquela não possuía couro ou malhas visíveis nas junções — apenas placas menores, ajustadas com intrincada precisão. A armadura era esplêndida: placas azuis com incrustações douradas nas bordas e um elmo ornamentado com três fileiras de pequenas protuberâncias em forma de chifres.

Uma Armadura Fractal, o complemento habitual para uma Espada Fractal, que o recém-chegado também possuía; uma arma enorme, com mais de um metro e oitenta de comprimento, ornamentada com um desenho em forma de chamas e feita de um metal argênteo, tão polido que parecia brilhar. Uma arma projetada para matar deuses sombrios, uma versão maior da que Szeth segurava.

Szeth hesitou. Não reconhecia a armadura; não fora avisado de que seria incumbido desta tarefa nem dispusera de tempo adequado para memorizar os diversos tipos de Armaduras e Espadas que os alethianos possuíam. Mas teria que se encarregar daquele Fractário antes de perseguir o rei; não podia deixar tal inimigo para trás.

Além disso, talvez o Fractário pudesse derrotá-lo, matá-lo, pondo fim à sua miserável existência. Suas Projeções não funcionariam diretamente em alguém protegido por uma Armadura Fractal, que também melhoraria a força e a resistência do homem. A honra de Szeth não lhe permitiria trair sua missão e procurar a morte, mas caso acontecesse, seria bem-vinda.

O Fractário atacou. Szeth se projetou para a lateral do corredor e, dando um salto mortal, aterrissou na parede. Depois recuou, com a Espada preparada. O Fractário adotou uma postura agressiva, usando uma das posições de batalha favoritas ali no Oriente. Movia-se com muito mais agilidade do que se poderia esperar de um homem metido em uma armadura tão volumosa. A Armadura Fractal era uma ferramenta extraordinária, tão antiga e mágica quanto as Espadas que complementava. Szeth não possuía uma Armadura, nem gostaria. Suas Projeções interferiam com as gemas que alimentavam a Armadura Fractal, e ele tinha que escolher entre uma coisa e outra.

O Fractário golpeou. Szeth pulou para o lado e se projetou para o teto quando a Espada do adversário atingiu a parede. Sentindo a emoção da luta, Szeth avançou e golpeou para baixo, tentando acertar o elmo do Fractário. O homem se esquivou caindo de joelhos, e a Espada Fractal de Szeth cortou apenas o ar.

Szeth pulou para trás quando o Fractário deu uma estocada para cima, rasgando o teto, e depois se virou para ele quando Szeth disparou ao longo do teto. Como era de se esperar, o Fractário tentou acertá-lo de novo. Szeth pulou para o lado, rolou e se projetou para o chão novamente, aterrissando por trás do Fractário e golpeando então um flanco desprotegido.

Infelizmente, a Armadura Fractal oferecia uma grande vantagem: podia bloquear uma Espada Fractal. A arma de Szeth desferiu um golpe violento, gerando uma teia de linhas brilhantes que se alastrou pela parte posterior da armadura, fazendo vazar Luz. Uma Armadura Fractal não amassava nem entortava, como os metais comuns. Para perfurá-la, Szeth teria que atingir o Fractário no mesmo local pelo menos duas vezes.

Com um rodopio, ele se pôs fora do alcance do Fractário quando este desferiu uma estocada furiosa, visando seus joelhos. A tempestade dentro de Szeth lhe proporcionava muitas vantagens — inclusive capacidade de se recuperar rapidamente de pequenos ferimentos. Mas não restauraria membros aniquilados por uma Espada Fractal.

Contornando o Fractário, Szeth escolheu o momento e se lançou para frente. O Fractário golpeou de novo, mas Szeth se projetou momentaneamente ao teto, desviando-se, e depois de novo ao chão. Atacou ao aterrissar, mas o Fractário se recuperou depressa e executou um perfeito contra-ataque, que por poucos centímetros não o acertou.

O homem era perigosamente hábil com aquela espada. Muitos Fractários dependiam demais do poder de sua arma e armadura. Aquele homem era diferente.

Szeth pulou para a parede e lançou rápidas estocadas contra o Fractário, como uma enguia agressiva. O Fractário se defendeu com movimentos largos. O comprimento de sua Espada mantinha Szeth a distância.

Isso está demorando muito!, pensou Szeth. Se o rei escapasse para um esconderijo, Szeth teria falhado em sua missão, independentemente de quantas pessoas matasse. Ele se inclinou e desferiu mais um golpe, porém o Fractário o obrigou a recuar. Cada segundo a mais de combate era um segundo que o rei teria para escapar.

Chegara a hora de ser imprudente. Szeth se lançou no ar, projetando-se para a outra extremidade do corredor, caindo com os pés voltados para o adversário. O Fractário não hesitou em golpear, mas Szeth se projetou para baixo, caindo imediatamente. A Espada Fractal cortou o ar acima dele.

Aterrissando agachado, Szeth aproveitou o impulso para lançar uma estocada no flanco do Fractário, bem onde a Armadura fora atingida antes. O golpe foi poderoso. Aquela parte da Armadura se estilhaçou, lançando no ar fragmentos de metal derretido. O Fractário grunhiu, caiu sobre um dos joelhos e levou a mão à lateral do corpo. Szeth lhe deu um chute, com força multiplicada pela Luz da Tempestade.

O pesado Fractário se chocou contra a porta dos aposentos do rei, que se despedaçou, e caiu para dentro. Szeth o deixou onde estava e enveredou pela passagem à direita, pela qual o rei fora conduzido. O corredor ali tinha o mesmo tapete vermelho, e suas lâmpadas de Luz permitiram que Szeth recarregasse a tempestade dentro de si.

A energia voltou a arder dentro dele, que apressou o passo. Caso se adiantasse o bastante, poderia se encarregar do rei e retornar para combater o Fractário. Não seria fácil. Uma Projeção Plena em uma porta não deteria um Fractário, e aquela Armadura tornava o homem sobrenaturalmente rápido. Szeth deu uma olhada por cima do ombro.

O Fractário não o estava seguindo. Permanecia sentado, parecendo aturdido. Szeth mal conseguia vê-lo, sentado à porta, em meio a fragmentos de madeira. Talvez Szeth o tivesse ferido mais do que pensava.

Ou talvez…

Szeth se imobilizou. Pensou na cabeça abaixada do homem que havia fugido, em seu rosto obscurecido. O Fractário *ainda* não o estava seguindo. Ele era muito habilidoso. Diziam que poucos espadachins podiam rivalizar com Gavilar Kholin. Será que…?

Szeth deu meia volta e correu, acreditando em seu instinto. Assim que o Fractário o viu, ficou de pé rapidamente. Szeth acelerou. Qual seria o lugar mais seguro para o rei? Nas mãos de alguns guardas, fugindo? Ou protegido por uma Armadura Fractal, deixado para trás, descartado como um simples guarda-costas?

Astuto, pensou Szeth, enquanto o antes moroso Fractário assumia de novo uma postura de combate. Szeth o atacou com vigor renovado, desferindo uma série de golpes com sua Espada. O Fractário — o rei — reagiu agressivamente com golpes largos. Ao se esquivar de um destes, Szeth sentiu o vento produzido pela arma, que não o acertou por pouco. Então, calculando com cuidado o movimento seguinte, abaixou-se e investiu para a frente, passando por baixo do contragolpe do rei.

Esperando outro golpe no flanco, o rei cobriu com o braço o buraco na Armadura e girou. Isso proporcionou a Szeth espaço suficiente para passar por ele e entrar nos aposentos reais.

O rei se preparou para segui-lo, mas Szeth, que corria pela sala prodigamente mobiliada, tocava os móveis, infundia-os com Luz das Tempestades e os projetava para um ponto atrás do rei. A mobília despencava como se a sala tivesse sido virada de lado. Sofás, cadeiras e mesas caíram na direção do atônito rei. Gavilar cometeu o erro de golpear os móveis com sua Espada Fractal. A arma atravessou facilmente um grande divã, mas os pedaços ainda o atingiram, fazendo-o cambalear. Um tamborete o atingiu em seguida e o arremessou ao chão.

Gavilar girou para fora do caminho dos móveis e avançou, com a Armadura vertendo jorros de Luz pelas partes rachadas. Reunindo todas as suas forças, Szeth deu um pulo, projetando-se para trás e para a direita enquanto o rei se aproximava. Desviando-se de um golpe, lançou-se para a frente com duas Projeções Básicas em sequência. Luz das Tempestades emanou de seu corpo, congelando suas roupas, enquanto era atraído na direção do rei duas vezes mais rápido que em uma queda normal.

A postura do rei demonstrou sua surpresa quando Szeth parou em pleno ar e então se lançou contra ele, golpeando. Ele acertou o elmo do rei, depois imediatamente projetou-se para cima, caindo com força no teto de pedra. De tanto se projetar em muitas direções, e muito rapidamente, seu corpo perdera o sentido de orientação, tornando difícil uma aterrissagem graciosa. Cambaleante, ele se pôs de pé.

Abaixo, o rei recuou, tentando se posicionar para atacar. Seu elmo estava quebrado, vazando Luz. Adotando uma postura defensiva e protegendo a lateral perfurada, ele deu uma estocada na direção do teto, usando apenas uma das mãos. Imediatamente, Szeth se projetou para baixo, julgando que o ataque do rei o impediria de recolher a espada a tempo.

Szeth subestimou o oponente. O rei aceitou o golpe de Szeth, confiando em seu elmo para absorvê-lo. Quando Szeth atingiu o elmo pela segunda vez — e o despedaçou —, Gavilar lhe desferiu um soco no rosto com a mão livre, recoberta pela manopla.

Uma luz ofuscante relampejou nos olhos de Szeth, em contraponto com a súbita agonia que explodiu em seu rosto. Sua visão começou a falhar e tudo se anuviou.

Dor. Tanta *dor!*

Szeth gritou, perdendo Luz das Tempestades velozmente e se chocando contra alguma coisa dura. As portas da sacada. Mais dores percorreram seus ombros, como se cem adagas lhe tivessem sido cravadas. Ele caiu no chão, rolou e parou, os músculos tremendo. O golpe teria matado um homem comum.

Não há tempo para dor. Não há tempo para dor. Não há tempo para dor!

Ele piscou e balançou a cabeça; o mundo estava escuro e desfocado. Teria perdido a visão? Não. Estava escuro lá fora. Ele estava na sacada de madeira. A força do soco o arremessara através das portas. Ruídos surdos. Passos pesados. O Fractário!

Cambaleando e com a visão turva, Szeth se pôs de pé. Sangue escorria de seu rosto. Luz das Tempestades fluía de sua pele, cegando seu olho esquerdo. A Luz. Ia curá-lo, se possível. Ele sentia o queixo deslocado. Estaria quebrado? Ele largou a Espada Fractal.

Uma sombra oscilante se moveu à sua frente; a armadura do Fractário perdera tanta Luz que o rei tinha problemas para caminhar. Mas estava se aproximando.

Szeth gritou e se ajoelhou, infundindo Luz na sacada de madeira e a projetando para baixo. O ar se congelou à sua volta. A tempestade bramiu, correndo por seus braços e entrando na madeira. Ele a projetou para baixo novamente e depois repetiu o processo. Quando Gavilar pisou na sacada, Szeth a projetou pela quarta vez. A sacada estremeceu sob o peso adicional. A madeira estalou e envergou.

O Fractário hesitou.

Szeth repetiu a Projeção pela quinta vez. Os suportes da sacada quebraram e a estrutura inteira se desprendeu do prédio. Szeth deu um grito, apesar da mandíbula quebrada, e usou seu último quinhão de Luz das Tempestades para se projetar à lateral do prédio. Passando pelo atônito Fractário, ele alcançou a parede e rolou.

A sacada desabou com o rei olhando para cima, desorientado, enquanto perdia o equilíbrio. A queda foi rápida. Ao luar — embora cego de um olho e com a visão enevoada —, Szeth observou solenemente a estrutura colidir com o chão abaixo. A parede do palácio tremeu e o estrondo de madeira quebrada ecoou nos prédios vizinhos.

Ainda na lateral do prédio, Szeth gemeu e se levantou. Sentia-se fraco; usara a Luz das Tempestades depressa demais, extenuando seu corpo. Mal conseguindo permanecer de pé, ele desceu cambaleante pela parede, aproximando-se dos escombros.

O rei respirava com dificuldade. A Armadura Fractal protegeria um homem de uma queda como aquela, mas um grande pedaço de madeira ensanguentada despontava de um dos flancos de Gavilar; havia lhe trespassado o corpo no lugar em que Szeth quebrara a Armadura, antes. Szeth se ajoelhou e examinou o rosto do homem, crispado de dor. Traços fortes. Queixo quadrado, barba negra entremeada de fios bancos, notáveis olhos verde-claros. Gavilar Kholin.

— Eu... esperava sua... vinda — disse o rei, entre arquejos.

Szeth tateou por baixo da armadura do homem, em busca das correias. Soltou-as e removeu a armadura, expondo as gemas que havia no interior. Duas estavam quebradas e apagadas. Três ainda brilhavam. Entorpecido, Szeth respirou fundo, absorvendo a Luz.

A tempestade se desencadeou novamente. Mais Luz emanou da lateral de seu rosto, regenerando a pele e os ossos danificados. A dor ainda era grande. A cura pela Luz das Tempestades estava longe de ser instantânea. Horas se passariam antes que ele se recuperasse.

O rei tossiu.

— Pode dizer... a Thaidakar... que ele chegou tarde demais...

— Eu não sei quem é esse — disse Szeth, enquanto se levantava. Seu queixo quebrado o impedia de pronunciar corretamente as palavras. Ele estendeu a mão para o lado e reconvocou sua Espada Fractal.

O rei franziu a testa.

— Então quem...? Restares? Sadeas? Nunca pensei...

— Meus mestres são os parshendianos — disse Szeth.

Após dez batidas do coração, a Espada surgiu em sua mão, úmida de condensação.

— Os parshendianos? Isso não faz sentido. — Gavilar tossiu e, com a mão trêmula, remexeu em um bolso na altura do peito. Dali retirou uma pequena esfera cristalina, presa em uma corrente. — Pegue isso. Eles não podem ficar com isso. — Ele parecia atordoado. — Diga... diga a meu irmão... ele precisa encontrar as palavras mais importantes que um homem pode dizer...

Gavilar ficou imóvel.

Szeth hesitou, mas se ajoelhou e pegou a esfera. Era estranha, diferente de tudo o que já vira. Embora fosse totalmente escura, de alguma forma parecia brilhar. Com uma luz negra.

Os parshendianos?, dissera Gavilar. *Isso não faz sentido.*

— Nada mais faz sentido — murmurou Szeth, guardando a estranha esfera. — Tudo está se desfazendo. Sinto muito, rei dos alethianos. Mas duvido que você se importe. Não mais. — Ele se pôs de pé. — Você não vai ter que assistir ao fim do mundo junto com o resto de nós.

Ao lado do corpo do rei, sua Espada Fractal se materializou da bruma, caindo com estrépito sobre as pedras, agora que seu mestre estava morto. Valia uma fortuna; reinos haviam caído em batalhas para obter uma única Espada Fractal.

Szeth ouviu gritos de alarme no interior do palácio. Tinha que ir. Mas...

Diga a meu irmão...

Para o povo de Szeth, o pedido de um moribundo era sagrado. Ele segurou a mão do rei, mergulhou-a no sangue e a usou para escrever na madeira: *Irmão. Você precisa encontrar as palavras mais importantes que um homem pode dizer.*

Em seguida, evadiu-se na noite. Não levou a Espada Fractal do rei; não teria uso para ela. A Espada que portava já era maldição suficiente.

PARTE UM

Acima do Silêncio

KALADIN • SHALLAN

"Vocês me mataram. Miseráveis, vocês me mataram! Com o sol ainda quente, eu morro!"

— Coletado no quinto dia da semana chach do mês betab do ano de 1171, dez segundos antes da morte. O indivíduo era um soldado olhos-escuros com 31 anos. A amostra é considerada questionável.

CINCO ANOS DEPOIS

— Eu vou morrer, não vou? — perguntou Cenn.

O calejado veterano ao lado de Cenn se virou e o olhou de alto a baixo. Tinha uma barba curta e, nas laterais da cabeça, os cabelos pretos começavam a se tornar grisalhos.

Eu vou morrer, pensou Cenn, apertando sua lança, cujo cabo estava escorregadio de suor. *Eu vou morrer.* Ó Pai das Tempestades, eu vou morrer...

— Quantos anos você tem, filho? — perguntou o veterano.

Cenn não se lembrava do nome do homem. Era difícil se lembrar de alguma coisa enquanto o exército adversário formava fileiras do outro lado do campo pedregoso. Seu alinhamento parecia tão civilizado. Elegante, organizado. Lanças curtas nas fileiras da frente, lanças longas e dardos atrás, arqueiros nas laterais. Os lanceiros olhos-escuros usavam equipamentos como os de Cenn: gibão de couro, saiote à altura dos joelhos, um simples elmo e uma placa peitoral de aço.

Muitos dos olhos-claros envergavam armaduras completas. Montavam cavalos, cercados por suas guardas de honra, cujas armaduras brilhavam em tons de vinho e verde-escuro. Haveria Fractários entre eles?

O Luminobre Amaram não era um Fractário. Algum de seus homens seria? E se Cenn tivesse que enfrentar um deles? Homens comuns não matavam Fractários. Era algo tão raro que cada ocorrência se tornara lendária.

Isso está mesmo acontecendo, pensou Cenn, com terror crescente. Daquela vez não era um exercício no acampamento. Nem uma manobra no campo, com o uso bastões. Era *real*. Confrontado com esse fato — sentindo as pernas fraquejarem e o coração aos pulos como um animal assustado —, Cenn subitamente se deu conta de que era um covarde. Não deveria jamais ter abandonado os rebanhos! Não deveria jamais ter...

— Filho? — disse o veterano com voz firme. — Qual a sua idade?

— Quinze anos, senhor.

— E qual o seu nome?

— Cenn, senhor.

O gigantesco homem barbudo acenou com a cabeça.

— Meu nome é Dallet.

— Dallet — repetiu Cenn, ainda de olhos arregalados para o exército adversário. Havia tantos soldados! Milhares. — Eu vou morrer, não vou?

— *Não*. — Dallet tinha uma voz áspera, mas de certa forma reconfortante. — Você vai se sair bem. Mantenha a cabeça erguida. Fique junto do pelotão.

— Mas eu não tive nem seis semanas de treinamento! — Cenn poderia jurar que ouvia leves tinidos produzidos pelas armaduras e escudos dos inimigos. — Eu mal consigo segurar a lança! Pai das Tempestades, estou *morto*. Não consigo...

— Filho — interrompeu Dallet, suave, mas firmemente, pousando a mão no ombro de Cenn. A borda do grande escudo redondo pendurado em suas costas refletia a luz. — Você *vai* se sair *bem*.

— Como o senhor sabe?

A pergunta soou como uma súplica.

— Porque eu sei, garoto. Você está no pelotão de Kaladin, o Filho da Tempestade.

Os soldados nas proximidades aquiesceram.

Atrás deles, ondas e mais ondas de soldados se posicionavam — milhares deles. Cenn estava bem à frente, no pelotão de Kaladin, composto por cerca de trinta homens. Por que Cenn fora transferido, no último momento, para um novo pelotão? Algo a ver com a política do acampamento.

Mas por que aquele pelotão estava bem na linha de frente, onde as baixas provavelmente seriam maiores? Pequenos esprenos de medo —

com a forma de viscosos globos purpúreos — brotaram do chão e se aglomeraram ao redor de seus pés. Em um momento de puro pânico, ele quase largou a lança e fugiu. A mão de Dallet apertou seu ombro. Olhando nos confiantes olhos negros do veterano, Cenn hesitou.

— Você mijou antes de entrarmos em formação? — perguntou Dallet.

— Eu não tive tempo para...

— Faça agora.

— Aqui?

— Se não fizer, vai acabar mijando nas calças durante a batalha se distraindo e talvez morrendo.

Envergonhado, Cenn entregou sua lança a Dallet e se aliviou sobre as pedras. Quando terminou, deu uma olhada nos que estavam ali perto. Nenhum dos soldados de Kaladin o observava com ar de troça. Permaneciam firmes em suas posições, lanças ao lado, escudos às costas.

O exército inimigo já quase terminara os preparativos. O terreno entre as duas forças era um descampado, notavelmente plano e liso, onde se viam apenas alguns petrobulbos ocasionais. Daria um ótimo pasto. Um vento cálido soprou no rosto de Cenn, trazendo os odores úmidos da grantormenta que caíra na noite anterior.

— Dallet! — gritou uma voz.

Um homem atravessava as fileiras, portando uma lança curta com duas facas embainhadas presas ao cabo. O recém-chegado era jovem — tinha uns quatro anos a mais que os quinze de Cenn —, mas em altura suplantava por vários dedos o próprio Dallet. Envergava o uniforme de couro comum dos lanceiros, mas usava uma calça preta por baixo. O que normalmente não era permitido.

Seus cabelos pretos de alethiano eram ondulados e lhe chegavam aos ombros, os olhos eram castanho-escuros. Nas ombreiras do gibão, ostentava cordas brancas com nós, que o identificavam como chefe de pelotão.

Os trinta homens à volta de Cenn se aprumaram e ergueram as lanças para saudá-lo. *Esse é Kaladin, o Filho da Tempestade?*, pensou Cenn, incrédulo. *Esse jovem?*

— Dallet, logo teremos um novo recruta — disse Kaladin. Ele tinha uma voz forte. — Eu preciso que você...

Ele se interrompeu ao notar Cenn.

— Ele chegou aqui sozinho há poucos minutos, senhor — informou Dallet com um sorriso. — Eu estava dando instruções.

— Bom trabalho — disse Kaladin. — Eu paguei um bom dinheiro para tirar esse garoto de Gare. Aquele homem é tão incompetente que bem poderia estar lutando para o outro lado.

O quê?, pensou Cenn. *Por que alguém* pagaria *por mim?*

— O que você está achando do terreno? — perguntou Kaladin.

Outros lanceiros nas proximidades ergueram as mãos sobre os olhos para sombrear o sol e inspecionaram as rochas.

— O que acha daquele declive perto dos dois rochedos, na ponta direita? — indagou Dallet.

Kaladin balançou a cabeça.

— Muito acidentado.

— É. Talvez seja. E aquela colina lá? Está longe o suficiente para evitar a primeira chuva de flechas e perto o suficiente para não nos adiantarmos muito.

Kaladin assentiu, embora Cenn não estivesse compreendendo o que eles observavam.

— Parece bom.

— Ouviram isso, bando de ignorantes? — gritou Dallet.

Os homens ergueram as lanças.

— Fique de olho no novato, Dallet — disse Kaladin. — Ele não conhece os sinais.

— Claro — disse Dallet, sorrindo.

Sorrindo! Como aquele homem podia sorrir? O exército inimigo estava soprando os berrantes. Significava que estavam prontos? Embora tivesse acabado de se aliviar, Cenn sentiu um filete de urina lhe escorrer pela perna.

— Aguentem firme — disse Kaladin.

Depois correu pela linha de frente para conversar com o chefe de pelotão vizinho. Atrás de Cenn e dos outros, dezenas de fileiras continuavam a se formar. Nas laterais, os arqueiros se preparavam para disparar.

— Não se preocupe, filho — disse Dallet. — Nós vamos nos sair bem. O chefe de pelotão Kaladin tem sorte.

O soldado ao lado de Cenn assentiu. Era um vedeno magricela, de cabelos ruivos, cuja pele era mais bronzeada e escura que a dos alethianos. Por que estaria lutando em um exército alethiano?

— É verdade — disse ele. — Kaladin é filho da tempestade, com certeza. Nós perdemos só… o quê?, um homem na última batalha.

— Mas *alguém* morreu — replicou Cenn.

Dallet deu de ombros.

— Pessoas sempre morrem. Nosso pelotão é o que perde menos gente. Você vai ver.

Kaladin terminou de conferenciar com o outro chefe de pelotão e voltou correndo para junto de sua equipe. Embora portasse uma lança curta — arma para ser manejada com uma das mãos, deixando a outra livre para segurar o escudo —, a dele era um palmo maior que as usadas pelos outros.

— A postos, homens! — gritou Dallet.

Ao contrário dos outros chefes de pelotão, Kaladin não entrou em formação, mas permaneceu à frente de sua tropa.

Os homens ao redor de Cenn se agitaram, animados. Os sons se repetiram ao longo do grande exército, com a quietude dando lugar à ansiedade. Centenas de pés se arrastaram, escudos se entrechocaram, fechos retiniram. Esprenos de expectativa em formato de flâmulas vermelhas começaram a brotar do chão, ondulando na brisa. Kaladin permaneceu imóvel, observando o outro exército.

— Fiquem firmes, homens — disse ele, sem se virar.

Atrás dele, um oficial olhos-claros passou a cavalo.

— Preparem-se para lutar! Eu quero o sangue deles, homens. Lutem e matem!

— Fiquem firmes — repetiu Kaladin, depois que o homem passou.

— Prepare-se para correr — disse Dallet a Cenn.

— Correr? Mas fomos treinados para marchar em formação! Para permanecer nas nossas fileiras!

— Claro — disse Dallet. — Mas a maior parte dos homens não teve mais treinamento que você. Os que sabem lutar acabam sendo enviados às Planícies Quebradas, para combater os parshendianos. Kaladin está tentando nos colocar em forma para lutarmos lá, pelo rei. — Dallet indicou a fileira com um gesto de cabeça. — Quase todos esses aí vão romper a fileira e atacar; os olhos-claros não são comandantes bons o suficiente para manter esses homens em formação. Então fique conosco e corra.

— Devo desprender meu escudo?

Os soldados das outras equipes estavam desprendendo os deles, mas o pelotão de Kaladin os manteve às costas.

Antes que Dallet pudesse responder, um berrante ressoou na retaguarda.

— Vamos! — disse Dallet.

Cenn não tinha muita escolha. Todo o exército começou a se mover, em um estrépito de botinas. Como Dallet previra, a marcha ordenada não durou muito. Alguns homens começaram a gritar, logo acompanhados por outros. Os olhos-claros os incentivavam a seguir, correr, lutar. E a formação se desintegrou.

Tão logo isso aconteceu, os soldados de Kaladin começaram a correr a toda velocidade. Cenn se esforçou para acompanhá-los, em pânico e aterrorizado. O terreno não era tão plano quanto parecia, e ele quase tropeçou em um petrobulbo oculto, cujas gavinhas estavam recolhidas para dentro da casca.

Endireitando-se, ele continuou a correr, segurando a lança com uma das mãos, enquanto o escudo se chocava contra suas costas. Os soldados do exército distante também estavam em movimento, avançando pelo descampado. Não havia qualquer vestígio da formação de combate nem das fileiras organizadas. Aquilo não se parecia nada com o que fora ensinado no treinamento.

Cenn não sabia nem quem era o inimigo. Um senhor de terras estava invadindo o território do Luminobre Amaram — terras que pertenciam, em última instância, ao Grão-príncipe Sadeas. Era uma escaramuça de fronteira contra outro principado alethiano, acreditava Cenn. Por que estariam lutando entre si? Talvez o rei pudesse acabar com aquilo, mas ele estava nas Planícies Quebradas buscando vingança pelo assassinato do rei Gavilar, cinco anos antes.

O inimigo tinha muitos arqueiros. O pânico de Cenn subiu às alturas quando a primeira onda de flechas voou pelos ares. Ao tropeçar de novo, quis desprender o escudo, mas Dallet agarrou seu braço e o puxou adiante.

Centenas de flechas cortaram o ar, obscurecendo o sol. Após descreverem um arco, caíram sobre suas presas como enguias celestes. Os soldados de Amaram levantaram os escudos. Exceto os do pelotão de Kaladin. Para eles, nada de escudos.

Cenn gritou.

Viu que os projéteis estavam caindo sobre as fileiras centrais do exército de Amaram, atrás dele. Sem deixar de correr, Cenn olhou por cima do ombro. As flechas caíam *atrás* dele. Soldados gritavam, flechas se quebravam contra escudos; somente umas poucas aterrissando perto das primeiras fileiras.

— Por quê? — gritou ele para Dallet. — Como você sabia?

— Eles querem que as flechas atinjam a área onde há mais gente — respondeu o homenzarrão. — É onde têm chances maiores de acertar um corpo.

Diversos outros grupos da vanguarda mantiveram os escudos abaixados, mas a maioria dos homens corria desajeitadamente com os escudos voltados para o céu, preocupados com flechas que não os atingiriam. Isso lhes reduzia a velocidade e os colocava em risco de serem pisoteados pelos homens que vinham atrás, que *estavam* sendo atingidos. Mesmo assim Cenn estava doido para erguer seu escudo; correr sem sua proteção lhe parecia um erro.

A segunda saraivada caiu e homens gritaram de dor. O pelotão de Kaladin investiu contra os soldados inimigos, alguns dos quais morriam sob as flechas dos arqueiros de Amaram. Cenn já podia ouvir os soldados inimigos bradando gritos de guerra, já podia distinguir rostos. De repente, o pelotão de Kaladin se deteve, formando um grupo compacto. Haviam chegado à pequena colina selecionada antes por Kaladin e Dallet.

Dallet agarrou Cenn e o empurrou para o centro da formação. Quando os inimigos se aproximaram, os homens de Kaladin baixaram as lanças e posicionaram os escudos. Os adversários não mantinham uma formação ordenada, não posicionavam as fileiras de lanças longas atrás e as de lanças curtas à frente. Apenas corriam na direção dos adversários, gritando freneticamente.

Cenn lutou para desprender o escudo das costas. O som de lanças se chocando ecoava no ar à medida que os soldados entravam em combate direto. Um grupo de lanceiros inimigos arremeteu contra o pelotão de Kaladin, talvez cobiçando o terreno mais elevado. Os trinta atacantes mostravam certa coesão, embora não mantivessem uma formação tão cerrada quanto o pelotão de Kaladin.

Os inimigos pareciam determinados a compensar essa falha com entusiasmo, gritando e berrando furiosamente enquanto atacavam as linhas de Kaladin. Os homens de Kaladin mantiveram suas posições, defendendo Cenn como se ele fosse um olhos-claros, e os outros, sua guarda de honra. As duas forças colidiram com um estrondo de metal sobre madeira, de escudos contra escudos. Cenn se encolheu.

Tudo terminou em poucos instantes. O pelotão inimigo recuou, deixando dois mortos sobre as pedras. A equipe de Kaladin não perdeu ninguém. Mantiveram sua compacta formação em V, embora um dos homens tenha recuado para aplicar uma bandagem sobre um ferimento na coxa. Seus companheiros se juntaram mais para cobrir a lacuna. O homem ferido era corpulento e estava bem armado; embora ele praguejasse, seu ferimento não parecia grave. Ele logo se levantou, mas não retornou ao lugar que ocupava. Preferiu recuar para uma das pontas da formação em V, um local mais protegido.

O campo de batalha estava um caos. Os dois exércitos se misturavam a ponto de se confundirem. Clangores, estrondos e gritos enchiam o ar. Muitos pelotões se dispersaram, à medida que seus integrantes corriam de um confronto a outro. Moviam-se como caçadores: grupos de três ou quatro procuravam indivíduos isolados e caíam brutalmente sobre eles.

O pelotão de Kaladin guardou seu terreno, enfrentando apenas os inimigos que se aproximavam demais. Então batalhas eram assim? O treinamento de Cenn o preparara para longas fileiras de homens, ombro a ombro. Não para aquele embaralhamento alucinado, aquele pandemônio brutal. Por que mais homens não mantinham as formações?

Todos os verdadeiros soldados partiram, pensou Cenn. *Estão travando uma batalha de verdade nas Planícies Quebradas. Não é de admirar que Kaladin queira mandar seus homens para lá.*

Lanças faiscavam por todos os lados; era difícil distinguir amigos de inimigos, apesar dos emblemas nas couraças e das pinturas coloridas nos escudos. O campo de batalha se fragmentou em pequenos grupos, como se mil guerras diferentes acontecessem ao mesmo tempo.

Após as primeiras escaramuças, Dallet pegou Cenn pelo ombro e o posicionou na fileira ao fundo do padrão em V. Cenn, entretanto, era imprestável. Quando a equipe de Kaladin começou a enfrentar os pelotões inimigos, ele esqueceu seu treinamento. Precisou de todas as suas forças apenas para permanecer onde estava, com a lança apontada para a frente e tentando parecer ameaçador.

Durante quase uma hora, o pelotão de Kaladin manteve sua pequena colina, trabalhando ombro a ombro como uma equipe. Kaladin muitas vezes abandonava sua posição na linha de frente e corria de um lado para outro, batendo com a lança no próprio escudo em um ritmo estranho.

São sinais, percebeu Cenn, enquanto o pelotão trocava o formato de V pelo de um círculo. Com os gritos dos moribundos e milhares de homens berrando uns para os outros, era quase impossível escutar a voz de uma pessoa. Mas o agudo fragor da lança batendo na placa metálica do escudo de Kaladin era límpido. Cada vez que a formação mudava, Dallet pegava Cenn pelo ombro e o guiava.

A equipe de Kaladin não perseguia inimigos isolados. Permanecia na defensiva. E embora vários de seus integrantes tivessem sofrido ferimentos, nenhum deles caiu. Era um pelotão intimidante demais para grupos pequenos, e as unidades maiores se retiravam após alguns golpes, buscando oponentes mais fáceis.

Por fim, alguma coisa mudou. Kaladin se virou e observou o andamento da batalha com seus perspicazes olhos castanhos. Então ergueu sua lança e bateu no escudo em um ritmo rápido, que não havia utilizado antes. Dallet pegou Cenn pelo braço e o arrastou para fora da pequena colina. Por que abandoná-la agora?

Bem naquele momento, o corpo principal das forças de Amaram se rompeu e seus homens começaram a se dispersar. Cenn não havia percebido como seu lado estava se saindo mal na batalha naquele setor. Ao se retirar, a equipe de Kaladin passou por muitos feridos e moribundos, e Cenn foi ficando nauseado. Soldados tinham o corpo aberto e entranhas à mostra.

Mas não tinha tempo para se horrorizar; a retirada logo se transformou em debandada. Dallet praguejou e Kaladin martelou seu escudo novamente. O pelotão mudou de curso e se dirigiu para leste, onde, constatou Cenn, um grande grupo de soldados de Amaram resistia.

Mas os inimigos haviam visto suas fileiras se romperem e isso lhes deu coragem. Atacaram então em bandos, como cães-machado caçando porcos desgarrados. Antes que a equipe de Kaladin chegasse à metade do campo cheio de mortos e moribundos, um grande grupo de soldados inimigos os interceptou. Relutantemente, Kaladin martelou o escudo; sua equipe diminuiu o passo.

Cenn sentia seu coração bater cada vez mais rápido. Nas proximidades, um pelotão de soldados de Amaram estava sendo aniquilado. Homens tropeçavam e caíam, gritando, tentando escapar. Os inimigos usavam as lanças como espetos, matando os homens no chão como se fossem crenguejos.

Os homens de Kaladin enfrentaram os inimigos em uma colisão de lanças e escudos. Corpos se entrechocavam e Cenn foi jogado de um lado para outro. Em meio à mixórdia de amigos e inimigos, mortes e matanças, Cenn sentiu-se desorientado. Tantos homens correndo em tantas direções!

Em pânico, procurou um abrigo. Viu um grupo de soldados nas proximidades usando uniformes alethianos. Seu pelotão! Cenn correu na direção deles, mas, quando alguns se viraram, percebeu aterrorizado que não os reconhecia. Aquele *não era* o pelotão de Kaladin, mas um pequeno grupo de soldados desconhecidos mantendo uma fileira irregular e quebrada. Feridos e assustados, eles se dispersaram assim que um pelotão inimigo se aproximou.

Cenn ficou paralisado, segurando a lança com a mão suada. Os soldados inimigos investiram contra ele. Seu instinto lhe dizia para fugir, mas ele vira muitos homens serem abatidos um a um. Tinha que resistir! Tinha que enfrentá-los! Não podia fugir, não podia...

Ele deu um berro e atacou com a lança o soldado que vinha à frente. O homem desviou facilmente o golpe com seu escudo e cravou sua lança curta na coxa de Cenn. A dor foi quente, tão quente que o sangue que jorrou de sua perna pareceu frio em comparação. Cenn arquejou.

O soldado puxou a arma de volta. Cenn cambaleou para a frente, largando a lança e o escudo. Caiu sobre o chão rochoso, chapinhando no sangue de outra pessoa. O adversário levantou a lança bem alto, uma silhueta recortada contra o céu azul, pronto para cravá-la em seu coração.

Então *ele* apareceu.

O líder do pelotão. O Filho da Tempestade, cuja lança surgiu do nada, desviando bem a tempo o golpe que teria matado Cenn. Postando-se diante do rapaz, sozinho, ele confrontou seis lanceiros. E não hesitou. Ele *atacou.*

Aconteceu com muita rapidez. Kaladin derrubou ao chão o homem que ferira Cenn. Enquanto ele caía, o líder sacou uma faca de uma das bainhas atadas em sua lança e a arremessou na coxa de um segundo oponente. O homem caiu sobre um joelho, gritando.

Um terceiro homem ficou imóvel, observando os companheiros caídos. Kaladin passou por um inimigo ferido e lhe cravou a lança na barriga. Um quarto homem caiu com uma faca espetada no olho. Em que momento Kaladin pegara aquela faca? Ele rodopiou entre os dois homens restantes, manejando a lança como um porrete. Por um momento, Cenn achou ter visto alguma coisa rodeando o chefe de pelotão. Uma deformação do ar, como se o vento tivesse se tornado visível.

Estou perdendo muito sangue. Está escorrendo muito depressa.

Kaladin girou, bloqueando ataques, e os dois lanceiros caíram, emitindo gorgolejos que, para Cenn, pareciam de surpresa. Inimigos no chão, Kaladin deu meia-volta e se ajoelhou ao seu lado. Largando a lança, ele tirou uma faixa de pano do bolso e a amarrou eficientemente ao redor da coxa de Cenn. Trabalhava com a desenvoltura de quem já cuidara de dezenas de ferimentos.

— Senhor Kaladin! — gritou Cenn, apontando para um dos soldados que seu chefe ferira.

Segurando uma das pernas, o homem começava a se levantar. Um segundo depois, no entanto, o gigantesco Dallet apareceu e o empurrou com o escudo. Não o matou, mas o deixou se afastar cambaleante e desarmado.

O restante do pelotão se aproximou e formou um círculo em torno de Kaladin, Dallet e Cenn. Kaladin se levantou e apoiou a lança no ombro. Dallet lhe devolveu as facas, que removera dos inimigos caídos.

— Você me deixou preocupado, senhor — disse Dallet. — Correndo desse jeito.

— Eu sabia que você me seguiria — respondeu Kaladin. — Levante a bandeira vermelha. Cyn, Korater, vocês vão voltar com o garoto. Dallet, fique aqui. As fileiras de Amaram estão se deslocando nesta direção. Logo estaremos a salvo.

— E o senhor? — perguntou Dallet.

Kaladin observou o campo de batalha. Um bolsão se abrira nas forças inimigas, onde se via um homem montado em um cavalo branco agitando uma clava de aspecto ameaçador. Usava uma armadura completa, que brilhava com reflexos prateados.

— Um Fractário — disse Cenn.

Dallet riu ironicamente.

— Não, graças ao Pai das Tempestades. Só um oficial olhos-claros. Os Fractários são valiosos demais para serem desperdiçados em uma pequena disputa de fronteiras.

Kaladin observava os olhos-claros com puro ódio. Era o mesmo ódio que o pai de Cenn demonstrava quando falava dos ladrões de chules, ou o ódio que sua mãe sentia quando alguém mencionava Kusiri, que havia fugido com o filho do sapateiro.

— Senhor? — disse Dallet, hesitante.

— Destacamentos Dois e Três, formação em pinça — disse Kaladin, a voz áspera. — Vamos tirar um luminobre do trono.

— Tem certeza de que é uma boa ideia, senhor? Temos feridos.

Kaladin se virou para Dallet.

— Aquele é um dos oficiais de Hallaw. Pode ser o próprio.

— O senhor não tem como ter certeza.

— Não importa. É um chefe de batalhão. Se matarmos um oficial tão graduado, quase certamente estaremos no próximo grupo enviado para as Planícies Quebradas. Vamos pegá-lo. — Seu olhar se tornou distante. — Imagine, Dallet. Soldados de verdade. Uma frente de guerra com disciplina e olhos-claros com integridade. Um lugar onde nossa luta *significará* alguma coisa.

Dallet suspirou, mas assentiu. Kaladin acenou para um grupo de soldados seus, que começaram a correr pelo campo. Um grupo menor, incluindo Dallet, permaneceu na retaguarda com os feridos. Um deles — um homem magro, de cabelos pretos alethianos intercalados por alguns fios louros, indicando sangue estrangeiro — tirou do bolso uma longa fita vermelha e a atou em sua lança. Depois ergueu a lança, deixando a fita drapejar ao vento.

— É um chamado para que os corredores tirem nossos feridos do campo — explicou Dallet a Cenn. — Logo vamos tirar você daqui. Você foi corajoso, enfrentando aqueles seis.

— Fugir me pareceu estupidez — comentou Cenn, tentando desviar os pensamentos da perna latejante. — Com tantos feridos no campo, como sabemos se os corredores virão nos buscar?

— O chefe Kaladin suborna os corredores — disse Dallet. — Normalmente, eles só carregam olhos-claros, mas há mais corredores que olhos-claros. O chefe de pelotão gasta a maior parte do pagamento dele nesses subornos.

— Esse pelotão é diferente mesmo — disse Cenn, sentindo-se tonto.

— Eu disse.

— Não é porque tem sorte. É por causa do treinamento.

— Em parte. Mas em parte também porque sabemos que, se formos feridos, Kaladin vai nos tirar do campo de batalha.

Dallet fez uma pausa e olhou por cima do ombro. Como Kaladin previra, as tropas de Amaram estavam se recuperando e retornando.

O inimigo montado a cavalo distribuía enérgicos golpes de maça a torto e a direito. Parte de sua guarda de honra se deslocou para um dos lados, de modo a confrontar um destacamento de Kaladin. O olhos-claros virou o cavalo. Usava um elmo aberto na frente, com laterais inclinadas e um penacho no topo. Cenn não conseguia divisar a cor de seus olhos, mas sabia que seriam azuis ou verdes; talvez amarelos ou cinza-claros. Era um luminobre, escolhido ao nascer pelos Arautos e marcado para governar.

Ele observava, impassível, os homens que lutavam nas proximidades. Então uma das facas de Kaladin o acertou no olho direito.

O luminobre gritou e caiu da sela. Kaladin, que conseguira se esgueirar por entre os soldados, pulou sobre ele com a lança levantada.

— É, é em parte treinamento — repetiu Dallet, meneando a cabeça. — Mas é principalmente ele. Ele luta como uma tempestade, aquele lá, e pensa duas vezes mais rápido que os outros homens. O modo como ele se move às vezes...

— Ele fez o curativo na minha perna — comentou Cenn, percebendo que estava começando a devanear devido à perda de sangue.

Por que lembrar do curativo da perna? Era uma coisa simples.

Dallet apenas assentiu.

— Ele sabe muito a respeito de ferimentos. Também sabe ler glifos. Nosso chefe de pelotão é um homem estranho para um simples lanceiro olhos-escuros. — Ele se virou para Cenn. — Mas você devia poupar suas forças, filho. O chefe não vai ficar feliz se perdermos você, não depois do que ele pagou para te ter.

— Por quê? — perguntou Cenn.

O campo de batalha estava ficando mais silencioso, como se muitos dos moribundos tivessem perdido a voz, de tanto gritar. Quase todos ao redor eram aliados, mas Dallet se mantinha vigilante para garantir que nenhum soldado inimigo atacasse os feridos de Kaladin.

— Por quê, Dallet? — repetiu Cenn, ansioso. — Por que me trazer para o batalhão dele? Por que *eu*?

Dallet balançou a cabeça.

— É o jeito dele. Ele detesta ver garotos como você indo para a guerra quase sem treinamento. De vez em quando, pega um e traz para o pelotão dele. Pelo menos meia dúzia dos nossos homens eram como você. — Os olhos de Dallet se fixaram em algum ponto distante. — Acho que vocês fazem ele se lembrar de alguém.

Cenn olhou para sua perna. Esprenos de dor — que pareciam pequenas mãos alaranjadas com dedos extremamente longos — estavam rastejando à sua volta, reagindo à sua agonia. Depois se afastaram em outras direções, em busca de outros feridos. A dor de Cenn estava diminuindo; sua perna parecia entorpecida — como todo o seu corpo.

Ele se deitou e olhou para o céu. Ouvia um leve trovejar. Estranho. O céu estava sem nuvens.

Dallet soltou um palavrão.

Cenn se virou, espantado, saindo de seu estupor. Um cavaleiro se aproximava deles, montando um enorme cavalo preto e usando uma armadura que parecia irradiar luz. A armadura não tinha remendas, apenas pequenas placas incrivelmente intrincadas no lugar de malha de ferro. Ele usava um elmo completo, com viseira dourada e desprovido de ornamentos. Com uma das mãos, brandia uma enorme espada, do tamanho de um homem. Não era uma espada comum; sua lâmina curva e coberta de incrustações tinha um lado com gume e o outro ondulado.

Linda como uma obra de arte. Cenn jamais vira um Fractário, mas logo percebeu que aquele homem era um. Como poderia ter confundido um simples olhos-claros de armadura com uma *daquelas* majestosas criaturas?

Dallet não afirmara que não haveria Fractários naquele campo de batalha? Pondo-se de pé em um pulo, Dallet ordenou ao destacamento que entrasse em formação. Cenn permaneceu recostado. Não conseguiria se levantar, não com aquele ferimento na perna.

Sentia-se muito tonto. Quanto sangue teria perdido? Mal conseguia pensar.

De qualquer forma, não poderia lutar. Não se lutava contra uma coisa daquelas. O sol resplandecia na armadura prateada. E aquela espada deslumbrante, intrincada, sinuosa. Era como… como se o próprio Todo-Poderoso tivesse se materializado para percorrer o campo de batalha.

E quem desejaria lutar contra o Todo-Poderoso?

Cenn fechou os olhos.

2

A HONRA ESTÁ MORTA

"Dez ordens. Nós fomos amados, um dia. Por que nos abandonastes, Todo-Poderoso? Fragmento da minha alma, para onde fostes?"

— Coletado no segundo dia de *kakash*, ano de 1171, cinco segundos antes da morte. O indivíduo era uma mulher olhos-claros em sua terceira década de vida.

OITO MESES DEPOIS

O ESTÔMAGO DE KALADIN RONCAVA quando ele passou o braço pelas barras e aceitou a tigela de lavagem. Ao passar a pequena tigela — era mais uma caneca — por entre as barras, cheirou-a e fez uma careta, enquanto o vagão-cela recomeçava a andar. A lavagem, pastosa e cinzenta, era feita de grãos de taleu cozidos demais, e aquela porção estava polvilhada com restos ressecados da refeição do dia anterior.

Repugnante como fosse, era tudo o que teria. Então começou a comer, com as pernas penduradas por entre as barras, observando o cenário. Os outros escravos da cela seguravam suas tigelas defensivamente, temerosos de que alguém lhes roubasse a comida. Um deles, no primeiro dia, tentara roubar a comida de Kaladin. Kaladin quase lhe quebrara o braço. Agora, todos o deixavam em paz.

Assim estava ótimo para ele.

Ele comeu com os dedos, indiferente à sujeira. Parara de reparar na sujeira meses antes. Detestava sentir um pouco da mesma paranoia que os outros demonstravam. Como poderia ser diferente, após oito meses de espancamentos, privações e brutalidade?

Ele lutava contra a paranoia. *Não* seria como os outros. Mesmo que abrisse mão de tudo o mais — mesmo que tudo lhe fosse tirado, mesmo que já não existisse esperança de escapar, uma coisa ele manteria: era um escravo, mas não precisava pensar como escravo.

Rapidamente, terminou de comer a lavagem. Nas proximidades, um dos outros escravos começou a tossir levemente. Havia dez escravos na cela, todos homens, sujos, de barbas desgrenhadas. Aquele era um dos três carroções na caravana, que estava atravessando as Colinas Devolutas.

Um sol branco-avermelhado ardia no horizonte como se fosse a parte mais quente da fornalha de um ferreiro, tingindo as nuvens ao redor: borrifos de tinta descuidadamente arremessados sobre uma tela. Cobertas com uma grama de um verde monótono, as colinas pareciam infindáveis. Em uma elevação próxima, uma pequena figura esvoaçava em torno das plantas, dançando como uma libélula. A figura era amorfa, vagamente translúcida. Os esprenos de vento eram espíritos maliciosos que tinham mania de permanecer em lugares inconvenientes. Kaladin esperava que aquele se cansasse e fosse embora, mas, quando tentou jogar sua tigela para o lado, descobriu que ela grudara em seus dedos.

O espreno riu e passou zumbindo à sua frente, nada mais que um feixe de luz sem forma definida. Kaladin soltou um palavrão enquanto tentava desgrudar a tigela. Esprenos de vento costumavam fazer brincadeiras assim. Ele fez mais força e a tigela acabou se soltando. Resmungando, jogou-a para um dos outros escravos, que começou a lamber os restos da lavagem.

— Ei — sussurrou uma voz.

Kaladin olhou para o lado. Um escravo de pele escura e cabelos emaranhados rastejava em sua direção, timidamente, como se esperasse que Kaladin fosse se irritar.

— Você não é como os outros — sussurrou o homem, seus olhos negros fixos na testa de Kaladin, que exibia três marcas.

As duas primeiras, que compunham um par de glifos, haviam sido impressas oito meses antes, em seu último dia no exército de Amaram. A terceira, recente, fora impressa por seu atual senhor. *Shash*, dizia o último glifo. Perigoso.

O escravo mantinha uma das mãos escondida em seus trapos. Uma faca? Não, isso era ridículo. Nenhum daqueles escravos conseguiria esconder uma arma; as folhas ocultas no cinto de Kaladin eram o máximo que alguém podia conseguir. Mas velhos instintos não desaparecem facilmente. Assim, Kaladin vigiou aquela mão.

— Eu ouvi os guardas conversando — prosseguiu o escravo, acercando-se um pouco mais. Tinha um cacoete que o fazia piscar frequentemente. — Você já tentou fugir, eles disseram. Você *já* fugiu.

Kaladin não respondeu.

— Olha — disse o escravo, tirando a mão de dentro dos andrajos e apresentando sua tigela de lavagem. Estava cheia pela metade. — Me leve com você na próxima vez. Eu lhe dou isso. Metade da minha comida, desde agora até nós escaparmos. Por favor.

Enquanto falava, ele atraiu alguns esprenos de fome, que adejaram ao redor de sua cabeça. Lembravam moscas marrons, quase pequenas demais para se ver.

Kaladin se virou e olhou para as colinas intermináveis, com a grama balançando. Encostou um braço na grade e apoiou a cabeça nele, mantendo as pernas penduradas no lado de fora.

— E aí? — perguntou o escravo.

— Você é um idiota. Se me desse metade da sua comida, ficaria fraco demais para fugir. Isso se eu fosse fugir, o que não vou fazer.

— Mas...

— Dez vezes — sussurrou Kaladin. — Dez tentativas de fuga em oito meses, com cinco senhores diferentes. Quantas delas funcionaram?

— Bem... quer dizer... você ainda está aqui...

Oito meses. Oito meses como escravo, oito meses comendo lavagem e sendo espancado. Quase uma eternidade. Ele já mal se lembrava do exército.

— Você não consegue se esconder, sendo um escravo — disse Kaladin. — Não com essa marca na testa. Ah, eu escapei algumas vezes. Mas eles sempre me encontram. E lá ia eu de volta.

Antes, os homens o chamavam de sortudo. Filho da Tempestade. Era mentira — Kaladin tinha era *má* sorte. Soldados eram supersticiosos e embora no início ele tivesse resistido a pensamentos do tipo, foi ficando cada vez mais difícil. Todas as pessoas que havia tentado proteger acabaram mortas. Repetidas vezes. E agora ali estava ele, em uma situação ainda pior que no início. Melhor era não resistir. Aquela era sua sina, e ele se resignara a ela.

Havia certo poder nisso, certa liberdade. A liberdade de não ter que se preocupar.

O escravo finalmente percebeu que Kaladin não diria mais nada e se afastou, comendo sua lavagem. Os carroções continuaram a viagem. Embora campos verdejantes se estendessem em todas as direções, a área adjacente aos matraqueantes veículos era descampada. Quando avançavam, a relva desaparecia — cada haste se recolhendo para o interior de um minúsculo buraco na pedra. Após a passagem dos carroções, a relva despontava timidamente e por fim estendia suas folhas. Assim sendo, os vagões-cela se deslocavam ao longo do que parecia ser uma estrada de pedra, capinada especialmente para a passagem deles.

Naquele ponto longínquo das Colinas Devolutas, onde as grantormentas eram incrivelmente poderosas, as plantas haviam aprendido a sobreviver. Era o necessário, aprender a sobreviver. Estar preparado e aguentar as tempestades.

Kaladin captou o odor de outro corpo sujo e suado e ouviu um arrastar de pés. Olhou então para o lado, receoso, esperando ver o mesmo escravo de volta.

Mas daquela vez era um homem diferente. Tinha uma longa barba negra, emporcalhada de sujeira e restos de comida. Kaladin mantinha a própria barba curta, permitindo que os mercenários de Tvlakv a aparassem periodicamente. Assim como Kaladin, o escravo usava trapos de estopa marrom atados com um farrapo, e era olhos-escuros, obviamente — talvez com olhos verdes bem escuros, embora fosse difícil distinguir. Todos pareciam castanhos ou pretos, a menos que estivessem sob luz adequada.

O recém-chegado se encolheu e levantou as mãos. Tinha uma erupção cutânea em uma delas, onde a pele se desbotara levemente. Provavelmente se aproximara porque vira Kaladin responder ao outro homem. Os escravos o temiam desde o primeiro dia, mas também estavam curiosos a seu respeito. Kaladin suspirou e se virou para outro lado.

Hesitantemente, o escravo se sentou.

— Você se importa se eu perguntar como você se tornou escravo, amigo? Não consigo deixar de pensar nisso. Todos nós estamos querendo saber.

A julgar pelo sotaque e pelos cabelos pretos, o homem era alethiano, como Kaladin. A maioria dos escravos era. Kaladin não respondeu à pergunta.

— Eu roubei um rebanho de chules — disse o homem. Tinha voz áspera, como folhas de papel sendo friccionadas. — Se eu tivesse roubado só um chule, eles talvez tivessem me dado uma surra. Mas um rebanho inteiro. Dezessete cabeças... — Ele riu, admirando a própria audácia.

Do outro lado do carroção, alguém tossiu de novo. Estavam todos em condições lastimáveis, mesmo para escravos. Fracos, adoentados, subnutridos. Alguns, como Kaladin, eram fugitivos frequentes — embora Kaladin fosse o único a exibir a marca de *shash*. Eram os mais desprezíveis de uma casta desprezível, comprados com desconto considerável. Sem dúvida estavam sendo levados para revenda em algum lugar remoto, desesperadamente necessitado de mão de obra. Havia muitas cidadezinhas independentes ao longo da costa das Colinas Devolutas, lugares onde as regras vorins sobre a utilização de escravos eram apenas um rumor distante.

Percorrer aquele caminho era perigoso. Aquelas terras não eram governadas por ninguém e, cruzando terras devolutas e permanecendo ao largo das rotas estabelecidas, Tvlakv podia facilmente se deparar com mercenários desempregados. Homens que não tinham honra e que não teriam nenhum escrúpulo em massacrar um proprietário de escravos e seus escravos para roubar alguns chules e carroções.

Homens sem honra. Haveria homens *com* honra?

Não, pensou Kaladin. *A honra morreu oito meses atrás.*

— E então? — perguntou o homem da barba desgrenhada. — O que você fez para acabar como escravo?

Kaladin encostou o braço nas barras novamente.

— Como você foi capturado?

— Uma história estranha — disse o homem. Kaladin não respondera à pergunta, mas dera *alguma* resposta. Parecia o suficiente. — Foi uma mulher, claro. Eu devia ter percebido que ela ia me entregar.

— Você não devia ter roubado chules. Muito lentos. Se tivesse roubado cavalos, teria sido melhor.

O homem deu uma gargalhada.

— Cavalos? O que você acha que eu sou, um louco? Se eu tivesse sido pego roubando cavalos, teria sido enforcado. Com os chules, pelo menos, eu só recebi uma marca de escravo.

Kaladin olhou para o lado. A marca na testa do homem era mais antiga que a sua. A pele ao redor da cicatriz estava esbranquiçada. O que significava aquele par de glifos?

— *Sas morom* — disse Kaladin.

Era o nome do distrito onde o homem fora marcado.

O homem levantou os olhos, espantado.

— Ei! Você sabe ler glifos? — Muitos dos escravos ao redor se agitaram ao ouvirem algo tão improvável. — Você deve ter uma história ainda melhor do que eu pensei, amigo.

Kaladin contemplou a grama que ondulava sob a brisa suave. Sempre que o vento ficava mais forte, as hastes mais sensíveis se encolhiam em suas tocas, deixando a paisagem irregular, como a pelagem de um cavalo doente. O espreno de vento ainda estava por ali, movendo-se em meio a tufos de relva. Há quanto tempo o estaria seguindo? Pelo menos uns dois meses. O que era certamente estranho. Talvez não fosse o mesmo. Era impossível distinguir um do outro.

— Bem? — insistiu o homem. — Por que você está aqui?

— Há muitas razões para eu estar aqui — disse Kaladin. — Fracassos. Crimes. Traições. Provavelmente as mesmas coisas que todo mundo.

Ao redor, diversos homens grunhiram em concordância. Um dos grunhidos degenerou para um acesso de tosse. *Tosse persistente*, pensou uma parte da mente de Kaladin. *Acompanhada de catarro em excesso e murmúrios febris à noite. Parece a triturante.*

— Bem — disse o homem tagarela —, talvez eu deva perguntar de outro modo. Seja mais específico, dizia minha mãe. Diga o que pretende e peça o que quiser. Como foi que você recebeu essa primeira marca?

Kaladin permaneceu em silêncio, sentindo o chacoalhar da carroça.

— Eu matei um olhos-claros.

Seu companheiro desconhecido assoviou com admiração.

— Não sei como deixaram você vivo.

— Matar o olhos-claros não foi o motivo de me terem escravizado — disse Kaladin. — O que eu *não* matei é que foi o problema.

— Como assim?

Kaladin balançou a cabeça e parou de responder às perguntas do tagarela. Por fim, o homem se dirigiu para a frente do carroção, onde sentou-se, contemplando os pés descalços.

HORAS DEPOIS, KALADIN AINDA estava sentado em seu lugar, tateando distraidamente os glifos na testa. Aquela era sua vida, dia após dia: viajar naqueles malditos carroções.

Suas primeiras marcas tinham sarado havia muito tempo, mas a pele em torno da marca de *shash* estava vermelha, irritada e coberta de crostas. Latejava quase como um segundo coração. Doía mais que a queimadura que ele sofrera quando, ainda criança, segurara o cabo quente de uma panela.

Lições incutidas por seu pai murmuravam no fundo de sua mente, ensinando o modo adequado de se cuidar de uma queimadura. Aplicar unguento para prevenir uma infecção, lavar uma vez por dia. Não eram lembranças reconfortantes; eram um aborrecimento. Ele não tinha seiva de tetrafólio nem óleo de listre; não tinha nem água para se lavar.

As partes da ferida cobertas com cascas repuxavam sua pele, provocando uma sensação incômoda. Ele mal conseguia passar alguns minutos sem franzir a testa e irritar a ferida. Acabara se acostumando a limpar os filetes de sangue que escorriam das rachaduras; seu braço direito estava manchado. Se tivesse um espelho, provavelmente poderia ver pequenos esprenos de putrefação aglomerados ao redor da ferida.

O sol se pôs a oeste, mas os carroções continuaram avançando. Salas, a lua violeta, despontou no horizonte a leste, parecendo hesitante a princípio, como se assegurasse que o sol desaparecera. Era uma noite clara, com estrelas tremeluzindo no céu. A Cicatriz de Taln — uma faixa de estrelas carmesins que se destacavam vivamente das brancas — estava alta naquela estação.

O escravo que tossira antes estava tossindo de novo. Uma tosse úmida e áspera. Em outros tempos, Kaladin o teria socorrido de imediato, mas algo nele mudara. Muitas pessoas que tentara ajudar estavam mortas. Agora — irracionalmente — ele achava que o homem ficaria melhor sem sua interferência. Depois de fracassar com Tien, com Dallet e seu pelotão, e com dez sucessivos grupos de escravos, era difícil encontrar determinação para tentar outra vez.

Duas horas após a Primeira Lua, Tvlakv enfim ordenou uma parada. Seus dois abrutalhados mercenários desceram dos respectivos postos no alto de seus carroções e começaram a preparar uma pequena fogueira. O jovem criado Lanky Taran foi cuidar dos chules. Os grandes crustáceos — quase do tamanho dos carroções — recolheram-se a suas carapaças para passar a noite, entretidos com punhados de cereais. Em pouco tempo não seriam mais que três elevações no escuro, não muito diferentes de rochedos. Por fim, Tvlakv foi cuidar dos escravos, dando a cada um deles uma concha de água, zelando pela saúde de seus investimentos. Ou, pelo menos, pela saúde que se poderia esperar daquele grupo infeliz.

Tvlakv começou com o primeiro carroção. Kaladin — ainda sentado — enfiou os dedos em seu cinto improvisado, verificando as folhas que escondera ali. Elas estalaram de modo satisfatório, secas, rijas e ásperas contra sua pele. Ainda não sabia bem o que faria com elas. Colhera as folhas em um impulso, durante um dos períodos em que era permitido sair da cela para alongar as pernas. Duvidava que alguém mais na caravana pudesse reconhecer a letanigra — de folhas estreitas e ponta trifoliada —, portanto não fora uma decisão muito perigosa.

Distraidamente, pegou as folhas e as esfregou na palma da mão com o dedo indicador. Tinham que secar para que atingissem sua potência. Por que as guardava? Pretendia administrá-las a Tvlakv para se vingar? Ou será que eram para o caso de a situação se tornar insuportável?

Com certeza não estou tão no fundo do poço, pensou ele. Provavelmente fora seu instinto de se apoderar de uma arma ao ver uma, por mais incomum que fosse.

A paisagem estava escura. Salas era a menor e menos brilhante das luas, e embora sua cor violeta tivesse inspirado um sem-número de poetas, não era de grande valia quando se tratava de ver a própria mão diante do rosto.

— Ah! — disse uma suave voz feminina. — O que é isso?

Uma figura translúcida, com apenas um palmo de altura, surgiu no chão à frente de Kaladin e subiu até a cela, como se estivesse escalando um alto penhasco. O espreno de vento tomara a forma de uma jovem — os esprenos maiores podiam mudar de forma e tamanho — com rosto angular e longos cabelos flutuantes, que se desvaneciam em névoa. Ela — Kaladin não conseguia deixar de pensar no espreno como mulher — era composta por tons de azul-claro e branco; usava um simples vestido branco de corte juvenil que lhe chegava às canelas, onde também se fundia com a névoa. Seus pés, mãos e rosto eram nitidamente definidos e tinha quadris e busto de uma mulher esbelta.

Kaladin franziu a testa. Os esprenos estavam por todo lugar; eram ignorados a maior parte do tempo. Mas aquele era uma raridade. A esprena se elevou como se estivesse subindo uma escada invisível. Ao chegar a uma altura em que podia ver as mãos de Kaladin, ele fechou os dedos em torno das folhas pretas. Ela andou em círculo ao redor de seu punho. Embora luzisse como uma imagem remanescente depois que se olha para o sol, seu vulto não oferecia nenhuma iluminação.

Inclinando-se, ela observou a mão dele por diferentes ângulos, como uma criança esperando encontrar um doce escondido.

— O que é isso? — A voz dela era como um sussurro. — Pode me mostrar. Não conto a ninguém. É um tesouro? Você cortou um pedaço da capa da noite e escondeu? Seria o coração de um escaravelho, minúsculo, mas poderoso?

Como Kaladin não respondeu, a esprena fez um biquinho. Pairou então no ar, embora não tivesse asas, e o olhou nos olhos.

— Kaladin, por que você precisa me ignorar?

Kaladin levou um susto.

— O que você disse?

Ela sorriu marotamente e se afastou de súbito, esfumando-se em uma longa fita de brilho azulado. Após passar a toda entre as grades — agitando-se no ar como um pedaço de pano ao vento —, ela disparou para baixo do carroção.

— Raios a partam! — disse Kaladin, pondo-se de pé em um pulo. — Espírito! O que você disse? Repita!

Esprenos não chamavam ninguém pelo nome. Esprenos não eram inteligentes. Os maiores — como os esprenos de vento ou de rios — podiam imitar vozes e expressões, mas não pensavam de verdade. Não pensavam...

— Algum de vocês ouviu isso? — perguntou Kaladin, voltando-se para os outros ocupantes da cela.

O teto mal era alto o bastante para que ele ficasse de pé. Os outros estavam deitados, aguardando suas conchas de água. Ele não obteve nenhuma resposta, além de alguns murmúrios pedindo silêncio e algumas tossidelas do homem enfermo, que estava a um canto. Até seu "amigo" de antes o ignorou. Caíra em estupor, olhando para os próprios dedos dos pés, que agitava periodicamente.

Talvez eles não tivessem visto a esprena. Muitos dos esprenos maiores eram invisíveis, exceto para a pessoa que estivessem atormentando. Kaladin sentou-se de novo à beira do chão, deixando os pés para fora das grades. A esprena de vento *dissera* seu nome, mas sem dúvida apenas repetira algo que ouvira. Porém... nenhum dos homens na cela sabia o nome dele.

Talvez eu esteja ficando louco, pensou Kaladin. *Vendo coisas que não existem. Ouvindo vozes.*

Ele respirou fundo e abriu a mão. Seu aperto amassara e quebrara as folhas. Era melhor guardá-las de novo para prevenir maiores...

— Essas folhas parecem interessantes — disse a mesma voz feminina. — Você gosta muito delas, não?

Kaladin deu um pulo e se virou para o lado. A esprena pairava no ar bem ao lado de sua cabeça, com o vestido tremulando com um vento que Kaladin não sentia.

— Como você sabe meu nome? — perguntou ele.

A esprena de vento não respondeu. Caminhou pelo ar até as grades e espreitou o lado de fora, onde Tvlakv, o traficante de escravos, distribuía água aos últimos escravos do primeiro vagão. Depois se virou para Kaladin.

— Por que você não luta? Você lutava antes. Agora você parou.

— O que lhe importa, espírito?

Ela inclinou a cabeça para o lado.

— Não sei — disse, como que surpresa consigo mesma. — Mas me importa. Não é estranho?

Era mais do que estranho. O que pensar de uma esprena que, além de saber seu nome, parecia *se lembrar* de coisas que ele fizera semanas antes?

— Você sabe que as pessoas não comem folhas, Kaladin — disse ela, cruzando os braços translúcidos. Então inclinou a cabeça de novo. — Ou não sabe? Não lembro. Vocês são muito estranhos, enfiam coisas na boca e botam outras para fora quando acham que ninguém está olhando.

— Como você sabe meu nome? — murmurou ele.

— Como *você* sabe?

— Sei porque... porque é meu. Meus pais me deram esse nome. Não sei.

— Bem, eu não sei também — disse ela, meneando a cabeça como se tivesse acabado de ganhar uma grande discussão.

— Ótimo — disse ele. — Mas por que você está *usando* o meu nome?

— Porque é educado. E você é mal-educado.

— Esprenos não sabem o que isso significa!

— Está vendo? — disse ela, apontando para ele. — Mal-educado.

Kaladin ficou atônito. Bem, ele estava longe de onde havia crescido, estava em solo estrangeiro e comendo comida estrangeira. Talvez os esprenos dali fossem diferentes dos esprenos de sua terra.

— Então, por que você não luta? — perguntou ela, pousando sobre uma das pernas dele e o olhando. Ela parecia não pesar nada.

— Não consigo lutar — disse ele, baixo.

— Você lutava antes.

Ele fechou os olhos e pousou a cabeça nas barras.

— Estou muito cansado.

Ele não estava se referindo à fadiga física, embora oito meses comendo restos lhe tivessem roubado muito da força que possuía quando guerreava. Ele se *sentia* cansado. Mesmo quando dormia bastante. Mesmo naqueles raros dias em que não estava com fome, frio ou cheio de dores devido a algum espancamento. Muito cansado...

— Você já esteve cansado.

— Eu fracassei, espírito — replicou ele, cerrando os olhos com força. — Você precisa ficar me atormentando?

Estavam todos mortos. Cenn e Dallet, e antes disso Tukks e os Captores. Antes disso, Tien. Antes disso, sangue em suas mãos e o corpo de uma jovem pálida.

Alguns dos escravos próximos começaram a murmurar, provavelmente pensando que ele estava louco. Alguém podia até atrair um espreno, mas todo mundo aprendia desde cedo que era inútil falar com eles. Ele *estava* louco? Talvez fosse uma coisa desejável — a loucura seria uma fuga da dor. Mas a ideia o deixava horrorizado.

Kaladin abriu os olhos. Tvlakv finalmente se aproximava de seu carroção segurando um balde de água. Era um homem corpulento, de olhos castanhos, e coxeava levemente; talvez como resultado de uma perna quebrada. Ele era um thayleno e todos os thaylenos tinham barbas e sobrancelhas bem brancas — fosse qual fosse a idade ou a cor dos cabelos da cabeça. As sobrancelhas eram bem longas, e os thaylenos as usavam repuxadas por cima das orelhas, o que dava a impressão de que tinham duas mechas brancas em seus cabelos pretos.

As roupas de Tvlakv — calça listrada de preto e vermelho, com um suéter azul-escuro que combinava com seu gorro de tricô — haviam sido elegantes em outros tempos, mas já estavam esfarrapadas. Teria ele sido outra coisa além de traficante de escravos? Aquela vida — a despreocupada compra e venda de seres humanos — parecia afetar os homens. Esgotava a alma, ainda que enchesse os bolsos.

Mantendo distância de Kaladin, Tvlakv foi com sua lamparina examinar o escravo que tossia na frente da cela. Depois chamou seus mercenários. Bluth — Kaladin não sabia por que se dava ao trabalho de aprender seus nomes — se aproximou. Tvlakv falou com ele em voz baixa, apontando para o escravo. Bluth assentiu, seu rosto pétreo sob a luz da lamparina, e pegou o porrete que levava no cinto.

A esprena de vento assumiu a forma de uma fita branca e adejou em direção ao enfermo. Após girar e dar cambalhotas algumas vezes, aterrissou no chão, onde reassumiu sua forma de garota. Examinou então o homem, como uma criança curiosa.

Kaladin virou o rosto e fechou os olhos, mas continuou a ouvir a tosse. Em sua mente, a voz de seu pai ecoava: *Para curar a tosse triturante*, disse ele, em sua entonação atenciosa e precisa, *administre dois punhados de hera-de-sangue em pó todos os dias. Se não tiver a hera, dê muitos líquidos ao paciente, de preferência com açúcar. Um paciente hidratado tem mais chances de sobreviver. A doença parece muito pior do que é.*

É bem provável que sobreviva...

A tosse continuava. Alguém destrancou a cela. Será que saberiam como ajudar o homem? Uma solução tão fácil. Se lhe dessem água, ele sobreviveria.

Mas isso não tinha importância. Era melhor não se envolver.

Homens morriam nos campos de batalha. Um rosto jovem, tão familiar e querido, olhando para Kaladin em busca de salvação. Uma espada abrindo um pescoço. Um Fractário investindo contra as tropas de Amaram.

Sangue. Morte. Fracasso. Dor.

E a voz de seu pai. *Você pode mesmo abandoná-lo, filho? Deixar o homem morrer quando poderia ter ajudado?*

Raios!

— Parem! — gritou Kaladin, pondo-se de pé.

Os demais escravos se encolheram. Bluth deu um pulo, batendo a porta da jaula e brandindo seu porrete. Tvlakv se escondeu atrás do mercenário, utilizando-o como escudo.

Kaladin respirou fundo, fechou a mão sobre as folhas e levou a outra até a cabeça, limpando uma mancha de sangue. Então atravessou a cela, os pés descalços ecoando no chão. Bluth observou Kaladin se ajoelhar ao lado do enfermo. A luz bruxuleante iluminava um rosto comprido e emaciado, com lábios quase exangues. O homem tossira um catarro esverdeado e sólido. Kaladin apalpou seu pescoço para verificar se estava inchado, depois verificou seus olhos castanho-escuros.

— Isso se chama tosse triturante — disse ele. — Ele vai sobreviver se vocês lhe derem uma dose extra de água a cada duas horas, durante uns cinco dias. Vão ter que dar a água à força, garganta abaixo. Misturem açúcar se tiverem.

Bluth coçou o queixo largo e olhou para o mercador de escravos.

— Tirem ele da cela — ordenou Tvlakv.

O escravo doente acordou quando Bluth destrancou a cela. O mercenário fez sinal com o porrete para que Kaladin se afastasse. Relutantemente, Kaladin recuou. Bluth guardou o porrete, segurou o escravo por baixo dos braços e o arrastou para fora, observando Kaladin nervosamente. A última tentativa frustrada de Kaladin envolvera vinte escravos armados. Seu senhor deveria tê-lo executado por isso, mas alegara que Kaladin era "intrigante", marcara-o com o glifo de *shash* e o vendera por uma ninharia.

Parecia haver sempre um motivo para que Kaladin sobrevivesse quando aqueles que tentara ajudar morriam. Alguns homens podiam ter visto aquilo como uma bênção, mas ele via o fato como um tipo irônico de tormenta. Durante seu tempo com o último senhor, ele conversara com um escravo do Ocidente, um selayano, que lhe falara da Antiga Magia das lendas de seu povo, e de sua capacidade para amaldiçoar pessoas. Será que era isso o que estava acontecendo com ele?

Não seja bobo, disse a si mesmo.

A porta da cela foi batida e trancada. As celas eram necessárias — Tvlakv tinha que proteger seus frágeis investimentos das grantormentas. Os vagões possuíam reforços de madeira que podiam ser instalados durante temporais inclementes.

Bluth arrastou o escravo até as proximidades da fogueira, bem ao lado do barril de água ainda fechado. Kaladin sentiu-se relaxar. *Aí está*, disse a si mesmo. *Talvez você ainda possa ser útil. Talvez haja uma razão para você se preocupar com os outros.*

Kaladin abriu a mão e olhou para as folhas pretas esfareladas. Não precisaria delas. Colocá-las às escondidas na água de Tvlakv não só seria difícil, como também sem sentido. Ele desejava mesmo a morte do traficante de escravos? De que isso adiantaria?

Um ruído abafado ressoou no ar, seguido de outro, ainda mais abafado, como se alguém tivesse deixado cair um saco de grãos. Kaladin ergueu a cabeça e observou o lugar onde Bluth depositara o enfermo. O mercenário levantou novamente o porrete o baixou com violência. Ouviu-se um som de algo se quebrando quando a arma se abateu sobre o crânio do escravo.

O escravo não emitira nenhum grito de dor ou protesto. Seu corpo tombou na escuridão. Bluth o recolheu com indiferença e o colocou sobre o ombro.

— Não! — berrou Kaladin, batendo com as mãos nas grades.

Tvlakv estava se aquecendo junto à fogueira.

— Raios o partam! — gritou Kaladin. — Ele poderia ter sobrevivido, seu miserável!

Tvlakv olhou para ele. Depois se aproximou da cela vagarosamente, arrumando seu gorro de tricô azul.

— Veja bem, ele ia contaminar vocês todos. — O homem falava com um leve sotaque, juntando palavras, sem dar ênfase às devidas sílabas. Os thaylenos, para Kaladin, pareciam estar sempre murmurando. — Não vou perder um vagão inteiro por causa de um único homem.

— Ele já tinha passado do estágio de contaminação! — disse Kaladin, batendo de novo com as mãos nas grades. — Se algum de nós fosse pegar a doença, já estaríamos doentes.

— Espero que não. Ele já não tinha salvação.

— Eu disse que tinha!

— E por que eu acreditaria em você, desertor? — retrucou Tvlakv, com ar divertido. — Um homem com olhos que brilham de ódio? Você gostaria de me matar. — Ele deu de ombros. — Mas isso não me importa. Quero que você esteja forte quando chegar o momento das vendas. Você deveria me abençoar por te salvar da doença daquele homem.

— Vou abençoar você depois que empilhar pedras sobre seu túmulo — replicou Kaladin.

Tvlakv sorriu e caminhou de volta para a fogueira.

— Mantenha essa fúria, desertor, e essa força. Vão me valer um bom dinheiro quando nós chegarmos.

Não se você não viver até lá, pensou Kaladin. Tvlakv sempre aquecia na fogueira a água que sobrava do balde que usava para os escravos. Fazia um chá com ela. Se Kaladin garantisse que seria o último a receber a água, pulverizasse as folhas e as jogasse no…

Kaladin se imobilizou, depois olhou para as próprias mãos. Na pressa, havia se esquecido de que estava segurando a letanigra. E deixara cair os pedaços quando batera com as mãos nas grades. Somente alguns fragmentos haviam sobrado, grudados às suas palmas, não em quantidade suficiente para serem eficazes.

Ele olhou para trás; o piso da cela estava sujo e coberto de fuligem. Se os fragmentos tivessem caído ali, não haveria meio de recolhê-los. De repente, um vento se levantou, soprando poeira, farelo e sujeira que estavam no carroção pela noite adentro.

Até nisso Kaladin fracassara.

Ele se sentou, apoiou as costas nas grades e baixou a cabeça. Derrotado. E aquela maldita esprena de vento continuava a esvoaçar ao seu redor, parecendo confusa.

Enguias celestes

As enguias celestes são mais comuns nas cidades costeiras pelas quais passamos. Eu havia lido a respeito delas muitas vezes, e fiquei empolgada ao vê-las. A maioria tem de 1,20 a 1,50 metro de comprimento, embora eu tenha avistado uma monstruosa que devia ter cerca de dois metros, do focinho até a cauda.

No ar, têm muita graça e fluidez, e são frequentemente acompanhadas por dezenas de minúsculos esprenos, que as seguem como se estivessem surfando em sua esteira de ar. Os marinheiros os chamam de "esprenos da sorte" — duvido que seja o nome verdadeiro.

Como essa criatura permanece no ar? Notei que tem uma espécie de bolsa sob cada asa, que se esvazia quando elas mergulham.

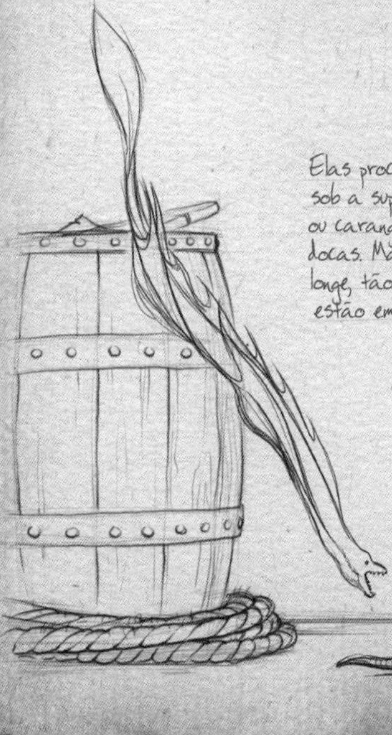

Elas procuram peixes sob a superfície da água, ou caranguejos e ratos nas docas. Mas não são, nem de longe, tão graciosas quando estão em terra.

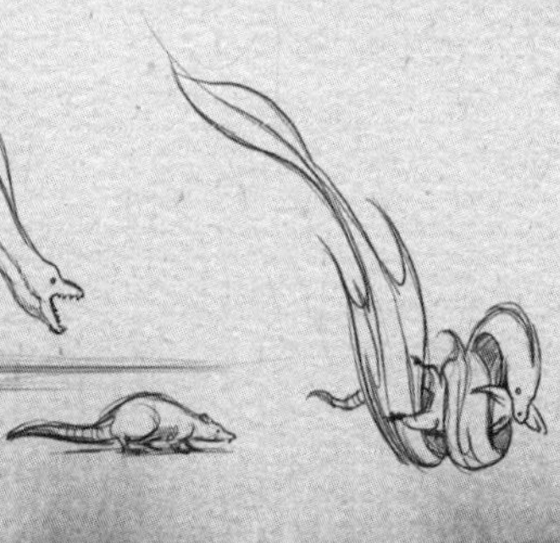

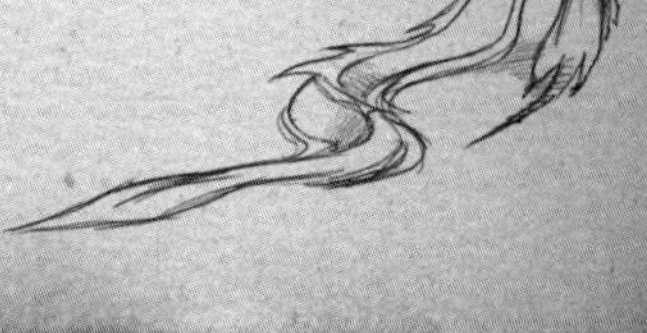

3
A CIDADE DOS SINOS

Um homem estava à beira de um precipício observando sua pátria se transformar em pó. As águas se agitavam mais abaixo, bem abaixo. E ele ouviu uma criança chorar. Eram suas próprias lágrimas.

— Coletado no quarto dia de *tanates*, ano de 1171, trinta segundos antes da morte. O indivíduo era um sapateiro de certo renome.

KHARBRANTH, A CIDADE DOS Sinos, era um lugar que Shallan jamais imaginara que fosse visitar. Embora ela muitas vezes sonhasse em viajar, achava que passaria a juventude presa na mansão da família, seu único escape sendo os livros na biblioteca do pai. Achava também que se casaria com um dos aliados do pai e passaria o resto da vida presa *novamente*, agora na mansão de tal homem.

Mas expectativas são como porcelana fina. Quanto mais forte o apego, mais provavelmente se quebram.

Quase sem fôlego, ela apertou contra o peito seu bloco de desenho com capa de couro, enquanto os portuários puxavam o navio para o cais. Kharbranth era enorme. Construída em uma encosta íngreme, a cidade tinha o formato de cunha, como se tivesse sido montada em um grande abismo, com o lado aberto voltado para o oceano. Os prédios maciços tinham janelas quadradas e pareciam ter sido construídos com algum tipo de argila ou argamassa. Crem, talvez? Eram pintados em cores vivas, principalmente vermelho e laranja, mas às vezes azul e amarelo.

Ela já conseguia ouvir os sinos tilintando ao vento, fazendo ressoar suas vozes puras. Para contemplar a parte mais alta da cidade, tinha que esticar o pescoço; Kharbranth era como uma montanha, avultando acima dela. Quantas pessoas viveriam em um lugar como aquele? Milhares? Dezenas de milhares? Ela estremeceu — intimidada, porém empolgada — e depois piscou deliberadamente, enquanto fixava na memória a imagem da cidade.

Marinheiros corriam de um lado para outro. O *Prazer do Vento* era uma embarcação de um só mastro, estreita, que mal tinha espaço para ela, o capitão, sua esposa e a meia dúzia de tripulantes. Parecia muito pequena, no início, mas o capitão Tozbek era um homem calmo e cauteloso, além de excelente marinheiro, ainda que fosse pagão. Conduzira o barco com cuidado ao longo da costa, sempre encontrando uma enseada protegida para resistir às grantormentas.

Enquanto os homens faziam a atracação, o capitão supervisionava o trabalho. Tozbek era um homem baixo, da mesma altura de Shallan, e usava suas longas sobrancelhas thaylenas em um curioso estilo eriçado. Era como se tivesse dois leques balouçantes sobre os olhos, cada qual com cerca de um palmo de comprimento. Usava um simples gorro de tricô e um casaco preto com botões prateados. Tinha uma cicatriz no queixo, que Shallan fantasiara que ele arrumara em uma furiosa luta contra piratas. Um dia antes, para sua decepção, ela descobrira que fora causada por material solto no convés durante um temporal.

A esposa dele, Ashlv, já estava descendo a prancha de desembarque para registrar a embarcação. O capitão percebeu que Shallan o observava e se aproximou. Era um parceiro de negócios de sua família, e há muito tempo gozava da confiança de seu pai. Isso era bom, pois o plano que ela e os irmãos tinham concebido não dava margem para que ela levasse uma dama de companhia nem uma aia.

O plano deixava Shallan nervosa. Muito, *muito* nervosa. Ela detestava fazer jogo duplo. Mas a situação financeira de sua família... Eles precisavam de uma colossal infusão de dinheiro ou de alguma vantagem na política doméstica vedena. Caso contrário, não durariam até o fim do ano.

Uma coisa de cada vez, pensou ela, obrigando-se a permanecer calma. *Encontre Jasnah Kholin. Presumindo que ela não tenha partido sem você novamente.*

— Eu enviei um garoto para verificar, Luminosa — disse Tozbek. — Se a princesa ainda estiver aqui, nós logo saberemos.

Shallan assentiu, agradecida, segurando seu bloco de desenho com mais força. Já na cidade, viu gente *em toda parte*. Alguns usavam roupas familiares — calças e camisa atadas à frente para os homens, saias e blusas coloridas para as mulheres. Poderiam ser cidadãos de sua terra, Jah Keved. Mas Kharbranth era uma cidade livre. Uma pequena cidade-estado, na verdade, politicamente frágil. Seu território era pequeno, mas seu porto era aberto a todos os navios que passassem; e não se faziam perguntas a respeito de nacionalidade ou condição social. As pessoas afluíam para lá.

Isso significava que muitos dos passantes eram exóticos. Aquelas túnicas de uma só peça indicavam um homem ou uma mulher de Tashikk, bem a oeste. Os longos casacos, que desciam até os tornozelos, mas que se abriam na frente como capas... de onde viriam? Poucas vezes ela havia visto tantos parshemanos como ali, trabalhando nas docas, transportando cargas nas costas. Como os parshemanos que seu pai possuía, aqueles eram corpulentos, com membros fortes e aquela estranha pele marmorizada — branca ou preta, com estrias vermelhas. O padrão marmorizado era único em cada indivíduo.

Após perseguir Jasnah Kholin de cidade em cidade por quase seis meses, Shallan estava começando a achar que jamais alcançaria a mulher. Será que a princesa a estava evitando? Não, não parecia provável — a verdade era que Shallan simplesmente não era importante o suficiente para que esperassem por ela. A Luminosa Jasnah Kholin era uma das mulheres mais poderosas do mundo. E uma das mais infames. Era a única integrante que se declarava herege em uma família real devota.

Shallan tentou não ficar ansiosa. Provavelmente descobririam que Jasnah partira de novo. O *Prazer do Vento* passaria a noite atracado, e Shallan negociaria um preço com o capitão — com um bom desconto, em função dos investimentos de sua família nos negócios mercantis de Tozbek — para que ele a levasse até o porto seguinte.

Fazia meses que Tozbek tinha parado de torcer para se livrar dela. Ela jamais notara qualquer ressentimento por parte dele; sua honra e lealdade o faziam concordar com os pedidos dela. No entanto, sua paciência não duraria para sempre, nem o dinheiro dela. Ele não a abandonaria em uma cidade estranha, claro, mas poderia insistir, mesmo que pesarosamente, em levá-la de volta a Vedenar.

— Capitão! — chamou um marinheiro, correndo prancha acima. Usava apenas um colete e uma calça folgada, e tinha a pele fortemente bronzeada de quem trabalhava ao sol. — Nenhuma mensagem, senhor. O oficial de registros do porto disse que Jasnah ainda não foi embora.

— Ah! — exclamou o capitão, virando-se para Shallan. — A caçada terminou!

— Louvados sejam os Arautos — disse Shallan baixinho.

O capitão sorriu, as extravagantes sobrancelhas parecendo fachos de luz sobre seus olhos.

— Deve ter sido seu lindo rosto que atraiu para nós esse vento favorável! Até os esprenos de vento ficaram encantados com a senhorita, Luminosa Shallan, e nos conduziram até aqui!

Shallan ruborizou, considerando uma resposta que não seria exatamente decorosa.

— Ah! — disse o capitão, apontando para ela. — Posso ver que a senhorita tem uma resposta, posso ver em seus olhos! Desembuche. Palavras não foram feitas para se guardar. São criaturas livres, se forem encarceradas, embrulham o estômago.

— Não é uma resposta cortês — replicou Shallan.

Tozbek deu uma sonora risada.

— Meses de viagem, e a senhorita ainda diz essas coisas! Pois eu lhe digo que nós somos marinheiros! Esquecemos o que é cortesia no momento em que pisamos em um barco; para nós, não há redenção.

Ela sorriu. Aias e tutoras severas lhe haviam ensinado a segurar a língua — infelizmente, seus irmãos a encorajaram, com determinação ainda maior, a fazer o contrário. E ela se habituara a diverti-los com comentários espirituosos quando não havia mais ninguém por perto. Pensava com carinho nas horas passadas ao pé da crepitante lareira do salão, com os três mais jovens de seus quatro irmãos aglomerados ao seu redor para ouvi-la troçar do último adulador de seu pai ou de um fervoroso que estivesse de visita. Ela muitas vezes inventava diálogos idiotas para colocar nas bocas de pessoas que eles estavam vendo, mas não conseguiam escutar.

Isso cultivara nela os que as aias chamavam de "veia insolente". E os marujos apreciavam um comentário espirituoso ainda mais que os irmãos dela.

— Bem — disse Shallan ao capitão, corando, mas ansiosa para falar. — Eu só estava pensando o seguinte: o senhor disse que foi a minha beleza que fez os ventos nos trazerem a Kharbranth com rapidez. Mas isso não significaria que, nas outras viagens, a culpa por termos chegado tarde foi da minha falta de beleza?

— Bem... ahn...

— Então, na verdade — completou Shallan —, o senhor está dizendo que eu sou bonita exatamente um sexto do tempo.

— Isso é um absurdo! A senhorita é como o nascer do sol, é verdade!

— Como o nascer do sol? Com isso, o senhor quer dizer que sou totalmente avermelhada — ela afagou os longos cabelos ruivos — e destinada a deixar os homens rabugentos ao me verem?

O capitão riu, no que foi acompanhado por alguns marinheiros.

— Tudo bem, então — disse o capitão Tozbek. — A senhorita é como uma flor.

Ela fez uma careta.

— Sou alérgica a flores.

Ele ergueu uma sobrancelha.

— É verdade. Eu até acho que as flores são cativantes, mas, se o senhor me desse um buquê, eu teria um ataque de espirros tão violento que o senhor teria que remover as minhas sardas das paredes.

— Bem, se é assim, eu digo que a senhorita é tão *bonita* quanto uma flor.

— Se sou, os jovens da minha idade devem ter a mesma alergia, pois eles visivelmente mantêm distância de mim. — Ela fez uma careta. — Veja só, eu disse que não seria cortês. Senhoritas não devem se comportar de modo tão irritante.

— Ah, senhorita — disse o capitão, inclinando o gorro de tricô na direção dela. — Os rapazes e eu vamos sentir falta da sua língua afiada. Nem sei o que vamos fazer sem a senhorita.

— Vão navegar, provavelmente — respondeu ela. — E comer e cantar e olhar para as ondas. Todas as coisas que fazem agora, só que terão *mais* tempo para tudo isso, pois não tropeçarão a todo instante em uma jovem sentada no convés desenhando e murmurando sozinha. Mas agradeço ao senhor, capitão, por uma viagem que foi maravilhosa, apesar de meio demorada.

Ele inclinou o gorro para ela novamente, em sinal de reconhecimento.

Shallan sorriu — não esperara que viajar sozinha fosse tão libertador. Os irmãos dela haviam se preocupado que ela sentisse medo. Eles a viam com uma pessoa tímida, pois não gostava de discutir e permanecia em silêncio quando grandes grupos estavam conversando. E talvez ela *fosse* tímida — estar longe de Jah Keved *era* intimidante. Mas era também maravilhoso. Ela enchera três cadernos com desenhos das criaturas e das pessoas que vira; e embora a situação financeira de sua casa fosse uma eterna inquietação, era contrabalançada pelo puro prazer daquela experiência.

Tozbek começou a fazer os arranjos para o pernoite do navio. Era um bom homem. Quanto a seus louvores à sua suposta beleza, Shallan as tomava pelo que eram. Uma amável, ainda que exagerada, demonstração de afeto. Ela era muito branca — em uma época em que o bronzeado alethiano constituía o paradigma da verdadeira beleza; e embora tivesse olhos azul-claros, sua linhagem impura se manifestava nos cabelos ruivos. Nem uma única mecha negra. Suas sardas esmaeceram quando ela chegou à idade adulta — louvados fossem os Arautos —, mas ainda havia algumas visíveis, polvilhando as bochechas e o nariz.

— Senhorita — disse o capitão, após conferenciar com seus homens. — A Luminosa Jasnah estará, sem dúvida, no Conclave.

— Ah, lá no Palaneu?

— Sim, sim. E o rei também mora lá. É o centro da cidade, por assim dizer. Embora seja na parte mais alta. — Ele coçou o queixo. — Bem, de qualquer forma, a Luminosa Jasnah Kholin é irmã de um rei e não ficaria em nenhum outro lugar, não em Kharbranth. Yalb vai lhe mostrar o caminho. Podemos entregar seu baú mais tarde.

— Muito obrigada, capitão — disse Shallan. — *Shaylor mkabat nour* — disse ela. Uma frase de agradecimento na língua thaylena que significava "Os ventos nos trouxeram em segurança".

O capitão abriu um sorriso largo.

— *Mkai bade frotenthis!*

Ela não fazia ideia do que aquilo significava. Seu thayleno era bastante bom em se tratando de ler, mas ouvi-lo falado era totalmente diferente. Ela sorriu, o que pareceu uma resposta adequada, pois ele riu e acenou para um de seus marujos.

— Vamos aguardar dois dias aqui no cais — disse o capitão. — Uma grantormenta é esperada para amanhã, portanto não poderemos partir. Se a situação com a Luminosa Jasnah não tiver o resultado esperado, nós levaremos a senhorita de volta para Jah Keved.

— Obrigada, mais uma vez.

— Por nada, senhorita — disse ele. — Já ficaríamos aqui de qualquer forma. Podemos embarcar mercadorias e tudo o mais. Além disso, o retrato da minha esposa, que a senhorita me deu para pendurar na cabine, ficou muito parecido. Um lindo presente.

Ele caminhou até onde Yalb estava e lhe deu instruções. Enquanto esperava, Shallan guardou seu bloco de desenho na pasta de couro. Yalb. Era um nome difícil para sua língua vedena. Por que os thaylenos gostavam tanto de juntar letras sem as devidas vogais?

Yalb acenou para ela, que se aproximou.

— Tome cuidado, menina — alertou o capitão quando ela passou por ele. — Até uma cidade segura como Kharbranth esconde perigos. Fique de olho aberto.

— Vou ficar com os dois olhos abertos, capitão — respondeu ela, subindo cautelosamente na prancha de desembarque. — Se ficar com um só, alguém pode se aproximar pelo outro lado, segurando um porrete.

O capitão riu e acenou para ela, que desceu a prancha de desembarque, segurando a balaustrada com a mão livre. Como todas as mulheres vorins, ela mantinha a mão esquerda — a mão segura — coberta, expondo somente a mão livre. As plebeias olhos-escuros usavam uma luva, mas esperava-se que uma mulher de sua posição demonstrasse mais recato. No seu caso, ela mantinha a mão segura coberta pela manga esquerda, que era prolongada e abotoada.

O vestido seguia o tradicional corte vorin, bem ajustado no busto, nos ombros e na cintura, com uma saia rodada abaixo. Era de seda azul, com botões de casco de chule nas laterais, e ela carregava a bolsa contra o peito usando a mão segura.

Saindo da prancha de desembarque, ela desembocou na furiosa atividade do porto, com mensageiros correndo de um lado para outro e mulheres de casacos vermelhos registrando a movimentação dos carregamentos em livros contábeis. Kharbranth era um reino vorin, como Alethkar e Jah Keved, a pátria de Shallan. Ali não havia pagãos, e escrever era uma arte feminina; os homens só aprendiam glifos, deixando cartas e outros tipos de leitura a cargo de suas esposas e irmãs.

Shallan não perguntara, mas tinha certeza de que o capitão Tozbek sabia ler. Ela o viu segurando livros, o que a deixou incomodada. Ler parecia uma característica inadequada para um homem. Pelo menos para homens que não fossem fervorosos.

— Vai precisar de transporte? — perguntou Yalb, com um sotaque thayleno tão carregado que ela mal conseguiu distinguir as palavras.

— Sim, por favor.

Ele assentiu e se afastou às pressas, deixando-a no porto, rodeada por um grupo de parshemanos que transportavam laboriosamente caixotes de um embarcadouro para outro. Embora lentos de raciocínio, os parshemanos eram excelentes trabalhadores. Nunca reclamavam e sempre faziam o que lhes era ordenado. O pai dela os preferia aos escravos comuns.

Os alethianos estariam mesmo lutando contra os *parshemanos* nas Planícies Quebradas? Shallan achava isso muito estranho. Parshemanos não lutavam. Eram dóceis e praticamente mudos. Mas, pelo que soubera, os que guerreavam nas Planícies Quebradas — os parshendianos, como eram chamados — eram fisicamente diferentes dos parshemanos. Eram mais fortes, mais altos e mais inteligentes. Talvez não fossem realmente parshemanos, mas parentes distantes.

Para sua surpresa, ela viu sinais de vida animal por todo o porto. Algumas enguias celestes ondulavam no ar, à procura de ratos ou peixes. Pequenos caranguejos se ocultavam nas rachaduras do cais, e pencas de háspiros se aglutinavam nos grossos troncos dos molhes. Em uma rua que dava para a cidade, uma marta se ocultava nas sombras, atenta a qualquer pedaço de comida que por acaso caísse no chão.

Shallan não conseguiu deixar de abrir sua pasta e iniciar o desenho de uma enguia celeste arremetendo contra uma presa. Não tinha medo das pessoas? Ela segurou o bloco de desenho com a mão segura — os dedos ocultos posicionados no topo —, enquanto desenhava com um lápis de carvão. Antes que tivesse terminado, seu guia retornou, acompanhado de um homem com uma estranha geringonça, dotada de duas grandes rodas e um assento coberto por um dossel. Hesitante, ela baixou o bloco de desenho. Esperava uma liteira.

O homem que puxava a engenhoca era baixo e de pele escura, com um largo sorriso e lábios grossos, e fez sinal para que Shallan se acomodasse, o que ela fez com a graça recatada que suas amas lhe haviam ensinado. O condutor fez então uma pergunta em uma língua entrecortada e abrupta, que ela não reconheceu.

— O que ele disse? — perguntou ela a Yalb.

— Ele quer saber se a senhorita gostaria de ser transportada pelo caminho longo ou pelo caminho curto. — Yalb coçou a cabeça. — Não sei bem qual a diferença.

— Desconfio que um deles demore mais — disse Shallan.

— Ah, a senhorita é *mesmo* inteligente.

Yalb disse alguma coisa ao carregador na mesma linguagem entrecortada, e o homem lhe respondeu.

— O caminho longo oferece uma boa vista da cidade — disse Yalb. — O caminho curto vai direto até o Conclave. Não oferece muitas vistas bonitas, diz ele. Acho que percebeu que a senhorita é nova na cidade.

— Eu chamo tanta atenção assim? — perguntou Shallan, ruborizando.

— Ah, não, claro que não, Luminosa.

— Com isso, você quer dizer que chamo tanta atenção quanto uma verruga no nariz da rainha.

Yalb riu.

— Receio que sim. Mas a gente não pode ir a algum lugar pela segunda vez sem ter ido uma primeira vez, não é? Todo mundo chama atenção em algum momento, então é melhor fazer isso de uma forma tão graciosa quanto a senhorita!

Ela tivera que se acostumar com os amáveis galanteios dos marinheiros. Eles nunca eram abusados, e Shallan desconfiava que a esposa do capitão tivera uma severa conversa com eles ao perceber que os galanteios faziam a passageira corar. Os criados da mansão de seu pai — mesmo os que eram cidadãos plenos — sempre temeram extrapolar suas posições.

O condutor ainda aguardava uma resposta.

— O caminho curto, por favor — disse ela a Yalb, embora quisesse tomar o caminho mais panorâmico.

Enfim estava em uma cidade *de verdade* e iria pelo caminho curto? Mas a Luminosa Jasnah já se provara tão elusiva quanto um cantarinho selvagem. Era melhor ser rápida.

A via principal atravessava a encosta da colina em zigue-zague, portanto, mesmo o caminho curto lhe permitiu ver muitas coisas da cidade, que se revelou inebriantemente cheia de pessoas, vistas incomuns e sinos tocando. Shallan se recostou no assento e absorveu tudo. As construções eram classificadas por cor, e cada cor parecia indicar uma finalidade. Lojas que vendiam os mesmos itens eram pintadas com as mesmas cores — violeta para vestuário, verde para alimentos. As moradias tinham seus próprios padrões, embora Shallan não conseguisse interpretá-los. Eram cores suaves, com tonalidades desbotadas e discretas.

O condutor olhou por cima do ombro e falou com ela, e Yalb, que caminhava ao lado da carroça, com as mãos nos bolsos do gibão, se encarregou de traduzir.

— Ele disse que esta cidade é especial porque foi construída em laites.

Shallan assentiu. Muitas cidades eram construídas em laites — áreas protegidas das grantormentas pelas formações rochosas ao redor.

— Kharbranth é uma das cidades grandes mais bem abrigadas do mundo, e é isso que simbolizam os sinos — traduziu Yalb. — Dizem que foram instalados inicialmente para alertar sobre a chegada de uma grantormenta, pois os primeiros ventos eram amenos e as pessoas nem sempre se davam conta. — Yalb hesitou. — Ele só está contando essas coisas para ganhar uma boa gorjeta, Luminosa. Eu já ouvi essa história, mas acho bem ridícula. Se os ventos soprassem forte o bastante para movimentar os sinos, as pessoas perceberiam. Aliás, as pessoas não percebiam que estava *chovendo*?

Shallan sorriu.

— Tudo bem. Deixe que ele continue.

O condutor tagarelava em sua voz entrecortada — que *língua* era aquela, afinal de contas? Enquanto ouvia a tradução de Yalb, Shallan absorvia as imagens, os sons e — infelizmente — os cheiros. Ela fora criada sentindo a fragrância limpa de móveis lustrados e pão assando nas cozinhas. Sua jornada pelo oceano a familiarizou com outros aromas, como o de salmoura e o do límpido ar marinho.

Não havia nada limpo no que ela cheirava ali. Cada ruela tinha seu próprio sortimento de fedores repulsivos. Que se alternavam com os odores pungentes dos vendedores de rua e suas comidas, a justaposição ainda mais nauseante. Felizmente, o condutor seguia pelo meio da rua, onde os fedores chegavam amenizados; porém o tráfego era mais intenso — o que os fazia andar mais devagar. Ela olhava embasbacada para os passantes. Aqueles homens de mãos enluvadas e pele levemente azulada eram de Natanatan. Mas quem seriam aquelas pessoas altas e majestosas metidas em túnicas pretas? E os homens com barbas trançadas, que lembravam cordas?

Os sons lembravam a Shallan o coro discordante dos cantarinhos que ouvia perto de casa, só que multiplicado em variedade e volume. Uma centena de vozes se chamando, mesclando-se com portas batendo, rodas girando sobre pedras e ocasionais guinchos de enguias celestes. Os sinos onipresentes badalavam ao fundo, mais alto quando o vento soprava. Eram exibidos nas vitrines das lojas e pendurados nos beirais das casas. Cada poste de luz na rua tinha um sino pendurado sob a lâmpada, e o veículo de Shallan tinha um sininho prateado na ponta do dossel. Quando ela estava a meio caminho da subida, uma onda retumbante de sinos bateu a hora. Os diversos e dessincronizados repiques produziam um estrépito retumbante.

As multidões começaram a rarear quando eles entraram no bairro mais alto de Kharbranth e o condutor seguiu para a enorme construção no topo. O prédio, pintado de branco, não fora construído com tijolos ou argila, mas escavado na própria face rochosa. Os pilares da frente brotavam sem emendas da própria pedra, e os fundos da construção se mesclavam fluidamente à encosta. O topo exibia domos baixos, pintados em cores metálicas. Mulheres olhos-claros entravam e saíam, carregando utensílios para escrever e usando vestidos como os de Shallan, que cobriam adequadamente suas mãos esquerdas. Os homens envergavam calças engomadas e casacos vorins até os joelhos, em estilo militar; botões laterais terminavam em um rígido colarinho que envolvia todo o pescoço. Muitos portavam espadas nos cinturões.

O condutor parou e dirigiu um comentário a Yalb. Com as mãos na cintura, o marinheiro começou a discutir com ele. Shallan sorriu ao ver sua expressão grave e piscou significativamente, ao mesmo tempo em que fixava a cena em sua memória para desenhá-la mais tarde.

— Ele está me propondo dividir a diferença comigo se eu deixar que ele aumente o preço da corrida — disse Yalb, balançando a cabeça e estendendo a mão para ajudar Shallan a descer do veículo.

Ela desceu, encarando o condutor, que deu de ombros e sorriu como uma criança apanhada furtando doces. Remexendo em sua bolsinha, que segurava com a mão coberta, ela procurou dinheiro trocado.

— Quanto devo dar a ele?

— Duas claretas são mais que suficientes. Eu ofereceria uma. Esse ladrão queria pedir *cinco*.

Antes da viagem, Shallan nunca havia usado dinheiro; admirava as esferas apenas por sua beleza. Cada uma era composta por uma conta de vidro pouco mais larga que uma unha de polegar, contendo uma gema muito menor no centro. As gemas podiam absorver Luz das Tempestades, o que fazia as esferas brilharem. Quando ela abriu a bolsinha de dinheiro, esferas de rubi, esmeralda, diamante e safira lhe iluminaram o rosto. Ela pegou três peças de diamantes, a de menor valor. Esmeraldas eram as mais valiosas, pois podiam ser usadas pelos Transmutadores para produzir alimentos.

O receptáculo de vidro da maioria das esferas tinha o mesmo tamanho; era o tamanho da gema no centro que determinava o valor. Cada uma das três peças, por exemplo, tinha um minúsculo fragmento de diamante no centro, com tamanho suficiente para que irradiasse Luz das Tempestades, embora muito mais fracamente que uma lâmpada. Um marco — a esfera de valor médio — era um pouco menos brilhante que uma vela, e eram necessárias cinco peças de diamante para totalizar um marco.

Shallan tomava o cuidado de manter suas esferas infundidas, pois soubera que as foscas eram consideradas suspeitas. Às vezes, um agiota tinha que ser levado à frente de um juiz para julgar a autenticidade de uma gema. Ela guardava as esferas mais valiosas na bolsa-segura, claro, que estava abotoada no interior de sua manga esquerda.

Ela entregou as três peças a Yalb, que fez uma mesura. Ela assentiu para o condutor, corando ao perceber que instintivamente usara Yalb como um criado-mestre. Será que ele ficaria ofendido?

Ele riu e aprumou o corpo, imitando um criado-mestre, então pagou o condutor com uma expressão falsamente solene. O condutor também riu, fez uma mesura para Shallan e se afastou puxando o veículo.

— Isso é para você — disse Shallan, pegando um marco-rubi e o entregando a Yalb.

— Luminosa, isso é muito!

— Em parte é como agradecimento, mas também para pagar sua permanência aqui por algumas horas, para o caso de eu retornar.

— Esperar algumas horas por um marco-de-fogo? Isso paga uma semana de navegação!

— Então deve ser o suficiente para você não sair perambulando.

— Estarei bem aqui! — disse Yalb, brindando-a com uma rebuscada mesura, surpreendentemente bem executada.

Shallan respirou fundo e subiu a escadaria em direção à imponente entrada do Conclave. A rocha talhada era impressionante — seu lado artístico queria parar e estudá-la, mas ela não se atreveu. Entrar no grande edifício era como ser engolida. Lâmpadas de Luz das Tempestades iluminavam o salão principal com luz branca. Provavelmente tinham brons de diamante em seu interior; a maior parte dos prédios mais ornamentados usava Luz para prover iluminação. Um brom — a esfera de maior valor — brilhava com uma intensidade equivalente a diversas velas.

A luz iluminava suave e uniformemente os numerosos atendentes, escribas e olhos-claros que circulavam pelo salão. O prédio parecia ter sido construído como um largo e longo túnel escavado na rocha. Grandes câmaras se alinhavam nas laterais, enquanto corredores secundários se ramificavam da passagem principal. Ela se sentia muito mais confortável ali do que do lado de fora. Aquele lugar — com seus criados atarefados, seus luminobres de baixo escalão — era familiar.

Ela ergueu a mão livre em sinal de necessidade e, como esperava, um criado-mestre de camisa branca engomada e calça preta se apressou em atendê-la.

— Luminosa? — disse ele, falando em vedeno, a língua dela, provavelmente devido à cor do seu cabelo.

— Estou procurando Jasnah Kholin — disse Shallan. — Fui informada de que ela está neste prédio.

O criado-mestre se inclinou prontamente. A maioria dos criados-mestres se orgulhava de seus serviços refinados — apresentando o mesmo porte de que Yalb caçoara antes.

— Volto já, Luminosa.

Ele devia ser do segundo nan, um cidadão olhos-escuros de alto escalão. Na crença Vorin, a Vocação — o trabalho a que cada um dedicava sua vida — era de vital importância. Escolher uma boa profissão e trabalhar duro era a melhor maneira de assegurar um bom lugar no pós-vida. O devotário que uma pessoa elegia para frequentar estava muitas vezes relacionada com sua Vocação.

Shallan cruzou os braços e aguardou. Havia pensado muito sobre sua Vocação. A escolha óbvia seria a arte, já que adorava desenhar. Mas não era apenas o desenho que a atraía — era o *estudo*, as questões levantadas pela observação. Por que as enguias celestes não tinham medo das pessoas? O que os háspiros comiam? Por que uma população de ratos florescia em determinada área, mas desaparecia em outra? Assim sendo, ela escolhera a história natural.

Queria se tornar uma verdadeira erudita, receber uma educação de verdade, mergulhar em profundas pesquisas e estudos. Seria em parte por isso que sugerira o audacioso plano de procurar Jasnah e se tornar sua protegida? Talvez. Entretanto, precisava manter o foco. Tornar-se protegida de Jasnah — e consequentemente sua aluna — era apenas um passo.

Enquanto refletia sobre o assunto, ela se aproximou distraidamente de um pilar, cuja superfície de pedra polida tocou com a mão livre. Como na maior parte de Roshar — exceto por algumas regiões costeiras —, Kharbranth fora construída com pedras brutas e inteiriças. As construções nas cercanias haviam sido entalhadas diretamente na rocha e o prédio em que ela estava fora recordado de uma encosta. O pilar era de granito, pensava, embora seus conhecimentos sobre geologia fossem rudimentares.

O piso era recoberto por longos tapetes laranja-escuros. Embora concebidos para parecerem luxuosos, eram feitos de um material resistente, capaz de suportar o intenso movimento. O amplo salão retangular transmitia uma sensação de *antiguidade*. Um dos livros que ela lera afirmava que Kharbranth fora fundada fazia muito tempo, na era sombria, anos antes da Última Desolação. Nesse caso, era realmente antiga, com milhares de anos, criada antes dos terrores da Hierocracia, muito antes até da Traição. Quando os Esvaziadores, segundo se dizia, perambulavam pela terra com seus corpos de pedra.

— Luminosa? — disse uma voz. Shallan se virou e viu que o criado retornara. — Por aqui, Luminosa.

Ela assentiu para o criado, que a conduziu em meio ao movimentado salão. Mentalmente, revisou como ia se apresentar a Jasnah. A mulher era uma lenda. Até mesmo Shallan — que vivia nos longínquos territórios de

Jah Keved — já ouvira falar da brilhante e herética irmã do rei alethiano. Jasnah tinha apenas 34 anos, mas muita gente achava que ela já teria obtido o capelo de mestre erudita se não fosse por seu hábito de denunciar a religião em público. Mais especificamente, ela denunciava os devotários, as diversas congregações religiosas que os vorins decentes frequentavam.

Tiradas indecorosas não a ajudariam muito naquela situação. Ela teria que se refrear. Ser pupila de uma mulher de grande renome era a melhor maneira de se instruir nas artes femininas: música, pintura, escrita, lógica e ciências. Era muito similar ao modo como um jovem treinava na guarda de honra de um luminobre que respeitasse.

Shallan escrevera a Jasnah, solicitando sua tutela, em uma atitude de desespero; não esperava que ela respondesse afirmativamente. Quando foi aceita — através de uma carta que a instruía a procurá-la em Dumadan dentro de duas semanas —, Shallan ficou surpresa. Desde então, estava no encalço da mulher.

Jasnah era herege. Exigiria que Shallan renunciasse à sua fé? Shallan duvidava que fosse conseguir. Os ensinamentos vorins concernentes à Glória e à Vocação haviam sido alguns de seus poucos refúgios durante os dias difíceis, quando seu pai estivera em seu pior momento.

Eles entraram em um salão mais estreito e ingressaram em uma série de corredores cada vez mais afastados da câmara principal. Por fim, o criado-mestre se deteve em uma esquina e acenou para que Shallan prosseguisse. Ouviam-se vozes provenientes do corredor à direita.

Shallan hesitou. Às vezes, pensava sobre como as coisas haviam chegado àquele ponto. Ela era a calada, a tímida, a mais jovem de cinco irmãos, e a única garota. Protegida durante toda a vida. E agora as esperanças de sua casa repousavam em seus ombros.

O pai deles estava morto. Era vital que isso permanecesse em segredo.

Ela não gostava de pensar naquele dia — quase o bloqueara de sua mente e se condicionara a pensar em outras coisas. Mas os efeitos da perda não podiam ser ignorados. Ele fizera muitas promessas: acordos comerciais e subornos, e alguns subornos camuflados de acordos comerciais. A Casa Davar devia grandes somas a um grande número de pessoas; sem o pai para acalmá-los, os credores logo começariam a fazer exigências.

Não havia a quem recorrer. Sua família, principalmente por causa de seu pai, era detestada até pelos aliados. O Grão-príncipe Valam — o luminobre a quem sua família devia fidelidade — estava enfermo e já não lhes oferecia a mesma proteção. Quando se tornasse público que o pai dela morrera e sua família falira, seria o fim da Casa Davar, que não demoraria a ser absorvida ou subjugada por outra casa.

Como punição, eles seriam obrigados a trabalhar até a morte — poderiam até ser assassinados por credores descontentes. Cabia a Shallan evitar isso, e o primeiro passo era Jasnah Kholin.

Shallan respirou fundo e entrou no corredor.

4
AS PLANÍCIES QUEBRADAS

"Estou morrendo, não estou? Curandeiro, por que está tirando meu sangue? Quem é esse ao seu lado, com a cabeça enrugada? Estou vendo um sol distante, escuro e frio, brilhando em um céu escuro."

— Coletado no terceiro dia de *jesnan*, ano de 1172, onze segundos antes da morte. O indivíduo era um reshiano adestrador de chules. Esta amostra é particularmente notável.

— POR QUE VOCÊ NÃO chora? — perguntou a esprena de vento.

Kaladin estava sentado na jaula, olhando para baixo. As tábuas do piso adiante estavam lascadas, como se alguém as tivesse escavado com as unhas. A parte lascada tinha manchas escuras nos locais em que a madeira seca e escura absorvera sangue. Uma fútil e ilusória tentativa de fuga.

Os carroções seguiam viagem. A mesma rotina todos os dias. Acordar cheio de dores após um sono inquieto, sem colchão nem cobertor. Um vagão por vez, os escravos eram retirados da cela e tinham as pernas acorrentadas, então recebiam permissão para se arrastar pelas paragens e fazer suas necessidades. Depois eram trancados de novo, recebiam a lavagem matinal, e a caravana voltava a rodar até a hora da lavagem vespertina. Voltavam a andar. Lavagem noturna e a concha de água antes de dormir.

A marca de *shash* de Kaladin ainda estava rachada e sangrando. Pelo menos o teto da cela o protegia do sol.

A esprena de vento se converteu em névoa, pairou como uma pequena nuvem e se aproximou de Kaladin. O movimento delineou seu rosto à frente da nuvem, como se a névoa tivesse sido soprada, revelando algo mais substancial por baixo. Vaporosa, feminina e angulosa. Com olhos cheios de curiosidade. Diferente de qualquer espreno que ele já tinha visto.

— Os outros choram à noite — disse ela. — Mas você não.

— Para que chorar? — disse ele, encostando a cabeça nas barras. — O que isso mudaria?

— Não sei. Por que os homens choram?

Ele sorriu, fechando os olhos.

— Pergunte ao Todo-Poderoso por que os homens choram, esprerninha. Não a mim.

Gotas de suor brotavam em sua testa devido à umidade do verão oriental, e ardiam ao escorrer pela ferida. Com sorte, eles teriam algumas semanas de primavera dentro em breve. O clima e as estações eram imprevisíveis. Nunca se sabia quanto tempo iam durar, embora geralmente durassem algumas semanas.

O carroção continuou a avançar. Após algum tempo, Kaladin sentiu o sol em seu rosto. Abriu os olhos. A luz estava penetrando pelo alto da cela. Duas ou três horas depois do meio-dia, portanto. E a lavagem da tarde? Kaladin se pôs de pé, segurando-se nas barras de aço. A divisória sólida na frente do carroção o impedia de avistar Tvlakv, que devia estar dirigindo o carroção adiante, mas conseguia ver Bluth conduzindo o carroção de trás, acomodado no assento alto que lhe permitia vigiar o chule puxando o vagão. O mercenário usava uma camisa suja, amarrada à frente, e um chapéu de abas largas para se proteger do sol. A lança e o porrete estavam a seu lado no banco. Ele não levava nenhuma espada — nem mesmo Tvlakv usava uma, não próximo das terras alethianas.

A relva continuava a se abrir diante dos carroções, desaparecendo à frente e reaparecendo após a passagem dos veículos. A paisagem era pontilhada por estranhos arbustos que Kaladin não reconheceu. Tinham caules e talos grossos, e espinhosas agulhas verdes. Quando os carroções se aproximavam muito, as agulhas se retraíam para dentro dos talos, deixando para trás caules retorcidos, com galhos nodosos. Esses arbustos cobriam a paisagem acidentada, erguendo-se nas rochas relvosas como pequenas sentinelas.

Os carroções avançaram até bem depois do meio-dia. *Por que não paramos para a distribuição da lavagem?*

O vagão à frente finalmente parou. Os outros dois se detiveram em seguida, sacolejando, e os chules começaram a se agitar, movendo as antenas para a frente e para trás. Os animais tinham carapaças protuberantes e patas vermelhas, grossas como troncos. Pelo que Kaladin ouvira, podiam decepar o braço de um homem com suas garras. Mas os chules eram dóceis, principalmente os domesticados. Ele nunca conhecera ninguém no exército que tivesse recebido mais que um leve beliscão de um chule.

Bluth e Tag desceram de seus carroções e se aproximaram de Tvlakv. O traficante de escravos estava de pé sobre a boleia, com a mão sobre os olhos para protegê-los do sol, segurando uma folha de papel. Uma discussão se iniciou. Tvlakv não parava de apontar para a direção que estavam seguindo e depois para o papel.

— Está perdido, Tvlakv? — gritou Kaladin. — Talvez devesse pedir a orientação do Todo-Poderoso. Ouvi dizer que ele gosta muito de mercadores de escravos. Reservou um aposento especial para você na Danação.

À esquerda de Kaladin, um dos escravos — o homem de barba comprida que conversou com ele alguns dias antes — se afastou furtivamente, sem querer ficar por perto de alguém que estava provocando Tvlakv.

Após alguma hesitação, o corpulento mercador de escravos fez um gesto brusco na direção de seus mercenários, que se calaram. Em seguida, desceu de seu carroção e se aproximou de Kaladin.

— Você — disse ele. — Desertor. Os exércitos alethianos costumam atravessar essas terras para guerrear. Você conhece a área?

— Me deixe ver o mapa — disse Kaladin.

Tvlakv hesitou novamente, mas lhe estendeu o papel.

Kaladin passou a mão por entre as barras e o pegou. Então, sem o ler, rasgou-o em dois. Segundos depois, já o havia picado em centenas de pedaços, diante dos olhos horrorizados de Tvlakv.

O mercador de escravos chamou os mercenários, mas, quando eles chegaram, Kaladin já tinha as mãos cheias de confete para arremessar sobre eles.

— Feliz Festa Medial, seus miseráveis — disse Kaladin, enquanto os fragmentos de papel flutuavam ao redor dos homens.

Então se virou, caminhou até o outro lado da cela e sentou-se, de frente para eles.

Tvlakv permaneceu mudo por alguns instantes. Então, com o rosto vermelho, apontou para Kaladin e sibilou alguma coisa para os mercenários. Bluth deu um passo na direção da cela, mas pensou melhor e parou. Olhou então para Tvlakv, deu de ombros e se afastou. Tvlakv se virou para Tag, que balançou a cabeça e disse alguma coisa em voz baixa.

Após alguns minutos espumando de raiva contra seus covardes mercenários, Tvlakv se aproximou de Kaladin. Quando falou, surpreendentemente, sua voz estava calma.

— Estou vendo que você é esperto, desertor. Você se tornou inestimável. Meus outros escravos não são dessa área e eu nunca andei por aqui. Você pode negociar. O que você quer para nos conduzir? Posso prometer uma refeição extra todos os dias se você me ajudar.

— Você quer que eu conduza a caravana?

— Instruções serão bem-vindas.

— Tudo bem. Primeiro encontre um penhasco.

— Quer uma posição elevada para observar a área?

— Não — disse Kaladin. — Quero arremessar você de lá.

Tvlakv ajeitou o gorro, aborrecido, e alisou para trás uma de suas longas sobrancelhas brancas.

— Você me odeia. Isso é bom. O ódio vai manter você forte, vai lhe dar um preço melhor. Mas você não vai ter chance de se vingar de mim a não ser que eu o leve até o mercado e o venda. Eu não vou deixar você escapar. Mas talvez alguém deixe. Você precisa ser vendido, entendeu?

— Eu não quero vingança — disse Kaladin.

A esprena de vento — que se afastara por algum tempo para examinar um dos estranhos arbustos — retornou e começou a esvoaçar em torno da cabeça de Tvlakv, como se avaliasse o homem. Ele não parecia vê-la.

Tvlakv franziu a testa.

— Não quer vingança?

— Não adianta nada — respondeu Kaladin. — Aprendi essa lição há muito tempo.

— Há muito tempo? Você não deve ter mais que dezoito anos, desertor.

Era um bom palpite. Ele tinha dezenove. Só haviam mesmo se passado quatro anos desde que ingressara no exército de Amaram? Kaladin tinha a impressão de que envelhecera uns dez anos nesse período.

— Você é jovem — prosseguiu Tvlakv. — Pode escapar desse destino. Já ouvi falar de homens que escaparam da marca de escravo. Você poderia pagar pela sua liberdade, entende? Ou convencer um de seus senhores a libertá-lo. Pode se tornar um homem livre novamente. Não é tão improvável.

Kaladin riu com desprezo.

— Eu nunca vou me livrar dessas marcas, Tvlakv. Você deve saber que eu tentei fugir mais de dez vezes... e falhei. Não são só esses glifos na minha testa que fazem seus mercenários tomarem cuidado comigo.

— Fracassos no passado não provam que não há chances no futuro, certo?

— Estou acabado. Não me importo. — Kaladin encarou o traficante de escravos. — Além disso, você não acredita realmente no que está dizendo. Duvido que um homem como você consiga dormir à noite sabendo que os escravos que vendeu estão livres para virem atrás de você um dia.

Tvlakv riu.

— Talvez, desertor. Talvez você tenha razão. Ou talvez eu simplesmente ache que, se você se libertar, vai caçar o homem que vendeu você como escravo primeiro, entende? O Grão-senhor Amaram, não foi? A morte dele seria um aviso para que eu pudesse fugir.

Como ele sabia? Como ouvira falar de Amaram? *Se eu o encontrar, vou estripá-lo com minhas próprias mãos. Eu lhe arrancarei a cabeça do pescoço, eu…*

— Sim — disse Tvlakv, estudando o rosto de Kaladin. — Então você não foi tão sincero quando disse que não quer vingança. Estou vendo.

— Como você sabe sobre Amaram? — perguntou Kaladin, franzindo o cenho. — Já mudei de mãos meia dúzia de vezes desde que isso aconteceu.

— As pessoas falam. E os traficantes de escravos falam mais ainda. Temos que ser amigos, pois ninguém mais nos suporta.

— Então você sabe que não recebi esta marca por desertar.

— Ah, mas isso é o que nós temos que alegar, entende? Os culpados de crimes sérios não vendem muito bem. Com esse glifo de *shash* na sua testa já vai ser bastante difícil conseguir um bom preço por você. E se eu não conseguir te vender, então você… bem, você não ia gostar dessa situação. Então jogamos juntos. Eu digo que você é um desertor. E você não diz nada. É um jogo fácil, eu acho.

— É ilegal.

— Nós não estamos em Alethkar — disse Tvlakv —, portanto não há leis. Além disso, a deserção foi o motivo oficial da sua venda. Diga outra coisa e você não ganhará nada além de uma reputação de mentiroso.

— Nada além de uma dor de cabeça para você.

— Mas você acabou de dizer que não quer se vingar de mim.

— Posso mudar de ideia.

Tvlakv riu.

— Ah, se você não mudou até agora, então provavelmente não vai mais! Aliás, você não ameaçou me jogar de um penhasco? Acho que já mudou. Mas agora nós *temos* que discutir como vamos proceder. Meu mapa teve uma morte prematura, como você sabe.

Kaladin hesitou e soltou um suspiro.

— Não sei — disse com sinceridade. — Também nunca estive por aqui.

Tvlakv franziu a testa e se inclinou um pouco na direção da cela, mas ainda mantendo distância. Após alguns momentos, balançou a cabeça.

— Acredito em você, desertor. Que pena. Bem, vou confiar na minha memória. De qualquer forma, o mapa estava mal desenhado. Estou quase feliz por você tê-lo rasgado, eu mesmo fiquei tentado a fazer isso. Se por acaso eu encontrar retratos das minhas ex-esposas, vou providenciar para que eles cheguem às suas mãos. Assim vou tirar proveito desse seu talento especial.

Kaladin o observou se afastar, então soltou um palavrão.

— Para que isso? — perguntou a esprena de vento, aproximando-se com a cabeça inclinada.

— Quase me peguei gostando dele — respondeu Kaladin, batendo a cabeça contra as grades.

— Mas... depois do que ele fez...

Kaladin deu de ombros.

— Não estou dizendo que Tvlakv não é um canalha. Só que é um canalha simpático. — Ele hesitou, então fez uma careta. — Esses são o pior tipo. Quando nós os matamos, acabamos sentindo remorso.

O CARROÇÃO GOTEJAVA DURANTE AS grantormentas. Não era surpreendente; Kaladin desconfiava que Tvlakv acabara no tráfico de escravos por algum reverso da fortuna. Talvez preferisse se dedicar a outro tipo de comércio, mas alguma coisa — falta de dinheiro, necessidade de sair às pressas da cidade onde morava — o tinha obrigado a ingressar naquela atividade infame.

Homens como ele não podiam bancar luxos, nem mesmo uma vida de qualidade. Mal podiam fazer frente às dívidas. O que resultava em carroções com goteiras. As laterais de madeira eram fortes o bastante para suportar os ventos de uma grantormenta, mas não eram confortáveis.

Tvlakv quase se esquecera de se preparar para aquela tempestade. Aparentemente, o mapa que Kaladin rasgara também incluía uma lista de grantormentas previstas para os próximos dias, que fora adquirida de um guarda-tempo itinerante. As tempestades podiam ser previstas matematicamente; o pai de Kaladin fazia isso como passatempo, e era capaz de acertar o dia oito vezes em cada dez.

As tábuas chocalhavam contra as barras da cela enquanto o vento golpeava o veículo, que balançava como se fosse o brinquedo de um gigante desajeitado. A madeira rangia e jatos de água gelada se infiltravam pelas rachaduras, acompanhados pelos clarões de relâmpagos e o som de trovões. Eram a única luz de que os escravos dispunham.

Vez ou outra, a luz lampejava sem os trovões. Os escravos gemiam de medo, pensando no Pai das Tempestades, nas sombras dos Radiantes Perdidos ou nos Esvaziadores — que, segundo se dizia, assombravam as grantormentas mais brutais —, e se amontoaram no canto mais distante das barras, compartilhando calor. Kaladin não se juntou a eles, permaneceu sentado com as costas apoiadas nas grades.

Ele não se impressionava com histórias de coisas que assombravam tempestades. No exército, fora forçado a enfrentar uma ou duas grantormentas abrigado sob uma saliência rochosa ou algum outro abrigo improvisado. Ninguém gostava de estar ao relento durante uma tempestade, mas às vezes era impossível de se evitar. O que assombrava uma tempestade — talvez o próprio Pai das Tempestades — estava longe de ser tão mortal quanto as pedras e galhos voando pelos ares. Na verdade, o turbilhão inicial de água e vento — o paredão — era a parte mais perigosa. Depois disso, a tempestade ia enfraquecendo, até se transformar em nada mais que um chuvisco.

Não, ele não estava preocupado com Esvaziadores em busca de carne para se banquetearem. Estava preocupado com a possibilidade de que alguma coisa acontecesse a Tvlakv. O traficante de escravos estava abrigado em um exíguo compartimento de madeira construído embaixo de seu carroção. Pretensamente, era o lugar mais seguro da caravana, mas um desafortunado golpe do destino — um pedregulho lançado pela tempestade, o desmoronamento do carroção — poderia matá-lo. Nesse caso, Kaladin podia imaginar Bluth e Tag indo embora, abandonando todo mundo nas celas trancadas. E os escravos morreriam lentamente, de fome ou desidratação, enquanto assavam sob o sol dentro daquelas caixas.

A tempestade continuava a soprar, sacudindo o carroção. Às vezes os ventos pareciam coisas vivas. E quem poderia dizer que não eram? Seriam os esprenos de vento atraídos pelas ventanias ou seriam *as próprias* ventanias? As almas por trás da força que agora tanto se esforçava para destruir o carroção de Kaladin?

Essa força — consciente ou não — acabou fracassando. Os carroções estavam acorrentados a rochedos próximos e com as rodas travadas.

As rajadas de vento se tornaram mais letárgicas. Os raios pararam de lampejar e o enlouquecedor tamborilar da chuva se transformou em um suave repique. Somente uma vez, durante a jornada, um carroção tombou durante uma grantormenta. Mas sofreu poucos danos, assim como os escravos que transportava.

A lateral de madeira à direita de Kaladin estremeceu de repente e se abriu quando Bluth soltou as trancas. O mercenário usava um casaco de couro para se proteger da chuva, e a água escorria pela aba do seu chapéu enquanto ele abria a cela — e seus ocupantes — à chuva. As gotas caíram sobre Kaladin e os escravos amontoados; estava fria, embora não tão gelada quanto no auge da tormenta. Tvlakv sempre determinava a abertura dos carroções antes que a chuva cessasse. Dizia que era o único modo de eliminar o fedor dos escravos.

Bluth enfiou o tapume de madeira em seu lugar, debaixo do carroção, e abriu os dois lados restantes. Só o tapume da frente — próximo à boleia do condutor — não podia ser retirada.

— Um pouco cedo para remover a madeira, Bluth — disse Kaladin.

A grantormenta ainda não havia atingido a calmaria, quando a chuva começava a cair suavemente. Ainda chovia pesadamente, com ocasionais rajadas de vento.

— O mestre quer que vocês fiquem bem limpos hoje.

— Por quê? — perguntou Kaladin, levantando-se, a água escorrendo de seus andrajos.

Bluth o ignorou. *Talvez estejamos chegando ao nosso destino*, pensou Kaladin, enquanto observava a paisagem

Nos últimos dias, as colinas tinham dado lugar a formações rochosas irregulares — lugares onde a ação de ventos arrasadores esculpira penhascos e escarpas. Mato crescia nas encostas rochosas que apanhavam mais sol; outros tipos de plantas eram mais abundantes nas áreas à sombra. O período que se seguia a uma grantormenta era quando a terra se mostrava mais vívida. Os pólipos dos petrobulbos se abriam e estendiam suas gavinhas. Outros tipos de trepadeiras surgiam das fendas para lamber a água. Folhas se abriam nas árvores e nos arbustos. Crenguejos de todos os tipos deslizavam pelas poças, aproveitando o banquete. Insetos zumbiam no ar; crustáceos maiores — caranguejos e pernosos — saíam de seus esconderijos. As próprias pedras pareciam adquirir vida.

Kaladin notou meia dúzia de esprenos de vento adejando acima. Suas formas translúcidas pareciam perseguir — ou talvez surfar — as últimas rajadas da grantormenta. Minúsculas luzes se acenderam em torno das plantas. Esprenos de vida. Pareciam partículas de luminosa poeira verde ou enxames de insetos diminutos e translúcidos.

Um pernoso — sua carapaça espinhosa eriçada para detectar mudanças no vento — subiu pela lateral do carroção, suas muitas patas ladeando o corpo comprido. Era uma cena bastante familiar, mas ele jamais vira um pernoso com uma carapaça tão violeta. Para onde Tvlakv estaria levando a caravana? Aquelas encostas vazias eram perfeitas para a agricultura. Daria para regá-la com seiva de cepolargo — misturada com sementes de lávis — durante as estações de tempestades mais amenas que se seguiam ao Pranto. Em quatro meses, seria possível obter bulbos maiores que a cabeça de um homem vicejando nas colinas, prontos para se abrir e derramar seus grãos.

Os chules circulavam pesadamente pela área, empanturrando-se de petrobulbos, lesmas e crustáceos menores, que haviam surgido após a tempestade. Por fim, em silêncio, Tag e Bluth os prenderam aos arreios, enquanto um carrancudo Tvlakv se arrastava para fora de seu refúgio à prova d'água. Para se proteger da chuva, o mercador de escravos pôs um boné e vestiu um casaco preto. Ele raramente saía do cubículo antes que o temporal cessasse por completo; devia estar *extremamente* ansioso para chegar ao destino. Estariam assim tão perto da costa? Era um dos poucos lugares onde podiam encontrar cidades nas Colinas Devolutas.

Em questão de minutos os carroções voltaram a avançar sobre o solo acidentado. Kaladin se acomodou em seu lugar de costume, enquanto o céu clareava e a grantormenta se transformava em uma mancha negra no horizonte a oeste. O sol trouxe um calor bem-vindo, que deliciou os escravos, enquanto a água que escorria de suas roupas escoava pela traseira do vagão.

De repente, uma fita translúcida voou até Kaladin. Ele já estava se acostumando com a presença da esprena. Ela sumira durante a tempestade, mas estava de volta. Como sempre.

— Eu vi outros da sua espécie — disse Kaladin, distraído.

— Outros? — perguntou ela, tomando a forma da jovem.

Ela passou a andar no ar em torno dele, rodopiando às vezes, como se dançasse ao ritmo de uma batida inaudível.

— Esprenos de vento — disse Kaladin. — Correndo atrás da tempestade. Você tem certeza de que não quer se juntar a eles?

Ela olhou nostalgicamente para oeste.

— Não — disse finalmente, retomando a dança. — Gosto daqui.

Kaladin deu de ombros. Ela parara de pregar tantas peças quanto antes; portanto ele parara de se aborrecer com sua presença.

— Há outros por perto — disse ela. — Outros como você.

— Escravos?

— Não sei. Gente. Não esses aqui. Outros.

— Onde?

Ela apontou para leste com um dedo branco e translúcido.

— Lá. Muitos deles. Muitos e muitos.

Kaladin se pôs de pé. Não imaginava que um espreno pudesse medir distâncias e números. *Sim...* Ele estreitou os olhos e observou o horizonte. *Aquilo é fumaça. Seria de chaminés?* Sentiu então cheiro de fumaça; se não fosse pela chuva, teria sentido antes.

Devia se preocupar com isso? Não importava onde fosse escravizado; ele ainda seria um escravo. Aceitara aquela vida. Era seu modo de ser agora; não se preocupar, não se incomodar.

Ainda assim, ficou bastante atento quando seu carroção subiu a encosta de uma colina e ofereceu aos escravos uma visão panorâmica do terreno. Não era uma cidade. Era algo maior e mais imponente. Um enorme acampamento militar.

— Grande Pai das Tempestades... — murmurou Kaladin.

Dez tropas massivas de soldados estavam acampadas no familiar padrão alethiano — circular, ordenado por hierarquia, com os seguidores civis às margens, mercenários logo depois, soldados, cidadãos próximos ao centro e oficiais olhos-claros no núcleo. Estavam acampados em meio a uma série de formações rochosas que lembravam crateras, mas com as bordas mais irregulares, mais serrilhadas. Como cascas de ovos quebradas.

Kaladin deixara um exército muito parecido, dez meses antes, embora as forças de Amaram fossem muito menores. Aquele cobria quilômetros de território rochoso, que se estendia para norte e sul. Mil estandartes, ostentando mil pares de glifos que representavam diferentes famílias, drapejavam orgulhosamente. Havia algumas tendas — principalmente nas áreas externas —, mas a maioria das tropas estava aquartelada em barracões de pedra. O que indicava a presença de Transmutadores.

O acampamento diretamente à frente exibia um estandarte que Kaladin já vira em livros. Um fundo profundamente azul com glifos brancos — *khokh* e *linil* — estilizados e representados como uma espada diante de uma coroa. A Casa Kholin. A casa do rei.

Espantado, Kaladin olhou para além dos exércitos. A paisagem a leste era como a que lhe haviam descrito em uma dúzia de histórias, todas detalhando a campanha do rei contra os traidores parshendianos. Era uma planície rochosa enorme e acidentada — tão ampla que ele não conseguia avistar o outro lado —, cortada por fendas com cinco a dez metros de largura e profundidade insondável, formando um mosaico de platôs desiguais. Alguns grandes, outros minúsculos. A planície lembrava um prato quebrado, cujos cacos tivessem sido reunidos com pequenas lacunas entre um e outro.

— As Planícies Quebradas — murmurou Kaladin.

— Que foi? — perguntou a esprena. — Qual é o problema?

Kaladin balançou a cabeça, pensativo.

— Passei anos tentando chegar aqui. Era o que Tien queria, pelo menos no final. Vir para cá, lutar no exército do rei...

E agora Kaladin estava ali. Finalmente. *Acidentalmente*. O absurdo da situação lhe deu vontade de rir. *Eu devia ter percebido*, pensou ele. *Eu devia saber. Nós não estávamos indo para a costa e suas cidades. Estávamos vindo para cá. Para a guerra.*

Aquele lugar estaria submetido às leis e regulamentos alethianos. Era de se esperar que Tvlakv quisesse evitar esse tipo de coisa. Mas ali, provavelmente, ele encontraria preços melhores.

— As Planícies Quebradas? — disse um dos escravos. — É mesmo?

Outros se acercaram para analisar a paisagem. Na empolgação do momento, pareceram esquecer o medo que tinham de Kaladin.

— É *mesmo* as Planícies Quebradas! — exclamou outro homem. — Aquele é o exército do rei!

— Talvez a gente encontre justiça aqui — disse outro.

— Ouvi dizer que os criados da casa do rei vivem tão bem quanto mercadores ricos — disse um outro. — Os escravos também devem viver melhor. Nós estaremos em terras vorins; vamos até receber salários!

Isso era verdade. Quando trabalhavam, os escravos tinham que receber um pequeno salário — metade do que um homem livre ganharia pelo mesmo serviço. Mas já era alguma coisa, e as leis alethianas exigiam isso. Somente os fervorosos — que não podiam possuir nada — não precisavam ser pagos. Bem, eles e os parshemanos. Mas os parshemanos eram mais animais que qualquer outra coisa.

Um escravo podia usar seus ganhos para abater sua dívida e obter a liberdade. Teoricamente. Enquanto os demais escravos continuavam a tagarelar e os carroções desciam a ladeira, Kaladin se retirou para os fundos do vagão. Suspeitava que a opção de abater a dívida fosse um logro, destinado a manter os escravos dóceis. A dívida era enorme, muito maior que o preço de venda do escravo, e praticamente impossível de ser quitada.

Kaladin sempre exigira que seus mestres anteriores lhe pagassem salários. Mas eles sempre encontravam um meio de trapaceá-lo — cobrando por alojamento e comida. Assim eram os olhos-claros. Roshone, Amaram, Katarotam... Todos os olhos-claros que ele conhecera, como escravo ou como homem livre, haviam se mostrado corruptos até a alma, apesar de toda a pose e beleza. Eram como corpos putrefatos vestidos com sedas finas.

Os outros escravos continuaram a falar sobre o exército do rei e sobre justiça. *Justiça?*, pensou Kaladin, recostando-se nas grades. *Nem acredito que isso exista.* Entretanto, começou a imaginar. Aquele era o exército do rei — os exércitos de dez grão-príncipes — formado para cumprir o Pacto de Vingança.

Se havia uma coisa que ele ainda se permitia desejar, era a chance de empunhar uma lança. De lutar novamente, voltar a ser o homem que já fora. Um homem que se importava.

Se pudesse realizar esse desejo em algum lugar, seria ali.

"Eu vi o fim e ouvi seu nome. A Noite das Tristezas, a Verdadeira Desolação. A Tempestade Eterna".

— Coletado no terceiro dia de *nanes*, ano de 1172, quinze segundos antes da morte. O indivíduo era um jovem olhos-escuros de origem desconhecida.

SHALLAN NÃO ESPERAVA QUE Jasnah Kholin fosse tão bela.

De uma beleza majestosa e madura — tal como se via em retratos de antigas eruditas. Shallan se deu conta de que, ingenuamente, esperava que Jasnah fosse uma solteirona feia, como as severas matronas que a haviam instruído, anos antes. Como alguém poderia imaginar de outro modo uma herege com mais de trinta anos e ainda solteira?

Jasnah não era nada disso. Era alta e esbelta; tinha pele lisa, sobrancelhas finas e negras e uma densa cabeleira cor de ônix — presa em parte no alto da cabeça, enrolada em um pequeno cilindro dourado e fixada por dois longos grampos, com o resto caindo pela nuca em minúsculos cachos. Mesmo presos e frisados, o cabelo lhe chegava aos ombros; soltos, seriam tão longos quanto os de Shallan, que lhe passavam da metade das costas.

Jasnah tinha um rosto quadrado e penetrantes olhos violeta-claros. No momento, prestava atenção em um homem vestido com uma túnica verde-escura e branca, as cores reais de Kharbranth, que discursava para alguns ouvintes. A Luminosa Kholin era vários centímetros mais alta que o homem; aparentemente, a famosa altura dos alethianos não era exagerada. Jasnah relanceou um olhar a Shallan, notou sua presença e voltou a prestar atenção na conversa.

Pai das Tempestades! Aquela mulher era *mesmo* a irmã de um rei. Reservada, escultural, imaculada em seu vestido azul e prata — de um modelo idêntico ao de Shallan, com colarinho alto e botões nas laterais, embora o busto de Jasnah fosse muito mais volumoso que o de Shallan e sua saia rodada se arrastasse pelo chão. As mangas eram longas e pomposas, com a esquerda abotoada sobre a mão segura, de modo a ocultá-la.

Em sua mão livre havia uma joia notável: dois anéis e um bracelete ligados por diversas correntes, que sustentavam um grupo triangular de gemas sobre as costas da mão. Era um Transmutador — nome usado tanto para a pessoa que realizava o processo quanto para o fabrial que o tornava possível.

Shallan se esgueirou para dentro da sala, tentando observar melhor as gemas grandes e brilhantes. Seu coração começou a bater mais depressa. O Transmutador parecia idêntico ao que ela e os irmãos haviam encontrado no bolso interno do casaco de seu pai.

Jasnah e o homem de túnica começaram a caminhar na direção de Shallan, ainda conversando. Como Jasnah reagiria, agora que sua pupila finalmente chegara? Ficaria zangada com sua demora? Shallan não podia ser responsabilizada por isso, mas as pessoas frequentemente esperavam coisas irracionais de seus inferiores.

Como a grande câmara à entrada, aquele salão fora escavado na rocha, mas era mais ricamente mobiliado, e seus candelabros ornamentados exibiam gemas que resplandeciam a Luz. Em sua maioria, eram granadas violeta-escuras, que estavam entre as pedras menos valiosas. Mesmo assim, o número de gemas por si só já faria o candelabro valer uma pequena fortuna. Mais impressionante para Shallan, no entanto, era a simetria do modelo e a beleza dos cristais que pendiam do candelabro.

Quando Jasnah se aproximou, Shallan pôde escutar parte do que ela estava falando.

— ...percebe que esta medida poderia provocar uma reação desfavorável dos devotários? — dizia ela, falando em alethiano.

Era um idioma muito parecido com o vedeno, e Shallan se tornara fluente nele quando criança.

— Sim, Luminosa — disse o homem de túnica.

Era um homem idoso, de barba branca e olhos cinza-claros. Seu rosto franco e amável parecia muito preocupado. Ele usava um chapéu de copa baixa e cilíndrica que combinava com o branco e laranja de sua túnica. Uma túnica luxuosa. Seria algum tipo de comissário real?

Não. Aquelas gemas em seus dedos, sua postura, a deferência de outros assistentes olhos-claros em relação a ele... *Pai das Tempestades!*, pensou Shallan. *Só pode ser o próprio rei!* Não o irmão de Jasnah, Elhokar, mas o rei de Kharbranth. Taravangian.

Apressadamente, Shallan executou a reverência apropriada, que foi percebida por Jasnah.

— Os fervorosos têm muita influência aqui, majestade — disse Jasnah, em voz suave.

— Assim como eu — replicou o rei. — A senhora não precisa se preocupar comigo.

— Muito bem. Suas condições são razoáveis. Leve-me até o lugar e verei o que pode ser feito. Agora, com sua licença, preciso atender uma pessoa. — Jasnah fez um pequeno gesto na direção de Shallan, no sentido de que se juntasse a eles.

— Certamente, Luminosa — disse o rei.

Ele parecia submisso a Jasnah. Kharbranth era um reino muito pequeno — somente uma cidade —, enquanto Alethkar era um dos mais poderosos do mundo. Uma princesa alethiana podia muito bem se situar acima de um rei kharbranthiano, em termos reais, dependendo do protocolo.

Shallan se apressou em alcançar Jasnah, que caminhava um pouco atrás do rei, enquanto este começava a falar com seus criados.

— Luminosa — disse Shallan. — Sou Shallan Davar, com quem a senhora marcou um encontro. Lamento profundamente não ter conseguido alcançar a senhora em Dumadari.

— A culpa não foi sua — disse Jasnah, acenando com a mão. — Eu não esperava que você chegasse a tempo. Mas não sabia ao certo para onde iria depois de Dumadari quando lhe enviei aquela mensagem.

Jasnah não estava irritada, o que era bom sinal. Shallan sentiu um pouco de sua ansiedade se dissipar.

— Estou impressionada com a sua tenacidade, menina — prosseguiu Jasnah. — Sinceramente, não esperava que você me seguisse até tão longe. Depois de Kharbranth, eu ia parar de lhe enviar mensagens, pois tinha presumido que você desistiria. A maioria desiste nas primeiras paradas.

A maioria? Então era uma espécie de *teste?* E Shallan passara?

— Sim, realmente — continuou Jasnah, pensando em voz alta. — Talvez eu deixe você me apresentar uma petição para se tornar minha pupila.

Shallan quase tropeçou de susto. *Apresentar uma petição?* Já não fizera isso?

— Luminosa — disse Shallan. — Eu pensei que... Bem, sua carta...

Jasnah a encarou.

— Eu lhe dei permissão para *se encontrar* comigo, srta. Davar. Não prometi que ia aceitar você. A formação e os cuidados com uma pupila constituem uma distração para a qual eu não tenho muita tolerância nem muito tempo, atualmente. Mas você veio de longe. Vou considerar seu pedido, mas quero que compreenda que minhas condições são estritas.

Shallan disfarçou uma careta.

— Nenhuma impertinência — observou Jasnah. — Isso é um bom sinal.

— Impertinência, Luminosa? Por parte de uma olhos-claros?

— Você ficaria surpresa — disse Jasnah secamente. — Mas atitude somente não garantirá seu lugar. Diga-me, qual o seu nível de educação?

— Alto em algumas áreas — disse Shallan. Depois acrescentou, com certa hesitação: — Muito deficiente em outras.

— Muito bem — disse Jasnah. À frente, o rei parecia apressado, mas, sendo idoso, até seu passo acelerado era vagaroso. — Então vamos fazer uma avaliação. Responda francamente e não exagere, pois eu logo descobrirei suas mentiras. Também não use de falsa modéstia. Não tenho paciência com bobocas.

— Sim, Luminosa.

— Vamos começar com música. Como você avaliaria seu talento?

— Tenho bom ouvido, Luminosa — disse Shallan com sinceridade. — Sou melhor no canto, mas recebi treinamento na cítara e nas flautas. Devo estar longe das melhores que a senhora já ouviu, mas também devo estar longe das piores. Sei muitas baladas históricas de cor.

— Cante para mim o refrão de "Melodiosa Adrene".

— Aqui?

— Eu não gosto de me repetir, menina.

Shallan corou, mas começou a cantar. Não foi sua melhor apresentação, mas sua entonação foi cristalina e ela não tropeçou nas palavras.

— Bom — disse Jasnah, quando Shallan parou para tomar fôlego. — Línguas?

Shallan se atrapalhou por alguns momentos, tendo que desviar a atenção de sua tentativa frenética de se lembrar do verso seguinte. Línguas?

— Falo alethiano fluentemente, é óbvio — disse ela. — Leio razoavelmente em thayleno e falo azishiano bem. Consigo me fazer entender em selayano, mas não leio nada.

Jasnah não fez nenhum comentário. Shallan começou a se sentir nervosa.

— E quanto à escrita? — perguntou Jasnah.

— Conheço todos os glifos maiores, menores e temáticos, e sei pintá-los caligraficamente.

— A maioria das crianças sabe.

— Quem já me viu pintando glifos-amuletos os considerou impressionantes.

— Glifos-amuletos? — respondeu Jasnah. — Pensei que você quisesse ser uma erudita, não uma veiculadora de superstições tolas.

— Eu mantenho um diário desde criança — prosseguiu Shallan —, para praticar minha redação.

— Parabéns — replicou Jasnah. — Quando eu precisar de alguém para escrever um tratado sobre seu pônei de pelúcia ou sobre alguma pedra interessante que descobriu, vou mandar chamar você. Você não tem nada a oferecer que demonstre que realmente tem talento?

Shallan corou.

— Com o devido respeito, Luminosa, a senhora tem em mãos uma carta minha que foi convincente o bastante para a senhora me conceder esta entrevista.

— Um argumento válido — disse Jasnah, assentindo. — Você demorou bastante para apresentá-lo. Como foi sua formação em lógica e nas matérias relacionadas?

— Sou proficiente em matemática básica — respondeu Shallan, ainda ruborizada — e sempre ajudava meu pai nas contas menores. Li as obras completas de Tormas, Nashan, Niali, o Justo, e, claro, Nohadon.

— Placini?

Quem?

— Não.

— Gabrathin, Yustara, Manaline, Syasikk, Shauka-filha-Hasweth?

Shallan se retraiu e balançou a cabeça. O último nome era obviamente shino. Será que os shinos tinham *mesmo* mestres em lógica? Será que Jasnah realmente esperava que suas pupilas tivessem estudado textos tão obscuros?

— Entendo — disse Jasnah. — Bem, e história?

História. Shallan se retraiu mais ainda.

— Eu... Essa é uma das áreas em que sou mais deficiente, Luminosa. Meu pai nunca encontrou uma tutora adequada para mim. Eu li os livros de história que ele tinha...

— Quais eram?

— Basicamente, toda a série *Tópicos*, de Barlesha Lhan.

Jasnah fez um gesto de desdém.

— Mal valem o tempo que foi gasto para serem escritos. Um apanhado popular de fatos históricos, na melhor das hipóteses.

— Peço desculpas, Luminosa.

— É uma falha embaraçosa. A história é a *mais importante* das subartes literárias. Seria de se pensar que seus pais dariam uma atenção especial a essa área se esperavam que você fosse estudar com uma historiadora como eu.

— Minhas circunstâncias são pouco comuns, Luminosa.

— A ignorância é bastante comum, srta. Davar. Quanto mais eu vivo, mais me dou conta de que é o estado natural da mente humana. Há muita gente que luta para defender sua santidade, e ainda esperam que você se impressione com seus esforços.

Shallan corou novamente. Sabia que tinha deficiências, mas Jasnah tinha expectativas pouco razoáveis. Sem dizer nada, ela continuou a caminhar ao lado da mulher mais alta. Qual seria o comprimento daquele corredor, afinal de contas? De tão perturbada, ela nem mesmo olhou para as pinturas pelas quais passavam. Entraram em outro corredor, penetrando ainda mais fundo na encosta da montanha.

— Bem, vamos falar de ciências, então. — A entonação de Jasnah era de desagrado. — Como você se situa nessa área?

— Eu tenho uma base científica razoável, como se pode esperar de uma jovem da minha idade — respondeu Shallan, em um tom mais glacial do que desejava.

— Isso significa...?

— Sei falar com segurança sobre geografia, geologia, física e química. Estudei particularmente biologia e botânica, pois tive condições de me aprofundar no assunto com relativa independência, nas terras de meu pai. Mas, se a senhora espera que eu solucione o Enigma de Fabrisan em um estalar de dedos, acho que vai ficar desapontada.

— Será que não tenho o direito de fazer perguntas razoáveis às minhas possíveis alunas, srta. Davar?

— Razoáveis? Suas exigências são tão razoáveis quanto as feitas aos Dez Arautos no Dia da Provação! Com o devido respeito, Luminosa, a senhora parece querer que suas possíveis alunas já sejam mestres eruditas. Talvez eu possa encontrar nesta cidade dois ou três fervorosos de oitenta anos que *talvez* se adequem às suas exigências. Eles podem se candidatar ao posto, embora possam estar um pouco surdos para entender suas perguntas.

— Compreendo — respondeu Jasnah. — E você se dirige a seus pais com esse mesmo atrevimento?

Shallan estremeceu. O tempo que passara com os marinheiros lhe destravara demais a língua. Teria percorrido todo aquele caminho apenas para ofender Jasnah? Ela pensou nos irmãos, desamparados, mantendo uma tênue fachada em suas terras. Voltaria para eles derrotada, após desperdiçar aquela oportunidade?

— Eu não falava com eles assim, Luminosa. Nem deveria falar assim com a senhora. Peço desculpas.

— Bem, pelo menos você tem humildade suficiente para reconhecer um erro. Mesmo assim, estou desapontada. Como sua mãe achou que você estava pronta para ser minha pupila?

— Minha mãe faleceu quando eu era criança, Luminosa.

— E seu pai logo se casou de novo. Com Malise Gevelmar, se não me engano.

Shallan levou um susto ao ver que ela sabia tanto. A Casa Davar era antiga, mas de poder e importância medianos. O fato de que Jasnah sabia o nome de sua madrasta dizia muito sobre ela.

— Minha madrasta faleceu recentemente. Não foi ela que me enviou para ser sua pupila. Tomei essa iniciativa por mim mesma.

— Meus pêsames — disse Jasnah. — Talvez você devesse ficar com seu pai, cuidando de suas propriedades e lhe oferecendo consolo, em vez de me fazer perder tempo.

Os homens à frente dobraram em outra passagem. Jasnah e Shallan os seguiram, entrando em um corredor menor, com um ornamentado tapete vermelho e amarelo e espelhos pendurados nas paredes.

Shallan se virou para Jasnah.

— Meu pai não precisa de mim. — Bem, era verdade. — Mas eu preciso muito da senhora, como prova esta entrevista. Se ignorância é uma coisa que a irrita tanto, poderia a senhora, em sã consciência, deixar passar a oportunidade de me livrar dela?

— Já fiz isso antes, srta. Davar. Você é a décima segunda mulher a me pedir tutelagem este ano.

Doze?, pensou Shallan. *Em um só ano?* Ela presumira que as mulheres mantinham distância de Jasnah devido a sua hostilidade contra os devotários.

O grupo chegou ao final do estreito corredor, dobrou uma esquina e se deparou — para a surpresa de Shallan — com um lugar onde um grande bloco de pedra caíra do teto. Cerca de uma dúzia de criados estavam postados ali, alguns parecendo ansiosos. O que estava acontecendo?

Grande parte do entulho, evidentemente, já fora removida, mas o buraco no teto parecia ameaçador. Não se abria para o céu; como eles haviam caminhado em declive, era provável que estivessem bem abaixo do solo. A pedra enorme, mais alta que um homem, caíra diante de uma passagem à esquerda. Não havia como contorná-la para entrar no aposento adjacente. Shallan pensou ouvir sons partindo de lá. O rei se aproximou da pedra, falando com uma voz tranquilizadora. Tirando um lenço do bolso, ele o esfregou na testa enrugada.

— São os perigos de se viver em um prédio entalhado diretamente na rocha — disse Jasnah, apressando o passo. — Quando isso aconteceu?

Aparentemente, ela não fora chamada à cidade com aquele propósito; o rei estava apenas tirando proveito de sua presença.

— Durante a última grantormenta, Luminosa — disse o rei, balançando a cabeça e agitando seu fino e caído bigode branco. — Os arquitetos do palácio podem abrir caminho até o aposento, mas isso levaria tempo; e a próxima grantormenta está prevista para daqui a alguns dias. Além do mais, quebrar a pedra poderia causar a queda de outras partes do teto.

— Pensei que Kharbranth estivesse protegida das grantormentas, Vossa Majestade — disse Shallan, o que lhe valeu um olhar por parte de Jasnah.

— A cidade é abrigada, minha jovem — disse o rei. — Mas a montanha rochosa atrás de nós é fortemente castigada pelas tempestades. Isso às vezes provoca avalanches do outro lado, o que, por sua vez, faz todas as encostas estremecerem. — Ele olhou para o teto. — Desmoronamentos são muito raros, e nós pensávamos que esta área era bem segura, mas…

— Mas é de pedra — disse Jasnah —, e não há como prever veios quebradiços ocultos sob a superfície. — Ela inspecionou o monólito que caíra do teto. — Isso vai ser difícil. Provavelmente vou perder uma pedra focal muito valiosa.

— Eu... — começou o rei, limpando a testa novamente. — Se pelo menos nós tivéssemos uma Espada Fractal...

Jasnah o interrompeu com um aceno de mão.

— Eu não estava tentando renegociar nosso acordo, Majestade. O acesso ao Palaneu vale o custo. Será necessário que o senhor mande alguém trazer alguns trapos molhados. Peça para que a maior parte dos criados vá para a outra ponta do corredor. Talvez seja melhor que o senhor espere lá também.

— Vou ficar aqui — disse o rei, causando objeções entre seus criados, inclusive um homem grande que envergava uma placa peitoral de couro preto; provavelmente seu guarda-costas. — Não vou me esconder como um covarde enquanto minha neta está presa lá.

Não era de admirar que ele estivesse tão ansioso. Jasnah não discutiu mais. Shallan leu em seus olhos que o fato de o rei estar arriscando a vida não lhe importava. Aparentemente, o mesmo se aplicava a Shallan, pois Jasnah não a mandou se afastar. Os criados se aproximaram com os panos molhados e os distribuíram. Jasnah recusou o que lhe foi oferecido. O rei e o guarda-costas usaram os seus para cobrir o nariz e a boca.

Shallan pegou um. Qual seria o objetivo daquilo? Dois criados passaram alguns panos molhados por uma fresta entre a rocha e a parede para os que estavam aprisionados no outro aposento. Em seguida, todos se afastaram às pressas pelo corretor.

Jasnah tateou o pedregulho.

— Srta. Davar, que método você usaria para descobrir a massa desta pedra?

Shallan hesitou.

— Bem, suponho que perguntaria à Sua Majestade. Seus arquitetos provavelmente já fizeram o cálculo.

Jasnah inclinou a cabeça.

— Uma resposta elegante. Eles calcularam, majestade?

— Sim, Luminosa Kholin — disse o rei. — Aproximadamente quinze mil kavals.

Jasnah olhou para Shallan.

— Um ponto a seu favor, srta. Davar. Um erudito sabe que não deve perder tempo redescobrindo informações já conhecidas. É uma lição que eu mesma às vezes esqueço.

Shallan se encheu de orgulho. Já tinha uma ideia de que Jasnah não fazia elogios à toa. Seria um sinal de que a mulher ainda a estava considerando como pupila?

Jasnah levantou a mão livre, onde cintilava o Transmutador. Shallan sentiu o coração acelerar. Nunca vira uma Transmutação. Os fervorosos eram muito reservados no tocante ao uso de seus fabriais, e ela nem sabia que seu pai possuía um até o encontrarem. Claro que já não funcionava. Esse era um dos principais motivos de ela estar ali.

As gemas inseridas no Transmutador de Jasnah eram enormes, das maiores que Shallan já vira, valendo muitas esferas cada. Uma delas era um quartzo fumê, gema puramente preta, de superfície vítrea. A segunda era um diamante. A terceira, um rubi. Todas haviam sido lapidadas — uma pedra lapidada podia conter mais Luz das Tempestades — no formato oval, com múltiplas facetas reluzentes.

Jasnah fechou os olhos e pressionou a mão contra o pedregulho caído. Depois ergueu a cabeça e inalou lentamente. As pedras nas costas de sua mão começaram a luzir com mais intensidade; o quartzo fumê, em especial, adquiriu um brilho tão grande que se tornou difícil fitá-lo.

Shallan prendeu a respiração. Só se atrevia a piscar e memorizar o que via. Por um longo momento, nada aconteceu.

Então, ela ouviu um som breve. Uma vibração baixa, como se um grupo de vozes cantarolasse ao longe, uma nota única e pura.

A mão de Jasnah *penetrou* a pedra.

O pedregulho desapareceu.

Um jato de fumaça preta tomou o corredor. O suficiente para cegar Shallan; era como o resultado de mil fogueiras sendo apagadas e cheirava a madeira queimada. Shallan se apressou em cobrir o rosto com o trapo molhado, enquanto se punha de joelhos. Estranhamente, seus ouvidos pareciam tapados, como se ela tivesse descido de uma grande altura. Teve de engolir em seco para desbloqueá-los.

Assim que seus olhos começaram a lacrimejar, ela os fechou com força e prendeu a respiração. Seus ouvidos se encheram com um som sibilante.

O ruído cessou. Ela abriu os olhos e começou a piscar; viu o rei e seu guarda-costas encostados à parede ao lado. Fumaça ainda se acumulava no teto, impregnando o corredor com seu cheiro. Jasnah permanecia de pé, com os olhos ainda fechados, alheia à fumaça. Seu rosto e suas roupas estavam cobertos de fuligem — que também deixara marcas nas paredes.

Shallan já lera sobre o assunto, mas ainda estava impressionada. Jasnah transformara o bloco de pedra em fumaça; e como a fumaça era menos densa que a pedra, a mudança a dispersara em uma irrupção explosiva.

Era verdade: Jasnah *de fato* tinha um Transmutador funcional. E poderoso. Nove entre dez Transmutadores conseguiam efetuar algumas transformações limitadas: criar água ou grãos a partir da pedra; formar casas simples de um só cômodo a partir do ar ou de tecidos. Um Transmutador mais poderoso, como o de Jasnah, podia efetuar qualquer transformação. Literalmente, converter qualquer substância em outra. Como os fervorosos deviam estar irritados com o fato de uma relíquia tão poderosa e sagrada estar nas mãos de uma pessoa alheia ao fervor. E uma herege, ainda por cima!

Cambaleante, Shallan se levantou, respirando um ar úmido, mas limpo, através do pano sobre o rosto. Engoliu em seco outra vez, os ouvidos estalando novamente enquanto a pressão do ar no corredor retornava à normalidade. Momentos depois, o rei correu para o aposento contíguo, agora acessível. Uma menininha — juntamente com diversas amas e outros criados do palácio — estava sentada no lado oposto da sala, tossindo. O rei a tomou nos braços. Ela era jovem demais para usar uma manga de recato.

Jasnah abriu os olhos, piscando, como se momentaneamente desnorteada. Depois respirou fundo, sem tossir. Na verdade, até *sorriu*, parecendo gostar do cheiro de fumaça.

Virou-se então para Shallan, concentrando-se nela.

— Você ainda está esperando uma resposta. Receio que não vá gostar do que eu vou dizer.

— Mas a senhora ainda não terminou de me testar — disse Shallan, forçando-se a ser corajosa. — Com certeza, a senhora não vai emitir um julgamento até terminar.

— Não terminei? — perguntou Jasnah, franzindo a testa.

— A senhora não me fez perguntas sobre todas as artes femininas. Deixou de fora a pintura e o desenho.

— Nunca me foram muito úteis.

— Mas *fazem* parte das artes — respondeu Shallan, sentindo-se desesperada. Era o domínio em que era mais proficiente! — Muitos consideram as artes visuais como as mais refinadas de todas. Eu trouxe meu portfólio. Posso mostrar à senhora do que sou capaz.

Jasnah franziu os lábios.

— As artes visuais são uma frivolidade. Já analisei os fatos, menina, e não posso aceitar você. Sinto muito.

Shallan sentiu o coração apertado.

— Majestade — disse Jasnah para o rei. — Eu gostaria de ir ao Palaneu.

— Agora? — disse o rei, embalando sua neta. — Mas vamos ter um banquete…

— Agradeço o convite, mas tenho abundância de tudo, *menos* tempo.

— Claro — disse o rei. — Vou levar a senhora pessoalmente. Obrigado pelo que fez. Quando eu soube que a senhora havia solicitado a entrada… — Ele continuou a tagarelar com Jasnah, que o seguiu mudamente pelo corredor, deixando Shallan para trás.

Shallan apertou a bolsa contra o peito. Seis meses de busca para acabar assim. Frustrada, ela apertou o trapo, fazendo escorrer água fuliginosa por entre os dedos. Tinha vontade de chorar. Era o que teria feito se ainda fosse a menina que era seis meses atrás.

Mas as coisas haviam mudado. *Ela* havia mudado. Se falhasse, a Casa Davar cairia. Shallan sentiu sua determinação se redobrar, embora não conseguisse impedir que algumas lágrimas de frustração lhe escorressem pelos cantos dos olhos. Não desistiria até que Jasnah fosse forçada a acorrentá-la e pedir que as autoridades a levassem.

Com passadas surpreendentemente firmes, ela caminhou na direção seguida por Jasnah Kholin. Seis meses antes, explicara aos irmãos um plano desesperado. Ia se tornar pupila de Jasnah Kholin, erudita e herege. Não pelo aprendizado. Não pelo prestígio. Mas para descobrir onde Jasnah guardava seu Transmutador.

E então o roubaria.

6

PONTE QUATRO

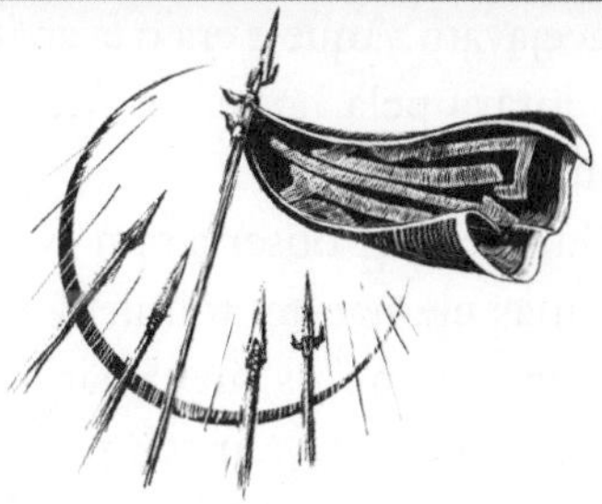

"Estou com frio. Mãe, estou com frio. Mãe? Por que ainda estou ouvindo a chuva? Será que a chuva vai parar?"

— Coletado em *vevishes*, ano de 1172, 32 segundos antes da morte. O indivíduo era uma criança olhos-claros do sexo feminino, com cerca de seis anos.

TVLAKV DEIXOU TODOS OS escravos saírem das celas ao mesmo tempo. Dessa vez, não temia fugas nem uma rebelião — não com uma terra inóspita atrás deles e cerca de cem mil soldados armados bem à frente.

Kaladin desceu do carroção. Estavam no interior de uma das formações semelhantes a crateras, cujas paredes recortadas se erguiam a leste. O terreno era desprovido de qualquer vida vegetal. Kaladin sentiu que o solo rochoso sob seus pés descalços era escorregadio. Poças de água da chuva haviam se acumulado nas depressões. O ar estava fresco e limpo, e o sol, inclemente, embora a umidade oriental o fizesse se sentir sempre pegajoso.

Por toda a volta, estendiam-se os sinais de um exército há muito estabelecido; era uma guerra que se desenrolava desde a morte do velho rei, quase seis anos antes. Todos contavam histórias sobre aquela noite, a noite em que homens da tribo parshendiana haviam assassinado o rei Gavilar.

Pelotões de soldados passavam marchando, seguindo as indicações de círculos pintados a cada interseção. Longas casamatas de pedra se distribuíam pelo acampamento, e havia mais tendas do que Kaladin discernira do alto. Não era possível usar Transmutadores para criar cada abrigo.

Após o fedor da caravana de escravos, aquele lugar cheirava bem, repleto de odores familiares, como couro tratado e armas lubrificadas. No entanto, muitos dos soldados tinham um ar displicente. Não estavam sujos, mas também não pareciam especialmente disciplinados. Percorriam o acampamento em grupos, com os casacos desabotoados. Alguns apontavam para os escravos e gracejavam. Aquele era o exército de um grão-príncipe? A força de elite que lutava pela honra de Alethkar? As tropas às quais Kaladin desejara se juntar?

Atentamente, Bluth e Tag observaram Kaladin se postar ao lado dos outros escravos, mas ele não tentou nada. Não era hora de provocá-los — Kaladin já vira como os mercenários agiam na presença de soldados. Bluth e Tag representavam seu papel, caminhando de peito estufado e mãos sobre as armas, empurrando alguns escravos para seus lugares. Bluth golpeou um dos homens com o porrete e o xingou grosseiramente.

Mas ambos se mantiveram longe de Kaladin.

— O exército do rei — disse o escravo ao lado dele. Era o homem de pele escura que lhe propusera uma tentativa de fuga. — Pensei que íamos trabalhar nas minas. Bem, não será tão ruim, afinal de contas. Vamos limpar latrinas ou consertar estradas.

Era estranho querer trabalhar nas latinas ou sob o sol quente. Kaladin desejava outra coisa. Desejava. Sim, descobrira que ainda conseguia desejar. Uma lança nas mãos. Um inimigo pela frente. Ele poderia viver assim.

Tvlakv conversava com uma mulher olhos-claros de aspecto importante, que trazia os cabelos escuros presos em uma complexa trança decorada com cintilantes ametistas e usava um vestido vermelho-escuro. Ela se parecia muito com Laral. Provavelmente era do quarto ou quinto dan, esposa e escriba de algum oficial do acampamento.

Tvlakv começou a fazer alarde de sua mercadoria, mas a mulher levantou sua mão delicada.

— Posso ver o que estou comprando, mercador — disse ela, com entonação suave e aristocrática. — Vou inspecionar pessoalmente os escravos.

Ela começou a caminhar ao longo da fileira, acompanhada por diversos soldados. Seu vestido seguia a moda das nobres alethianas — uma peça de seda ajustada ao corpo, com lustrosas saias por baixo, e abotoada da cintura até o pescoço, onde era arrematada por um estreito colarinho bordado a ouro. Uma longa manga esquerda ocultava a mão segura. A mãe de Kaladin sempre usara uma luva, o que parecia bem mais prático.

A julgar por sua expressão, ela não estava particularmente impressionada com o que via.

— Esses homens estão quase mortos de fome e doentes — comentou ela, pegando uma fina vareta de uma jovem assistente e usando-a para levantar os cabelos caídos sobre a testa de um dos homens e inspecionar sua marca. — Você está pedindo dois brons de esmeralda por cabeça?

Tvlakv começou a suar.

— Talvez um e meio?

— E em que eu os utilizaria? Não deixaria homens tão imundos perto dos alimentos, e temos parshemanos para fazer a maior parte do trabalho.

— Se Vossa Senhoria não gostou, posso procurar outros grãos-príncipes...

— Não — disse ela, golpeando com a vareta o escravo que estivera examinando, quando ele tentou se afastar dela. — Um e um quarto. Eles podem ajudar a cortar madeira nas florestas do norte... — Ela se interrompeu ao notar Kaladin. — Ora. Esse é de um material muito melhor do que os outros.

— Achei que a senhora fosse gostar desse aí — disse Tvlakv, aproximando-se dela. — Ele *é* bem...

Ela levantou a vareta para fazê-lo se calar. Tinha uma pequena ferida em um lábio. Um pouco de erva-praga ajudaria.

— Tire a camisa, escravo — ordenou ela.

Kaladin a olhou diretamente nos olhos azuis e sentiu um impulso quase irresistível de cuspir nela. Não. Não, ele não podia se permitir esse luxo. Não quando havia uma chance. Passou os braços pelas aberturas da roupa puída e a deixou tombar sobre a cintura, expondo o peito.

Apesar de seus oito meses como escravo, ele era muito mais musculoso que os outros.

— Muitas cicatrizes para alguém tão jovem — disse a nobre pensativamente. — Você é militar?

— Sim.

Sua esprena de vento zuniu até a mulher e lhe inspecionou o rosto.

— Mercenário?

— Exército de Amaram — respondeu Kaladin. — Cidadão do segundo nan.

— *Era* um cidadão — disse Tvlakv apressadamente. — Ele foi...

A mulher calou Tvlakv com a vareta novamente, enquanto lhe lançava um olhar fulminante. Depois usou a vareta para afastar os cabelos de Kaladin e examinar sua testa.

— Glifo de *shash* — disse ela, estalando a língua. Vários soldados ao redor chegaram mais perto, as mãos sobre as espadas. — De onde eu venho, escravos que merecem essa marca são simplesmente executados.

— Eles têm sorte — disse Kaladin.

— E como você veio parar aqui?

— Matei alguém — respondeu ele, preparando suas mentiras cuidadosamente.

Por favor, pensou, dirigindo-se aos Arautos. *Por favor*. Já fazia muito tempo que ele não rezava para obter coisa alguma.

A mulher ergueu uma das sobrancelhas.

— Sou um assassino, Luminosa — disse Kaladin. — Fiquei bêbado e cometi alguns erros. Mas sei usar uma lança tão bem quanto qualquer outro homem. Ponha-me no exército do luminobre. Deixe-me lutar de novo.

Confessar um assassinato acidental era uma mentira estranha, mas a mulher jamais o deixaria lutar se achasse que ele era um desertor.

Por favor... pensou ele. Voltar a ser um soldado. Parecia, naquele momento, a coisa mais gloriosa que jamais desejara. Era muito melhor morrer em um campo de batalha do que definhar limpando penicos.

Tvlakv se postou ao lado da mulher olhos-claros, olhou para Kaladin e suspirou.

— Ele é um desertor, Luminosa. Não dê ouvidos a ele.

Não! Um escaldante acesso de fúria consumiu as esperanças de Kaladin, que estendeu as mãos para Tvlakv. Ia estrangular aquele rato e...

Alguma coisa estalou em suas costas. Ele grunhiu e caiu de joelhos. A olhos-claros recuou, alarmada, e pousou a mão segura sobre o peito. Um soldado segurou Kaladin e o ajudou a se levantar.

— Bem — disse ela finalmente. — É uma pena.

— Eu *sei* lutar — rosnou Kaladin, vencendo a dor. — Me dê uma lança. Me deixe...

A mulher o silenciou erguendo a vareta.

— Luminosa — disse Tvlakv, sem olhar Kaladin nos olhos. — Eu não confiaria nele com uma arma. É verdade que ele é um assassino, mas também é conhecido por ser desobediente e liderar rebeliões contra seus senhores. Eu não posso vendê-lo à senhora como soldado. Minha consciência não permite. — Ele hesitou. — Ele pode ter corrompido todos os homens de sua cela com conversas sobre fugir. Minha honra exige que eu diga isso à senhora.

Kaladin rilhou os dentes. Sentiu-se tentado a derrubar o soldado atrás dele, pegar a lança e passar seus últimos momentos enfiando-a na volumosa barriga de Tvlakv. Por quê? Por que importava a Tvlakv o tratamento que ele receberia por parte daquele exército?

Eu não devia ter rasgado aquele mapa, pensou. *O rancor é retribuído com mais frequência que a bondade.* Era uma das frases de seu pai.

A mulher assentiu e se afastou.

— Me mostre quais são — disse ela. — Vou ficar com eles mesmo assim, pela sua honestidade. Precisamos de novos carregadores de pontes.

Tvlakv assentiu ansiosamente. Antes de se afastar, parou e se inclinou para Kaladin.

— Não posso confiar no seu comportamento. As pessoas desse exército vão me culpar se descobrirem que eu não revelei tudo o que sei. Eu... sinto muito. — Dito isso, afastou-se às pressas.

Kaladin emitiu um som gutural e se livrou dos soldados, mas permaneceu na fileira. Que assim fosse. Cortar árvores, construir pontes, lutar no exército. Nada daquilo importava. Ele apenas continuaria a viver. Haviam tirado sua liberdade, sua família, seus amigos e — a coisa mais preciosa de todas — seus sonhos. Não poderiam lhe fazer mais nada.

Após a inspeção, a olhos-claros pegou uma prancheta que estava com sua assistente e fez algumas rápidas anotações em um papel. Tvlakv lhe entregou um caderno de registros que detalhava quanto cada escravo havia pagado para reembolsar sua dívida. Kaladin conseguiu vislumbrar a conclusão: ninguém pagara nada. Talvez Tvlakv estivesse mentindo. Não era improvável.

Kaladin provavelmente deixaria que todos os seus salários fossem destinados ao pagamento de sua dívida. Queria ver a cara deles quando percebessem que ele estava pagando para ver. O que fariam quando ele estivesse prestes a pagar sua dívida? Provavelmente nunca descobriria; isso poderia levar de dez a cinquenta anos, dependendo de quanto ganhasse um carregador de pontes.

A mulher olhos-claros encaminhou a maioria dos escravos para os trabalhos na floresta. Meia dúzia dos mais magros foram enviados para os refeitórios, apesar do que ela dissera antes.

— Aqueles dez — disse ela, apontando com a vareta para Kaladin e os outros ocupantes de seu carroção. — Levem eles para as equipes das pontes. Digam a Lamaril e a Gaz que aquele mais alto deve receber um tratamento especial.

Os soldados riram. Um deles começou a empurrar o grupo de Kaladin por uma trilha. Kaladin suportou o tratamento; aqueles homens não tinham motivos para serem gentis, e ele não lhes daria um motivo para serem mais duros. Se havia gente que os soldados cidadãos detestavam mais que os mercenários eram os desertores.

Enquanto caminhava, Kaladin não pôde deixar de notar o estandarte que tremulava acima do acampamento. O símbolo que exibia era idêntico aos dos uniformes dos soldados: um par de glifos amarelos formando uma torre e um martelo em um campo verde-escuro. Era o estandarte do Grão-príncipe Sadeas, dirigente supremo do distrito natal de Kaladin. Seria o fato de Kaladin ter ido parar ali uma ironia do destino?

Os soldados descansavam, mesmo aqueles que pareciam de serviço, e as ruas do acampamento estavam cheias de lixo. Os civis que seguiam as tropas eram numerosos: prostitutas, trabalhadoras, toneleiros, fabricantes de velas, cavalariços. Havia até crianças correndo pelas ruelas do que era em parte uma cidade, em parte um acampamento militar.

Havia também os parshemanos. Transportavam água, trabalhavam nas trincheiras, carregavam sacos. Isso surpreendeu Kaladin. Os alethianos não estavam lutando contra os parshemanos? Não receavam que aqueles ali se rebelassem? Aparentemente, não. Os parshemanos ali trabalhavam com a mesma docilidade dos de Larpetra. Talvez isso fizesse sentido. Exércitos alethianos lutavam contra exércitos alethianos em sua terra; portanto, por que não poderia haver parshemanos em ambos os lados daquele conflito?

Os soldados levaram Kaladin até o setor nordeste do acampamento, uma caminhada que durou algum tempo. Embora os barracões de pedra Transmutados parecessem exatamente iguais, a periferia do acampamento era notavelmente irregular, lembrando montanhas escarpadas. Hábitos arraigados o fizeram memorizar o caminho. Pararam em um ponto onde uma elevada muralha circular fora desgastada por um sem-número de grantormentas, proporcionando uma visão desobstruída do cenário a leste. Aquele trecho descampado constituiria uma boa área de concentração para um exército que pretendesse descer marchando até as Planícies Quebradas propriamente ditas.

A orla norte do campo abrigava um acampamento secundário com dúzias de barracões e, no centro, uma serraria cheia de carpinteiros serrando algumas das árvores que Kaladin vira nas planícies circundantes, transformando-as em tábuas após removerem as cascas fibrosas. Outro grupo de carpinteiros empilhava as tábuas em grandes plataformas.

— Vamos ser carpinteiros? — perguntou Kaladin.

Um dos soldados riu ruidosamente.

— Vocês vão para as equipes das pontes.

Ele apontou para alguns homens de aspecto lastimável, sentados sobre pedras à sombra de um barracão. Estavam comendo alguma coisa que pegavam com os dedos de tigelas de madeira — e que era deprimentemente semelhante à lavagem que Tvlakv fornecia.

Um dos soldados voltou a empurrar Kaladin, que desceu tropeçando pela ladeira e atravessou o terreno. Os outros nove escravos o seguiram, conduzidos pelos soldados. Nenhum dos homens sentados nas proximidades dos barracões olhou para eles. Usavam coletes de couro e calças simples, às vezes com camisas sujas, às vezes com o torso nu. Aqueles homens depauperados não eram muito diferentes dos escravos, embora parecessem estar em condições físicas ligeiramente melhores.

— Novos recrutas, Gaz — gritou um dos soldados.

Um homem estava recostado à sombra, a certa distância dos que se alimentavam. Quando se virou, exibiu um rosto cheio de cicatrizes, tantas que sua barba crescia em tufos. Ele não tinha um dos olhos — o outro era castanho — e não se dera ao trabalho de usar um tapa-olho. Os nós brancos em seus ombros identificavam-no como sargento. Ele tinha a ágil robustez que Kaladin aprendera a associar a alguém que sabia se movimentar em um campo de batalha.

— Esses fracotes? — disse Gaz, mascando alguma coisa enquanto se aproximava. — Não servem nem para parar uma flecha.

O soldado ao lado de Kaladin deu de ombros e lhe deu mais um empurrão.

— A Luminosa Hashal mandou dar um tratamento especial para esse aqui. Os outros ficam a seu critério. — Ele fez um sinal para seus companheiros e os soldados começaram a se afastar.

Gaz olhou os escravos de alto a baixo. Deixou Kaladin para o final.

— Eu tenho treinamento militar — disse Kaladin. — No exército do Grão-senhor Amaram.

— Isso não me importa — replicou Gaz, cuspindo no chão alguma coisa escura.

Kaladin hesitou.

— Quando Amaram…

— Você fica mencionando esse nome — interrompeu Gaz. — Serviu sob as ordens de algum senhor desimportante, não é? Está querendo me impressionar?

Kaladin suspirou. Já conhecia esse tipo de homem, um terceiro-sargento sem esperanças de promoção. Seu único prazer na vida vinha de sua autoridade sobre gente em situação pior que a dele. Que assim fosse, então.

— Você tem uma marca de escravo — disse Gaz, sorrindo desdenhosamente. — Duvido que já tenha segurado uma lança. Seja lá como for, vai ter que se dignar a fazer parte do nosso grupo, Vossa Senhoria.

A esprena de Kaladin voou até Gaz e o inspecionou. Depois, como que o imitando, fechou um dos olhos. Kaladin sorriu ao vê-la, e Gaz interpretou mal o sorriso. Fez uma carranca e se aproximou, o dedo em riste.

Nesse momento, um sonoro coro de berrantes ecoou pelo acampamento. Os carpinteiros olharam para cima e os soldados que haviam conduzido Kaladin correram de volta à área central do acampamento. Os escravos atrás de Kaladin olharam ao redor, ansiosamente.

— Pai das Tempestades! — praguejou Gaz. — Carregadores! Vamos, vamos, seus imprestáveis!

Ele começou a chutar alguns dos homens que estavam comendo. Eles largaram suas tigelas e se levantaram tropegamente. Usavam sandálias simples, em vez de botas adequadas.

— Você, Vossa Senhoria — disse Gaz, apontando para Kaladin.

— Eu não disse…

— Pela Danação, não me interessa o que você disse! Você vai para a Ponte Quatro. — Ele apontou para um grupo de carregadores que estava partindo. — O resto de vocês esperem ali. Vou distribuir vocês depois. Mexam-se ou penduro vocês pelos calcanhares.

Kaladin deu de ombros e correu atrás do grupo de carregadores. Era uma das muitas equipes jorrando de alojamentos ou das ruelas. Muitas mesmo. Cerca de cinquenta alojamentos com talvez com vinte ou trinta homens em cada… Havia quase tantos carregadores de pontes quanto soldados em todo o exército de Amaram.

A equipe de Kaladin atravessou o terreno, ziguezagueando em meio a tábuas e pilhas de serragem e se aproximando de uma grande engenhoca de madeira. Ela obviamente já suportara algumas grantormentas e outras tantas batalhas. As mossas e cavidades distribuídas por sua superfície pareciam ter sido provocadas por flechadas. Seria aquela a ponte que ele teria que carregar?

Sim, pensou. Era uma ponte de madeira com cerca de dez metros de comprimento e três de largura. Era inclinada na frente e atrás e não tinha balaustrada. As tábuas eram grossas, as maiores posicionadas no centro para reforçar a sustentação. Havia quarenta ou cinquenta pontes alinhadas no local. Talvez uma para cada barracão, sugerindo uma equipe para cada ponte. Cerca de vinte equipes estavam se reunindo ali.

Gaz portava um escudo de madeira e uma clava reluzente, mas não havia armas para mais ninguém. Após inspecionar rapidamente cada equipe, ele parou ao lado da Ponte Quatro e hesitou por alguns instantes.

— Onde está o líder de ponte de vocês? — perguntou.

— Morto — disse um dos carregadores. — Se jogou do Abismo de Honra ontem à noite.

Gaz praguejou.

— Vocês não conseguem manter um líder nem por uma semana? Raios! Entrem em formação. Vou correr com vocês. Obedeçam às minhas ordens. Vou escolher outro líder de ponte depois de ver quem sobreviveu. — Ele apontou para Kaladin. — Você vai atrás, fidalgote. Vocês, mexam-se! Raios os partam, não vou aturar outra advertência por causa de vocês, idiotas! Mexam-se, mexam-se!

Os carregadores começaram a erguer. Kaladin não teve escolha a não ser ocupar um lugar vago na parte de trás da ponte. Ele calculara mal; cada ponte tinha entre 35 e quarenta homens por equipe. Eram oito fileiras de cinco homens: cinco na largura — três sob a ponte e um de cada lado — e oito no comprimento, mas sua equipe não possuía homens para todas as posições.

Kaladin ajudou a erguer a ponte. Era provável que elas fossem construídas em madeira bem leve, mas aquela coisa tinha um peso absurdo. Ele grunhiu, batalhando com o peso, levantando a ponte e então entrando sob ela. Homens correram para preencher os espaços vazios e, lentamente, todos pousaram a ponte nos ombros. Pelo menos havia barras, abaixo, que ofereciam apoio.

Os outros homens tinham almofadas nas ombreiras dos coletes, de modo a amortecer a pressão e ajustar os ombros aos suportes. Kaladin não recebera nenhum colete, portanto os suportes pressionavam sua pele sem qualquer anteparo. Ele não conseguia ver nada; a concavidade existente para abrigar sua cabeça lhe bloqueava a visão em todos as direções. Os homens nas laterais tinham um campo visual melhor. Kaladin imaginou que aquelas posições deviam ser as mais cobiçadas.

A madeira cheirava a óleo e suor.

— Vamos! — disse Gaz, com uma voz que soou abafada no cubículo.

Kaladin grunhiu quando a equipe começou a trotar. Não conseguia ver para onde estava indo e, quando a equipe começou a descer a encosta leste, em direção às Planícies Quebradas, ele se esforçou para não tropeçar. Logo estava suando e praguejando baixinho, enquanto a madeira friccionava e esfolava seus ombros, que já minavam sangue.

— Pobre idiota — disse uma voz ao lado.

Kaladin olhou para a direita, mas os suportes de madeira bloqueavam sua visão.

— Você está... — ele bufou. — Você está falando comigo?

— Você não devia ter insultado Gaz — disse o homem, cuja voz soava cavernosa. — Ele às vezes deixa recém-chegados irem nas fileiras externas. Às vezes.

Kaladin tentou responder, mas estava sem fôlego. Pensou que estivesse em melhor forma, mas passara oito meses sendo alimentado com lavagem, sofrendo espancamentos e suportando grantormentas em porões com goteiras, celeiros lamacentos ou celas. Não era mais o mesmo.

— Respire profundamente — disse a voz abafada. — Concentre-se nos passos. Conte os passos. Isso ajuda.

Kaladin seguiu o conselho. Podia ouvir as outras equipes trotando nas proximidades. Mais atrás, ecoavam os sons familiares de homens marchando e cascos martelado a pedra. Eles estavam sendo seguidos por um exército.

Abaixo, petrobulbos e pequenas trilhas de casca-pétrea brotavam da pedra e o faziam tropeçar. Coberta de saliências rochosas, as Planícies Quebradas pareciam ser acidentadas e irregulares. Isso explicava por que não se utilizavam rodas para as pontes — carregadores eram muito mais velozes em um terreno tão difícil.

Kaladin logo sentiu os pés machucados e feridos. Não poderiam ter lhe dado calçados? Mas continuou a avançar, apertando o maxilar para aguentar o sofrimento. Era apenas mais um trabalho. Ele seguiria em frente e sobreviveria.

Um baque surdo. Seus pés estavam pisando em madeira. Era uma ponte, esta permanente, que transpunha um abismo entre platôs. A equipe a atravessou em poucos segundos e seus pés voltaram a caminhar sobre rocha.

— Mexam-se, mexam-se! — berrou Gaz. — Raios os partam, continuem!

Eles continuaram a trotar, enquanto o exército atravessava a ponte que ficara para trás, centenas de botas ressoando na madeira. Não demorou muito e sangue começou a escorrer dos ombros de Kaladin. Sua respiração estava irregular e seus flancos doíam de modo atroz. Ele ouvia a respiração dos outros, sons que se alastravam pelo confinado espaço sob a ponte. Então ele não era o único. Com sorte, talvez chegassem rapidamente ao destino.

Foi uma esperança vã.

A hora seguinte foi uma tortura. Pior que qualquer espancamento que tivesse sofrido como escravo, pior que qualquer ferimento que tivesse recebido nos campos de batalha. A marcha parecia infindável. Kaladin tinha uma vaga noção de ter visto as pontes permanentes quando olhou para as planícies a partir do vagão de escravos. Elas conectavam os platôs nos locais onde os abismos eram mais fáceis de transpor, não onde tornariam os deslocamentos mais eficientes. O que muitas vezes, por exemplo, envolvia desvios para o norte ou para o sul, antes que se pudesse seguir para leste.

Os carregadores rosnavam, praguejavam, gemiam e logo se calavam. Cruzavam ponte após ponte, platôs após platô. Kaladin não chegou a ter oportunidade de dar uma boa olhada nos abismos. Apenas continuava a trotar. E trotar. Já não conseguia sentir os pés. Continuou a trotar. Sabia que, se parasse, seria espancado. Tinha a sensação de que seus ombros haviam sido esfolados até os ossos. Tentou contar os passos, mas estava exausto demais até para isso.

Mas não parou de avançar.

Finalmente, misericordiosamente, Gaz os mandou parar. Kaladin ficou tonto e parou cambaleante, quase desabando no chão.

— Levantem! — berrou Gaz.

Os homens levantaram a ponte. Os braços de Kaladin estremeceram com o esforço, depois de tanto tempo segurando a ponte em uma só posição.

— Larguem!

Dando alguns passos para o lado, os homens sob a ponte seguraram as empunhaduras laterais. Foi um movimento desajeitado e difícil, mas aparentemente aqueles homens tinham prática. Em seguida, pousaram a ponte no chão.

— Empurrem!

Kaladin recuou, confuso, enquanto os homens empurravam as empunhaduras nas laterais e na traseira da ponte. Estavam à beira de um abismo desprovido de pontes permanentes. Outros carregadores, em ambos os lados, também empurravam suas pontes para a frente.

Kaladin olhou por sobre o ombro. O exército era composto por aproximadamente dois mil homens, vestidos de branco e verde-floresta. Eram 1.200 lanceiros olhos-escuros e algumas centenas de cavaleiros montando raros e preciosos cavalos. Mais atrás, a infantaria pesada: um grande grupo de olhos-claros metidos em espessas armaduras, empunhando maças e escudos de aço quadrados.

Haviam escolhido, ao que parecia, um local onde o abismo era estreito e o primeiro platô, um pouco mais elevado que o segundo. A ponte tinha um comprimento duas vezes maior que a largura do abismo. Percebendo que Gaz o xingava, Kaladin se juntou aos demais, no esforço de empurrar a ponte sobre o solo pedregoso. Quando ela enfim se acomodou no outro lado, com um baque seco, os carregadores se afastaram para deixar a cavalaria passar.

Kaladin estava exausto demais para observar. Tombou sobre as pedras e se deitou de costas, escutando os passos da infantaria retumbarem pela ponte. Virando a cabeça para o lado, viu que os outros carregadores haviam caído também. Com o escudo pendurado nas costas, Gaz caminhava em meio a eles, balançando a cabeça e resmungando alguma coisa sobre a inutilidade dos carregadores.

Kaladin desejou permanecer ali, olhando para o céu, alheio ao mundo. Seu treinamento o alertava, no entanto, que isso poderia lhe causar cãibras. O que faria o caminho de volta ser ainda pior. Aquele treinamento... pertencia a outro homem, de outra época. Quase da era sombria. Porém, embora Kaladin pudesse não *ser* mais aquele homem, podia ainda *escutá-lo*.

Portanto, com um gemido, obrigou-se a sentar e massagear os músculos. Os soldados atravessavam a ponte em fileiras de quatro, com as lanças erguidas e os escudos à frente. Gaz os observava com óbvia inveja, enquanto a esprena de Kaladin dançava ao redor de sua cabeça. Apesar da fadiga, Kaladin sentiu um pouco de ciúme. Por que estaria ela se ocupando com aquele fanfarrão, em vez de se ocupar com ele?

Após alguns minutos, Gaz notou Kaladin e franziu o cenho.

— Ele está se perguntando por que você não está deitado — disse uma voz familiar.

O homem que estava correndo ao lado de Kaladin jazia no solo a pouca distância, contemplando o céu. Era um homem mais velho, de cabelos grisalhos, cujo rosto comprido e curtido complementava sua voz amável. Ele parecia tão exausto quanto Kaladin.

Kaladin continuou massageando as pernas, ignorando Gaz deliberadamente. Depois rasgou algumas tiras dos andrajos que o cobriam e os enrolou nos pés e nos ombros. Felizmente, como escravo, estava acostumado a andar descalço; assim os estragos não haviam sido grandes.

Quando terminou, os últimos soldados estavam passando pela ponte, seguidos por diversos olhos-claros a cavalo, metidos em armaduras reluzentes. Um homem que cavalgava no meio do grupo envergava uma majestosa Armadura Fractal. Era diferente da que Kaladin tinha visto —

diziam que cada armadura era uma obra de arte única —, mas transmitia a mesma *sensação*. Ornamentada, composta por peças entrelaçadas, era encimada por um esplêndido elmo com a viseira aberta.

De algum modo, a armadura parecia *estranha*. Como se tivesse sido confeccionada em outros tempos, em uma época em que os deuses andavam por Roshar.

— Aquele é o rei? — perguntou Kaladin.

O carregador mais velho riu com ar cansado.

— Quem dera. — Kaladin olhou para ele, franzindo a testa. — Se fosse o rei, significaria que estamos no exército do Luminobre Dalinar.

O nome era vagamente familiar a Kaladin.

— Ele é um grão-príncipe, certo? Tio do rei?

— Isso. O melhor dos homens, o Fractário mais honrado do exército real. Dizem que ele nunca descumpriu sua palavra.

Kaladin bufou com desprezo. Diziam a mesma coisa de Amaram.

— Seria muito melhor estar no exército do Grão-príncipe Dalinar, garoto — disse o homem mais velho. — Ele não usa carregadores de pontes. Não como esses, pelo menos.

— Muito bem, seus crenguejos! — gritou Gaz. — De pé!

Os carregadores gemeram e se puseram de pé, aos tropeções. Kaladin suspirou. O breve descanso servira apenas para lhe revelar como estava exausto.

— Fico feliz em retornar — murmurou.

— Retornar? — replicou o outro carregador.

— Não vamos voltar?

Seu companheiro riu secamente.

— Garoto, nós ainda estamos longe de *chegar*. E se dê por feliz. A chegada é a pior parte.

Assim começou a segunda fase do pesadelo. Eles atravessaram a ponte, puxaram-na para o outro lado, a puseram novamente sobre os ombros machucados e recomeçaram a trotar. Na beirada de outro abismo, baixaram de novo a ponte. O exército a atravessou e eles reiniciaram o trabalho.

Isso se repetiu por mais uma dúzia de vezes. Eles repousavam entre cada trajeto, mas Kaladin estava tão machucado e esgotado que as breves pausas não eram suficientes. Mal tinha tempo de recuperar o fôlego antes de voltar a carregar a ponte.

Esperava-se que fossem rápidos. Os carregadores podiam descansar enquanto o exército atravessava a ponte, mas tinham que recuperar o tempo trotando pelos platôs — ultrapassando as fileiras de soldados —, de modo a chegar ao abismo seguinte antes do exército. A certa altura, seu companheiro de rosto curtido o avisou de que, se eles não posicionassem a ponte a tempo, seriam chicoteados quando regressassem ao acampamento.

Gaz dava ordens, xingava os carregadores, chutava-os quando se moviam muito devagar, mas nunca trabalhava de fato. Não demorou muito para que Kaladin começasse a alimentar um ódio fervente por aquele homem descarnado, de rosto coberto por cicatrizes. O que era estranho; ele nunca sentira ódio de seus outros sargentos. Xingar os homens para mantê-los motivados fazia parte do *trabalho* deles.

Não era isso o que enraivecia Kaladin. Gaz o incluíra naquela viagem sem lhe dar um colete nem sandálias. Apesar das ataduras, Kaladin ficaria com cicatrizes daquele dia. E, de tão machucado e dolorido, não conseguiria nem andar no dia seguinte.

O que Gaz fizera era a marca de um valentão mesquinho. Arriscara a missão ao perder um carregador por conta de uma implicância precipitada.

Homem tormentoso, pensou Kaladin, usando seu ódio por Gaz para sustentá-lo durante a provação. Diversas vezes, após empurrar a ponte para o lugar, Kaladin desabou no chão, certo de que jamais voltaria a se levantar. Mas, quando Gaz gritava para que os carregadores se pusessem a postos, Kaladin de alguma forma conseguia se erguer. Era isso ou deixar que Gaz vencesse.

Por que estariam passando por tudo aquilo? Qual era o objetivo? Por que tanta correria? Eles tinham que proteger a ponte, aquele peso, aquela carga preciosa. Tinham que sustentar o céu e trotar, tinham que...

Ele estava começando a delirar. Pés, correr. Um, dois, um, dois, um, dois.

— Alto!

Ele parou.

— Levantem!

Ele ergueu as mãos.

— Larguem!

Ele deu um passo para trás e baixou a ponte.

— Empurrem!

Ele empurrou a ponte.

Morram.

Essa última voz de comando ele mesmo acrescentava, a cada vez. Ele caiu sobre o chão pedregoso, obrigando um petrobulbo a recolher suas gavinhas ao tocá-las. Já incapaz de se importar com as câibras, fechou os olhos. Entrou então em um transe, uma espécie de semissono, durante o que pareceu apenas um instante.

— Levantem!

Ele se levantou, tropeçando em seus pés ensanguentados.

— Atravessem!

Ele atravessou a ponte, sem se dar ao trabalho de olhar para o precipício mortal que havia em cada lado.

— Puxem!

Ele segurou uma das empunhaduras e puxou a ponte por cima do abismo.

— Troquem!

Kaladin permaneceu parado, sem entender. Gaz nunca dera aquela voz de comando antes. Os soldados estavam formando fileiras, movendo-se naquela mescla de nervosismo e forçada descontração que muitas vezes vivenciavam antes de uma batalha. Alguns esprenos de expectativa — que lembravam flâmulas vermelhas drapejando ao vento — começaram a brotar da rocha e a serpentear em meio aos soldados.

Uma batalha?

Gaz agarrou o ombro de Kaladin e o empurrou para a frente da ponte.

— Os recém-chegados vão na frente, Vossa Senhoria — disse ele, com um sorriso maldoso.

Aturdido, Kaladin segurou a ponte como os demais e a levantou. Embora as empunhaduras fossem todas idênticas, a fileira da frente dispunha de uma abertura que lhe permitia olhar para fora. Todos os carregadores haviam mudado de posição; os homens que trotavam à frente passaram para trás, e os que estavam atrás — inclusive Kaladin e o carregador de rosto curtido — passaram para a primeira fila.

Kaladin não perguntou o significado daquilo. Não se importava. Mas gostou de estar ali; trotar ficava mais fácil e ele conseguia enxergar adiante.

A paisagem era a das terras tempestuosas. Embora se vissem tufos de grama dispersos, a rocha ali era dura demais para que suas sementes se implantassem plenamente. Os petrobulbos eram mais comuns, brotando por todo o platô, como pedras do tamanho da cabeça de um homem. Muitos estavam abertos e estendiam suas gavinhas, que pareciam línguas verdes. Alguns estavam até florescendo.

Após tantas horas respirando na asfixiante concavidade sob a ponte, trotar à frente era quase relaxante. Por que haviam entregado a um recém-chegado uma posição tão maravilhosa?

— Talenelat'Elin, portador de todas as agonias — disse o homem à sua direita, com voz aterrorizada. — A coisa vai ficar feia. Eles já estão alinhados! A coisa vai ficar feia!

Confuso, Kaladin fixou o olhar no abismo à frente. Homens com peles marmorizadas em carmesim e preto estavam perfilados no lado oposto. Usavam estranhas armaduras laranja-escuro que lhes cobriam os antebraços, peitos, cabeças e pernas. Sua mente entorpecida levou alguns momentos para compreender.

Os parshendianos.

Eles não eram como os trabalhadores parshemanos comuns. Eram muito mais musculosos, muito mais *sólidos*. Tinham a compleição robusta de soldados e portavam armas penduradas nas costas. Alguns tinham barbas rubro-negras, entrelaçadas com pedaços de pedras; outros estavam barbeados.

Enquanto Kaladin os observava, os parshendianos da frente se ajoelharam. Seguravam arcos curtos, com as setas preparadas. Ao contrário dos arcos longos, projetados para arremessar flechas a grandes distâncias, aqueles eram pequenos arcos curvos, feitos para disparar em linha reta com força e velocidade. Uma arma excelente para exterminar um grupo de carregadores antes que pudessem assentar a ponte.

A chegada é a pior parte...

Agora, finalmente, o *verdadeiro* pesadelo havia começado.

Gaz ficou atrás das equipes, berrando para que avançassem. Os instintos de Kaladin gritavam para que ele saísse da linha de fogo, mas a ponte impulsionada o impelia para a frente. Direto para a bocarra da fera, cujas mandíbulas estavam prontas para se fechar.

O cansaço e a dor desapareceram. O choque pôs Kaladin em alerta. As pontes avançaram mais depressa, com os carregadores gritando enquanto corriam. Corriam em direção à morte.

Os arqueiros dispararam.

A primeira onda matou o amigo de Kaladin com três setas. O homem à sua esquerda tombou também — Kaladin nem vira seu rosto —, gritando enquanto caía. Não morreu imediatamente, mas a equipe da ponte o pisoteou. A ponte se tornava notavelmente mais pesada à medida que seus carregadores morriam.

Calmamente, os parshendianos prepararam e dispararam uma segunda saraivada. Ao lado, Kaladin entreviu outra equipe em apuros. Os parshendianos pareciam concentrar o fogo em determinadas equipes. Aquela recebeu toda uma leva de flechas, disparada por dezenas de arqueiros; as três primeiras filas de homens tombaram e fizeram tropeçar os que vinham atrás. A ponte se inclinou e foi abaixo, deslizando para o chão com um som de esmagamento enquanto corpos caíam uns sobre os outros.

Flechas zuniram ao lado de Kaladin, matando dois outros homens que estavam à frente junto com ele. Outras setas se cravaram na madeira ao redor, uma delas passando de raspão por seu rosto.

Ele gritou. De medo, de choque, de dor, de puro assombro. Nunca antes se sentira tão impotente em uma batalha. Já atacara fortificações inimigas e já correra sob nuvens de flechas, mas sempre sentira que, em certa medida, estava no controle. Tinha sua lança, tinha seu escudo, podia reagir.

Não daquela vez. Os carregadores eram como porcos correndo para o matadouro.

Uma terceira rodada de flechas foi disparada, e outra das vinte equipes de pontes tombou. Nuvens de flechas também partiam do lado alethiano, atingindo os parshendianos. A ponte de Kaladin estava quase chegando ao abismo. Ele já conseguia ver os olhos negros dos parshendianos do outro lado, distinguia os traços de seus rostos marmorizados. Por toda a volta, carregadores gritavam de dor, enquanto setas os derrubavam sob as pontes. Outra ponte desabou com estrondo, seus carregadores mortos.

Na retaguarda, Gaz berrou:

— Levantem e soltem, seus idiotas!

A equipe se deteve quando os parshendianos lançaram mais uma saraivada. Homens gritaram atrás de Kaladin. Os disparos dos parshendianos foram interrompidos por um revide idêntico do exército alethiano. Kaladin estava desnorteado pelo choque, mas seus reflexos sabiam o que fazer. Largar a ponte e se postar na posição de empurrar.

Isso expôs os carregadores que estavam a salvo nas fileiras ao fundo. Os arqueiros parshendianos, obviamente, conheciam o movimento e lançaram uma última saraivada. Uma onda de setas atingiu a ponte, derrubando mais meia dúzia de homens e respingando sangue nas tábuas escuras. Esprenos de medo — ondulantes e violeta — brotaram da madeira e se agitaram no ar. Empurrar a ponte ficou muito mais difícil devido à perda de homens.

Sentindo as mãos escorregadias, Kaladin tropeçou, caiu de joelhos e deslizou até a beirada do abismo, onde mal conseguia se segurar.

Ele oscilou, com uma das mãos agarrada à pedra e a outra pendurada sobre o vazio. Sua mente sobrecarregada foi assaltada por uma vertigem enquanto ele contemplava a escuridão do penhasco íngreme. A altura era linda; ele adorava escalar formações rochosas com Tien.

Por reflexo, jogou-se sobre o platô e engatinhou para trás. Alguns soldados de infantaria, protegidos por escudos, estavam empurrando a ponte. Os arqueiros do exército trocavam flechadas com os parshendianos. Quando a ponte foi colocada no devido lugar, a cavalaria pesada a atravessou com estrépito, investindo contra os inimigos. Quatro pontes haviam caído, mas dezesseis estavam posicionadas, permitindo um ataque efetivo.

Kaladin tentou se mover, tentou se arrastar até a ponte. Mas apenas tombou onde estava, seu corpo se recusando a obedecer. Ele não conseguia nem rolar de bruços.

Eu devia ir..., pensou, esgotado. *Ver se o homem mais velho ainda está vivo... cuidar de seus ferimentos... salvar...*

Mas não conseguiu. Não conseguia se mexer. Não conseguia pensar. Envergonhado, permitiu que seus olhos se fechassem e mergulhou na inconsciência.

— KALADIN.

Ele não queria abrir os olhos. Acordar significaria retornar àquele horrendo mundo de dor. Um mundo onde homens indefesos e exaustos eram obrigados a investir contra arqueiros.

Aquele mundo era o pesadelo.

— Kaladin! — A voz feminina era suave como um sussurro, mas insistente. — Eles vão abandonar você. Levante-se! Você vai morrer!

Eu não posso... Não posso voltar...

Me deixe partir.

Alguma coisa bateu em seu rosto, um leve *tapa* de energia que ardeu. Kaladin se encolheu. Aquilo não era nada em comparação com suas outras dores, mas era, de algum modo, muito mais exigente. Ele ergueu uma das mãos para afastar qualquer coisa. O movimento foi o bastante para dissipar seus últimos vestígios de estupor.

Ele tentou abrir os olhos. Um deles se recusou a fazê-lo, pois o sangue de um corte no rosto havia escorrido e formado uma casca sobre a pálpebra. O sol se movera. Horas haviam se passado. Gemendo, ele se sentou e removeu o sangue seco que lhe cobrira o olho. O solo ao redor estava cheio de cadáveres. O ar cheirava a sangue e coisas piores.

Dois arrasados carregadores sacudiam os homens caídos para verificar se estavam mortos; caso estivessem, afugentavam os crenguejos que os devoravam e lhes arrancavam os coletes e as sandálias. Jamais se dariam ao trabalho de examinar Kaladin, que não tinha nada que valesse a pena ser levado. Simplesmente o abandonariam no platô, junto aos cadáveres.

A esprena de Kaladin zumbiu no ar, ansiosamente. Ele esfregou o queixo onde ela o golpeara. Esprenos grandes como ela podiam mover pequenos objetos e aplicar pequenos beliscões de energia. O que os tornava mais incômodos.

Mas daquela vez, provavelmente, ela salvara a vida de Kaladin — que grunhiu ao perceber quantos lugares em seu corpo estavam doloridos.

— Você tem nome, espírito? — perguntou ele, erguendo-se penosamente nos pés machucados.

No platô para o qual o exército cruzara, soldados examinavam os corpos dos parshendianos mortos, procurando alguma coisa. Equipamentos, talvez? Ao que tudo indicava, as forças de Sadeas haviam vencido. Pelo menos não se via nenhum parshendiano vivo. Haviam sido mortos ou fugido.

O platô onde a luta fora travada parecia exatamente igual aos que eles haviam atravessado. A única diferença era que, no centro, havia um grande... alguma coisa. Lembrava um enorme petrobulbo, talvez um grande casulo ou concha, com cerca de seis metros de altura. Um dos lados fora aberto, deixando à mostra viscosas entranhas. Kaladin não notara aquilo no início da luta; os arqueiros lhe haviam exigido toda a atenção.

— Um nome — disse a esprena de vento, a voz distante. — Sim. Eu *de fato* tenho um nome. — Ela olhou para Kaladin com ar de surpresa. — Por que eu tenho um nome?

— Como vou saber? — respondeu Kaladin, forçando o corpo a se mover.

Seus pés ardiam de dor. Ele mal conseguia mancar.

Os carregadores nas proximidades o olharam intrigados, mas ele os ignorou. Capengou então pelo platô até encontrar um carregador morto ainda de colete e sapatos. Era o homem de rosto curtido, que fora tão amável com ele. Uma flecha lhe trespassara o pescoço. Kaladin ignorou seus olhos surpresos, que fitavam cegamente o céu, e recolheu suas roupas — colete e sandálias de couro, camisa manchada de sangue. Sentiu desprezo por si mesmo, mas não podia contar com Gaz para lhe fornecer roupas.

Ele se sentou e usou as partes mais limpas da camisa para substituir suas ataduras improvisadas; depois vestiu o colete e calçou as sandálias, evitando se mexer muito. Uma brisa começou a soprar, afastando o cheiro de sangue e os sons emitidos pelos soldados, que chamavam uns aos outros. A cavalaria já se reagrupava, como que ansiosa para retornar.

— Um nome — disse a esprena, caminhando pelo ar até parar em frente ao rosto dele. Estava em sua forma feminina, com saia esvoaçante e pés delicados. — Sylphrena.

— Sylphrena — repetiu Kaladin, amarrando as sandálias.

— Syl — disse ela, inclinando a cabeça. — Engraçado. Parece que eu tenho um apelido.

— Parabéns.

Kaladin se pôs de pé, tropegamente.

Não muito longe estava Gaz, com as mãos nos quadris e escudo preso às costas.

— Você — disse ele, apontando para Kaladin e, em seguida, para a ponte.

— Você deve estar brincando — respondeu Kaladin, olhando para os carregadores remanescentes da equipe inicial, que estavam agrupados em torno da ponte.

Eram menos da metade do efetivo inicial.

— Ou carrega, ou fica para trás — disse Gaz.

Parecia estar irritado com alguma coisa.

Ele esperava que eu morresse, percebeu Kaladin. *Foi por isso que não se incomodou de me dar um colete nem sandálias. Eu estava na frente*. Ele fora o único da primeira fila que havia sobrevivido.

Kaladin quase se sentou e deixou que o abandonassem. Mas morrer de sede em um platô isolado não era a sua preferência. Cambaleou até a ponte.

— Não se preocupe — disse um dos carregadores. — Eles vão nos deixar ir devagar agora, com várias paradas. E vamos ter a ajuda de alguns soldados. São necessários 25 homens para levantar uma ponte.

Kaladin suspirou e ocupou um lugar, enquanto alguns desafortunados soldados se juntavam a eles. Juntos, ergueram a ponte no ar. Estava tremendamente pesada, mas, de alguma forma, eles conseguiram.

Kaladin andou, se sentindo entorpecido. Achara que não havia mais nenhum mal que a vida pudesse lhe fazer, nada pior que ser marcado com um *shash* de escravo, nada pior que perder tudo o que tinha para a guerra, nada mais horrível que falhar com aqueles que jurara proteger.

Ao que parecia, ele estava errado. Ainda *havia* um mal que podiam lhe fazer. Um último suplício que o mundo lhe reservara exclusivamente.

Chamava-se Ponte Quatro.

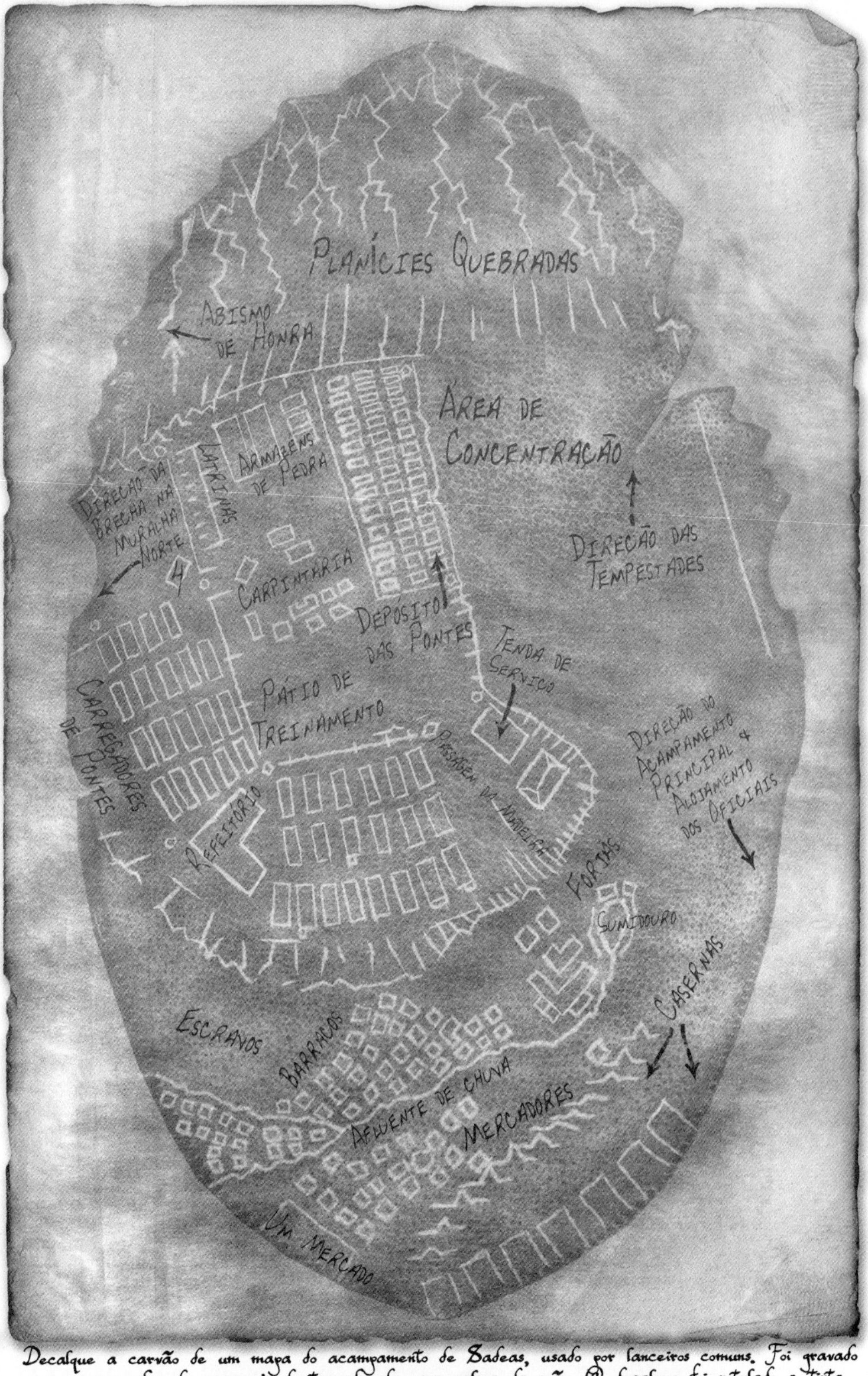

Decalque a carvão de um mapa do acampamento de Sadeas, usado por lanceiros comuns. Foi gravado em uma concha de crenquejo do tamanho de uma palma da mão. O decalque foi rotulado a tinta por uma erudita alethiana anônima, por volta de 1173.

7

QUALQUER COISA RAZOÁVEL

"Eles estão em chamas. Eles queimam. Eles trazem consigo as trevas e tudo o que se vê é que suas peles estão em chamas. Queimam, queimam, queimam."

— Coletado em *palahishev*, ano de 1172, 21 segundos antes da morte. O indivíduo era um aprendiz de padeiro.

SHALLAN APRESSOU O PASSO pelo corredor laranja-escuro, cujo teto agora estava manchado pela fumaça preta da Transmutação de Jasnah, assim como o alto das paredes. Por sorte, as pinturas não haviam sido danificadas.

À frente, um pequeno grupo de parshemanos se aproximava para remover a fuligem, carregando trapos, baldes e escadas. Todos se curvaram para ela ao passar, sem pronunciar nenhuma palavra. Os parshemanos sabiam falar, mas raramente o faziam. Muitos pareciam mudos. Quando criança, ela achava lindas as estrias de suas peles marmorizadas. Isso foi antes de seu pai proibi-la de conviver com parshemanos.

Ela se concentrou em sua tarefa. Como convenceria Jasnah Kholin, uma das mulheres mais poderosas do mundo, a mudar de ideia a respeito de aceitá-la como pupila? A mulher era obviamente teimosa; passara anos resistindo às tentativas de reconciliação dos devotários.

Shallan retornou à ampla caverna principal, com seu elevado teto rochoso e seus atarefados e bem-vestidos ocupantes. Sentia-se intimidada, mas aquele breve vislumbre do poder do Transmutador a seduzira. Sua família, a Casa Davar, havia prosperado em anos recentes e saíra da obscuridade. Isso se devera principalmente à habilidade política de seu pai — que fora odiado por muitos, mas cuja falta de escrúpulos o levara longe.

Assim como a riqueza proporcionada pela descoberta de diversas minas de mármore nas terras de Davar.

Shallan nunca desconfiara da origem daquela riqueza. Sempre que sua família esgotava uma das pedreiras, seu pai saía com seu topógrafo e descobria uma nova. Somente após interrogar o topógrafo, Shallan e seus irmãos descobriram a verdade: usando o Transmutador proibido, seu pai *criava* novas minas a intervalos prudentes — o bastante para não despertar suspeitas. O bastante para lhe proporcionar o dinheiro de que precisava para fomentar seus objetivos políticos.

Ninguém sabia onde ele obtivera o fabrial que ela agora levava na bolsa-segura. Já não tinha utilidade, fora danificado na mesma noite desastrosa em que seu pai morrera. *Não pense nisso*, disse a si mesma.

Eles haviam pedido a um joalheiro que reparasse o Transmutador, mas ele não funcionava mais. O mordomo da casa — que se chamava Luesh e fora um dos confidentes mais próximos de seu pai — fora treinado a usar o aparato, mas não conseguiu fazê-lo funcionar.

As dívidas e promissórias de seu pai eram exorbitantes. Os filhos dispunham de pouco tempo — talvez um ano — antes que os pagamentos não efetuados se tornassem notórios, assim como a ausência do pai. Pelo menos daquela vez as isoladas e remotas propriedades da família representavam uma vantagem, fornecendo um pretexto para o atraso nas comunicações. Os irmãos dela estavam tentando, escrevendo cartas em nome do pai, fazendo algumas aparições e espalhando boatos de que o Luminobre Davar estava com grandes planos.

Tudo para que ela tivesse tempo para pôr em prática seu plano arrojado. Encontrar Jasnah Kholin. Tornar-se sua pupila. Descobrir onde ela guardava o Transmutador. Substituí-lo pelo que já não funcionava.

Com aquele fabrial, eles poderiam criar novas minas de mármore e restaurar a riqueza da família. Poderiam criar alimentos para seus soldados. Com recursos suficientes para pagar as dívidas e fazer subornos, poderiam anunciar a morte do pai sem risco de serem destruídos.

Shallan hesitou no salão principal, analisando seu próximo passo. O que planejava fazer era muito arriscado. Teria que escapar sem ser implicada no roubo. Embora pensasse muito sobre isso, ainda não sabia como fazê-lo. Mas sabia que Jasnah tinha numerosos inimigos. Deveria haver um modo de atribuir a eles os "estragos" no fabrial.

Essa etapa viria mais tarde. No momento, Shallan *tinha* de convencer Jasnah a aceitá-la como pupila. Era a única opção viável.

Nervosa, ela posicionou os braços formando o sinal de necessidade, a mão segura tocando o cotovelo da mão livre, mantida erguida e com os dedos abertos. Uma mulher corpulenta se aproximou; usava a camisa branca bem engomada e a saia preta características de uma criada-mestre. Ela fez uma mesura.

— Luminosa?

— O Palaneu — disse Shallan.

A mulher fez uma reverência e conduziu Shallan para as profundezas de um longo corredor. A maior parte das mulheres ali — inclusive as criadas — usavam os cabelos presos. Shallan sentia-se pouco à vontade com seus cabelos soltos, cuja tonalidade intensamente ruiva a tornava ainda mais chamativa.

Não demorou e o grande corredor começou a se inclinar acentuadamente para baixo. Mas, quando os sinos bateram a meia hora, ela ainda conseguiu ouvir um repicar distante. Talvez fosse por isso que as pessoas dali gostavam tanto dos sinos: mesmo nas profundezas do Conclave era possível ouvir o mundo exterior.

A criada conduziu Shallan até uma imponente porta dupla de aço e fez uma mesura. Shallan a dispensou com um aceno de cabeça.

Não pôde deixar de admirar a beleza das portas, que exibiam intricados entalhes geométricos compostos por círculos, linhas e glifos. Era uma espécie de mapa, metade em cada porta. Infelizmente, ela apenas o olhou de relance ao passar, pois não dispunha de tempo para examinar os detalhes.

Atrás das portas, havia um aposento incrivelmente grande, com altas paredes de pedra polida; a parca iluminação impedia que Shallan distinguisse até que altura iam, mas ela via lampejos de luzes distantes. Acoplados nas paredes havia dezenas de pequenos balcões, semelhantes aos camarotes de um teatro. Luzes suaves brilhavam em muitos deles. Os únicos sons que se ouvia eram o virar de páginas e leves sussurros. Shallan pousou no peito a mão segura, sentindo-se pequena diante do magnífico salão.

— Luminosa? — disse um jovem criado-mestre, que se aproximara. — A senhorita precisa de alguma coisa?

— De um novo sentido de perspectiva, aparentemente — respondeu ela, com ar absorto. — Como…

— Este aposento se chama Véu; é como uma antecâmara do Palaneu — explicou o criado gentilmente. — Ambos já estavam aqui quando a cidade foi fundada. Alguns acham que podem ter sido escavados pelos próprios Cantores do Alvorecer.

— Onde estão os livros?

— O Palaneu propriamente dito é por aqui. — O criado fez um gesto para que ela o seguisse e a conduziu até uma porta dupla do outro lado do salão.

Eles a atravessaram e entraram em um aposento menor, dividido por paredes grossas de cristal. Shallan tateou a mais próxima. A superfície era áspera como pedra talhada.

— Transmutação? — perguntou ela.

O criado assentiu. Outro criado passou atrás dele, conduzindo um fervoroso de idade avançada. Como a maioria dos fervorosos, o ancião usava o cabelo raspado e uma longa barba. Sua singela túnica cinza era atada por uma faixa marrom. Quando ambos dobraram uma esquina, Shallan pôde divisar suas silhuetas através do cristal.

Ela deu um passo à frente, mas o criado pigarreou.

— Vou precisar do seu ingresso, Luminosa.

— Quanto custa um? — perguntou Shallan, hesitante.

— Mil brons de safira.

— Tanto assim?

— Os muitos hospitais do rei precisam de muita manutenção — explicou o homem em tom de desculpas. — As únicas coisas que Kharbranth tem para vender são peixes, sinos e informação. Os dois primeiros itens não são exclusividade nossa. Mas o terceiro... Bem, o Palaneu tem a melhor coleção de livros e pergaminhos de Roshar. Mais ainda que o Enclave Sagrado, em Valath. Na última contagem, havia mais de setecentos mil textos em nosso arquivo.

O pai de Shallan possuía exatamente 87 livros. Ela lera todos várias vezes. Quanto conhecimento poderia haver em *setecentos mil livros*? O peso de tanta informação a deixava aturdida. Ela se viu ansiosa para examinar aquelas prateleiras ocultas. Poderia passar meses apenas lendo os títulos.

Mas não. Talvez depois de se assegurar que seus irmãos estavam a salvo — depois que as finanças da casa fossem sanadas —, ela pudesse retornar. Talvez.

Sentia-se como uma faminta tendo que abrir mão de um pedaço de torta.

— Onde eu posso esperar? Caso uma pessoa que eu conheço esteja aí dentro?

— A senhora pode sentar-se em uma das saletas de leitura — disse o criado, relaxando. Talvez tivesse achado que ela fosse fazer uma cena.

— Não é necessário um ingresso para isso. Há carregadores parshemanos para levar a senhora até os níveis mais altos, se quiser.

— Obrigada — disse Shallan, virando as costas para o Palaneu. Sentia-se como uma criança novamente, trancada em seu quarto, proibida de correr pelos jardins devido aos medos paranoicos do pai. — A Luminosa Jasnah já reservou uma saleta?

— Posso perguntar — respondeu o criado, acompanhando-a de volta ao Véu, com seu teto elevado e invisível.

Ele se afastou às pressas para falar com outros criados, deixando Shallan à porta do Palaneu.

Ela podia entrar correndo. Esgueirar-se pela...

Não. Seus irmãos caçoavam dela por ser tímida demais; mas não foi a timidez que a conteve. Sem dúvida, haveria guardas. Invadir, além de inútil, arruinaria qualquer chance de mudar a opinião de Jasnah.

Mudar a opinião de Jasnah, provar seu valor. Pensar nisso lhe dava náuseas. Ela *detestava* confrontos. Durante a juventude, sentira-se como uma delicada peça de cristal, trancada em uma cristaleira para ser exibida, mas jamais tocada. A filha única, a última lembrança da amada esposa do Luminobre Davar. Ainda lhe parecia estranho ter sido *ela* quem assumira o controle depois... Depois do incidente... Depois...

Ela foi dominada por lembranças. Nan Balat machucado e com o casaco rasgado. Ela segurando uma longa espada prateada, afiada o bastante para cortar pedras como se fosse água.

Não, pensou Shallan, encostada à parede de pedra, segurando sua bolsa. *Não. Não pense no passado.*

Buscando consolo em desenhar, ela levou a outra mão até a bolsa e procurou papel e lápis. Mas o criado retornou antes que ela pudesse pegá-los.

— A Luminosa Jasnah de fato pediu que uma saleta de leitura fosse reservada para ela — disse ele. — A senhora pode esperá-la lá se quiser.

— Eu quero — disse Shallan. — Obrigada.

O criado a conduziu até um recinto sombrio, onde quatro parshemanos estavam postados sobre uma sólida plataforma de madeira. O criado e Shallan subiram na plataforma e cada parshemano puxou uma corda presa a uma polia bem acima, içando a plataforma pelo poço rochoso. As únicas luzes que havia estavam fixadas no teto do elevador: ametistas, que irradiavam uma suave luz violeta.

Ela precisava de um plano. Jasnah Kholin não parecia ser do tipo que mudava de ideia com facilidade. Shallan teria que surpreendê-la, impressioná-la.

Quando o elevador atingiu um andar a cerca de doze metros do piso, o criado-mestre fez sinal para que os transportadores parassem. Shallan o seguiu por um corredor escuro até uma das pequenas saletas que se abriam para o Véu. Era arredondada como um torreão e tinha um parapeito de pedra encimado por uma balaustrada de madeira que chegava à altura da barriga. Outras saletas ocupadas brilhavam com diferentes cores, conforme as esferas utilizadas para iluminá-las; a escuridão do amplo salão dava a impressão de que flutuavam no ar.

A saleta dispunha de uma longa e curva mesa de pedra fixada à parede. Havia também uma cadeira e uma lanterna de cristal semelhante a uma taça. Com um meneio de cabeça, Shallan agradeceu ao criado, que se retirou; pegou então um punhado de esferas e as colocou no recipiente, iluminando assim o aposento.

Suspirando, ela se sentou na cadeira e pousou a bolsa na mesa, tentando pensar em alguma coisa — qualquer coisa — que pudesse persuadir Jasnah.

Primeiro preciso clarear as ideias, decidiu.

Remexeu então no interior da bolsa e de lá retirou um maço de espessos papéis de desenho, um conjunto de lápis de carvão com diferentes larguras, alguns pincéis, penas de aço e aquarelas. Por fim, pegou seu caderno menor, que era encadernado como um códice e continha os desenhos que ela fizera da natureza, durante as semanas que passara a bordo do *Prazer do Vento*.

Eram coisas simples, na verdade, mas que para ela valiam mais que um baú cheio de esferas. Ela retirou do maço uma folha de papel, selecionou um lápis com ponta fina e o rolou entre os dedos. Fechando os olhos, fixou uma imagem na mente: Kharbranth, pouco após seu desembarque. Ondas se lançando contra os mourões de madeira do cais, um cheiro de sal no ar, homens subindo nos cordames e gritando uns para os outros, animados. A cidade se espraiando pela encosta da colina, casas empilhadas sobre casas, sem nenhum desperdício de terra. Sinos ao longe, repicando suavemente no ar.

Ela abriu os olhos e começou a desenhar. Seus dedos se moviam sozinhos, desenhando primeiramente linhas amplas. O vale escarpado onde a cidade estava situada. O porto. Aqui, quadrados destinados a se transformarem em casas; ali, um traço para indicar uma curva fechada na via ampla que desembocava no Conclave. Devagar, pouco a pouco, ela foi adicionando detalhes. Sombras como janelas. Linhas para preencher as ruas. Esboços de pessoas e carruagens para representar o caos das grandes avenidas.

Ela lera sobre como os escultores trabalhavam. Muitos selecionavam um bloco de pedra e trabalhavam nele até obterem uma silhueta aproximada. Depois aperfeiçoavam o trabalho, cinzelando cada vez mais detalhes até chegarem às linhas mais finas. Era a mesma coisa em seus desenhos. Linhas maiores primeiro, depois alguns detalhes, depois mais, até as linhas mais discretas. Ela não fora formalmente instruída no desenho a lápis; apenas fazia o que achava melhor.

A cidade tomou forma sob seus dedos. Ela a construiu linha após linha, traço após traço. O que seria dela sem isso? A tensão foi se esvaindo de seu corpo, como se escapasse pela ponta de seus dedos e se introduzisse no lápis.

Trabalhando, ela perdeu a noção do tempo. Às vezes tinha a impressão de que estava entrando em um transe; tudo o mais se desvanecia. Seus dedos pareciam desenhar sozinhos. Era bem mais fácil pensar enquanto desenhava.

Em pouco tempo ela transferiu suas Lembranças para o papel. Satisfeita, ela o segurou diante dos olhos, sentindo a mente calma. A imagem memorizada de Kharbranth saíra de sua cabeça, liberada para o desenho. Ela sentia também uma sensação de relaxamento. Era como se sua mente permanecesse sob tensão até utilizar as Lembranças que guardava.

Ela desenhou Yalb em seguida, de colete e sem camisa, gesticulando para o condutor baixinho que a transportara até o Conclave. Sorria enquanto trabalhava, lembrando-se da voz afável de Yalb. Àquela altura, ele já deveria ter retornado ao *Prazer do Vento*. Teriam se passado duas horas? Provavelmente.

Desenhar animais e pessoas a empolgava mais que desenhar coisas. Havia algo de estimulante em pôr na página uma criatura viva. Uma cidade eram linhas e caixas, mas uma pessoa era círculos e curvas. Será que conseguiria retratar aquele sorriso malicioso no rosto de Yalb? Conseguiria mostrar seu ar de contentamento indolente, o modo como ele flertava com uma mulher de posição muito acima da dele? E o condutor, com seus dedos finos e suas sandálias, seu longo casaco e calças folgadas? Seu estranho linguajar, seus olhos perspicazes, sua ideia de aumentar a gorjeta oferecendo um passeio turístico, em vez de uma corrida.

Quando desenhava, Shallan sentia que não estava simplesmente trabalhando com carvão e papel. Ao desenhar um retrato, seu meio de expressão era a própria alma. Havia plantas das quais se podia remover uma pequena parcela — uma folha, uma haste —, plantá-la e assim obter uma duplicata. Quando ela colhia a Lembrança de uma pessoa, estava retirando um broto de sua alma, que podia cultivar e fazer crescer em sua página. Carvão para os músculos, polpa de papel para os ossos, tinta para o sangue e textura de papel para a pele. Ela mergulhava em um ritmo, em uma cadência, e o arranhar do lápis era como o som da respiração daqueles que retratava.

Esprenos de criação começaram a se reunir ao redor do papel para observar seu trabalho. Como outros esprenos, segundo se dizia, eles estavam sempre por perto, mas geralmente invisíveis. Às vezes era possível atraí-los, às vezes não. No caso do desenho, o talento parecia fazer diferença.

Esprenos de criação eram medianos, do tamanho de um dedo, e brilhavam com uma leve luz prateada. Transformavam-se o tempo todo, assumindo novas formas. Em geral eram formas de coisas que ela vira recentemente. Uma urna, uma pessoa, uma mesa, uma roda, um prego. Sempre com a mesma cor prateada, sempre de tamanho diminuto. Eles simulavam as formas com exatidão, mas se moviam de modo estranho. Uma mesa podia rolar como uma roda, uma urna podia se despedaçar e se recompor.

Seu desenho reunira meia dúzia deles, atraídos pelo ato de criação assim como um fogo vivo atrairia esprenos de chamas. Ela aprendera a ignorá-los. Eles não tinham substância — se passasse o braço através de um deles, o espreno se espalhava como areia e depois se reconstituía. Ela nunca sentira nada ao tocar um espreno.

Satisfeita, ela segurou a folha diante dos olhos. Retratara Yalb e o condutor em detalhes, contra um vago esboço da movimentada cidade. Desenhara os olhos corretamente. Isso era o mais importante. Cada uma das Dez Essências correspondia a uma parte análoga do corpo humano: sangue para líquidos, cabelos para madeira e assim por diante. Os olhos estavam associados aos cristais e ao vidro. Eram as janelas da mente e do espírito de uma pessoa.

Ela pousou a folha. Alguns homens colecionavam troféus. Outros colecionavam armas ou escudos. Muitos colecionavam esferas.

Shallan colecionava pessoas. Pessoas e criaturas interessantes. Talvez porque tivesse passado grande parte de sua juventude praticamente em uma prisão. Ela desenvolvera o hábito de memorizar rostos para retratá-los mais tarde, depois que seu pai a surpreendera desenhando os jardineiros. Sua filha? Desenhando retratos de olhos-escuros? Ele ficara furioso — uma das poucas vezes em que direcionara seu infame temperamento contra a própria filha.

Depois disso, ela começara a desenhar pessoas apenas quando estava sozinha, usando o tempo ao ar livre para desenhar insetos, crustáceos e plantas dos jardins. Seu pai não se importava com isso — zoologia e botânica eram atividades adequadas para uma mulher — e a encorajara a escolher a história natural como Vocação.

Ela pegou uma terceira folha em branco, que parecia lhe suplicar que a preenchesse. Uma página em branco nada mais era que um potencial, inútil antes de ser usada. Era como uma esfera plenamente infundida guardada em uma bolsa, o que impedia sua luz de ser compartilhada.

Preencha-me.

Os esprenos de criação se reuniram em torno do papel. Permaneciam imóveis, como se curiosos, expectantes. Shallan fechou os olhos e imaginou Jasnah Kholin parada diante da passagem bloqueada, com o Transmutador brilhando em sua mão. O corredor em silêncio, exceto pelos soluços de uma criança. Criados prendendo a respiração. Um rei ansioso. Uma silenciosa deferência.

Shallan abriu os olhos e começou a desenhar com vigor, se entregando deliberadamente. Quanto menos estivesse no *presente* e mais estivesse no *passado*, melhor seria o desenho. Os dois anteriores haviam sido apenas um aquecimento; aquele seria a obra-prima do dia. Com o papel preso na prancheta — sustentada pela mão segura —, sua mão livre voou pela página, parando às vezes para trocar de lápis. Carvão macio para um negro profundo como o dos lindos cabelos de Jasnah. Carvão duro para os cinzas-claros, como os das poderosas ondas de luz irradiadas pelas gemas do Transmutador.

Durante alguns longos momentos, Shallan retornou àquele corredor, observando algo que não devia existir: uma herege brandindo um dos poderes mais sagrados do mundo. O poder da Transmutação, o poder pelo qual o Todo-Poderoso havia criado Roshar — que possuía um nome que apenas os lábios dos fervorosos tinham permissão de pronunciar: *Elithanathile.* Aquele Que Transforma.

Shallan podia sentir o cheiro de mofo no corredor. Podia ouvir a criança choramingando. Podia sentir o próprio coração batendo ansiosamente. O pedregulho logo iria mudar. Absorvendo a Luz das Tempestades da gema de Jasnah, a pedra renunciaria à sua essência, tornando-se algo novo. Shallan perdeu o fôlego.

De repente, a lembrança se dissipou e ela se viu de volta à saleta silenciosa, parcamente iluminada. A folha de papel exibia agora uma perfeita representação da cena, desenhada em preto e tons de cinza. A orgulhosa figura da princesa olhando a pedra caída, exigindo que ela se submetesse à sua vontade. Era *ela*. Shallan sabia, com a certeza intuitiva de uma artista, que aquele desenho era um dos melhores que já fizera. De alguma minúscula forma, ela capturara Jasnah Kholin, algo que os fervorosos jamais haviam conseguido. Isso a encheu de euforia. Mesmo que aquela mulher a rejeitasse de novo, um fato não ia mudar. Jasnah Kholin se juntara agora à coleção de Shallan.

Shallan esfregou os dedos em seu pano de limpeza e ergueu o papel. Distraidamente, notou que já havia atraído dezenas de esprenos de criação. Teria que laquear a folha com seiva de camadeira para protegê-la de manchas e fixar o carvão. Tinha um pouco em sua bolsa. Antes, porém, queria estudar o papel e seu conteúdo. Quem *era* Jasnah Kholin? Não era alguém que se deixasse impressionar, com certeza. Era uma mulher e tanto, mestre nas artes femininas, mas de modo algum delicada.

Uma mulher assim apreciaria a determinação de Shallan. *Escutaria* uma nova solicitação de tutela, caso lhe fosse apresentada adequadamente. Jasnah era também racionalista, uma mulher que tinha a audácia de negar a existência do Todo-Poderoso com base em seu próprio raciocínio. Jasnah apreciaria a força, mas somente se fosse alicerçada pela lógica.

Assentindo para si mesma, Shallan pegou uma quarta folha de papel, um pincel de ponta fina e abriu seu pote de tinta. Jasnah lhe pedira provas de sua capacidade lógica e de redação. Bem, que modo melhor de atendê-la do que fazendo uma solicitação por escrito?

Luminosa Jasnah Kholin, escreveu Shallan, pintando as letras do modo mais limpo e caprichado que pôde. Poderia usar uma pena, mas um pincel era o mais indicado para o trabalho artístico que ela pretendia produzir.

A senhora rejeitou minha petição. Aceitei o fato. Porém, como sabe qualquer pessoa treinada em investigações formais, nenhuma suposição deve ser tratada como axiomática.

A argumentação usada geralmente era "nenhuma suposição — salvo a existência do Todo-Poderoso — deve ser tratada como axiomática". Mas a frase que ela usara seria mais bem aceita por Jasnah.

Um cientista deve estar disposto a mudar suas teorias quando os experimentos as refutam. Eu me apego à esperança de que a senhorita trate suas decisões de maneira semelhante: como resultados preliminares dependentes de novas informações.

Com base em nossa breve interação, notei que aprecia a tenacidade. A senhorita me cumprimentou por ter continuado a segui-la. Portanto, presumo que não irá considerar esta carta um atentado contra o bom gosto. Aceite-a como prova de meu profundo desejo de me tornar sua pupila, e não como desprezo pela sua decisão manifestada.

Shallan levou aos lábios o cabo do pincel, enquanto avaliava a etapa seguinte. Os esprenos de criação se desvaneceram lentamente e desapareceram. Dizia-se que existiam esprenos de lógica, que — sob a forma de pequenas nuvens de tempestades — eram atraídos por grandes debates, mas Shallan jamais os vira.

Continuou escrevendo.

A senhorita espera uma prova do meu valor. Eu gostaria de poder demonstrar que minha instrução é mais completa do que nossa entrevista revelou. Infelizmente, não tenho como fazê-lo. Há lacunas em minha compreensão. Isso é evidente e não comporta nenhum questionamento razoável.

Mas as vidas dos homens e das mulheres são mais do que quebra-cabeças lógicos; o contexto de suas experiências é inestimável na tomada de boas decisões. Meus estudos de lógica não alcançam seus padrões, mas até eu sei que os racionalistas têm uma regra: não se pode aplicar a lógica como valor absoluto quando se trata de seres humanos. Não somos apenas seres que pensam.

Assim sendo, o cerne de minha argumentação é oferecer uma perspectiva da minha ignorância. Não como desculpa, mas como explicação. A senhorita expressou seu desagrado ao saber que uma pessoa como eu foi educada de forma tão inadequada. O que dizer de minha madrasta? O que dizer de minhas tutoras? Por que minha educação foi tão pobre?

Os fatos são embaraçosos. Tive poucas tutoras e praticamente nenhuma instrução. Minha madrasta tentou, mas ela mesma não tinha muita. Trata-se de um segredo cuidadosamente guardado, mas muitas das casas vedenas da área rural negligenciam a educação adequada de suas mulheres.

Quando criança, tive três tutoras diferentes; mas todas foram embora após alguns meses, citando como motivo o temperamento ou a rudeza de meu pai. Fui deixada à própria sorte no que diz respeito à educação. Aprendi o que pude através da leitura, preenchendo as la-

cunas por minha natureza curiosa. Mas não tenho capacidade para me equiparar, em conhecimentos, com alguém que tenha recebido uma educação formal — e cara.

Por que seria esta uma argumentação válida para que a senhora me aceitasse? Porque tudo o que aprendi foi mediante um grande esforço pessoal. O que outras recebiam, eu tinha que procurar. Acredito que, por esse motivo, minha educação — mesmo que seja limitada — possui grande valor e mérito. Respeito sua decisão, mas peço que a reconsidere. O que a senhorita preferiria? Uma pupila capaz de repetir as respostas corretas porque uma tutora muito bem paga as incutiu nela, ou uma pupila que teve de se esforçar e lutar por cada coisa que aprendeu?

Asseguro à senhorita que uma dessas duas dará mais valor aos seus ensinamentos que a outra.

Ela levantou o pincel. Seus argumentos pareciam imperfeitos, agora que os analisava. Depois de expor sua ignorância, esperava que Jasnah lhe desse boas-vindas? Entretanto, parecia a coisa certa a se fazer, embora a carta fosse uma mentira. Uma mentira feita de verdades. Ela não fora até ali para se beneficiar dos ensinamentos de Jasnah. Fora como uma ladra.

Isso incomodava sua consciência; ela quase amassou o papel. Passos no corredor a fizeram se imobilizar. Ela se pôs de pé com um pulo e se virou, a mão segura pousada sobre o peito enquanto procurava palavras para explicar sua presença a Jasnah Kholin.

Luzes e sombras bruxulearam no corredor e uma figura perscrutou hesitantemente a saleta, segurando uma única esfera à guisa de iluminação. Não era Jasnah. Era um homem de vinte e poucos anos, usando uma túnica simples. Um fervoroso. Shallan relaxou.

O jovem a viu. Tinha rosto afilado, penetrantes olhos azuis, uma barba curta e quadrada e o cabelo raspado.

— Ah, desculpe, Luminosa. Pensei que esta fosse a sala de Jasnah Kholin. — Sua voz era educada.

— E é — respondeu Shallan.

— Ah, você está esperando por ela também?

— Estou.

— Ficaria muito incomodada se eu a esperasse junto com você? — O rapaz tinha um leve sotaque herdaziano.

— Claro que não, Fervoroso.

Ela meneou a cabeça, em sinal de respeito, então recolheu suas coisas às pressas para que ele pudesse se sentar.

— Não posso tomar sua cadeira, Luminosa! Vou pegar uma para mim.

Ela ergueu a mão para protestar, mas ele já havia saído. Retornou momentos depois, trazendo uma cadeira retirada de outra saleta. Era alto, magro e — constatou ela, com um leve desconforto — bastante atraente. O pai dela possuía apenas três fervorosos, todos já velhos. Eles percorriam as terras da família, visitando os vilarejos, pregando para as pessoas e as ajudando a obter Pontos em suas Glórias e Vocações. Shallan tinha os rostos deles em sua coleção de retratos.

O fervoroso pousou a cadeira. Antes de sentar-se, olhou para a mesa e parou.

— Ora, ora — disse ele, surpreso.

Por um momento, Shallan achou que ele estava lendo sua carta e sentiu um irracional surto de pânico. O fervoroso, no entanto, estava olhando para os três desenhos sobre a mesa, aguardando o envernizamento.

— Você desenhou isso, Luminosa? — perguntou ele.

— Sim, Fervoroso — respondeu Shallan, baixando os olhos.

— Não precisa ser tão formal! — disse o fervoroso, inclinando-se e ajeitando os óculos, enquanto examinava o trabalho dela. — Por favor, eu sou o Irmão Kabsal, ou só Kabsal. De verdade, está ótimo. E você é...?

— Shallan Davar.

— Pelas chaves douradas de Vedeledev, Luminosa! — exclamou o Irmão Kabsal, sentando-se. — Foi Jasnah Kholin quem lhe ensinou essas habilidades com o lápis?

— Não, Fervoroso — respondeu ela, ainda de pé.

— Ainda muito formal — comentou ele, sorrindo para ela. — Me diga, eu sou tão intimidador assim?

— Eu fui criada para demonstrar respeito pelos fervorosos.

— Bem, eu acho que respeito é como esterco. Use conforme necessário e as plantas florescem. Coloque uma camada grossa demais e as coisas começam a feder — disse ele, com os olhos cintilando.

Teria um *fervoroso* — um criado do Todo-Poderoso — acabado de falar de *esterco*?

— Um fervoroso é um representante do próprio Todo-Poderoso — disse ela. — Faltar ao respeito com o senhor seria faltar ao respeito com o Todo-Poderoso.

— Entendi. E é assim que você reagiria à presença do Todo-Poderoso se ele aparecesse aqui? Com toda essa formalidade e reverência?

Ela hesitou.

— Bem, não.

— Ah, e como você reagiria?

— Acho que com gritos de dor — respondeu ela, deixando o pensamento escapar fácil demais. — Pois está escrito que a glória do Todo-Poderoso é tanta que quem olhar para ele é imediatamente queimado até virar cinzas.

O fervosoro riu.

— Sábias palavras, de fato. Por favor, sente-se.

Ela obedeceu, hesitante.

— Você ainda parece nervosa — disse ele, erguendo o retrato que Shallan fizera de Jasnah. — O que eu preciso fazer para deixar você à vontade? Devo subir na mesa e começar a dançar?

Shallan ficou surpresa.

— Nenhuma objeção? Bem, então… — Ele pousou o retrato e começou a subir na cadeira.

— Não, por favor! — disse Shallan, levantando a mão livre.

— Tem certeza? — perguntou ele, lançando um olhar avaliador para a mesa.

— Tenho — disse Shallan, imaginando o fervoroso tropeçando, caindo do balcão e despencando no chão, dezenas de metros abaixo. — Por favor, eu prometo não respeitar mais você!

Ele riu, pulou da cadeira e sentou-se. Depois se inclinou para Shallan e disse, em tom conspiratório:

— O truque da mesa quase sempre funciona. Só tive que ir até o fim uma vez, em uma aposta contra o Irmão Lhanin. O fervoroso-mestre de nosso mosteiro quase desmaiou de susto.

Shallan se pegou sorrindo.

— Você é um fervoroso; fervorosos são proibidos de ter posses. O que vocês apostaram?

— Duas inalações profundas do perfume de uma rosa de inverno — respondeu o Irmão Kabsal — e o calor do sol sobre a pele. — Ele sorriu. — Nós podemos ser muito criativos às vezes. Passar anos mofando em um mosteiro tem esse efeito em um homem. Agora, você ia me explicar onde aprendeu a ser tão habilidosa com o lápis.

— Prática — disse Shallan. — Acho que é como todo mundo acaba aprendendo.

— Sábias palavras novamente. Estou começando a me perguntar qual de nós é o fervoroso. Mas você, com certeza, deve ter tido um mestre para lhe ensinar.

— Dandos, o Ungido.

— Ah, um verdadeiro mestre dos lápis, o melhor que já existiu. Agora, Luminosa, não é que eu esteja duvidando da sua palavra, mas estou intrigado. Como é que Dandos Heraldin pode ter treinado você nas artes se, na última vez que conferi, ele estava sofrendo de um mal crônico e incurável? Com isso quero dizer o mal de estar morto. Há trezentos anos.

Shallan corou.

— Meu pai tinha um livro com os ensinamentos dele.

— Você aprendeu isso — disse Kabsal, levantando o desenho de Jasnah — em um *livro*?

— Ahn... sim.

Ele olhou de novo para o retrato.

— Preciso ler mais.

Ao ver a expressão do fervoroso, Shallan começou a rir. Então colheu uma Lembrança dele sentado ali, cofiando a barba com um dos dedos e examinando o desenho, enquanto admiração e perplexidade se mesclavam em seu rosto.

Ele sorriu agradavelmente e pousou o desenho.

— Você tem verniz?

— Tenho — disse ela, tirando da bolsa um vaporizador do tipo usado para espargir perfume.

Ele pegou o pequeno frasco, girou a tampa e o sacudiu. Depois testou o verniz nas costas da mão. Assentindo, satisfeito, pegou o desenho.

— Uma obra como esta não pode correr o risco de borrar.

— Eu posso aplicar o verniz — disse Shallan. — Não precisa se incomodar.

— Não é incômodo. É uma honra. Além disso, eu sou um fervoroso. Nós nos sentimos mal quando não estamos ocupados fazendo coisas que os outros podem fazer por si mesmos. É melhor apenas me deixar fazer.

Ele começou a aplicar o verniz, pulverizando a folha com cuidadosas aplicações.

Ela quase não conseguiu refrear o impulso de lhe arrancar o desenho das mãos. Felizmente, ele era cuidadoso, e o verniz foi distribuído de modo uniforme. Obviamente, ele já fizera aquilo antes.

— Você é de Jah Keved, presumo? — perguntou ele.

— Por causa dos meus cabelos? — devolveu ela, passando a mão pelos fios ruivos. — Ou por causa do sotaque?

— Por causa do modo como trata os fervorosos. A Igreja Vedena é de longe a mais tradicional. Eu visitei seu adorável país em duas ocasiões;

e embora a comida de lá caia bem em meu estômago, a quantidade de reverências que fazem aos fervorosos me deixou pouco à vontade.

— Talvez você devesse ter dançado em cima de algumas mesas.

— Pensei nisso, mas meus irmãos e irmãs fervorosos do seu país provavelmente iam morrer de tanta vergonha. Eu detestaria ter esse peso na consciência. O Todo-Poderoso não é condescendente com aqueles que matam seus sacerdotes.

— Eu pensei que fosse errado matar em geral — comentou ela, ainda o observando aplicar o verniz.

Era estranho deixar que outra pessoa trabalhasse sobre um desenho seu.

— O que a Luminosa Jasnah achou do seu talento? — perguntou ele, sem se descuidar do trabalho.

— Acho que ela não se interessa por isso — disse Shallan, fazendo uma careta ao se lembrar da conversa com a mulher. — Parece que não aprecia muito as artes visuais.

— Foi o que eu ouvi dizer. É um dos defeitos dela, infelizmente.

— O outro seria aquele pequeno problema da heresia?

— Realmente — concordou Kabsal, sorrindo. — Devo reconhecer que entrei aqui esperando ser recebido com indiferença, não com deferência. Como você conseguiu fazer parte do círculo dela?

Shallan teve um sobressalto ao perceber, pela primeira vez, que o Irmão Kabsal devia ter presumido que ela era uma das criadas da Luminosa Kholin. Ou talvez uma pupila.

— Droga — disse para si mesma.

— Hum?

— Parece que, sem querer, eu confundi você, Irmão Kabsal. Não tenho nenhuma associação com a Luminosa Jasnah. Não ainda, pelo menos. Estou tentando fazer com que ela me aceite como pupila.

— Ah — disse ele, finalizando o envernizamento.

— Desculpe.

— Por que motivo? Você não fez nada de errado. — Ele assoprou o desenho e depois o virou para que ela visse. Estava perfeitamente envernizado, sem nenhuma mancha. — Você poderia me fazer um favor, menina? — disse ele, pousando o papel na mesa.

— Qualquer coisa.

Ele ergueu uma das sobrancelhas.

— Qualquer coisa razoável — corrigiu ela.

— Pelos critérios de quem?

— Pelos meus, eu acho.

— Que pena — disse ele, pondo-se de pé. — Nesse caso, vou me refrear. Você poderia ter a bondade de dizer à Luminosa Jasnah que eu a procurei?

— Ela o conhece?

Que assunto um fervoroso herdaziano teria a tratar com Jasnah, uma ateia declarada?

— Ah, eu não diria isso — respondeu ele. — Mas espero que conheça meu nome, já que solicitei uma audiência com ela várias vezes.

Shallan assentiu e se levantou.

— Está querendo tentar convertê-la, por acaso?

— Ela oferece um desafio único. Acho que eu não conseguiria viver comigo mesmo se pelo menos não *tentasse* persuadi-la.

— E nós não queremos que você seja incapaz de viver consigo mesmo — observou Shallan —, pois a alternativa seria recair no seu desagradável costume de quase matar fervorosos.

— Exatamente. De qualquer forma, acho que um recado pessoal seu pode obter sucesso onde as solicitações por escrito foram ignoradas.

— Eu... duvido.

— Bem, se ela recusar, significa apenas que eu tentarei de novo. — Ele sorriu — O que espero que também signifique que nos encontraremos de novo. Isso me agradaria muito.

— A mim também. Peço desculpas, mais uma vez, pelo mal-entendido.

— Luminosa! Por favor. Não assuma a responsabilidade pelas *minhas* suposições.

— Eu hesitaria em assumir a responsabilidade por você em *qualquer* coisa, Irmão Kabsal. Mas ainda me sinto mal.

— Vai passar — replicou ele, os olhos cintilando. — Mas vou fazer o melhor que puder para que você se sinta melhor. Há alguma coisa de que você goste? Além de respeitar fervorosos e fazer desenhos incríveis?

— Geleia.

Ele inclinou a cabeça.

— Eu gosto de geleia — confirmou ela, dando de ombros. — Você me perguntou do que eu gosto. Geleia.

— Geleia será.

Ele se retirou para o corredor escuro, remexendo no bolso da túnica para pegar a esfera de luz. Em poucos segundos, desapareceu.

Por que não esperara o retorno de Jasnah? Balançando a cabeça, Shallan envernizou seus dois outros desenhos. Ela os estava colocando na bolsa — depois de terem secado —, quando ouviu passos no corredor novamente e reconheceu a voz de Jasnah.

Apressadamente, recolheu suas coisas e, deixando a carta sobre a mesa, postou-se em um canto da saleta para esperar. Jasnah Kholin surgiu momentos depois, acompanhada por um grupo de criados.

Não parecia nada satisfeita.

Chules

Os chules estão por toda parte, é claro, e têm várias formas e tamanhos. Deve haver muito mais raças destes animais do que eu supus a princípio. Já os vi puxando carroças, transportando cargas e carregando jarros de água pendurados em seus flancos.

Já vi até um homem cavalgando um deles, embora me pareça que caminhar seria muito mais rápido.

Suas carapaças não são tão pesadas quanto parecem.

Quando os chules estão soltos na natureza, plantas crescem nas frestas das carapaças; um chule adormecido se parece muito com um pedregulho.

Aparentemente, esses bichos não se machucam quando sua carapaça é quebrada ou mesmo moldada. Algumas pessoas lixam o topo para cavalgá-los, e muitas carroças são acopladas a suportes fixados na carapaça.

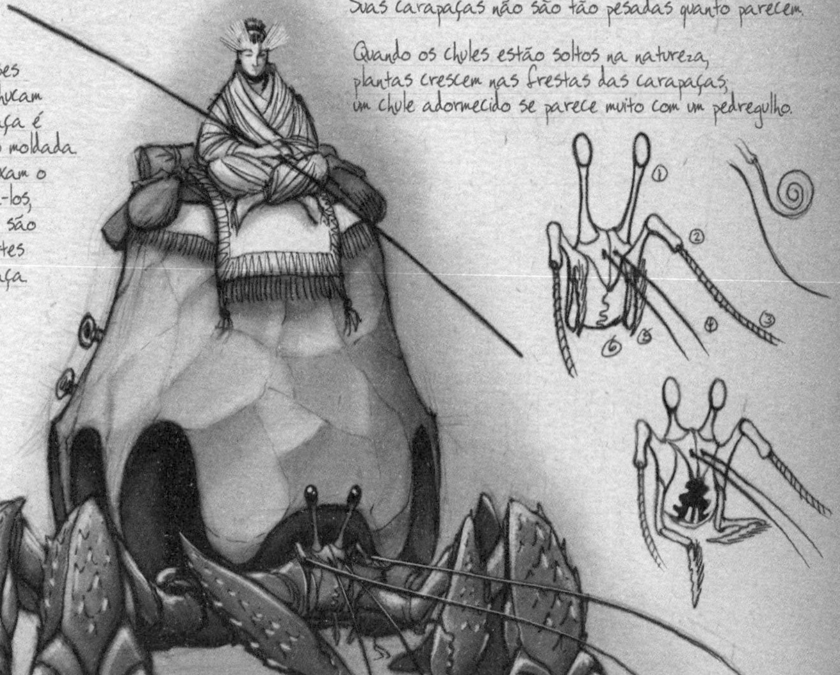

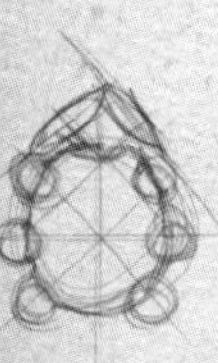

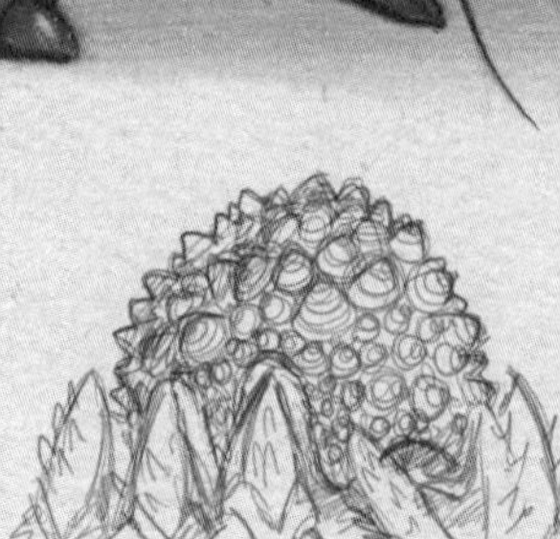

Muitos dos condutores aqui na costa dirigem os animais batendo em suas antenas com uma vara longa, em vez de usar complicados freios de couro, como fazem os trabalhadores nas terras de meu pai.

"Vitória! Estamos no alto da montanha! Nós os dispersamos! As casas deles se converteram em nossas moradas, suas terras são agora nossas propriedades! E eles queimarão, como nós um dia queimamos, em um lugar vazio e desolado."

— Coletado em *ishashan*, ano de 1172, 18 segundos antes da morte. O indivíduo era uma olhos-claros solteirona do oitavo dan.

OS TEMORES DE SHALLAN foram confirmados quando Jasnah olhou direto para ela e baixou a mão segura em um sinal de contrariedade.

— Então você *está* aqui.

Shallan se retraiu.

— Os criados contaram à senhora?

— Você achou que elas deixariam alguém ficar na minha saleta sem me avisar?

Atrás de Jasnah, no corredor, alguns parshemanos carregados de livros hesitaram.

— Luminosa Kholin — disse Shallan. — Eu só...

— Eu já perdi muito tempo com você — disse Jasnah, com os olhos chispando. — Retire-se, srta. Davar. Não quero mais ver você enquanto eu estiver aqui. Será que me fiz *entender?*

As esperanças de Shallan desmoronaram. Ela se encolheu. Havia certa altivez em Jasnah Kholin. Não se podia desobedecer àquela mulher. Bastava fitar seus olhos para entender isso.

— Desculpe tê-la incomodado — sussurrou Shallan, pegando sua bolsa e saindo da saleta com a maior dignidade possível.

Andando pelo corredor, mal conseguia conter as lágrimas de constrangimento e decepção. Sentia-se uma completa idiota.

Ao chegar ao poço do elevador, viu que os transportadores haviam descido, depois de subir com Jasnah. Mas não tocou o sino para chamá-los; encostou-se à parede e afundou até o chão, onde sentou-se com os joelhos contra o peito e a bolsa pousada ao lado. Abraçou os joelhos, segurando a mão segura com a mão livre e se concentrou em respirar.

Pessoas irritadas a perturbavam. Ela não podia deixar de pensar no pai em um de seus acessos, não podia deixar de ouvir berros, uivos e gemidos. Era fraca por permitir que confrontos a abalassem tanto? Parecia que sim.

Menina boba, idiota, pensou enquanto alguns esprenos de dor saíam da parede, perto de sua cabeça. *O que fez você pensar que conseguiria? Você só se afastou das terras de sua família meia dúzia de vezes a vida inteira. Idiota, idiota, idiota!*

Ela havia persuadido seus irmãos a confiarem nela, a depositarem suas esperanças no ridículo plano que concebera. E agora, o que fizera? Perdera seis meses, durante os quais os inimigos da família deviam ter apertado o cerco.

— Luminosa Davar? — perguntou uma voz hesitante.

Shallan ergueu os olhos, percebendo que, de tão imersa em seu sofrimento, não vira o criado se aproximar. Era um homem jovem, trajando um uniforme preto, sem nenhum emblema no peito. Não era um criado-mestre; talvez estivesse em treinamento.

— A Luminosa Kholin gostaria de falar com a senhorita. — O jovem apontou para o corredor.

Para me repreender ainda mais?, pensou Shallan, fazendo uma careta. Mas uma grã-senhora como Jasnah sempre obtinha o que desejava. Forçando-se a parar de tremer, Shallan se levantou. Pelo menos conseguira controlar as lágrimas; não estragara sua maquiagem. Segurando a bolsa à frente, como se fosse um escudo em um campo de batalha, ela seguiu o criado de volta à saleta.

Jasnah Kholin estava sentada na cadeira que Shallan ocupara. Pilhas de livros cobriam a mesa. Com a mão livre, Jasnah esfregava a testa. O quartzo fumê de seu Transmutador estava escuro e rachado. Embora parecesse cansada, Jasnah sentava-se com uma postura perfeita: o fino vestido de seda lhe recobrindo os pés e a mão segura repousando sobre o colo.

Jasnah olhou para Shallan e abaixou a mão livre.

— Eu não devia ter tratado você com tanta raiva, srta. Davar — disse ela em uma voz cansada. — Você estava apenas demonstrando persistência, um traço que normalmente encorajo. Por todos os raios, eu mesma frequentemente sou teimosa. Às vezes achamos difícil aceitar nos outros traços que também possuímos. Minha única desculpa é que tenho sofrido uma pressão incomum nos últimos dias.

Shallan assentiu, grata, embora estivesse tremendamente constrangida.

Jasnah se virou e olhou para fora do balcão, para o espaço escuro do Véu.

— Sei o que as pessoas dizem de mim. Espero não ser tão severa quanto se diz, embora uma mulher possa ter uma reputação bem pior que a de severa; esta pode até ser útil.

Shallan teve que se concentrar para não se remexer. Será que devia ir embora?

Jasnah balançou a cabeça para si mesma, embora Shallan não conseguisse imaginar que pensamentos teriam provocado aquele gesto. Por fim, Jasnah virou-se de novo para ela e apontou para o grande recipiente em formato de taça, que estava sobre a mesa. Continha uma dúzia das esferas de Shallan.

Atônita, Shallan levou a mão livre aos lábios. Havia se esquecido completamente do dinheiro. Ela fez uma mesura para Jasnah, como forma de agradecimento, e recolheu as esferas às pressas.

— Luminosa, antes que eu me esqueça, devo mencionar que um fervoroso, o Irmão Kabsal, procurou a senhorita enquanto eu estava aqui. Ele me pediu que eu lhe transmitisse seu desejo de falar com a senhorita.

— Aviso dado — disse Jasnah. — Você pareceu espantada por ter esquecido as esferas, srta. Davar. Pensei que estivesse esperando aí fora para pegá-las de volta. Não foi por isso que ficou por perto?

— Não, Luminosa. Eu estava apenas acalmando os nervos.

— Ah.

Shallan mordeu o lábio. A princesa parecia ter superado sua raiva, após a reprimenda inicial. Talvez...

— Luminosa — disse, tensa com a própria audácia —, o que a senhorita achou da minha carta?

— Carta?

— Eu... — Ela olhou para a mesa. — Por baixo dessa pilha de livros, Luminosa.

Um dos criados logo moveu a pilha para um lado; os parshemanos deviam tê-la pousado sobre o papel sem querer. Jasnah pegou a carta e ergueu uma sobrancelha, enquanto Shallan abria a bolsa e colocava as esferas em sua carteira. Depois maldisse a si mesma por ter sido tão rápida, pois agora não tinha mais nada a fazer senão esperar que Jasnah terminasse a leitura.

— Isso é verdade? — perguntou Jasnah, levantando a cabeça. — Você é autodidata?

— Sim, Luminosa.

— Isso é notável.

— Obrigada, Luminosa.

— Essa carta foi uma manobra inteligente. Você presumiu corretamente que eu responderia a um apelo por escrito. A carta revela também sua habilidade com as palavras, e a retórica demonstra que é capaz de pensar com lógica e construir uma boa argumentação.

— Obrigada, Luminosa — disse Shallan, sentindo um novo arroubo de esperança, misturado com fadiga. Suas emoções haviam sido puxadas de um lado para outro, como uma corda usada em um jogo de cabo de guerra.

— Deveria ter me deixado a carta e se retirado antes que eu retornasse.

— Neste caso, a carta teria se perdido por baixo dessa pilha de livros.

Jasnah ergueu uma sobrancelha, insinuando que não gostava de ser corrigida.

— Muito bem. O contexto da vida de uma pessoa *é* importante. Suas circunstâncias não desculpam sua falta de conhecimentos de história e filosofia, mas a leniência se aplica aqui. Vou permitir que você me faça uma nova solicitação no futuro, privilégio que nunca concedi a nenhuma aspirante a pupila. Quando você tiver mais fundamentos nessas duas matérias, volte a me procurar. Se tiver feito progressos adequados, eu a aceitarei.

As emoções de Shallan foram abaixo. A oferta de Jasnah era generosa, mas seriam necessários anos de estudo para atender ao que ela pedira. Até lá, a Casa Davar estaria arruinada e as terras de sua família teriam sido divididas entre os credores. Ela e os irmãos seriam despojados dos títulos e talvez escravizados.

— Obrigada, Luminosa — disse Shallan, inclinando a cabeça.

Jasnah assentiu, dando o caso por terminado. Shallan se retirou, caminhou silenciosamente pelo corredor e puxou a corda para chamar os transportadores. Para a maioria, aquilo teria sido uma grande vitória. Ser treinada por Jasnah Kholin — tida por muitos como a melhor erudita viva — lhe garantiria um brilhante futuro. Shallan faria um excelente casamento, provavelmente com um grão-príncipe, e novos círculos sociais se abririam para ela. Na verdade, se Shallan tivesse tempo para treinar sob a tutela de Jasnah, o simples prestígio de uma afiliação com os Kholin seria suficiente para salvar sua Casa.

Quem dera.

Por fim, Shallan saiu do Conclave. Não havia portões na frente, apenas pilares diante da entrada aberta. Ela ficou surpresa ao perceber como estava escuro do lado de fora. Após descer os largos degraus, ela tomou um caminho secundário, estreito e ajardinado, onde estaria a sós. Pequenos canteiros verticais de casca-pétrea ornamentais ladeavam o caminho, e diversas espécies estendiam à brisa da tarde suas gavinhas. Alguns preguiçosos esprenos de vida — como grãos de luminosa poeira verde — esvoaçavam de uma fronde a outra.

Shallan se recostou em uma das plantas pedregosas, que recolheu as gavinhas. Daquele ponto, podia observar as luzes de Kharbranth, que brilhavam abaixo como uma cascata de fogo descendo pela encosta. A única opção para ela e os irmãos agora seria fugir. Abandonar as propriedades da família em Jah Keved e procurar asilo. Mas onde? Ainda existiriam antigos aliados com quem seu pai *não* se indispusera?

Outra questão era aquela estranha coleção de mapas que eles haviam encontrado no estúdio do pai. O que significavam? Ele raramente falava sobre seus planos com os filhos. Nem seus conselheiros sabiam muita coisa. Helaran — seu irmão mais velho — sabia mais, porém desaparecera há cerca de um ano, e seu pai o declarara morto.

Como sempre, pensar no pai a fazia sentir-se mal, e uma dor começou a lhe apertar o peito. Levou a mão livre à cabeça, subitamente atordoada pela situação da Casa Davar, pelo papel que desempenhara e pelo segredo que agora guardava, oculto a dez batidas do coração de distância.

— Ei, senhorita! — gritou uma voz.

Virando-se, ela se espantou ao ver Yalb sobre uma plataforma rochosa, a pouca distância da entrada do Conclave. Alguns homens, com uniformes de guardas, estavam sentados ao seu redor.

— Yalb? — disse ela, atônita. Ele deveria ter retornado ao navio há horas. Apressadamente, ela se dirigiu até a base da plataforma. — Por que você ainda está aqui?

— Ah — disse ele, sorrindo. — Entrei num jogo de *kabers* com esses gentis cavalheiros da guarda da cidade. Achei que, sendo agentes da lei, era pouco provável que tentassem me enganar, então começamos um jogo amistoso enquanto eu esperava.

— Mas você não *precisava* esperar.

— Também não precisava ganhar oitenta peças desses amigos — disse Yalb, dando uma risada. — Mas fiz as duas coisas!

Os homens sentados à sua volta se mostravam bem menos entusiasmados. Seus uniformes eram casacos cor de laranja presos à cintura por faixas brancas.

— Bem, acho que devo levar a senhorita de volta para o navio — disse Yalb, recolhendo relutantemente as esferas a seus pés, que brilhavam em uma variedade de tons. A luz era fraca — cada qual valia apenas uma clareta —, mas o total dos ganhos era considerável.

Shallan recuou quando Yalb pulou da plataforma rochosa. Seus parceiros reclamaram de sua saída, mas ele apontou para Shallan.

— Vocês estão querendo que eu deixe uma olhos-claros deste gabarito voltar sozinha para o barco? Pensei que fossem homens honrados.

Isso silenciou as reclamações.

Rindo sozinho, Yalb fez uma mesura a Shallan e a conduziu pela trilha abaixo. Tinha um brilho nos olhos.

— Pelo Pai das Tempestades, é muito divertido ganhar de agentes da lei. Vão me pagar bebidas grátis no cais quando a história se espalhar.

— Você não deveria apostar — disse Shallan. — Não deveria tentar adivinhar o futuro. Eu não lhe dei aquela esfera para você desperdiçá-la com essas práticas.

Yalb riu.

— Não é uma aposta quando a gente sabe que vai ganhar, senhorita.

— Você *trapaceou?* — sibilou ela, horrorizada.

Ela olhou para os guardas, que já haviam se acomodado para prosseguir o jogo, iluminados por esferas colocadas sobre pedras.

— Não fale tão alto! — disse Yalb, baixinho, parecendo muito feliz consigo mesmo. — Enganar quatro guardas, isso é que é truque. Nem acredito que consegui!

— Estou desapontada com você. Esse não é um comportamento correto.

— Para um marinheiro é, sim, senhorita. — Ele deu de ombros. — Era o que eles esperavam de mim. Me vigiaram como domadores de enguias celestes venenosas, foi o que eles fizeram. Aquilo não era bem um jogo de cartas. Eles estavam tentando descobrir como eu estava trapaceando e eu estava tentando impedir que eles me pegassem. Acho que não teria conseguido sair inteiro se a senhorita não tivesse chegado! — Isso não parecia incomodá-lo muito.

A avenida que levava às docas não estava tão movimentada quanto antes, mas ainda se via um grande número de transeuntes. As ruas eram iluminadas por lampiões a óleo — pois esferas teriam acabado nos bolsos de alguém —, embora muita gente portasse lanternas de esferas, que projetavam na avenida um arco-íris de luzes coloridas. As pessoas lembravam esprenos, cada uma de um matiz diferente, andando para lá e para cá.

— Então, senhorita — disse Yalb, guiando-a com cuidado em meio ao tráfego —, realmente quer voltar? Eu só disse o que disse lá em cima para me safar daquele jogo.

— Sim, eu quero voltar, por favor.

— E a sua princesa?

Shallan fez uma careta.

— O encontro foi... improdutivo.

— Ela não aceitou a senhorita? Qual é o problema dela?

— Competência crônica, eu diria. Ela foi tão bem-sucedida na vida que tem expectativas pouco realistas a respeito dos outros.

Yalb franziu a testa enquanto ajudava Shallan a contornar alguns farristas que cambaleavam ebriamente pela avenida. Não seria ainda um pouco cedo para aquele tipo de coisa? Ele deu alguns passos à frente, virou-se e olhou para ela, enquanto andava de costas.

— Isso não faz sentido, senhorita. O que mais ela poderia querer além de alguém como a senhorita?

— Muito mais, ao que parece.

— Mas a senhorita é perfeita! Desculpe a minha franqueza.

— Você está andando de costas.

— Então desculpe isso também. A senhorita é perfeita em qualquer coisa, é mesmo.

Shallan se viu sorrindo. Os marujos de Tozbek tinham uma opinião elevada demais a respeito dela.

— A senhorita seria uma pupila ideal — prosseguiu ele. — É distinta, bonita, refinada e tudo mais. Eu não gosto muito da sua opinião sobre jogos, mas isso já era de se esperar. Uma mulher decente que não repreendesse um homem por jogar não seria normal. Seria como o sol se recusando a nascer ou o mar ficando branco.

— Ou Jasnah Kholin sorrindo.

— Exatamente! De qualquer forma, a senhorita é perfeita.

— Bondade sua dizer isso.

— Bem, é verdade — disse ele, parando e pondo as mãos nos quadris. — Então é isso? A senhorita vai desistir?

Ela o olhou com ar perplexo. Ali estava ele, parado em uma avenida movimentada com as mãos nos quadris, iluminado pela luz amarelo-laranja de um lampião, sobrancelhas brancas de thayleno caídas pelas laterais do rosto e o peito desnudo sob o colete aberto. Era uma postura que nenhum cidadão, por mais elevada que fosse sua posição social, jamais assumira na mansão de seu pai.

— Eu *tentei* persuadi-la — respondeu Shallan, corando. — E a procurei uma segunda vez, mas ela me rejeitou.

— Duas vezes, hein? Nas cartas, nós sempre temos que tentar uma terceira mão. Quase sempre é a mão vencedora.

Shallan franziu a testa.

— Mas isso não pode ser verdade. As leis das probabilidades e estatísticas…

— Não sei muita coisa de matemática — replicou Yalb, cruzando os braços. — Mas conheço as Paixões. A gente vence quando mais precisa.

As Paixões. Uma superstição pagã. Jasnah se referira aos glifos-amuletos como superstição também. Talvez tudo fosse uma questão de perspectiva.

Tentar uma terceira vez… Shallan tremeu ao pensar na cólera de Jasnah se fosse incomodada de novo. Com certeza retiraria a oferta de aceitá-la no futuro.

Mas Shallan jamais teria chance de aceitar aquela oferta. Era como uma esfera de vidro sem nenhuma gema no centro. Bonita, mas sem valor. Não seria melhor tentar uma última vez, já que precisava obter a posição *imediatamente?*

Não funcionaria. Jasnah deixara bastante claro que Shallan ainda não tinha educação suficiente.

Não tinha educação suficiente…

Uma ideia lampejou na mente de Shallan. Parada no meio da avenida, ela levou a mão segura ao peito e considerou a audácia daquilo. Provavelmente seria expulsa da cidade a pedido de Jasnah.

Porém, se voltasse para casa sem ter tentado de tudo, como poderia encarar seus irmãos? Eles dependiam dela. Por uma vez na vida, alguém *precisava* de Shallan. A responsabilidade a empolgava. E a aterrorizava.

— Preciso de um mercador de livros. — Ela se viu dizendo, com voz levemente trêmula. Yalb levantou uma sobrancelha. — A terceira mão quase sempre vence. Você conseguiria encontrar um mercador de livros com a loja aberta a essa hora?

— Kharbranth é um porto importante, senhorita — disse Yalb, rindo. — As lojas ficam abertas até tarde. Me espere aqui.

Ele desapareceu repentinamente na multidão, deixando-a com um protesto nervoso nos lábios.

Suspirando, ela se sentou recatadamente na base de pedra de um poste. Devia ser seguro. Ela via outras mulheres olhos-claros passando na avenida, embora quase sempre em liteiras ou naqueles veículos puxados a mão. Viu até uma carruagem real, embora apenas os muito ricos pudessem se dar ao luxo de manter cavalos.

Minutos depois, Yalb emergiu da multidão como que por encanto e acenou para que ela o seguisse. Shallan se levantou e rapidamente se aproximou dele.

— Não deveríamos chamar um condutor? — perguntou ela enquanto ele a conduzia por uma larga rua lateral que corria transversalmente à colina da cidade.

Ela andava com cuidado; sua saia era longa o suficiente para que se preocupasse com a possibilidade de rasgá-la em uma pedra. A bainha fora confeccionada de modo a ser facilmente substituída, mas Shallan não podia se dar ao luxo de gastar esferas em coisas desse tipo.

— Não — disse Yalb. — É logo ali.

Ele apontou para uma íngreme rua transversal adiante, que abrigava uma série de lojas; todas exibiam em letreiros os glifos que significavam *livro*, muitos deles estilizados no formato de um livro para que até criados analfabetos — enviados a alguma loja — pudessem reconhecê-los.

— Mercadores que vendem o mesmo produto gostam de se agrupar — explicou Yalb, esfregando o queixo. — Me parece bobagem, mas acho que os mercadores são como peixes. Onde você encontra um, encontra outros.

— O mesmo se pode dizer das ideias — disse Shallan, contando as lojas.

Eram seis. Todas com vitrines iluminadas por Luz das Tempestades de modo frio e uniforme.

— A terceira à esquerda — informou Yalb, apontando. — O nome do mercador é Artmyrn. Minhas fontes me disseram que é o melhor.

Era um nome thayleno. Provavelmente, Yalb pedira informações a compatriotas, que lhe haviam indicado aquele lugar.

Shallan assentiu e ambos subiram a íngreme rua pedregosa em direção à loja. Yalb não entrou com ela; já havia notado que muitos homens não se sentiam à vontade perto de livros, mesmo os que não eram vorins.

Ela empurrou a porta — feita de madeira resistente, com painéis de cristal — e entrou em um aposento aquecido, sem saber o que ia encontrar. Nunca entrara em uma loja para comprar nada; ou enviava criados, ou os mercadores iam até ela.

A sala tinha um aspecto convidativo, com largas poltronas ao lado de uma lareira. Esprenos de chamas dançavam sobre as toras em brasa. O piso de madeira não tinha emendas; provavelmente fora Transmutado diretamente a partir da rocha abaixo. Um ambiente suntuoso, com certeza.

Uma mulher estava postada atrás de um balcão, ao fundo. Vestia saia e camisa bordadas, em vez do *havah* de seda brilhante usado por Shallan. Era uma olhos-escuros, mas obviamente abastada. Nos reinos vorins, seria do primeiro ou segundo nan. Os thaylenos tinham a própria estrutura hierárquica. Pelo menos não eram pagãos por completo — respeitavam as cores dos olhos, e a mulher usava uma luva na mão segura.

Não havia muitos livros ali. Alguns sobre o balcão, e um exposto em um mostruário próximo às poltronas. Sob um relógio que tiquetaqueava na parede, via-se uma dúzia de sinos de prata. O local parecia mais uma casa que uma loja.

A mulher pôs um marcador no livro que lia e sorriu para Shallan. Um sorriso melífluo, ávido. Quase predatório.

— Por favor, Luminosa, sente-se — disse ela, gesticulando na direção das poltronas.

A mulher cacheara suas longas e brancas sobrancelhas thaylenas, que agora lhe caíam pelos lados do rosto como se fizessem parte de sua franja.

Shallan sentou-se hesitantemente enquanto a mulher fazia soar uma campainha sob o balcão. Pouco depois, um homem corpulento — provavelmente Artmyrn — entrou na sala com passos bamboleantes. Tinha cabelos grisalhos e usava um colete que parecia prestes a estourar devido ao esforço de lhe conter a pança. Ele usava as sobrancelhas penteadas para trás, por cima das orelhas.

— Ah, minha jovem — disse ele, batendo as mãos enormes. — A senhorita deseja comprar um bom romance? Alguma leitura agradável para as horas cruéis passadas longe de um amor perdido? Ou talvez um livro de geografia, com detalhes de lugares exóticos? — Ele falou na língua natal dela, vedeno, usando um tom um tanto condescendente.

— Eu... Não, obrigada. Preciso de uma coleção completa de livros de história e três de filosofia. — Ela tentou se lembrar dos nomes que Jasnah citara. — Alguma coisa de Placini, Gabrathin, Yustara, Manaline ou Shauka-filha-Hasweth.

— Leituras pesadas para alguém tão jovem — comentou o homem, meneando a cabeça na direção da mulher, provavelmente sua esposa, que desapareceu nos fundos da loja.

Ele devia usá-la para fazer a leitura; mesmo se soubesse ler, não desejaria ofender as clientes lendo diante delas. Provavelmente cuidava do dinheiro, pois o comércio era uma atividade masculina na maioria das situações.

— Mas por que uma jovem flor como a senhorita está se incomodando com esses assuntos? — perguntou o mercador, acomodando-se na poltrona em frente a Shallan. — Não posso interessá-la em um belo livro romântico? Livros desse tipo são minha especialidade. Senhoritas de toda a cidade recorrem a mim, e eu sempre tenho os melhores.

Sua entonação a enervou. Já era irritante demais *saber* que ela era uma menina mimada. Seria realmente necessário lembrá-la disso?

— Um livro romântico — disse Shallan, apertando a bolsa contra o peito. — Sim, talvez seja bom. Por acaso o senhor tem algum exemplar de *Mais perto da chama?*

O mercador pareceu confuso. *Mais perto da chama* fora escrito sob o ponto de vista de um homem que enlouquecia lentamente ao ver seus filhos morrerem de fome.

— A senhorita tem certeza de que deseja uma coisa tão, ahn, ambiciosa? — perguntou Artmyrn.

— Seria a ambição um atributo inadequado para uma jovem?

— Bem, não, suponho que não. — Ele sorriu novamente, o sorriso largo e cheio de dentes de um mercador tentando deixar alguém à vontade. — Posso ver que a senhorita tem um gosto discriminador.

— Tenho — disse Shallan com voz firme, embora seu coração estivesse disparado. Será que estava destinada a discutir com todo mundo que encontrava? — Gosto que minhas refeições sejam preparadas cuidadosamente, pois meu paladar é bastante delicado.

— Perdão. Eu quis dizer que a senhorita tem um gosto discriminador *para livros*.

— Na verdade, nunca comi nenhum.

— Luminosa, acho que a senhorita zombando de mim.

— Não, ainda nem comecei.

— Eu...

— Agora, o senhor tinha razão quando comparou a mente com o estômago.

— Mas...

— Muitos de nós tomamos enormes precauções com o que ingerimos pela boca e muito menos com o que assimilamos pelos ouvidos e olhos. O senhor não acha?

Ele assentiu, talvez achando que ela não o deixaria falar sem interrompê-lo. Shallan sabia, no fundo de sua mente, que estava indo longe demais — que estava tensa e frustrada após suas interações com Jasnah.

No momento, não se importava.

— Discriminador — disse ela, testando a palavra. — Não sei se concordo com a sua escolha de palavras. Ser discriminador é ter preconceito contra alguma coisa. Ser exclusivo. As pessoas podem ser exclusivas com o que ingerem? Falando tanto de alimentos quanto de pensamentos?

— Acho que deveriam ser — disse o mercador. — Não foi o que a senhorita acabou de dizer?

— Eu disse que deveríamos pensar no que lemos ou comemos. Não que deveríamos ser exclusivos. Diga-me, o que o senhor acha que aconteceria a uma pessoa que só comesse doces?

— Sei muito bem o quê — disse o homem. — Tenho uma cunhada que costuma desarranjar o estômago fazendo isso.

— Pois é, ela foi discriminadora *demais*. O corpo precisa de diversos tipos de alimentos para permanecer saudável. E a mente precisa de ideias diferentes para permanecer aguçada. O senhor não concorda? Portanto, se eu lesse somente esses romances bobos que o senhor presume que estão à altura das minhas ambições, minha mente ficaria tão doente quanto o estômago da sua cunhada. Sim, acho que sua metáfora foi boa. O senhor é muito inteligente, sr. Artmyrn.

O sorriso dele retornou.

— É claro — observou ela, sem devolver o sorriso — que ser menosprezada faz mal à mente e ao estômago. Foi muito gentil de sua parte oferecer uma dolorosa lição para acompanhar sua brilhante metáfora. O senhor trata todos os seus clientes dessa forma?

— Luminosa... acho que a senhorita está beirando o sarcasmo.

— Engraçado, pensei que tivesse mergulhado de cabeça e gritado a plenos pulmões.

Ele corou e se levantou.

— Vou ajudar minha esposa — disse, retirando-se apressadamente.

Shallan se recostou na poltrona, percebendo que estava aborrecida consigo mesma por ter deixado sua frustração fugir ao controle. Era exatamente o que suas instrutoras a haviam alertado para não fazer. Uma jovem tinha que vigiar suas palavras. A língua intempestiva de seu pai atraíra para sua casa uma lamentável reputação; será que ela ia aumentá-la?

Conseguindo se acalmar, ela desfrutou o calor ambiente e observou a dança dos esprenos de chamas até que o mercador e sua esposa retornaram carregando várias pilhas de livros. O mercador sentou-se novamente; sua esposa puxou um banquinho, pousou os exemplares no chão e começou a mostrá-los um a um, enquanto o marido falava.

— De história, nós temos duas escolhas — disse Artmyrn, sem qualquer entonação condescendente ou amistosa. — *Épocas e transições*, de Rencalt, é um estudo em volume único da história de Roshar desde a Hierocracia. — Sua esposa levantou um livro encadernado em tecido vermelho. — Eu disse à minha esposa que a senhorita provavelmente se sentiria insultada com uma escolha tão superficial, mas ela insistiu.

— Obrigada — disse Shallan. — Não me sinto insultada, mas preciso de alguma coisa mais detalhada.

— Talvez, então, *Eternathis* seja mais conveniente — disse ele, enquanto a esposa exibia quatro grossos volumes com encadernação cinza-azulada. — É um trabalho filosófico que examina o mesmo período, mas enfocando somente as interações entre os cinco reinos vorins. Como pode ver, é uma obra extensiva.

Os quatro volumes eram bastante grossos. *Cinco* reinos vorins? Ela achava que só havia quatro: Jah Keved, Alethkar, Kharbranth e Natanan. Unidos pela religião, haviam sido grandes aliados após a Traição. Qual seria o quinto reino?

Aqueles volumes a intrigaram.

— Vou levar esses.

— Excelente — disse o mercador, com um pouco do brilho lhe retornando aos olhos. — Das obras filosóficas que a senhorita listou, não temos nada de Yustara. De Placini e de Manaline, temos um livro de cada; ambos são excertos de suas obras mais famosas. Já leram o de Placini para mim. É muito bom.

Shallan assentiu.

— Quanto a Gabrathin, temos quatro volumes diferentes. Ele era realmente prolífico! Ah, e temos um livro de Shauka-filha-Hasweth. — A esposa ergueu um fino volume verde. — Tenho de admitir que nunca me leram nenhum livro dela. Eu não sabia que havia filósofos shinos dignos de nota.

Shallan olhou para os quatro livros de Gabrathin. Como não fazia ideia de qual deveria levar, evitou o dilema apontando para as duas coleções que o homem mencionara antes e para o volume de Shauka-filha--Hasweth. Uma filósofa do distante Shin, onde as pessoas viviam na lama e adoravam as rochas? O homem que há seis anos havia matado o pai de Jasnah — deflagrando a guerra contra os parshendianos em Natanatan — era um shino. O Assassino de Branco, assim o chamavam.

— Vou levar aqueles três — disse Shallan. — E os de história.

— Excelente! — repetiu o mercador. — Por estar comprando tantos, vou lhe dar um bom desconto. Que tal dez brons de esmeralda pelo lote?

Shallan quase engasgou. Um brom de esmeralda era a esfera de maior valor, correspondente a mil claretas. Dez delas valiam muito mais do que custara sua viagem a Kharbranth!

Ela abriu a bolsa e conferiu a bolsinha de dinheiro. Ainda tinha cerca de oito brons de esmeralda. Teria que levar menos livros, obviamente, mas quais?

De repente, a porta se abriu. Shallan se sobressaltou ao ver Yalb parado à entrada, segurando o boné nervosamente. Ele correu até a poltrona onde ela estava e se postou sobre um dos joelhos. Ela estava aturdida demais para dizer qualquer coisa. Por que estaria ele tão perturbado?

— Luminosa — disse ele, inclinando a cabeça. — Meu mestre pede que a senhorita retorne. Ele reconsiderou sua proposta. Sinceramente, podemos aceitar o preço que a senhorita ofereceu.

Shallan abriu a boca, mas estava atônita demais.

Yalb olhou para o mercador.

— Luminosa, não compre nada desse homem. Ele é mentiroso e trapaceiro. Meu mestre lhe venderá livros muito superiores a um preço melhor.

— Mas o que é isso? — disse Artmyrn, levantando-se. — Como você se atreve! Quem é seu mestre?

— Barmest — respondeu Yalb, na defensiva.

— Aquele rato. Ele enviou um garoto à *minha* loja para roubar *minha* cliente? Isso é um ultraje!

— Ela foi à nossa loja primeiro! — replicou Yalb.

Finalmente, Shallan recuperou sua presença de espírito. *Pelo Pai das Tempestades! Ele é um grande ator.*

— Vocês tiveram sua chance — disse ela a Yalb. — Corra lá e diga ao seu mestre que eu me recuso a ser trapaceada. Vou visitar todas as livrarias da cidade, se for preciso, para encontrar alguém razoável.

— Artmyrn não é razoável — disse Yalb, cuspindo para o lado.

Os olhos do mercador se arregalaram de raiva.

— Veremos — respondeu Shallan.

— Luminosa — disse Artmyrn, com o rosto vermelho. — Com certeza a senhorita não acredita nessas afirmações!

— E quanto você ia cobrar dela? — perguntou Yalb.

— Dez brons de esmeraldas — disse Shallan. — Por esses sete livros.

Yalb riu.

— E a senhorita não se levantou e foi embora? A senhorita quase puxou as orelhas do meu mestre, e ele lhe fez uma oferta melhor que essa! Por favor, Luminosa, volte comigo. Estamos preparados para...

— Dez foi apenas um valor de partida — disse Artmyrn. — Eu não esperava que ela aceitasse. — Ele olhou para Shallan. — É claro que *oito*...

Yalb riu novamente.

— Tenho certeza de que nós temos esses mesmos livros, Luminosa. Aposto que meu mestre lhe vende por dois.

Artmyrn, com o rosto ainda mais vermelho, resmungou.

— Luminosa, a senhorita com certeza não vai prestigiar alguém tão *grosseiro* a ponto de enviar um criado à loja dos outros para roubar seus clientes!

— Talvez eu vá — observou Shallan. — Pelo menos ele não insultou minha inteligência.

A esposa de Artmyrn lançou um olhar mortífero ao marido, cujo rosto ficou ainda mais vermelho.

— Duas esmeraldas e três safiras. Esse é o meu preço mais baixo. Se a senhorita quiser um preço mais barato, então compre com aquele salafrário do Barmest. Mas os livros dele provavelmente vão ter páginas faltando.

Shallan hesitou e olhou para Yalb, que continuava em seu papel, fazendo uma mesura reverente. Seus olhares se encontraram e ele encolheu levemente os ombros.

— Vou fazer negócio — disse ela a Artmyrn, arrancando um gemido de Yalb.

Ele arrastou os pés porta afora, acompanhado por um xingamento da esposa de Artmyrn. Shallan se pôs de pé e contou as esferas; os brons de esmeralda ela retirou da bolsa-segura.

Logo estava fora da loja, carregando uma pesada sacola de lona. Ao descer a rua íngreme, encontrou Yalb encostado a um poste de luz. Ela sorriu quando ele pegou a sacola.

— Como você sabia o preço justo de um livro? — perguntou.

— Preço justo? — questionou ele, pendurando a sacola no ombro. — De um livro? Não faço ideia. Só achei que ele tentaria lhe arrancar o máximo que pudesse. Então perguntei na rua quem era o maior rival dele e voltei para ajudá-lo a ser mais razoável.

— Era tão óbvio assim que eu me deixaria enganar? — perguntou ela, corando, enquanto ambos saíam da rua lateral.

Yalb deu um risinho.

— Só um pouco. De qualquer forma, tapear homens como ele é quase tão divertido quanto enganar os guardas. A senhorita provavelmente teria conseguido um preço ainda mais baixo se tivesse saído comigo e voltado depois para lhe dar mais uma chance.

— Isso parece complicado.

— Mercadores são como mercenários, minha avó sempre dizia. A única diferença é que os mercadores lhe arrancam o couro e depois fingem ser seus amigos.

E isso vindo de um homem que passara a tarde ludibriando um grupo de guardas em um jogo de cartas.

— Bem, de qualquer forma eu lhe agradeço.

— De nada. Foi divertido. Mas eu não consigo acreditar que você pagou tanto. Isso é só um pouco de madeira. Posso pegar umas tábuas velhas e desenhar nelas umas marcas engraçadas. A senhorita me pagaria uma esfera cristalina por isso?

— Não poderia — disse ela, remexendo na bolsa, de onde retirou o desenho que fizera de Yalb e do condutor. — Mas aceite isso, por favor, com os meus agradecimentos.

Yalb pegou o desenho e se posicionou embaixo de um lampião para dar uma olhada. Então, inclinando a cabeça, abriu um sorrisão.

— Pai das Tempestades! Olha só isso! Parece que estou me olhando em uma placa polida, parece mesmo. Não posso aceitar isso, Luminosa!

— Por favor. Eu insisto — disse ela, mas piscou e colheu uma Lembrança dele parado no ali, com uma das mãos no queixo, estudando o retrato de si mesmo. Voltaria a desenhá-lo mais tarde. Depois do que Yalb fizera por ela, queria muito que ele figurasse em sua coleção.

Yalb enfiou o desenho cuidadosamente entre as páginas de um dos livros e o colocou na sacola. Ambos voltaram à avenida principal. Nomon — a lua do meio — havia começado a se levantar, banhando a cidade com sua pálida luz azul. Estar acordada àquela hora tardia era um raro privilégio para ela na casa de seu pai, mas as pessoas daquela cidade nem pareciam notar o adiantado da hora. Que lugar estranho era aquele.

— Voltamos ao navio agora? — perguntou Yalb.

— Não — disse Shallan, respirando fundo. — Voltamos para o Conclave.

Ele levantou uma das sobrancelhas, mas retornou com ela. Chegando ao destino, ela se despediu de Yalb e o lembrou de levar o desenho. Ele o pegou, desejou-lhe boa sorte e saiu às pressas do Conclave, provavelmente preocupado com a possibilidade de encontrar os guardas que ludibriara mais cedo.

Shallan pediu para um criado carregar seus livros e percorreu o corredor de volta ao Véu. Assim que passou pelas portas ornamentadas, atraiu a atenção de um criado-mestre.

— Sim, Luminosa? — disse o homem.

A maior parte das saletas estava agora às escuras. Criados pacientes devolviam os volumes a seus lugares, por trás das paredes de cristal.

Ignorando o cansaço, Shallan contou os andares. Ainda havia luz na saleta de Jasnah.

— Eu gostaria de usar aquela saleta lá — disse, apontando para uma ao lado.

— A senhorita tem ingresso?

— Receio que não.

— Então terá que alugar o espaço se quiser usá-lo regularmente. São dois marcos-celestes.

Retraindo-se ao ouvir o preço, Shallan pegou as esferas e pagou o valor cobrado. Suas bolsas-seguras estavam começando a ficar deprimentemente vazias. Após ser levada pelos transportadores parshemanos ao andar desejado, ela se dirigiu silenciosamente à saleta que alugara. Para obter luz suficiente, foi obrigada a encher o enorme recipiente bojudo com todas as esferas que lhe restavam. Como eram de três tamanhos e nove cores diferentes, a iluminação ficou desigual e variada.

Ela se debruçou sobre o balcão e espreitou a saleta ao lado. Jasnah estava sentada, estudando, alheia à hora, com seu recipiente cheio até a borda com cristalinos brons de diamante. Eram os melhores para a iluminação, mas os menos valiosos, por serem de pouca utilidade para a Transmutação.

Shallan se recolheu de novo. Na ponta de sua mesa, oculto pela parede, viu um lugar onde poderia sentar-se sem que Jasnah a visse. Foi o que fez. Talvez devesse ter escolhido uma saleta em outro andar, mas queria ficar de olho na mulher. Com sorte, Jasnah passaria semanas estudando ali. Tempo suficiente para que Shallan se dedicasse ao aprendizado. Sua capacidade para memorizar imagens e cenas não funcionava tão bem com textos, mas ela conseguia decorar listas de fatos a um ritmo que suas tutoras achavam notável.

Ela se acomodou na cadeira, pegou alguns livros e os arrumou. Esfregou então os olhos. Já era realmente tarde, mas não havia tempo a perder. Jasnah dissera que Shallan poderia fazer outra petição depois que preenchesse as lacunas em seus conhecimentos. Bem, Shallan pretendia fazê-lo em tempo recorde e se apresentar novamente. O que faria quando Jasnah estivesse prestes a deixar Kharbranth.

Era uma última esperança, tão frágil que qualquer incidente fortuito poderia lhe pôr fim. Inspirando profundamente, Shallan abriu o primeiro livro de história.

— Nunca vou me livrar de você, não é? — perguntou uma suave voz feminina.

Shallan deu um pulo, quase derrubando os livros, e se virou. Jasnah Kholin estava parada à entrada da porta. Seu vestido azul-marinho com bordados de prata refletia a luz das esferas de Shallan. O Transmutador estava coberto por uma luva sem dedos que bloqueava o brilho das gemas.

— Luminosa — disse Shallan, levantando-se e fazendo uma mesura desajeitada. — Eu não pretendia perturbá-la. Eu...

Jasnah a silenciou com um aceno de mão e deu um passo para o lado. Um parshemano entrou na saleta com uma cadeira, que depositou ao lado da mesa de Shallan. Jasnah sentou-se nela.

Shallan tentou avaliar o humor de Jasnah, mas as emoções da mulher mais velha eram impossíveis de decifrar.

— Sinceramente, eu não queria perturbá-la.

— Eu subornei os criados para que me avisassem se você retornasse ao Véu — disse Jasnah distraidamente, enquanto pegava um dos livros e lia o título. — Não queria ser interrompida de novo.

— Eu...

Shallan olhou para baixo, ruborizando profundamente.

— Não se preocupe em pedir desculpas — disse Jasnah. Parecia cansada, mais cansada que Shallan. Ela folheou os livros. — Uma boa seleção. Você escolheu bem.

— Não foi bem uma escolha — disse Shallan. — Era o que o mercador tinha.

— Você pretendia estudar os livros rapidamente, suponho? — perguntou Jasnah, pensativa. — Para tentar me impressionar antes que eu saísse de Kharbranth?

Shallan hesitou. Por fim, assentiu.

— Uma manobra inteligente. Eu deveria ter determinado uma restrição temporal para sua nova solicitação. — Ela olhou para Shallan com ar avaliativo. — Você é muito determinada. Isso é bom. E eu sei por que você deseja ser minha pupila tão desesperadamente.

Shallan levou um susto. Será que ela *sabia*?

— Sua casa tem muitos inimigos — prosseguiu Jasnah — e seu pai está recluso. Será difícil para você fazer um bom casamento sem uma aliança taticamente significativa.

Shallan relaxou, embora tentasse não demonstrar.

— Deixe-me ver sua bolsa — pediu Jasnah.

Shallan franziu a testa, resistindo ao impulso de fechar a bolsa.

— Luminosa...

— Você se lembra do que eu disse a respeito de me repetir?

Relutante, Shallan lhe entregou a bolsa, da qual Jasnah retirou todo o conteúdo: os pincéis, os lápis, as penas, o vidro de tinta, o pote de verniz, o pote de solvente, as pilhas de papel, os cadernos e os retratos. Após alinhar tudo em cima da mesa, inspecionou as bolsinhas de dinheiro, percebendo que estavam vazias. Olhou então para o recipiente de iluminação e contou as esferas, levantando uma das sobrancelhas.

Em seguida, começou a examinar os desenhos de Shallan. Primeiramente as folhas soltas, demorando-se no retrato de si mesma. Shallan observou o rosto da mulher. Teria gostado? Estaria surpresa? Desgostosa com o tempo que Shallan gastara desenhando marinheiros e criadas?

Por fim, passou para o caderno com desenhos de plantas e animais que Shallan observara durante a viagem. Foi quando se demorou mais, lendo todas as anotações.

— Por que você fez esses desenhos? — perguntou Jasnah finalmente.

— Por quê, Luminosa? Bem, porque eu quis. — Ela fez uma careta. Deveria ter dito algo mais profundo?

Jasnah assentiu lentamente. Depois se levantou.

— Tenho aposentos no Conclave cedidos a mim pelo rei. Junte suas coisas e vá para lá. Você parece exausta.

— Luminosa... — começou Shallan, pondo-se de pé enquanto sentia um calafrio de empolgação lhe percorrer o corpo.

Jasnah parou à porta.

— No primeiro encontro, achei que você fosse uma camponesa oportunista tentando usar meu nome para obter riquezas.

— A senhorita mudou de ideia?

— Não — respondeu Jasnah. — Sem dúvida isso é parte de você. Mas todos nós somos compostos de muitas partes, e é possível dizer muito sobre uma pessoa examinando o que ela leva consigo. A julgar por esse caderno, você procura se instruir por prazer e em seu tempo livre. É uma coisa encorajadora. Talvez seja o melhor argumento a seu favor. Se eu não consigo me livrar de você, então é melhor utilizá-la. Vá dormir. Amanhã começaremos cedo. Você dividirá seu tempo entre sua educação e a colaboração com os meus estudos.

Dito isto, Jasnah se retirou.

Shallan sentou-se de novo, pensativa, piscando de cansaço. Pegou então uma folha de papel e escreveu uma oração de agradecimento, que queimaria mais tarde. Depois, apressada, juntou seus livros e procurou um criado para buscar seu baú no *Prazer do Vento*.

Fora um dia longo, *muito* longo. Mas ela vencera. A primeira etapa fora cumprida.

Sua verdadeira tarefa começaria agora.

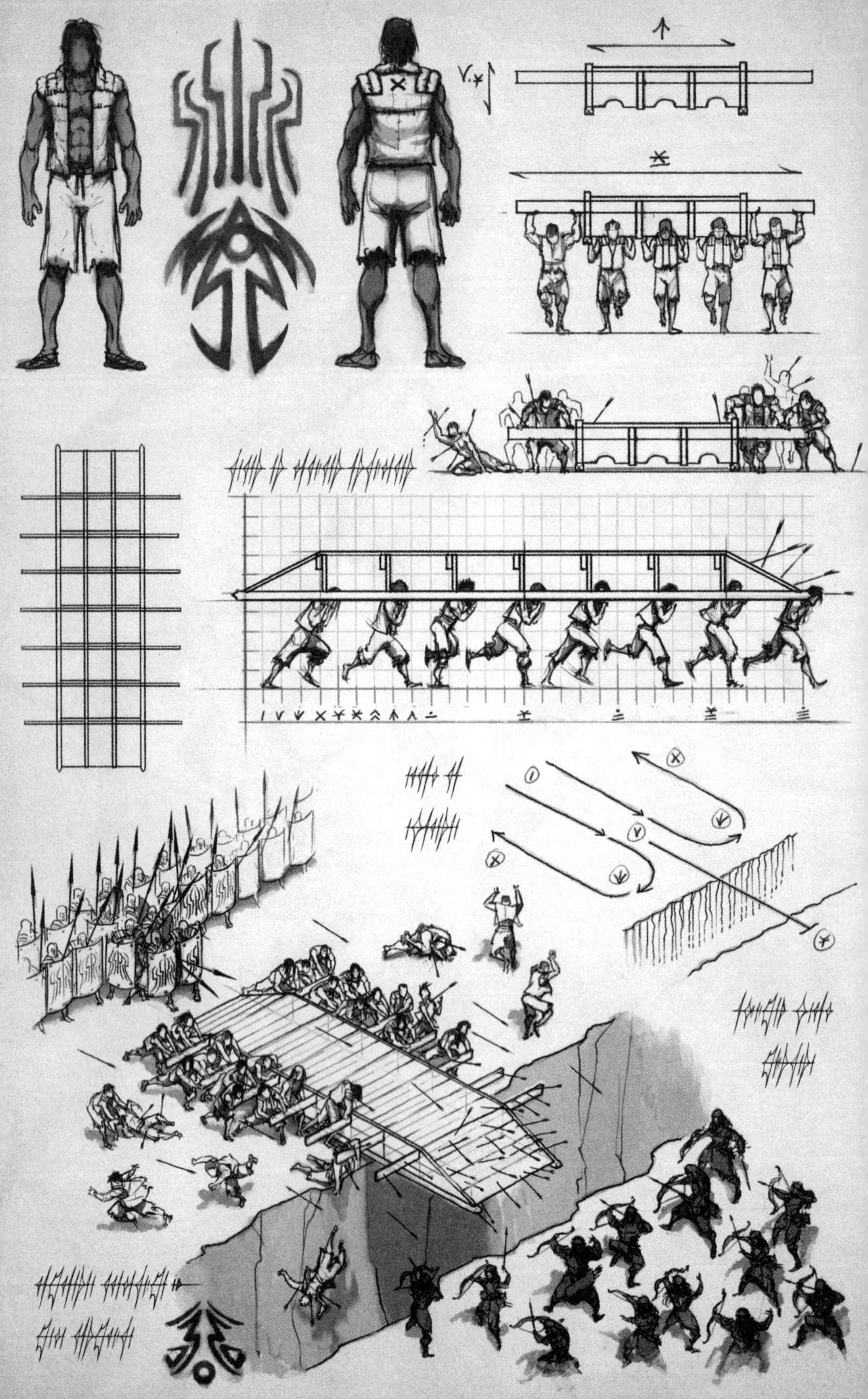

"Dez indivíduos com Espadas Fractais em chamas, postados diante de um muro preto, branco e vermelho".

— Coletado em *jesachev*, ano de 1173, 12 segundos antes da morte. O indivíduo era um de nossos fervorosos; entreouvido em seus últimos momentos.

KALADIN NÃO FORA DESIGNADO para a Ponte Quatro por acaso. Entre todas as equipes de pontes, os carregadores da Ponte Quatro eram os que tinham o mais alto índice de baixas. O que era digno de nota, considerando-se que as equipes, em média, perdiam de um terço a metade de seus homens em cada incursão.

Sentado contra a parede de um barracão, Kaladin apanhava chuva. Não uma grantormenta. Apenas uma chuva comum, de primavera. Suave. Uma prima tímida das grandes tempestades.

Syl estava sentada em seu ombro. Ou pairando sobre ele. Tanto fazia. Ela não parecia ter peso. Curvado, com o queixo encostado no peito, Kaladin observava uma cavidade no chão rochoso, que a chuva lentamente enchia de água.

Ele devia ter se abrigado no barracão da Ponte Quatro. Era frio e vazio, mas o protegeria da chuva. Só que, simplesmente... não conseguia se importar. Há quanto tempo estaria na equipe da Ponte Quatro? Duas semanas? Três? Uma eternidade?

Dos 25 sobreviventes da primeira missão de que ele participara, 23 estavam mortos. Dois haviam sido deslocados para outras equipes por terem feito alguma coisa que agradara a Gaz; mas morreram lá. Restavam apenas Kaladin e outro homem. Dois em quase quarenta.

A equipe fora reabastecida com outros infelizes, quase todos mortos agora. E substituídos. Muitos dos substitutos já haviam morrido também. Líderes de ponte se sucediam sem cessar. Supunha-se que o líder de ponte era um privilegiado, que sempre obtinha os melhores lugares. Na Ponte Quatro, isso não fazia diferença.

Algumas incursões não eram tão ruins. Quando os alethianos chegavam antes dos parshendianos, nenhum carregador de pontes morria. E, se chegavam tarde demais, algum outro grão-príncipe podia já estar no local. Nesse caso, Sadeas não prestava ajuda; reunia seu exército e retornava ao acampamento. Mesmo em uma incursão ruim, os parshendianos frequentemente dirigiam suas flechas a determinadas equipes de ponte, tentando aniquilá-las de uma só vez. Às vezes acontecia de dezenas de carregadores tombarem e nenhum deles ser da Ponte Quatro. Mas isso era raro. Por algum motivo, a Ponte Quatro sempre parecia ser o alvo.

Kaladin não se dava ao trabalho de aprender o nome de seus companheiros. Nenhum dos carregadores aprendia. Para quê? Alguém aprendia o nome de um homem e, antes que a semana terminasse, um dos dois estava morto. A maior probabilidade era de ambos estarem mortos. Talvez ele *devesse* aprender os nomes. Assim, teria alguém com quem conversar na Danação. Poderiam trocar reminiscências a respeito de como a Ponte Quatro fora terrível, concordando que os fogos eternos eram muito mais agradáveis.

Ele sorriu sem humor, ainda contemplando o chão rochoso. Gaz logo viria chamá-los para trabalhar. Limpar latrinas, ruas ou estrebarias. Recolher pedras. Algo que mantivesse suas mentes longe do destino que os aguardava.

Ele ainda não sabia por que estavam lutando naqueles platôs tempestuosos. Algo a ver com aquelas grandes crisálidas que, aparentemente, tinham gemas em seus núcleos. Mas que relação teria isso com o Pacto de Vingança?

Outro carregador — um jovem vedeno de cabelos ruivo-amarelados — estava deitado nas proximidades, contemplando o céu gotejante. A água da chuva se acumulava nos cantos de seus olhos castanhos e depois lhe escorria pelo rosto. Ele não piscava.

Não havia como fugir. O acampamento bem poderia ser uma prisão. Os carregadores podiam ir até os mercadores para gastar seus parcos ganhos em vinho barato ou prostitutas, mas não podiam sair do acampamento. O perímetro era vigiado — em parte para impedir a entrada de soldados de outros acampamentos, pois havia sempre rivalidades onde os exércitos se concentravam. Mas a medida se destinava principalmente a impedir que escravos e carregadores fugissem.

Por quê? Por que tudo tinha que ser tão horrível? Nada daquilo fazia *sentido*. Por que não deixar que alguns carregadores corressem à frente das pontes segurando escudos para bloquear as flechas? Ele fizera essa pergunta e lhe responderam que isso os atrasaria muito. Ele perguntou de novo e Gaz lhe respondeu que ele seria enforcado se não calasse a boca.

Os olhos-claros agiam como se toda aquela bagunça fosse uma espécie de jogo. Caso fosse, as regras eram obscuras para os carregadores — assim como a estratégia de um jogador é obscura para as peças do tabuleiro.

— Kaladin? — chamou Syl, flutuando para baixo e pousando na perna dele. Ela mantinha a aparência de jovem e o longo vestido, que se fundia em uma névoa. — Kaladin? Você não fala há dias.

Ele continuou a olhar para a frente, recurvado. *Havia* uma saída. Os carregadores podiam visitar o abismo mais próximo ao acampamento. Havia regulamentos proibindo, mas as sentinelas os ignoravam. Era a única misericórdia que podia ser concedida aos carregadores de pontes.

Os que tomavam aquele caminho jamais retornavam.

— Kaladin? — repetiu Syl, em voz suave, mas preocupada.

— Meu pai costumava dizer que existem dois tipos de pessoa no mundo — murmurou Kaladin em voz rouca. — As que tiram vidas e as que salvam vidas.

Syl franziu a testa e inclinou a cabeça. Esse tipo de conversa a deixava confusa; ela não era boa em abstrações.

— Eu achava que ele estava errado. Achava que havia um terceiro grupo. As pessoas que matam para salvar. — Kaladin balançou a cabeça. — Eu era um tolo. *Existe* um terceiro grupo, e bem grande, mas não é o que eu pensava.

— Que grupo? — perguntou ela, sentando-se em seu joelho e franzindo as sobrancelhas.

— As pessoas que existem para ser salvas ou mortas. O grupo do meio. Os que não podem fazer nada além de serem salvas ou mortas. As vítimas. É o que eu sou.

Ele olhou para a serraria molhada. Os carpinteiros haviam se retirado, depois de jogar impermeáveis sobre a madeira não tratada e recolherem as ferramentas passíveis de ferrugem. Os barracões dos carregadores se alinhavam nos lados oeste e norte do pátio. O barracão da Ponte Quatro era um pouco afastado dos demais, como se má sorte fosse uma doença contagiosa. Contágio por proximidade, como o pai de Kaladin sempre dizia.

— Nós existimos para sermos mortos — disse Kaladin. Ele piscou, observando os outros carregadores da Ponte Quatro sentados apaticamente sob a chuva. — Se é que já não morremos.

— EU DETESTO VER VOCÊ assim — disse Syl, esvoaçando em torno da cabeça de Kaladin, que arrastava um tronco pelo pátio da serraria, junto com sua equipe.

Como os parshendianos costumavam queimar as pontes mais afastadas, os engenheiros e carpinteiros do Grão-príncipe Sadeas estavam sempre ocupados.

O Kaladin de outrora poderia perguntar por que os exércitos não se esforçavam mais para defender suas pontes. *Há algo errado aqui!*, dizia uma voz dentro dele. *Está faltando uma parte do quebra-cabeça. Eles desperdiçam recursos e vidas dos carregadores. Não se preocupam em pressionar e atacar os parshendianos. Simplesmente travam algumas batalhas nos platôs e retornam aos acampamentos para comemorar. Por quê? POR QUÊ?*

Ele ignorou a voz. Pertencia ao homem que ele tinha sido.

— Você era um homem vibrante — disse Syl. — Muitos admiravam você, Kaladin. Seu pelotão de soldados. Os inimigos que você combatia. Os outros escravos. Até alguns olhos-claros.

Logo seria hora do almoço. Depois ele poderia dormir até que o líder de ponte o despertasse com um chute para o trabalho da tarde.

— Eu costumava ver você lutar — prosseguiu Syl. — Agora mal me lembro disso. Minhas lembranças daquela época são nebulosas. Como se eu olhasse para você através de uma cortina de chuva.

Espere. Aquilo era estranho. Syl só havia começado a segui-lo depois que ele já estava fora do exército. E se comportava como um espreno de vento comum. Ele hesitou por um instante, o que lhe valeu um xingamento e uma chicotada nas costas por parte de um contramestre.

Ele voltou a trabalhar. Os carregadores lerdos nos trabalhos internos eram chicoteados, e os lerdos no transporte das pontes eram executados. O exército era rigoroso nesse aspecto. Se alguém se recusasse a investir na direção dos parshendianos ou ficasse para trás, era decapitado. A decapitação, aliás, era reservada a esse tipo de crime.

Havia diversos modos de se punir um carregador de pontes. Ele podia receber trabalho extra, ser chicoteado ou ter o pagamento reduzido.

Se fizesse algo realmente ruim, era amarrado em um poste e deixado sob uma grantormenta, para que o Pai das Tempestades decidisse seu destino. Mas só era executado diretamente no caso de se recusar a correr na direção dos parshendianos.

A mensagem era clara. Se avançasse com sua ponte, *talvez* morresse; mas caso se recusasse a avançar, morreria *com certeza*.

Kaladin e seus companheiros depositaram o tronco sobre uma pilha de outros e desamarraram as cordas usadas para arrastá-lo. Depois retornaram à orla da serraria, onde outros troncos os aguardavam.

— Gaz! — gritou uma voz.

Um olhos-claros alto estava postado na entrada do pátio, cercado por um grupo de miseráveis. Chamava-se Lamaril, o superior imediato de Gaz. Trazia novos carregadores para substituir os que haviam sido mortos.

O dia estava claro, nenhum sinal de nuvens, e o sol ardia nas costas de Kaladin. Gaz caminhou apressadamente na direção dos novos recrutas. Kaladin e os demais, por acaso, estavam andando na mesma direção para pegar mais um tronco.

— Que turma lamentável — disse Gaz, observando os recrutas. — Claro que, se não fossem lamentáveis, não seriam mandados para *cá*.

— É verdade — disse Lamaril. — Os dez da frente foram pegos fazendo contrabando. Você sabe o que fazer.

A necessidade por novos carregadores de pontes era constante, mas sempre havia homens à disposição. Frequentemente escravos, mas também ladrões ou outros infratores entre os seguidores do acampamento. Parshemanos nunca; eram valiosos demais. Além disso, os parshendianos eram como primos dos parshemanos. Era melhor não dar aos parshemanos do acampamento a oportunidade de ver seus semelhantes combatendo.

Às vezes um soldado ia parar em uma equipe de ponte. Isso só ocorria caso ele tivesse feito alguma coisa extremamente grave, como agredir um oficial. Atos que acarretariam o enforcamento em muitos exércitos, naquele eram punidos com o envio para uma equipe de ponte. Em tese, se alguém sobrevivesse a cem incursões com uma ponte, era libertado. Isso já acontecera uma ou duas vezes, segundo diziam. Provavelmente era apenas um mito, destinado a dar aos carregadores uma pequena esperança de sobrevivência.

Kaladin e os demais passaram cabisbaixos pelos recém-chegados e começaram a prender as cordas no tronco seguinte.

— A Ponte Quatro precisa de alguns homens — disse Gaz, coçando o queixo.

— A Quatro sempre precisa de homens — concordou Lamaril. — Não se preocupe, eu trouxe um lote especial.

Ele apontou com o queixo para um segundo grupo de recrutas, muito mais combalido, vindo na retaguarda.

Lentamente, Kaladin aprumou o corpo. Um dos prisioneiros daquele grupo era um garoto de apenas quatorze ou quinze anos. Baixo, magro, de rosto arredondado.

— Tien? — murmurou ele, dando um passo à frente.

Então parou e estremeceu. Tien estava morto. Mas aquele recém-chegado era muito familiar, com aqueles olhos negros amedrontados, que faziam Kaladin ter vontade de ajudá-lo. Protegê-lo.

Mas... ele falhara. Todos os que tentara proteger — de Tien a Cenn — haviam morrido. De que adiantava?

Ele se virou para o tronco.

— Kaladin — disse Syl, aterrissando no tronco. — Estou indo embora.

Kaladin ficou chocado. Syl. Indo embora? Mas... ela era a última coisa que lhe restava.

— Não — sussurrou ele. A voz lhe saiu como um grasnido.

— Vou tentar voltar — disse ela. — Mas não sei o que vai acontecer depois que eu deixar você. As coisas estão estranhas. Tenho lembranças esquisitas. Não, muitas delas não são nem lembranças. Intuições. Uma delas me diz que se eu deixar você, eu posso me perder.

— Então não vá — disse ele, cada vez mais aterrorizado.

— Tenho que ir — insistiu ela, encolhendo-se. — Não posso mais ver isso. Tentarei retornar. — Ela parecia pesarosa. — Adeus. — Dito isto, ela se afastou, adotando a forma de folhas translúcidas e zunindo pelo ar.

Entorpecido, Kaladin a observou se afastar.

Depois voltou ao trabalho de puxar o tronco. O que mais podia fazer?

O JOVEM QUE O LEMBRAVA de Tien morreu na investida seguinte, naquele mesmo dia.

Foi uma batalha terrível. Os parshendianos estavam posicionados, esperando por Sadeas. Kaladin correu em direção ao abismo sem hesitar, enquanto homens eram massacrados à sua volta. Não era a bravura que o impelia; não era nem mesmo o desejo de que as flechas o acertassem e acabassem com tudo. Ele corria. Era o que fazia. Como uma pedra que rolava montanha abaixo, ou como a chuva que caía do céu. Eles não tinham escolha. Nem ele. Não era um homem; era uma coisa, e as coisas simplesmente faziam o que faziam.

Os carregadores posicionaram as pontes bem juntas. Quatro equipes tombaram. O grupo de Kaladin perdera tantos homens que quase havia parado.

Ponte no lugar, Kaladin se virou e viu o exército investir, dando início à verdadeira batalha. Ele deu meia-volta e começou a caminhar a passos titubeantes. Após alguns momentos, encontrou o que procurava. O corpo do garoto.

Com o vento lhe açoitando os cabelos, ele o observou. O garoto jazia em uma pequena depressão rochosa, de rosto virado para cima. Kaladin se lembrou de estar deitado em uma cavidade semelhante, abraçado a um corpo como aquele.

Outro carregador de pontes estava caído ao lado, coberto de flechas. Era o homem que sobrevivera desde a primeira investida de Kaladin, tantas semanas antes. Seu corpo estava de lado, sobre um afloramento rochoso, um pouco acima do cadáver do garoto. Sangue escorria de uma flecha cravada em suas costas e caía sobre um dos olhos sem vida do garoto — uma gota de cada vez —, deslizando por seu rosto e formando uma pequena trilha vermelha. Como lágrimas escarlates.

Naquela noite, Kaladin se abrigou no barracão. Encolhido contra a pedra fria, ouviu uma grantormenta açoitar a parede e trovões estilhaçarem o céu.

Não posso continuar assim, pensou. *Estou morto por dentro, tanto quanto se uma lança tivesse atravessado meu pescoço.*

Furiosa, a tormenta continuou sua diatribe. Então, pela primeira vez em oito meses, Kaladin se viu chorando.

10 HISTÓRIAS DE CIRURGIÕES

NOVE ANOS ANTES

KALADIN IRROMPEU NA SALA de cirurgia, a porta aberta deixando entrar a forte luz branca do sol.

— Desculpe, pai — disse ele.

Lirin, seu pai, apertou cuidadosamente a correia no braço da jovem que estava amarrada à estreita mesa de operação. Ela estava de olhos fechados; Kal não havia assistido à administração da droga.

— Conversaremos sobre isso mais tarde — disse Lirin, prendendo a outra mão da mulher. — Feche a porta.

Kal abaixou a cabeça e fechou a porta. Aos dez anos, já dava mostras de que seria alto e magro. Preferia o apelido Kal a seu nome inteiro, Kaladin. O nome mais curto o fazia se misturar melhor. Kaladin parecia um nome de olhos-claros.

As janelas estavam fechadas, com as persianas firmemente baixadas. Assim, a única iluminação no aposento era a Luz que emanava de um grande globo cheio de esferas. O conjunto tinha um valor incrível, pois todas as esferas eram brons. Haviam sido emprestadas em caráter permanente pelo senhor de Larpetra. Lampiões bruxuleavam, mas a Luz das Tempestades era sempre constante. O que podia salvar vidas, dizia o pai de Kal.

Ansioso, Kal se aproximou da mesa. A jovem, Sani, tinha cabelos pretos lisos, sem nenhum fio castanho ou louro. Tinha quinze anos. Bandagens ensanguentadas envolviam sua mão livre. Kal fez uma careta ao ver o curativo malfeito — era como se o tecido tivesse sido rasgado da camisa de alguém e enrolado às pressas.

Sani moveu a cabeça para o lado e murmurou alguma coisa, drogada. Usava apenas uma camisola de algodão branco, que deixava exposta sua mão segura. Os garotos mais velhos da cidade se vangloriavam das chances que haviam tido — ou que *alegavam* ter tido — de ver as garotas em roupas de baixo, mas Kal não entendia o porquê de tanta empolgação. Contudo estava preocupado com Sani. Ele sempre se preocupava quando alguém se feria.

Felizmente, o ferimento não parecia muito grave. Caso contrário, seu pai já teria começado a trabalhar nele, usando Hesina — sua esposa e mãe de Kal — como assistente.

Lirin se dirigiu ao outro lado da sala e pegou alguns frascos claros. Era um homem baixo que, embora relativamente jovem, apresentava sinais de calvície. Estava de óculos, que considerava o presente mais precioso que já recebera. Mas raramente os usava, exceto em cirurgias, pois eram valiosos demais para serem usados à toa. E se fossem arranhados ou quebrados? Larpetra era uma cidade grande, mas sua localização remota, no norte de Alethkar, tornaria difícil substituí-los.

A sala era mantida limpa; a mesa e as prateleiras eram lavadas todas as manhãs. Tudo tinha seu lugar. Lirin afirmava que se podia dizer muito acerca de um homem pelo modo como ele mantinha seu espaço de trabalho. Era bagunçado ou organizado? Respeitava seus instrumentos ou os deixava jogados? O único relógio fabrial da cidade estava naquela sala, sobre o balcão. O pequeno artefato tinha um mostrador simples no centro e, no interior, um reluzente quartzo fumê — que precisava ser infundido para manter a hora. Ninguém na cidade se importava tanto com minutos e horas quanto Lirin.

Kal subiu em um tamborete para enxergar melhor. Dentro em breve não precisaria mais dele, pois estava cada dia mais alto. Ele inspecionou a mão de Sani. *Ela vai ficar boa*, disse a si mesmo, como seu pai o instruíra. *Um cirurgião ter que ser calmo. Preocupação é apenas perda de tempo.*

Era um conselho difícil de seguir.

— Mãos — disse Lirin, sem se virar, enquanto pegava seus instrumentos.

Kal deu um suspiro, pulou do banco e correu até a bacia de água morna com sabão, que estava ao lado da potra.

— Que importância tem isso?

Ele queria trabalhar, ajudar Sani.

— Sabedoria dos Arautos — respondeu Lirin distraidamente, repetindo a explicação que já dera muitas vezes. — Os esprenos de morte e os esprenos de putrefação detestam água. Isso os manterá à distância.

— Hammie disse que isso é bobagem — disse Kal. — Diz que os esprenos de morte são muito bons em matar gente. Então por que teriam medo de um pouco de água?

— Os Arautos tinham uma sabedoria além da nossa compreensão.

Karl fez uma careta.

— Mas eles são *demônios*, pai. Ouvi de um fervoroso que veio ensinar aqui na primavera passada.

— Ele estava falando dos Radiantes — disse Lirin secamente. — Você está se confundindo de novo.

Kal suspirou.

— Os Arautos foram enviados para instruir a humanidade — ensinou Lirin. — Eles nos lideraram contra os Esvaziadores depois que fomos expulsos do céu. Os Radiantes faziam parte da ordem de cavaleiros que eles fundaram.

— Eles eram demônios.

— Eles nos traíram depois que os Arautos partiram — disse Lirin, erguendo um dedo. — Eles não eram demônios, eram apenas homens que tinham poder demais e pouco bom senso. De qualquer forma, você deve *sempre* lavar as mãos. Dá para ver o efeito disso em um espreno de putrefação, mesmo que nos esprenos de morte a gente não consiga ver.

Dando um novo suspiro, Kal obedeceu. Lirin se aproximou da mesa novamente, carregando uma bandeja cheia de facas e pequenos frascos. Ele tinha atitudes estranhas. Embora fizesse questão de que o filho não confundisse os Arautos com os Radiantes Perdidos, Kal já o ouvira dizer que os Esvaziadores não existiam. Ridículo. Quem mais poderia ser culpado quando as coisas desapareciam durante a noite ou quando uma colheita era infectada por vermes cavadores?

As pessoas da cidade achavam que Lirin passava muito tempo na companhia de livros e de gente enferma, e isso o tornava estranho. Sentiam-se pouco à vontade perto dele — e de Kal, por associação. Kal estava apenas começando a perceber como era difícil ser diferente.

Após lavar as mãos, ele subiu de novo no tamborete. Voltando a ficar nervoso, torceu para que nada desse errado. Seu pai usou um espelho para focalizar a luz das esferas sobre a mão de Sani. Meticulosamente, cortou as bandagens improvisadas com uma faca de cirurgião. O ferimento não era letal, mas a mão *estava* muito machucada. Quando seu pai começara a treiná-lo, dois anos antes, cenas como aquela o deixavam enjoado. Agora, ele já se acostumara a ver carne dilacerada.

O que era bom. Kal achava que isso poderia ser útil algum dia, quando ele fosse lutar por seu grão-príncipe e pelos olhos-claros.

Sani tinha três dedos quebrados; a pele de sua mão tinha arranhões e um ferimento aberto, cheio de terra e restos de plantas. O terceiro dedo era o que estava pior, despedaçado e extremamente retorcido, com lascas de ossos se projetando através da pele. Kal o tateou, sentindo os ossos fraturados e observando a escuridão da pele. Depois, com cuidado, limpou o sangue seco e a sujeira com um pano limpo, retirando fragmentos de pedra e gavinhas, enquanto seu pai cortava o fio de sutura.

— O dedo médio vai ter que ser amputado, não vai? — perguntou ele, enrolando uma atadura na base do dedo para conter o sangramento.

Seu pai assentiu e esboçou um sorriso. Estava esperando que Kal percebesse a necessidade daquele procedimento. Lirin sempre dizia que um bom cirurgião precisava saber o que remover e o que salvar. Se o dedo médio tivesse sido tratado corretamente no início... mas não, agora seria impossível recuperá-lo. Cerzir o ferimento significaria provocar uma infecção fatal.

Seu pai efetuou a amputação. Tinha mãos cuidadosas, precisas. O treinamento de um cirurgião levava cerca de dez anos; ainda demoraria algum tempo para que Lirin permitisse que Kal empunhasse a faca. Enquanto isso, o garoto limpava o sangue, passava as facas a seu pai e segurava o fio de sutura para evitar que se emaranhasse enquanto o pai o utilizava. Eles repararam a mão na medida do possível, trabalhando em um ritmo preciso.

O pai de Kal terminou a última sutura, visivelmente satisfeito por ter conseguido salvar quatro dedos. Os pais de Sani não veriam as coisas da mesma forma. Ficariam decepcionados, pois sua bela filha teria agora uma das mãos desfigurada. Quase sempre era assim: pavor diante do ferimento inicial e fúria por Lirin ser incapaz de operar milagres. Lirin dizia que isso se devia ao fato de que os habitantes da cidade haviam se acostumado a contar com um cirurgião. Para eles, a cura se tornara uma certeza, em vez de um privilégio.

Mas os pais de Sani eram boas pessoas. Fariam um pequeno donativo e a família de Kal — seus pais, ele e Tien, seu irmão mais novo — poderia continuar a comer. Era estranho pensar que eles sobreviviam devido ao infortúnio de outros. Talvez em parte fosse por isso que muita gente na cidade não os via com bons olhos.

Para finalizar, Lirin usou uma vareta em brasa para cauterizar os locais onde achava que os pontos não seriam suficientes. Por fim, esfregou óleo de listre em toda a mão para prevenir infecções — o óleo afugentava os esprenos de putrefação ainda melhor que sabão e água. Kal enrolou ataduras limpas ao redor da mão, tomando cuidado para não deslocar as talas.

Lirin descartou o dedo amputado e Kal começou a relaxar. A garota ia ficar bem.

— Você ainda precisa controlar seus nervos, filho — disse Lirin suavemente, enquanto lavava o sangue que lhe cobria as mãos.

Kal baixou os olhos.

— É bom se preocupar — prosseguiu Lirin. — Mas, como qualquer outra coisa, pode se tornar um problema quando interfere na capacidade de se efetuar uma cirurgia.

Preocupar-se demais pode ser um problema?, respondeu Kal mentalmente. *E ser* tão *altruísta que nunca cobra pelo trabalho?* Mas ele não se atreveu a falar.

Em seguida, eles começaram a limpar a sala. Kal tinha a impressão de que passara metade da vida fazendo limpezas, mas Lirin não o deixava sair até terminarem. Pelo menos ele abriu as janelas, permitindo que a luz do sol entrasse. Sani ainda estava dormindo; a erva-de-gelo a manteria inconsciente ainda por algumas horas.

— Então, onde você estava? — perguntou Lirin, fazendo tilintar os frascos de óleo e de álcool, que devolvia a seus lugares.

— Com Jam.

— Jam é dois anos mais velho que você — disse Lirin. — Duvido que goste muito de passar o tempo com garotos mais novos.

— O pai dele começou a treiná-lo na luta com bastão — disse ele, apressado. — Tien e eu fomos ver o que ele aprendeu.

Kal se encolheu, já esperando um sermão. Mas seu pai simplesmente continuou a limpar com álcool — e depois com óleo — as facas de cirurgião, como as antigas tradições recomendavam. E não se virou para Kal.

— O pai de Jam era soldado no exército do Luminobre Amaram — disse Kal, hesitante.

O Luminobre Amaram! O nobre general olhos-claros que guardava a fronteira norte de Alethkar. Kal desejava muito ver um olhos-claros *de verdade*, que não fosse o velho e empolado Wistiow. Um soldado como os das histórias.

— Eu conheço o pai de Jam — disse Lirin. — Já tive que operar três vezes aquela perna manca dele. Uma lembrança de sua gloriosa época como soldado.

— Nós *precisamos* de soldados, pai. Você quer que nossas fronteiras sejam invadidas pelos thaylenos?

— Thaylenah é uma ilha — observou Lirin calmamente. — Não faz fronteira conosco.

— Bem, eles podem atacar pelo mar!

— Eles são, na maioria, mercadores. Todos os que eu encontrei tentaram me ludibriar, mas isso não é a mesma coisa que invadir.

Todos os garotos gostavam de contar histórias sobre lugares distantes. Mas era difícil lembrar que o pai de Kal — o único homem de segundo nan na cidade — havia viajado até Kharbranth durante a juventude.

— Bem, nós estamos lutando contra *alguém* — continuou Kal, começando a esfregar o chão.

— Sim — disse o pai após uma pausa. — O rei Gavilar sempre encontra gente com quem lutar. Isso é verdade.

— Então precisamos de soldados, como eu disse.

— Precisamos mais de cirurgiões do que de soldados. — Lirin suspirou, dando as costas a seu armário. — Filho, você quase chora sempre que alguém é trazido até nós. Fica tenso mesmo durante procedimentos simples. O que o leva a pensar que realmente conseguiria *ferir* alguém?

— Eu vou ficar mais forte.

— Isso é bobagem. Quem pôs essas ideias na sua cabeça? Por que você quer aprender a bater nos outros garotos com um porrete?

— Pela honra, pai — disse Kal. — Pelo amor dos Arautos, quem é que conta histórias sobre *cirurgiões*?

— Os filhos dos homens e mulheres cujas vidas nós salvamos — respondeu Lirin calmamente, olhando Kal nos olhos. — Eles contam histórias sobre cirurgiões.

Kal corou, encolheu-se e recomeçou a esfregar o chão.

— Existem dois tipos de pessoa neste mundo, filho — disse seu pai gravemente. — Aquelas que salvam vidas. E aquelas que tiram vidas.

— E os que protegem e defendem? Aqueles que salvam vidas tirando vidas?

Lirin deu uma risada irônica.

— Isso é como tentar deter uma tempestade soprando com mais força. Ridículo. Não se pode proteger matando.

Kal continuou a esfregar o chão.

Seu pai suspirou, ajoelhou-se a seu lado e começou a ajudá-lo a limpar.

— Quais são as propriedades da erva-de-gelo?

— Gosto amargo — respondeu Kal prontamente. — Isso torna a erva mais segura, pois as pessoas não comem por acidente. Em pó e misturada com óleo, usamos uma colher para cada dez tijolos de peso da pessoa. Provoca um sono profundo que dura umas cinco horas.

— E como se percebe que uma pessoa tem violiníase?

— Energia nervosa — disse Kal. — Sede, problemas para dormir e inchaços na parte interior dos braços.

— Você tem uma cabeça muito boa, filho — disse Lirin suavemente. — Levei anos para aprender o que você aprendeu em meses. Estou poupando dinheiro para enviá-lo a Kharbranth quando você completar dezesseis anos. Para treinar com verdadeiros cirurgiões.

Kal sentiu uma pontada de empolgação. Kharbranth? Era um reino totalmente diferente! Seu pai viajara até lá como mensageiro, mas não treinara lá como cirurgião. Aprendera com o velho Vathe, em Shorsebroon, a cidade de tamanho razoável mais próxima.

— Você tem um dom concedido pelos próprios Arautos — disse Lirin, pousando a mão sobre o ombro de Kal. — Você pode ser um cirurgião dez vezes melhor do que eu. Não sonhe os pequenos sonhos dos outros homens. Nossos avós trabalharam duro para nos elevar até o segundo nan, a fim de que nós pudéssemos obter a cidadania plena e o direito de viajar. Não desperdice isso matando.

Kal hesitou, mas viu-se assentindo.

II
GOTÍCULAS

"Três de dezesseis governaram, mas agora reina o Quebrado."

— Coletado em *chachanan*, ano de 1173, 84 segundos antes da morte. O indivíduo era um batedor de carteiras de origem irialiana, sofrendo de definhamento.

A GRANTORMENTA FINALMENTE AMAINOU. ERA o crepúsculo do dia em que o garoto morrera, o dia em que Syl o deixara. Kaladin calçou as sandálias — as mesmas que tirara, no primeiro dia, dos pés do homem mais velho — e se pôs de pé. Atravessou então o barracão lotado.

Não havia leitos, apenas uma fina coberta para cada carregador, que deveria escolher entre se deitar sobre ela ou cobrir-se com ela. Ou congelava, ou sentia dores. Essas eram as opções dos carregadores de pontes, embora alguns tivessem encontrado outro uso para as cobertas; eles as enrolavam na cabeça, como que para bloquear as imagens, os sons e os odores. Para se esconder do mundo.

O mundo os encontrava mesmo assim. O mundo era bom naquele tipo de jogo.

Chovia a cântaros do lado de fora e o vento ainda era constante. Clarões espocavam no horizonte a oeste, para onde o núcleo da tempestade havia se deslocado. Faltava mais ou menos uma hora para a calmaria, o momento em que já se podia sair sob uma grantormenta.

Bem, ninguém jamais *queria* sair sob uma grantormenta. Mas aquele era o primeiro momento em que era *seguro* fazê-lo. Os relâmpagos haviam cessado e os ventos eram suportáveis.

Kaladin passou pela serraria às escuras, curvado para enfrentar a ventania. Galhos jaziam dispersos por ali como ossos no covil de um espinha-branca. Folhas haviam sido coladas pelas chuvas nas paredes ásperas dos barracões. Kaladin patinhou pelas poças de água gelada, que deixaram seus pés entorpecidos. O que era bom, pois ainda estavam machucados pela incursão de mais cedo.

Ondas de chuva gélida se chocavam contra ele, encharcando seus cabelos e escorrendo pelo seu rosto até a barba desgrenhada. Ele detestava estar barbado, sobretudo porque os pelos lhe pinicavam os cantos dos lábios. Barbas eram como filhotes de cães-machados. Os garotos que ansiavam pelo dia em que teriam barba não sabiam como elas podiam ser incômodas.

— Dando uma caminhada, Vossa Senhoria? — perguntou uma voz.

Kaladin levantou os olhos e viu Gaz encolhido em um espaço entre dois barracões. Por que estaria ali fora, apanhando chuva?

Ah. A sotavento de um dos barracões, Gaz fixara um balde de metal, de cujo interior emanava uma luz suave. Ele havia deixado suas esferas sob a tempestade e voltara para recolhê-las.

Era um risco. Mesmo um balde abrigado podia se desprender. Algumas pessoas acreditavam que os espectros dos Radiantes Perdidos assombravam as tempestades e roubavam esferas. Talvez fosse verdade. Mas durante sua época no exército, Kaladin conhecera mais de um homem que se machucara procurando esferas sob uma forte tempestade. A superstição provavelmente tivera origem em simples ladrões.

Havia meios mais seguros de se infundir esferas. Por um preço, cambistas trocavam esferas foscas por esferas infundidas; ou podia-se pagar para infundirem suas esferas com segurança em um de seus depósitos.

— O que você está fazendo? — perguntou Gaz. O homenzinho de um olho só apertou o balde contra o peito. — Vou mandar enforcar você, se tiver roubado as esferas de alguém.

Kaladin lhe virou as costas.

— Raios o partam! Vou mandar enforcar você de qualquer jeito! Não pense que pode fugir; ainda há sentinelas. Você…

— Estou indo para o Abismo de Honra — disse Kaladin calmamente.

Devido ao barulho da tempestade, sua voz mal podia ser ouvida.

Gaz calou a boca. O Abismo de Honra. Ele baixou o balde de metal e não fez mais objeções. Havia certa deferência pelos homens que tomavam aquele caminho.

Kaladin continuou a caminhar pelo pátio.

— Fidalgote — chamou Gaz.

Kaladin se virou.

— Deixe as sandálias e o colete. Não quero mandar alguém ir pegar isso lá embaixo.

Kaladin tirou o colete por sobre a cabeça e o jogou no chão enlameado. Depois largou as sandálias em uma poça, o que o deixou só com uma camisa suja e uma grossa calça marrom, ambas tiradas de um morto.

Sob o temporal, ele se dirigiu para o lado leste da serraria. Trovões ribombavam surdamente a oeste. A trilha até as Planícies Quebradas já lhe era familiar. Ele já a havia percorrido uma dúzia de vezes com as equipes de pontes. Não havia batalhas todos os dias — talvez uma a cada dois ou três — e nem todas as equipes tinham que participar em todas as incursões. Mas muitas delas eram tão extenuantes, tão horrendas, que deixavam os carregadores aturdidos, quase letárgicos durante os intervalos.

Muitos carregadores tinham dificuldade em tomar decisões. Isso ocorria também com homens em choque após uma batalha. Kaladin sentia esses efeitos em si mesmo. Até mesmo a decisão de ir até o abismo fora difícil.

Mas os olhos ensanguentados daquele garoto anônimo o assombravam. Ele não se obrigaria mais a passar por coisa semelhante. Não *conseguiria.*

Ele chegou à base da encosta. Impulsionada pelo vento, a chuva lhe fustigava o rosto, como que tentando empurrá-lo de volta para o acampamento. Ele continuou andando até chegar ao abismo mais próximo. O Abismo de Honra, como os carregadores o chamavam, pois era o lugar onde podiam tomar a única decisão que lhes restava. A decisão "honrosa". A morte.

Os abismos não eram naturais. Aquele era estreito no início, mas à medida que avançava para leste se tornava mais largo — e mais profundo — com incrível rapidez. Após cerca de três metros, já era largo o bastante para que fosse difícil transpô-lo com um salto. Uma escada de corda com degraus de madeira estava pendurada à beira do despenhadeiro, presa a espigões cravados na rocha. Eram utilizadas por carregadores com ordens de descer até o fundo, de modo a recuperar os pertences de homens que haviam caído no abismo durante alguma incursão.

Kaladin contemplou as planícies. Não conseguia ver muita coisa através da escuridão e da chuva. Não, aquele lugar não era natural. A terra fora quebrada. E agora destruía as pessoas que a visitavam. Kaladin passou pelas escadas, parou um pouco mais adiante e sentou-se à beira do abismo, deixando as pernas penderem sobre o vazio. Olhando para baixo, viu as gotículas de chuva que mergulhavam nas profundezas sombrias.

Crenguejos mais aventurosos haviam saído de suas tocas e perambulavam ao seu redor, alimentando-se com as plantas que lambiam a água da chuva. Lirin certa vez lhe explicara que as chuvas das grantormentas eram ricas em nutrientes. Guarda-tempos em Kholinar e Vedenar haviam provado que as plantas irrigadas com água de tempestades saíam-se melhor que as plantas irrigadas com água de lagos ou rios. Por que os cientistas ficavam tão entusiasmados quando descobriam fatos que os agricultores já conheciam havia gerações?

Kaladin observou as gotas de água que caíam no abismo, rumo ao esquecimento. Pequenas saltadoras suicidas. Milhares e milhares delas. Milhões e milhões. Quem poderia dizer o que as aguardava nas trevas? Ninguém tinha como saber antes de se juntar a elas. Antes de saltar no vazio deixando que o vento o levasse...

— Você tinha razão, pai — murmurou Kaladin. — Não se pode deter uma tempestade soprando mais forte. Não se pode salvar homens matando outros. Todos nós deveríamos nos tornar cirurgiões. Até o último de nós...

Ele estava divagando. Mas, estranhamente, sua mente parecia mais clara agora do que nas últimas semanas. Talvez fosse a clareza da perspectiva. A maioria dos homens passava a vida inteira conjeturando sobre o futuro. Pois bem, seu futuro agora estava vazio. Ele se voltou então para o passado e pensou em seu pai, em Tien, em decisões.

Houve uma época em que sua vida parecia simples. Isso foi antes de ele perder seu irmão, antes de ser traído no exército de Amaram. Retornaria àquela época de inocência se pudesse? Preferiria fingir que tudo era simples?

Não. Ele não caíra com a facilidade daquelas gotas. Ganhara cicatrizes. Ricocheteara nos paredões, machucara o rosto e as mãos. Matara homens inocentes sem querer. Caminhara ao lado de indivíduos cujos corações eram escuros como carvões e os adorara. Arrastara-se, subira, caíra, tropeçara.

E agora ali estava ele. No final de tudo. Entendendo muito melhor as coisas, mas não se sentindo mais sábio. Sentindo a decepção de seu pai se avultar sobre ele como as nuvens carregadas acima, Kaladin se levantou.

Pousou um dos pés sobre o vazio.

— Kaladin!

Ele se imobilizou ao ouvir a voz suave, mas penetrante. Uma forma translúcida flutuava no ar, aproximando-se sob a chuva minguante. Avançou, mergulhou e ergueu-se novamente, como se estivesse carregando alguma coisa pesada. Kaladin recolheu o pé e estendeu a mão. Syl pousou nela sem cerimônia, sob a forma de uma enguia celeste com algo na boca. Retomou então sua aparência de uma jovem, com o vestido esvoaçando em torno das pernas. Tinha nas mãos uma folha verde-escura estreita, de ponta triforme. Letanigra.

— O que é isso? — perguntou Kaladin.

Ela parecia exausta.

— Essas coisas são pesadas! — Ela ergueu a folha. — Trouxe isso para você!

Ele segurou a folha entre dois dedos. Letanigra. Veneno.

— Por que você me trouxe isso? — perguntou ele asperamente.

— Eu pensei... — disse Syl, recuando. — Bem, você estava guardando aquelas outras folhas com tanto cuidado. Depois as perdeu quando tentou ajudar aquele homem na cela dos escravos. Eu pensei que você ficaria feliz se eu lhe desse outra folha.

Kaladin quase riu. Ela não tinha noção do que fizera. Trouxera-lhe uma folha de um dos mais mortíferos venenos naturais de Roshar porque queria fazê-lo feliz. Uma atitude ridícula. E encantadora.

— Parece que tudo deu errado depois que você perdeu aquela folha — disse Syl em sua voz suave. — Antes disso, você lutava.

— Eu fracassei.

Ela se ajoelhou na palma da mão dele, enquanto seu vestido enevoado se enrolava em suas pernas e gotas de chuva lhe atravessavam o corpo, encrespando sua silhueta.

— Então você não gostou? Eu voei tão longe... Quase me esqueci de mim mesma. Mas voltei. Eu *voltei*, Kaladin.

— Por quê? — perguntou ele. — Por que você se importa comigo?

— Porque sim — respondeu ela, inclinando a cabeça para o lado. — Eu observei você, sabia? Naquele exército. Você sempre procurava homens jovens e sem treinamento e os protegia, mesmo quando isso o colocava em perigo. Eu lembro. Vagamente, mas lembro.

— Eu fracassei com eles. Agora estão mortos.

— Eles teriam morrido mais depressa sem você. Você deu um jeito de lhes dar uma família dentro do exército. Eu me lembro da gratidão deles. Foi a primeira coisa que me atraiu para você. Você ajudou aqueles homens.

— Não — disse Kaladin, apertando a letanigra entre os dedos. — Tudo o que eu toco murcha e morre.

Ele oscilou à beira do abismo. Trovões ecoaram ao longe.

— Aqueles carregadores de ponte — sussurrou Syl. — Você pode ajudá-los.

— Tarde demais. — Ele fechou os olhos, pensando no garoto morto que vira mais cedo. — Já é tarde demais. Eu fracassei. Eles vão morrer e não há como escapar.

— Que tal mais uma tentativa, então? — A voz suave de Syl, de alguma forma, era mais poderosa que a tempestade. — Que mal faria?

Kaladin se imobilizou.

— É impossível você fracassar dessa vez, Kaladin. Foi você mesmo quem disse. Se todos vão mesmo morrer…

Kaladin pensou em Tien, em seus olhos mortos fitando o céu.

— Na maior parte do tempo, eu não entendo o que você fala — prosseguiu ela. — Minha mente é muito nebulosa. Mas acho que, se você está preocupado em ferir as pessoas, não deveria ter medo de ajudar os carregadores. Como você poderia fazer mais mal a eles?

— Eu…

— Mais uma tentativa, Kaladin — sussurrou Syl. — Por favor.

Mais uma tentativa…

Homens amontoados no barracão com apenas uma manta para se cobrir. Com medo da tempestade. Com medo uns dos outros. Com medo do que o dia seguinte traria.

Mais uma tentativa…

Ele pensou em si mesmo, chorando a morte de um garoto que não conhecera. Um garoto que ele nem mesmo tentara ajudar.

Mais uma tentativa.

Kaladin abriu os olhos. Estava molhado e com frio, mas sentiu que uma minúscula chama de determinação havia se acendido em seu âmago. Esmagando a folha de letanigra em sua mão, ele a arremessou no abismo. Depois baixou a outra mão, a que estava sustentando Syl.

Ela zuniu no ar, nervosa.

— Kaladin?

Com os pés descalços chapinhando nas poças e pisando descuidadamente nas gavinhas dos petrobulbos, ele se afastou do abismo. A ladeira que descera estava coberta de plantas achatadas que se abriam como livros para a chuva; folhas rendadas vermelhas e verdes conectando as duas metades. Esprenos de vida — pequenos pontos de luz verde mais brilhantes que Syl, porém pequenos como esporos — dançavam em meio às plantas, driblando as gotas de chuva.

Kaladin subiu a ladeira, abrindo caminho em meio à enxurrada, que formava pequenos rios. Chegando ao topo, retornou ao pátio dos barracões. Que estava vazio, exceto por Gaz, que repunha no lugar uma lona rasgada.

Kaladin se aproximou antes que ele o notasse. Quando o viu, o magro sargento franziu a testa.

— Covarde demais para ir até o fim, Vossa Senhoria? Bem, se você acha que eu vou devolver...

Ele se interrompeu com um ruído engasgado quando Kaladin avançou em um pulo e apertou seu pescoço. Gaz levantou um braço, mas Kaladin o afastou, deu uma rasteira no homem e o derrubou no chão rochoso, levantando borrifos de água. Assustado, Gaz arregalou o único olho e começou a sufocar com a pressão em sua garganta.

— O mundo acaba de mudar, Gaz — disse Kaladin, inclinando-se para ele. — Eu morri naquele abismo. Agora você vai ter que lidar com meu espírito vingativo.

Retorcendo-se, Gaz olhou freneticamente ao redor, procurando uma ajuda que não existia. Kaladin não tinha dificuldade para mantê-lo no chão. Carregar pontes tinha uma vantagem: se o carregador sobrevivesse tempo suficiente, desenvolvia músculos.

Kaladin afrouxou levemente o aperto no pescoço de Gaz, permitindo que ele arquejasse. Depois se inclinou ainda mais.

— Vamos recomeçar esta relação, você e eu. Do zero. E quero que você entenda uma coisa desde o início. Eu *já* estou morto. Você não pode me ferir. Entendeu?

Gaz assentiu vagarosamente, e Kaladin lhe deu mais uma chance de respirar o ar frio e úmido.

— A Ponte Quatro é minha. Você pode nos designar tarefas, mas eu sou o líder da ponte. O antigo morreu hoje, então você teria de escolher um novo de qualquer forma. Entendeu?

Gaz assentiu de novo.

— Você aprende rápido — disse Kaladin, permitindo que o homem voltasse a respirar.

Ele se afastou e, hesitantemente, Gaz se levantou. Havia ódio em seus olhos, mas velado. Ele parecia estar preocupado com alguma coisa — algo além das ameaças de Kaladin.

— Eu quero parar de pagar minha dívida de escravo — disse Kaladin. — Quanto ganha um carregador de pontes?

— Dois marcos-claros por dia — respondeu Gaz, amarrando a cara para ele e massageando o pescoço.

Um escravo, portanto, ganharia metade disso. Um marco de diamante. Uma ninharia, mas Kaladin precisaria do dinheiro. Precisaria também manter Gaz na linha.

— Vou começar a receber meu salário — disse Kaladin. — Mas vou lhe dar um marco a cada cinco.

Perplexo, Gaz o encarou sob a luz tênue.

— Pelos seus esforços — acrescentou Kaladin.

— Que esforços?

Kaladin se aproximou.

— Seus esforços para ficar longe do meu caminho. Entendeu?

Gaz assentiu novamente, e Kaladin se afastou. Detestava desperdiçar dinheiro em propina, mas Gaz precisaria ter um lembrete consistente e constante de que devia evitar que Kaladin fosse morto. Um marco em cada cinco não era muita coisa, mas para um homem que se arriscava a sair sob uma grantormenta para proteger suas esferas, podia ser o bastante.

Kaladin retornou ao barracão da Ponte Quatro e abriu a pesada porta de madeira. Os homens estavam amontoados lá dentro, tal como os deixara. Mas algo mudara. Eles sempre tinham tido aquela aparência patética?

Sim. Tinham. Kaladin é que havia mudado, não eles. Teve uma estranha sensação de deslocamento, como se tivesse permitido a si mesmo esquecer — pelo menos em parte — os últimos nove meses. Ele rememorou o passado, examinando o homem que fora. O homem que ainda lutava, e lutava bem.

Ele não podia mais ser aquele homem — não conseguiria apagar as cicatrizes —, mas podia *aprender* com aquele homem, assim como um chefe de pelotão aprendia com os vitoriosos generais do passado. Kaladin, o Filho da Tempestade, estava morto, mas Kaladin, o Carregador de Pontes, era da mesma estirpe. Um descendente com potencial.

Kaladin se aproximou da primeira silhueta deitada. O homem, que não estava dormindo — quem conseguia dormir durante uma grantormenta? —, encolheu-se quando Kaladin se ajoelhou a seu lado.

— Qual é o seu nome? — perguntou Kaladin.

Syl adejou para baixo e estudou o rosto do homem, que não parecia vê-la.

Era um sujeito mais velho, de bochechas caídas, olhos castanhos e cabelos grisalhos, cortados bem curtos. Sua barba era curta e ele não tinha marca de escravo.

— Seu nome? — repetiu Kaladin.

— Dê o fora, raios! — respondeu o homem, virando-se para o outro lado.

Kaladin hesitou. Depois se inclinou e falou em voz baixa.

— Olhe, amigo, ou me diz seu nome ou vou ficar importunando você. Se continuar se recusando, vou arrastar você para a chuva e pendurá-lo no abismo por uma perna até você me dizer.

O homem olhou por cima do ombro. Kaladin assentiu lentamente, sustentando o olhar dele.

— Teft — disse o homem finalmente. — Meu nome é Teft.

— Não foi tão difícil — disse Kaladin, estendendo a mão. — Meu nome é Kaladin, seu líder de ponte.

Após alguma hesitação, franzindo a testa confuso, o homem apertou a mão de Kaladin, que se lembrava vagamente dele. Estava na equipe havia algum tempo, pelo menos algumas semanas. Uma das punições para os carregadores de pontes que cometiam infrações era a transferência para a Ponte Quatro.

— Descanse um pouco — disse Kaladin, largando a mão de Teft. — Vamos ter um dia duro amanhã.

— Como você sabe? — perguntou Teft, coçando o queixo barbado.

— Nós somos carreadores de pontes — respondeu Kaladin, levantando-se. — *Todos* os dias são duros.

Após alguma hesitação, Teft deu um leve sorriso.

— Kelek sabe que isso é verdade.

Kaladin se afastou e foi avançando ao longo da fileira de figuras deitadas. Ele falou com cada um, insistindo ou ameaçando até que o homem lhe dissesse o nome. Todos resistiram. Era como se os nomes fossem a última coisa que possuíam e, assim sendo, não devessem ser informados a troco de nada; mas muitos pareceram surpresos — talvez até encorajados — pelo fato de alguém ter se dado ao trabalho de perguntar.

Kaladin se aferrou àqueles nomes, repetindo cada um em sua mente e os guardando como pedras preciosas. Os nomes tinham importância. Os homens tinham importância. Talvez ele morresse na próxima incursão, ou talvez cedesse sob a pressão, proporcionando a Amaram a vitória final.

Mas ao se sentar no chão e começar a fazer planos, sentiu aquela minúscula chama ardendo em seu âmago.

Era a chama das decisões tomadas e dos objetivos estabelecidos. Era a responsabilidade.

Syl aterrissou em sua perna enquanto ele murmurava os nomes dos homens para si mesmo. Parecia encorajada. Radiante. Feliz. Ele não sentia nada parecido. Estava amargo, cansado e molhado. Mas envolto na responsabilidade que assumira, a responsabilidade por aqueles homens. Então agarrou-se a ela como um montanhista pendurado em um paredão rochoso se agarrava a seu último ponto de apoio.

Ele *encontraria* um meio de protegê-los.

FIM DA

PARTE UM

INTERLÚDIOS

ISHIKK • NAN BALAT • SZETH

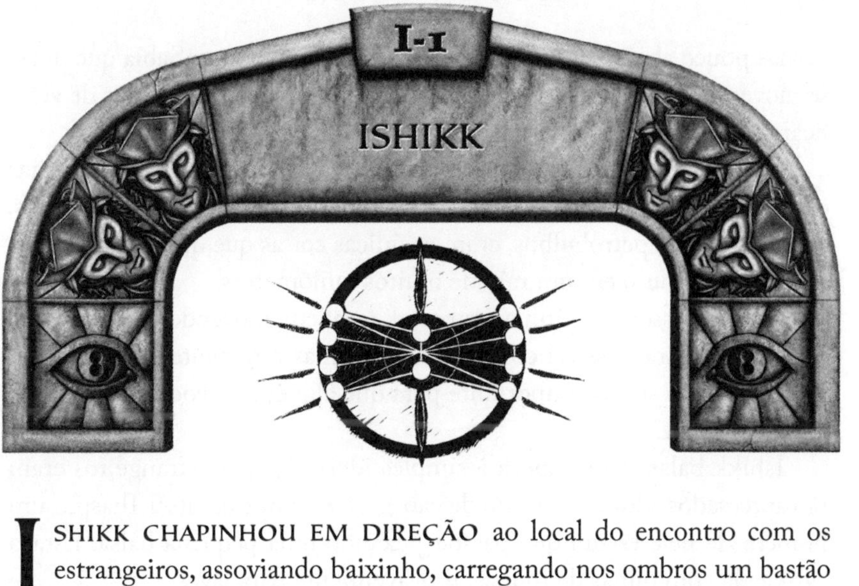

ISHIKK CHAPINHOU EM DIREÇÃO ao local do encontro com os estrangeiros, assoviando baixinho, carregando nos ombros um bastão com um baldes em cada ponta. Usava uma bermuda até os joelhos e, nos pés submersos, sandálias lacustres. Estava sem camisa. Por Nu Ralik! Um bom lagopurano jamais cobria os ombros quando o sol estava brilhando. Um homem podia adoecer se não apanhasse sol suficiente.

Ele assoviava, mas não porque estivesse tendo um dia agradável. Na verdade, o dia que Nu Ralik lhe provera estava próximo de horrível. Somente cinco peixes nadavam nos baldes de Ishikk, e quatro deles eram da variedade mais insípida e comum. As marés estavam instáveis, como se o Lagopuro estivesse mal-humorado. Dias ruins estavam a caminho, isso era tão certo quanto as marés e o sol.

Com centenas de quilômetros de largura, o Lagopuro se estendia em todas as direções. De sua superfície vítrea e cintilante até a parte mais funda, não passava de um metro e oitenta de profundidade. A água morna e preguiçosa, que na maioria dos lugares só chegava à metade da canela de um homem, estava repleta de peixes minúsculos, crenguejos coloridos e esprenos de rio semelhantes a enguias.

O Lagopuro era a própria vida. Outrora, aquelas terras haviam sido reivindicadas por um rei. Sela Tales, a nação era chamada, um dos Reinos de Época. Bem, podiam chamá-la do que quisessem, mas Nu Ralik sabia que as fronteiras da natureza eram mais importantes que as das nações. Ishikk era um lagopurano. Antes de tudo. Pelas marés e pelo sol, era o que ele era.

Ele caminhava confiante pela parte rasa, embora os pontos de apoio fossem às vezes precários. A água, agradavelmente morna, lambia suas pernas pouco abaixo dos joelhos e ele chapinhava pouco. Sabia que devia se mover devagar, tomando cuidado para não apoiar os pés antes de verificar se não estava pisando em um farpelo ou em uma pedra afiada.

O vilarejo de Fu Abra, à frente, quebrava a perfeição vítrea com suas casas assentadas em blocos de rocha submersos. Seus tetos abobadados, que lembravam petrobulbos, eram as únicas coisas que quebravam a planeza do Lagopuro em um raio de muitos quilômetros.

Outras pessoas caminhavam por ali também, movendo-se no mesmo ritmo lento. Era possível correr pela água, mas raramente havia motivo. O que poderia ser tão importante para que alguém provocasse tumulto e espirrasse água?

Ishikk balançou a cabeça à simples ideia. Apenas estrangeiros eram tão apressados. Com um aceno de cabeça, ele cumprimentou Thaspic, um homem de pele escura que passou puxando uma pequena balsa. Estava carregada com pilhas de roupas; provavelmente para lavar.

— Olá, Ishikk — disse o homem magrelo. — Como está a pescaria?

— Péssima — respondeu Ishikk. — Vun Makak me amaldiçoou hoje. E você?

— Perdi uma camisa que estava lavando — informou Thaspic, o tom simpático.

— Ah, as coisas são assim mesmo. Os meus estrangeiros estão lá?

— Com certeza. Estão na casa de Maib.

— Vun Makak permita que eles não comam até a casa dela — disse Ishikk, continuando seu caminho. — Ou a infectem com as constantes preocupações deles.

— Que o sol e as marés permitam! — disse Thaspic, dando uma risadinha e seguindo em frente.

A casa de Maib era próxima ao centro do vilarejo. Ishikk não sabia bem o que a fazia querer morar lá. Na maioria das noites, ele dormia muito bem em sua balsa. Nunca fazia frio no Lagopuro, exceto durante as grantormentas, e mesmo assim era possível suportá-las bem, com a graça de Nu Ralik.

O Lagopuro drenava suas águas para dentro de poços e buracos quando as tempestades se aproximavam. Assim, era possível posicionar a balsa entre duas rochas e se aninhar sob ela, usando-a para atenuar a fúria da tormenta. As tempestades ali não eram tão ruins quanto no Oriente, onde deslocavam rochedos e derrubavam prédios. Ah, ele já ouvira histórias sobre aquela vida. Graças a Nu Ralik, ele nunca precisara ir a um lugar tão horrível.

Além do mais, provavelmente fazia frio lá. Por que seus habitantes simplesmente não se mudavam para o Lagopuro?

Nu Ralik permita que eles não venham, pensou ele, enquanto se dirigia à casa de Maib. Se todos soubessem como o Lagopuro era bom, certamente desejariam morar ali; e não haveria mais lugares onde se pudesse andar sem esbarrar em algum estrangeiro!

Ele entrou na casa, expondo ao ar suas panturrilhas. O piso era baixo o suficiente para alguns centímetros de água ainda o recobrirem; os lagopuranos preferiam assim. Era natural, embora a água às vezes fosse drenada quando a maré baixava.

Peixinhos nadavam ao redor de seus pés. Do tipo comum, não valiam nada. Maib estava em casa, preparando uma sopa de peixe, e o cumprimentou com um aceno de cabeça. Era uma mulher robusta, que paquerava Ishikk havia anos, tentando convencê-lo a se casar com ela pelo fato de ser uma boa cozinheira. Talvez ele a deixasse fisgá-lo algum dia.

Os estrangeiros estavam em um canto, sentados a uma mesa que somente eles escolheriam: a que era um pouco elevada de modo que não molhassem os pés. *Por Nu Ralik, que tolos!*, pensou Ishikk, divertido. *Longe do sol, usando camisas para se proteger de seus raios e com os pés fora da água. Não é de admirar que seus pensamentos sejam tão estranhos.*

Ele pousou os baldes e acenou para Maib, que o olhou.

— Boa pescaria?

— Péssima.

— Bem, sua sopa hoje vai ser grátis, Ishikk. Para compensar a maldição de Vun Makak.

— Muito obrigado — disse ele, aceitando a tigela fumegante que ela lhe ofereceu. Ela sorriu. Agora ele estava em dívida com ela. Com tigelas suficientes, seria obrigado a desposá-la.

— Tem um cougril no balde para você — informou ele. — Peguei hoje de manhã.

Uma expressão de incerteza se estampou no rosto rechonchudo de Maib. O cougril era um peixe de *muita* sorte. Aliviava dores nas juntas durante um mês e às vezes permitia que a pessoa soubesse — interpretando os formatos das nuvens — quando ia receber a visita de amigos. Maib gostava bastante daqueles peixes, devido às dores nos dedos que Nu Ralik lhe enviava. Um cougril representava duas semanas de sopa. Assim, *ela* é quem ficaria em débito com *ele*.

— Vun Makak olhe por você — resmungou ela, aborrecida, examinando o balde. — Esse está bom. Como vou conseguir capturá-lo, homem?

— Eu sou pescador, Maib — disse ele, tomando um gole de sopa. O formato da tigela permitia que sorvesse diretamente dela. — É difícil pegar um pescador. Você sabe disso.

Rindo consigo mesmo, ele se aproximou de seus estrangeiros, enquanto ela tirava o cougril do balde.

Havia três estrangeiros. Dois eram makabakianos, embora fossem os mais estranhos que ele já vira. Um tinha membros grossos, embora a maioria de seus conterrâneos fosse baixa e de ossos finos, e era completamente calvo. O outro era mais alto, com cabelos curtos, musculatura bem definida e ombros largos. Em sua mente, Ishikk os chamava de Rabuja e Bruto, em função de suas personalidades.

O terceiro homem tinha a pele levemente bronzeada, como um alethiano. Mas também não parecia muito normal. Seus olhos tinham um formato diferente e seu sotaque definitivamente não era alethiano. Ele falava selayano pior que os outros dois e, geralmente, permanecia calado. Como sempre parecia pensativo, Ishikk o chamava de Pensador.

Eu queria saber como ele conseguiu essa cicatriz no couro cabeludo, pensou Ishikk. A vida fora do Lagopuro era muito perigosa. Um monte de guerras, principalmente a leste.

— Você está atrasado, viajante — disse o alto e empertigado Bruto.

Ele tinha a compleição e a postura de um soldado, embora nenhum dos três portasse armas.

Franzindo a testa, Ishikk sentou-se e, relutantemente, tirou os pés da água.

— Hoje não é *warli?*

— O dia está correto, amigo — disse Rabuja. Geralmente, ele era quem falava mais. — Mas nós combinamos de nos encontrar ao meio-dia. Entendeu?

— Estamos perto do meio-dia — replicou Ishikk.

Sinceramente. Quem se importava com a *hora?* Estrangeiros. Sempre muito ocupados.

Rabuja apenas balançou a cabeça quando Maib lhes trouxe sopa. A casa dela era a coisa mais próxima que o vilarejo tinha de uma estalagem. Ela entregou a Ishikk um guardanapo de tecido macio e um bom copo de vinho doce, tentando contrabalançar o peixe o mais rápido possível.

— Muito bem — disse Rabuja. — Vamos ver seu relatório, amigo.

— Eu estive em Fu Ralis, Fu Namir, Fu Albast e Fu Moorin este mês — disse Ishikk, sorvendo mais um pouco de sopa. — Ninguém viu esse homem que vocês estão procurando.

— Você fez as perguntas certas? — perguntou Bruto. — Tem certeza?

— Claro que tenho certeza — disse Ishikk. — Estou fazendo isso há séculos.

— Cinco meses — corrigiu Bruto. — E nenhum resultado.

Ishikk deu de ombros.

— Vocês querem que eu invente histórias? Vun Makak bem que gostaria disso.

— Não, nada de histórias, amigo — disse Rabuja. — Só queremos a verdade.

— Bem, foi o que eu disse.

— Você juraria por Nu Ralik, esse deus de vocês?

— Shiu! Não fale esse nome! — disse Ishikk. — Vocês estão loucos?

Rabuja franziu a testa.

— Mas ele é o seu deus. Entendeu? O nome dele é sagrado? Não pode ser pronunciado?

Os estrangeiros eram tão burros. Claro que Nu Ralik era o deus deles, mas todo mundo sempre *fingia* que não era. Vun Makak, seu rancoroso irmão mais novo, tinha que acreditar que as pessoas o adoravam, senão ficava com ciúmes. Só era seguro falar sobre essas coisas em uma gruta sagrada.

— Eu juro por Vun Makak — disse Ishikk enfaticamente. — Que ele olhe por mim ou me amaldiçoe segundo sua vontade. Eu procurei com muita dedicação. Mas ninguém viu um estrangeiro como esse que vocês mencionaram, de cabelos brancos, língua afiada e rosto em forma de flecha.

— Ele às vezes tinge os cabelos — disse Rabuja. — E usa disfarces.

— Eu perguntei usando os nomes que vocês me deram. Ninguém o viu. Mas talvez eu encontre um *peixe* que possa localizá-lo. — Ishikk coçou a rala barba do queixo. — Aposto que um cortaréu poderia fazer isso. Mas posso demorar a encontrar um.

Os três o encararam.

— Talvez esses peixes funcionem, viu? — disse Bruto.

— Superstição — retrucou Rabuja. — Você está sempre procurando superstições, Vao.

Vao não era o nome verdadeiro do homem. Ishikk tinha certeza de que eles usavam nomes falsos. Por isso usava os apelidos que lhes dera. Se eles lhe forneciam nomes falsos, ele também lhes daria nomes falsos.

— E você, Temoo? — rebateu Bruto. — Não podemos impor nosso modo de...

— Senhores — disse o Pensador, acenando com a cabeça para Ishikk, que ainda sorvia a sopa.

Os três homens mudaram então de língua para continuar a discussão.

Ishikk escutava a conversa distraidamente, tentando determinar qual era a língua. Nunca fora bom com idiomas estrangeiros. Para que precisaria deles? Não o ajudariam a pescar nem a vender os peixes.

Ele *havia mesmo* procurado o homem que eles queriam encontrar. Andara muito pela região, visitara muitos lugares em torno do Lagopuro. Aquele era um dos motivos por que não queria ficar preso a Maib. Pois então teria que se fixar em um lugar, o que não era bom para pegar peixes. Não os peixes raros, pelo menos.

Não se preocupava em saber por que eles estavam procurando por esse tal de Hoid, quem quer que ele fosse. Os estrangeiros estavam sempre procurando coisas que não tinham. Ishikk se recostou na cadeira e mergulhou os pés na água. A sensação era boa.

Por fim, eles terminaram a discussão. Deram-lhe então novas instruções, entregaram-lhe uma bolsa com esferas e desceram para a água.

Como muitos estrangeiros, usavam grossas botas que lhes subiam até os joelhos. Chapinhando, caminharam até a porta. Ishikk os seguiu, acenando para Maib e pegando seus baldes. Retornaria no final do dia para a refeição da noite.

Talvez eu deva *deixar ela me pegar*, pensou ele, saindo para a luz do sol e suspirando de alívio. *Nu Ralik sabe que estou ficando velho. Talvez seja bom relaxar*.

Seus estrangeiros já estavam patinhando no Lagopuro. Rabuja era o último da fila. Parecia bastante contrariado.

— Onde está você, Peregrino? Que busca idiota, essa. — Depois acrescentou na própria língua: — *Alavanta kamaloo kayana.*

E patinhou atrás dos companheiros.

— Bem, que é idiota, é — disse Ishikk, dando uma risadinha e tomando outro rumo para verificar suas armadilhas.

I-2

NAN BALAT

NAN BALAT GOSTAVA DE matar coisas.

Não pessoas. Nunca pessoas. Mas animais, aqueles que conseguia matar. Sobretudo os pequenos. Ele não sabia ao certo por que isso o fazia se sentir melhor; simplesmente fazia.

Estava sentado no alpendre de sua mansão, arrancando as pernas de um pequeno caranguejo, uma a uma. Ouvia um som agradável a cada vez. Ele primeiro puxava devagar; o animal ficava rígido. Depois puxava com mais força, e o bicho começava a se contorcer. Os ligamentos resistiam e então começavam a se romper até que sobrevinha um estalido seco. O caranguejo se retorcia, e Nan Balat erguia a pata, enquanto segurava o animal com dois dedos da outra mão.

E suspirava de satisfação. Arrancar as patas o aliviava, eliminava as dores em seu corpo. Ele arremessou mais uma por cima do ombro e passou para a seguinte.

Não gostava de falar a respeito de seu hábito. Nem mesmo a Eylita. Era só uma coisa que fazia. Precisava manter a sanidade de alguma forma.

Ao terminar de arrancar as patas, ele se apoiou em sua bengala e se pôs de pé. Contemplou então os jardins de Davar, cercados por muros de pedra recobertos por vários tipos de trepadeiras. Eram lindos, embora Shallan fosse a única pessoa que de fato os apreciava. Aquela área de Jah Keved — a sudoeste de Alethkar e mais elevada, quebrada por montanhas como os Picos do Papaguampas — era abundante em vinhas. Elas cresciam em tudo, cobriam a mansão, subiam nos degraus. Na natureza, penduravam-se em árvores e atapetavam rochedos; eram tão onipresentes quanto a grama em outras áreas de Roshar.

Balat se aproximou da beira do alpendre. Alguns cantarinhos selvagens começaram a cantar ao longe, friccionando as carapaças enrugadas. Cada qual emitia ritmos e notas diferentes, que não eram propriamente melodias. Melodias eram coisas de humanos, não de animais. Mas cada um deles *era* uma canção, e às vezes parecia que cantavam uns para os outros

Balat começou a descer os degraus, um de cada vez, fazendo as vinhas estremecerem e recuarem antes de serem pisadas. Já fazia quase seis meses que Shallan partira. Naquela manhã, ela lhes comunicara, via telepena, que fora bem-sucedida na primeira parte do plano, tornando-se pupila de Jasnah Kholin. Ou seja, sua irmãzinha caçula — que antes jamais deixara as propriedades da família — estava se preparando para roubar a mulher mais importante do mundo.

Descer a escada era um trabalho deprimentemente difícil para ele. *Tenho 23 anos e já sou um aleijado*, pensou. Ele ainda sentia uma dor constante. A fratura fora séria, e o cirurgião quase decidira amputar toda a perna. Talvez devesse ser grato por não ter sido necessário, embora estivesse condenado a andar para sempre com uma bengala.

Scrak estava brincando com alguma coisa no gramado interno, um lugar de grama cultivada que era mantido livre de trepadeiras. A grande fêmea de cão-machado rolava por ali, roendo algum objeto, as antenas deitadas para trás.

— Scrak — chamou Balat, coxeando na direção do animal. — O que você tem aí, menina?

A fêmea de cão-machado olhou para seu dono, ergueu as antenas e trombeteou com duas vozes, uma se sobrepondo à outra. Depois voltou a brincar.

Criatura danada, pensou Balat, com ternura, *nunca obedece direito*. Ele criava cães-machados desde jovem e descobrira — como muitos antes dele — que quanto mais esperto era o animal, mais tendência tinha a desobedecer. Ah, Scrak era leal, mas ignorava o dono nas pequenas coisas. Como uma criança tentando provar sua independência.

Quando se aproximou mais, viu que Scrak conseguira capturar um cantarinho. O bicho, do tamanho de um punho, tinha o formato de um disco convexo e quatro braços maleáveis, com os quais esfregava o topo de sua carapaça e produzia ritmos. As quatro pernas curtas normalmente serviam para que o animal se agarrasse a uma parede rochosa, mas Scrak as tinha arrancado, juntamente com dois dos braços; e ainda quebrara a carapaça. Balat quase pegou a criatura para arrancar os braços restantes, mas decidiu que era melhor deixar Scrak se divertir.

Scrak pousou a criatura no chão e olhou para Balat, levantando as antenas com ar inquisidor. Ela era lustrosa e esguia, suas seis patas se estendendo adiante quando ela se sentava sobre os flancos. Cães-machados não tinham carapaças nem pele; seus corpos eram cobertos com uma mescla de ambos, um material suave ao tato e mais flexível que uma carapaça, porém mais duro que uma pele e dividido em seções interligadas. Com seus profundos olhos negros, emoldurados pelo rosto anguloso, Scrak fitava Balat e trombeteava baixinho.

Balat sorriu, estendeu a mão e coçou a fêmea de cão-machado por trás dos orifícios auditivos. O animal se apoiou nele — provavelmente pesava tanto quanto Balat. Os maiores cães-machados chegavam à altura do peito de um homem, mas Scrak era de uma raça menor, mais ágil.

Ao ver o cantarinho estremecer, Scrak pulou avidamente sobre ele, esmagando sua concha com as mandíbulas externas.

— Eu sou um covarde, Scrak? — perguntou Balat, sentando-se em um banco e pousando a bengala a seu lado.

Depois, pegou um pequeno caranguejo que estava escondido ao lado do banco, cuja casca se tornara branca para camuflá-lo na pedra.

Ele ergueu o animal, que se debatia. A grama, cultivada para ser menos tímida, havia saído de seus buracos logo depois que ele passara. Algumas plantas exóticas, em flor, despontaram de suas conchas ou cavidades, e logo faixas vermelhas, laranja e azuis drapejavam ao vento em torno dele. A área próxima ao cão-machado permaneceu descoberta, evidentemente. Scrak estava se divertindo demais com sua presa e mantinha até as plantas cultivadas escondidas nas tocas.

— Eu não poderia acompanhar Jasnah — disse Balat, começando a arrancar as patas do caranguejo. — Só uma mulher poderia se aproximar o bastante dela para roubar o Transmutador. Foi o que nós decidimos. Além do mais, alguém tinha que ficar para cuidar da casa.

Eram desculpas vazias. Ele *sentia-se* um covarde. Arrancou então mais algumas patas, mas não encontrou satisfação. O caranguejo era pequeno demais e suas pernas se desprendiam com muita facilidade.

— Provavelmente esse plano nem vai funcionar — prosseguiu ele, arrancando a última pata.

Era estranho olhar para aquela criatura sem pernas. O caranguejo ainda estava vivo. Mas como ele sabia disso? Sem as patas, o bicho parecia tão morto quanto uma pedra.

Os braços, pensou ele. *Nós agitamos os braços para parecermos vivos. É para isso que eles servem.* Ele pôs os dedos na divisão da casca do caranguejo e começou a separá-las — o que, pelo menos, proporcionava uma agradável sensação de resistência.

Sua família era disfuncional. Anos sendo vítimas do temperamento brutal do pai haviam levado Asha Jushu ao vício e Tet Wikim ao desespero. Somente Balat havia escapado incólume. Ele e Shallan. Ela fora deixada em paz, nunca fora atingida. Às vezes Balat a odiava por isso, mas como alguém conseguiria, de fato, odiar uma pessoa como Shallan? Tímida, tranquila, delicada.

Eu jamais deveria ter deixado Shallan partir, pensou ele. *Devia haver outra solução.* Ela não conseguiria se sair bem sozinha; provavelmente estava aterrorizada. Era incrível que já tivesse chegado tão longe.

Ele atirou os pedaços do caranguejo por cima do ombro. *Se pelo menos Helaran tivesse sobrevivido.* O irmão mais velho — então conhecido como Nan Helaran, por ser o primogênito — enfrentara o pai muitas vezes. Bem, ele estava morto agora, assim como o pai deles. Haviam deixado para trás uma família de inválidos.

— Balat! — gritou uma voz.

Wikim surgiu no alpendre. O irmão mais jovem, aparentemente, havia superado seu último acesso de melancolia.

— Que foi? — disse Balat, levantando-se.

— Temos um problema.

— Grande?

— Muito grande, eu diria. Venha.

I-3

A GLÓRIA DA IGNORÂNCIA

Szeth-filho-filho-Vallano, Insincero de Shinovar, estava sentado no piso da taverna, com cerveja de lávis encharcando lentamente sua calça marrom. Sujas, gastas e puídas, suas roupas eram muito diferentes daquele simples — mas elegante — conjunto branco que usara cinco anos antes, quando assassinara o rei de Alethkar.

Cabeça baixa, mãos no colo, ele não portava armas. Não convocava sua Espada Fractal havia anos e parecia que também não tomara nenhum banho desde então. Mas não reclamava. Como ele parecia um lixo, as pessoas o tratavam como lixo. Ninguém mandava um lixo assassinar alguém.

— Então ele faz tudo o que você manda? — perguntou um dos mineiros sentados à mesa.

As roupas do homem eram pouco melhores que as de Szeth e tão cobertas de terra e poeira que era difícil distinguir a pele encardida da roupa encardida. Eram quatro mineiros, todos segurando canecas de cerâmica. O recinto cheirava a lama e suor. O teto era baixo e as janelas — na parede a sotavento — não passavam de frestas. A mesa, quebrada ao meio, estava precariamente amarrada com tiras de couro para ficar de pé.

Took — o atual patrão de Szeth — pousou a caneca no lado inclinado da mesa, que adernou sob o peso de seu braço.

— Sim, claro que faz. Ei, *kurp*, olhe para mim.

Szeth levantou os olhos. *Kurp* significava "criança" em bavo, o dialeto local. Szeth estava acostumado com aqueles rótulos pejorativos. Embora já estivesse com 35 anos (sete como Insincero), tinha todas as características de seus compatriotas — olhos grandes e redondos, estatura baixa e tendência à calvície — que levavam os orientais a afirmar que eles pareciam crianças.

— Levante-se — disse Took.

Szeth se levantou.

— Pule.

Szeth obedeceu.

— Derrame a cerveja de Ton na sua cabeça.

Szeth estendeu a mão para a caneca.

— Ei! — protestou Ton, puxando a caneca para si. — Nada disso! Ainda não terminei!

— Se tivesse terminado, ele não poderia despejar a cerveja na cabeça, certo? — disse Took.

— Mande ele fazer outra coisa, Took — resmungou Ton.

— Tudo bem. — Took sacou uma faca de sua bota e a arremessou para Szeth. — *Kurp*, corte seu braço.

— Took… — disse um dos outros homens, de nome Amark, que não parava de fungar. — Você sabe que isso não está certo.

Como Took não revogou a ordem, Szeth a obedeceu. Pegando a faca, fez um corte no braço. Sangue escorreu ao redor da lâmina suja.

— Corte sua garganta — disse Took.

— Pare, Took! — disse Amark, levantando-se. — Eu não vou…

— Ah, cale a boca — replicou Took. Diversos homens, em outras mesas, observavam a cena agora. — Você vai ver. *Kurp*, corte sua garganta.

— Eu estou proibido de tirar minha própria vida — disse Szeth baixinho, na língua bava. — Como Insincero, estou proibido de desfrutar a morte por minhas próprias mãos. Faz parte do meu sofrimento.

Amark sentou-se de novo, com ar de constrangimento.

— Mãe da Poeira — disse Ton. — Ele sempre fala assim?

— Assim como? — perguntou Took, tomando um gole de sua caneca.

— Com essas palavras suaves e corretas. Como um olhos-claros.

— Fala — disse Took. — É como um escravo, mas melhor, porque é um shino. Ele não foge, nem é malcriado, nem nada. Eu também não preciso pagar ele. É como um parshemano, só que mais esperto. Vale um bocado de esferas, eu diria. — Ele observou atentamente os outros homens. — Vocês poderiam levar ele para as minas com vocês. E ficar com o pagamento dele. Ele pode fazer as coisas que vocês não quiserem fazer. Limpar as latrinas, caiar a casa. Todo tipo de coisa útil.

— Bem, como você encontrou ele? — perguntou um dos outros homens, coçando o queixo.

Took era um biscateiro itinerante, que se deslocava de uma cidade a outra. Exibir Szeth era um de seus modos de fazer amigos rapidamente.

— Ah, é uma história interessante — disse Took. — Eu estava viajando pelas montanhas lá do sul quando ouvi um uivo. Não era o vento, então...

A história era uma completa invenção. O dono anterior de Szeth — um agricultor de um vilarejo próximo — o trocara com Took por um saco de sementes. O agricultor o havia adquirido de um mercador itinerante, que o havia adquirido de um sapateiro, que o ganhara em um jogo ilegal. E houvera dúzias de proprietários antes desse.

No início, os plebeus olhos-escuros gostavam da novidade de serem donos de Szeth. Escravos eram caros demais para a maioria, e os parshemanos eram ainda mais valiosos. Assim, dar ordens a alguém como Szeth era uma grande novidade. Ele limpava o chão, serrava madeira, ajudava nas plantações e carregava coisas pesadas. Alguns o tratavam bem, outros não.

Mas todos sempre se livravam dele.

Talvez sentissem a verdade: que ele era capaz de fazer muito mais do que ousavam lhe pedir. Uma coisa era ter um escravo. Mas e quando esse escravo falava como um olhos-claros e sabia mais do que você? Isso deixava as pessoas pouco à vontade.

Szeth tentava fazer sua parte, tentava agir com menos refinamento. O que era difícil. Talvez impossível. O que aqueles homens diriam se soubessem que aquele sujeito que limpava seus penicos era um Fractário e um Manipulador de Fluxos? Um Corredor dos Ventos, como os Radiantes de antigamente? No momento em que ele convocava sua Espada Fractal, a cor de seus olhos mudava de verde-escuro para safira-claro, quase brilhante — um efeito exclusivo da arma dele.

Era melhor que nunca descobrissem. Szeth se regozijava em ser desperdiçado; cada dia em que o mandavam fazer uma faxina ou cavar um buraco, em vez de matar, era uma vitória. Aquela noite, cinco anos atrás, ainda o assombrava. Antes daquele momento, ele já havia recebido ordens para matar — mas sempre em segredo, em silêncio. Nunca havia recebido instruções tão deliberadamente terríveis.

Mate, destrua, abra caminho até o rei. Seja visto fazendo isso. Deixe testemunhas. Feridas, mas vivas.

— ...e foi *aí* que ele jurou me servir pelo resto da minha vida — finalizou Took. — Desde então está comigo.

Os homens se viraram para Szeth.

— É verdade — disse ele, como fora lhe fora ordenado antes. — Até a última palavra.

Took sorriu. Szeth não o deixava constrangido. Aparentemente, Took achava natural que Szeth lhe obedecesse. Talvez assim ele conservasse Szeth por mais tempo que os outros donos.

— Bem, tenho que ir. Preciso acordar cedo amanhã. Mais lugares para visitar, mais estradas desconhecidas para enfrentar — disse Took.

Ele gostava de se considerar um viajante calejado, embora, pelo que Szeth sabia, só se deslocasse em um mesmo círculo amplo. Havia muitas minas pequenas — e, portanto, vilarejos — naquela parte da Bavlândia. Took já devia ter visitado o vilarejo anos antes, mas as minas acolhiam muitos trabalhadores itinerantes. Era pouco provável que se lembrassem dele ali, a menos que alguém tivesse prestado atenção em suas histórias exageradas.

Exageradas ou não, os mineiros pareciam sedentos por mais. E o instaram a continuar, oferecendo-lhe mais uma bebida, que ele modestamente aceitou.

Szeth continuou sentado em silêncio, de pernas cruzadas e mãos no colo, enquanto o sangue lhe escorria pelo braço. Saberiam os parshendianos a que o tinham condenado quando jogaram fora sua Sacrapedra ao fugirem de Kholinar naquela noite? Eles haviam ordenado a Szeth que a recuperasse e depois se postasse à beira da estrada. Foi o que ele fez, especulando se seria descoberto e executado — *torcendo* para ser descoberto e executado —, até que um mercador de passagem se interessou por ele e perguntou o que ele fazia ali. Naquele momento, Szeth usava apenas uma tanga. Sua honra o obrigara a se desfazer das vestes brancas, que tornariam mais fácil reconhecê-lo. Ele tinha que se preservar para poder sofrer.

Após uma curta explicação, que deixou de fora detalhes incriminadores, Szeth se viu viajando no bagageiro da carroça do mercador — de nome Avado —, que fora perspicaz o bastante para perceber que, após a morte do rei, os estrangeiros poderiam ser maltratados. Ele seguiu caminho para Jah Keved, sem jamais saber que acolhera como servidor o assassino de Gavilar.

Os alethianos não procuraram Szeth. Presumiram que o infame "Assassino de Branco" se retirara juntamente com os parshendianos. Provavelmente esperavam descobri-lo em meio às Planícies Quebradas.

Os mineiros acabaram por se cansar das histórias cada vez mais enroladas de Took e se despediram dele. Ignoraram suas claras insinuações de que mais uma caneca de cerveja o convenceria a contar sua melhor história: a vez em que vira a Guardiã da Noite em pessoa e roubara uma esfera que emitia luz negra na escuridão. Essa história deixava Szeth pouco à vontade, pois o lembrava da estranha esfera preta que Gavilar lhe dera. Ele a escondera cuidadosamente em Jah Keved. Não sabia o que era, mas não queria arriscar que um de seus amos a tomasse dele.

Como ninguém ofereceu outra cerveja a Took, ele se levantou a contragosto e acenou para que Szeth o seguisse. A rua estava escura. Aquela cidade, Via Férrea, tinha uma praça de verdade, algumas centenas de casas e três tavernas. Isso fazia dela praticamente uma metrópole, em termos de Bavlândia — uma pequena e ignorada faixa de terra ao norte das montanhas próximas a Silnasen. Tecnicamente, a área fazia parte de Jah Keved, mas até mesmo seu grão-príncipe costumava se manter afastado dela.

Szeth acompanhou seu amo pelas ruas que levavam ao bairro mais pobre. Took era sovina demais para pagar um quarto nas melhores, ou mesmo nas modestas partes de uma cidade. Szeth olhou por cima do ombro, desejando que a Segunda Irmã — chamada de Nomon por aqueles orientais — já tivesse nascido, de modo a oferecer um pouco mais de luz.

Bêbado, Took cambaleou e caiu no meio da rua. Szeth suspirou. Não seria a primeira vez que carregava seu amo até o leito. Ele se ajoelhou para levantá-lo.

E parou. Um líquido morno estava se empoçando sob o corpo de seu amo. Somente então ele notou a faca cravada no pescoço de Took.

Um grupo de salteadores saiu de uma ruela e, instantaneamente, Szeth entrou em estado de alerta. Um deles ergueu uma faca e se preparou para arremessá-la em sua direção. Szeth ficou tenso. Na bolsa de Took havia esferas infundidas que ele poderia sugar.

— Espere — sibilou um dos salteadores.

O homem com a faca se deteve. Outro se aproximou e observou Szeth.

— Ele é um shino. Não mataria nem um crenguejo.

Seus companheiros puxaram o cadáver para a ruela. O que empunhava a faca ergueu-a novamente.

— Ele ainda pode gritar.

— Então por que não gritou ainda? Estou dizendo, eles são inofensivos. Quase como os parshemanos. Ele pode ser vendido.

— Talvez — disse o outro. — Ele está morrendo de medo. Olhe para ele.

— Venha cá — disse o comparsa, acenando para Szeth.

Szeth obedeceu e entrou na ruela, que se iluminou de repente quando os outros salteadores abriram a bolsa de Took.

— Kelek — praguejou um deles. — Não valeu nem o esforço. Um punhado de claretas e dois marcos. Nem um brom no lote.

— Eu estou dizendo, ele pode ser vendido como escravo. As pessoas gostam de criados shinos.

— Ele é só um garoto.

— Que nada. Todos eles são assim. Ei, o que é isso aqui? — O homem pegou uma pedra luzidia, do tamanho de uma esfera, da mão do homem que avaliava os ganhos. Era uma peça bem comum, um simples fragmento de rocha com alguns cristais de quartzo e um veio ferruginoso em um dos lados. — O que é isso?

— Não vale nada — disse um dos homens.

— Sou obrigado a dizer ao senhor — disse Szeth mansamente — que o senhor está segurando minha Sacrapedra. Enquanto a possuir, o senhor é meu amo.

— O que está havendo? — perguntou outro dos salteadores, pondo-se de pé.

O que segurava a pedra fechou a mão sobre ela e lançou aos companheiros um olhar cauteloso. Depois virou-se novamente para Szeth.

— Seu amo? O que isso significa exatamente, em palavras claras?

— Eu tenho que obedecer ao senhor — explicou Szeth. — Em todas as coisas. Mas não posso obedecer a uma ordem de me matar.

Ele também não poderia obedecer a uma ordem de entregar sua Espada Fractal, mas não havia necessidade de mencionar isso naquele momento.

— Você vai me obedecer? — disse o salteador. — Quer dizer, você vai fazer o que eu mandar?

— Sim.

— Tudo o que eu disser?

Szeth fechou os olhos.

— Sim.

— Olha, que interessante — exclamou o homem, pensativo. — Muito interessante mesmo…

PARTE DOIS

As Tempestades Iluminadoras

DALINAR • KALADIN • ADOLIN

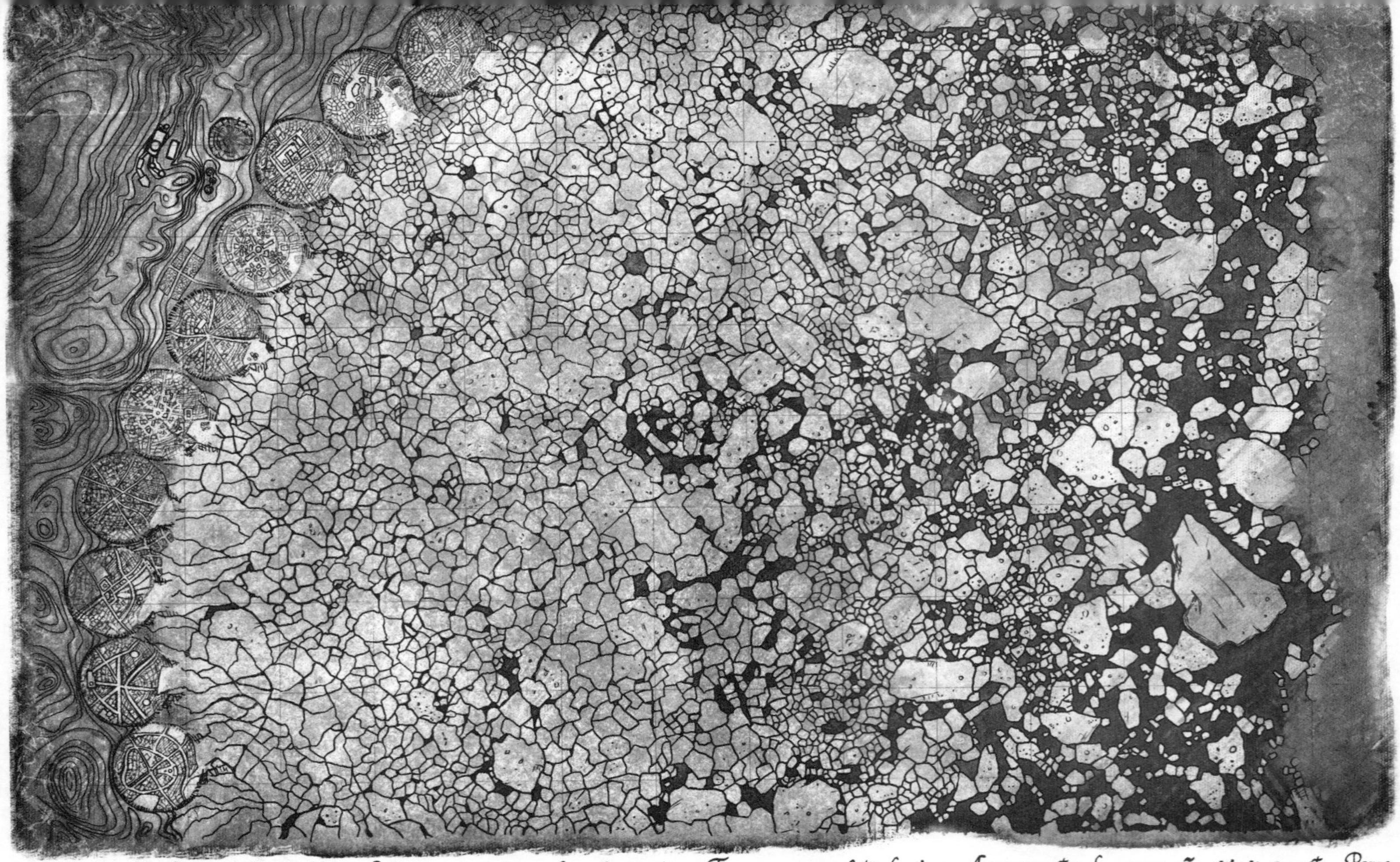

Mapa Principal das Planícies Quebradas - A leste é possível perceber claramente a Torre, o maior platô da área. Acampamentos de guerra são visíveis a oeste. Pares de glifos e números de platôs foram removidos para preservar a clareza desta pequena reprodução do original, que está exposto na Galeria de Mapas de Sua Majestade Elhokar.

12

UNIDADE

Meu velho amigo, espero que esta missiva o encontre bem. Embora, como você agora é basicamente imortal, eu imagino que seu bem-estar seja uma certeza.

— Hoje é um dia excelente para matar um deus — proclamou o rei Elhokar, cavalgando sob um céu limpo e brilhante. — Você não acha?

— Sem dúvida, Vossa Majestade. — A resposta de Sadeas foi suave, rápida e acompanhada por um sorriso cúmplice. — Podemos dizer que os deuses deveriam sempre temer a nobreza alethiana. A maior parte dela, pelo menos.

Adolin segurou as rédeas com mais força; sempre ficava tenso quando o Grão-príncipe Sadeas falava.

— Temos que cavalgar aqui na frente? — sussurrou Renarin.

— Quero escutar — respondeu Adolin, baixinho.

Ele e seu irmão cavalgavam à frente da coluna, perto do rei e de seus grãos-príncipes. Atrás deles se estendia uma imponente procissão: mil soldados envergando a cor azul de Kholin, além de dezenas de criados e até algumas mulheres em liteiras, para escrever relatos sobre a caçada. Adolin olhou para aquela multidão enquanto pegava seu cantil.

Como estava envergando a Armadura Fractal, tomou muito cuidado para não o esmagar. Os músculos reagiam com rapidez, força e agilidade multiplicadas quando se usava a armadura; era preciso prática para manejá-la corretamente. Adolin às vezes era pego de surpresa, embora usasse a sua — herdada do lado materno da família — desde os dezesseis anos. Ou seja, pelos últimos sete.

Ele se virou e tomou um longo gole de água morna. Sadeas cavalgava à esquerda do rei, e Dalinar — pai de Adolin e de Renarin — posicionara sua sólida figura à direita do soberano. O outro grão-príncipe presente na caçada era Vamah, que não era um Fractário.

O rei resplandecia em sua Armadura Fractal dourada — evidentemente, uma Armadura daquelas fazia qualquer homem parecer majestoso. Até mesmo *Sadeas* ficava impressionante com sua Armadura vermelha, embora o rosto bulboso e a compleição corada enfraquecessem o efeito. Sadeas e o rei tinham orgulho de suas Armaduras. E... bem, talvez Adolin também. Após mandar pintar a sua de azul, ele ordenara que fossem acrescentados alguns adornos, no elmo e nas ombreiras, para conferir à Armadura um aspecto ainda mais ameaçador. Como poderia alguém *não* alardear algo tão grandioso como uma Armadura Fractal?

Adolin tomou mais um gole de água, enquanto ouvia o rei falar de seu entusiasmo pela caçada. Somente um Fractário na procissão — ou melhor, somente um Fractário nos dez exércitos — não usava pintura nem ornamentos em sua Armadura: Dalinar Kholin. O pai de Adolin preferia deixar sua armadura na cor natural, cinza-ardósia.

Cavalgando ao lado do rei, Dalinar tinha o rosto sério. Como amarrara o elmo na sela, deixara exposto seu rosto quadrado, encimado por cabelos pretos e curtos, embranquecidos nas têmporas. Poucas mulheres já haviam chamado Dalinar Kholin de bonito; seu nariz tinha o formato errado e seus traços eram mais grosseiros que delicados. Era o rosto de um guerreiro.

Ele montava um grande garanhão richádio preto, um dos maiores cavalos que Adolin já vira. Embora o rei e Sadeas tivessem uma aparência majestosa em suas armaduras, Dalinar parecia apenas um soldado. Para ele, a Armadura não era ornamento, mas ferramenta. A força e a velocidade que a armadura lhe concedia jamais o deixavam surpreso. Era como se, para Dalinar Kholin, usar a Armadura fosse seu estado normal e as ocasiões em que não a envergava fossem as exceções. Talvez por esse motivo ele houvesse arrumado a reputação de ser um dos maiores generais da história.

Adolin se viu desejando ardorosamente que seu pai fizesse um pouco mais agora, para justificar a fama.

Ele está pensando nas visões, refletiu Adolin, fitando a expressão distante e preocupada de seu pai.

— Aconteceu de novo na noite passada — disse Adolin, em voz baixa, para Renarin. — Durante a grantormenta.

— Eu sei — disse Renarin.

Sua voz era medida, controlada. Ele sempre fazia uma pausa antes de responder a qualquer pergunta, como se testasse as palavras mentalmente. Algumas mulheres que Adolin conhecia haviam dito que Renarin parecia dissecá-las com a mente. Elas chegavam a estremecer quando ele se dirigia a elas, embora Adolin jamais tivesse notado nada de perturbador em seu irmão mais novo.

— O que você acha que significam? — perguntou Adolin, falando baixinho para que somente Renarin pudesse escutar. — As... crises do pai.

— Não sei.

— Renarin, *não podemos* continuar a ignorar isso. Os soldados andam comentando. Boatos estão se espalhando nos dez exércitos!

Dalinar Kholin estava enlouquecendo. Sempre que havia uma grantormenta, ele caía no chão e começava a tremer. Depois delirava, falando coisas sem nexo. Muitas vezes se punha de pé e, com os olhos azuis desvairados, começava a se contorcer e a agitar os braços. Adolin tinha de segurá-lo para que ele não ferisse ninguém, nem a si mesmo.

— Ele vê coisas — disse Adolin. — Ou pensa que vê.

O avô de Adolin sofrera de alucinações. Ao ficar velho, passou a achar que estava guerreando novamente. Seria isso que estava acontecendo com Dalinar? Estaria ele revivendo batalhas de sua juventude, da época em que conquistara sua fama? Ou estaria revendo sem parar aquela noite horrível em que seu irmão fora morto pelo Assassino de Branco? E por que motivo, após os surtos, ele mencionava com tanta frequência os Cavaleiros Radiantes?

Tudo aquilo deixava Adolin nauseado. Dalinar era o Espinho Negro, um gênio no campo de batalha e uma lenda viva. Juntos, ele e seu irmão haviam unificado os grãos-príncipes de Alethkar, depois de séculos guerreando entre si. Ele derrotara inúmeros desafiantes em duelo e vencera dezenas de batalhas. Todo o reino o reverenciava. E agora aquilo.

O que fazer, como filho, quando seu amado pai — o mais glorioso homem vivo — começava a perder o juízo?

Sadeas estava comentando uma vitória recente. Conquistara mais uma gema-coração dois dias antes, e o rei — ao que parecia — não soubera de nada. Suas bravatas faziam Adolin se retesar.

— Acho melhor recuarmos um pouco — disse Renarin.

— Nosso nível nos permite ficar aqui — replicou Adolin.

— Eu não gosto de como você fica quando está perto de Sadeas.

Temos que ficar de olho no homem, Renarin, pensou Adolin. *Ele sabe que o pai está enfraquecendo. Vai tentar atacar.* Mesmo assim, ele forçou um sorriso. Tentou se mostrar relaxado e confiante para Renarin. De modo geral, isso não era difícil. Ele sempre levara uma vida feliz — duelando, vadiando e cortejando as meninas bonitas que porventura apareciam. Nos últimos tempos, porém, a vida já não parecia deixá-lo desfrutar à vontade seus singelos prazeres.

— ...modelo de coragem ultimamente, Sadeas — dizia o rei. — Você tem se saído muito bem na captura de gema-coração. Merece elogios.

— Obrigado, Vossa Majestade. Embora a competição esteja ficando tediosa, pois certos indivíduos já não parecem interessados em participar. Acho que até as melhores armas acabam ficando cegas.

Dalinar, que em outros tempos teria reagido ao insulto velado, não disse nada. Adolin rangeu os dentes. Era simplesmente inadmissível que Sadeas lançasse indiretas a seu pai, no estado em que ele se encontrava. Pensou em desafiar para um duelo aquele canalha pomposo. Não se desafiava grãos-príncipes — era algo que simplesmente não se fazia, exceto se alguém estivesse disposto a provocar um grande escândalo. Mas talvez ele estivesse. Talvez...

— Adolin — disse Renarin, em tom de advertência.

Adolin olhou para o lado. Havia estendido a mão como se fosse convocar sua Espada. Mas acabou a utilizando para segurar as rédeas. *Homem tormentoso*, pensou. *Deixe meu pai em paz.*

— Por que não falamos da caçada? — sugeriu Renarin. Como sempre, o mais novo dos Kholin cavalgava com as costas retas, em uma postura perfeita; os óculos que ocultavam seus olhos acentuavam sua imagem de decoro e seriedade. — Você não está empolgado?

— Bah — respondeu Adolin. — Nunca achei as caçadas tão interessantes como todo mundo diz. Não me importa o tamanho do bicho. No final, é só um abate.

Duelar, sim, era emocionante. A sensação de segurar a Espada Fractal, de enfrentar um oponente esperto, habilidoso e cauteloso... Homem contra homem, força contra força, mente contra mente. Caçar um animal idiota não se comparava a isso.

— Talvez você devesse ter convidado Janala — disse Renarin.

— Ela não aceitaria — replicou Adolin. — Não depois de... bem, você sabe. Rilla foi muito explícita ontem. Foi melhor assim.

— Você devia ter tratado Rilla com mais consideração — disse Renarin, com ar reprovador.

Adolin murmurou uma evasiva. Se seus relacionamentos tinham vida curta, a culpa não era dele. Bem, dessa vez, tecnicamente, talvez fosse. Mas geralmente não era. Fora apenas um caso isolado.

O rei começou a reclamar de alguma coisa. Como Renarin e Adolin haviam ficado para trás, não conseguiu escutar o que era dito.

— Vamos nos adiantar — disse ele, cutucando seu cavalo.

Renarin revirou os olhos, mas o acompanhou.

VOCÊ DEVE UNI-LOS.

Essas eram as palavras sussurradas na mente de Dalinar. Ele não conseguia se livrar delas. As palavras o consumiam enquanto, montado em Galante, ele trotava pelo platô pedregoso das Planícies Quebradas.

— Nós já não devíamos ter chegado? — perguntou o rei.

— Ainda estamos a dois ou três platôs de distância da área de caça, Vossa Majestade — respondeu Dalinar, distraído. — Vai levar mais uma hora, talvez, se seguirmos os protocolos corretos. Se tivéssemos um bom ponto de observação, provavelmente veríamos o pavilhão...

— Ponto de observação? Aquela formação rochosa ali na frente serviria?

— Acho que sim — disse Dalinar, avaliando o rochedo que se avultava como uma torre. — Poderíamos enviar alguns batedores para verificar.

— Batedores? Ora. Estou precisando dar uma corrida, tio. Aposto cinco brons plenos que chego ao topo antes de você.

Dito isso, o rei saiu a galope, em meio a um estrépito de cascos, deixando para trás um atônito grupo de olhos-claros, criados e guardas.

— Raios! — praguejou Dalinar, acionando seu cavalo. — Adolin, fique com o comando! Garanta o platô seguinte, só por precaução.

Seu filho, que se encontrava atrás, assentiu com veemência. Dalinar galopou atrás do rei — um vulto de armadura e longa capa azul. Cascos martelavam a pedra, enquanto formações rochosas passavam à toda. À frente, o íngreme espigão de pedra se elevava à beira do platô. Um tipo de formação comum nas Planícies Quebradas.

Maldito garoto. Dalinar ainda pensava em Elhokar com um garoto, embora o rei já tivesse 27 anos. Mas às vezes agia como um menino. Por que não avisava antes de se meter naquelas proezas?

Porém, enquanto galopava, Dalinar admitiu para si mesmo que arremeter livremente, sem elmo e de rosto exposto ao vento, *de fato* lhe dava uma sensação boa. Sua pulsação se acelerou no calor da corrida, e ele acabou relevando a impetuosidade do sobrinho. Naquele momento, Dalinar se permitiu esquecer os problemas e as palavras que ecoavam em sua mente.

O rei queria apostar corrida? Pois bem, Dalinar lhe mostraria o que era uma corrida.

Logo ultrapassou o rei. O garanhão de Elhokar era de boa raça, mas jamais se equipararia a Galante, um richádio puro-sangue, dois palmos maior e muito mais forte que um cavalo comum. Aqueles cavalos escolhiam seus cavaleiros, e apenas uma dúzia de homens, entre todos os acampamentos militares, tinha essa sorte. Dalinar era um deles. Adolin, outro.

Em questão de segundos, Dalinar alcançou a base do rochedo e pulou da sela, ainda com Galante em movimento. A aterrissagem foi forte, mas a Armadura Fractal absorveu o impacto, triturando as pedras do chão com suas botas metálicas, enquanto Dalinar derrapava até parar. Homens que nunca haviam usado uma Armadura Fractal — principalmente aqueles habituados às primas inferiores, feitas de placas e malhas — jamais entenderiam. A Armadura Fractal não era meramente uma armadura. Era muito mais.

Dalinar correu até o sopé da formação rochosa enquanto Elhokar ainda estava galopando. Deu então um salto — impulsionado até dois metros e meio de altura pela Armadura —, segurou um ressalto na rocha e se içou, usando a força de muitos homens que a Armadura lhe proporcionava. A Euforia da disputa começou a crescer dentro dele. Não chegava nem perto da Euforia de uma batalha, mas era uma substituta digna.

Um arranhar de rochas abaixo. Elhokar já iniciara a escalada. Dalinar não olhou para baixo. Manteve os olhos fixos na pequena plataforma natural no topo da formação rochosa, cuja altura era de uns doze metros. Tateando com seus dedos recobertos de aço, ele encontrou outro ponto de apoio. Embora as luvas cobrissem suas mãos, a velha armadura, de alguma forma, transferia sensações a seus dedos. Era como se estivesse usando finas luvas de couro.

Um som de atrito, agora à direita, acompanhado por uma voz que praguejava baixinho. Elhokar tomara uma rota diferente, na esperança de ultrapassar Dalinar, mas fora parar em um trecho sem pontos de apoio acima. Seu avanço fora interrompido.

Em sua Armadura Fractal fulgurante, o rei olhou para Dalinar. Depois olhou para cima, empinou o queixo e deu um poderoso salto na direção de um afloramento rochoso.

Garoto bobo, pensou Dalinar, observando o rei pairar no ar por um momento, antes de se agarrar a um ressalto e ficar pendurado. Mas conseguiu se içar e, por fim, reiniciou a subida.

Dalinar se movia freneticamente, fazendo as pedras rangerem sob seus dedos metálicos, enquanto lascas caíam e o vento lhe agitava a capa. Fazendo um grande esforço, ele conseguiu subir mais e se posicionar um pouco acima do rei, com o topo a menos de meio metro. Dominado pela Euforia, ele estendeu a mão para o topo, determinado a vencer. Não havia como perder. Ele tinha que...

Uni-los.

Sem saber bem por quê, Dalinar hesitou, deixando que seu sobrinho tomasse a dianteira.

Subindo para o topo da formação rochosa, Elhokar deu uma risada triunfante. Depois, virou-se para Dalinar e lhe estendeu a mão.

— Pelos ventos das tormentas, tio, você fez uma grande corrida! No final, eu pensei que já tinha me vencido.

A expressão de triunfo e alegria estampada no rosto de Elhokar fez Dalinar sorrir. O jovem estava mesmo precisando de vitórias. Mesmo as pequenas lhe fariam bem. Esprenos de glória — pequenos globos translúcidos de luz dourada — começaram a surgir em torno dele, atraídos por sua sensação de êxito. Feliz por ter hesitado, Dalinar segurou a mão do rei, deixando que Elhokar o puxasse para cima. Naquele topo, mal havia espaço para os dois.

Respirando profundamente, Dalinar deu um tapa nas costas do rei, produzindo um clangor de metal contra metal.

— Foi uma bela disputa, e Vossa Majestade se saiu muito bem.

O rei deu um largo sorriso, enquanto sua Armadura dourada rebrilhava ao sol do meio-dia. Ele havia levantado a viseira do elmo, expondo olhos amarelo-claros, um nariz proeminente e um rosto escanhoado que era quase bonito demais, com seus lábios cheios e queixo firme. Gavilar se parecera com ele, antes de ter o nariz fraturado e de receber a horrenda cicatriz no queixo.

Abaixo deles, a Guarda Cobalto e alguns dos criados de Elhokar se aproximaram a cavalo. Entre eles estava Sadeas, com sua Armadura vermelha. Sadeas não era um Fractário completo — possuía uma Armadura Fractal, mas não uma Espada.

Dalinar levantou os olhos. Daquela altura, de onde podia observar uma ampla extensão das Planícies Quebradas, teve uma estranha sensação de familiaridade. Era como se já tivesse estado antes naquele ponto de observação, contemplando uma paisagem fragmentada abaixo.

A sensação desapareceu em um piscar de olhos.

— Lá — disse Elhokar, apontando com a mão recoberta de aço dourado. — Posso ver nosso ponto de destino.

Dalinar colocou a mão sobre os olhos e divisou uma grande tenda de lona a três platôs de distância, sobre a qual drapejava a bandeira do rei. Pontes largas e permanentes davam acesso ao local; estavam relativamente próximas do lado alethiano das Planícies Quebradas, em platôs que o próprio Dalinar guardava. Era seu direito caçar um demônio-do-abismo adulto que vivia naquela área e reivindicar a riqueza em seu âmago.

— Você tinha razão mais uma vez, tio — disse Elhokar.

— Tento ter razão sempre.

— Acho que não posso criticá-lo por isso. Mesmo que possa ganhar uma corrida, de vez em quando.

Dalinar sorriu.

— Eu me senti jovem de novo, correndo atrás de seu pai em algum desafio idiota.

Elhokar cerrou os lábios em uma linha fina, e os esprenos de glória se esfumaram. Menções a Gavilar o deixavam amargurado; ele achava que as pessoas o comparavam desfavoravelmente com o velho rei. Infelizmente, ele com frequência tinha razão.

Dalinar mudou de assunto rapidamente.

— Nós estávamos iguais aos dez tolos, correndo por aí desse jeito. Gostaria que você me avisasse antes, para que eu possa preparar sua guarda de honra. Isso aqui *é* uma zona de guerra.

— Ora, você se preocupa demais, tio. Os parshendianos há anos não atacam tão perto do nosso lado das Planícies.

— Você parecia preocupado com sua segurança, duas noites atrás.

Elhokar suspirou audivelmente.

— Quantas vezes preciso explicar, tio? Soldados com uma Espada nas mãos eu posso encarar. Você deveria tentar me proteger é do que eles podem mandar quando não estamos olhando, quando tudo está escuro e silencioso.

Dalinar não respondeu. O nervosismo de Elhokar — ou mesmo paranoia — com relação a assassinatos era muito forte. Mas quem podia criticá-lo, considerando o que havia acontecido com seu pai?

Desculpe, irmão, pensou ele, como sempre fazia quando lembrava a noite em que Gavilar morrera. Sozinho, sem seu irmão para protegê-lo.

— Eu examinei o assunto do qual você me falou — disse Dalinar, afastando as lembranças ruins.

— Examinou? E o que descobriu?

— Não muita coisa, infelizmente. Não havia nenhum sinal de intrusos na sua sacada, e nenhum dos criados viu estranhos na área.

— *Havia* alguém me observando no escuro naquela noite.

— Se havia, não retornou, Vossa Majestade. E não deixou pistas.

Elhokar parecia aborrecido, e o silêncio entre eles ficou pesado. Abaixo, Adolin se reunia com os batedores e preparava a travessia das tropas. Elhokar reclamara do número de homens que Dalinar trouxera. A maioria não seria necessária na caçada — eram os Fractários, não os soldados, que matariam o bicho. Mas Dalinar *tinha* que garantir a segurança do sobrinho. Ao longo dos anos, os parshendianos haviam se tornado menos atrevidos em suas incursões — as escribas alethianas estimavam que seus efetivos haviam caído para três quartos do número anterior, embora isso fosse difícil de calcular —, mas a presença do rei poderia encorajá-los a lançar um ataque inconsequente.

Os ventos que sopravam sobre Dalinar trouxeram de volta a leve sensação de familiaridade que ele sentira alguns minutos antes. De pé no topo de um rochedo, contemplando a desolação. A sensação de uma perspectiva horripilante e incrível.

É isso, pensou ele. *Eu estava no alto de uma formação como essa. Aconteceu durante...*

Durante uma de suas visões. A primeira delas.

Você precisa uni-los, disseram as estranhas vozes ribombantes. *Você tem que se preparar. Faça de seu povo uma fortaleza de força e paz, um muro para resistir aos ventos. Acabem com as rixas e se unam. A Tempestade Eterna se aproxima.*

— Majestade — Dalinar ouviu-se dizendo. — Eu... — Ele se interrompeu tão rapidamente quanto começara a falar.

O que poderia dizer? Que tinha visões? Que achava — a despeito de toda a doutrina e do senso comum — que aquelas visões talvez viessem do Todo-Poderoso? Que achava que eles deviam se retirar do campo de batalha e voltar para Alethkar?

Pura tolice.

— Tio? — disse o rei. — O que você quer?

— Nada. Venha, vamos voltar para junto dos outros.

MONTADO EM SEU CAVALO, Adolin enrolou no dedo uma das rédeas de couro de porco, enquanto aguardava os novos informes dos batedores. Conseguira afastar seu pai e Sadeas da mente e agora pensava em como explicar seu desentendimento com Rilla de modo a conseguir alguma compaixão por parte de Janala.

Ela adorava antigos poemas épicos; conseguiria ele explicar o desentendimento em termos dramáticos? Adolin sorriu enquanto pensava nos luxuriantes cabelos pretos e no sorriso malicioso de Janala. Ela fora atrevida, provocando-o quando todos sabiam que ele estava cortejando outra pessoa. Ele podia usar isso também. Talvez Renarin tivesse razão, talvez devesse tê-la convidado para participar da caçada. A perspectiva de enfrentar um grã-carapaça seria muito mais interessante para ele se uma pessoa linda e de cabelos longos o estivesse observando...

— Chegaram novos informes dos batedores, Luminobre Adolin — disse Tarilar, que se aproximava correndo.

Adolin voltou a se concentrar nos assuntos em curso. Ele se posicionara, juntamente com alguns membros da Guarda Cobalto, próximo à base da formação rochosa onde seu pai e o rei ainda estavam conversando. Tarilar, chefe dos batedores, tinha o rosto encovado, mas seu peito e seus braços eram grossos. De certos ângulos, sua cabeça parecia tão pequena em relação ao tamanho do corpo que passava a impressão de ter sido comprimida.

— Prossiga — disse Adolin.

— Batedores avançados estiveram com o mestre de caça e retornaram. Nenhum parshendiano foi visto nos platôs das proximidades. A Companhia Dezoito e a Companhia Vinte e Um estão em posição, mas oito companhias ainda não partiram.

Adolin assentiu.

— Mande a Companhia Vinte e Um enviar alguns cavaleiros para montar guarda nos platôs quatorze e dezesseis. E também nos platôs seis e oito, dois em cada um.

— Seis e oito? Atrás de nós?

— Se eu quisesse emboscar o destacamento, cercaria esse caminho para nos impedir de fugir — disse Adolin. — Faça o que falei.

Tarilar bateu continência.

— Sim, Luminobre.

Ele se retirou para retransmitir as ordens.

— Você acha mesmo que isso é necessário? — perguntou Renarin, que cavalgava ao seu lado.

— Não. Mas o pai vai querer que seja feito. Você sabe que sim.

Adolin percebeu um movimento acima e levantou os olhos, bem a tempo de ver o rei pular do alto do rochedo, com a capa esvoaçando atrás enquanto caía de uma altura de doze metros. Seu pai permaneceu parado no topo. Adolin podia imaginá-lo praguejando contra o que provavelmente via como um ato temerário.

Elhokar aterrissou com estrépito, levantando lascas de pedra e produzindo um jorro de Luz das Tempestades. Mas conseguiu ficar de pé. O pai de Adolin optou por uma rota mais segura, descendo até uma plataforma abaixo e pulando de lá.

Parece que, ultimamente, ele vem preferindo o caminho mais seguro, refletiu Adolin. *E também sempre encontra razões para me passar o comando.* Pensativo, ele deixou a sombra da formação rochosa. Precisava obter um informe da retaguarda, seu pai desejaria ouvi-lo.

Seu caminho o fez passar por um grupo de olhos-claros do destacamento de Sadeas. O rei, Sadeas e Vamah tinham em seus séquitos uma coleção de criados, assistentes e bajuladores. Vê-los viajar com suas sedas confortáveis, casacos leves e palanquins cobertos fez Adolin ter consciência de sua armadura volumosa e abafada. A Armadura Fractal era maravilhosa e poderosa, mas sob um sol quente fazia um homem ansiar por algo menos sufocante.

Entretanto, evidentemente, ele não podia usar roupas informais como os outros. Adolin tinha que usar uniforme, mesmo em uma caçada. Os Códigos de Guerra dos alethianos assim exigiam. Não importava que ninguém seguisse esses códigos fazia séculos. Pelo menos ninguém além de Dalinar Kholin — e, por extensão, seus filhos.

Adolin passou por dois olhos-claros que estavam sentados ociosamente. Eram Vartian e Lomard, dois novos parasitas de Sadeas. Conversavam alto o suficiente para que Adolin os escutasse. Provavelmente de propósito.

— Correndo atrás do rei de novo — disse Vartian, balançando a cabeça. — Como um filhote de cão-machado mordiscando os calcanhares do dono.

— Uma vergonha — respondeu Lomard. — Há quanto tempo Dalinar já não consegue uma gema-coração? Só ganha uma quando o rei autoriza uma caçada sem competição.

Adolin cerrou os dentes e seguiu caminho. A interpretação que seu pai fazia dos Códigos não permitia que desafiasse um homem para um duelo enquanto estivesse de serviço ou em comando. Essas restrições inúteis o irritavam, mas Dalinar falara na condição de seu oficial comandante. Isso significava que não havia espaço para questionamentos. Ele teria que encontrar um modo de duelar contra os dois bajuladores idiotas — para colocá-los em seu devido lugar — em outra situação. Infelizmente, não seria possível duelar contra todo mundo que falava mal de seu pai.

O maior problema era que as coisas ditas tinham um fundo de verdade. Os principados alethianos eram como reinos e permaneciam autônomos em sua maioria, apesar de terem aceitado Gavilar como rei. Elhokar herdara o trono, e Dalinar, por direito, assumira o Principado de Kholin.

A maioria dos grão-príncipes, porém, só respeitava a autoridade soberana do rei de modo simbólico. O que deixava Elhokar sem terras que fossem especificamente dele, exceto pela Terras da Coroa orientais, que eram esparsamente populadas. Ele tendia a agir como um grão-príncipe do Principado de Kholin, demonstrando grande interesse em sua administração cotidiana. Então Dalinar, embora devesse ser um governante autônomo, curvava-se aos caprichos de Elhokar e dedicava seus recursos à proteção do sobrinho. O que o tornava fraco aos olhos de outras pessoas — nada mais que um guarda-costas de alto nível.

Outrora, quando Dalinar era temido, os homens não se atreviam a sussurrar aquelas coisas. Mas agora? Dalinar participava cada vez menos de incursões aos platôs e lhe faltavam forças para capturar as preciosas gemas-coração. Enquanto outros lutavam e venciam, Dalinar e seus filhos se ocupavam da administração burocrática.

Adolin queria lutar, matar parshendianos. De que adiantava seguir os Códigos de Guerra se ele raramente tinha oportunidade de *ir* para a guerra? *A culpa é daquelas alucinações*. Dalinar não era fraco e com certeza não era covarde, independentemente do que dissessem. Estava apenas perturbado.

Como os capitães da retaguarda ainda não haviam entrado em formação, Adolin decidiu fazer o relatório ao rei. Ao trotar na direção de Elhokar, acabou se deparando com Sadeas, que estava fazendo a mesma coisa. Previsivelmente, Sadeas o olhou de cara amarrada. O grão-príncipe não suportava o fato de que Adolin tinha uma Espada Fractal, e ele, não, embora desejasse uma havia anos.

Adolin encarou o grão-príncipe e sorriu. *Quando você quiser duelar comigo por minha Espada, Sadeas, vá em frente*. O que Adolin não daria para enfrentar aquela criatura sebosa em uma arena de duelos...

Quando Dalinar e o rei se aproximaram, Adolin falou rapidamente, antes que Sadeas pudesse abrir a boca.

— Vossa Majestade, tenho informes dos batedores.

O rei suspirou.

— Presumo que não acrescentarão nada. Sinceramente, tio, precisamos mesmo receber um relatório sobre os mínimos detalhes do que acontece no exército?

— Estamos em guerra, Vossa Majestade — disse Dalinar.

Elhokar suspirou, com ar de sofrimento.

Você é um homem estranho, primo, pensou Adolin. Elhokar via assassinos em cada sombra, mas frequentemente menosprezava a ameaça dos parshendianos. Saía galopando sem sua guarda de honra, como fizera há pouco, e saltava de uma formação rochosa de doze metros de altura. No entanto, perdia o sono à noite com medo de ser assassinado.

— Faça seu relatório, filho — disse Dalinar.

Adolin hesitou, sentindo-se um tolo pelo escasso conteúdo do que tinha a dizer.

— Os batedores não viram nenhum sinal dos parshendianos. Eles se encontraram com o mestre de caça. Duas companhias ocuparam o platô à frente e as outras oito vão levar algum tempo para atravessar. Mas já estamos perto.

— Sim, vimos isso lá de cima — disse Elhokar. — Talvez alguns de nós pudessem ir na frente...

— Majestade — disse Dalinar. — A ideia de trazer minhas tropas não faria muito sentido se nós as deixássemos para trás.

Elhokar revirou os olhos. Dalinar não cedeu, mantendo uma expressão tão imutável quanto as rochas ao redor. Vê-lo assim — firme, inflexível diante de um desafio — fez Adolin sorrir de orgulho. Por que ele não podia ser assim o tempo todo? Por que recuava com tanta frequência diante de insultos ou desafios?

— Tudo bem — disse o rei. — Vamos aguardar enquanto o exército faz a travessia.

Os assistentes do rei responderam imediatamente: os homens apearam dos cavalos e as mulheres ordenaram a seus carregadores que baixassem os palanquins. Adolin se afastou para colher informes da retaguarda. Quando retornou, Elhokar já estava cercado por seu séquito. Alguns criados haviam levantado um pequeno toldo para lhe proporcionar sombra; outros serviam vinho — gelado por intermédio de um novo fabrial, que esfriava coisas.

Adolin removeu o elmo e limpou a testa com seu pano de sela, desejando uma vez mais se juntar aos outros e saborear um pouco de vinho.

Em vez disso, desceu do cavalo e foi procurar o pai. Dalinar estava diante do toldo, com as mãos cruzadas atrás das costas e olhando para o leste, para a Origem — o lugar distante e invisível onde nasciam as grantormentas. Renarin estava a seu lado, olhando para a mesma direção, como se tentasse descobrir o que o pai achava tão interessante.

Adolin tocou o ombro do irmão e Renarin sorriu para ele. Sabia que o irmão, agora com dezenove anos, se sentia deslocado. Embora carregasse uma espada, mal sabia usá-la. Sua doença do sangue dificultava que passasse muito tempo praticando.

— Pai — disse Adolin. — Talvez o rei tenha razão. Talvez seja melhor nos movermos rapidamente. Eu gostaria de terminar logo essa caçada.

Dalinar olhou para ele.

— Quando eu tinha a sua idade, ansiava por uma caçada como esta. Abater um grã-carapaça era o ponto alto do ano de um jovem.

De novo, não, pensou Adolin. Por que todo mundo ficava tão ofendido com o fato de ele não achar as caçadas emocionantes?

— É só um chule gigante, pai.

— Esses chules gigantes atingem quinze metros de altura e podem esmagar até um homem em uma Armadura Fractal.

— Sim — disse Adolin. — E por isso vamos passar horas jogando iscas e assando embaixo do sol quente. Se o bicho decidir aparecer, nós o encheremos de flechas e só nos aproximaremos quando ele estiver tão fraco que mal consiga resistir às nossas Espadas Fractais. Então o retalharemos até a morte. Muito honroso.

— Isso não é um duelo — disse Dalinar. — É uma caçada. Uma grande tradição.

Adolin ergueu uma das sobrancelhas.

— Sim — acrescentou Dalinar. — Pode ser tediosa. Mas o rei insistiu.

— Você só está descontando sua irritação por causa dos problemas com Rilla, Adolin — comentou Renarin. — Na semana passada, você estava ansioso para vir. Realmente devia ter convidado Janala.

— Janala detesta caçadas. Acha que são bárbaras.

Dalinar franziu a testa.

— Janala? Quem é Janala?

— Filha do Luminobre Lustow — respondeu Adolin.

— Você a está cortejando?

— Ainda não, mas bem que estou tentando.

— O que aconteceu com a outra garota? Aquela baixinha, que gostava de fitas prateadas nos cabelos?

— Deeli? Pai, eu parei de cortejá-la há uns dois meses!

— Foi?

— Sim.

Dalinar coçou o queixo.

— Houve mais duas entre ela e Janala, pai — explicou Adolin. — Você realmente devia prestar mais atenção.

— Que o Todo-Poderoso tenha piedade de qualquer pessoa que tente acompanhar seus namoros complicados, filho.

— A mais recente foi Rilla — informou Renarin.

Dalinar franziu o cenho.

— E vocês dois...

— Nos desentendemos ontem — disse Adolin. Ele tossiu, decidido a mudar de assunto. — Bem, mas você não acha estranho que o rei tenha insistido em vir pessoalmente caçar o demônio-do-abismo?

— Não muito. Não é sempre que um espécime adulto aparece por aqui, e o rei raramente participa das incursões nos platôs. Esta caçada é uma forma de ele poder lutar.

— Mas ele é tão paranoico! Por que agora quis caçar, expondo-se nas Planícies?

Dalinar olhou para o toldo do rei.

— Sei que parece estranho, filho. Mas o rei é um homem mais complexo do que muitos pensam. Ele não quer que seus súditos o vejam como covarde por causa do medo que tem de assassinos. Então, procura estratagemas para provar sua coragem. Estratagemas tolos, às vezes, mas ele não é o primeiro homem que conheci que enfrenta batalhas sem medo, mas fica aterrorizado quando pensa em facas ocultas nas sombras. A marca da insegurança é a bravata. O rei está aprendendo a governar. Ele precisa desta caçada. Precisa provar a si mesmo e aos outros que é forte e corajoso, capaz de liderar um reino em guerra. Foi por isso que eu o encorajei a vir. Uma caçada bem-sucedida, em circunstâncias controladas, pode melhorar sua reputação e reforçar sua autoconfiança.

Diante das palavras do pai, Adolin se calou. Era estranho como muitas ações do rei faziam sentido quando explicadas daquele modo. Adolin olhou para o pai. *Como podem murmurar que ele é um covarde? Será que não percebem a sabedoria dele?*

— Sim — disse Dalinar, com olhar distante. — O primo de vocês é um homem melhor e um rei mais forte do que muitos pensam. Ou pelo menos pode vir a ser. Eu só preciso encontrar um meio de persuadi-lo a abandonar as Planícies Quebradas.

Adolin teve um sobressalto.

— *O quê?*

— No início, eu não entendi — prosseguiu Dalinar. — Uni-los. Meu trabalho é uni-los. Mas eles já não estão unidos? Nós lutamos juntos aqui nas Planícies Quebradas. Temos um inimigo em comum, que são os parshendianos. Estou começando a perceber, porém, que só estamos unidos nominalmente. Os grãos-príncipes apenas dizem prestar vassalagem a Elhokar. Mas esta guerra, este cerco, é um jogo para eles. Uma competição de um contra outro. Nós não poderemos uni-los aqui. Precisamos retornar a Alethkar para estabilizarmos nossa pátria e aprendermos a trabalhar em conjunto como uma nação. As Planícies Quebradas estão nos dividindo. Os outros se preocupam muito em obter riqueza e prestígio.

— Riqueza e prestígio fazem parte da *natureza* dos alethianos, pai! — disse Adolin. Estava realmente ouvindo aquilo? — E o Pacto de Vingança? Os grãos-príncipes juraram lutar contra os parshendianos até obter vingança!

— E nós lutamos. — Dalinar olhou para Adolin. — Sei que parece horrível, filho, mas algumas coisas são mais importantes que a vingança. Eu amava Gavilar. Sinto uma tremenda falta dele e odeio os parshendianos pelo que fizeram. Mas o trabalho da vida de Gavilar foi unir Alethkar, e eu prefiro ir para a Danação a deixar essa união ser quebrada.

— Pai — disse Adolin, nervoso —, se há alguma coisa errada aqui, é que nós não estamos nos esforçando o bastante. Você acha que os grãos-príncipes estão brincando? Bem, mostre a eles como a coisa deve ser feita! Em vez de falar em retirada, deveríamos estar falando em avançar, em golpear os parshendianos em vez de sitiá-los.

— Talvez.

— De qualquer forma, não podemos falar em retirada — disse Adolin. Os homens *já* estavam comentando que Dalinar perdera a coragem. O que diriam se escutassem aquela proposta? — Você não falou sobre esse assunto com o rei, falou?

— Ainda não. Não encontrei a maneira certa.

— Por favor. Não fale com ele a respeito disso.

— Vamos ver.

Dalinar contemplou as Planícies Quebradas, novamente com um olhar distante.

— Pai...

— Você já expressou seu ponto de vista, filho, e eu já lhe respondi. Não insista. Recebeu o relatório da retaguarda?

— Recebi.

— E da vanguarda?

— Acabei de checar com eles e... — Ele se interrompeu.

Raios. Provavelmente já estava na hora de o rei e seu grupo avançarem. As últimas fileiras do exército não poderiam sair daquele platô até que o rei estivesse em segurança no outro lado.

Adolin suspirou e foi pegar o relatório. Pouco depois, todos já haviam atravessado o abismo e cavalgavam pelo platô seguinte. Renarin se aproximou de Adolin e tentou entabular conversa, mas só recebeu respostas desanimadas.

Adolin estava começando a sentir uma estranha ansiedade. A maioria dos homens mais velhos do exército — mesmo aqueles pouco mais velhos que ele — haviam lutado ao lado de seu pai durante os dias de glória. Sentia inveja daqueles homens que haviam conhecido seu pai e o visto lutar quando ele ainda não estava tão envolvido com os Códigos.

As mudanças em Dalinar haviam começado com a morte de seu irmão. Fora naquele dia terrível que tudo começara a dar errado. A perda de Gavilar quase destruíra Dalinar, e Adolin *jamais* perdoaria os parshendianos, que haviam provocado tanta dor em seu pai. Nunca. Homens lutavam nas Planícies por diversas razões, mas aquela era a razão que motivava Adolin. Se conseguisse derrotar os parshendianos, talvez seu pai voltasse a ser o homem que já fora. Talvez aqueles delírios espectrais que o acossavam desaparecessem.

À frente, Dalinar conversava em voz baixa com Sadeas. Ambos tinham o cenho franzido. Eles mal se toleravam, embora já tivessem sido amigos. Era mais uma coisa que mudara na noite da morte de Gavilar. O que teria ocorrido entre os dois?

O dia foi passando e eles finalmente chegaram ao local da caçada — dois platôs adjacentes. Um deles era para onde a criatura seria atraída; o outro, a uma distância segura, para abrigar os espectadores. Como muitos platôs, aqueles tinham uma superfície acidentada, habitada por plantas resistentes, adaptadas a uma exposição contínua às tormentas. Saliências rochosas, depressões e chão irregular tornavam traiçoeiras as lutas naquele terreno.

Adolin se juntou ao pai, que estava ao lado da última ponte, esperando que o rei alcançasse o platô de observação, seguido por uma companhia de soldados. Os criados viriam logo depois.

— Você está se saindo bem no comando, filho — disse Dalinar, acenando para um grupo de soldados que bateram continência ao passar.

— Eles são bons homens, pai. Não precisam de ninguém para comandá-los durante uma travessia de platô a platô.

— Sim, mas você precisa de experiência na liderança, e eles precisam ver você como um comandante.

Renarin trotou até onde eles estavam; provavelmente já estava na hora de eles atravessarem para o platô de observação também. Dalinar fez sinal para que os filhos fossem primeiro.

Adolin se virou para partir, mas hesitou ao notar alguma coisa no platô atrás deles. Era um cavaleiro, vindo da direção dos acampamentos de guerra, que galopava rapidamente para alcançar o grupo de caçadores.

— Pai — disse Adolin, apontando.

Dalinar se virou imediatamente, seguindo o gesto. Adolin logo reconheceu o recém-chegado. Não era um mensageiro, como ele esperava.

— Riso! — chamou Adolin, acenando.

Alto e magro, montando descontraidamente um cavalo capão, o Riso do Rei se aproximou deles. Usava jaqueta preta e calça preta — a cor combinava com seus cabelos cor de ônix. Trazia uma espada longa e fina presa à cintura, embora nunca a tivesse sacado, pelo que Adolin sabia. Sendo mais uma lâmina de duelo que uma espada militar, seu valor era principalmente simbólico.

Riso os cumprimentou com um aceno de cabeça e um de seus sorrisos jocosos. Tinha olhos azuis, mas não era realmente um olhos-claros. Nem um olhos-escuros. Era... bem, era o Riso do Rei. Uma categoria só dele.

— Ah, jovem Príncipe Adolin! — exclamou ele. — Então conseguiu se afastar das jovens do acampamento por tempo suficiente para participar dessa caçada? Estou impressionado.

Adolin deu um risinho, constrangido.

— Bem, isso tem sido um tópico de discussões ultimamente...

Riso ergueu uma sobrancelha.

Adolin suspirou. Riso ia acabar descobrindo, de qualquer forma — era praticamente impossível esconder qualquer coisa daquele homem.

— Marquei um almoço com uma mulher ontem, mas eu estava... bem, eu estava cortejando outra. E ela é do tipo ciumenta. Então agora nenhuma das duas quer falar comigo.

— O fato de você se meter nessas confusões é um constante motivo de espanto, Adolin. Cada uma parece ser mais excitante que a outra!

— Ahn, sim. Excitante. A sensação é *exatamente* essa.

Riso sorriu novamente, embora mantendo o senso de compostura. O Riso do Rei não era um simples bobo da corte, como se podia encontrar em outros reinos. Era uma espada, uma ferramenta mantida pelo rei. Insultar os outros não era digno de um monarca, então, assim como alguém usava luvas para manejar algo sujo, o rei mantinha um Riso, para não se rebaixar ao nível da rudeza e da agressividade.

Aquele novo Riso, que estava com eles havia alguns meses, tinha algo... diferente. Parecia saber coisas que não deveria saber, coisas importantes. Coisas úteis.

Riso cumprimentou Dalinar com um aceno de cabeça.

— Vossa Senhoria.

— Riso — respondeu Dalinar, secamente.

— Jovem Príncipe Renarin!

Renarin manteve os olhos baixos.

— Não vai me cumprimentar, Renarin? — perguntou Riso, com ar divertido.

Renarin não disse nada.

— Ele acha que você vai caçoar dele se ele falar com você — explicou Adolin. — Hoje de manhã ele me disse que estava decidido a não falar mais nada perto de você.

— Que maravilha! — exclamou Riso. — Então eu posso falar o que quiser e ele não vai fazer objeções?

Renarin pareceu hesitar.

Riso se inclinou para Adolin.

— Eu já lhe falei daquela noite, dois dias atrás, em que o Príncipe Renarin e eu estávamos caminhando pelas ruas do acampamento? Nós nos deparamos com duas irmãs de olhos azuis e...

— Isso é mentira! — disse Renarin, corando.

— Muito bem — disse Riso, sem perder a pose. — Confesso que eram três irmãs, mas o Príncipe Renarin, muito injustamente, acabou ficando com duas delas, e como eu não quis comprometer minha reputação...

— Riso — interrompeu Dalinar, com uma entonação severa.

O homem vestido de preto olhou para ele.

— Talvez você deva reservar suas zombarias para aqueles que as merecem.

— Luminobre Dalinar. Acredito que era exatamente o que eu estava fazendo.

Dalinar franziu a testa. Nunca gostara de Riso, e implicar com Renarin era um modo seguro de despertar sua ira. Adolin entendia isso, mas Riso sempre se mostrara afável com Renarin.

Riso começou a se afastar. Ao passar por Dalinar, inclinou-se e sussurrou alguma coisa. Adolin mal ouviu o que foi dito:

— Os que "merecem" as minhas zombarias são aqueles que podem se beneficiar delas, Luminobre Dalinar. Esse aí é menos frágil do que você pensa. — Ele piscou e direcionou seu cavalo para a ponte.

— Ventos tormentosos, eu gosto desse homem — disse Adolin. — É o melhor Riso que temos em muitos anos!

— Eu o acho irritante — murmurou Renarin.

— Isso é metade da graça!

Dalinar não disse nada. Ao atravessarem a ponte, os três passaram por Riso, que havia parado para atormentar um grupo de oficiais — olhos-claros de baixo escalão, que precisavam servir ao exército para ganhar um salário. Muitos deles riam enquanto Riso troçava de outro.

Ao se juntarem ao rei, os três foram imediatamente abordados pelo mestre de caça. Bashin era um homem baixo, de pança proeminente; usava roupas rústicas, complementadas por um manto de couro e um chapéu de abas largas. Era um olhos-escuros do primeiro nan, a mais alta e prestigiosa categoria que um olhos-escuros podia atingir, podendo até desposar alguém de uma família olhos-claros.

Bashin fez uma mesura para o rei.

— Vossa Majestade chegou no momento certo! Acabamos de jogar a isca!

— Ótimo — disse Elhokar, desmontando da sela.

Adolin e Dalinar fizeram o mesmo, as Armaduras Fractais retinindo. Dalinar desamarrou o elmo da sela.

— Quanto tempo vai demorar? — perguntou.

— Duas ou três horas, provavelmente — respondeu Bashin, segurando as rédeas do cavalo do rei enquanto cavalariços se encarregavam dos dois richádios. — Nós nos instalamos ali.

Bashin apontou para o pequeno platô onde a caçada seria realizada, longe dos criados e da maioria dos soldados. Um grupo de caçadores conduzia um lento chule ao redor do perímetro, arrastando uma corda que desaparecia no abismo. Na outra ponta da corda fora amarrada uma isca.

— Estamos usando carcaças de porcos — explicou Bashin. — E jogamos sangue de porco na beira do abismo. O demônio-do-abismo foi avistado por patrulhas nestas paragens pelo menos uma dúzia de vezes. Deve ter seu ninho por perto, não está aqui para virar pupa. É grande demais para isso, e está na área há muito tempo. Vai ser uma boa caçada! Quando ele chegar, vamos soltar um grupo de porcos selvagens para desviar a atenção dele. Então vocês podem começar a enfraquecê-lo com flechas.

Eles haviam trazido hiperarcos: grandes arcos de aço com grossas cordas, que dispunham de tanta tensão que somente um Fractário conseguia disparar suas setas com três dedos de espessura. Esses arcos eram criações recentes, concebidos por engenheiros alethianos com o uso da ciência fabrial, e requeriam uma pequena gema infundida para manter a tensão sem empenar o metal. Navani, tia de Adolin — viúva do rei Gavilar, mãe de Elhokar e de sua irmã Jasnah —, estivera à frente das pesquisas que os haviam desenvolvido.

Seria ótimo se ela não tivesse partido, pensou Adolin. Navani era uma mulher interessante. Nada era tedioso quando ela estava por perto.

Algumas pessoas haviam começado a chamar os hiperarcos de Arcos Fractais, mas Adolin não gostava do termo. As Espadas Fractais e as Armaduras Fractais eram algo especial. Relíquias de outros tempos, da época em que os Radiantes andavam por Roshar. Nenhum tipo de ciência fabrial fora capaz de recriá-las.

Bashin conduziu o rei e seus grão-príncipes até um pavilhão situado no centro do platô de observação. Adolin acompanhou o pai, com o propósito de lhe fazer um relatório sobre a travessia. Aproximadamente metade dos soldados já se encontrava a postos, mas muitos dos criados ainda estavam cruzando a ponte permanente, que dava acesso ao platô de observação. O estandarte do rei drapejava acima do pavilhão, e uma pequena mesa com refrescos fora preparada. Nos fundos, um soldado montava um suporte para quatro hiperarcos de aspecto ameaçador. Suas grossas flechas pretas estavam ao lado, enfiadas em quatro aljavas.

— Acho que o dia vai ser ótimo para uma caçada — disse Bashin a Dalinar. — E a julgar pelos informes, o bicho é dos grandes. Maior que qualquer um que o senhor já tenha abatido, Luminobre.

— Gavilar sempre quis abater um desses — disse Dalinar melancolicamente. — Ele adorava caçar grã-carapaça, mas nunca se deparou com um demônio-do-abismo. É estranho pensar que eu já matei tantos.

O chule que puxava a isca baliu à distância.

— Vocês vão ter que mirar nas patas desse aí, Luminobres — disse Bashin. Aconselhamentos prévios faziam parte de suas responsabilidades, e ele os levava a sério. — Vocês estão acostumados a atacar os demônio-do-abismo na fase de crisálidas. Não se esqueçam de como eles são agressivos quando não estão nessa fase. Com um desse tamanho, usem um chamariz e entrem... — Ele se interrompeu, soltou um gemido e praguejou em voz baixa. — Tormentas levem aquele animal. O homem que o treinou deve ser louco.

Ele estava olhando para o platô adjacente. Adolin seguiu seu olhar. O chule caranguejoide, que deveria estar rebocando a isca, estava se afastando do abismo a passos lentos, porém determinados. Seus condutores corriam atrás dele, gritando.

— Peço desculpas, Luminobre — disse Bashin. — Ele está fazendo isso o dia todo.

O chule baliu em uma voz áspera. Adolin teve a impressão de que alguma coisa estava errada.

— Podemos mandar buscar outro — propôs Elhokar. — Não deve demorar muito para…

— Bashin? — disse Dalinar, com voz subitamente alarmada. — Não deveria haver uma *isca* no final daquela corda?

O mestre de caça se imobilizou. A corda que o chule arrastava estava rompida no final.

Algo escuro e estarrecedoramente enorme surgiu do abismo sobre grossas patas quitinosas e subiu no platô; mas não no pequeno platô onde a caçada deveria acontecer, e sim no platô de observação, onde estavam Dalinar e Adolin. O platô cheio de criados, convidados, mulheres escribas — todos desarmados — e soldados despreparados.

— Ah, Danação — disse Bashin.

13
DEZ BATIDAS
DE CORAÇÃO

Sei que você provavelmente ainda está zangado. Fico feliz com isso. Assim como no caso de sua perpétua saúde, passei a contar com sua insatisfação comigo. É uma das grandes constantes da cosmere, eu diria.

DEZ BATIDAS DE CORAÇÃO

Uma.

O tempo necessário para convocar uma Espada Fractal. Se o coração de Dalinar estivesse acelerado, o tempo seria mais curto. Se estivesse tranquilo, seria mais longo.

Duas.

No campo de batalha, o transcorrer dessas batidas podia durar uma eternidade. Ele enfiou o elmo na cabeça enquanto corria.

Três.

O demônio-do-abismo baixou violentamente uma pata, destroçando uma ponte cheia de criados e soldados. Pessoas gritavam ao despencar no abismo. Correndo com pernas fortalecidas pela Armadura, Dalinar seguiu o rei.

Quatro.

O demônio-do-abismo assomava como uma montanha de carapaças interconectadas de coloração violeta-escura. Dalinar compreendeu por que os parshendianos chamavam aquelas coisas de deuses. O bicho tinha uma face retorcida e afunilada, com uma boca cheia de arestas farpadas. Embora lembrasse vagamente um crustáceo, nada tinha da volumosa placidez de um chule. Possuía quatro patas dianteiras dotadas de garras ameaçadoras — cada uma do tamanho de um cavalo — e doze patas traseiras, um pouco menores, com as quais se agarrava à lateral do platô.

Cinco.

Fazendo a carapaça ranger sobre a rocha, a criatura terminou de subir o platô. Imediatamente, com um rápido golpe de garra, capturou um chule que puxava uma carroça.

Seis.

— Às armas, às armas! — gritou Elhokar, correndo à frente de Dalinar. — Arqueiros, disparem!

Sete.

— Desviem a atenção dele das pessoas desarmadas! — gritou Dalinar para seus soldados.

A criatura quebrou a carapaça do chule — espalhando lascas do tamanho de pratos —, enfiou o bicho na boca e observou as escribas e os criados que tentavam fugir. O chule parou de balir quando o monstro cerrou as mandíbulas.

Oito.

Dalinar saltou uma plataforma rochosa e voou cinco metros. Quando aterrissou, levantou lascas de pedra.

Nove.

O demônio-do-abismo emitiu um terrível som estridente, que trombeteou com quatro vozes interpostas.

Os arqueiros lhe apontaram as flechas. À frente de Dalinar, com sua capa azul esvoaçando ao vento, Elhokar gritava ordens.

A mão de Dalinar formigava de expectativa.

Dez!

Sua Espada Fractal — a Sacramentadora — saiu da bruma e surgiu em sua mão quando seu coração bateu pela décima vez. Com um metro e oitenta da ponta ao cabo, a Espada seria de difícil manejo se as lâminas fractais não fossem tão sobrenaturalmente leves. Para Dalinar, era perfeita. Ele portava a Sacramentadora desde a juventude, tendo se vinculado a ela com a idade de vinte Prantos. Levemente arqueada, tinha um palmo de largura e ondulações perto do cabo. Curvava-se na ponta como um anzol de pescador e estava úmida de orvalho frio.

A espada era parte dele. Podia sentir uma energia percorrendo sua lâmina como se a arma estivesse impaciente. Um homem não sabia o que era viver enquanto não lutasse em uma batalha com Armadura e Espada Fractais.

— *Irritem* o bicho! — berrou Elhokar, enquanto sua Espada Fractal, a Ensolarada, surgia da bruma e se materializava em sua mão.

Era longa e fina, tinha um grande guarda-mão e os dez glifos fundamentais gravados nas faces da lâmina. O rei não queria que o monstro escapasse; Dalinar percebia por seu tom de voz. No entanto, Dalinar estava mais preocupado com os soldados e criados. Aquela caçada tomara um rumo totalmente imprevisto. Talvez conseguissem distrair o monstro por tempo suficiente para que todo mundo escapasse, depois recuariam e o deixariam se refestelar com chules e porcos.

Emitindo novamente seu uivo multíssono, a criatura golpeou um grupo de soldados com uma das garras. Homens gritaram, enquanto ossos se estilhaçavam e corpos eram esmigalhados.

Os arqueiros dispararam, visando a cabeça. Uma centena de setas sibilaram no ar, mas só algumas poucas atingiram a musculatura macia entre as placas de quitina. Atrás deles, Sadeas pedia seu hiperarco. Dalinar não podia esperar — a criatura era perigosa e estava matando seus homens. O arco seria lento demais. Aquele era um trabalho para a Espada.

Adolin passou a toda, cavalgando Puro-Sangue. O garoto correra para buscar seu cavalo, em vez de arremeter como Elhokar, que obrigara Dalinar a segui-lo. Os outros cavalos — até mesmo de guerra — haviam entrado em pânico, mas o richádio branco de Adolin se manteve firme. Em poucos momentos, Galante surgiu ao lado de Dalinar. Dalinar pegou as rédeas, deu um pulo, impulsionado por suas pernas fortalecidas, e caiu sobre a sela. A força da aterrissagem poderia deslocar a coluna de um cavalo comum, mas Galante era mais forte que isso.

Elhokar fechou seu elmo, cujas laterais se enevoaram.

— Espere, Vossa Majestade — gritou Dalinar, passando ao lado dele. — Espere Adolin e eu enfraquecermos o bicho.

Dalinar fechou e travou sua viseira, cujas laterais também se enevoaram e se tornaram translúcidas para ele. A fenda para os olhos ainda era necessária — olhar pelas laterais era como olhar através de um vidro sujo —, mas a transparência era uma das maiores qualidades da Armadura Fractal.

Dalinar cavalgou até se posicionar sob a sombra do monstro. Ao redor, soldados se reuniam, empunhando lanças. Não haviam sido treinados para lutar contra bichos de dez metros de altura, mas o fato de terem entrado em formação era uma prova de seu valor. Eles tentavam desviar a atenção do monstro, concentrada nos arqueiros e nos criados que fugiam.

Flechas choviam sobre a criatura, mas ricochetavam em sua carapaça, tornando-se mais mortais para os soldados do que para o demônio-do-

-abismo. Uma delas colidiu com estrépito contra o elmo de Dalinar, que ergueu o braço para cobrir a fenda da viseira.

Adolin recuou quando o bicho esmagou um grupo de arqueiros com sua garra.

— Vou pela esquerda — gritou ele, a voz abafada pelo elmo.

Dalinar assentiu e enveredou pela direita, passando por um grupo de atônitos soldados e saindo outra vez para o sol. O demônio-do-abismo ergueu uma garra para desferir um novo golpe. Dalinar galopou a pata, transferiu a Sacramentadora para a mão esquerda e a enfiou em uma das pernas do monstro, que era grossa como um tronco.

A Espada atravessou a espessa camada de quitina quase sem resistência. Como sempre, não cortou carne viva, mas matou a perna tão eficientemente como se a tivesse amputado. A pata baixou, pendendo imóvel e inútil.

O bicho rugiu com suas profundas vozes sobrepostas. Do outro lado, Dalinar divisou Adolin golpeando outra pata.

O monstro estremeceu e se virou para Dalinar, arrastando as duas pernas sem vida. Era longo e estreito como uma lagosta e tinha uma cauda achatada. Caminhava sobre quatorze pernas. Quantas poderia perder antes de desabar?

Dalinar deu meia-volta com Galante e foi se encontrar com Adolin, cuja Armadura azul luzia, emoldurada pela capa que esvoaçava atrás. Ambos trocaram de lado e, descrevendo grandes arcos, galoparam na direção das outras pernas.

— Enfrente seu inimigo, monstro! — berrou Elhokar.

Dalinar se virou. O rei encontrara sua montaria e conseguira dominá-la. Vingança, seu cavalo, não era um richádio, mas um shino da melhor procedência. Montado no animal, Elhokar arremeteu, brandindo a Espada acima da cabeça.

Bem, não havia como impedi-lo de lutar. Sua Armadura lhe ofereceria uma boa proteção, desde que ele se mantivesse em movimento.

— As pernas, Elhokar! — gritou Dalinar.

Elhokar o ignorou e investiu diretamente contra o peito da criatura. Dalinar praguejou e esporeou Galante, enquanto o monstro atacava. Elhokar se virou no último momento, abaixou-se e se esquivou do golpe. A garra do demônio-do-abismo martelou o solo rochoso. Irritado por não ter atingido o alvo, o bicho soltou um rugido que ecoou pelo abismo.

O rei galopou na direção de Dalinar, passando por ele às pressas.

— Eu estou distraindo a fera, seu burro. Continue atacando!

— Eu tenho um richádio! — gritou Dalinar de volta. — Eu distraio o monstro, sou mais rápido!

Elhokar o ignorou novamente; como de costume, não podia ser refreado. Dalinar suspirou e esporeou Galante quando o monstro se virou. Uma discussão seria perda de tempo e custaria mais vidas. Portanto, Dalinar fez o que lhe fora ordenado. Com os cascos de Galante tamborilando no chão pedregoso, ele contornou o flanco da criatura para iniciar outra aproximação. Como o rei atraía a atenção da fera, Dalinar conseguiu cravar sua lâmina em mais uma pata.

O bicho emitiu quatro uivos sobrepostos e se virou para Dalinar. Enquanto isso, Adolin se acercou pelo outro lado e seccionou outra perna com um golpe hábil. A pata perdeu os movimentos, enquanto uma chuva de flechas continuava a cair sobre o animal, que tremeu, aturdido com os ataques que vinham de todos os lados; estava perdendo as forças.

Dalinar ergueu o braço e acenou. Era uma ordem para que os soldados de infantaria recuassem na direção do pavilhão. Ordens dadas, ele se esgueirou para perto do monstro e inutilizou mais uma pata. Cinco patas mortas. Talvez fosse o momento de deixar o animal capengar para longe; não valeria a pena arriscar vidas para matá-lo naquele momento.

Ele chamou o rei, que cavalgava por perto com a espada estendida para o lado. Elhokar olhou para ele, mas obviamente não o entendeu. Quando o demônio-do-abismo se aproximou, o rei fez Vingança dar uma rápida meia-volta e correr na direção de Dalinar.

Ouviu-se um leve estalido e o rei — e sua sela — foram arremessados no ar. A súbita meia-volta fizera a correia da sela se romper. Um homem em uma Armadura Fractal era pesado, e exercia forte pressão tanto sobre a montaria quanto sobre a sela.

Dalinar sentiu uma pontada de medo e freou Galante. Ao colidir contra o chão, Elhokar largou sua Espada Fractal. A arma se converteu novamente em bruma e desapareceu. Era um recurso de proteção para impedir que um inimigo se apossasse dela: a menos que seu portador lhe desse uma ordem em contrário, a espada desaparecia ao ser solta.

— Elhokar! — gritou Dalinar.

Ainda impulsionado pela queda, o rei rolou pelo chão, enrolando-se na própria capa. Parou atordoado e ficou caído enquanto sua armadura, rachada em um dos ombros, vazava Luz. A Armadura devia ter amortecido a queda. O rei ficaria bem.

A não ser que...

Uma garra se avultou sobre Elhokar.

Em pânico, Dalinar virou Galante na direção do rei. Chegaria tarde demais! O bicho ia...

De repente, uma enorme seta se cravou na cabeça do demônio-do--abismo, atravessando a quitina. Uma substância violeta se derramou, fazendo a criatura urrar de agonia. Dalinar se virou na sela.

Sadeas, em sua armadura vermelha, pegou outra enorme flecha com um criado e a disparou. A seta foi se cravar no ombro da criatura, produzindo um estalo seco.

Dalinar ergueu a Sacramentadora em uma saudação. Sadeas lhe respondeu erguendo o arco. Não eram amigos e não se gostavam.

Mas *precisavam* proteger o rei. Esse era o elo que os unia.

— Vá para um lugar seguro! — gritou Dalinar para o rei, enquanto passava a seu lado.

Elhokar se levantou cambaleante e assentiu. Dalinar se aproximou do bicho. Tinha que distraí-lo o suficiente para que Elhokar se afastasse. Outras setas de Sadeas acertaram o alvo, mas o monstro começou a ignorá-las. Sua lentidão desapareceu e seus berros se tornaram furiosos, selvagens, enlouquecidos. Ele estava ficando realmente encolerizado.

Aquela era a parte mais perigosa. Uma retirada agora de nada adiantaria. O animal os seguiria até matá-los ou ser morto.

Uma garra atingiu o chão bem ao lado de Galante, levantando lascas de pedra. Dalinar se abaixou, tomando o cuidado de manter a Espada estendida, e seccionou mais uma pata. Adolin fez o mesmo do outro lado. Sete patas inutilizadas, metade do total. Quanto tempo até que o bicho caísse? Normalmente, àquela altura, eles já lhe teriam cravado dúzias de flechas. Era difícil saber o que fazer sem o enfraquecimento prévio — além disso, ele nunca enfrentara um animal daquele tamanho.

Dalinar manobrou Galante, tentando atrair a atenção da criatura. Era de se esperar que Elhokar tivesse...

— Você é um deus?! — berrou Elhokar.

Soltando um gemido, Dalinar olhou por cima do ombro. O rei *não* fugira. Caminhava rapidamente na direção do bicho, com a mão estendida para o lado.

— Eu lhe desafio, criatura! — gritou ele. — Exijo sua vida! Eles verão seus deuses esmagados e verão seu rei aos meus pés! Eu *desafio* você!

Filho da Danação!, pensou Dalinar, virando Galante.

Tão logo a Espada Fractal reapareceu em sua mão, Elhokar investiu contra o peito do monstro; Luz das Tempestades vazava pela fenda em sua Armadura. Ao se aproximar, ele golpeou o flanco do bicho, arrancando um pedaço de quitina — que a Espada Fractal podia cortar, assim como cortava cabelos ou unhas de uma pessoa. Depois enfiou a arma no peito do monstro, tentando alcançar o coração.

A fera rugiu, contorceu-se, livrando-se de Elhokar, que mal conseguiu segurar a Espada. O demônio-do-abismo rodopiou, lançando a cauda na direção de Dalinar, que soltou uma imprecação e tentou fazer Galante se desviar; mas o golpe chegou com demasiada rapidez e atingiu o cavalo. Em um instante, Dalinar se viu rolando sobre as pedras. A Sacramentadora caiu de sua mão, seccionando uma pedra, e se transformou em bruma.

— Pai! — gritou uma voz distante.

Dalinar parou de rolar e permaneceu deitado, aturdido. Por fim, levantou a cabeça e viu Galante, que se levantava aos tropeções. O cavalo sangrava de alguns arranhões e se apoiava mais em uma das patas, mas felizmente não a quebrara.

— Vá! — disse ele. Era a ordem para que o cavalo procurasse um lugar seguro. Ao contrário de Elhokar, o animal obedeceu.

Dalinar se levantou, cambaleante. Ao ouvir o som de alguma coisa se arrastando à esquerda, virou-se. A cauda do demônio-do-abismo colidiu contra seu peito e o jogou para trás.

Ele foi ao chão novamente, com a Armadura estrondeando na pedra.

Não!, pensou, posicionando a mão enluvada atrás do corpo, de modo a usá-la de apoio para se erguer, aproveitando o impulso da derrapagem. De repente, algo pareceu se *endireitar*, como se a própria Armadura soubesse qual lado era *para cima*. E ele se viu de pé, embora ainda em movimento, com os pés deslizando sobre o chão rochoso.

Recuperado o equilíbrio, correu em direção ao rei, iniciando o processo de convocar a Espada. Dez batidas de coração. Uma eternidade.

Os arqueiros continuavam a disparar e a face do demônio-do-abismo já estava eriçada de flechas. Mas ele as ignorava, embora as setas maiores, disparadas por Sadeas, parecessem distraí-lo. Adolin seccionara mais uma pata, e a criatura se arrastava tropegamente, com oito de suas 14 patas fora de ação.

— Pai!

Dalinar se virou e viu Renarin — com o uniforme azul dos Kholin e uma longa capa — cavalgando em sua direção sobre o terreno pedregoso.

— Pai, você está bem? Posso ajudar?

— Menino tolo! — disse Dalinar, apontando para a retaguarda. — Vá!

— Mas...

— Você está sem armadura e desarmado! — berrou Dalinar. — Volte, senão vai acabar morrendo!

Renarin freou o cavalo.

— *Vá!*

Renarin galopou para longe. Dalinar se virou e correu na direção de Elhokar, enquanto a Sacramentadora se condensava em sua mão. Elhokar continuava a golpear o tronco da criatura; nos pontos atingidos pela Espada, o tecido escurecera e morrera. Se cravasse a Espada no lugar certo, ele poderia parar o coração ou inutilizar um pulmão, mas isso seria difícil enquanto o monstro estivesse de pé.

Adolin — leal como sempre — desmontara ao lado do rei e tentava deter as garras, golpeando-as quando desciam. Infelizmente, eram quatro garras para um Adolin, e duas o atacaram ao mesmo tempo. Ele cortou um naco de uma delas, mas não viu a outra se aproximar por trás.

Quando Dalinar o alertou, já era tarde, e a garra o arremessou para o alto, estalando contra a Armadura. Ele fez uma curva no ar e se estatelou no chão. A Armadura não se rompeu, graças aos Arautos, mas uma área no peito e outra em um flanco racharam visivelmente, expelindo espirais de fumaça branca.

Adolin rolou, mexeu as mãos. Ele estava vivo.

Mas não havia tempo para pensar nele. Elhokar estava sozinho.

A fera martelou o chão ao lado do rei, que caiu de bruços nas pedras. Sua Espada Fractal desapareceu.

Foi então que algo mudou em Dalinar. Sua cautela se dissipou. Outras preocupações perderam o sentido. O filho de seu irmão estava em perigo.

Ele falhara com Gavilar, embriagando-se com vinho enquanto o irmão lutava pela própria vida. Dalinar deveria ter estado a seu lado para defendê-lo. Agora, só duas coisas restavam de seu amado irmão, duas coisas que ele podia proteger na esperança de obter algum tipo de redenção: o reino de Gavilar e o filho de Gavilar.

Elhokar estava só e corria perigo.

Nada mais tinha importância.

ADOLIN BALANÇOU A CABEÇA, tonto. Ergueu então a viseira e inspirou ar fresco, para clarear as ideias.

Lutando. Estavam lutando. Ele ouvia gritos, rochas estremecendo e um balido retumbante. Sentia cheiro de mofo. Sangue de grã-carapaça.

O demônio-do-abismo!, pensou. Antes mesmo de sua mente se desanuviar, Adolin reconvocou sua Espada e se forçou a se erguer nas mãos e joelhos.

O monstro avultava a pouca distância, uma escura silhueta recortada contra o céu. Adolin caíra próximo a seu flanco direito. Ao recuperar o foco, viu o rei caído; sua Armadura estava quebrada devido ao golpe que levara mais cedo.

O demônio-do-abismo ergueu outra garra enorme e se preparou para golpear. Adolin percebeu então, de repente, que o desastre era iminente. O rei seria morto em uma reles caçada. O reino se esfacelaria e, rompido o frágil elo de união, os grão-príncipes se dividiriam.

Não!, pensou ele, atônito e ainda aturdido, tentando avançar.

Foi quando viu o pai.

Dalinar corria na direção do rei, movendo-se com uma rapidez e uma graça que nenhum homem devia ser capaz de alcançar, nem mesmo com uma Armadura Fractal. Ele saltou sobre uma plataforma rochosa, depois se curvou rapidamente, passando por baixo da garra que o atacava. Outros homens pensavam entender de Espadas e Armaduras Fractais, mas Dalinar Kholin... às vezes provava que eles não passavam de crianças.

Dalinar se empertigou e pulou — ainda avançando —, desviando-se por alguns centímetros de uma segunda garra, que acabou destroçando uma rocha atrás dele.

Tudo se passou em um momento. Uma respiração. Enquanto a terceira garra descia na direção do rei e Dalinar rugia, disparando. Ele soltou a Espada, que caiu no chão e desapareceu, enquanto deslizava sob a garra descendente. Então ergueu as mãos e...

Aparou o golpe. Dobrou-se sob o peso, caindo apoiado em um joelho, o choque de carapaça contra armadura provocando um estrondo.

Mas Dalinar *aparou o golpe.*

Pai das Tempestades!, pensou Adolin, vendo o pai ao lado do rei, curvado sob o peso de um monstro muitas vezes maior que ele. Assombrados, os arqueiros hesitaram. Sadeas baixou o hiperarco. Adolin perdeu o fôlego.

Dalinar manteve a garra presa, igualando sua força; uma figura em metal escuro que parecia quase brilhar. A fera uivou acima, e Dalinar respondeu com um poderoso grito de desafio.

Naquele momento, Adolin sabia que estava vendo *ele*. O Espinho Negro, o homem junto ao qual sempre desejara lutar. As ombreiras e as luvas da Armadura de Dalinar começaram a rachar, feixes de luz se espalhando pelo antigo metal. Finalmente, Adolin entrou em ação. *Tenho que ajudar!*

Empunhando sua Espada Fractal, ele se aproximou de um dos flancos da criatura e fez um corte na perna mais próxima. Ouviu um estalo. Com tantas pernas a menos, as outras já não aguentavam o peso do bicho, ainda mais quando estava lutando para esmagar Dalinar. De repente, emitindo um tremendo estrondo, as pernas restantes à direita se romperam, espirrando um líquido violeta. O demônio-do-abismo tombou.

O tremor do chão quase derrubou Adolin. Dalinar empurrou a garra, agora flácida. Luz das Tempestades vazava por muitas gretas em sua Armadura. Ao lado, o rei começava a se levantar — poucos segundos haviam se passado desde que ele caíra.

Cambaleante, Elhokar contemplou a criatura caída. Depois se virou para o tio, o Espinho Negro.

Agradecendo a Adolin com um gesto, Dalinar apontou para o que devia ser o pescoço do bicho. Elhokar assentiu, convocou sua Espada e a enfiou profundamente na carne do monstro. Os olhos verdes da criatura se escureceram e murcharam, enquanto filetes de fumaça espiralavam no ar.

Adolin se aproximou do pai, enquanto Elhokar cravava a Espada no peito da fera. Com o demônio-do-abismo morto, a Espada já podia lhe cortar a carne. O líquido violeta jorrou e Elhokar largou a arma, enfiou os braços dentro do monstro e agarrou alguma coisa.

Era a gema-coração — a enorme gema que havia dentro de todos os demônio-do-abismo. Estava áspera e grumosa, mas era uma esmeralda pura, do tamanho da cabeça de um homem — a maior esmeralda que Adolin já vira. E mesmo as menores valiam uma fortuna.

Elhokar levantou o sinistro troféu, atraindo esprenos de glória. Os soldados gritaram, celebrando o triunfo.

Códigos de Guerra Alethianos

Prontidão. O oficial estará preparado para o combate em todos os momentos. Nunca bêbado de vinho, jamais sem sua arma.

Inspiração. O oficial usará seu uniforme em público, de modo a se mostrar preparado para a guerra e dar força a seus homens.

Moderação. O oficial se absterá de duelos, rixas ou altercações supérfluos com outros oficiais no acampamento, de modo a evitar ferimentos em homens que possam ser necessários no comando.

Liderança. O oficial não exigirá de seus soldados nenhuma ação que ele mesmo nao esteja disposto a realizar.

Honra. O oficial não abandonará aliados no campo de batalha, nem tentará se aproveitar das perdas de seus aliados.

14
DIA DE PAGAMENTO

Primeiramente, permita-me lhe assegurar que o elemento está a salvo. Encontrei um bom lar para ele. Podemos dizer que protejo sua segurança como protejo minha própria pele.

NA MANHÃ SEGUINTE À decisão que tomara durante a grantormenta, Kaladin decidiu elevar sua posição perante os demais. Jogou para o lado seu cobertor e marchou pelo aposento cheio de vultos encapuzados. Não se sentia entusiasmado, *apenas* determinado. Determinado a lutar novamente.

Iniciou aquela luta escancarando a porta para a luz do sol. Ouviram-se gemidos e imprecações à medida que os sonolentos carregadores despertavam. Kaladin se virou para eles com as mãos na cintura. A Ponte Quatro, no momento, dispunha de 34 indivíduos. O número variava, mas transportar a ponte exigia pelo menos 25. Menos que isso, a ponte tombaria. Às vezes tombava até com mais carregadores.

— De pé e organizados! — berrou Kaladin, em sua melhor voz de chefe de pelotão.

A autoridade em seu tom surpreendeu a ele mesmo.

Os homens piscaram os olhos sonolentos.

— Isso *significa*: saiam do barracão e formem fileiras! Façam isso agora, raios, ou vou arrastar vocês um por um!

Syl desceu e pousou em seu ombro, observando a cena com curiosidade. Alguns homens sentaram-se e olharam para ele, confusos. Outros lhe deram as costas.

Kaladin respirou fundo.

— Então está bem.

Entrou então no barracão e escolheu um alethiano chamado Moash. Era um homem forte; Kaladin precisava de um exemplo, e um dos homens mais magrelos, como Dunny ou Narm, não serviria. Além disso, Moash era um dos que haviam se virado e continuado a dormir.

Kaladin o agarrou pelo braço e o puxou com toda a força. Moash se levantou aos tropeços. Era um homem jovem, talvez da idade de Kaladin, e tinha um rosto aquilino.

— Dê o fora, raios! — vociferou ele, recolhendo o braço.

Kaladin lhe deu um soco no estômago, onde sabia que o deixaria sem ar. Moash arquejou, surpreso, enquanto se dobrava. Kaladin se adiantou, pegou-o pelas pernas e o colocou sobre o ombro.

Quase caiu com o peso. Por sorte, carregar pontes tonificava os músculos. Óbvio que poucos carregadores sobreviviam tempo suficiente para se beneficiar do exercício. As pausas entre as incursões também não ajudavam. Aliás, faziam parte do problema. As equipes de pontes passavam a maior parte do tempo olhando para os próprios pés ou executando trabalhos domésticos; depois lhes exigiam que corressem quilômetros carregando uma ponte.

Ele levou para fora o atônito Moash e o pousou sobre uma pedra. O resto do acampamento já havia despertado; carpinteiros chegavam à serraria e soldados corriam para tomar o desjejum ou treinavam. As demais equipes de pontes, lógico, ainda estavam dormindo. Normalmente podiam dormir até tarde, a menos que tivessem uma incursão matinal.

Kaladin deixou Moash onde estava e voltou para o barracão.

— Vou fazer a mesma coisa com cada um de vocês, se for preciso.

Não foi preciso. Os espantados carregadores saíram em fila para a luz do dia, pestanejando. Muitos estavam de torso nu, vestindo apenas calças que lhes iam até a altura dos joelhos. Moash se pôs de pé, massageando o estômago, e olhou raivosamente para Kaladin.

— As coisas vão mudar na Ponte Quatro — disse Kaladin. — Para começar, ninguém mais vai dormir até tarde.

— E o que vamos fazer, então? — perguntou Sigzil, homem de pele marrom-escura e cabelos pretos, traços que o definiam como makabakiano, habitante do sudoeste de Roshar.

Era o único carregador sem barba e, a julgar por seu sotaque suave, devia ser azishiano ou emuliano. Estrangeiros eram comuns nas equipes de pontes — aqueles que não se adaptavam acabavam na escória do exército.

— Excelente pergunta — disse Kaladin. — Nós vamos treinar. Todas as manhãs, antes das tarefas, vamos carregar a ponte para aumentar nossa resistência.

Vários homens fizeram expressões sombrias ao ouvir.

— Eu sei o que vocês estão pensando — prosseguiu Kaladin. — Nossas vidas já não são difíceis o suficiente? Não deveríamos ter o direito de relaxar nos poucos momentos em que isso é possível?

— Sim — disse Leyten, homem alto e corpulento, de cabelo crespo. — É isso.

— *Não* — vociferou Kaladin. — As incursões com a ponte nos deixam exaustos porque passamos a maior parte dos dias descansando. Ah, eu sei que nós temos tarefas: recolher coisas nos abismos, limpar latrinas e lavar o chão. Mas os soldados não esperam que nós nos esforcemos; só querem nos manter ocupados. O trabalho permite que eles nos ignorem. Como chefe de ponte de vocês, meu primeiro dever é manter todos vivos. Não posso fazer muita coisa sobre as flechas dos parshendianos, mas tenho que fazer alguma coisa por *vocês*. Tenho de tornar vocês mais fortes, para que quando estiverem percorrendo o último trecho da incursão, com as flechas voando, vocês consigam fugir depressa. — Ele encarou cada homem na fileira, um por um. — Quero que a Ponte Quatro nunca mais perca nenhum homem.

Os homens o olharam com incredulidade. Finalmente, um sujeito grande e musculoso, que estava ao fundo, soltou uma gargalhada. Tinha pele bronzeada, cabelos bem ruivos e quase dois metros de altura, com braços e peito fortes. Os unkalakianos — chamados de papaguampas pela maioria das pessoas — constituíam um grupo que habitava o centro de Roshar, nas proximidades de Jah Keved. Na noite anterior, ele informara que seu nome era "Rocha".

— Loucura! — disse o papaguampas. — Homem que quer ser líder é um louco! — E deu uma sonora risada.

Os outros o acompanharam, balançando a cabeça e olhando para Kaladin. Alguns esprenos de riso — pequenos espíritos prateados, semelhantes a peixinhos, que zuniam no ar em padrões circulares — começaram a esvoaçar em torno deles.

— Ei, Gaz — chamou Moash, botando as mãos em concha ao redor da boca.

O sargento baixo e caolho estava nas proximidades, conversando com alguns soldados.

— O quê? — gritou ele, com ar aborrecido.

— Esse aqui quer que a gente carregue pontes para fazer exercício — respondeu Moash. — Nós temos que fazer o que ele diz?

— Bah — disse Gaz, agitando a mão. — Os chefes de ponte só têm autoridade no campo.

Moash olhou para Kaladin.

— Parece que você pode ir para o raio que o parta, amigo. A menos que pretenda bater em todos nós.

O grupo de dispersou. Alguns homens retornaram ao barracão, enquanto outros se dirigiram aos refeitórios. Kaladin ficou sozinho.

— Isso não deu muito certo — disse Syl, empoleirada em seu ombro.

— Não mesmo.

— Você parece surpreso.

— Não, só frustrado. — Ele olhou para Gaz. O sargento de pontes lhe virou as costas de forma deliberada. — No exército de Amaram, me deram homens inexperientes, mas nunca homens ostensivamente insubordinados.

— Qual a diferença? — perguntou Syl.

Uma pergunta muito inocente. A resposta deveria ser óbvia, mas ela inclinou a cabeça, confusa.

— Os homens do exército de Amaram sabiam que podiam ser mandados para lugares piores. Podiam ser punidos. Os carregadores de pontes sabem que chegaram ao fundo do poço. — Ele deu um suspiro e esperou que uma parte de sua tensão se dissipasse. — Só de ter conseguido tirar esses homens do barracão já foi sorte.

— E agora, o que você vai fazer?

— Não sei. — Kaladin olhou para o lado, onde Gaz ainda conversava com os soldados. — Na verdade, sei, sim.

Gaz percebeu Kaladin se aproximando e arregalou o olho em uma súbita expressão de terror. Parou de falar e rapidamente desapareceu por trás de uma pilha de troncos.

— Syl — disse Kaladin. — Você pode segui-lo para mim?

Ela sorriu, transformou-se em uma fina linha branca e disparou no ar, deixando uma trilha que desapareceu lentamente. Kaladin se plantou no local onde Gaz estivera.

Syl retornou pouco depois e reassumiu sua forma feminina.

— Ele está escondido entre aqueles dois barracões. — Ela apontou. — Está agachado lá, espiando para ver se você vai atrás dele.

Com um sorriso, Kaladin contornou os barracões. Na passagem que Syl indicara, encontrou uma figura agachada nas sombras, olhando na outra direção. Adiantando-se, ele agarrou um dos ombros de Gaz, que soltou um ganido e se virou, pronto para desferir um soco. Kaladin segurou o pulso dele com facilidade.

Gaz o olhou aterrorizado.

— Eu não podia mentir! Raios, você só tem autoridade no campo. Se me machucar de novo, eu vou mandar...

— Calma, Gaz. — Kaladin soltou o homem. — Não vou machucar você. Não ainda, pelo menos.

O homenzinho recuou, esfregando o ombro e lançando um olhar mortífero a Kaladin.

— Hoje é *chachel*, dia de pagamento — disse Kaladin.

— Você vai receber o seu dentro de uma hora, como todo mundo.

— Não. Você já está com meu pagamento. Vi você conversando com o mensageiro. — Kaladin estendeu a mão.

Gaz rosnou, mas puxou uma bolsa e contou algumas esferas em cujo interior brilhavam minúsculas luzes brancas. Marcos de diamante, cada um valendo cinco claretas. Com uma clareta se comprava um pão.

Gaz contou quatro marcos, embora houvesse cinco dias em uma semana, e os entregou a Kaladin. Kaladin manteve a mão aberta, com a palma virada para cima.

— A outra, Gaz.

— Mas você disse...

— *Agora.*

Sobressaltado, Gaz pegou mais uma esfera.

— Você tem um modo estranho de manter sua palavra, fidalgote. Você me prometeu...

Ele se interrompeu quando Kaladin pegou a esfera que acabara de receber e a devolveu. Gaz franziu a testa.

— Não se esqueça de onde isso vem, Gaz. Vou manter minha palavra, mas você não vai ficar com parte do meu pagamento. Eu é que estou lhe *dando* uma parte. Entendeu?

Gaz pareceu confuso, mas pegou a esfera na mão de Kaladin.

— O dinheiro vai parar de chegar se alguma coisa acontecer comigo — disse Kaladin, embolsando as outras esferas. Depois, deu um passo à frente. Sendo um homem alto, avultava sobre Gaz, muito menor. — Lembre a nossa barganha. Fique fora do meu caminho.

Recusando-se a ser intimidado, Gaz cuspiu para o lado. Uma saliva escura, que grudou na parede de pedra e começou a escorrer lentamente.

— Eu não vou mentir por você. Se acha que uma porcaria de marco vai...

— Eu só quero o que pedi. Quais são as tarefas da Ponte Quatro para hoje?

— Refeição da noite. Limpar o chão e lavar as coisas.

— E o plantão de ponte?

— Turno da tarde.

Aquilo significava que a manhã estava livre. Os homens da equipe iam gostar; poderiam gastar o pagamento em jogatinas ou com prostitutas, e talvez esquecer, por um breve momento, a vida miserável que levavam. No início da tarde, teriam que estar na serraria, para o caso de haver alguma incursão.

Outro dia jogado fora. Kaladin se virou e andou na direção da serraria.

— Você não vai mudar nada — gritou Gaz. — Aqueles homens são carregadores de pontes por um motivo.

Kaladin continuou caminhando. Syl desceu do teto e pousou em seu ombro.

— Você não tem autoridade — continuou Gaz. — Não é um chefe de pelotão num campo de batalha. É um raio de um *carregador de pontes*. Ouviu? Você não pode ter autoridade se não tiver um posto!

Kaladin saiu da passagem estreita.

— Ele está errado — murmurou.

Syl deu a volta e pairou em frente a seu rosto, onde permaneceu enquanto ele avançava, inclinando a cabeça.

— Autoridade não vem de um posto — disse Kaladin, tateando as esferas que tinha no bolso.

— De onde vem?

— Dos homens que concedem autoridade a você. É o único jeito de se conseguir. — Ele olhou para trás. Gaz ainda não saíra da passagem. — Syl, você não dorme, dorme?

— Dormir? Um espreno? — Ela pareceu se divertir com a ideia.

— Você poderia tomar conta de mim durante a noite? Para garantir que Gaz não entre no alojamento e tente alguma coisa enquanto estou dormindo. Ele pode mandar alguém me matar.

— Você acha que ele realmente faria isso?

Kaladin pensou por um momento.

— Não. Não, provavelmente não. Já conheci vários homens iguais a ele; frouxos metidos a valentões, mas com poder suficiente para incomodar. Gaz é um pilantra, mas não acho que seja um assassino. Além do mais, ele acha que não *precisa* me matar. Basta esperar que eu seja morto em uma incursão com a ponte. Mas é melhor ter cuidado. Tome conta de mim, se puder. Me acorde se ele tentar alguma coisa.

— Pode deixar. Mas e se ele falar com homens mais importantes? Para pedir que executem você?

Kaladin fez uma careta.

— Aí não há nada que eu possa fazer. Mas não acredito que ele vá fazer isso. Iria parecer fraco diante dos superiores.

Além disso, a decapitação estava reservada a carregadores que se recusassem a avançar na direção dos parshendianos. Enquanto carregasse a ponte, ele não seria executado. Na verdade, os comandantes do exército hesitavam em aplicar punições aos carregadores de pontes. Há pouco tempo, um idiota cometera um assassinato e fora imediatamente pendurado sob uma grantormenta. Fora isso, Kaladin só vira homens com os salários retidos devido a brigas ou chicoteados por sua lentidão no início de uma incursão com a ponte.

Eram punições mínimas. Os comandantes daquele exército sabiam das coisas. As vidas dos carregadores de ponte estavam muito próximas da desesperança total; caso fossem atormentados demais, poderiam preferir a morte.

Infelizmente, isso também significava que não havia muito o que Kaladin pudesse fazer para punir seus próprios homens, mesmo se tivesse autoridade para tanto. Teria que motivá-los de outra forma.

Foi então até a serraria, onde os carpinteiros estavam construindo novas pontes. Após procurar um pouco, encontrou o que queria — uma grossa prancha que provavelmente faria parte de uma nova ponte móvel. Tinha uma empunhadura acoplada a um dos lados.

— Podem me emprestar isso aí? — perguntou a um carpinteiro.

O homem coçou a cabeça coberta de serragem.

— Emprestar?

— Vou ficar perto da serraria — explicou Kaladin, levantando a prancha e a colocando no ombro.

Era mais pesada do que parecia. Ele sentiu-se grato por estar usando um colete de couro forrado.

— Vamos precisar disso mais tarde... — disse o carpinteiro, mas não com ênfase suficiente para impedir que Kaladin se afastasse com a prancha.

Ele escolheu um trecho plano em frente aos barracões e começou a trotar de um lado a outro carregando a prancha nos ombros, sentindo na pele o calor do sol nascente. Deslocou-se para lá e para cá, para lá e para cá, correu, trotou e caminhou. Treinou andar com a prancha sobre o ombro, depois erguida bem alto.

Exercitou-se até a exaustão. Várias vezes esteve a ponto de desabar, mas sempre encontrava reservas de energia. Continuou em movimento, cerrando os dentes para enfrentar a dor e a fadiga, contando os passos para se concentrar. O aprendiz de carpinteiro com quem falara chamou um supervisor, que observou Kaladin e coçou a cabeça. Por fim, deu de ombros e se retirou, com o aprendiz.

Sem demora, Kaladin atraiu uma pequena multidão. Trabalhadores da serraria, alguns soldados, um grande número de carregadores de pontes. Alguns, de outras equipes de pontes, fizeram gracejos; os integrantes da Ponte Quatro foram mais reservados. Muitos o ignoraram. Outros — como o grisalho Teft, o jovem Dunny e muitos mais — observaram suas atividades como se não pudessem acreditar no que ele estava fazendo.

Aqueles olhares — perplexos e hostis que fossem — eram parte do que mantinha Kaladin em movimento. Ele também corria para descarregar sua frustração, o caldeirão efervescente de raiva que trazia dentro de si. Raiva de si mesmo, por ter falhado com Tien. Raiva do Todo-Poderoso, que criara um mundo onde uns jantavam em meio ao luxo, enquanto outros carregavam pontes.

A sensação de se exaurir segundo sua escolha era surpreendentemente boa. Ele sentiu-se como nos primeiros meses após a morte de Tien, quando treinava com a lança para esquecer. Quando soaram os sinos do meio-dia — chamando os soldados para o almoço —, Kaladin por fim parou, pousou a prancha no chão e alongou os braços para relaxar os ombros. Exercitara-se durante horas. Onde encontrara forças?

Respingando suor sobre as pedras, ele correu até a serraria e tomou um grande gole de água do enorme balde. Os carpinteiros geralmente expulsavam os carregadores que tentavam fazer isso, mas não disseram nada quando o viram sorver duas conchas da metálica água pluvial. Satisfeito, Kaladin acenou para uma dupla de aprendizes e voltou correndo para a frente do barracão, onde deixara a prancha.

Rocha — o grande papaguampas de pele bronzeada — a estava erguendo, o cenho franzido.

Teft viu Kaladin e apontou para Rocha.

— Ele apostou uma clareta com alguns de nós que você tinha usado uma tábua leve para nos impressionar.

Se os homens pudessem sentir sua exaustão, não estariam tão céticos. Kaladin teve que se forçar a tirar a prancha das mãos de Rocha, que a largou com ar atônito e o observou correr com ela para devolvê-la à serraria. Após agradecer ao aprendiz, Kaladin trotou de volta ao local onde estavam os carregadores. Com relutância, Rocha pagava as apostas.

— Vocês estão dispensados para o almoço — informou Kaladin. — Temos plantão de ponte à tarde, portanto retornem à uma hora. No último toque de sino antes do pôr do sol, reúnam-se no refeitório. Nossa tarefa será a limpeza depois do jantar. O último a chegar terá que lavar as panelas.

Os homens o olharam com ar atarantado enquanto ele se afastava da serraria. Duas ruas depois, enfiou-se em uma passagem entre dois barracões e se encostou a uma parede. Ofegante, deslizou para o chão e se deitou.

A impressão que tinha era de que distendera todos os músculos do corpo. As pernas ardiam. Quando tentou cerrar o punho, os dedos enfraquecidos não o obedeceram totalmente. Respirava em grandes arquejos, tossia. Um soldado de passagem lhe lançou um olhar, mas ao ver seus trajes de carregador de pontes afastou-se sem falar nada.

Após algum tempo, Kaladin sentiu um leve toque no peito. Abrindo os olhos, viu Syl inclinada no ar, com o rosto voltado para ele. Tinha os pés virados para a parede, mas por sua postura — e pelo caimento de seu vestido — era como se estivesse na vertical, não na horizontal.

— Kaladin — disse ela. — Tenho uma coisa para lhe dizer.

Ele fechou os olhos de novo.

— Kaladin, é importante!

Ele sentiu uma leve descarga de energia em uma pálpebra. Uma sensação bastante estranha. Abriu os olhos, grunhindo, e se obrigou a se sentar. Syl caminhou no ar, como se contornando uma esfera invisível, até se postar na vertical de novo.

— Cheguei à conclusão de que estou feliz por você ter mantido sua palavra com Gaz, mesmo ele sendo uma pessoa repulsiva — declarou ela.

Kaladin demorou alguns momentos para entender de que ela estava falando.

— As esferas?

Ela assentiu.

— Achei que você fosse quebrar sua palavra, mas estou feliz que não tenha feito isso.

— Entendi. Bem, obrigado por me contar, eu acho.

— Kaladin — disse ela com petulância, cerrando os punhos. — Isso é *importante*.

— Eu... — Ele parou e se recostou na parede. — Syl, eu mal estou conseguindo respirar, muito menos pensar. Por favor. Só me diga por que está preocupada.

— Eu sei o que é uma mentira — disse ela, sentando-se no joelho dele. — Algumas semanas atrás, eu nem entendia o *conceito* de mentira. Mas agora estou feliz por você não ter mentido. Você não entende?

— Não.

— Eu estou mudando.

Ela estremeceu — devia ter sido uma ação intencional, pois sua figura ficou embaçada por um momento.

— Eu entendo agora coisas que não entendia até poucos dias. É muito estranho.

— Bem, acho que isso é bom. Quero dizer, quanto mais você entender, melhor. Certo?

Ela baixou os olhos.

— Quando encontrei você na beira do abismo, ontem, depois da grantormenta, você estava prestes a se matar, não estava? — sussurrou ela.

Kaladin não respondeu. Ontem. Fora há uma eternidade.

— Eu lhe dei uma folha — disse ela. — Uma folha *venenosa*. Você poderia ter usado aquela folha para se matar ou matar outra pessoa. Provavelmente era isso o que você estava planejando fazer, lá no carroção. — Ela o olhou nos olhos e sua voz diminuta pareceu aterrorizada. — Hoje eu sei o que é a morte. Por que eu sei o que é a morte, Kaladin?

Ele franziu a testa.

— Você sempre foi estranha para um espreno. Mesmo no início.

— Mesmo no início?

Ele hesitou, tentando lembrar. Não, nas primeiras vezes em que ela aparecera, agira como qualquer espreno de vento. Pregando peças, grudando o sapato dele no chão e depois se escondendo. Mesmo quando continuou com ele, durante os meses de escravidão, ela quase sempre agia como qualquer outro espreno. Perdia rapidamente o interesse nas coisas, esvoaçava de um lado para outro.

— Ontem eu não sabia o que era a morte — disse ela. — Hoje eu sei. Meses atrás eu não sabia que estava agindo de forma estranha para um espreno, mas hoje percebo que estava. Como eu sei *como* um espreno deve se comportar? — Ela se encolheu, parecendo ficar menor. — O que está acontecendo comigo? O que eu sou?

— Não sei. Isso tem importância?

— Não deveria ter?

— Eu também não sei o que eu sou. Um carregador de pontes? Um cirurgião? Um soldado? Um escravo? São apenas rótulos. Por dentro, eu sou eu. Um eu muito diferente do que era um ano atrás, mas não posso me preocupar com isso; então sigo em frente, esperando que meus pés me levem aonde eu preciso ir.

— Kaladin, você não ficou zangado comigo por eu lhe ter trazido aquela folha?

— Syl, se você não tivesse me interrompido, eu teria pulado no abismo. Aquela folha era o que eu precisava. De algum modo, foi a coisa certa.

Ela sorriu e ficou observando Kaladin, que começara a se alongar. Quando terminou, pôs-se de pé e retornou à rua, quase recuperado da exaustão. Syl zuniu no ar e sentou-se em seu ombro, com os braços apoiados atrás e os pés pendurados à frente, como uma garota na beirada de um precipício.

— Que bom que você não está zangado. Embora eu *ache* que você é o culpado pelo que está acontecendo comigo. Antes de encontrar você, eu nunca tive que pensar sobre morte nem sobre mentiras.

— Eu sou assim mesmo — disse ele secamente. — Levo mortes e mentiras aonde quer que eu vá. Eu e a Guardiã da Noite.

Syl franziu a testa.

— Isso foi... — disse ele.

— Sim, foi sarcasmo. — Ela inclinou a cabeça. — Eu sei o que é sarcasmo. — Depois sorriu maliciosamente. — Eu sei o que é sarcasmo!

Pai das Tempestades, pensou Kaladin, olhando os olhos exultantes de Syl. *Parece um mau sinal.*

— Espere um pouco — disse ele. — Esse tipo de coisa nunca aconteceu com você?

— Não sei. Não consigo me lembrar de nada antes de um ano atrás, quando te vi pela primeira vez.

— É mesmo?

— Isso não é incomum — disse Syl, encolhendo os ombros translúcidos. — A maioria dos esprenos não tem boa memória. — Ela hesitou. — Não sei como eu sei disso.

— Bem, talvez seja normal. Você pode ter passado por um ciclo como esse antes, mas apenas esqueceu.

— Isso não é um consolo. Não gosto da ideia de esquecer.

— Mas a morte e as mentiras não incomodam você?

— Incomodam. Mas se eu perdesse essas lembranças… — Ela olhou para cima e Kaladin seguiu a direção de seu olhar, avistando dois esprenos de vento viajando em uma corrente de ar, livres e despreocupados.

— Você está com medo de seguir em frente — disse Kaladin —, mas fica aterrorizada com a ideia de voltar a ser o que era.

Ela assentiu.

— Sei como você se sente — disse ele. — Vamos. Preciso comer. E quero pegar umas coisas depois do almoço.

15

A ISCA

Você não aprova minha busca. Eu entendo, tanto quanto é possível entender alguém de quem discordo tão completamente.

QUATRO HORAS APÓS O ataque do demônio-do-abismo, Adolin ainda estava supervisionando a limpeza. Durante a luta, o monstro destruíra todas as pontes que os conectavam com os acampamentos de guerra. Felizmente, alguns soldados que haviam permanecido do outro lado tinham ido buscar uma equipe de pontes.

Ele caminhou em meio aos soldados, colhendo relatos, enquanto o sol do final da tarde se encaminhava para o horizonte. Um odor de mofo impregnava o ar. Era o cheiro do sangue do grã-carapaça, que jazia onde caíra, com o peito aberto. Alguns soldados arrancavam partes de sua carapaça, em meio a crenguejos que se refestelavam com a carne. À esquerda de Adolin, longas fileiras de homens deitados — usando capas ou camisas como travesseiros — se estendiam sobre a áspera superfície do platô. Cirurgiões do exército de Dalinar cuidavam deles. Adolin estava grato que seu pai sempre levasse cirurgiões nos deslocamentos do exército, mesmo nos de rotina, como aquele.

Ainda usando a Armadura Fractal, ele continuou a caminhar. As tropas podiam ter retornado aos acampamentos por uma rota alternativa — havia uma ponte do outro lado que dava acesso a um platô mais distante. Eles podiam se deslocar para leste e dar a volta por um caminho diferente. Dalinar, porém — para grande consternação de Sadeas —, decidira que era melhor cuidarem dos feridos e descansarem por algumas horas, até que a equipe de ponte chegasse. Tinham mandado chamar uma das equipes de pontes móveis de Sadeas, que eram mais rápidas do que as de Dalinar, que usava pontes mais largas puxadas por chules.

Adolin olhou para o pavilhão, de onde ecoavam risos. Grandes rubis brilhavam intensamente no alto de postes, presos por hastes de ouro trabalhado. Eram fabriais que proporcionavam calor sem necessidade de fogo. Ele não entendia como os fabriais funcionavam, só sabia que os mais espetaculares precisavam de grandes gemas para entrar em ação.

Uma vez mais, outros olhos-claros aproveitavam o lazer enquanto ele trabalhava. Nas atuais circunstâncias, porém, ele não se importou. Achava difícil se divertir após um desastre tão grande. E *fora* mesmo um desastre.

Um suboficial olhos-claros se aproximou com a lista final de baixas, que sua esposa leu. Depois ambos se retiraram, deixando a lista com ele. Havia quase cinquenta mortos e o dobro de feridos. Muitos eram homens que Adolin conhecia. Quando a estimativa inicial fora informada ao rei, ele menosprezara as mortes, dizendo que os homens seriam recompensados no firmamento, com postos nos exércitos dos Arautos. Parecia ter se esquecido, por conveniência, de que ele mesmo teria sido uma das baixas se não fosse por Dalinar.

Adolin procurou localizar o pai e o viu parado à beira do platô, olhando para leste novamente. O que estaria procurando? Não era a primeira vez que Adolin presenciava ações extraordinárias de seu pai, mas as de poucas horas antes haviam sido particularmente impressionantes. Encarando o enorme demônio-do-abismo, impedindo que a criatura lhe matasse o sobrinho, Armadura refulgindo. Uma imagem que se fixara na memória de Adolin.

Os outros olhos-claros agora tomavam mais cuidado quando perto de Dalinar; e no decorrer das últimas horas, Adolin não ouvira nenhuma menção à fraqueza dele nem mesmo por parte dos homens de Sadeas. Mas receava que aquilo não fosse durar. Dalinar *era* heroico, mas não com muita frequência. Nas semanas que se seguiriam, seus pares recomeçariam a falar que ele quase não participava de incursões nos platôs e que havia perdido sua fibra.

Adolin viu-se querendo mais. Quando Dalinar saltara para proteger Elhokar, agira como as histórias que contavam dele em sua juventude. Adolin queria aquele homem de volta. O reino precisava dele.

Suspirando, ele se virou. Precisava entregar ao rei a lista final de baixas. Provavelmente seria ridicularizado, mas talvez — enquanto aguardava para fazer a entrega — pudesse ouvir o que Sadeas andava dizendo.

Adolin sentia que estava perdendo algum detalhe daquele homem. Algo que seu pai via e ele, não.

Blindando-se então contra as chacotas, dirigiu-se ao pavilhão.

DALINAR OLHAVA PARA LESTE, as mãos cruzadas às costas. Em algum lugar, no centro das Planícies, os parshendianos haviam estabelecido seu acampamento-base.

Alethkar estava em guerra há cerca de seis anos, engajada em um cerco prolongado. A estratégia de cerco fora sugerida pelo próprio Dalinar — atacar a base dos parshendianos exigiria que acampassem nas Planícies, enfrentando grantormentas e tendo que confiar em um grande número de pontes frágeis. Se perdessem uma batalha, os alethianos se veriam cercados, sem ter como recuar para as posições fortificadas.

Mas as Planícies Quebradas também podiam ser uma armadilha para os parshendianos. Os limites leste e sul eram intransponíveis — os platôs naquelas direções haviam sofrido tanta erosão que agora eram pouco mais que fiapos; os parshendianos não podiam vencer as distâncias entre eles. As Planícies eram rodeadas por montanhas e matilhas de enormes e perigosos demônio-do-abismo estavam à espreita nas terras entre eles.

Com os exércitos alethianos a oeste e a norte — e com batedores postados a sul e a leste, por via das dúvidas —, os parshendianos não tinham como escapar. Dalinar afirmava que seus suprimentos se esgotariam e eles tentariam escapar das Planícies, expondo suas tropas... ou teriam que atacar os acampamentos fortificados dos alethianos.

Era um excelente plano. Só que Dalinar não levara em conta as gemas-coração.

Dando meia-volta, ele começou a se afastar do abismo. Estava ansioso para cuidar de seus homens, mas precisava demonstrar confiança em Adolin, que estava no comando e agiria da maneira correta. Na verdade, ao que parecia, já estava levando para Elhokar alguns relatórios finais.

Dalinar sorriu ao olhar para o filho. Adolin era mais baixo que ele, e tinha cabelos louros mesclados com preto. Os cabelos louros provinham da mãe, assim diziam. Ele mesmo não se lembrava da mulher. Ela fora extirpada de sua memória, deixando estranhas lacunas e áreas nebulosas. Às vezes ele conseguia se lembrar com exatidão de alguma cena, onde todos apareciam com nitidez, mas *ela* continuava indistinta. Ele não conseguia se lembrar nem de seu nome. Quando outros o mencionavam, o nome escorria de sua mente como manteiga de uma faca quente.

Ele deixou que Adolin fizesse o relatório e se aproximou da carcaça do demônio-do-abismo, caído de lado, de olhos carbonizados e boca aberta. Não se via língua, apenas os estranhos dentes de um grã-carapaça e uma complexa rede de mandíbulas. Alguns dentes eram achatados, para poder esmagar carapaças. As pequenas mandíbulas serviam para cortar carne ou enfiá-la na goela. Alguns petrobulbos, nas proximidades, haviam se aberto e estendido suas gavinhas para lamber o sangue do bicho. Existia certa conexão entre um homem e o animal que ele caçava. Dalinar sempre sentia uma estranha tristeza após matar uma criatura majestosa como um demônio-do-abismo.

A maioria das gemas-coração era coletada de modo inteiramente diferente do que ocorrera naquele dia. Às vezes durante seu estranho ciclo de vida os demônios-do-abismo se deslocavam para oeste das Planícies, onde os platôs eram mais amplos. Eles subiam nesses platôs, formavam uma crisálida rochosa e aguardavam a chegada de uma grantormenta.

Durante esse período, ficavam vulneráveis. Para extrair a gema-coração, bastava quebrar a crisálida com marretas, ou com uma Espada Fractal, e recolher a gema-coração. Um trabalho fácil que rendia uma fortuna. E os bichos apareciam com frequência, até várias vezes por semana, contanto que não estivesse frio demais.

Dalinar observou a volumosa carcaça. Esprenos cintilantes em forma de flechas saíam do cadáver e desapareciam no ar. Lembravam as espirais de fumaça que saíam de uma vela apagada. Ninguém sabia que tipo de esprenos eram. Só eram vistos ao redor de grã-carapaça recém-abatidos.

Ele balançou a cabeça. As gemas-coração haviam mudado a guerra. Os parshendianos também as queriam, com gana suficiente para se empenharem ao máximo. Lutar contra os parshendianos pelos grã-carapaça fazia sentido, pois eles não podiam reabastecer suas tropas a partir do próprio território, como os alethianos. Portanto, as disputas pelos grã-carapaça eram, além de lucrativas, um modo taticamente sensato de apertar o cerco.

Com a noite se aproximando, Dalinar via luzes cintilando nas Planícies. Eram torres onde homens se mantinham atentos à possível presença de demônio-do-abismo. Vigiavam durante toda a noite, embora os bichos raramente aparecessem tão tarde. Aqueles batedores se deslocavam de platô em platô de forma rápida, sem precisar de pontes. Apenas saltavam sobre os abismos, usando varas longas e flexíveis. Quando avistavam um demônio-do-abismo, davam o alerta e uma corrida se iniciava: alethianos contra parshendianos. A ideia era tomar o platô e conservá-lo por tempo suficiente para extrair a gema-coração. Ou atacar o inimigo, caso chegasse antes.

Todos os grão-príncipes queriam gemas-coração. Pagar e alimentar milhares de soldados não era barato, mas uma única gema-coração podia cobrir durante meses as despesas de um grão-príncipe. Além disso, quanto maior fosse a gema usada por um Transmutador, menos probabilidade tinha de se quebrar. Enormes gemas-coração dispunham de um potencial quase ilimitado. Assim sendo, os grão-príncipes competiam entre si. O primeiro a encontrar uma crisálida tinha o direito de lutar contra os parshendianos pela posse da gema-coração.

Os grão-príncipes poderiam ter organizado um revezamento, mas não era assim que alethianos funcionavam. A competição, para eles, era uma doutrina. O vorinismo ensinava que os melhores guerreiros teriam o sacrossanto privilégio de se juntar aos Arautos após a morte, na luta para retirar os Salões Tranquilinos das mãos dos Esvaziadores. Os grão-príncipes eram aliados, mas também rivais. Ceder uma gema-coração em favor de outrem... bem, não parecia certo. Era melhor competir. Portanto, o que no início era uma guerra acabou se tornando um esporte. Um esporte mortal — mas esse era o melhor tipo.

Dalinar se afastou da carcaça do demônio-do-abismo. Entendia todas as etapas do processo que acontecera nos últimos seis anos. Até acelerara algumas. Somente nos últimos tempos começara a se preocupar. Os alethianos *estavam* fazendo progressos no tocante à redução dos efetivos parshendianos; mas o objetivo original da guerra — vingar o assassinato de Gavilar — fora quase esquecido. Os alethianos descansavam, jogavam e relaxavam.

E embora tivessem eliminado muitos parshendianos — cerca de um quarto dos efetivos originais, segundo estimativas —, o conflito estava se prolongando demais. O cerco já durava seis anos, e poderia facilmente durar mais seis. Isso inquietava Dalinar. Tendo previsto o cerco, os parshendianos haviam criado depósitos de suprimentos e se preparado para deslocar toda a sua população para as Planícies Quebradas, onde podiam usar aqueles platôs abandonados pelos Arautos como fortalezas e os abismos como fossos.

Elhokar lhes enviara mensageiros, exigindo saber por que haviam matado seu pai. Os parshendianos jamais responderam. Assumiram o assassinato, mas não ofereceram nenhuma explicação. Nos últimos tempos, Dalinar parecia ser a única pessoa que ainda se perguntava o motivo.

Ele se voltou para o pavilhão; a comitiva de Elhokar havia se recolhido para saborear vinho e comida. O pavilhão era uma grande tenda amarela e violeta, aberta dos lados. Uma suave brisa agitava sua lona. Segundo os guardiões do tempo, existia uma pequena chance de outra grantormenta se desencadear naquela noite. Que o Todo-Poderoso velasse para que o exército já estivesse de volta ao acampamento, caso a previsão se confirmasse.

Grantormentas. Visões.

Você deve uni-los...

Ele realmente acreditava no que vira? Realmente pensava que o próprio Todo-Poderoso falara com ele? Dalinar Kholin, o Espinho Negro, um temível chefe militar?

Você deve uni-los.

Sadeas saiu do pavilhão. Havia retirado o elmo, revelando uma densa cabeleira escura e ondulada que lhe caía até os ombros. Ficava muito mais imponente de Armadura do que nas ridículas roupas de renda e seda que estavam em voga.

Ao perceber que Dalinar o olhava, ele inclinou a cabeça levemente. *Minha parte eu fiz*, dizia aquele cumprimento. Depois de dar mais alguns passos, ele retornou ao pavilhão.

Sadeas apenas lembrara a Dalinar o motivo de Vamah ter sido convidado para a caçada. Agora, Dalinar teria que procurar Vamah. Foi o que fez, dirigindo-se ao pavilhão. Adolin e Renarin gravitavam nas proximidades do rei. Será que o garoto já lhe entregara o relatório? Parecia estar tentando — mais uma vez — ouvir o que Sadeas falava com o Elhokar. Dalinar teria que fazer alguma coisa a respeito; a rivalidade pessoal do garoto com Sadeas talvez fosse compreensível, mas era contraproducente.

Sadeas e o rei estavam conversando. Dalinar foi procurar Vamah — o outro grão-príncipe estava nos fundos do pavilhão —, mas o rei o interrompeu:

— Dalinar, venha até aqui. Sadeas disse que conseguiu três gemas-coração só nas últimas semanas!

— Foi mesmo — respondeu Dalinar, aproximando-se.

— Quantas você conseguiu?

— Incluindo a de hoje?

— Não — disse o rei. — Antes.

— Nenhuma, Vossa Majestade — admitiu Dalinar.

— São as pontes de Sadeas — comentou Elhokar. — São mais eficientes que as suas.

— Posso não ter conseguido nenhuma gema-coração nas últimas semanas — disse Dalinar em tom glacial —, mas meu exército tem vencido boa parte das escaramuças.

E por mim as gemas-coração podem ir para a Danação.

— Talvez — disse Elhokar. — Mas o que você tem feito ultimamente?

— Estive ocupado com outros assuntos importantes.

Sadeas ergueu uma sobrancelha.

— Mais importantes do que a guerra? Mais importantes do que a vingança? Será que é possível? Ou você está apenas dando desculpas?

Dalinar lhe lançou um olhar significativo. Sadeas deu de ombros. Eles eram aliados, mas não amigos. Não mais.

— Você deveria passar a usar pontes como as dele — disse Elhokar.

— Majestade, as pontes de Sadeas desperdiçam muitas vidas.

— Mas são rápidas — disse Sadeas, calmo. — Confiar em pontes com rodas é uma loucura, Dalinar. Posicionar essas pontes nos platôs é um trabalho lento e difícil.

— Os Códigos determinam que um general não deve pedir a um homem que faça algo que ele mesmo não faria. Me diga, Sadeas: *você* correria na frente das pontes que usa?

— Eu também não comeria grude — respondeu Sadeas secamente —, nem cavaria trincheiras.

— Mas faria isso, se não tivesse outro jeito — disse Dalinar. — As pontes são diferentes. Pai das Tempestades, você nem deixa os carregadores usarem armaduras ou escudos! Você entraria em combate sem sua Armadura?

— Os carregadores de pontes têm uma função muito importante — vociferou Sadeas. — Eles distraem os parshendianos, que assim não atiram nos meus soldados. No início, tentei lhes dar escudos. E sabe o que aconteceu? Os parshendianos ignoraram os carregadores e dispararam contra os meus soldados e cavalos. Eu descobri que dobrar o número de pontes em cada incursão e deixar os carregadores bem leves, sem armaduras e escudos para atrasá-los torna o trabalho mais eficaz. Entendeu, Dalinar? Os parshendianos ficam tentados demais pelos carregadores expostos para disparar contra os outros! Sim, perdemos alguns em cada assalto, mas raramente em número suficiente para nos atrapalhar. Os parshendianos disparam contra eles. Acho que, por algum motivo, pensam que matar carregadores de pontes nos causam danos. Como se um homem sem armadura carregando uma ponte valesse para o exército o mesmo que um cavaleiro montado usando uma Armadura. — Sadeas balançou a cabeça com ar divertido.

Dalinar franziu a testa. *Irmão*, escrevera Gavilar. *Você precisa encontrar as palavras mais importantes que um homem pode dizer*. Era uma citação de um antigo texto intitulado *O caminho dos reis*, que discordava completamente das coisas que Sadeas estava dizendo.

— Seja como for — continuou Sadeas —, não se pode dizer que meu método não é eficiente.

— Às vezes a recompensa não vale os custos — disse Dalinar. — Os meios para se obter uma vitória são tão importantes quanto a vitória em si.

Sadeas olhou incrédulo para Dalinar. Até Adolin e Renarin — que haviam se aproximado — pareciam atônitos com a declaração. Era um modo de pensar nem um pouco alethiano.

Com as visões e as palavras daquele livro rodopiando em sua mente nos últimos tempos, Dalinar não se sentia particularmente alethiano.

— A recompensa vale *qualquer* custo, Grão-príncipe Dalinar — disse Sadeas. — Vencer a competição vale qualquer esforço, qualquer despesa.

— Isso é uma guerra — contrapôs Dalinar. — *Não* uma competição.

— Tudo é uma competição — afirmou Sadeas, gesticulando. — Todas as relações humanas são competições em que alguns têm êxito e outros fracassam. E alguns estão fracassando espetacularmente.

— Meu pai é um dos mais renomados guerreiros de Alethkar! — esbravejou Adolin, juntando-se ao grupo. O rei ergueu uma sobrancelha, mas permaneceu fora da conversa. — Você viu o que ele fez hoje, Sadeas, enquanto estava se escondendo no pavilhão com seu arco. Meu pai conteve a fera. Você é um covar...

— Adolin! — disse Dalinar. Aquilo estava indo longe demais. — Controle-se.

Adolin cerrou os dentes, a mão estendida, como que ansioso para convocar sua Espada. Renarin se adiantou e pousou a mão no braço do irmão. Relutante, Adolin recuou.

Sadeas se virou para Dalinar, sorrindo insolente.

— Um filho mal consegue se controlar e o outro é incompetente. É esse o seu legado, velho amigo?

— Eu tenho orgulho dos dois, Sadeas, pense você o que quiser.

— O encrenqueiro eu entendo — disse Sadeas. — Você já foi impetuoso como ele. Mas o outro? Viu como ele correu hoje. Até se esqueceu de sacar a espada ou pegar um arco! Ele é imprestável!

Renarin corou e baixou os olhos. Adolin levantou bruscamente a cabeça, estendeu a mão outra vez e avançou na direção de Sadeas.

— Adolin! — disse Dalinar. — Eu cuido disso!

Adolin o encarou com os olhos azuis faiscando de raiva, mas não convocou sua Espada.

Dalinar voltou a atenção para Sadeas e falou com voz suave, mas firme:

— Sadeas. Com certeza eu não ouvi você chamar meu filho de *inútil*, abertamente e diante do rei. Você com certeza não diria isso, pois tal insulto *exigiria* que eu convocasse a minha Espada e reclamasse o seu sangue. Isso destruiria o Pacto de Vingança. Isso levaria os dois maiores aliados do rei a se matarem. Você com certeza não seria tão tolo. Com certeza, eu ouvi mal.

Fez-se um grande silêncio. Sadeas hesitou. Não voltou atrás, apenas encarou Dalinar. Mas hesitou.

— Talvez — disse Sadeas lentamente — você tenha ouvido mal. Eu não insultaria seu filho. Isso não seria... inteligente da minha parte.

Os olhares se entrecruzaram e houve um entendimento entre eles. Dalinar assentiu, Sadeas também, tenso. Não estavam dispostos a permitir que seu ódio mútuo se tornasse um perigo para o rei. Trocar farpas era uma coisa, mas trocar ofensas capazes de provocar duelos era outra. Não podiam correr esse risco.

— Bem... — disse Elhokar.

Ele permitia que seus grão-príncipes competissem por prestígio e influência. Acreditava que isso os tornava mais fortes, e poucos o desapontavam; era um modelo de governo já estabelecido, do qual Dalinar discordava cada vez mais.

Você deve uni-los...

— Acho que podemos dar esse assunto por encerrado — disse Elhokar.

Adolin parecia insatisfeito, como se estivesse torcendo para que Dalinar convocasse sua espada e enfrentasse Sadeas. O próprio Dalinar sentia o sangue ferver e a Euforia o tentava, mas resistiu. Não. Não ali. Não naquele momento. Não enquanto Elhokar precisasse deles.

— Talvez possamos dar o assunto por encerrado, Vossa Majestade — disse Sadeas. — Mas eu duvido que a discordância entre Dalinar e eu um dia acabe. Pelo menos até que ele reaprenda a agir como um homem.

— Eu disse que já basta, Sadeas — disse Elhokar.

— Já basta? — perguntou uma voz diferente. — Acho que uma única palavra de Sadeas "já basta" para qualquer um.

Riso abriu caminho em meio ao grupo de criados, com uma caneca de vinho na mão e a espada de prata na cintura.

— Riso! — exclamou Elhokar. — Quando você chegou?

— Eu me juntei ao seu grupo pouco antes da batalha, Majestade — respondeu ele, fazendo uma mesura. — Queria falar com você, mas o demônio-do-abismo chegou primeiro. Soube que sua conversa com ele foi muito estimulante.

— Mas então você está aqui há horas! O que andou fazendo? Como eu não vi você aqui?

— Eu tinha... umas coisas para resolver. Mas não podia perder a caçada. Não queria que sentisse minha falta.

— Até agora eu me saí bem.

— Mas não estava Risonho — comentou ele.

Dalinar observou o homem vestido de preto. O que pensar de Riso? Ele era *de fato* inteligente. No entanto, expressava seus pensamentos com demasiada liberdade, como demonstrara com Renarin mais cedo. Dalinar não conseguia interpretar completamente Riso.

— Luminobre Torol Sadeas — disse Riso, tomando um gole de vinho. — Lamento muito ver você aqui.

— Pensei que ficaria feliz em me ver — disse Sadeas secamente. — Afinal de contas, parece que sou sempre uma fonte de divertimento.

— Infelizmente, isso é verdade.

— Infelizmente?

— Sim. Veja bem, Sadeas, com você é tudo fácil demais. Um criado sem instrução, idiota e de ressaca poderia zombar de você. Eu não preciso me esforçar, sua própria natureza zomba da minha zombaria. Por mera palermice, você me faz parecer incompetente.

— Francamente, Elhokar — disse Sadeas. — Temos mesmo que aturar essa criatura?

— Eu gosto dele — disse Elhokar, sorrindo. — Ele me faz rir.

— Às custas daqueles que são leais a você.

— Custas? — interveio Riso. — Sadeas, não creio que você já tenha gasto uma única esfera comigo. Mas não, por favor, não me ofereça nenhuma. Não posso aceitar seu dinheiro, pois sei quantas outras pessoas você *tem* que pagar para conseguir o que quer.

Sadeas ruborizou, mas manteve a calma.

— Piada de prostituta, Riso? É o melhor que você pode fazer?

Riso deu de ombros.

— Eu aponto verdades, Grão-príncipe Sadeas. Cada homem tem sua função. A minha é bancar disputas, a sua é só bancar putas.

Sadeas se empertigou e corou mais ainda.

— Você é um idiota.

— Se o Riso é um idiota, os homens estão perdidos. Mas vou lhe fazer uma proposta, Sadeas. Se você conseguir falar algo que não seja ridículo, vou deixar você em paz pelo resto da semana.

— Bem, penso que não será muito difícil.

— E mesmo assim você falhou — disse Riso, suspirando. — Pois disse "penso", e eu não consigo imaginar nada mais ridículo do que o conceito de *você* pensar. E você, jovem Príncipe Renarin? Sei que seu pai quer que eu lhe deixe em paz. Mas você poderia falar algo que não seja ridículo?

Os olhos se voltaram para Renarin, que estava parado atrás do irmão. Renarin hesitou, olhos arregalados diante de toda aquela atenção. Dalinar ficou tenso.

— Algo que não seja ridículo — disse Renarin devagar.

Riso gargalhou.

— Sim, acho que isso me satisfaz. Muito inteligente. Se o Grão-príncipe Sadeas um dia perder o controle e finalmente me matar, talvez você possa ser o Riso do Rei no meu lugar. Parece ter uma boa cabeça para isso.

Renarin se animou, o que piorou mais ainda o humor de Sadeas. Dalinar olhou para o grão-príncipe, que pousara a mão na espada. Não era uma Espada Fractal, pois Sadeas não possuía uma. Mas ele portava uma espada rapieira que os olhos-claros costumavam usar. Bastante letal. Dalinar, que lutara ao lado de Sadeas em muitas ocasiões, sabia que o homem era um exímio espadachim.

Riso deu um passo à frente.

— E então, Sadeas? — perguntou ele baixinho. — Vai livrar Alethkar de nós dois e fazer um favor ao reino?

Matar o Riso do Rei estava dentro da lei. Porém, se o fizesse, Sadeas teria que abrir mão de seu título e de suas terras. O que muitos consideravam uma troca desvantajosa demais para ser feita às claras. Mas se alguém conseguisse assassinar um Riso sem que ninguém soubesse, a coisa seria diferente.

Sadeas recolheu lentamente a mão que mantinha sobre o cabo da espada, fez um curto aceno de cabeça para o rei e se afastou a passos largos.

— Riso — disse Elhokar —, Sadeas tem meu favor. Não há necessidade de atormentá-lo tanto.

— Discordo — replicou Riso. — O favor do rei pode ser tormento suficiente para a maioria dos homens, mas não para ele.

O rei deu um suspiro e olhou para Dalinar.

— Vou acalmar Sadeas. Mas eu estava querendo lhe perguntar uma coisa: você já examinou aquele assunto que conversamos mais cedo?

Dalinar balançou a cabeça.

— Eu estava ocupado com as necessidades do exército. Mas vou fazer isso agora, Majestade.

O rei assentiu e saiu às pressas atrás de Sadeas.

— De que se trata, pai? — perguntou Adolin. — É sobre as pessoas que ele acha que o estão espionando?

— Não — respondeu Dalinar. — É outra coisa. Vou lhe mostrar daqui a pouco.

Dalinar olhou para Riso. O homem de preto estalava os dedos, um a um, enquanto olhava contemplativamente na direção de Sadeas. Percebendo que Dalinar o observava, ele piscou e se afastou.

— Eu *gosto* dele — repetiu Adolin.

— Talvez eu acabe concordando — disse Dalinar, esfregando o queixo. — Renarin, traga um relatório sobre os feridos. E você, Adolin, venha comigo. Precisamos verificar o assunto sobre o qual o rei falou.

Ambos os jovens pareceram confusos, mas obedeceram. Dalinar começou a caminhar na direção do local em que estava a carcaça do demônio-do-abismo.

Vejamos o que suas preocupações nos trouxeram desta vez, sobrinho, pensou ele.

ADOLIN REVIROU ENTRE OS dedos a longa tira de couro. Tinha quase um palmo de largura e um dedo de espessura e estava esgarçada em uma ponta. Era a cilha do cavalo do rei, a correia que segurava a sela rodeando a barriga do animal. O couro se partira subitamente, durante a luta, arremessando a sela — e o rei — ao chão.

— O que você acha? — perguntou Dalinar.

— Não sei — respondeu Adolin. — Não *parece* tão gasta, mas acho que estava; senão não teria se rompido, certo?

Dalinar pegou de volta a correia, pensativo. Os soldados ainda não haviam chegado com a equipe de ponte, embora o céu já estivesse começando a escurecer.

— Pai, por que Elhokar pediu que nós examinássemos isso? Quer que a gente castigue os cavalariços por não terem cuidado direito da sela? Isso é... — Adolin se interrompeu, entendendo subitamente o motivo da hesitação de seu pai. — O rei acha que a correia foi cortada, não acha?

Dalinar assentiu e revirou a tira de couro nos dedos enluvados. Adolin percebeu que ele estava refletindo. Uma cilha poderia se desgastar até arrebentar, sobretudo se tivesse que suportar o peso de um homem com Armadura Fractal. A correia se partira em uma das pontas em que era fixada na sela. Portanto, os cavalariços poderiam muito bem não ter percebido nada de errado. Era a explicação mais racional. Mas quando a situação era examinada com um olhar um pouco mais irracional, podia sugerir uma ação nefasta.

— Pai — disse Adolin. — Ele está cada vez mais paranoico. Você sabe disso.

Dalinar não respondeu.

— Ele vê assassinos em cada sombra. Cilhas arrebentam. Isso não significa que alguém tenha tentado matá-lo.

— Se o rei está preocupado, devemos examinar o assunto — disse Dalinar. — O ponto de ruptura *está* mais liso em um dos lados, como se a correia tivesse sido cortada para que se rompesse sob tensão.

Adolin franziu o cenho.

— Talvez. — Ele não havia percebido aquilo. — Mas pense, pai. Por que alguém cortaria a cilha dele? Uma queda de cavalo não machucaria ninguém usando uma Armadura Fractal. Se foi uma tentativa de assassinato, foi incompetente.

— Se foi uma tentativa de assassinato, mesmo que incompetente, temos que nos preocupar. Aconteceu sob nossa supervisão e o cavalo dele estava sob os cuidados dos nossos cavalariços. Vamos investigar o que houve.

Adolin soltou um gemido, deixando escapar parte de sua frustração.

— As pessoas estão comentando que nós nos transformamos em guarda-costas e bichinhos de estimação do rei. O que diriam se souberem que estamos investigando todas as paranoias dele, por mais irracionais que sejam?

— Nunca me importei com o que os outros dizem.

— Gastamos todo o nosso tempo com burocracia, enquanto outros ganham riquezas e glória. Raramente vamos a incursões nos platôs, pois estamos ocupados fazendo coisas como *essa!* Precisamos sair para lutar, se quisermos alcançar Sadeas!

Dalinar olhou para ele com ar severo. Adolin refreou um novo desabafo.

— Estou vendo que não estamos mais falando da cilha partida — disse Dalinar.

— Eu... peço desculpas. Falei sem pensar.

— Talvez, mas pode ter sido o que eu estava precisando ouvir isso. Percebi que você não gostou muito quando eu o refreei, com Sadeas.

— Eu sei que você também o odeia, pai.

— Você não sabe tanto quanto pensa que sabe — disse Dalinar. — Vamos resolver isso daqui a pouco. Por enquanto, eu juro... *está* parecendo que essa correia foi cortada. Talvez haja alguma coisa que não estamos vendo. Pode ser parte de um plano maior, que não funcionou do modo previsto.

Adolin hesitou. Aquilo parecia muito complicado, mas se havia uma turma que gostava desse tipo de coisa eram os alethianos olhos-claros.

— Você acha que algum grão-príncipe pode ter tentado alguma coisa?

— Talvez — disse Dalinar. — Mas duvido que algum deles queira o rei morto. Enquanto Elhokar reinar, os grão-príncipes lutarão nesta guerra do jeito que quiserem e engordarão suas bolsas. Elhokar não exige muito deles, por isso é considerado um bom rei.

— Homens podem cobiçar o trono apenas pela distinção.

— Verdade. Quando retornarmos, veja se alguém andou se gabando muito ultimamente. Verifique se Roion ainda está remoendo o insulto de Riso no banquete da última semana e peça a Litima para verificar os contratos que o Grão-príncipe Bethab encaminhou ao rei pelo uso de seus chules. Em contratos anteriores, ele tentou inserir fórmulas que o favoreceriam no caso de uma sucessão. Ele tem sido audacioso desde que sua tia Navani partiu.

Adolin assentiu.

— Veja se consegue rastrear essa história da cilha. Peça a um coureiro para examinar a correia e lhe dizer o que ele acha do corte. Pergunte aos cavalariços se eles notaram alguma coisa estranha e procure saber se algum deles recebeu alguma quantia inexplicável de esferas nos últimos dias. — Ele fez uma pausa. — E dobre a guarda real.

Adolin se virou e olhou para o pavilhão. Sadeas estava saindo. Adolin estreitou os olhos.

— Você acha...

— Não — interrompeu Dalinar.

— Sadeas é uma enguia.

— Filho, você *tem* que superar essa fixação nele. Ele gosta de Elhokar, o que não podemos dizer da maioria dos outros. É um dos poucos a quem eu confiaria a segurança do rei.

— Eu não confiaria, pai. Isso posso lhe dizer.

Dalinar ficou em silêncio por alguns momentos.

— Venha comigo — disse ele, entregando a cilha para Adolin e começando a se encaminhar para o pavilhão. — Quero lhe mostrar uma coisa sobre Sadeas.

Resignado, Adolin o seguiu. Eles passaram pelo iluminado pavilhão, onde olhos-escuros serviam comida e bebidas, enquanto mulheres escreviam mensagens ou relatos sobre a batalha. Olhos-claros conversavam animadamente, elogiando a bravura do rei. Os homens usavam cores escuras, masculinas: marrom, azul-marinho, verde-escuro e laranja-escuro.

Dalinar se aproximou do Grão-príncipe Vamah, que estava do lado de fora do pavilhão, junto de seus assistentes olhos-claros. Trajava uma longa e elegante jaqueta marrom, com cortes que expunham o forro de seda amarela. Era uma moda discreta, não tão chamativa quanto usar sedas do lado externo. Adolin achou bonito.

Vamah era um homem de rosto redondo e cabelos ralos. Os poucos fios que lhe restavam eram mantidos curtos e eriçados. Tinha olhos cinza-claro, que costumava semicerrar — o que fez quando Dalinar e Adolin se aproximaram.

O que está acontecendo?, pensou Adolin.

— Grão-príncipe — disse Dalinar a Vamah. — Vim aqui para verificar se suas necessidades estão sendo bem atendidas.

— Minhas necessidades estariam mais *bem atendidas* se já estivéssemos voltando.

Vamah lançou um olhar feroz na direção do sol, como que o culpando por algum deslize. Normalmente, ele não era tão mal-humorado.

— Estou certo de que meus homens estão se movendo o mais rápido possível — disse Dalinar.

— Não estaria tão tarde se você não tivesse nos atrasado tanto a caminho daqui — disse Vamah.

— Gosto de ser cuidadoso. Por falar em cuidado, eu estava querendo falar com você. Podemos conversar com você a sós, meu filho e eu?

Vamah franziu o cenho, mas deixou que Dalinar o conduzisse para longe de seus assistentes. Adolin os acompanhou, cada vez mais perplexo.

— O bicho era grande — disse Dalinar a Vamah, apontando com o queixo para o demônio-do-abismo caído. — O maior que já vi.

— Pois é.

— Eu soube que você foi muito bem-sucedido em suas últimas incursões nos platôs, que matou alguns demônios-do-abismo nos casulos. Merece parabéns.

Vamah deu de ombros.

— As gemas-coração que nós conseguimos eram pequenas. Nada como a que Elhokar pegou hoje.

— Uma gema-coração pequena é melhor do que nenhuma — comentou Dalinar educadamente. — Soube que você tem planos para aumentar os muros do seu acampamento.

— Hein? Sim. Tapar alguns buraco e melhorar as fortificações.

— Vou dizer a Sua Majestade que você está querendo obter mais acesso a Transmutadores.

Vamah se virou para ele, intrigado.

— Transmutadores?

— Para a madeira — explicou Dalinar calmamente. — Com certeza não pretende preencher a frestas dos muros sem usar andaimes, certo? Aqui, nestas planícies remotas, é uma sorte que a gente tenha Transmutadores para providenciar coisas como madeira, não acha?

— Hã, sim — disse Vamah, com expressão ainda mais sombria.

Adolin olhou dele para seu pai. Havia entrelinhas naquela conversa. Dalinar não estava falando apenas de madeira para os muros — os Transmutadores eram os meios com os quais todos os grão-príncipes alimentavam seus exércitos.

— O rei é bastante generoso ao permitir o acesso aos Transmutadores — comenta Dalinar. — Você não concorda, Vamah?

— Já entendi aonde você quer chegar, Dalinar — disse Vamah secamente. — Não precisa ficar martelando o assunto.

— Eu nunca tive a reputação de ser sutil, grão-príncipe. Só eficiente.

Dalinar se afastou, acenando para que Adolin o seguisse. O rapaz obedeceu, olhando por cima do ombro para o outro grão-príncipe.

— Ele tem reclamado em alto e bom som sobre as taxas que Elhokar cobra pelo uso de seus Transmutadores — explicou Dalinar em voz baixa.

Aquelas taxas constituíam o principal tributo que o rei cobrava dos grão-príncipes. O próprio Elhokar não lutava pelas gemas-coração, exceto em caçadas ocasionais. Não se envolvia na guerra, como era apropriado.

— E então...? — disse Adolin.

— Então lembrei a Vamah o quanto ele depende do rei.

— Presumo que seja importante. Mas o que tem a ver com Sadeas?

Dalinar não respondeu. Continuou a andar pelo platô até alcançar a beira do abismo. Adolin se juntou a ele e aguardou. Alguns segundos mais tarde, alguém se aproximou, a Armadura retinindo. Era Sadeas, que se postou ao lado de Dalinar à beira do penhasco. Adolin estreitou os olhos ao ver o homem. Sadeas levantou uma sobrancelha, mas nada comentou sobre sua presença.

— Dalinar — disse Sadeas, dirigindo o olhar para a frente, para as Planícies.

— Sadeas. — A voz de Dalinar era áspera, mas controlada.

— Você falou com Vamah?

— Sim. Ele logo percebeu minha intenção.

— Claro que percebeu. — Havia certa sugestão de humor na voz de Sadeas. — Eu não teria esperado outra coisa.

— Você lhe disse que ia aumentar o que cobra pela madeira?

Sadeas controlava a única grande floresta na região.

— Dobrar.

Adolin olhou por cima do ombro. Vamah os observava. Sua expressão era tão ameaçadora quanto uma grantormenta; esprenos de raiva pipocavam no chão ao seu redor, como pequenas poças de sangue borbulhante. A presença conjunta de Dalinar e Sadeas lhe enviava um recado muito claro.

Ora... foi para isso, provavelmente, que eles convidaram Vamah para a caçada, constatou Adolin. *Para poderem dar um jeito nele.*

— Será que vai funcionar? — perguntou Dalinar.

— Tenho certeza. Vamah é um bastante razoável quando estimulado. Ele vai entender que é melhor usar os Transmutadores do que gastar uma fortuna mantendo uma linha de abastecimento desde Alethkar.

— Talvez fosse melhor nós falarmos ao rei sobre essas coisas — disse Dalinar olhando para Elhokar, que estava no pavilhão, alheio ao que eles faziam.

Sadeas suspirou.

— Eu tentei, mas ele não tem cabeça para esse tipo de trabalho. É melhor deixar o garoto com as próprias preocupações, Dalinar. O que interessa a ele são os grandes ideais de justiça, avançar de espada erguida contra os inimigos do pai dele.

— Ultimamente, ele parece menos atribulado com os parshendianos e mais com assassinos noturnos — informou Dalinar. — As paranoias do garoto me preocupam. Não sei de onde ele tira isso.

Sadeas riu.

— Dalinar, você está falando *sério*?

— Eu sempre falo sério.

— Eu sei, eu sei. Mas certamente sabemos de onde vem a paranoia do garoto!

— Do modo como o pai dele foi morto?

— Do modo como o tio dele o trata! Mil guardas e paradas em todos os platôs para que os soldados "assegurem" o platô seguinte? Francamente, Dalinar.

— Gosto de ser cuidadoso.

— Outros chamam isso de paranoia.

— Os Códigos...

— Os Códigos são um monte de bobagens idealizadas — disse Sadeas —, inventadas por poetas para descrever o jeito como acham que as coisas *deveriam* ser.

— Gavilar acreditava neles.

— E veja no que deu.

— E onde estava você, Sadeas, quando ele estava lutando pela própria vida?

Sadeas semicerrou os olhos.

— Vamos ter que repassar essa história? Como velhos amantes se encontrando por acaso em uma festa?

O pai de Adolin não respondeu. Uma vez mais, Adolin se viu desconcertado pelo relacionamento de Dalinar com Sadeas. Eles e Gavilar tinham conquistado Alethkar juntos, e sido bons amigos até a morte do rei. Todos sabiam disso. Mas as farpas entre os dois eram genuínas, bastava observar seus olhos para ver que eles mal se toleravam.

Entretanto, ali estavam, aparentemente planejando e executando uma manipulação conjunta de outro grão-príncipe.

— Vou proteger o garoto do meu jeito — disse Sadeas. — E você faça do seu jeito. Mas não reclame comigo da paranoia dele, quando você mesmo insiste em usar o uniforme até na cama, para o caso de os parshendianos decidirem, contra toda a razão e todos os precedentes, atacar nossos acampamentos. "Eu não sei de onde ele tira isso". Pois é!

— Vamos embora, Adolin — disse Dalinar, começando a se afastar.

Adolin o seguiu.

— Dalinar — gritou Sadeas.

Dalinar parou e olhou para trás.

— Você já descobriu? — perguntou Sadeas. — Por que ele escreveu aquilo?

Dalinar balançou a cabeça.

— Você não vai encontrar a resposta. É uma busca em vão, velho amigo. E está acabando com você. Eu sei o que lhe acontece durante as tempestades. Sua mente está se arruinando por causa da pressão que impõe sobre si mesmo.

Dalinar continuou a se afastar. Adolin o seguiu às pressas. Qual era o significado do que Sadeas dissera no final? Como assim "ele escreveu"? Homens não escreviam. Adolin abriu a boca para verbalizar a pergunta, mas sentiu o estado de espírito do pai. Não era o momento de pressioná-lo.

Ele acompanhou Dalinar até uma pequena colina rochosa. Subiram então até o topo e, de lá, observaram o demônio-do-abismo caído. Os homens de Dalinar continuavam a colher pedaços de carne e carapaça.

Ele e seu pai permaneceram ali por algum tempo. Adolin estava cheio de perguntas, mas não conseguia encontrar uma forma de fazê-las.

Por fim, Dalinar falou:

— Eu já lhe contei quais foram as últimas palavras de Gavilar para mim?

— Não. Eu sempre quis saber o que aconteceu aquela noite.

— "Irmão, siga os Códigos hoje à noite. Há algo estranho nos ventos." Foi o que ele me disse, a última coisa antes de iniciarmos a celebração da assinatura do tratado.

— Eu não sabia que o tio Gavilar seguia os Códigos.

— Foi ele quem os apresentou para mim. Ele os encontrou como relíquias da antiga Alethkar, na época em que os alethianos se uniram. Começou a segui-los pouco antes de morrer. — Dalinar fez uma pausa. — Eram dias estranhos, filho. Jasnah e eu não sabíamos bem o que pensar das mudanças em Gavilar. Na época, achava os Códigos uma bobagem, até a parte que ordenava aos oficiais que se abstivessem de bebidas fortes durante períodos de guerra. Principalmente essa. — Sua voz se suavizou. — Eu estava caído no chão, inconsciente, quando Gavilar foi assassinado. Lembro-me de vozes tentando me acordar, mas eu estava tonto demais devido ao vinho. E eu devia ter estado com ele.

Ele olhou para Adolin.

— Não posso viver no passado. É tolice fazer isso. Eu me culpo pela morte de Gavilar, mas não há nada que possa fazer por ele agora.

Adolin assentiu.

— Filho, eu tenho esperança de que, se eu conseguir fazer você seguir os Códigos por tempo suficiente, você verá, como eu vi, a importância que eles têm. Com sorte, você não precisará de um exemplo tão drástico como o que eu tive. Seja como for, precisa entender uma coisa: você fala de Sadeas, de derrotar e competir com ele. Você sabe qual foi o papel de Sadeas na morte do meu irmão?

— Ele foi a isca — disse Adolin.

— Sim — confirmou Dalinar. — Sadeas estava com o rei e ouviu os soldados gritarem que um Fractário estava atacando. A isca foi ideia dele. Ele vestiu uma das túnicas de Gavilar e fugiu, fingindo ser Gavilar. O que ele fez foi suicídio. Atraiu um assassino Fractário sem usar Armadura. Eu acho sinceramente que foi uma das coisas mais corajosas que um homem já fez.

— Mas não deu certo.

— É verdade. E parte de mim jamais perdoará Sadeas por isso. Eu sei que é irracional, mas ele deveria *ter ficado* com Gavilar. Assim como eu também. Nós dois falhamos com nosso rei e não conseguimos nos perdoar. Mas ainda estamos unidos em uma coisa. Naquele dia, juramos que protegeríamos o filho de Gavilar. Custasse o que custasse, e mesmo que outras coisas se interpusessem entre nós, *protegeríamos* *Elhokar*.

"E é por isso que estou aqui nas Planícies. Não é por riqueza ou por glória. Eu não me importo com essas coisas, não mais. Vim pelo irmão que eu amava e pelo sobrinho que eu amo pelos próprios méritos. De certa forma, é isso o que me separa de Sadeas, mesmo que também nos una. Ele acha que a melhor maneira de proteger Elhokar é matar os parshendianos. Ele e seus homens agem de forma brutal para chegar a esses platôs e lutar. Eu acredito que, em parte, ele acha que estou quebrando meu juramento ao não fazer a mesma coisa".

"Mas essa não é a melhor maneira de proteger Elhokar. O que ele precisa é de um trono estável e aliados que o apoiem, não de grão-príncipes discutindo. Criar uma Alethkar poderosa vai protegê-lo melhor do que matar nossos inimigos. Esse era o trabalho da vida de Gavilar, unir os grão-príncipes..."

Ele se interrompeu. Adolin esperou que ele continuasse, mas Dalinar ficou quieto.

— Sadeas — disse Adolin, por fim. — Estou... surpreso por você dizer que ele é corajoso.

— Ele é corajoso. E astuto. Às vezes eu cometo o erro de subestimá-lo, por causa de suas roupas extravagantes e seus maneirismos. Mas no fundo ele é um bom homem, filho. Não é nosso inimigo. De vez em quando temos nossas picuinhas, mas ele trabalha para proteger Elhokar, portanto eu peço que você respeite isso.

Como se podia responder a isso? *Você o odeia, mas me pede para não odiá-lo?*

— Tudo bem — disse Adolin. — Vou me policiar quando estiver perto dele. Mas, pai, não confio em Sadeas. Por favor, pelo menos considere a possibilidade de que ele não esteja tão comprometido quanto você, de que ele esteja lhe enganando.

— Está bem — disse Dalinar. — Vou considerar essa possibilidade.

Adolin assentiu. Já era alguma coisa.

— O que foi aquilo que ele falou no final? Alguma coisa a respeito de escrever...

Dalinar hesitou por um momento.

— É um segredo que ele e eu compartilhamos. Além de nós, só Jasnah e Elhokar sabem. Há algum tempo venho pensando em lhe contar, já que você vai assumir meu lugar, se eu cair. Eu já lhe falei sobre as últimas palavras que meu irmão me disse...

— Pedindo que você seguisse os Códigos.

— Sim. Mas há mais. Uma coisa que ele contou, mas não com palavras pronunciadas. Foram palavras que ele... escreveu.

— Gavilar sabia *escrever*?

— Quando Sadeas encontrou o corpo do rei, viu algumas palavras escritas em um pedaço de madeira com o próprio sangue de Gavilar. As palavras eram: *Irmão, você precisa encontrar as palavras mais importantes que um homem pode dizer*. Sadeas guardou o pedaço de madeira. Mais tarde, nós pedimos a Jasnah para ler. Se é verdade que ele sabia escrever, e outras possibilidades parecem implausíveis, era um segredo vergonhoso que ele escondia. Como eu já mencionei, ele andava agindo muito estranho no fim da vida.

— E o que essas palavras significam?

— É uma citação — explicou Dalinar. — De um antigo livro chamado *O caminho dos reis*. Pouco antes de morrer, Gavilar estava apreciando que lessem esse livro para ele. E sempre me falava dele. Eu só soube que era uma citação bem depois. Foi Jasnah quem descobriu. Eu já pedi para me lerem o livro algumas vezes, mas até agora não encontrei nada que pudesse explicar por que ele escreveu isso. — Ele fez uma pausa. — O livro era usado pelos Radiantes como uma espécie de guia, um livro de conselhos sobre como deveriam viver suas vidas.

Os Radiantes? Pai das Tempestades!, pensou Adolin. Os delírios de seu pai... frequentemente pareciam ter a ver com os Radiantes. Era mais uma prova de que os delírios estavam relacionados ao seu sentimento de culpa pela morte do irmão.

Mas o que Adolin podia fazer para ajudar?

Passos metálicos ressoaram atrás deles. Adolin se virou e inclinou a cabeça respeitosamente enquanto o rei se aproximava; ainda estava usando sua Armadura dourada, embora tivesse removido o elmo. Ele era alguns anos mais velho que Adolin, tinha um rosto largo e nariz proeminente. Alguns diziam que viam nele um ar majestoso e uma postura régia; e algumas mulheres que Adolin conhecia lhe haviam confidenciado que achavam o rei atraente.

Não tão atraente quanto Adolin, lógico. Mas continuava atraente.

O rei, no entanto, era casado; sua esposa, a rainha Aesudan, cuidava de seus assuntos em Alethkar.

— Tio — disse Elhokar. — Não podemos nos pôr a caminho? Tenho certeza de que nós, Fractários, conseguimos saltar sobre o abismo. Você e eu chegaríamos aos acampamentos rapidamente.

— Não vou deixar meus homens, Vossa Majestade — disse Dalinar. — E duvido que você queira correr pelos platôs por várias horas, sozinho, exposto e sem uma guarda apropriada.

— Tem razão — concordou o rei. — De qualquer forma, quero agradecer por sua bravura hoje. Parece que eu lhe devo a minha vida de novo.

— Mantê-lo vivo é outra coisa que tento fazer sempre, majestade.

— Fico feliz por isso. Você verificou o assunto sobre o qual eu lhe falei? — Ele apontou com o queixo para a cilha, que Adolin, sem ter percebido, ainda segurava.

— Verifiquei.

— E então?

— Nós ainda não chegamos a uma conclusão — disse Dalinar, tirando a correia das mãos de Adolin e a entregando ao rei. — Ela *pode* ter sido cortada. O corte está mais liso em um dos lados. Como se tivesse sido feito para que a cilha se rompesse.

— Eu sabia! — exclamou Elhokar, examinando a cilha.

— Não somos coureiros, Majestade — disse Dalinar. — Temos que deixar a correia com peritos para que eles deem suas opiniões. Dei instruções a Adolin para que ele se aprofunde nesse assunto.

— A cilha *foi* cortada — insistiu Elhokar. — Posso ver com precisão, bem aqui. Eu já lhe disse, tio, que alguém está tentando me matar. Estão atrás de mim, como estavam do meu pai.

— Certamente você não acha que foram os *parshendianos* que fizeram isso — disse Dalinar, parecendo admirado.

— Não sei *quem* fez. Pode ter sido até alguém que esteja nesta caçada.

Adolin franziu a testa com a insinuação de Elhokar. As pessoas presentes naquela caçada, em sua maioria, eram homens de Dalinar.

— Vossa Majestade, nós *vamos* investigar o assunto. Mas você tem que estar preparado para aceitar que foi apenas um acidente — disse Dalinar com sinceridade.

— Você não acredita em mim. *Nunca* acredita em mim — rebateu Elhokar.

Dalinar respirou fundo. Adolin percebeu que seu pai teve que se esforçar para manter acalma.

— Não é *isso* o que eu estou dizendo. Até uma *possível* ameaça à sua vida me preocupa muito. Mas sugiro que evite tirar conclusões precipitadas. Adolin já apontou que essa seria uma forma bastante desastrada de tentar matá-lo. Cair do cavalo não é uma ameaça séria para um homem que esteja usando uma Armadura Fractal.

— Sim, mas durante uma caçada? — observou Elhokar. — Talvez quisessem que o demônio-do-abismo me matasse.

— Ninguém esperava que fôssemos correr perigo durante a caçada — disse Dalinar. — O que se *esperava* era que primeiro enchêssemos o bicho de flechas e só então nos aproximássemos para acabar com ele.

Elhokar estreitou os olhos, encarando Dalinar e Adolin. Como se estivesse desconfiando *deles*. A expressão desapareceu em um segundo. Teria Adolin imaginado coisas? *Pai das Tempestades!*, pensou.

De longe, Vamah começou a chamar o rei. Elhokar olhou para ele e assentiu.

— Isso não terminou, tio. Investigue essa correia.

— Vou investigar.

O rei lhe devolveu a cilha e se afastou, a Armadura retinindo.

— Pai — disse Adolin imediatamente. — Você viu...

— Vou conversar com ele sobre isso — disse Dalinar. — Quando ele não estiver tão nervoso.

— Mas…

— Vou conversar com ele, Adolin. Investigue a cilha. E reúna seus homens. — Ele acenou com o queixo na direção oeste. — Acho que já estou vendo a equipe de pontes chegando.

Até que enfim, pensou Adolin, olhando na mesma direção. Um pequeno grupo, ao longe, atravessava o platô, exibindo o estandarte de Dalinar. Era seguido por uma equipe de carregadores, que transportava uma das pontes de Sadeas.

Adolin se apressou em seguir as ordens que recebera, embora seus pensamentos estivessem mais voltados para as palavras de seu pai, para a mensagem final de Gavilar, e, agora, para o olhar desconfiado do rei. Pelo que parecia, teria muitas coisas com que ocupar a mente na longa viagem de volta aos acampamentos.

DALINAR OBSERVOU ADOLIN SE afastar às pressas para cumprir suas ordens. A Armadura do garoto estava coberta por uma teia de rachaduras, embora tivesse parado de vazar Luz das Tempestades. Com o tempo, iria se reparar sozinha. Conseguiria até se reconstruir, caso fosse completamente quebrada.

O garoto gostava de reclamar, mas era um filho tão bom quanto um homem poderia desejar. Extremamente leal, dotado de iniciativa e de um forte senso de comando. Os soldados gostavam dele. Talvez por ser amistoso demais com eles, mas isso podia ser perdoado. Até seu gênio explosivo podia ser perdoado, caso aprendesse a controlá-lo.

Deixando o jovem ir fazer seu trabalho, Dalinar foi ver como estava Galante. Encontrou o richádio no cercado construído pelos cavalariços no lado sul do platô. Eles haviam cuidado do animal e colocado curativos sobre seus arranhões. Galante já deixara de apoiar mais peso sobre uma das patas.

Dalinar afagou o pescoço do grande garanhão, enquanto fitava seus profundos olhos negros. O cavalo parecia envergonhado.

— Não foi culpa sua eu ter caído, Galante — disse Dalinar em voz tranquilizadora. — Estou feliz por você não ter se machucado seriamente. — Ele se virou para um cavalariço que estava nas imediações. — Dê a ele uma porção de comida extra e dois melões-rugosos.

— Sim, Luminobre. Mas ele não nunca aceita comida extra quando tentamos dar.

— Hoje ele vai aceitar — disse Dalinar, afagando novamente o pescoço do cavalo. — Ele só come quando acha que merece, filho.

O rapaz pareceu confuso. Como muitos outros, considerava o richádio como mais um cavalo de raça. Nenhum homem entendia um richádio antes que um deles o aceitasse como cavaleiro. Era uma experiência indescritível, como usar uma Armadura Fractal.

— Você vai comer os dois melões-rugosos — disse Dalinar, apontando para o cavalo. — Você merece.

Galante bufou.

— Você *merece* — repetiu Dalinar. O cavalo relinchou, parecendo satisfeito. Dalinar examinou uma perna e olhou para o cavalariço. — Cuide bem dele, filho. Vou montar outro cavalo.

— Sim, Luminobre.

Outra montaria lhe foi providenciada — uma égua robusta, cor de poeira. Ele tomou extremo cuidado ao montar na sela. Cavalos comuns sempre lhe pareciam muito frágeis.

O rei acompanhou o primeiro pelotão de tropas, com Riso cavalgando a seu lado. Sadeas cavalgava mais atrás, notou Dalinar, onde Riso não poderia importuná-lo.

A equipe de ponte esperava em silêncio, descansando enquanto o rei e seu séquito atravessavam o abismo. Como muitas das equipes de pontes de Sadeas, aquela era formada por um grupo de escórias. Estrangeiros, desertores, ladrões, assassinos e escravos. Muitos provavelmente mereciam o castigo, mas o pavoroso modo como Sadeas os utilizava irritava Dalinar. Quanto tempo levaria até que ele não pudesse mais reabastecer as equipes de pontes com aquelas criaturas descartáveis? Será que algum homem, mesmo um assassino, mereceria tal destino?

Uma passagem de *O caminho dos reis* lhe veio à cabeça. Ele ouvira mais leituras do livro do que dissera a Adolin.

Certa vez vi um homem magro carregando nas costas uma pedra maior que sua cabeça, dizia a passagem. *Ele cambaleava sob o peso, de torso nu sob o sol, usando somente uma tanga. Estava em uma rua movimentada. As pessoas abriam passagem para ele. Não por compaixão, mas porque temiam o impulso de seus passos. Não se fica no caminho de uma pessoa assim.*

O monarca é como esse homem, avançando aos tropeções, com o peso de um reino sobre os ombros. Muitos lhe dão passagem, mas poucos estão dispostos a se aproximar e ajudá-lo a carregar a pedra. Não querem se comprometer com aquele trabalho para não se condenarem a uma vida cheia de fardos adicionais.

Naquele dia, saí de minha carruagem, peguei a pedra e a carreguei para o homem. Creio que meus guardas ficaram constrangidos. É possível ignorar um pobre descamisado fazendo um trabalho assim, mas ninguém ignora um rei compartilhando o peso. Talvez devêssemos trocar de lugar com mais frequência. Se um rei for visto assumindo o fardo do mais pobre dos homens, talvez apareçam algumas pessoas dispostas a ajudá-lo com o fardo que ele mesmo carrega, tão invisível, mas tão intimidador.

Dalinar ficou surpreso ao constatar que conseguia se lembrar da história palavra por palavra, mas não deveria ter ficado. Na busca de um significado por trás da última mensagem de Gavilar, ouvira leituras do livro quase todos os dias dos últimos meses.

Ele se decepcionara ao descobrir que não havia nenhum significado claro por trás da citação deixada por Gavilar. Mas continuou a ouvir as leituras mesmo assim, embora tentasse manter seu interesse em segredo. O livro não tinha boa reputação, e não só por estar associado aos Radiantes Perdidos. Histórias de um rei executando o trabalho de um humilde operário eram as passagens menos perturbadoras. Em outros trechos, o livro dizia explicitamente que os olhos-claros estavam *abaixo* dos olhos-escuros, contradizendo os ensinamentos vorins.

Sim, era melhor manter aquilo em segredo. Dalinar falara a verdade ao dizer a Adolin que não se importava com o que as pessoas pensavam dele. Mas se os boatos o impedissem de proteger Elhokar, poderiam se tornar perigosos. Tinha que tomar cuidado.

Virando sua montaria, ele atravessou a ponte, fazendo gestos de agradecimento aos carregadores. Eles, que constituíam o mais baixo escalão do exército, sustentavam o peso de reis.

16

CASULOS

SETE ANOS E MEIO ANTES

— ELE QUER ME ENVIAR a Kharbranth — disse Kal, empoleirado uma pedra. — Quer que eu treine para ser cirurgião.

— Ora, é *mesmo*? — perguntou Laral, enquanto caminhava pela beirada da grande rocha adiante.

Havia mechas douradas em seus longos cabelos pretos, que agora esvoaçavam às costas ao sabor de uma rajada de vento enquanto ela se equilibrava com as mãos estendidas para os lados.

Seus cabelos chamavam atenção. Seus olhos, lógico, ainda mais. Brilhantes, verde-claros. Muito diferentes dos marrons e pretos do povo da cidade. Os olhos-claros, de fato, *tinham* algo diferente.

— Sim, é mesmo — respondeu Kal, soltando um grunhido. — Ele vem falando nisso há uns dois anos.

— E você não me contou?

Kal deu de ombros. Ele e Laral estavam no topo de um rochedo baixo a leste de Larpetra. Tien, seu irmão mais novo, examinava pedras no sopé. À direita de Kal, colinas baixas se estendiam a oeste, pontilhadas de pólipos de lávis, uma plantação já na metade da colheita.

Ele se sentia estranhamente triste ao olhar para aquelas colinas cheias de trabalhadores. Os pólipos marrom-escuros, que lembravam melões, estavam repletos de grãos. Após a secagem, aqueles grãos alimentariam a cidade inteira e mais os exércitos de seu grão-príncipe. Os fervorosos que passavam por lá tinham o cuidado de explicar que a Vocação de um lavrador era nobre, uma das mais nobres depois da Vocação de soldado. O pai de Kal costumava murmurar baixinho que via muito mais honra em alimentar um reino do que em lutar e morrer participando de guerras inúteis.

— Kal? — chamou Laral, sua voz insistente. — Por que você não me contou?

— Desculpe. Eu não sabia se meu pai estava falando sério ou não. Foi por isso que não disse nada.

Era mentira. Ele sabia que o pai estava falando sério. Kal simplesmente não queria mencionar que ia viajar para se tornar um cirurgião, principalmente para Laral.

Ela pôs as mãos nos quadris.

— Pensei que você fosse se tornar um soldado.

Kal deu de ombros.

Ela revirou os olhos e pulou da rocha para um pedregulho próximo.

— Você não quer se tornar um olhos-claros? Ganhar uma Espada Fractal?

— Meu pai diz que isso não acontece com muita frequência.

Ela se ajoelhou à frente dele.

— Eu tenho certeza de que *você* conseguiria.

Aqueles olhos... tão brilhantes e vivos, de um verde cintilante, a cor da vida em si.

Cada vez mais, Kal percebia que gostava de olhar para Laral. Sabia, logicamente, o que estava acontecendo. Seu pai lhe explicara o processo de crescimento com o esmero de um cirurgião. Mas havia muitos *sentimentos* envolvidos, emoções que as descrições estéreis de seu pai não explicaram. Algumas dessas emoções diziam respeito a Laral e outras garotas da cidade. Outras emoções diziam respeito ao estranho manto de melancolia que o sufocava às vezes, de surpresa.

— Eu...

— Olhe — disse Laral, levantando-se e subindo até o alto do pedregulho. Seu fino vestido amarelo drapejava ao vento. Mais um ano e ela começaria a usar uma luva na mão esquerda, o sinal de que uma garota entrara na adolescência. — Venha, suba aqui. Olhe.

Kal se pôs de pé, olhando para leste, onde emarambustos formavam densas moitas em torno de grossas marqueleiras.

— O que você está vendo? — perguntou Laral.

— Emarambustos marrons. Parecem mortas.

— A Origem está por lá — disse ela, apontando o dedo. — Meu pai disse que estamos aqui para servirmos de quebra-vento para as terras mais modestas a oeste. — Ela se virou para ele. — Nós temos uma herança nobre, Kal, tanto os olhos-escuros quanto os olhos-claros. É por isso que os melhores guerreiros sempre vêm de Alethkar. O Grão-príncipe Sadeas, o General Amaram... o próprio rei Gavilar.

— Pode ser...

Ela suspirou com exagero.

— Eu *detesto* conversar quando você está assim, sabia?

— Assim como?

— Como agora. Você sabe. Infeliz, suspirando.

— Foi *você* que acabou de suspirar, Laral.

— Você me entendeu.

Ela pulou da pedra e começou a descer o rochedo, chateada. Ela fazia isso às vezes. Kal permaneceu onde estava, olhando para leste. Não sabia ao certo como se sentia. Seu pai realmente desejava que ele fosse um cirurgião, mas Kal estava indeciso. Não somente devido às histórias que ouvia, à empolgação e ao assombro que elas despertavam. Tinha a impressão de que, sendo um soldado, poderia mudar as coisas. Realmente mudá-las. Em parte, sonhava em ir para a guerra, em proteger Alethkar, em lutar ao lado de heroicos olhos-claros. Em fazer o bem em algum lugar que não fosse uma pequena cidade jamais visitada por alguém importante.

Sentou-se. Às vezes tinha esses sonhos. Outras vezes, achava difícil se importar com qualquer coisa. Seus sentimentos eram sombrios, como se fossem uma enguia negra enroscada dentro dele. Os emarambustos sobreviviam às tempestades se agrupando ao redor das poderosas marqueleiras, cujas cascas eram recobertas por uma camada de pedra e os troncos eram grossos como a perna de um homem. Mas agora estavam mortas. Não haviam sobrevivido. Unir-se não fora o bastante.

— Kaladin? — chamou uma voz atrás dele.

Ele se virou e viu Tien. Aos dez anos, dois a menos que Kaladin, ele ainda parecia muito mais jovem. Embora outros garotos o chamassem de baixinho, Lirin dizia que Tien apenas não tinha terminado de crescer ainda. Mas, bem, com aqueles olhos redondos, bochechas vermelhas e compleição frágil, Tien de fato *parecia* ter metade da idade.

— Kaladin — disse ele, de olhos arregalados e mãos unidas. — O que você está olhando?

— Ervas mortas — respondeu Kal.

— Ah. Bem, você *precisa* ver isso.

— O quê?

Tien abriu as mãos e revelou uma pequena pedra desgastada em todos os lados, mas com uma rachadura irregular embaixo. Kal a pegou e examinou. Não conseguia ver nada de especial naquela pedra. Na verdade, era monótona.

— É só uma pedra.

— Não é *só* uma pedra — replicou Tien, puxando seu cantil. Ele umedeceu o polegar e esfregou a face plana da pedra. A umidade a escureceu, tornando visível uma série de veios brancos. — Está vendo? — disse, entregando a pedra de volta a Kal.

As camadas da pedra se alternavam em linhas brancas, marrons e pretas. Um padrão notável. Ainda era apenas uma pedra, óbvio. Mas, por alguma razão, Kal se viu sorrindo.

— Bonita, Tien — disse, fazendo menção de devolvê-la.

Tien balançou a cabeça.

— Eu trouxe para você. Para você se sentir melhor.

— Eu... — Era apenas uma pedra boba. No entanto, inexplicavelmente, Kal sentiu-se melhor. — Obrigado. Ei, quer saber de uma coisa? Aposto que tem um ou dois lurgues escondidos por aquelas pedras ali. Vamos ver se encontramos algum?

— Sim, sim, sim! — exclamou Tien, rindo e começando a descer o rochedo.

Kal fez menção de segui-lo, mas se lembrou de uma coisa que seu pai dissera.

Pegando o próprio cantil, ele despejou um pouco de água na mão e a jogou sobre alguns emarambustos. Todas as partes atingidas das plantas ficaram imediatamente verdes, como se ele lhes tivesse arremessado tinta. Os emarambustos não estavam mortos, apenas secos, à espera das tempestades. Kal observou as manchas verdes reverterem ao marrom original à medida que a água era absorvida.

— Kaladin! — gritou Tien. Ele com frequência usava seu nome completo, embora já tivesse lhe pedido para não fazer isso. — Aquilo é um lurgue?

Kal desceu o rochedo, embolsando a pedra que ganhara. No caminho, passou por Laral, que estava olhando para oeste, em direção à mansão de sua família. O pai dela era o senhor de Larpetra. Kal se pegou outra vez olhando-a demoradamente. Aquele cabelo, com cores contrastantes, era lindo.

Ela se virou para Kal e franziu a testa.

— Nós vamos caçar lurgues — explicou ele, sorrindo e apontando para Tien. — Venha.

— Você ficou alegre de repente.

— Não sei. Me sinto melhor.

— Como ele consegue fazer isso? Eu queria saber.

— Quem faz o quê?

— Seu irmão — respondeu Laral, olhando para Tien. — Ele muda você.

A cabeça de Tien surgiu por trás de algumas pedras. O garoto estava empolgado, acenando ansiosamente e pulando sem parar.

— É difícil ficar triste com ele por perto — disse Kal. — Venha. Você quer ver o lurgue ou não?

— Acho que sim — disse Laral, suspirando, e estendeu a mão para Kaladin.

— Por que isso? — perguntou ele.

— Para você me ajudar a descer.

— Laral, você escala bem melhor que eu *ou* Tien. Não precisa de ajuda.

— É educado, seu bobo — disse ela, insistindo em oferecer a mão.

Kal suspirou e segurou a mão dela, que começou a caminhar sem usar o apoio. *Ela tem agido de forma muito estranha ultimamente*, pensou ele.

Juntaram-se a Tien, que pulou para uma cavidade entre dois rochedos e apontou impacientemente. Uma coisa branca e sedosa brotava de uma fresta na rocha. Era constituída por pequenos fios entrelaçados, que formavam uma bola do tamanho do punho infantil.

— Acertei, não acertei? — perguntou Tien. — É isso?

Kal ergueu seu frasco e derramou água na bola branca. Os fios se dissolveram sob a chuva simulada, derretendo o casulo e revelando uma pequena criatura de pele lisa, marrom e verde. O lurgue tinha seis patas e as usava para se agarrar às pedras; seus olhos estavam situados no meio das costas. Ele pulou da pedra em busca de insetos e Tien riu, vendo-o saltar de rocha em rocha, grudando-se nelas e deixando manchas de muco nos lugares onde aterrissava.

Kal se recostou no rochedo e observou o irmão, lembrando-se de dias — não tão distantes — em que caçar lurgues era mais emocionante.

— Então — disse Laral, cruzando os braços. — O que vai fazer se seu pai quiser mandar você para Kharbranth?

— Não sei — respondeu Kal. — Os cirurgiões não aceitam ninguém com menos de dezesseis Prantos, então tenho tempo para pensar.

Os melhores cirurgiões e terapeutas treinavam em Kharbranth. Todo mundo sabia disso. Diziam que a cidade tinha mais hospitais que tavernas.

— Parece que seu pai está obrigando você a fazer o que ele quer, não o que você quer — disse Laral.

— É assim com todo mundo — observou Kal, coçando a cabeça. — Os outros garotos não se importam em serem lavradores porque seus pais são lavradores. E Ral se tornou o novo carpinteiro da cidade. Ele não se incomoda de fazer a mesma coisa que seu pai. Por que eu deveria me importar de ser cirurgião?

— Eu só... — Laral parecia irritada. — Kal, se você for para a guerra e encontrar uma Espada Fractal, você será um olhos-claros... Quero dizer... Ah, isso é inútil. — Ela se sentou e cruzou os braços com força.

Kal coçou a cabeça. Ela *realmente* estava agindo de forma estranha.

— Eu não me importaria de ir para a guerra, conquistar honra e tudo isso. Mas o que eu mais quero é viajar. Conhecer outras terras.

Ele ouvira falar de animais exóticos, como enormes crustáceos ou enguias que cantavam. De Rall Elorim, a Cidade das Sombras, ou de Kurth, a Cidade dos Raios.

Passara muito tempo estudando, nos últimos anos. A mãe de Kal dizia que ele devia poder aproveitar a infância, em vez de se concentrar tanto em seu futuro. Lirin argumentava que os exames de admissão dos cirurgiões de Kharbranth eram muito rigorosos. Se Kal quisesse uma chance, teria que começar cedo seu aprendizado.

Ser soldado, porém... Os outros garotos sonhavam em ingressar no exército, em lutar com o rei Gavilar. Falava-se de enfim travarem guerra contra Jah Keved. Como seria finalmente ver os heróis das histórias que ouvia? Lutar com o Grão-príncipe Sadeas, ou com Dalinar, o Espinho Negro?

Por fim, o lurgue percebeu que fora ludibriado. Instalou-se então sobre uma pedra e começou a tecer um novo casulo. Após pegar no chão uma pedra pequena e áspera, Kal pousou a mão no ombro de Tien, fazendo-o parar de importunar o cansado anfíbio. Então avançou e cutucou o lurgue com dois dedos, fazendo-o saltar da pedra onde estava para a que ele tinha na mão. Depois entregou a pedra a Tien, que observou de olhos arregalados o lurgue tecer seu casulo, cuspindo a seda úmida e usando suas minúsculas mãos para lhe dar forma. Aquele casulo seria impermeável por dentro, selado por muco, mas a chuva do exterior lhe dissolveria o embrulho.

Kal sorriu, pegou o cantil e tomou um gole de água. Estava fresca e límpida, já sem vestígios de crem — a substância lodosa e marrom que caía junto com a chuva e podia adoecer os homens. Todo mundo sabia disso, não apenas os cirurgiões. Era preciso deixar a água descansar por um dia, retirar a água limpa da parte de cima e usar o crem para confeccionar produtos de cerâmica.

O lurgue terminou de construir seu casulo. Imediatamente, Tien estendeu a mão para o cantil. Kal o ergueu bem alto.

— Ele está cansado, Tien. Não vai mais pular por aí.

— Ah.

Kal abaixou o cantil e deu uns tapinhas no ombro do irmão.

— Eu coloquei o lurgue nessa pedra para você poder levar. Mais tarde você vai poder acordar ele de novo. — Ele sorriu. — Ou jogar na banheira do pai, pela janela.

Tien sorriu, divertido com a ideia. Kal afagou seus cabelos pretos.

— Vá ver se encontra outro casulo. Se conseguir, vai poder brincar com um *e* jogar o outro na banheira.

Tien pousou com cuidado a pedra e saiu correndo pelos rochedos. A encosta da colina fora quebrada durante uma grantormenta, alguns meses atrás. Estilhaçada mesmo, como se tivesse sido atingida pelo punho de uma criatura enorme. As pessoas diziam que uma casa podia ter sido a vítima. E queimavam orações de agradecimento ao Todo-Poderoso, enquanto ao mesmo tempo murmuravam sobre os perigos que se moviam nas trevas durante o auge de uma tempestade. Estariam os Esvaziadores por trás da destruição ou teriam sido as sombras dos Radiantes Perdidos?

Laral estava olhando para a mansão de novo, enquanto alisava nervosamente o vestido — nos últimos tempos, ela tomava muito mais cuidado para não sujar as roupas.

— Ainda está pensando na guerra? — perguntou Kal.

— Hã. Sim. Estou.

— Faz sentido — disse ele. Um exército fizera recrutamento há apenas algumas semanas, e levara alguns dos garotos mais velhos, embora somente depois que o Senhor da Cidade Wistiow dera sua permissão. — O que você acha que quebrou as pedras aqui, durante a grantormenta?

— Não sei dizer.

Kal olhou para leste. O que enviava as tempestades? Seu pai lhe dissera que nenhum navio jamais navegara em direção à Origem das Tempestades e retornara em segurança. Poucos navios sequer se afastavam do litoral. Ser surpreendido em mar aberto durante uma tempestade significava a morte.

Ele bebeu mais um gole do cantil e repôs a tampa, guardando o resto para o caso de Tien encontrar outro lurgue. Ao longe, homens trabalhavam nos campos, vestidos com macacões, camisas de cordão marrons e botinas resistentes. Era a estação de caça às lagartas. Uma só lagarta podia arruinar todos os grãos de um pólipo. Incubada em seu interior, alimentava-se lentamente à medida que os grãos se desenvolviam. Quando o pólipo finalmente era aberto, no outono, tudo o que se encontrava era uma lesma gorda, com dois palmos de tamanho. Assim sendo, os lavradores as procuravam na primavera, examinando cada pólipo. Onde encontrassem um orifício, enfiavam um caniço besuntado de açúcar, no qual a lagarta se prendia. Então puxavam o caniço, esmagavam o verme e tapavam o buraco com crem.

O trabalho de exterminar as lagartas podia demorar semanas. Os lavradores percorriam as colinas três ou quatro vezes, ocasiões que também eram aproveitadas para a aplicação de fertilizantes. Kal já ouvira a descrição daquele processo mais de cem vezes. Não se vivia em uma cidade como Larpetra sem escutar as pessoas reclamarem das lagartas.

Ele notou um grupo de garotos mais velhos que estavam estranhamente reunidos ao pé de uma das colinas. Reconheceu todos, lógico. Os irmãos Jost e Jest. Mord, Tift, Naget, Khav e outros. Todos com autênticos nomes olhos-escuros alethianos. Nada como Kaladin.

— Por que será que eles não estão procurando lagartas? — perguntou.

— Não sei — respondeu Laral, voltando o olhar para os garotos com uma estranha expressão. — Vamos ver.

Antes que Kal pudesse objetar, ela começou a descer a encosta.

Ele coçou a cabeça e olhou na direção de Tien.

— Nós vamos descer até aquela encosta lá.

O rosto infantil de Tien surgiu por trás de uma rocha; ele assentiu energicamente e retornou às suas buscas. Kal pulou da rocha em que estava e seguiu Laral. Quando ela se aproximou dos garotos, eles a olharam com ar encabulado. Ela nunca passava muito tempo com eles, como passava com Kal e Tien. O pai dela era muito amigo do pai deles, embora um fosse olhos-claros e o outro, olhos-escuros.

Laral se empoleirou em uma pedra próxima e não disse nada. Kal se aproximou do grupo. Por que Laral quisera descer até lá, se não pretendia falar com os garotos?

— Oi, Jost — disse Kal.

Jost era o mais velho dos garotos. Aos quatorze anos, já era quase um homem; e parecia um homem. Seu peito era mais largo do que o normal para a idade; suas pernas eram grossas e fortes, como as do pai dele. Ele e Jest seguravam cada um uma vara de madeira, um galho de árvore que fora cortado e lixado até adquirir o aspecto aproximado de um bastão de luta.

— Por que vocês não estão catando lagartas?

Kal percebeu imediatamente que falara besteira. Vários dos garotos lhe lançaram olhares mal-humorados. O fato de que Kal não precisava trabalhar nas colinas os incomodava. As desculpas que ele apresentava — que passava horas e horas aprendendo sobre músculos, ossos e métodos de tratamento — caíam em ouvidos indiferentes. Tudo o que eles viam era um garoto que passava os dias à sombra, enquanto eles labutavam sob o sol ardente.

— O velho Tarn encontrou uma área com pólipos que não estão crescendo direito — disse Jost, por fim, lançando um olhar a Laral. — Então nos liberaram hoje, enquanto decidem se vão plantar tudo de novo ou deixar os pólipos crescerem para ver o que acontece.

Kal assentiu, pouco à vontade no meio daqueles nove garotos. Eles estavam suados, com os joelhos das calças sujos de crem e esgarçados pelo atrito com as pedras. Kal estava limpo, usando uma calça de qualidade, que sua mãe comprara poucas semanas antes. Seu pai os deixara livres naquele dia, Tien e ele, pois estava ocupado com alguma coisa na mansão do Senhor da Cidade. Kal compensaria a folga estudando até tarde da noite, à luz de esferas, mas não adiantava explicar isso aos outros garotos.

— Então, hã, o que vocês estavam conversando? — perguntou Kal.

Em vez de lhe responder, Naget disse:

— Kal, você sabe coisas. — Magrelo e de cabelos claros, ele era o mais alto do grupo. — Não sabe? Sobre o mundo e coisas desse tipo?

— É — disse Kal, coçando a cabeça. — Às vezes.

— Você já ouviu dizer que um olhos-escuros pode virar um olhos-claros?

— Lógico — disse Kal. — Meu pai disse que pode acontecer. Mercadores olhos-escuros ricos podem se casar com mulheres olhos-claros de classe baixa e ter filhos olhos-claros. Esse tipo de coisa.

— Não, não é isso — disse Khav, que tinha sobrancelhas baixas e um ar permanentemente carrancudo. — Quero dizer olhos-escuros de verdade. Como nós.

Não como você, sua entonação parecia sugerir. A família de Kal era a única do segundo nan na cidade. Todas as outras eram do quarto ou quinto. A posição de Kal os deixava constrangidos. A estranha profissão de seu pai também não ajudava.

Tudo isso fazia Kal se sentir deslocado.

— Se querem saber como isso pode acontecer, perguntem a Laral — disse Kal. — Ela estava justamente falando disso. Se um homem conquista uma Espada Fractal no campo de batalha, seus olhos ficam claros.

— É verdade — confirmou Laral — Todo mundo sabe disso. Até um *escravo* pode se tornar um olhos-claros, se conquistar uma Espada Fractal.

Os garotos assentiram; todos tinham olhos castanhos, pretos ou outras colorações escuras. Conquistar uma Espada Fractal era uma das principais razões que atraíam plebeus para a guerra. Nos reinos vorins, todos tinham chance de ascender. Como o pai de Kal diria, era um princípio fundamental da sociedade deles.

— É — disse Naget, com impaciência — Mas você já *ouviu falar* de isso ter acontecido? Não só nas histórias, mas acontecido de verdade?

— Com certeza — respondeu Kal. — Deve ter acontecido. Senão, por que tantos homens iriam para a guerra?

— Porque temos que preparar homens para lutar pelos Salões Tranquilinos — disse Jest. — Temos que enviar soldados para os Arautos. Os fervorosos estão sempre falando disso.

— Ao mesmo tempo que nos dizem que ser lavrador também é bom — disse Khav. — Como se lavrar a terra fosse um segundo lugar menos honroso ou coisa assim.

— Ei — disse Tift. — Meu pai é lavrador, e é bom nisso. É uma Vocação nobre! Os pais de vocês todos são lavradores.

— Tudo bem, ótimo — comentou Jost. — Mas não estamos falando disso. Estamos falando de Fractários. Você vai lutar na guerra, conquista uma Espada Fractal e vira um olhos-claros. Meu pai, vejam bem, ele *devia* ter recebido uma Espada Fractal. Mas o homem que estava com ele pegou a espada enquanto meu pai estava desmaiado. E disse ao oficial que *ele* tinha matado o Fractário. Então ficou com a Espada e o meu pai...

Ele foi interrompido por uma risada cristalina de Laral. Kal franziu a testa. Era uma risada diferente das que costumava ouvir dela, muito mais contida e meio irritante.

— Jost, você está dizendo que seu pai ganhou uma *Espada Fractal?* — perguntou ela.

— Não. Tomaram a espada dele — disse o garoto corpulento.

— Seu pai não lutou nas escaramuças contra a escória do norte? — disse Laral. — Diga a ele, Kaladin.

— Ela tem razão, Jost. Não tinha nenhum Fractário lá. Só invasores reshianos achando que iam tirar vantagem do novo rei. Eles nunca tiveram Espadas Fractais. Se seu pai viu alguma, deve estar lembrando errado.

— Lembrando errado? — repetiu Jost.

— Hã, claro — respondeu Kal rapidamente. — Eu não disse que ele está mentindo, Jost. Ele pode só ter tido alucinações induzidas por trauma ou alguma coisa assim.

Os garotos ficaram em silêncio, olhando para Kal. Um deles coçou a cabeça.

Jost cuspiu para o lado. Parecia estar observando Laral pelo canto do olho. Ela olhou deliberadamente para Kal e sorriu.

— Você sempre tem que fazer um homem se sentir idiota, não é, Kal? — disse Jost.

— O quê? Não, eu...

— Você quer fazer meu pai parecer um idiota — prosseguiu Jost, o rosto vermelho. — E quer que eu pareça um idiota também. Bem, alguns de nós não têm a sorte de passar o dia comendo frutas e descansando. Temos que trabalhar.

— Eu não...

Jost jogou seu bastão para Kal, que o pegou sem jeito. Em seguida, o rapaz pegou o bastão que estava com seu irmão.

— Se você insulta meu pai, tem que lutar. É questão de honra. Você tem honra, fidalgote?

— Não sou nenhum fidalgote — protestou Kal. — Pelo Pai das Tempestades, Jost, estou só alguns nans acima de você.

À menção dos nans, Jost ficou ainda mais furioso e levantou o bastão.

— Vai lutar comigo ou não?

Esprenos de raiva começaram a brotar aos pés dele, formando pequenas poças vermelho-vivas.

Kal sabia o que Jost estava fazendo. Não era incomum que os garotos procurassem uma forma de superá-lo. O pai de Kal dizia que faziam isso por insegurança. Ele diria a Kal que largasse o bastão e virasse as costas.

Mas Laral estava bem ali, sorrindo para ele. E homens não se tornavam heróis virando as costas.

— Tudo bem. Vamos. — Kal ergueu seu bastão.

Jost atacou de imediato, mais depressa do que Kal previra. Os outros garotos os observavam com uma mistura de júbilo, surpresa e estupor.

Kal mal conseguiu manter seu bastão erguido. Os pedaços de madeira se chocaram e uma onda de choque percorreu os braços de Kal, que se desequilibrou.

Rapidamente, Jost deu um passo para o lado e golpeou um dos seus pés. Kal deu um grito quando uma dor lancinante percorreu sua perna. Ele soltou a mão esquerda do bastão e se abaixou para tentar alcançar o pé.

Jost girou o bastão e o atingiu nas costelas. Kal arfou, largou o bastão e caiu de joelhos, apertando o local atingido com uma das mãos. Respirava aos arquejos, contraindo o corpo para suportar a dor. Pequenos esprenos de dor — que lembravam mãos alaranjadas — rastejaram no chão à sua volta.

Ainda segurando as costelas, Kal se inclinou para a frente e apoiou uma das mãos no chão. É melhor que você não tenha quebrado nenhuma das minhas costelas, seu *crenguejo*, pensou ele.

Ao lado, Laral franziu os lábios. Kal teve uma súbita e a avassaladora sensação de vergonha.

Jost abaixou seu bastão, parecendo embaraçado.

— Bom, você está vendo que meu pai me treinou bem — disse ele. — Talvez você aprenda a lição. Ele falou a verdade e...

Gritando de raiva e dor, Kal pegou seu bastão e investiu contra Jost. O garoto mais velho praguejou e recuou cambaleante, erguendo sua arma. Kal deu um berro e avançou com o bastão.

Alguma coisa mudou naquele momento. Enquanto segurava a arma, Kal sentiu uma energia, uma empolgação que anulou sua dor. Dando um rodopio, ele acertou o bastão em uma das mãos de Jost.

Jost deixou aquela mão pender e gritou. Kal girou o bastão e o golpeou no flanco. Ele nunca segurara uma arma, nunca participara de nada mais perigoso do que lutas de brincadeira com Tien. Mas a vara de madeira parecia *certa* em suas mãos. Aquela sensação maravilhosa o deixou encantado.

Jost grunhiu e cambaleou de novo. Kal se preparou para lhe golpear o rosto. Chegou a levantar o bastão, mas se imobilizou. A mão que Kal atingira estava sangrando. Só um pouco, mas era sangue.

Ele machucara alguém.

Jost rosnou e aprumou o corpo. Antes que Kal pudesse reagir, ele lhe deu uma rasteira que o jogou no chão e lhe tirou fôlego, fazendo arder o machucado em suas costelas. Esprenos de dor, alimentando-se do sofrimento, logo formaram uma espécie de cicatriz laranja em seu flanco.

Jost recuou. Kal permaneceu deitado de costas, tentando respirar, sem saber o que estava sentindo. Segurar o bastão lhe parecera uma coisa maravilhosa. Incrível.

Laral se levantou da pedra. Em vez de se ajoelhar para ajudá-lo, ela lhe deu as costas e se encaminhou para a mansão de seu pai. Lágrimas inundaram os olhos de Kal. Soltando um grito, ele rolou e pegou o bastão de novo.

Não desistiria.

— Agora chega — disse Jost, atrás dele.

Kal sentiu algo duro em suas costas. Era uma botina, que o pressionou contra as pedras enquanto Jost lhe retirava a arma da mão.

Eu fracassei. Eu... perdi. Ele detestou aquela sensação, detestou-a muito mais que a dor.

— Você foi bem — disse Jost, com certa relutância. — Mas agora deixa. Não quero machucar você de verdade.

Kal abaixou a cabeça, pousando a testa na rocha tépida e ensolarada. Jost retirou o pé de suas costas e se juntou aos companheiros. Enquanto eles começavam a se afastar, tagarelando, Kal se pôs de quatro e por fim ficou de pé.

Jost se virou, desconfiado, segurando o bastão com uma das mãos.

— Me ensine — disse Kal.

Jost pareceu surpreso e olhou para seu irmão.

— Me ensine — suplicou Kal, aproximando-se. — Eu cato lagartas para você, Jost. Meu pai me dá duas horas livres todas as tardes. Eu faço seu trabalho se você me ensinar à noite o que seu pai ensina a você com esse bastão.

Ele *tinha* que saber. Tinha que sentir a arma em suas mãos outra vez. Tinha que saber se o que sentira naquele momento fora real. Jost refletiu e finalmente balançou a cabeça.

— Não posso. Seu pai ia me matar. Ficar com essas suas mãos de cirurgião cheias de calos? Não seria certo. — Ele virou as costas. — Vá ser o que você é, Kal. Eu vou ser o que eu sou.

Kal permaneceu imóvel por um longo tempo, observando os garotos irem embora. Então se sentou sobre as pedras. A silhueta de Laral estava cada vez mais distante. Alguns criados desceram a encosta da colina para recebê-la. Deveria correr atrás dela? Suas costelas ainda doíam, e ele estava aborrecido por ela tê-lo levado até os garotos. Acima de tudo, ainda estava constrangido.

Ele se deitou de novo no chão, inundado por emoções. Era difícil distingui-las.

— Kaladin?

Ele se virou, com vergonha das lágrimas em seus olhos, e viu Tien sentado ali perto.

— Há quanto tempo você está aí?

Tien sorriu e pousou uma pedra no chão. Depois se levantou e saiu correndo, sem parar quando Kal o chamou. Resmungando, Kal se obrigou a levantar e foi pegar a pedra.

Era outra rocha sem nada de especial. Tien tinha o hábito de recolher pedras, achando que eram incrivelmente preciosas. Tinha uma coleção delas em casa. Sabia onde encontrara cada uma e podia dizer o que achara de especial nela.

Com um suspiro, Kal começou a se encaminhar para a cidade.

Vá ser o que você é. Eu vou ser o que eu sou.

Suas costelas doíam. Por que não golpeara Jost quando tivera a chance? Poderia treinar para não congelar em meio a uma luta? Podia aprender a machucar. Não podia?

Mas queria?

Vá ser o que você é.

O que fazia um homem quando não *sabia* o que era nem o que queria ser?

Por fim, ele chegou à área urbana de Larpetra. As cento e poucas casas estavam dispostas em fileiras arredondadas, com as pontas voltadas para a direção das tempestades. Os tetos eram de madeira grossa, alcatroada para vedá-los contra as chuvas. Os lados norte e sul das construções raramente tinham janelas, mas o lado oeste — a sotavento das tempestades — era quase todo feito de janelas. Assim como as plantas das terras tempestuosas, as vidas das pessoas eram dominadas pelas grantormentas.

A casa de Kal estava situada na periferia da cidade. Era maior que a maioria, pois fora construída de modo a acomodar a sala de cirurgia, que tinha a própria entrada. A porta estava aberta, então Kal deu uma olhada lá dentro. Esperava ver sua mãe limpando o aposento, mas só viu seu pai, já de volta da mansão do Luminobre Wistiow. Lirin estava sentado à beira da mesa de operações, com as mãos no colo e a cabeça calva abaixada. Segurava os óculos em uma das mãos e parecia exausto.

— Pai? — chamou Kal. — Por que você está sentado no escuro?

Lirin levantou a cabeça. Seu rosto tinha uma expressão sombria e distante.

— Pai? — insistiu Kal, cada vez mais preocupado.

— O Luminobre Wistiow foi levado pelos ventos.

— Ele *morreu*? — De tão chocado, Kal esqueceu a dor nas costelas. Wistiow *sempre* estivera presente. Não podia ter morrido. O que seria de Laral? — Ele estava saudável na semana passada!

— Ele sempre foi frágil, Kal — disse Lirin. — O Todo-Poderoso chama todos os homens de volta ao Reino Espiritual mais cedo ou mais tarde.

— E você não fez nada? — exclamou Kal, arrependendo-se logo em seguida.

— Fiz tudo o que pude — disse seu pai, pondo-se de pé. — Talvez um homem com mais treinamento que eu... Bem, não adianta ficar lamentando.

Ele andou até um canto do aposento e retirou a capa preta que recobria o globo de esferas de diamante; a sala imediatamente se iluminou, o globo brilhando como um pequeno sol.

— Então estamos sem um senhor da cidade — comentou Kal, levando a mão à cabeça. — E ele não tinha filho...

— Os dirigentes de Kholinar vão nomear um novo senhor — disse Lirin. — Que o Todo-Poderoso lhes dê sabedoria na escolha.

Ele olhou para o globo de luz. As esferas pertenciam ao senhor da cidade. Valiam uma pequena fortuna.

O pai de Kal cobriu de novo o globo, como se não tivesse acabado de descobri-lo. O movimento mergulhou a sala nas trevas. Kal piscou enquanto seus olhos se ajustavam.

— Ele deixou essas esferas para nós.

Kal se espantou.

— O quê?

— Você vai para Kharbranth quanto fizer dezesseis anos. Essas esferas vão pagar a viagem. O Luminobre Wistiow deu esta ordem, sua última ação pelo bem de seu povo. Você se tornará um verdadeiro cirurgião-mestre e depois retornará a Larpetra.

Naquele momento, Kal percebeu que seu destino estava selado. Se o Luminobre Wistiow assim exigira, Kal iria para Kharbranth. Ele se virou e saiu da sala de cirurgia, sem dizer mais nada a seu pai.

Kal sentou-se nos degraus. O que *realmente* queria? Não sabia. Aquele era o problema. Glória, honra, as coisas que Laral mencionara... nada daquilo tinha importância para ele. Mas *alguma coisa* acontecera quando empunhara o bastão. Então, de repente, a possibilidade de decidir lhe fora tomada.

As pedras que Tien lhe dera ainda estavam em seu bolso. Ele as pegou, tirou o cantil do cinto e as umedeceu com água. A primeira era a que tinha volutas e camadas brancas. Parecia que a outra também possuía um padrão oculto.

Parecia um rosto feito de fragmentos brancos sorrindo para ele. Apesar de sua frustração, Kal sorriu de volta, mas por pouco tempo. Uma pedra não ia resolver seus problemas.

Infelizmente, nada parecia capaz de resolver seus problemas, por mais que pensasse no assunto. Não sabia ao certo se queria ser cirurgião. Subitamente, sentiu-se sufocado pelo que a vida o estava forçando a se tornar.

Mas aquele momento em que empunhou o bastão o tentava. Um único momento de clareza em um mundo confuso.

17

UM CREPÚSCULO VERMELHO E SANGRENTO

Posso ser muito sincero? Antes, você me perguntou por que eu estava tão preocupado. O motivo é o seguinte:

— ELE É *VELHO* — disse Syl, com espanto, esvoaçando ao redor do apotecário. — Velho mesmo. Eu não sabia que homens podiam ficar tão velhos. Tem certeza de que ele não é um espreno de deterioração na pele de um homem?

Sorrindo, Kaladin observou o apotecário se apoiar na bengala enquanto andava, alheio ao invisível espreno de vento. Seu rosto, assim como as Planícies Quebradas, era cheio de fendas, que formavam um padrão a partir dos olhos profundamente encovados. Ele estava vestido com uma túnica branca e usava um par de óculos, com grossas lentes, encarapitado na ponta do nariz.

O pai de Kaladin lhe falara sobre os apotecários — homens que atuavam no limiar entre os herboristas e os cirurgiões. As pessoas comuns olhavam as artes curativas com tanta superstição que era fácil, para um apotecário, cultivar um ar enigmático. As paredes de madeira estavam cobertas por panos estampados com glifos-amuletos. Por trás do balcão, havia prateleiras cheias de potes. Um esqueleto humano completo, seguro por arames, pendia em um recesso afastado. A sala, sem janelas, era iluminada por esferas de granada penduradas nos cantos.

Apesar de tudo, o lugar era limpo e arrumado. Tinha o familiar odor de desinfetante que Kaladin associava à sala de cirurgia do pai.

— Ah, jovem carregador de pontes. — O diminuto apotecário ajustou os óculos e se inclinou, deslizando os dedos por sua rala barba branca. — Está procurando um amuleto contra o perigo, talvez? Ou uma jovem lavadeira do acampamento atraiu seus olhos? Eu tenho uma poção que, se for derramada na bebida, fará com que ela goste de você.

Kaladin ergueu uma sobrancelha.

Syl abriu a boca com uma expressão de espanto.

— Você deveria dar isso a Gaz. Seria ótimo se ele gostasse mais de você.

Acho que a função não é bem essa, pensou Kaladin, sorrindo.

— Jovem carregador? Você deseja um amuleto contra o mal?

O pai de Kaladin lhe falara sobre aquelas coisas. Muitos apotecários ofereciam supostos amuletos de amor ou poções para curar todos os males, que continham apenas um pouco de açúcar e umas pitadas de ervas comuns que podiam provocar sono ou insônia, dependendo do efeito pretendido. Era tudo bobagem, embora a mãe de Kaladin desse muito crédito aos glifos-amuletos. O pai de Kaladin sempre expressara seu desapontamento diante da obstinação com a qual ela se aferrava a "superstições".

— Preciso de ataduras — disse Kaladin. — E um frasco de óleo de listre. Ou de seiva de erva-botão. E também uma agulha e fio de sutura, se você tiver.

O apotecário arregalou os olhos, surpreso.

— Sou filho de um cirurgião — confessou Kaladin. — Treinei com ele. Ele foi treinado por um homem que estudou no Grande Átrio de Kharbranth.

— Ah — disse o apotecário. — Bem. — Aprumando o corpo, ele encostou a bengala em um canto e espanou a túnica. — Ataduras, você disse? E antissépticos? Deixe-me ver...

Ele voltou para trás do balcão.

Kaladin ficou atônito. A idade do homem não mudara, mas ele já não parecia tão frágil. Seus passos eram firmes e sua voz perdera a rouquidão sibilante. Ele remexeu nos potes, murmurando consigo mesmo enquanto lia os rótulos.

— Você poderia ir à ala dos cirurgiões. Eles lhe cobrariam muito menos.

— Não de um carregador de pontes — disse Kaladin, fazendo uma careta.

Ele fora rechaçado. Os suprimentos naquele local eram reservados aos soldados.

— Entendo — disse o apotecário.

Após pousar uma garrafinha no balcão, ele se curvou para remexer em algumas gavetas. Syl pairou sobre Kaladin.

— Sempre que ele se curva, eu acho que ele vai quebrar como um raminho.

Ela estava começando a entender pensamentos abstratos a um ritmo surpreendentemente rápido.

Eu sei o que é a morte... Kaladin ainda não sabia bem se devia ou não ter pena dela.

Ele pegou a pequena garrafa, tirou sua rolha e cheirou o conteúdo.

— Muco de larmique? — Ele fez uma careta ao sentir o cheiro desagradável. — Isso não é tão eficiente quanto os dois itens que eu pedi.

— Mas é muito mais barato — replicou o ancião, pegando uma caixa, da qual retirou a tampa. Continha ataduras estéreis. — E você, como foi observado, é um carregador de pontes.

— Quanto custa o muco, então?

Ele andava mesmo preocupado com esse assunto; seu pai nunca mencionava o custo de seus medicamentos.

— Dois marcos-de-sangue pela garrafa.

— Isso é o que você chama de *barato*?

— O óleo de listre custa dois marcos de safira.

— E a seiva de erva-botão? Eu vi uns tufos da planta bem perto do acampamento! Não pode ser muito rara.

— E você sabe quanta seiva contém uma planta? — perguntou o apotecário.

Kaladin hesitou. Não se tratava de seiva, na verdade, mas de uma substância leitosa que podia ser espremida dos caules. Ou foi o que seu pai dissera.

— Não — admitiu ele.

— Uma única gota — disse o homem. — Se você tiver sorte. É mais barata que o óleo de listre, lógico, mas mais cara que o muco. Embora o muco tenha um fedor pior que o traseiro da Guardiã da Noite.

— Eu não tenho isso tudo — disse Kaladin.

Eram cinco marcos de diamante para cada marco granada. Dez dias de pagamento para comprar uma garrafinha de antisséptico. Pai das Tempestades!

O apotecário fungou.

— A agulha e o fio de sutura custam duas claretas. Você pode pagar isso, pelo menos?

— Por pouco. Quanto custam as ataduras? Duas esmeraldas plenas?

— São só velhos trapos que eu branqueei e fervi. Duas claretas o braço.

— Eu lhe pago um marco pela caixa.

— Tudo bem.

Enquanto Kaladin enfiava a mão no bolso para pegar as esferas, o velho apotecário prosseguiu:

— Vocês, cirurgiões, são todos iguais. Nunca param para pensar de onde vêm seus suprimentos. Usam as coisas como se nunca fossem acabar.

— Não há preço para a vida de uma pessoa — disse Kaladin.

Era uma das máximas de seu pai e o motivo pelo qual Lirin jamais cobrava por seus serviços.

Kaladin sacou seus quatro marcos, mas titubeou ao olhar para eles. Somente um estava brilhando, com uma suave luz cristalina. Os outros três estavam foscos, com as peças de diamante quase invisíveis no centro do vidro.

— E essa, agora — disse o apotecário, semicerrando os olhos. — Você está tentando me passar esferas foscas? — Antes que Kaladin pudesse negar, ele enfiou a mão por baixo do balcão e pegou uma lupa de joalheiro. Retirou então os óculos e segurou a esfera contra a luz. — Ah. Não, é uma gema autêntica. Você precisa mandar infundir suas esferas, carregador. Nem todo mundo é tão crédulo quanto eu.

— Elas estavam brilhando hoje de manhã — protestou Kaladin. — Gaz deve ter me pagado com esferas descarregadas.

O apotecário retirou a lupa do olho, recolocou os óculos e selecionou três marcos, inclusive o que estava brilhando.

— Posso ficar com essa esfera? — perguntou Kaladin.

O apotecário franziu o cenho.

— Ando sempre com uma esfera infundida no bolso — disse Kaladin. — Traz boa sorte.

— Tem certeza de que não vai querer uma poção do amor?

— Se eu estiver no escuro, sempre terei uma fonte de luz — disse Kaladin secamente. — E, como disse, a maioria das pessoas não é crédula como o senhor.

Relutante, o apotecário trocou a esfera infundida pela fosca — embora a tenha verificado com a lupa para ver se era autêntica. Uma esfera fosca valia tanto quanto uma infundida; bastava deixá-la ao relento em uma grantormenta que ela se recarregaria, proporcionando luz por aproximadamente duas semanas.

Kaladin embolsou a esfera infundida, recolheu suas compras e acenou um adeus para o apotecário. Tão logo saiu para a rua do acampamento, Syl se juntou a ele.

Enquanto almoçava, ele ficou escutando as conversas dos soldados no refeitório. Aprendeu algumas coisas sobre os acampamentos. Coisas que podia ter aprendido semanas antes, mas estava deprimido demais para prestar atenção. Agora sabia mais sobre as crisálidas nos platôs, as gemas-coração que continham e a competição entre os grão-príncipes. Sabia por que Sadeas exigia tanto de seus homens, e estava começando a entender por que ele dava meia volta quando chegava a um platô depois de outro exército. O que acontecia muito raramente. Na maior parte das vezes, ele chegava primeiro e os exércitos alethianos que apareciam depois tinham que retornar.

Os acampamentos de guerra eram enormes. No total, havia cerca de cem mil soldados nos diversos acampamentos alethianos, muitas vezes mais que a população de Larpetra. Sem contar os civis. Um acampamento móvel atraía um grande sortimento de agregados; acampamentos de guerra estacionários, como os das Planícies Quebradas, atraíam ainda mais.

Cada um dos dez acampamentos de guerra ocupava a própria cratera, e era constituído por uma mescla incongruente de construções Transmutadas, barracos e tendas. Alguns mercadores, como o apotecário, tinham dinheiro para construir uma estrutura de madeira. Os que viviam em tendas as desmontavam durante as tempestades e pagavam por um abrigo em outro lugar. Mesmo no interior da cratera, os ventos das grantormentas eram muito fortes, sobretudo onde a muralha externa fosse baixa ou estivesse quebrada. Alguns lugares — como a serraria — estavam completamente expostos.

A rua fervilhava com a multidão habitual. Mulheres trajando saias e blusas — esposas, irmãs ou filhas dos soldados, mercadores ou artesãos. Operários envergando calças ou macacões. Muitos soldados usando peças de couro, portando lanças e escudos. Eram todos homens de Sadeas. Soldados de um acampamento não se misturavam com os soldados de outro e se mantinham longe da cratera de outro grão-príncipe, a menos que tivessem algum assunto a tratar lá.

Kaladin balançou a cabeça, desalentado.

— O que houve? — perguntou Syl, acomodando-se em seu ombro.

— Eu não esperava que houvesse tanta discórdia entre os acampamentos. Achei que seria um exército só, o exército do rei, unificado.

— As pessoas são a discórdia.

— Como assim?

— Todos vocês agem diferente e pensam diferente. Nada mais é assim... Os animais agem sempre da mesma forma, e os esprenos são, de certo modo, praticamente o mesmo indivíduo. Existe harmonia nisso. Mas em vocês, não; parece que nem dois humanos conseguem concordar em alguma coisa. O mundo inteiro faz o que deve fazer, com exceção dos humanos. Talvez seja por isso que vocês se matem com tanta frequência.

— Mas nem *todos* os esprenos agem igual — replicou Kaladin, abrindo a caixa e enfiando algumas ataduras no bolso que costurara no interior de seu colete de couro. — Você é a prova disso.

— Eu sei — disse ela, baixinho. — Talvez agora você entenda por que isso me preocupa tanto.

Kaladin não soube o que responder. Por fim, chegou à serraria. Alguns integrantes da Ponte Quatro descansavam à sombra, no lado leste de seu barracão. Seria interessante observar um daqueles barracões ser construído — pois eram Transmutados do ar diretamente para pedra. Infelizmente, as Transmutações aconteciam à noite e sob estrita vigilância, de modo a impedir que o rito sagrado fosse presenciado por indivíduos que não fossem fervorosos ou olhos-claros de alto nível.

O primeiro sino da tarde soou tão logo Kaladin chegou ao barracão. Quase chegara atrasado para o plantão de ponte e percebeu que Gaz o olhava carrancudo. Grande parte daquele "serviço" era permanecer sentado, esperando que os berrantes soassem. Pois bem, Kaladin não pretendia perder tempo. Não podia se arriscar a carregar a prancha, não quando uma incursão podia ser iminente; mas talvez pudesse fazer alguns alongamentos ou...

Um berrante soou, nítido e límpido. Era como o chifre mítico que, segundo se dizia, guiava as almas dos corajosos até o campo de batalha celeste. Kaladin se imobilizou. Como sempre, esperou o segundo toque, um lado irracional precisando ouvir a confirmação. O toque veio, em um padrão que indicava a localização de um demônio-do-abismo ingressando no estado de crisálida.

Os soldados começaram a se deslocar para a área de concentração, ao lado da serraria; outros correram para pegar seus equipamentos.

— Em forma! — gritou Kaladin, aproximando-se rápido de seus carregadores. — Raios os partam! Todos em formação!

Eles o ignoraram. Alguns estavam sem os coletes, e se apinhavam à entrada do barracão tentando entrar. Os que já estavam de colete corriam para a ponte. Kaladin os seguiu, frustrado. Ao chegarem, os homens se reuniram em torno da ponte, de uma forma cuidadosamente preestabelecida. Todos tinham chance de ocupar as melhores posições; correr na frente até a beira do abismo e tomar uma posição na retaguarda, em relativa segurança, na aproximação final.

Havia uma estrita rotatividade, erros não eram tolerados. As equipes de ponte tinham um brutal sistema de autocontrole: se um homem tentasse trapacear, os outros o obrigavam a correr à frente durante a aproximação final. Aquele tipo de coisa era teoricamente proibido, mas Gaz fingia não ver. E também não aceitava subornos em troca de deixar os homens mudarem de posição. Talvez soubesse que a única esperança de estabilidade era a rotatividade. A vida não era justa, e ser um carregador de pontes não era justo; mas se alguém corresse na fileira da frente — a fileira da morte — e sobrevivesse, na próxima vez poderia correr na retaguarda.

Havia uma exceção. Como chefe de ponte, Kaladin podia correr à frente durante a maior parte do caminho e passar para a retaguarda na investida final. Ele tinha a posição mais segura do grupo, embora nenhum carregador de pontes estivesse realmente a salvo. Kaladin era como uma crosta bolorenta no prato de um homem faminto; não seria a primeira garfada, mas ainda estava condenado.

Ele entrou em posição. Yake, Dunny e Malop foram os últimos a chegar. Assim que todos ocuparam suas posições, Kaladin lhes ordenou que levantassem a ponte. Ficou um tanto surpreso ao ser obedecido, mas sempre havia um chefe de ponte para dar voz de comando. A voz podia mudar, as ordens, não. Eram simples: levantar, correr, abaixar, e assim por diante.

Vinte pontes se deslocaram da serraria em direção às Planícies Quebradas. Kaladin notou que os carregadores da Ponte Sete os olhavam com alívio. Como haviam estado de serviço até o primeiro sino da tarde, escaparam daquela incursão por poucos momentos.

Os carregadores de ponte trabalhavam duro. Não era só por causa das ameaças de espancamento — corriam com tanto afinco porque queriam chegar ao platô de destino antes dos parshendianos. Se conseguissem, não haveria flechadas nem mortes. Transportar as pontes, portanto, era a única coisa que os carregadores faziam sem reservas nem preguiça. Embora muitos detestassem suas vidas, ainda se agarravam a elas com extremo fervor.

Eles atravessaram a primeira das pontes permanentes. Os músculos de Kaladin gemeram em protesto por terem de voltar a trabalhar tão cedo, mas ele tentou ignorar a fadiga. Devido à grantormenta da noite anterior, quase todas as plantas ainda deviam estar abertas — petrobulbos espalhando suas gavinhas, branzás em flor esticando seus galhos pelas frestas e os estendendo como garras para o céu. Havia também alguns ramispinos, os pequenos arbustos de ramos pétreos que Kaladin havia notado quando chegara à área. A água se acumulara nas numerosas fissuras e cavidades das superfícies dos platôs.

Gaz gritou instruções, indicando a eles que direção tomar. Muitos dos platôs vizinhos dispunham de três ou quatro pontes, formando caminhos entrelaçados ao longo das Planícies. As corridas haviam se tornado rotineiras. Eram exaustivas, mas também familiares. Kaladin gostava de ir à frente, onde podia ver o caminho. Adotou então seu procedimento atual de contar os passos, como lhe aconselhara o carregador anônimo, cujas sandálias ele ainda usava.

Por fim, eles chegaram à última das pontes permanentes. Ao atravessarem um pequeno platô, passaram pelas ruínas fumegantes de uma ponte que os parshendianos haviam destruído durante a noite. Como teriam feito aquilo durante uma grantormenta? Mais cedo, enquanto escutava as conversas dos soldados, ficara sabendo que os parshendianos lhes inspiravam ódio, raiva e uma boa medida de assombro. Aqueles parshendianos não eram como os preguiçosos e quase mudos parshemanos que trabalhavam por todo canto em Roshar. Eram guerreiros muito habilidosos. O que parecia incongruente para Kaladin. Parshemanos lutando? Era muito estranho.

A equipe da Ponte Quatro e as outras assentaram suas pontes sobre a parte mais estreita de um abismo. Os carregadores desabaram no chão ao redor de suas pontes, enquanto o exército as atravessava. Kaladin quase se juntou a eles; na verdade, seus joelhos quase cederam de expectativa.

Não, pensou ele, aprumando-se. *Não. Vou ficar de pé.*

Foi uma atitude tola, pois os outros carregadores não lhe deram atenção. Um deles, Moash, até o xingou. Mas como já tomara a decisão, Kaladin aferrou-se teimosamente a ela, cruzando as mãos atrás das costas e assumindo a posição de descanso enquanto via o exército passar.

— Ei, carregadorzinho! — gritou um soldado que esperava sua vez. — Está curioso para ver soldados de *verdade*?

Kaladin se virou para ele, um sujeito corpulento, de olhos castanhos, com braços grossos como coxas. Os nós nas ombreiras de seu gibão de couro o identificavam como chefe de pelotão. Kaladin já portara nós como aqueles.

— Como você trata sua lança e seu escudo, chefe? — respondeu Kaladin.

O homem amarrou a cara, mas Kaladin sabia o que ele estava pensando. O equipamento de um soldado era sua vida; ele cuidava de suas armas como se cuidasse de seus filhos, sempre tratando de sua manutenção antes de comer ou repousar.

Kaladin apontou para a ponte.

— Essa é a *minha* ponte — disse ele, em voz bem alta. — É a minha arma, a única que me permitem usar. Cuide bem dela.

— Ou você vai fazer o quê? — perguntou um dos outros soldados, provocando risos em suas fileiras.

O chefe de pelotão não disse nada. Parecia confuso.

As palavras de Kaladin eram pura bravata. Na verdade, ele detestava a ponte. Mas permaneceu de pé.

Momentos depois, o próprio Grão-príncipe Sadeas cruzou a Ponte Quatro. O Luminobre Amaram sempre parecera tão heroico, tão distinto. Um general cavalheiro. Sadeas era uma criatura inteiramente diferente, com seu rosto redondo, cabelo crespo e expressão altiva. Cavalgava como se estivesse em um desfile, segurando levemente as rédeas com uma das mãos e sustentando o elmo embaixo do braço com a outra. Sua armadura fora pintada de vermelho e o elmo ostentava frívolas borlas. Tantos adereços inúteis quase ofuscavam a maravilha que era o antigo artefato.

Kaladin esqueceu a fadiga e cerrou os punhos. Ali estava um olhos-claros que ele odiava mais do que a todos, um homem tão insensível que desperdiçava todos os meses a vida de centenas de homens. Um homem que expressamente proibira seus carregadores de portarem escudos, por motivos que Kaladin ainda não entendera.

Depois que Sadeas e sua guarda de honra passaram, Kaladin percebeu que provavelmente deveria ter feito uma mesura. Sadeas não notara, mas podia ter havido problemas se tivesse notado. Balançando a cabeça, Kaladin ordenou a sua equipe que se levantasse. Rocha — o enorme papaguampas — teve que ser cutucado para começar a se mexer. Após atravessarem a ponte, os homens a ergueram e trotaram até o abismo seguinte.

O processo se repetiu tantas vezes que Kaladin perdeu a conta. Em todas as travessias, ele se recusou a deitar. Permaneceu de pé com as mãos atrás das costas, observando a passagem do exército. Outros soldados notaram sua postura e zombaram dele. Kaladin os ignorou. Na quinta ou sexta travessia, as zombarias cessaram. Quando viu novamente o Grão-príncipe Sadeas, Kaladin fez uma mesura, embora lhe embrulhasse o estômago. Ele não servia àquele homem. Não lhe devia lealdade. Mas servia, sim, aos homens da Ponte Quatro. Ele os salvaria, o que significava que tinha que evitar ser punido por insolência.

— Invertam os carregadores! — gritou Gaz. — Atravessem e invertam!

Kaladin se virou bruscamente. A próxima travessia seria o assalto. Estreitando os olhos para enxergar o platô seguinte, conseguiu divisar uma fileira de vultos escuros. Os parshendianos haviam chegado e estavam entrando em formação. Atrás deles, um grupo se esforçava para abrir a crisálida.

Kaladin sentiu uma pontada de frustração. A velocidade deles não fora suficiente. E Sadeas ia querer atacar rapidamente — mesmo cansados como todos estavam —, antes que os parshendianos extraíssem a gema-coração do casco.

Os carregadores se levantaram calados, preocupados. Sabiam o que teriam pela frente. Atravessaram o abismo, puxaram a ponte e inverteram a formação. Os soldados formaram fileiras. Tudo muito silencioso, como se os homens estivessem se preparando para levar um ataúde à pira.

Os carregadores haviam deixado um espaço abrigado e protegido para Kaladin na retaguarda. Syl pousou sobre a ponte e observou a vaga. Esgotado física e mentalmente, Kaladin caminhou até lá. Esforçara-se demais — de manhã, e agora também — ao permanecer de pé em vez de descansar. O que o havia levado a fazer algo assim? Ele mal conseguia andar.

Olhou então para os carregadores. Seus homens estavam resignados, desanimados, aterrorizados. Caso se recusassem a avançar, seriam executados. Se não fugissem, enfrentariam as flechas. Eles não olhavam para a distante fileira de arqueiros parshendianos. Olhavam para o chão.

São seus homens, disse Kaladin a si mesmo. *Precisam de você para liderá-los, mesmo que não saibam disso.*

Como posso liderá-los da retaguarda?

Ele saiu do alinhamento e contornou a ponte. Dois dos homens, Drehy e Teft, o encararam, atônitos. O ponto fatal — o lugar bem no centro da fileira da frente — estava sendo ocupado por Rocha, o enorme e bronzeado papaguampas. Kaladin lhe deu uns tapinhas no ombro.

— Você está no meu lugar, Rocha.

O homem olhou para ele, surpreso.

— Mas...

— Vá para a retaguarda.

Rocha franziu o cenho. Ninguém jamais tentara quebrar a ordem passando para a frente.

— Você está bêbado de ar, terrabaixista — disse ele, com seu sotaque carregado. — Está querendo morrer? Por que não pula no abismo? É mais fácil.

— Sou chefe de ponte. Tenho o privilégio de me posicionar na frente. Vá.

Rocha deu de ombros e fez o que lhe foi ordenado, assumindo a posição de Kaladin na retaguarda. Ninguém disse nada. Se Kaladin queria ser morto, quem eram eles para protestar?

Kaladin olhou para os carregadores.

— Quanto mais nós demorarmos para arriar a ponte, mais flechas eles poderão disparar contra nós. Fiquem firmes, determinados e sejam *rápidos*. Ergam a ponte!

Os homens das posições externas levantaram a ponte e os das posições internas se postaram por baixo, completando as fileiras de cinco. Kaladin permaneceu à frente, com um homem alto e corpulento chamado Leyten à esquerda e um homem espigado chamado Murk à direita. Adis e Corl ocupavam as laterais. Cinco homens na fileira da rente. A fileira da morte.

Assim que todas as equipes levantaram as pontes, Gaz deu a voz de comando.

— Atacar!

Eles começaram a correr, passando ao lado dos soldados, que portavam lanças e escudos. Alguns os olharam com curiosidade, talvez divertidos com a visão de humildes carregadores correndo com tanta pressa em direção à morte. Outros olharam para o lado, talvez envergonhados com o custo em vidas que teria aquela travessia.

Kaladin manteve o olhar fixo à frente, ignorando a voz incrédula que, no fundo de sua mente, gritava que ele fizera algo muito idiota. Concentrado nas linhas parshendianas, correu na direção dos homens de pele preta como azeviche com estrias vermelhas que empunhavam arcos.

Syl esvoaçou perto de sua cabeça, não mais na forma de uma pessoa, e sim de uma faixa de luz. Ela dardejava na frente dele.

Os arcos foram erguidos. Kaladin não ocupava um lugar na fileira da morte desde seu primeiro dia na equipe; muito menos durante uma investida tão perigosa. Era uma fileira sempre ocupada pelos recém-chegados. Assim, se morressem, não seria necessário treiná-los.

Os arqueiros parshendianos esticaram as cordas dos arcos, apontando para cinco ou seis equipes de pontes. A Ponte Quatro, obviamente, estava na mira.

As setas foram disparadas.

— Tien! — gritou Kaladin, quase enlouquecido de fadiga e frustração.

Ele berrou o nome — sem saber bem por que — enquanto um paredão de flechas zunia em sua direção. Então sentiu uma onda de energia, uma súbita irrupção de força inesperada e inexplicada.

As setas aterrissaram.

Atingido por quatro ou cinco delas, Murk caiu sem emitir um som, esguichando sangue nas pedras. Leyten caiu também, e com ele Adis e Corl. Setas se quebraram no chão, aos pés de Kaladin, e outras atingiram a madeira ao redor de sua cabeça e de suas mãos.

Kaladin não sabia se fora atingido. Estava energizado e alarmado demais. Sustentando a ponte com os ombros e uivando, continuou a correr. Por alguma razão, um grupo de parshendianos à frente baixou seus arcos. Kaladin distinguiu suas peles marmorizadas, seus estranhos elmos avermelhados ou alaranjados e suas singelas roupas marrons. Eles pareciam confusos.

Qualquer que fosse o motivo, a Ponte Quatro ganhou preciosos momentos. Quando os parshendianos voltaram a erguer os arcos, a equipe de Kaladin já alcançara o abismo, alinhando-se com as outras equipes. Agora, só restavam quinze pontes; cinco haviam caído. Eles fecharam as laculas ao chegarem.

Em meio a outra chuva de flechas, Kaladin gritou para que seus homens baixassem a ponte. Uma seta lhe cortou a pele na altura das costela, mas foi desviada pelo osso. Ele percebeu que foi atingido, mas não sentiu a dor. Contornando a ponte, ajudou a equipe a empurrá-la para o abismo, enquanto uma saraivada de setas alethianas distraíam os arqueiros inimigos.

Uma tropa de cavalaria avançou pelas pontes e os carregadores foram logo esquecidos. Kaladin caiu de joelhos. Os demais integrantes da equipe, ensanguentados e feridos, afastaram-se capengando; seu papel na batalha havia terminado.

Pousando a mão na lateral do tronco, Kaladin sentiu o sangue ali. *Ferida incisa, com cerca de dois centímetros e meio de comprimento, sem largura suficiente para oferecer perigo*. Era a voz de seu pai.

Kaladin estava ofegante. Precisava encontrar um local seguro. Flechas sibilavam acima de sua cabeça, disparadas pelos arqueiros alethianos.

Alguns tiram vidas. Outros salvam vidas.

Ele ainda não havia terminado. Obrigando-se a ficar de pé, cambaleou até um homem caído ao lado da ponte. Era um carregador chamado Hobber; tinha uma flecha cravada na perna. Ele gemia, segurando a coxa.

Kaladin o pegou por baixo dos braços e o puxou para longe da ponte. O homem, aturdido, praguejou com a dor. Kaladin o arrastou até uma greta atrás de uma pequena elevação, próxima à pedra onde Rocha e alguns outros carregadores haviam procurado abrigo.

Após deitar Hobber — a flecha não atingira nenhuma artéria importante e ele não corria perigo imediato —, Kaladin deu meia-volta e tentou correr de volta ao campo de batalha. Mas escorregou, a fadiga fazendo-o cambalear, e desabou no chão, soltando um grunhido.

Alguns tiram vidas. Outros salvam vidas.

Ele se levantou com dificuldade, com suor escorrendo da testa, e cambaleou de volta à ponte, com a voz do pai ecoando em seus ouvidos. O carregador que encontrou em seguida, um homem chamado Koorm, estava morto. Kaladin deixou o corpo onde estava.

Um carregador chamado Gadol tinha um profundo ferimento na lateral do corpo, tendo sido atravessado por uma flecha; também tinha um corte em uma das têmporas, que cobrira seu rosto de sangue. Ele conseguira se arrastar até uma curta distância da ponte e estava olhando para o céu, com os olhos negros em pânico. Esprenos de dor alaranjados se agitavam ao seu redor. Kaladin o pegou por baixo dos braços e o puxou bem no momento em que uma carga de cavalaria passou trotando, pisoteando o local onde ele estivera.

Kaladin arrastou Gadol até a greta, avistando mais dois mortos no caminho. Fez uma rápida contagem. Tinha visto 29 carregadores, incluindo os mortos. Portanto, cinco estavam desaparecidos. Ele cambaleou de volta ao campo de batalha.

Soldados haviam se agrupado em torno da retaguarda da ponte, enquanto os arqueiros, em formação nas laterais, disparavam sobre as fileiras parshendianas. A cavalaria pesada, liderada pelo próprio Grão-príncipe Sadeas — praticamente indestrutível em sua Armadura Fractal —, tentava fazer os inimigos recuarem.

Kaladin tremia, tonto, desalentado ao ver tantos homens correndo, gritando, disparando flechas e arremessando lanças. Cinco carregadores de ponte, provavelmente mortos, perdidos naquela...

Ele avistou um vulto à beira do abismo. Uma nuvem de flechas cruzava o ar acima dele. Era Dabbid, um dos carregadores. Estava encolhido, com um dos braços dobrado em um ângulo estranho.

Kaladin correu na direção dele. Ao se aproximar, jogou-se no chão e se arrastou, esperando que os parshendianos não dessem atenção a dois carregadores desarmados. Dabbid nem mesmo notou sua aproximação. Estava em choque; movia os lábios sem emitir som e tinha os olhos desfocados. Kaladin o segurou meio sem jeito, temendo se erguer muito e atrair uma flecha.

Arrastou Dabbid para longe do abismo, meio que se arrastando também. O tempo todo escorregava em sangue e caía, batendo os braços e o rosto nas pedras. Persistiu, puxando o jovem para longe das flechas no ar. Por fim, afastou-se o suficiente para arriscar se levantar e tentou erguer Dabbid. Mas seus músculos estavam fracos demais. Ao tentar de novo, escorregou, exausto, e caiu no solo pedregoso.

Permaneceu caído ali, arquejante, enquanto a dor em seu flanco finalmente o dominava. *Tão cansado...*

Levantando-se, trêmulo, tentou mais uma vez levantar Dabbid. Piscou para afastar as lágrimas de frustração; estava fraco demais até para puxar o homem.

— Terrabaixista bêbado de ar — rosnou uma voz.

Kaladin se virou e viu Rocha se aproximando. O enorme papaguampas segurou Dabbid por baixo dos braços e o puxou.

— Doido — grunhiu ele para Kaladin, mas levantou facilmente o homem ferido e o carregou até a greta.

Kaladin o seguiu. Ao chegar à greta, caiu de costas no chão. Os carregadores sobreviventes se agruparam ao seu redor, com os olhos cheios de assombro. Rocha deitou Dabbid.

— Ainda faltam quatro — disse Kaladin entre arquejos. — Temos que encontrá-los...

— Murk e Leyten — disse Teft. O velho carregador permanecera próximo à retaguarda naquela investida, e não sofrera nenhum ferimento. — Adis e Corl. Eles estavam na frente.

É verdade, pensou Kaladin, exausto. *Como pude esquecer...*

— Murk está morto. Os outros podem estar vivos.

Ele tentou se pôr de pé.

— Idiota — disse Rocha. — Fique aqui. Está tudo bem. Eu vou. — Ele hesitou. — Acho que também sou idiota.

Ele amarrou a cara, mas retornou ao campo de batalha. Após titubear um pouco, Teft o seguiu.

Kaladin inspirou e expirou, segurando a região das costelas. Não sabia ao certo o que doía mais, a contusão ou o corte da flechada.

Salvar vidas...

Ele se arrastou até os três feridos. Hobber — com uma seta cravada na perna — podia esperar; e Dabbid só tinha um braço quebrado. Gadol era quem estava pior, com aquele buraco na lateral do corpo. Kaladin observou o ferimento. Não dispunha de uma mesa de operações nem de antisséptico. Como poderia fazer alguma coisa?

Ele deixou o desespero de lado.

— Um de vocês me traga uma faca — pediu aos carregadores. — Tirem de algum soldado morto. E alguém acenda uma fogueira!

Os carregadores se entreolharam.

— Dunny, você procura a faca — disse Kaladin, enquanto apertava com a mão o ferimento de Gadol, tentando estancar o sangue. Narm, você pode acender uma fogueira?

— Com o quê? — perguntou o homem.

Kaladin tirou seu colete, depois a camisa, e entregou a camisa a Narm.

— Use isso como pavio e pegue algumas flechas caídas para usarmos como lenha. Alguém tem aço e pederneira?

Moash tinha, felizmente. Quando um carregador possuía algum objeto valioso, levava-o consigo nas incursões, para que não fosse roubado por outros carregadores.

— Mexam-se rápido! — exclamou Kaladin. — Alguém abra um petrobulbo e me traga a cabaça de água que há dentro.

Eles permaneceram imóveis por alguns momentos, então, felizmente, fizeram o que fora pedido. Talvez estivessem atordoados demais para fazer objeções. Kaladin rasgou a camisa de Gadol e expôs o ferimento. Estava feio, terrivelmente feio. Se os intestinos ou outros órgãos tivessem sido perfurados...

Ele mandou um dos homens segurar uma atadura sobre o ferimento na têmpora de Gadol, de modo a estancar a hemorragia menor que havia no local — qualquer coisa ajudaria. Depois examinou o ferimento no flanco com a celeridade que seu pai lhe ensinara. Dunny retornou rapidamente, trazendo uma faca. Narm, entretanto, ainda não conseguira fazer fogo. Ele praguejava, às voltas com o acendedor.

Gadol começou a ter espasmos. Kaladin pressionou as ataduras sobre o ferimento, sentindo-se impotente. Não havia lugar para um torniquete em um ferimento como aquele. Não havia nada que ele pudesse fazer, a não ser..

Gadol tossiu, cuspindo sangue.

— Eles destroem a terra! — disse ele, de olhos esbugalhados. — Querem a terra, mas em sua ira, vão destruí-la. Como o invejoso que queima suas coisas valiosas para que não caiam nas mãos dos inimigos! Eles estão vindo!

Depois engasgou e ficou imóvel, contemplando o céu com os olhos mortos. Um filete de sangue lhe escorria pelo rosto, deixando uma trilha. Suas palavras finais, assustadoras, pairavam sobre eles. Não muito longe, soldados lutavam e gritavam, mas os carregadores de pontes guardavam silêncio.

Kaladin sentou-se, aturdido como sempre pela dor de perder alguém. Seu pai sempre lhe dizia que o tempo amorteceria sua sensibilidade.

Nesse ponto, Lirin errara.

Sentindo-se exausto, Kaladin viu Rocha e Teft se aproximarem trazendo um corpo.

Eles não trariam alguém, a menos que estivesse vivo. Pense naqueles que você pode ajudar, disse Kaladin a si mesmo. Apontou para Narm e elevou a voz:

— Mantenha esse fogo aceso. Não deixe que apague! Alguém esquente a faca.

Narm levou um susto ao perceber que realmente conseguira acender uma pequena chama. Kaladin se afastou do corpo de Gadol, abrindo espaço para Rocha e Teft, que deitaram Leyten no chão. O homem estava muito ensanguentado e com a respiração entrecortada. Tinha duas flechas cravadas no corpo, uma no ombro e outra no braço oposto. Outra ainda passara de raspão na barriga, provocando um corte que fora alargado pela movimentação. Sua perna esquerda parecia ter sido pisoteada por um cavalo; estava quebrada e com um grande corte no ponto onde a pele se rompera.

— Os outros três estão mortos — disse Teft. — E ele está vivo por pouco. Não há muito o que se possa fazer. Mas você nos pediu para trazer...

Kaladin se ajoelhou imediatamente e começou a trabalhar com uma rapidez cuidadosa e eficaz. Primeiro, pressionou uma bandagem contra o ferimento no flanco, mantendo-a no lugar com o joelho; depois amarrou uma atadura na perna e ordenou a um dos carregadores que a mantivesse levantada.

— Onde está a faca? — berrou, enquanto amarrava apressadamente um torniquete no braço. Tinha que estancar a hemorragia o mais rápido possível. Depois pensaria em salvar o braço.

O jovem Dunny correu até ele e lhe entregou a faca aquecida. Kaladin levantou a atadura do flanco e rapidamente cauterizou o ferimento. Leyten estava inconsciente e com a respiração cada vez mais fraca.

— Você *não vai* morrer — murmurou Kaladin. — Você não vai morrer!

Sua mente estava entorpecida, mas seus dedos conheciam os movimentos. Por um instante, ele se viu de volta à sala de cirurgia do pai, ouvindo suas cuidadosas instruções. Removeu a flecha que estava no braço de Leyten, mas deixou a que estava no ombro, e pediu então que a faca fosse reaquecida.

Peet finalmente retornou, trazendo a cabaça de água. Kaladin usou a água para limpar o ferimento da perna, o que estava pior, pois fora causado por pisoteamento. Quando a faca retornou, Kaladin removeu a seta do ombro e cauterizou a ferida o melhor que pôde, cobrindo-a com mais uma de suas ataduras, que minguavam rapidamente.

Usando hastes de flechas — o único material disponível —, ele fez uma tala para a perna, cuja ferida cauterizou também, fazendo uma careta. Detestava gerar tantas cicatrizes, mas não podia permitir mais perda de sangue. E precisaria de um antisséptico. Quanto tempo levaria para obter um pouco daquele muco?

— Não se atreva a morrer! — disse, mal se dando conta de que estava falando.

Depressa, ele aplicou uma atadura no ferimento da perna e usou sua agulha para dar pontos no ferimento do braço, que também cobriu com uma atadura; depois desatou grande parte do torniquete.

Por fim, completamente esgotado, sentou-se e observou o homem ferido. Leyten ainda respirava. Quanto tempo ia durar? As probabilidades estavam contra ele.

Os carregadores se postaram em torno de Kaladin, sentados ou em pé, com expressões estranhamente reverentes. Com ar fatigado, Kaladin se aproximou de Hobber e examinou o ferimento em sua perna. Não precisava ser cauterizado. Kaladin o lavou, retirou algumas lascas de madeira e lhe deu alguns pontos. Esprenos de dor cercavam o homem, como pequenas mãos alaranjadas brotando do solo.

Kaladin cortou a parte mais limpa da atadura que usara em Gadol e a enrolou sobre o ferimento de Hobber. Odiava a falta de limpeza, mas não havia escolha. Depois, entalou o braço de Dabbid com as hastes de algumas flechas trazidas pelos outros carregadores, usando a camisa do próprio Dabbid para amarrá-las. Por fim sentou-se, recostando-se na parede rochosa, e deixou escapar um longo suspiro.

O clangor de metal contra metal e os gritos dos soldados ressoavam mais atrás. Ele se sentia *tão* cansado. Cansado demais até para fechar os olhos. Queria apenas permanecer sentado para sempre, olhando para o chão.

Teft acocorou-se ao lado dele. O homem grisalho estava com a cabaça, que ainda continha um pouco de água.

— Beba, rapaz. Você precisa.

— Nós temos que limpar os ferimentos dos outros homens — disse Kaladin, sonolento. — Eles estão com arranhões... alguns com cortes... eles deviam...

— Beba — insistiu Teft, com sua voz rouca.

Após alguma hesitação, Kaladin bebeu a água. Tinha um gosto muito amargo, como a planta de onde fora tirada.

— Onde você aprendeu a curar as pessoas assim? — perguntou Teft.

Muitos dos carregadores nas proximidades se viraram para ele ao ouvirem a pergunta.

— Eu não fui sempre escravo — murmurou Kaladin.

— Isso aí que você fez não vai fazer diferença — disse Rocha, aproximando-se e se agachando ao lado deles. — Gaz nos obriga a deixar para trás os feridos que não possam andar. É o regulamento. Ordens de cima.

— Eu me entendo com Gaz — disse Kaladin, descansando a cabeça na pedra. — Vá devolver a faca ao corpo de onde a tirou. Não quero ser acusado de roubo. Quando chegar a hora de partir, quero dois homens cuidando de Leyten e dois cuidando de Hobber. Vamos amarrá-los em cima da ponte e carregá-los. Nos abismos, vocês vão ter que agir rápido e desamarrá-los antes que o exército passe. Depois, amarrem os dois de novo. Também vamos precisar de alguém para conduzir Dabbid, se ele não sair do choque.

— Gaz não vai aturar isso aí — disse Rocha.

Kaladin fechou os olhos, recusando-se a discutir.

A batalha foi longa. Ao cair da noite, os parshendianos por fim bateram em retirada, saltando sobre os abismos com suas pernas anormalmente poderosas e os soldados alethianos, tendo vencido a refrega, gritaram festivamente. Kaladin se levantou com dificuldade e foi procurar Gaz. Ainda levaria algum tempo para que a crisálida fosse aberta — era como martelar uma pedra —, mas ele precisava conversar com o sargento de pontes.

Encontrou-o bem na retaguarda da batalha. Gaz o fitou com seu único olho.

— Quanto desse sangue é seu?

Kaladin olhou para baixo, percebendo pela primeira vez que estava recoberto de sangue, um sangue seco e quebradiço, na maior parte proveniente dos homens que tratara. Ele não respondeu à pergunta.

— Vamos levar os feridos conosco.

Gaz balançou a cabeça.

— Se não puderem caminhar, vão ficar para trás. É o regulamento. Não é decisão minha.

— Vamos levar os feridos — repetiu Kaladin, sem elevar a voz.

— O Luminobre Lamaril não vai aturar isso.

Lamaril era o superior imediato de Gaz.

— Você vai deixar a Ponte Quatro por último, para levar os soldados feridos de volta ao acampamento. Lamaril não vai com esse grupo, vai com o corpo principal. Ele não vai querer perder o festim da vitória de Sadeas.

Gaz fez menção de argumentar.

— Meus homens se moverão com rapidez e eficiência — disse Kaladin, antes que Gaz falasse. Pegou a última esfera de seu bolso e a entregou ao sargento. — Você não vai falar nada.

Gaz pegou a esfera com um sorriso incrédulo.

— Uma clareta? Você acha que isso vai me fazer correr um risco tão grande?

— Se não obedecer, eu vou matar você e deixar que me executem — disse Kaladin calmamente.

Gaz ficou surpreso.

— Você nunca...

Kaladin deu um passo à frente. Coberto de sangue, devia estar com uma aparência assustadora. Gaz empalideceu. Depois praguejou, levantando a esfera.

— E ainda por cima uma esfera fosca.

Kaladin franziu o cenho. Tinha certeza de que a esfera ainda brilhava antes da incursão.

— A culpa é sua. Foi você que me deu.

— Essas esferas foram infundidas ontem à noite — disse Gaz. — Vieram direto do tesoureiro do Luminobre Sadeas. O que você fez com elas?

Kaladin balançou a cabeça, exausto demais para pensar. Quando deu meia-volta para se juntar a seus companheiros, Syl aterrissou em seu ombro.

— O que você tem com esses homens? — gritou Gaz. — Por que se importa?

— São meus homens — respondeu Kaladin, afastando-se.

— Eu não confio nele — disse Syl, olhando para Gaz por cima do ombro. — Ele pode dizer que você o ameaçou e mandar homens para prender você.

— Talvez ele faça isso — disse Kaladin. — Estou confiando que ele queira mais subornos.

Kaladin continuou a caminhar, ouvindo os gritos dos vitoriosos e os queixumes dos feridos. Corpos se amontoavam nas bordas do abismo, onde as pontes haviam centralizado a batalha. Os parshendianos — como sempre — haviam deixado seus mortos para trás. Mesmo quando venciam, segundo se comentava, eles abandonavam seus mortos. Os humanos enviavam equipes de pontes e soldados para cremarem seus mortos e encaminharem seus espíritos para o além, onde os melhores lutariam no exército dos Arautos.

— Esferas — disse Syl, ainda olhando para Gaz. — Não parecem muito confiáveis.

— Talvez. Talvez não. Eu vi o modo como ele olha para elas. Ele quer o dinheiro que lhe dou. Talvez o suficiente para se manter na linha. — Kaladin balançou a cabeça. — O que você disse antes é verdade, os homens não são confiáveis em muitas coisas. Mas se há uma coisa em que se *pode* confiar é na ganância deles.

Era um pensamento amargo. Mas fora um dia amargo. Um início radiante e cheio de esperanças e um crepúsculo vermelho e sangrento.

Como todos os dias.

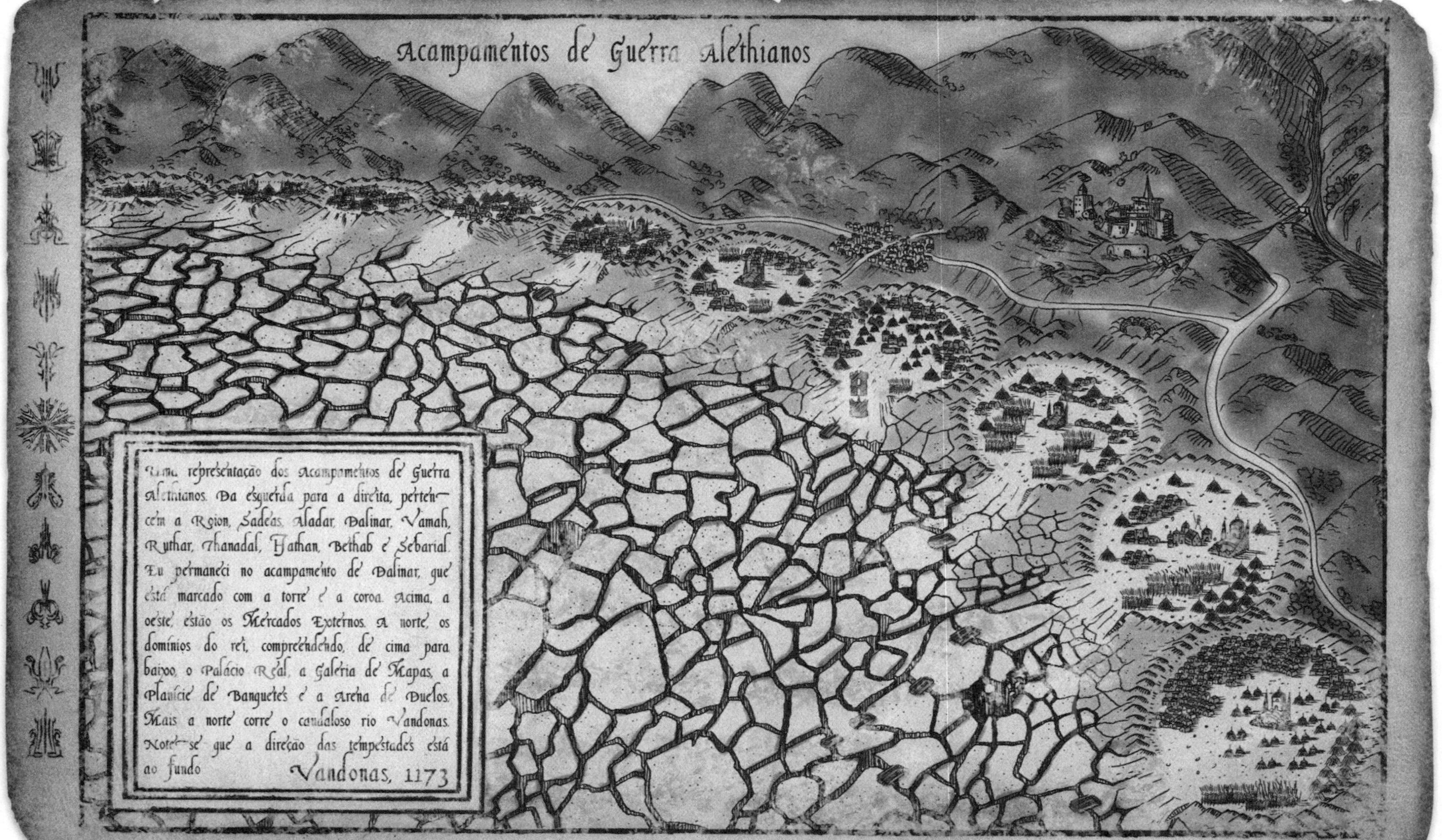

Acampamentos de Guerra Alethianos
Uma representação dos Acampamentos de Guerra Alethianos. Da esquerda para a direita, pertencem a Roion, Sadeas, Aladar, Dalinar, Vamah, Ruthar, Thanadal, Hathan, Bethab e Sebarial. Eu permaneci no acampamento de Dalinar, que está marcado com a torre e a coroa. Acima, a oeste, estão os Mercados Externos. A norte, os domínios do rei, compreendendo, de cima para baixo, o Palácio Real, a Galeria de Mapas, a Planície de Banquetes e a Arena de Duelos. Mais a norte corre o caudaloso rio Vandonas. Note-se que a direção das tempestades está ao fundo
Vandonas, 1173

Mapa dos Acampamentos de Guerra Alethianos, criado pelo pintor Vandonas, que visitou os acampamentos em uma ocasião e pintou uma representação talvez idealizada.

18
GRÃO-PRÍNCIPE DA GUERRA

A ti foi outrora um homem bom e generoso, e você viu no que ele se tornou. Rayse, por sua vez, estava entre os indivíduos mais abomináveis, astuciosos e perigosos que eu já conheci.

— SIM, ISSO FOI CORTADO — disse o corpulento coureiro, mostrando a correia para Adolin examinar. — Você não concorda, Yis?

O outro coureiro assentiu. Yis era um irialiano de olhos amarelos e cabelos muito dourados. Não louros, dourados. Tinham até um brilho metálico. Ele os mantinha curtos e usava um chapéu; era óbvio que não queria que chamassem atenção. Muitos consideravam uma mecha de cabelos irialianos um talismã de boa sorte.

Seu colega, Avaran, era um alethiano olhos-escuros, que usava um avental sobre o colete. Eles trabalhavam do modo tradicional: um se encarregava das peças maiores e mais resistentes, como selas, enquanto o outro se especializava em detalhes finos. Um grupo de aprendizes labutava ao fundo, talhando ou costurando couro de porco.

— Cortada — concordou Yis, pegando a correia com Avaran. — Concordo.

— Que a Danação me carregue — murmurou Adolin. — Quer dizer que Elhokar estava *certo*?

— Adolin — disse uma voz feminina atrás dele. — Você disse que nós íamos dar uma caminhada.

— É o que estamos fazendo — disse ele, virando-se e sorrindo.

Janala o aguardava de braços cruzados. Usava um lustroso vestido amarelo, de corte impecável, abotoado nas laterais e encimado por colarinho com bordados vermelhos.

— Eu pensei que, sendo uma caminhada, nós íamos caminhar.

— Hum. Bem. Já vamos fazer isso. Vai ser magnífico. Vamos caminhar, passear e...

— Perambular? — sugeriu Yis, o coureiro.

— Isso não é um tipo de bebida? — perguntou Adolin.

— Hã, não, Luminobre. Tenho certeza de que é outra palavra para "caminhar".

— Tudo bem — disse Adolin. — Vamos perambular muito também. Perambular. Sempre gostei de perambular. — Ele coçou o queixo e pegou a correia de volta. — Vocês têm certeza de que essa correia foi cortada?

— Não há muita margem para dúvidas, Luminobre — disse Avaran. — Não é um simples rasgão. O senhor deveria ser mais cuidadoso.

— Cuidadoso?

— Sim — disse Avaran. — Tomar cuidado para que fivelas frouxas não fiquem roçando o couro até cortá-lo. Às vezes, durante a noite, as pessoas guardam a sela virada para baixo e deixam a correia da cilha solta, aí colocam alguma coisa pesada por cima da sela e comprimem a correia. Acho que foi isso o que causou o corte.

— Ah. Quer dizer que a correia não foi cortada de propósito?

— Bem, pode ter sido — disse Avaran. — Mas por que alguém cortaria uma cilha assim?

Por quê, realmente?, pensou Adolin. Ele se despediu dos dois coureiros, enfiou a correia no bolso e ofereceu o braço a Janala. Ela o segurou com a mão livre, evidentemente feliz por se ver livre da loja de couros. Havia um leve odor desagradável ali, embora não tão desagradável quanto o de um curtume. Ele a vira procurar o lenço algumas vezes, como se quisesse levá-lo ao nariz.

Eles saíram da loja ao sol do meio-dia. Tibon e Marks — dois olhos-claros da Guarda Cobalto — os aguardavam do lado de fora, com a criada de Janala, Falksi, uma jovem azishiana olhos-escuros. Os três começaram a seguir Adolin e Janala, que caminhavam pelas ruas do acampamento. Em voz baixa, com seu sotaque carregado, Falksi reclamava da falta de uma liteira adequada para sua senhora.

Janala não parecia se importar. Inspirava profundamente o ar puro e se agarrava ao braço de Adolin. Era linda, ainda que gostasse de falar de si mesma. Tagarelice era um atributo que Adolin normalmente apreciava em uma mulher; mas naquele dia teve dificuldade em prestar atenção quando Janala começou a lhe contar o último mexerico da corte.

A correia fora cortada, mas ambos os coureiros haviam presumido que fora o resultado de um acidente. O que sugeria que estavam familiarizados com cortes semelhantes. Uma fivela frouxa ou qualquer outro descuido podia ter danificado o couro.

Só que daquela vez o corte fizera o rei cair do cavalo em meio a uma luta. Poderia haver outro motivo?

— ...você não acha, Adolin? — perguntou Janala.

— Sem dúvida — respondeu ele, desatento.

— Então você vai falar com ele?

— Hein?

— Com seu pai. Será que você não poderia pedir a ele para deixar os homens trocarem de vez em quando esse uniforme horrivelmente antiquado?

— Bem, ele é muito firme quanto a isso — disse Adolin. — E o uniforme não é tão antiquado assim.

Janala o fulminou com os olhos.

— Tudo bem, é meio sem graça.

Como todos os oficiais olhos-claros de alta patente no exército de Dalinar, Adolin usava um simples conjunto azul de corte militar. Um longo manto azul sem bordados e uma calça engomada, em uma época em que a moda eram coletes, acessórios de seda e echarpes. O par de glifos de Kholin estava bem à vista, nas costas e no peito, e a camisa era presa nas laterais por botões de pratas. Era um uniforme simples e facilmente reconhecível, mas extremamente básico.

— Os homens de seu pai o adoram, Adolin — disse Janala. — Mas as exigências dele estão se tornando cansativas.

— Eu sei. Acredite. Mas não acho que posso mudar a cabeça dele.

Como explicar? Apesar de seis anos de guerra, Dalinar não havia fraquejado em sua resolução de aderir aos Códigos. Na verdade, sua dedicação a eles estava aumentando.

Pelo menos agora Adolin entendia, em parte. O amado irmão de Dalinar fizera um último pedido: siga os Códigos. Verdade que o pedido se referia a um determinado evento, mas o pai de Adolin era conhecido por levar as coisas ao extremo.

Adolin só queria que ele não exigisse o mesmo dos outros. Individualmente, os Códigos eram apenas pequenas inconveniências — esteja sempre de uniforme quando em público, nunca se embriague, evite duelar. Em conjunto, porém, eram opressivos.

Sua resposta a Janala foi interrompida quando um toque de berrantes ecoou no acampamento. Adolin se aprumou, olhou para leste, em direção às Planícies Quebradas, e contou a série de toques seguinte. Uma crisálida fora avistada no platô 147. Era bem perto!

Ele prendeu a respiração, esperando uma terceira série de toques, convocando os exércitos de Dalinar para a batalha. O que aconteceria somente se seu pai desse ordem.

Em parte, ele sabia que aqueles toques não viriam. O platô 147 também estava perto do acampamento de Sadeas, que certamente faria uma incursão.

Adolin olhou para Janala. Ela escolhera a música como Vocação, e quase não se interessava pela guerra, embora seu pai fosse um dos oficiais da cavalaria de Dalinar. Por sua expressão, Adolin pôde perceber que até ela entendera o significado da ausência do terceiro toque.

Uma vez mais, Dalinar optara por não lutar.

— Venha — disse Adolin, virando-se e rumando em outra direção, praticamente arrastando Janala. — Há uma coisa que eu quero verificar.

DALINAR OBSERVAVA AS PLANÍCIES Quebradas, as mãos cruzadas atrás das costas. Estava em uma das plataformas mais baixas na subida ao palácio de Elhokar — o rei não residia em nenhum dos dez acampamentos de guerra, mas em um pequeno complexo situado em uma colina próxima. A subida de Dalinar até lá fora interrompida pelos berrantes.

Ele observara o cenário o suficiente para ver o exército de Sadeas se reunir. Dalinar podia ter enviado um soldado para preparar seus homens. Estava perto o bastante.

— Luminobre? — disse uma voz a seu lado. — O senhor deseja continuar?

Proteja o rei do seu jeito, Sadeas, pensou Dalinar. *Eu o protegerei do meu.*

— Sim, Teshav — disse ele, virando-se e continuando a subir o caminho em zigue-zague.

Teshav o acompanhou. Ela tinha mechas louras em seus negros cabelos alethianos, que usava intricadamente entrelaçados, olhos violetas e expressão preocupada, o que era normal; ela parecia sempre precisar de algo com que se preocupar.

Teshav e sua escriba auxiliar eram esposas de oficiais. Dalinar confiava nelas. Na maior parte do tempo. Era difícil confiar em alguém inteiramente. *Pare com isso*, pensou ele. *Você está começando a ficar tão paranoico quanto o rei.*

De qualquer forma, a volta de Jasnah o deixaria feliz. Se ela um dia decidisse retornar. Alguns de seus oficiais mais graduados haviam sugerido que ele devia se casar de novo, no mínimo para ter uma mulher que pudesse ser sua escriba principal. Pensaram que ele havia rechaçado as sugestões devido ao amor por sua primeira esposa. Não sabiam que ela se fora, desaparecera de sua mente, tornara-se uma mancha enevoada em suas lembranças. No entanto, de certa forma, seus oficiais tinham razão. Ele hesitava em se casar de novo porque odiava a ideia de substituí-la. Tudo o que tinha de sua esposa lhe fora tirado. Tudo o que restava era uma lacuna. Preenchê-la para obter uma escriba parecia insensibilidade.

Dalinar prosseguiu seu caminho. Além das duas mulheres, era acompanhado por Renarin e três integrantes da Guarda Cobalto, que usavam chapéus de feltro azul-cobalto, capas da mesma cor sobre couraças prateadas e calças também azul-cobalto. Eram olhos-claros de baixa patente, autorizados a portar espadas para combates corpo a corpo.

— Bem, Luminobre — disse Teshav. — O Luminobre Adolin me pediu para lhe relatar os progressos feitos na investigação sobre a cilha da sela. Ele está conversando com coureiros neste momento, mas até agora não há muito o que dizer. Ninguém viu qualquer pessoa mexendo na sela do cavalo de Sua Majestade. Nossos espiões disseram que não ouviram nenhum rumor a respeito de alguém contando vantagem nos outros acampamentos; e ninguém no nosso acampamento recebeu grandes somas de dinheiro, pelo que conseguimos descobrir.

— Os cavalariços?

— Disseram que verificaram a sela, mas quando pressionados admitiram que não conseguem se lembrar de terem verificado a cilha *especificamente*. — Ela balançou a cabeça. — Uma Armadura Fractal exerce uma grande pressão, tanto sobre o cavalo quanto sobre a sela. Se houvesse um jeito de domar mais richádios…

— Acho que seria mais fácil domar grantormentas, Luminosa. Bem, são boas notícias, eu acho. Para nós, é melhor que essa história da correia não dê em nada. Há mais uma coisa que eu gostaria que você verificasse.

— É um prazer servi-lo, Luminobre.

— O Grão-príncipe Aladar tem falado em tirar umas férias curtas em Alethkar. Eu gostaria de saber se ele está falando sério.

— Sim, Luminobre — disse Teshav, assentindo. — Isso seria um problema?

— Sinceramente, não sei.

Ele não confiava nos grão-príncipes, mas com todos ali pelo menos poderia vigiá-los. Se um deles retornasse a Alethkar, poderia conspirar à vontade. Mas também era verdade que mesmo uma breve visita poderia contribuir para estabilizar a pátria.

O que seria mais importante? *Sangue dos meus pais*, pensou ele. *Eu não fui feito para esses jogos e complôs políticos. Fui feito para empunhar uma espada e atacar inimigos.*

De qualquer forma, ele faria o que tivesse que ser feito.

— Você não me falou que tinha informações sobre as finanças do rei, Teshav?

— Realmente — disse ela, enquanto continuavam a caminhar. — O senhor tinha razão quando me pediu para examinar a contabilidade, pois parece que três Grão-príncipes... Thanadal, Hatham e Vamah... estão muito atrasados em seus pagamentos. Além do senhor, só o Grão-príncipe Sadeas fez seus pagamentos adiantadamente, como exigem os preceitos de guerra.

Dalinar assentiu.

— Quanto mais essa guerra se prolonga, mas os grão-príncipes se sentem à vontade. Eles estão começando a se perguntar: por que pagar tarifas de guerra tão altas pelas Transmutações? Por que não trazer os lavradores, para que eles produzam alimentos aqui?

— Com sua licença, Luminobre — disse Teshav, enquanto eles dobravam uma curva. Sua escriba-assistente caminhava atrás dela, com várias folhas contábeis presas em pranchetas dentro de uma bolsa. — Mas será que devemos mesmo desencorajar isso? Uma segunda fonte de suprimentos poderia ser um reforço valioso.

— Os mercadores já nos fornecem reforços — replicou Dalinar. — Essa é uma das razões pelas quais eu não os expulsei. Eu não me importaria com mais um reforço, mas os Transmutadores são a única forma que temos de controlar os grão-príncipes. Eles deviam lealdade a Gavilar, mas sentem muito pouca em relação a seu filho. — Dalinar estreitou os olhos. — Esse é um ponto vital, Teshav. Você já leu as histórias que eu sugeri?

— Sim, Luminobre.

— Então você sabe. O período mais frágil da existência de um reino é durante a vida do herdeiro de seu fundador. Durante o reinado de um homem como Gavilar, os homens permanecem leais por respeito a ele. Durante as gerações subsequentes, os homens começam a se ver como parte de um reino, uma força que os mantém unidos graças à tradição.

Mas no reinado do filho… esse é o ponto perigoso. Gavilar não está aqui para manter todos juntos, e Alethkar ainda não tem tradição como reino. *Temos* que aguentar o suficiente para que os grão-príncipes comecem a se ver como parte de um conjunto maior.

— Sim, Luminobre.

Ela não o questionou. Teshav era profundamente leal a ele, assim como a maior parte de seus oficiais. Eles não se perguntavam por que era tão importante para ele que os dez principados se vissem com uma nação. Talvez presumissem que era por influência de Gavilar. De fato, o sonho de uma Alethkar unida, acalentado por seu irmão, era parte do motivo. Porém, havia outra coisa.

A Tempestade Eterna está vindo. A Verdadeira Desolação. A Noite das Tristezas.

Ele refreou um estremecimento. As visões com certeza não lhe davam a impressão de que dispunha de muito tempo para se preparar.

— Escreva uma missiva em nome do rei — disse Dalinar —, diminuindo os custos da Transmutação para aqueles que fizeram os pagamentos em dia. Isso acordará os outros. Entregue a mensagem às escribas de Elhokar e peça a elas que expliquem tudo a ele. Vamos torcer para que ele concorde.

— Sim, Luminobre — disse Teshav. — Se posso comentar, fiquei muito surpresa quando o senhor sugeriu que eu lesse aquelas histórias. No passado, essas coisas não eram particularmente do seu interesse.

— Eu tenho feito um monte de coisas, nos últimos tempos, que não são particularmente do meu interesse, nem dos meus talentos — respondeu Dalinar, fazendo uma careta. — Minha falta de capacidade não muda as necessidades do reino. Você reuniu relatos sobre o banditismo na área?

— Sim, Luminobre. — Ela hesitou. — Os índices são bastante alarmantes.

— Diga ao seu marido que eu lhe entrego o comando do Quarto Batalhão — disse Dalinar. — Quero que vocês dois articulem um padrão melhor de patrulhamento para as Colinas Devolutas. Enquanto a monarquia alethiana tiver presença lá, não quero que aquilo seja uma terra sem lei.

— Sim, Luminobre — disse Teshav, parecendo hesitante. — O senhor compreende que esse patrulhamento exigirá dois batalhões inteiros?

— Entendo — disse Dalinar.

Ele já pedira ajuda a outros grão-príncipes, cujas reações variaram do espanto à hilaridade. Ninguém lhe oferecera nenhum soldado.

— Esses batalhões vão se juntar ao batalhão que o senhor destacou para manter a paz nas áreas entre os acampamentos de guerra e os mercados externos, na periferia — acrescentou Teshav. — No total, isso significa cerca de um quarto de suas forças, Luminobre.

— As ordens permanecem, Teshav. Providencie. Mas primeiro eu quero conversar com você a respeito da contabilidade. Vá para a sala da contabilidade e espere por nós.

Ela assentiu respeitosamente.

— Sim, Luminobre — disse, e se retirou com sua assistente.

Renarin se aproximou de Dalinar.

— Ela não ficou muito satisfeita com isso, pai.

— Ela quer que seu marido participe das lutas. Todos estão esperando que eu conquiste outra Espada Fractal e a dê a eles.

Os parshendianos possuíam Fractais. Não muitas, mas mesmo uma só já teria causado surpresa. Ninguém sabia onde eles as tinham obtido. Em seu primeiro ano nas Planícies, Dalinar tomara uma Espada e uma Armadura dos parshendianos. Entregara ambas a Elhokar, para que ele as repassasse ao guerreiro que considerasse mais útil a Alethkar e ao esforço de guerra.

Dalinar entrou no palácio propriamente dito. Os guardas à porta saudaram a ele e a Renarin. O jovem mantinha o olhar à frente, sem se fixar em nada. Algumas pessoas o consideravam frio, mas Dalinar sabia que ele estava apenas preocupado.

— Eu estava querendo falar com você, filho — disse ele. — Sobre a caçada da última semana.

Renarin baixou os olhos, envergonhado, e seu rosto adquiriu uma expressão sombria. Sim, ele *tinha* emoções. Só não as revelava com tanta frequência quanto os outros.

— Você sabe que não devia ter entrado em combate, como fez — disse Dalinar em tom severo. — Aquele demônio-do-abismo poderia ter matado você.

— O que você teria feito, pai, se fosse eu que estivesse em perigo?

— Eu não estou criticando sua bravura, estou criticando seu discernimento. E se você tivesse tido um dos seus ataques?

— Então talvez o monstro tivesse me varrido do platô — respondeu Renarin amargamente —, e eu não seria mais um peso inútil na vida de ninguém.

— Não diga isso! Nem mesmo de brincadeira.

— Brincadeira? Pai, eu não posso lutar.

— Lutar não é a única coisa de valor que um homem pode fazer.

Os fervorosos eram bastante assertivos a esse respeito. Sim, a mais elevada Vocação de um homem era participar das batalhas, travadas no além, para retomar os Salões Tranquilinos; mas o Todo-Poderoso aceitava a excelência de qualquer homem ou mulher, independentemente do trabalho a que se dedicassem.

A pessoa apenas fazia o seu melhor, escolhendo uma profissão e um atributo do Todo-Poderoso para emular. Uma Vocação e uma Glória, como se dizia; ou seja, trabalhar duro em uma profissão e tentar viver de acordo com um único ideal. O Todo-Poderoso aceitaria isso, principalmente se a pessoa fosse olhos-claros — e quanto melhor fosse a linhagem olhos-claros, mais Glória inata teria a pessoa.

A Vocação de Dalinar era ser líder, e a Glória que escolhera fora a determinação. Ele optara por ambas ainda em sua juventude, mas as enxergava agora sob um prisma muito diferente.

— Você tem razão, pai — disse Renarin. — Eu não sou o primeiro filho de um herói a nascer sem talento para a guerra. Todos os outros se conformaram. Eu também vou. Vou acabar sendo o senhor de alguma cidadezinha. Isso se não me enfiar em algum devotário. — O garoto olhou para a frente de novo.

Eu ainda penso nele com "o garoto", pensou Dalinar. *Embora ele já esteja em seu vigésimo ano*. Riso tinha razão. Ele subestimava Renarin. *Como eu reagiria se fosse proibido de lutar? Ficaria para trás, junto com as mulheres e os mercadores?*

Ficaria ressentido, principalmente contra Adolin. Dalinar *sentira* inveja de Gavilar quando os dois eram crianças. Renarin, no entanto, era o maior defensor de Adolin. Quase endeusava o irmão mais velho. E era corajoso o bastante para entrar imprudentemente no meio de uma batalha em que uma criatura terrível esmagava lanceiros e varria Fractários.

Dalinar pigarreou.

— Talvez seja hora de treinar você de novo no manejo da espada.

— A minha fraqueza de sangue...

— Não terá a menor importância se nós enfiarmos você em uma Armadura Fractal e lhe dermos uma Espada Fractal — disse Dalinar. — A Armadura torna um homem forte e a Espada é quase tão leve quanto o ar.

— Pai — disse Renarin em um tom inexpressivo. — Eu jamais serei um Fractário. Você mesmo já disse que as Espadas e as Armaduras Fractais que tomamos dos parshendianos devem ser entregues aos guerreiros mais habilidosos.

— Nenhum dos outros grão-príncipes entregam seus despojos ao rei — disse Dalinar. — E quem vai me criticar se, por uma vez, eu der um presente ao meu filho?

Renarin parou no corredor, demonstrando uma emoção incomum, os olhos arregalados e uma expressão ansiosa.

— Está falando sério?

— Eu lhe faço um juramento, filho. Se capturar outra Espada e outra Armadura, serão para você. — Ele sorriu. — Para falar a verdade, faria isso pelo simples prazer de ver o rosto de Sadeas quando você se tornar um Fractário pleno. Além disso, se sua força se igualar à dos outros, creio que sua habilidade natural vai lhe dar destaque.

Renarin sorriu. Uma Armadura não resolveria tudo, mas ele teria sua chance. Dalinar providenciaria isso. *Eu sei o que é ser o segundo filho*, pensou ele, enquanto caminhavam em direção aos aposentos do rei. *Ofuscado pelo irmão mais velho, que você ama, mas ao mesmo tempo inveja. Pai das Tempestades, eu sei mesmo.*

Ainda me sinto assim.

— Ah, bom Luminobre Adolin — disse o fervoroso, adiantando-se de braços abertos.

Kadash era um homem alto, de idade avançada, que usava a cabeça raspada e a barba quadrada características de sua Vocação. Tinha uma cicatriz bem no alto da cabeça, lembrança de seus anos como oficial do exército.

Era raro encontrar no fervor um homem como ele, um olhos-claros que fora um soldado. Mudar de Vocação, na verdade, era uma atitude estranha para qualquer homem. Mas não era proibida, e Kadash ascendera consideravelmente no âmbito do fervor, considerando que começara tarde. Dalinar dizia que aquilo era um sinal de fé ou de perseverança. Talvez de ambas.

O templo do acampamento de guerra fora no início um grande domo Transmutado. Dalinar pagara aos pedreiros para que o transformassem em um lugar adequado ao culto. Entalhes representando os Arautos cobriam agora as paredes internas. As largas janelas a sotavento dispunham de vidros, de modo a permitir a entrada de luz. Esferas de diamante brilhavam agrupadas no teto. Compartimentos destinados à instrução, à prática e à avaliação dos diversos tipos de arte estavam distribuídos pelo recinto.

Havia muitas mulheres ali naquele momento, recebendo ensinamentos dos fervorosos. Poucos homens. Em uma conjuntura de guerra, era mais fácil praticar as artes masculinas em campo aberto.

Ao lado de Adolin, Janala cruzou os braços e observou o templo com óbvio desagrado.

— Primeiro uma loja de couro fedorenta, agora o templo? Pensei que fôssemos caminhar em um lugar pelo menos *um pouquinho* romântico.

— Religião é romântico — replicou Adolin, coçando a cabeça. — Amor eterno e todas essas coisas, certo?

Ela o encarou.

— Vou esperar lá fora. — Dando meia volta, ela se dirigiu para a saída com a criada. — E alguém me arrume um palanquim.

Adolin franziu o cenho enquanto ela se afastava.

— Vou ter que lhe comprar alguma coisa bem cara para compensar isso.

— Não sei qual é o problema — disse Kadash. — *Eu* acho a religião uma coisa romântica.

— Você é um fervoroso — disse Adolin, taxativamente. — Além disso, com essa cicatriz na cabeça, você não faz o meu tipo. — Ele suspirou. — Não foi tanto por causa do templo que ela se irritou, foi pela minha falta de atenção. Eu não estou sendo uma boa companhia hoje.

— Está preocupado com alguma coisa, meu nobre? — perguntou Kadash. — É sobre a sua Vocação? Você não tem feito muitos progressos ultimamente.

Adolin fez uma careta. A Vocação que escolhera era duelar. Trabalhando junto com os fervorosos para estabelecer e cumprir objetivos pessoais, ele poderia mostrar seu valor ao Todo-Poderoso. Infelizmente, os Códigos diziam que ele devia limitar seus duelos durante a guerra, pois duelos fúteis podiam provocar ferimentos em oficiais indispensáveis no campo de batalha.

Seu pai, no entanto, evitava os combates cada vez mais. Assim, que sentido tinha não duelar?

— Santo homem — disse Adolin —, precisamos conversar em algum lugar onde ninguém possa nos ouvir.

Kadash ergueu uma sobrancelha e conduziu Adolin até o outro lado do ápex central. Os templos vorins eram sempre circulares, com um montículo no centro, que, segundo o costume, tinha três metros de altura. O edifício, dedicado ao Todo-Poderoso, era mantido por Dalinar e por seus fervorosos. Todos os devotários podiam usá-los à vontade, embora muitos tivessem suas próprias capelas nos acampamentos de guerra.

— O que você quer me perguntar, meu nobre? — perguntou o fervoroso, tão logo chegaram a um recanto mais isolado do vasto recinto.

Kadash tinha uma atitude deferente, embora tivesse instruído e treinado Adolin durante a infância deste.

— Meu pai está ficando louco? — perguntou Adolin. — Ou realmente pode estar tendo visões enviadas pelo Todo-Poderoso, como eu acho que ele acredita?

— É uma pergunta bem direta.

— Você o conhece há mais tempo que a maioria das pessoas, Kadash, e sei que você é leal. Também sei que mantém os ouvidos abertos e presta atenção nas coisas. Portanto, sei que já ouviu os boatos. — Adolin deu de ombros. — Parece que a hora de ser direto é agora.

— Presumo, então, que os boatos não são infundados.

— Infelizmente, não. Acontece sempre que há uma grantormenta. Ele delira, fica se debatendo e depois diz que viu coisas.

— Que tipo de coisas?

— Não sei ao certo. — Adolin fez uma careta. — Coisas sobre os Radiantes. E talvez... coisas que estão por vir.

Kadash pareceu perturbado.

— Esse é um território perigoso, meu nobre. Suas perguntas me botam em risco de violar meus juramentos. Eu sou um fervoroso, pertenço a seu pai e sou leal a ele.

— Mas ele não é seu superior religioso.

— Não. Mas *é* o guardião deste povo em nome do Todo-Poderoso, encarregado de me proteger e de zelar para que eu não abuse de minha posição. — Kadash apertou os lábios. — Nessa situação, nosso equilíbrio é delicado. Você conhece bem a Hierocracia, a Guerra da Perda?

— A igreja tentou assumir o controle — disse Adolin, dando de ombros. — Os sacerdotes tentaram conquistar o mundo... para o bem do mundo, eles alegaram.

— Isso foi parte da coisa — disse Kadash. — A parte sobre a qual falamos mais frequentemente. Naqueles tempos, a igreja se agarrava ao conhecimento. Os homens não controlavam os próprios caminhos religiosos; os sacerdotes controlavam a doutrina e uns poucos membros da Igreja tinham permissão para estudar teologia. Eram ensinados a seguir os ensinamentos dos sacerdotes. Não o Todo-Poderoso nem os Arautos, mas os sacerdotes.

Ele começou a caminhar, conduzindo Adolin pelo perímetro interno do templo, passando pelas estátuas dos Arautos; eram cinco homens e cinco mulheres. Na verdade, Adolin sabia pouca coisa a respeito do que Kadash estava falando. Nunca se interessara muito pelas histórias que não se relacionavam diretamente ao comando de exércitos.

— O problema, meu nobre, era o misticismo. Os padres afirmavam que plebeus não conseguiriam entender a religião ou o Todo-Poderoso. Onde deveria haver franqueza, havia fumaça e sussurros. Os sacerdotes começaram a falar de visões e profecias, embora tais coisas tivessem sido denunciadas pelos próprios Arautos. O Esvaziamento é algo escuro e maléfico, e sua essência era tentar adivinhar o futuro.

Adolin gelou.

— Espere, o que você está dizendo...

— Não se precipite, por favor, meu nobre — disse Kadash, virando-se para ele. — Quando os sacerdotes da Hierocracia foram derrubados, o Criador de Sóis fez questão de interrogá-los e examinar a correspondência que haviam trocado entre si. Foi descoberto então que *não havia* profecias. Nem promessas místicas do Todo-Poderoso. Fora tudo uma desculpa inventada pelos sacerdotes para acalmar e controlar o povo.

— Aonde você quer chegar com isso, Kadash?

— O mais próximo que me arrisco da verdade, meu nobre — respondeu o fervoroso. — Pois não consigo ser tão direto quanto você.

— Você acha então que as visões do meu pai são invenções.

— Eu jamais acusaria meu grão-príncipe de mentir — disse Kadash. — Nem de fraqueza mental. Mas não posso aprovar misticismo e profecias, de forma alguma. Isso seria negar o vorinismo. Os dias dos sacerdotes já se foram. Os dias de mentir para o povo, de manter as pessoas nas trevas já se foram. Agora, cada homem escolhe o próprio caminho e os fervorosos o ajudam a se aproximar do Todo-Poderoso através desse caminho. Em vez de profecias tenebrosas e pretensos poderes detidos por uns poucos, nós temos uma população que entende suas crenças e o relacionamento com seu Deus.

Ele se aproximou um pouco mais de Adolin, falando muito suavemente:

— Seu pai não deve ser ridicularizado nem diminuído. Se as visões dele são verdadeiras, isso é entre ele e o Todo-Poderoso. Tudo o que posso dizer é o seguinte: eu entendo o que é ser assombrado pela morte e pela destruição trazidas pela guerra. Vejo nos olhos de seu pai muito do que eu senti, mas pior. Minha opinião é que as coisas que ele vê são provavelmente mais um reflexo de seu passado que uma experiência mística.

— Então ele está enlouquecendo — murmurou Adolin.

— Eu não disse isso.

— Você sugeriu que o Todo-Poderoso não enviaria visões como essas.

— Sim.

— E que essas visões são um produto da mente de meu pai.

— *Provavelmente* — disse o fervoroso, erguendo um dedo. — Um equilíbrio delicado, como você vê. E particularmente difícil de ser mantido quando estamos falando com o filho do meu grão-príncipe. — Ele estendeu a mão e segurou o braço de Adolin. — Se alguém pode ajudá-lo, é você. Ninguém mais poderia se envolver, nem mesmo eu.

Adolin assentiu lentamente.

— Obrigado.

— É melhor você procurar aquela jovem agora.

— Sim — disse Adolin, dando um suspiro. — Receio que, mesmo com o presente certo, nós não ficaremos juntos por muito tempo. Renarin vai caçoar de mim de novo.

Kadash sorriu.

— Não desista tão fácil, meu nobre. Agora vá. Mas volte depois para conversarmos sobre a sua Vocação. Já faz tempo que você foi Elevado.

Adolin assentiu e saiu às pressas do templo.

DEPOIS DE HORAS EXAMINANDO a contabilidade com Teshav, Dalinar e Renarin entraram no corredor que dava nos aposentos do rei. Caminhavam em silêncio, somente o martelar de suas botas ecoando nas paredes de pedra.

Os corredores do palácio de guerra do rei se tornavam mais ricos a cada semana. Aquele mesmo antes era apenas mais um túnel criado por Transmutação. Quando Elhokar se instalou no prédio, ordenou que melhorias fossem realizadas. Janelas foram abertas a sotavento. Pisos de mármore foram assentados. As paredes receberam entalhes e acabamentos em mosaicos. Dalinar e Renarin passaram por um grupo de pedreiros que cuidadosamente entalhavam uma cena de Nalan'Elin irradiando luz solar, com a espada da vingança erguida acima da cabeça.

Eles pararam à porta da antessala do rei, um aposento grande e aberto, guardado por dez membros da Guarda Real, vestidos de azul e dourado. Dalinar reconheceu cada rosto; fora ele quem organizara a unidade, escolhendo seus integrantes pessoalmente.

Na antessala, o Grão-príncipe Ruthar aguardava uma audiência com o rei, com os braços musculosos cruzados sobre o peito. Cultivava uma barba negra bem aparada, que lhe circundava a boca. Seu casaco de seda vermelha, curto e sem botões, que evocava um colete com mangas, não passava de uma anuência simbólica ao tradicional uniforme alethiano. Por baixo, via-se uma camisa pregueada branca. A calça era azul, com grandes bainhas.

Ruthar olhou na direção de Dalinar, fez um rápido aceno de cabeça — um pequeno sinal de respeito — e se virou para conversar com um de seus assistentes. Mas parou de falar quando os guardas à porta se afastaram para que Dalinar entrasse. Então bufou com ar contrariado. O livre acesso de Dalinar ao rei irritava os outros grão-príncipes.

O rei não estava em seu salão de audiências, mas as amplas portas da sacada estavam abertas. Os guardas de Dalinar se detiveram quando ele entrou na sacada, seguido por um hesitante Renarin. A luz do lado de fora começava a minguar à medida que o crepúsculo se aproximava. Posicionar o palácio de guerra em uma elevação como aquela fazia sentido taticamente, mas o expunha a impiedosas tempestades. O que constituía um velho enigma de campanha: era melhor escolher um lugar abrigado das tormentas ou um terreno elevado?

A maioria dos grão-príncipes teria escolhido a primeira opção; seus acampamentos de guerra, situados nas fronteiras das Planícies Quebradas, dificilmente seriam atacados, o que tornava menos importante a elevação do terreno. Mas os reis tendiam a preferir a altura. Naquele caso, por via das dúvidas, Dalinar encorajara Elhokar.

A sacada era uma espessa plataforma rochosa talhada no alto de um pequeno pico e cercada por uma balaustrada de ferro. Os aposentos do rei se situavam no interior de um domo Transmutado, no topo de uma formação natural. Rampas cobertas e escadarias davam acesso aos patamares mais baixos. O domo abrigava os diversos servidores do rei: guardas, guarda-tempos, fervorosos e parentes distantes. Dalinar tinha seu próprio aposento no acampamento, que se recusava a chamar de palácio.

Elhokar estava apoiado na balaustrada. Dois guardas o vigiavam à distância. Dalinar fez sinal para que Renarin se juntasse a eles, pois queria conversar em particular com o rei.

O ar estava frio — a primavera se instalara havia algum tempo — e perfumado com os doces aromas da noite: petrobulbos em flor e rocha molhada. Abaixo, os acampamentos de guerra começavam a se iluminar, dez círculos pontilhados por fogueiras de vigília, fogueiras para cozinhar, lampiões e esferas infundidas, com seu brilho estável. Elhokar contemplava as Planícies Quebradas à frente dos acampamentos, que estavam totalmente às escuras, exceto pelo brilho ocasional de um posto de vigilância.

— Será que eles nos observam de lá? — perguntou Elhokar quando Dalinar se aproximou.

— Nós sabemos que seus bandos de saqueadores se deslocam à noite, Majestade — respondeu Dalinar, pousando a mão sobre a balaustrada. — Não posso deixar de pensar que eles nos observam.

O uniforme do rei era o tradicional casaco longo com botões nas laterais, mas era largo e solto; rufos de renda contornavam seu colarinho e suas mangas. Suas calças eram azul-cobalto e tinham o mesmo corte largo das calças de Ruthar. Dalinar achou tudo muito informal. Até os soldados estavam sendo influenciados por aquele grupo relaxado, que se vestia com rendas e passava as noites em festas.

Foi o que Gavilar previu, pensou Dalinar. *Foi por isso que ele insistiu tanto para que nós seguíssemos os Códigos.*

— Você parece pensativo, tio — disse Elhokar.

— Apenas refletindo sobre o passado, Majestade.

— O passado é irrelevante. Eu só olho para o futuro.

Dalinar não concordava muito com nenhuma das afirmativas.

— Às vezes eu acho que consigo ver os parshendianos — disse Elhokar. — Sinto que se olhar por tempo suficiente, vou encontrá-los, alcançá-los para poder desafiá-los. Gostaria que eles lutassem comigo, como homens de honra.

— Se eles fossem homens de honra — disse Dalinar, cruzando as mãos por trás das costas —, não teriam matado seu pai como fizeram.

— Por que você acha que eles fizeram aquilo?

Dalinar balançou a cabeça.

— Essa pergunta gira na minha cabeça sem parar, como se fosse um pedregulho rolando colina abaixo. Será que ofendemos a honra deles? Teria sido algum mal-entendido cultural?

— Isso significaria que eles têm uma cultura. Mas eles são brutos primitivos. Quem sabe por que um cavalo dá coices ou um cão-machado morde? Eu nem deveria ter perguntado.

Dalinar não respondeu. Sentira o mesmo desdém, a mesma ira, nos meses que se seguiram ao assassinato de Gavilar. Ele compreendia a necessidade de Elhokar de desprezar aqueles estranhos parshemanos das terras selvagens, de considerá-los como pouco mais que animais.

Mas ele os vira naqueles primeiros dias, interagira com eles. Eles eram primitivos, sim, mas não brutos. Não eram idiotas. *Na verdade, nós nunca os entendemos*, pensou ele. *Acho que esse é o principal problema.*

— Elhokar — disse ele baixinho. — Pode ter chegado a hora de discutirmos algumas questões difíceis.

— Por exemplo?

— Por exemplo, por quanto tempo vamos continuar com essa guerra.

Surpreso, Elhokar se virou para Dalinar.

— Vamos continuar a lutar até que o Pacto de Vingança seja cumprido e meu pai, vingado!

— Nobres palavras — disse Dalinar. — Mas já estamos fora de Alethkar há seis anos. Manter dois centros de governo tão afastados não é saudável para o reino.

— Reis muitas vezes vão à guerra por períodos prolongados, tio.

— Raramente por tanto tempo. E raramente levam todos os Fractários e grão-príncipes com ele. Nossos recursos estão sendo drenados. Enquanto isso, as notícias de casa dizem que as incursões dos reshianos em nossas fronteiras estão cada vez mais atrevidas. Nós ainda somos fragmentados enquanto povo, demoramos a confiar uns nos outros. A natureza desta guerra prolongada também não está ajudando, pois não temos um caminho para a vitória e o foco dos combates está mais em obter riquezas do que em conquistar territórios.

Elhokar fungou. Um vento começou a soprar sobre o cume rochoso.

— Você diz que não há um caminho claro para a vitória? Nós estamos vencendo! Os ataques dos parshendianos estão cada vez menos frequentes e com muito menos penetração a oeste do que antes. Matamos milhares deles nas batalhas.

— Não o bastante — disse Dalinar. — Eles ainda atacam com força. O cerco está nos prejudicando tanto quanto a eles, senão mais.

— Não foi *você* o primeiro a sugerir essa tática?

— Eu era um homem diferente, cheio de mágoa e fúria.

— E não sente mais isso? — Elhokar estava incrédulo. — Tio, não posso acreditar que estou ouvindo isso! Você não está sugerindo *seriamente* que eu abandone a guerra, está? Quer que eu volte para casa como um cão-machado que levou uma bronca do dono?

— Eu disse que eram questões difíceis, Majestade — disse Dalinar, esforçando-se para controlar sua raiva. — Mas têm de ser analisadas.

Elhokar suspirou, aborrecido.

— É verdade o que Sadeas e outros estão cochichando. Você mudou, tio. Tem alguma coisa a ver com essas suas crises, não tem?

— Isso não tem importância, Elhokar. Me escute! O que estamos dispostos a dar em troca da vingança?

— Tudo.

— Isto significa tudo o que seu pai trabalhou para obter? Será que nós honraremos a memória dele solapando o que ele sonhou para Alethkar em troca de uma vingança em seu nome?

O rei hesitou.

— Você persegue os parshendianos — disse Dalinar. — Isso é louvável. Mas não pode deixar que sua sede de vingança o deixe cego para as necessidades do nosso reino. O Pacto de Vingança manteve nossos grão-príncipes focados, mas o que acontecerá quando vencermos? Vamos nos dispersar? Acho que precisamos unir os grão-príncipes. Estamos lutando nessa guerra como se fôssemos dez nações diferentes uma ao lado da outra, mas não uma *junto* com a outra.

O rei não respondeu imediatamente. Parecia estar absorvendo as palavras de Dalinar. Ele era um homem bom e tinha mais em comum com seu pai do que muitos desejariam admitir.

Elhokar olhou para outro lado e se apoiou na balaustrada.

— Você acha que eu sou um rei incompetente, não acha, tio?

— O quê? Claro que não!

— Você sempre fala sobre o que eu *deveria* estar fazendo e sobre o que está me faltando. Diga a verdade, tio. Quando você me olha, deseja ver meu pai em vez de mim.

— Claro que sim — disse Dalinar.

O rosto de Elhokar adquiriu uma expressão sombria.

Dalinar pousou a mão no ombro do sobrinho.

— Eu seria um péssimo irmão se não desejasse que Gavilar tivesse sobrevivido. Eu falhei com ele, foi o erro mais terrível que cometi na vida. — Elhokar olhou para ele e Dalinar sustentou seu olhar, erguendo um dedo. — Mas só porque eu amava seu pai *não* significa que ache você um fracasso. Nem que não ame você por seus próprios méritos. Alethkar poderia ter desmoronado depois da morte de Gavilar, mas *você* organizou e executou nosso contra-ataque. Você é um bom rei.

O rei assentiu lentamente.

— Você tem ouvido leituras daquele livro de novo, não é?

— Tenho, sim.

— Está falando como ele, sabia? — disse Elhokar, olhando para leste novamente. — Logo antes de morrer. Quando ele começou a agir de forma... instável.

— Tenho certeza de que não estou tão mal.

— Talvez. Mas está bem parecido. Falando em pôr um fim à guerra, fascinado pelos Radiantes Perdidos, insistindo para todo mundo ler os Códigos...

Dalinar se lembrou daqueles dias — e de suas próprias discussões com Gavilar. *Que honra podemos encontrar em um campo de batalha quando nosso povo passa fome?*, perguntara o rei certa vez. *Podemos falar de honra quando nossos olhos-claros conspiram como enguias em um balde, deslizando uns por cima dos outros e tentando se morder?*

Dalinar reagira mal a essas palavras. Assim como Elhokar estava reagindo mal a suas palavras agora. *Pai das Tempestades! Estou mesmo começando a falar como ele, não estou?*

O que era perturbador e encorajador ao mesmo tempo. De qualquer modo, Dalinar entendera uma coisa. Adolin tinha razão. Elhokar — e os grão-príncipes que o cercavam — jamais aceitariam uma sugestão de retirada. Ele estava abordando o tema de forma errada. *Bendito seja o Todo-Poderoso por ter me enviado um filho disposto a falar com franqueza.*

— Talvez você tenha razão, Majestade — disse Dalinar. — Terminar a guerra? Deixar o campo de batalha com o inimigo ainda poderoso? Isso nos envergonharia.

Elhokar assentiu.

— Fico feliz por você ter entendido.

— Mas alguma coisa *tem* que mudar. Temos que encontrar um meio melhor de lutar.

— Sadeas já tem um meio melhor. Eu já lhe falei sobre as pontes dele. Funcionam bastante bem. E ele já capturou muitas gemas-coração.

— As gemas-coração são insignificantes. *Tudo isso* é insignificante se não encontrarmos um jeito de obter a vingança que todos queremos. Não vá me dizer que você gosta de ver os grão-príncipes competindo uns contra os outros e praticamente ignorando nosso propósito aqui.

Elhokar ficou em silêncio, parecendo contrariado.

Você deve uni-los. Dalinar se lembrou dessas palavras ecoando em sua cabeça. Uma ideia lhe veio à mente.

— Elhokar, você se lembra do que Sadeas e eu lhe dissemos logo que chegamos aqui? Sobre a especialização dos grão-príncipes?

— Lembro — respondeu Elhokar.

Em um passado distante, cada um dos dez grão-príncipes de Alethkar recebera uma tarefa específica para a gestão do reino. Um tinha a palavra final no tocante aos mercadores e seus soldados patrulhavam as estradas de todos os principados. Outro supervisionava os juízes e magistrados.

Gavilar gostava muito dessa ideia. Afirmava que era um recurso inteligente para forçar os grão-príncipes a trabalharem juntos, pois obrigava cada um a se submeter à autoridade dos outros. Mas as coisas já não eram feitas assim há séculos, desde a fragmentação de Alethkar em dez principados autônomos.

— Elhokar, e se você me nomeasse Grão-príncipe da Guerra?

O rei não riu, o que era bom sinal.

— Pensei que você e Sadeas haviam decidido que os outros se revoltariam se tentássemos alguma coisa assim.

— Talvez eu tenha me enganado sobre isso também.

Elhokar pareceu considerar a ideia. Por fim, balançou a cabeça.

— Não. Eles mal aceitam minha liderança. Se eu fizer alguma coisa assim, eles vão me assassinar.

— Eu protejo você.

— Ora, nem as *atuais* ameaças contra a minha vida você leva a sério.

Dalinar suspirou.

— Majestade, eu *levo* a sério as ameaças contra a sua vida. Minhas escribas e meus assistentes estão examinando a cilha.

— E o que descobriram?

— Bem, até o momento não temos nada conclusivo. Ninguém reivindicou o crédito por ter tentado matar você, nem em boatos. Ninguém presenciou nada de suspeito. Mas Adolin está conversando com coureiros. Talvez ele encontre alguma coisa substancial.

— A correia *foi* cortada, tio.

— Veremos.

— Você não acredita em mim — disse Elhokar, com o rosto se avermelhando. — Você devia estar tentando descobrir qual era o plano dos assassinos, em vez de me importunar com a pretensão arrogante de se tornar o chefe supremo de todo o exército!

Dalinar rilhou os dentes.

— Eu faço isso por você, Elhokar.

Elhokar o encarou por alguns momentos, com um lampejo de desconfiança atravessando seus olhos azuis, tal como ocorrera na semana anterior.

Sangue dos meus pais!, pensou Dalinar. *Ele está piorando.*

A expressão de Elhokar se amenizou logo, e ele pareceu relaxar. Qualquer coisa que tivesse visto nos olhos de Dalinar o havia tranquilizado.

— Eu sei que você faz seu melhor, tio. Mas tem que admitir que tem andado estranho ultimamente. O modo como você reage às tempestades, a obsessão pelas últimas palavras de meu pai...

— Estou tentando entender.

— Ele estava fraco — disse Elhokar. — Todo mundo sabe disso. Não quero repetir os erros dele e você deveria evitá-los também, em vez de escutar um livro que afirma que os olhos-claros deveriam ser escravos dos olhos-escuros.

— O livro *não* diz isso — replicou Dalinar. — O texto tem sido mal interpretado. Na maior parte, é uma coletânea de histórias ensinando que um líder deve servir às pessoas que lidera.

— Bah. Foi escrito pelos Radiantes Perdidos!

— Eles não escreveram o livro, foram inspirados por ele. O autor foi Nohadon, um homem comum.

Elhokar o encarou, levantando uma sobrancelha. *Veja*, parecia dizer. *Você está defendendo o livro.*

— Você está ficando fraco, tio. Não vou explorar essa fraqueza. Mas outros vão.

— Eu *não* estou ficando fraco. — Uma vez mais, Dalinar se obrigou a permanecer calmo. — Essa conversa desandou. Os grão-príncipes precisam de um líder para forçá-los a trabalhar juntos. Se você me nomear Grão-príncipe da Guerra, eu *juro* que protegerei você.

— Como protegeu meu pai?

Dalinar se calou.

Elhokar desviou os olhos.

— Eu não devia ter dito isso. Você não merecia.

— Foi uma das coisas mais verdadeiras que já me disseram, Elhokar. Talvez você esteja certo em não confiar na minha proteção.

Elhokar olhou para ele, curioso.

— Por que você reage assim?

— Assim como?

— Antes, se alguém lhe dissesse isso, você teria convocado sua espada e exigido um duelo! Agora você concorda.

— Eu...

— Meu pai começou a recusar duelos, pouco antes de morrer. — Elhokar bateu na balaustrada. — Entendo por que você acha um Grão-

-príncipe da Guerra necessário, e pode ser que tenha razão. Mas os outros gostam muito da situação atual.

— Porque é confortável para eles. Se quisermos vencer, *teremos* que contrariá-los. — Dalinar deu um passo à frente. — Elhokar, talvez já tenha se passado tempo suficiente. Seis anos atrás, nomear um Grão-príncipe da Guerra poderia ser um erro. Mas agora? Todos nos conhecemos melhor e já trabalhamos contra os parshendianos. Talvez seja o momento de dar o próximo passo.

— Talvez. Você acha que eles estão prontos? Vou deixar você me provar isso. Se me demonstrar que eles estão dispostos a trabalhar com você, tio, considerarei nomeá-lo Grão-príncipe da Guerra. Está bem assim?

Era uma concessão válida.

— Muito bem.

— Ótimo — disse Elhokar. — Agora vamos nos separar. Está ficando tarde e tenho que ouvir o que Ruthar tem a dizer.

Dalinar acenou uma despedida e caminhou de volta pelos aposentos do rei, seguido de perto por Renarin.

Quanto mais pensava, mais sentia que aquela era a coisa certa a ser feita. Uma retirada não funcionaria com os alethianos, não com a atual mentalidade deles. Mas se conseguisse tirá-los de sua complacência e forçá-los a adotar uma estratégia mais agressiva…

Dalinar ainda estava perdido em pensamentos, analisando o assunto, quando deixaram o palácio do rei e desceram as rampas até o local onde estavam seus cavalos. Ele montou em Galante e acenou um agradecimento ao cavalariço que tomara conta do richádio. O cavalo já se recuperara do tombo durante a caçada, e suas patas estavam novamente vigorosas.

A distância a ser percorrida até o acampamento era curta, e eles cavalgaram em silêncio. *De qual grão-príncipe eu devo me aproximar primeiro?*, pensou Dalinar. *Sadeas?*

Não. Não, ele e Sadeas já eram vistos juntos com muita frequência. Se os demais grão-príncipes começassem a farejar uma aliança mais poderosa, acabariam se virando contra ele. Seria melhor se aproximar dos grão-príncipes menos poderosos, para ver se poderia convencê-los a trabalhar com ele de alguma forma. Uma incursão conjunta a um platô, talvez?

Ele acabaria tendo que se aproximar de Sadeas. Mas não gostava da ideia. As coisas eram muito mais fáceis quando trabalhavam a uma distância segura um do outro. Ele…

— Pai — chamou Renarin, parecendo assustado.

Dalinar aprumou o corpo e olhou ao redor, estendendo a mão para o lado como se fosse convocar sua Espada Fractal. Renarin apontou para leste. A direção das tempestades.

O horizonte estava escurecendo.

— Havia alguma previsão de grantormenta para hoje? — perguntou Dalinar, alarmado.

— Elthebar disse que era pouco provável — informou Renarin. — Mas ele já errou antes.

Todo mundo podia errar quando se tratava de grantormentas, até mesmo guarda-tempos. Embora fosse possível prevê-las, não era uma ciência exata. Dalinar semicerrou os olhos, o coração palpitando. Sim, já podia distinguir os sinais. A poeira se levantando, os odores se modificando. E, embora fosse noite, deveria haver mais luz. Mas estava ficando cada vez mais escuro. O ar parecia mais agitado.

— Devemos ir para o acampamento de Aladar? — perguntou Renarin, apontando.

Estavam próximos ao acampamento do Grão-príncipe Aladar, e a cerca de quinze minutos do acampamento de Dalinar.

Os homens de Aladar o acolheriam. Ninguém negaria abrigo a um grão-príncipe durante uma tempestade. Mas Dalinar estremeceu ao se imaginar em um lugar desconhecido durante uma grantormenta, cercado por servidores de outro grão-príncipe. Eles o veriam durante uma crise. Tão logo isso acontecesse, as intrigas se espalhariam como flechas em um campo de batalha.

— Vamos continuar! — gritou ele, pondo Galante em marcha.

Renarin e os guardas o seguiram. O estrépito dos cascos parecia prenunciar a grantormenta que se avizinhava. Inclinado para a frente, Dalinar estava tenso. O céu acinzentado se cobrira de poeira e folhas sopradas pelo paredão tempestuoso, e o ar se tornava cada vez mais denso, em um úmido prenúncio. Nuvens carregadas toldavam o horizonte.

— Pai? — gritou Renarin. — Você está...

— Temos tempo! — gritou Dalinar.

Por fim, eles se aproximaram da muralha irregular do acampamento dos Kholin, onde foram saudados pelos soldados que ainda estavam ao relento. A maioria já se recolhera. Ao passar pelo posto de controle, teve que refrear Galante, mas estava a curta distância de seus aposentos. Preparou-se então para reiniciar o galope.

— Pai! — Renarin apontou para o leste.

O paredão tempestuoso era como uma cortina no ar, deslizando velozmente na direção do acampamento. O compacto lençol de chuva tinha uma coloração cinza-prateada, que contrastava com o negro-ônix das nuvens acima, e seu interior era iluminado por ocasionais relâmpagos. Os guardas que os haviam saudado já estavam correndo para um abrigo próximo.

— Vamos conseguir chegar — disse Dalinar. — Nós…

— Pai! — exclamou Renarin, emparelhando-se com ele e segurando seu braço. — Sinto muito.

O vento os açoitava. Dalinar rilhou os dentes e olhou para o filho. Por trás dos óculos, os olhos de Renarin estavam arregalados de preocupação.

Dalinar olhou novamente para o paredão tempestuoso. Estava apenas a momentos dali.

Ele tem razão.

Entregou então as rédeas de Galante para um ansioso cavalariço, que pegou também a montaria de Renarin e dos soldados da Guarda Cobalto. Os cinco desmontaram. O cavalariço disparou até uma estrebaria de pedra, puxando os cavalos. Dalinar quase o seguiu — em uma estrebaria haveria menos gente para observá-lo —, mas algumas pessoas à entrada de um barracão ao lado os chamavam ansiosamente. Seria um lugar mais seguro.

Resignado, Dalinar correu até o barracão de pedra, acompanhado por Renarin. Os soldados abriram espaço para eles; havia também alguns criados. No acampamento de Dalinar, ninguém era obrigado a enfrentar tempestade em tendas — mesmo que reforçadas — nem em frágeis barracos de madeira; e ninguém tinha que pagar para se abrigar nas estruturas de pedra.

Os ocupantes do barracão pareceram atônitos ao verem o grão-príncipe e seu filho entrarem no recinto, e alguns chegaram a empalidecer quando a porta foi fechada. A única luz disponível provinha de algumas esferas de granada presas à parede. Alguém tossiu. Do lado de fora, lascas de pedra sopradas pelo vento colidiam contra a construção. Dalinar tentou ignorar os olhos inquietos ao seu redor. O vento uivava. Talvez nada acontecesse. Talvez daquela vez…

A grantormenta caiu.

E tudo começou.

19
CHUVA DE ESTRELAS

Ele possui a mais assustadora e terrível dentre todas as Fractais. Reflita sobre isso, seu velho réptil, e me diga se sua insistência pela não intervenção se mantém firme. Pois eu lhe garanto que Rayse não terá dessas inibições.

DALINAR PISCOU. O ABAFADO e mal iluminado barracão desapareceu. Ele se viu no escuro. O ar estava tomado pelo cheiro de grãos secos e, quando estendeu a mão esquerda, tocou uma parede de madeira. Estava em uma espécie de celeiro.

A noite estava calma, com um frescor revigorante; nenhum sinal de tempestade. Ele tateou cautelosamente o quadril. Sua espada havia desaparecido, assim como seu uniforme. Ele estava vestido com uma túnica simples, amarrada na cintura, e um par de sandálias. Era o tipo de roupa que via em estátuas antigas.

Ventos tormentosos, para onde vocês me levaram desta vez? Cada visão era diferente. Aquela seria sua 12.ª *Só 12?*, pensou. Tinha a impressão de que eram muito mais, mas elas haviam começado a ocorrer havia poucos meses.

Algo se moveu na escuridão, algo vivo. Ele se contraiu, surpreso, quando alguma coisa pressionou suas costas. Esteve a ponto de golpeá-la, mas se imobilizou quando a ouviu choramingar. Abaixou o braço cuidadosamente e sentiu as costas de alguém. Alguém leve e pequeno. Uma criança... que estava tremendo.

— Pai — disse ela, em voz trêmula. — Pai, o que está acontecendo?

Como sempre, ele estava sendo visto como alguém daquele lugar e época. A menina se agarrava a ele, obviamente aterrorizada. Estava escuro demais para que ele visse os esprenos de medo que suspeitava que estivessem brotando do chão.

Dalinar manteve a mão nas costas da menina.

— Shhh. Vai ficar tudo bem.

Parecia a coisa certa a dizer.

— A mãe...

— Ela vai ficar bem.

A menina se agarrou com mais força a ele naquele aposento escuro. Ele permaneceu imóvel. Algo parecia errado. A habitação rangia com o vento. Não era bem construída; a tábua em que ele encostara a mão estava solta. Dalinar se sentiu tentado a afastá-la para poder espiar o lado de fora. Mas a imobilidade, a criança aterrorizada... Havia um odor estranhamente pútrido no ar.

Alguma coisa arranhou, bem suavemente, a parede mais afastada do celeiro. Como uma unha arrastada no tampo de uma mesa.

A menina choramingou e o som cessou. Dalinar prendeu a respiração, enquanto seu coração acelerava. Por instinto, estendeu a mão para convocar sua Espada Fractal, mas nada aconteceu. A Espada nunca aparecia durante as visões.

A parede mais afastada do celeiro explodiu.

Madeira estilhaçada voou pela escuridão, enquanto um enorme vulto penetrava no recinto. Iluminada apenas pelo luar e as estrelas, a silhueta escura era maior que um cão-machado. Ele não conseguia distinguir detalhes, mas a forma dela parecia anormalmente errada.

A menina gritou e, praguejando, Dalinar a agarrou com um braço e rolou para o lado quando a coisa escura pulou na direção deles. Quase alcançou a criança, mas Dalinar a tirou do caminho. Sem fôlego devido ao terror, a menina parou de gritar.

Dalinar girou e a empurrou para trás dele. Seu flanco colidiu contra uma pilha de sacos cheios de grãos enquanto recuava. O celeiro ficou em silêncio. A luz violeta de Salas brilhava no céu, mas a pequena lua não era luminosa o suficiente para clarear o interior do celeiro. A criatura se deslocara para um recanto escuro. Ele mal enxergava.

A criatura parecia fazer parte das sombras. Dalinar retesou o corpo, com os punhos à frente. A coisa emitiu um chiado suave, mas sinistro, que lembrava o som de um murmúrio ritmado.

Respiração?, pensou Dalinar. *Não. Está tentando nos farejar.*

A coisa se lançou para frente. Dalinar estendeu a mão para o lado, pegou um dos sacos de grãos e o posicionou à sua frente. O animal atingiu o saco e o rasgou com os dentes. Dalinar puxou, rasgando o tecido e arremessando para o alto um jorro de fragrantes grãos de lávis. Depois deu um passo para o lado e chutou o bicho o mais forte que pôde.

A criatura era macia. Foi como chutar um odre de água. O golpe a derrubou, e ela emitiu um som sibilante. Dalinar sacudiu novamente o saco de grãos, enchendo o ar com poeira e mais lávis seco.

O bicho se levantou e se virou, parecendo desorientado. Fosse o que fosse, caçava pelo faro e a poeira no ar o deixara confuso. Dalinar pegou a menina, jogou-a sobre o ombro e, passando pela aturdida criatura, saiu pelo buraco na parede quebrada.

Viu-se sob o luar violeta. Estava em um pequeno laite — uma larga fissura na pedra dotada de boa drenagem, o que evitava inundações, e protegida por um grande afloramento rochoso voltado para o leste, capaz de amortecer grantormentas. Aquele paredão tinha o formato de uma enorme onda, o que lhe dava condições ideais para proteger um povoado.

Isso explicava a fragilidade do celeiro. Luzes bruxuleavam aqui e ali, sugerindo um vilarejo com algumas dezenas de casas. Dalinar estava na periferia. À direita, viu um chiqueiro; à esquerda, casas distantes. À frente — aninhada no sopé da elevação — havia uma casa em estilo arcaico, construída com tijolos de crem.

Foi fácil decidir. A coisa se movia rapidamente, como um predador. Como não podia superá-la em velocidade, Dalinar correu até a casa. O som da criatura rompendo a parede do celeiro chegou até seus ouvidos. Ele chegou à casa, mas a porta da frente estava aferrolhada. Dalinar praguejou em voz alta enquanto socava a porta.

Raspando as pedras com as garras, o bicho arremeteu na direção deles. Tão logo a porta começou a se abrir, Dalinar a empurrou com o ombro, entrando na casa aos tropeções.

Largou a criança no chão ao recuperar o equilíbrio. Uma mulher de meia-idade estava parada em frente a eles. O luar violeta revelou que ela tinha cabelos ondulados e uma expressão de terror nos olhos. Ela bateu a porta e baixou o ferrolho.

— Benditos sejam os Arautos — exclamou ela, pegando a menina no colo. — Você a encontrou, Heb. Bendito seja você.

Dalinar se esgueirou até a janela sem vidro e olhou para fora. A cortina de painéis de madeira parecia estar quebrada, o que tornava impossível fechá-la.

Ele não viu a criatura. Olhou então por cima do ombro. O piso da casa era de pedra bruta e não havia um segundo andar. Uma lareira de tijolos, apagada, erguia-se a um canto, com um caldeirão de ferro pendurado em sua boca. Tudo parecia muito primitivo. Em que ano estaria?

É apenas uma visão, pensou. *Um sonho acordado.*

Então, por que parecia tão real?

Ele olhou de novo pela janela. Tudo estava em silêncio do lado de fora. Uma fileira de petrobulbos corria o lado direito do quintal; provavelmente eram curnipes, ou mesmo algum outro vegetal. O luar se refletia no chão liso. Mas onde estaria a criatura? Será que...

Uma coisa escura de pele lisa pulou de baixo e se chocou contra a janela, espatifando a moldura. Dalinar caiu praguejando, enquanto a coisa aterrissava sobre ele. Algo afiado cortou seu rosto, derramando sangue.

A menina gritou de novo.

— Luz! — berrou Dalinar. — Me arranjem luz!

Ele bateu com o punho na cabeça macia do bicho e usou a outra mão para afastar uma pata cheia de garras. Seu rosto ardia de dor. Alguma coisa lhe arranhou o flanco, rasgando sua túnica e lhe cortando a pele.

Com um impulso, Dalinar derrubou a criatura de cima dele. O bicho colidiu contra a parede e rolou até ficar de pé, arfando. Enquanto a criatura se aprumava, Dalinar se arrastou para longe. Seus velhos instintos entraram em ação e a dor desapareceu quando a Euforia da luta se apoderou dele. Precisava de uma arma! Um banquinho ou um pé de mesa. O aposento era tão...

Uma luz cintilou quando a mulher encontrou uma lamparina de barro. A coisa era tão primitiva que usava óleo, em vez de Luz das Tempestades; porém era mais que suficiente para iluminar o rosto apavorado da mulher e da menina que se agarrava a seu vestido. A sala tinha uma mesa baixa e um par de banquinhos, mas os olhos de Dalinar foram atraídos pela pequena lareira.

Apoiado na chaminé, luzindo como uma Espada de Honra das antigas histórias, estava um atiçador de ferro, sua ponta branca de cinzas. Dalinar deu um pulo, pegou-o e o revirou nas mãos para sentir seu equilíbrio. Fora treinado na clássica Postura do Vento, mas preferiu adotar a Postura da Fumaça, mais eficiente para uma arma imperfeita. Um pé para a frente, outro para trás, e a espada — no caso, atiçador — apontada para o coração do oponente.

Só mesmo os anos de treinamento lhe permitiram manter a posição quando viu o que encarava. A pele lisa da criatura, escura como a meia-noite, refletia a luz como um poço de alcatrão. O bicho não tinha olhos visíveis; seus dentes pretos e afiados se projetavam de uma cabeça posicionada em um pescoço sinuoso, que parecia não ter ossos. As seis pernas eram arqueadas; pareciam finas demais para sustentar o corpo fluido e tenebroso.

Isso não é uma visão, pensou Dalinar. É um pesadelo.

A criatura ergueu a cabeça, bateu os dentes e emitiu um som sibilante. Estava provando o ar.

— Pela doce sabedoria de Battar — sussurrou a mulher, abraçando a menina com mais força.

Suas mãos tremeram quando ela levantou a lâmpada, como se fosse usá-la como arma.

Um ruído arranhado soou do lado de fora, seguido por mais um conjunto de patas finas despontando sobre o parapeito da janela quebrada. Um novo bicho veio se juntar ao primeiro, que se agachou nervosamente e fungou na direção de Dalinar. Parecia desconfiado, como se tivesse percebido que estava encarando um oponente armado — ou pelo menos determinado.

Maldizendo-se por ser um idiota, Dalinar pousou a mão no quadril para estancar o sangue. Sabia, logicamente, que estava no barracão, com Renarin. Tudo aquilo acontecia em sua mente; ele não precisava lutar.

Mas todos os seus instintos e cada partícula de honra que possuía o levaram a se posicionar entre a mulher e as criaturas. Visão, lembrança ou delírio, ele *não podia* ficar parado.

— Heb — disse a mulher nervosamente. Quem ela achava que ele era? Seu marido? Um lavrador? — Não seja louco! Você não sabe como...

Os bichos atacaram. Dalinar pulou para a frente — permanecer em movimento era a essência da Postura da Fumaça —, rodopiou entre as criaturas e golpeou com o atiçador a que estava à esquerda, abrindo um talho na pele macia.

O ferimento sangrou fumaça.

Passando por trás das criaturas, Dalinar golpeou uma pata da que ainda estava ilesa, tirando seu equilíbrio. Aproveitando a posição, bateu com a lateral do atiçador na face da outra, que tentava mordê-lo.

A velha Euforia, a sensação da batalha, o consumia; não o enraivecia, como fazia com alguns homens, mas deixava tudo mais nítido. Seus músculos se moviam com facilidade. Ele respirava mais profundamente. Sentia-se *vivo*.

Quando as criaturas se viraram, ele deu um pulo para trás e chutou a mesa, que caiu sobre uma delas. Depois enfiou o atiçador na mandíbula aberta da outra. Como esperava, o interior da boca era mais sensível. O bicho emitiu um silvo de dor e recuou.

Dalinar foi até a mesa virada, arrancou uma de suas pernas com um chute e a empunhou — adotando a Postura da Fumaça na variação espada-e-faca. Usando a perna da mesa para manter à distância um dos bichos, ele enterrou o atiçador por três vezes no rosto do outro, abrindo um corte em sua face — de onde saiu uma fumaça sibilante.

Gritos ecoavam do lado de fora. *Sangue dos meus pais*, pensou ele. *Não são só essas duas*. Precisava acabar logo com aquilo. Se a luta se prolongasse, as criaturas o cansariam mais rápido do que ele as cansaria. E quem sequer sabia se aquelas coisas se cansavam?

Gritando, ele pulou para a frente. Suor escorria de sua testa. A sala pareceu ficar um pouco mais escura. Ou mais em foco. Agora, eram só ele e os bichos. O único vento era o produzido por suas armas, o único som, o de seus pés martelando o piso, e a única vibração, a de seu coração acelerado.

Seu súbito turbilhão de golpes surpreendeu as criaturas. Depois de acertar o pé de mesa contra uma delas e a fazer recuar, ele investiu contra a outra; recebeu arranhões no braço, mas conseguiu lhe enfiar o atiçador no peito. No início, a pele resistiu, mas depois se rompeu, permitindo que o atiçador penetrasse com facilidade.

Um poderoso jorro de fumaça envolveu sua mão. Dalinar recolheu o braço enquanto a criatura cambaleava, as pernas cada vez mais finas e o corpo desinflando como um odre de vinho furado.

Ele sabia que se expusera ao atacar. Sem outro recurso, apenas levantou um braço quando a outra criatura pulou sobre ele, cortando sua testa e seu braço com as garras, e mordendo seu ombro. Dalinar gritou e bateu com o pé da mesa várias vezes na cabeça da criatura. Tentou afastá-la, mas ela era extremamente forte.

Deixou-se então cair sobre o piso e chutou para cima, arremessando a criatura sobre sua cabeça. Quando as presas se desprenderam de seu ombro, um jato de sangue jorrou do ferimento. A fera caiu no chão em um emaranhado de patas escuras.

Tonto, Dalinar se pôs de pé com dificuldade e assumiu sua postura. *Mantenha sempre a postura*. A criatura se levantou ao mesmo tempo. Dalinar ignorou a dor, ignorou o sangue e deixou que a Euforia o mantivesse concentrado. Ergueu o atiçador. O pé da mesa havia escorregado de sua mão coberta de sangue.

O bicho se agachou e atacou. Permitindo que a natureza fluida da Postura da Fumaça o guiasse, Dalinar deu um passo para o lado, bateu com o atiçador nas patas do bicho e o fez tropeçar. Ele rodopiou, segurou o atiçador com ambas as mãos e o *cravou* diretamente nas costas da criatura.

O poderoso golpe rompeu a pele, atravessou o corpo da criatura e atingiu o piso de pedra. O bicho se debateu e agitou as patas freneticamente, enquanto jatos de fumaça irrompiam dos buracos em suas costas e estômago. Dalinar se afastou, limpando o sangue que tinha na testa. Sua arma tombou para o lado e retiniu no chão, ainda empalando a criatura.

— Pelos Três Deuses, Heb — sussurrou a mulher.

Ele se virou e a viu completamente chocada, olhando as carcaças minguantes.

— Eu devia ter ajudado — murmurou ela. — Devia ter pegado alguma coisa para bater neles. Mas você foi muito rápido. Foram... foram só alguns momentos. Onde... como...? — Ela o olhou fixamente. — Eu nunca vi nada assim, Heb. Você lutou como um... como um dos próprios Radiantes. Onde você aprendeu a lutar assim?

Dalinar não respondeu. Tirou a camisa, fazendo uma careta quando a dor de seus ferimentos retornou. Só a mordida no ombro representava um perigo imediato. Era grave: seu braço esquerdo estava ficando dormente. Ele rasgou a camisa em duas partes e enrolou uma delas sobre o corte no antebraço direito, depois fez um tampão com a parte restante e o apertou contra o ferimento no ombro. Então foi retirar o atiçador do corpo esvaziado da criatura, que agora lembrava uma sacola de seda. Aproximou-se da janela. As outras casas mostravam sinais de terem sido atacadas, como incêndios e débeis gritos levados pelo vento.

— Temos que ir para um lugar seguro — disse ele. — Há algum porão por aqui?

— Um o quê?

— Uma caverna na pedra, feita pelo homem ou natural.

— Não há cavernas — informou a mulher, juntando-se a ele na janela. — Como os homens fariam um buraco na *pedra*?

Com uma Espada Fractal ou um Transmutador. Ou até com ferramentas básicas de mineração — embora isso pudesse ser difícil, pois as grantormentas ofereciam um alto risco de inundações, que podiam selar as cavernas com crem. Dalinar olhou para fora novamente. Vultos escuros se moviam ao luar; alguns estavam vindo na direção deles.

Ele cambaleou, tonto. Perda de sangue. Rilhando os dentes, apoiou-se no parapeito da janela. Quanto tempo duraria aquela visão?

— Precisamos de um rio. Alguma coisa que apague a pista do nosso cheiro. Tem algum por aqui?

A mulher assentiu, empalidecendo ao notar os vultos na noite.

— Pegue a menina, mulher.

— A *menina*? É Seeli, nossa *filha*. E desde quando você passou a me chamar de mulher? É tão difícil dizer "Taffa"? Ventos tormentosos, Heb, o que deu em você?

Dalinar balançou a cabeça, foi até a porta e a abriu, ainda segurando o atiçador.

— Traga a lamparina. A luz não vai revelar nossa posição. Acho que eles não enxergam.

Obedecendo, a mulher correu para pegar Seeli, que parecia ter seis ou sete anos, e acompanhou Dalinar. A frágil luz da lamparina de barro bruxuleava na noite.

— O rio? — perguntou Dalinar.

— Você sabe onde…

— Eu bati com a cabeça, Taffa. Estou tonto. Está difícil pensar.

A mulher pareceu inquieta, mas aceitou a resposta. Apontou então para fora do vilarejo.

— Vamos — disse ele, saindo sob a escuridão. — Os ataques desses bichos são comuns?

— Durante as Desolações, talvez, mas eu nunca tinha visto! Ventos tormentosos, Heb. Precisamos levar você para…

— Não. Vamos continuar.

Eles ingressaram em uma trilha que dava acesso aos fundos da formação rochosa ondular. Dalinar não parava de olhar para trás, na direção do vilarejo. Quantas pessoas estariam morrendo lá, trucidadas por aquelas criaturas da Danação? Onde estariam os soldados do senhor daquelas terras?

Talvez aquele povoado fosse muito remoto, afastado demais da proteção direta de um senhor da cidade. Ou talvez as coisas não funcionassem daquela forma naquela época e naquele lugar. *Vou levar a mulher e a criança até o rio e depois voltar para organizar uma resistência. Se tiver sobrado alguém.*

O pensamento lhe pareceu ridículo. Ele precisava se apoiar no atiçador para poder caminhar ereto. Como poderia organizar uma resistência?

Em um trecho íngreme da trilha, ele escorregou; Taffa pousou a lamparina e segurou seu braço, preocupada. A paisagem era agreste. Em meio aos rochedos, petrobulbos estendiam suas gavinhas que farfalhavam ao vento para aproveitar o frescor e a umidade da noite. Dalinar se levantou e assentiu para a mulher, sinalizando que prosseguisse.

Um leve arranhar soou na noite. Dalinar se virou, tenso.

— Heb? — disse a mulher, assustada.

— Levante a luz.

Ela ergueu a lamparina, iluminando a encosta da colina com uma trêmula luminosidade amarela. Cerca de uma dúzia de vultos extremamente escuros e de peles muito lisas caminhavam por entre os rochedos e petrobulbos. Até seus dentes eram pretos.

Seeli choramingou e se apertou contra a mãe.

— Corram — disse Dalinar baixinho, erguendo o atiçador.

— Heb, eles...

— Corram!

— Tem mais deles na nossa frente!

Dalinar se virou e viu os vultos à frente. Praguejando, olhou ao redor.

— Lá — disse ele, apontando para uma formação rochosa próxima, alta e plana.

Ele empurrou Taffa adiante e ela começou a correr, com Seeli a reboque, seu vestido azul drapejando ao vento.

Como elas corriam mais depressa que ele, no estado em que se encontrava, chegaram ao rochedo primeiro. Taffa olhou para cima, como se considerasse escalar o rochedo. Mas era muito íngreme. Dalinar só queria alguma coisa sólida para proteger sua retaguarda. Subiu em uma plataforma rochosa na frente do rochedo e ergueu sua arma. As criaturas escuras se arrastavam cuidadosamente sobre as pedras. Conseguiria distraí-las enquanto as duas fugiam? Estava se sentindo tonto.

O que eu não daria pela minha Espada Fracta...

Seeli choramingou. Sua mãe tentou confortá-la, mas a voz lhe traía o nervosismo. Ela sabia. Sabia que aqueles odres de escuridão, aquelas personificações da noite, as rasgariam e as fariam em pedaços. Qual foi a palavra que ela usou? Desolação. O livro falava delas. As Desolações haviam acontecido durante a quase mítica era sombria, antes do início da verdadeira história. Antes que a humanidade derrotasse os Esvaziadores e levasse a guerra para os Salões Tranquilinos.

Os Esvaziadores. Seriam aquelas coisas? Mitos. Mitos que ganharam vida para matá-lo.

Várias das criaturas investiram contra eles. Mais uma vez, Dalinar sentiu a Euforia irromper dentro de si, dando-lhe forças para golpear a torto e a direito. As coisas pularam para trás, cautelosas, procurando fraquezas. Outras andavam de um lado para outro, farejando o ar. Queriam alcançar a mulher e a criança.

Dalinar se atirou contra elas e as forçou a recuar, sem saber de onde tirava forças. Uma delas se aproximou, e ele a golpeou, assumindo a Postura do Vento, que lhe era mais familiar, com seus golpes amplos, sua elegância.

Atingiu-a no flanco, mas duas outras pularam sobre ele por um dos lados e o atiraram sobre as pedras, enquanto suas garras lhe arranhavam as costas. Ele praguejou, rolou para um lado e socou uma delas, jogando-a para trás. Outra mordeu seu pulso e o fez largar o atiçador em uma pontada de dor. Ele gritou e socou mandíbula da coisa, que abriu a boca por reflexo e liberou sua mão.

Os monstros o cercavam. De algum modo, Dalinar se pôs de pé e cambaleou até o rochedo, onde se encostou. A mulher jogou a lâmpada sobre uma das criaturas, que se aproximara demais. O óleo se inflamou e se espalhou pelo chão. O fogo não pareceu perturbá-las.

O movimento de Taffa a fez perder o equilíbrio e deixou Seeli exposta. Um dos monstros a jogou no chão e outros se aproximaram — mas Dalinar saltou para perto dela e a abraçou, expondo as costas para os bichos. Um deles cortou sua pele com as garras.

Seeli choramingou, aterrorizada. Taffa gritou quando os monstros a subjugaram.

— Por que vocês estão me mostrando isso?! — berrou Dalinar para a noite. — Por que tenho que viver *esta* visão? Malditos sejam!

Garras dilaceravam suas costas. Mesmo se contraindo de dor, ele protegia Seeli com o corpo. Então, de alguma forma, conseguiu erguer a cabeça e olhar para o céu.

Viu uma brilhante luz azul descendo pelo ar.

Era como uma estrela cadente incrivelmente veloz. Dalinar soltou um grito quando a luz atingiu o solo, a pouca distância, rachando a pedra e espalhando lascas. O chão tremeu. As criaturas se imobilizaram.

Dalinar se virou para o lado, aturdido, e viu com espanto a luz se pôr de pé e mover os braços. Não era uma estrela. Era um homem — um homem em uma reluzente Armadura Fractal azul, segurando uma Espada Fractal. Lampejos de Luz das Tempestades se irradiavam de seu corpo.

Sibilando furiosamente, os monstros se atiraram contra ele, ignorando Dalinar, a mulher e a criança. O Fractário ergueu a espada, varreu com ela o espaço à sua frente e encarou o ataque.

Dalinar ficou encolhido, atônito. Aquele Fractário era diferente de todos os que já vira. Sua Armadura brilhava com uma luz azul uniforme e tinha glifos gravados no metal — alguns familiares, outros não —, que desprendiam um vapor azul.

Com movimentos fluidos e fazendo retinir a Armadura, o homem atacou os monstros. Quase sem esforço, cortou um deles ao meio, fazendo voar pedaços que soltavam fumaça preta.

Dalinar se arrastou até Taffa. Ela estava viva, embora seu dorso estivesse arranhado e esfolado. Seeli se agarrava a ela, chorando. *Preciso... fazer alguma coisa...* pensou ele, languidamente.

— Fiquem tranquilos — disse uma voz.

Com um sobressalto, Dalinar se virou e viu uma mulher ajoelhada a seu lado. Usava uma delicada Armadura Fractal e segurava uma coisa brilhante. Era uma bela armação de metal contendo um topázio e um berilo, cada qual do tamanho de um punho. A mulher tinha olhos castanho-claros que pareciam brilhar na noite, e não usava elmo. Seus cabelos estavam puxados para trás, formando um coque. Ela levantou a mão e tocou sua testa.

Dalinar sentiu um forte calafrio lhe percorrer o corpo. De repente, suas dores cessaram.

Em seguida, a mulher estendeu a mão e a encostou em Taffa, reconstituindo imediatamente o tecido de suas costas. O músculo afetado permaneceu como estava, mas um tecido novo *cresceu* onde nacos tinham sido arrancados. E a pele se juntou sem nenhuma falha. Usando um pano branco, a Fractária limpou o sangue e os fragmentos de carne que ainda recobriam o local

Taffa ergueu os olhos, assombrada.

— Você veio — murmurou ela. — Bendito seja o Todo-Poderoso.

A Fractária se levantou; sua armadura cintilava com uma luminosidade âmbar. Ela sorriu e estendeu a mão para o lado. Uma Espada Fractal se formou em sua mão enquanto ela corria para ajudar o companheiro.

Uma Fractária, pensou Dalinar. Ele nunca vira uma.

Ele se levantou. Sentia-se forte e saudável, como se tivesse acabado de despertar após uma boa noite de sono. Levantando o braço, puxou o curativo improvisado. Teve que limpar o sangue e um pouco da pele solta, mas a pele por baixo estava perfeitamente curada. Ele respirou fundo algumas vezes. Depois deu de ombros, pegou o atiçador e foi se juntar à luta.

— Heb? — gritou Taffa. — Você está louco?

Ele não respondeu. Não podia ficar de braços cruzados enquanto dois desconhecidos lutavam para protegê-lo. Havia dúzias daquelas criaturas.

Enquanto ele observava, uma delas golpeou o Fractário; sua garra penetrou na Armadura e a rachou. O perigo para os Fractários era real.

A Fractária se virou para Dalinar. Já estava usando o elmo. Quando o teria colocado? Ela pareceu surpresa ao vê-lo arremeter contra um dos monstros e o ferir com o atiçador. Assumindo a Postura da Fumaça, ele se defendeu do contra-ataque do bicho. Ela lançou um olhar para o companheiro e ambos formaram um triângulo com Dalinar, que ficou com a posição mais próxima à formação rochosa.

Com dois Fractários a seu lado, a luta se desenvolveu consideravelmente melhor do que na casa. Ele só conseguiu abater um dos bichos — eles eram rápidos, fortes, e ele estava lutando na defensiva, tentando distraí-los e aliviar a pressão sobre os Fractários. As criaturas não se retiraram. Continuaram a atacar até que a última delas foi cortada ao meio pela Fractária.

Dalinar abaixou o atiçador. Outras luzes haviam caído do céu — e continuavam a cair — na direção do vilarejo; presumivelmente, aqueles estranhos Fractários estavam aterrissando lá também.

— Bem — disse uma voz poderosa. — Devo dizer que nunca antes tive o prazer de lutar ao lado de um camarada munido de uma arma tão... pouco convencional.

Dalinar se virou e viu o Fractário olhando para ele. Para onde fora seu elmo? Com a Espada Fractal repousando no ombro, o homem inspecionava Dalinar com olhos de um azul brilhante, quase branco. Estariam aqueles olhos *irradiando* Luz das Tempestades? Ele tinha pele marrom-escura, como a de um makabakiano, e seus cabelos, cortados curtos, eram pretos e cacheados. Sua Armadura já não brilhava, embora um grande símbolo gravado na frente ainda emitisse uma fraca luminosidade azul.

Dalinar reconheceu o símbolo — o padrão específico do olho duplo estilizado, oito esferas conectadas, com duas no centro. Fora o símbolo dos Radiantes Perdidos, na época em que ainda eram chamados de Cavaleiros Radiantes.

A Fractária observava o vilarejo.

— Quem treinou você com a espada? — perguntou o cavaleiro.

Dalinar o olhou nos olhos, sem ter a menor ideia de como responder.

— Esse é meu marido, Heb, meu bom cavaleiro — disse Taffa, que se aproximava correndo, puxando a filha pela mão. — Pelo que sei, ele nunca viu uma espada.

— Suas posturas me são desconhecidas — disse o cavaleiro. — Mas são precisas e bem praticadas. Só se adquire esse nível de habilidade com anos de treinamento. Poucas vezes eu vi um homem, cavaleiro ou soldado, lutar tão bem.

Dalinar permaneceu em silêncio.

— Nenhuma resposta, pelo que estou vendo — disse o cavaleiro. — Muito bem. Mas se você quiser colocar em prática esse seu misterioso treinamento, venha para Urithiru.

— Urithiru? — disse Dalinar.

Já ouvira aquele nome em algum lugar.

— Sim — disse o cavaleiro. — Não posso lhe prometer uma posição em uma das ordens, essa decisão não é minha. Mas se sua habilidade com a espada for igual à sua habilidade com ferramentas para lareiras, tenho certeza de que encontrará um lugar entre nós. — Ele se virou para leste e observou o vilarejo. — Espalhem a notícia, sinais como esse não aparecem à toa. Uma Desolação está chegando. — Ele se virou para a companheira. — Vou para lá. Tome conta desses três e os conduza até o povoado. Não podemos deixá-los a sós com os perigos desta noite.

Sua companheira assentiu. A armadura do cavaleiro começou a brilhar levemente e ele se projetou no ar, como se estivesse caindo para cima. Dalinar recuou, assombrado, e observou a figura azulada subir, descrever um arco e descer no vilarejo.

— Venham — disse a mulher, com a voz ecoando de dentro do elmo, enquanto começava a descer a encosta rapidamente.

— Espere — disse Dalinar, correndo atrás dela.

Taffa pegou a filha no colo e os seguiu. Atrás deles, a fogueira minguava, já tendo consumido quase todo o óleo.

A Fractária afrouxou o passo para permitir que Dalinar a alcançasse.

— Eu preciso saber — disse Dalinar, sentindo-se um tolo. — Em que ano nós estamos?

A cavaleira se voltou para ele. Seu elmo desaparecera. Ele ficou confuso; quando aquilo acontecera? Ao contrário de seu companheiro, ela tinha pele clara — não tão clara quanto alguém de Shinovar, mas levemente bronzeada, como os alethianos.

— Estamos em 337 da Oitava Época.

Oitava Época?, pensou Dalinar. *O que isso significa?* Aquela visão vinha sendo bem diferente das outras, que, para começar, haviam sido mais curtas. E a voz que falava com ele... Onde estaria?

— Onde estou? — perguntou Dalinar. — Em que reino?

A cavaleira franziu a testa.

— Você não está curado?

— Estou bem. Eu só… preciso saber. Em que reino eu estou?

— Em Natanatan.

Dalinar deu um suspiro. *Natanatan*. As Planícies Quebradas ficavam em terras que antigamente eram chamadas de Natanatan. Um reino que caíra havia séculos.

— E vocês lutam pelo rei de Natanatan? — perguntou ele.

Ela riu.

— Os Cavaleiros Radiantes não lutam por nenhum rei, mas por todos os reis.

— Então onde vocês vivem?

— Nossas ordens estão centralizadas em Urithiru, mas nós moramos em diversas cidades de Alethela.

Dalinar gelou. Alethela. Era o antigo nome do lugar que se tornara Alethkar.

— Vocês atravessam as fronteiras dos reinos para lutar?

— Heb — disse Taffa, parecendo muito preocupada. — Antes de sair para procurar Seeli, você mesmo me prometeu que os Radiantes viriam nos proteger. Ainda está confuso? Nobre cavaleira, a senhora poderia curar meu marido de novo?

— Preciso poupar a Regeneração para outros feridos — respondeu a mulher, olhando para o vilarejo

Os combates pareciam estar esmorecendo.

— Eu estou bem — repetiu Dalinar. — Aleth… Alethela. Você mora lá?

— É nosso dever e nosso privilégio estar vigilantes contra a Desolação — disse a mulher. — Um reino estuda as artes da guerra para que outros tenham paz. Nós morremos para que vocês possam viver. Esse foi sempre o nosso lugar.

Dalinar permaneceu imóvel, refletindo sobre o que ouvira.

— Todos os que podem lutar são necessários — disse a mulher. — E todos os que *querem* lutar devem seguir para Alethela. A luta, mesmo essa luta contra as Dez Mortes, transforma as pessoas. Nós podemos ensinar você, para que isso não o destrua. Venha para nós.

Dalinar se viu aquiescendo.

— Todas as pastagens precisam de três coisas — continuou a mulher, sua voz diferente, como se estivesse fazendo uma citação. — Rebanhos para serem cuidados, pastores para cuidar dos rebanhos e guardas nas fronteiras. Nós, de Alethela, somos esses guardas… os guerreiros que oferecem proteção e lutam. Nós cultivamos as terríveis artes da morte e as transmitimos a outros quando chega a Desolação.

— A Desolação — disse ele. — Está falando dos Esvaziadores, certo? Foram eles que nós combatemos esta noite?

A cavaleira bufou com desdém.

— Esvaziadores? Esses? Não, esses eram Essências da Meia-Noite. A identidade de quem os liberou ainda é um mistério. — Ela olhou para o lado, com expressão distante. — Harkaylain disse que a Desolação está próxima, e ele não costuma errar. Ele...

De repente, um gritou ressoou na noite. A cavaleira praguejou e olhou na direção do som.

— Esperem aqui. Gritem se as Essências retornarem. Eu escutarei.

Ela mergulhou na escuridão.

Dalinar ergueu a mão, dividido entre a vontade de segui-la e a necessidade de proteger Taffa e a filha. *Pai das Tempestades!*, pensou ele, percebendo que haviam sido deixados na escuridão, agora que a cavaleira se fora com sua armadura luminosa.

Ele se virou para Taffa, que estava parada ao seu lado, parecendo estranhamente distraída.

— Taffa? — chamou ele.

— Sinto falta desta época — disse Taffa.

Dalinar teve um sobressalto. Aquela voz não era de Taffa. Era uma voz de homem, profunda e forte. Era a voz que falava com ele durante as visões.

— Quem é você? — perguntou.

— Antes eles eram unidos — disse Taffa, ou quem quer que fosse. — As ordens. Os homens. Havia problemas e discórdias, é claro. Mas havia foco.

Dalinar sentiu um calafrio. Alguma coisa naquela voz lhe parecia levemente familiar. Desde a primeira visão.

— Por favor. Você precisa me explicar o que está acontecendo, por que está me mostrando essas coisas. Quem é você? Algum servidor do Todo-Poderoso?

— Eu queria poder ajudar — disse Taffa, olhando para ele, mas ignorando perguntas. — Você tem que uni-los.

— Você já disse isso! Mas eu preciso de ajuda. As coisas que a cavaleira disse sobre Alethkar... São verdadeiras? Nós podemos voltar a ser assim?

— Falar do que pode acontecer é proibido — disse a voz. — Falar do que passou depende da perspectiva. Mas vou tentar ajudar.

— Então me dê algo mais do que respostas vagas!

Taffa olhou para ele com ar sombrio. De algum modo, contando apenas com a luz das estrelas, ele conseguia discernir seus olhos castanhos. Havia algo profundo, algo intimidante por trás deles.

— Pelo menos me responda uma coisa… — disse Dalinar, tentando encontrar uma pergunta específica. — Eu tenho confiado no Grão-príncipe Sadeas, mas meu filho, Adolin, acha que isso é tolice. Devo continuar a confiar em Sadeas?

— Sim. Isso é importante. Não deixe a discórdia consumir você. Seja forte. Aja com honra e a honra o ajudará.

Finalmente, pensou Dalinar. *Alguma coisa concreta.*

Ele ouviu vozes. A paisagem escura ao redor se tornou vaga.

— Não! — Ele estendeu a mão para Taffa. — Não me mande de volta ainda. O que eu devo fazer a respeito de Elhokar e da guerra?

— Eu vou lhe dar o que puder. — A voz se tornava cada vez mais indistinta. — Sinto muito por não poder dar mais.

— Que resposta é essa? — gritou Dalinar, estremecendo e se debatendo.

Mãos o seguravam. De onde teriam surgido? Ele praguejou e se contorceu, tentando escapar.

Depois se imobilizou. Estava no barracão das Planícies Quebradas. Uma chuva suave tamborilava no teto. O pior da tempestade já passara. Alguns soldados seguravam Dalinar contra o chão, enquanto Renarin o observava com ar preocupado.

Dalinar permaneceu imóvel, de boca aberta. Estivera gritando. Os soldados pareciam constrangidos, se entreolhando, sem o encarar. Se as coisas haviam se desenrolado como antes, ele representara seu papel na visão, murmurando e se debatendo.

— Estou consciente agora — disse ele. — Já podem me soltar.

Renarin fez um sinal com a cabeça e, com alguma hesitação, os homens o soltaram. Renarin gaguejou algumas desculpas, dizendo a eles que seu pai estava simplesmente ansioso para lutar, mas não pareceu muito convincente.

Dalinar se retirou para os fundos do barracão e se sentou sobre o piso, entre dois sacos de dormir enrolados. Respirou fundo e começou a refletir. Ele acreditava nas visões, mas sua vida nos acampamentos de guerra já andava bastante difícil ultimamente, mesmo sem as pessoas o tomarem por louco.

Aja com honra e a honra o ajudará.

A visão lhe dissera para confiar em Sadeas. Mas ele jamais conseguiria explicar isso a Adolin — o filho não só odiava Sadeas como também achava que as visões eram delírios. A única coisa a fazer era continuar agindo como sempre.

E encontrar um modo de convencer os grão-príncipes a trabalharem juntos.

SETE ANOS ANTES

— Eu posso salvá-la — disse Kal, tirando a camisa.

A criança tinha apenas cinco anos. Caíra de uma grande altura.

— Posso salvá-la.

Ele estava murmurando. Uma multidão havia se reunido. O Luminobre Wistiow falecera havia dois meses e eles ainda não tinham um novo senhor da cidade. Kal mal vira Laral durante aquele tempo.

Ele só tinha 13 anos, mas fora bem treinado. O perigo imediato era a perda de sangue; a perna da criança se quebrara, uma fratura exposta, que sangrava no lugar em que o osso atravessara a pele. Ao pressionar os dedos sobre o ferimento, Kal percebeu que suas mãos estavam tremendo. O osso quebrado estava escorregadio, mesmo na extremidade fraturada. Quais artérias teriam sido rompidas?

— O que você está fazendo com minha filha? — O grandalhão Harl abriu caminho entre os curiosos. — Seu crenguejo, seu refugo de tempestade! Não toque na Miasal! Não...

Harl se interrompeu quando alguns homens o puxaram para trás. Sabiam que Kal — que passara ali por acaso — era a melhor esperança da menina. Alim já fora chamar o pai do garoto.

— Eu posso salvá-la.

A menina estava com o rosto pálido e não se movia. Aquele ferimento na cabeça, talvez...

Não posso pensar nisso. Uma das artérias da perna fora seccionada. Ele usara a própria camisa para fazer um torniquete e estancar a hemorragia, mas um pouco de sangue ainda escapava. Com os dedos ainda pressionando o corte, ele gritou:

— Fogo! Preciso de fogo! Depressa! E alguém me dê uma camisa!

Vários homens acorreram, enquanto Kal levantava a perna da garota. Um deles se apressou em lhe entregar a camisa. Kal sabia onde apertar para bloquear a artéria; o torniquete escorregava, mas seus dedos, não. Ele manteve a artéria fechada, pressionando a camisa sobre o ferimento, até que Valama apareceu com uma vela acesa.

Eles já haviam aquecido uma faca. Ótimo. Kal pegou a lâmina e a pressionou no ferimento, liberando um cheiro penetrante e pungente de carne queimada — que uma leve brisa levou para longe.

As mãos de Kal pararam de tremer. Ele *sabia* o que fazer. Movendo-se com uma perícia que surpreendeu a si mesmo, executou a cauterização com segurança cada vez maior, à medida que seu treinamento assumia o controle. Ainda precisaria suturar a artéria, pois a cauterização podia não ser suficiente para uma artéria tão importante. Mas os dois procedimentos, em conjunto, deviam funcionar.

Quando terminou, o sangramento havia cessado. Com um sorriso, ele se sentou no chão. De repente, notou que o ferimento na cabeça de Miasal também não estava sangrando. E o peito dela não se movia.

— Não! — Harl caiu de joelhos. — Não! Faça alguma coisa!

— Eu… — disse Kal.

Ele tinha estancado a hemorragia. Ele tinha…

Ele tinha perdido a menina.

Não soube o que dizer, como reagir. Uma náusea profunda e horrível se abateu sobre ele. Harl o empurrou para o lado, uivando. Kal caiu para trás. Percebeu que estava tremendo de novo enquanto observava Harl abraçar o cadáver.

Ao redor, a multidão guardava silêncio.

UMA HORA DEPOIS, KAL se encontrava sentado nos degraus diante da sala de cirurgia, chorando. Seu luto era uma sensação delicada. Um tremor. Algumas lágrimas persistentes lhe escorrendo pelo rosto.

Ele abraçou os joelhos, pensando em como parar de sofrer. Haveria algum unguento para afastar aquela dor? Um curativo para deter o fluxo de lágrimas? Ele deveria ter sido capaz de *salvar* a menina.

Passos se aproximaram e uma sombra se projetou sobre ele. Lirin se ajoelhou a seu lado.

— Inspecionei seu trabalho, filho. Você se saiu bem. Estou orgulhoso.

— Eu falhei — murmurou Kal.

Suas roupas estavam manchadas de sangue. Antes, quando lavara as mãos, o sangue saíra escarlate. Mas uma tonalidade marrom-avermelhada impregnava suas roupas.

— Conheço homens que praticaram muitas horas e mesmo assim ficaram paralisados quando se viram diante de uma pessoa ferida. A coisa é mais difícil quando nos pega de surpresa. *Você* não ficou paralisado, foi até ela e a socorreu. E fez isso muito bem.

— Eu não quero ser cirurgião — disse Kal. — Sou péssimo nisso.

Lirin suspirou e sentou-se.

— Kal, isso acontece. É uma pena, mas você não poderia ter feito mais. Era um corpo pequeno e perdeu sangue muito rapidamente.

Kal não respondeu.

— Você tem que aprender quando deve se preocupar, filho — disse Lirin suavemente. — E quando deve esquecer. Você vai aprender. Eu tive problemas parecidos quando era mais novo. Você vai criar calos.

E isso é bom?, pensou Kal, enquanto outra lágrima deslizava por seu rosto. *Você tem que aprender quando deve se preocupar... e quando deve esquecer...*

Ao longe, Harl continuava a uivar.

21

POR QUE OS HOMENS MENTEM

Basta olhar para o desfecho da breve visita que ele fez a Sel para ver a prova do que estou dizendo.

KALADIN NÃO QUERIA ABRIR os olhos. Se os abrisse, estaria acordado. E, se estivesse acordado, aquelas dores — a queimação em seu flanco, a dor nas pernas, o latejar surdo nos braços e ombros — não seriam apenas um pesadelo. Seriam reais. E seriam dele.

Abafou um gemido e rolou para o lado. Tudo doía. Cada extensão de músculo, cada centímetro de pele. Seu coração palpitava. Parecia que até seus *ossos* doíam. Ele queria permanecer imóvel e dolorido até que Gaz se visse forçado a puxá-lo para fora pelos tornozelos. Isso seria fácil. Será que ele não merecia fazer algo fácil, pelo menos uma vez?

Mas não podia. Parar de se movimentar, desistir, seria o mesmo que morrer, e ele não podia deixar que isso acontecesse. Já tomara sua decisão. Ajudaria os carregadores de pontes.

Maldito seja, Hav, pensou ele. *Você consegue me chutar para fora do beliche mesmo agora.* Ele afastou a manta e se levantou com dificuldade. A porta do barracão estava aberta, para permitir a entrada de ar fresco.

Sentiu-se pior em pé, mas a vida de um carregador de pontes não lhe dava tempo para se recuperar. Era aguentar ou ser esmagado. Ele aprumou o corpo e apoiou a mão na parede anormalmente lisa — Transmutada — do barracão. Respirando fundo, atravessou o recinto. Estranhamente, alguns dos homens já estavam acordados e sentados. Em silêncio, observaram Kaladin.

Eles estavam esperando, percebeu Kaladin. *Para ver se eu ia me levantar.*

Ele encontrou os três feridos no lugar em que os deixara, em frente ao barracão. Ao inspecionar Leyten, ficou surpreso. O homem ainda estava vivo. Sua respiração era superficial, seu pulso estava fraco e ele tinha ferimentos graves, mas estava vivo.

Não permaneceria assim por muito tempo, no entanto, sem um antisséptico. Nenhum dos ferimentos parecia ter sido infeccionado por esprenos de putrefação, mas era questão de tempo naquelas paragens sujas. Ele precisava dos unguentos do apotecário. Como os conseguiria?

Kaladin inspecionou os outros dois. Hobber sorria abertamente. Era um sujeito magro, de rosto redondo e cabelos pretos. Faltava-lhe um dente.

— Obrigado. Obrigado por me salvar.

Kaladin grunhiu e examinou a perna do homem.

— Você vai ficar bom, mas não vai poder caminhar durante algumas semanas. Vou trazer comida do refeitório para você.

— Obrigado — sussurrou Hobber, pegando a mão de Kaladin e a apertando. Parecia estar prestes a chorar.

Aquele sorriso afastou a melancolia, fez as dores e o mal-estar esmorecerem. O pai de Kaladin já havia descrito aquele tipo de sorriso. Se não fora o motivo pelo qual Lirin se tornara cirurgião, era o motivo pelo qual permanecera na profissão.

— Descanse — disse Kaladin. — E mantenha esse ferimento limpo. Não queremos atrair esprenos de putrefação. Me avise se vir algum. Eles são pequenos e vermelhos, parecem insetos minúsculos.

Hobber anuiu entusiasticamente, e Kaladin passou para Dabbid. O jovem carregador estava como no dia anterior, olhando para frente com um olhar desfocado.

— Ele estava sentado desse jeito quando eu dormi, senhor — disse Hobber. — É como se não tivesse se mexido a noite inteira. Me dá até calafrios.

Kaladin estalou os dedos diante dos olhos de Dabbid, que se sobressaltou, fixou o olhar nos dedos e os seguiu quando Kaladin moveu a mão.

— Ele levou uma pancada na cabeça, eu acho — disse Hobber.

— Não — disse Kaladin. — É trauma de guerra. Vai passar.

Eu espero.

— Se o senhor diz... — comentou Hobber, coçando o lado da cabeça.

Kaladin se levantou e escancarou a porta, iluminando o recinto. O dia estava claro, com o sol ligeiramente acima do horizonte. Já se ouviam sons no acampamento — um ferreiro madrugador, malhando o metal. Chules urravam nos estábulos. O ar estava fresco, até frio, agarrando-se aos vestígios da noite. Tinha um aroma límpido. Clima de primavera.

Você se levantou, disse Kaladin a si mesmo. *Pode muito bem prosseguir*. Ele se forçou a sair e fazer os alongamentos, com o corpo reclamando a cada movimento. Depois examinou a própria ferida. Não estava tão mal, embora uma infecção pudesse agravá-la.

Que os ventos tormentosos levem aquele apotecário!, pensou ele, pegando uma concha de água no barril dos carregadores e lavando o ferimento com ela.

Logo lamentou ter praguejado contra o idoso apotecário. O que o homem podia fazer? Dar o antisséptico sem cobrar? Ele devia praguejar contra o Grão-príncipe Sadeas, que era o responsável pelo ferimento; e fora quem proibira o dispensário dos cirurgiões de doar medicamentos aos carregadores de pontes, escravos e criados de nans inferiores.

Quando terminou os alongamentos, um punhado de carregadores que haviam se levantado para beber água estava junto ao barril, observando-o.

Só havia uma coisa a fazer. Cerrando os dentes, ele foi até a serraria e localizou a prancha que usara no dia anterior. Como os carpinteiros ainda não a haviam incluído na ponte que estavam construindo, ele a pegou e voltou para a área dos barracões. Começou então a treinar do mesmo modo que no dia anterior.

Não conseguiu ser tão rápido. Na verdade, durante a maior parte do tempo, só conseguiu caminhar. Mas enquanto se exercitava, suas dores diminuíram. Sua dor de cabeça esmoreceu. Seus pés e ombros ainda doíam, e ele sentia uma exaustão insistente. Mas não passou a vergonha de cair.

Durante o treino, ele passou diante dos barracões dos outros carregadores. Mal era possível distinguir aqueles homens dos da Ponte Quatro. Os mesmos coletes escuros manchados de suor sobre troncos nus ou camisas frouxas. Havia alguns estrangeiros — thaylenos e vedenos, na maioria das vezes. Mas se igualavam no aspecto desmazelado, nos rostos barbudos e nos olhares assombrados. Alguns indivíduos o olhavam com hostilidade. Estariam receosos de que seus treinos fossem incentivar que os outros chefes de ponte os obrigassem a treinar também?

Kaladin esperava que alguns carregadores da Ponte Quatro se juntassem a ele em seus exercícios. Afinal, eles o haviam obedecido durante a batalha, e até o ajudaram a cuidar dos feridos. Sua esperança foi em vão. Alguns carregadores o observavam, outros o ignoravam. Ninguém se envolveu.

Após algum tempo, Syl pousou na extremidade da prancha, como uma rainha em seu palanquim.

— Estão falando de você — disse ela quando ele passou de novo pelo barracão da Ponte Quatro.

— Não me surpreende — disse Kaladin, entre arquejos.

— Alguns acham que você enlouqueceu. Como aquele homem que só fica sentado olhando para o chão. Disseram que a tensão da batalha afetou sua mente.

— Talvez eles tenham razão. Eu não tinha pensado nisso.

— O que *é* loucura? — perguntou ela, sentada com uma das pernas contra o peito, enquanto sua vaporosa saia esvoaçava ao redor de sua panturrilhas e desaparecia em bruma.

— É quando os homens não pensam direito — respondeu Kaladin, feliz com a distração daquela conversa.

— Parece que os homens *nunca* pensam direito.

— A loucura é pior do que o estado normal — disse Kaladin, sorrindo. — Na verdade, depende das pessoas ao redor. Até que ponto você é diferente delas? A pessoa que se destaca é louca, eu acho.

— Então as pessoas... votam para decidir? — perguntou ela, fazendo uma careta.

— Bem, não de forma tão ativa. Mas a ideia é essa.

Ela permaneceu pensativa por mais algum tempo.

— Kaladin, por que os homens mentem? Eu entendi o que são as mentiras, mas não sei *por que* as pessoas mentem.

— Muitas razões — disse Kaladin, limpando o suor da testa com a mão livre, depois usando-a para equilibrar a prancha.

— Seria loucura?

— Não sei se eu diria isso. Todo mundo mente.

— Talvez todos vocês sejam loucos.

Ele riu.

— Sim, talvez.

— Mas se todo mundo mente — disse ela, apoiando a cabeça no joelho —, então aquele que não mente é o único louco, certo? Não foi o que você disse antes?

— Foi, mas não acho que exista por aí alguma pessoa que nunca mentiu.

— Dalinar.

— Quem?

— O tio do rei — disse Syl. — Todo mundo diz que ele nunca mente. Até os carregadores da Ponte Quatro falam sobre isso, de vez em quando.

É verdade. O Espinho Negro. Kaladin ouvia falar dele desde garoto.

— Ele é um olhos-claros. Isso significa que ele mente.

— Mas...

— Eles são todos iguais, Syl. Quanto mais nobres parecem, mais corruptos são por dentro. É tudo hipocrisia.

Ele ficou em silêncio, surpreso com a veemência de seu ressentimento. *Raios o partam, Amaram. Você fez isso comigo.* Ele já havia se queimado demais para confiar nas chamas.

— Eu não acho que os homens sejam sempre assim — disse ela, com ar distraído, uma expressão distante no rosto. — Eu...

Kaladin esperou que ela continuasse, mas ela não o fez. Ele passou pelos homens da Ponte Quatro novamente; muitos deles descansavam, encostados à parede do barracão, esperando que a sombra da tarde viesse cobri-los. Raramente esperavam do lado de dentro. Talvez fosse deprimente permanecer confinado o dia inteiro, até para carregadores de pontes.

— Syl? — disse ele, por fim. — Você ia dizer alguma coisa?

— Acho que já ouvi homens falarem a respeito de uma época em que não havia mentiras.

— Existem histórias sobre as Épocas dos Arautos, quando os homens eram regidos pela honra. Mas as pessoas estão sempre falando sobre tempos supostamente melhores. É só observar. Um homem se junta a um novo pelotão de soldados e a primeira coisa que faz é falar sobre como o seu antigo pelotão era maravilhoso. Nós nos lembramos dos tempos bons e dos tempos ruins e nos esquecemos que, na maioria das vezes, os tempos não são bons nem ruins. Apenas são.

Ele começou a trotar. O sol estava cada vez mais quente, mas queria se mover.

— As histórias provam isso — prosseguiu ele, bufando. — O que aconteceu com os Arautos? Eles nos abandonaram. O que aconteceu com os Cavaleiros Radiantes? Caíram em desgraça. O que aconteceu com os Reinos de Época? Desmoronaram quando a igreja tentou assumir o poder. Não se pode confiar em ninguém que tenha poder, Syl.

— O que se pode fazer, então? Não ter líderes?

— Não. Dar o poder aos olhos-claros e deixar que o poder os corrompa. E depois tentar ficar o mais longe possível deles. — Suas palavras lhe pareceram vazias.

O que *ele* conseguira se mantendo longe dos olhos-claros? Parecia sempre em meio a eles, atolado nos lamaçais que criavam com seus complôs, manobras e cobiça.

Syl permaneceu em silêncio. Depois do último percurso, Kaladin decidiu interromper seus exercícios. Não podia correr o risco de se esgotar de novo. Foi então devolver a prancha. Os carpinteiros coçaram a cabeça, mas não reclamaram. Ao retornar à área dos carregadores, notou que um pequeno grupo — incluindo Rocha e Teft — estava conversando e olhando para ele.

— Sabe, falar com você provavelmente não melhora em nada a minha reputação de maluco — disse ele a Syl.

— Vou tentar parar de ser tão interessante — disse ela, pousando no ombro dele.

Ela botou as mãos na cintura, depois se sentou sorridente, obviamente satisfeita com seu comentário.

Antes que pudesse retornar ao barracão, Kaladin viu que Gaz atravessava a serraria às pressas e se encaminhava em sua direção.

— Você! — disse ele, apontando para Kaladin. — Espere um pouco.

Kaladin parou e o aguardou de braços cruzados.

— Tenho notícias para você — disse Gaz, estreitando o único olho. — O Luminobre Lamaril ouviu falar do que você fez com os feridos.

— Como?

— Raios, garoto! Você achou que as pessoas não iam comentar? O que você pretendia fazer? Esconder três homens no meio do resto?

Kaladin respirou fundo, mas se conteve. Gaz tinha razão.

— Certo. Mas que importância tem isso? Nós não atrasamos o exército.

— Pois é — disse Gaz. — Mas Lamaril não gosta muito da ideia de pagar e alimentar carregadores que não possam trabalhar. Ele levou o assunto ao Grão-príncipe Sadeas e sugeriu que você fosse pendurado.

Kaladin sentiu um calafrio. Ser "pendurado" significava ser deixado ao relento sob uma grantormenta, para que o Pai das Tempestades o julgasse. Era praticamente uma sentença de morte.

— E então?

— O Luminobre Sadeas não permitiu que ele fizesse isso — disse Gaz.

O quê? Será que julgara mal Sadeas? Mas não. Aquilo devia ser parte do roteiro.

— O Luminobre Sadeas — disse Gaz, com ar sombrio — disse a Lamaril que deixasse você cuidar dos homens, mas proibiu que eles recebam comida e pagamento enquanto não puderem trabalhar. Disse que isso mostraria por que ele é obrigado a deixar carregadores para trás.

— Aquele crenguejo — murmurou Kaladin.

Gaz empalideceu.

— Shhh. É do grão-príncipe que você está falando, garoto! — Ele olhou ao redor para verificar se alguém estava à escuta.

— Ele está tentando fazer dos meus homens um exemplo — disse Kaladin. — Quer que os outros carregadores vejam os feridos sofrendo e passando fome. Quer mostrar que está fazendo uma *caridade* ao deixar os feridos para trás.

— Bem, talvez ele tenha razão.

— Isso é cruel — disse Kaladin. — Ele traz de volta os soldados feridos. Deixa os carregadores para trás porque é mais barato encontrar novos escravos do que cuidar de escravos feridos.

Gaz não respondeu.

— Obrigado por me trazer a notícia.

— Notícia? — vociferou Gaz. — Eu fui enviado para lhe dar ordens, fidalgote. Não tente pegar comida extra no refeitório para os seus feridos, pois não vai conseguir. — Dito isso, ele se afastou, resmungando consigo mesmo.

Kaladin voltou para o barracão. *Pai das Tempestades!* Onde conseguiria comida suficiente para alimentar três homens? Podia dividir suas próprias refeições com eles, mas os carregadores só recebiam comida suficiente para se manterem nutridos; não havia nenhum excesso. Alimentar um homem só já seria difícil. Dividir suas refeições por quatro deixaria os feridos fracos demais para se recuperarem e ele, fraco demais para carregar a ponte. E ele *ainda* precisava obter antissépticos! Esprenos de putrefação e doenças matavam mais homens em uma guerra do que os inimigos.

Kaladin se aproximou dos homens que espaireciam perto do barracão, quase todos entretidos com a habituais atividades dos carregadores: deitar-se no chão e olhar sem ânimo para o céu, sentar-se no chão e olhar sem ânimo para os pés, ou permanecer de pé e olhar sem ânimo para o horizonte. A Ponte Quatro não teria plantão naquele dia e eles não teriam trabalhos internos até o terceiro sino da tarde.

— Gaz disse que nossos feridos não receberão comida nem pagamento até se recuperarem — disse Kaladin.

Alguns dos homens — Sigzil, Peet e Koolf — assentiram, como se já esperassem aquela notícia.

— O Grão-príncipe Sadeas quer nos fazer de exemplo. Quer *provar* que não vale a pena curar carregadores, e para isso vai deixar que Hobber, Leyten e Dabbid morrerem de uma forma lenta e dolorosa. — Kaladin respirou fundo. — Eu quero juntar nossos recursos para comprar remédios e conseguir comida para os feridos. Nós poderemos manter esses três vivos se alguns de nós dividirmos nossas refeições com eles. E vamos precisar de mais ou menos umas vinte claretas para comprar os remédios e suprimentos certos. Quem tem alguma coisa que possa compartilhar?

Os homens o olharam fixamente, então Moash começou a rir. Outros se juntaram a ele. Depois se dispersaram, com gestos de desdém, deixando Kaladin com a mão estendida.

— Na próxima vez podem ser vocês! — gritou ele. — O que vocês fariam se precisassem de tratamento?

— Eu morreria — disse Moash, sem se dar ao trabalho de olhar para trás. — No campo, rapidamente, em vez de morrer aqui, aos poucos.

Kaladin abaixou a mão e suspirou. Ao se virar, quase esbarrou em Rocha. De pé, com os braços cruzados, o alto e corpulento papaguampas parecia uma estátua de bronze. Kaladin olhou para ele, esperançoso.

— Não tenho mais nenhuma esfera — disse Rocha, com um grunhido. — Já gastei tudo.

— De qualquer forma, não teria adiantado. Só nós dois não teríamos como comprar os medicamentos.

— Eu vou doar um pouco de comida — rosnou Rocha.

Kaladin olhou para ele, surpreso.

— Mas só para aquele homem com a flecha na perna — disse Rocha, ainda com os braços cruzados.

— Hobber?

— Sei lá qual é o nome dele — respondeu Rocha. — Ele parece que pode melhorar. O outro vai morrer. Com certeza. E eu não tenho nenhuma piedade por um homem que fica sentado sem fazer nada. Para o outro, você pode contar com a minha comida. Parte dela.

Kaladin sorriu, ergueu a mão e apertou o braço do homem.

— Obrigado.

Rocha deu de ombros.

— Você ficou com o meu lugar. Se não fosse isso, eu estaria morto.

Kaladin sorriu diante desse raciocínio.

— Eu não morri, Rocha. Você estaria vivo.

Rocha balançou a cabeça.

— Eu estaria morto. Tem alguma coisa estranha em você. Todos os homens já notaram, mesmo que não queiram falar disso aí. Eu olhei o lugar que você ocupou na ponte. As flechas acertaram todos os lugares em volta; ao lado da cabeça, ao lado das mãos. Mas não acertaram você.

— Sorte.

— Isso aí não existe. — Rocha olhou para o ombro de Kaladin. — Além disso, tem esse *mafah'liki* que está sempre seguindo você. — O enorme papaguampas fez uma respeitosa mesura para Syl e depois fez um estranho gesto, tocando o próprio ombro e a testa.

Kaladin teve um sobressalto.

— Você a *vê*?

Ele olhou para Syl. Sendo um espreno de vento, ela podia aparecer para quem escolhesse, o que geralmente significava apenas Kaladin.

Syl parecia espantada. Não, ela não aparecera para Rocha especificamente.

— Eu sou *alaii'iku* — disse Rocha.

— Isso significa...?

Rocha fez uma carranca.

— Terrabaixistas bêbados de ar. Vocês não sabem nada que preste? De qualquer jeito, você é especial. A Ponte Quatro perdeu oito carregadores ontem, contando os três feridos.

— Eu sei — disse Kaladin. — Eu quebrei minha promessa. Disse que não ia perder nenhum.

Rocha riu ironicamente.

— Nós somos carregadores de pontes. Nós morremos. É assim que isso aí funciona. Daria no mesmo você prometer que faria as luas se juntarem! — O homenzarrão se virou e apontou para um dos outros barracões. — Das pontes que foram atacadas, a maioria perdeu muitos homens. Cinco pontes caíram. Cada uma perdeu mais de vinte homens, e os soldados tiveram que ajudar a carregar as pontes de volta. A Ponte Dois perdeu onze homens, e nem foi alvo das flechas.

Ele se virou de novo para Kaladin.

— A Ponte Quatro perdeu oito. Oito homens durante uma das piores incursões da estação. E talvez você consiga salvar dois deles. A Ponte Quatro foi a que perdeu menos homens, entre as pontes que os parshendianos tentaram derrubar. A Ponte Quatro *nunca* é a que perde menos homens. Todo mundo sabe disso aí.

— Sorte...

Rocha o interrompeu, apontando um grosso dedo para ele.

— Terrabaixista bêbado de ar.

Fora apenas sorte. Mas, bem, Kaladin podia aceitar o fato como a pequena bênção que fora. Não havia sentido em discutir com alguém que finalmente decidira ouvi-lo.

Mas um homem só não era o bastante. Mesmo que ele e Rocha reduzissem suas rações pela metade, um dos feridos passaria fome. Kaladin precisava de esferas. Precisava desesperadamente de esferas. Mas era um escravo; a maior parte dos meios de se ganhar dinheiro era ilegal para ele. Se ao menos tivesse alguma coisa para vender... Mas não possuía nada. Ele...

Um pensamento lhe ocorreu.

— Venha — disse ele, começando a se afastar do barracão.

Rocha o acompanhou, curioso. Kaladin percorreu a serraria até encontrar Gaz, que conversava com um chefe de ponte em frente ao barracão da Ponte Três. Como já estava se tornando comum, Gaz empalideceu quando Kaladin se aproximou, e fez menção de fugir.

— Gaz, espere! — disse Kaladin, levantando a mão. — Tenho uma proposta para lhe fazer.

O sargento de pontes se imobilizou. Ao seu lado, o chefe da Ponte Três fechou a cara. De repente, a maneira como os outros carregadores de pontes vinham tratando Kaladin fez sentido. Estavam incomodados com o fato de que a Ponte Quatro saíra de uma batalha em tão boas condições. A Ponte Quatro tinha fama de ter má sorte. Todos precisavam de alguém que pudessem olhar de cima — e as outras equipes de ponte tinham o pequeno consolo de não estarem na Ponte Quatro. Kaladin invertera a ordem das coisas.

O chefe da Ponte Três, dono de uma barba escura, retirou-se, deixando Kaladin e Rocha a sós com Gaz.

— O que vai oferecer dessa vez? — perguntou Gaz. — Esferas foscas?

— Não — disse Kaladin, pensando rápido. Aquilo teria que ser tratado com *muito* cuidado. — Estou sem esferas. Mas não podemos continuar assim, com você me evitando e os outros chefes de ponte me odiando.

— Não sei o que posso fazer a esse respeito.

— Vou lhe dizer — respondeu Kaladin, como se subitamente tivesse tido uma ideia. — Tem alguma equipe destacada para recolher pedras hoje?

— Tem — disse Gaz, apontando por cima do ombro. — A Ponte Três. Bussik estava tentando me convencer de que a equipe dele está fraca demais para ir. Tormentas me levem, mas eu acredito nele. Perdeu dois terços dos homens ontem e eu é que vou levar uma bronca quando eles não conseguirem recolher pedras suficientes para bater a quota.

Kaladin sorriu solidariamente. Aquele era um dos trabalhos menos desejáveis que havia; era preciso sair do acampamento e encher vários carroções com pedras grandes. Eram essas pedras que, transformadas em grãos pelos Transmutadores, alimentavam os exércitos. Só que — por motivos que só os próprios Transmutadores conheciam — a tarefa era mais fácil com pedras grandes e soltas. Então os homens as catavam. Recolhê-las era um trabalho estafante e tedioso. Perfeito para carregadores de pontes.

— Por que você não envia outra equipe? — perguntou Kaladin.

— Ora, você sabe o problema que isso dá. Se acharem que estou favorecendo alguma equipe, vou ouvir reclamações para sempre.

— Ninguém vai reclamar se você passar esse trabalho para a Ponte Quatro.

Gaz olhou para ele, semicerrando o único olho.

— Pensei que você não fosse gostar de ser tratado de forma diferente.

— Deixe esse trabalho comigo — disse Kaladin, fazendo uma careta. — Só dessa vez. Escute, Gaz, não quero passar o resto do meu tempo aqui discutindo com você.

Gaz hesitou.

— Seus homens vão ficar furiosos. Não quero que eles pensem que a ideia foi minha.

— Vou dizer a eles que foi minha.

— Tudo bem, então. No terceiro sino, estejam no posto de controle a oeste. A Ponte Três pode lavar as panelas.

Ele se afastou às pressas, como que para se safar antes que Kaladin mudasse de ideia.

Rocha se postou ao lado de Kaladin.

— Você sabe que o homenzinho tem razão. Os homens vão *odiar* você por causa disso. Estão esperando um dia tranquilo.

— Eles vão superar.

— Mas por que mudar para um trabalho mais duro? É verdade... você é louco, não é?

— Talvez. Mas essa loucura vai nos tirar do acampamento.

— E qual a vantagem disso?

— Significa tudo — disse Kaladin. — Significa a vida e a morte. Mas vamos precisar de mais ajuda.

— Outra equipe de ponte?

— Não. Quero dizer que nós, você e eu, vamos precisar de ajuda. Mais um homem, pelo menos.

Ele observou o pátio e se concentrou em uma figura sentada à sombra do barracão da Ponte Quatro. Teft. O grisalho carregador não estava no grupo que rira de Kaladin mais cedo. Mas fora muito útil no dia anterior, ajudando Rocha a carregar Leyten.

Kaladin respirou fundo e atravessou o pátio, seguido por Rocha. Syl decolou de seu ombro e zuniu no ar, dançando em uma súbita rajada de vento. Teft levantou os olhos quando Kaladin e Rocha se aproximaram. O homem mais velho fora buscar seu desjejum e estava comendo sozinho, segurando um pedaço de pão por baixo da tigela.

Com a barba manchada de ensopado, ele fitou Kaladin com cuidado antes de limpar a boca com a manga da camisa.

— Faço questão da minha comida, filho — disse ele. — Eles não dão o suficiente nem para um homem. Imagine dois.

Kaladin se agachou na frente dele. Rocha se encostou à parede e cruzou os braços, observando em silêncio.

— Preciso de você, Teft — disse Kaladin.

— Eu já falei...

— Não estou falando da sua comida. Estou falando de você. De sua lealdade.

O homem mais velho continuou a comer. Assim como Rocha, ele não tinha marcas de escravo. Kaladin não conhecia a história deles. Só sabia que aqueles homens o haviam ajudado quando outros se recusaram. Ainda não estavam completamente derrotados.

— Teft... — começou Kaladin.

— Eu já ofereci minha lealdade antes — disse Teft. — Muitas vezes. O resultado é sempre o mesmo.

— Já traíram sua confiança? — perguntou Kaladin calmamente.

Teft bufou.

— Pelas tormentas, não. *Eu* é que traí a confiança. Você não pode confiar em mim, filho. Meu lugar é aqui, como carregador de pontes.

— Eu precisei de você ontem e você me impressionou.

— Puro acaso.

— Eu decido isso — disse Kaladin. — Teft, todos nós fracassamos, de um modo ou de outro. Ou não seríamos carregadores de pontes. Eu falhei. Meu próprio irmão morreu por minha culpa.

— Então por que continuar se importando?

— É isso ou desistir e morrer.

— E se a morte for melhor?

Tudo sempre retornava a esse problema. Era por aquela razão que os carregadores não se importavam em ajudar os feridos.

— A morte não é melhor — disse Kaladin, olhando Teft nos olhos.

— Ah, é fácil dizer isso agora. Mas quando você está à beira do abismo e olha para as profundezas escuras, você muda de ideia. Como Hobber. Como eu. — Ele hesitou, vendo alguma coisa nos olhos do homem. — E acho que você também já passou por isso.

— É — disse Teft, baixinho. — É, já passei.

— Então, você está conosco? — perguntou Rocha, agachando-se.

Conosco?, pensou Kaladin, com um leve sorriso.

Teft olhou de um para outro.

— Posso ficar com a minha comida?

— Pode — disse Kaladin.

Teft deu de ombros.

— Está bem, então, eu acho. Nada pode ser pior do que ficar sentado aqui, só esperando a morte.

Kaladin estendeu a mão. Teft hesitou, depois a apertou. Rocha também estendeu a mão.

— Rocha.

Teft terminou de apertar a mão de Kaladin e depois apertou a dele.

— Meu nome é Teft.

Pai das Tempestades, pensou Kaladin. *Esqueci que a maioria deles não se dá ao trabalho de perguntar os nomes dos outros.*

— Rocha, que nome é esse? — perguntou Teft.

— É um nome idiota — disse Rocha, o rosto impassível. — Mas pelo menos tem significado. O seu nome significa alguma coisa?

— Acho que não — disse Teft, coçando a barba rala.

— Rocha não é meu verdadeiro nome — admitiu o papaguampas. — Mas é o que os terrabaixistas conseguem pronunciar.

— Qual é seu verdadeiro nome, então? — perguntou Teft.

— Você não vai conseguir falar.

Teft ergueu uma sobrancelha.

— Numuhukumakiaki'aialunamor — disse Rocha.

Após alguma hesitação, Teft sorriu.

— Bem, acho que nesse caso Rocha está ótimo.

Rocha riu e sentou-se.

— Nosso chefe de ponte tem um plano, alguma coisa gloriosa e audaciosa. Isso aí tem a ver com passarmos a tarde carregando pedras no calor.

Kaladin sorriu e se inclinou para a frente.

— Temos que colher um certo tipo de planta. Um junco que cresce em pequenos tufos fora do acampamento…

22

OLHOS, MÃOS OU ESFERAS?

Caso você tenha fingido não ver esse desastre, saiba que Aona e Skai estão ambos mortos, e tudo o que possuíam foi Fragmentado. Presumivelmente para impedir que alguém se levante para desafiar Rayse.

DOIS DIAS DEPOIS DO incidente durante a grantormenta, Dalinar atravessava o terreno rochoso em direção à Planície de Banquetes do rei, junto aos seus filhos.

Os guarda-tempos de Dalinar haviam previsto mais algumas semanas de primavera, seguidas por um retorno ao verão. Com sorte não acabaria virando inverno.

— Falei com três outros coureiros — disse Adolin, em voz baixa. — Eles têm opiniões diferentes. Parece que antes de a correia ter sido cortada, se é que foi cortada, ela já estava gasta, e isso está interferindo nas coisas. O consenso é de que a correia foi cortada, mas não necessariamente por uma faca. Pode ter sido apenas atrito natural.

Dalinar assentiu.

— Esse é o único indício de que pode ter havido alguma coisa de errada no rompimento da correia.

— Então estamos admitindo que tudo é só uma paranoia do rei.

— Vou conversar com Elhokar — decidiu Dalinar. — Vou dizer a ele que estamos em um impasse e perguntar se há outras pistas que ele quer que a gente siga.

— Que bom. — Adolin pareceu hesitar a respeito de alguma coisa. — Pai. Você quer conversar sobre o que aconteceu durante a tempestade?

— Não foi nada que não tenha acontecido antes.

— Mas…

— Aproveite a noite, Adolin — disse Dalinar, com firmeza. — Eu estou bem. Talvez seja bom que os homens vejam o que está acontecendo. Ocultar só tem despertado boatos, alguns piores que a verdade.

Adolin suspirou, mas assentiu.

Os banquetes de Elhokar eram sempre ao ar livre, ao pé da colina do Palácio Real. Se os guarda-tempos alertassem sobre alguma grantormenta — ou se um tempo ameno piorasse —, o festim era cancelado. Dalinar gostava da locação ao ar livre. Mesmo com toda a ornamentação, os prédios Transmutados lembravam cavernas.

A área de festas era um raso lago artificial. Plataformas circulares se projetavam da água como ilhas de pedra. A elaborada paisagem fora produzida pelos Transmutadores do rei, que haviam desviado a água de uma fonte próxima. *Isso me lembra de Sela Tales*, pensou Dalinar, enquanto atravessava a primeira ponte. Ele visitara aquela região ocidental de Roshar durante sua juventude. *E o Lagopuro.*

Havia cinco ilhas, e as balaustradas das pontes que as conectavam, constituídas por delicadas filigranas, eram tão frágeis que tinham de ser removidas após cada banquete, para não serem destruídas por alguma grantormenta. Naquela noite, flores flutuavam na água, ao sabor da lenta corrente. De tempos em tempos, um barco em miniatura — com apenas um palmo de comprimento — boiava através dos canais transportando uma gema infundida.

Dalinar, Renarin e Adolin subiram na primeira plataforma.

— Uma taça de azul — disse Dalinar aos filhos. — Depois, fiquem no laranja.

Adolin suspirou alto.

— Nós não podemos, só dessa vez…

— Enquanto pertencerem à minha casa, vocês seguirão os Códigos. Minha vontade é firme, Adolin.

— Está bem — disse Adolin. — Venha, Renarin.

Ambos se separaram de Dalinar para permanecer na primeira plataforma, onde os jovens olhos-claros se congregavam.

Dalinar passou para a ilha seguinte, destinada aos olhos-claros de menor prestígio. À direita e à esquerda estavam as ilhas de jantar segregadas — a dos homens à direita e a das mulheres à esquerda. Nas três ilhas centrais, os gêneros se misturavam.

Ao seu redor, os privilegiados convidados desfrutavam da hospitalidade do rei. Comida Transmutada era inerentemente insípida, mas nos pródigos festins do rei eram sempre servidas carnes exóticas e especiarias importadas. Dalinar sentia cheiro de porco no ar, e até de galinhas assadas. Já se passara um longo tempo desde que provara pela última vez a carne daquelas estranhas criaturas voadoras dos shinos

Uma criada olhos-escuros passou, usando uma diáfana túnica vermelha e carregando uma bandeja com pernas de caranguejo. Dalinar continuou a atravessar a ilha, caminhando em meio aos grupos de convivas. Muitos bebiam vinho violeta, a mais intoxicante e saborosa das cores. Quase ninguém estava usando uniforme de combate. Alguns homens trajavam casacos apertados até a altura dos joelhos, mas muitos haviam renunciado a qualquer pretensão e envergavam camisas de seda com mangas bufantes e chinelos da mesma cor. Ricos tecidos cintilavam à luz das lâmpadas.

Tais criaturas, sintonizadas com a última moda, lançavam olhares críticos a Dalinar — que se lembrava de uma época em que logo seria cercado por amigos, conhecidos e, sim, bajuladores, em um banquete como aquele. Mas ninguém se aproximou dele, embora todos lhe abrissem caminho. Elhokar podia pensar que seu tio estava se tornando fraco, mas a reputação de Dalinar intimidava a maioria dos olhos-claros menos graduados.

Ele logo se aproximou da ponte que dava acesso à última ilha — a ilha do rei. Estava cercada por postes, cujas lâmpadas a gemas a iluminavam com Luz das Tempestades azul. Uma fogueira, montada dentro de uma cova, dominava o centro da plataforma. Brasas profundamente vermelhas brilhavam em suas entranhas, irradiando calor. Elhokar estava sentado à sua mesa, do outro lado da fogueira. Diversos grão-príncipes jantavam com ele. Comensais do sexo masculino e feminino ocupavam as mesas situadas na periferia da plataforma — mas nunca ambos os sexos na mesma mesa.

Sentado em um tamborete no final da ponte, estava Riso, vestido como um olhos-claros devia se vestir: com um uniforme preto bem engomado e uma espada prateada na cintura. Dalinar balançou a cabeça ao constatar a ironia.

Riso insultava as pessoas que chegavam à ilha.

— Luminosa Marakal! Que desastre esse seu penteado; como você é corajosa por exibi-lo ao mundo. Luminobre Marakal, eu gostaria que você tivesse nos avisado de que ia comparecer; eu não teria vindo. Detesto vomitar depois de um bom jantar. Luminobre Cadilar! Que bom ver você. Seu rosto lembra alguém muito querido.

— Verdade? — disse Cadilar, um homem encarquilhado, com certa hesitação.

— Sim — respondeu Riso, acenando para que ele passasse. — Meu cavalo. Ah, Luminobre Neteb, você está com um perfume único hoje. Atacou um espinha-branca ou um deles espirrou em você? Luminosa Alami! Não, por favor, não fale nada... Assim é mais fácil manter minhas ilusões a respeito de sua inteligência. E Luminobre Dalinar. — Riso inclinou a cabeça para Dalinar, que passava. — Ah, meu caro Luminobre Taselin. Ainda envolvido em seus experimentos para levar a burrice humana a novos horizontes? Que bom! Muito empírico.

Enquanto Taselin passava, bufando, Dalinar parou ao lado do banco de Riso.

— Riso, quando se trata de perturbar as pessoas, você não tem par.

— Par de quê, Dalinar? — perguntou Riso com os olhos cintilando. — Olhos, mãos ou esferas? Poderia lhe emprestar meus olhos, mas aí como eu ficaria? O que seria do meu ego se eu fosse cego? Ou poderia lhe emprestar minhas mãos, só que estou há tanto tempo remexendo na lama que minhas pobres mãos não serviriam a alguém como você. E se eu lhe desse minhas esferas, com é que eu ficaria? Gosto muito do meu par de esferas, vê? — Ele fez uma pausa. — Você não vê, então não dá bola. Mas eu dou, quer ver? — Ele se pôs de pé e começou a afrouxar o cinto.

— Riso — disse Dalinar secamente.

Riso riu e deu umas palmadinhas no braço de Dalinar.

— Desculpe. Essa turma faz aflorar em mim o mais infame tipo de humor. Talvez seja aquela lama a que me referi. Eu me esforço para demonstrar meu desprezo em alto nível, mas eles dificultam.

— Tome cuidado, Riso — disse Dalinar. — Eles não vão aturá-lo para sempre. Eu não gostaria de ver você morto pelos punhais deles. Vejo um homem bom aí dentro.

— Sim — disse Riso, observando a plataforma. — E ele estava delicioso. Mas acho que não sou eu que precisa de aviso, Dalinar. Fale sobre seus temores diante de um espelho, quando chegar em casa hoje à noite. Os rumores estão crescendo.

— Rumores?

— Sim. Coisas horríveis. Crescem nos homens como verrugas.

— Tumores?

— As duas coisas. Veja, estão falando de você.

— Estão sempre falando de mim.

— Agora está pior do que nunca — disse Riso, encarando Dalinar. — Você realmente tem falado em abandonar o Pacto de Vingança?

Dalinar inspirou profundamente.

— Isso foi entre mim e o rei.

— Bem, ele pode ter comentado com outros. Esses sujeitos são covardes, e por isso se consideram peritos no assunto, pois é do que eles o têm chamado ultimamente.

— Pai das Tempestades!

— Não, sou o Riso. Mas sei como é fácil confundir.

— Porque você também é cabeça de vento, ou por que faz tanto barulho? — grunhiu Dalinar.

Um largo sorriso se estampou no rosto de Riso.

— Ora, Dalinar! Estou impressionado! *Você* é que deveria ser o Riso! Assim, eu poderia ser um grão-príncipe. — Ele fez uma pausa. — Não, isso seria ruim. Eu enlouqueceria só de escutar a conversa deles durante alguns segundos. E depois provavelmente massacraria o bando todo. E nomearia crenguejos no lugar deles. O reino, com certeza, ficaria muito melhor.

Dalinar se virou para partir.

— Obrigado pelo aviso.

— Não tem de quê. Ah, Luminobre Habatab! Que inteligente de sua parte usar uma camisa vermelha, queimado de sol como está! Se continuar a tornar meu trabalho tão fácil, acho que minha mente vai ficar tão embotada quanto a do Luminobre Tumul! Ah, Luminobre Tumul! Que surpresa ver você aqui! Eu não quis insultar sua imbecilidade. Na verdade, ela é espetacular e digna de louvores. Senhor Yonatan e Senhora Meiray, vou me abster de insultá-los desta vez por conta do recente casamento de vocês. Mas acho seu chapéu impressionante, Yonatan. Deve ser conveniente usar sobre a cabeça algo que à noite possa ser convertido em uma tenda. Ah, é a Senhora *Navani* aí atrás de você? Desde quando você está de volta às Planícies, e como foi que eu não senti seu cheiro?

Dalinar se imobilizou. *O quê?*

— Obviamente seu próprio fedor supera o meu, Riso — disse uma voz feminina. — Ninguém ainda fez um favor ao meu filho e assassinou você?

— Não, nenhum assassino ainda — disse Riso, divertido. — Nenhum comedor de instrumentos musicais.

Dalinar se virou, chocado. Navani, a mãe do rei, *não* devia estar ali.

— Ora, Riso, pensei que você estivesse acima desse tipo de humor.

— Assim como estou de você, tecnicamente — replicou Riso, do alto de seu elevado tamborete.

Ela revirou os olhos.

— Infelizmente, Luminosa — disse Riso, com um suspiro —, eu me acostumei a enquadrar meus insultos em padrões que essa turma possa entender. Se for do seu agrado, vou tentar incrementar minha linguagem para termos mais elevados. — Ele fez uma pausa. — Por exemplo, você conhece alguma palavra que rime com "diarreia"?

Navani se limitou a virar a cabeça e olhar para Dalinar, com seu olhos violeta-claros. Estava majestosa em um elegante vestido vermelho, sem nenhum bordado. As gemas em seus cabelos — entremeados com algumas mechas cinzas — tinham a mesma cor. A mãe do rei era considerada uma das mulheres mais lindas de Alethkar, embora Dalinar achasse essa descrição inadequada, pois certamente não havia em Roshar nenhuma mulher que a igualasse em beleza.

Idiota, pensou ele, desviando os olhos. É a viúva de seu irmão. Com a morte de Gavilar, Navani agora devia ser tratada como irmã de Dalinar. Além do mais, devia também considerar sua esposa. Morta há dez anos e apagada de sua mente pela estupidez dele. Porém, mesmo não conseguindo se lembrar dela, devia honrá-la.

Por que Navani retornara? Enquanto as mulheres a cumprimentavam, Dalinar caminhou às pressas até a mesa do rei, onde sentou-se. Um criado chegou em seguida, com um prato para ele.

Suas preferências eram conhecidas: galinha apimentada fatiada em medalhões, fumegando sobre rodelas fritas de teneme, um vegetal macio e alaranjado. Dalinar pegou um pedaço de pão achatado e empunhou sua faca de refeições, que levava em uma bainha presa no tornozelo direito. Enquanto estivesse comendo, Navani não poderia se aproximar dele; seria uma quebra de etiqueta.

A comida era boa. Sempre era, nos banquetes de Elhokar — nisso o filho era igual ao pai. Elhokar, que estava na ponta da mesa, assentiu para Dalinar e continuou a conversar com Sadeas. O Grão-príncipe Roion estava a poucas cadeiras de distância. Dalinar teria um encontro com ele dentro de alguns dias; seria o primeiro grão-príncipe que tentaria convencer a acompanhá-lo em um ataque conjunto contra o inimigo.

Nenhum grão-príncipe sentou-se próximo a Dalinar. Somente os grãos-príncipes — e convidados especiais — podiam sentar-se à mesa do rei. Um homem afortunado o bastante para ter sido convidado acomodou-se à esquerda de Elhokar, obviamente indeciso se podia se juntar à conversa ou não.

A água gorgolejava no canal atrás de Dalinar. À sua frente, as festividades prosseguiam. Era um momento de descontração, mas os alethianos eram um povo reservado, pelo menos em comparação com gente mais passional, como os papaguampas ou os reshianos. Entretanto, pareciam ter se tornado mais opulentos e autoindulgentes desde que Dalinar era criança. O vinho fluía livremente e as iguarias que chiavam no fogo desprendiam um aroma suculento. Na primeira ilha, vários jovens entraram em um ringue para duelarem amistosamente. Sempre encontravam um pretexto, durante um banquete, para exibirem sua perícia no manejo da espada.

As mulheres também se exibiam, embora de forma mais comedida. Na ilha de Dalinar, várias delas haviam instalado cavaletes onde desenhavam, pintavam ou compunham peças de caligrafia. Como sempre, mantinham as mãos esquerdas cobertas pelas mangas, enquanto com a direita criavam trabalhos artísticos. Sentavam-se em bancos altos, como o que Riso usara — na verdade, ele provavelmente roubara um para realizar seu breve espetáculo. Algumas das mulheres atraíam esprenos de criação, pequenas silhuetas que giravam acima de seus cavaletes ou de suas mesas.

Navani reunira em uma mesa um grupo de importantes mulheres olhos-claros. Uma criada passou diante de Dalinar levando comida para elas. Um dos pratos parecia também ter sido feito à base da exótica galinha, só que misturada com a fruta methi, e recoberta com um molho marrom-avermelhado. Quando criança Dalinar provara às escondidas a comida de mulheres e a achara desagradavelmente doce.

Navani pousou alguma coisa sobre a mesa, um artefato de bronze polido do tamanho de um punho, com uma grande rubi infundido no centro. A Luz das Tempestades vermelha iluminou toda a mesa, projetando sombras sobre a toalha branca. Erguendo o dispositivo, ela o revirou, para que as comensais pudessem observar seus apêndices, que lembravam patas. Girado daquela forma, o aparato lembrava vagamente um crustáceo.

Nunca vi um fabrial assim. Dalinar olhou para Navani, admirando os contornos de seu rosto. Navani era uma renomada artifabriana. Talvez aquele dispositivo fosse...

Navani olhou para ele e Dalinar gelou. Depois de lhe lançar um rápido sorriso, furtivo e cúmplice, ela desviou o olhar antes que ele pudesse reagir. *Mulher tormentosa!*, pensou ele, concentrando-se deliberadamente na comida.

Com fome, concentrou-se tanto em sua refeição que quase não viu Adolin se aproximar. O jovem louro saudou Elhokar e se apressou em ocupar o assento vago ao lado de Dalinar.

— Pai — disse em voz baixa. — Você já ouviu o que estão falando?

— Sobre o quê?

— Sobre você! Já lutei três duelos até agora contra homens que chamaram você e nossa família de covardes. Estão dizendo que você pediu ao rei para abandonar o Pacto de Vingança!

Dalinar apoiou as mãos na mesa e quase se levantou. Mas se controlou.

— Deixe que falem o que quiserem — disse ele, voltando a atenção para o prato, apunhalando um pedaço de galinha apimentada e o levando à boca.

— Você realmente fez isso? — perguntou Adolin. — Foi isso o que você conversou com o rei naquele encontro, dois dias atrás?

— Foi — admitiu Dalinar.

Adolin emitiu um gemido.

— Eu já estava preocupado. Quando eu...

Dalinar o interrompeu.

— Você confia em mim?

Adolin o encarou, seus olhos arregalados e sinceros, mas magoados.

— Eu quero confiar. Raios, pai. Eu realmente quero.

— O que eu estou fazendo é importante. *E tem que ser feito.*

Adolin se inclinou para ele e falou bem baixinho:

— E se *for* um delírio? E se você estiver simplesmente... ficando velho?

Era a primeira vez que Dalinar era interrogado tão diretamente sobre o assunto.

— Eu estaria mentindo se dissesse que não considerei essa possibilidade, mas não adianta de nada questionar a mim mesmo. Acho que as visões são reais. Eu *sinto* que são reais.

— Mas...

— Aqui não é lugar para discutir isso, filho — disse Dalinar. — Podemos conversar mais tarde. Prometo que ouvirei e levarei em conta suas objeções.

Adolin cerrou os lábios.

— Está bem.

— Você tem razão em se preocupar com a nossa reputação — disse Dalinar, descansando um cotovelo na mesa. — Eu achei que Elhokar teria o discernimento de manter nossa conversa em segredo, mas deveria ter pedido isso a ele diretamente. A propósito, você estava certo a respeito da reação dele. Eu percebi durante a conversa que ele jamais vai se retirar, então mudei de tática.

— Para qual?

— Vencer a guerra — disse Dalinar firmemente. — Acabar com essa disputa por gema-coração. Acabar com esse cerco paciente e infindável. Temos que encontrar um meio de atrair um grande número de parshendianos para as Planícies e executar uma emboscada. Se pudermos eliminar uma quantidade suficiente deles, destruiremos sua capacidade de guerrear. Se isso falhar, encontraremos um meio de atacar o núcleo deles e matar ou capturar os líderes. Até um demônio-do-abismo para de lutar quando é decapitado. O Pacto de Vingança terá sido cumprido e nós poderemos voltar para casa.

Após refletir por alguns momentos, Adolin assentiu com veemência.

— Tudo bem.

— Nenhuma objeção? — perguntou Dalinar.

Normalmente seu filho mais velho tinha muitas.

— Você me pediu para confiar em você — disse Adolin. — Além do mais, atacar os parshendianos mais duramente é uma tática que apoio. Mas vamos precisar de um bom plano, um meio de rebater as mesmas objeções que você levantou seis anos atrás.

Dalinar assentiu e tamborilou na mesa com um dedo.

— Naquela época, eu mesmo pensava em nós como principados autônomos. Se atacássemos o núcleo individualmente, cada exército por conta própria, seríamos cercados e destruídos. Mas com os dez exércitos juntos? Com nossos Transmutadores para proporcionar alimentos, com os soldados transportando abrigos portáteis para enfrentar as grantormentas? Que os parshendianos nos cerquem, então. Com os Transmutadores, podemos até criar madeira para as pontes, se for preciso.

— Isso exigiria um bocado de confiança — disse Adolin, hesitante. Ele olhou para o outro lado da mesa, na direção de Sadeas. Sua expressão endureceu. — Ficaremos isolados lá, juntos, durante dias. Se os grão-príncipes começarem a brigar no meio do caminho, seria desastroso.

— Precisaremos primeiro fazer com que eles trabalhem juntos — disse Dalinar. — Estamos próximos, mais próximos do que jamais estivemos. Seis anos e nenhum grão-príncipe permitiu que seus soldados lutassem contra os de outro grão-príncipe.

Com exceção de em Alethkar. Lá, ainda eram travadas batalhas absurdas a respeito de direitos territoriais ou antigas ofensas. Era uma coisa ridícula, mas impedir os alethianos de guerrearem era como impedir que os ventos soprassem.

Adolin assentiu.

— É um bom plano, pai. Muito melhor do que falar sobre retirada. Mas os grão-príncipes não vão gostar de encerrar as escaramuças nos platôs. Eles gostam do jogo.

— Eu sei. Mas se pudermos convencer um ou dois deles a juntar forças conosco para as incursões nos platôs, poderia ser um passo na direção do que precisaremos no futuro. Ainda prefiro encontrar um meio de atrair um grande exército de parshendianos para as Planícies e enfrentá-lo em um dos platôs maiores, mas não arrumei um modo de fazer isso. Seja como for, nossos exércitos terão que aprender a trabalhar juntos.

— E o que faremos a respeito do que as pessoas estão falando de você?

— Vou divulgar uma refutação oficial — disse Dalinar. — Terei que ser cuidadoso, para não fazer parecer que o rei se enganou e, ao mesmo tempo, explicar a verdade.

Adolin suspirou.

— Uma refutação oficial, pai?

— Sim.

— Por que não um duelo? — perguntou Adolin, debruçando-se sobre a mesa com expressão ansiosa. — Um pronunciamento enfadonho pode explicar suas ideias, mas não vai fazer com que as pessoas as *sintam*. Escolha algumas pessoas que estão chamando você de covarde, desafie elas, e lembre a todo mundo que é um erro enorme insultar o Espinho Negro!

— Não posso. Os Códigos proíbem duelos para alguém da minha estatura.

Adolin também não deveria duelar, provavelmente, mas Dalinar não o proibira explicitamente. Duelar era a vida dele. Bem, isso e as mulheres que ele cortejava.

— Então me encarregue de defender a honra de nossa casa — disse Adolin. — Eu duelo com eles! Eu os enfrentarei com a Armadura e a Espada e lhes mostrarei o que significa honra.

— Seria o mesmo que eu fazer isso, filho.

Adolin balançou a cabeça, olhando para Dalinar. Parecia procurar alguma coisa.

— Que foi? — perguntou Dalinar.

— Estou tentando decidir o que mais mudou você. As visões, os Códigos ou aquele livro. Se é que há alguma diferença entre eles.

— Os Códigos são diferentes dos outros dois — disse Dalinar. — São uma tradição da antiga Alethkar.

— Não. Eles estão relacionados, pai. Todos os três. E se unem em você, de alguma forma.

Dalinar pensou por um momento. Será que o garoto podia ter razão?

— Eu já lhe contei a história do rei que carregou uma pedra?

— Sim — respondeu Adolin.

— Já?

— Duas vezes. E me fez ouvir a passagem ser lida mais outra vez.

— Ah. Bem, nessa mesma parte há uma passagem sobre o que é *forçar* as pessoas a seguirem você em oposição a *deixar* as pessoas seguirem você. Nós forçamos muito as coisas em Alethkar. Duelar com alguém porque ele disse que eu sou um covarde não vai mudar as convicções dele. Pode fazer com que pare de me chamar de covarde, mas não mudará o que sente. Sei que estou certo nisso. Você precisa confiar em mim a esse respeito também.

Adolin deu um suspiro e se pôs de pé.

— Bem, uma refutação oficial é melhor que nada, eu acho. Significa pelo menos que você não deixou de defender sua honra totalmente.

— Nunca deixarei — disse Dalinar. — Só preciso ter cuidado. Não posso me dar ao luxo de provocar mais divisões.

Ele se virou de novo para o prato, apunhalou mais um pedaço de galinha e o enfiou na boca.

— Vou voltar para a outra ilha, então — disse Adolin. — Eu... Espere, aquela não é a *tia Navani*?

Dalinar ergueu os olhos e, surpreso, viu que Navani caminhava na direção deles. Olhou então para o prato. A comida acabara; ele comera o último pedaço sem se dar conta.

Suspirando, encheu-se de coragem e se levantou para cumprimentá-la.

— Mathana — disse Dalinar, fazendo uma mesura e usando o termo formal para uma irmã mais velha.

Navani era apenas três meses mais velha que ele, mas o termo se aplicava mesmo assim.

— Dalinar — disse ela, com um leve sorriso nos lábios. — E querido Adolin.

Com um largo sorriso, Adolin contornou a mesa e abraçou sua tia, que pousou a mão segura sobre seu ombro, gesto reservado apenas a familiares.

— Quando você voltou? — perguntou Adolin, se afastando.

— Hoje à tarde.

— E *por que* voltou? — perguntou Dalinar, tenso. — Pensei que tinha ido ajudar a rainha a proteger os interesses do rei em Alethkar.

— Ah, Dalinar — disse Navani, em tom afetuoso. — Sempre tão inflexível. Adolin, querido, como vão os namoros?

Dalinar bufou.

— Ele continua a trocar de namoradas como se estivesse em uma dança rápida.

— Pai! — protestou Adolin.

— Bem, ótimo para você, Adolin — disse Navani. — Você é jovem demais para se amarrar. O propósito da juventude é aproveitar a variedade enquanto é interessante. — Ela olhou para Dalinar. — Só devemos ser forçados à chatice quando ficamos mais velhos.

— Obrigado, tia — disse Adolin, com um sorriso. — Agora, com licença. Preciso contar a Renarin que você voltou.

Ele se afastou às pressas, deixando Dalinar de pé, encabulado, frente a frente com Navani.

— Sou uma ameaça tão grande, Dalinar? — perguntou Navani, erguendo uma sobrancelha.

Dalinar olhou para baixo e percebeu que ainda estava segurando a faca, cuja lâmina serrilhada poderia facilmente ser usada como arma. Largou-a, então, retraindo-se com o clangor da faca caindo sobre a mesa. Toda a autoconfiança que sentira ao falar com Adolin parecia ter sumido em um instante.

Controle-se!, pensou. *Ela é apenas uma parente.* Sempre que conversava com Navani, ele tinha a impressão de que estava diante de um predador do tipo mais feroz.

— Mathana — disse ele, percebendo que ainda estavam em lados opostos da mesa estreita. — Talvez devêssemos passar para...

Ele se interrompeu quando Navani acenou para uma criada que mal parecia ter idade para usar uma manga de mulher. A menina correu até ela, carregando um tamborete. Navani apontou para um ponto a dois passos da mesa. A menina hesitou, mas Navani apontou o lugar com mais insistência e a criança pousou o tamborete.

Navani sentou-se graciosamente, não à mesa do rei — um lugar masculino —, mas certamente próxima o suficiente para infringir a etiqueta. A criada se retirou. Na ponta da mesa, Elhokar notou o comportamento de sua mãe, mas não disse nada. Ninguém repreenderia Navani Kholin, nem mesmo um rei.

— Ah, sente-se, Dalinar — disse ela, com voz irritada. — Temos assuntos de certa importância para discutir.

Dalinar suspirou, mas sentou-se. Os assentos ao seu redor ainda estavam vazios, e tanto a música quanto o burburinho das conversas eram altos o bastante para que as pessoas não os ouvissem. Algumas mulheres haviam começado a tocar flautas; esprenos de música revoluteando ao redor delas.

— Você me perguntou por que retornei — disse Navani, em voz suave. — Bem, tive três motivos. Primeiro, eu queria trazer a notícia de que os vedenos aperfeiçoaram seus "semi-fractais", como eles chamam. Eles afirmam que esses escudos podem aparar golpes de uma Espada Fractal.

Dalinar cruzou os braços. Já ouvira rumores a esse respeito, embora os tivesse ignorado. Havia sempre homens alegando que estavam prestes a criar novos Fractais, mas essas promessas nunca eram cumpridas.

— Você viu algum?

— Não. Mas tenho confirmação de uma pessoa em quem confio. Ela disse que o artefato só funciona como escudo, não possui nenhuma das outras qualidades de uma Armadura Fractal. Mas *consegue* bloquear um golpe de Espada Fractal.

Era um passo — muito pequeno — na direção de uma Armadura Fractal. E um fato perturbador. Ele não acreditaria na invenção até que pudesse ver com seus próprios olhos do que aqueles "semi-fractais" eram capazes.

— Você podia ter enviado essa notícia por telepena, Navani.

— Bem, assim que cheguei a Kholinar, percebi que sair daqui tinha sido um erro político. Estes acampamentos de guerra estão se tornando cada vez mais o centro político de nosso reino.

— Sim — disse Dalinar em voz baixa. — Nossa ausência da pátria é perigosa.

Não fora esse mesmo argumento que convencera Navani a ir para casa?

A majestosa mulher abanou a mão, em um gesto de pouco caso.

— Decidi que a rainha possui os requisitos necessários para governar Alethkar. Existem intrigas e complôs, sempre existirão intrigas e complôs, mas os jogadores verdadeiramente importantes estão aqui.

— Seu filho continua a ver assassinos em cada esquina — sussurrou Dalinar.

— E não deveria? Depois do que aconteceu com o pai dele...

— É verdade. Mas receio que ele leve seus temores a extremos. Ele desconfia até dos aliados.

Navani juntou as mãos sobre o colo, com a mão livre sobre a mão segura.

— Ele não é muito bom nisso, não é?

Dalinar ficou surpreso.

— O quê? Elhokar é um bom homem! Tem mais integridade que qualquer outro olhos-claros neste exército.

— Mas o governo dele é fraco — disse Navani. — Você há de reconhecer isso.

— Ele é o rei — replicou Dalinar com firmeza. — E meu sobrinho. Tem minha espada e meu coração, Navani, e não vou admitir que ninguém fale mal dele, nem sua própria mãe.

Navani o encarou. Estaria testando sua lealdade? Assim como a filha, Navani era uma criatura política. Intrigas a faziam desabrochar como um petrobulbo em ar calmo e úmido. No entanto, ao contrário de Jasnah, não se podia confiar em Navani. Com Jasnah, pelo menos, as pessoas sabiam o que esperar — uma vez mais, Dalinar se viu desejando que Jasnah deixasse de lado seus projetos e retornasse às Planícies Quebradas.

— Eu não estou falando mal de meu filho, Dalinar. Nós dois sabemos que sou tão leal a ele quanto você. Mas gosto de saber com que estou trabalhando, e isto requer uma definição. Ele é visto como fraco e eu pretendo assegurar sua proteção. Mesmo contra a vontade dele, se necessário.

— Então estamos trabalhando com os mesmos objetivos. Mas se proteger seu filho é o segundo motivo do seu retorno, qual é o terceiro?

Navani sorriu para ele. Um sorriso de olhos violetas e lábios vermelhos. Um sorriso significativo.

Pelo sangue dos meus ancestrais, pensou Dalinar. *Ventos tormentosos, mas ela é linda. Linda e mortal.* Parecia-lhe particularmente irônico que, embora o rosto de sua esposa tivesse sido apagado de sua mente, ele se lembrasse — em todos os intrincados detalhes — dos meses que aquela mulher passara brincando com ele e Gavilar. Ela jogara um contra o outro e atiçara o desejo de cada um, antes de finalmente optar pelo irmão mais velho.

Todos sabiam o tempo todo que ela escolheria Gavilar. Mas ele sofreu mesmo assim.

— Precisamos marcar uma conversa em particular — disse Navani. — Quero ouvir sua opinião a respeito de algumas coisas que estão sendo ditas no acampamento.

Provavelmente ela estava falando dos rumores a respeito dele.

— Eu... eu estou muito ocupado.

Ela revirou os olhos.

— Tenho certeza de que está. Vamos nos encontrar de qualquer forma assim que eu me instalar aqui e sondar o ambiente. Que tal daqui a uma semana? Vou ler para você aquele livro do meu marido, e depois podemos conversar. Faremos isso em um lugar público. Está bem?

Ele deu um suspiro.

— Tudo bem. Mas...

— Grão-príncipes e olhos-claros! — exclamou subitamente Elhokar.

Dalinar e Navani se viraram em direção à ponta da mesa, onde o rei se pusera de pé. Estava com o uniforme completo, a coroa e o manto real. Ele ergueu a mão. As pessoas fizeram silêncio e logo o único som que se ouvia era o da água gorgolejando nos canais.

— Tenho certeza de que muitos de vocês ouviram os rumores referentes ao atentado contra a minha vida durante a caçada da semana passada — declarou ele. — Quando a correia da minha sela foi cortada.

Dalinar olhou para Navani, que levantou a mão livre na direção dele e a agitou de forma a indicar que não achava os rumores convincentes. Já sabia deles, óbvio.. Bastava a Navani cinco minutos em uma cidade para que se inteirasse de todos os mexericos importantes.

— Asseguro a vocês que jamais estive realmente em perigo — disse Elhokar. — Graças, em parte, à proteção da Guarda Real e à vigilância do meu tio. Porém, acredito que se deva tratar todas as ameaças com a devida prudência e seriedade. Portanto, estou nomeando o Luminobre Torol Sadeas como Grão-príncipe da Informação, incumbido de descobrir a verdade sobre esse atentado à minha vida.

Dalinar ficou atônito. Depois fechou os olhos e soltou um leve gemido.

— Descobrir a verdade — comentou Navani, com certo ceticismo. — Sadeas?

— Pelo sangue dos meus... Ele acha que estou ignorando as ameaças contra ele, então está recorrendo a Sadeas.

— Bem, talvez seja uma boa ideia. Eu *meio* que confio em Sadeas.

— Navani — disse Dalinar, abrindo os olhos. — O incidente aconteceu durante uma caçada que eu planejei, sob a proteção dos meus guardas e dos meus soldados. O cavalo do rei foi preparado pelos meus cavalariços. Ele me pediu publicamente para investigar essa história da cilha. E agora simplesmente tirou a investigação da minha alçada.

— Ah, não.

Ela entendera. Aquilo dava quase no mesmo de Elhokar anunciar que desconfiava do tio. Qualquer informação que Sadeas descobrisse a respeito daquela "tentativa de assassinato" refletiria desfavoravelmente sobre Dalinar.

Quando o ódio de Sadeas por Dalinar e seu amor por Gavilar entrassem em conflito, qual deles venceria? *Mas a visão... me disse para confiar nele.*

Elhokar voltou a se sentar e as conversas foram retomadas em tom mais estridente. O rei parecia alheio ao que acabara de fazer. Ostentando um largo sorriso, Sadeas levantou-se, despediu-se do rei e foi se juntar aos convivas.

— Você ainda acha que ele não é um mau rei? — sussurrou Navani. — Meu pobre garoto, desatento e alienado.

Dalinar se pôs de pé e caminhou até a ponta da mesa, onde o rei continuava a comer.

Elhokar ergueu os olhos.

— Ah, Dalinar. Presumo que você ajudará Sadeas.

Dalinar se sentou. O prato de Sadeas ainda estava sobre a mesa, com restos de carne e pão.

— Elhokar, eu conversei com você há poucos dias. Pedi para ser nomeado Grão-príncipe da Guerra e você disse que isso era muito perigoso!

— E é. Falei com Sadeas sobre isso e ele concordou. Os grão-príncipes jamais vão tolerar que alguém seja superior a eles na guerra. Sadeas sugeriu que se eu começasse com alguma coisa menos ameaçadora, como nomear alguém Grão-príncipe da Informação, isso poderia preparar os outros para o que você está querendo fazer.

— Sadeas sugeriu isso — disse Dalinar secamente.

— Lógico — disse Elhokar. — Já é hora de termos um Grão-príncipe da Informação. E Sadeas mencionou especificamente que gostaria de investigar a cilha cortada. Ele sabe que você sempre diz que não é talhado para esse tipo de coisa.

Pelo sangue dos meus pais, pensou Dalinar, olhando para o centro da ilha, onde um grupo de olhos-claros se reunira ao redor de Sadeas. *Acabaram de me dar uma rasteira. De forma brilhante.*

O Grão-príncipe da Informação teria autoridade sobre as investigações criminais, principalmente as de interesse da Coroa. De certo modo, era quase tão ameaçador quanto um Grão-príncipe da Guerra, mas

Elhokar não entenderia assim. Tudo o que via era alguém que finalmente daria ouvidos a seus medos paranoicos.

Sadeas era um homem inteligente, muito inteligente.

— Não fique tão carrancudo, tio — disse Elhokar. — Eu não fazia ideia de que você gostaria de ocupar o posto, e Sadeas pareceu empolgado com a ideia. Talvez ele não encontre nada, talvez o couro simplesmente tenha rasgado. E a razão estará com você, que está sempre me dizendo que eu não estou correndo tanto perigo quanto acho que estou.

— A razão estará comigo? — murmurou Dalinar, ainda observando Sadeas.

Acho pouco provável.

Você me acusou de arrogância em minha busca. Você me acusou de guardar rancor contra Rayse e Bavadin. Ambas as acusações são verdadeiras.

KALADIN ESTAVA NA CAÇAMBA do carroção, observando a paisagem nos arredores do acampamento, enquanto Rocha e Teft punham em ação — tanto quanto possível — o plano que ele concebera.

Em sua terra natal, o ar era mais seco. Se alguém saísse de casa antes de uma grantormenta, tudo pareceria desolado. E, passada a tempestade, as plantas se recolhiam às suas conchas, troncos e esconderijos, de modo a conservar água. Mas ali, onde o clima era mais úmido, elas eram perenes. Muitos petrobulbos nunca se retiravam totalmente para suas conchas. Trechos de grama eram comuns. As árvores que Sadeas cortava estavam concentradas em uma floresta ao norte dos acampamentos de guerra, mas algumas cresciam naquela planície. Eram enormes, de troncos largos, e cresciam inclinadas para oeste. Suas grossas raízes, que lembravam dedos, mergulhavam na rocha e — ao longo dos anos — rachavam e quebravam o chão circundante.

Kaladin pulou do carroção. Seu trabalho era levantar as pedras e depositá-las na caçamba do veículo. Os outros carregadores estavam encarregados de trazer as pedras, que empilhavam nas proximidades.

Eles moviam-se em meio a petrobulbos, trechos gramados e tufos de mato que surgiam sob os rochedos, crescendo mais abundantemente a oeste, prontos a se retirarem para a sombra das pedras caso uma grantormenta se aproximasse. Isso produzia um efeito curioso, como se cada rochedo fosse a cabeça de um ancião, com mechas de cabelos verdes e marrons crescendo por trás das orelhas.

Os tufos eram extremamente importantes, pois abrigavam finos caniços conhecidos como ervas-botão, cujas delicadas folhagens podiam se recolher para dentro dos caules. Os caules eram rígidos e imóveis, mas os rochedos os protegiam. Alguns podiam ser arrancados durante uma tempestade — mas se fixavam em outro lugar tão logo os ventos amainavam.

Kaladin ergueu uma pedra e a colocou no carroção, onde a rolou até posicioná-la ao lado das outras. A base da pedra estava úmida, coberta de líquen e crem.

Embora não fossem raros, as ervas-botão não eram tão comuns quanto outras ervas daninhas. Uma rápida descrição fora o suficiente para que Rocha e Teft as encontrassem com algum sucesso. O grande avanço, entretanto, foi quando Syl se juntou à busca. Kaladin olhou para o lado enquanto se abaixava para pegar outra pedra. Syl esvoaçava nas proximidades — uma forma diáfana, quase invisível, que conduzia Rocha de um tufo a outro. Teft não entendia como o grande papaguampas encontrava muito mais ervas-botão do que ele, e Kaladin não se sentia inclinado a lhe explicar. Para começar, ele não entendia por que Rocha enxergava Syl. O papaguampas lhe dissera que nascera com aquele talento.

Dois carregadores se aproximaram — o jovem Dunny e Jaks Sem-Orelha — puxando uma pedra enorme sobre uma espécie de trenó de madeira. Suor escorria de seus rostos. Quando se aproximaram do carroção, Kaladin espanou as mãos e os ajudou a levantar a pedra. Jaks Sem-Orelha o olhou de cara amarrada, resmungando.

— Essa está ótima — disse Kaladin, indicando a pedra. — Bom trabalho.

Jaks o fulminou com o olhar e se afastou. Dunny deu de ombros e seguiu o homem mais velho. Como Rocha previra, oferecer sua equipe para o trabalho de recolher pedras não aumentara a popularidade de Kaladin. Mas aquilo tinha que ser feito. Era a única forma de ajudar Leyten e os outros feridos.

Assim que Jaks e Dunny se distanciaram, Kaladin subiu descontraidamente na caçamba do carroção e se ajoelhou. Afastando uma lona para o lado, expôs uma grande pilha de ervas-botão. Tinham aproximadamente o tamanho de um antebraço. Fingindo que estava arrumando as pedras, ele fez um grande feixe com os juncos e o amarrou com gavinhas de petrobulbos.

Em seguida, jogou o feixe para fora da caçamba, aproveitando que o condutor do carroção fora conversar com um colega e deixara Kaladin sozinho, exceto pelo chule, que, encolhido em sua carapaça rochosa, observava o sol com seus pequenos olhos de crustáceo.

Kaladin pulou do carroção e depositou mais uma pedra na caçamba. Depois se ajoelhou, como se fosse puxar um pedregulho de baixo do veículo. Com mãos hábeis, no entanto, amarrou o feixe de juncos sob a caçamba, ao lado de outros dois feixes. O carroção tinha um grande espaço aberto ao lado do eixo, e uma cavilha de madeira oferecia um ótimo lugar para prender as plantas.

Jezerezeh, faça com que ninguém pense em verificar o fundo do carroção quando nós voltarmos para o acampamento.

Uma gota por talo, dissera o apotecário. De quantos galhos ele precisaria? Kaladin sabia a resposta a esta pergunta sem ter que pensar muito.

Precisaria de cada gota que pudesse obter.

Ele depositou outra pedra no carroção. Rocha estava se aproximando; o grande papaguampas de pele bronzeada trazia uma pedra oblonga que seria pesada demais para a maioria dos carregadores. Avançava lentamente. Syl esvoaçava em torno de sua cabeça e, de vez em quando, pousava sobre a pedra para observá-lo

Kaladin desceu do carroção e correu para ajudá-lo. Rocha meneou a cabeça em agradecimento. Juntos eles levantaram a pedra e a depositaram na caçamba. Limpando o suor da testa, Rocha virou as costas para Kaladin. Projetando-se de seu bolso estava um tufo de ervas-botão. Kaladin o pegou rapidamente e o enfiou sob a lona.

— O que vamos fazer se alguém notar o que estamos fazendo? — perguntou Rocha calmamente.

— Vamos dizer que eu sou tecelão — disse Kaladin —, e que estou querendo tecer um chapéu para me proteger do sol.

Rocha riu.

— Talvez eu faça isso mesmo — continuou Kaladin, limpando a testa. — Seria ótimo nesse calor. Mas é melhor que ninguém veja. Só o fato de nós estarmos querendo as plantas pode ser o bastante para eles proibirem a colheita.

— Isso aí é verdade — disse Rocha, espreguiçando-se e olhando para cima, enquanto Syl pairava à sua frente. — Sinto falta dos Picos.

Syl apontou para uma direção e Rocha lhe fez uma reverência, antes de segui-la. Tão logo se certificou de que ele avançava na direção certa,

Syl voou de volta até Kaladin. Pousando na lateral do carroção, reassumiu sua aparência de mulher, com o vestido esvoaçando ao seu redor.

— Eu gosto muito dele — declarou ela, erguendo um dedo.

— De quem? Rocha?

— Sim — disse ela, cruzando os braços. — Ele é *respeitoso*. Ao contrário de outros.

— Ótimo — disse Kaladin, içando outra pedra para o carroção. — Assim você pode andar atrás dele por aí, em vez de ficar me aborrecendo.

Ele tentou não mostrar preocupação ao falar. Já se acostumara com a companhia dela.

Ela fungou.

— Eu não posso acompanhá-lo. Ele é respeitoso demais.

— Você acabou de dizer que *gosta* disso.

— Eu gosto. Mas também detesto — disse ela sem rodeios, como que alheia à contradição. Ela suspirou e sentou-se na lateral do carroção. — Eu o conduzi até um terreno cheio de esterco de chule, para pregar uma peça nele. Ele nem gritou comigo! Só ficou olhando, tentando descobrir algum significado oculto. — Ela fez uma careta. — Isso não é normal.

— Acho que os papaguampas reverenciam os esprenos, ou coisa parecida — disse Kaladin, limpando o suor da testa.

— Isso é bobagem.

— As pessoas acreditam em coisas muito mais bobas. De certa forma, acho que faz sentido reverenciar os esprenos, vocês *são* estranhos e mágicos.

— Eu não sou estranha! — disse ela, pondo-se de pé. — Sou linda e articulada.

Ela plantou as mãos nos quadris, mas ele pôde ver, por sua expressão, que não estava de fato zangada. Parecia estar mudando a cada hora, tornando-se cada vez mais…

Cada vez mais o quê? Não exatamente humana. Mais individual. Mais inteligente.

Syl fez silêncio quando outro carregador se aproximou. Era Natam, um homem de rosto comprido, trazendo uma pedra pequena; obviamente não queria se esforçar.

— Olá, Natam — disse Kaladin, estendendo as mãos para recolher a pedra. — Como vai indo o trabalho?

Natam deu de ombros.

— Você não disse que era lavrador?

Natam permaneceu ao lado do carroção, ignorando Kaladin.

Kaladin colocou a pedra na caçamba.

— Sinto muito por obrigar vocês a trabalharem assim, mas nós precisamos da boa vontade de Gaz e das outras equipes de pontes.

Natam não respondeu.

— Isso vai nos ajudar a continuar vivos — prosseguiu Kaladin. — Acredite.

Natam deu de ombros novamente e se afastou.

Kaladin suspirou.

— Isso seria muito mais fácil se eu pudesse culpar Gaz pela mudança.

— Não seria honesto — retrucou Syl.

— Por que você se preocupa tanto com honestidade?

— Porque sim.

— Ah, é? — disse Kaladin, grunhindo enquanto voltava ao trabalho. — E conduzir homens até pilhas de esterco? Isso é honesto?

— É diferente. Foi uma brincadeira.

— Não vejo como... — Kaladin se interrompeu quando outro carregador se aproximou. Ele duvidava que alguém mais tivesse a estranha capacidade de Rocha para ver Syl, e não queria ser visto falando sozinho.

O pequeno e musculoso carregador tinha dito que seu nome era Skar, embora Kaladin não visse nele nenhuma marca óbvia. Tinha cabelos pretos, que usava curtos, e rosto anguloso. Kaladin tentou conversar com ele, mas não obteve resposta. O homem chegou a fazer um gesto rude, antes de se afastar pisando duro.

— Estou fazendo alguma coisa errada — disse Kaladin, balançando a cabeça e pulando do carroção.

— Errada? — repetiu Syl, andando até a beirada do carroção e olhando para ele.

— Pensei que me ver resgatar aqueles três homens daria esperanças a eles. Mas ainda estão indiferentes.

— Mais cedo, alguns observaram você se exercitar — disse Syl. — Quando você estava treinando com a prancha.

— Eles observaram, mas nenhum deles está preocupado com os feridos. Quer dizer, nenhum além de Rocha; e ele só está fazendo isso porque se sente em dívida comigo. Nem Teft está querendo dividir a comida.

— Eles são egoístas.

— Não, não creio que essa palavra se aplique a eles. — Enquanto levantava uma pedra, Kaladin tentou explicar como se sentia. — Quando eu era escravo... bem, ainda sou escravo. Mas durante os piores momentos, quando meus senhores tentavam me espancar até me deixar manso, eu era como esses homens. Não me importava o suficiente para ser egoísta. Eu era como um animal. Agia sem refletir.

Syl franziu a testa. Não era de se admirar — ele mesmo não entendia o que estava dizendo. Porém, enquanto falava, começou a desenvolver o raciocínio.

— Eu mostrei a eles que nós podemos sobreviver, mas isso não significa nada se suas vidas não *valerem a pena*; eles nunca vão se importar. É como lhes dar pilhas de esferas, mas não lhes oferecer nada que possam comprar.

— Entendi — disse Syl. — Mas o que você pode fazer?

Kaladin olhou para o acampamento de guerra; a fumaça de diversas fogueiras subia da planície rochosa.

— Não sei. Mas acho que vou precisar de *muito mais* plantas.

NAQUELA NOITE, KALADIN, TEFT e Rocha caminharam pelas ruas improvisadas do acampamento de Sadeas. Nomon — a lua do meio — brilhava com sua pálida luz branco-azulada. Lampiões a óleo estavam pendurados à frente de alguns prédios, indicando tavernas ou bordéis. Esferas poderiam proporcionar uma luz mais consistente e renovável, mas era possível comprar um lote de velas ou um odre de óleo por apenas uma esfera. A curto prazo, saía mais barato, principalmente se as lâmpadas fossem ficar em locais onde pudessem ser roubadas.

Sadeas não impusera um toque de recolher, mas Kaladin já aprendera que, para um carregador de pontes, era melhor permanecer próximo ao barracão durante a noite. Soldados semiembriagados em uniformes sujos perambulavam pelas ruas, cochichando nos ouvidos das prostitutas ou contando vantagens para os amigos. Também gritavam insultos para os carregadores, rindo alto. As ruas pareciam escuras, apesar dos lampiões e do luar, e a natureza desordenada do acampamento — que mesclava estruturas de pedra com cabanas de madeira e algumas tendas — criava uma atmosfera de desorganização e perigo.

Kaladin e seus dois companheiros abriram caminho para um grande grupo de soldados. Embora estivessem com as túnicas desabotoadas, eles não estavam muito embriagados. Um deles olhou para os carregadores. Mas os três homens juntos — sendo um deles um musculoso papaguampas — foram suficientes para dissuadi-lo de fazer algo mais que rir e empurrar Kaladin ao passar.

O homem cheirava a suor e cerveja barata. Kaladin se controlou. Se reagisse, teria o pagamento retido.

— Não estou gostando disso — disse Teft, olhando por cima do ombro para o grupo de soldados. — Vou voltar para o acampamento.

— Você fica — rosnou Rocha.

Teft revirou os olhos.

— Você acha que tenho medo de um chule molenga como você? Eu vou, se eu quiser, e...

— Teft — disse Kaladin calmamente. — Precisamos de você.

Precisar. Uma palavra que exercia um estranho efeito sobre os homens. Alguns corriam ao ouvi-la. Outros ficavam nervosos. Teft parecia estar ansioso por ela. Ele balançou a cabeça, resmungou baixinho, mas permaneceu com eles.

Logo chegaram ao pátio dos carroções, uma área rochosa no lado oeste do acampamento. À noite, estava deserto, com os carroções posicionados em longas fileiras. Chules dormiam em um cercado próximo, parecendo pequenas colinas. Kaladin avançou lentamente, atento a sentinelas, mas pelo jeito ninguém se preocupava com a possibilidade de que algo tão grande quanto um carroção pudesse ser roubado em uma área militar.

Rocha o cutucou, apontando para o cercado dos chules. Um solitário garoto, sentado em um mourão da cerca, olhava para a lua. Os chules eram valiosos o bastante para serem vigiados. Pobre garoto. Quantas noites será que precisava passar vigiando aqueles bichos letárgicos?

Kaladin se agachou ao lado de um carroção. Os outros dois o imitaram. Ele apontou para uma das fileiras de veículos e Rocha seguiu na direção indicada. Depois, apontou em outra direção. Teft revirou os olhos, mas o obedeceu.

Kaladin seguiu pela fileira do meio. Havia uns trinta carroções, dez em cada fileira, mas a verificação seria rápida. Bastava esfregar os dedos na tábua traseira dos veículos; ele fizera uma marca no deles. Após alguns minutos, um vulto surgiu na fileira de Kaladin. Rocha. O papaguampas gesticulou para o lado e exibiu cinco dedos. Quinto carroção a partir do início. Kaladin assentiu e se pôs em movimento.

Tão logo chegou ao carroção indicado, ouviu um grito baixo vindo da direção seguida por Teft. Contraindo-se, ele olhou na direção da sentinela. O garoto ainda observava a lua, batendo com os pés distraidamente no mourão ao lado.

Momentos depois, Rocha e um encabulado Teft se aproximaram dele.

— Desculpe — sussurrou Teft. — A montanha ambulante me assustou.

— Se eu sou uma montanha, por que você não me ouviu chegar? Hein? — grunhiu Rocha.

Kaladin sorriu enquanto apalpava a traseira do carroção indicado, procurando o X que entalhara na madeira. Ao encontrá-lo, respirou fundo e se enfiou deitado de costas embaixo do veículo.

Os caniços ainda estavam lá, amarrados em vinte feixes, cada qual com cerca de um palmo de espessura.

— Que Ishi, Arauto da Sorte, seja louvado — murmurou ele, desatando o primeiro feixe.

— Tudo aí, hein? — disse Teft, inclinando-se e coçando a barba ao luar. — Nem acredito que encontramos tantos. Acho que colhemos todos os caniços da planície.

Kaladin lhe entregou o primeiro feixe. Sem a ajuda de Syl, eles não teriam colhido nem metade daquela quantidade. Ela tinha a velocidade do vento, e parecia ter um sexto sentido para encontrar coisas. Kaladin desprendeu o segundo feixe e o passou adiante. Teft o amarrou no primeiro, formando um feixe maior.

Enquanto Kaladin trabalhava, um turbilhão de pequenas folhas brancas penetrou por baixo do carroção e formou a figura de Syl, que pairou ao lado de sua cabeça.

— Nenhum guarda até onde eu pude ver. Só um garoto no cercado dos chules.

Sua translúcida silhueta branco-azulada era quase invisível na escuridão.

— Espero que esses caniços ainda estejam bons — sussurrou Kaladin. — Se secaram demais…

— Vão estar bons. Você está sempre preocupado. Encontrei umas garrafas para você.

— Encontrou? — disse ele, tão entusiasmado que quase se sentou.

Controlou-se antes de bater a cabeça no fundo da caçamba. Syl assentiu.

— Vou lhe mostrar. Eu não posso carregá-las. Pesadas demais.

Rapidamente, Kaladin desatou os feixes restantes e os entregou ao nervoso Teft. Depois saiu do espaço em que estava e pegou dois maços de feixes. Teft pegou mais dois e Rocha ficou com três, enfiando um embaixo do braço. Eles precisavam de um lugar onde pudessem trabalhar sem serem interrompidos. As ervas-botão pareciam sem valor, mas Gaz encontraria um modo de arruinar o trabalho se soubesse o que estava acontecendo.

Primeiro as garrafas, pensou Kaladin, acenando para Syl. Ela os guiou até uma taverna, que parecia ter sido construída às pressas, com madeira de segunda qualidade. Isso não impedia os soldados lá presentes de se divertirem. A agitação deles, porém, fez Kaladin temer que a construção viesse abaixo.

Por trás do barraco, em um caixote lascado, havia uma pilha de garrafas vazias. O vidro era um material suficientemente precioso para que garrafas fossem sempre reaproveitadas, mas aquelas tinham rachaduras ou gargalos lascados. Kaladin pousou os feixes que carregava e separou três quase inteiras. Lavou-as em um barril de água próximo e as enfiou em um saco que levara para aquele propósito.

Ao pegar os feixes novamente, dirigiu-se aos companheiros:

— Tentem parecer entediados — disse ele. — Baixem as cabeças.

Os outros dois assentiram, e todos ingressaram em uma das ruas principais do acampamento. Carregavam os feixes como se estivessem fazendo algum trabalho interno. Daquela vez, atraíram muito menos atenção do que no trajeto de ida.

Evitando a serraria propriamente dita, eles atravessaram o campo aberto usado pelo exército como área de concentração, depois desceram a encosta rochosa que dava acesso às Planícies Quebradas. Uma sentinela os viu e Kaladin prendeu a respiração, mas o homem não disse nada. Provavelmente presumiu, pela postura deles, que tinham alguma razão para estarem fazendo aquele trabalho. Se tentassem deixar o acampamento de guerra, seria outra história, mas aquele setor, próximo aos primeiros abismos, não estava fora dos limites.

Não demorou muito e eles se aproximaram do lugar onde Kaladin quase se matou. Que diferença alguns dias podiam fazer. Sentia-se outra pessoa — uma estranha mescla do homem que fora, do escravo que se tornara e da criatura arrasada que ainda tentava afastar. Ele se lembrou de estar de pé à beira do abismo, olhando para baixo. Aquela escuridão ainda o aterrorizava.

Se eu falhar em salvar os carregadores, aquela criatura arrasada reassumirá o controle. E dessa vez conseguirá seu objetivo... Este pensamento o fez tremer. Ele pousou seus feixes à beira do abismo e se sentou. Os outros dois se aproximaram dele, hesitantes.

— Você vai jogar os feixes no abismo? — perguntou Teft, coçando a barba. — Depois de todo esse trabalho?

— Óbvio que não — disse Kaladin. Ele fez uma pausa; Nomon brilhava, mas ainda estava escuro. — Vocês teriam algumas esferas?

— Para quê? — perguntou Teft, desconfiado.

— Para iluminar, Teft.

Teft grunhiu e puxou um punhado de esferas de granada.

— Eu pretendia usar essas esferas hoje à noite — disse ele.

As esferas reluziam na palma de sua mão.

— Tudo bem — disse Kaladin, puxando um caniço.

O que seu pai dissera a respeito das ervas-botão? Hesitantemente, ele quebrou o topo piloso do caniço, expondo o interior oco. Então segurou o caniço pela outra ponta e o espremeu com os dedos, vigorosamente, ao longo do comprimento. Duas gotas de um líquido branco, leitoso, caíram dentro da garrafa vazia.

Kaladin sorriu, satisfeito. Depois espremeu o caniço de novo. Nada saiu dessa vez. Ele jogou o caniço no abismo. Apesar do que falara sobre chapéus, não queria deixar nenhum indício daquela atividade.

— Você disse que não ia jogar os caniços no abismo! — reclamou Teft.

Kaladin ergueu a garrafa.

— Só depois de tirar isso aqui.

— O que é isso? — Rocha se inclinou, apertando os olhos para observar melhor.

— Seiva de erva-botão. Ou melhor, leite de erva-botão... Não acho que seja realmente uma seiva. De qualquer forma, é um poderoso antisséptico.

— Anti... o quê? — perguntou Teft.

— Isso espanta os esprenos de putrefação — disse Kaladin —, que provocam infecções. Este leite é um dos melhores antissépticos que existem. Funciona até mesmo em um ferimento já infeccionado.

O que era uma coisa boa, pois esprenos de putrefação já se arrastavam sobre os ferimentos de Leyten, que haviam adquirido uma alarmante cor vermelha.

Teft grunhiu e olhou para os feixes.

— Há um bocado de caniços aqui.

— Eu sei — replicou Kaladin, entregando uma das garrafas restantes para ele e a outra para Rocha. — Fico feliz por não ter que fazer esse trabalho sozinho.

Teft suspirou, mas sentou-se e desamarrou um feixe. Rocha fez o mesmo sem reclamar, sentando-se de pernas dobradas e segurando a garrafa com as solas dos pés, para trabalhar melhor.

Uma suave brisa começou a soprar, agitando alguns caniços.

— Por que você se importa com eles? — perguntou Teft, por fim.

— São meus homens.

— Ser chefe de ponte não é para isso.

— É para o que a gente decidir — disse Kaladin, notando que Syl se aproximara para ouvir. — Você, eu, os outros.

— Você acha que vão deixar você fazer isso? — perguntou Teft. — Os olhos-claros e os capitães?

— Você acha que eles vão prestar atenção o suficiente para notar?

Teft hesitou, grunhiu alguma coisa, e espremeu outro caniço.

— Talvez notem — disse Rocha. O homenzarrão espremia os caniços com uma surpreendente delicadeza. Kaladin jamais pensara que aqueles dedos grossos pudessem ser tão cuidadosos, tão precisos. — Os olhos--claros notam as coisas que a gente gostaria que não notassem.

Teft grunhiu de novo, concordando.

— Como você veio parar aqui, Rocha? — perguntou Kaladin. — Como foi que um papaguampas acabou deixando suas montanhas e vindo para as terras baixas?

— Você não devia fazer esse tipo de pergunta, filho — disse Teft, apontando um dedo para Kaladin. — Nós não falamos sobre os nossos passados.

— Nós não falamos sobre *nada* — replicou Kaladin. — Você dois não sabiam nem o nome um do outro.

— Nomes são uma coisa — rosnou Teft. — O passado é diferente. Eu...

— Tudo bem — disse Rocha. — Eu falo.

Teft resmungou, mas se inclinou para ouvir melhor quando Rocha falou.

— Meu povo não tem Espadas Fractais — disse Rocha, com sua voz baixa, mas retumbante.

— Isso não é incomum — respondeu Kaladin. — Além de Alethkar e Jah Keved, poucos reinos têm muitas Espadas.

O que era motivo de orgulho para ambos os reinos.

— Isso aí não é verdade — disse Rocha. — Thaylenah tem cinco Espadas e três Armaduras completas. Todas pertencem aos guardas reais. O selayanos têm Armaduras e Espadas. Outros reinos, como Herdaz, têm uma só Espada e uma Armadura... que são passadas através da linhagem real. Mas nós, os unkalakianos, não temos nenhuma Espada.

Muitos dos nossos *nuatomas*... são como os seus olhos-claros, só que não têm olhos claros...

— Como alguém pode ser um olhos-claros sem olhos claros? — perguntou Teft, franzindo a testa.

— Tendo olhos escuros — respondeu Rocha, como se fosse óbvio. — Nós não escolhemos nossos líderes assim. É complicado. Mas não interrompa a história. — Ele ordenhou mais um caniço e jogou a casca em uma pilha ao lado. — Os *nuatomas* veem a falta de Espadas Fractais como uma grande vergonha. Querem muito essas armas. Segundo a crença, o *nuatoma* que conseguir uma Espada Fractal primeiro vai se tornar rei, coisa que nós não temos há muitos anos. Nenhum pico vai lutar contra um pico onde haja um homem com uma dessas benditas Espadas.

— Então você veio *comprar* uma? — perguntou Kaladin.

Nenhum Fractário venderia sua arma. Cada qual era uma relíquia distinta, tirada de um dos Radiantes Perdidos depois da traição.

Rocha riu.

— Ha! Comprar? Não, não somos tão tolos assim. Mas meu *nuatoma* conhecia a tradição de vocês, hein? A tradição diz que o homem que matar um Fractário pode ficar com a Espada e a Armadura. Então meu *nuatoma* e a casa dele... nós fizemos uma grande procissão e descemos para encontrar e matar um dos seus Fractários.

Kaladin quase riu.

— Imagino que isso se mostrou mais difícil do que vocês pensavam.

— Meu *nuatoma* não era um tolo — disse Rocha, na defensiva. — Ele sabia que isso aí seria difícil, mas a tradição de vocês nos dá esperança, entende? De vez em quando, um bravo *nuatoma* desce para duelar com um Fractário. Algum dia, um deles vai vencer e nós teremos Fractais.

— Talvez — disse Kaladin, jogando um caniço vazio no abismo. — Presumindo que algum deles concorde com um duelo até a morte.

— Ah, eles sempre duelam — disse Rocha, rindo. — O *nuatoma* traz muitas riquezas e promete tudo ao vencedor. Os seus olhos-claros não podem deixar escapar uma oportunidade tão boa! Eles não acham difícil matar um unkalakiano sem Espada Fractal. Muitos *nuatomas* morreram. Mas tudo bem. Um dia acabaremos vencendo.

— E ganharão um conjunto de Fractais — disse Kaladin. — Alethkar tem dezenas.

— Uma já é um começo — replicou Rocha, dando de ombros. — Mas meu *nuatoma* perdeu, então agora sou carregador de pontes.

— Espere — disse Teft. — Você veio de tão longe com seu luminobre e, quando ele perdeu, você se juntou a uma equipe de ponte?

— Não, não, você não entende — respondeu Rocha. — Meu *nuatoma* desafiou o Luminobre Sadeas. Todo mundo sabe que existem muitos Fractários aqui nas Planícies Quebradas. Meu *nuatoma* achou mais fácil lutar contra um homem que só tinha a Armadura Fractal, para depois conseguir a Espada.

— E então? — perguntou Teft.

— Quando meu *nuatoma* perdeu para o Luminobre Sadeas, nós todos passamos a pertencer a ele.

— Então você é um escravo? — perguntou Kaladin, levantando a mão e apalpando as marcas que tinha na testa.

— Não, nós não temos isso aí — disse Rocha. — Eu não era escravo do meu *nuatoma*. Era parente dele.

— *Parente, então?*? — exclamou Teft. — Por Kelek! Você é um olhos-claros, então!

Rocha riu outra vez, alto e com vontade. Kaladin sorriu involuntariamente. Já fazia muito tempo que não ouvia um riso como aquele.

— Não, não, eu era só *umarti'a*, primo dele, como vocês dizem.

— De qualquer forma, você era parente dele.

— Nos Picos, os parentes de um luminobre são seus criados.

— Que tipo de sistema é esse? — protestou Teft. — Você tem que ser criado dos seus parentes? Raios me partam! Acho que prefiro morrer.

— Não é tão ruim — disse Rocha.

— É que você não conhece os meus parentes — disse Teft, estremecendo.

Rocha voltou a rir.

— Você prefere servir a alguém que não conhece? Como esse Sadeas? Um homem que não tem nenhuma relação com você? — Ele balançou a cabeça. — Terrabaixistas. Vocês têm ar demais aqui. Isso prejudica a cabeça de vocês.

— Ar demais? — perguntou Kaladin.

— Isso — respondeu Rocha.

— Como é que alguém pode ter ar demais? Tem ar em tudo que é lugar.

— Difícil explicar isso aí.

O alethiano de Rocha era bom, mas ele às vezes se esquecia de palavras comuns. Outras vezes, se lembrava delas e falava frases com precisão. Quanto mais rápido falava, mais palavras ele se esquecia de acrescentar.

— Vocês têm ar demais — disse Rocha. — Venham até os Picos. Vocês vão ver.

— Pode ser — disse Kaladin, lançando um olhar a Teft, que deu de ombros. — Mas você está enganado a respeito de uma coisa. Você disse que nós servimos a alguém que não conhecemos. Bem, eu *conheço* o Luminobre Sadeas. Conheço muito bem.

Rocha ergueu uma sobrancelha.

— Arrogante — disse Kaladin. — Vingativo, ganancioso e corrupto até os ossos.

Rocha sorriu.

— É, acho que você tem razão nisso aí. Esse homem não está entre os melhores olhos-claros.

— Não há um melhor entre eles, Rocha. São todos iguais.

— Eles fizeram muito mal a você?

Kaladin deu de ombros. A pergunta envolvia feridas ainda não cicatrizadas.

— Seja como for, seu mestre teve sorte.

— Sorte de ser morto por um Fractário?

— Sorte de não ter vencido — disse Kaladin. — Ele ia descobrir que tinha sido enganado. Nunca iam permitir que ele voltasse para casa com a Armadura de Sadeas.

— Bobagem — interrompeu Teft. — A tradição...

— A tradição é a desculpa que usam para nos condenar, Teft — disse Kaladin. — É o papel bonito que eles usam para embrulhar suas mentiras. E para nos fazer de criados.

Teft apertou os lábios.

— Já vivi muito mais tempo que você, filho. Conheço as coisas. Se um homem plebeu matar um Fractário inimigo, ele se torna um olhos-claros. É assim que funciona.

Kaladin deixou o assunto morrer. Se as ilusões de Teft o faziam se sentir melhor no caos daquela guerra, quem era Kaladin para dissuadi-lo?

— Então você era um criado — disse ele a Rocha. — No séquito de um luminobre? Que tipo de criado? — Ele se esforçou para encontrar a palavra certa, lembrando-se da época em que interagira com Wistiow ou Roshone. — Lacaio? Mordomo?

Rocha riu.

— Eu era cozinheiro. Meu *nuatoma* não viria para as terras baixas sem seu cozinheiro! A comida de vocês tem tantos temperos que vocês não conseguem sentir o gosto de outra coisa. Podem muito bem comer pedras temperadas com pimenta!

— Logo *você* falando de comida — disse Teft, com ar carrancudo. — Um papaguampas.

Kaladin franziu o cenho.

— Por que chamam vocês assim?

— Porque eles comem as guampas e as conchas das coisas que pegam — explicou Teft. — As partes externas.

Rocha sorriu com expressão saudosa.

— Ah, e é tão gostoso.

— Vocês realmente comem as conchas? — perguntou Kaladin.

— Nós temos dentes muito fortes — respondeu Rocha orgulhosamente. — Mas pronto. Isso aí é a minha história. O Luminobre Sadeas não sabia bem o que fazer com a maioria de nós. Uns foram ser soldados e outros foram trabalhar na casa dele. Eu preparei uma refeição para ele e ele me mandou para as equipes de pontes. — Rocha fez uma pausa. — Eu posso ter, hã, dado uma melhorada na sopa dele.

— Melhorada? — disse Kaladin, erguendo uma sobrancelha.

Rocha pareceu constrangido.

— Veja bem, eu estava muito irritado com a morte do meu *nuatoma* e pensei: esses terrabaixistas já estão com as línguas queimadas por causa dessa comida deles. Eles não têm paladar. Então...

— Então o quê? — perguntou Kaladin.

— Cocô de chule — admitiu Rocha. — Mas parece que tem um gosto mais forte do que eu pensava.

— Espere aí — disse Teft. — Você pôs *cocô de chule* na sopa do Grão-príncipe Sadeas?

— É... botei — admitiu Rocha. — Na verdade, botei no pão também. E usei como guarnição no lombinho de porco. E fiz um molho picante para os garames amanteigados. Descobri que o cocô de chule tem muitas utilidades.

Teft soltou uma gargalhada. Achou tanta graça que chegou a cair no chão, a ponto de Kaladin recear que ele rolasse para o abismo.

— Papaguampas — disse Teft finalmente —, vou lhe pagar uma bebida.

Rocha sorriu. Kaladin balançou a cabeça, impressionado. De repente, tudo fez sentido.

— O que foi? — perguntou Rocha ao ver sua expressão.

— É disso que nós precisamos — disse Kaladin. — *Disso!* É o que estava me fazendo falta.

Rocha hesitou.

— Cocô de chule? É disso que você precisa?

Teft deu outra gargalhada.

— Não — disse Kaladin. — É... bem, vou mostrar a vocês. Mas primeiro precisamos dessa seiva de erva-botão.

Mal haviam ordenhado um feixe e ele já estava com os dedos doloridos.

— E você, Kaladin? — perguntou Rocha. — Já lhe contei minha história. Você vai me contar a sua? Como você arrumou essas marcas na testa?

— É — disse Teft, secando os olhos. — Você cagou na comida de quem?

— Você não disse que era tabu perguntar do passado de um carregador de pontes?

— Você fez Rocha contar o dele, filho — disse Teft. — Então é justo.

— Quer dizer que se eu contar minha história, você conta a sua?

Teft ficou sério imediatamente.

— Veja só, eu não vou...

— Eu matei um homem — disse Kaladin.

Isso aquietou Teft. Rocha se aprumou. Syl, notou Kaladin, estava olhando para ele com interesse. O que era inusitado, em se tratando dela; em geral sua atenção se dispersava rapidamente.

— Você matou um homem? — disse Rocha. — E virou escravo? A punição para homicídio geralmente não é a morte?

— Não foi homicídio — disse Kaladin baixinho, pensando no barbudo maltrapilho que lhe fizera as mesmas perguntas no carroção. — Na verdade, alguém muito importante me agradeceu por isso.

Quando ele não continuou, Teft insistiu:

— E aí?

— E aí... — disse Kaladin, olhando para um caniço. Nomon estava se pondo a oeste, e o pequeno disco verde de Mishim, a última lua, estava se levantando a leste. — E acontece que os olhos-claros não reagem muito bem quando alguém recusa seus presentes.

Os outros esperaram que ele prosseguisse, mas Kaladin permaneceu em silêncio, manuseando os caniços. Ficou surpreso ao descobrir como lhe era penoso lembrar o que acontecera no exército de Amaram.

Ou por terem notado seu estado de espírito, ou por acharem que ele já dissera o bastante, os outros voltaram ao trabalho e não fizeram mais perguntas.

Nada disso invalida as coisas que escrevi aqui.

A Galeria de Mapas do rei equilibrava beleza e funcionalidade. A grande estrutura de pedra Transmutada tinha paredes lisas, que se fundiam sem emendas no terreno rochoso. Tinha o formato de um grande pedaço de pão thayleno e amplas claraboias no teto permitiam que o sol iluminasse belas formações de casca-pétrea.

Dalinar passou por uma delas, cujas crostas rosas, verdes e azuis cresciam em um padrão retorcido até a altura de seus ombros. Aquelas plantas rijas não possuíam talos ou folhas, apenas gavinhas, que lembravam cabelos coloridos. Tirando isso, as casca-pétrea tinham mais o aspecto de pedras que de plantas. Os estudiosos, no entanto, diziam que deviam ser plantas, pelo modo como cresciam e procuravam a luz.

Os homens também faziam isso, pensou ele. *Antigamente.*

O Grão-príncipe Roion estava plantado diante de um dos mapas, com as mãos juntas atrás das costas. Seus numerosos criados se aglomeravam do outro lado da galeria. Roion era alto, tinha pele clara, uma barba escura bem aparada e uma calvície incipiente. Como muitos outros, usava um casaco curto e aberto na frente; a gola da camisa vermelha aparecendo sobre o colarinho.

Que ridículo, pensou Dalinar, embora a roupa estivesse na moda. Dalinar gostaria que a moda em voga não fosse tão... bem, ridícula.

— Luminobre Dalinar — disse Roion — Estou achando difícil entender o objetivo deste encontro.

— Ande comigo, Luminobre Roion — disse Dalinar, inclinando a cabeça.

O homem suspirou, mas acompanhou Dalinar pelo caminho entre os aglomerados de plantas e a parede com os mapas. Os criados de Roion os seguiram; um deles carregava uma taça e outro, um escudo.

Cada mapa era iluminado por diamantes, e suas molduras eram feitas de aço polido como espelhos. Os mapas eram desenhados a tinta sobre pergaminhos extraordinariamente grandes e sem emendas — certamente Transmutados. Perto do centro do recinto, eles se aproximaram do Mapa Primordial, um mapa enorme e detalhado, que mostrava as áreas já exploradas das Planícies Quebradas. As pontes permanentes eram representadas em vermelho; os platôs próximos ao lado alethiano eram marcados com pares de glifos, que designavam qual grão-príncipe os controlava. Na seção oriental, o mapa se tornava cada vez menos detalhado, até suas linhas desaparecerem de vez.

No centro, estava a área disputada, em cujos platôs os demônios-do-abismo formavam crisálidas com mais frequência. Poucos deles visitavam o lado mais próximo aos alethianos, onde estavam as pontes permanentes. Quando o faziam, era para caçar, não para formar crisálidas.

Controlar os platôs vizinhos ainda era importante, pois um grão-príncipe — conforme acordado — não podia atravessar o platô de outro, a menos que recebesse permissão. Isso determinava quem tinha os melhores acessos aos platôs centrais e quem deveria manter os postos de vigilância e as pontes permanentes de determinado platô. Os platôs eram comprados e vendidos entre os grão-príncipes.

Uma segunda folha de pergaminho, ao lado do Mapa Primordial, listava todos os grão-príncipes e o número de gema-coração que cada um conquistara. Era algo bem alethiano — manter a motivação deixando bem claro quem estava vencendo e quem ficara para trás.

Os olhos de Roion se voltaram imediatamente para o próprio nome. Entre todos os grão-príncipes, Roion fora o que obtivera menos gemas-coração.

Dalinar levantou a mão e tocou o Mapa Primordial. Os platôs do meio tinham nomes ou números para facilitar a localização. Destacando-se entre eles havia um grande platô, que se erguia desafiadoramente próximo ao lado parshendiano. Era conhecido como a Torre — um platô incomumente extenso, com um formato estranho, pelo qual os demônio-do-abismo demonstravam uma preferência especial para abrigar suas crisálidas.

Olhar para aquilo o fez hesitar. O tamanho de um platô disputado determinava o número de soldados que poderiam ser deslocados para lá. Os parshendianos costumavam levar um grande exército para a Torre, e já haviam rechaçado 27 ataques alethianos. Nenhum alethiano jamais vencera uma escaramuça ali. O próprio Dalinar fora repelido duas vezes.

Aquele platô estava simplesmente perto demais dos parshendianos, que sempre chegavam primeiro e se organizavam. O terreno mais elevado lhes oferecia uma posição bastante vantajosa. *Mas e se pudermos encurralar os parshendianos ali?*, pensou Dalinar. *Com um grande contingente nosso*... Isso poderia significar a eliminação de um grande número de soldados inimigos. Talvez o suficiente para anular sua capacidade de guerrear nas Planícies.

Era algo a se considerar. Antes disso, porém, Dalinar precisaria promover alianças. Ele deslizou os dedos para oeste.

— O Grão-príncipe Sadeas tem se saído muito bem ultimamente. — Dalinar deu uns tapinhas sobre o acampamento de Sadeas. — Tem comprado platôs de outros grão-príncipes, o que torna cada vez mais fácil para ele chegar primeiro nos campos de batalha.

— Sim — disse Roion, franzindo o cenho. — Nem é preciso olhar um mapa para saber disso, Dalinar.

— Olhe com perspectiva — disse Dalinar. — Seis anos de lutas contínuas e nunca nem mesmo *vimos* o centro das Planícies Quebradas.

— Esse nunca foi o objetivo. Nós sitiamos os parshendianos, seguramos as tropas deles, fazemos com que passem fome e os forçamos a nos atacar. Não era esse o *seu* plano?

— Sim, mas nunca imaginei que fosse demorar tanto. Estou achando que talvez seja hora de mudar de tática.

— Por quê? Essa funciona. Raramente se passa uma semana sem que haja alguns confrontos contra os parshendianos. Embora, se me permite dizer, você não tenha sido exatamente uma inspiração militar nos últimos tempos. — Ele apontou para o pergaminho menor.

Havia um bom número de marcas ao lado do nome de Dalinar, mas poucas eram recentes.

— Há quem diga que o Espinho Negro perdeu seu ferrão — disse Roion.

Ele teve o cuidado de não insultar Dalinar abertamente, porém foi mais longe do que teria ousado antes. Notícias sobre o comportamento de Dalinar no barracão haviam se espalhado.

Dalinar se obrigou a permanecer calmo.

— Roion, não podemos continuar a tratar essa guerra como um jogo.

— Todas as guerras são jogos. Do tipo mais grandioso, em que as peças perdidas são vidas de verdade e as peças capturadas são riquezas de verdade! É para isso que os homens existem. Lutar, matar e vencer.

Ele estava citando o Criador de Sóis, o último rei alethiano a unir os grão-príncipes. Gavilar, outrora, reverenciara aquele nome.

— Talvez — disse Dalinar. — Mas qual o sentido disso? Nós lutamos para conseguir Espadas Fractais e usamos as Espadas Fractais para conseguir mais Espadas Fractais. Ficamos correndo em círculos, atrás dos próprios rabos, para poder correr melhor atrás dos próprios rabos.

— Lutamos para nos prepararmos para reclamar o céu e retomar o que é nosso.

— Os homens podem treinar sem ir à guerra e podem lutar com um propósito. As coisas não foram sempre assim. Houve uma época em que nossas guerras tinham *significado*.

Roion ergueu uma sobrancelha.

— Você está quase me fazendo acreditar nos boatos, Dalinar. Dizem que você perdeu o gosto pelos combates, que já não tem vontade de lutar. — Ele encarou Dalinar. — Alguns estão dizendo que chegou a hora de você abdicar em favor de seu filho.

— Os boatos estão errados — rebateu Dalinar.

— É que...

— Estão *errados* — disse Dalinar, com firmeza — se dizem que não me importo mais. — Ele pousou os dedos no mapa novamente e os deslizou pelo pergaminho. — Eu me importo, Roion. Eu me importo profundamente. Com esse povo. Com meu sobrinho. Com o futuro desta guerra. É por isso que estou sugerindo que nós adotemos uma estratégia mais agressiva a partir de agora.

— É bom ouvir isso, eu acho.

Você deve uni-los...

— Quero que você faça um ataque comigo — disse Dalinar.

— *O quê?*

— Quero que juntemos nossas forças em um ataque simultâneo.

— E por que faríamos isso?

— Poderíamos aumentar nossas chances de obter gema-coração.

— Se mais soldados aumentassem minhas chances de vencer, eu apenas levaria mais dos meus. Os platôs são pequenos demais para acolher grandes exércitos; e a mobilidade é mais importante que a simples quantidade.

Era um argumento válido. Nas Planícies, mais não significava necessariamente melhor. O pouco espaço e a marcha forçada até o campo de batalha transformavam a guerra de modo significativo. O número exato de soldados a serem usados dependia do tamanho do platô e da filosofia marcial do grão-príncipe.

— Trabalhar juntos não é só deslocar mais tropas — disse Dalinar. — Os exércitos dos grão-príncipes têm diferentes pontos fortes. Eu sou conhecido pela minha infantaria; você tem os melhores arqueiros. As pontes de Sadeas são as mais rápidas. Trabalhando juntos, nós poderíamos tentar novas táticas. Gastamos muitos esforços para chegar aos platôs depressa. Se não fôssemos tão precipitados, se não competíssemos uns contra os outros, talvez pudéssemos cercar o platô. Deixaríamos os parshendianos chegarem primeiro para depois atacá-los nos *nossos* termos, não nos deles.

Roion hesitou. Dalinar passara alguns dias discutindo com seus generais a possibilidade de um ataque conjunto. Aparentemente, as vantagens eram evidentes, mas não se poderia saber ao certo até que alguém aceitasse tentar.

Roion parecia realmente estar considerando.

— Quem ficaria com a gema-coração?

— Dividiremos os despojos igualmente — respondeu Dalinar.

— E se capturarmos uma Espada Fractal?

— O homem que a conquistar ficará com ela, evidentemente.

— O mais provável é que seja você — disse Roion, franzindo a testa. — Pois você e seu filho já têm Espadas Fractais.

Aquele era o grande problema com as Espadas e Armaduras Fractais: conquistar uma delas era muito improvável, a não ser que o indivíduo já tivesse Fractais. E possuir somente uma delas nem sempre bastava. Sadeas já enfrentara Fractários no campo de batalha e, em todas as vezes, tivera que recuar para não ser morto.

— Tenho certeza de que podemos combinar algo mais justo — disse Dalinar, por fim.

Caso viesse a conquistar Fractais, pretendia dá-las a Renarin.

— Lógico — disse Roion ceticamente.

Dalinar respirou fundo. Precisava ser mais generoso.

— E se eu as oferecer a você?

— Como é?

— Nós fazemos um ataque combinando nossas forças. Se eu conquistar alguma Fractal, você fica com ela. Mas eu fico com a seguinte.

Roion semicerrou os olhos.

— Você faria isso?

— Pela minha honra, Roion.

— Bem, ninguém duvidaria disso. Mas não se pode criticar um homem por ser cauteloso.

— Como assim?

— Eu sou um grão-príncipe, Dalinar. Meu principado é o menor, com certeza, mas sou dono das minhas ações. E não gostaria de me ver subordinado a alguém maior.

Você já se tornou parte de algo maior, pensou Dalinar, frustrado. *Isso aconteceu no momento em que jurou lealdade a Gavilar.* Roion e os outros se recusavam a cumprir suas promessas.

— Nosso reino pode vir a ser muito maior do que é, Roion.

— Talvez. Mas talvez eu esteja satisfeito com o que tenho. De qualquer forma, você me fez uma proposta interessante. Vou refletir sobre ela.

— Muito bem — disse Dalinar.

Mas seu instinto lhe dizia que Roion recusaria a oferta. Era desconfiado demais. Os grão-príncipes mal confiavam uns nos outros mesmo quando *não* havia Espadas Fractais e gemas em jogo.

— Vou ver você no banquete de hoje à noite? — perguntou Roion.

— Por que não veria?

— Bem, os guarda-tempos estão dizendo que *pode* haver uma grantormenta hoje à noite. E você...

— Eu estarei lá — disse Dalinar secamente.

— Sim, claro — disse Roion, com um risinho. — Não há motivo para que não esteja.

Sorrindo para Dalinar, ele se afastou, seguido pelos criados.

Dalinar suspirou e se virou para o Mapa Primordial, refletindo sobre aquele encontro e o que significava. Passou um longo tempo ali, contemplando as Planícies, como se fosse um deus olhando-as de cima. Os platôs lembravam ilhas próximas, ou peças irregulares encaixadas em um enorme vitral. Não pela primeira vez, ele teve a impressão de que deveria ser capaz de encontrar um padrão naqueles platôs. Se pudesse ver uma área maior, talvez. Se *houvesse* uma ordem nos abismos, qual seria o significado?

Todos estavam muito preocupados em parecer fortes, em se afirmar. Seria ele o único que via como aquilo era fútil? A força pela força? Para que serviria a força se não fosse usada para alguma coisa?

Alethkar já foi um farol, pensou ele. É o que o livro de Gavilar afirma, é o que as visões estão me mostrando. Nohadon foi rei de Alethkar há muito tempo. Antes que os Arautos partissem.

Dalinar teve a impressão de que quase podia vê-lo. O segredo. Se pudesse avançar mais um pouco, saberia o que tanto entusiasmava Gavilar nos meses que precederam sua morte. Veria a estrutura que regia as vidas dos homens. E finalmente entenderia.

Mas aquilo era o que ele vinha fazendo nos últimos seis anos. Tateava, esticava-se, tentava alcançar um pouco mais longe. Quanto mais se esticava, no entanto, mais distantes pareciam as respostas.

ADOLIN ENTROU NA GALERIA dos Mapas. Seu pai ainda estava lá, sozinho. Dois membros da Guarda Cobalto o observavam à distância. Roion não estava à vista.

Adolin se aproximou devagar. Seu pai tinha aquele ar ausente que tanto se estampava em seu rosto nos últimos tempos. Mesmo quando não estava tendo uma crise, ele não parecia inteiramente presente. Não como antes.

— Pai? — disse Adolin, parando ao lado dele.

— Olá, Adolin.

— Como foi o encontro com Roion? — perguntou, tentando mostrar-se alegre.

— Decepcionante. Estou me mostrando pior na diplomacia do que era na guerra.

— Não há lucro na paz.

— É o que todo mundo diz. Mas já estivemos em paz e todo mundo parecia estar muito bem. Até melhor do que hoje.

— Não existe paz desde os Salões Tranquilinos — replicou Adolin imediatamente. — "O conflito é a vida do homem em Roshar."

Era uma citação de *Os Argumentos*.

Dalinar se virou para o filho, com ar divertido.

— Citando as escrituras para mim? Você?

Adolin deu de ombros, sentindo-se tolo.

— Bem, Malasha é muito religiosa, e hoje mais cedo eu estava ouvindo...

— Espere. Quem é Malasha?

— É a filha do Luminobre Seveks.

— E aquela outra garota, Janala?

Adolin fez uma careta ao se lembrar do desastroso passeio do outro dia. Seriam necessários muitos bons presentes para consertar aquilo. Ela parecia muito menos interessada nele agora que Adolin não estava cortejando mais ninguém.

— A coisa está difícil. Malasha parece uma opção melhor. — Ele mudou de assunto rapidamente. — Pelo que estou vendo, tão cedo Roion não vai nos acompanhar em um ataque.

Dalinar balançou a cabeça.

— Ele está achando que eu quero deixá-lo em uma posição desfavorável para tomar as terras dele. Talvez tenha sido um erro me aproximar primeiro do grão-príncipe mais fraco. Ele prefere se entrincheirar e enfrentar o que vier conservando o que tem do que se arriscar para obter algo maior.

Dalinar olhou para o mapa, parecendo distante novamente.

— Gavilar sonhava em unificar Alethkar. Antes, eu pensava que nós tínhamos conseguido isso, apesar do que ele afirmava. Agora, quanto mais convivo com esses homens, mais percebo que Gavilar tinha razão. Nós derrotamos esses grão-príncipes, mas *nunca* os unificamos.

— Você ainda pretende se encontrar com os outros?

— Sim. Para começar, só preciso de um que diga sim. Quem você acha que eu devo procurar agora?

— Não sei bem — disse Adolin. — Mas, por enquanto, acho que você deveria saber de uma coisa. Sadeas nos mandou uma mensagem pedindo permissão para entrar no nosso acampamento. Quer entrevistar os cavalariços que cuidaram do cavalo de Sua Majestade durante a caçada.

— A nova posição dele lhe dá o direito de fazer esse tipo de exigência.

— Pai — disse Adolin, aproximando-se mais e falando baixinho: — Acho que ele vai agir contra nós.

Dalinar o encarou.

— Sei que você confia nele — disse Adolin depressa. — E agora entendo suas razões. Mas me *escute*. Esse movimento o coloca na posição ideal para nos enfraquecer. O rei está tão paranoico que suspeita até de você e de mim. Sei que você já percebeu isso. Tudo o que Sadeas precisa é encontrar alguma "prova" imaginária que nos ligue a um atentado contra a vida do rei. Assim ele conseguirá virar Elhokar contra nós.

— Teremos que correr esse risco.

Adolin franziu a testa.

— Mas...

— Eu confio em Sadeas, filho — disse Dalinar. — Mas mesmo que não confiasse, não poderíamos proibi-lo de entrar no acampamento nem bloquear a investigação. Não só pareceríamos culpados aos olhos do rei, como também estaríamos negando sua autoridade. — Ele balançou a cabeça. — Se eu quiser que os outros grão-príncipes me aceitem como seu líder na guerra, tenho que aceitar a autoridade de Sadeas como Grão--príncipe da Informação. Não posso recorrer às antigas tradições para impor minha autoridade, mas negar a Sadeas o mesmo direito.

— Acho que você tem razão — reconheceu Adolin. — Mas podemos nos preparar. Não vá me dizer que não está um pouco preocupado.

Dalinar hesitou.

— Talvez. Essa manobra de Sadeas é agressiva. Mas já me disseram o que fazer. "Confie em Sadeas. Seja forte. Aja com honra e a honra o ajudará." Esse é o conselho que recebi.

— De onde?

Dalinar olhou para ele, e Adolin entendeu.

— Então agora estamos apostando o futuro de nossa casa nessas visões — disse ele secamente.

— Eu não diria isso — replicou Dalinar. — Se Sadeas agir contra nós, eu não vou apenas deixar que ele nos derrube. Mas também não vou fazer o primeiro movimento contra ele.

— Por causa de suas visões — disse Adolin, cada vez mais frustrado. — Pai, você disse que me ouviria a respeito das visões. Por favor, me escute agora.

— Este não é o local apropriado.

— O senhor sempre tem uma desculpa. Esta é a quinta vez que tento abordar esse assunto, e o senhor sempre se recusa a discuti-lo!

— Talvez seja porque eu sei o que vai dizer — disse Dalinar. — E sei que não vai adiantar nada.

— Ou talvez seja porque não quer encarar a verdade.

— Já basta, Adolin.

— Não, não basta! Zombam de nós em todos os acampamentos, nossa autoridade e reputação diminuem a cada dia, e *o senhor* se recusa a fazer algo de concreto em relação a isso!

— Adolin, eu *não* vou tolerar isso do meu filho.

— Mas tolera de todos os outros? Por que será, pai? Quando os outros dizem coisas sobre nós, o senhor permite que falem. Mas quando Renarin ou eu damos o mínimo passo na direção que *você* considera inapropriada, somos imediatamente censurados! Todos os outros podem falar mentiras, mas eu não posso dizer a verdade? Os seus filhos significam tão pouco para o senhor?

Dalinar se retraiu como se tivesse sido esbofeteado.

— O senhor não está *bem*, pai — continuou Adolin. Parte dele entendera que fora longe demais, que estava falando demasiado alto, mas ainda assim as palavras explodiam. — Temos que parar de pisar em ovos! *O senhor* precisa parar de inventar explicações cada vez mais irracionais para os seus lapsos! Sei que é difícil de aceitar, mas às vezes as pessoas envelhecem. Às vezes a mente deixa de funcionar direito.

"Não sei o que há de errado. Talvez seja a sua culpa pela morte de Gavilar. Aquele livro, os Códigos, as visões… talvez tudo isso seja uma tentativa de encontrar uma saída, encontrar redenção, *alguma coisa*. O que o senhor vê *não é* real. A sua vida agora é uma racionalização, uma maneira de tentar fingir que o que está acontecendo não está acontecendo. Mas que a *Danação me carregue* se eu deixar que você arraste a casa inteira consigo sem antes dizer o que penso!"

Ele praticamente gritou as últimas palavras. Elas ecoaram pela ampla câmara e Adolin percebeu que estava trêmulo. Nunca em toda sua vida se dirigira ao pai naquele tom.

— Você acha que não considerei essas questões? — perguntou Dalinar com voz gélida e olhar severo. — Analisei uma dúzia de vezes cada ponto que você levantou.

— Então talvez devesse analisá-los mais um pouco.

— Eu *preciso* confiar em mim mesmo. As visões estão tentando me mostrar algo importante. Não posso provar ou explicar como sei, mas é verdade.

— É lógico que o senhor pensa assim — disse Adolin, exasperado. — Não está vendo? Isso é *exatamente* o que senhor devia pensar. Os homens sempre veem as coisas como querem! Olhe para o rei. Ele vê um assassino em cada sombra, e uma correia gasta torna-se uma trama elaborada para matá-lo.

Dalinar calou-se novamente.

— Às vezes, as respostas mais simples *são* as certas, pai! A correia do rei simplesmente se desgastou. E o senhor… está vendo coisas que não existem. Sinto muito.

Os dois se encararam. Adolin não desviou o olhar; recusava-se a fazê-lo. Dalinar finalmente deu-lhe as costas.

— Deixe-me, por favor.

— Está bem. Certo. Mas quero que pense sobre isso. Quero que o senhor…

— Adolin. *Saia.*

Adolin trincou os dentes, mas deu as costas e saiu pisando duro. *Precisava ser dito*, disse a si mesmo enquanto deixava a galeria.

Mas isso não fez com que sentisse menos mal por ter sido a pessoa a dizer.

25

O AÇOUGUEIRO

SETE ANOS ATRÁS

— NUM ESTÁ CERTO o que eles fazem — disse uma voz feminina. — Num se corta gente para espiar o que o Todo-Poderoso escondeu por bom motivo.

Kal estacou diante de um beco entre duas casas em de Larpetra. O Pranto estava próximo, e grantormentas eram raridade. Mas por enquanto estava frio demais para que as plantas apreciassem a tranquilidade, pois tinha vindo um inverno; o céu estava pálido. Petrobulbos passavam as semanas de inverno enrolados dentro de suas conchas. A maior parte das criaturas hibernava, esperando o retorno do calor. Felizmente, as estações geralmente duravam apenas algumas semanas. Imprevisibilidade — essa era a natureza do mundo. Só depois da morte havia estabilidade. Pelo menos era isso que os fervorosos ensinavam.

Kal vestia um casaco espesso e acolchoado com algodão de pau-de--greta. O tecido era áspero, mas quente, tingido com uma cor castanha--escura. Ele manteve o capuz na cabeça e as mãos nos bolsos. À sua direita estava a casa do padeiro — a família dormia no entrepiso triangular nos fundos, e a frente era a padaria. À esquerda via-se uma das tavernas de Larpetra, cerveja de lávis e cerveja marrom fluíam em abundância durante as semanas de inverno.

Ele não estava vendo as duas mulheres que tagarelavam ali perto.

— Ele roubou do antigo Senhor da Cidade, sabe? — comentou uma mulher em voz baixa. — Um cálice cheio de esferas. O cirurgião diz que foi um presente, mas ele era o único na sala quando o Senhor da Cidade morreu.

— Ouvi dizer que *tem* um documento — replicou a primeira voz.

— Alguns glifos. Num é um testamento de verdade. E de quem foi a mão que escreveu esses glifos? O próprio cirurgião. Num tá certo o senhor da cidade não ter uma mulher ali de escriba. Eu tô dizendo, num está certo o que eles fazem.

Kal trincou os dentes, tentado a aparecer e mostrar para as mulheres que ele as ouvira. Mas seu pai não aprovaria. Lirin não gostava de causar conflitos ou situações embaraçosas.

Mas isso era o jeito do seu pai. Então Kal marchou para fora do beco, passando por Nana Terith e Nana Relina, que estavam fofocando diante da padaria. Terith era a esposa do padeiro, uma mulher gorda de cabelo escuro e crespo. Ela estava no meio de outra calúnia. Kal dirigiu-lhe um olhar hostil, e os olhos castanhos dela traíram um satisfatório momento de desconforto.

Kal atravessou a praça com cuidado, prestando atenção nas poças de gelo. A porta da padaria fechou-se ruidosamente atrás dele, com as duas mulheres fugindo para dentro.

Sua satisfação não durou muito. Por que as pessoas sempre diziam tais coisas sobre seu pai? Elas o chamavam de mórbido e anormal, mas corriam para comprar glifos-amuletos e talismãs de um apotecário itinerante ou vendedor de sortilégios. Que o Todo-Poderoso tivesse piedade de qualquer homem que efetivamente fizesse algo *útil* para ajudar!

Ainda irritado, Kal dobrou algumas esquinas, caminhando até onde estava sua mãe, em cima de uma escada contra a parede do salão municipal, cuidadosamente entalhando as calhas do edifício. Hesina era uma mulher alta que geralmente prendia o cabelo em um rabo de cavalo, e depois enrolava um lenço ao redor da cabeça. Naquele dia, ela acrescentara uma touca de tricô. Usava um longo casaco marrom que combinava com o de Kal, e a barra azul de sua saia mal aparecia embaixo.

Os objetos de sua atenção eram uma série de pingentes de pedra que haviam se formado nas bordas do telhado. Grantormentas vertiam água de tormenta, e água de tormenta trazia crem. Se deixada intocada, o crem geralmente endurecia como pedra. Os edifícios ganhavam estalactites, formadas pela água de tormenta pingando lentamente das calhas. Era preciso removê-las regularmente, ou havia risco de tornarem o teto pesado a ponto de desabar.

Ela o notou e sorriu, as faces coradas pelo frio. Dotada de um rosto estreito, um queixo ousado e lábios carnudos, era uma bela mulher. Pelo menos essa era a opinião de Kal; certamente era mais bonita que a esposa do padeiro.

— Seu pai já o dispensou de suas lições?

— Todo mundo odeia o pai — desabafou Kal.

Sua mãe desviou o olhar do trabalho.

— Kaladin, você tem treze anos. Já é crescido o bastante para não dizer bobagens como essa.

— É verdade — teimou ele. — Ouvi algumas mulheres conversando agora mesmo. Elas disseram que o pai roubou as esferas do Luminobre Wistiow. Dizem que ele gosta de abrir as pessoas e que faz coisas que num são naturais.

— *Não são* naturais.

— Por que não posso falar como todo mundo?

— Porque não é apropriado.

— É apropriado para Nana Terith.

— E o que você acha dela?

Kal hesitou.

— Ela é ignorante. E gosta de fofocar sobre coisas que não entende.

— Pois então. Se quer imitá-la, com certeza eu não tenho do que reclamar.

Kal fez uma careta. Era preciso tomar cuidado ao falar com Hesina; ela gostava de distorcer as palavras. Ele se recostou novamente contra a parede do salão municipal, vendo seu hálito virar vapor à sua frente. Talvez uma tática diferente funcionasse.

— Mãe, *por que* as pessoas odeiam o pai?

— Elas não o odeiam — respondeu ela. Contudo, a pergunta ponderada fez com que continuasse: — Mas ele *de fato* deixa as pessoas incomodadas.

— Por quê?

— Porque algumas pessoas têm medo do conhecimento. Seu pai é um homem culto; ele conhece coisas que os outros não entendem. Então essas coisas devem ser sombrias e misteriosas.

— Elas não têm medo de vendedores de sortilégios e glifos-amuletos.

— Esses são fáceis de entender — disse calmamente sua mãe. — Se você queimar um glifo-amuleto em frente à sua casa, ele vai afastar o mal. É fácil. O seu pai não dá um amuleto a alguém para curá-lo; ele insiste que a pessoa permaneça na cama, bebendo água, tomando algum remédio de gosto horrível e lavando a ferida todo dia. É difícil. Eles preferem deixar tudo nas mãos do destino.

Kal pensou a respeito.

— Acho que o odeiam porque ele fracassa com muita frequência.

— Tem razão. Se um glifo-amuleto não funciona, você pode colocar a culpa na vontade do Todo-Poderoso. Se o seu pai falha, então é culpa dele. Pelo menos é assim que eles veem. — Sua mãe continuou a trabalhar, lascas de pedra caindo no chão ao seu redor. — Nunca vão realmente *odiar* o seu pai... ele é útil demais. Mas também nunca vão acolhê-lo. Esse é o preço de ser um cirurgião. Ter poder sobre as vidas dos homens é uma responsabilidade incômoda.

— E se eu não quiser essa responsabilidade? E se eu quiser apenas ser algo normal, como um padeiro, ou um lavrador, ou... — *Ou um soldado*, acrescentou ele na sua mente.

Havia pegado um bastão algumas vezes em segredo, e embora nunca houvesse conseguido reproduzir aquele momento quando lutou com Jost, *havia* alguma coisa revigorante em segurar uma arma; algo que o atraía e empolgava.

— Eu acho que você vai descobrir que as vidas dos padeiros e dos lavradores não são tão dignas de inveja — respondeu sua mãe.

— Pelo menos eles têm amigos.

— Você também. E o Tien?

— Tien não é meu amigo, mãe. Ele é meu irmão.

— Ah, então ele não pode ser as duas coisas?

Kal revirou os olhos.

— Você me entendeu.

Ela desceu da escada, dando um tapinha no seu ombro.

— Sim, eu entendi, e sinto muito por ter feito piada. Mas você se coloca em uma posição difícil. Você quer amigos, mas realmente quer *agir* como os outros meninos? Desistir dos seus estudos para poder se matar de trabalhar nos campos? Envelhecer antes do tempo, queimado e enrugado pelo sol?

Kal não respondeu.

— As coisas que os outros têm sempre parecem melhores que as nossas — disse sua mãe. — Traga a escada.

Obediente, Kal a seguiu, contornando o salão municipal até o outro lado, e depois encostando a escada para que sua mãe pudesse subir e recomeçar o trabalho.

— Os outros pensam que o pai roubou aquelas esferas. — Kal enfiou as mãos nos bolsos. — Acham que ele escreveu aquele pedido do Luminobre Wistiow e fez com que o velho o assinasse sem saber.

A mãe ficou em silêncio.

— Eu detesto as mentiras e fofocas deles — disse Kal. — Eu os odeio por inventarem coisas sobre nós.

— Não os odeie, Kal. São boas pessoas. Nesse caso, só estão repetindo o que ouviram.

Ela lançou um olhar para a mansão do Senhor da Cidade, distante sobre uma alta colina. Toda vez que Kal a via, sentia que devia ir até lá e conversar com Laral. Mas nas últimas vezes em que tentara, não teve permissão de vê-la. Agora que o pai dela estava morto, sua ama controlava o tempo da menina, e não considerava apropriado que ela se misturasse com meninos da cidade.

O marido da ama, Miliv, fora o mordomo-chefe do Luminobre Wistiow. Se havia uma fonte de boatos ruins sobre a família de Kal, provavelmente era ele. Ele *nunca* tivera apreço pelo pai de Kal. Bem, em breve Miliv não teria importância. Um novo senhor da cidade estava prestes a chegar.

— Mãe, aquelas esferas só ficam lá servindo de iluminação. Não podemos gastar algumas para que você não precise ter que vir trabalhar?

— Eu gosto de trabalhar — respondeu ela, voltando a raspar as calhas. — Ilumina minhas ideias.

— Você não acabou de dizer que eu não gostaria de ter que trabalhar? Meu rosto ficaria marcado antes do tempo, ou qualquer outra coisa poética dessas?

Ela hesitou, depois riu.

— Garoto esperto.

— Garoto gelado — resmungou ele, tremendo.

— Eu trabalho porque quero. Não podemos gastar as esferas... elas são para a sua educação... e é mais fácil eu trabalhar do que forçar seu pai a cobrar pelas suas curas.

— Talvez eles nos respeitassem mais se nós cobrássemos.

— Ah, eles nos respeitam. Não, não acho que seja esse o problema. — Ela baixou o olhar para Kal. — Você sabe que somos do segundo nan.

— Claro — disse Kal, dando de ombros.

— Um jovem cirurgião de sucesso, da posição certa, poderia chamar a atenção de uma família nobre de menos recursos, que desejasse dinheiro e respeito. Isso acontece nas cidades maiores.

Kal fitou a mansão mais uma vez.

— Era por isso que você me encorajava tanto a brincar com Laral. Você queria que eu me casasse com ela, não é?

— Era uma possibilidade — concordou sua mãe, voltando a trabalhar.

Ele sinceramente não sabia como se sentia em relação àquilo. Os últimos meses haviam sido estranhos para Kal. Seu pai o forçara a estudar, mas, em segredo, ele passava o tempo praticando com o bastão. Dois caminhos possíveis, ambos atraentes. Kal *gostava* de aprender, e ansiava pela habilidade de ajudar as pessoas, cuidar de suas feridas, melhorar sua saúde. Ele via verdadeira nobreza no que seu pai fazia.

Mas parecia a Kal que, se ele pudesse lutar, poderia fazer algo ainda mais nobre. Proteger as suas terras, como os grandes heróis olhos-claros das histórias. E havia a maneira como ele se sentia quando segurava uma arma.

Dois caminhos. Opostos, de muitas maneiras. Ele só poderia escolher um.

Sua mãe continuava raspando as calhas e — com um suspiro — Kal pegou uma segunda escada e algumas ferramentas da sala de trabalho e se uniu a ela. Ele era alto para a idade, mas ainda precisava se esticar na escada. Ele pegou sua mãe sorrindo enquanto ele trabalhava, sem dúvida feliz por ter criado um rapazinho tão prestativo. Na verdade, Kal só queria ter a chance de bater em alguma coisa.

Como ele se sentiria, casado com alguém como Laral? Ele nunca seria seu igual. Seus filhos poderiam ser olhos-claros ou olhos-escuros, então até eles poderiam ser de uma posição mais elevada que Kal. Sabia que se sentira terrivelmente deslocado. Aquele era outro aspecto de tornar-se um cirurgião: se escolhesse esse caminho, estaria escolhendo a vida do seu pai. Escolheria viver à parte, isolado.

Contudo, se fosse para a guerra, teria um lugar. Talvez até fizesse o que era quase impensável, ganhar uma Espada Fractal e tornar-se um verdadeiro olhos-claros. Então poderia casar-se com Laral sem ser inferior a ela. Teria sido por isso que ela sempre o encorajou a se tornar soldado? Será que já pensava nesse tipo de coisa, mesmo naquela época? Naquele tempo, esse tipo de decisão — casamento, seu futuro — parecera impossivelmente distante para Kal.

Ele se sentia tão jovem. Teria mesmo que considerar essas questões? Ainda levaria alguns anos até que os cirurgiões de Kharbranth o deixassem fazer seus testes. Mas se ele *fosse* se tornar um soldado em vez disso, teria que alistar-se no exército antes que isso acontecesse. Como será que seu pai reagiria se Kal simplesmente partisse com os recrutadores? Kal não tinha certeza de que seria capaz de encarar o olhar desapontado de Lirin.

Como em resposta aos seus pensamentos, a voz de Lirin soou ali perto.

— Hesina!

A mãe de Kal se virou, sorrindo e escondendo uma mecha solta de cabelo escuro de volta no lenço. O pai de Kal vinha apressado pela rua, com o rosto ansioso. Kal sentiu um súbito aperto de preocupação. Quem estava ferido? Por que Lirin não o chamou?

— O que foi? — perguntou a mãe Kal, descendo a escada.

— Ele chegou, Hesina — respondeu seu pai.

— Já era a hora.

— Quem? — perguntou Kal, saltando da escada. — Quem chegou?

— O novo Senhor da Cidade, filho — disse Lirin, com o hálito vaporizando no ar frio. — Seu nome é Luminobre Toralin Roshone. Infelizmente não há tempo de trocar de roupa, não se quisermos ouvir seu primeiro discurso. Vamos!

Os três se apressaram. Os pensamentos e preocupações de Kal banidos diante da oportunidade de conhecer um novo olhos-claros.

— Ele não mandou avisar de sua chegada — sussurrou Lirin.

— Isso pode ser um bom sinal — replicou Hesina. — Talvez ele não ache necessário ser paparicado.

— Ou isso, ou ele não tem consideração. Pai das Tempestades, detesto receber um novo senhorio. Sempre parece que estou jogando um punhado de pedras em um jogo de quebracolo. Vamos jogar a rainha ou a torre?

— Logo saberemos — disse Hesina, olhando Kal de soslaio. — Não fique nervoso com as palavras do seu pai. Ele sempre cai no pessimismo em momentos assim.

— Não caio, não — reclamou Lirin.

Ela o encarou novamente.

— Em que outra ocasião isso aconteceu?

— Quando você foi conhecer os meus pais.

O pai de Kal empacou, atônito.

— Ventos tormentosos! Tomara que isso aqui não vá *metade* tão mal quanto aquela vez.

Kal estava ouvindo com curiosidade. Nunca conhecera os avós maternos; não costumavam ser mencionados com frequência. Logo os três chegaram no lado sul da cidade. Uma multidão havia se reunido, e Tien já estava ali, esperando. Ele acenou do seu jeito empolgado, pulando sem parar.

— Queria ter metade da energia desse menino — disse Lirin.

— Separei um lugar para nós! — chamou Tien animadamente, apontando. — Perto dos barris de chuva! Venham logo! Vamos perder o discurso!

Tien apressou-se em escalar os barris. Vários dos garotos da cidade o notaram e cutucaram uns aos outros, um deles fazendo algum comentário que Kal não ouviu. Isso fez com que os outros começassem a rir de Tien, o que imediatamente deixou Kal furioso. Tien não merecia zombarias só porque era um pouco pequeno para a idade.

Mas aquele não era um bom momento para confrontar os outros meninos, então Kal, carrancudo, juntou-se aos pais perto dos barris. Tien sorriu para ele do alto do seu barril. Ele havia empilhado algumas das suas rochas favoritas perto dele, pedras de diferentes cores e formas. Havia rochas por todo lugar ao redor, mas Tien era a única pessoa que ele conhecia que se encantava com elas. Depois de um momento de consideração, Kal subiu em um barril — tomando cuidado para não deslocar as pedras de Tien — para que também pudesse ter uma visão melhor da procissão do Senhor da Cidade.

Era enorme. Devia haver uma dúzia de carroções naquela fila, seguindo uma rica carruagem preta puxada por quatro cavalos pretos e esguios. Kal ficou boquiaberto, mesmo a contragosto. Wistiow só possuía um cavalo, que parecia tão velho quanto ele.

Será que um homem, mesmo um olhos-claros, podia possuir tanta mobília? Onde ia colocar tudo aquilo? E havia também pessoas: dezenas, montadas nos carroções, caminhando em grupos. E ainda havia uma dúzia de soldados trajando placas peitorais brilhantes e saiões de couro. Aquele olhos-claros tinha até a própria guarda de honra.

Por fim, a procissão alcançou a saída para Larpetra. Um homem montando um cavalo conduzia a carruagem e seus soldados adiante até a cidade, enquanto a maioria dos carroções continuou para a mansão. Kal foi ficando cada vez mais empolgado conforme a carruagem rodava lentamente até seu destino. Será que ele finalmente veria um verdadeiro herói olhos-claros? Na cidade se comentava que era provável que o novo Senhor da cidade fosse alguém que o rei Gavilar ou o Grão-príncipe Sadeas havia promovido por bravura nas guerras para unir Alethkar.

A carruagem parou de lado, de modo que a porta estivesse voltada para a multidão. Os cavalos bufaram e bateram os cascos, e o condutor da carruagem desceu em um pulo e rapidamente abriu a porta. Saiu um homem de meia-idade, com uma barba curta e grisalha. Vestia um casaco roxo cheio de babados, com um corte mais curto na frente — chegando apenas à cintura —, mas longo atrás. Por baixo dele, vestia um *takama* dourado, um saiote longo e reto que chegava até suas panturrilhas.

Um *takama*. Poucos ainda os usavam, mas velhos soldados na cidade falavam da época em que eles haviam sido populares como traje de guerreiro. Kal não esperava que o *takama* parecesse tanto com uma saia de mulher, mas ainda assim era um bom sinal. O próprio Roshone parecia um pouco velho demais, um pouco flácido demais, para ser um verdadeiro soldado. Mas ele portava uma espada.

O olhos-claros fitou a multidão com uma expressão de desagrado, como se houvesse chupado um limão. Por trás do homem, duas pessoas espiavam a rua; um homem mais novo com um rosto estreito e uma mulher mais velha com cabelo trançado. Roshone estudou a multidão, então sacudiu a cabeça e virou-se para subir de novo na carruagem.

Kal franziu o cenho. Ele não ia dizer nada? A multidão parecia compartilhar seu choque; alguns deles começaram a sussurrar de maneira ansiosa.

— Luminobre Roshone! — chamou o pai de Kal.

A multidão fez silêncio. O olhos-claros se virou. As pessoas se afastaram, e Kal percebeu que estava se encolhendo diante daquele olhar ríspido.

— Quem falou? — exigiu saber Roshone, em uma voz baixa de barítono.

Lirin deu um passo adiante, erguendo a mão.

— Luminobre. A sua viagem foi agradável? Por favor, podemos mostrar-lhe a cidade?

— Qual é o seu nome?

— Lirin, Luminobre. O cirurgião de Larpetra.

— Ah — disse Roshone. — Foi você quem deixou o velho Wistiow morrer. — A expressão do Luminobre tornou-se sombria. — De certa maneira, é por sua culpa que estou neste buraco deplorável do reino. — Ele grunhiu, depois subiu de novo na carruagem e bateu a porta.

Em poucos segundos, o condutor da carruagem repôs as escadas, subiu de volta ao seu posto e começou a virar o veículo. O pai de Kal lentamente deixou cair o braço. Os moradores da cidade começaram a conversar imediatamente, fazendo comentários sobre os soldados, a carruagem e os cavalos.

Kal sentou-se no seu barril. *Bem, eu devia ter imaginado que um guerreiro seria curto e grosso, certo?*, pensou ele. Os heróis das lendas não eram necessariamente exemplos de cortesia. Matar pessoas e ter conversas elegantes nem sempre andavam em conjunto, como dissera-lhe certa vez o velho Jarel.

Lirin voltou para perto deles, a expressão perturbada.

— Bem. — disse Hesina, tentando parecer alegre. — O que acha? Jogamos a rainha ou a torre?

— Nenhuma das duas.

— Ah, é? O que jogamos, então?

— Não tenho certeza — respondeu ele, olhando por cima do ombro. — Um par e um trio, talvez. Vamos voltar para casa.

Tien coçou a cabeça, confuso, mas as palavras pesaram sobre Kal. A torre era três pares em um jogo de quebracolo. A rainha era dois trios. A primeira era uma perda imediata, e a outra, um ganho imediato.

Mas um par e um trio era chamado de açougueiro. Se você vencia ou não dependia de suas outras jogadas.

E, mais importante, das jogadas dos outros.

Estou sendo perseguido. Suspeito que pelos seus amigos da 17.ª Fractal. Acredito que ainda estejam perdidos, seguindo uma trilha falsa que deixei. Eles vão ser mais felizes desse jeito. Duvido que tenham alguma ideia do que fazer comigo caso efetivamente me capturem.

— "EU ESTAVA NA CÂMARA obscurecida do monastério" — leu Litima, diante do púlpito, com o tomo aberto em sua frente. — "Seus pontos mais distantes pintados com poças de negrume onde a luz não alcançava. Sentei-me no chão, pensando naquela treva, naquela Invisibilidade. Eu não podia saber ao certo o que estava escondido naquela noite. Suspeitava que havia paredes, fortes e grossas, mas como poderia *saber* sem ver? Quando tudo estava oculto, em que um homem podia confiar como Verdadeiro?"

Litima — uma das escribas de Dalinar — era alta e roliça, e trajava um vestido de seda violeta com arremates amarelos. Estava lendo para Dalinar enquanto ele fitava os mapas na parede da sua sala de estar. Aquela sala estava equipada com uma rica mobília de madeira e finos tapetes trançados importados de Marat, a oeste. Uma jarra de cristal de vinho vespertino — laranja, muito leve — estava sobre uma mesinha de pernas longas no canto, faiscando com a luz das esferas de diamante penduradas nos candelabros.

— "Chamas de vela" — continuou Litima. O trecho era de *O caminho dos reis*, lido da mesma cópia que pertencera a Gavilar. — "Uma dúzia de velas arderam até a morte na prateleira diante de mim. Elas tremulavam a cada respiração minha. Para elas, eu era um gigante, apavorante e destruidor. E mesmo assim, se eu me aproximasse demais, *elas* poderiam *me* destruir. Meu hálito invisível, o pulso da vida que fluía para dentro e para fora, poderia extingui-las sem esforço, enquanto meus dedos não poderiam fazer o mesmo sem receber a dor como troco."

Dalinar girou distraidamente seu anel de sinete, pensativo; era uma safira gravada com o par de glifos Kholin. Renarin estava ao seu lado, vestindo um casaco azul e prata com nós dourados nos ombros, marcando-o como um príncipe. Adolin não estava. Dalinar e ele estavam pisando em ovos um com o outro desde a discussão na galeria.

— "Compreendi em um momento de quietude" — leu Litima. — "Aquelas chamas de vela eram como as vidas dos homens. Tão frágeis. Tão perigosas. Deixadas em paz, elas aqueciam e iluminavam. Quando fora do controle, podiam destruir aquilo que deviam iluminar. Fogueiras embrionárias, cada uma delas carregando uma semente de destruição tão potente que poderia derrubar cidades e botar reis de joelhos. Anos mais tarde, minha mente retornaria àquela noite calma e silenciosa, quando fitei fileiras de luzes vivas. E eu entenderia. Receber lealdade é como ser infundido como uma gema, ser dotado com a assustadora permissão de destruir não só a si mesmo, mas a tudo que está sob seus cuidados."

Litima se deteve. Era o final da sequência.

— Obrigado, Luminosa Litima — disse Dalinar. — Já é o bastante.

A mulher inclinou a cabeça com respeito. Ela buscou sua jovem pupila no canto da sala e ambas partiram, deixando o livro no púlpito.

Aquela sequência se tornara uma das favoritas de Dalinar. Ouvi-la geralmente o consolava. Outra pessoa soubera, alguém mais havia compreendido, como ele se sentia. Mas naquele dia ela não trouxe o alívio costumeiro; só o lembrou dos argumentos de Adolin. Nenhum deles mencionava algo que o próprio Dalinar já não houvesse considerado, mas ser confrontado por alguém em quem confiava havia abalado tudo. Pegou-se fitando seus mapas, cópias menores daqueles pendurados na galeria. Haviam sido recriados para ele pelo cartógrafo real, Isasik Shulin.

E se as visões de Dalinar realmente *fossem* apenas fantasmas? Frequentemente ansiara pelos dias de glória do passado de Alethkar. Será que as visões eram a resposta da sua mente a isso, uma maneira subconsciente de permitir-se ser um herói, ou de dar a si mesmo justificativas para persistir teimosamente nos seus objetivos?

Um pensamento perturbador. Sob outro ponto de vista, aqueles comandos fantasmagóricos para "unificar" soavam muito similares ao discurso da Hierocracia quando tentou conquistar o mundo, cinco séculos antes.

Dalinar deu as costas aos mapas e atravessou a sala, as botas pisando um tapete macio. Macio demais. Ele havia passado a maior parte da vida em acampamentos de guerra; dormira em carroças, casernas de pedra e tendas apertadas a sotavento de formações rochosas. Em comparação com isso, sua habitação atual era praticamente uma mansão. Sentia que devia deixar de lado todo aquele refinamento. Mas que propósito isso cumpriria?

Ele parou no púlpito e correu os dedos pelas páginas espessas tomadas por linhas em tinta violeta. Não podia ler as palavras, mas podia quase *senti-las*, emanando da página como Luz das Tempestades de uma esfera. Seriam as palavras daquele livro a causa dos seus problemas? As visões haviam começado vários meses atrás, depois que ele ouvira pela primeira vez leituras daquele material.

Ele pousou a mão sobre as frias páginas cobertas de tinta. Sua terra natal estava dividida a ponto de ruptura, a guerra estava em suspenso, e ele fora subitamente tomado pelos mesmos mitos e ideais que haviam levado à queda do seu irmão. Aquele era um momento em que os alethianos precisavam do Espinho Negro, não de um soldado velho e cansado que fazia de conta que era filósofo.

Maldição, pensou. *Pensei que já havia me resolvido!* Ele fechou o volume de encadernação de couro, fazendo a lombada estalar. Levou-o até a prateleira e colocou-o de volta no lugar.

— Pai? — perguntou Renarin. — Há algo que eu possa fazer pelo senhor?

— Gostaria que houvesse, filho. — Dalinar tocou levemente a lombada do livro. — Que ironia. Este livro já foi considerado uma das grandes obras-primas da filosofia política, sabia? Jasnah me contou que os reis de todo o mundo costumavam estudá-lo diariamente. Agora é considerado quase blasfemo.

Renarin não respondeu.

— Ainda assim — continuou Dalinar, andando de volta até o mapa na parede — O Grão-príncipe Aladar recusou minha oferta de aliança, assim como Roion. Você tem alguma sugestão sobre quem devo abordar em seguida?

— Adolin disse que devíamos nos preocupar mais com o plano de Sadeas de nos destruir.

A sala ficou em silêncio. Aquele era um hábito de Renarin, matar conversas como um arqueiro inimigo caçando oficiais no campo de batalha.

— Seu irmão está certo em se preocupar — concedeu Dalinar. — Mas avançar contra Sadeas enfraqueceria Alethkar como um reino. Pelo mesmo motivo, Sadeas não se arriscará a agir contra nós. Ele vai enxergar isso.

Assim espero.

Cornetas soaram subitamente do lado de fora, seus toques ecoando de modo profundo e retumbante. Dalinar e Renarin estacaram. Parshendianos avistados nas Planícies. Um segundo grupo de toques soou. Platô 23 do segundo quadrante. Os batedores de Dalinar consideravam o platô contestado perto o bastante para que suas forças chegassem primeiro.

Dalinar atravessou a sala correndo, deixando momentaneamente de lado todos os outros pensamentos, suas botas batendo no tapete espesso. Ele escancarou a porta e avançou pelo corredor iluminado por Luz das Tempestades.

A porta da sala de guerra estava aberta, e Teleb — o alto oficial de serviço, empertigado como sempre, seu olhar verde-claro alerta e penetrante — saudou Dalinar enquanto ele entrava. Teleb mantinha seu cabelo longo em uma trança e tinha uma tatuagem azul no rosto, marcando-o como um Sangue-Antigo. Do outro lado da sala, sua esposa, Kalami, estava sentada atrás de uma mesa de pernas longas em um banco alto. Seu cabelo escuro só tinha duas tranças laterais pequenas e presas para o alto, o resto pendendo pelas costas do vestido violeta até tocar o topo do banco. Ela era uma renomada historiadora, e havia solicitado permissão para registrar reuniões como aquela; planejava escrever uma história da guerra.

— Senhor — disse Teleb. — Um demônio-do-abismo se arrastou para o platô a menos de um quarto de hora atrás. — Ele apontou para o mapa de batalha, que continha glifos marcando cada platô. Dalinar se aproximou, com um grupo de oficiais se reunindo ao seu redor.

— Quão longe você diria que está? — indagou Dalinar, coçando o queixo.

— Talvez duas horas — respondeu Teleb, indicando uma rota que um de seus homens havia desenhado no mapa. — Senhor, acho que temos uma boa chance nessa situação. O Luminobre Aladar terá que atravessar seis platôs devolutos até alcançar a área contestada, enquanto nós temos uma linha quase direta. O Luminobre Sadeas teria dificuldades, já que precisaria dar a volta ao redor de vários abismos bem largos para serem cruzados com pontes. Aposto que ele nem vai tentar.

Dalinar tinha de fato a linha mais direta. Contudo, hesitou. Havia meses desde a última vez em que saíra para disputar um platô. Andara distraído, suas tropas necessárias para proteger estradas e patrulhar os grandes mercados que cresceram fora dos acampamentos de guerra. E agora as perguntas de Adolin pesavam sobre ele, pressionando-o. Parecia um momento péssimo para sair em batalha.

Não, ele pensou. *Não, eu preciso fazer isso.* Vencer uma escaramuça de platô seria ótimo para a moral da tropa, e ajudaria a desacreditar os rumores no acampamento.

— Vamos marchar! — declarou Dalinar.

Alguns dos oficiais gritaram entusiasmados, uma amostra extrema de emoção para os alethianos, normalmente mais reservados.

— E seu filho, Luminobre? — perguntou Teleb.

Ele obviamente ouvira sobre o confronto dos dois. Dalinar duvidava que houvesse uma pessoa nos dez acampamentos de guerra que não soubesse do acontecido.

— Mande alguém chamá-lo — ordenou Dalinar com firmeza. Adolin provavelmente precisava disso tanto, ou mais, que ele.

Os oficiais debandaram. Os portadores de armadura de Dalinar entraram um segundo depois. Uns poucos minutos haviam se passado desde o soar das trombetas, mas depois de seis anos de combate, a máquina de guerra funcionava perfeitamente no chamado ao combate. Do lado de fora, ouviu o terceiro toque das trombetas, chamando suas forças para a batalha.

Os portadores de armadura inspecionaram suas botas — conferindo se os laços estavam firmes —, depois trouxeram um longo colete acolchoado para jogar sobre seu uniforme. Em seguida, posicionaram os escarpes — armadura para suas botas — no chão diante dele. O interior brilhava com a luz das safiras em seus entalhes.

Dalinar lembrou-se da sua visão mais recente. O Radiante, sua armadura brilhando com glifos. A Armadura Fractal moderna não brilhava daquele jeito. Poderia sua mente ter inventado esse detalhe? Teria inventado?

Não há tempo para pensar nisso agora, decidiu. Deixou de lado suas incertezas e preocupações, algo que aprendera a fazer durante suas primeiras batalhas na juventude. Um guerreiro precisava ter foco. As perguntas de Adolin ainda estariam esperando por ele quando finalmente voltasse. Por enquanto, não podia permitir-se incertezas ou dúvidas. Estava na hora de ser o Espinho Negro.

Ele calçou os escarpes e as correias se estreitaram por conta própria, ajustando-se ao redor das suas botas. As grevas vieram em seguida, cobrindo suas pernas e joelhos e encaixando-se nos escarpes. A Armadura Fractal não era como uma armadura comum; não havia cota de malha de aço nem correias de couro nas juntas. As emendas da Armadura Fractal eram feitas de placas menores entrelaçadas e sobrepostas, incrivelmente intricadas, sem deixar espaços vulneráveis. Havia muito pouca fricção ou incômodo; cada peça se encaixava com perfeição, como se houvesse sido feita especificamente para Dalinar.

A armadura sempre era vestida dos pés para cima. A Armadura Fractal era extremamente pesada; sem a força ampliada que ela fornecia, homem algum conseguiria lutar dentro dela. Dalinar ficou imóvel enquanto os portadores de armadura fixavam os coxotes sobre suas coxas e prendiam-nos ao colete e ao fraldão ao redor da sua cintura e lombar. Um saiote feito de pequenas placas interconectadas veio em seguida, chegando até os joelhos.

— Luminobre — chamou Teleb, andando em sua direção. — Já pensou na minha sugestão sobre as pontes?

— Você sabe o que acho de pontes carregadas por homens, Teleb — respondeu Dalinar enquanto os portadores prendiam seu peitoral, então cobriam seus braços com os braçais e antebraçais. Já podia sentir a força da Armadura fluindo através dele.

— Não teríamos que usar as pontes menores para a ofensiva — disse Teleb. — Só para chegar até o platô contestado.

— Ainda teríamos que levar as pontes puxadas por chules para atravessar aquele último abismo — replicou Dalinar. — Não estou convencido de que as equipes de pontes se moveriam mais rápido. Não quando temos que esperar por esses animais.

Teleb suspirou.

Dalinar reconsiderou. Um bom oficial era aquele que aceitava ordens e as cumpria, mesmo quando discordava delas. Mas a marca de um excelente oficial era que ele também tentava inovar e oferecer sugestões apropriadas.

— Você pode recrutar e treinar uma equipe de ponte — concedeu Dalinar. — Vamos ver. Nessas corridas, mesmo alguns minutos podem ser significativos.

Teleb sorriu.

— Obrigado, senhor.

Dalinar acenou com a mão esquerda enquanto os portadores de armadura prendiam a manopla na sua mão direita. Ele cerrou o punho, placas minúsculas se curvando perfeitamente. A manopla da esquerda veio em seguida. Então o gorjal passou sobre sua cabeça, cobrindo seu pescoço, os guarda-braços nos seus ombros, e o elmo na sua cabeça. Finalmente, os portadores prenderam sua capa aos guarda-braços.

Dalinar respirou fundo, sentindo a Euforia se acumulando para a batalha que se aproximava. Ele saiu a passos largos da sala de guerra, com pisadas firmes e *sólidas*. Atendentes e servos se dispersaram diante dele, abrindo caminho. Usar uma Armadura Fractal novamente depois de um longo período sem ela era como despertar depois de uma noite sentindo-se grogue ou desorientado. A animação do seu passo, o ímpeto que parecia receber da armadura, faziam com que quisesse disparar pelo corredor e...

E por que não?

Ele começou a correr. Teleb e os outros deram gritos de surpresa, se apressando para acompanhá-lo. Dalinar deixou-os para trás facilmente, alcançando os portões dianteiros do complexo e saltando, pulando os longos degraus que conduziam para fora do seu enclave. Exultante, ele sorriu durante o salto, então bateu no chão. A força rachou a pedra aos seus pés, e ele se agachou com o impacto.

Diante dele, fileiras bem ordenadas de casernas cruzavam seu acampamento de guerra, seguindo em formato de meia lua, com a área de concentração e o refeitório no centro de cada batalhão. Seus oficiais alcançaram o topo das escadas, olhando-o perplexos. Renarin estava com eles, vestindo seu uniforme que nunca vira uma batalha, a mão erguida contra a luz do sol.

Dalinar sentiu-se tolo. Por acaso era um rapaz que acabara de ter o primeiro gosto da Armadura Fractal? *De volta ao trabalho. Chega de brincadeira.*

Perethom, seu chefe de infantaria, saldou Dalinar quando ele se aproximou.

— Segundo e Terceiro Batalhões estão de serviço hoje, Luminobre. Estão formando fileiras para marchar.

— O Primeiro Esquadrão de Ponte foi convocado, Luminobre — disse Havarah, o comandante de ponte, ao chegar. Era um homem baixo, com sangue herdaziano evidenciado pelas suas unhas escuras e cristalinas, embora não usasse um faisqueiro. — Ashelem informa que a companhia de arqueiros está pronta.

— Cavalaria? — indagou Dalinar. — E onde está meu filho?

— Aqui, pai — chamou uma voz familiar.

Adolin — sua Armadura Fractal pintada de um profundo azul-Kholin — abriu caminho pela multidão que se formava. Sua viseira estava levantada, e ele parecia ansioso, muito embora, ao encontrar os olhos de Dalinar, tivesse desviado o olhar imediatamente.

Dalinar levantou a mão, silenciando vários oficiais que estavam tentando oferecer-lhe relatórios. Ele andou até Adolin e o jovem ergueu o rosto, encarando-o.

— Você falou o que pensou ser necessário — disse Dalinar.

— E não me arrependo disso — replicou Adolin. — Mas me arrependo de como e onde falei. Não vai acontecer de novo.

Dalinar assentiu, e isso foi o bastante. Adolin pareceu relaxar, um peso saindo dos seus ombros, e Dalinar voltou-se para os oficiais. Em instantes, ele e Adolin lideravam um grupo apressado para a área de concentração. Enquanto faziam isso, Dalinar notou que Adolin acenou para uma jovem ali perto, trajando um vestido vermelho, com o cabelo arrumado em um belo trançado.

— Essa é... hã...

— Malasha? — disse Adolin. — Sim.

— Ela parece simpática.

— Na maior parte do tempo, ela é, embora esteja meio irritada porque não deixei que viesse comigo hoje.

— Ela queria acompanhá-lo para a *batalha*?

Adolin deu de ombros.

— Ela disse que está curiosa.

Dalinar não respondeu. A batalha era uma arte masculina. Uma mulher querendo ir para o campo de batalha era como... bem, como um homem querendo ler. Não era natural.

À frente, na área de concentração, os batalhões estavam formando fileiras, e um atarracado oficial olhos-claros foi depressa até Dalinar. Tinha mechas vermelhas no cabelo alethiano majoritariamente escuro e um longo bigode ruivo. Ilamar, o chefe da cavalaria.

— Luminobre — disse ele —, perdão pelo atraso. A cavalaria está montada e pronta.

— Em marcha, então — respondeu Dalinar. — Todas as fileiras...

— Luminobre! — chamou uma voz.

Dalinar voltou-se quando um dos seus mensageiros se aproximou. O homem olhos-escuros usava trajes de couro marcado com faixas azuis nos braços. Ele fez uma saudação, dizendo:

— O Grão-príncipe Sadeas exigiu admissão ao acampamento!

Dalinar olhou para Adolin. A expressão do filho tornou-se sombria.

— Ele alega que o mandado de investigação do rei concede-lhe o direito — continuou o mensageiro.

— Deixe-o entrar — disse Dalinar.

— Sim, Luminobre — respondeu o mensageiro, voltando.

Um dos oficiais menos graduados, Moratel, o acompanhou, para que Sadeas fosse recebido e escoltado por um olhos-claros, como era adequado à sua patente. Moratel tinha o cargo mais baixo entre os presentes; todos compreendiam que era ele que Dalinar enviaria.

— O que acha que Sadeas quer dessa vez? — perguntou Dalinar a Adolin em voz baixa.

— Nosso sangue. De preferência quente, talvez adocicado com uma dose de conhaque de taleu.

Dalinar fez uma careta e os dois se apressaram para além das fileiras de soldados. Os homens tinham um ar de expectativa, lanças erguidas, oficiais civis olhos-escuros posicionados nas laterais com machados sobre os ombros. Na frente da força, um grupo de chules bufava e remexia as pedras com as patas; arreados a eles havia várias enormes pontes móveis.

Galante e o garanhão branco de Adolin, Puro-Sangue, estavam esperando, as rédeas prontas nas mãos dos cavalariços. Richádios dificilmente precisavam de tratadores. Certa vez, Galante havia aberto sua baia com um coice e trotado para a área de concentração por conta própria quando um cavalariço foi lento demais. Dalinar acariciou o pescoço do corcel escuro como a meia-noite, depois subiu na sela.

Ele perscrutou a área de concentração, depois levantou o braço e deu o comando para avançar. Contudo, notou um grupo de homens montados cavalgando até a área de concentração, conduzidos por uma figura em uma Armadura Fractal vermelho-escura. Sadeas.

Dalinar conteve um suspirou e deu o comando de sair, embora ele mesmo tenha ficado para esperar o Grão-príncipe da Informação. Adolin se aproximou de Puro-Sangue e deu um olhar para Dalinar que parecia dizer "não se preocupe, vou me comportar".

Como sempre, Sadeas seguia impecavelmente a moda, sua armadura pintada, seu elmo ornamentado com um padrão metálico completamente diferente do que havia usado na última vez. Agora tinha a forma de raios solares estilizados. Quase parecia uma coroa.

— Luminobre Sadeas — disse Dalinar. — Este é um momento inconveniente para a sua investigação.

— Infelizmente, Sua Majestade está muito ansioso para obter respostas, e não posso deter minha investigação, nem mesmo para uma ofensiva de platô — respondeu Sadeas, se aproximando. — Preciso entrevistar alguns dos seus soldados. Farei isso no caminho de volta.

— Você quer vir *conosco*?

— Por que não? Não vou atrasá-los. — Ele olhou para os chules, que começavam a se mover desajeitadamente, arrastando as volumosas pontes. — Mesmo que eu decidisse me *arrastar*, duvido que conseguiria deixá-los ainda mais lentos.

— Nossos soldados precisam se concentrar na batalha, Luminobre — disse Adolin. — Não devem ser distraídos.

— A vontade do rei deve ser feita — respondeu Sadeas, dando de ombros, sem se dar ao trabalho de olhar para Adolin. — Preciso mostrar o mandado? Certamente não pretende me proibir.

Dalinar estudou seu ex-amigo, fitando seus olhos, tentando ver a alma daquele homem. Sadeas não exibia seu característico sorriso de desdém, que geralmente aparecia quando ele estava feliz com o desenrolar dos seus planos. Teria ele percebido que Dalinar sabia ler suas expressões, e resolvera ocultar suas emoções?

— Não precisa mostrar nada, Sadeas. Meus homens estão à sua disposição. Se precisar de alguma coisa, simplesmente pergunte. Adolin, comigo.

Dalinar virou Galante e galopou pela linha até a frente do exército em marcha. Adolin seguiu com relutância, e Sadeas ficou para trás com seus subalternos.

A longa cavalgada começou. As pontes permanentes no local eram de Dalinar, mantidas e guardadas pelos seus soldados e batedores, conectando platôs que ele controlava. Sadeas passou a viagem cavalgando junto ao meio da coluna de dois mil homens. Ele periodicamente enviava um assistente para buscar soldados das fileiras.

Dalinar passou a cavalgada se preparando mentalmente para a batalha à sua frente. Conversou com seus oficiais sobre a disposição do platô, recebeu um relatório sobre onde especificamente o demônio-do-abismo havia escolhido fazer sua crisálida, e enviou batedores à frente para vigiar contra parshendianos. Os batedores levavam longas varas para passar de platô a platô sem usar pontes.

A força de Dalinar eventualmente alcançou o final das pontes permanentes, e tiveram que começar a esperar que as pontes dos chules fossem baixadas através dos abismos. As grandes máquinas eram construídas como torres de cerco, com enormes rodas e seções encouraçadas na lateral onde soldados podiam empurrar. A cada abismo, eles desenganchavam os chules, empurravam a máquina adiante no braço, e rodavam uma manivela na parte traseira para baixar a ponte. Depois que a ponte era baixada, a maquinaria era destravada e puxada até o outro lado. A ponte era construída de tal modo que eles podiam travar a máquina no outro lado, puxar a ponte para cima, e então enganchar os chules novamente.

Era um processo lento. Dalinar assistiu montado no cavalo, os dedos tamborilando na lateral de sua sela de couro de porco enquanto o primeiro abismo era cruzado. Talvez Teleb estivesse certo. Poderiam usar pontes mais leves e portáteis para atravessar aqueles primeiros abismos, e depois usar as pontes de cerco apenas para a ofensiva final.

O som de cascos na pedra anunciou que alguém estava se aproximando da coluna. Dalinar virou-se, esperando Adolin, e em vez disso viu Sadeas.

Por que Sadeas *pedira* para ser Grão-príncipe da Informação, e por que fora tão insistente em inquirir sobre aquela questão da correia arrebentada? Se ele decidisse criar algum tipo de falsa acusação a Dalinar...

As visões mandaram confiar nele, Dalinar disse a si mesmo com firmeza. Mas estava se sentindo menos confiante sobre as visões. O quanto ousaria arriscar pelo que elas disseram?

— Seus soldados são bastante leais a você — observou Sadeas ao se aproximar.

— Lealdade é a primeira lição da vida de um soldado. Estaria preocupado se esses homens *não* a houvessem aprendido.

Sadeas suspirou.

— Sinceramente, Dalinar. Você precisa sempre ser tão moralista?

Dalinar não respondeu.

— É estranho como a influência de um líder pode afetar seus homens — continuou Sadeas. — Muitos deles parecem versões menores de você. Poços de emoções, tão tensos e amarrados que ficam rígidos devido à pressão. São muito seguros de algumas maneiras, mas muito inseguros de outras.

Dalinar travou o maxilar. *Qual é o seu jogo, Sadeas?*

Sadeas sorriu, se inclinando e falando suavemente:

— Você está morrendo de vontade de me xingar, não é? Mesmo antigamente, você detestava quando alguém dava a entender que você era inseguro. Naquela época, sua chateação em geral terminava com uma ou duas cabeças rolando pelas pedras.

— Eu matei muitos que não mereciam morrer — disse Dalinar. — Um homem não deve ter medo de perder a cabeça porque bebeu vinho demais.

— Talvez — replicou Sadeas despreocupadamente. — Mas você não sente vontade de se soltar, como antes? Não sente aquele pulso, como alguém preso em um enorme tambor? Batendo, socando, tentando se libertar com unhas e garras?

— Sinto — confessou Dalinar.

A admissão pareceu surpreender Sadeas.

— E a Euforia, Dalinar. Você ainda sente a Euforia?

Homens não costumavam falar sobre a Euforia, o prazer e o desejo pela batalha. Era algo particular.

— Eu sinto cada uma das coisas que você mencionou, Sadeas — respondeu Dalinar, olhando em frente. — Mas não deixo elas virem à tona sempre. As emoções de um homem o definem, e o controle é a marca da verdadeira força. Não sentir nada é estar morto, mas expressar todo sentimento é ser uma criança.

— Isso fede a uma citação, Dalinar. Do livrinho de virtudes de Gavilar, certo?

— Sim.

— Não incomoda você que todos os Radiantes tenham nos traído?

— Lendas. A Traição é um evento tão antigo que poderia ter se passado na era sombria. O que os Radiantes realmente fizeram? Por que fizeram? Não sabemos.

— Sabemos o bastante. Eles usaram truques elaborados para imitar grandes poderes e simular uma vocação divina. Quando suas mentiras foram descobertas, eles fugiram.

— Seus poderes não eram mentiras. Eram reais.

— Ah, é? — Sadeas achou graça. — Está certo disso? Não acabou de dizer que o evento é tão antigo que podia ter ocorrido na era sombria? Se os Radiantes tinham poderes tão maravilhosos, por que ninguém consegue reproduzi-los? Onde estão essas incríveis habilidades?

— Eu não sei — respondeu Dalinar em voz baixa. — Talvez não sejamos mais dignos delas.

Sadeas bufou, e Dalinar desejou ter mordido a língua. Sua única evidência para o que dizia estava nas suas visões. E ainda assim, se Sadeas zombava de alguma coisa, ele instintivamente queria defendê-la.

Não tenho tempo para isso. Preciso me concentrar na batalha.

— Sadeas — disse ele, determinado a mudar de assunto. — Precisamos nos esforçar mais para unificar os acampamentos de guerra. Quero a sua ajuda, agora que é o Grão-príncipe da Informação.

— Para fazer o quê?

— Para fazer o que precisa ser feito. Pelo bem de Alethkar.

— É exatamente isso que estou fazendo, velho amigo — respondeu Sadeas. — Matando parshendianos. Conquistando glória e riqueza para nosso reino. Buscando vingança. Seria melhor para Alethkar se você parasse de desperdiçar tanto tempo no acampamento… e parasse de falar em fugir como covardes. Seria o *melhor* para Alethkar se você começasse a agir como um homem novamente.

— Já chega, Sadeas! — disse Dalinar, mais alto do que pretendera. — Dei-lhe permissão de vir comigo para sua investigação, mas não me provoque!

Sadeas fungou.

— Aquele livro arruinou Gavilar. Agora está fazendo o mesmo com você. Escutou tanto essas histórias que elas encheram sua cabeça com falsos ideais. Ninguém nunca viveu de verdade do modo proposto pelos Códigos.

— Bah! — disse Dalinar, acenando com a mão e virando Galante. — Não tenho tempo para a sua zombaria, Sadeas. — Ele trotou para longe, furioso com Sadeas, e ainda mais furioso consigo mesmo por perder a paciência.

Ele cruzou a ponte, ainda irritado, pensando nas palavras de Sadeas. Lembrou-se do dia em que esteve ao lado do irmão, junto das Quedas Impossíveis de Kholinar.

As coisas são diferentes agora, Dalinar, dissera Gavilar então. *Vejo agora, de maneiras como nunca vi antes. Gostaria de poder mostrar o que quero dizer.*

Isso foi três dias antes da sua morte.

DEZ BATIMENTOS CARDÍACOS.

Dalinar fechou os olhos, inspirando e expirando — lentamente, calmamente — enquanto se preparavam atrás da ponte de cerco. *Esqueça Sadeas. Esqueça as visões. Esqueça suas preocupações e medos. Apenas se concentre nos batimentos cardíacos.*

Ali perto, chules arranhavam a pedra com suas patas rígidas. O vento soprava no seu rosto, trazendo um odor úmido. Sempre havia cheiro de umidade naquelas terras tempestuosas.

As armaduras dos soldados retiniam, o couro rangia. Dalinar levantou a cabeça para o céu, seu coração batendo forte. O sol branco e brilhante manchou suas pálpebras de vermelho.

Os homens se deslocavam, chamavam, praguejavam, soltavam as espadas das bainhas, testavam cordas de arco. Ele podia *sentir* a tensão deles, a ansiedade misturada com empolgação. Entre eles, esprenos de expectativa começaram a brotar do chão, como fitas conectadas por uma ponta à pedra, a outra chicoteando no ar. Alguns esprenos de medo também fervilhavam entre eles.

— Você está pronto? — perguntou Dalinar suavemente, a Euforia despertando dentro dele.

— Estou. — A avidez era nítida na voz de Adolin.

— Você nunca reclama sobre a maneira como atacamos — observou Dalinar, com os olhos ainda fechados. — Nunca me desafia em relação a isso.

— Esta é a melhor maneira. São meus homens também. De que adianta ser um Fractário se não podemos liderar a investida?

O décimo batimento cardíaco soou no peito de Dalinar; ele sempre ouvia as batidas quando estava invocando sua Espada, independentemente de quão alto soasse o mundo ao seu redor. Quanto mais rápido elas passavam, mais cedo a espada chegava. Então, quanto mais urgência sentia, mais cedo estava armado. Seria isso intencional, ou apenas alguma particularidade da natureza da Espada Fractal?

O peso familiar de Sacramentadora acomodou-se na sua mão.

— Vamos — disse Dalinar, abrindo os olhos.

Ele fechou com força a viseira enquanto Adolin fazia o mesmo, Luz das Tempestades subindo pelas laterais enquanto os elmos eram vedados e tornavam-se translúcidos. Os dois irromperam de trás da gigantesca ponte — um Fractário de cada lado, uma figura em azul e outra em cinza-ardósia.

A energia da armadura pulsava através de Dalinar enquanto ele corria pelo terreno rochoso, os braços se movendo no ritmo de seus passos. A onda de flechas veio imediatamente, liberada pelos parshendianos ajoelhados do outro lado do abismo. Dalinar ergueu o braço para proteger a fresta da viseira enquanto as flechas choviam ao seu redor, aranhando metal, algumas hastes se quebrando. Era como correr contra uma tempestade de granizo.

Adolin soltou um grito de guerra, do lado direito, a voz abafada pelo elmo. Enquanto se aproximavam do abismo, Dalinar baixou o braço, apesar das flechas. Ele precisava ser capaz de julgar sua abordagem. O precipício estava a poucos metros de distância. Sua Armadura incrementou sua força enquanto ele se aproximava da beirada.

Então ele saltou.

Por um momento, voou sobre o tenebroso abismo, a capa se agitando, flechas preenchendo o ar ao seu redor. Ele se lembrou do Radiante voador da sua visão. Mas aquilo não era nada tão místico, só um salto comum auxiliado pela Armadura Fractal. Dalinar atravessou o abismo e caiu no chão do outro lado, brandindo a espada para baixo e para o lado para matar três parshendianos com um único golpe.

Os olhos deles queimaram até escurecerem, e fumaça subiu enquanto caíam. Ele atacou de novo. A Espada cortava pedaços de armadura e de armas que se espalhavam pelo ar onde flechas haviam voado. Como sempre, ela cortava qualquer coisa inanimada, mas desfocava ao cortar carne, como se virasse neblina.

Devido à maneira como ela reagia à carne e cortava o aço tão facilmente, às vezes parecia a Dalinar que ele estava brandindo uma arma de pura fumaça. Enquanto continuasse movimentando a Espada, ela não ficava presa em fissuras nem era detida pelo peso do que estava cortando.

Dalinar girou, movendo sua Espada em uma linha mortífera. Ele cortou até a alma dos parshendianos, deixando os cadáveres no chão. Então chutou, arremessando um corpo contra os parshendianos ali perto. Mais alguns chutes fizeram outros cadáveres voarem — um chute impulsionado por uma Armadura podia facilmente jogar um corpo a até quase dez metros de distância —, limpando o chão ao seu redor para que pudesse andar com mais firmeza.

Adolin pousara ali perto no platô, girando e caindo na Postura do Vento. Ele avançou sobre um grupo de arqueiros, derrubando-os e arremessando vários no abismo. Segurando a Espada Fractal com as duas mãos, ele fez uma varredura inicial do mesmo modo que Dalinar, abatendo seis inimigos.

Os parshendianos estavam cantando, muitos deles com barbas que brilhavam com pequenas gemas brutas. Os parshendianos sempre cantavam enquanto lutavam; mas aquela canção mudou enquanto abandonaram os arcos — sacando machados, espadas ou maças — e se jogaram sobre os dois Fractários.

Dalinar se colocou na distância ideal de Adolin, permitindo que seu filho protegesse seus pontos cegos, mas sem se aproximar demais. Os dois Fractários lutaram, ainda perto da beira do abismo, abatendo os parshendianos que tentavam desesperadamente empurrá-los para trás pela pura força dos números. Aquela era a melhor chance deles de derrotar os Fractários. Dalinar e Adolin estavam sozinhos, sem sua guarda de honra. Uma queda daquela altura com certeza mataria até um homem de Armadura.

A Euforia cresceu dentro dele, uma sensação muito doce. Dalinar chutou outro cadáver, embora não precisasse de mais espaço. Eles haviam notado como os parshendianos se enraiveciam quando seus mortos eram movidos. Chutou mais um, provocando-os, atraindo-os para lutarem em pares, como costumavam fazer.

Ele abateu mais um grupo que se aproximou, cantando em vozes furiosas pelo que ele havia feito com os seus mortos. Ali perto, Adolin começou a usar socos à medida que os parshendianos se aproximavam demais; ele apreciava essa tática, alternando entre usar sua espada com as duas mãos ou com uma. Cadáveres parshendianos voavam para um lado e para outro, ossos e armaduras despedaçados pelos golpes, sangue laranja jorrando no chão. Adolin voltou a usar Espada um momento depois, chutando um cadáver pelos ares.

A Euforia consumia Dalinar, dando-lhe força, foco e poder. A glória da batalha tornou-se grandiosa. Afastara-se daquilo por tempo demais. Entendia agora. Eles *realmente* precisavam pressionar mais, atacar mais platôs, conquistar as gemas-coração.

Dalinar era o Espinho Negro. Ele era uma força da natureza, que nunca seria detida. Ele era a própria morte. Ele…

Ele sentiu uma súbita pontada de repulsa, uma náusea tão intensa que o fez perder o fôlego. Escorregou parcialmente em uma poça de sangue, mas também porque seus joelhos de repente fraquejaram.

Os cadáveres diante dele subitamente pareceram uma visão horrenda. Olhos queimados como carvões consumidos. Corpos flácidos e quebrados, ossos fraturados onde Adolin os atingira. Cabeças partidas, sangue, miolos e entranhas derramados ao seu redor. Tamanha carnificina, tamanha morte. A Euforia desapareceu.

Como um homem podia *gostar* disso?

Os parshendianos avançaram na sua direção. Adolin chegou em um átimo, atacando com mais habilidade que qualquer outro homem que Dalinar já vira. O rapaz era um gênio com a Espada, um artista pintando com apenas um tom. Ele atacava com perícia, forçando os parshendianos a recuarem. Dalinar sacudiu a cabeça, recobrando a postura.

Forçou-se a voltar ao combate, e à medida que a Euforia começou a ressurgir, Dalinar abraçou-o, hesitante. A estranha náusea sumiu, e seus reflexos de batalha assumiram o controle. Ele adentrou a investida dos parshendianos, brandindo sua Espada em golpes amplos e agressivos.

Ele *precisava* daquela vitória. Para si mesmo, para Adolin, e para os seus homens. Por que ficara tão horrorizado? Os parshendianos haviam assassinado Gavilar. Era correto matá-los.

Ele era um soldado. Lutar era o que fazia, e fazia bem.

A unidade de investida parshendiana foi desbaratada diante do seu ataque, dispersando-se rumo ao grosso das suas tropas, que estavam formando fileiras apressadamente. Dalinar deu um passo para trás e viu-se olhando para os cadáveres ao seu redor, com seus olhos queimados. Ainda saía fumaça de alguns deles.

A sensação de náusea voltou.

A vida acabava tão rápido. O Fractário era a destruição encarnada, a força mais poderosa em um campo de batalha. *Essas armas já significaram proteção*, sussurrou uma voz dentro dele.

As três pontes caíram ao chão a alguns metros de distância, e a cavalaria atacou um instante depois, conduzida pelo robusto Ilamar. Alguns esprenos de vento dançavam no ar, quase invisíveis. Adolin chamou seu cavalo, mas Dalinar ficou parado, olhando para os mortos. O sangue parshendiano era laranja, e cheirava a mofo. Mas seus rostos — marmorizados de preto e branco ou vermelho — pareciam tão humanos. Uma ama parshemana havia praticamente criado Dalinar.

Vida antes da morte.

O que *era* aquela voz?

Ele olhou de volta através do abismo, na direção onde Sadeas — bem longe do alcance dos arcos — estava sentado com seus assistentes. Dalinar podia sentir a desaprovação na postura do ex-amigo. Dalinar e Adolin se arriscaram, dando um perigoso salto sobre o abismo. Uma ofensiva do tipo criado por Sadeas teria custado mais vidas. Mas quantas vidas o exército de Dalinar perderia se um dos seus Fractários fosse empurrado para o abismo?

Galante atravessou a ponte com uma linha de soldados, que deram vivas para o richádio. Ele desacelerou perto de Dalinar, que agarrou as rédeas. Naquele momento, ele era necessário. Seus homens estavam lutando e morrendo, e não era hora de arrependimento ou dúvidas.

Um salto ampliado pela Armadura colocou-o na sela. Então, com a Espada Fractal erguida, ele avançou para a batalha para matar pelos seus homens. Não era por isso que os Radiantes haviam lutado, mas pelo menos era alguma coisa.

ELES VENCERAM A BATALHA.

Dalinar recuou, sentindo-se fatigado enquanto Adolin fazia as honras de recolher a gema-coração. A crisálida repousava como um enorme e oblongo petrobulbo, com uns quatro metros de altura e conectada ao solo pedregoso por algo que parecia crem. Havia corpos espalhados ao redor, alguns humanos, outros parshendianos. Os parshendianos haviam tentado penetrá-la rapidamente e fugir, mas só conseguiram fazer algumas rachaduras na concha.

Dalinar descansou contra uma plataforma de pedra e removeu o elmo, expondo a cabeça suada para a brisa fresca. O sol estava bem alto; a batalha durara cerca de duas horas.

Adolin trabalhava de modo eficiente, usando sua Espada Fractal com cuidado para raspar uma seção do exterior da crisálida. Então ele a perfurou com maestria, matando a criatura em pupa, mas evitando a região da gema-coração.

Simples assim, a criatura estava morta. Agora a Espada Fractal podia cortá-la, e Adolin removeu seções de carne. Ícor púrpura jorrou enquanto ele remexia o interior, procurando a gema-coração. Os soldados saudaram enquanto ele a puxou para fora, esprenos de glória planando sobre o exército inteiro como centenas de esferas de luz.

Dalinar se pegou se afastando, segurando o elmo na mão esquerda. Cruzou o campo de batalha, onde cirurgiões cuidavam dos feridos e equipes carregavam os mortos de volta para as pontes. Havia trenós atrás das carroças dos chules para eles, de modo que pudessem ser devidamente cremados no acampamento.

Havia muitos cadáveres de parshendianos. Olhando para eles agora, não sentia nojo nem empolgação; só estava exausto.

Havia participado de dúzias, talvez centenas de batalhas. Nunca antes sentira-se como naquele dia. Aquela repulsa o distraíra, e poderia tê-lo matado. A batalha não era um momento para reflexão; era preciso manter o foco no que estava fazendo.

A Euforia parecera atenuado durante toda a batalha, e ele não havia lutado tão bem quanto antigamente. Aquela batalha deveria ter lhe trazido clareza. Em vez disso, seus problemas pareciam ter aumentado. *Pelo sangue dos meus pais*, pensou, subindo uma pequena colina rochosa. *O que está acontecendo comigo?*

Sua fraqueza daquele dia parecia o mais potente argumento para alimentar o que Adolin, e muitos outros, diziam sobre ele. Parou no topo da colina, olhando para o leste, rumo à Origem. Seus olhos se voltavam para aquela direção com tanta frequência. Por quê? O que...

Ele estacou, notando um grupo de parshendianos em um platô próximo. Seus batedores os vigiavam atentamente; era o exército que o povo de Dalinar havia afugentado. Embora houvessem matado muitos parshendianos, a grande maioria ainda havia escapado, recuando quando perceberam que a batalha estava perdida. Aquele era um dos motivos por que a guerra estava durando tanto tempo: os parshendianos compreendiam a retirada estratégica.

O exército aguardava em fileiras, agrupadas em pares de combate. Uma figura imponente estava à frente, um enorme parshendiano em uma armadura reluzente. Uma Armadura Fractal. Mesmo à distância, era fácil perceber a diferença entre ela e algo mais mundano.

Aquele Fractário não estivera ali durante a batalha em si. Por que agora? Havia chegado tarde demais?

A figura de Armadura e o resto dos parshendianos deram as costas e partiram, saltando pelo abismo diante deles e fugindo de volta para o seu abrigo fora do campo de visão no centro das Planícies.

27
SERVIÇO DE ABISMO

Se alguma coisa que eu disse faz qualquer sentido para você, confio que vá dizer a eles que parem. Ou talvez você me surpreenda e peça para que eles façam algo produtivo, para variar.

KALADIN ABRIU CAMINHO ATÉ a loja do apotecário, a porta batendo atrás dele. Como antes, o velho fingiu ser frágil, avançando com a bengala até reconhecer Kaladin. Então ele se endireitou.

— Ah. É você.

Tinham sido mais dois longos dias. Tempo diurno gasto trabalhando e treinando — Teft e Rocha agora praticavam com ele — e as noites passadas no primeiro abismo, recuperando os caniços do seu esconderijo em uma fresta e depois extraindo seu sumo durante horas. Gaz vira-os descer na noite anterior, e estava sem dúvida desconfiado, mas isso era inevitável.

A Ponte Quatro havia sido convocada para uma incursão de ponte naquele dia. Felizmente, eles chegaram antes dos parshendianos, e nenhuma das equipes perdera homens. As coisas não foram tão bem para as tropas alethianas. A frente alethiana em determinado momento cedera diante da ofensiva parshendiana, e as equipes de pontes foram forçadas a guiar uma tropa de soldados cansados, zangados e derrotados de volta ao acampamento.

Kaladin estava com os olhos turvos de fadiga, depois de ficar acordado até tarde trabalhando nos caniços. Seu estômago roncava perpetuamente por receber uma fração da comida de que precisava, enquanto compartilhava suas refeições com os dois feridos. Tudo isso terminava hoje.

O apotecário caminhou para trás do balcão e Kaladin foi até ele. Syl entrou no recinto, sua pequena fita de luz se transformando em uma mulher no meio de um giro. Ela deu uma cambalhota como uma acrobata, pousando na mesa em um movimento suave.

— Do que você precisa? — perguntou o apotecário. — De mais ataduras? Bem, eu posso ter…

Ele se calou quando Kaladin pousou uma garrafa de tamanho médio na mesa. O gargalo estava rachado, mas ainda segurava uma rolha. Ele a removeu, revelando a seiva de erva-botão de um branco-leitoso. Ele havia usado a primeira leva recolhida para tratar Leyten, Dabbid e Hobber.

— O que é isso? — perguntou o idoso apotecário, ajustando seus óculos e se inclinando. — Está me oferecendo uma bebida? Eu não bebo mais. Perturba meu estômago, sabe?

— Não é bebida. É seiva de erva-botão. Você disse que era caro. Pois bem, quanto vai me pagar por isso?

O apotecário ficou atônito, então se aproximou mais, cheirando o conteúdo da garrafa.

— Onde conseguiu isso?

— Eu recolhi dos caniços que crescem nos limites do acampamento.

A expressão do apotecário fechou. Ele deu de ombros.

— Sinto muito, mas não vale nada.

— *O quê?*

— As ervas silvestres não são potentes o bastante. — O apotecário repôs a rolha. Um vento forte atingiu o edifício, soprando sob a porta, espalhando os aromas dos muitos pós e tônicos que ele vendia. — Isso é praticamente inútil. Posso dar duas claretas pela garrafa, sendo generoso. Terei que destilá-la, e terei sorte se conseguir umas poucas colheres.

Duas claretas!, pensou Kaladin, em desespero. *Depois de três dias de trabalho, com nós três nos esforçando ao máximo, com apenas umas poucas horas de sono a cada noite? Por algo que só vale o soldo de dois dias?*

Mas não. A seiva *tinha* funcionado na ferida de Leyten, espantando os esprenos de putrefação e amenizando a infecção. Kaladin estreitou os olhos enquanto o apotecário pescava duas claretas da bolsa de dinheiro, colocando-as na mesa. Como muitas esferas, aquelas haviam sido levemente achatadas de um lado para impedir que saíssem rolando.

— Na verdade — disse o apotecário, coçando o queixo —, eu pago três. — Ele pegou mais uma esfera. — Detesto ver todo o seu esforço sendo desperdiçado.

— Kaladin — disse Syl, estudando o apotecário. — Ele está nervoso com alguma coisa. Acho que ele está mentindo!

— Eu sei — respondeu Kaladin.

— O que foi? — disse o apotecário. — Bem, se você sabia que não tinha valor, por que gastou tanto esforço nisso? — Ele fez menção de pegar a garrafa.

Kaladin agarrou sua mão.

— Tiramos duas ou mais gotas de cada caule, sabia?

O apotecário franziu o cenho.

— Da última vez, você disse que eu teria sorte de conseguir uma gota por caule. Você disse que era por isso que a seiva de erva-botão era tão cara. Mas não falou nada sobre as plantas "silvestres" serem mais fracas.

— Bem, não pensei que você fosse tentar coletá-las, e... — Ele perdeu o fio da meada enquanto Kaladin o fitava nos olhos.

— O exército não sabe, não é mesmo? — indagou Kaladin. — Não sabem quão valiosas são essas plantas lá fora. Você as recolhe, vende a seiva e fatura alto, porque os militares precisam de uma *grande* dose de antisséptico.

O velho apotecário praguejou, puxando a mão.

— Não sei do que você está falando.

Kaladin pegou sua garrafa.

— E se eu for na tenda de enfermaria e contar a eles onde consegui isso?

— Eles vão tomá-la de você! — exclamou o homem com urgência. — Não seja tolo. Você tem uma marca de escravo, garoto. Eles vão pensar que você a roubou.

Kaladin virou-se para partir.

— Eu lhe dou um marco-celeste — disse o apotecário. — É metade do que eu cobraria dos militares por essa quantidade.

Kaladin voltou-se para ele.

— Você cobra deles *dois marcos-celestes* por algo que só leva alguns dias para colher?

— Não sou só eu — respondeu o apotecário de cara feia. — Todos os apotecários cobram o mesmo. Nós nos reunimos e chegamos a um preço justo.

— Como *isso* é um preço justo?

— Nós temos que ganhar a vida aqui, nessa terra esquecida pelo Todo-Poderoso! Custa dinheiro para montar a loja, nos sustentarmos, contratarmos guardas.

Ele procurou na bolsa e pegou uma esfera que brilhava em azul-celeste. Uma esfera de safira valia cerca de 25 vezes mais que uma de diamante.

Como Kaladin ganhava um marco de diamante por dia, um marco-celeste equivalia a meio mês de trabalho. Um soldado olhos-escuros ganhava cinco claretas por dia, o que significava que para eles era o salário de uma semana.

Antigamente, isso não teria parecido tanto dinheiro para Kaladin. Agora era uma fortuna. Ainda assim, ele hesitou.

— Eu devia denunciar vocês. Homens morrem por sua causa.

— Não morrem, não — replicou o apotecário. — Os grão-príncipes têm mais do que o bastante para pagar, considerando o quanto ganham nos platôs. Nós fornecemos garrafas de seiva sempre que eles precisam. Tudo que você faria nos denunciando seria deixar monstros como Sadeas manter mais algumas esferas nos bolsos!

O apotecário estava suando. Kaladin estava ameaçando jogar por terra todo o seu negócio nas Planícies Quebradas. E tanto dinheiro estava sendo faturado com a seiva que aquilo poderia ficar *muito* perigoso. Homens matavam para manter segredos assim.

— Forrar meu bolso ou forrar o bolso dos luminobres — disse Kaladin. — Creio que não posso discutir com essa lógica. — Ele colocou a garrafa de volta na bancada. — Faço negócio com você, contanto que acrescente algumas ataduras.

— Muito bem. — O apotecário relaxou. — Mas fique longe dessas plantas. Estou surpreso que você tenha encontrado alguma aqui perto que não houvesse sido coletada. Está cada vez mais difícil para os meus trabalhadores.

Eles não têm um espreno de vento guiando-os, pensou Kaladin.

— Então por que me mandar parar? Eu posso conseguir mais para você.

— Bem, sim — respondeu o apotecário. — Mas…

— É mais barato por sua conta. — Kaladin se aproximou. — Mas desse modo você não deixa pistas. Eu forneço a seiva, cobrando um marco-celeste. Se os olhos-claros descobrirem o que os apotecários estão fazendo, você pode alegar ignorância… Só sabe que um carregador de pontes lhe vendia a seiva, e você a revendia para o exército a um preço razoável.

Aquilo pareceu tranquilizar o velho.

— Bem, talvez eu não faça muitas perguntas sobre como você recolheu isso aqui. É negócio seu, rapaz. Negócio seu, de fato…. — Ele foi até os fundos da loja e voltou com uma caixa de ataduras. Kaladin a aceitou e saiu da loja sem dizer mais nada.

— Não está preocupado? — perguntou Syl, voando ao lado da sua cabeça enquanto ele saía para o sol vespertino. — Se Gaz descobrir o que está fazendo, você pode se meter em encrencas.

— O que mais eles podem fazer comigo? — perguntou Kaladin. — Duvido que considerem isso um crime digno da forca.

Syl olhou para trás, se transformando em pouco mais que uma nuvem com uma leve sugestão de forma feminina.

— Não consigo decidir se é desonesto ou não.

— Não é desonesto; é negócio. — Ele fez uma careta. — Grão de lávis é vendido do mesmo modo. Plantado pelos lavradores e vendido por uma bagatela aos comerciantes, que o levam para as cidades e vendem a outros comerciantes, que vendem para as pessoas pelo quádruplo ou quíntuplo do preço original.

— Então por que você ficou incomodado? — indagou Syl, franzindo o cenho enquanto eles se desviavam de uma tropa de soldados. Um deles jogou o caroço de uma palafruta na cabeça de Kaladin. Os outros riram.

Kaladin esfregou a têmpora.

— Ainda tenho alguns estranhos escrúpulos em relação a cobrar por cuidados médicos, devido ao meu pai.

— Ele parece ser um homem muito generoso.

— Isso de pouco lhe valeu.

De certo modo, o mesmo podia ser dito de Kaladin. Durante seus primeiros dias como escravo, ele teria feito quase qualquer coisa por uma chance de caminhar sem supervisão, como estava fazendo agora. O perímetro do exército era vigiado, mas se conseguiu entrar com erva-botão escondido, provavelmente conseguiria encontrar um jeito de sair escondido também.

Com aquele marco de safira, teria até mesmo dinheiro para ajudá-lo. Sim, tinha a marca de escravo, mas um trabalho rápido, ainda que doloroso, com uma faca poderia transformá-la em uma "cicatriz de batalha". Ele sabia falar e lutar como um soldado, então seria plausível. Seria tomado como desertor, mas podia viver com isso.

Esse fora o seu plano durante a maior parte dos últimos meses como escravo, mas ele nunca possuíra os recursos. Era necessário ter dinheiro para viajar, para se afastar o bastante da área onde sua descrição circularia. Dinheiro para se hospedar em uma parte pobre da cidade, uma área onde ninguém faria perguntas, enquanto ele se curava da ferida autoinfligida.

Além disso, sempre tinha os outros. Então ele ficou, tentando salvar o maior número possível. Falhando todas as vezes. E ali estava ele de novo.

— Kaladin? — Syl chamou do seu ombro. — Você parece tão sério. O que está pensando?

— Estou pensando se devia fugir. Escapar desse acampamento tormentoso e encontrar uma nova vida.

Syl ficou em silêncio.

— A vida aqui é difícil — disse ela, por fim. — Não sei se alguém ia culpá-lo.

Rocha culparia, pensou. *E Teft.* Eles haviam trabalhado por aquela seiva de erva-botão. Não sabiam do seu valor; só pensavam que servia para curar os doentes. Se ele fugisse, estaria traindo-os. Estaria abandonando os carregadores.

Esqueça isso, seu tolo, pensou Kaladin. *Você não vai salvar esses carregadores. Assim como não salvou Tien. Você devia fugir.*

— E depois? — sussurrou.

Syl se virou para ele.

— O quê?

Se fugisse, de que adiantaria? Uma vida trabalhando por claretas nos cortiços de alguma cidade podre? Não.

Não podia deixá-los. Assim como nunca fora capaz de deixar qualquer um que pensasse que precisava dele. Precisava protegê-los. *Precisava.*

Por Tien. E pela sua própria sanidade.

— SERVIÇO DE ABISMO — anunciou Gaz, cuspindo para o lado. O escarro estava preto devido à raiz de iama que mascava.

— O quê?

Kaladin voltara da venda de erva-botão para descobrir que Gaz havia mudado a agenda de trabalho da Ponte Quatro. Eles não estavam designados para nenhuma incursão de ponte — a missão no dia anterior os dispensava disso. No lugar, deviam ser designados para a ferraria de Sadeas para ajudar a levantar lingotes e outros suprimentos.

Parecia um trabalho difícil, mas na verdade estava entre os serviços mais fáceis dos carregadores. Os ferreiros não achavam que precisavam de ajuda. Ou então presumiam que os desajeitados carregadores só atrapalhariam. No serviço de ferraria, eles geralmente só trabalhavam algumas horas e podiam passar o resto do tempo descansando.

Gaz estava ao lado de Kaladin sob a luz da manhã.

— Sabe — disse Gaz — você me fez pensar. Ninguém se importa se a Ponte Quatro recebe missões de trabalho injustas. Tudo mundo odeia o serviço de abismo. Achei que você não se importaria.

— Quanto foi que eles pagaram a você? — perguntou Kaladin, dando um passo a frente.

— Raios o partam — respondeu Gaz, cuspindo novamente. — Os outros não gostam de você. Vai ser bom para sua equipe eles serem vistos pagando pelo que você fez.

— Sobreviver?

Gaz deu de ombros.

— Todo mundo sabe que você quebrou as regras ao trazer de volta aqueles homens. Se os outros começarem a fazer o que você fez, logo teremos todos os barracões cheios de moribundos antes que o maldito mês acabe!

— Eles são *pessoas*, Gaz. Se não "enchemos os barracões" com os feridos, é porque os deixamos lá para morrer.

— Eles vão morrer de qualquer forma.

— Veremos.

Gaz o encarou com olhos estreitos. Parecia suspeitar que Kaladin de alguma forma o enganara para conseguir o serviço de coleta de pedras. Mais cedo, Teft dissera que Gaz havia descido até o abismo, provavelmente tentando descobrir o que Kaladin e os outros dois andaram fazendo.

Danação, Kaladin pensou. Achava que havia intimidado Gaz o bastante para que ele ficasse na linha.

— Nós vamos — respondeu Kaladin bruscamente, dando-lhe as costas. — Mas não vou assumir a culpa entre meus homens por isso. Eles vão saber que foi você.

— Ótimo — gritou Gaz enquanto ele se afastava. Então acrescentou baixinho: — Talvez eu tenha sorte e um demônio-do-abismo devore todos vocês.

OS ABISMOS. A MAIORIA dos carregadores preferia passar o dia todo carregando pedras do que ser designado para os abismos.

Com uma tocha embebida em óleo apagada amarrada às costas, Kaladin desceu pela precária escada de corda. O abismo era raso ali, apenas 15 metros, mas era o bastante para levá-lo a outro mundo. Um mundo onde a única luz natural vinha da fissura no alto do céu. Um mundo que permanecia úmido mesmo nos dias mais quentes, uma paisagem afogada de musgo, fungos e plantas robustas que sobreviviam mesmo na fraca luminosidade.

Os abismos eram mais largos no fundo, talvez o resultado de grantormentas que causavam enormes enchentes; ser pego em um abismo durante uma grantormenta era a morte. Sedimento de crem endurecido deixava o chão dos abismos lisos, embora ondulasse de acordo com a erosão da rocha subjacente. Em alguns lugares, a distância do chão do abismo até a borda do platô acima era de apenas 12 metros. Contudo, na maioria dos pontos, chegava a trinta metros ou mais.

Kaladin saltou da escada, caindo alguns metros e pousando em uma poça de água de chuva, respingando água. Depois de acender a tocha, ele a segurou bem alto, espiando ao longo do tenebroso abismo. As paredes estavam cobertas com musgo verde-escuro e várias vinhas finas que ele não reconhecia se enredavam pelas escarpas intermediárias acima. Pedaços de osso, madeira e tecido rasgado estavam espalhados pelo chão ou enfiados em fendas.

Teft aterrissou respingando água ao seu lado e praguejou, olhando para suas pernas e calças ensopadas enquanto saía de uma grande poça.

— Que os ventos carreguem Gaz, aquele crenguejo — resmungou o velho carregador. — Nos enviar para cá quando não é a nossa vez. Vou arrancar os caroços dele por isso.

— Tenho certeza de que ele morre de medo de você — comentou Rocha, descendo da escada para um ponto seco. — Deve estar lá no acampamento chorando.

— Que um raio te parta — disse Teft, sacudindo a água da perna esquerda.

Os dois carregavam tochas apagadas. Kaladin havia acendido a dele com pederneira e aço, mas os outros, não. Precisavam racionar as tochas.

Os outros homens da Ponte Quatro começaram a se reunir perto do final da escada, permanecendo agrupados. Um a cada quatro homens acendeu sua tocha, mas a luz não fez muito para diminuir a escuridão; só permitiu que Kaladin visse mais daquela paisagem anormal. Estranhos fungos tubulares cresciam nas rachaduras. Eram de um amarelo-pálido, como a pele de uma criança com icterícia. Crenguejos espantados fugiam da luz. Os minúsculos crustáceos eram de um vermelho-translúcido; enquanto um deles rastejava apressado pela parede, Kaladin percebeu que podia ver seus órgãos internos através da carapaça.

A luz também revelou uma figura torcida e quebrada junto à parede do abismo, a uma curta distância dali. Kaladin levantou sua tocha e andou até ela. Já estava começando a feder. Ele levantou uma mão, inconscientemente cobrindo o nariz e a boca enquanto se ajoelhava.

Era, ou fora, um carregador de pontes, de uma das outras equipes. Ainda estava fresco. Se estivesse ali há mais do que alguns dias, a grantormenta o teria levado para algum lugar distante. A Ponte Quatro reuniu-se atrás de Kaladin, olhando silenciosamente para aquele que havia escolhido se jogar no abismo.

— Que você possa um dia encontrar um lugar de honra nos Salões Tranquilinos, irmão caído — disse Kaladin, sua voz ecoando. — E que nós possamos ter um final melhor que o seu.

Ele se levantou, segurando a tocha bem alto, e conduziu o caminho para além do sentinela morto. Sua equipe seguiu-o nervosamente.

Kaladin havia entendido rapidamente as táticas básicas de lutar nas Planícies Quebradas. O ideal era avançar vigorosamente, pressionando o inimigo até a beira do platô. Era por isso que as batalhas em geral acabavam sendo sangrentas para os alethianos, que quase sempre chegavam depois dos parshendianos.

Os alethianos tinham pontes, enquanto aqueles estranhos parshemanos orientais podiam saltar a maioria dos abismos, se tivessem espaço para correr. Mas ambos ficavam em apuros quando pressionados na direção dos penhascos, e isso geralmente resultava em soldados perdendo o equilíbrio e caindo no vazio. Os números eram significativos o bastante para que os alethianos quisessem recuperar o equipamento perdido. E assim os carregadores eram enviados no serviço de abismo. Era como roubar uma tumba, só que sem a tumba.

Eles levavam sacos e passavam horas caminhando por ali, procurando os cadáveres dos caídos, buscando qualquer coisa de valor. Esferas, placas peitorais, elmos e armas. Às vezes, após uma recente incursão de platô, eles tentavam ir até onde ocorrera a escaramuça e pilhar aqueles corpos. Mas grantormentas geralmente tornavam isso inútil. Mesmo esperando poucos dias, os corpos acabavam levados para algum outro lugar.

Além disso, os abismos eram um labirinto desconcertante, e chegar em um platô específico e depois voltar em um tempo razoável era quase impossível. O senso comum era esperar que uma grantormenta empurrasse os corpos para o lado alethianos — grantormentas sempre sopravam de leste para oeste, afinal de contas — e então enviar carregadores para procurá-los.

Aquilo significava um bocado de perambulação aleatória. Mas, com o passar dos anos, tantos corpos haviam caído que não era muito difícil encontrar lugares para fazer a coleta. A equipe precisava levar certa quantidade de objetos recuperados ou encarar desconto no pagamento semanal, embora a cota não fosse onerosa. O bastante para manter os carregadores trabalhando, mas não o suficiente para que eles realmente se dedicassem. Como a maior parte do trabalho de carregadores de pontes, o propósito era mantê-los ocupados mais do que qualquer outra coisa.

Enquanto caminhavam pelo primeiro abismo, alguns dos seus homens abriram os sacos e coletaram objetos por onde passavam. Um elmo aqui, um escudo ali. Eles prestavam muita atenção para achar esferas. Encontrar uma valiosa esfera caída resultaria em uma pequena recompensa para a equipe inteira. Eles não tinham permissão de levar suas próprias esferas ou posses para o abismo, naturalmente. E na saída eram revistados minuciosamente. A humilhação dessa revista — que incluía qualquer lugar onde uma esfera pudesse ser ocultada — era parte do motivo por que o serviço de abismo era tão abominado.

Mas era só um dos motivos. Enquanto caminhavam, o chão do abismo se alargou para cerca de cinco metros. Ali, marcas desfiguravam as paredes, cortes onde o musgo havia sido raspado e a própria pedra havia sido ferida. Os carregadores tentavam não olhar para aquelas marcas. Às vezes demônios-do-abismo espreitavam aqueles caminhos, procurando carniça ou um platô adequado para formar uma crisálida. Encontrá-los era incomum, mas possível.

— Por Kelek, eu odeio esse lugar — disse Teft, caminhando ao lado de Kaladin. — Ouvi dizer certa vez que toda uma equipe de ponte foi devorada por um demônio-do-abismo, um de cada vez, depois que ele os encurralou em um beco sem saída. Ele só ficou lá sentado, agarrando os carregadores enquanto eles tentavam passar correndo.

Rocha deu uma risada.

— Se todos foram devorados, então quem voltou para contar a história?

Teft coçou o queixo.

— Não sei. Talvez eles nunca tenham voltado.

— Então talvez eles tenham fugido. Desertado.

— Não — disse Teft. — Não dá para sair desses abismos sem uma escada. — Ele deu uma olhadela para cima, na direção do estreito abismo azul a mais de vinte metros acima, seguindo a curva do platô.

Kaladin também olhou para cima. O céu azul parecia tão distante. Inalcançável. Como a luz dos próprios Salões. E mesmo que se pudesse escalar para fora em uma das áreas mais rasas, a pessoa estaria presa nas Planícies sem uma maneira de cruzar os abismos, ou estaria perto o bastante do lado alethiano para que os batedores o vissem cruzando as pontes permanentes. Dava para tentar seguir para leste, na direção onde os platôs estavam tão erodidos que eram apenas picos, mas levaria várias semanas de caminhada, e seria necessário sobreviver a múltiplas grantormentas.

— Você já esteve no fundo de um cânion quando a chuva começa, Rocha? — indagou Teft, talvez seguindo a mesma linha de raciocínio.

— Não. Nos Picos, não temos essas coisas. Eles só existem onde homens tolos escolhem viver.

— *Você* vive aqui, Rocha — observou Kaladin.

— E eu sou um tolo — disse o grande papaguampas, rindo. — Ainda não percebeu?

Ele mudara muito nos últimos dois dias. Estava mais afável, retornando um pouco do que Kaladin deduzia ser sua personalidade normal.

— Eu estava *falando* sobre cânions — disse Teft. — Você quer adivinhar o que acontece se ficar preso aqui embaixo em uma grantormenta?

— Um bocado de água, imagino — respondeu Rocha.

— Um bocado de água, procurando ir para qualquer lugar que puder — disse Teft. — Ela se acumula em enormes ondas e vai passando por essas frestas com força suficiente para derrubar rochedos. Na verdade, uma chuva *comum* parece uma grantormenta aqui embaixo. Uma grantormenta... Bem, este é provavelmente o pior lugar em Roshar para se estar quando uma delas aparece.

Rocha franziu o cenho, olhando para cima.

— Então é melhor não ser pego por uma tempestade.

— É — disse Teft.

— Mas Teft — acrescentou Rocha —, pelo menos você tomaria um banho, e bem que está precisando.

— Ei! — resmungou Teft. — Isso é um comentário sobre o meu cheiro?

— Não. É um comentário sobre o que *eu* cheiro. Às vezes acho que uma flecha parshendiana no olho seria melhor do que o cheiro da equipe de ponte trancada em um barracão de noite!

Teft deu risada.

— Eu ficaria ofendido, mas pior que é verdade. — Ele fungou no ar úmido embolorado do abismo. — Esse lugar não é muito melhor. Cheira pior do que as botas de um papaguampas no inverno. — Ele hesitou. — Hã, sem querer ofender. Quero dizer, não pessoalmente.

Kaladin sorriu, então olhou para trás. Os trinta e tantos outros carregadores seguiam como fantasmas. Uns poucos pareciam estar se aproximando do grupo de Kaladin, como se estivessem tentando escutar sem chamar atenção.

— Teft — disse Kaladin. — "Cheira pior do que as botas de um papaguampas"? Pelos Salões, como é que ele não deveria se ofender com *essa* frase?

— É só uma expressão — respondeu Teft, fechando a cara. — Falei sem pensar.

— Mesmo assim — disse Rocha, arrancando um pedaço de musgo da parede, inspecionando-o enquanto caminhavam. — Seu insulto me ofendeu. Se estivéssemos nos Picos, teríamos que duelar segundo a maneira tradicional *alil'tiki'i.*

— Como é isso? — Quis saber Teft. — Com lanças?

Rocha riu.

— Não, não. Nós lá dos Picos não somos bárbaros como vocês daqui de baixo.

— Como, então? — indagou Kaladin, verdadeiramente curioso.

— Bem — disse Rocha, deixando cair o musgo e limpando as mãos —, envolve muita cerveja marrom e cantoria.

— E *isso* é um duelo?

— Aquele que ainda conseguir cantar depois de beber mais é o vencedor. Além disso, logo todo mundo está tão bêbado que provavelmente já esqueceu qual era o motivo do desentendimento.

Teft riu.

— Melhor do que facas ao nascer do sol, acho.

— Acho que depende — disse Kaladin.

— Depende de quê? — perguntou Teft.

— Se você é ou não um vendedor de facas. Não é, Dunny?

Os outros dois olharam para o lado, onde Dunny se aproximara para escutar. O jovem magricela deu um pulo e enrubesceu.

— Hã... Eu...

Rocha riu das palavras de Kaladin.

— Dunny — disse ele para o jovem. — É um nome estranho. O que significa?

— O que significa? — perguntou Dunny. — Eu não sei. Nomes nem sempre têm significado.

Rocha balançou a cabeça, descontente.

— Terrabaixistas. Como você sabe quem é se seu nome não tem significado?

— Então seu nome significa alguma coisa? — perguntou Teft. — Nu...ma...nu...

— Numuhukumakiaki'aialunamor — disse Rocha, os sons papaguampas fluindo facilmente dos seus lábios. — Mas é lógico. É a descrição de uma pedra muito especial que meu pai descobriu no dia antes do meu nascimento.

— Então o seu nome é uma frase inteira? — perguntou Dunny, hesitante, como se não soubesse ao certo se estava incluído.

— É poema — disse Rocha. — Nos Picos, o nome de todo mundo é poema.

— É verdade? — disse Teft, coçando a barba. — Deve dar trabalho chamar a família inteira na hora das refeições.

Rocha riu.

— Verdade, verdade. Também dá algumas discussões interessantes. Geralmente, os melhores insultos nos Picos têm forma de poema, que seja parecido na composição e rima ao nome da pessoa.

— Por Kelek! — murmurou Teft. — Parece muito trabalho.

— É por isso aí que a maioria das discussões termina em bebida, talvez — observou Rocha.

Dunny sorriu, hesitante.

— Ei, fedorento, vai lavar sua corcunda, vê se corre contra o vento e mergulha na água funda.

Rocha gargalhou escandalosamente, sua voz profunda ecoando pelo abismo.

— Gostei, gostei — disse ele, limpando os olhos. — Simples, mas muito bom.

— Quase parece uma música, Dunny — disse Kaladin.

— Bem, foi a primeira coisa em que pensei. Coloquei na melodia de "Os dois namorados de Mari" para acertar o ritmo.

— Você sabe cantar? — perguntou Rocha. — Preciso ouvir.

— Mas... — hesitou Dunny.

— Cante! — comandou Rocha, apontando.

Dunny levou um sustinho, mas obedeceu, começando a cantar uma música que Kaladin não conhecia. Era uma história engraçada sobre uma mulher e dois irmãos gêmeos que ela pensava que eram a mesma pessoa. A voz de Dunny era um tenor, e ele pareceu mais confiante cantando do que era falando.

Ele era bom. Quando passou para o segundo verso, Rocha começou a cantarolar em uma voz profunda, fornecendo a harmonia. O papaguampas obviamente estava muito acostumado a cantar. Kaladin olhou para trás, para os outros carregadores, esperando puxar mais alguns para a conversa ou para a música. Ele sorriu para Skar, mas a única resposta foi um cenho franzido. Moash e Sigzil — o homem azishiano de pele escura — nem mesmo olhou para ele. Peet só fitava os próprios pés.

Quando a canção terminou, Teft bateu palmas em apreciação.

— Foi melhor do que muitos que ouvi em tavernas.

— É bom conhecer um terrabaixista que sabe cantar — disse Rocha, se abaixando para pegar um elmo e enfiá-lo na sua bolsa. Aquele abismo específico não parecia ter muitos objetos para coleta. — Estava começando a pensar que vocês todos eram tão desafinados quanto o velho cão-machado do meu pai. Rá!

Dunny ficou vermelho, mas pareceu andar com mais confiança.

Eles continuaram, às vezes passando por curvas ou frestas na pedra onde as águas haviam depositado grandes montes de objetos para coleta. Ali o trabalho tornou-se mais horrível, e muitas vezes tiveram que puxar cadáveres ou pilhas de ossos para conseguir o que queriam, nauseados pelo fedor. Kaladin mandou que deixassem de lado os corpos mais nojentos ou decompostos. Esprenos de putrefação tendiam a se acumular perto dos mortos. Se eles não conseguissem achar material para coleta suficiente depois, poderiam recolher aqueles no caminho de volta.

Em cada interseção ou trevo, Kaladin fazia uma marca branca na parede com um pedaço de giz. Aquele era o dever do líder de ponte, e ele o levava a sério. Não gostaria que sua equipe se perdesse naqueles abismos.

Enquanto caminhavam e trabalhavam, Kaladin manteve a conversa em andamento. Ele ria — forçava-se a rir — com os outros. Se essa risada lhe soava vazia, os outros não pareciam notar. Talvez se sentissem como ele, de modo que até mesmo riso forçado era preferível a voltar ao silêncio ensimesmado e triste que cobria a maioria dos carregadores.

Logo Dunny estava rindo e conversando com Teft e Rocha, sua timidez evaporara. Alguns outros os seguiam de perto — Yake, Mapas, mais um ou dois — como criaturas selvagens atraídas para a luz e calor de uma fogueira. Kaladin tentou atraí-los para a conversa, mas não funcionou, de modo que os deixou em paz.

Por fim, eles alcançaram um lugar com um número significativo de cadáveres recentes. Kaladin não sabia ao certo qual combinação de fluxo de água havia tornado aquela seção do abismo um bom ponto para aquilo — ela parecia igual aos outros trechos; talvez um pouco mais estreita. Às vezes podiam ir aos mesmos recantos e encontrar bom material para coleta; em outras ocasiões, os mesmos pontos estavam vazios, mas outros lugares tinham dúzias de cadáveres.

Aqueles corpos pareciam ter sido levados pela enchente de uma grantormenta, e então depositados quando a água recuou lentamente. Não havia um único parshendiano entre eles, e os cadáveres estavam quebrados e despedaçados devido à queda ou à violência da enchente. Muitos haviam perdido braços ou pernas.

O fedor de sangue e vísceras pendia no ar úmido. Kaladin ergueu sua tocha enquanto os companheiros se calavam. O frio impedia os corpos de apodrecerem rápido demais, embora a umidade houvesse se contraposto um pouco a isso. Os crenguejos haviam começado a roer a pele das mãos e devorar os olhos. Logo os estômagos se dilatariam com gás. Alguns esprenos de putrefação — pequenos, vermelhos, translúcidos — rastejavam sobre os cadáveres.

Syl desceu voando e pousou no seu ombro, fazendo ruídos de nojo. Como de costume, ela não ofereceu explicação para a sua ausência.

Os homens sabiam o que fazer. Mesmo com os esprenos de putrefação, era um lugar rico demais para se ignorar. Eles foram ao trabalho, puxando os cadáveres até uma fileira onde pudessem ser inspecionados. Kaladin acenou para que Rocha e Teft se unissem a ele enquanto pegava alguns objetos soltos que estavam no chão ao redor dos corpos. Dunny foi junto.

— Esses corpos usam as cores do grão-príncipe — observou Rocha enquanto Kaladin pegava um capacete de aço amassado.

— Aposto que são daquela missão de alguns dias atrás — disse Kaladin. — Não foi boa para as forças de Sadeas.

— *Luminobre* Sadeas — corrigiu Dunny. Então abaixou a cabeça, constrangido. — Desculpe, eu não queria te corrigir. Eu sempre esquecia de dizer o título. Meu mestre me batia por causa disso.

— Mestre? — perguntou Teft, pegando uma lança caída e removendo musgo da haste.

— Eu era um aprendiz. Quero dizer, antes... — Dunny se interrompeu e desviou o olhar.

Teft estava certo; carregadores não gostavam de falar sobre seus passados. De qualquer modo, Dunny provavelmente estava certo em corrigi-lo. Kaladin seria punido se fosse ouvido omitindo o título de um olhos-claros.

Kaladin colocou o capacete no saco, depois encaixou a tocha em um espaço entre duas pedras cobertas de musgo e começou a ajudar os outros a colocar os corpos em fileira. Ele não estimulou os homens a conversar. Os caídos mereciam algum respeito — se fosse possível prestar respeito enquanto roubavam deles.

A seguir, os carregadores removeram as armaduras dos caídos. Coletes de couro dos arqueiros, placas peitorais de aço dos soldados de infantaria. Aquele grupo incluía um olhos-claros trajando roupas de qualidade sob uma armadura de ainda melhor qualidade. Às vezes os corpos de olhos-claros caídos eram recuperados dos abismos por equipes especiais e o cadáver era Transmutado em uma estátua. Olhos-escuros, a menos que fossem muito ricos, eram cremados. E a maioria dos soldados que caía nos abismos era ignorada; os homens no acampamento falavam dos abismos como sendo lugares de repouso santificados, mas a verdade era que o esforço de recuperar os corpos não valia o custo ou o perigo.

Ainda assim, encontrar um olhos-claros ali significava que sua família não fora rica o suficiente, ou preocupada o bastante, para enviar homens para recuperá-lo. Seu rosto estava esmagado além da possibilidade de reconhecimento, mas a sua insígnia de posto o identificava como sétimo dan. Sem terra, associado ao séquito de um oficial mais poderoso.

Depois de coletar sua armadura, eles removeram adagas e botas de todos na fileira — *sempre* havia demanda de botas. Eles deixaram os caídos com suas roupas, embora tenham removido os cintos e cortado muitos botões de camisas.

Enquanto trabalhavam, Kaladin enviou Teft e Rocha ao redor da curva para ver se havia outros corpos por perto.

Uma vez que as armaduras, armas e botas foram separadas, a tarefa realmente macabra começou: procurar nos bolsos e bolsas por esferas e joias. Aquela pilha era a menor de todas, mas valiosa. Eles não encontraram brons, o que significava que não haveria nenhuma pobre recompensa para os carregadores.

Enquanto os homens realizavam sua mórbida tarefa, Kaladin notou a ponta de uma lança saindo de um lago ali perto. Não tinha notado aquilo na sua varredura inicial.

Perdido em pensamentos, ele a pegou, sacudindo-a para remover a água e levando-a para a pilha de armas. Ele hesitou ali, segurando a lança sobre a pilha com uma mão, água fria pingando dela. Esfregou o dedo sobre a madeira lisa. Podia dizer pelo peso, equilíbrio e polimento que era uma boa arma. Resistente, bem-feita, bem cuidada.

Ele fechou os olhos, lembrando-se de segurar um bastão, quando ainda era criança.

Palavras ditas por Tukks anos atrás lhe voltaram, palavras ditas naquele iluminado dia de verão quando segurara pela primeira vez uma arma no exército de Amaram. *O primeiro passo é se importar. Alguns falam em não ter emoções na batalha. Bem, acho que é importante manter a cabeça. Mas detesto aquela sensação de matar calma e friamente. Já vi que aqueles que se importam lutam mais forte, por mais tempo e melhor do que aqueles que não se importam. É a diferença entre mercenários e soldados de verdade. É a diferença entre lutar para defender sua terra natal e lutar em solo estrangeiro.*

É bom se importar quando você está lutando, contanto que não deixe que isso te consuma. Não tente se impedir de sentir. Você vai odiar a pessoa em que vai se tornar.

A lança tremeu nos dedos de Kaladin, como se estivesse implorando que ele a balançasse, girasse, dançasse com ela.

— O que está pensando em fazer, fidalgote? — soou uma voz. — Vai enfiar essa lança no próprio bucho?

Kaladin olhou para a pessoa que falou. Moash — ainda um dos maiores detratores de Kaladin — estava perto da fileira de cadáveres. Por que ele chamara Kaladin de "fidalgote"? Será que conversara com Gaz?

— Ele diz que é um desertor — disse Moash para Narm, o homem trabalhando perto dele. — Diz que era um soldado importante, um chefe de pelotão ou algo assim. Mas Gaz diz que não passa de fanfarronice. Eles não mandariam um homem para as pontes se ele realmente soubesse lutar.

Kaladin baixou a lança.

Moash sorriu com sarcasmo, voltando ao trabalho. Outros, contudo, agora haviam notado Kaladin.

— Olhe só para ele — disse Sigzil. — Ô, líder de ponte! Você acha que é o tal? Que é melhor que nós? Acha que fingir que somos sua tropa vai mudar alguma coisa?

— Deixe ele em paz — disse Drehy. Ele empurrou Sigzil ao passar. — Pelo menos ele tenta.

Jaks Sem-Orelha bufou, removendo uma bota de um pé morto.

— Ele quer é parecer importante. Mesmo que ele *tenha* sido do exército, aposto que passava os dias limpando latrinas.

Aparentemente *havia* algo capaz de arrancar os carregadores do seu estupor silencioso: o desprezo por Kaladin. Outros começaram a falar, lançando zombarias.

— ... culpa dele estarmos aqui...

— ... quer nos matar de cansaço durante nosso único tempo livre, para se sentir importante...

— ... nos botou para coletar pedras só para mostrar que era o chefe...

— ... aposto que ele nunca segurou uma lança na vida.

Kaladin fechou os olhos, prestando atenção ao desdém, esfregando os dedos na madeira.

Nunca segurou uma lança na vida. Talvez, se ele não tivesse segurado aquela primeira lança, nada daquilo tivesse acontecido.

Ele sentiu a madeira lisa, úmida de água de chuva, as memórias se amontoando em sua cabeça. Treinar para esquecer, treinar para se vingar, treinar para aprender e entender o que havia acontecido.

Sem pensar, ele botou subitamente a lança sob o braço em uma posição de guarda, com a ponta para baixo. Gotículas da haste respingaram nas suas costas.

Moash calou-se no meio de outra zombaria. Os carregadores silenciaram, gaguejando. O abismo foi tomado pelo silêncio.

E Kaladin estava em outro lugar.

Estava ouvindo Tukks repreendê-lo.

Estava ouvindo Tien rir.

Estava ouvindo sua mãe implicar daquela maneira inteligente e irônica.

Estava no campo de batalha, cercado pelos inimigos, mas protegido por amigos.

Estava ouvindo seu pai dizer em tom de desprezo que lanças só serviam para matar. Não se podia matar para proteger.

Ele estava sozinho em um abismo no fundo da terra, segurando a lança de um homem caído, dedos agarrando a madeira úmida, uma goteira ecoando em algum lugar distante.

A força o dominou enquanto girava a lança até uma posição avançada. Seu corpo se moveu por conta própria, passando pelas posições que havia treinado com tanta frequência. A lança dançava nos seus dedos, confortável, uma extensão dele mesmo. Ele girou com ela, rodopiando-a repetidas vezes, por trás do pescoço, sobre o braço, entrando e saindo de estocadas e varreduras. Embora meses houvessem se passado desde a última vez em que segurara uma arma, seus músculos sabiam o que fazer. Era como se *a própria lança* soubesse o que fazer.

A tensão se esvaiu, a frustração se esvaiu, e seu corpo relaxou de contentamento mesmo enquanto trabalhava furiosamente. Aquilo era familiar. Era bem-vindo. Era o que tinha sido criado para fazer.

Os homens sempre disseram que Kaladin era inigualável na luta. Ele sentira isso no primeiro dia em que pegara um bastão, embora o conselho de Tukks tivesse ajudado a refinar e canalizar sua habilidade. Kaladin *se importava* ao lutar. Ele nunca lutou vazio ou frio. Lutava para manter seus homens vivos.

De todos os recrutas em seu grupo, ele aprendera mais rápido. Como segurar a lança, como se posicionar para duelar. Aprendera quase sem instruções. Aquilo chocara Tukks. Mas por quê, afinal de contas? Ninguém ficava chocado quando uma criança sabia respirar, nem quando uma enguia celeste alçava voo pela primeira vez. Não deveriam ficar chocados ao dar a Kaladin Filho da Tempestade uma lança e ver que ele sabia usá-la.

Kaladin rodopiou pelos últimos movimentos da *kata*, tendo esquecido o abismo, os carregadores e própria fadiga. Por um momento, era só ele. Ele e a ventania. Ele lutou com ela, e ela riu.

Ele voltou a lança ao lugar, segurando a haste na posição inclinada, a lâmina para baixo, base da haste presa sob o braço, a ponta surgindo por trás da sua cabeça. Inspirou profundamente, tremendo.

Ah, como eu senti falta disso.

Ele abriu os olhos. A luz instável da tocha revelou um grupo de carregadores perplexos em um úmido corredor de pedra, as paredes molhadas refletindo luz. Moash deixara cair um punhado de esferas em silêncio espantado, olhando para Kaladin com a boca aberta. As esferas caíram em uma poça, fazendo com que ela brilhasse, mas nenhum dos carregadores notou. Eles só olhavam para Kaladin, que ainda estava em postura de batalha, meio agachado, trilhas de suor correndo pelos lados do rosto.

Ele piscou ao perceber o que havia feito. Se alguém informasse a Gaz que ele andava brincando com lanças... Kaladin ergueu-se e deixou a lança cair na pilha de armas.

— Desculpe — sussurrou para a arma, embora sem saber por quê. Então, mais alto, ordenou: — De volta ao trabalho! Não quero estar aqui ainda quando a noite cair.

Os carregadores voltaram a se mover em um salto. Adiante no abismo, ele viu Rocha e Teft. Será que eles tinham assistido a tudo? Com o rosto vermelho, Kaladin se apressou a chegar até eles. Syl havia pousado no seu ombro, calada.

— Kaladin, rapaz — disse Teft com reverência. — Isso foi...

— Não foi nada — cortou Kaladin. — Só uma *kata*. Feita para trabalhar os músculos e praticar os golpes básicos, estocadas e varreduras. É muito mais chamativa do que útil.

— Mas...

— Não, de verdade — insistiu Kaladin. — Imagina um homem balançando uma lança ao redor do pescoço daquele jeito em combate? Seria eviscerado em um segundo.

— Rapaz — disse Teft. — Eu já *vi katas* antes. Mas nada desse tipo. A maneira como você se moveu... A velocidade, a graça... E tinha algum tipo de espreno voando ao seu redor, entre os seus movimentos, brilhando com uma luz pálida. Foi muito bonito.

Rocha se espantou.

— Você conseguiu ver?

— Óbvio— disse Teft. — Nunca vi um espreno como esse. Pergunte aos outros homens... eu vi alguns deles apontando.

Kaladin olhou para o seu ombro, franzindo o cenho para Syl. Ela estava sentada empertigada, com as pernas cruzadas e as mãos no joelho, deliberadamente sem encará-lo.

— Não foi nada — repetiu Kaladin.

— Foi — disse Rocha. — Óbvio que foi. Talvez *você* devesse desafiar um Fractário. Poderia se tornar luminobre!

— Eu *não* quero ser um luminobre — respondeu bruscamente Kaladin, talvez de modo mais áspero do que deveria. Os outros dois deram um pulo. — Além disso — acrescentou ele, desviando o olhar —, já tentei isso uma vez. Onde está Dunny?

— Espere — disse Teft. — Você...

— Onde está Dunny? — perguntou Kaladin com firmeza, pontuando cada palavra. *Pai das Tempestades. Preciso manter a boca fechada.*

Teft e Rocha se entreolharam, depois Teft apontou.

— Encontramos alguns parshendianos mortos depois da curva. Pensamos que você gostaria de saber.

— Parshendianos — disse Kaladin. — Vamos dar uma olhada. Talvez tenha algo valioso.

Ele nunca saqueara corpos de parshendianos antes; menos deles caíam nos abismos que os alethianos.

— É verdade isso aí — respondeu Rocha, conduzindo o grupo, carregando uma tocha acesa. — Essas armas que eles têm, sim, muito boas. E joias nas barbas.

— Sem falar na armadura — comentou Kaladin.

Rocha sacudiu a cabeça.

— Sem armadura.

— Rocha, eu *vi* as armaduras deles. Eles sempre as usam.

— Bom, sim, mas não podemos usar isso aí.

— Não entendi — disse Kaladin.

— Venha. — Rocha gesticulou. — É mais fácil que explicar.

Kaladin deu de ombros e eles viraram a curva, Rocha coçando seu queixo de barba rubra.

— Pelos idiotas — murmurou ele. — Ah, se eu pudesse aparar direito novamente. Um homem não é um homem direito sem uma barba direita.

Kaladin esfregou a própria barba. Um dia desses ele economizaria e compraria uma navalha para se livrar da maldita. Ou provavelmente não; suas esferas seriam necessárias para outras coisas.

Depois da curva, encontraram Dunny arrastando os corpos dos parshendianos para uma fileira. Havia quatro, e pareciam ter sido trazidos de outra direção. Também havia mais alguns corpos de alethianos ali.

Kaladin avançou, acenando para que Rocha trouxesse a luz, e se ajoelhou para inspecionar os mortos parshendianos. Eles eram como parshemanos, com a pele em padrões marmóreos de preto e carmesim. Suas únicas vestimentas eram saiotes pretos de altura até os joelhos. Três usavam barbas, trançadas com gemas brutas, o que era incomum para parshemanos.

Como Kaladin esperava, eles usavam armadura de um vermelho-pálido. Placas peitorais, elmos, proteção para antebraços e pernas. Armadura ampla para soldados de infantaria comuns. Algumas estavam rachadas devido à queda ou à enchente. Então não era metal. Madeira pintada?

— Pensei que você tinha dito que eles não estavam de armadura — disse Kaladin. — O que está tentando me dizer? Que não ousa tirá-las dos mortos?

— Não ouso? — disse Rocha. — Kaladin, Mestre Luminobre, brilhante líder de ponte, girador da lança, talvez *você* consiga tirar deles.

Kaladin deu de ombros. Seu pai incutira nele uma familiaridade com os mortos e moribundos, e embora se sentisse mal de roubar os mortos, ele não era sensível. Cutucou o primeiro parshendiano, notando a faca do homem. Ele a pegou e procurou a correia que mantinha a ombreira no lugar.

Não havia correia. Kaladin franziu o cenho e espiou debaixo da peça, tentando levantá-la. A pele se levantou com ela.

— Pai das Tempestades! — disse ele. Depois inspecionou o elmo. Ele brotara na cabeça. Ou brotara *da* cabeça. — O que *é* isso?

— Não sei — disse Rocha, dando de ombros. — Parece que eles fazem crescer sua própria armadura, hein?

— Isso é ridículo — disse Kaladin. — Eles são pessoas. Pessoas... mesmo parshemanos... não *fazem crescer* armaduras.

— Parshendianos fazem — disse Teft.

Kaladin e os outros dois se voltaram para ele.

— Não me olhe assim — disse o homem mais velho, com o cenho franzido. — Trabalhei no campo durante alguns anos, antes de terminar como carregador de pontes... não, não vou contar como aconteceu, então que os ventos te levem. De qualquer modo, os soldados falavam sobre isso. Os parshendianos desenvolvem carapaças.

— Eu *conheci* parshemanos — disse Kaladin. — Tinha uns dois na minha cidade natal, servindo o Senhor da Cidade. Nenhum deles desenvolveu uma armadura.

— Bem, esses são um tipo diferente de parshemanos — continuou Teft, de cara feia. — Maiores, mais fortes. Eles conseguem saltar pelos *abismos*, pelo amor de Kelek. E desenvolvem armaduras. É assim que as coisas são.

Não havia como negar, então eles passaram a recolher o que podiam. Muitos parshendianos usavam armas pesadas — machados, martelos —, que não haviam sido carregadas junto com os corpos do mesmo modo que as lanças e arcos dos soldados alethianos. Mas eles encontraram várias facas e uma espada ornamentada, ainda na bainha de um parshendiano.

Os saiotes não tinham bolsos, mas os cadáveres carregavam bolsas amarradas às cinturas, contendo pederneira e estopa, pedras de amolar ou outros suprimentos básicos. Então, eles se ajoelharam para começar a arrancar as gemas das barbas. As gemas tinham orifícios para facilitar o trançado, e Luz das Tempestades infundida nelas, embora não brilhassem tão forte como brilhariam se houvessem sido lapidadas adequadamente.

Enquanto Rocha removia as gemas da barba do último parshendiano, Kaladin segurou uma das facas perto da tocha de Dunny, inspecionando o entalhe detalhado.

— Parecem glifos — disse ele, mostrando-os para Teft.

— Não sei ler glifos, rapaz.

Ah, é, pensou Kaladin. Bem, se fossem glifos, não eram do tipo que ele conhecia. Óbvio que era possível desenhar a maioria dos glifos de maneiras complexas que dificultavam sua leitura, a não ser que se soubesse exatamente o que procurar. Havia uma figura no centro do punho, entalhada cuidadosamente. Era um homem em uma bela armadura. Armadura Fractal, certamente. Um símbolo estava entalhado atrás dele, envolvendo-o, espalhando-se das suas costas como asas.

Kaladin mostrou-o para Rocha, que havia se aproximado para saber o que ele achara de tão fascinante.

— Os parshendianos supostamente são bárbaros — observou Kaladin. — Sem cultura. Onde eles conseguiram facas como essas? Poderia jurar que esta é uma imagem de um dos Arautos. Jezerezeh ou Nalan.

Rocha deu de ombros. Kaladin suspirou e devolveu a faca à bainha, depois deixou-a cair no seu saco. Então eles contornaram a curva para voltar até os outros. A equipe já havia recolhido sacos cheios de armaduras, cintos, botas e esferas. Cada um pegou uma lança para carregar até a escada, segurando-as como cajados de caminhada. Eles deixaram uma para Kaladin, mas ele a jogou para Rocha. Não confiava em si mesmo para segurar outra lança, preocupado com a tentação de fazer mais um *kata.*

A caminhada de retorno foi tranquila, ainda que o céu escurecido fizesse os homens saltarem a cada som. Kaladin novamente conversou com Rocha, Teft e Dunny. Também conseguiu com que Drehy e Torfin conversassem um pouco.

Alcançaram em segurança o primeiro abismo, para grande alívio dos seus homens. Kaladin mandou os outros subirem a escada primeiro, esperando para ir por último. Rocha esperou com ele, e quando Dunny finalmente começou a subir — deixando Rocha e Kaladin sozinhos —, o alto papaguampas colocou uma mão no ombro de Kaladin, falando em voz baixa:

— Você fez um bom trabalho aqui. Estou pensando que em algumas semanas esses homens serão seus.

Kaladin balançou a cabeça.

— Nós somos carregadores, Rocha. Não *temos* algumas semanas. Se eu levar tanto tempo assim para conquistá-los, metade deles estará morta.

Rocha franziu o cenho.

— Isso aí não é um pensamento feliz.

— É por isso que precisamos conquistar os outros homens *agora.*

— Mas como?

Kaladin olhou para a escada pendente que balançava enquanto os homens subiam. Só podiam ir quatro por vez, para não sobrecarregá-la.

— Me procure depois que formos revistados. Vamos até o mercado.

— Muito bem — disse Rocha, subindo na escada enquanto Jaks Sem-Orelha alcançava o topo. — Qual vai ser nosso objetivo?

— Vamos experimentar minha arma secreta.

Rocha riu enquanto Kaladin segurava a escada para ele.

— E que arma é essa aí?

Kaladin sorriu.

— Na verdade, é você.

Duas horas depois, na primeira luz violeta de Salas, Rocha e Kaladin caminharam de volta até a serraria. Era pouco depois do crepúsculo, e muitos dos carregadores logo estariam dormindo.

Não há muito tempo, Kaladin pensou, gesticulando para que Rocha carregasse seu fardo até um lugar perto da frente do barracão da Ponte Quatro. O corpulento papaguampas colocou seu fardo no chão perto de Teft e Dunny, que haviam feito o que Kaladin ordenara, construindo um pequeno círculo de pedras e ajeitando algumas toras de madeira da pilha de restos da serraria. Aquela madeira era liberada para qualquer um, mesmo carregadores; alguns deles gostavam de pegar pedaços para entalhe.

Kaladin pegou uma esfera para fornecer luz. O que Rocha estivera carregando era um velho caldeirão de ferro. Ainda que fosse de segunda mão, custara a Kaladin boa parte do dinheiro da seiva de erva-botão. O papaguampas começou a descarregar suprimentos do caldeirão enquanto Kaladin organizava alguns pedaços de madeira dentro do círculo de pedras.

— Dunny, água, por favor — pediu Kaladin, pegando sua pederneira.

Dunny correu para pegar um balde de um dos barris de chuva. Rocha terminou de esvaziar o caldeirão, pondo no chão pequenos pacotes que haviam custado outra porção substancial das esferas de Kaladin. Só havia sobrado um punhado de claretas.

Enquanto trabalhavam, Hobber saiu mancando do barracão. Ele estava se curando rapidamente, mas os outros dois feridos que Kaladin havia tratado ainda estavam mal.

— O que você está aprontando, Kaladin? — perguntou Hobber enquanto Kaladin acendia o fogo.

Kaladin sorriu, se levantando.

— Sente-se.

Hobber obedeceu. Ele não perdeu a quase devoção que demonstrara a Kaladin por salvar sua vida; na verdade, sua lealdade só se fortaleceu.

Dunny voltou com um balde d'água, que derramou no caldeirão. Então ele e Teft correram para pegar mais. Kaladin fez as chamas crescerem e Rocha começou a cantarolar para si mesmo enquanto cortava tubérculos e desembrulhava alguns condimentos. Em menos de meia hora, eles tinham uma chama crepitante e um pote borbulhante de ensopado. Teft sentou-se sobre um dos tocos, aquecendo as mãos.

— Esta é sua arma secreta?

Kaladin sentou-se ao lado do homem mais velho.

— Você já conheceu muitos soldados na vida, Teft?

— Alguns.

— Já conheceu algum que recusasse uma fogueira e um pouco de ensopado no final de um dia difícil?

— Bem, não. Mas carregadores não são soldados.

Isso era verdade. Kaladin voltou-se para a porta do barracão. Rocha e Dunny começaram uma canção juntos e Teft batia palmas no ritmo. Alguns dos homens das outras equipes de ponte ainda estavam acordados, e lançaram a Kaladin e aos outros apenas olhares duros.

Figuras se mexiam dentro do barracão, sombras se moviam. A porta estava aberta e o aroma do ensopado de Rocha ficou mais forte. Convidativo.

Vamos, pensou Kaladin. *Lembrem-se de por que vivemos. Lembrem-se do calor, lembrem-se da boa comida. Lembrem-se dos amigos e da música e de noites ao redor da fogueira.*

Vocês ainda não morreram. Que os ventos os levem! Se não saírem...

Subitamente, tudo pareceu muito forçado para Kaladin. A cantoria era forçada, o ensopado, um ato de desespero. Era só uma tentativa de se distrair brevemente da vida patética a que fora forçado.

Uma figura moveu-se até a porta. Skar — baixo, de barba quadrada e olhos aguçados — saiu para a luz do fogo. Kaladin sorriu para ele. Um sorriso forçado. Às vezes era tudo que conseguia oferecer. *Tomara que seja o bastante*, ele rezou, se levantando, mergulhando uma tigela de madeira no ensopado de Rocha.

Kaladin estendeu a tigela na direção de Skar. Vapor se erguia da superfície do líquido marrom.

— Vai se juntar a nós? — perguntou Kaladin. — Por favor.

Skar olhou para ele, depois de volta para o ensopado. Ele riu, pegando a tigela.

— Eu me juntaria à própria Guardiã da Noite ao redor de uma fogueira se houvesse ensopado na história!

— Cuidado — disse Teft. — Isso é ensopado de papaguampas. Pode ter conchas de caracol ou garras de caranguejo flutuando nele.

— Não tem nada disso! — rugiu Rocha. — É uma pena que você tenha esse paladar pobre de terrabaixista, mas preparo a comida segundo as ordens do nosso prezado líder de ponte.

Kaladin sorriu, deixando uma profunda expiração escapar enquanto Skar se sentava. Outros vieram depois dele, aceitando tigelas e se sentando. Alguns olhavam para o fogo, sem falar muito, mas outros começaram a gargalhar e cantar. Em determinado ponto, Gaz passou por eles, observando-os com seu único olho, como se estivesse tentando decidir se estavam quebrando algum regulamento. Não estavam. Kaladin havia verificado.

Kaladin mergulhou uma tigela no ensopado e estendeu-a para Gaz. O sargento de pontes bufou com despeito e se afastou.

Não dá para esperar milagres demais em uma noite, pensou Kaladin com um suspiro, se ajeitando e experimentando o ensopado. Estava ótimo. Ele sorriu e se juntou ao verso seguinte da canção de Dunny.

NA MANHÃ SEGUINTE, QUANDO Kaladin chamou os carregadores para se levantarem, três quartos deles se amontoaram fora do barracão — todos menos os maiores reclamadores: Moash, Sigzil, Narm e um par de outros. Aqueles que responderam ao seu chamado pareciam surpreendentemente descansados, apesar da longa noite que passaram cantando e comendo. Quando Kaladin ordenou que se juntassem a ele no treino de carregamento de pontes, quase todos os que haviam se levantado obedeceram.

Não todos, mas o suficiente.

Ele tinha a impressão de que Moash e os outros logo cederiam também. Eles haviam comido o seu ensopado. Ninguém se recusara a isso. E agora que ele tinha tantos seguidores, os outros se sentiram tolos se não se juntassem a ele. A Ponte Quatro era sua.

Agora tinha que mantê-los vivos tempo suficiente para que isso tivesse significado.

Reprodução de uma imagem de xilogravura que alguns eruditos datam em algumas gerações depois de Aharietiam. Descrita como uma representação de um Esvaziador.

28
DECISÃO

Pois nunca me dediquei a um propósito mais importante, e os pilares do próprio céu tremerão com os resultados da nossa guerra aqui. Peço novamente. Dê-me apoio. Não fique de lado e deixe o desastre consumir mais vidas. Nunca implorei por algo antes, velho amigo.
Imploro agora.

ADOLIN ESTAVA ASSUSTADO.

Estava ao lado do pai na área de concentração. Dalinar parecia... cansado. Rugas junto aos olhos, marcas na pele. Cabelo preto ficando branco como pedra desbotada, nas têmporas. Como era possível que um homem trajando uma Armadura Fractal completa — um homem que ainda mantinha o porte de um guerreiro, apesar da idade — parecesse frágil?

Na frente deles, dois chules seguiam seu condutor, subindo na ponte. O trecho de madeira ligava duas pilhas de pedras cortadas, um abismo falso de apenas alguns metros de profundidade. As antenas dos chules estremeciam, mandíbulas estalavam, olhos negros do tamanho de punhos espiavam. Eles puxavam uma massiva ponte de cerco, rolando sobre rodas de madeira que rangiam.

— Ela é muito mais larga do que as pontes que Sadeas usa — disse Dalinar para Teleb, que estava ao seu lado.

— É necessário para acomodar a ponte de cerco, Luminobre.

Dalinar assentiu, distraído. Adolin suspeitava que fosse o único que podia ver que seu pai estava perturbado. Dalinar mantinha sua aparência confiante usual, a cabeça erguida, a voz firme ao falar.

Contudo, seus olhos... estavam vermelhos demais, tensos demais. E quando o pai de Adolin se sentia tenso, ele ficava frio e metódico. Quando falava com Teleb, seu tom era controlado demais.

Dalinar Kholin era subitamente um homem se esforçando sob um grande peso. E Adolin ajudara a colocá-lo nessa posição.

Os chules avançaram. Suas carapaças semelhantes a rochedos haviam sido pintadas de azul e amarelo, as cores e padrões indicando a ilha dos seus condutores reshianos. A ponte sob suas patas grunhia de modo sinistro enquanto a ponte de cerco maior rolava sobre ela. Por toda a área de concentração, soldados se viraram para olhar. Até os trabalhadores cavando uma latrina no chão rochoso, no lado oriental, pararam para ver o que estava acontecendo.

Os grunhidos da ponte ficaram mais altos, então viraram estalos agudos. Os condutores detiveram os chules, olhando para Teleb.

— Ela não vai suportar, vai? — perguntou Adolin.

Teleb suspirou.

— Raios, eu tinha esperança... Bah, deixamos a ponte menor fina demais, quando a alargamos. Mas se a tivéssemos deixado mais grossa, ela seria pesada demais para carregar. — Ele olhou para Dalinar. — Peço desculpas por desperdiçar seu tempo, Luminobre. O senhor está certo; isso parece coisa dos dez tolos.

— Adolin, o que acha? — perguntou Dalinar.

Adolin franziu o cenho.

— Bem... Acho que talvez seja bom continuar trabalhando nela. Foi apenas a primeira tentativa, Teleb. Talvez ainda haja uma maneira. Talvez projetar a ponte de cercos para ser mais estreita?

— Isso seria muito custoso, Luminobre — disse Teleb.

— Se nos ajudar a conquistar mais uma gema-coração, o esforço será pago múltiplas vezes.

— Sim. — Teleb assentiu. — Vou falar com a Luminosa Kalana. Talvez ela possa desenvolver um novo projeto.

— Ótimo — respondeu Dalinar.

Ele fitou a ponte por um longo momento. Então, estranhamente, se voltou para o outro lado da área de concentração, onde os trabalhadores estavam cavando a vala da latrina.

— Pai? — chamou Adolin.

— Por que você acha que não existem trajes semelhantes a Armaduras Fractais para trabalhadores?

— O quê?

— Uma Armadura Fractal fornece uma força incrível, mas raramente a usamos para outra coisa além de guerra e matança. Por que os Radiantes criaram apenas armas? Por que eles não criaram ferramentas produtivas para uso dos homens comuns?

— Eu não sei — disse Adolin. — Talvez a guerra fosse a coisa mais importante naquela época.

— Talvez — disse Dalinar, com uma voz mais suave. — E talvez essa seja uma condenação final deles e dos seus ideais. Mesmo com todas as suas elevadas pretensões, nunca deram sua Armadura ou seus segredos para as pessoas comuns.

— Eu... Eu não entendo a importância disso, pai.

Dalinar estremeceu levemente.

— É melhor continuarmos com nossas inspeções. Onde está Ladent?

— Aqui, Luminobre. — Um homem baixo se apresentou diante de Dalinar. Calvo e barbudo, o fervoroso usava trajes pesados de cor cinza-azulada, de onde suas mãos mal apareciam. O efeito era de um caranguejo pequeno demais para sua concha. Parecia terrivelmente quente, mas ele não aparentava incômodo.

— Envie um mensageiro para o Quinto Batalhão — ordenou Dalinar. — Nós vamos visitá-los em seguida.

— Sim, Luminobre.

Adolin e Dalinar começaram a caminhar. Eles haviam escolhido usar suas Armaduras Fractais para as inspeções do dia. Isso não era incomum; muitos Fractários encontravam qualquer desculpa para vestir a Armadura. Além disso, era bom para os homens ver seu grão-príncipe e seu herdeiro em toda a sua força.

Eles chamaram atenção enquanto deixavam a área de concentração e entravam no acampamento de guerra propriamente dito. Como Adolin, Dalinar estava sem elmo, embora o gorjal da sua armadura fosse alto e espesso, elevando-se como um colarinho de metal até seu queixo. Ele acenou com a cabeça para os soldados que o saudaram.

— Adolin, durante o combate, você sente a Euforia?

Adolin sobressaltou-se. Ele soube imediatamente do que o pai estava falando, mas ficou chocado ao ouvir. Isso não costumava ser discutido.

— Eu... Bem, claro. Quem não sente?

Dalinar não respondeu. Ele andava muito reservado ultimamente. O que era aquele sofrimento nos seus olhos? *O modo como ele estava antes, iludido, mas confiante... era de fato melhor*, pensou Adolin.

Dalinar não disse mais nada, e os dois continuaram através do acampamento. Seis anos haviam permitido aos soldados se instalarem completamente. As casernas estavam pintadas com símbolos de companhia e pelotão, e o espaço entre elas era ocupado com fogueiras, bancos e áreas de jantar sob tendas de lona. O pai de Adolin não proibira nada disso, embora houvesse estabelecido diretrizes para desencorajar bagunça.

Dalinar também havia aprovado a maioria das solicitações para que famílias fossem trazidas para as Planícies Quebradas. Os oficiais já haviam trazido suas esposas, naturalmente — um bom oficial olhos-claros vinha com uma equipe, o homem para comandar e lutar, a mulher para ler, escrever, projetar e administrar o acampamento. Adolin sorriu, pensando em Malasha. Será que ela provaria ser a mulher certa para ele? Andava sendo um pouco fria com ele, ultimamente. Claro que havia Danlan. Acabara de conhecê-la, mas estava intrigado.

Independentemente, Dalinar também aprovava solicitações de soldados olhos-escuros para trazer suas famílias. Ele até pagava metade do custo. Quando Adolin perguntou o motivo, Dalinar respondeu que não achava certo proibir isso. Os acampamentos de guerra não eram mais atacados, então não havia perigo. Adolin suspeitava que seu pai pensasse que, como estava vivendo em um palácio quase luxuoso, seus homens podiam ao menos ter o conforto de suas famílias.

E era por isso que crianças brincavam e corriam por ali. Mulheres penduravam roupas no varal e pintavam glifos-amuletos enquanto os homens afiavam lanças e poliam armaduras. O interior das casernas havia sido repartido para criar quartos.

— Acho que o senhor estava certo — disse Adolin enquanto caminhavam, tentando tirar seu pai de suas contemplações. — Quero dizer, em deixá-los trazer suas famílias pra cá.

— Sim, mas quantos partirão quando isso acabar?

— Isso importa?

— Não sei ao certo. As Planícies Quebradas agora são efetivamente uma província alethiana. Como será este lugar daqui a cem anos? Será que esses círculos de casernas se tornarão vizinhanças? As lojas na periferia serão mercados? As colinas ao oeste serão campos para plantações? — Ele sacudiu a cabeça. — Sempre haverá gema-coração aqui, pelo que parece. E enquanto houver, também haverá pessoas.

— Isso é bom, não é? Contanto que essas pessoas sejam alethianas. — Adolin deu uma risada.

— Talvez. E o que vai acontecer com o valor das gemas se continuarmos capturando gema-coração nesse ritmo?

— Eu... — Aquela era uma boa pergunta.

— O que acontece, me pergunto, quando a mais escassa, mas também mais desejável substância no reino subitamente se tornar comum? Há muita coisa acontecendo aqui, filho. Muito que não consideramos. As gemas-coração, os parshendianos, a morte de Gavilar. Você tem que estar pronto para considerar essas coisas.

— Eu? O que isso significa?

Dalinar não respondeu, apenas acenou com a cabeça enquanto o comandante do Quinto Batalhão se apressava até eles e o saudava. Adolin suspirou e saudou de volta. A 21ª e a 22ª Companhias estavam realizando exercícios de formação e marcha ali — uma prática essencial cujo valor poucos fora os militares apreciavam. A 23ª e a 24ª Companhias estavam realizando treinamentos de combate, praticando as estratégias e movimentos usados no campo de batalha.

Combater nas Planícies Quebradas era muito diferente da guerra convencional, como os alethianos haviam aprendido depois de algumas embaraçosas perdas iniciais. Os parshendianos eram atarracados, musculosos, e possuíam aquela estranha couraça que nascia de suas peles. Ela não os cobria de modo tão completo quanto armaduras, mas eram muito mais eficientes do que a proteção da maioria dos soldados de infantaria. Cada parshendiano era essencialmente um soldado de infantaria pesada com ótima mobilidade.

Os parshendianos sempre atacavam em pares, evitando uma linha de batalha regular. Isso deveria facilitar que uma linha disciplinada os derrotasse, mas cada par de parshendianos tinha tamanho ímpeto — e estava tão bem protegido — que podiam atravessar uma parede de escudos. Por sua vez, sua habilidade nos saltos podia subitamente colocar fileiras inteiras de parshendianos por trás das linhas alethianas.

Além de tudo isso, havia aquela maneira distinta de se moverem em grupo durante o combate. Eles manobravam com uma coordenação inexplicável. O que parecia a princípio ser mera selvageria bárbara se revelou o disfarce de algo mais sutil e perigoso.

Só haviam descoberto duas maneiras confiáveis de derrotar os parshendianos. A primeira era usar uma Espada Fractal. Eficiente, mas de aplicação limitada. O exército Kholin só possuía duas Espadas, e embora as Espadas Fractais fossem incrivelmente poderosas, precisavam de devido apoio. Um Fractário isolado lutando contra um número muito grande de inimigos podia ser derrubado por seus adversários. Na verdade, a única vez que Adolin viu um Fractário pleno cair diante de um soldado regular, foi porque ele foi cercado por lanceiros que quebraram sua placa peitoral. Então um arqueiro olhos-claros o matou a cinquenta passos de distância, conquistando as Armas Fractais para si. Não foi exatamente um final heroico.

A outra maneira confiável de lutar com parshendianos dependia de formações de movimento rápido. Flexibilidade misturada com disciplina: flexibilidade para responder à insólita maneira como os parshendianos lutavam, disciplina para manter as linhas e compensar a força individual dos inimigos.

Havrom, chefe do Quinto Batalhão, esperava Adolin e Dalinar com seus senhores de companhia enfileirados. Eles os saudaram, punhos direitos junto aos ombros direitos, com os nós dos dedos voltados para fora.

Dalinar saudou-os de volta.

— Minhas ordens foram cumpridas, Luminobre Havrom?

— Sim, Grão-príncipe. — Havrom tinha o porte de uma torre, e usava uma barba com longas suíças, como os papaguampas, com o queixo bem escanhoado. Ele tinha parentes entre os habitantes dos Picos. — Os homens que o senhor queria estão esperando na tenda de audiências.

— O que está havendo? — quis saber Adolin.

— Já vou lhe mostrar — respondeu Dalinar. — Primeiro, passe as tropas em revista.

Adolin franziu o cenho, mas os soldados estavam esperando. Uma companhia de cada vez, Havrom fez os homens se perfilarem. Adolin caminhou diante deles, inspecionando as fileiras e uniformes. Estavam arrumados e organizados, embora Adolin soubesse que alguns dos soldados no seu exército resmungavam sobre o nível de polimento exigido deles. Ele concordava com os homens nesse ponto.

No final da inspeção, questionou alguns homens ao acaso, perguntou qual era o posto deles e se tinham alguma preocupação específica; nenhum deles mencionou nada. Estavam satisfeitos ou apenas intimidados?

Quando terminou, Adolin voltou ao pai.

— Você foi bem — disse Dalinar.

— Tudo que fiz foi caminhar por uma fileira.

— Sim, mas a apresentação foi boa. Os homens sabem que você se importa com suas necessidades, e respeitam vocês. — Ele pareceu assentir para si mesmo. — Você aprendeu bem.

— Acho que está tirando muito de uma simples inspeção, pai.

Dalinar acenou com a cabeça para Havrom, e o chefe de batalhão conduziu os dois até uma tenda de audiência junto ao campo de prática. Adolin, curioso, olhou para o pai.

— Fiz com que Havrom reunisse os soldados com que Sadeas falou no outro dia — explicou Dalinar. — Os que ele entrevistou enquanto estávamos a caminho do ataque no platô.

— Ah — disse Adolin. — Queremos saber o que Sadeas perguntou a eles.

— Sim — concordou Dalinar.

Ele gesticulou para que Adolin passasse à sua frente, e eles entraram, seguidos por alguns dos fervorosos de Dalinar. No interior, um grupo de dez soldados esperava em bancos. Eles se levantaram e fizeram a saudação.

— À vontade — disse Dalinar, apertando as mãos atrás das costas. — Adolin? — Dalinar acenou para os homens, indicando que Adolin deveria assumir a inquisição.

Adolin abafou um suspiro. De novo?

— Homens, precisamos saber o que Sadeas perguntou a vocês, e quais foram as suas respostas.

— Não se preocupe, Luminobre — respondeu um dos homens, falando com um sotaque alethiano nortenho e rural. — Não dissemos nada a ele.

Os outros assentiram vigorosamente.

— Ele é uma enguia, e nós sabemos disso — acrescentou outro.

— Ele é um grão-príncipe — lembrou Dalinar com severidade. — Devem tratá-lo com respeito.

O soldado empalideceu, depois assentiu.

— O que, *especificamente*, ele perguntou a vocês? — indagou Adolin.

— Ele quis saber sobre nossos deveres no acampamento, Luminobre — disse o homem. — Somos cavalariços, sabe?

Cada soldado era treinado em uma ou duas habilidades adicionais além daquelas usadas em combate. Ter um grupo de soldados que podiam cuidar dos cavalos era útil, já que liberava os civis das ofensivas nos platôs.

— Ele perguntou por aí — disse outro dos homens. — Ou melhor, o pessoal dele perguntou. Descobriram que estávamos encarregados do cavalo do rei durante a caçada ao demônio-do-abismo.

— Mas não dissemos nada — repetiu o primeiro soldado. — Nada que possa lhe causar problemas, senhor. Não vamos dar àquela eng... hã, àquele grão-príncipe, senhor, a corda para enforcá-lo, senhor.

Adolin fechou os olhos. Se eles tinham agido desse modo perto de Sadeas, era mais incriminador do que a própria correia cortada. Adolin não podia negar a lealdade deles, mas agiram como se partissem do princípio de que Dalinar *havia* feito algo errado, e precisavam defendê-lo.

Ele abriu os olhos.

— Lembro que conversei com alguns de vocês antes. Mas vou perguntar de novo: algum de vocês viu uma correia cortada na sela do rei?

Os homens se entreolharam, balançando cabeças.

— Não, Luminobre — replicou um dos homens. — Se tivéssemos visto, teríamos trocado a sela, teríamos mesmo.

— Mas, Luminobre, houve muita confusão naquele dia, e muita gente — acrescentou um dos homens. — Não era uma ofensiva normal de platô ou algo assim. E, bem, para ser honesto, senhor, quem teria pensado que precisaríamos proteger logo a sela do rei?

Dalinar assentiu para Adolin, e eles saíram da tenda.

— E então?

— Eles provavelmente não fizeram muito para ajudar nossa causa — disse Adolin, com uma careta. — Apesar do seu ardor. Ou talvez por causa dele.

— Concordo, infelizmente. — Dalinar suspirou. Ele acenou para Tadet, o fervoroso baixinho parado ao lado da tenda. — Entreviste-os separadamente — disse Dalinar em voz baixa. — Veja se consegue obter detalhes específicos. Tente descobrir quais foram as palavras exatas de Sadeas, e quais foram as respostas exatas deles.

— Sim, Luminobre.

— Vamos, Adolin. Ainda temos algumas inspeções a fazer.

— Pai — disse Adolin, pegando no braço de Dalinar. A armadura deles tilintou baixinho.

Dalinar voltou-se para ele, de cenho franzido, e Adolin fez um gesto rápido para a Guarda Cobalto. Solicitando espaço para conversar. Os guardas moveram-se de modo rápido e eficiente, abrindo um espaço particular ao redor dos dois homens.

— Do que se trata tudo isso, pai? — indagou Adolin em voz baixa.

— O quê? Estamos inspecionando e gerenciando o acampamento.

— Em todos os casos você coloca a tarefa nas minhas mãos — replicou Adolin. — Às vezes de modo desajeitado, aliás. O que há de errado? O que está se passando nessa sua cabeça?

— Pensei que você não gostasse das coisas se passando na minha cabeça.

Adolin se retraiu.

— Pai, eu…

— Não, está tudo bem, Adolin. Só estou tentando fazer uma escolha difícil. Me mover enquanto penso me ajuda. — Dalinar fez uma careta. — Outro homem talvez encontrasse um lugar para se sentar e pensar, mas isso nunca me ajudou. Tenho coisas demais para fazer.

— O que você está tentando decidir? Talvez eu possa ajudar.

— Você já ajudou. Eu…

Dalinar parou, franzindo o cenho. Um pequeno destacamento de soldados estava caminhando até o pátio de treinamento do Quinto Batalhão. Eles estavam escoltando um homem em vermelho e marrom. Eram as cores de Thanadal.

— Você não tem uma reunião com ele esta noite? — perguntou Adolin.

— Sim — disse Dalinar.

Niter — chefe da Guarda Cobalto — correu para interceptar os recém-chegados. Ele podia ser excessivamente desconfiado às vezes, mas essa não era uma má qualidade para um guarda-costas. Voltou logo até Dalinar e Adolin. De rosto bronzeado, Niter tinha uma barba negra e curta. Ele era um olhos-claros de escalão muito baixo, e estava na guarda há anos.

— Ele disse que o Grão-príncipe Thanadal não poderá se reunir com o senhor hoje, como planejado.

A expressão de Dalinar se turvou.

— Eu mesmo vou falar com o mensageiro.

Relutantemente, Niter acenou para que o sujeito magro e alto se adiantasse. Ele se aproximou e ajoelhou-se diante de Dalinar.

— Luminobre.

Dessa vez, Dalinar não pediu que Adolin assumisse o controle.

— Entregue sua mensagem.

— O Luminobre Thanadal lamenta, mas está impedido de comparecer perante o senhor neste dia.

— E ele ofereceu outra data para a reunião?

— Ele lamenta dizer que está ocupado demais. Mas ficará feliz em falar com o senhor durante algum banquete do rei.

Em público, pensou Adolin. *Onde metade dos homens por perto estará prestando atenção, enquanto a outra metade — provavelmente incluindo o próprio Thanadal — estará bêbada.*

— Entendo — respondeu Dalinar. — E ele deu alguma indicação de quando não estará tão ocupado?

— Luminobre — disse o mensageiro, com crescente desconforto. — Ele disse que se o senhor insistisse, eu deveria explicar que ele falou com vários dos outros grão-príncipes, e acha que sabe qual é a natureza da sua pergunta. Ele mandou dizer ao senhor que não deseja formar uma aliança, nem está interessado em participar de uma ofensiva de platô conjunta com o senhor.

A expressão de Dalinar tornou-se mais sombria. Ele dispensou o mensageiro com um aceno e depois voltou-se para Adolin. A Guarda Cobalto ainda se mantinha afastada para que pudessem conversar.

— Thanadal foi o último — disse Dalinar. Cada grão-príncipe o havia rejeitado ao seu próprio modo. Hatham com excessiva cortesia, Bethab deixando sua esposa dar a explicação, Thanadal com hostil civilidade. — Todos menos Sadeas, pelo menos.

— Duvido que seja prudente abordá-lo em relação a esse assunto, pai.

— Você provavelmente tem razão. — A voz de Dalinar estava fria. Ele estava zangado. Talvez furioso. — Eles estão me dando um recado. Nunca apreciaram minha influência sobre o rei, e estão ansiosos para assistir a minha queda. Não querem fazer nada que eu peça, em caso de isso me ajudar a recuperar minha posição.

— Pai, sinto muito.

— Talvez seja melhor assim. O ponto importante é que eu falhei. Eu *não* consigo que eles trabalhem juntos. Elhokar estava certo. — Ele olhou para Adolin. — Eu gostaria que você continuasse com as inspeções por mim, filho. Tem algo que eu quero fazer.

— O quê?

— Apenas um trabalho que vejo que precisa ser completado.

Adolin quis levantar uma objeção, mas não conseguiu pensar no que dizer. Finalmente, ele suspirou e assentiu.

— Você vai me dizer do que se trata em breve, certo?

— Em breve — Dalinar prometeu. — Muito em breve.

DALINAR ASSISTIU O FILHO partir, caminhando com passos decididos. Ele seria um bom grão-príncipe. A decisão de Dalinar era simples.

Era aquela a hora de ceder a posição para seu filho?

Se escolhesse esse caminho, seria esperado que Dalinar se retirasse da política, voltando para suas terras e deixando Adolin no comando. Era uma decisão dolorosa de cogitar, e ele precisava ser cuidadoso para não tomá-la apressadamente. Mas se ele realmente estava enlouquecendo, como todos pareciam acreditar, então *tinha* que abdicar. E logo, antes que sua condição progredisse até o ponto em que não fosse mais ter a presença de espírito de desapegar.

Um monarca é controle, pensou, lembrando-se de uma passagem de *O caminho dos reis. Ele fornece estabilidade. Esse é o seu serviço e produto. Se ele não pode se controlar, como poderá controlar a vida dos homens? Que comerciante digno de sua* Luz das Tempestades *não vai provar do próprio fruto que está vendendo?*

Estranhamente, essas citações ainda lhe vinham à mente, mesmo enquanto se perguntava se elas teriam — em parte — o levado à loucura.

— Niter — disse ele. — Pegue meu martelo de guerra. Faça com que ele esteja à minha espera na área de concentração.

Dalinar queria estar em movimento, trabalhando, enquanto pensava. Seus guardas se apressaram para acompanhá-lo enquanto ele caminhava entre as casernas dos Batalhões Seis e Sete. Niter enviou vários homens para buscar a arma. Sua voz parecia estranhamente empolgada, como se pensasse que Dalinar ia fazer algo realmente impressionante.

Dalinar duvidava que fosse ser o caso. Logo chegou à área de concentração, a capa esvoaçando atrás dele, botas metálicas estalando contra as pedras. Não teve que esperar muito pelo martelo; ele veio puxado por dois homens em uma pequena carroça. Suando, os soldados o removeram da carroça, o cabo tão grosso quanto o pulso de um homem e a parte frontal da cabeça maior do que uma palma esticada. Dois homens juntos mal conseguiam levantá-lo.

Dalinar agarrou o martelo com a mão envolta na manopla, apoiando-o sobre o ombro. Ele ignorou os soldados realizando exercícios no campo, caminhando até onde estava o grupo de operários sujos abrindo a fossa da latrina. Eles o encararam, horrorizados ao ver o próprio grão-príncipe surgindo em uma Armadura Fractal completa.

— Quem é o encarregado aqui? — indagou Dalinar.

Um civil maltrapilho usando calças marrons levantou a mão nervosamente.

— Luminobre, como podemos servi-lo?

— Indo descansar um pouco — respondeu Dalinar. — Saiam daí.

Os trabalhadores preocupados saíram apressadamente. Oficiais olhos-claros se reuniram mais atrás, confusos com as ações de Dalinar.

Dalinar pegou o cabo do seu martelo de guerra com a mão na manopla; a haste de metal estava firmemente envolta em couro. Respirando fundo, ele saltou para dentro da fossa incompleta, levantou o martelo e então golpeou, batendo a arma contra a rocha.

Um poderoso *craque* soou por todo o pátio de treinamento, e uma onda de choque subiu pelos braços de Dalinar. A Armadura Fractal absorveu a maior parte do coice, e ele deixou uma grande rachadura nas pedras. Ele golpeou novamente, desta vez fragmentando um grande pedaço de rocha. Embora fosse ser difícil para dois ou três homens comuns levantá-lo, Dalinar pegou o pedregulho com uma mão e jogou-o de lado. Ele repicou nas pedras.

Onde *estavam* as Armaduras Fractais para homens comuns? Por que os antigos, que eram tão sábios, não haviam criado nada para ajudá-los? Enquanto Dalinar continuava a trabalhar, batidas do seu martelo jogando fragmentos e poeira no ar, ele facilmente fez o trabalho de vinte homens. A Armadura Fractal podia ser usada de tantos modos para facilitar a vida dos trabalhadores e olhos-escuros por toda Roshar.

Era bom estar trabalhando, fazendo algo útil. Ultimamente, sentia como se todos os seus esforços fossem como correr em círculos. O trabalho o ajudava a pensar.

Ele *estava* perdendo sua sede de batalha. Aquilo o preocupava, já que a Euforia — a apreciação e o anseio pela guerra — era parte do que impulsionava os alethianos como povo. A maior das artes masculinas era tornar-se um grande guerreiro, e a mais importante Vocação era lutar. O próprio Todo-Poderoso dependia de que os alethianos treinassem o combate honrado para que, quando morressem, pudessem se unir ao exército dos Arautos e conquistar de volta os Salões Tranquilinos.

E ainda assim, pensar em matar estava começando a enojá-lo. Isso havia piorado desde a última ofensiva com a ponte. O que aconteceria na próxima vez que fosse para o campo de batalha? Ele não podia liderar desse jeito. Esse era o principal motivo por que abdicar em favor de Adolin parecia certo.

Ele continuou a golpear repetidamente, batendo o martelo contra as pedras. Soldados se juntaram a uma distância segura e — apesar das suas ordens — os trabalhadores não foram descansar. Eles assistiam, mudos de espanto, enquanto um Fractário realizava o trabalho deles. Algumas vezes ele invocava sua Espada e a usava para cortar a rocha, fatiando seções antes de voltar ao martelo para despedaçá-las.

Provavelmente parecia ridículo. Não podia realizar o trabalho de todos os operários do acampamento, e tinha tarefas importantes para ocupar o seu tempo. Não havia um bom motivo para que ele descesse até uma vala e trabalhasse. E, ainda assim, a sensação era tão *boa*. Era tão maravilhoso participar diretamente das necessidades do acampamento. Os resultados do que fizera para proteger Elhokar frequentemente eram difíceis de avaliar; era satisfatório ser capaz de fazer algo onde seu progresso era óbvio.

Mas mesmo nisso, ele estava agindo de acordo com os ideais que o infectaram. O livro falava de um rei carregando os fardos de sua gente. Era dito que aqueles que lideravam eram os mais inferiores dos homens, pois precisavam servir a todos. Tudo girava ao seu redor. Os Códigos, os ensinamentos do livro, as coisas que as visões — ou ilusões — mostravam.

Nunca lute com outros homens, exceto quando forçado pela guerra.

Bam!

Permita que suas ações o defendam, não suas palavras.

Bam!

Espere honra daqueles que encontrar, e dê a eles a chance de serem honrados.

Bam!

Comande como gostaria de ser comandado.

Bam!

Parado dentro daquilo que viria a ser uma latrina, seus ouvidos ressoando com os grunhidos das pedras que rachavam, estava começando a acreditar nesses ideais. Não, já passara a acreditar neles. Agora estava vivendo-os. Como seria o mundo se todos os homens vivessem como o livro proclamava?

Alguém precisava começar. Alguém precisava ser o modelo. Nisso ele tinha um motivo para *não* abdicar. Fosse louco ou não, a maneira como fazia as coisas era melhor do que o modo como Sadeas ou os outros agiam. Bastava olhar para a vida dos seus soldados e do seu povo para perceber que era verdade.

Bam!

A pedra não podia ser modificada sem ser golpeada. Seria o mesmo com um homem como ele? Seria por isso que subitamente tudo estava tão difícil? Mas por que ele? Dalinar não era um filósofo ou um idealista. Era um soldado. E — se fosse admitir a verdade — quando mais jovem, fora um tirano e um belicista. Poderiam os anos do seu crepúsculo, gastos fingindo seguir os preceitos de homens melhores, apagar uma vida inteira de carnificina?

Tinha começado a suar. A trilha que havia aberto no chão tinha a largura da altura de um homem, chegava ao seu peito em profundidade, e tinha cerca de trinta metros de comprimento. Quanto mais ele trabalhava, mais pessoas se juntavam para assistir e sussurrar.

A Armadura Fractal era sagrada. O grão-príncipe estava realmente cavando uma *latrina* com ela? Será que o estresse o afetara assim tão profundamente? Com medo de grantormentas. Acovardando-se. Recusando-se a duelar ou se defender de insultos. Com medo de lutar, desejando desistir da guerra.

Suspeito de tentar matar o rei.

Por fim, Teleb decidiu que deixar as pessoas fitarem Dalinar não era respeitoso, e ordenou que os homens voltassem para seus deveres. Ele afastou os trabalhadores, seguindo à risca a ordem de Dalinar e mandando que eles se sentassem na sombra e "conversassem tranquilamente". Por qualquer outra pessoa, aquele comando poderia ter sido dito com um sorriso, mas Teleb era tão literal como as próprias rochas.

Dalinar continuou trabalhando. Ele sabia onde a latrina devia terminar; havia aprovado a ordem de trabalho. Um canal longo e inclinado devia ser cortado, depois coberto com placas untadas e alcatroadas para vedar o odor. A casa da latrina seria instalada no ponto alto, e os conteúdos seriam Transmutados em fumaça com uma frequência de alguns meses.

O trabalho dava uma sensação ainda melhor agora que estava sozinho. Um homem quebrando rochas, batida depois de batida. Como os tambores que os parshendianos haviam tocado naquele dia, há tanto tempo. Dalinar ainda podia sentir as batidas, ainda podia ouvi-las em sua mente, fazendo-o estremecer.

Sinto muito, irmão.

Ele havia conversado com os fervorosos sobre suas visões. Eles achavam que as visões provavelmente eram produto de uma mente sobrecarregada.

Ele não tinha motivo para acreditar na veracidade de qualquer coisa que as visões lhe mostrassem. Ao segui-las, tinha feito mais do que apenas ignorar as manobras de Sadeas; ele havia esgotado precariamente seus recursos. Sua reputação estava à beira da ruína. Ele corria risco de arrastar toda a Casa Kholin.

E esse era o ponto mais importante em favor de abdicar. Se continuasse, suas ações poderiam levar às mortes de Adolin, Renarin e Elhokar. Ele poderia arriscar a própria vida pelos seus ideais, mas poderia arriscar as vidas de seus filhos?

Lascas voavam, ricocheteando em sua Armadura. Ele estava começando a sentir-se abatido e cansado. A Armadura não fazia o trabalho por ele — ela aumentava sua força, de modo que cada golpe de martelo vinha dele. Seus dedos estavam ficando dormentes devido à vibração repetida do cabo do martelo. Ele estava perto de uma decisão. Sua mente estava mais calma, mais clara.

Desceu novamente o martelo.

— A Espada não seria mais eficiente? — indagou uma seca voz feminina.

Dalinar estacou, a cabeça do martelo pousando em pedra quebrada. Ele voltou-se para ver Navani ao lado da vala, em um vestido azul e vermelho-suave, seu cabelo com toques de cinza refletindo a luz de um sol que estava inesperadamente próximo do crepúsculo. Estava acompanhada por duas mulheres jovens — não suas próprias pupilas, mas algumas que havia pegado emprestadas de outras mulheres olhos-claros no acampamento.

Navani estava com os braços cruzados, a luz do sol atrás dela como uma auréola. Dalinar hesitantemente levantou um antebraço encouraçado para bloquear a claridade.

— Mathana?

— Quebrar a pedra — respondeu Navani, indicando a vala. — Ora, eu não *ousaria* fazer julgamentos; bater em coisas é uma arte masculina. Mas você não possuiu uma espada que pode cortar através da pedra tão facilmente quanto... como você me descreveu... uma grantormenta sopra sobre um herdaziano?

Dalinar olhou para trás, na direção das pedras. Então levantou novamente o martelo e bateu-o contra as rochas, fazendo um satisfatório ruído de trituração.

— Espadas Fractais cortam bem demais.

— Curioso. Farei o possível para fingir que isso faz sentido. Mudando de assunto, já percebeu que a maioria das artes masculinas lida com destruição, enquanto as artes femininas lidam com a criação?

Dalinar golpeou novamente. *Bam!* Era notável como conversar com Navani ficava muito mais fácil quando ele não olhava diretamente para ela.

— Estou usando a Espada para cortar as laterais e o meio. Mas ainda tenho que quebrar as pedras. Já tentou levantar um pedaço de pedra que foi cortado por uma Espada Fractal?

— Não posso dizer que sim.

— Não é fácil. — *Bam!* — Espadas cortam muito fino. As pedras ainda ficam encaixadas. É difícil agarrá-las ou movê-las. — *Bam!* — É mais complicado do que parece. — *Bam!* — Esta é a melhor maneira.

Navani espanou algumas lascas de pedra do seu vestido.

— E a mais suja também, pelo que estou vendo.

Bam!

— Então, você vai pedir desculpas? — ela perguntou.

— Pelo quê?

— Por ter faltado ao nosso compromisso.

Dalinar estacou no meio do golpe. Ele havia esquecido completamente que no banquete, assim que ela voltara às Planícies, havia concordado que Navani leria para ele naquele dia. Não chegou a falar às suas escribas do compromisso. Ele se voltou para ela, envergonhado. Estava com raiva porque Thanadal cancelara sua reunião, mas pelo menos *ele* havia se lembrado de enviar um mensageiro.

Navani estava com os braços cruzados, a mão segura escondida, o vestido esguio parecendo arder à luz do sol. Ela estava com o toque de um sorriso nos lábios. Ao deixá-la esperando, ele se colocara — como ditava a honra — sob seu poder.

— Realmente sinto muito — disse ele. — Tive que considerar algumas coisas difíceis ultimamente, mas isso não é desculpa para esquecer você.

— Eu sei. Vou pensar em uma maneira para permitir que você compense esse lapso. Mas agora deve saber que uma das suas telepenas está piscando.

— O quê? Qual delas?

— Suas escribas dizem que é aquela vinculada à minha filha.

Jasnah! Fazia semanas desde a última vez que haviam se comunicado; as mensagens que ele enviara receberam as mais lacônicas respostas. Quando Jasnah estava profundamente mergulhada em um dos seus projetos, ela frequentemente ignorava todo o resto. Se ela o estava chamando agora, ou havia descoberto alguma coisa ou estava fazendo uma pausa para atualizar seus contatos.

Dalinar virou-se para olhar o buraco da latrina. Já estava quase pronto, e ele percebeu que estivera planejando inconscientemente se decidir quando chegasse ao fim. Estava ansioso para continuar trabalhando.

Mas se Jasnah queria conversar…

Ele precisava falar com ela. Talvez pudesse persuadi-la a voltar às Planícies Quebradas. Ele se sentiria muito mais seguro para abdicar se soubesse que ela viria cuidar de Elhokar e Adolin.

Dalinar deixou de lado seu martelo — suas batidas haviam entortado o cabo cerca de trinta graus e a cabeça era uma massa disforme — e saltou para fora da vala. Mandaria que outra arma fosse forjada; isso não era incomum para Fractários.

— Seu perdão, Mathana — disse Dalinar —, mas infelizmente preciso pedir sua licença logo depois de implorar por desculpas. Tenho que receber essa comunicação.

Ele se curvou para ela e virou-se para sair apressadamente.

— Na verdade — disse Navani atrás dele —, acho que *eu* vou implorar algo a você. Faz meses desde que falei com minha filha. Vou acompanhá-lo, se me permitir.

Ele hesitou, mas não podia negar-lhe o pedido tão cedo depois de ofendê-la.

— Mas é claro. — Ele esperou enquanto Navani caminhava até o seu palanquim e se acomodava. Os carregadores o levantaram, e Dalinar partiu novamente, com os carregadores e as pupilas emprestadas de Navani o seguindo de perto.

— Você é um homem generoso, Dalinar Kholin — disse Navani, com o mesmo sorriso astuto nos lábios enquanto se reclinava na cadeira acolchoada. — Temo que esteja inclinada a considerá-lo fascinante.

— Meu senso de honra me torna fácil de manipular — disse Dalinar, com os olhos voltados para a frente. Lidar com ela *não* era algo de que precisava naquele momento. — Eu sei disso. Não precisa brincar comigo, Navani.

Ela riu suavemente.

— Não estou tentando me aproveitar de você, Dalinar. Eu... — Ela fez uma pausa. — Bem, talvez eu esteja me aproveitando de você só um pouco. Mas não estou "brincando" com você. Neste último ano, em particular, você começou a *ser* a pessoa que todos os outros *alegam* ser. Não percebe como isso o torna intrigante?

— Eu não quero ser intrigante.

— Se quisesse, não daria certo! — Ela se inclinou na sua direção. — Sabe por que eu escolhi Gavilar em vez de você, naquela época?

Raios. Os comentários dela — a sua presença — eram como uma taça de vinho escuro derramada no meio dos seus pensamentos cristalinos. A clareza que ele buscara na labuta estava rapidamente desaparecendo. Ela precisava ser tão direta? Ele não respondeu à pergunta. Em vez disso, apertou o passo e esperou que ela visse que ele não queria discutir o assunto.

De nada adiantou.

— Eu não o escolhi porque ele se tornaria rei, Dalinar, ainda que seja isso que todo mundo diz. Eu o escolhi porque você me *assustava.* Essa sua intensidade... ela assustava seu irmão também, sabia?

Ele não disse nada.

— Ela ainda está aí. Posso vê-la nos seus olhos. Você envolveu uma couraça ao redor dela, uma brilhante Armadura Fractal para contê-la. Isso é parte do que considero fascinante.

Ele parou, olhando para ela. Os carregadores do palanquim também se detiveram.

— Isso não daria certo, Navani — disse ele com suavidade.

— Não mesmo?

Ele balançou a cabeça.

— Não vou desonrar a memória do meu irmão. — Ele a fitou com severidade, e ela por fim assentiu.

Quando ele continuou a andar, ela nada disse, embora o encarasse ardilosamente de vez em quando. Enfim eles alcançaram seu complexo pessoal, marcado por bandeiras azuis flutuando com o par de glifos *khokh* e *linil*, o primeiro desenhado na forma de uma torre, e o segundo formando uma coroa. A mãe de Dalinar havia feito o desenho original, o mesmo que estava no seu anel de sinete, embora Elhokar usasse uma espada e uma coroa em vez disso.

Os soldados na entrada do seu complexo o saudaram, e Dalinar esperou que Navani se unisse a ele antes de entrar. O interior cavernoso era iluminado por safiras infundidas. Quando chegaram à sala de estar, ele novamente notou como ela havia se tornado extravagante com o passar dos meses.

Três das suas escrivãs o esperavam com as assistentes. Todas as seis se levantaram quando ele entrou. Adolin também estava lá.

Dalinar franziu o cenho para o jovem.

— Você não devia estar cuidando das inspeções?

Adolin se espantou.

— Pai, terminei horas atrás.

— Terminou? — *Pai das Tempestades! Quanto tempo passei quebrando aquelas pedras?*

— Pai — disse Adolin, andando até ele. — Podemos falar em particular por um momento?

Como de costume, o cabelo louro salpicado de preto estava desgrenhado. Ele havia removido a Armadura e se banhado, e agora vestia um elegante uniforme com um longo casaco azul, abotoado nas laterais, e calças marrons rígidas por baixo — mas ainda assim apropriado para a batalha.

— Ainda não estou pronto para discutir a questão, filho — sussurrou Dalinar. — Preciso de mais tempo.

Adolin fitou-o minuciosamente, com o olhar preocupado. *Ele será um ótimo grão-príncipe*, pensou Dalinar. *Foi criado para isso de uma maneira que eu nunca fui.*

— Muito bem — respondeu Adolin. — Mas há algo mais que eu gostaria de perguntar. — Ele apontou para uma das escrivãs, uma mulher de cabelo castanho-avermelhado e só alguns fios pretos. Ela era esguia e de pescoço longo, trajava um vestido verde e um penteado armado bem alto em um conjunto complexo de tranças sustentadas por quatro pinos tradicionais de aço.

— Esta é Danlan Morakotha — disse Adolin a Dalinar em voz baixa. — Ela chegou no acampamento ontem para passar alguns meses com o pai, o Luminobre Morakotha. Ela tem me visitado ultimamente, e tomei a liberdade de oferecer-lhe uma posição entre suas escrivãs enquanto ela está aqui.

Dalinar ficou atônito.

— Mas e...

— Malasha? — Adolin suspirou. — Não deu certo.

— E esta? — perguntou Dalinar, com voz baixa, mas ainda incrédulo. — Há quanto tempo você disse que ela está no acampamento? Desde ontem? E já conseguiu que ela o *visitasse*?

Adolin deu de ombros.

— Bem, eu tenho uma reputação a manter.

Dalinar suspirou, olhando de soslaio para Navani, que estava perto o bastante para ouvir. Ela fingiu — por uma questão de decência — que não estava prestando atenção.

— Sabe, é costume uma hora escolher apenas uma mulher para cortejar.

Você vai precisar de uma boa esposa, filho. Talvez muito em breve.

— Quando eu for velho e tedioso, talvez — respondeu Adolin, sorrindo para a jovem.

Ela *era* bonita. Mas estava no acampamento há apenas um dia? *Sangue dos meus ancestrais*, pensou Dalinar. Ele passara três anos cortejando a mulher que por fim se tornara sua esposa. Ainda que não pudesse se lembrar do rosto dela, ele *lembrava* como foi persistente na sua conquista.

Certamente a amara. Toda emoção em relação a ela se fora, varrida de sua mente por forças que ele nunca deveria ter provocado. Infelizmente, ele *também* se lembrava de como havia desejado Navani, anos antes de conhecer a mulher que se tornaria sua esposa.

Pare com isso, disse a si mesmo. Momentos atrás estivera prestes a decidir abdicar da sua posição como grão-príncipe; não era hora de deixar Navani distraí-lo.

— Luminosa Danlan Morakotha — disse ele à jovem. — Seja bem-vinda ao meu time de escrivãs. Fiquei sabendo que recebi uma comunicação.

— De fato, Luminobre — respondeu a mulher, fazendo uma reverência.

Ela indicou a fileira de cinco telepenas acomodadas na sua prateleira, penduradas em suportes de penas. As telepenas pareciam penas de escrever comuns, exceto pelo fato de terem um pequeno rubi infundido fixado nelas. A telepena da extrema direita pulsava lentamente.

Litima estava ali e, embora tivesse senioridade, fez sinal para que Danlan pegasse a telepena. A moça foi rapidamente até a prateleira e moveu a pena piscante para a pequena escrivaninha ao lado do púlpito. Ela cuidadosamente prendeu uma folha de papel na prancheta de escrita e colocou o tinteiro no seu orifício, torcendo-o até encaixá-lo e depois removendo a tampa. Mulheres olhos-claros eram muito hábeis em trabalhar apenas com a mão livre.

Ela se sentou, olhando para ele e parecendo ligeiramente nervosa. Dalinar não tinha motivos para confiar nela — ela podia muito bem ser espiã de um dos outros grão-príncipes. Infelizmente, não havia *nenhuma* mulher no acampamento em que ele confiasse completamente, não depois da partida de Jasnah.

— Estou pronta, Luminobre — disse Danlan. Sua voz era rouca e ofegante. Exatamente o tipo que atraía Adolin. Ele esperava que não fosse tão insípida quanto as mulheres que ele costumava escolher.

— Prossiga — disse Dalinar, indicando para Navani uma das poltronas acolchoadas da sala. As outras escrivãs sentaram-se no banco delas.

Danlan girou a gema da telepena para a marca seguinte, indicando que o pedido havia sido recebido. Então ela verificou os níveis nas laterais da prancheta — pequenos frascos de óleo com bolhas no centro, que permitiam que a prancheta ficasse perfeitamente plana. Finalmente, ela mergulhou a pena na tinta e colocou-a no ponto na parte superior da página. Segurando-a na posição ereta, ela torceu a gema para a posição seguinte com o polegar. Então afastou a mão.

A pena permaneceu no lugar, com a ponta contra o papel, pairando como se estivesse sendo segurada por uma mão fantasma. Então começou a escrever, reproduzindo os exatos movimentos que Jasnah fazia a quilômetros de distância, escrevendo com a pena vinculada àquela.

Dalinar ficou ao lado da escrivaninha, os braços cruzados. Percebia que sua proximidade deixava Danlan nervosa, mas estava ansioso demais para se sentar.

Jasnah tinha uma caligrafia elegante, naturalmente — Jasnah raramente fazia qualquer coisa sem investir o tempo necessário para aperfeiçoá-la. Dalinar se inclinou para frente à medida que as linhas familiares — mas indecifráveis — apareceram em roxo-vivo na página. Tênues traços de fumaça avermelhada flutuavam da gema.

A caneta parou de escrever, ficando imóvel de pé.

—"Tio"— leu Danlan. — "Presumo que esteja bem."

— De fato — replicou Dalinar. — Estou sendo bem cuidado pelas pessoas à minha volta. — As palavras eram um código indicando que ele não confiava em todos que estavam ouvindo, ou pelo menos não os conhecia. Jasnah tomaria cuidado para não enviar nenhuma informação delicada.

Danlan tomou a pena e girou a gema, então escreveu as palavras, enviando-as através do oceano para Jasnah. Ela ainda estava em Tukar? Depois que Danlan acabou de escrever, ela devolveu a pena ao ponto no canto superior esquerdo — o ponto onde as duas canetas eram colocadas para que Jasnah pudesse continuar a conversa —, então virou a gema de volta à configuração anterior.

— "Como esperado, segui caminho até Kharbranth" — leu Danlan. — "Os segredos que procuro são obscuros demais para estarem contidos mesmo no Palaneu, mas encontrei pistas. Fragmentos fascinantes. Elhokar vai bem?"

Pistas? Fragmentos? De quê? Jasnah possuía uma inclinação para o drama, embora não fosse tão exuberante quanto o rei.

— Seu irmão se esforçou muito para ser morto por um demônio-do-abismo algumas semanas atrás — replicou Dalinar. Adolin sorriu ao ouvir isso, encostando o ombro na prateleira. — Mas é evidente que os Arautos o protegem. Ele está bem, embora sua ausência seja intensamente sentida. Estou certo de que ele apreciaria seus conselhos. Ele está contando demais com a Luminosa Lalai como escrivã.

Talvez aquilo fizesse Jasnah retornar. Ela não gostava muito da prima de Sadeas, que era a escriba principal do rei na ausência da rainha.

Danlan escreveu as palavras com presteza. Ao seu lado, Navani pigarreou.

— Ah — continuou Dalinar —, acrescente isto: Sua mãe está aqui nos acampamentos novamente.

Logo depois, a pena escreveu por conta própria.

— "Mande saudações à minha mãe. Mantenha-a a uma distância segura, tio. Ela morde."

No seu canto, Navani bufou, e Dalinar percebeu que não havia indicado que ela estava ali escutando. Ele enrubesceu enquanto Danlan continuou a ler em voz alta.

— "Não posso explicar meu trabalho através da telepena, mas estou ficando cada vez mais preocupada. *Existe* algo aqui, escondido pelo grande número de páginas acumuladas no registro histórico."

Jasnah era uma Veristitaliana. Ela lhe explicara certa vez; eram uma ordem de eruditos que tentavam descobrir a verdade no passado. Desejavam criar narrativas factuais e imparciais do que havia acontecido para extrapolar o que fazer no futuro. Ele não sabia ao certo por que eles se consideravam diferentes de outros historiadores convencionais.

— Quando você vai voltar? — perguntou Dalinar.

— "Não sei dizer." — Danlan leu a réplica. — "Não ouso interromper minha pesquisa. Mas talvez em breve eu tampouco ouse permanecer aqui."

O quê?, pensou Dalinar.

— "De qualquer maneira," — continuou Danlan — "tenho algumas perguntas para o senhor. Preciso que me descreva novamente o que aconteceu quando encontrou aquela primeira patrulha parshendiana há sete anos."

Dalinar franziu o cenho. Apesar do aumento de força fornecido pela Armadura, sua escavação o deixara cansado. Mas ele não ousava sentar-se em uma das cadeiras da sala enquanto vestia a Armadura. Removeu uma das manoplas e correu a mão pelo cabelo. Não gostava daquele tópico, mas parte dele estava feliz pela distração. Um motivo para adiar uma decisão que mudaria sua vida para sempre.

Danlan olhou para ele, preparada para escrever suas palavras. Por que Jasnah queria saber de novo sobre aquela história? Ela não havia escrito uma narrativa daqueles eventos na biografia do seu pai?

Bem, em algum momento ela contaria a ele, e seu projeto atual devia ser de grande valor — se suas revelações do passado serviam de indicação. Ele desejou que Elhokar houvesse nascido com parte da sabedoria da irmã.

— Essas são memórias dolorosas, Jasnah. Gostaria de não ter convencido seu pai a ir naquela expedição. Se ele nunca houvesse descoberto os parshendianos, eles não o teriam assassinado. O primeiro encontro aconteceu quando estávamos explorando uma floresta que não estava nos mapas. Ela ficava a norte das Planícies Quebradas, em um vale a cerca de duas semanas de marcha do Mar Secante.

Durante a juventude, apenas duas coisas empolgavam Gavilar — conquista e caça. Quando não estava procurando uma coisa, era a outra. Sugerir a caçada pareceu lógico naquele momento. Gavilar estava agindo de modo estranho, perdendo sua sede de batalha. Os homens estavam começando a dizer que ele era fraco. Dalinar quisera lembrar o irmão dos bons tempos da juventude; daí a caçada por um lendário demônio-do-abismo.

— O seu pai não estava comigo quando esbarrei com eles — continuou Dalinar, recordando. Acampar em colinas de florestas úmidas. Interrogar nativos natanianos através de tradutores. Procurar dejetos ou árvores quebradas. — Eu estava liderando os batedores até um tributário do rio Curva da Morte enquanto seu pai avançava pelo rio abaixo. Nós encontramos os parshendianos acampados do outro lado. De início, não acreditei. Parshemanos. *Acampando*, livres e organizados. E eles carregavam armas. E não eram armas primitivas, eram espadas, lanças com hastes entalhadas...

Ele se interrompeu. Gavilar também não acreditara quando Dalinar contou sua descoberta. Não existia uma tribo de parshemanos livres. Eles eram servos, e sempre tinham sido.

— "Eles tinham Espadas Fractais nessa época?" — disse Danlan. Dalinar não havia percebido que Jasnah já havia respondido.

— Não.

A resposta traçada por fim chegou.

— "Mas agora eles têm. Quando você viu pela primeira vez um Fractário parshendiano?"

— Depois da morte de Gavilar — respondeu Dalinar.

Ele fez a conexão. Eles sempre haviam se perguntado por que Gavilar queria um tratado com os parshendianos. Eles não precisariam de um tratado apenas para fazer a colheita de grã-carapaça nas Planícies Quebradas; os parshendianos ainda não viviam nas Planícies naquela época.

Dalinar sentiu um arrepio. Será que seu irmão *sabia* que aqueles parshendianos tinham acesso a Espadas Fractais? Teria ele feito o tratado esperando descobrir onde haviam encontrado as armas?

Seria essa a causa de sua morte?, Dalinar se perguntou. *Será esse o segredo que Jasnah está procurando?* Ela nunca demonstrou a dedicação de Elhokar à vingança, mas pensava de modo diferente do irmão. A vingança não a impelia, mas *perguntas*. Sim, com certeza perguntas.

— "Mais uma coisa, tio" — leu Danlan. — "Então posso voltar a escavar neste labirinto em forma de biblioteca. Às vezes me sinto uma ladra de tumbas, buscando entre os ossos de pessoas mortas há muito tempo. Enfim. Os parshendianos: o senhor certa vez mencionou a rapidez com que eles pareceram aprender nosso idioma.

— Sim — disse Dalinar. — Em poucos dias, estávamos conversando e nos comunicando bem. Impressionante.

Quem teria pensado que logo os parshemanos teriam a inteligência para tal maravilha? A maioria daqueles que ele conhecia não falavam quase nada.

— "Quais foram as primeiras coisas sobre as quais eles falaram?" — disse Danlan. — "Quais foram as *primeiras* perguntas que fizeram? Consegue lembrar?"

Dalinar fechou os olhos, lembrando-se dos dias com os parshendianos acampados do outro lado do rio. Gavilar ficou fascinado com eles.

— "Eles mencionaram os Esvaziadores?"

Esvaziadores?

— Não que eu me lembre. Por quê?

— "Prefiro não dizer agora. Contudo, quero mostrar uma coisa. Peça que sua escriba coloque uma nova folha de papel."

Danlan fixou uma nova página na prancheta. Ela colocou a pena no canto e soltou-a. A pena se levantou e começou a rabiscar para frente e para trás com traços rápidos e ousados. Era um desenho. Dalinar se levantou para ver melhor, e Adolin também se aproximou. Pena e tinta não eram o melhor material, e desenhos à distância não eram precisos. A pena vazava glóbulos de tinta em lugares onde isso não acontecia, do outro lado, e muito embora o tinteiro estivesse no mesmo lugar — permitindo que Jasnah colocasse mais tinta no seu junco e no de Dalinar ao mesmo tempo —, o junco dele às vezes ficava sem tinta antes da pena do outro lado.

Ainda assim, o desenho era maravilhoso. *Não é de Jasnah*, percebeu Dalinar. A pessoa desenhando era muito mais talentosa do que sua sobrinha.

A imagem se revelou uma representação de uma sombra alta pairando sobre alguns edifícios. Indícios de carapaças e garras apareciam nas delicadas linhas de tinta, e as sombras eram feitas em grupos de linhas finas.

Danlan colocou a imagem de lado, pegando uma terceira folha de papel. Dalinar segurou o desenho, com Adolin ao seu lado. Aquela monstruosidade nas linhas e sombras era vagamente familiar. Como...

— É um demônio-do-abismo — disse Adolin, apontando. — Está distorcido... com uma cara muito mais ameaçadora e ombros maiores, e não tem o segundo grupo de garras frontais... mas alguém estava obviamente tentando desenhar um deles.

— Sim — disse Dalinar, esfregando o queixo.

— "Essa é uma representação de um dos livros daqui" — leu Danlan. — "Minha nova pupila é muito hábil no desenho, então fiz com que ela a reproduzisse para você. Diga-me: isso lembra alguma coisa?"

Uma nova pupila?, pensou Dalinar. Fazia anos desde que Jasnah havia aceitado uma. Ela sempre dizia que não tinha tempo.

— Essa imagem é de um demônio-do-abismo — respondeu Dalinar.

Danlan escreveu as palavras. Um momento depois, veio a resposta.

— "O livro descreve essa imagem como a de um Esvaziador." — Danlan franziu o cenho, inclinando a cabeça. — "O livro é uma cópia de um texto originalmente escrito nos anos antes da Traição. Contudo, as ilustrações são copiadas de outro texto, ainda mais antigo. Na verdade, alguns pensam que essa imagem foi desenhada apenas duas ou três gerações depois da partida dos Arautos."

Adolin assoviou baixinho. Aquilo indicava que era realmente muito antiga. Até onde Dalinar entendia, havia poucas obras de arte ou de escrita do tempo da era sombria. *O caminho dos reis* era uma das mais antigas, e o único texto completo. E ainda assim ele só havia sobrevivido como tradução; não tinham cópias no idioma original.

— "Antes que tire conclusões precipitadas," — leu Danlan — "não estou dizendo que os Esvaziadores eram a mesma coisa que os demônios-do-abismo. Acredito que a antiga artista não *sabia* como era um Esvaziador, então desenhou a coisa mais horrível que conhecia."

Mas como a artista original sabia como era a aparência de um demônio--do-abismo?, pensou Dalinar. *Só agora descobrimos as Planícies Quebradas...*

Mas claro. Embora as Colinas Devolutas agora estivessem vazias, tinham sido outrora um reino habitado. Alguém no passado sabia dos demônios-do-abismo, os conhecia bem o bastante para desenhar um e denominá-lo um Esvaziador.

— "Preciso ir agora" — disse Jasnah através de Danlan. — "Cuide do meu irmão na minha ausência, tio."

— Jasnah — enviou Dalinar, escolhendo suas palavras cuidadosamente. — As coisas estão difíceis por aqui. A tempestade começa a soprar sem limites, e o edifício treme e geme. Você logo poderá ouvir notícias que vão chocá-la. Seria ótimo se pudesse retornar e nos ajudar.

Ele esperou em silêncio pela resposta, enquanto a telepena rabiscava.

— "Gostaria de prometer uma data para meu retorno." — Dalinar quase podia ouvir a voz calma e tranquila de Jasnah. — "Mas não posso avaliar quando a minha pesquisa estará completa."

— Isso é muito importante, Jasnah — insistiu Dalinar. — Por favor, reconsidere.

— "Pode ter certeza, tio, que *vou* voltar. Em algum momento. Só não posso dizer quando."

Dalinar suspirou.

— "Fique sabendo" — escreveu Jasnah — "que estou bastante ansiosa para ver um demônio-do-abismo pessoalmente."

— Um que esteja morto — disse Dalinar. — Não tenho intenção de deixar você repetir a experiência do seu irmão, algumas semanas atrás.

— "Ah" — Jasnah enviou de volta. — "Meu querido e superprotetor Dalinar. Em algum ano você vai *ter* que admitir que seu sobrinho e sua sobrinha favoritos cresceram."

— Vou tratá-los como adultos quando se comportarem como adultos — respondeu Dalinar. — Venha rapidamente, e conseguiremos para você um demônio-do-abismo *morto*. Cuide-se.

Eles esperaram para ver se haveria mais alguma resposta, mas a gema parou de piscar, indicando que a transmissão de Jasnah estava completa. Danlan guardou a telepena e a prancheta, e Dalinar agradeceu às escrivãs pela assistência. Elas se retiraram; Adolin pareceu querer ficar, mas Dalinar fez um gesto para que saísse.

Dalinar olhou para a imagem do demônio-do-abismo novamente, insatisfeito. O que havia tirado daquela conversa? Mais pistas vagas? O que poderia ser tão importante em relação à pesquisa de Jasnah a ponto de ela ignorar ameaças ao reino?

Ele teria que compor uma carta mais direta para ela depois de fazer sua declaração, explicando por que decidiu abdicar. Talvez isso a fizesse voltar.

E, em um momento de choque, Dalinar percebeu que havia tomado sua decisão. Em algum momento entre deixar a vala e agora, ele havia deixado de tratar sua abdicação como um *se* e começara a pensar nela como um *quando*. Era a decisão correta. Ficava nauseado com a ideia, mas tinha certeza. Um homem às vezes precisava fazer coisas desagradáveis.

Foi a discussão com Jasnah, ele percebeu. *A conversa sobre seu pai.* Ele *estava* agindo como Gavilar antes de morrer. Isso quase havia minado o reino. Bem, agora ele precisava se impedir antes que fosse tão longe. Talvez o que estivesse acontecendo com ele fosse algum tipo de doença da mente, herdada dos seus pais. Ela...

— Você gosta bastante de Jasnah — disse Navani.

Dalinar sobressaltou-se, desviando o olhar da imagem do demônio-do-abismo. Pensava que ela tinha saído atrás de Adolin. Mas ela ainda estava ali, olhando para ele.

— Por que você a encorajou tanto a voltar?

Ele se virou para encarar Navani e percebeu que ela enviara suas jovens assistentes embora com as escrivãs. Eles estavam sozinhos.

— Navani — disse ele. — Isto não é apropriado.

— Bah. Nós somos parentes, e eu tenho perguntas.

Dalinar hesitou, então caminhou até o centro da sala. Navani estava perto da porta. Abençoadamente, suas assistentes haviam deixado a porta aberta e além dela havia dois guardas no corredor. Não era uma situação ideal, mas enquanto Dalinar pudesse ver os guardas e eles pudessem vê-lo, sua conversa com Navani estava dentro dos limites do decoro.

— Dalinar? — inquiriu Navani. — Você vai me responder? Por que confia tanto na minha filha quando quase todos os outros a desprezam?

— Considero o desprezo deles uma recomendação.

— Ela é uma herege.

— Ela se recusou a se juntar a um devotário porque não acreditava nos ensinamentos deles. Em vez de fazer concessões devido às aparências, ela foi honesta e se recusou a professar algo em que não acredita. Considero isso um sinal de honra.

Navani bufou.

— Vocês dois são um par de pregos no mesmo batente. Sérios, rígidos, tormentosamente difíceis de arrancar.

— É melhor você ir agora — disse Dalinar, indicando o corredor. Ele subitamente sentia-se exausto. — As pessoas vão falar.

— Deixe que falem. Precisamos fazer planos, Dalinar. Você é o grão--príncipe mais importante de…

— Navani — cortou ele. — Vou abdicar em favor de Adolin.

Ela pareceu surpresa.

— Deixarei o posto assim que fizer as preparações necessárias. Vai acontecer daqui a alguns dias no máximo.

Foi estranho falar isso, como se as palavras tornassem a decisão real.

Navani parecia abalada.

— Ah, Dalinar — ela sussurrou. — Esse é um erro terrível.

— É minha escolha. E devo repetir meu pedido. Tenho muitas coisas em que pensar, Navani, e não posso lidar com você agora. — Ele apontou para a porta.

Navani revirou os olhos, mas saiu, como solicitado, e fechou a porta atrás de si.

É isso, pensou Dalinar, soltando o ar demoradamente. *Tomei a decisão.*

Cansado demais para remover sua armadura sem auxílio, ele se deixou cair no chão, descansando a cabeça contra a parede. Contaria sua decisão a Adolin pela manhã, e então a anunciaria em um banquete naquela semana. Depois disso, ele retornaria para Alethkar e suas terras.

Estava acabado.

FIM DA
PARTE DOIS

INTERLÚDIOS

RYSN • AXIES • SZETH

I-4

RYSN

RYSN DESCEU HESITANTE DO vagão principal da caravana. Seus pés pousaram em um chão macio e desigual que afundou um pouco com seu peso. Isso a fez estremecer, particularmente porque a grama muito espessa não se afastou como deveria. Rysn bateu o pé algumas vezes. A grama nem mesmo tremeu.

— Ela não vai se mover — observou Vstim. — A grama aqui não se comporta como nos outros lugares. Certamente você já ouviu isso.

O homem mais velho estava sentado sob o toldo amarelo-brilhante do vagão principal. Apoiava um braço no suporte lateral, segurando um conjunto de livros-razão com a outra mão. Uma das suas longas sobrancelhas brancas estava enfiada atrás da orelha e a outra pendia junto ao rosto. Ele preferia roupas rigidamente engomadas — em azul e vermelho — e um chapéu cônico de topo plano. Era a clássica vestimenta de um comerciante thayleno: desatualizada há várias décadas, mas ainda distinta.

— Eu já ouvi falar da grama — respondeu Rysn. — Mas é tão *estranho*.

Ela deu mais um passo, caminhando em um círculo ao redor do vagão. Sim, ela ouvira falar da grama ali em Shinovar, mas pensou que só seria letárgica. Que as pessoas diziam que ela não sumia porque se movia lentamente demais.

Mas não, não era isso. Ela não se movia *mesmo*. Como sobrevivia? Não devia ter sido devorada por animais? Ela sacudiu a cabeça, olhando a planície; estava totalmente *coberta* pela grama. As folhas estavam todas juntas, e não dava para ver o chão. Mas que bagunça.

— O chão é macio — disse ela, voltando ao seu lado original do vagão. — Não só por causa da grama.

— Hmm — disse Vstim, ainda trabalhando nos seus livros-razão. — Sim. Se chama solo.

— Parece que vou afundar até os joelhos. Como os shinos aguentam viver aqui?

— Eles são um povo interessante. Você não devia estar montando o instrumento?

Rysn suspirou, mas caminhou até a traseira do vagão. Os outros vagões na caravana — seis ao todo — estavam parando em um formato vagamente circular. Ela descobriu a traseira do vagão principal e puxou para fora um tripé de madeira quase da sua altura. Ela o carregou sobre o ombro, marchando até o centro do círculo gramado.

Usava roupas mais na moda do que seu *babsk*; a vestimenta mais moderna para uma jovem da sua idade: um colete de seda azul estampada sobre uma camisa verde de mangas longas com punhos rígidos. Sua saia que descia até os tornozelos — também verde — era rígida e profissional, de corte utilitário, mas bordada de acordo com a moda.

Ela vestia uma luva verde na mão esquerda. Cobrir a mão segura era uma tradição idiota, apenas um resultado da dominação cultural vorin. Mas era melhor manter as aparências. Muitos dos thaylenos mais tradicionais — incluindo, infelizmente, seu *babsk* — ainda achavam escandaloso que uma mulher saísse por aí com a mão segura descoberta.

Ela montou o tripé. Fazia cinco meses desde que Vstim tornara-se seu *babsk* e ela, sua aprendiz. Ele era bom com ela. Nem todos os *babsk* eram; por tradição, ele era mais do que seu mestre. Era legalmente o seu pai, até que declarasse que ela estava pronta para ser uma comerciante independente.

Queria que ele não passasse tanto tempo viajando para lugares tão *estranhos*. Ele era conhecido como um grande comerciante, e ela pensava que grandes comerciantes visitavam cidades e portos exóticos. Não campinas vazias em países atrasados.

Com o tripé armado, ela voltou para o vagão para pegar o fabrial. A parte traseira do vagão formava uma área cercada com laterais e topo espessos para oferecer proteção contra grantormentas — até mesmo as tempestades mais fracas no Oeste podiam ser perigosas, pelo menos até que se atravessasse os desfiladeiros e entrasse em Shinovar.

Ela se apressou de volta ao tripé com a caixa do fabrial. Deslizou o topo de madeira para abri-la e removeu o grande heliodoro no interior. A pálida gema amarela, com pelo menos cinco centímetros de diâmetro, estava fixada em uma estrutura metálica. Ela brilhava suavemente, não tanto quanto poderia se esperar de uma gema tão grande.

Depois de colocar o fabrial no tripé, girou um pouco alguns dos controles na parte inferior, configurando-o para registrar as pessoas na caravana. Então pegou um banco do vagão e sentou-se para assistir. Estava surpresa com o preço que Vstim havia pagado pelo dispositivo — um dos tipos mais novos, recentemente inventado pelos thaylenos, que avisava quando pessoas se aproximavam. Isso era de fato tão importante?

Rysn se reclinou, olhando para a gema, prestando atenção para ver se ela começava a brilhar mais. A estranha grama das terras shinas ondulava com o vento, teimosamente recusando-se a recuar, mesmo diante das rajadas mais fortes. Ao longe erguiam-se os picos brancos das Montanhas Enevoadas, que abrigavam Shinovar. Aquelas montanhas quebravam e desmanchavam as grantormentas, tornando Shinovar um dos poucos lugares em toda Roshar onde as grantormentas não reinavam.

A planície ao redor estava pontilhada com estranhas árvores de troncos retos e galhos rígidos e esqueléticos, cheios de folhas que não se recolhiam ao vento. A paisagem inteira tinha uma atmosfera insólita, como se estivesse morta. Nada se movia. Com um sobressalto, Rysn percebeu que não via nenhum espreno; nem um único que fosse. Sem esprenos de vento, sem esprenos de vida, nada.

Era como se a paisagem inteira fosse lerda. Como um homem que nascera sem todos os miolos, um daqueles que não sabiam como se proteger, e em vez disso só olhavam para a parede e babavam. Ela cavou o solo com um dedo, então pegou o "solo", como Vstim o chamara, para inspecioná-lo. Era uma substância suja. Ora, um vento forte poderia desenraizar aquele campo inteiro de grama e soprá-lo para longe. Ainda bem que as grantormentas não conseguiam alcançar aquelas terras.

Perto dos vagões, os servos e guardas descarregavam caixotes e montavam o acampamento. Subitamente, o heliodoro começou a pulsar com uma luz amarela mais brilhante.

— Mestre! — chamou ela, se levantando. — Alguém está aqui perto.

Vstim — que estivera inspecionando os caixotes — ergueu subitamente os olhos. Ele acenou para Kylrm, chefe dos guardas, e seus seis homens sacaram os arcos.

— Ali — disse um, apontando.

Ao longe, um grupo de cavaleiros seguia na direção deles. Não cavalgavam muito rápido, e conduziam vários animais grandes — como cavalos robustos e atarracados — puxando vagões. A gema no fabrial pulsava mais forte à medida que os recém-chegados se aproximavam.

— Sim — disse Vstim, olhando para o fabrial. — Isso vai ser *muito* útil. Tem um bom alcance.

— Mas nós sabíamos que eles estavam chegando — replicou Rysn, caminhando até ele.

— Desta vez — respondeu o homem. — Mas se ele nos avisar sobre bandidos no escuro, vai ter valido dez vezes seu preço. Kylrm, abaixem os arcos. Você sabe como eles se sentem em relação a essas coisas.

Os guardas seguiram as ordens, e o grupo de thaylenos esperou. Rysn percebeu que estava colocando suas sobrancelhas para trás nervosamente, embora não soubesse por que se dava o trabalho. Os recém-chegados eram apenas shinos. Claro, Vstim insistia que ela não pensasse neles como selvagens. Parecia ter um grande respeito por eles.

Enquanto eles se aproximavam, ela ficou surpresa com a variedade das suas aparências. Os shinos que já vira usavam trajes castanhos básicos ou outras roupas de trabalho. Contudo, na frente daquele grupo havia um homem em roupas que deviam ser finas para os shinos: um manto brilhante e multicolorido que o envolvia completamente, fechado com um laço na frente. Ele pendia pelos lados do cavalo, quase se arrastando no chão. Apenas sua cabeça estava exposta.

Quatro homens cavalgavam ao redor dele, usando roupas mais discretas. Ainda eram cores vivas, mas não *tão* vivas. Vestiam camisas, calças e capas coloridas.

Pelo menos mais trinta homens caminhavam ao lado deles, vestindo túnicas marrons. Outros mais dirigiam os três grandes vagões.

— Uau — comentou Rysn. — Ele trouxe um bando de servos.

— Servos? — disse Vstim.

— Os sujeitos vestidos de marrom.

Seu *babsk* sorriu.

— Aqueles são seu guardas, criança.

— O quê? Eles parecem tão sem graça.

— Os shinos são um povo curioso. Aqui, guerreiros são os mais baixos dos homens... parecidos com escravos. Os homens os compram e vendem entre as Casas por meio de pequenas pedras que significam posse, e qualquer homem que pegue em uma arma deve unir-se a eles e ser tratado do mesmo jeito. O sujeito com o manto elegante? *Ele* é um lavrador.

— Um proprietário de terras, você quer dizer?

— Não. Pelo que entendi, ele sai todos os dias... bem, quando não está cuidando de uma negociação como esta... e trabalha nos campos. Eles tratam os lavradores assim, cobrindo-os de atenção e respeito.

Rysn se espantou.

— Mas a maioria das vilas está *cheia* de lavradores!

— De fato — disse Vstim. — São lugares sagrados, aqui. Os estrangeiros não têm permissão de chegar perto dos campos ou das vilas de lavradores.

Que estranho, ela pensou. *Talvez viver neste lugar tenha afetado a mente deles.*

Kylrm e seus guardas não pareciam muito felizes de estarem em número bastante inferior, mas Vstim não aparentava desconforto. Quando os shinos se aproximaram, ele se afastou dos seus vagões sem hesitação. Rysn se apressou atrás dele, sua saia roçando a grama.

Droga, pensou ela. Outro problema causado pela falta de retração. Se tivesse que comprar uma nova bainha por conta daquela grama sem graça, ficaria muito brava.

Vstim alcançou os shinos, depois curvou-se de uma maneira específica, com as mãos voltadas para o chão.

— *Tan balo ken tala* — disse ele. Ela não sabia o que aquilo significava.

O homem com o manto — o *lavrador* — assentiu respeitosamente, e um dos outros cavaleiros desmontou e se adiantou.

— Que os Ventos da Fortuna o guiem, meu amigo. — Ele falava thayleno muito bem. — Aquele que acrescenta está feliz com a sua chegada em segurança.

— Obrigado, Thresh-filho-Esan — respondeu Vstim. — E meus agradecimentos àquele que acrescenta.

— O que trouxe para nós das terras estranhas, amigo? — perguntou Thresh. — Mais metal, espero?

Vstim acenou e alguns guardas trouxeram um caixote pesado e o colocaram no chão, destampando-o e revelando seu conteúdo peculiar. Pedaços de ferragem, a maior parte na forma de nacos de concha, embora alguns tivessem formato de toras de madeira. Para Rysn, parecia lixo que fora — por algum motivo inexplicável — Transmutado em metal.

— Ah — disse Thresh, acocorando-se para inspecionar a caixa. — Maravilhoso!

— Nenhum pedaço foi retirado de minas — garantiu Vstim. — Nenhuma pedra foi quebrada ou fundida para obter esse metal, Thresh. Ele foi Transmutado de conchas, lenha ou galhos. Tenho um documento selado por cinco notários thaylenos atestando esse fato.

— Você não precisava ter feito isso — disse Thresh. — Já conquistou nossa confiança nessa questão há muito tempo.

— Prefiro ser o mais correto possível — replicou Vstim. — Um comerciante que é descuidado com contratos acaba cercado de inimigos em vez de amigos.

Thresh se levantou, batendo palmas três vezes. Os homens vestidos de marrom, com olhos tristes, baixaram a parte traseira de um vagão, revelando caixotes.

— Os outros que nos visitam só parecem se importar com cavalos — observou Thresh, andando até o vagão. — Todo mundo deseja comprar cavalos. Mas você não, meu amigo. Por quê?

— É difícil demais cuidar deles — disse Vstim, caminhando com Thresh. — E com frequência há pouco retorno de investimento, por mais valiosos que eles sejam.

— E você não tem esse problema com isso aqui? — disse Thresh, pegando um dos caixotes leves. Havia algo vivo dentro dele.

— De modo algum — replicou Vstim. — Galinhas conseguem um bom preço, e elas são fáceis de cuidar, contanto que você tenha trazido a ração.

— Trouxemos bastante para você — prosseguiu Thresh. — Não acredito que você compre isso de nós. Elas não valem tanto quanto vocês, estrangeiros, pensam. E você nos dá metal por elas! Metal sem a mácula da rocha quebrada. Um milagre.

Vstim deu de ombros.

— Esses fragmentos não valem praticamente nada lá de onde eu venho. São feitos por fervorosos praticando com Transmutadores. Eles não podem fazer comida, porque, se errarem o processo, torna-se veneno. Então transformam lixo em metal e o jogam fora.

— Mas ele pode ser forjado!

— Por que forjar metal, quando você pode esculpir um objeto em madeira na forma precisa que deseja, e *então* Transmutá-lo? — disse Vstim.

Thresh apenas balançou a cabeça, pasmo. Rysn assistia, também confusa. Essa era a mais *louca* troca comercial que já vira. Normalmente, Vstim discutia e pechinchava como um esmagamata. Mas ali ele revelou livremente que suas mercadorias eram inúteis!

De fato, à medida que a conversa continuava, ambos se desdobraram para explicar como suas mercadorias eram sem valor. Por fim, chegaram a um acordo — embora Rysn não pudesse compreender como — e apertaram as mãos para selar o negócio. Alguns dos soldados de Thresh começaram a descarregar as caixas de galinhas, tecido e carnes secas exóticas. Outros começaram a carregar as caixas de metal.

— Você não negociaria um soldado comigo, negociaria? — indagou Vstim enquanto eles esperavam.

— Infelizmente, eles não podem ser vendidos a um estrangeiro.

— Mas teve aquela vez que você negociou comigo...

— Já faz quase cinco anos! — disse Thresh com uma gargalhada. — E você ainda pergunta!

— Você não sabe o que consegui por ele — respondeu Vstim. — E não lhe paguei praticamente nada!

— Ele era um Insincero. — Thresh deu de ombros. — Ele não valia nada. Você me *forçou* a levar algo em troca, embora eu deva confessar que joguei seu pagamento em um rio. Não podia aceitar dinheiro por um Insincero.

— Bem, acho que não posso me ofender com isso — disse Vstim, esfregando o queixo. — Mas se você algum dia arrumar outro, me avise. Foi o melhor criado que já tive. Ainda me arrependo de tê-lo vendido.

— Vou me lembrar, amigo — prometeu Thresh. — Mas não acho provável que apareça outro como ele. — O homem pareceu se distrair. — De fato, espero que nunca apareça outro...

Quando as mercadorias foram trocadas, eles apertaram as mãos novamente, e depois Vstim fez uma mesura para o lavrador. Rysn tentou imitar e ganhou um sorriso de Thresh e de vários de seus companheiros, que conversavam na sua sussurrante linguagem shina.

Uma viagem tão longa e tediosa por uma transação tão curta. Mas Vstim estava certo; aquelas galinhas valeriam boas esferas no Leste.

— O que você aprendeu? — perguntou Vstim enquanto caminhavam rumo ao vagão principal.

— Que os shinos são esquisitos.

— Não — replicou Vstim, embora não de modo severo. Ele nunca era severo. — Eles são apenas diferentes, criança. Pessoas esquisitas são aquelas que agem de maneira errática. Thresh e seu povo... eles não são nada erráticos. Podem ser estáveis até *demais*. O mundo lá fora está mudando, mas os shinos parecem determinados a permanecer iguais. Tentei oferecer fabriais a eles, mas eles os consideram sem valor. Ou profanos. Ou sagrados demais para o uso.

— São coisas bastante diferentes, mestre.

— Sim, mas com os shinos, frequentemente é difícil descobrir a diferença. Independentemente disso, o que você *realmente* aprendeu?

— Que eles tratam a humildade como os herdazianos tratam a arrogância — respondeu ela. — Vocês dois se esforçaram ao máximo para mostrarem como suas mercadorias eram sem valor. Achei estranho, mas acho que pode ser como eles pechincham.

Ele abriu um amplo sorriso.

— E você já mostrou que é mais sábia do que metade dos homens que eu trouxe. Escute. Esta é a sua lição: *nunca* tente enganar os shinos. Seja direta, diga a eles a verdade e se preciso até diminua o valor dos seus bens. Eles vão amar você por isso. E também vão pagar melhor.

Ela assentiu. Eles alcançaram o vagão, e Tresh pegou um potinho estranho.

— Aqui — disse ele. — Use uma faca e vá cortar um pouco daquela grama. Corte fundo e pegue bastante daquela terra. As plantas não conseguem viver sem ela.

— Para que? — perguntou ela, franzindo o nariz e pegando o pote.

— Para você aprender a cuidar daquela planta. Eu quero que você a guarde até deixar de achar que ela é esquisita.

— Mas por quê?

— Porque isso vai fazer com que seja uma comerciante melhor — disse ele.

Ela franziu o cenho. Por que ele precisava ser sempre tão estranho? Talvez por isso fosse um dos únicos thaylenos que conseguiam lucrar com os shinos. Era tão esquisito quanto eles.

Ela se afastou para fazer o que Tresh mandou. Não adiantava reclamar. Mas ela arranjou primeiro um bom par de luvas grossas, e enrolou as mangas para cima. Não ia estragar um bom vestido por causa de uma grama estúpida que babava olhando para a parede. E ponto final.

I-5
AXIES,
O COLECIONADOR

AXIES, O COLECIONADOR, GRUNHIU, deitado de costas, com o crânio pulsando com uma enxaqueca. Ele abriu os olhos e encarou o próprio corpo. Estava nu.

Maldição, pensou.

Bem, era melhor verificar se fora ferido gravemente. Seus dedos dos pés apontavam para o céu. As unhas eram de um azul-profundo, que não era incomum para um aimiano como ele. Tentou mexê-los e, que bom, os dedos efetivamente se moveram.

— Bem, já é alguma coisa — disse ele, deixando a cabeça encostar novamente no chão.

Ela fez um som ao tocar algo macio, provavelmente um pedaço de lixo podre. Sim, era isso mesmo. Sentia o cheiro agora, azedo e rançoso. Ele se concentrou no seu nariz, esculpindo seu corpo para que parasse de sentir o cheiro. *Ah*, pensou. *Muito melhor.*

Agora, se ao menos pudesse banir a sensação latejante da cabeça... De verdade, o sol *precisava* estar tão forte no céu? Ele fechou os olhos.

— Você ainda está no meu beco — disse uma voz grossa por trás dele. Foi a voz que o acordou, para começo de conversa.

— Vou liberá-lo em breve — prometeu Axies.

— Você me deve aluguel. Uma noite de sono.

— Em um beco?

— O melhor beco de Kasitor.

— Ah. Esse é o lugar onde estou, então? Excelente.

Alguns momentos de foco mental finalmente baniram a dor de cabeça. Ele abriu os olhos e dessa vez a luz do sol pareceu-lhe bastante agradável. Paredes de tijolo erguiam-se rumo ao céu dos dois lados, cobertas de uma crosta de líquen vermelho. Pequenos montes de tubérculos em decomposição estavam espalhados ao seu redor.

Não. Não espalhados. Eles pareciam arrumados cuidadosamente. Isso era estranho. Provavelmente eram a fonte dos odores que havia notado antes. Era melhor deixar seu senso de olfato inibido.

Ele se sentou, esticando e verificando seus músculos. Tudo parecia estar funcionando, embora ele tivesse alguns arranhões. Ia lidar com eles em breve.

— Agora — disse ele, se virando —, você não teria um par de calças sobrando, teria?

O dono da voz era um homem de barba rala sentado em uma caixa no fundo do beco. Axies não o reconheceu, nem o local. Isso não era surpreendente, considerando que havia sido surrado, roubado e dado por morto. De novo.

As coisas que faço em nome da erudição, pensou ele com um suspiro.

Sua memória estava voltando. Kasitor era uma grande cidade irialiana, menor apenas que Rall Elorim. Fora até ali por vontade própria. Também se embebedara por vontade própria. Talvez devesse ter escolhido seus companheiros de bebida de modo mais cuidadoso.

— Suponho que você não tem um par de calças sobrando — disse Axies, se levantando e inspecionando as tatuagens em seus braços. — E, se tivesse, eu sugeriria que as usasse você mesmo. Isso que está usando é um saco de lávis?

— Você me deve aluguel — resmungou o homem. — E pagamento por destruir o templo do deus do norte.

— Curioso — comentou Axies, olhando sobre o ombro rumo à abertura do beco. Havia uma rua movimentada adiante. A boa gente de Kasitor provavelmente não reagiria bem à sua nudez. — Eu não me *recordo* de destruir templo algum. Normalmente presto bastante atenção nesse tipo de coisa.

— Você acabou com metade da rua Hapron — declarou o mendigo. — Um monte de casas também. Vou deixar passar.

— Extremamente generoso da sua parte.

— Eles andaram aprontando.

Axies franziu o cenho, olhando de volta para o mendigo. Ele seguiu o olhar do homem, que estava fitando o chão. Os montículos de verduras podres haviam sido colocados em uma ordem bastante particular. Como uma cidade.

— Ah — disse Axies, movendo o pé, que estava plantado em um pequeno quadrado de verduras.

— Essa era uma padaria — disse o mendigo.

— Sinto muitíssimo.

— A família estava fora.

— É um alívio saber.

— Estavam adorando no templo.

— Aquele que eu…

— Esmagou com a cabeça? Sim.

— Estou certo de que você será generoso com as suas almas.

O mendigo estreitou os olhos.

— Ainda estou tentando decidir o seu papel. Você é um Esvaziador ou um Arauto?

— Temo que eu seja um Esvaziador — respondeu Axies. — Afinal, eu *destruí* um templo.

Os olhos do mendigo expressaram ainda mais suspeita.

— Só o tecido sagrado pode me banir — continuou Axies. — E como você não… Diga, o que é isso que está segurando?

O mendigo olhou para a própria mão, que roçava um dos cobertores puídos cobrindo uma de suas caixas igualmente depauperadas. Ele estava empoleirado sobre elas, como… bem, como um deus fitando seu povo.

Pobre tolo, pensou Axies. Estava realmente na hora de seguir adiante. Ele não queria trazer má sorte para o confuso sujeito.

O mendigo ergueu o cobertor. Axies recuou, levantando as mãos. Isso fez o mendigo sorrir, mostrando que mais alguns dentes lhe fariam bem. Ele pulou da caixa, brandindo o cobertor como uma arma. Axies se encolheu.

O mendigo gargalhou e jogou o cobertor nele. Axies agarrou-o no ar e sacudiu um punho na direção do mendigo. Então se retirou do beco enquanto enrolava o cobertor ao redor da cintura.

— E eis que a besta fétida foi banida! — proclamou o mendigo atrás dele.

— E eis que a besta fétida evitou a prisão por atentado ao pudor — disse Axies, fixando o cobertor na cintura.

Os irialianos eram bastante específicos em relação às suas leis de castidade. Eram bastante específicos em relação a várias coisas. Naturalmente, podia-se dizer o mesmo sobre a maioria das pessoas — a única diferença eram as coisas em relação às quais elas eram específicas.

Axies, o Colecionador, atraiu certa quantidade de olhares. Não devido ao traje pouco convencional — Iri ficava nos limites noroestes de Roshar, e seu clima consequentemente tendia a ser muito mais quente do que em lugares como Alethkar ou mesmo Azir. Muitos irialianos de cabelos dourados andavam apenas de tanga, suas peles pintadas de várias cores e padrões. Mesmo as tatuagens de Axies não eram dignas de nota ali.

Talvez ele atraísse olhares devido às unhas azuis ou aos olhos azuis cristalinos. Aimianos — mesmo aimianos Siah — eram raros. Ou talvez fosse porque ele projetava uma sombra na direção errada. Na direção da luz, em vez de para o sentido oposto. Era um pequeno detalhe, e as sombras não eram longas, com o sol tão alto. Mas aqueles que notavam esse detalhe murmuravam ou saíam do caminho. Provavelmente haviam ouvido falar da sua raça. Não fazia *tanto* tempo assim desde a destruição da sua terra natal. Só tempo o bastante para que histórias e lendas chegassem ao conhecimento geral da maioria das culturas.

Talvez causasse ultraje a alguém importante e acabasse sendo conduzido perante a um magistrado local. Não seria a primeira vez. Quando se era perseguido pela Maldição da Raça, aprendia-se a lidar com as coisas conforme necessário.

Ele começou a assoviar baixinho, inspecionando suas tatuagens e ignorando aqueles atentos o bastante para reparar nele. *Lembro-me de escrever algo em algum lugar...* ele pensou, olhando o pulso com atenção, então torcendo o braço e tentando ver se havia novas tatuagens nas costas. Como todos os aimianos Siah, ele podia mudar a cor e as marcas da sua pele à vontade. Isso era conveniente, já que devido a ser regularmente roubado de tudo que possuía, era amaldiçoadamente difícil manter um caderno de notas. Então guardava suas anotações na pele, pelo menos até poder voltar para um lugar seguro e transcrevê-las.

Com sorte, não teria ficado tão bêbado a ponto de escrever suas anotações em algum lugar inconveniente. Fizera isso uma vez, e ler a bagunça exigiu dois espelhos e um assistente de banho bastante confuso.

Ah, ele pensou, descobrindo uma nova anotação perto do interior do cotovelo esquerdo. Ele a leu desajeitadamente, descendo uma ladeira.

Teste bem-sucedido. Notei esprenos que aparecem apenas quando um sujeito está intensamente inebriado. Surgem como pequenas bolhas marrons agarradas a objetos próximos. Testes posteriores podem ser

necessários para provar que eles eram mais do que uma alucinação alcoólica.

— Muito bom — disse ele em voz alta. — Muito bom mesmo. Me pergunto como devo chamá-los.

As histórias que ouvira os denominavam esprenos de espuma, mas soava idiota. Esprenos de inebriação? Não, pomposo demais. Esprenos de cerveja? Ficou empolgado de repente. Estivera caçando aquele tipo particular de espreno durante anos. Se fosse provado que eram reais, seria uma bela vitória.

Por que será que eles apareciam apenas em Iri? E por que de modo tão pouco frequente? Ele havia se embebedado estupidamente uma dúzia de vezes, e só os encontrara uma. Isso se de fato os encontrara.

Esprenos, contudo, podiam ser muito esquivos. Às vezes, até os tipos mais comuns — esprenos de chamas, por exemplo — se recusavam a aparecer. Isso era frustrante para um homem que fizera do seu trabalho observar, catalogar e estudar todos os tipos de esprenos em Roshar.

Ele continuou assoviando enquanto andava pela cidade até as docas. Ao redor fluía um grande número de irialianos de cabelos dourados. O cabelo confirmava o sangue, como o cabelo preto alethiano — quanto mais puro o sangue, mais cachos dourados se tinha. E não era apenas louro, mas dourado de verdade, lustroso ao sol.

Ele gostava dos irialianos. Não eram *nem de longe* tão pudicos quanto os povos vorins a leste, e raramente apresentavam inclinação a discussões ou lutas. Isso facilitava a caça aos esprenos. Embora, claro, houvesse esprenos que só podiam ser encontrados durante a guerra.

Um grupo de pessoas havia se reunido nas docas. *Ah, excelente*, ele pensou. *Não estou tão atrasado.* A maioria estava reunida em uma plataforma de visualização feita para aquele propósito. Axies encontrou um lugar, ajustou seu santo cobertor, e se recostou ao corrimão para esperar.

Não demorou muito. Precisamente às 7h46 da manhã — os habitantes locais podiam usar o evento para acertar seus relógios — um enorme espreno azul-marinho surgiu das águas da baía. Ele era translúcido, e embora parecesse causar ondas ao se erguer, isso era ilusório. A superfície real da baía não era perturbada.

Ele toma a forma de um grande jato d'água, pensou Axies, criando uma tatuagem ao longo de uma porção aberta da sua perna, escrevendo as palavras.

O centro é do mais profundo azul, como as profundezas do oceano, embora as bordas sejam de um tom mais claro. Julgando pelos mastros das embarcações próximas, diria que o espreno cresceu até uma altura de pelo menos trinta metros. Um dos maiores que já vi.

Quatro longos braços surgiram da criatura e se aproximaram da baía, formando dedos e polegares. Eles pousaram em pedestais dourados que haviam sido colocados ali pelo povo da cidade. O espreno vinha na mesma hora todo dia, sem falha.

Eles o chamavam de Cusicesh, o Protetor. Alguns o adoravam como um deus. A maioria simplesmente o aceitava como parte da cidade. Ele era único. Um dos poucos tipos de espreno que conhecia que parecia possuir um único exemplar. Axies continuou escrevendo, fascinado.

Mas que tipo de espreno é esse? Ele formou um rosto, olhando para leste, na direção da Origem. O rosto muda incrivelmente rápido. Diferentes rostos humanos aparecem ao fim do pescoço, um depois do outro, em um borrão sucessivo.

A exibição durou dez minutos inteiros. Alguns dos rostos se repetiu? Eles mudavam tão rápido que ele não sabia dizer. Alguns pareciam masculinos, outros femininos. Quando a exibição acabou, Cusicesh recuou de volta à baía, causando novamente ondas fantasmagóricas.

Axies sentiu-se esgotado, como se algo tivesse sido sugado dele. Havia relatos de que aquela era uma reação comum. Estaria imaginando-a porque a esperava? Ou era real?

Enquanto pensava, um moleque de rua passou correndo e agarrou seu cobertor, arrancando-o e rindo consigo mesmo. Ele o jogou para alguns amigos, que fugiram.

Axies sacudiu a cabeça.

— Porcaria — disse ele enquanto as pessoas ao redor começaram a fazer sons de espanto e murmurar. — Há guardas por perto, imagino? Ah, sim. Quatro. Maravilha.

Os quatro já estavam avançando na sua direção, cabelos dourados caindo sobre os ombros, as expressões severas.

— Bem — disse ele consigo mesmo, fazendo uma anotação final enquanto um dos guardas o agarrava. — Parece que terei outra chance de procurar por esprenos de cativeiro.

Estranho como esses haviam-lhe escapado todos aqueles anos, apesar dos seus inúmeros encarceramentos. Estava começando a pensar que eram mitológicos.

Os guardas o arrastaram para os calabouços da cidade, mas ele não se importou. Dois novos esprenos em dois dias! Nesse ritmo, só levaria mais alguns séculos para completar sua pesquisa.

Realmente fabuloso. Ele voltou a assoviar baixinho.

I-6

UMA OBRA DE ARTE

SZETH-FILHO-FILHO-VALLANO, INSINCERO DE SHINOVAR, estava agachado em uma alta saliência de pedra na lateral de um antro de jogatina. A saliência havia sido feita para sustentar uma lanterna; tanto suas pernas quanto a prateleira estavam ocultas pelo seu longo manto, de modo que ele parecia estar pendurado na parede.

Havia poucas luzes por perto. Makkek gostava que Szeth permanecesse envolto no manto das sombras. Ele usava um traje preto e justo por baixo do manto, a parte inferior do rosto coberta por uma máscara de pano; ambos haviam sido projetados por Makkek. O manto era grande demais e a roupa, apertada demais. Era um péssimo traje para um assassino, mas Makkek exigia dramaticidade, e Szeth fazia o que seu mestre mandava. Sempre.

Talvez houvesse algo de útil na dramaticidade. Com apenas os olhos e a cabeça calva aparecendo, ele assustava as pessoas de passagem. Olhos de shino, redondos demais, ligeiramente grandes demais. As pessoas dali pensavam que eles tinham olhos semelhantes aos de uma criança. Por que isso os perturbava tanto?

Ali perto estava sentado um grupo de homens com mantos marrons, conversando e esfregando os polegares e indicadores. Fios de fumaça se levantavam de seus dedos, acompanhados por um leve som crepitante. Esfregar musgo-de-fogo supostamente tornava a mente de um homem mais receptiva a pensamentos e ideias. Na única vez em que Szeth experimentara, ganhara uma dor de cabeça e dois dedos com bolhas. Mas uma vez que se desenvolvia calos, a planta aparentemente causava Euforia.

O antro circular tinha um bar no centro, servindo uma ampla variedade de bebidas a uma variedade ainda maior de preços. As garçonetes vestiam trajes roxos com decotes profundos e abertos nas laterais. Suas mãos seguras estavam expostas, algo que os bavlandeses — que eram vorins por descendência — pareciam achar extremamente provocante. Tão estranho. Era só uma mão.

Ao redor do perímetro havia vários jogos em andamento. Nenhum deles era um jogo de azar explícito — sem lançamento de dados, sem apostas em cartas viradas. Havia jogos de quebracolo, brigas de siri-raso, e — estranhamente — jogos de adivinhações. Aquela era outra estranheza dos povos vorins; eles evitavam adivinhar abertamente o futuro. Um jogo como quebracolo tinha lances e jogadas, mas não apostavam no resultado. Em vez disso, apostavam na mão que possuíam depois dos lances e jogadas.

Parecia uma distinção insignificante para Szeth, mas era algo entranhado na cultura. Mesmo ali, em um dos piores buracos da cidade — onde mulheres caminhavam com mãos expostas e homens falavam abertamente de crimes —, ninguém se arriscava a ofender os Arautos procurando conhecer o futuro. Até mesmo prever as grantormentas os deixava desconfortáveis. No entanto, eles não davam a *mínima* para caminhar sobre pedra ou usar Luz das Tempestades para iluminação cotidiana. Ignoravam os espíritos das coisas que viviam ao seu redor, e comiam o que desejavam no dia em que desejavam.

Estranho. Tão estranho. E mesmo assim aquela era a sua vida. Recentemente, Szeth começara a questionar algumas da proibições que outrora seguira com tanto rigor. Como poderiam aqueles orientais *não* caminhar sobre pedra? Não havia solo nos seus reinos. Como mais poderiam se deslocar?

Pensamentos perigosos. Seu modo de vida era tudo que lhe restava. Se questionasse o Xamanismo das Pedras, teria ele, então, que questionar sua natureza como Insincero? Perigoso, perigoso. Embora seus assassinatos e pecados fossem condená-lo, pelo menos sua alma seria dada às pedras na hora de sua morte. Ele continuaria a existir. Punido, em agonia, mas não exilado para o nada.

Melhor existir em agonia do que desaparecer inteiramente.

O próprio Makkek percorria o antro de jogatina, uma mulher em cada braço. Sua magreza esquelética se fora; o rosto se tornara rechonchudo, como uma fruta madura depois das águas da enchente. Também se desfizera de suas vestes andrajosas de salteador, substituídas por sedas luxuosas.

Os companheiros de Makkek — aqueles que estavam com ele quando mataram Took — estavam todos mortos, assassinados por Szeth sob ordens dele. Tudo isso para esconder o segredo da Sacrapedra. Por que aqueles orientais sentiam tanta vergonha da maneira como controlavam Szeth? Seria por medo de que outro roubasse a Sacrapedra deles? Estariam apavorados com a possibilidade de que a arma que utilizaram tão impiedosamente fosse voltada contra eles?

Talvez ele temesse que, se soubessem como era fácil controlar Szeth, sua reputação fosse prejudicada. Szeth entreouvira mais de uma conversa centrada no mistério do guarda-costas terrivelmente eficaz de Makkek. Se uma criatura como Szeth servia a Makkek, então o próprio mestre devia ser ainda mais perigoso.

Makkek passou pelo lugar onde Szeth espreitava, uma das mulheres nos seus braços dando risadas tilintantes. Makkek olhou para Szeth, depois fez um gesto curto. Szeth inclinou a cabeça mascarada em entendimento. Deslizou de onde estava, caindo no chão, fazendo o enorme manto flutuar.

Os jogos foram interrompidos. Homens bêbados e sóbrios se voltaram para fitar Szeth e, enquanto ele passava pelos três homens com o musgo-de-fogo, os dedos deles pararam. A maioria das pessoas no recinto sabia o que Szeth ia fazer naquela noite. Um homem havia se mudado para Bornwater e aberto seu próprio antro de jogatina para desafiar Makkek. Provavelmente o recém-chegado não acreditava na reputação do assassino fantasma de Makkek. Bem, ele tinha motivos para sua descrença. A reputação de Szeth *era* incorreta.

Ele era muito, *muito* mais perigoso do que ela sugeria.

Ele saiu do antro de jogatina, subindo os degraus, passando pela fachada escurecida e saindo para o pátio. Ele jogou o manto e a máscara em uma carroça ao passar. O manto só faria ruído, e por que cobrir o rosto? Era o único shino na cidade. Se alguém visse seus olhos, saberia quem era. Ele manteve a roupa preta justa; trocá-la levaria tempo demais.

Bornwater era a maior vila da área; não levou muito tempo para Makkek se desenvolver demais para Staplind. Agora estava pensando em se mudar para Kneespike, a cidade onde o senhor de terras local estabelecera sua mansão. Se isso acontecesse, Szeth passaria meses nadando em sangue enquanto sistematicamente rastreava e matava cada ladrão, capanga e mestre de jogatina que se recusasse a se sujeitar a Makkek.

Isso ainda estava a meses de acontecer. Por enquanto, havia o intruso de Bornwater, um homem chamado Gavashaw. Szeth rondou pelas ruas, desprezando a Luz das Tempestades ou a Espada Fractal, contando apenas com sua graça natural e cuidando para permanecer invisível. Ele apreciava sua breve liberdade. Os momentos quando não estava preso em um dos antros cheios de fumaça de Makkek eram raros ultimamente.

Ao esgueirar-se entre edifícios — movendo-se rapidamente na escuridão, com o ar frio e úmido na sua pele —, quase se imaginou de volta em Shinovar. Os edifícios ao seu redor não eram de pedra profanada, mas sim de terra, construídos com argila. Aqueles sons baixos não eram os abafados gritos de alegria de outro antro de jogatinas de Makkek, mas o trovão e os relinchos de cavalos selvagens nas planícies.

Mas não. Em Shinovar ele nunca sentiria aquele cheiro de lixo — um azedume reforçado e marinado por semanas. Não estava em casa. Não havia lugar para ele no Vale da Verdade.

Szeth entrou em uma das seções mais ricas da cidade, onde os edifícios ficavam mais afastados entre si. Bornwater estava em uma laite, protegida por um imenso penhasco a leste. Gavashaw arrogantemente se instalara em uma grande mansão no lado oriental da cidade. Ela pertencia ao senhor de terras da vila; Gavashaw ganhara o favor do homem. O senhor de terras ouvira falar de Makkek e de sua rápida ascensão no submundo, e apoiar um rival era uma boa maneira de limitar desde cedo o poder de Makkek.

A mansão do senhor da cidade tinha três andares, com um muro de pedra cercando o terreno compacto e belamente ajardinado. Szeth aproximou-se, agachado. Ali, nos limites da cidade, o solo estava pontilhado com gordos petrobulbos. Enquanto ele passava, as plantas farfalhavam, encolhendo suas vinhas e preguiçosamente fechando as conchas.

Alcançou o muro e se apertou contra ele. Era a hora entre as duas primeiras luas, o período mais escuro da noite. A hora odiosa, como seu povo chamava, pois era um dos únicos períodos quando os deuses não vigiavam os homens. Soldados caminhavam em cima do muro, os pés arranhando as pedras. Gavashaw provavelmente achava que estava protegido naquele edifício, já que era seguro o bastante para um poderoso olhos-claros.

Szeth inspirou, infundindo-se com Luz das Tempestades das esferas na sua bolsa. Ele começou a brilhar, vapores luminescentes saindo da sua pele. No escuro, isso era bastante perceptível. Esses poderes não tinham sido desenvolvidos para assassinatos; os Manipuladores de Fluxos combatiam durante a luz do dia, enfrentando a noite, mas sem abraçá-la.

Aquele não era o lugar de Szeth. Ele apenas teria que tomar cuidado extra para não ser visto.

Dez batimentos cardíacos depois de passar pelos guardas, Szeth projetou-se para o muro. Aquela direção tornou-se "embaixo" para ele, que foi capaz de subir correndo pela parede da fortificação de pedra. Quando alcançou o topo, saltou para a frente, então brevemente se projetou para onde seus pés apontavam. Ele girou sobre o topo do muro em uma cambalhota, então se projetou de volta na parede. Pousou com os pés plantados nas pedras, encarando o chão. Ele correu e se projetou para o chão novamente, caindo pelo último metro.

O terreno estava coberto com montes de casca-pétrea, cultivada para formar pequenas plataformas. Szeth se agachou, escolhendo o caminho pelo jardim labirintino. Havia guardas nas entradas do edifício, vigiando sob a luz de esferas. Como seria fácil correr, consumir a Luz das Tempestades e lançar os homens nas trevas antes de abatê-los.

Mas Makkek não havia expressamente comandado que ele fosse tão destrutivo. Gavashaw devia ser assassinado, mas o método estava a cargo de Szeth. Ele escolheu um que tornava desnecessário matar os guardas. Era o que sempre fazia, quando tinha chance. Era a única maneira de preservar o pouco de humanidade que lhe restava.

Alcançou a parede ocidental da mansão e se projetou nela, então subiu correndo até o telhado, que era longo e plano, ligeiramente inclinado para leste — uma característica desnecessária em uma laite, mas os orientais viam o mundo sob a luz das grantormentas. Szeth rapidamente cruzou para a parte traseira do edifício, até onde um pequeno domo de pedra cobria uma área mais baixa da mansão. Ele desceu até o domo, Luz emanando do seu corpo. Translúcido, luminescente, primordial. Como o fantasma de uma chama queimando dentro dele, consumindo sua alma.

Ele invocou sua Espada Fractal na quietude e escuridão, então usou-a para cortar um buraco no domo, inclinando sua Espada para que o pedaço de pedra não caísse para dentro. Tocou-o com a mão livre e infundiu o círculo de pedra com Luz, projetando-o para o céu a noroeste. Projetar algo para um ponto distante como aquele era possível, mas impreciso. Era como tentar atirar uma flecha a grande distância.

Ele deu um passo para trás enquanto o círculo de pedra se soltou e caiu para cima pelos ares, deixando um rastro de Luz das Tempestades enquanto voava para além dos respingos de tinta que eram as estrelas acima. Szeth saltou para dentro do buraco, então imediatamente se projetou para o teto. Ele girou no ar, pousando com os pés plantados na parte interna do domo junto ao orifício que havia cortado. Da perspectiva dele, estava agora de pé no fundo de uma gigantesca tigela de pedra, o buraco cortado no ponto mais fundo, fitando as estrelas abaixo.

Ele caminhou pela lateral da tigela, ajustando sua projeção enquanto avançava. Em segundos estava no chão, reorientado de modo que o domo ficasse acima dele. Ouviu ao longe um tênue som de queda: o pedaço de pedra, com a Luz das Tempestades esgotada, caíra no chão. Ele o apontara para fora da cidade. Com sorte, ele não teria causado nenhuma morte acidental.

Os guardas agora estariam distraídos, procurando a fonte do barulho distante. Szeth inspirou profundamente, drenando seu segundo saco de gemas. A luz fluindo dele tornou-se mais brilhante, permitindo-lhe ver a sala ao redor.

Como suspeitara, estava vazia. Aquela era uma sala usada raramente, com lareiras apagadas, mesas e bancos. O ar estava parado, silencioso e embolorado. Como o de uma tumba. Szeth correu até a porta, deslizou sua Espada Fractal entre ela e a moldura, e cortou o ferrolho. Ele abriu a porta com suavidade. A Luz das Tempestades se elevando do seu corpo iluminou o corredor escuro do lado de fora.

Logo que encontrou Makkek, Szeth tomou cuidado para não usar a Espada Fractal. Contudo, à medida que suas tarefas se tornaram mais difíceis, ele foi forçado a recorrer a ela para evitar matanças desnecessárias. Agora os rumores sobre ele estavam cheios de histórias sobre orifícios cortados através de pedra e homens mortos com olhos queimados.

Makkek começara a acreditar nesses rumores. Ele ainda não exigira que Szeth entregasse a Espada — se o fizesse, descobriria a segunda de suas duas proibições. Ele precisava carregar a Espada até a morte, depois da qual os Xamãs das Pedras shinos a recuperariam de quem quer que o houvesse matado.

Ele se moveu pelos corredores. Não estava preocupado se Makkek tomaria a Espada, e sim com a maneira como a ousadia do chefe do crime estava crescendo. Quanto maior o sucesso de Szeth, mais audacioso Makkek se tornava. Quanto tempo antes que ele parasse de usar Szeth para matar rivais menores e passasse a enviá-lo para matar Fractários ou poderosos olhos-claros? Quanto tempo antes que alguém fizesse a conexão? Um assassino shino com uma Espada Fractal, capaz de misteriosos feitos e extremamente furtivo? Poderia ser o agora infame Assassino de Branco? Makkek poderia atrair o rei alethiano e os grão-príncipes da sua guerra nas Planícies Quebradas e trazer a fúria deles a Jah Keved. Milhares morreriam. O sangue cairia como a chuva de uma grantormenta — espessa, penetrante, destrutiva.

Ele continuou a descer o corredor em uma corrida rápida, carregando a Espada Fractal em uma pegada invertida, estendida atrás dele. Naquela noite, pelo menos, ia assassinar um homem que merecia o seu destino. Será que os corredores estavam silenciosos demais? Szeth não vira uma alma sequer desde que deixara o telhado. Será que Gavashaw fora tolo o bastante para colocar todos os guardas do lado de fora, deixando seu quarto desprotegido?

Adiante, as portas dos aposentos principais estavam sem vigias e escuras no final de um corredor curto. Suspeito.

Szeth se esgueirou até as portas, prestando atenção. Nada. Ele hesitou, olhando para o lado. Uma grande escadaria conduzia até o segundo andar. Ele se aproximou e usou a Espada para cortar um pedaço de madeira de uma pilastra, do tamanho de um melão pequeno. Alguns golpes com a Espada cortaram uma seção de cortina da janela do tamanho de um manto. Szeth voltou rápido às portas e infundiu a esfera de madeira com Luz das Tempestades, dando-lhe uma Projeção Básica que a apontava para oeste, direto à frente.

Ele cortou o ferrolho entre as portas e abriu uma delas. O cômodo do outro lado estava escuro. Será que Gavashaw havia saído naquela noite? Onde estaria? A cidade ainda não era segura para ele.

Szeth colocou a bola de madeira no meio da cortina, então levantou-a e soltou-a. Ela caiu para a frente, na direção da parede do outro lado. Envolvida no tecido, a bola parecia vagamente uma pessoa encolhida em um manto correndo pela sala.

Nenhum guarda oculto a golpeou. O simulacro quicou em uma janela fechada, então veio a repousar pendurada contra a parede. Continuava a vazar Luz das Tempestades.

Aquela luz iluminou uma pequena mesa com um objeto em cima. Szeth apertou os olhos, tentando descobrir o que era. Ele se aproximou, avançando para dentro do cômodo, cada vez mais perto da mesa.

Sim. O objeto era uma cabeça; ela tinha os traços de Gavashaw. As sombras causadas pela Luz das Tempestades davam ao rosto macabro uma aparência ainda mais sinistra. Alguém cometera o assassinato antes de Szeth.

— Szeth-filho-Neturo — disse uma voz.

Szeth se virou, girando sua Espada Fractal e caindo em uma postura defensiva. Uma figura estava parada do outro lado da sala, protegido pela escuridão.

— Quem é você? — perguntou Szeth, sua aura de Luz tornando-se mais brilhante à medida que parava de prender a respiração.

— Você está satisfeito com isso, Szeth-filho-Neturo? — indagou a voz, masculina e profunda. Que sotaque era aquele? O homem não era vedeno. Alethiano, talvez? — Você está satisfeito com crimes triviais? Matar por território insignificante em vilas de mineração no fim do mundo?

Szeth não respondeu. Ele analisou o cômodo, procurando movimento em outras sombras. Nenhuma delas parecia estar ocultando alguém.

— Tenho vigiado você — continuou a voz. — Você foi enviado para intimidar lojistas; matou salteadores tão sem importância que até as autoridades os ignoravam. Você foi exibido para impressionar prostitutas, como se elas fossem damas olhos-claros. Que desperdício.

— Eu faço o que meu mestre ordena.

— Você está sendo desperdiçado — disse a voz. — Não foi feito para pequenas extorsões e assassinatos. Usá-lo desse jeito é como atrelar um garanhão richádio a uma carroça de feira. É como usar uma Espada Fractal para fatiar legumes, ou o mais fino pergaminho como combustível para uma fogueira de água de banho. É um *crime*. Você é uma obra de arte, Szeth-filho-Neturo, um deus. E todo dia Makkek o cobre de esterco.

— Quem é você? — repetiu Szeth.

— Um admirador das artes.

— Não me chame pelo nome do meu pai — censurou-o Szeth. — Ele não deve ser maculado por sua associação comigo.

A esfera na parede finalmente gastou toda a Luz das Tempestades, caindo no chão, com a cortina abafando sua queda.

— Muito bem — disse a figura. — Mas você não se rebela contra esse uso frívolo das suas habilidades? Você não foi feito para a grandeza?

— Não há grandeza em matar — respondeu Szeth. — Você fala como um *kukori*. Grandes homens criam comida e roupa. Aquele que acrescenta deve ser reverenciado. Eu sou aquele que toma. Pelo menos na matança de homens como esses posso fingir estar realizando um serviço.

— Isso vindo do homem que quase derrubou um dos maiores reinos de Roshar?

— Isso vindo do homem que cometeu um dos mais hediondos massacres em Roshar — corrigiu Szeth.

A figura bufou.

— O que você fez foi uma mera brisa em comparação com a tempestade de matança que os Fractários cometem no campo de batalha todo dia. E *isso* é uma brisa em comparação com as tempestades de que você é capaz.

Szeth começou a ir embora.

— Para onde está indo? — indagou a figura.

— Gavashaw está morto. Devo retornar ao meu mestre.

Alguma coisa atingiu o chão. Szeth girou, a Espada Fractal para baixo. A figura havia deixado cair algo redondo e pesado, que rolou pelo piso até Szeth.

Outra cabeça. Ela parou de lado. Szeth estacou quando identificou as feições. As bochechas gordas estavam manchadas de sangue, os olhos mortos dilatados de choque: Makkek.

— Como? — quis saber Szeth.

— Nós o pegamos segundos depois de você deixar o antro de jogatina.

— Nós?

— Servos do seu novo mestre.

— Minha Sacrapedra?

A figura abriu a mão, revelando uma gema suspensa em sua palma por uma corrente ao redor dos seus dedos. Ao lado dela, agora iluminada, estava a Sacrapedra de Szeth. O rosto da figura estava obscurecido; ele usava uma máscara.

Szeth dispensou a Espada Fractal e caiu de joelhos.

— Quais são suas ordens?

— Há uma lista na mesa — disse a figura, fechando a mão e escondendo a Sacrapedra. — Ela detalha os desejos do nosso mestre.

Szeth ergueu-se e andou até lá. Ao lado da cabeça, que estava dentro de um prato para conter o sangue, havia uma folha de papel. Ele a pegou, e sua Luz das Tempestades iluminou cerca de vinte nomes escritos no alfabeto dos guerreiros de sua terra. Alguns traziam uma nota ao lado, com instruções sobre como deviam ser mortos.

Pelas glórias interiores, pensou Szeth.

— Estas são algumas das pessoas mais poderosas do mundo! Seis grão-príncipes? Um gerontarca selayano? O *rei* de Jah Keved?

— Está na hora de parar de desperdiçar seu talento — disse a figura, caminhando até a parede mais distante e pousando a mão nela.

— Isso vai causar o caos — sussurrou Szeth. — Lutas civis. Guerra. Confusão e dor como o mundo poucas vezes viu.

A gema na corrente na palma do homem emitiu um clarão. A parede desapareceu, transformada em fumaça. Um Transmutador.

A figura sombria olhou para Szeth.

— Realmente. Nosso mestre determinou que você deve usar táticas similares àquelas que empregou tão bem em Alethkar, anos atrás. Quando houver terminado, receberá novas instruções.

Então ele saiu pela abertura, deixando Szeth horrorizado. Estava vivendo o seu pesadelo: estar nas mãos de quem compreendia suas capacidades e tinha a ambição de usá-las adequadamente. Ele ficou ali por um tempo, em silêncio, muito depois do esgotamento da sua Luz das Tempestades.

Então, reverentemente, ele dobrou a lista. Ficou surpreso por suas mãos estarem tão firmes. Ele devia estar tremendo.

Pois em breve o mundo inteiro tremeria.

PARTE TRÊS

Morrendo

KALADIN • SHALLAN

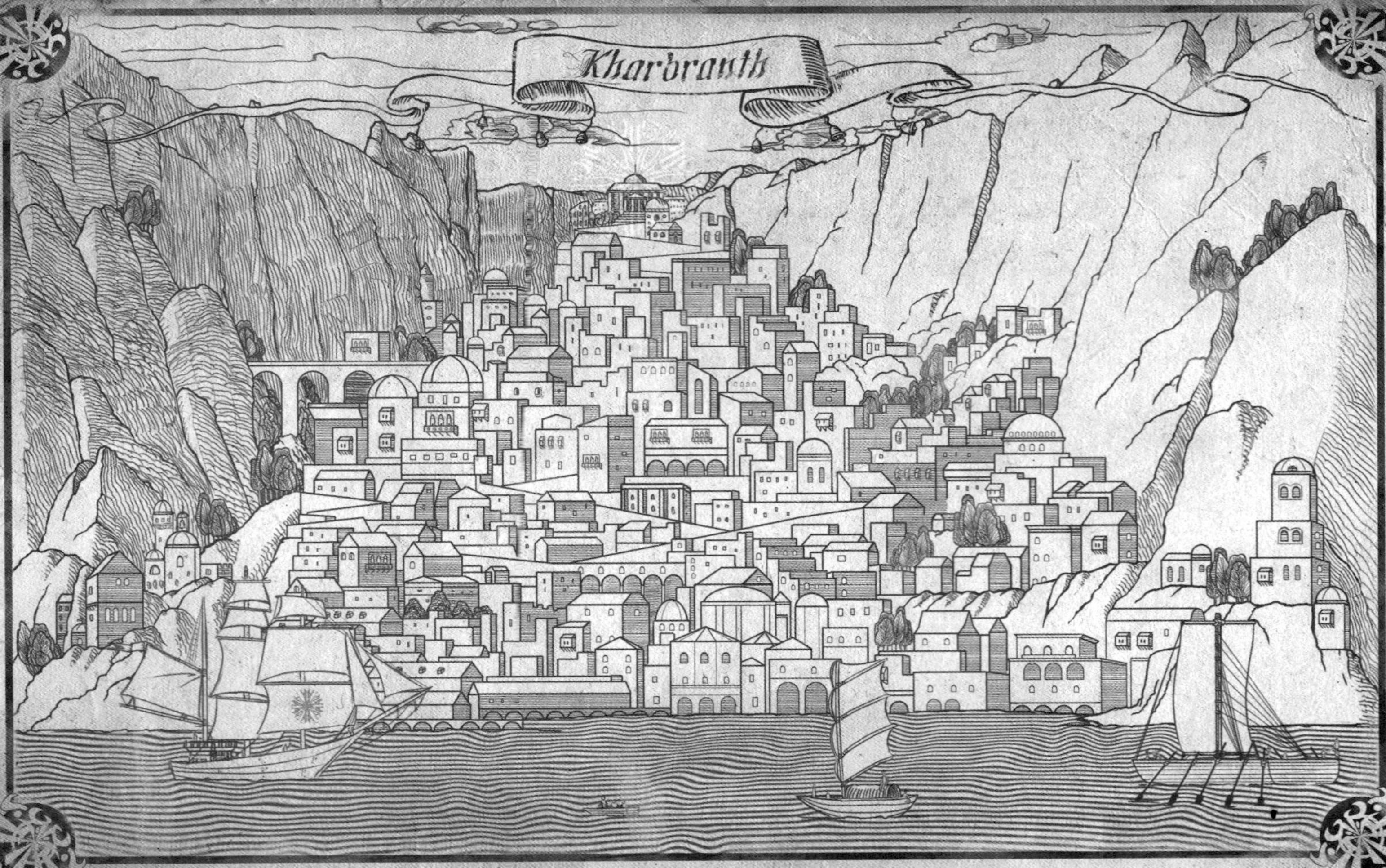

Vista da Cidade dos Sinos, do Porto ao Conclave, conectado pela Ralinsa.

29

ERRORGÂNCIA

"Os seres de cinzas e fogo, que matavam como um enxame, implacáveis perante os Arautos."

— Registrado em *Masly*, página 337. Corroborado por Coldwin e Hasavah.

PARECE QUE VOCÊ ESTÁ conquistando o favor de Jasnah rapidamente, escreveu a telepena. Até quando até que possa fazer a troca?

Shallan fez uma careta, girando a gema na pena. *Eu não sei*, escreveu ela em resposta. Jasnah vigia cuidadosamente o Transmutador, como é de se esperar. Ela o usa o dia inteiro. À noite, ela o tranca no seu cofre e usa a chave ao redor do pescoço.

Ela girou a gema, então esperou uma resposta. Estava na sua câmara, um pequeno quarto escavado em pedra dentro dos aposentos de Jasnah. Suas acomodações eram austeras: uma cama pequena, uma mesa de cabeceira e a escrivaninha eram sua única mobília. Suas roupas permaneciam no baú que trouxera. Nenhum tapete adornava o chão, e não havia janelas, já que os quartos ficavam no Conclave de Kharbranth, localizado no subterrâneo.

Isso complica mesmo a coisa, escreveu a pena. Eylita — a noiva de Nan Balat — estava escrevendo, mas todos os três irmãos sobreviventes de Shallan estavam na sala em Jah Keved, contribuindo na conversa.

Imagino que ela o remova durante o banho, escreveu Shallan. Quando ela confiar mais em mim, talvez comece a me usar como assistente de banho. Isso pode apresentar uma oportunidade.

É um bom plano, escreveu a telepena. **Nan Balat quer que eu observe que sentimos muito por fazê-la passar por isso. Deve ser difícil estar longe por tanto tempo.**

Difícil? Shallan pegou a telepena e hesitou.

Sim, era difícil. Difícil não se apaixonar pela liberdade, difícil não se concentrar demais nos seus estudos. Só fazia dois meses desde que convencera Jasnah a tomá-la como pupila, mas sua timidez já havia diminuído pela metade e sua confiança, duplicado.

O mais difícil era saber que aquilo logo chegaria ao fim. Estudar em Kharbranth era, sem dúvida, a coisa mais maravilhosa que já lhe acontecera.

Eu dou conta, ela escreveu. **São vocês que estão em dificuldades, cuidando dos interesses da família em casa. Como estão levando?**

Eles demoraram a responder. **Mal**, finalmente escreveu Eylita. **Os débitos do seu pai estão vencendo, e Wikim mal consegue manter os cobradores distraídos. O grão-príncipe está doente, e todos querem saber qual a posição da nossa casa em relação à sucessão. A última das pedreiras está se esgotando. Se ficarem sabendo que não temos mais recursos, as coisas ficarão ruins.**

Shallan fez uma careta. **Quanto tempo eu tenho?**

Alguns meses, no máximo, Nan Balat enviou através da sua noiva. **Depende de quanto tempo o grão-príncipe durar e se alguém vai perceber por que Asha Jushu está vendendo as nossas posses.** Jushu era o mais jovem dos irmãos, mais velho apenas do que Shallan. Seu antigo hábito de jogatina estava na verdade sendo útil. Durante anos, ele roubara coisas do pai e as vendera para cobrir seus débitos. Ele fingia que ainda estava fazendo isso, mas levava o dinheiro para ajudar em casa. Era um bom homem, apesar do seu hábito. E, no final das contas, ele não podia realmente ser culpado por muito do que havia feito. Nenhum deles podia.

Wikim acha que consegue manter todo mundo a distância por algum tempo ainda. Mas estamos ficando desesperados. Quanto mais cedo você voltar com o Transmutador, melhor.

Shallan hesitou, então escreveu: **Temos certeza de que essa é a melhor ideia? Talvez devêssemos simplesmente pedir ajuda a Jasnah.**

Como você acha que ela responderia?, eles escreveram de volta. **Ela ajudaria uma casa vedena desconhecida e pouco popular? Ela guardaria nossos segredos?**

Provavelmente não. Embora Shallan estivesse cada vez mais certa de que a reputação de Jasnah era exagerada, a mulher realmente tinha um lado impiedoso. Ela não deixaria seus importantes estudos para ajudar a família de Shallan.

Foi pegar a pena para responder, mas ela começou a escrever novamente. **Shallan, aqui é Nan Balat; mandei os outros embora. Só Eylita e eu estamos escrevendo agora. Tem algo que você precisa saber. Luesh está morto.**

Shallan ficou surpresa. Luesh, o administrador de seu pai, era quem sabia como usar o Transmutador. Ele era uma das poucas pessoas em que ela e os irmãos haviam decidido que podiam confiar.

O que aconteceu?, ela escreveu depois de trocar a folha por uma nova.

Ele morreu enquanto dormia, e não há motivo para suspeitar que tenha sido assassinado. Mas Shallan, algumas semanas depois da sua passagem, alguns homens vieram aqui, alegando serem amigos de nosso pai. Em uma conversa particular comigo, eles deram a entender que sabiam do Transmutador do pai e sugeriram com veemência que eu o devolvesse a eles.

Shallan franziu o cenho. Ela ainda levava o Transmutador quebrado de seu pai na bolsa-segura da sua manga. **Devolvê-lo?**, ela escreveu.

Nunca descobrimos onde o pai o conseguiu, enviou Nan Balat. **Shallan, ele estava envolvido em alguma coisa. Aqueles mapas, as coisas que Luesh disse, e agora isso. Continuamos a fingir que o pai está vivo, e às vezes ele recebe cartas de outros olhos-claros que falam de "planos" vagos. Acho que ele ia fazer algo para tornar-se grão-príncipe. E tinha o apoio de algumas forças muito perigosas.**

Esses homens que vieram aqui, eles eram perigosos, Shallan. O tipo de homem que não deve ser irritado. E eles querem seu Transmutador de volta. Sejam quem forem, suspeito que eles o deram ao pai para que ele pudesse criar riqueza e candidatar-se à sucessão. Mas agora sabem que ele está morto.

Acredito que se não devolvermos um Transmutador em funcionamento para eles, estaremos em sério perigo. Você precisa trazer o fabrial de Jasnah para nós. Vamos usá-lo rapidamente para criar novas minas de pedras valiosas, e então podemos entregá-lo a esses homens. Shallan, você tem que conseguir. Eu estava hesitante em relação a esse plano quando você o sugeriu, mas as outras opções estão desaparecendo rapidamente.

Shallan sentiu um arrepio. Ela releu os parágrafos algumas vezes, depois escreveu: **Se Luesh está morto, então não sabemos como usar o Transmutador. Isso é problemático.**

Eu sei, respondeu Nan Balat. **Veja se consegue aprender. É uma situação perigosa, Shallan, sei disso. Sinto muito.**

Ela respirou fundo. **Isso precisa ser feito**, escreveu.

Olhe, enviou Nan Balat. **Quero mostrar uma coisa. Você já viu esse símbolo?** O esboço que surgiu era tosco. Eylita não era uma boa artista. Felizmente, era uma imagem simples — três formas de diamante em um padrão curioso.

Nunca vi, escreveu Shallan. Por quê?

Luesh usava um pingente com este símbolo, respondeu Nan Balat. Nós o encontramos junto ao corpo. E um dos homens que vieram em busca do Transmutador tinha o mesmo padrão tatuado na mão, abaixo do polegar.

Curioso, escreveu Shallan. Então Luesh...

Sim, enviou Nan Balat. Apesar do que ele disse, acho que foi ele quem trouxe o Transmutador para o pai. Luesh estava envolvido nisso, talvez como um contato entre o pai e as pessoas que o apoiavam. Tentei sugerir que eles me apoiassem também, mas os homens apenas riram. Eles não ficaram muito tempo, nem deram uma data específica para o retorno do Transmutador. Duvido que fiquem satisfeitos se receberem um quebrado.

Shallan franziu os lábios. Balat, já pensou que podemos estar nos arriscando a uma guerra? Se alguém descobrir que roubamos um Transmutador alethiano...

Não, não haveria guerra, Nan Balat escreveu de volta. O rei Hanavanar simplesmente nos entregaria para os alethianos. Seríamos executados por roubo.

Um consolo maravilhoso, Balat, ela escreveu. Muitíssimo obrigada.

De nada. Teremos que esperar que Jasnah não perceba que você pegou o Transmutador. Parece provável que ela pense que o dela se quebrou por algum motivo.

Shallan suspirou. Talvez, escreveu.

Cuide-se, Nan Balat enviou.

Você também.

E foi isso. Ela deixou de lado a telepena, então releu a conversa inteira, memorizando-a. Depois amassou as folhas e caminhou para a sala de estar dos aposentos de Jasnah. Ela não estava lá — Jasnah raramente interrompia seus estudos —, então Shallan queimou a conversa na lareira.

Ficou ali por um longo momento, contemplando o fogo. Estava preocupada. Nan Balat era competente, mas todos eles traziam cicatrizes das vidas que haviam levado. Eylita era a única escriba em quem podiam confiar, e ela… bem, ela era incrivelmente simpática, mas não muito inteligente.

Suspirando, Shallan deixou a sala para voltar aos seus estudos. Não só eles ajudariam a distraí-la dos problemas, como Jasnah ficaria irritada se ela demorasse demais.

CINCO HORAS DEPOIS, SHALLAN se perguntou por que estivera tão ansiosa.

Ela *realmente* apreciava suas chances de erudição, mas recentemente, Jasnah a botara para estudar a história da monarquia alethiana. Não era o assunto mais interessante do mundo. Seu tédio era reforçado pelo fato de ser forçada a ler uma série de livros que expressavam opiniões que ela considerava ridículas.

Estava sentada na saleta de Jasnah no Véu. As enormes paredes iluminadas, saletas e misteriosos pesquisadores não a impressionavam mais. O lugar tornara-se confortável e familiar. Naquele momento, estava sozinha.

Shallan esfregou os olhos com a mão livre, então fechou o livro.

— Eu realmente estou começando a odiar a monarquia alethiana — murmurou.

— É mesmo? — disse uma voz calma atrás dela. Jasnah passou por ela, usando um fino vestido roxo, seguida por um carregador parshemano com uma pilha de livros. — Tentarei não levar para o lado pessoal.

Shallan se retraiu, depois ficou vermelha.

— Não quis dizer *individualmente*, Luminosa Jasnah, e sim categoricamente.

Jasnah sentou-se graciosamente e levantou uma sobrancelha para Shallan, depois gesticulou para que o parshemano pousasse seu fardo.

Shallan ainda considerava Jasnah um enigma. Às vezes ela parecia uma severa erudita incomodada com as interrupções da pupila. Em outras ocasiões, parecia haver um toque de humor seco por trás da fachada séria. De qualquer modo, Shallan estava descobrindo que se sentia bastante confortável perto daquela mulher. Jasnah a encorajava a dizer o que pensava, algo que Shallan aceitara de bom grado.

— Imagino, pela sua confissão, que esse tópico esteja se tornando cansativo — continuou Jasnah, revisando os volumes que o parshemano trouxera. — Você expressou interesse em ser uma erudita. Bem, precisa aprender que isso *é* erudição.

— Ler argumentos e mais argumentos de pessoas que se recusam a ver qualquer outro ponto de vista?

— Elas são confiantes.

— Não sou uma especialista em confiança, Luminosa — replicou Shallan, segurando um livro e inspecionando-o criticamente. — Mas gosto de pensar que reconheceria alguém confiante de primeira. Não acho que essa seja a palavra certa para livros como este aqui, de Mederia. Eles me parecem mais arrogantes do que confiantes. — Ela suspirou, pondo o livro de lado. — Para ser honesta, "arrogante" não parece ser a palavra correta; não é específica o bastante.

— E qual *seria* a palavra certa, então?

— Eu não sei. "Errogante", talvez.

Jasnah levantou uma sobrancelha, cética.

— Significa ter o dobro de certeza de alguém que é meramente arrogante — explicou Shallan. — Tendo apenas um décimo dos fatos necessários.

Suas palavras brotaram um levíssimo sorriso no rosto de Jasnah.

— Você está protestando contra algo conhecido como o Movimento da Certeza, Shallan. Esta *errogância* é um recurso literário. As eruditas estão intencionalmente exagerando seus argumentos.

— O Movimento da Certeza? — indagou Shallan, segurando um dos livros. — Acho que eu poderia seguir esse movimento.

— Ah, é?

— Sim. Muito mais fácil de apunhalá-lo nas costas dessa posição.

Isso só causou outra sobrancelha arqueada. Então, com mais seriedade, Shallan continuou:

— Suponho que compreendo o recurso, Luminosa, mas esses livros que a senhora me deu sobre a morte do rei Gavilar ficam cada vez mais irracionais ao defenderem seus argumentos. O que começa como um conceito retórico parece decair em insultos e discussões infrutíferas.

— Elas estão tentando provocar discussões. Você preferiria que os estudiosos se escondessem da verdade, como tantos? Que os homens escolhessem a ignorância?

— Ao ler esses livros, a erudição e a ignorância me parecem muito semelhantes — disse Shallan. — A ignorância pode residir em um homem se escondendo da inteligência, mas a erudição pode parecer ignorância se escondendo por trás da inteligência.

— E a inteligência sem ignorância? Encontrar a verdade sem descartar a possibilidade de estar errado?

— Um tesouro mitológico, Luminosa, como os Fractais do Alvorecer ou as Espadas de Honra. Certamente digna de busca, mas apenas com grande cautela.

— Cautela? — disse Jasnah, franzindo o cenho.

— Ela a tornaria famosa, mas realmente *encontrá-la* nos destruiria a todos. Prova de que uma pessoa pode ser inteligente *e* aceitar a inteligência daqueles que discordam dela? Ora, isso abalaria todo o mundo erudito.

Jasnah bufou.

— Você vai longe demais, criança. Se usasse metade da energia que dedica a ser espirituosa e a canalizasse no seu trabalho, ouso dizer que seria uma das grandes eruditas de nossa era.

— Sinto muito, Luminosa — disse Shallan. — Eu... bem, estou confusa. Considerando as falhas na minha educação, achei que a senhora me faria estudar temas de períodos mais antigos do que alguns anos atrás.

Jasnah abriu um dos seus livros.

— Descobri que jovens como você têm uma relativa falta de apreciação pelo passado distante. Portanto, selecionei uma área de estudo mais recente e sensacionalista, para facilitar sua entrada na verdadeira erudição. O assassinato de um rei não é de seu interesse?

— Sim, Luminosa — respondeu Shallan. — Nós, crianças, adoramos coisas brilhantes e barulhentas.

— Às vezes você realmente tem uma língua terrível.

— Às vezes? Quer dizer que às vezes não tenho? Terei que... — Shallan se interrompeu, então mordeu o lábio, percebendo que fora longe demais. — Perdão.

— Nunca peça desculpas por ser inteligente, Shallan. Isso estabelece um mau precedente. Contudo, é preciso aplicar sua astúcia com cuidado. Você frequentemente diz a primeira coisa razoavelmente esperta que lhe passa pela cabeça.

— Eu sei — disse Shallan. — É um capricho antigo, Luminosa. Um capricho que minhas amas e tutoras tentaram desencorajar com frequência.

— Provavelmente através de punições severas.

— Sim. Me colocando sentada em um canto com livros sobre a cabeça era o método favorito.

— O que, por sua vez, só treinou você a dar suas alfinetadas *mais* rapidamente, pois sabia que teria que colocá-las para fora antes que pudesse reconsiderá-las e suprimi-las — disse Jasnah com um suspiro.

Shallan inclinou a cabeça.

— As punições foram ineficazes — disse Jasnah. — Usadas em alguém como você, foram na verdade encorajamento. Um jogo. Quanto você teria que falar para merecer uma punição? Conseguiria dizer algo tão esperto que suas tutoras não pegariam a piada? Ficar sentada no canto só dava mais tempo para compor respostas.

— Mas não é apropriado que uma jovem fale como eu costumo falar.

— A única coisa "imprópria" é não canalizar sua inteligência de modo útil. Pense bem. Você treinou a si mesma para fazer algo muito similar ao que a incomoda nos eruditos: engenhosidade sem pensamento por trás...

inteligência, poderíamos dizer, sem o fundamento da devida consideração. — Jasnah virou uma página. — Poderia-se até dizer errogante?

Shallan enrubesceu.

— Gosto que minhas pupilas sejam sagazes — continuou Jasnah. — Isso me dá mais material com que trabalhar. Gostaria de levar você para a corte comigo. Suspeito que Riso, pelo menos, a consideraria divertida... mesmo que fosse apenas porque sua aparente timidez natural e sua língua ferina formam uma combinação intrigante.

— Sim, Luminosa.

— Por favor, lembre-se de que a mente de uma mulher é sua arma mais preciosa. Ela não deve ser utilizada de modo desajeitado ou prematuro. Como a supracitada faca nas costas, uma alfinetada inteligente é mais eficaz quando não é antecipada.

— Sinto muito, Luminosa.

— Não foi uma advertência — disse Jasnah, virando uma página. — Simplesmente uma observação. Faço-as de vez em quando: esses livros estão mofados. O céu está azul hoje. Minha pupila é uma pirralha espertinha.

Shallan sorriu.

— Agora, diga-me o que descobriu.

Ela fez uma careta.

— Não muito, Luminosa. Ou devo dizer que descobri demais? Cada escritora tem as próprias teorias sobre por que os parshendianos mataram o seu pai. Algumas alegam que ele deve tê-los insultado no banquete daquela noite. Outras dizem que o tratado inteiro foi uma artimanha, com o propósito de permitir que os parshendianos se aproximassem dele. Mas isso não faz muito sentido, porque eles tiveram oportunidades muito melhores anteriormente.

— E o Assassino de Branco? — indagou Jasnah.

— Uma verdadeira anomalia — disse Shallan. — Os subtextos estão cheios de comentários sobre ele. Por que os parshendianos contratariam um assassino estrangeiro? Eles temiam não conseguir realizar o trabalho por conta própria? Ou talvez não o tenham contratado, e armaram para eles. Muitos acham que isso é improvável, considerando que os parshendianos assumiram a autoria do assassinato.

— E o que você acha?

— Não me sinto pronta para tirar conclusões, Luminosa.

— De que adianta a pesquisa, se não serve para tirar conclusões?

— Minhas tutoras me disseram que a suposição está reservada a pessoas muito experientes — explicou Shallan.

Jasnah bufou.

— Suas tutoras eram idiotas. A imaturidade juvenil é um dos grandes catalizadores de mudanças da cosmere, Shallan. Você se deu conta de que o Criador de Sóis só tinha 17 anos quando iniciou suas conquistas? Gavarah não havia alcançado seu vigésimo Pranto quando propôs a teoria dos três reinos.

— Mas para cada Criador de Sóis ou Gavarah não há uma centena de Gregorhs?

Gregorh fora um rei jovem, notório por ter iniciado uma guerra inútil com reinos que haviam sido aliados de seu pai.

— Só houve *um* Gregorh— disse Jasnah com uma careta. — Felizmente. Seu argumento é válido. Daí o propósito da educação. Ser jovem é agir. Ser uma erudita é agir *baseada em informações.*

— Ou ficar sentada em uma saleta lendo sobre um assassinato que ocorreu há seis anos.

— Eu não faria você estudar isso se não houvesse um motivo — disse Jasnah, abrindo outro dos seus próprios livros. — Muitas eruditas pensam na pesquisa como algo puramente intelectual. Se não *fazemos* nada com o conhecimento que adquirimos, então desperdiçamos nosso estudo. Livros podem armazenar informações melhor do que nós... o que os livros não podem fazer é *interpretar*. Então, se não for para tirar conclusões, podemos deixar todas as informações nos textos.

Shallan se recostou, pensativa. Ao ter a questão apresentada dessa maneira, de algum modo ela quis voltar a mergulhar nos estudos. O que será que Jasnah queria que ela fizesse com as informações? Mais uma vez, sentiu uma punhalada de culpa. Jasnah estava se esforçando muito para instruí-la, e como recompensa ela ia roubar a posse mais valiosa da mulher e deixar um substituto quebrado. Isso fez Shallan sentir náuseas.

Esperava que estudar com Jasnah envolvesse memorização e trabalho inúteis, acompanhados de censura por não ser inteligente o bastante. Foi assim que suas tutoras haviam abordado sua instrução. Jasnah era diferente. Ela dava a Shallan um tópico e a liberdade de segui-lo como preferisse. Jasnah oferecia encorajamento e especulação, mas quase todas as suas conversas se voltavam para tópicos como a verdadeira natureza da erudição, o propósito do estudo, a beleza do conhecimento e sua aplicação.

Jasnah Kholin realmente adorava aprender, e queria que outros também adorassem. Sob o olhar severo, os olhos intensos, e os lábios que raramente sorriam, Jasnah Kholin verdadeiramente acreditava no que estava fazendo. Fosse lá o que fosse.

Shallan ergueu um dos seus livros, mas discretamente fitou as lombadas da mais recente pilha de livros de Jasnah. A maioria era de histórias sobre as Épocas dos Arautos. Mitologias, comentários, livros de eruditas conhecidas por suas especulações extravagantes. O atual volume de Jasnah chamava-se *Sombras recordadas*. Shallan memorizou o título. Tentaria encontrar uma cópia e folheá-la.

O que Jasnah estava buscando? Que segredos esperava arrancar daqueles volumes, a maioria formada por cópias seculares de outras cópias? Embora Shallan houvesse descoberto alguns segredos sobre o Transmutador, a natureza da busca de Jasnah — o motivo por que a princesa viera para Kharbranth — permanecia fugidia. Isso era enlouquecedor, mas também fascinante. Jasnah gostava de falar sobre as grandes mulheres do passado, aquelas que não só registraram a história, mas também a formataram. Não importava o que ela estudasse, sentia que era importante. Capaz de mudar o mundo.

Você não deve se envolver, Shallan disse a si mesma, se acomodando com o livro e as anotações. *A sua meta não é mudar o mundo. Sua meta é proteger seus irmãos e a sua casa.*

Ainda assim, precisava manter uma boa aparência de pupila estudiosa. E isso deu a ela o motivo para mergulhar nos livros por duas horas até que passos no corredor a interromperam. Provavelmente os servos trazendo a refeição do meio-dia. Jasnah e Shallan frequentemente comiam na sacada.

O estômago de Shallan resmungou quando ela sentiu o cheiro da comida, e alegremente deixou o livro de lado. Ela geralmente desenhava durante o almoço, uma atividade que Jasnah — apesar de não gostar das artes visuais — encorajava. Ela dizia que os homens da nobreza geralmente achavam que uma mulher que sabia desenhar e pintar era "atraente", e assim Shallan devia praticar sua arte, mesmo que apenas com o propósito de atrair pretendentes.

Shallan não sabia se devia ou não considerar isso ofensivo. E o que significava para as intenções matrimoniais da própria Jasnah que ela nunca houvesse ligado para as artes femininas mais atraentes, como a música ou o desenho?

— Vossa Majestade — disse Jasnah, erguendo-se graciosamente.

Shallan teve um sobressalto e olhou rapidamente sobre o ombro. O idoso rei de Kharbranth estava junto da porta, vestindo magníficos trajes nas cores branca e laranja, com estampas detalhadas. Shallan levantou-se apressadamente.

— Luminosa Jasnah — disse o rei. — Interrompo?

— Vossa companhia nunca é uma interrupção, majestade — disse Jasnah. Ela devia estar tão surpresa quanto Shallan, mas não exibiu um momento de desconforto ou ansiedade. — Logo será a hora do nosso almoço, de qualquer modo.

— Eu sei, Luminosa — disse Taravangian. — Espero que não se importe se eu me juntar a vocês. — Um grupo de servos começou a trazer comida e uma mesa.

— De modo algum — respondeu Jasnah.

Os servos arrumaram as coisas com presteza, colocando duas toalhas de mesa diferentes na mesa redonda, para separar os gêneros durante a refeição. Eles fixaram as meias-luas de pano — vermelha para o rei, azul para as mulheres — com pesos no centro. Pratos cobertos cheios de comida vieram em seguida; um guisado frio e transparente com verduras doces para as mulheres, uma sopa fortemente temperada para o rei. Kharbranthianos preferiam sopas no almoço.

Shallan surpreendeu-se ao ver um prato posto para ela. Seu pai nunca comera na mesma mesa que os filhos — mesmo ela, sua favorita, fora relegada à própria mesa. Quando Jasnah se sentou, Shallan fez o mesmo. Seu estômago roncou novamente, e o rei sinalizou para que começassem. Seus movimentos pareciam desajeitados em comparação com a elegância de Jasnah.

Shallan logo estava comendo feliz — com graça, como uma mulher devia fazer, a mão segura no colo, usando a mão livre e um espeto para empalar pedaços de verdura ou fruta. O rei sorveu a sopa, mas não o fazia de modo tão barulhento quanto a maioria dos homens. Por que se dignara a visitá-las? Um convite formal de jantar não teria sido mais apropriado? Naturalmente, ela ficara sabendo que Taravangian não era conhecido pelo domínio do protocolo. Ele era um rei popular, amado pelos olhos-escuros como um construtor de hospitais. Contudo, os olhos-claros o consideravam menos que brilhante, embora não fosse um idiota. Infelizmente, na política dos olhos-claros, ter um talento mediano era uma desvantagem.

Enquanto eles comiam, o silêncio se prolongou, tornando-se embaraçoso. Várias vezes pareceu que o rei queria dizer algo, mas então voltava para sua sopa. Ele parecia intimidado por Jasnah.

— E como está sua neta, Vossa Majestade? — perguntou Jasnah, por fim. — Ela está se recuperando bem?

— Bastante bem, obrigado — respondeu Taravangian, parecendo aliviado por começar a conversar. — Embora agora ela evite os corredores mais estreitos do Conclave. Quero agradecer pelo seu auxílio.

— É sempre uma honra poder ajudar, Vossa Majestade.

— Se puder perdoar minhas palavras, os fervorosos não apreciam muito sua ajuda — disse Taravangian. — Entendo que este é um tópico delicado. Talvez não devesse mencioná-lo, mas...

— Não, por favor, fique à vontade — disse Jasnah, comendo um pequeno labo verde da ponta do seu espeto. — Não tenho vergonha das minhas escolhas.

— Então você perdoaria a curiosidade de um velho?

— Eu sempre perdoo a curiosidade, Vossa Majestade — disse Jasnah. — Ela me parece a mais genuína das emoções.

— Então onde você o encontrou? — indagou Taravangian, indicando o Transmutador que Jasnah usava coberto por uma luva preta. — Como o protegeu dos devotários?

— Essas perguntas poderiam ser consideradas perigosas, Vossa Majestade.

— Eu já ganhei alguns novos inimigos ao lhe dar as boas-vindas.

— O senhor será perdoado — disse Jasnah. — Dependendo do devotário que escolheu.

— Perdoado? Eu? — O homem idoso pareceu achar graça, e por um momento, Shallan pensou ter visto um profundo arrependimento em sua expressão. — Improvável. Mas isso é outro assunto. Por favor. Insisto nas minhas perguntas.

— E eu insisto em ser evasiva, Vossa Majestade. Sinto muito, eu perdoo sua curiosidade, mas não posso recompensá-la. Esses segredos são meus.

— Naturalmente, naturalmente. — O rei reclinou-se, parecendo constrangido. — Agora você provavelmente acredita que trouxe esta refeição simplesmente para emboscá-la sobre seu fabrial.

— O senhor tinha outro propósito, então?

— Bem, sabe, ouvi falar maravilhas sobre o talento artístico da sua pupila. Pensei que talvez ... — Ele sorriu para Shallan.

— Naturalmente, Vossa Majestade — disse Shallan. — Ficarei feliz em desenhar seu retrato.

O sorriso dele tornou-se ainda mais largo quando ela se ergueu, deixando sua refeição incompleta e pegando seu material. Ela olhou para Jasnah, mas o rosto da mulher mais velha estava ilegível.

— O senhor prefere um retrato simples contra um fundo branco? — perguntou Shallan. — Ou prefere uma perspectiva mais ampla, incluindo os arredores?

— Talvez você devesse esperar até o fim da refeição, Shallan?

Shallan enrubesceu, sentindo-se uma tola pelo seu entusiasmo.

— Mas é claro.

— Não, não — disse o rei. — Já terminei. Um esboço mais amplo seria perfeito, criança. Como gostaria que eu me sentasse? — Ele deslizou a cadeira para trás, fazendo pose e sorrindo como um avô.

Ela piscou, fixando a imagem na sua mente.

— Assim está perfeito, Vossa Majestade. O senhor pode voltar ao seu prato.

— Não precisa que eu fique parado? Já posei para retratos antes.

— Está tudo bem — garantiu Shallan, sentando-se.

— Muito bem — disse ele, puxando a cadeira de volta à posição original. — Peço desculpas por fazer você usar logo a mim como tema para sua arte. Este meu rosto não é o mais impressionante que já desenhou, tenho certeza.

— Bobagem — disse Shallan. — Um rosto como o seu é exatamente o que um artista precisa.

— É mesmo?

— Sim, a... — Ela se interrompeu a tempo. Estivera prestes a dizer: *Sim, a pele parece bastante com pergaminho, então forma uma tela ideal.* — ...esse seu belo nariz, e a testa franzida e sábia. Vai ficar muito bem em carvão negro.

— Ah, muito bem, então. Prossiga. Embora eu ainda não entenda como poderá trabalhar sem que eu mantenha uma pose.

— A Luminosa Shallan tem alguns talentos únicos — comentou Jasnah. Shallan começou seu esboço.

— Imagino que sim! — disse o rei. — Eu vi o desenho que ela fez para Varas.

— Varas? — perguntou Jasnah.

— O chefe-assistente de coleções do Palaneu — disse o rei. — Um primo distante meu. Ele diz que o pessoal está encantado com sua jovem pupila. Como a encontrou?

— Inesperadamente — disse Jasnah. — E precisando de educação.

O rei inclinou a cabeça.

— Quanto à habilidade artística, não posso me responsabilizar — acrescentou Jasnah. — Era uma condição pré-existente.

— Ah, uma bênção do Todo-Poderoso.

— Pode-se chamar assim.

— Mas você não chamaria, não é mesmo? — Taravangian deu uma risada constrangida.

Shallan desenhou rapidamente, definindo a forma da cabeça. Ele se mexeu na cadeira, incomodado.

— É difícil para você, Jasnah? Quero dizer, é doloroso?

— O ateísmo não é uma doença, Vossa Majestade — respondeu Jasnah secamente. — Não é como uma frieira no pé.

— Claro que não, claro que não. Mas... hã, não é difícil não ter nada em que acreditar?

Shallan se inclinou para a frente, ainda desenhando, mas mantendo sua atenção na conversa. Imaginara que ser pupila de uma herege seria um pouco mais empolgante. Ela e Kabsal — o arguto fervoroso que conhecera no seu primeiro dia em Kharbranth — haviam conversado várias vezes sobre a fé de Jasnah. Contudo, junto da própria Jasnah, o tópico quase nunca vinha à tona. Quando isso acontecia, Jasnah geralmente mudava de assunto.

Hoje, contudo, ela não fez isso. Talvez houvesse sentido sinceridade na pergunta do rei.

— Eu não diria que não há nada em que eu acredite, Vossa Majestade. Na verdade, acredito em muita coisa. No meu irmão e no meu tio, nas minhas próprias capacidades. Nas coisas que meus pais me ensinaram.

— Mas o que é certo e errado, você... Bem, você descartou isso.

— Só porque não aceito os ensinamentos dos devotários não significa que descartei a crença em certo e errado.

— Mas o Todo-Poderoso determina o que é certo!

— É necessário que alguém, alguma *coisa* invisível, declare o que é certo para que *seja* certo? Acredito que a minha própria moralidade... que responde apenas ao meu coração... é mais segura e verdadeira do que a moralidade daqueles que fazem o bem apenas porque têm medo do castigo.

— Mas essa é a alma da lei — objetou o rei, parecendo confuso. — Se não houvesse punição, só haveria caos.

— Se não houvesse lei, alguns homens fariam o que quisessem, sim — concedeu Jasnah. — Mas não é notável que, tendo a chance de ganho pessoal às custas dos outros, tantas pessoas escolham o que é certo?

— Porque eles temem o Todo-Poderoso.

— Não — disse Jasnah. — Acho que algo instintivo em nós compreende que buscar o bem para a sociedade é geralmente melhor para o indivíduo também. A humanidade é nobre, quando damos a ela a chance de ser nobre. Essa nobreza é algo que existe independentemente do decreto de qualquer deus.

— Eu não vejo como *qualquer coisa* pode existir fora dos decretos de Deus. — O rei balançou a cabeça, perplexo. — Luminosa Jasnah, eu não quero discutir, mas não é a própria definição do Todo-Poderoso que todas as coisas existem por causa dele?

— Se eu somar um e um, o resultado é dois, não é mesmo?

— Bem, sim.

— Nenhum deus precisa declarar que seja assim para que seja verdade — disse Jasnah. — Então não podemos dizer que a matemática existe para além do Todo-Poderoso, independentemente dele?

— Talvez.

— Bem — continuou Jasnah —, eu posso simplesmente alegar que a moralidade e a vontade humana também são independentes dele.

— Se você afirmar isso — disse o rei, dando uma risada, — então terá removido todo o propósito da existência do Todo-Poderoso!

— De fato.

A sacada ficou em silêncio. As lâmpadas de esferas de Jasnah lançavam uma luz branca, fria e homogênea sobre eles. Durante um momento desconfortável, o único som foi o ruído do lápis de carvão de Shallan na sua prancheta de desenho. Ela trabalhava com movimentos rápidos, perturbada pelas palavras de Jasnah, que a fizeram se sentir vazia por dentro. Isso era em parte porque o rei, por mais afável que fosse, não era bom na argumentação. Era um homem adorável, mas não se equiparava a Jasnah em uma conversação.

— Bem — disse Taravangian —, devo confessar que você apresenta seus pontos de modo bastante eficaz. Mas não os aceito.

— Minha intenção não é converter, Vossa Majestade — disse Jasnah. — Estou satisfeita em manter minhas crenças para mim mesma, algo que a maioria das minhas colegas nos devotários tem dificuldade em fazer. Shallan, já terminou?

— Quase, Luminosa.

— Mas mal se passaram alguns minutos! — disse o rei.

— Ela possui um talento notável, Vossa Majestade — replicou Jasnah. — Como acredito já ter mencionado.

Shallan se recostou, inspecionando sua obra. Estivera tão concentrada na conversa que deixara suas mãos cuidarem do desenho, confiando nos seus instintos. O esboço representava o rei, sentado em sua cadeira com uma expressão sábia, as paredes da sacada atrás dele. O portal que dava na sacada estava à sua direita. Sim, estava bem parecido. Não que fosse seu melhor trabalho, mas...

Shallan gelou, perdendo o fôlego, o coração saltando. Ela desenhara *alguma coisa* no portal atrás do rei. Duas criaturas altas e delgadas, com mantos abertos na frente e que pendiam dos lados de modo demasiado rígido, como se fossem feitos de vidro. Sobre os colarinhos altos e duros, onde a cabeça das criaturas devia estar, cada uma tinha um grande símbolo flutuante de desenho retorcido em ângulos e geometrias impossíveis.

Shallan ficou sentada, atordoada. Por que havia desenhado essas coisas? O que a levara a...

Ela levantou a cabeça subitamente. O corredor estava vazio. As criaturas não faziam parte da Lembrança que havia capturado. Suas mãos simplesmente as desenharam por conta própria.

— Shallan? — disse Jasnah.

Por reflexo, Shallan deixou cair o lápis de carvão e pegou a folha com a mão livre, amassando-a.

— Sinto muito, Luminosa. Prestei atenção demais na conversa e acabei sendo descuidada.

— Bem, certamente podemos pelo menos *ver* o desenho, criança — disse o rei, se levantando.

Shallan apertou ainda mais o papel.

— Por favor, não!

— Às vezes ela tem o temperamento de uma artista, Vossa Majestade. — Jasnah suspirou. — Não vai mostrá-lo de jeito nenhum.

— Farei outro, Vossa Majestade — disse Shallan. — Sinto *muitíssimo*.

Ele esfregou sua barba rala.

— Sim, bem, seria um presente para minha neta...

— Até o fim do dia — prometeu Shallan.

— Seria maravilhoso. Tem certeza de que não precisa que eu pose?

— Não, não, não será necessário, Vossa Majestade — respondeu Shallan.

Seu coração ainda estava acelerado e ela não conseguia se livrar da imagem daquelas duas criaturas distorcidas, então capturou outra Lembrança do rei. Poderia usá-la para criar uma imagem mais adequada.

— Bem — disse o rei. — Acho que devo ir. Gostaria de visitar um dos hospitais e os doentes. Você pode enviar o desenho para meus aposentos, mas não precisa se apressar. De verdade, está tudo bem.

Shallan fez uma mesura, o papel amassado ainda pressionado contra o peito. O rei retirou-se com seus criados, e vários parshemanos entraram para remover a mesa.

— Nunca vi você cometer um erro em um desenho — disse Jasnah, sentando-se novamente à mesa. — Pelo menos não um tão horrível que a levasse a destruir o papel.

Shallan enrubesceu.

— Suponho que até a mestra em uma arte possa errar. Vá em frente e use a próxima hora para fazer um retrato adequado de Sua Majestade.

Shallan olhou para o esboço arruinado. As criaturas eram apenas uma fantasia, o resultado de ter deixado sua mente correr solta. Só isso. Só imaginação. Talvez houvesse algo no seu subconsciente que precisasse ser expressado. Mas o que as figuras significavam, então?

— Notei que em determinado momento, quando estava falando com o rei, você hesitou — observou Jasnah. — O que foi que não disse?

— Algo impróprio.

— Mas inteligente?

— A inteligência nunca parece tão impressionante quando considerada fora do momento certo, Luminosa. Foi só um pensamento tolo.

— E você o substituiu por um elogio vazio. Acho que não entendeu o que eu estava tentando explicar, criança. Não quero que você permaneça em silêncio. É bom ser inteligente.

— Mas se eu houvesse falado, teria insultado o rei, e talvez também o confundido, o que lhe causaria embaraço. Tenho certeza de que ele sabe o que as pessoas dizem sobre sua lentidão de pensamento.

Jasnah bufou.

— Palavras vãs. De pessoas tolas. Mas talvez tenha sido sábio não falar, embora tenha em mente que *canalizar* suas capacidades e *abafá-las* são coisas diferentes. Preferiria que você pensasse em algo tanto inteligente quanto apropriado.

— Sim, Luminosa.

— Além disso, acho que você poderia ter feito Taravangian rir. Ele parece preocupado, ultimamente.

— Então a senhora não o acha lento? — perguntou Shallan, curiosa.

Ela própria não considerava o rei lento ou tolo, mas sempre pensou que alguém tão inteligente e culta como Jasnah não tivesse paciência para um homem como ele.

— Taravangian é um homem maravilhoso — disse Jasnah. — E vale por cem dos autoproclamados especialistas em modos da corte. Ele me lembra meu tio Dalinar. Honesto, sincero, preocupado com os outros.

— Os olhos-claros daqui dizem que ele é fraco — disse Shallan. — Porque ele busca agradar outros monarcas, porque teme a guerra, porque não tem uma Espada Fractal.

Jasnah não respondeu, embora parecesse perturbada.

— Luminosa? — chamou Shallan, caminhando até seu próprio assento e arrumando seus lápis de carvão.

— Antigamente, um homem que trazia paz para seu reino era considerado de grande valor. Agora esse mesmo homem é ridicularizado como um covarde. — Ela sacudiu a cabeça. — Essa mudança vem acontecendo há séculos. Ela deveria nos apavorar. Seria bom se tivéssemos mais homens como Taravangian, e peço que nunca mais o chame de lento, nem de passagem.

— Sim, Luminosa — disse Shallan, curvando a cabeça. — A senhora realmente acredita nas coisas que disse? Sobre o Todo-Poderoso?

Jasnah ficou em silêncio por um momento.

— Acredito. Embora talvez tenha exagerado a minha convicção.

— O Movimento da Certeza da teoria retórica?

— Sim — disse Jasnah. — Suponho que tenha sido. Devo tomar cuidado para não voltar as costas para você enquanto leio, hoje.

Shallan sorriu.

— Uma verdadeira erudita não deve fechar sua mente para tópico algum — continuou Jasnah. — Independentemente de quão convicta esteja. Só porque eu ainda não encontrei um motivo convincente para me unir a um dos devotários, não quer dizer que nunca encontrarei. Contudo, toda vez que eu tenho uma discussão como a de hoje, minhas convicções se tornam mais firmes.

Shallan mordeu o lábio. Jasnah notou a expressão.

— Você precisa aprender a controlar isso, Shallan. Torna seus sentimentos óbvios.

— Sim, Luminosa.

— Bem, diga o que pensa.

— É que a sua conversa com o rei não foi inteiramente justa.

— Ah, é?

— Devido a... Bem, à sua capacidade limitada. Ele foi muito bem, mas não apresentou os argumentos que alguém mais versado na teologia vorin poderia apresentar.

— E quais argumentos tal pessoa teria usado?

— Bem, eu mesma não sou muito bem instruída nessa área. Mas acho que a senhora ignorou, ou pelo menos minimizou, uma parte vital da discussão.

— Que seria...?

Shallan tocou o peito.

— Nossos corações, Luminosa. Acredito porque sinto algo, uma proximidade com o Todo-Poderoso, uma paz que chega quando vivo a minha fé.

— A mente é capaz de projetar respostas emocionais esperadas.

— Mas não foi a senhora que argumentou que a maneira como agimos... a maneira como nos sentimos sobre o que é certo e errado... é um atributo definidor de nossa humanidade? A senhora usou nossa moralidade inata para provar seu argumento. Então como pode descartar meus sentimentos?

— Descartá-los? Não. Considerá-los com ceticismo? Talvez. Seus sentimentos, Shallan... por mais fortes que sejam... são seus. Não meus. E o que eu sinto é que passar a vida inteira tentando conquistar o favor de um ser invisível, desconhecido e incognoscível, que me vigia dos céus, é um exercício de pura futilidade. — Ela apontou para Shallan com a pena. — Mas seu método retórico está melhorando. Ainda faremos de você uma erudita.

Shallan sorriu, sentindo uma onda de prazer. Elogios de Jasnah eram mais preciosos do que um brom de esmeralda.

Mas... Eu não serei uma erudita. Vou roubar o Transmutador e ir embora.

Ela não queria pensar nisso. Era algo que também teria que superar; tendia a evitar pensar sobre as coisas incômodas.

— Agora vá logo terminar o desenho do rei — ordenou Jasnah, levantando um livro. — Você ainda tem muito trabalho de verdade à sua espera quando acabar de desenhar.

— Sim, Luminosa.

Contudo, achou difícil desenhar, a mente perturbada demais para se concentrar.

30 ESCURIDÃO INVISÍVEL

"Eles subitamente tornaram-se perigosos. Como um dia calmo que virou uma tempestade."

— Este fragmento é a origem de um provérbio thayleno que foi em dado momento alterado para uma derivação mais comum. Acredito que possa ser uma referência aos Esvaziadores. Ver *Imperador*, de Ixsix, capítulo 4.

KALADIN SAIU DO BARRACÃO cavernoso para a pura luz do alvorecer. Pedaços de quartzo cintilavam no chão diante dele, capturando a luz, como se o solo estivesse faiscando e queimando, prestes a explodir.

Um grupo de 29 homens o seguia. Escravos. Ladrões. Desertores. Estrangeiros. Até uns poucos homens cujo único pecado fora a pobreza. Esses haviam entrado para as equipes de ponte por desespero. O pagamento era bom em comparação a pagamento nenhum, e fora prometido a eles que, se sobrevivessem a cem incursões, seriam promovidos. Designados a um posto de sentinela — o que, na mente de um homem pobre, parecia uma vida de luxo. Ser pago para ficar parado e olhar para as coisas o dia inteiro? Que tipo de loucura era essa? Era quase como ser rico.

Eles não compreendiam. Ninguém sobrevivia a cem incursões. Kaladin estivera em mais de vinte, e já era um dos mais experientes carregadores vivos.

A Ponte Quatro o seguia. O último dos teimosos — um homem magro chamado Bisig — cedera no dia anterior. Kaladin preferia pensar que o riso, a comida e a humanidade finalmente o haviam convencido. Mas provavelmente foram alguns olhares raivosos ou ameaças sussurradas por Rocha e Teft.

Kaladin fingia não vê-las. Ele precisaria da lealdade dos homens em algum momento, mas por enquanto sua obediência seria suficiente.

Guiou-os pelos exercícios matinais que aprendera no seu primeiro dia no exército. Alongamentos seguidos por movimentos de salto. Carpinteiros em macacões de trabalho marrons e boinas verdes ou ocres passaram a caminho da serraria, sacudindo a cabeça e achando graça. Os soldados na baixa colina adiante, onde começava o acampamento em si, olhavam para baixo e riam. Gaz assistia de uma caserna próxima, com os braços cruzados, seu único olho expressando insatisfação.

Kaladin enxugou a testa. Encontrou o olhar de Gaz por um longo momento, então se voltou para seus homens. Ainda havia tempo para praticar o levantamento da ponte antes do desjejum.

GAZ NUNCA SE ACOSTUMARA a só ter um olho. *Poderia* um homem se acostumar a isso? Teria preferido perder uma mão ou uma perna a um olho. Ele não podia deixar de sentir que havia *alguma coisa* escondida naquela escuridão que ele não podia ver, mas os outros podiam. O que se ocultava ali? Esprenos que podiam drenar sua alma do corpo? Da maneira como um rato podia drenar um odre de vinho inteiro mastigando o canto?

Seus companheiros o chamavam de sortudo. "Aquele golpe podia ter acabado com a sua vida." Bem, pelo menos ele não teria que viver com aquela escuridão. Um dos seus olhos estava sempre fechado. Se fechasse o outro, a escuridão o engolia.

Gaz olhou para a esquerda, e a escuridão recuou para o lado. Lamaril estava encostado em um poste, alto e esguio. Ele não era um homem corpulento, mas não era fraco. Era todo feito de linhas. Barba retangular. Corpo retangular. Afiado. Como uma faca.

Lamaril chamou Gaz com um aceno, e ele se aproximou, relutante. Então pegou uma esfera e a entregou. Um marco de topázio. Detestava perder. Sempre detestara perder dinheiro.

— Você me deve o dobro disso — observou Lamaril, levantando a esfera para olhar através dela enquanto brilhava ao sol.

— Bem, isso é tudo que vai receber por enquanto. Fique feliz de receber algo.

— Fique feliz por eu ter mantido a minha boca fechada — disse Lamaril preguiçosamente, se encostando de novo contra o poste que marcava o limiar da serraria.

Gaz trincou os dentes. Ele detestava pagar, mas o que podia fazer? *Raios o levem. Raios e trovões o levem!*

— Parece que você tem um problema — comentou Lamaril.

De início, Gaz pensou que ele estava falando do pagamento pela metade. O olhos-claros acenou na direção do barracão da Ponte Quatro.

Gaz olhou os carregadores, incomodado. O jovem líder de ponte gritou uma ordem e os carregadores correram pela serraria em ritmo suave. Ele já conseguira fazê-los correr em sincronia. Era uma mudança significativa. Isso os acelerava, os ajudava a pensar como uma equipe.

Será que aquele garoto tinha realmente treinamento militar, como alegara? Por que ele teria sido desperdiçado como carregador de pontes? Naturalmente, havia aquela marca *shash* na sua testa...

— Eu não vejo problema — grunhiu Gaz. — Eles são rápidos. Isso é bom.

— Eles são insubordinados.

— Eles seguem ordens.

— Ordens *dele*, talvez. — Lamaril balançou a cabeça. — Carregadores de pontes só existem para um propósito, Gaz. Proteger as vidas de homens mais valiosos.

— É mesmo? E eu aqui pensando que o propósito deles era carregar pontes.

Lamaril fitou-o duramente, então se inclinou para a frente.

— Não seja abusado, Gaz. E não esqueça seu lugar. Gostaria de se juntar a eles?

Gaz sentiu uma pontada de medo. Lamaril era um olhos-claros de posição muito baixa, não possuía terras. Mas ele *era* o superior imediato de Gaz, um oficial de ligação entre as equipes de ponte e os olhos-claros de patente superior que cuidavam da serraria.

Gaz olhou para o chão.

— Sinto muito, Luminobre.

— O Grão-príncipe Sadeas mantém uma vantagem — disse Lamaril, reclinando-se novamente contra seu poste. — Ele a mantém pressionando todos nós. Duramente. Cada homem no seu lugar. — Ele indicou com a cabeça os membros da Ponte Quatro. — Velocidade não é uma coisa ruim. A iniciativa não é uma coisa ruim. Mas homens com iniciativa como aquele garoto nem sempre estão felizes no lugar deles. As equipes de ponte funcionam do jeito delas, não precisam mudar. A mudança pode arrumar problemas.

Gaz duvidava que qualquer um dos carregadores realmente compreendesse seu lugar nos planos de Sadeas. Se realmente soubessem por que eram usados de modo tão impiedoso — e por que estavam proibidos de ter armaduras ou escudos —, provavelmente se jogariam no abismo. Isca. Eles eram isca. Atrair a atenção dos parshendianos, deixar os selvagens pensarem que estavam tendo alguma vantagem ao abater algumas pontes cheias de carregadores em cada assalto. Contanto que se tivesse homens em abundância, isso não importava. Exceto para aqueles que eram massacrados.

Pai das Tempestades, pensou Gaz. *Eu me odeio por fazer parte disso.* Mas ele se odiava já havia muito tempo. Não era novidade.

— Vou tomar providências — prometeu a Lamaril. — Uma facada no escuro. Veneno na comida.

A ideia o deixou nauseado. Os subornos do garoto eram pequenos, mas eram a única coisa que possibilitavam pagar Lamaril em dia.

— Não! — sibilou Lamaril. — Quer que percebam que ele era realmente uma ameaça? Até os soldados já estão falando sobre ele. — Lamaril fez uma careta. — A última coisa que precisamos é um mártir inspirando uma rebelião entre os carregadores. Não quero qualquer *pista* disso, nada de que os inimigos do nosso grão-príncipe possam se aproveitar. — Lamaril olhou para Kaladin correndo com seus homens. — Aquele ali precisa cair no campo de batalha, como ele merece. Certifique-se de que isso aconteça. E consiga o resto do dinheiro que você me deve, ou vai acabar carregando uma dessas pontes.

Ele virou-se para partir, seu manto verde-floresta esvoaçando. No seu tempo como soldado, Gaz aprendera a temer os olhos-claros de patente inferior mais do que os outros. Eles detestavam estar tão próximos do nível dos olhos-escuros, mas esses olhos-escuros eram os únicos sobre quem eles tinham alguma autoridade. Isso os tornava perigosos. Estar perto de um homem como Lamaril era como manusear um carvão ardente com os dedos nus. Não havia como não se queimar; só podia torcer para que fosse rápido o bastante para manter as queimaduras no mínimo.

A Ponte Quatro passou correndo. Um mês atrás, Gaz não teria acreditado que isso era possível. Um grupo de carregadores *praticando*? E aparentemente tudo que custara a Kaladin fora alguns subornos de comida e algumas promessas vazias de que ele os protegeria.

Aquilo não devia ter sido o bastante. A vida de um carregador de pontes não tinha esperança. Gaz *não podia* se juntar a eles. Simplesmente não podia. Kaladin, o fidalgote, precisava cair. Mas se as esferas de Kaladin desaparecessem, Gaz podia muito bem acabar como carregador de pontes por deixar de pagar Lamaril. *Danação tormentosa!* Era como se precisasse escolher qual garra do demônio-do-abismo iria esmagá-lo.

Gaz continuou a olhar a equipe de Kaladin. E *ainda* aquela escuridão esperava por ele. Como um comichão que não podia ser coçado. Como um grito que não podia ser silenciado. Um embotamento formigante do qual nunca se livrava.

Que provavelmente o seguiria mesmo depois da morte.

— LEVANTAR A PONTE! — berrou Kaladin, correndo com a Ponte Quatro.

Eles ergueram a ponte sobre suas cabeças sem parar de se mover. Era mais difícil correr dessa maneira, segurando a ponte no alto, em vez de pousá-la nos ombros. Ele sentia seu enorme peso nos braços.

— Baixar! — ordenou.

Aqueles na frente soltaram a ponte e correram para os lados. Os outros baixaram a ponte em um movimento rápido. Ela atingiu o chão de modo desajeitado, raspando na pedra. Eles entraram em posição, fingindo movê-la para cruzar um abismo. Kaladin ajudou na lateral.

Precisamos praticar em um abismo real, ele pensou enquanto os homens terminavam. *Me pergunto que tipo de suborno seria necessário para que Gaz me deixasse fazer isso.*

Os carregadores, tendo terminado sua falsa incursão de ponte, olharam para Kaladin, exaustos, mas empolgados. Ele sorriu para os homens. Como líder de esquadrão, naqueles meses no exército de Amaram, aprendeu que elogios deviam ser honestos, mas nunca contidos.

— Precisamos trabalhar no abaixamento — disse Kaladin. — Mas, no geral, estou impressionado. Duas semanas e vocês já estão trabalhando juntos como algumas equipes que treinei durante meses. Estou satisfeito e orgulhoso. Vão beber alguma coisa e descansar um pouco. Vamos fazer mais uma ou duas investidas antes das tarefas do dia.

Eles estavam novamente no plantão de coleta de pedras, mas isso não era motivo para se reclamar. Ele convencera os homens de que levantar as pedras aumentaria a sua força, e havia convocado os poucos em quem mais confiava para ajudar a coletar a erva-botão, o meio pelo qual ele continuava — por muito pouco — conseguindo fornecer aos homens comida extra e montar seu estoque de suprimentos médicos.

Duas semanas. Duas semanas fáceis, em comparação com a vida comum dos carregadores. Apenas duas incursões de pontes, e em uma delas eles chegaram ao platô tarde demais. Os parshendianos haviam escapado com a gema-coração antes que conseguissem alcançá-los. Isso era bom para os carregadores.

A outra ofensiva também não fora muito ruim, em números de carregadores de pontes. Mais dois mortos: Amark e Koolf. Mais dois feridos: Narm e Peet. Uma fração das perdas das outras equipes, mas ainda assim era demais. Kaladin tentou manter sua expressão otimista enquanto caminhava até o barril de água, pegava uma concha de uns dos homens e bebia.

A Ponte Quatro se afogaria nos próprios feridos. Só estavam com trinta homens em atividade, com cinco feridos que não ganhavam pagamento e que precisavam ser alimentados com a renda de erva-botão. Contando aqueles que haviam morrido, tiveram quase trinta por cento de baixas nas semanas desde que ele havia começado a tentar protegê-los. No exército de Amaram, essa proporção de baixas teria sido catastrófica.

Naquela época, a vida de Kaladin se resumia a treinar e marchar, pontuada por ocasionais arroubos frenéticos de batalha. Ali, o combate era contínuo, com frequência de poucos dias. Esse tipo de coisa podia — *certamente* — desgastar um exército.

Tem que haver uma maneira melhor, pensou Kaladin, bochechando com a água morna, depois vertendo outra concha sobre sua cabeça. Não podia continuar a perder dois homens por semana para a morte e feridas. Mas como eles sobreviveriam quando seus próprios oficiais não se importavam se eles viviam ou morriam?

Ele mal conseguiu se controlar para não jogar a concha no barril em frustração. Em vez disso, passou-a para Skar com um sorriso encorajador. Uma mentira. Mas uma mentira importante.

Gaz assistia da sombra de um dos outros barracões dos carregadores. A figura translúcida de Syl — agora na forma de uma erva-botão flutuante — esvoaçava ao redor do sargento de pontes. Por fim, ela seguiu o caminho até Kaladin, pousando no seu ombro e tomando a forma feminina.

— Ele está planejando alguma coisa — disse ela.

— Ele não interferiu — disse Kaladin. — Nem mesmo tentou nos impedir de comer o ensopado noturno.

— Ele estava conversando com aquele olhos-claros.

— Lamaril?

Ela assentiu.

— Lamaril é o superior dele — disse Kaladin enquanto entrava na sombra do barracão da Ponte Quatro.

Ele se recostou contra a parede, olhando para os seus homens junto do barril de água. Eles agora conversavam. Faziam piadas. Riam. Eles saíam para beber juntos durante a noite. Pai das Tempestades, ele nunca pensou que ficaria *feliz* com o fato de os homens sob seu comando estarem bebendo.

— Eu não gostei das expressões deles — disse Syl, sentando-se no ombro de Kaladin. — Sombrias. Como nuvens de tempestade. Não ouvi o que estavam dizendo, quando os notei já era tarde. Mas não gostei, principalmente daquele Lamaril.

Kaladin assentiu lentamente.

— Você também não confia nele? — perguntou Syl.

— Ele é um olhos-claros. — Isso era o bastante.

— Então nós…

— Então nós não fazemos nada — disse Kaladin. — Não posso responder a menos que eles tentem alguma coisa. E se eu gastar toda a minha energia preocupado com o que eles *podem* fazer, não serei capaz de resolver os problemas que estamos encarando agora.

O que ele não acrescentou foi a sua verdadeira preocupação. Se Gaz ou Lamaril decidissem matá-lo, havia pouco que ele pudesse fazer para detê-los. Era verdade que os carregadores raramente eram executados por qualquer outra coisa além de deixar de correr com sua ponte. Mas mesmo em uma força "honesta" como a de Amaram, havia rumores de acusações falsas e evidências fabricadas. No acampamento indisciplinado e mal regulamentado de Sadeas, ninguém piscaria se Kaladin — um escravo marcado com um *shash* — fosse condenado devido a alguma acusação nebulosa. Eles o deixariam para a grantormenta, lavando as mãos da sua morte, alegando que o Pai das Tempestades havia escolhido seu destino.

Kaladin endireitou o corpo e caminhou para a seção de carpintaria da serraria. Os carpinteiros e seus aprendizes estavam trabalhando duro cortando varas de madeira para hastes de lanças, pontes, postes ou mobília.

Os carpinteiros assentiram para Kaladin enquanto ele passava. Estavam familiarizados com ele agora, acostumados com seus estranhos pedidos, como pedaços de madeira longos o bastante para que quatro homens segurassem e corressem com eles para praticar a sincronia. Ele encontrou uma ponte pela metade. Aquela única tábua que Kaladin usara enfim fora expandida.

Kaladin se ajoelhou, inspecionando a madeira. À sua direita, um grupo de homens trabalhava com uma grande serra, cortando fatias redondas e finas de um tronco, que provavelmente se tornariam assentos de cadeiras.

Ele correu os dedos pela lisa madeira de lei. Todas as pontes móveis eram feitas de um tipo de madeira chamada makam. Ela tinha uma cor marrom-profunda, com a granulação quase escondida, e era forte e leve. Os artesãos haviam polido aquele trecho até deixá-lo liso, e ele cheirava a serragem e seiva almiscarada.

— Kaladin? — chamou Syl, caminhando pelo ar e então pisando na madeira. — Você parece tão distante.

— É irônico o quanto eles são bons em fabricar pontes — disse ele. — Os carpinteiros deste exército são muito mais profissionais que os seus soldados.

— Faz sentido. Os artesãos querem fazer pontes duráveis. Os soldados que ouço conversando só querem chegar ao platô, pegar a gema-coração e ir embora. É como um jogo para eles.

— Esse foi um comentário astuto. Você está nos observando cada vez melhor.

Ela fez uma careta.

— É mais como se eu estivesse lembrando coisas que já soube um dia.

— Logo você mal parecerá um espreno. Será uma pequena filósofa translúcida. Teremos que mandá-la para um monastério para que passe o tempo ocupada com pensamentos profundos e importantes.

— Sim, como por exemplo, qual a melhor maneira de fazer com que os fervorosos lá bebam acidentalmente uma mistura que deixe suas bocas azuis. — Ela sorriu maliciosamente.

Kaladin sorriu de volta, mas continuou passando o dedo pela madeira. Ele ainda não compreendia por que não deixavam os carregadores levarem escudos. Ninguém dava a ele uma resposta direta sobre a pergunta.

— Eles usam makam porque é forte o bastante para que seu peso sustente uma carga de cavalaria pesada — disse ele. — Nós devíamos poder usar isso. Eles nos negam escudos, mas já carregamos um nos nossos ombros.

— Mas como eles reagiriam se você tentasse fazer isso?

Kaladin se levantou.

— Eu não sei, mas também não tenho outra escolha.

Tentar aquilo seria um risco, um grande risco. Mas as suas ideias seguras já haviam se esgotado dias atrás.

— NÓS PODEMOS SEGURÁ-LA AQUI — disse Kaladin, apontando para Rocha, Teft, Skar e Moash.

Eles estavam junto a uma ponte virada de lado, com a parte inferior exposta. O interior era uma construção complicada, com oito fileiras de três posições acomodando até 24 homens diretamente embaixo, e mais 16 conjuntos de alças — oito de cada lado — para dezesseis outros homens no lado externo. Quarenta homens, correndo ombro a ombro, se tivessem um time completo.

Cada posição sob a ponte tinha um espaço para a cabeça do carregador, dois blocos curvos de madeira para apoio nos ombros e duas hastes como alças para as mãos. Os carregadores vestiam acolchoamento nos ombros, e os mais baixos usavam acolchoamento extra para compensar. Gaz geralmente tentava designar novos carregadores para as equipes de acordo com sua altura.

Naturalmente, isso não se aplicava à Ponte Quatro, que só ficava com as sobras.

Kaladin apontou para várias hastes e escoras.

— Nós podemos segurar aqui, depois correr direto em frente, carregando a ponte virada de lado para nossa direita. Colocamos os homens mais altos do lado de fora e os mais baixos dentro.

— De que adiantaria isso? — indagou Rocha, franzindo o cenho.

Kaladin fitou Gaz, que estava vigiando de perto, perto demais para seu gosto. Melhor não falar o verdadeiro motivo por que queria levar a ponte de lado. Além disso, ele não queria animar demais os homens com esperanças até que soubesse se ia funcionar.

— Só quero fazer uma experiência — disse ele. — Se pudermos mudar as posições às vezes, pode ser mais fácil. Trabalhar músculos diferentes.

Syl, no topo da ponte, fechou a cara. Ela sempre fechava a cara quando Kaladin ocultava a verdade.

— Reúnam os homens — ordenou Kaladin, acenando para Rocha, Teft, Skar e Moash.

Ele havia nomeado os quatro como seus comandantes de subpelotão, algo que os carregadores não costumavam ter. Mas soldados trabalhavam melhor em grupos menores de seis ou oito.

Soldados, pensou Kaladin. *É assim que os considero?*

Eles não lutavam. Mas sim, eram soldados. Era muito fácil subestimar homens quando os considerava "apenas" carregadores. Avançar direto rumo aos arqueiros dos inimigos exigia coragem. Mesmo quando se era obrigado a isso.

Ele olhou para o lado, notando que Moash, um homem de rosto afilado, não havia partido com os outros três.

— Algum problema, soldado? — perguntou Kaladin.

Os olhos castanho-escuros de Moash pareceram surpresos com o uso da palavra, mas ele e os outros estavam acostumados com todo tipo de comportamento esquisito de Kaladin.

— Por que você me fez comandante de subpelotão?

— Porque você resistiu à minha liderança mais tempo do que praticamente todos os outros. E foi muito mais direto a respeito disso que *todos* eles.

— Você me fez um líder porque me recusei a te obedecer?

— Fiz de você um líder porque você me pareceu capaz e inteligente. Mas, além disso, você não é fácil de convencer; tem vontade forte. Isso é útil.

Moash coçou o queixo com sua barba curta.

— Então está bem. Mas ao contrário de Teft e daquele papaguampas, não acho que você seja um presente mandado pelo Todo-Poderoso. Não confio em você.

— Então por que me obedece?

Moash fitou-o nos olhos, então deu de ombros.

— Acho que estou curioso. — Então foi embora reunir seu pelotão.

MAS QUE RAIOS É *isso*... Gaz pensou, confuso, enquanto assistia a Ponte Quatro passar. O que dera neles para que tentassem levar a ponte de *lado*?

Isso exigia que eles se agrupassem de um modo estranho, formando três fileiras em vez de cinco, segurando desajeitadamente o lado inferior da ponte e mantendo-o voltado para sua direita. Era uma das coisas mais estranhas que já vira. Eles mal cabiam todos ali, e as alças não tinham sido feitas para carregar a ponte daquela maneira.

Gaz coçou a cabeça enquanto os via passar, então ergueu a mão, detendo Kaladin, que passava correndo. O fidalgote soltou a ponte e apressou-se até Gaz, enxugando a testa enquanto os outros continuavam correndo.

— Sim?

— O que é isso? — interrogou Gaz, apontando.

— Equipe de ponte. Carregando o que acredito ser... sim, é uma *ponte*.

— Não quero o seu deboche — rosnou Gaz. — Quero uma explicação.

— Carregar a ponte acima da cabeça fica cansativo — disse Kaladin. Ele era um homem alto, alto o bastante para olhar Gaz de cima. *Raios, eu não vou ser intimidado!* — Esta é uma maneira de usar músculos diferentes. Como passar uma bolsa de um ombro para o outro.

Gaz olhou para o lado. Algo havia se movido na escuridão?

— Gaz? — perguntou Kaladin.

— Olhe aqui, fidalgote — disse Gaz, olhando de volta para ele. — Carregar a ponte sobre a cabeça pode ser cansativo, mas carregá-la *assim* é só estúpido. Vocês parecem prestes a tropeçar uns nos outros, e a pegada está péssima. Você mal consegue encaixar todos os homens.

— Sim — respondeu Kaladin com voz mais baixa. — Mas muitas vezes só metade de uma equipe de ponte sobrevive a uma ofensiva. Podemos carregá-la de volta assim quando houver menos homens. Isso vai pelo menos permitir que a gente troque de posição.

Gaz hesitou. *Só metade de uma equipe de ponte...*

Se eles carregassem a ponte daquele jeito em uma ofensiva real, avançariam devagar, ficariam expostos. Seria um *desastre*, pelo menos para a Ponte Quatro.

Gaz sorriu.

— Gostei.

Kaladin pareceu chocado.

— *O quê?*

— Iniciativa. Criatividade. Sim, continue praticando. Gostaria muito de ver você fazer uma abordagem a um platô carregando a ponte desse jeito.

Kaladin estreitou os olhos.

— É mesmo?

— É — disse Gaz.

— Muito bem, então. Talvez a gente faça.

Gaz sorriu enquanto via Kaladin recuar. Um desastre era exatamente o que ele precisava. Agora só tinha que encontrar alguma outra maneira de pagar a chantagem de Lamaril.

31

SOB A PELE

SEIS ANOS ATRÁS

— NÃO COMETA O MESMO erro que eu, filho.

Kal levantou os olhos do seu fólio. Seu pai estava sentado do outro lado da sala de cirurgia, com uma mão na cabeça, uma taça meio vazia de vinho na outra. Vinho roxo, um dos licores mais fortes.

Lirin pousou a taça, e o líquido, de um púrpura profundo — a cor de sangue de crenguejo — tremeu. Ele refletia a Luz das Tempestades de algumas esferas pousadas na bancada.

— Pai?

— Quando você chegar a Kharbranth, fique lá. — Sua voz estava arrastada. — Não seja sugado de volta a essa cidade minúscula, atrasada e *estúpida*. Não force sua bela esposa a viver longe de todas as outras pessoas que ela conhecia ou amava.

O pai de Kal não costumava embebedar-se; aquela era uma rara noite de indulgência. Talvez porque a mãe de Kal tivesse ido dormir cedo, exausta pelo trabalho.

— Você sempre disse que eu devia voltar — respondeu Kal, em voz baixa.

— Eu sou um idiota. — Com as costas voltadas para Kal, ele olhou para a parede estampada com a luz branca das esferas. — Eles não me querem aqui. Nunca me quiseram.

Kal olhou para o seu fólio, que continha desenhos de corpos dissecados, os músculos esticados e desdobrados. Os desenhos eram muito detalhados. Todos tinham um par de glifos designando cada parte, e ele os memorizara. Agora estava estudando os procedimentos, mergulhando nos corpos de homens mortos há muito tempo.

Certa vez, Laral havia dito que os homens não deviam ver o que estava por trás da pele. Aqueles fólios, com suas imagens, eram um dos motivos por que as pessoas desconfiavam tanto de Lirin. Ver o que estava por baixo da pele de alguém era como ver o que estava debaixo das roupas, só que pior.

Lirin serviu-se de mais vinho. Como o mundo podia mudar tanto em tão pouco tempo... Kal se enrolou mais em seu casaco, para se proteger contra o frio. Uma estação de inverno chegara, mas eles não podiam pagar carvão para o braseiro, pois os pacientes não faziam mais oferendas. Lirin não interrompera o trabalho de cura ou as cirurgias. O povo da cidade simplesmente interrompera suas doações, tudo devido às palavras de Roshone.

— Ele não devia ser capaz de fazer isso — sussurrou Kal.

— Mas ele pode — disse Lirin.

Estava usando uma camisa branca e um colete preto sobre calças marrom-claro. O colete estava desabotoado, com as abas frontais pendendo dos lados, como a pele aberta do tronco dos homens, nos desenhos de Kal.

— Nós podemos gastar as esferas — disse Kal, hesitante.

— Elas são para a sua educação — respondeu Lirin bruscamente. — Se eu pudesse enviá-lo agora, enviaria.

O pai e a mãe de Kal haviam enviado uma carta para os cirurgiões em Kharbranth, pedindo-lhes para deixar Kal fazer os testes de admissão mais cedo. Sua resposta foi negativa.

— Ele quer que a gente gaste as esferas — disse Lirin, as palavras enroladas. — Foi por isso que ele disse o que disse. Está tentando nos obrigar a precisar das esferas.

As palavras de Roshone para o povo da cidade não haviam sido *exatamente* um comando. Ele só havia dado a entender que, se o pai de Kal era tolo demais para cobrar, então não devia ser pago. No dia seguinte, as pessoas interromperam suas doações.

O povo da cidade tinha por Roshone uma mistura confusa de adoração e medo. Na opinião de Kal, ele não merecia nenhuma das duas coisas. Obviamente, o homem fora banido para Larpetra porque era amargo e incompetente. Estava claro que não merecia estar entre os *verdadeiros* olhos-claros, que lutavam por glória em batalhas.

— Por que as pessoas se esforçam tanto para agradá-lo? — perguntou Kal para as costas do pai. — Eles nunca reagiram assim perto do Luminobre Wistiow.

— Eles fazem isso porque não há como agradar Roshone.

Kal franziu o cenho. Seria o vinho falando?

O pai de Kal se virou, os olhos refletindo pura Luz das Tempestades. Naqueles olhos, Kal viu uma surpreendente lucidez. Ele não estava tão bêbado, afinal de contas.

— O Luminobre Wistiow deixava os homens agirem como bem entendessem. Por isso eles o ignoravam. Roshone deixa que eles saibam que os considera desprezíveis, então eles se atropelam para agradá-lo.

— Isso não faz sentido — disse Kal.

— As coisas são assim — disse Lirin, brincando com uma das esferas na mesa, rolando-a sob seu dedo. — Você precisa aprender, Kal. Quando os homens consideram que o mundo está certo, ficam satisfeitos. Mas se vemos um buraco... uma deficiência... nos apressamos a preenchê-lo.

— Falando desse jeito, parece que eles estão fazendo algo nobre.

— E estão, de certo modo — respondeu Lirin. Ele suspirou. — Eu não devia ser tão duro com nossos vizinhos. Eles são mesquinhos, sim, mas é a mesquinhez dos ignorantes. Eu não os desprezo. Desprezo o homem que os manipula. Um homem como Roshone pode pegar tudo de honesto e verdadeiro nos homens e transformar em lama. — Ele acabou com o vinho em um último gole.

— Nós devíamos apenas gastar as esferas — disse Kal. — Ou mandá-las para algum lugar, para um agiota ou algo assim. Sem as esferas aqui, ele nos deixaria em paz.

— Não — disse Lirin em voz baixa. — Roshone não é do tipo que poupa um homem quando ele está derrotado. É do tipo que continua chutando. Eu não sei qual foi o erro político que o mandou para este lugar, mas ele obviamente não pode se vingar dos seus rivais. Então sobrou para nós. — Lirin fez uma pausa. — Pobre tolo.

Pobre tolo?, Kal pensou. *Ele está tentando destruir nossas vidas, e isso é tudo que o pai tem a dizer?*

E as histórias que os homens cantavam ao redor das fogueiras? Contos sobre pastores astutos logrando e derrubando um tolo homem olhos-claros. Havia dezenas de variações, e Kal tinha ouvido todas elas. Lirin não devia tentar revidar de alguma maneira? Fazer algo além de ficar sentado, esperando?

Mas ele não disse nada; sabia exatamente o que Lirin diria. *Deixe que eu me preocupo com isso. Volte para os seus estudos.*

Suspirando, Kal se acomodou de volta na cadeira, abrindo novamente o seu fólio. A sala de cirurgia estava escura, iluminada pelas quatro esferas na mesa e uma única esfera que Kal usava para ler. Lirin mantinha a maioria das esferas fechadas no armário, escondida. Kal segurou sua própria esfera, iluminando a página. Havia explicações mais longas dos procedimentos no verso, que sua mãe podia ler para ele. Ela era a única mulher na cidade que sabia ler, embora Lirin houvesse dito que isso não era incomum entre mulheres olhos-escuros bem-nascidas, nas cidades.

Enquanto estudava, Kal distraidamente tirou algo do bolso. Uma pedra que estava sobre sua cadeira quando chegou para estudar. Ele reconheceu-a como uma das pedras favoritas de Tien, que andava carregando-a por aí recentemente. Agora ele a deixara para Kaladin; fazia isso com frequência, esperando que seu irmão mais velho pudesse ver a beleza nela também, mas todas pareciam-lhe pedras ordinárias. Ele teria que perguntar a Tien o que havia de tão especial naquela pedra específica. Sempre havia alguma coisa.

Tien agora passava os dias aprendendo carpintaria com Ral, um dos homens da cidade. Lirin relutantemente fizera os arranjos necessários; ele tivera esperança de arrumar outro assistente cirúrgico, mas Tien não suportava ver sangue. Ficava congelado, e nunca se acostumara. Isso era preocupante. Kal pensara que seu pai teria Tien como assistente quando fosse embora. E Kal *ia* partir, de um jeito ou de outro. Ele ainda não havia decidido entre o exército ou Kharbranth, embora nos últimos meses estivesse inclinado a tornar-se um lanceiro.

Se seguisse esse caminho, teria que fazê-lo escondido, quando tivesse idade suficiente para que os recrutadores o levassem apesar das objeções dos seus pais. Quinze anos provavelmente seria o bastante. Mais cinco meses. Por enquanto, ele achava que conhecer os músculos — e as áreas vitais do corpo — seria bastante útil para um cirurgião ou para um lanceiro.

Houve uma batida na porta. Kal saltou. Não fora uma batida de saudação, mas um *golpe*. Aconteceu de novo. Parecia que algo pesado estava empurrando ou se chocando contra a madeira.

— Mas que raios é isso? — disse Lirin, levantando-se do banco.

Ele cruzou a pequena sala; seu colete aberto roçando a mesa de operação, o botão arranhando a madeira.

Outra batida. Kal se levantou às pressas da cadeira, fechando o fólio. Com catorze anos e meio, ele era quase tão alto quanto o pai. Um som de raspagem veio da porta, como unhas ou garras. Kal levantou uma mão na direção do seu pai, subitamente apavorado. Era tarde da noite, a sala estava escura, e a cidade, em silêncio.

Havia *alguma coisa* do lado de fora. Parecia uma fera. Inumana. Diziam que um covil de espinha-branca estava causando problemas ali por perto, atacando viajantes na estrada. Kal tinha uma imagem na cabeça das criaturas reptilianas, tão grandes quanto cavalos, mas com carapaças nas costas. Seria uma delas farejando na porta? Arranhando-a, tentando forçar a entrada?

— Pai! — exclamou Kal.

Lirin abriu a porta com um puxão. A luz fraca das esferas revelou não um monstro, mas um homem vestido de preto. Ele tinha uma longa barra metálica nas mãos e usava uma máscara de lã preta com buracos cortados nos olhos. Kal sentiu o coração acelerar em pânico quando o intruso saltou para trás.

— Não esperava encontrar ninguém aqui dentro, não é? — disse o pai de Kal. — Faz anos desde que houve um roubo na cidade. Tenho vergonha de você.

— Nos dê as esferas! — clamou uma voz da escuridão. Outra figura se moveu nas sombras, e depois outra.

Pai das Tempestades! Kal apertou o fólio ao peito com mãos trêmulas. *Quantos deles estão lá fora?* Bandoleiros, que tinham vindo roubar a cidade! Essas coisas aconteciam. Com uma frequência cada vez maior ultimamente, dissera o pai de Kal.

Como era possível que Lirin estivesse tão calmo?

— Essas esferas num são suas — disse outra voz.

— É mesmo? — respondeu o pai de Kal. — Isso faz com que elas sejam suas? Você acha que ele vai deixar que vocês fiquem com elas?

O pai de Kal falava como se eles não fossem bandidos de fora da cidade. Kal se aproximou para ficar bem atrás do pai, assustado... mas ao mesmo tempo com vergonha daquele medo. Os homens na escuridão eram seres sombrios e assustadores, movendo-se para a frente e para trás, com rostos obscuros.

— Nós vamos dar elas pra ele — disse uma voz.

— A coisa não precisa ficar violenta, Lirin — acrescentou outra voz. — Você num vai gastar elas, de qualquer jeito.

O pai de Kal bufou. Ele recuou para dentro da sala. Kal gritou, pulando para trás enquanto Lirin abria o gabinete onde estavam guardadas as esferas. Ele pegou o grande cálice de vidro onde elas estavam armazenadas, que estava coberto com um pano preto.

— Vocês querem as esferas? — disse Lirin, caminhando até a porta, passando por Kal.

— Pai? — chamou Kal, em pânico.

— Vocês querem a luz para vocês? — A voz de Lirin aumentou de volume. — Pronto!

Ele removeu o pano. O cálice explodiu em um fulgor ardente, seu brilho quase ofuscante. Kal levantou o braço. Seu pai era uma silhueta sombria que parecia segurar o próprio sol nos dedos.

O grande cálice brilhava com uma luz calma; era quase uma luz *fria*. Kal piscou para afastar as lágrimas, seus olhos se ajustando. Onde antes sombras perigosas espreitavam, agora homens encolhidos erguiam as mãos. Eles já não pareciam tão assustadores; na verdade, os panos sobre seus rostos pareciam ridículos.

Kal, que antes sentira medo, agora estava estranhamente confiante. Por um momento, não foi luz que seu pai estava segurando, mas a própria compreensão. *Aquele ali é Luten*, pensou Kal, notando um homem que mancava. Era fácil distingui-lo, apesar da máscara. O pai de Kal havia operado aquela perna; era por causa dele que Luten ainda podia caminhar. Ele reconheceu os outros também. Harl era aquele com os ombros largos; Balsas, o homem vestindo o belo casaco novo.

Lirin não disse nada, de início. Ficou ali com aquela luz fulgurante, iluminando todo o pátio de pedra do lado de fora. Os homens pareceram se encolher, como se soubessem que ele os reconhecera.

— Bem? — disse Lirin. — Vocês me ameaçaram com atos de violência. Venham. Batam em mim, me roubem. Façam isso sabendo que vivi entre vocês minha vida quase inteira. Façam isso sabendo que curei seus filhos. Vamos, entrem. Tirem sangue de um dos seus homens!

Os homens sumiram na noite sem uma palavra.

32
TRANSPORTE LATERAL

"Eles viviam lá em cima, em um lugar onde homem algum podia alcançar, mas que todos podiam visitar. Na própria cidade-torre, que não foi feita por mãos humanas."

— Embora *A canção do último verão* seja um conto fantasioso de romance do terceiro século depois da Traição, é provavelmente uma referência válida neste caso. Ver página 27 da tradução de Varala, e prestar atenção no subtexto.

ELES FICARAM MELHORES EM carregar a ponte de lado, mas não muito.

Kaladin observou a Ponte Quatro passar, movendo-se desajeitadamente, manobrando a ponte para a direita. Felizmente, havia muitas alças no interior da ponte, e eles descobriram como agarrá-las da maneira certa. Teriam que carregá-la em um ângulo menos íngreme do que ele queria. Isso deixaria suas pernas expostas, mas podia treiná-los para ajustarem a posição quando as flechas fossem disparadas.

Daquele jeito, o transporte era lento, e os carregadores estavam tão amontoados que se os parshendianos conseguissem derrubar um homem, os outros tropeçariam nele. Se perdessem apenas uns poucos homens, o equilíbrio seria prejudicado e eles certamente deixariam a ponte cair.

Isso terá que ser feito com muito cuidado, pensou Kaladin.

Syl flutuava atrás da equipe de ponte como uma rajada de folhas quase translúcidas. Além dela, algo chamou a atenção de Kaladin: um soldado de uniforme conduzindo um grupo melancólico de homens esfarrapados. *Finalmente*, pensou Kaladin. Ele estivera esperando por outro grupo de recrutas. Acenou de modo seco para Rocha. O papaguampas assentiu; ele assumiria o treinamento. Estava mesmo na hora de fazer uma pausa.

Kaladin trotou até a pequena rampa na borda da serraria, chegando bem na hora em que Gaz interceptou os recém-chegados.

— Mas que bando de imprestáveis — disse Gaz. — Pensei que eles tinham enviado escória na última vez, mas esse pessoal...

Lamaril deu de ombros.

— Eles são seus agora, Gaz. Divida-os como preferir.

Ele e seus soldados partiram, deixando os infelizes recrutas. Alguns vestiam roupas decentes; deviam ser criminosos recém-capturados. O resto trazia marcas de escravos na testa. Vê-los despertou sentimentos que Kaladin teve que suprimir à força. Ele estava no topo de uma íngreme ladeira; um passo em falso o mandaria de volta para aquele desespero.

— Façam uma fila, seus crenguejos — ordenou Gaz bruscamente aos novos recrutas, soltando o seu cassetete e acenando-o. Ele viu Kaladin, mas nada disse.

O grupo formou uma fila apressadamente.

Gaz contou os homens na linha, escolhendo os membros mais altos.

— Vocês cinco vão para a Ponte Seis. Lembrem-se disso. Se esquecerem, cuidarei para que sejam açoitados. — Ele contou mais um grupo. — Vocês seis vão para a Ponte Catorze. Vocês quatro no final, Ponte Três. Você, você e você, Ponte Um. A Ponte Dois não precisa de nenhum... Vocês quatro, Ponte Sete.

Isso era tudo.

— Gaz — disse Kaladin, cruzando os braços.

Syl pousou no seu ombro, sua pequena tempestade de folhas transformando-se em uma jovem. Gaz virou-se para ele.

— A Ponte Quatro está com apenas trinta homens capazes de lutar.

— A Ponte Seis e a Ponte Catorze têm menos do que isso.

— Cada uma delas tem 29, e você acabou de dar para as duas uma boa dose de novos membros. E a Ponte Um tem 37, e você enviou para *eles* três novos homens.

— Você mal perdeu alguém na última investida, e...

Kaladin agarrou o braço de Gaz enquanto o sargento tentava se afastar. Gaz se encolheu, levantando o cassetete.

Vamos, tente, pensou Kaladin, encontrando o olhar de Gaz. Ele quase desejou que o sargento realmente tentasse.

Gaz cerrou os dentes.

— Tudo bem. Um homem.

— Eu escolho — disse Kaladin.

— Tanto faz. Eles são todos inúteis, mesmo.

Kaladin voltou-se para o grupo de novos carregadores. Eles tinham se reunido em bandos de acordo com a equipe de ponte onde Gaz os alocara. Kaladin imediatamente voltou sua atenção para os homens mais altos. Para os padrões de escravos, eles pareciam bem alimentados. Dois deles pareciam poder...

— Ei, *gancho*! — soou uma voz de outro grupo. — Ei! Acho que você vai me querer.

Kaladin se virou. Um homem baixo e magro estava acenando para ele. O homem só tinha um braço. Quem o teria mandado para ser carregador de pontes?

Ele deteria uma flecha, pensou Kaladin. *É só para isso que alguns carregadores servem, aos olhos dos superiores.*

O homem tinha cabelo castanho e uma pele profundamente bronzeada, um tom escuro demais para ser alethiano. As unhas de sua mão eram cor de ardósia e cristalinas — era um herdaziano, então. A maioria dos recém-chegados compartilhava da mesma aparência derrotada de apatia, mas aquele homem estava *sorrindo*, embora tivesse a marca de um escravo na cabeça.

Aquela marca é antiga, pensou Kaladin. *Ou ele teve um mestre generoso antes disso, ou de algum modo resistiu às humilhações.* O homem obviamente não entendia o que o esperava como carregador de pontes. Pessoa alguma sorriria se entendesse.

— Eu posso ser útil — garantiu o homem. — Nós, herdazianos, somos grandes lutadores, *gon*. — Essa última palavra tinha uma sonoridade estranha, e parecia se referir a Kaladin. — Sabe, teve essa vez em que eu estava, certo, com três homens, e eles estavam bêbados e tudo mais, mas ainda assim dei uma surra neles. — Ele falava muito rápido, seu sotaque pesado juntando as palavras.

Ele seria um péssimo carregador de pontes. *Talvez* fosse capaz de correr com a ponte nos ombros, mas não conseguiria manobrá-la. Ele parecia até ter uma barriguinha. Qualquer equipe de ponte que ficasse com ele o colocaria na frente e deixaria que levasse uma flecha, para se livrar do homem logo.

Tem que fazer o que puder para continuar vivo, uma voz do seu passado pareceu sussurrar. *Transformar um problema em uma vantagem...*

Tien.

— Muito bem — disse Kaladin, apontando. — Vou levar o herdaziano ali atrás.

— *O quê?* — disse Gaz.

O homem baixo andou tranquilamente até Kaladin.

— Obrigado, *gancho*! Você vai ficar feliz por ter me escolhido.

Kaladin virou-se para ir embora, passando por Gaz. O sargento de pontes coçou a cabeça.

— Você me pressionou tanto para escolher o baixote maneta?

Kaladin continuou andando sem dizer uma palavra para Gaz. Em vez disso, ele se voltou para o herdaziano.

— Por que você quis vir comigo? Não sabe nada sobre as equipes de ponte.

— Você só ia escolher um — respondeu o homem. — Isso significa que um homem seria especial, e os outros, não. Tive um bom pressentimento sobre você. São seus olhos, *gancho*. — Ele fez uma pausa. — O que é uma equipe de ponte?

Kaladin se pegou sorrindo diante daquela atitude despreocupada.

— Você vai ver. Qual é o seu nome?

— Lopen — respondeu o homem. — Alguns dos meus primos, eles me chamam de *o* Lopen, porque não conhecem mais ninguém com esse nome. Eu perguntei por aí, talvez para cem... ou duzentos... muita gente, com certeza. E ninguém nunca ouviu esse nome.

Kaladin ficou confuso diante da enxurrada de palavras. Será que o homem parava para respirar em algum momento?

A Ponte Quatro estava fazendo uma pausa, sua enorme ponte pousada de lado e fazendo sombra. Os cinco feridos haviam se unido a eles e estavam conversando; até Leyten estava de pé, o que era encorajador. Ele andava tendo muita dificuldade para caminhar, com aquela perna esmagada. Kaladin fizera tudo que podia, mas o homem mancaria para sempre.

O único que não conversava com os outros era Dabbid, o homem que fora profundamente abalado pela batalha. Ele seguia os outros, mas não falava. Kaladin estava começando a temer que o homem nunca se recuperasse do seu esgotamento mental.

Hobber — o homem de rosto redondo e dentes faltando que levara uma flecha na perna — estava caminhando sem muleta. Em breve estaria carregando pontes novamente, e isso era bom. Precisavam de todas as mãos que pudessem conseguir.

— Vá até aquele barracão — disse Kaladin a Lopen. — Lá dentro tem um cobertor, sandálias e um colete para você na pilha bem no fundo.

— Claro — disse Lopen, andando calmamente. Ele acenou para alguns dos homens ao passar.

Rocha caminhou até Kaladin, cruzando os braços.

— Esse é o novo membro?

— É — disse Kaladin.

— O único tipo que Gaz nos daria, imagino. — Rocha suspirou. — Devia ter imaginado. Ele só vai nos dar os carregadores mais inúteis daqui em diante.

Kaladin sentiu-se tentado a concordar, mas hesitou. Syl provavelmente veria isso como uma mentira, e isso a deixaria irritada.

— Essa nova maneira de carregar a ponte — continuou Rocha. — Ela não é muito útil, eu acho. É…

Ele foi cortado pela chamada de uma corneta no acampamento, ecoando contra os edifícios de pedra como o balido de um grã-carapaça distante. Kaladin ficou tenso. Seus homens estavam de plantão. Ele esperou, apreensivo, até que o terceiro toque de cornetas ressoou.

— Façam a fila! — gritou Kaladin. — Vamos lá!

Ao contrário das outras dezenove equipes em serviço, os homens de Kaladin não correram de modo confuso, mas se reuniram ordenadamente. Lopen saiu correndo, vestindo um colete, então hesitou, olhando para os quatro esquadrões, sem saber para onde ir. Ele seria feito em pedaços se Kaladin o colocasse na frente, mas em qualquer outra posição o homem provavelmente só os atrasaria.

— Lopen! — gritou Kaladin.

O homem fez uma saudação com seu único braço. *Ele pensa mesmo que está no exército?*

— Está vendo aquele barril de chuva? Vá pegar alguns odres de água com os assistentes do carpinteiro. Eles disseram que podemos pegar alguns emprestados. Encha o máximo que puder, depois nos encontre lá embaixo.

— Claro, *gancho* — respondeu Lopen.

— Levantar ponte! — gritou Kaladin, movendo-se para a posição na frente. — Carregar nos ombros!

A Ponte Quatro entrou em ação. Enquanto alguns membros das outras equipes estavam amontoados ao redor de seus barracões, a equipe de Kaladin atravessou rapidamente a serraria. Foram os primeiros a chegar à rampa e alcançaram a primeira ponte permanente antes mesmo que o exército se formasse. Ali, Kaladin ordenou que eles pousassem a ponte e esperassem.

Pouco depois, Lopen desceu a colina a trote — e, surpreendentemente, Dabbid e Hobber estavam com ele. Eles não podiam se mover tão rápido, não com o passo claudicante de Hobber, mas haviam construído um tipo de liteira com uma lona e duas tábuas de madeira. Empilhadas no meio dela havia cerca de vinte odres de água. Eles trotaram até a equipe de ponte.

— O que é isso? — quis saber Kaladin.

— Você me mandou trazer tudo que eu pudesse carregar, *gon* — disse Lopen. — Bem, conseguimos essa coisa com os carpinteiros. Eles disseram que usam para carregar pedaços de madeira e não estavam usando agora, então pegamos emprestado e aqui estamos. Num tá certo, *moolie*? — disse ele para Dabbid, que só fez que sim.

— *Moolie*? — perguntou Kaladin.

— Significa mudo — explicou Lopen, dando de ombros. — Porque ele não parece falar muito, sabe?

— Sei. Bem, bom trabalho. Ponte Quatro, de volta à posição. Aí vem o resto do exército.

As horas seguintes foram o que eles já haviam se acostumado a esperar das incursões de pontes. Condições extenuantes, carregando a ponte pesada entre platôs. A água foi de grande ajuda. O exército às vezes hidratava os carregadores durante as missões, mas nunca com a frequência necessária. Poder beber depois de cruzar cada platô era tão bom quanto ter mais meia dúzia de homens.

Mas a diferença real veio da prática. Os homens da Ponte Quatro não se sentiam mais exaustos toda vez que pousavam uma ponte. O trabalho ainda era difícil, mas seus corpos estavam prontos para ele. Kaladin pegou vários olhares de surpresa ou inveja de outras equipes enquanto seus homens riam e faziam piadas em vez de caírem exaustos. Carregar uma ponte uma vez por semana — como os outros homens faziam — simplesmente não era o bastante. Uma refeição extra a cada noite, combinada com o treinamento, havia reforçado os músculos dos homens e os preparara para trabalhar.

A marcha foi longa, uma das mais longas que Kaladin já fizera. Eles seguiram para leste durante horas. Aquilo era um mau sinal. Quando miravam platôs mais próximos, frequentemente chegavam antes dos parshendianos. Mas àquela distância, eles estavam correndo apenas para impedir que os parshendianos escapassem com a gema-coração; não havia chance de chegarem *antes* do inimigo.

Isso significava que provavelmente seria uma abordagem difícil. *Não estamos prontos para o carregamento lateral*, pensou Kaladin, nervoso, enquanto eles finalmente se aproximavam de um enorme platô que se elevava em um formato incomum. Ele já ouvira falar daquele lugar — a Torre, como era chamada. Nenhuma força alethiana conseguira conquistar uma gema-coração ali.

Eles pousaram sua ponte diante do penúltimo abismo, posicionando-a, e Kaladin sentiu um mau agouro enquanto os batedores a cruzavam. A Torre tinha uma forma de cunha, desigual, com a ponta oriental elevando-se no ar, criando uma rampa íngreme. Sadeas trouxera um grande número de soldados; aquele platô era enorme, permitindo a utilização de uma força maior. Kaladin esperou, ansioso. Talvez tivessem sorte e os parshendianos já tivessem partido com a gema-coração. Era possível, àquela distância.

Os batedores correram de volta.

— Linhas inimigas na borda oposta! Eles ainda não abriram a crisálida!

Kaladin grunhiu baixinho. O exército começou a cruzar sua ponte, e a Ponte Quatro o fitava solenemente com expressões sérias. Eles sabiam o que viria em seguida. Alguns deles, talvez muitos, não sobreviveriam.

Seria bastante ruim daquela vez. Em ofensivas anteriores, eles tiveram uma margem de segurança. Mesmo tendo perdido quatro ou cinco homens, ainda seriam capazes de continuar avançando. Agora estariam avançando com apenas trinta membros. Cada homem que perdessem diminuiria consideravelmente sua velocidade, e a perda de apenas mais quatro ou cinco faria com que eles oscilassem ou até caíssem. Quando isso ocorresse, os parshendianos concentrariam tudo neles. Kaladin já vira isso acontecer. Se uma equipe de ponte começava a vacilar, os parshendianos davam o bote.

Além disso, quando uma equipe de ponte estava com números visivelmente baixos, ela sempre era feita de alvo pelos parshendianos. A Ponte Quatro estava em perigo. Aquela ofensiva podia facilmente terminar com quinze ou vinte mortes. Algo precisava ser feito.

Era a hora.

— Aproximem-se — disse Kaladin.

Os homens se reuniram, os rostos fechados.

— Vamos carregar a ponte na posição lateral — disse Kaladin em voz baixa. — Eu vou na frente. Vou conduzir; estejam prontos para seguir na mesma direção que eu.

— Kaladin — disse Teft —, a posição lateral é lenta. Foi uma ideia interessante, mas...

— Você confia em mim, Teft? — perguntou Kaladin.

— Bem, acho que sim. — O homem grisalho olhou para os outros. Kaladin pôde perceber que muitos deles não confiavam, pelo menos não inteiramente.

— Vai funcionar — disse Kaladin com veemência. — Vamos usar a ponte como um escudo para bloquear as flechas. Precisamos correr na frente, mais rápido do que as outras pontes. Vai ser difícil ultrapassá-las com o carregamento lateral, mas é a única coisa em que consigo pensar. Se não funcionar, estarei na frente, então serei o primeiro a cair. Se eu morrer, mova a ponte para o carregamento no ombro. Já praticamos isso. Então vocês estarão livres de mim.

Os carregadores ficaram em silêncio.

— E se não quisermos nos livrar de você? — indagou Natam, o homem do rosto comprido.

Kaladin sorriu.

— Então corram rápido e sigam minha orientação. Vou virar a gente inesperadamente durante a investida; estejam prontos para mudar de direção.

Ele voltou até a ponte. Os soldados comuns tinham passado, e os olhos-claros — incluindo Sadeas na sua Armadura Fractal ornamentada — estavam cavalgando sobre a ponte. Kaladin e a Ponte Quatro seguiram, então puxaram a ponte atrás de si. Eles a carregaram nos ombros até a frente do exército e a pousaram, esperando que as outras pontes se posicionassem. Lopen e os outros dois carregadores de água ficaram atrás, com Gaz; parecia que eles não arrumariam problemas por não correr. Era uma pequena bênção.

Kaladin sentiu o suor se acumulando na testa. Mal conseguia distinguir as fileiras dos parshendianos à frente, do outro lado do abismo. Vultos em preto e carmesim, arcos curtos de prontidão, flechas armadas. A enorme ladeira da Torre se elevava diante deles.

O coração de Kaladin bateu mais forte. Esprenos de expectativa surgiram entre os membros do exército, mas não entre sua equipe. Para crédito deles, também não havia esprenos de medo — não que eles não estivessem assustados, só não estavam em pânico como as outras equipes de ponte, então os esprenos de medo foram atrás delas.

Importe-se, Tukks parecia sussurrar para ele do passado. *A chave para lutar não é a falta de paixão, é a paixão controlada. Importe-se em vencer. Importe-se com aqueles que você defende. Você* tem *que se importar com alguma coisa.*

Eu me importo, pensou Kaladin. *Raios me levem por ser um tolo, mas me importo.*

— Levantar pontes! — A voz de Gaz ecoou pelas linhas de frente, repetindo a ordem de Lamaril.

A Ponte Quatro se moveu, virando rapidamente a ponte de lado e levantando-a. Os homens mais baixos fizeram uma fila, segurando a ponte para a sua direita, com os homens mais altos formando uma linha amontoada por trás deles, esticando os braços e levantando, ou erguendo os braços e estabilizando a ponte. Lamaril olhou para eles de maneira dura, e a respiração de Kaladin ficou presa na garganta.

Gaz se adiantou e sussurrou alguma coisa para Lamaril. O olhos--claros assentiu lentamente, e não disse nada. O chamado à ofensiva soou.

A Ponte Quatro investiu.

Atrás deles, flechas voaram em uma onda sobre as cabeças das equipes de pontes, fazendo um arco na direção dos parshendianos. Kaladin correu, o maxilar travado. Era difícil evitar tropeçar nos petrobulbos e afloramentos de casca-pétrea. Felizmente, embora sua equipe estivesse mais lenta que o normal, sua prática e resistência significava que ainda eram mais rápidos que as outras equipes. Com Kaladin na frente, a Ponte Quatro conseguiu ultrapassar as outras.

Isso era importante, porque Kaladin inclinou sua equipe ligeiramente para a direita, como se estivesse só um pouco fora de curso por causa da ponte pesada virada de lado. Os parshendianos se ajoelharam e começaram a entoar um cântico. Flechas alethianas caíam entre eles, distraindo alguns, mas os outros levantaram arcos.

Preparem-se... pensou Kaladin. Ele fez mais esforço e sentiu um súbito pico de força. Suas pernas pararam de doer, sua respiração deixou de estar ofegante. Talvez fosse a ansiedade da batalha, talvez fosse um embotamento dos sentidos, mas a força inesperada deu-lhe um ligeiro senso de Euforia. Era como se algo estivesse zumbindo dentro dele, misturando-se com seu sangue.

Naquele momento, pareceu que estava *puxando* a ponte sozinho, como uma vela conduzindo o barco. Ele virou mais para a direita, correndo em um ângulo mais agudo, colocando a si mesmo e aos seus homens totalmente à mostra para os arqueiros parshendianos.

Os parshendianos continuavam cantando, de alguma forma sabendo — sem ordens — quando armar os arcos. Eles puxaram as flechas até seus rostos marmorizados, mirando nos carregadores. Como esperado, muitos escolheram seus homens como alvos.

Já estamos quase lá!

Mais alguns momentos...

Agora!

Kaladin virou bruscamente para a esquerda bem na hora que os parshendianos dispararam. A equipe se moveu com ele, agora avançando com a face da ponte voltada para os arqueiros. As flechas voaram, estalando contra a madeira, se cravando nela. A ponte ressoou com os impactos. Algumas flechas bateram contra as pedras aos seus pés.

Kaladin ouviu gritos desesperados de dor das outras equipes de ponte. Homens caíram, alguns deles provavelmente na sua primeira investida. Na Ponte Quatro, ninguém gritou. Ninguém caiu.

Kaladin virou a ponte novamente, correndo em um ângulo na outra direção, com os carregadores expostos outra vez. Surpresos, os parshendianos armaram as flechas. Normalmente, eles disparavam em ondas. Isso deu a Kaladin uma oportunidade, pois assim que os parshendianos puxaram as cordas, ele se virou, usando a volumosa ponte como um escudo.

Novamente, as flechas estalaram na madeira. Novamente, as outras equipes de ponte gritaram. Novamente, a corrida em zigue-zague de Kaladin protegeu os seus homens.

Mais uma, pensou Kaladin. Essa seria difícil. Os parshendianos saberiam o que ele estava fazendo; estariam prontos para disparar assim que ele se virasse.

Ele se virou.

Nenhuma flecha.

Surpreso, ele percebeu que os arqueiros parshendianos haviam voltado toda a sua atenção às outras equipes de ponte, buscando alvos mais fáceis. O espaço na frente da Ponte Quatro estava praticamente vazio.

O abismo estava perto, e — apesar do seu ângulo — Kaladin levou sua equipe até o ponto certo para colocar a ponte. Todas deviam ficar alinhadas juntas para que a cavalaria passasse para lutar. Kaladin deu a ordem de baixar. Alguns dos arqueiros parshendianos voltaram sua atenção a eles, mas a maioria os ignorou, disparando suas flechas nas outras equipes.

Um estrondo atrás deles anunciou uma ponte caindo. Kaladin e seus homens empurraram, os arqueiros alethianos atrás atacando os parshendianos para distraí-los e impedir que eles empurrassem a ponte de volta. Ainda empurrando, Kaladin arriscou olhar sobre o ombro.

A próxima ponte na fila estava perto. Era a Ponte Sete, mas estavam oscilando, sendo acertados por várias flechas, que os abatiam em fileiras. Kaladin os assistiu cair, a ponte desabando nas pedras. Agora a Ponte Vinte e Sete estava oscilando. Duas outras pontes já estavam caídas. A Ponte Seis havia alcançado o abismo, mas por pouco, tendo perdido metade dos seus membros. Onde estavam as outras equipes de ponte? Ele não conseguiu ver com sua olhada rápida, e precisava voltar ao seu trabalho.

Os homens de Kaladin pousaram sua ponte com um estrondo, e Kaladin deu o chamado para recuar. Ele e sua equipe se afastaram correndo para deixar a cavalaria atravessar. Mas a cavalaria não veio. Com suor escorrendo pela testa, Kaladin se virou.

Cinco outras equipes haviam montado suas pontes, mas outras ainda estavam lutando para alcançar o abismo. Inesperadamente, eles tinham tentado inclinar suas pontes para bloquear as flechas, imitando Kaladin e sua equipe. Muitos tropeçaram, alguns dos homens tentando baixar a ponte para proteção enquanto outros ainda corriam.

Foi o caos. Aqueles homens não haviam praticado o carregamento lateral. Enquanto uma equipe desgarrada tentava segurar a ponte na nova posição, eles a deixaram cair. Mais duas equipes de ponte foram abatidas completamente pelos parshendianos, que continuavam a disparar.

A cavalaria pesada avançou, cruzando as seis pontes que haviam sido montadas. Normalmente, dois cavaleiros lado a lado passando por cada ponte somavam uma massa de cem cavaleiros, de trinta a quarenta de largura e com três fileiras de profundidade. Isso dependia de quantas pontes haviam sido enfileiradas, permitindo uma carga eficaz contra as centenas de arqueiros parshendianos.

Mas as pontes haviam sido colocadas de uma maneira demasiado errática. Parte da cavalaria atravessou, mas os cavaleiros estavam dispersos e não podiam avançar contra os parshendianos sem medo de serem cercados.

Soldados da infantaria haviam começado a ajudar a empurrar a Ponte Seis até a posição. *Nós devíamos ir ajudar*, percebeu Kaladin. *Posicionar essas pontes.*

Mas já era tarde demais. Embora Kaladin estivesse perto do campo de batalha, seus homens — como era sua prática — haviam recuado até os rochedos mais próximos em busca de abrigo. O rochedo que haviam escolhido era próximo o bastante para ver a batalha, mas estava bem protegido contra flechas. Os parshendianos sempre ignoravam carregadores depois do ataque inicial, embora os alethianos tivessem o cuidado de deixar guardas de retaguarda para proteger o ponto de contato e evitar que os parshendianos tentassem cortar sua retirada.

Os soldados finalmente manobraram a Ponte Seis até o lugar certo, e mais duas equipes de ponte conseguiram fazer o mesmo, mas metade das pontes não chegou ao destino. O exército teve que se reorganizar em movimento, avançando para ajudar a cavalaria, dividindo-se para cruzar onde as pontes haviam sido colocadas.

Teft deixou o rochedo e agarrou Kaladin pelo braço, levando-o para a relativa segurança. Kaladin se permitiu ser arrastado, mas ainda estava olhando para o campo de batalha, tendo uma horrível compreensão.

Rocha foi até Kaladin, colocando a mão no seu ombro. O cabelo do corpulento papaguampas estava grudado na cabeça devido ao suor, mas ele estava sorrindo de orelha a orelha.

— É um milagre! Nenhum homem ferido!

Moash se aproximou.

— Pai das Tempestades! Não acredito no que acabamos de fazer. Kaladin, você mudou as incursões de ponte para sempre!

— Não — disse Kaladin em voz baixa. — Eu minei completamente nossa ofensiva.

— Eu... O quê?

Pai das Tempestades!, pensou Kaladin. A cavalaria pesada fora separada. Uma carga de cavalaria precisava de uma linha ininterrupta; era a intimidação, tanto quanto qualquer outro elemento, que a fazia funcionar.

Mas ali, os parshendianos puderam sair do caminho e então atacar os cavaleiros pelos flancos. E os soldados de infantaria não conseguiam se aproximar rápido o bastante para ajudar. Vários grupos de cavaleiros lutavam completamente cercados. Os soldados se amontoavam ao redor das pontes montadas, tentando atravessar, mas os parshendianos tinham uma posição sólida e os estavam repelindo. Lanceiros caíram das pontes, e os parshendianos então conseguiram derrubar uma ponte inteira no abismo. As forças alethianas logo estavam na defensiva, os soldados concentrados em guardar a entrada das pontes para proteger uma rota de fuga para a cavalaria.

Kaladin assistiu a tudo, realmente *assistiu*. Ele nunca estudara as táticas e necessidades do exército inteiro naquelas ofensivas; sempre considerara apenas as necessidades da sua própria equipe. Foi um erro estúpido, e ele devia ter pensado melhor. Ele *teria* pensado melhor, se ainda pensasse em si mesmo como um verdadeiro soldado. Odiava Sadeas; odiava a maneira como o homem usava as equipes de ponte. Mas não devia ter alterado as táticas básicas da Ponte Quatro sem considerar o esquema maior da batalha.

Eu desviei a atenção para as outras equipes de ponte, pensou Kaladin. *Isso nos levou até o abismo cedo demais, e atrasou algumas das outras.*

E, como ele correra na frente, muitos outros carregadores puderam ver como ele usara a ponte como escudo. Isso fez com que imitassem a Ponte Quatro. Cada equipe acabou correndo em uma velocidade diferente, e os arqueiros alethianos não souberam onde focar suas saraivadas para afastar os parshendianos para que as pontes fossem baixadas.

Pai das Tempestades! Acabei de fazer Sadeas perder essa batalha.

Haveria repercussões. Os carregadores tinham sido esquecidos enquanto os generais e capitães corriam para revisar seus planos de batalha. Mas quando aquilo acabasse, viriam atrás dele.

Ou talvez acontecesse mais cedo. Gaz e Lamaril, com um grupo de lanceiros reservas, estavam marchando rumo à Ponte Quatro.

Rocha parou junto a Kaladin de um lado, um nervoso Teft do outro, segurando uma pedra nas mãos. Os carregadores atrás de Kaladin começaram a murmurar.

— Para trás — disse Kaladin em voz baixa para Rocha e Teft.

— Mas Kaladin! — protestou Teft. — Eles...

— Para trás. Reúnam os carregadores. Levem-nos de volta à serraria em segurança, se puderem.

Se algum de vocês escapar desse desastre.

Quando Rocha e Teft não recuaram, Kaladin deu um passo à frente. A batalha ainda fervilhava na Torre; o grupo de Sadeas — conduzido pelo próprio Fractário — conseguira tomar uma pequena seção do terreno e estava protegendo-a ferozmente. Cadáveres se acumulavam dos dois lados. Não seria o bastante.

Rocha e Teft se aproximaram de Kaladin novamente, mas ele os deteve com um olhar, forçando-os a recuar. Então se voltou para Gaz e Lamaril. *Vou dizer que Gaz me disse para fazer isso*, pensou. *Ele sugeriu que eu usasse o carregamento lateral em uma ofensiva de ponte.*

Mas não. Não havia testemunhas. Seria a sua palavra contra a de Gaz. Isso não funcionaria — além do mais, esse argumento daria a Gaz e Lamaril um bom motivo para matar Kaladin imediatamente, antes que ele pudesse falar com seus superiores.

Kaladin precisava fazer alguma outra coisa.

— Você tem ideia do que fez? — cuspiu Gaz enquanto se aproximava.

— Eu desequilibrei a estratégia do exército — disse Kaladin —, causando caos por toda a força de assalto. Vocês vieram me punir, de modo que quando seus superiores chegarem gritando para saber o que houve, pelo menos poderão mostrar que lidaram rapidamente com o indivíduo responsável.

Gaz fez uma pausa, Lamaril e os lanceiros parando ao seu redor. O sargento de pontes parecia surpreso.

— Se adianta de alguma coisa — continuou Kaladin gravemente —, eu não sabia que isso aconteceria. Só estava tentando sobreviver.

— Carregadores de pontes não *devem* sobreviver — disse Lamaril bruscamente. Ele acenou para dois soldados, depois apontou para Kaladin.

— Se me deixar vivo, prometo que direi aos seus superiores que vocês não tiveram nada a ver com isso. Se me matar, vai parecer que estavam tentando esconder alguma coisa.

— Esconder alguma coisa? — disse Gaz, olhando para a batalha na Torre. Uma flecha perdida caiu junto às pedras perto dele, se quebrando. — O que teríamos a esconder?

— Depende. Isso *pode* muito bem parecer que foi ideia sua. Luminobre Lamaril, o senhor não me deteve. Poderia ter detido, mas não fez nada, e os soldados viram Gaz e o senhor conversando quando viu o que eu fiz. Se eu não puder atestar a sua ignorância sobre o que eu ia fazer, então a coisa pode ficar bem feia para o senhor.

Os soldados de Lamaril olharam para o líder. O olhos-claros fechou a cara.

— Batam nele, mas não o matem — ordenou ele, então se virou e marchou de volta para as linhas de reserva dos alethianos.

Os parrudos lanceiros caminharam até Kaladin. Eram olhos-escuros, mas pelo nível de compaixão que mostraram, poderiam até ser parshendianos. Kaladin fechou os olhos e se preparou. Não podia lutar com todos; não se quisesse permanecer com a Ponte Quatro.

O cabo de uma lança acertou seu estômago o derrubou, e ele ofegou enquanto os soldados começavam a chutar. Uma bota rasgou sua bolsa de cinto. Suas esferas — preciosas demais para deixar no barracão — se espalharam pelo chão. De alguma maneira, haviam perdido sua Luz das Tempestades, e agora estavam escuras, sem vida.

Os soldados continuaram chutando.

Análise de quatro cidades do mundo e seus padrões subjacentes baseados nas plantas da cidade encontradas no arquivo do Palaneu, em Kharbranth.

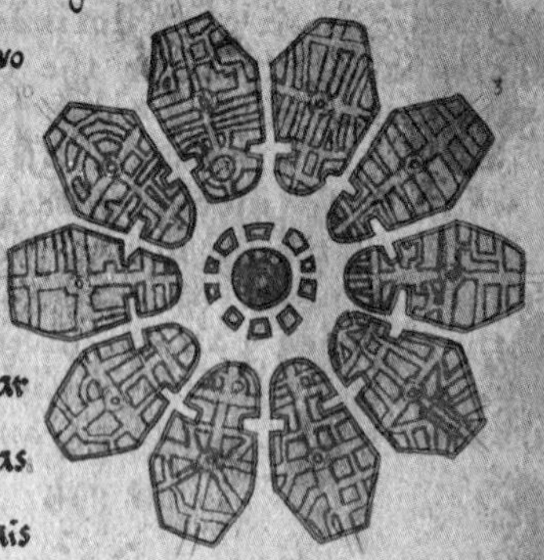

Akinah

Quando removemos as atuais ruas e as principais vielas de Akinah, de Cidade de Thaylen, de Vedenar e de Kholinar, e combinamos os quarteirões em formas maiores, deixando apenas as formações rochosas naturais sobre as quais essas cidades foram originalmente construídas, o padrão subjacente da pedra torna-se ainda mais claro.

Cidade de Thaylen

A simetria divina de dez partes de Akinah é acentuada pela forma da cidade quando vista de cima. Entre as linhas de Cidade de Thaylen emerge um padrão de estrela. As ruas tortuosas de Vedenar tornam-se um padrão organizado de setas e círculos.

Vedenar

No caso de Kholinar, mesmo as muralhas da cidade seguem o contorno das formações rochosas subcartográficas conhecidas como as Lâminas de Vento. As muralhas incorporam as formações, usando-as para aumentar a força defensiva da cidade.

Kholinar

Me pergunto se isso é uma estranha coincidência. E se não, então o que significa?

O Erudito, Habsal

33

CIMÁTICA

"Eles mudaram, mesmo enquanto os combatíamos. Eram como sombras, que podem se transformar conforme a chama dança. Nunca os subestime por conta de um primeiro olhar."

— Supostamente um fragmento coletado de Talatin, um Radiante da Ordem dos Guardiões das Pedras. A fonte — *Encarnado*, de Guvlow — é no geral considerada confiável, ainda que esse seja um fragmento copiado de "O poema da sétima manhã", que foi perdido.

ÀS VEZES, QUANDO SHALLAN entrava no Palaneu propriamente dito — o grande depósito de livros, manuscritos e pergaminhos além das áreas de estudo do Véu —, ela se distraía tanto com sua beleza e escopo que se esquecia de tudo mais.

O Palaneu tinha a forma de uma pirâmide invertida escavada na pedra. Possuía passarelas suspensas ao redor do seu perímetro. Suavemente inclinadas para baixo, elas percorriam todas as quatro paredes para formar uma majestosa espiral, uma escadaria gigante apontando para o centro de Roshar. Uma série de elevadores fornecia um método mais rápido de descida.

De pé junto ao corrimão do nível superior, Shallan só podia ver até metade do caminho até o fundo. O lugar parecia grande demais, grandioso demais, para ter sido feito por mãos humanas. Como os andares de passarelas haviam sido alinhados tão perfeitamente? Teriam sido usados Transmutadores para criar os espaços abertos? Quantas gemas aquilo tinha consumido?

A luz era fraca; não havia iluminação geral, só pequenas lâmpadas de esmeraldas focalizadas para iluminar o chão das passarelas. Fervorosos do Devotário da Compreensão periodicamente passavam pelos andares, trocando as esferas. Devia haver centenas e mais centenas de esmeraldas ali; aparentemente, elas compunham o tesouro real kharbranthiano. Que lugar melhor do que o extremamente seguro Palaneu? Ali as gemas podiam ser protegidas e servir para iluminar a enorme biblioteca.

Shallan continuou no seu caminho. Seu criado parshemano transportava uma lanterna de esfera contendo um trio de marcos de safira. A suave luz azul refletia contra as paredes de pedra, que haviam sido parcialmente Transmutadas em quartzo por motivos puramente estéticos. Os corrimões haviam sido esculpidos em madeira, e depois transformados em mármore. Quando ela correu os dedos por um deles, pôde sentir a granulação da madeira original. Ao mesmo tempo, tinha a fria superfície lisa da pedra. Uma estranheza que parecia projetada para confundir os sentidos.

Seu parshemano levava uma pequena cesta de livros cheios de desenhos de famosos cientistas naturais. Jasnah havia começado a permitir que Shallan usasse parte do seu tempo de estudo em tópicos de sua própria escolha. Só uma hora por dia, mas era notável como aquela hora se tornara preciosa. Recentemente, estivera se aprofundando em *Viagens ocidentais*, de Myalmr.

O mundo era um lugar maravilhoso. Ela desejava aprender mais, desejava observar cada uma de suas criaturas, ter desenhos delas em seus livros. Organizar Roshar capturando-o em imagens. Os livros que lera, embora maravilhosos, pareciam todos incompletos. Cada autora era boa com palavras ou desenhos, mas raramente com ambos. E se a autora *era* boa nas duas coisas, então sua compreensão da ciência era insuficiente.

Havia tantos buracos na compreensão delas. Buracos que Shallan poderia preencher.

Não, ela disse a si mesma enquanto caminhava. *Não é para isso que estou aqui.*

Estava ficando cada vez mais difícil permanecer concentrada no roubo, embora Jasnah — como Shallan havia esperado — houvesse começado a usá-la como assistente de banho. Isso poderia logo apresentar a oportunidade de que precisava. E, ainda assim, quanto mais ela estudava, mais ambicionava o conhecimento.

Ela conduziu seu parshemano até um dos elevadores. Ali, dois outros parshemanos começaram a baixá-la. Shallan olhou a cesta de livros. Poderia passar seu tempo no elevador lendo, talvez terminando aquela seção de *Viagens ocidentais*...

Ela deu as costas para a cesta. *Não perca o foco.* No quinto nível abaixo, ela saiu na pequena passagem que conectava o elevador às passarelas inclinadas junto às paredes. Ao alcançar a parede, ela virou para a direita e continuou descendo mais um pouco. A parede estava coberta de portais e, tendo encontrado o que desejava, ela adentrou uma grande câmara de pedra ocupada por prateleiras altas.

— Espere aqui — disse ela ao seu parshemano enquanto retirava sua pasta de desenho da cesta. Ela a colocou debaixo do braço, pegou a lanterna, e apressou-se a chegar nas pilhas de livros.

Era possível desaparecer por horas no Palaneu e não ver nenhuma outra alma. Shallan raramente encontrava alguém enquanto buscava um livro obscuro para Jasnah. Havia fervorosos e servos para pegar os volumes, naturalmente, mas Jasnah achava importante que Shallan praticasse fazê-lo por contra própria. Aparentemente, o sistema de arquivamento kharbranthiano agora era o padrão em muitas das bibliotecas e arquivos de Roshar.

Nos fundos da sala, ela encontrou uma pequena mesa de sabugália. Pousou sua lanterna de um lado e sentou-se no banco, pegando seu portfólio. A sala estava escura e silenciosa, a luz de sua lanterna revelando a ponta das prateleiras à sua direita e uma lisa parede de pedra à sua esquerda. O ar cheirava a papel velho e poeira, não umidade. Nunca estava úmido no Palaneu. Talvez a secura tivesse algo a ver com as calhas de pó branco nas extremidades de cada sala.

Ela desfez os laços de couro do seu portfólio. No interior, as primeiras folhas estavam em branco, e as seguintes continham desenhos que ela havia feito de pessoas no Palaneu. Mais rostos para a sua coleção. Escondido no meio havia um conjunto muito mais importante de desenhos: esboços de Jasnah realizando Transmutação.

A princesa usava seu Transmutador com pouca frequência; talvez hesitasse em usá-lo quando Shallan estava por perto. Mas Shallan a flagrara em umas poucas ocasiões, geralmente quando Jasnah estava distraída, e aparentemente esquecera que não estava sozinha.

Shallan segurou uma imagem. Jasnah, sentada na saleta, com a mão para o lado e tocando um pedaço amassado de papel, uma gema no seu Transmutador brilhando. Shallan ergueu a imagem seguinte. Ela mostrava a mesma cena apenas segundos mais tarde. O papel se transformara em uma bola de fogo. Ela não havia queimado. Não, ela *se transformara em fogo.* Línguas de fogo espiralando, um lampejo de calor no ar. O que estava no papel que Jasnah quis esconder?

Outra imagem mostrava Jasnah Transmutando o vinho da sua taça em um pedaço de cristal para usar como peso de papel, com o próprio cálice fixando outra resma, em uma das raras ocasiões quando jantaram — e estudaram — em um pátio fora do Conclave. Também havia um desenho de Jasnah queimando palavras depois de ficar sem tinta. Quando Shallan a viu queimando letras em uma página, ficou impressionada com a precisão do Transmutador.

Parecia que aquele Transmutador estava afinado com três Essências em particular: Vapor, Faísca e Brilho. Mas ele devia ser capaz de criar qualquer uma das Dez Essências, de Zéfiro a Talus. Essa última era a mais importante para Shallan, já que Talus incluía rocha e terra. Ela *poderia* criar novos depósitos minerais para exploração da sua família. Daria certo; Transmutadores eram muito raros em Jah Keved, e o mármore, a jade e a opala da sua família seriam vendidos a excelentes preços. Eles não podiam criar gemas reais com um Transmutador — diziam que isso era impossível —, mas poderiam criar outros depósitos de valor quase igual.

Uma vez que esses novos depósitos se esgotassem, teriam que passar para negócios menos lucrativos, mas tudo bem. Até lá, teriam pagado suas dívidas e compensado aqueles a quem tinham quebrado promessas. A Casa Davar novamente perderia a importância, mas não entraria em colapso.

Shallan estudou novamente os desenhos. A princesa alethiana parecia surpreendentemente casual em relação à Transmutação. Ela possuía um dos mais poderosos artefatos de toda Roshar, e o utilizava para criar *pesos de papel*? O que mais ela fazia com o Transmutador, quando Shallan não estava olhando? Jasnah parecia usá-lo com menos frequência na sua presença agora do que de início.

Shallan enfiou a mão na bolsa-segura dentro da sua manga, retirando o Transmutador quebrado do pai. Ele fora cortado em dois lugares: em um dos elos da corrente e no engaste que segurava uma das pedras. Ela o inspecionou na luz, procurando — não pela primeira vez — sinais de danos. O elo na corrente fora substituído perfeitamente, assim como o engaste. Mesmo sabendo exatamente onde os cortes tinham sido feitos, ela não conseguia encontrar falha alguma. Infelizmente, reparar apenas os defeitos externos não o tornara funcional.

Ela testou o peso do aparelho de metal e correntes. Depois colocou-o na mão, enrolando correntes ao redor do polegar, do dedo mínimo e do dedo médio. No momento não havia gemas no dispositivo. Ela comparou o Transmutador quebrado aos desenhos, inspecionando-o de todos os lados. Sim, pareciam idênticos. Isso tinha sido uma preocupação.

Shallan sentiu seu coração agitar-se enquanto considerava o Transmutador quebrado. Roubar Jasnah parecia aceitável quando a princesa era uma figura distante, desconhecida. Uma herege, supostamente mal-humorada e exigente. Mas e a verdadeira Jasnah? Uma erudita cuidadosa, severa, mas justa, com um surpreendente nível de sabedoria e entendimento? Poderia Shallan realmente roubá-la?

Ela tentou acalmar o coração. Ela era assim desde criança. Lembrava-se de suas lágrimas ao ver as brigas dos pais. Nunca lidara bem com confrontos.

Mas faria aquilo. Por Nan Balat, Tet Wikim e Asha Jushu. Seus irmãos dependiam dela. Ela pressionou as mãos contra as coxas para impedir que tremessem, enquanto inspirava e expirava. Depois de alguns minutos, com os nervos sob controle, ela removeu o Transmutador danificado e devolveu-o à sua bolsa-segura. Recolheu seus papéis; eles poderiam ser importantes para descobrir como usar o Transmutador. O que ela ia fazer em relação a isso? Haveria uma maneira de perguntar a Jasnah sobre como usar um Transmutador sem levantar suspeitas?

Uma cintilação de luz através das prateleiras próximas a assustou, e ela guardou a pasta. Acabou sendo apenas uma fervorosa idosa em sua túnica, balançando uma lanterna e seguida por um criado parshemano. Ela não olhou na direção de Shallan enquanto virava entre duas fileiras de prateleiras, a luz da lanterna brilhando pelo espaço entre os livros. Iluminada daquele jeito — com sua figura oculta, mas com a luz fluindo entre as prateleiras —, parecia que um dos próprios Arautos estava caminhando entre pilhas de livros.

Com o coração novamente acelerado, Shallan levou a mão segura ao peito. *Sou uma péssima ladra*, ela pensou com uma careta. Terminou de guardar suas coisas e moveu-se pelas prateleiras, segurando sua lanterna. A ponta de cada fileira possuía símbolos gravados, indicando a data em que os livros haviam entrado no Palaneu. Era assim que eram organizados. Havia enormes gabinetes ocupados por índices até o nível mais alto.

Jasnah mandara Shallan buscar — e então ler — uma cópia de *Diálogos*, uma famosa obra histórica sobre teoria política. Contudo, aquela também era a sala que continha *Sombras recordadas* — o livro que Jasnah estava lendo quando o rei a visitara. Shallan depois o procurara no índice. Já devia ter sido recolocado na sua prateleira àquela altura.

Subitamente curiosa, Shallan contou as fileiras, então entrou e contou as prateleiras. Junto ao meio e na parte inferior, ela encontrou um fino volume vermelho com uma capa de couro suíno. *Sombras recordadas*. Shallan pousou a lanterna no chão e pegou o livro, sentindo-se furtiva enquanto folheava as páginas.

Ela ficou confusa com o que descobriu. Não percebera que aquele era um livro de histórias infantis. Não havia comentário de subtexto, era só uma coleção de contos. Shallan sentou-se no chão, lendo o primeiro deles. Era a história de uma criança que se afastou de casa à noite e foi perseguida pelos Esvaziadores até que se escondeu em uma caverna perto de um lago. O menino talhou um pedaço de madeira em uma forma aproximadamente humana e mandou-o flutuando pelo lago, enganando as criaturas, que atacaram e devoraram o pedaço de madeira.

Shallan não tinha muito tempo — Jasnah suspeitaria se ela se demorasse demais —, mas passou os olhos pelo resto das histórias. Todas tinham um estilo similar, histórias de fantasmas sobre espíritos ou Esvaziadores. O único comentário estava no verso, explicando que a autora ficara curiosa sobre os contos folclóricos contados por plebeus olhos-escuros. Ela passara anos coletando-os e registrando-os.

Sombras recordadas, pensou Shallan. *É um livro que deveria ter sido esquecido.*

Era aquilo que Jasnah andara lendo? Shallan havia esperado que *Sombras recordadas* fosse um tipo de profunda discussão filosófica sobre um assassinato histórico oculto. Jasnah era uma Veristitaliana. Ela reconstruía a verdade do que havia acontecido no passado. Que tipo de verdade podia encontrar em histórias contadas para assustar crianças olhos-escuros desobedientes?

Shallan colocou o volume de volta na prateleira e saiu apressadamente.

POUCO DEPOIS, SHALLAN RETORNOU à saleta para descobrir que sua pressa fora desnecessária. Jasnah não estava lá. Contudo, Kabsal estava.

O jovem fervoroso estava sentado na longa mesa, folheando um dos livros de arte de Shallan. A garota o notou antes que ele a visse, e percebeu que estava sorrindo, apesar dos seus problemas. Ela cruzou os braços e adotou uma expressão dúbia.

— De novo? — perguntou.

Kabsal levantou-se de um salto, fechando o livro.

— Shallan — disse ele, sua cabeça raspada refletindo a luz azulada da lanterna do seu parshemano. — Eu estava procurando…

— Jasnah — completou Shallan. — Como sempre. E, no entanto, ela nunca está aqui quando você chega.

— Uma infeliz coincidência — disse ele, levando a mão à testa. — Nunca escolho bons momentos, não é?

— E isso aos seus pés é uma cesta de pão?

— Um presente para a Luminosa Jasnah — disse ele. — Do Devotário da Compreensão.

— Duvido que uma cesta de pão vá persuadi-la a renunciar a sua heresia — disse Shallan. — Talvez se você tiver incluído geleia…

O fervoroso sorriu, pegando a cesta e mostrando uma pequena jarra de geleia de simbereja vermelha.

— Claro que eu contei a você que Jasnah não gosta de geleia — observou Shallan. — E ainda assim você a trouxe, sabendo que a geleia está entre meus alimentos favoritos. E você fez isso, ah… uma dúzia de vezes nos últimos meses?

— Estou ficando um pouco transparente, não é?

— Só um pouco — disse ela, sorrindo. — É por conta da minha alma, não é? Está preocupado comigo porque sou aprendiz de uma herege.

— Hã… bem, sim, infelizmente.

— Eu devia me sentir insultada — ponderou Shallan. — Mas você *trouxe* geleia.

Ela sorriu, acenando para que seu parshemano depositasse os livros e então esperasse do lado de fora. Seria verdade que havia parshemanos nas Planícies Quebradas que estavam *lutando*? Parecia difícil de acreditar. Ela nunca ouvira falar de nenhum parshemano que sequer levantasse a voz. Eles não pareciam inteligentes o bastante para a desobediência.

Naturalmente, alguns relatos que ouvira — incluindo aqueles que Jasnah a fizera ler enquanto estudava o assassinato do rei Gavilar — indicavam que os parshendianos não eram como os outros parshemanos. Eles eram maiores, possuíam uma estranha armadura que crescia da própria pele, e falavam com muito mais frequência. Talvez não fossem realmente parshemanos, mas um tipo de primos distantes, uma raça totalmente diferente.

Ela sentou-se à mesa enquanto Kabsal pegava o pão, seu parshemano esperando na entrada. Um parshemano não valia muito como companhia para manter o decoro, mas Kabsal *era* um fervoroso, o que significava que, tecnicamente, ela não precisava disso.

O pão fora comprado em uma padaria thaylena, então era fofo e marrom. E, como ele era um fervoroso, não importava o fato de que geleia era uma comida feminina — eles podiam apreciá-la juntos. Ela olhou-o discretamente enquanto ele cortava o pão. Os fervorosos empregados pelo seu pai eram todos homens ou mulheres rabugentos e mais velhos, de olhar severo e impacientes com crianças. Ela nunca sequer *considerou* que os devotários pudessem atrair homens jovens como Kabsal. Durante aquelas últimas semanas, andara pensando nele de maneiras que seria melhor evitar.

— Você já pensou em que tipo de pessoa declara ser quando diz que prefere geleia de simbereja? — disse ele.

— Não estava ciente de que meu gosto por geleias era tão significativo.

— Algumas pessoas estudam isso — disse Kabsal, passando a espessa geleia vermelha e oferecendo-lhe a fatia. — Dá para encontrar alguns livros muito estranhos, trabalhando aqui no Palaneu. Não é difícil concluir que talvez *tudo* já tenha sido estudado em uma época ou outra.

— Hum — disse Shallan. — E a geleia de simbereja?

— De acordo com *Palatos da personalidade*... e antes que você proteste, *sim,* é um livro real, e esse é o título... um gosto por simbereja indica uma personalidade espontânea e impulsiva. E também uma preferência por... — Ele parou quando um pedaço de papel amassado quicou na sua testa, e fez uma expressão atônita.

— Desculpe — disse Shallan. — Simplesmente aconteceu. Deve ser toda a minha espontaneidade e impulsividade.

Kabsal sorriu.

— Então discorda das conclusões?

— Eu não sei. — Ela deu de ombros. — Já me disseram que podiam determinar minha personalidade de acordo com o dia em que nasci, ou com a posição da Cicatriz de Taln no meu sétimo aniversário, ou por extrapolações numerológicas do décimo paradigma glífico. Mas acho que somos mais complicados do que isso.

— As pessoas são mais complicadas do que as extrapolações numerológicas do décimo paradigma glífico? — disse Kabsal, espalhando geleia em uma fatia de pão para si. — É por isso que tenho tanta dificuldade em entender as mulheres.

— Muito engraçado. O que eu *quero* dizer é que somos mais complexos do que simples conjuntos de traços de personalidade. Eu sou espontânea? Às vezes. Você poderia descrever dessa maneira o fato de eu ter perseguido Jasnah até aqui para me tornar sua pupila. Mas, antes disso, passei 17 anos sendo o mais *não* espontânea possível. Em muitas situações... se encorajada... minha língua pode ser muito espontânea, mas minhas ações raramente são. *Todos* nós somos espontâneos às vezes, e *todos* somos conservadores às vezes.

— Então você está dizendo que o livro está certo. Ele diz que você é espontânea; você é espontânea às vezes. Logo, está correto.

— Por esse argumento, ele está certo sobre *todo mundo.*

— 100% certo!

— Bem, não é 100% certo — contestou Shallan, engolindo outro pedaço do doce pão fofo. — Como já foi observado, Jasnah detesta geleia de todos os tipos.

— Ah, sim — disse Kabsal. — Ela é uma *herege de geleia* também. Sua alma corre mais perigo do que eu tinha imaginado. — Ele sorriu e deu uma mordida no pão.

— De fato — disse Shallan. — Então, o que mais diz nesse seu livro sobre mim... e metade da população mundial... devido à nossa apreciação de alimentos muito doces?

— Bem, um gosto por simberejas supostamente também indica um amor por espaços ao ar livre.

— Ah, o espaço ao ar livre — suspirou Shallan. — Eu visitei esse local mítico uma vez. Faz tanto tempo que já quase esqueci. Diga-me, o sol ainda brilha, ou é só um devaneio da minha memória?

— Certamente os seus estudos não são *tão* rígidos.

— Jasnah é incrivelmente afeita à poeira — disse Shallan. — Acho que ela desabrocha em meio ao pó, alimentando-se de partículas como um chule mastigando petrobulbos.

— E você, Shallan? O que faz *você* desabrochar?

— Carvão.

De início, ele pareceu confuso, então olhou para a pasta dela.

— Ah, sim. Fiquei surpreso com a rapidez com que seu nome, e seus desenhos, se espalharam pelo Conclave.

Shallan comeu seu último pedaço de pão, então limpou as mãos em um trapo úmido trazido por Kabsal.

— Você fala como se eu fosse uma doença. — Ela correu um dedo pelo cabelo ruivo, fazendo uma careta. — Acho que eu tenho mesmo cor de urticária, não tenho?

— Tolice — disse ele com um ar severo. — Não devia dizer essas coisas, Luminosa. É desrespeitoso.

— Comigo mesma?

— Não. Com o Todo-Poderoso, que a criou.

— Ele também criou os crenguejos. Sem mencionar as urticárias e as doenças. Então ser comparada com uma é na verdade uma honra.

— Não consigo seguir essa lógica, Luminosa. Como ele criou todas as coisas, comparações não têm significado.

— Como as alegações do seu livro *Palatos*, hein?

— Verdade.

— Há coisas piores para se ser do que uma doença — ela meditou distraidamente. — Quando se tem uma doença, lembramos que estamos vivos. Ela faz com que você lute pelo que tem. Quando a doença passa, a vida saudável normal parece maravilhosa em comparação.

— E você não preferiria ser uma sensação de Euforia? Trazendo sentimentos agradáveis e alegria para aqueles que contamina?

— A Euforia passa. Costuma ser breve, então passamos mais tempo desejando-a do que apreciando-a. — Ela suspirou. — Olhe o que fizemos. Agora estou deprimida. Pelo menos voltar aos meus estudos vai parecer empolgante em comparação.

Ele franziu o cenho para os livros.

— Eu tinha a impressão de que você apreciava seus estudos.

— Eu também. Então Jasnah Kholin adentrou na minha vida e provou que mesmo algo agradável pode se tornar tedioso.

— Entendo. Então ela é uma mestra rigorosa?

— Na verdade, não — disse Shallan. — Só aprecio hipérboles.

— Eu, não — replicou ele. — É uma danação de soletrar.

— Kabsal!

— Perdão — disse ele, então olhou para cima. — Perdão.

— Tenho certeza de que o telhado o perdoará. Para conseguir a atenção do Todo-Poderoso, talvez tenha que queimar uma oração em vez disso.

— Estou mesmo devendo algumas — disse Kabsal. — O que você estava dizendo?

— Bem, a Luminosa Jasnah *não é* uma mestra rigorosa. Na verdade, ela é tudo que dizem que é. Brilhante, bela, misteriosa. Tenho sorte de ser sua pupila.

Kabsal concordou.

— Dizem que ela é uma mulher exemplar, exceto por uma coisa.

— Você quer dizer a heresia?

Ele assentiu.

— Não é tão ruim para mim quanto você pensa. Ela raramente fala sobre suas crenças, a menos que seja provocada.

— Então ela sente vergonha.

— Duvido. É só consideração.

Ele a encarou.

— Não precisa se preocupar comigo — disse Shallan. — Jasnah não tenta me persuadir a abandonar os devotários.

Kabsal se inclinou para frente, assumindo um ar mais sóbrio. Ele era mais velho do que ela — um homem de vinte e poucos anos, confiante, seguro de si e direto. Era praticamente o único homem de idade próxima à dela com quem já falara fora da cuidadosa supervisão de seu pai.

Mas ele também era um fervoroso. Então, naturalmente, aquilo não podia dar em nada. Ou podia?

— Shallan — disse Kabsal com gentileza —, você não vê como nós... como eu... como estamos preocupados? A Luminosa Jasnah é uma mulher muito poderosa e interessante. Seria de se esperar que suas ideias fossem contagiosas.

— Contagiosas? Pensei que você tivesse dito que *eu* era a doença.

— Eu nunca disse isso!

— Sim, mas eu fingi que você disse. O que é praticamente a mesma coisa.

Ele franziu o cenho.

— Luminosa Shallan, os fervorosos *estão* preocupados com você. As almas dos filhos do Todo-Poderoso são nossa responsabilidade. Jasnah tem um histórico de corromper aqueles com quem entra em contato.

— É mesmo? — perguntou Shallan, genuinamente interessada. — Outras pupilas?

— Não estou em posição de dizer.

— Podemos mudar de posição.

— Não mudarei de ideia, Luminosa. Não vou falar sobre isso.

— Então escreva.

— Luminosa... — disse ele, em um tom sofrido.

— Ah, está bem. — Ela suspirou. — Bom, posso garantir que minha alma está bastante bem e completamente *não* contaminada.

Ele se recostou, então cortou outra fatia de pão. Ela novamente se pegou observando-o, mas ficou irritada com a própria tolice. Logo estaria voltando para sua família, e ele só a visitava por motivos relacionados com a sua Vocação. Mas ela realmente *gostava* da companhia dele. Kabsal era a única pessoa em Kharbranth com quem sentia que podia conversar. E ele era bonito; a roupa simples e a cabeça raspada só realçavam seus traços fortes. Como muitos jovens fervorosos, ele mantinha a barba curta e bem aparada. Falava com uma voz refinada, e era muito culto.

— Bem, se está segura em relação à sua alma — disse ele, voltando-se para ela, —, então talvez eu possa interessá-la no nosso devotário.

— Eu tenho um devotário: o Devotário da Pureza.

— Mas o Devotário da Pureza não é o lugar para uma erudita. A Glória que ele defende não tem nada a ver com seus estudos ou sua arte.

— Não é preciso que um devotário focalize diretamente na sua Vocação.

— Mas é bom quando as duas coisas coincidem.

Shallan abafou uma careta. O Devotário da Pureza focalizava — como seria de se imaginar — em ensinar a emular a honestidade e o caráter salutar do Todo-Poderoso. Os fervorosos no salão do devotário não sabiam o que fazer com o fascínio dela pela arte. Sempre queriam que ela desenhasse coisas que consideravam "puras". Estátuas dos Arautos, representações do Olho Duplo.

Seu pai havia escolhido o devotário para ela, claro.

— Só me pergunto se você fez uma escolha bem-embasada — disse Kabsal. — Trocar de devotários é permitido, afinal de contas.

— Sim, mas o recrutamento não é malvisto? Fervorosos competindo por membros?

— É de fato malvisto. Um hábito deplorável.

— Mas você faz mesmo assim?

— Também praguejo às vezes.

— Eu não tinha notado. Você é um fervoroso muito curioso, Kabsal.

— Você ficaria surpresa. Não somos tão rígidos quanto parecemos ser. Bem, exceto pelo Irmão Habsant; ele passa a maior parte do tempo olhando feio para o resto de nós. — Ele hesitou. — Na verdade, pensando bem, talvez ele *seja totalmente rígido*. Não sei se já o vi se mexendo....

— Estamos nos desviando do assunto. Você não ia tentar me recrutar para o seu devotário?

— Sim. E não é tão incomum quanto você imagina. Todos os devotários fazem isso. Estamos sempre desaprovando uns aos outros por nossa profunda falta de ética. — Ele se inclinou novamente para a frente, ficando mais sério. — Meu devotário tem relativamente poucos membros, já que não temos tanta exposição quanto outros. Então sempre que alguém em busca de conhecimento vem ao Palaneu, nós assumimos a responsabilidade de informá-los.

— Recrutá-los.

— Deixá-los ver o que estão perdendo. — Ele deu uma mordida no seu pão com geleia. — No Devotário da Pureza, eles ensinam sobre a natureza do Todo-Poderoso? O prisma divino, com as dez facetas representando os Arautos?

— Eles mencionaram o assunto — ela respondeu. — Na maioria das vezes falamos sobre como alcançar minhas metas de... bem, de pureza. Um pouco tedioso, admito, já que não havia muita chance de *impureza* da minha parte.

Kabsal balançou a cabeça.

— O Todo-Poderoso dá talentos a todos... e quando escolhemos uma Vocação que investe neles, estamos adorando-o na maneira mais fundamental. Um devotário, e seus fervorosos, devem ajudar a alimentar isso, encorajando você a estabelecer e alcançar metas de excelência. — Ele indicou os livros empilhados na mesa. — É com isso que seu devotário devia estar ajudando você, Shallan. História, lógica, ciência, arte. Ser bom e honesto é importante, mas devíamos estar nos esforçando mais para encorajar os talentos naturais das pessoas, em vez de forçá-las a se adaptarem às Glórias e Vocações que consideramos mais importantes.

— Acho que esse é um argumento razoável.

Kabsal assentiu, parecendo pensativo.

— É de se espantar que uma mulher como Jasnah Kholin se afaste de tudo isso? Muitos devotários encorajam mulheres a deixar os estudos difíceis de teologia para os fervorosos. Se ao menos Jasnah pudesse ver a verdadeira beleza da nossa doutrina... — Ele sorriu, retirando um livro grosso da sua cesta de pão. — De início, eu realmente esperava ser capaz de mostrar a ela o que quero dizer.

— Duvido que ela reaja bem a isso.

— Talvez — ele disse despreocupadamente, segurando o livro. — Mas se fosse eu a finalmente convencê-la!

— Irmão Kabsal, assim quase parece que está buscando destaque.

Ele enrubesceu, e ela percebeu que havia dito algo que verdadeiramente o envergonhara. Shallan se retraiu, amaldiçoando sua língua.

— Sim — confessou ele. — Eu procuro obter destaque. Eu não *deveria* desejar tanto ser a pessoa a convertê-la. Mas desejo. Se ela simplesmente ouvisse minha prova...

— Prova?

— Eu tenho evidência real de que o Todo-Poderoso existe.

— Eu gostaria de vê-la. — Então levantou um dedo, interrompendo-o. — Não porque eu duvide de sua existência, Kabsal. Só estou curiosa.

Ele sorriu.

— Terei prazer em explicar. Mas primeiro gostaria de outra fatia de pão?

— Eu deveria dizer não e evitar excessos, como minhas tutoras me instruíram. Mas em vez disso direi sim.

— Por causa da geleia?

— Naturalmente — respondeu ela, enquanto pegava o pão. — Como foi que seu livro de adivinhações em compota me descreveu? Impulsiva e espontânea? Posso concordar isso. Se significar mais geleia.

Ele besuntou um pedaço para ela, então limpou os dedos no seu pano e abriu o livro, passando pelas páginas até alcançar uma com um desenho. Shallan se aproximou para ver melhor. A imagem não era de uma pessoa; representava um padrão. Uma forma triangular, com três asas voltadas para fora e um centro com representações de picos.

— Reconhece isso? — perguntou Kabsal.

Parecia familiar.

— Acho que deveria.

— É Kholinar — disse ele. — A capital alethiana, desenhada vista de cima. Está vendo os picos aqui, as bordas ali? Ela foi construída ao redor da antiga formação rochosa da área. — Ele virou a página.

— Aqui está Vedenar, capital de Jah Keved. — Aquela imagem tinha um padrão hexagonal. — Akinah. — Um padrão circular. — Cidade de Thaylen. — Um padrão estelar de quatro pontas.

— O que isso significa?

— É prova de que o Todo-Poderoso está em todas as coisas. Você pode contemplá-lo aqui, nessas cidades. Está vendo como elas são simétricas?

— As cidades foram construídas por homens, Kabsal. Eles queriam simetria porque ela é sagrada.

— Sim, mas em cada caso elas foram construídas sobre formações rochosas já existentes.

— Isso não significa nada — contestou Shallan. — Eu acredito, mas não sei se *isso* é uma prova. O vento e a água podem criar simetria; você a vê na natureza o tempo todo. Os homens escolheram áreas vagamente simétricas, então projetam suas cidades para compensar quaisquer falhas.

Ele se virou novamente para sua cesta, remexendo no interior. Por fim, tirou dela, surpreendentemente, uma placa metálica. Quando

Shallan abriu a boca para fazer uma pergunta, ele levantou o dedo novamente e dispôs a placa em uma pequena base de madeira que a elevou alguns centímetros da mesa.

Kabsal salpicou areia branca e fina sobre a folha de metal, revestindo-a. Então pegou um arco, do tipo usado em cordas para fazer música.

— Estou vendo que você veio preparado para essa demonstração — observou Shallan. — Você *realmente* queria defender seu ponto de vista para Jasnah.

Ele sorriu, então passou o arco junto à borda da placa metálica, fazendo-a vibrar. A areia pulou e saltou, como pequenos insetos jogados em algo quente.

— Isto se chama cimática — explicou ele. — O estudo de padrões de sons quando interagem com um meio físico.

Quando ele passou novamente o arco, a placa fez um som, quase uma nota pura. Isso foi o bastante para atrair um único espreno musical, que girou por um momento no ar acima dele, depois desapareceu. Kabsal terminou, depois fez um gesto com um floreio na direção da placa.

— Então...? — indagou Shallan.

— Kholinar — disse ele, segurando o livro para comparação.

Shallan inclinou a cabeça. O padrão na areia parecia *exatamente* com Kholinar.

Ele deixou cair mais areia na placa e depois passou o arco junto a outro ponto, e a areia se reorganizou.

— Vedenar — continuou ele.

Ela fez novamente a comparação. Era uma correspondência exata.

— Cidade de Thaylen — disse ele, repetindo o processo em outro ponto. Ele cuidadosamente escolheu mais um ponto na borda da placa e passou o arco uma última vez. — Akinah. Shallan, prova da existência do Todo-Poderoso nas cidades em que vivemos. Veja que perfeita simetria!

Ela teve que admitir, havia algo instigante em relação aos padrões.

— Pode ser uma falsa correlação. Ambos causados pela mesma coisa.

— Sim. O Todo-Poderoso — disse ele, aprumando-se. — Até nossa linguagem é simétrica. Veja só os glifos... cada um deles pode ser dobrado ao meio perfeitamente. E o alfabeto também. Dobre qualquer linha de texto sobre ela mesma e vai encontrar a simetria. Certamente conhece a história de que tanto os glifos quanto as letras vieram dos Cantores do Alvorecer?

— Sim.

— Mesmo os nossos nomes. O seu é praticamente perfeito. Shallan. Uma letra a menos, um nome ideal para uma mulher olhos-claros. Não é sagrado *demais*, mas é bem próximo. Os nomes originais para os Reinos de Prata. Alethela, Valhav, Shin Kak Nish. Perfeitos, simétricos.

Ele se aproximou, pegando na mão dela.

— Está aqui, entre nós. Não se esqueça disso, Shallan, independentemente do que ela diga.

— Não esquecerei — disse ela, percebendo como ele havia guiado a conversa.

Ele disse que acreditava nela, mas ainda assim havia detalhado suas provas. Era tocante e irritante ao mesmo tempo. Não gostava de condescendência. Por outro lado, poderia alguém realmente culpar um fervoroso por pregar?

Kabsal olhou para cima subitamente, soltando sua mão.

— Estou ouvindo passos.

Ele se levantou, e Shallan virou-se enquanto Jasnah entrava na saleta, seguida por um parshemano carregando uma cesta de livros. Jasnah não se mostrou surpresa com a presença do fervoroso.

— Sinto muito, Luminosa Jasnah — disse Shallan, se levantando. — Ele...

— Você não é uma prisioneira, menina — interrompeu Jasnah bruscamente. — Pode receber visitantes. Só cuide de conferir se não está com marcas de dentes. Esses tipos têm o hábito de arrastar sua presa para o mar com eles.

Kabsal enrubesceu e se moveu para recolher suas coisas.

Jasnah acenou para que o parshemano colocasse seus livros na mesa.

— Será que essa placa reproduz um padrão cimático correspondente a Urithiru, sacerdote? Ou você só tem padrões para as quatro cidades costumeiras?

Kabsal fitou-a, obviamente chocado ao perceber que ela sabia exatamente para que servia a placa. Ele pegou seu livro.

— Urithiru é só uma fábula.

— Que estranho. Pensei que alguém como você estaria acostumado a acreditar em fábulas.

Seu rosto ficou mais vermelho. Ele acabou de guardar suas coisas, então fez uma saudação seca para Shallan e saiu apressadamente da sala.

— Se me permite dizer, Luminosa, isso foi *excepcionalmente* rude da sua parte — declarou Shallan.

— Tenho inclinação a esses impulsos de indelicadeza — disse Jasnah. — Tenho certeza de que ele já ouviu falar do meu jeito. Só quis que ele recebesse o que esperava.

— A senhora não agiu assim com os outros fervorosos no Palaneu.

— Os outros fervorosos no Palaneu não estão se esforçando para voltar minha pupila contra mim.

— Ele não estava... — Shallan fez uma pausa. — Ele estava apenas preocupado com a minha alma.

— Ele já pediu a você para roubar meu Transmutador?

Shallan sentiu uma pontada súbita de choque. Sua mão foi para a bolsa-segura na sua manga. Será que Jasnah sabia? *Não*, Shallan disse a si mesma. *Não, preste atenção na pergunta.*

— Ele não pediu isso.

— Espere só — disse Jasnah, abrindo um livro. — Uma hora ele vai pedir. Tenho experiência com o tipo. — Ela olhou para Shallan, e sua expressão suavizou-se. — Ele não está interessado em você. De nenhuma maneira que você está pensando. Em particular, não está interessado na sua alma. Está interessado em mim.

— Isso é um tanto arrogante da sua parte, não acha?

— Só se eu estiver errada, menina — disse Jasnah, voltando ao seu livro. — E raramente estou.

"Caminhei de Abamabar até Urithiru."

— Esta citação da Oitava Parábola de *O caminho dos reis* parece contradizer Varala e Sinbian, que alegam que a cidade era inacessível a pé. Talvez um caminho tenha sido construído, ou talvez Nohadon esteja usando uma metáfora.

CARREGADORES DE PONTES NÃO *devem sobreviver...*

A mente de Kaladin estava confusa. Ele sabia que sentia *dor*, mas, tirando isso, estava flutuando. Era como se sua cabeça estivesse separada do corpo, quicando nas paredes e tetos.

— Kaladin! — sussurrou uma voz preocupada. — Kaladin, por favor. Por favor, pare de estar machucado.

Carregadores de pontes não devem sobreviver. Por que essas palavras o incomodavam tanto? Ele se lembrou do que havia acontecido, de usar a ponte como escudo, de desequilibrar o exército, de estragar a ofensiva. *Pai das Tempestades, sou um idiota!*

— Kaladin?

Era a voz de Syl. Ele se arriscou a abrir os olhos e viu um mundo de cabeça para baixo, o céu se estendendo abaixo dele, a serraria familiar acima.

Não. *Ele* estava de cabeça para baixo. Pendurado contra a parede do barracão da Ponte Quatro. O edifício Transmutado tinha quatro metros e meio de altura no seu ápice, com um telhado levemente inclinado. Kaladin estava amarrado pelas canelas a uma corda, que por sua vez estava fixada em um anel preso no telhado inclinado. Ele vira isso acontecer com outros carregadores. Um que havia cometido um assassinato no acampamento, outro que fora pego roubando pela quinta vez.

As suas costas estavam contra a parede, de modo que ele estava voltado para leste. Seus braços estavam livres, pendendo ao lado da cabeça, quase tocando o chão. Ele grunhiu mais uma vez, com o corpo todo doendo.

Seguindo o treinamento de seu pai, começou a apalpar seu flanco para verificar se havia alguma costela quebrada. Fez cara de dor quando descobriu que várias estavam sensíveis, pelo menos rachadas; provavelmente quebradas. Tateou o ombro também, onde temia que sua clavícula estivesse quebrada. Um dos seus olhos estava inchado. O tempo diria se ele havia sofrido algum dano interno mais sério.

Ele esfregou o rosto e flocos de sangue seco se soltaram e flutuaram até o chão. Corte na cabeça, nariz ensanguentado, lábio rachado. Syl pousou no seu peito, pés plantados no seu esterno, apertando as mãos.

— Kaladin?

— Estou vivo — ele murmurou, as palavras saindo arrastadas pelo seu lábio inchado. — O que aconteceu?

— Você foi surrado por aqueles soldados — disse ela, parecendo diminuir. — Eu me vinguei deles. Fiz um deles tropeçar três vezes hoje. — Ela parecia preocupada.

Ele se pegou sorrindo. Quanto tempo um homem poderia ficar pendurado assim, com o sangue indo para a cabeça?

— Houve muita gritaria — disse Syl baixinho. — Acho que vários homens foram rebaixados. Aquele soldado, Lamaril, ele...

— O quê?

— Ele foi executado — falou Syl ainda mais baixo. — O próprio Grão-príncipe Sadeas cuidou disso, na hora em que o exército voltou do platô. Ele disse que a responsabilidade final caía sobre os olhos-claros. Lamaril ficou gritando que você prometeu absolvê-lo, e que Gaz devia ser punido no lugar dele.

Kaladin deu um sorriso triste.

— Ele não devia ter me surrado até que eu perdesse os sentidos. E Gaz?

— Continua no mesmo posto. Não sei por quê.

— Direito de responsabilidade. Em um desastre como esse, os olhos--claros devem assumir a maior parte da culpa. Eles gostam de mostrar obediência a velhos preceitos como esse, quando é conveniente. Por que ainda estou vivo?

— Parece que para dar exemplo — respondeu Syl, envolvendo-se com seus braços translúcidos. — Kaladin, estou com frio.

— Você sente a temperatura? — perguntou Kaladin, tossindo.

— Geralmente, não. Agora sinto. Não entendo. Eu... eu não gosto disso.

— Vai ficar tudo bem.

— Você não deveria mentir.

— Às vezes não há problema em mentir, Syl.

— E agora é uma dessas vezes?

Ele piscou, tentando ignorar suas feridas, a pressão na cabeça, tentando clarear sua mente. Falhou em todas as tentativas.

— Sim — sussurrou.

— Acho que entendo.

— Então — disse Kaladin, recostando a cabeça, a ponta do seu osso parietal tocando a parede —, eu serei julgado pela grantormenta. Eles vão deixar a tempestade me matar.

Pendurado ali, Kaladin seria exposto diretamente aos ventos e a tudo que eles jogassem contra seu corpo. Sendo prudente e agindo de modo correto, *era* possível sobreviver exposto a uma grantormenta, embora fosse uma experiência miserável. Kaladin fizera isso em várias ocasiões, agachado, se abrigando a sotavento de uma formação rochosa. Mas pendendo de uma parede e voltado diretamente para a direção das tempestades? Ele seria cortado em pedacinhos e esmagado pelas pedras.

— Eu já volto — disse Syl, pulando do seu peito na forma de uma pedra, então se transformando em folhas sopradas pelo vento junto ao chão, flutuando para longe, para a direita.

A serraria estava vazia. Kaladin sentia o aroma do ar gélido e límpido, a terra se preparando para uma grantormenta. A bonança, como era chamada, quando o vento se detia, o ar esfriava, a pressão caía, e a umidade se elevava imediatamente antes de uma tempestade.

Alguns segundos depois, a cabeça de Rocha surgiu da esquina, com Syl no seu ombro. Ele se esgueirou até Kaladin, seguido nervosamente por Teft. Eles foram alcançados por Moash; apesar dos protestos sobre não confiar em Kaladin, ele parecia quase tão preocupado quanto os outros dois.

— Fidalgote? — chamou Moash. — Você está acordado?

— Estou consciente — respondeu Kaladin, a voz rouca. — Todos voltaram bem da batalha?

— Todos os nossos homens, com certeza — disse Teft, coçando a barba. — Mas perdemos a batalha. Foi um desastre. Mais de duzentos carregadores mortos. Só sobraram suficientes para carregar 11 pontes.

Duzentos homens, pensou Kaladin. *Isso é minha culpa. Eu protegi os meus ao custo dos outros. Fui apressado demais.*

Carregadores de pontes não devem sobreviver. Há alguma verdade nisso. Ele não poderia perguntar a Lamaril. Mas aquele homem teve o destino merecido. Se Kaladin pudesse escolher, aquele seria o fim de todos os olhos-claros, incluindo o rei.

— Nós queremos dizer uma coisa — declarou Rocha. — Da parte de todos os homens. A maioria não quis sair. A grantormenta está vindo, e...

— Está tudo bem — sussurrou Kaladin.

Teft cutucou Rocha para que continuasse.

— Bem, é isso. Nós vamos nos lembrar de você. A Ponte Quatro... Nós não vamos voltar a ser como antes. Pode ser que todos nós acabemos morrendo, mas vamos ensinar aos novos. Fogueiras de noite. Riso. Vida. Vamos fazer disso uma tradição. Por você.

Rocha e Teft sabiam sobre a erva-botão. Eles poderiam continuar ganhando dinheiro extra para pagar pelas coisas.

— Você fez isso por nós — acrescentou Moash. — Nós teríamos morrido naquele campo. Talvez tantos quanto morreram nas outras equipes. Desse modo, só vamos perder um.

— Eu digo que o que eles estão fazendo não está certo — falou Teft com a cara fechada. — Conversamos sobre cortar essa corda.

— Não — disse Kaladin. — Isso só faria que vocês sofressem uma punição similar.

Os três homens se entreolharam. Aparentemente, haviam chegado à mesma conclusão.

— O que foi que Sadeas disse? — perguntou Kaladin. — Sobre mim.

— Que ele compreendia um carregador de pontes querer salvar a própria vida — respondeu Teft —, mesmo às custas dos outros. Ele chamou você de covarde egoísta, mas agiu como se não desse para esperar mais que isso.

— Ele diz que está deixando o Pai das Tempestades te julgar — acrescentou Moash. — Jezerezeh, rei dos Arautos. Diz que se você merecer viver, você vai... — Ele se calou. Sabia tão bem quanto os outros que homens desprotegidos não sobreviviam a grantormentas, não pendurados daquele jeito.

— Quero que vocês três façam algo para mim — disse Kaladin, fechando os olhos contra o sangue que escorria pelo seu rosto caindo do lábio, cuja ferida abrira ao falar.

— Qualquer coisa, Kaladin — garantiu Rocha.

— Quero que vocês voltem ao barracão e digam aos homens para sair depois da tempestade. Diga a eles para me procurarem aqui amarrado; diga que vou abrir meus olhos e olhar de volta para eles, e que então eles vão saber que eu sobrevivi.

Os três carregadores fizeram silêncio.

— Sim, claro, Kaladin — disse Teft. — Faremos isso.

— Diga a eles — continuou Kaladin, a voz mais firme — que isso não termina aqui. Diga a eles que eu *escolhi* não tirar minha própria vida, e que, portanto, nem pela *Danação* vou entregá-la a Sadeas.

Rocha sorriu um dos seus sorrisos largos.

— Pelo *uli'tekanaki*, Kaladin. Quase acredito que você vai conseguir.

— Aqui — disse Teft, dando-lhe alguma coisa. — Para dar sorte.

Kaladin pegou o objeto com uma mão fraca e manchada de sangue. Era uma esfera, um marco-celeste inteiro. Estava fosca, sua Luz das Tempestades esgotada. *Leve uma esfera com você na tempestade e pelo menos terá luz para enxergar*, dizia o velho ditado.

— Foi tudo que conseguimos salvar da sua bolsa — disse Teft. — Gaz e Lamaril ficaram com o resto. Nós reclamamos, mas o que podíamos fazer?

— Obrigado — disse Kaladin.

Moash e Rocha recuaram para a segurança do barracão, Syl deixando o ombro de Rocha para ficar com Kaladin. Teft também se demorou, como se estivesse considerando passar a tempestade com Kaladin, mas por fim sacudiu a cabeça, murmurando, e juntou-se aos outros. Kaladin pensou ter ouvido o homem chamar a si mesmo de covarde.

A porta do barracão fechou. Kaladin passou o dedo pela lisa esfera de vidro. O céu estava escurecendo, e não só porque o sol estava se pondo. As trevas se aglomeravam. A grantormenta.

Syl caminhou pela parede, então se sentou ali, olhando para ele, sua face minúscula muito séria.

— Você disse a eles que vai sobreviver. O que acontece se não sobreviver?

A cabeça de Kaladin pulsava com seu batimento cardíaco.

— Minha mãe sentiria vergonha se soubesse como deixei os soldados me ensinarem rapidinho a jogar. Na primeira noite no exército de Amaram eles já me botaram para apostar esferas.

— Kaladin? — disse Syl.

— Desculpe — disse ele, balançando a cabeça. — O que você disse me lembrou daquela noite. Há um termo no jogo, sabe? "Entrar com tudo", é como chamam. Quando você coloca todo o seu dinheiro em uma aposta.

— Não entendi.

— Estou apostando tudo a longo prazo — sussurrou Kaladin. — Se eu morrer, então eles vão sair, balançar as cabeças e dizer que sabiam que isso ia acontecer. Mas se eu viver, eles vão lembrar. E isso vai dar esperanças a eles. Podem ver isso como um milagre.

Syl ficou em silêncio por um momento.

— Você quer ser um milagre?

— Não — sussurrou Kaladin. — Mas para eles, eu serei.

Era uma esperança estúpida e desesperada. O horizonte ocidental, invertido na sua visão, estava escurecendo. Daquela perspectiva, a tempestade era como a sombra de uma enorme fera se arrastando pelo chão. Ele sentia a confusão perturbadora de alguém que havia sido atingido com força na cabeça. Concussão, esse era o nome. Ele estava com dificuldade para pensar, mas não queria ficar inconsciente. Ele queria olhar de frente a grantormenta, ainda que ela o apavorasse. Sentiu o mesmo pânico que vivenciou ao olhar para o abismo escuro, quando quase se matara. Era o medo do que não podia ver, do que não podia saber.

O paredão se aproximou, a cortina visível de chuva e vento no início de uma grantormenta. Era uma onda massiva de água, terra e rochas, com centenas de metros de altura, milhares e milhares de esprenos de vento zunindo à frente.

Em batalha, ele sempre fora capaz de lutar até alcançar a segurança usando sua habilidade com a lança. Quando pisara na beira do abismo, houvera uma linha de retirada. Daquela vez, não havia nada. Não havia como lutar ou evitar aquela fera negra, aquela sombra cobrindo todo o horizonte, mergulhando o mundo em uma noite prematura. A borda ocidental da cratera que compunha o acampamento de guerra havia sido erodida, e o barracão da Ponte Quatro era o primeiro da sua fileira. Não havia nada entre ele e as Planícies. Nada entre ele e a tempestade.

Fitando aquela onda feroz, vociferante e avassaladora, composta por água e destroços levados pelo vento, Kaladin sentiu-se assistindo o fim do mundo cair sobre ele.

Respirou fundo, a dor nas costelas esquecida, enquanto o paredão cruzava a serraria em um lampejo e o atingia.

35
UMA LUZ PARA VER

"Embora muitos quisessem que Urithiru fosse construída em Alethela, estava óbvio que não poderia ser. E por isso pedimos que ela fosse localizada a leste, no lugar mais próximo da Honra."

— Talvez a mais antiga fonte original restante mencionando a cidade, citada em *O Vavibrar*, linha 1804. O que eu não daria por uma maneira de traduzir o Canto do Alvorecer.

A FORÇA DO PAREDÃO QUASE fez com que perdesse a consciência, mas o súbito vento gelado deixou-o lúcido.

Por um momento, Kaladin não conseguiu sentir mais nada além do frio. Foi pressionado contra a parede do barracão pelo prolongado golpe de água. Pedras e pedaços de galhos se chocaram contra a pedra ao redor dele; já estava entorpecido demais para dizer quantos arranharam ou contundiram sua pele.

Ele suportou tudo, desnorteado, olhos fechados com força e respiração presa. Então o paredão passou, seguiu trovejando. O golpe de vento seguinte veio do lado — o ar estava girando e soprando de todas as direções agora. O vento o balançou violentamente — suas costas se arrastando contra a pedra — e o ergueu no ar. Depois se estabilizou, soprando do Leste novamente. Kaladin pendia nas trevas, seus pés repuxando a corda. Em pânico, ele percebeu que agora estava pairando no ar como uma pipa, amarrado ao anel no teto da caserna.

Só aquela corda o impedia de ser levado junto com os outros detritos e jogado e girado diante da tempestade através de toda Roshar. Durante aqueles poucos momentos, ele não conseguiu pensar. Só sentia o pânico e o frio — o primeiro fervilhando no seu peito, o outro tentando congelá-

-lo de fora para dentro. Ele gritou, se agarrando à sua única esfera como se fosse uma tábua de salvação. O grito foi um erro, já que permitiu que o frio adentrasse sua boca. Como um espírito forçando o braço pela sua garganta.

O vento era como um redemoinho, caótico, movendo-se em diferentes direções. Um golpe o atingiu, então passou, e ele caiu contra o teto do barracão com um estrondo. Quase imediatamente, os terríveis ventos tentaram levantá-lo novamente, golpeando sua pele com ondas de água gelada. O trovão ressoou, o batimento cardíaco da fera que o engolira. O relâmpago partiu as trevas como dentes brancos na noite. O uivo do vento era tão alto que quase abafava o trovão.

— Agarre o telhado, Kaladin!

A voz de Syl. Tão baixa, tão pequena. Como ele sequer conseguia escutá-la?

Entorpecido, ele percebeu que estava deitado de bruços no telhado inclinado. Ele não era tão íngreme a ponto de fazê-lo escorregar imediatamente, e o vento de modo geral estava soprando-o para trás. Ele fez o que Syl disse, agarrando a borda do telhado com dedos gelados e escorregadios. Então deitou-se de rosto para baixo, a cabeça enfiada entre os braços. Ainda segurava a esfera, pressionada contra o teto de pedra. Seus dedos começaram a escorregar. O vento estava soprando tão forte, tentando empurrá-lo para oeste. Se largasse o teto, acabaria pendurado no ar novamente. Sua corda não era longa o bastante para que chegasse do outro lado do teto inclinado, onde estaria protegido.

Uma pedra atingiu o teto ao seu lado — ele não conseguiu ouvir seu impacto ou vê-la na escuridão da tempestade, mas *sentiu* o edifício vibrando. A pedra rolou para frente e despencou no chão. A tempestade como um todo não tinha tanta força, mas golpes de vento ocasionais podiam levantar e arremessar grandes objetos a centenas de metros.

Seus dedos escorregaram ainda mais.

— O anel — sussurrou Syl.

O anel. A corda amarrava seus pés a um anel de aço na lateral do telhado, atrás dele. Kaladin soltou as mãos, depois agarrou o anel quando foi soprado para trás; agarrou com força. A corda descia até seus tornozelos, tendo mais ou menos o comprimento do seu corpo. Por um momento, pensou em desamarrá-la, mas não ousou soltar o anel. Ficou agarrado ali, como uma flâmula balançando ao vento, segurando o anel com as duas mãos, a esfera dentro de uma delas pressionada contra o aço.

Cada momento era uma luta. O vento o puxava para a esquerda, depois o arremessava para a direita. Ele não tinha como saber quanto tempo ia durar; o tempo não tinha significado naquele lugar de fúria e tumulto. Sua mente entorpecida e abatida começou a pensar que estava em um pesadelo. Um terrível sonho em sua cabeça, cheio de ventos escuros e vívidos. Gritos no ar, brilhantes e brancos, o lampejo do relâmpago revelando um pavoroso mundo retorcido de caos e terror. Os próprios edifícios pareciam soprados de lado, o mundo inteiro fora de prumo, deformado pelo terrível poder da tempestade.

Em um daqueles breves momentos de luz em que ousou dar uma olhada, pensou ver Syl na frente dele, seu rosto virado para o vento, as minúsculas mãos estendidas. Como se ela estivesse tentando conter a tempestade e dividir os ventos como uma pedra repartia as águas de um riacho veloz.

O frio da chuva embotava a dor dos arranhões e machucados. Mas também entorpecia seus dedos. Ele não os sentiu escorregando. Quando percebeu, já estava novamente chicoteando no ar, jogado de um lado para outro, então arremessado contra o telhado do barracão.

Bateu com força. Sua visão ofuscou-se com luzes cintilantes que se misturaram e foram seguidas pela escuridão.

Não inconsciência, escuridão.

Kaladin piscou. Tudo estava quieto. A tempestade estava em silêncio, e só havia trevas. *Estou morto*, ele pensou imediatamente. Mas por que sentia a pedra úmida embaixo dele? Sacudiu a cabeça, chuva pingando do rosto. Não havia relâmpago, nem vento, nem chuva. O silêncio era anormal.

Ele se levantou cambaleando, conseguindo ficar de pé na suave inclinação do telhado. A pedra estava escorregadia sob seus dedos. Ele não sentia suas feridas. A dor simplesmente não estava presente.

Ele abriu a boca para gritar nas trevas, mas hesitou. Aquele silêncio não podia ser quebrado. O próprio ar parecia mais leve, assim como ele. Era quase como se estivesse prestes a sair flutuando.

E naquela escuridão, um rosto enorme apareceu na sua frente. Um rosto feito de breu, mas com traços tênues delineados na escuridão. Era amplo, da largura de uma gigantesca tempestade, e estendia-se até os confins do céu, e ainda assim era totalmente visível para Kaladin. Inumano. Sorridente.

Kaladin sentiu um profundo arrepio — um agudo toque de gelo — correr pela sua espinha e por todo o corpo. A esfera subitamente iluminou-se na sua mão, brilhando como uma safira. Seu punho cintilou com fogo azul, iluminando o telhado de pedra aos seus pés. Sua camisa estava em farrapos, a pele, lacerada. Ele olhou para si, chocado, depois olhou para cima, para o rosto.

Ele se fora. Agora só havia trevas.

O relâmpago piscou, e as dores de Kaladin retornaram. Ele arquejou, caindo de joelhos diante da chuva e do vento. Escorregou, o rosto atingindo o telhado.

O que fora aquilo? Uma visão? Uma ilusão? A força lhe escapava, seus pensamentos novamente se enevoando. Os ventos já não eram tão fortes, mas a chuva ainda era muito fria. Letárgico, confuso, quase dominado pela dor, ele levantou a mão e olhou para a esfera. Estava brilhando. Coberta com seu sangue e brilhando.

Ele sentia dor demais, e sua força se esvaíra. Fechando os olhos, foi envolto por uma segunda escuridão, dessa vez a da inconsciência.

ROCHA FOI O PRIMEIRO a chegar na porta quando a grantormenta amainou. Teft o seguiu mais devagar, grunhindo. Seus joelhos doíam. Seus joelhos *sempre* doíam perto de uma tempestade. Seu avô sempre reclamava disso, no fim da vida, e Teft o chamava de tonto. Agora sentia o mesmo.

Danação tormentosa, pensou ele, saindo com cansaço. Ainda estava chovendo, naturalmente. Eram as lufadas posteriores de chuva que seguiam uma grantormenta, a calmaria. Uns poucos esprenos de chuva estavam sentados nas poças, como velas azuis, e alguns esprenos de vento dançavam nos ventos da tempestade. A chuva era fria, e respingava das poças que encharcavam seus pés nas sandálias, gelando toda pele e músculo. Ele detestava se molhar. Mas também, detestava um monte de coisas.

Por algum tempo, a vida parecera melhorar. Agora não mais.

Como tudo deu tão errado tão rápido?, ele pensou, envolvendo o corpo com os braços, caminhando lentamente e tomando cuidado com os pés. Alguns soldados haviam deixado suas casernas e estavam ali perto, usando mantos de chuva, vigiando. Provavelmente para garantir que ninguém havia saído escondido para soltar Kaladin antes da hora. Mas eles não tentaram deter Rocha. A tempestade havia passado.

Rocha virou correndo a esquina até a lateral do edifício. Outros carregadores deixaram o barracão para trás enquanto Teft seguia Rocha. Papaguampas tormentoso. Avançando como um grande chule. Ele realmente acreditava. Pensava que iam encontrar o jovem e estúpido líder de ponte vivo. Provavelmente achava que iam encontrá-lo tomando uma bela xícara de chá, relaxando na sombra com o próprio Pai das Tempestades.

E você não acredita?, Teft perguntou a si mesmo, ainda olhando para baixo. *Se não acredita, por que está seguindo ele? Mas se você acreditasse, olharia. Não fitaria os próprios pés. Olharia para cima e veria.*

Seria possível um homem acreditar e não acreditar ao mesmo tempo? Teft deteve-se ao lado de Rocha e — tomando coragem — ergueu os olhos para a parede do barracão.

Ele viu o que esperava e temia. O cadáver parecia um pedaço de carne de cavalo no abatedouro, esfolada e sangrada. Aquilo era uma pessoa? A pele de Kaladin estava rasgada em uma centena de lugares, gotas de sangue se misturando com chuva e escorrendo pela parede do edifício. O corpo do rapaz ainda pendia pelos tornozelos. Sua camisa fora despedaçada; suas calças de carregador estavam em farrapos. Ironicamente, seu rosto estava mais limpo agora do que quando o deixaram, lavado pela tormenta.

Teft já vira homens mortos o suficiente no campo de batalha para saber o que estava olhando. *Pobre rapaz*, pensou, sacudindo a cabeça enquanto o resto da Ponte Quatro se reunia ao redor dele e de Rocha, silenciosos e horrorizados. *Quase me fez acreditar em você.*

Os olhos de Kaladin se abriram subitamente.

Os carregadores reunidos arquejaram, vários deles praguejando e caindo no chão, se encharcando nas poças de chuva. Kaladin inspirou de modo entrecortado, sibilando, seu olhar encarando adiante intensamente, sem ver nada. Ele expirou, lançando perdigotos sangrentos sobre os lábios. Sua mão direita, pendendo abaixo dele, se abriu.

Algo caiu nas pedras. A esfera que Teft lhe dera. Ela caiu em uma poça e parou ali. Estava escura, sem conter Luz das Tempestades.

Em nome de Kelek, o que é isso?, Teft pensou, ajoelhando-se. Quando se deixava uma esfera do lado de fora, durante uma tormenta, ela acumulava Luz das Tempestades. Na mão de Kaladin, aquela deveria estar totalmente infundida. O que dera errado?

— *Umalakai'ki*! — berrou Rocha, apontando. — *Kama mohoray namavau...* — Ele parou, percebendo que estava falando no idioma errado. — Alguém me ajude a tirá-lo dali! Ainda está vivo! Precisamos de uma escada e uma faca! Rápido!

Os carregadores correram. Os soldados se aproximaram, murmurando, mas não detiveram os carregadores. O próprio Sadeas havia declarado que o Pai das Tempestades escolheria o destino de Kaladin. Todos sabiam que aquilo significava a morte.

Só que... Teft se levantou, segurando a esfera fosca. *Uma esfera vazia depois de uma tempestade*, ele pensou. *E um homem que ainda está vivo quando deveria estar morto. Duas impossibilidades.*

Juntas, elas indicavam algo que devia ser ainda *mais* impossível.

— Onde está essa escada?! — Teft se pegou gritando. — Malditos sejam, rápido, rápido! Precisamos fazer curativos. Alguém pegue aquele unguento que ele sempre coloca nas feridas!

Ele olhou de volta para Kaladin, então falou em uma voz muito mais baixa:

— E é *bom* que você sobreviva, filho. Porque eu quero algumas respostas.

36
A LIÇÃO

"Tomando o Fractal do Alvorecer, capaz de prender qualquer criatura, fosse ela do vazio ou mortal, ele se arrastou pelos degraus feitos para Arautos, cada um com dez passos de altura, rumo ao grandioso templo mais acima."

— De *O Poema de Ista*. Não encontrei explicação moderna do que são esses "Fractais do Alvorecer". Parecem ser ignorados pelos eruditos, embora menções sobre eles sejam obviamente populares entre os que registravam as mitologias mais antigas.

NÃO ERA INCOMUM PARA *nós encontrar povos nativos ao viajar pelas Colinas Devolutas,* leu Shallan.

Afinal, essas terras antigas foram um dia um dos Reinos de Prata. Devemos nos perguntar se as grandes feras com carapaças viviam entre eles nessa época, ou se as criaturas passaram a habitar a terra selvagem deixada pela passagem dos humanos.

Ela se reclinou na cadeira, o ar úmido e quente ao seu redor. À esquerda, Jasnah Kholin flutuava silenciosamente na piscina embutida no chão da câmara de banho. Jasnah gostava de aproveitar o banho ao máximo, e Shallan não podia culpá-la. Durante a maior parte da vida de Shallan, tomar banho foi uma complicação envolvendo dúzias de parshemanos carregando baldes de água quente, seguida por uma rápida esfregada na banheira de bronze antes que a água esfriasse.

O palácio de Kharbranth oferecia instalações muito mais luxuosas. A piscina de pedra no chão parecia um pequeno lago particular, aquecido por engenhosos fabriais produtores de calor. Shallan ainda não sabia muito sobre fabriais, embora parte dela estivesse muito intrigada. Aquele tipo estava se tornando cada vez mais comum. Há poucos dias a equipe do Conclave enviara um para Jasnah, para aquecer seus aposentos.

A água não precisava ser carregada; em vez disso, saía de canos. Ao girar uma alavanca, a água fluía. Ela já chegava quente, e era mantida aquecida pelos fabriais colocados nas laterais da piscina. Shallan já havia se banhado naquela câmara, e foi absolutamente maravilhoso.

A decoração prática era feita em pedra enfeitada com pequenas pedrinhas coloridas fixadas com argamassa nas paredes. Shallan estava sentada ao lado da piscina, totalmente vestida, lendo enquanto esperava para servir Jasnah. O livro era a narrativa de Gavilar — ditada à própria Jasnah anos atrás — depois do seu primeiro encontro com os estranhos parshemanos depois conhecidos como os parshendianos.

Ocasionalmente, durante nossas explorações, encontrávamos nativos. Não parshemanos. Pessoas de Natan, com sua pele pálida e azulada, narizes largos e cabelo branco como lã. Em troca de ofertas de comida, eles nos indicavam os campos de caça de grã-carapaça.

Então encontramos os parshemanos. Já estive em meia dúzia de expedições a Natanatan, mas nunca vi nada parecido! Parshemanos, vivendo sozinhos? Toda lógica, experiência e ciência declaravam que isso era uma impossibilidade. Parshemanos precisam da mão dos povos civilizados para guiá-los. Isso foi comprovado repetidas vezes. Se um deles for deixado no meio do mato, apenas fica ali sentado, sem fazer nada, até que alguém apareça e lhe dê ordens.

No entanto, ali estava um grupo que podia caçar, fazer armas, construir edifícios, e — de fato — criar sua própria civilização. Logo percebemos que essa única descoberta poderia expandir, talvez derrubar, tudo que entendíamos sobre nossos gentis servos.

Shallan moveu os olhos até o fim da página onde — separado por uma linha — o subtexto fora escrito em uma letra pequena e apertada. A maioria dos livros ditados por homens tinha um subtexto, notas acrescentadas pela mulher ou pelo fervoroso que escrevera o livro. Por um acordo tácito, o subtexto nunca era compartilhado em voz alta. Ali, uma esposa às vezes explicava — ou até contradizia — o relato do marido. A única maneira de preservar tal honestidade para futuras eruditas era manter a santidade e segredo da escrita.

Deve ser notado, Jasnah havia escrito no subtexto daquela passagem, *que adaptei as palavras do meu pai — seguindo suas próprias instruções — para torná-las mais apropriadas para a gravação.* Isso significava que ela tornara o seu ditado mais erudito e impressionante.

Além disso, pela maioria dos relatos, o rei Gavilar originalmente ignorou esses estranhos e autossuficientes parshemanos. Foi só depois da explicação de suas eruditas e escribas que ele compreendeu a importância do que havia descoberto. Esta inclusão não pretende realçar a ignorância do meu pai; ele era, e é, um guerreiro. Sua atenção não estava na importância antropológica da nossa expedição, mas na caçada em que culminaria.

Shallan fechou o livro, pensativa. O volume era da própria coleção de Jasnah — o Palaneu possuía várias cópias, mas Shallan não tinha permissão de trazer os livros do Palaneu para uma câmara de banho.

As roupas de Jasnah estavam em um banco do outro lado do recinto. Sobre as roupas dobradas, uma pequena bolsa dourada continha o Transmutador. Shallan deu uma olhada em Jasnah. A princesa flutuava com o rosto para cima na piscina, seu cabelo preto se espalhando na água, os olhos fechados. Seu banho diário era o único momento em que aparentava relaxar completamente. Parecia muito mais jovem agora, despida de roupas e intensidade, flutuando como uma criança descansando depois de um dia de natação.

Trinta e quatro anos de idade. Parecia uma idade avançada sob alguns aspectos — algumas mulheres da idade de Jasnah tinham filhos tão crescidos quanto Shallan. E ainda assim também era jovem; jovem o bastante para que Jasnah fosse elogiada pela sua beleza, jovem o bastante para que homens declarassem que era uma pena que ela ainda fosse solteira.

Shallan fitou a pilha de roupas. Ela levava o fabrial quebrado na sua bolsa-segura. Poderia trocá-los ali e agora. Seria a oportunidade que ela estava esperando. Jasnah agora confiava nela o bastante para relaxar, deleitando-se na câmara de banho sem se preocupar com seu fabrial.

Será que Shallan podia fazer aquilo? Poderia trair aquela mulher que a acolhera?

Considerando o que fiz antes, isso não é nada, pensou ela. Não seria a primeira vez que traía alguém que confiava nela.

Ela se levantou. Ao lado, Jasnah abriu um olho.

Raios, pensou Shallan, enfiando o livro debaixo do braço, tentando parecer pensativa. Jasnah estava olhando para ela. Não com suspeita, mas sim curiosidade.

— Por que o seu pai quis fazer um tratado com os parshendianos? — perguntou Shallan subitamente enquanto caminhava.

— Por que não faria?

— Isso não é resposta.

— Claro que é. Só não é uma resposta que diga alguma coisa.

— Ajudaria, Luminosa, se a senhora me fornecesse uma resposta *útil.*

— Então faça uma pergunta útil.

Shallan empinou o queixo.

— O que os parshendianos tinham que o rei Gavilar desejava?

Jasnah sorriu, fechando os olhos novamente.

— Melhor. Mas você provavelmente pode adivinhar a resposta.

— Fractais.

Jasnah assentiu, ainda relaxada na água.

— O texto não os menciona — observou Shallan.

— Meu pai não falava deles — disse Jasnah. — Mas por outras coisas que disse… bem, agora suspeito que foram o motivo do tratado.

— Mas é possível ter certeza de que ele sabia? Talvez ele só quisesse as gemas-coração.

— Talvez — disse Jasnah. — Os parshendianos pareciam achar graça do nosso interesse nas gemas trançadas em suas barbas. — Ela sorriu. — Você não imagina o nosso choque quando descobrimos onde eles as conseguiam. Quando os lancerines morreram durante a limpeza de Aimia, pensamos que havíamos visto as últimas gemas-coração de grande porte. E, no entanto, havia outra grande besta com carapaça que as carregava, vivendo em uma terra não muito distante de Kholinar.

"De qualquer modo, os parshendianos estavam dispostos a compartilhá-las conosco, contanto que ainda pudessem caçá-las também. Para eles, se você se dava ao trabalho de caçar os demônios-do-abismo, tinha direito às gemas-coração neles. Duvido que um tratado fosse necessário para isso. Porém, um pouco antes de partirmos de volta a Alethkar, meu pai subitamente começou a falar com fervor sobre a necessidade de um acordo."

— Então, o que aconteceu? O que mudou?

— Não sei ao certo. Contudo, certa vez ele descreveu as estranhas ações de um guerreiro parshendiano durante uma caçada a um demônio-do-abismo. Em vez de pegar sua lança quando o grã-carapaça apareceu, esse homem esticou a mão para o lado de uma maneira muito suspeita. Só o meu pai viu isso; desconfio que ele achava que o homem planejava invocar uma Espada. O parshendiano percebeu o que estava fazendo e parou. Meu pai não falou mais sobre isso, e presumo que ele não queria os olhos do mundo ainda mais voltados para as Planícies Quebradas do que já estavam.

Shallan tocou no seu livro.

— Parece um motivo tênue. Se ele tinha certeza em relação às Espadas, deve ter visto mais coisas.

— Também tenho essa impressão. Mas estudei o tratado cuidadosamente depois de sua morte. As cláusulas para um comércio favorecido e passagem mútua pelas fronteiras foram quase um primeiro passo para anexar os parshendianos a Alethkar como uma nação. Isso certamente teria impedido os parshendianos de negociar suas Fractais em outros reinos sem passar por nós primeiro. Talvez ele só desejasse isso.

— Mas por que matá-lo? — perguntou Shallan, de braços cruzados, caminhando na direção das roupas dobradas de Jasnah. — Será que os parshendianos perceberam que ele pretendia ficar com suas Espadas Fractais e o atacaram preventivamente?

— É incerto — disse Jasnah. Ela parecia cética. O que *ela* pensava dos motivos dos parshendianos para matar Gavilar?

Shallan quase perguntou, mas tinha a sensação de que não conseguiria tirar mais nada de Jasnah. A mulher esperava que Shallan pensasse e chegasse às próprias conclusões.

Shallan parou ao lado do banco. A bolsa com o Transmutador estava aberta, com os cordões soltos. Ela podia ver o precioso artefato enrolado no interior. A troca seria fácil. Ela havia usado uma parte considerável do seu dinheiro para comprar gemas idênticas às de Jasnah e as colocara no Transmutador quebrado. Os dois agora eram exatamente idênticos.

Ela ainda não aprendera nada sobre o uso do fabrial; tentava encontrar uma maneira de perguntar, mas Jasnah evitava falar sobre o Transmutador. Insistir poderia causar suspeitas. Shallan teria que obter informações em outro lugar. Talvez com Kabsal, ou talvez em um livro no Palaneu.

Apesar disso, a hora estava chegando. Shallan se pegou apalpando sua bolsa-segura, passando os dedos pelas correntes do seu fabrial quebrado. Seu coração bateu mais rápido. Ela olhou para Jasnah, mas a mulher permanecia deitada, flutuando, com os olhos fechados. E se ela abrisse os olhos?

Não pense nisso!, Shallan disse a si mesma. *Só faça. Faça a troca. Está tão perto....*

— Você está progredindo mais rápido do que imaginei — disse Jasnah subitamente.

Shallan girou, mas os olhos de Jasnah ainda estavam fechados.

— Eu estava errada em te julgar tão duramente devido à sua educação anterior. Eu mesma disse várias vezes que a paixão supera a formação. Você tem a determinação e a capacidade para se tornar uma erudita respeitada, Shallan. Entendo que as respostas parecem demoradas, mas continue a sua pesquisa. Você vai alcançá-las em algum momento.

Shallan hesitou um instante, com a mão na bolsa, o coração batendo descontroladamente. Estava enjoada. *Não posso fazer isso*, percebeu. *Pai das Tempestades, eu sou uma idiota. Vim de tão longe até aqui... e agora não consigo fazer isso!*

Ela removeu a mão da sua bolsa-segura e percorreu a câmara de banho até voltar à sua cadeira. O que ia dizer aos irmãos? Que havia acabado de condenar sua família? Ela se sentou, deixando o livro de lado e suspirando, fazendo com que Jasnah abrisse os olhos. Jasnah olhou-a por um instante, depois se endireitou na água e fez um gesto pedindo o sabão capilar.

Trincando os dentes, Shallan se levantou e pegou a bandeja de sabão para Jasnah, levando-a e agachando-se para oferecê-la à sua mestra. Jasnah pegou o sabão em pó e misturou-o na mão, fazendo espuma com ele antes de aplicá-lo no seu liso cabelo preto com as duas mãos. Mesmo nua, Jasnah Kholin mostrava compostura e controle.

— Talvez tenhamos passado tempo demais em ambientes fechados ultimamente — observou a princesa. — Você parece tensa, Shallan. Ansiosa.

— Estou bem — respondeu Shallan bruscamente.

— Hum, claro. Como demonstrado pelo seu tom perfeitamente razoável e relaxado. Talvez precisemos transferir parte do seu treinamento de história para algo mais prático, mais visceral.

— Como a ciência natural? — perguntou Shallan, se animando.

Jasnah inclinou a cabeça para trás. Shallan se ajoelhou em uma toalha ao lado da piscina, depois usou a mão livre para massagear o sabão nas exuberantes mechas de sua mestra.

— Estava pensando em filosofia — replicou Jasnah.

Shallan hesitou.

— Filosofia? De que isso serve? — *Não é a arte de não dizer nada usando o máximo possível de palavras?*

— A filosofia é um importante campo de estudo — disse Jasnah severamente. — Particularmente se você vai se envolver na política da corte. A natureza da moralidade deve ser considerada, e de preferência antes que a pessoa seja exposta a situações onde uma decisão moral é necessária.

— Sim, Luminosa. Embora eu não consiga ver como a filosofia é mais "prática" do que a história.

— A história, por definição, não pode ser experimentada diretamente. Enquanto está acontecendo, ela é o presente, e esse é o domínio da filosofia.

— Isso é só uma questão de definição.

— Sim — disse Jasnah. — Todas as palavras tendem a estar sujeitas ao modo como são definidas.

— Pode ser — disse Shallan, inclinando-se para trás, deixando Jasnah mergulhar seu cabelo para lavar o sabão.

A princesa começou a esfregar sua pele com um sabão moderadamente abrasivo.

— Essa foi uma resposta particularmente inócua, Shallan. O que aconteceu com sua sagacidade?

Shallan olhou para o banco e seu precioso fabrial. Depois de todo aquele tempo, ela se provara fraca demais para fazer o que precisava ser feito.

— Minha sagacidade está em um intervalo temporário, Luminosa. Aguardando avaliação das suas colegas, a sinceridade e a coragem.

Jasnah levantou uma sobrancelha para ela.

Shallan sentou-se sobre os calcanhares, ainda ajoelhada sobre a toalha.

— *Como* você sabe o que é certo, Jasnah? Se não ouve os devotários, como pode decidir?

— Isso depende da filosofia de cada um. O que é mais importante para você?

— Eu não sei. Não pode me dizer?

— Não — replicou Jasnah. — Se eu fornecer as respostas, não serei melhor que os devotários, que impõem crenças.

— Eles não são malignos, Jasnah.

— Exceto quando tentam dominar o mundo.

Os lábios de Shallan viraram uma linha fina. A Guerra da Perda havia destruído a Hierocracia, fragmentando o vorinismo em devotários. Esse era o resultado inevitável de uma religião tentando governar. Os devotários deviam ensinar a moral, não forçar seu cumprimento. A aplicação era para os olhos-claros.

— Você me diz que não pode me dar respostas… Mas não posso pedir o conselho de uma pessoa sábia? Alguém que já tenha passado por isso? Por que escrever nossas filosofias, tirar nossas conclusões, se não para influenciar outros? Você mesma me disse que a informação é inútil a menos que a usemos para fazer julgamentos.

Jasnah sorriu, mergulhando os braços e removendo o sabão. Shallan captou um brilho de vitória nos seus olhos. Ela não estava necessariamente advogando ideias porque acreditava nelas; ela só queria provocar Shallan. Era de enlouquecer. Como Shallan poderia saber o que ela realmente pensava, se adotava pontos de vista conflitantes como aquele?

— Você age como se houvesse uma resposta — disse Jasnah, saindo da piscina e acenando para que Shallan pegasse uma toalha. — Uma resposta única e eternamente perfeita.

Shallan apressadamente acudiu com uma toalha grande e felpuda.

— Não é esse o propósito da filosofia? Encontrar as respostas? Buscar a verdade, o verdadeiro significado das coisas?

Enquanto se enxugava, Jasnah ergueu a sobrancelha.

— O que foi? — indagou Shallan, subitamente insegura.

— Acredito que está na hora de um exercício de campo. Fora do Palaneu.

— Agora? — perguntou Shallan. — É tão tarde!

— Eu disse que a filosofia era uma arte prática — disse Jasnah, envolvendo o corpo com a toalha, então esticando o braço para tirar o Transmutador da sua bolsa. Ela dispôs as correntes entre seus dedos, fixando as gemas no dorso da mão. — Vou provar para você. Vamos, ajude-me a me vestir.

QUANDO CRIANÇA, SHALLAN APRECIARA aquelas noites quando conseguia escapulir para os jardins. Quando a cobertura da escuridão pousava sobre o terreno, ele parecia um lugar inteiramente diferente. Naquelas sombras, ela era capaz de imaginar que os petrobulbos, as cascas-pétreas e as árvores eram algum tipo de fauna estrangeira. O som das patas de crenguejos saindo de rachaduras se tornava as pegadas de pessoas misteriosas de terras longínquas. Mercadores de olhos grandes de Shinovar, um cavaleiro de grã-carapaça de Kadrix, ou um marinheiro de barcaça de Lagopuro.

Ela não imaginou as mesmas coisas enquanto caminhava por Kharbranth à noite. Fantasiar andarilhos sombrios na noite antes fora um jogo instigante — mas ali, andarilhos noturnos provavelmente eram reais. Em vez de se tornar um lugar intrigante e misterioso à noite, Kharbranth parecia basicamente igual para ela — só mais perigosa.

Jasnah ignorou os chamados dos puxadores de riquixá e carregadores de palanquim. Ela caminhava lentamente em um belo vestido violeta e dourado, seguida por Shallan em seda azul. Jasnah não se dera ao trabalho de fazer um penteado depois do banho, e seus cabelos caíam soltos em uma cascata sobre os ombros, quase escandalosos em sua liberdade.

Elas caminharam pela Ralinsa — a principal avenida que descia a colina em zigue-zague, conectando o Conclave e o porto. Apesar da hora avançada, a rua estava apinhada, e muitos dos homens que caminhavam ali pareciam levar a noite dentro deles. Eram mais rudes e de rosto mais sombrio. Gritos ainda ressoavam pela cidade, mas estes também continham a noite, medida pela rispidez das palavras e dureza de tons. A colina íngreme e curva que formava a cidade não estava menos apinhada de edifícios do que de costume, mas eles também pareciam ter se retraído na noite; escurecidos, como pedras queimadas em um incêndio. Restos ocos.

Os sinos ainda ressoavam. Na escuridão, cada toque era um pequeno grito. Eles tornavam o vento ainda mais presente, uma coisa viva que causava uma cacofonia de carrilhões ao passar. Uma brisa surgiu, e uma avalanche de som atravessou a Ralinsa. Shallan quase se encolheu diante dela.

— Luminosa — disse Shallan. — Não deveríamos chamar um palanquim?

— Um palanquim poderia inibir a lição.

— Para mim seria ótimo aprender essa lição durante o dia, caso não se importe.

Jasnah se deteve, desviando o olhar da Ralinsa para uma rua lateral mais escura.

— O que acha dessa ruela, Shallan?

— Não me parece particularmente agradável.

— E, no entanto, é a rota mais direta da Ralinsa para o distrito teatral.

— É para lá que estamos indo?

— Não estamos "indo" a lugar nenhum — respondeu Jasnah, dirigindo-se à rua lateral. — Estamos agindo, ponderando e aprendendo.

Shallan a seguiu nervosamente. A noite as engoliu; só a luz ocasional das tavernas e lojas oferecia iluminação. Jasnah usava sua luva preta e sem dedos sobre seu Transmutador, escondendo a luz das gemas.

Shallan percebeu que estava se esgueirando. Sentia pelas chinelas finas cada mudança no chão a seus pés, cada pedra e rachadura. Ela olhou ao seu redor nervosamente enquanto passava por um grupo de trabalhadores reunidos em volta da entrada de uma taverna. Eram olhos-escuros, naturalmente. Na noite, essa distinção parecia ainda mais profunda.

— Luminosa? — chamou Shallan em um sussurro.

— Quando somos jovens, queremos respostas simples. Talvez não haja um maior indicador de juventude do que o desejo de que tudo seja *como deveria ser*. Como sempre foi.

Shallan franziu o cenho, espiando os homens perto da taverna por sobre o ombro.

— Quanto mais envelhecemos, mais nós questionamos. Começamos a perguntar por quê. E ainda assim queremos que as respostas sejam simples. Imaginamos que as pessoas ao nosso redor… adultos, líderes… terão essas respostas. Qualquer coisa que eles digam frequentemente nos satisfaz.

— Eu nunca ficava satisfeita — disse Shallan em voz baixa. — Queria mais.

— Você era madura — disse Jasnah. — O que você descreve acontece com a maioria de nós à medida que envelhecemos. De fato, me parece que envelhecimento, sabedoria e *dúvidas* são sinônimos. Quanto mais envelhecemos, mais inclinados ficamos a rejeitar respostas simples. A menos que alguém entre no nosso caminho e exija que elas sejam aceitas. — Os olhos de Jasnah se estreitaram. — Você se pergunta por que eu rejeito os devotários.

— Sim.

— A maioria deles busca interromper as perguntas.

Jasnah parou. Então ela rapidamente puxou sua luva, usando a luz por baixo dela para revelar a rua ao seu redor. As gemas na sua mão — maiores que brons — ardiam como tochas, em vermelho, branco e cinza.

— É prudente mostrar sua riqueza dessa maneira, Luminosa? — perguntou Shallan, falando muito baixo e olhando ao redor.

— Não — admitiu Jasnah. — Certamente que não. Particularmente não aqui. Sabe, esta rua ganhou uma reputação específica ultimamente. Em três diferentes ocasiões, nos dois últimos meses, espectadores do teatro que escolheram este caminho para a rua principal foram abordados por salteadores. Em cada caso, as pessoas foram assassinadas.

Shallan sentiu o sangue fugindo do seu rosto.

— A guarda da cidade nada fez — continuou Jasnah. — Taravangian repreendeu-a severamente várias vezes, mas o capitão da guarda é primo de um olhos-claros muito influente na cidade, e Taravangian não é um rei terrivelmente poderoso. Alguns suspeitam que há mais coisas acontecendo, que os salteadores podem estar subornando a guarda. A política da situação é irrelevante no momento, pois como pode ver, não há membros da guarda vigiando o local, apesar da sua reputação.

Jasnah colocou a luva de volta, mergulhando a rua de volta nas trevas. Shallan piscou, seus olhos se ajustando.

— Quão imprudente você diria que é nós estarmos aqui, duas mulheres indefesas vestindo roupas caras e portando riquezas?

— *Muito* imprudente. Jasnah, podemos ir? Por favor. Seja qual for a lição que tem em mente, não vale a pena.

Jasnah apertou os lábios em uma linha fina, então olhou para uma viela ainda mais estreita e escura partindo da rua onde estavam. Estavam quase totalmente no breu, agora que Jasnah havia recolocado sua luva.

— Você está em um ponto interessante da vida, Shallan — disse Jasnah, flexionando a mão. — Tem idade o bastante para duvidar, perguntar e rejeitar o que é apresentado a você simplesmente *porque* é apresentado a você. Mas ainda se apega ao idealismo da juventude. Você acha que deve haver alguma Verdade única, definitiva... e que quando encontrá-la, tudo que antes a confundia subitamente passará a fazer sentido.

— Eu... — Shallan queria argumentar, mas as palavras de Jasnah eram extremamente precisas. As coisas terríveis que Shallan fizera, a coisa terrível que planejava fazer, a assombravam. Seria possível fazer algo horrível em nome de realizar algo maravilhoso?

Jasnah caminhou para dentro da ruela estreita.

— Jasnah! — chamou Shallan. — O que está fazendo?

— Isso é filosofia em ação, menina — respondeu Jasnah. — Venha comigo.

Shallan hesitou na entrada do beco, o coração batendo forte, os pensamentos confusos. O vento soprava e os sinos repicavam, como gotas de chuva congeladas arrebentando contra as pedras. Em um momento de decisão, ela correu atrás de Jasnah, preferindo companhia, mesmo que no escuro, a estar sozinha. O brilho velado do Transmutador mal era suficiente para iluminar o caminho, e Shallan seguia na sombra de Jasnah.

Barulho vindo de trás. Shallan se virou assustada e viu várias silhuetas se amontoando no beco.

— Ah, Pai das Tempestades — sussurrou ela. Por quê? Por que Jasnah estava fazendo aquilo?

Tremendo, Shallan agarrou o vestido de Jasnah com a mão livre. Outras sombras estavam se movendo na frente delas, do outro lado do beco. Elas se aproximaram, grunhindo, pisando e respingando em poças imundas e estagnadas. A água gelada já havia ensopado as chinelas de Shallan.

Jasnah parou de se mover. A luz frágil do seu Transmutador escondido refletia no metal nas mãos dos seus perseguidores. Espadas ou facas.

Aqueles homens queriam matar. Não era possível roubar mulheres como Shallan e Jasnah, mulheres com conexões poderosas, e depois deixá-las vivas como testemunhas. Homens como aqueles não eram os bandidos cavalheiros das histórias românticas. Eles viviam cada dia sabendo que, se fossem pegos, seriam enforcados.

Paralisada de medo, Shallan nem mesmo conseguia gritar.

Pai das Tempestades, Pai das Tempestades, Pai das Tempestades!

— E agora a lição — disse Jasnah, em uma voz dura e sinistra. Ela arrancou a luva.

A súbita luz foi quase cegante. Shallan ergueu a mão para proteger a vista, cambaleando contra a parede do beco. Havia quatro homens ao redor delas. Não os homens da entrada da taverna, mas outros. Homens que não havia notado que as seguiam. Ela podia ver as facas agora, e também podia ver a matança em seus olhos.

Seu grito finalmente escapou da garganta.

Os homens grunhiram com o clarão, mas avançaram. Um homem de peito largo e barba escura foi até Jasnah, com a arma erguida. Ela calmamente moveu a mão — os dedos bem abertos — e pressionou-a contra seu peito enquanto ele brandia a faca. A respiração de Shallan agarrou na garganta.

A mão de Jasnah afundou na pele do homem, e ele estacou. Um segundo depois, ele pegou fogo.

Não, ele *virou fogo*. Foi transformado em chamas em um piscar de olhos. Erguendo-se ao redor da mão de Jasnah, as labaredas formaram a silhueta de um homem com a cabeça jogada para trás e a boca aberta. Só por um momento, o fulgor da morte do homem brilhou mais que as gemas de Jasnah.

O grito de Shallan cessou. A figura de chamas era estranhamente bela. Ela se foi em um instante, o fogo se dissipando no ar noturno, deixando uma mancha laranja nos olhos de Shallan.

Os outros três homens começaram a praguejar, se afastando apressadamente, tropeçando uns nos outros em seu pânico. Um deles caiu. Jasnah virou-se casualmente, roçando o ombro dele com os dedos enquanto o homem se esforçava para ficar de joelhos. Ele se transformou em cristal, uma figura de quartzo puro e imaculado, sua roupa se transformando junto. O diamante no Transmutador de Jasnah se apagou, mas ainda havia Luz das Tempestades suficiente para refletir cintilações prismáticas no cadáver transformado.

Os outros dois homens fugiram em direções opostas. Jasnah respirou fundo, fechando os olhos, levantando a mão acima da cabeça. Shallan levou a mão segura ao peito, abalada e confusa. Apavorada.

Luz das Tempestades disparou da mão de Jasnah como dois relâmpagos gêmeos, simétricos. Cada um acertou um dos salteadores e eles *estouraram*, virando fumaça. Suas roupas vazias caíram no chão. Com um estalo agudo, o cristal de quartzo fumê no Transmutador de Jasnah rachou, sua luz desaparecendo, deixando-a apenas com o diamante e o rubi.

Os restos dos dois salteadores se ergueram no ar, pequenas nuvens de vapor oleoso. Jasnah abriu os olhos, aparentando uma calma assustadora. Ela vestiu novamente a luva — usando sua mão segura para prendê-la contra a barriga e deslizar os dedos de sua mão livre para dentro. Então tranquilamente voltou pelo caminho que tinham percorrido. Deixou o cadáver de cristal ajoelhado e com uma mão levantada. Congelado para sempre.

Shallan se descolou da parede e correu atrás de Jasnah, nauseada e impressionada. Fervorosos eram proibidos de usar seus Transmutadores em pessoas. Eles raramente sequer os usavam na frente dos outros. E como Jasnah derrubara dois homens à distância? De tudo que Shallan havia lido — o pouco que havia para ler —, a Transmutação exigia o contato físico.

Abalada demais para exigir respostas, ela ficou em silêncio — a mão livre junto à têmpora, tentando controlar seu tremor e sua respiração ofegante — enquanto Jasnah chamava um palanquim. Por fim, um se aproximou, e as duas mulheres subiram.

Os carregadores as levaram na direção da Ralinsa, seus passos sacudindo Shallan e Jasnah, que estavam sentadas uma de frente para a outra. Jasnah distraidamente removeu o quartzo fumê quebrado do Transmutador, depois guardou-o em um bolso. Poderia ser vendido a um joalheiro, que cortaria gemas menores dos pedaços recuperados.

— Isso foi horrível — disse Shallan finalmente, a mão de volta ao peito. — Foi uma das coisas mais abomináveis que já vi. Você *matou* quatro homens.

— Quatro homens que estavam planejando nos surrar, roubar, matar e possivelmente nos estuprar.

— Você os tentou a nos seguirem!

— Eu os forcei a cometer algum crime?

— Você exibiu suas gemas.

— Uma mulher não pode caminhar com suas posses por uma rua da cidade?

— De noite? — perguntou Shallan. — Por uma área perigosa? Exibindo riqueza? Você praticamente pediu para que aquilo acontecesse!

— Isso faz com que seja certo? — disse Jasnah, se inclinando para frente. — Você aprova o que os homens estavam planejando fazer?

— Claro que não. Mas isso também não torna certo o que você fez!

— No entanto, aqueles homens agora estão fora das ruas. As pessoas da cidade estão muito mais seguras. A questão que tanto preocupava Taravangian foi resolvida, e nenhum outro espectador de teatro cairá vítima desses delinquentes. Quantas vidas acabei de salvar?

— Eu sei quantas você acabou de tirar — replicou Shallan. — E usando o poder de algo que devia ser sagrado!

— Filosofia em ação. Uma lição importante para você.

— Você fez tudo isso só para provar um argumento — disse Shallan em voz baixa. — Fez isso para me *provar* que podia. Danação, Jasnah, como pôde *fazer* algo assim?

Jasnah não respondeu. Shallan olhou fixamente para a mulher, procurando alguma emoção naqueles olhos inexpressivos. *Pai das Tempestades. Será que realmente conheço essa mulher? Quem é ela de verdade?*

Jasnah reclinou-se, assistindo a cidade passar.

— Eu *não* fiz isso só para provar um argumento, menina. Já faz algum tempo que sinto que estou me aproveitando da hospitalidade de Sua Majestade. Ele não percebe quantos problemas pode ter que enfrentar ao se aliar comigo. Além disso, homens como aqueles... — Havia algo na sua voz, uma dureza que Shallan nunca ouvira antes.

O que fizeram com você?, Shallan se perguntou, horrorizada. *E quem fez?*

— Ainda assim, as ações de hoje aconteceram porque eu escolhi esse caminho, não devido a alguma coisa que achei que você precisasse ver. Contudo, também se apresentou a oportunidade de instrução, de perguntas. Sou um monstro ou uma heroína? Acabei de abater quatro homens, ou detive quatro assassinos que andavam soltos nas ruas? Alguém *merece* sofrer o mal como consequência de colocar-se em uma posição onde o mal pode alcançá-la? Tinha eu o direito de me defender? Ou só estava procurando uma desculpa para matar?

— Eu não sei — sussurrou Shallan.

— Você vai passar a próxima semana pesquisando e pensando sobre o assunto. Se quer ser uma erudita... uma *verdadeira* erudita que muda o mundo... então terá que encarar perguntas como estas. Haverá ocasiões quando terá que tomar decisões de embrulhar o estômago, Shallan Davar. Quero que esteja pronta para tomar essas decisões.

Jasnah ficou em silêncio, olhando para fora enquanto os carregadores do palanquim marchavam até o Conclave. Perturbada demais para continuar falando, Shallan suportou o resto da viagem em silêncio. Ela seguiu Jasnah pelos corredores tranquilos até seus aposentos, como se fossem eruditas a caminho do Palaneu para algum estudo à meia-noite.

Dentro dos aposentos, Shallan ajudou Jasnah a se despir, embora tenha detestado tocar na mulher. Ela não devia estar se sentindo assim. Os homens que Jasnah havia matado eram criaturas terríveis, e não tinha dúvidas de que a teriam matado. Mas não era o ato em si, e sim a fria insensibilidade da ação que a incomodava.

Ainda sentindo-se entorpecida, Shallan entregou a Jasnah um robe de dormir enquanto a mulher removia suas joias e as colocava na cômoda.

— Você podia ter deixado os outros três escaparem — disse Shallan, caminhando de volta até Jasnah, que havia se sentado para escovar o cabelo. — Você só precisava matar um deles.

— Não, eu não podia.

— Por quê? Eles teriam medo demais para fazer algo assim novamente.

— Você não pode ter certeza disso. Eu sinceramente queria que aqueles homens *sumissem*. Uma garçonete descuidada voltando para casa pelo caminho errado não pode se proteger, mas eu posso. E vou.

— Você não tem autoridade para fazer isso, não na cidade de outra pessoa.

— Verdade — disse Jasnah. — Suponho que seja outro ponto a se considerar.

Ela levantou a escova, deliberadamente dando as costas para Shallan. Ela fechou os olhos, como que para se isolar.

O Transmutador estava na cômoda ao lado dos brincos de Jasnah. Shallan cerrou os dentes, segurando o macio robe de seda. Jasnah estava sentada, usando apenas a combinação, escovando o cabelo.

Haverá ocasiões quando terá que tomar decisões de embrulhar o estômago, Shallan Davar...

Eu já as encarei.

Estou encarando uma agora.

Como Jasnah *ousou* fazer aquilo? Como *ousou* incluir Shallan naquilo? Como *ousou* usar algo tão belo e sagrado como um instrumento de destruição?

Jasnah não merecia possuir o Transmutador.

Com um rápido movimento de mão, Shallan colocou o robe dobrado sob seu braço seguro, então enfiou a mão na sua bolsa-segura e removeu o quartzo fumê intacto do Transmutador de seu pai. Ela andou até a cômoda, e — usando o movimento de colocar o robe na cômoda como disfarce — fez a troca. Ela deslizou o Transmutador funcional para dentro da manga de sua mão segura, dando um passo atrás quando Jasnah abriu os olhos e encarou o robe, que agora repousava inocentemente ao lado do Transmutador não funcional.

A respiração de Shallan ficou presa na garganta.

Jasnah fechou os olhos novamente, entregando a escova para Shallan.

— Cinquenta escovadas esta noite, Shallan. Foi um dia cansativo.

Shallan moveu-se automaticamente, escovando o cabelo de sua mestra enquanto agarrava o Transmutador roubado na mão segura, apavorada com a possibilidade de Jasnah notar a troca a qualquer momento.

Ela não notou. Não quando vestiu o robe. Não quando guardou o Transmutador quebrado na caixa de joias e trancou-a com a chave que usava ao redor do pescoço enquanto dormia.

Shallan saiu do quarto abalada, as emoções em turbilhão. Exausta, enojada, confusa.

Mas sem ser descoberta.

Casca-pétrea
Crustamujo?
7,5 cm
11,5 cm
Crenguejos

37
ÂNGULOS DIFERENTES

CINCO ANOS E MEIO ATRÁS

— KALADIN, OLHA ESSA PEDRA — mostrou Tien. — Ela muda de cor quando você olha de ângulos diferentes.

Kal desviou os olhos da janela, fitando seu irmão. Agora com 13 anos de idade, Tien passara de um garoto entusiasmado para um adolescente entusiasmado. Embora houvesse crescido, ainda era pequeno para a idade, e os fios pretos e castanhos do seu cabelo arrepiado ainda resistiam a qualquer tentativa de ordem. Ele estava agachado junto da mesa de jantar de sabugália envernizada, os olhos no nível da superfície lustrosa, fitando uma pequena pedra cheia de calombos.

Kal estava sentado em um banco, descascando raízes-compridas com uma faca curta. As raízes marrons eram sujas por fora e grudentas por dentro, então trabalhar com elas cobriu seus dedos com uma camada espessa de crem. Ele terminou uma raiz e entregou-a a mãe, que a lavou e cortou-a em fatias que foram ao pote de cozido.

— Mãe, olha isso — disse Tien. A luz da tarde fluía pela janela de sotavento, dourando a mesa. — Deste lado, a rocha brilha vermelho, mas do outro lado, é verde.

— Talvez ela seja mágica — disse Hesina. Os pedaços de raiz-comprida caíam na água, cada impacto em uma nota ligeiramente diferente.

— Acho que deve ser — concordou Tien. — Ou então tem um espreno. Esprenos vivem em rochas?

— Esprenos vivem em tudo — replicou Hesina.

— Eles não podem viver em *tudo* — disse Kal, deixando cair uma casca no balde aos seus pés. Ele olhou pela janela, contemplando a estrada que levava da cidade até a mansão do senhor da cidade.

— Podem, sim — afirmou Hesina. — Esprenos aparecem quando algo muda… quando o medo aparece, ou quando começa a chover. Eles são o coração da mudança e, consequentemente, o coração de todas as coisas.

— Esta raiz-comprida — disse Kal, segurando-a de modo cético.

— Ela tem um espreno.

— E se você fatiá-la?

— Cada pedaço tem um espreno. Só que menor.

Kal franziu o cenho, fitando o longo tubérculo. Elas cresciam em rachaduras na rocha, onde a água se acumulava. Tinham um sabor ligeiramente mineral, mas eram fáceis de plantar. Sua família precisava de comida barata naqueles tempos.

— Então nós comemos espreno — concluiu Kal secamente.

— Não, comemos as raízes.

— Quando *precisamos* — acrescentou Tien com uma careta.

— E o espreno? — insistiu Kal.

— Eles são liberados e podem voltar para onde os esprenos vivem.

— Eu tenho um espreno? — indagou Tien, olhando o próprio peito.

— Você tem uma alma, querido. Você é uma pessoa. Mas as partes do seu corpo podem muito bem ter esprenos vivendo nelas. Esprenos bem pequenos.

Tien beliscou a própria pele, como se estivesse tentando arrancar um espreno minúsculo.

— Esterco — disse Kal subitamente.

— Kal! — irritou-se Hesina. — Não se diz isso na hora da refeição.

— Esterco — repetiu Kal teimosamente. — Tem esprenos?

— Imagino que sim.

— Espreno de esterco — disse Tien, e deu uma risadinha.

Sua mãe continuou a cortar.

— Por que todas essas perguntas, de repente?

Kal deu de ombros.

— Eu só… não sei. Porque sim.

Ele andara pensando recentemente sobre a maneira como o mundo funcionava, sobre o que devia fazer com seu lugar nele. Os outros meninos da sua idade não se preocupavam sobre seus lugares; a maioria *sabia* o que o futuro reservava — trabalhar nos campos.

Mas Kal tinha uma escolha. Nos últimos meses, finalmente se decidira. Tornaria-se um soldado. Já tinha quinze anos, e podia se alistar quando o próximo recrutador passasse pela cidade. Ele planejava fazer exatamente isso; bastava de hesitações. Ele aprenderia a lutar, e pronto. Certo?

— Eu quero entender. Eu só quero que tudo faça sentido.

Isso fez sua mãe sorrir, parada em seu vestido de trabalho marrom, com o cabelo preso, o topo da cabeça escondido debaixo do lenço amarelo.

— Que foi? Por que está sorrindo?

— Você *só* quer que tudo faça sentido?

— Sim.

— Bem, na próxima vez que os fervorosos passarem pela cidade para queimar orações e Elevar as Vocações das pessoas, transmitirei o recado. — Ela sorriu. — Até então, continue descascando as raízes.

Kal suspirou, mas obedeceu. Olhou novamente pela janela, e quase deixou cair a raiz com o choque. A carruagem. Estava descendo a estrada da mansão. Teve um momento de hesitação nervosa. Planejara e pensara, mas agora que chegara o momento, queria ficar sentado e continuar descascando. Certamente haveria outra oportunidade…

Não. Ele se levantou, tentando não deixar a ansiedade transparecer na sua voz.

— Vou me lavar. — Mostrou os dedos lambuzados de crem.

— Devia ter lavado primeiro as raízes, como eu mandei — observou sua mãe.

— Eu sei — disse Kal. Será que seu suspiro de arrependimento soara falso? — Posso lavar todas elas agora.

Hesina nada disse enquanto ele recolhia as raízes restantes, cruzava para a porta, com o coração batendo forte, e saía para a luz noturna.

— Olha… — Ouviu Tien falar enquanto se afastava. — Deste lado é verde. Não acho que seja um espreno, mãe. É a luz. Ela faz a pedra mudar…

A porta se fechou. Kal colocou as raízes no chão e saiu correndo pelas ruas de Larpetra, passando por homens cortando madeira, mulheres jogando fora a água da louça, e um grupo de avôs sentados nos degraus contemplando o crepúsculo. Ele mergulhou as mãos em um barril de chuva, mas não parou enquanto sacudia os dedos para se livrar da água. Ele contornou correndo a casa de Mabrow Pastor de Porcos, passando pela água-comum — o grande buraco cortado na rocha no centro da cidade para pegar chuva — e seguindo junto da quebra-tormenta, o lado íngreme da colina contra o qual a cidade foi construída para se proteger das tempestades.

Ali ele encontrou um pequeno aglomerado de árvores de cepolargo. Cheias de calombos e da altura de um homem, suas folhas só brotavam no lado a sotavento, cobrindo a árvore como degraus de uma escada, balançando na brisa fresca. Kal se aproximou, as grandes folhas semelhantes a bandeiras estalando junto aos troncos, soando como chicotadas.

O pai de Kal estava do outro lado, com as mãos juntas atrás do corpo. Ele estava esperando no ponto onde a estrada que vinha da mansão fazia a curva para além de Larpetra. Lirin virou-se, sobressaltado, notando Kal. Estava vestindo suas melhores roupas: uma casaca azul, abotoada nas laterais, como um fraque de um olhos-claros. Mas por baixo havia um par de calças brancas visivelmente usadas. Ele estudou Kal através dos óculos.

— Vou com você — disse Kal subitamente. — Até a mansão.

— Como você sabia?

— Todo mundo sabe — respondeu Kal. — O senhor acha que não iam comentar se o Luminobre Roshone o convidasse para jantar? Logo o senhor?

Lirin desviou os olhos.

— Eu mandei sua mãe manter você ocupado.

— Ela tentou. — Kal fez uma careta. — Provavelmente vai ser uma tormenta quando ela achar as raízes-longas largadas na porta da frente.

Lirin não disse nada. A carruagem seguiu até uma parada próxima, as rodas raspando na pedra.

— Não vai ser uma refeição agradável e despreocupada, Kal — preveniu Lirin.

— Não sou idiota, pai. — Quando Hesina foi avisada de que não havia mais necessidade que ela trabalhasse na cidade... Bem, havia um motivo para que eles estivessem reduzidos a comer raízes-longas. — Se vai lá confrontá-lo, precisa de alguém para lhe dar apoio.

— E esse alguém é você?

— Você não tem mais ninguém.

O cocheiro limpou a garganta. Ele não saiu e abriu a porta, como fizera para o Luminobre Roshone.

Lirin olhou Kal.

— Se o senhor mandar, vou embora — declarou Kal.

— Não. Venha comigo, se acha que deve.

Lirin caminhou até a carruagem e abriu a porta. Não era o luxuoso veículo adornado com ouro que Roshone usava. Era a segunda carruagem, a mais velha e marrom. Kal subiu, sentindo um toque de empolgação com sua pequena vitória — e um toque de pânico.

Eles iam encarar Roshone. Finalmente.

Os bancos no interior eram fabulosos, o tecido vermelho do estofamento mais macio do que qualquer outra coisa que Kal houvesse tocado. Ele se sentou; o banco era surpreendentemente confortável. Lirin sentou-se diante de Kal, fechando a porta, e o cocheiro estalou o chicote sobre os cavalos. O veículo virou-se e sacolejou de volta para o sentido de onde viera. Por mais macio que fosse o assento, a viagem foi terrivelmente acidentada, e os dentes de Kal não paravam de bater. Era pior do que andar de carroça, embora provavelmente isso se devesse ao fato de estarem indo mais rápido.

— Por que você não queria que a gente soubesse? — indagou Kal.

— Eu não tinha certeza de que iria.

— O que mais o senhor poderia fazer?

— Poderia me mudar daqui — respondeu Lirin. — Levar vocês para Kharbranth e escapar desta cidade, deste reino, e das rixas mesquinhas de Roshone.

Kal ficou chocado. Ele nunca havia pensado nisso. Subitamente, tudo pareceu se expandir. Seu futuro mudou, dobrando-se, adquirindo um formato totalmente novo. Pai, mãe, Tien... *com* ele.

— É mesmo?

Lirin assentiu, distraído.

— Mesmo se não fôssemos para Kharbranth, tenho certeza de que muitas cidades alethianas nos dariam boas-vindas. A maioria nunca teve os cuidados de um cirurgião. Elas se viram com homens locais que aprenderam a maior parte do que sabem com superstições ou cuidando de um ou outro chule ferido. Nós podemos até nos mudar para Kholinar; sou hábil o bastante para trabalhar como um assistente de médico lá.

— Por que não vamos, então? Por que *ainda* não fomos?

Lirin olhou pela janela.

— Eu não sei. Deveríamos ir embora. Isso faz sentido. Temos o dinheiro. Não nos querem aqui. O senhor da cidade nos odeia, o povo não confia em nós, o próprio Pai das Tempestades parece inclinado a nos derrubar.

Havia algo na voz de Lirin. Arrependimento?

— Certa vez, me esforcei muito para ir embora — confessou Lirin, falando mais baixo. — Mas há um laço entre o lar de um homem e seu coração. Eu cuidei dessas pessoas, Kal. Trouxe seus filhos ao mundo, cuidei dos seus ossos quebrados, curei seus machucados. Você viu o pior lado deles, nesses últimos anos, mas houve um tempo antes disso, um ótimo tempo. — Ele se virou para Kal, juntando as mãos diante de si, enquanto a carruagem sacudia. — Eles são meus, filho. E eu sou deles. São minha responsabilidade, agora que Wistiow se foi. Não posso deixá-los com Roshone.

— Mesmo que eles *gostem* do que Roshone está fazendo?

— Precisamente por conta disso. — Lirin levou uma mão à cabeça. — Pai das Tempestades. Parece ainda mais idiota agora que falei em voz alta.

— Não. Eu compreendo. Eu acho. — Kal deu de ombros. — Quero dizer, eles ainda nos procuram quando estão feridos. Reclamam que não é natural cortar uma pessoa, mas vêm mesmo assim. Eu costumava me perguntar por quê.

— E chegou a uma conclusão?

— Mais ou menos. Decidi que, no final das contas, eles preferem continuar vivos para amaldiçoá-lo mais alguns dias. É isso que eles fazem. Assim como curá-los é o que você faz. E eles *costumavam* dar dinheiro a você. Um homem pode dizer qualquer coisa, mas sabemos o que sente por onde ele põe suas esferas. — Kal franziu o cenho. — Acho que eles *costumavam* gostar de você.

Lirin sorriu.

— Sábias palavras. Vivo esquecendo que você já é quase um homem, Kal. Quando foi que cresceu tanto?

Naquela noite quando quase fomos roubados, pensou Kal imediatamente. *Naquela noite quando você jogou luz sobre os homens lá fora e mostrou que a bravura não tem nada a ver com segurar uma lança na guerra.*

— Mas está errado numa coisa — continuou Lirin. — Você me disse que eles *costumavam* gostar de mim. Mas eles ainda gostam. Ah, eles reclamam... sempre reclamaram. Mas eles também deixam comida para nós.

Kal ficou surpreso.

— Deixam?

— O que você acha que nós comemos nesses últimos quatro meses?

— Mas...

— Eles têm medo de Roshone, então são discretos. Deixam comida para sua mãe quando ela sai para se limpar, ou a colocam no barril de chuva quando está vazio.

— Eles tentaram nos roubar.

— E esses mesmos homens estão entre os que nos deixam comida.

Kal pensou sobre o assunto enquanto a carruagem chegava à mansão. Fazia muito tempo desde a última vez que visitara o grande edifício de dois andares. Era construído com um telhado padrão que se curvava na direção das tempestades, mas era muito maior. As paredes eram de espessas pedras brancas, e possuía majestosos pilares quadrangulares no lado de sotavento.

Será que veria Laral ali? Ele sentia vergonha por pensar tão pouco nela ultimamente.

O terreno na frente da mansão era cercado por um pequeno muro de pedra baixa coberto com todo tipo de plantas exóticas. Petrobulbos estavam alinhados no topo, suas vinhas pendendo para fora. Aglomerados de uma variedade bulbosa de casca-pétrea cresciam junto ao lado interno, recobertos de cores brilhantes — tons de laranja, vermelho, amarelo e azul. Alguns afloramentos pareciam pilhas de roupas, com dobras abertas como leques. Outros cresciam como chifres. A maioria apresentava ramos finos que oscilavam ao vento. O Luminobre Roshone dava muito mais atenção ao seu terreno do que Wistiow.

Eles caminharam entre os pilares caiados de branco e adentraram as portas de tormenta feitas de madeira espessa. O vestíbulo tinha um teto baixo e estava decorado com cerâmicas; esferas de zircônio davam a elas um pálido tom azulado.

Foram saudados por um criado alto vestindo uma longa casaca preta e uma gravata fina em roxo-vivo. Seu nome era Natir, o mordomo, agora que Miliv morrera. Ele viera de Dalilak, uma grande cidade costeira ao norte.

Natir conduziu-os até uma sala de jantar onde Roshone aguardava sentado junto a uma mesa longa de madeira de negrália. Ganhara peso, mas não o bastante para ser chamado de gordo. Ainda ostentava uma barba com pontos grisalhos, e seu cabelo fora alisado com óleo junto à nuca. Vestia calças brancas e um colete vermelho justo sobre uma camisa branca.

Ele já começara sua refeição, e os odores temperados fizeram o estômago de Kal roncar. Quanto tempo fazia desde a última vez que provara carne de porco? Havia cinco molhos diferentes na mesa, e o vinho de Roshone era de um tom alaranjado profundo e cristalino. Estava comendo sozinho, sem sinal de Laral ou do seu filho.

O criado indicou uma mesa lateral em uma sala contígua à sala de jantar. O pai de Kal deu uma olhada, então caminhou até a mesa de Roshone e se sentou. Roshone fez uma pausa, o talher a meio caminho dos seus lábios, com o molho condimentado marrom pingando na mesa.

— Sou do segundo nan — disse Lirin. — E recebi um convite pessoal para jantar com o senhor. Certamente seguirá os preceitos da hierarquia com fidelidade o suficiente para me oferecer um assento à sua mesa.

Roshone cerrou os dentes, mas não fez objeção. Respirando fundo, Kal sentou-se junto ao pai. Antes de partir para a guerra nas Planícies Quebradas, ele *precisava* saber. Seria seu pai um covarde ou um homem de coragem?

Sob a luz das esferas, em casa, Lirin sempre parecera fraco. Ele trabalhava na sua sala de cirurgia, ignorando o que os moradores da cidade diziam a seu respeito. Disse ao filho que não podia praticar com a lança e proibiu-o de pensar em ir para a guerra. Essas não eram as ações de um covarde? Mas cinco meses atrás, Kal vira nele uma coragem inesperada.

E na calma luz azul do palácio de Roshone, Lirin encarou de frente um homem muito acima dele em posição, riqueza e poder. E não hesitou. Como ele fazia isso? O coração de Kal batia descontrolado. Ele teve que colocar as mãos no colo para impedir que entregassem seu nervosismo.

Roshone acenou para um servo e, em pouco tempo, novos assentos foram dispostos. O entorno da sala estava escuro. A mesa de Roshone era um ilha iluminada em meio a um vasto espaço escuro

Havia tigelas d'água para molhar os dedos e guardanapos de tecido branco rígido ao lado delas. Uma refeição de olhos-claros. Kal raramente saboreava comida dessa qualidade; ele tentou não passar vexame enquanto hesitantemente pegava um espeto e imitava Roshone, usando sua faca para puxar o pedaço de carne até a ponta, depois levantando-o e mordendo. A carne era saborosa e tenra, embora os condimentos fossem muito mais picantes do que estava acostumado.

Lirin não comeu. Ele pousou os cotovelos na mesa, assistindo à refeição do Luminobre.

— Gostaria de lhe oferecer a chance de comer em paz — disse Roshone por fim —, antes de falarmos sobre assuntos sérios. Mas você não parece inclinado a aceitar minha generosidade.

— Não.

— Muito bem — disse Roshone. Ele pegou um pedaço de pão ázimo da cesta e envolveu-o ao redor do espeto, soltando os vários pedaços de verduras e comendo-os com o pão. — Então me diga. Quanto tempo você acha que pode me desafiar? Sua família está na miséria.

— Estamos nos virando bem — intrometeu-se Kal.

Lirin olhou para ele, mas não o censurou por falar.

— Meu filho está certo. Conseguimos viver. E, se não conseguirmos, podemos ir embora. Não me curvarei à sua vontade, Roshone.

— Se você partir — ameaçou Roshone, com o dedo em riste —, entrarei em contato com seu senhor da cidade e contarei sobre as esferas que roubou de mim.

— Eu ganharia um inquérito sobre isso. Além do mais, como cirurgião, sou imune à maioria das exigências que o senhor poderia fazer.

Era verdade; homens e seus aprendizes que serviam em uma função essencial nas cidades recebiam uma proteção especial, mesmo contra olhos-claros. O código legal de cidadania vorin era complexo o bastante para que Kaladin ainda tivesse dificuldade em entendê-lo.

— Sim, você ganharia em um inquérito — concedeu Roshone. — Foi muito meticuloso, preparando os documentos exatos. Era o único com Wistiow quando ele os carimbou. Que estranho que nenhuma de suas escrivães estivesse presente.

— Essas escrivães leram os documentos para ele.

— E então deixaram o quarto.

— Porque foram ordenadas a sair pelo Luminobre Wistiow. Acredito que elas admitiram esse fato.

Roshone deu de ombros.

— Eu não preciso *provar* que você roubou as esferas, cirurgião. Simplesmente tenho que continuar fazendo o que tenho feito. Sei que a sua família come restos. Quanto tempo vai continuar a fazer com que eles sofram pelo seu orgulho?

— Eles não se deixam intimidar, e eu tampouco.

— Não estou perguntando se estão intimidados, e sim se estão *passando fome.*

— De modo algum — disse Lirin, em uma voz mais seca. — Caso nos falte algo para comer, podemos nos alimentar da atenção proporcionada pelo senhor, *Luminobre*. Sentimos seus olhos nos vigiando, ouvimos seus sussurros para os moradores. Julgando pelo grau da sua preocupação conosco, parece que *o senhor* é que se sente intimidado.

Roshone ficou imóvel, o espeto frouxo em sua mão, os cintilantes olhos verdes estreitados, os lábios comprimidos. No escuro, aqueles olhos quase pareciam *arder*. Kal teve que se segurar para não se encolher diante do peso daquele olhar de desaprovação. Havia um ar de comando em olhos-claros como Roshone.

Ele não é um verdadeiro *olhos-claros! É um rejeitado. Algum dia verei os verdadeiros. Homens de honra.*

Lirin sustentou o olhar com tranquilidade.

— Todo mês que resistimos é um golpe na sua autoridade. O senhor não pode me prender, porque eu venceria um inquérito. O senhor tentou virar outras pessoas contra mim, mas no fundo eles sabem que precisam de mim.

Roshone se inclinou para frente.

— Eu não gosto da sua cidadezinha.

Lirin franziu o cenho diante da resposta estranha.

— Eu não gosto de ser tratado como um *exilado* — continuou Roshone. — Não gosto de viver tão longe de tudo, de qualquer coisa de importância. E, acima de tudo, eu não gosto de olhos-escuros que acham que estão acima de sua posição.

— Estou tendo dificuldades em ter pena do senhor.

Roshone fez uma cara de desprezo. Ele olhou para sua refeição, como se ela houvesse perdido o sabor.

— Muito bem. Façamos um... acordo. Eu fico com nove décimos das esferas. Você pode ficar com o resto.

Kal levantou-se, indignado.

— Meu pai nunca...

— Kal — interrompeu Lirin. — Posso falar por mim mesmo.

— Mas certamente não vai fazer um acordo.

Lirin não replicou imediatamente. Por fim, ele disse:

— Vá até as cozinhas, Kal. Pergunte se eles têm algum prato que seja mais do seu gosto.

— Pai, não...

— Vá, filho. — A voz de Lirin estava firme.

Seria verdade? Depois de tudo, seu pai ia simplesmente *capitular*? Kal sentiu o rosto enrubescer e fugiu da sala de jantar. Conhecia o caminho até as cozinhas; durante a infância, jantara ali várias vezes com Laral.

Ele não saiu por obediência, mas porque não queria que seu pai ou Roshone vissem suas emoções: desgosto por ter ousado denunciar Roshone quando seu pai planejava fazer um acordo, a humilhação de seu pai *considerar* um acordo, frustração por ter sido banido. Kal ficou envergonhado ao perceber que estava chorando. Ele passou por dois soldados domésticos de Roshone no umbral da porta, iluminados apenas por uma lâmpada a óleo de pavio muito curto na parede. Suas feições rudes eram realçadas em tons de âmbar.

Kal passou rapidamente por eles, virando uma esquina antes de parar diante de um suporte de plantas, lutando com suas emoções. O suporte exibia vinhas caseiras, criadas para permanecerem abertas; algumas flores cônicas se elevavam da sua concha vestigial. A lâmpada na parede acima queimava com uma luz minúscula e abafada. Aqueles eram os aposentos dos fundos da mansão, perto dos quartos dos criados, e ali não se usava esferas para iluminação.

Kal se inclinou para frente, inspirando e expirando. Sentia-se como um dos Dez Tolos — especificamente Cabine, que agia como uma criança, embora fosse adulto. Mas o que podia pensar das ações de Lirin?

Ele secou os olhos, depois passou pelas portas até chegar às cozinhas. Roshone ainda empregava o cozinheiro de Wistiow. Barm era um homem alto e esguio que prendia os cabelos escuros em uma trança. Ele estava caminhando pela bancada da cozinha, instruindo os vários subcozinheiros, enquanto dois parshemanos entravam e saíam pelas portas dos fundos da mansão, carregando caixotes de comida. Barm segurava uma longa colher de metal, que batia em um pote ou panela pendurada do teto toda vez que dava uma ordem.

Ele mal voltou seus olhos castanhos para Kal, então mandou um dos servos pegar um pouco de pão ázimo e arroz taleu com frutas. Uma refeição de criança. Kal sentiu ainda mais vergonha que Barm soubesse imediatamente por que ele fora mandado para as cozinhas.

Caminhou até a área de refeições para esperar pela comida. Era uma saleta caiada com uma mesa de ardósia. Sentou-se com os cotovelos na pedra, a cabeça entre as mãos.

Por que estava tão zangado ao pensar que seu pai poderia barganhar a maioria das esferas em troca de segurança? Era verdade que, se isso acontecesse, não haveria o bastante para enviar Kal para Kharbranth. Mas ele já decidira tornar-se um soldado. Então isso não importava. Certo?

Eu vou *me alistar no exército*, pensou Kal. *Vou fugir, vou...*

Subitamente, aquele sonho — aquele plano — pareceu incrivelmente infantil. Pertencia a um garoto que devia comer refeições com frutas e merecia ser mandado embora enquanto os homens falavam de tópicos importantes. Pela primeira vez, o pensamento de não estudar com os cirurgiões deixou-o desgostoso.

A porta das cozinhas se abriu violentamente. O filho de Roshone, Rillir, entrou despreocupadamente, conversando com a pessoa atrás dele.

— ... não sei *por que* meu pai insiste em manter tudo tão escuro por aqui o tempo todo. Lâmpadas a óleo nos corredores? Dá para ser mais provinciano? Faria bem a ele se eu conseguisse levá-lo em uma caçada ou duas. Por que não aproveitar do fato de estarmos neste lugar tão remoto?

Rillir percebeu Kal sentado ali, mas notou-o como alguém notaria a presença de um banco ou de uma prateleira de vinhos, sem lhe dar atenção.

Já os olhos de Kal estavam na pessoa que seguia Rillir. Laral. A filha de Wistiow.

Tanta coisa mudara. Fazia muito tempo, e vê-la desenterrou antigas emoções. Vergonha, empolgação. Ela sabia que seus pais tinham esperança de casá-los? O simples fato de vê-la quase o deixou totalmente desconcertado. Mas não. Seu pai podia olhar Roshone nos olhos; ele podia fazer o mesmo com ela.

Kal se levantou e acenou com a cabeça para ela, que o encarou e enrubesceu levemente, entrando a cozinha seguida por uma velha ama — uma dama de companhia.

O que acontecera com a Laral que havia conhecido, a garota com o cabelo loiro e preto solto, que gostava de escalar pedras e correr pelos campos? Agora ela estava envolta em fina seda amarela, um elegante vestido para mulheres olhos-claros, seu penteado tingido de preto para esconder os fios loiros. Sua mão esquerda estava escondida modestamente na manga. Laral *parecia* uma olhos-claros.

A riqueza de Wistiow — o que restara — havia passado para ela. E quando Roshone recebera autoridade sobre Larpetra e a posse da mansão e das terras, o Grão-príncipe Sadeas havia compensado Laral com um dote.

— Você — disse Rillir, acenando para Kal e falando com um suave sotaque metropolitano. — Seja um bom rapaz e vá buscar um jantar para nós. Comeremos aqui na saleta.

— Eu não sou um criado da cozinha.

— E daí?

Kal enrubesceu.

— Se está esperando algum tipo de gorjeta ou recompensa só por me trazer uma refeição...

— Eu não sou... quero dizer... — Kal voltou-se para Laral. — Diga a ele, Laral.

Ela desviou os olhos.

— Bem, vá logo, garoto — disse ela. — Faça o que ele mandou. Estamos com fome.

Kal fitou-a boquiaberto, então sentiu seu rosto tornar-se ainda mais rubro.

— Eu... Eu não vou pegar nada para vocês! Não faria isso por nenhuma quantidade de esferas. Não sou um serviçal, sou um cirurgião.

— Ah, você é o filho *daquele* sujeito.

— Sou — respondeu Kal, surpreso com o orgulho que sentiu com a afirmação. — Não serei intimidado por você, Rillir Roshone. Assim como meu pai não se intimida com o seu.

Mas eles estão fazendo um acordo neste exato momento...

— Meu pai não mencionou como você é divertido — comentou Rillir, encostando-se contra a parede. Ele parecia uma década mais velho do que Kal, e não meros dois anos. — Então você acha vergonhoso servir a refeição de um homem? Ser um cirurgião torna você muito melhor do que os criados da cozinha?

— Bem, não. Só não é minha Vocação.

— Então qual é sua Vocação?

— Fazer com que os doentes recuperem a saúde.

— E, se eu não comer, não ficarei doente? Então não poderia dizer que é seu dever me alimentar?

Kal franziu o cenho.

— Não... bem, não é a mesma coisa, de modo algum.

— Me parece bastante similar.

— Olhe só, por que não pega você mesmo sua comida?

— Não é a minha Vocação.

— Então qual *é* sua Vocação? — replicou Kal, jogando as palavras do homem de volta para ele.

— Sou um herdeiro da cidade — declarou Rillir. — Meu dever é liderar... cuidar para que as tarefas sejam realizadas e que as pessoas estejam ocupadas com trabalho produtivo. Por isso dou tarefas importantes para olhos-escuros ociosos, para torná-los úteis.

Kal hesitou, ficando mais irritado.

— Veja só a cabecinha dele funcionando — disse Rillir para Laral. — Como um fogo prestes a se apagar, queimando o pouco combustível que tem, soltando fumaça. Ah, e olhe como seu rosto fica vermelho pelo esforço.

— Rillir, por favor — pediu Laral, tocando o braço dele.

Rillir olhou para ela, depois revirou os olhos.

— Às vezes você é tão provinciana quanto o meu pai, querida.

Ele se levantou e, com uma expressão de resignação, conduziu-a para além da saleta até a cozinha propriamente dita.

Kal sentou-se de volta pesadamente, quase machucando as pernas no banco. Um jovem criado trouxe sua comida e serviu-a na mesa, mas isso só lembrou Kal da sua infantilidade. Então ele não a comeu; ficou apenas olhando a refeição até que por fim seu pai adentrou a cozinha. Rillir e Laral já haviam partido.

Lirin caminhou até a saleta e fitou Kal.

— Você não comeu.

Kal balançou a cabeça.

— Pois devia ter comido. Era de graça. Vamos embora.

Caminharam em silêncio da mansão até a noite escura. A carruagem esperava por eles, e logo Kal estava novamente sentado diante do pai. O condutor subiu ao seu banco, fazendo o veículo tremer, e um estalo do seu chicote colocou os cavalos em movimento.

— Quero ser um cirurgião — disse Kal subitamente.

O rosto do seu pai — oculto nas sombras — era ilegível. Mas quando respondeu, ele pareceu confuso.

— Eu sei disso, filho.

— Não. Eu quero ser um cirurgião. Não quero fugir para me juntar à guerra.

Silêncio na escuridão.

— Você estava *considerando* isso? — perguntou Lirin.

— Estava — admitiu Kal. — Tolice de criança. Mas decidi que quero aprender cirurgia em vez disso.

— Por quê? O que fez você mudar de ideia?

— Preciso saber como *eles* pensam — disse Kal, indicando a mansão com a cabeça. — Eles são treinados para usar as palavras como nós, e preciso ser capaz de encará-los e de responder à altura, e não ceder como… — Ele hesitou.

— Como eu cedi? — indagou Lirin, suspirando.

Kal mordeu o lábio, mas teve que perguntar.

— Quantas esferas você concordou em entregar a ele? Ainda terei o bastante para ir para Kharbranth?

— Eu não entreguei nada a ele.

— Mas…

— Roshone e eu conversamos por algum tempo, discutindo sobre quantidades. Fingi ficar irritado e fui embora.

— Fingiu? — perguntou Kal, confuso.

Seu pai se inclinou para frente, sussurrando para ter certeza de que o condutor não podia ouvi-lo. Com o balanço e o ruído das rodas na pedra, havia pouco risco de isso acontecer.

— Ele precisa pensar que estou disposto a ceder. O encontro de hoje foi para dar a ele a *impressão* de desespero. Primeiro uma fachada forte, seguida por frustração, deixando-o pensar que conseguiu me abalar. Finalmente, uma retirada. Ele vai me convidar novamente em alguns meses, depois de me deixar "passar sufoco".

— Mas então você novamente não vai ceder a ele? — sussurrou Kal.

— Não. Entregar qualquer uma das esferas faria com que ele cobiçasse o resto. Essas terras não são produtivas como antes, e Roshone está quase falido por ter perdido batalhas políticas. Ainda não sei qual grão-senhor o enviou para cá para nos atormentar, mas gostaria de ter alguns momentos com ele em uma sala escura...

A ferocidade com que Lirin disse isso deixou Kal chocado. Era a primeira vez que via seu pai chegar perto de ameaçar alguém com violência.

— Mas por que passar por isso, em primeiro lugar? — perguntou Kal em voz baixa. — O senhor disse que podemos continuar resistindo a ele. Mamãe também acha. Não vamos comer bem, mas não vamos morrer de fome.

Seu pai não replicou, embora parecesse perturbado.

— Você precisa fazer com que ele pense que estamos cedendo. Ou que estamos perto disso. Para ele parar de procurar maneiras de nos sabotar? Para ele concentrar sua atenção em fazer um acordo e não...

Kal gelou. Ele viu algo incomum nos olhos do pai; algo parecido com culpa. De repente, tudo fez sentido. Um sentido frio e horrível.

— Pai das Tempestades — sussurrou Kal. — O senhor roubou *mesmo* as esferas, não foi?

Seu pai permaneceu em silêncio, sentado na velha carruagem, oculto pelas sombras.

— É por isso que está tão tenso desde que Wistiow morreu. A bebida, a preocupação... O senhor é um ladrão! Somos uma família de ladrões.

A carruagem fez uma curva e a luz violeta de Salas iluminou o rosto de Lirin. Ele não parecia tão sinistro daquele ângulo — na verdade, parecia frágil. Juntou as mãos diante de si, os olhos refletindo o luar.

— Wistiow não estava lúcido em seus últimos dias, Kal — sussurrou ele. — Eu sabia que, com a sua morte, perderíamos a promessa de uma união. Laral não havia chegado à maioridade, e o novo senhor da cidade não permitiria que um olhos-escuros tomasse a herança dela através do casamento.

— Então o senhor *o roubou*? — Kal se sentiu encolhendo.

— Eu garanti que certas promessas fossem mantidas. Eu precisava fazer alguma coisa. Não podia confiar na generosidade do novo senhor da cidade. Sabiamente, como pode ver.

Todo aquele tempo, Kal acreditara que Roshone estava perseguindo--os por malícia e despeito. Mas afinal de contas ele *tinha razão*.

— Não acredito nisso.

— Isso muda alguma coisa? — perguntou Lirin. Seu rosto parecia assombrado na luz fraca. — Que diferença faz?

— *Toda*.

— E, ainda assim, nenhuma. Roshone ainda quer as esferas, e nós ainda as merecemos. Wistiow, se estivesse totalmente lúcido, teria nos dado as esferas. Tenho certeza disso.

— Mas ele não deu.

— Não.

As coisas ainda eram as mesmas, mas diferentes. Um passo e o mundo virara do avesso. O vilão se tornaria herói, e o herói, vilão.

— Eu... Eu não sei se o que você fez foi incrivelmente corajoso ou incrivelmente errado.

Lirin suspirou.

— Sei como se sente. — Ele se reclinou. — Por favor, não diga a Tien o que nós fizemos. — O que *nós* fizemos. Hesina o ajudara. — Quando for mais velho, você vai entender.

— Talvez — concedeu Kal, balançando a cabeça. — Mas uma coisa não mudou. Quero ir para Kharbranth.

— Mesmo patrocinado por esferas roubadas?

— Vou encontrar uma maneira de pagá-las de volta. Não para Roshone, mas para Laral.

— Ela vai ser uma Roshone em breve — disse Lirin. — Devemos esperar um noivado entre ela e Rillir antes do fim do ano. Roshone não permitirá que ela escape, não agora que perdeu sua posição política em Kholinar. Ela representa uma das poucas chances de seu filho ter uma aliança com uma boa casa.

Kal sentiu seu estômago se retorcer com a menção a Laral.

— Eu tenho que aprender. Talvez eu possa...

Possa o quê? Voltar e convencê-la a deixar Rillir por mim? Ridículo.

Ele olhou subitamente para o pai, que havia inclinado a cabeça, parecendo triste. Ele *era* um herói. Também era um vilão. Mas um herói para sua família.

— Não direi nada a Tien — sussurrou Kal. — E vou usar as esferas para viajar até Kharbranth e estudar.

Seu pai levantou a cabeça.

— Quero aprender a encarar os olhos-claros, como você faz — declarou Kal. — Qualquer um deles pode me fazer de tolo. Quero aprender a falar como eles, a pensar como eles.

— Quero que você aprenda para que possa ajudar as pessoas, filho. Não para que se vingue dos olhos-claros.

— Acho que posso fazer as duas coisas. Se eu puder aprender a ser esperto o bastante.

Lirin bufou.

— Você já é bem esperto, filho. Puxou sua mãe o bastante para enrolar um olhos-claros. A universidade vai lhe mostrar o modo, Kal.

— Quero começar a usar meu nome inteiro — respondeu ele, surpreendendo a si mesmo. — Kaladin.

Era um nome de homem. Ele sempre desgostara de como parecia um nome de olhos-claros. Agora parecia se encaixar.

Ele não era um lavrador olhos-escuros, nem um lorde olhos-claros. Algo intermediário. Kal fora uma criança que queria se alistar no exército porque era esse o sonho dos outros meninos. Kaladin seria um homem que aprenderia cirurgia e os modos dos olhos-claros. E algum dia voltaria àquela cidade e provaria a Roshone, Rillir e à própria Laral que eles estavam errados em desprezá-lo.

— Muito bem — disse Lirin. — Kaladin.

"Nascidos das trevas, eles ainda trazem a sua mácula, marcada em seus corpos tanto quanto o fogo marca suas almas."

— Considero Gashashson-filho-Navammis uma fonte confiável, embora não esteja seguro quanto a esta tradução. Talvez seja melhor encontrar a citação original no décimo-quarto livro de Seld e retraduzi-la pessoalmente?

KALADIN FLUTUAVA.

Febre persistente, acompanhada por suores frios e alucinações. A causa provável é uma ferida infectada; limpe com antisséptico para afastar esprenos de putrefação. Mantenha a pessoa hidratada.

Ele estava de volta a Larpetra com sua família. Só que era um homem adulto. O soldado que se tornara. E não combinava mais com eles. Seu pai não parava de perguntar: como isso aconteceu? Você *disse* que queria ser cirurgião. Um cirurgião…

Costelas quebradas. Causadas por trauma no flanco, causado por uma surra. Coloque ataduras no tórax e proíba o paciente de tomar parte em atividades cansativas.

Ocasionalmente, ele abria os olhos e via uma sala escura. Era fria, com paredes feitas de pedra e um teto alto. Outras pessoas jaziam ali enfileiradas, cobertas com lençóis. Cadáveres. Eram cadáveres. Era um armazém onde eram enfileirados e postos à venda. Quem comprava cadáveres?

O Grão-príncipe Sadeas. Ele comprava cadáveres. Os mortos continuavam andando depois de comprados, mas *eram* cadáveres. Os mais estúpidos se recusavam a aceitar isso, fingindo que estavam vivos.

Lacerações no rosto, braços e tórax. A camada externa da pele arrancada em vários trechos. Causado por exposição prolongada a ventos de grantormenta. Cobrir as áreas feridas com bandagens, aplicar um unguento de denocáxi para encorajar o crescimento de pele nova.

O tempo estava passando; muito tempo. Ele devia estar morto. Por que não estava morto? Queria se deitar e se deixar morrer.

Mas não. *Não.* Ele falhara com Tien. Falhara com Goshel. Falhara com seus pais. Falhara com Dallet. Querido Dallet.

Ele não falharia com a Ponte Quatro. De jeito *nenhum*!

Hipotermia, causada por frio extremo. Aqueça o paciente e obrigue-o a permanecer sentado. Não deixe que ele durma. Se sobreviver algumas horas, provavelmente não haverá efeitos duradouros.

Se sobreviver algumas horas...

Carregadores de pontes não deviam sobreviver.

Por que Lamaril disse isso? Que tipo de exército empregava homens para morrer?

Sua perspectiva fora estreita demais, míope demais. Ele precisava compreender os objetivos do exército. Ele assistiu o progresso da batalha, horrorizado. O que havia feito?

Precisava voltar e mudar as coisas. Mas não. Ele estava ferido, não estava? Estava sangrando no chão. Era um dos lanceiros caídos. Era um carregador de pontes da Ponte Dois, traído pelos idiotas da Ponte Quatro, que desviaram todos os arqueiros.

Como ousaram? Como *ousaram*?

Como ousaram sobreviver me matando!

Estiramento nos tendões, músculos rompidos, ossos machucados e quebrados, e dores intensas causadas por condições extremas. Descanso obrigatório no leito a todo custo. Verifique machucados grandes e persistentes ou palidez causada por hemorragia interna. Isso pode indicar risco de vida. Esteja preparado para uma cirurgia.

Ele viu o espreno de morte. Eles eram do tamanho de um punho e escuros, com muitas pernas e olhos de um vermelho intenso e brilhante, que deixavam trilhas de luz. Eles se aglomeravam ao seu redor, rastejando de um lado para outro. Suas vozes eram sussurros, semelhantes ao som de papel sendo rasgado. Eles o apavoravam, mas não podia escapar. Mal podia se mover.

Só os moribundos podiam ver os esprenos de morte. Você os via e morria em seguida. Só uns poucos, os muito sortudos, sobreviviam depois disso. Os esprenos de morte sabiam quando o fim estava próximo.

Dedos das mãos e pés com bolhas, causadas pelo frio. Não deixe de aplicar antisséptico nas bolhas que se romperem. Encoraje o poder de cura natural do corpo. Danos permanentes são improváveis.

Diante dos esprenos de morte havia uma minúscula figura de luz. Não translúcida, como costumava ser, mas feita de pura luz branca. Aquele rosto suave e feminino agora tinha feições mais nobres e angulosas, como uma guerreira de um tempo esquecido. Não havia nada de infantil nela. Estava de guarda sobre o peito de Kaladin, portando uma espada feita de luz.

Aquele brilho era tão puro, tão doce. Parecia ser o fulgor da própria vida. Sempre que um dos esprenos de morte se aproximava demais, ela avançava contra ele, brandindo sua lâmina irradiante.

A luz os afastava.

Mas havia muitos esprenos de morte. Mais e mais a cada vez que Kaladin estava lúcido o bastante para olhar.

Delírios graves causados por trauma na cabeça. Manter o paciente sob observação. Não permitir ingestão de álcool. Repouso obrigatório. Administrar pau-de-braça para reduzir o inchaço cranial. Musgo-de-fogo pode ser usado em casos extremos, mas cuidado para evitar que o paciente desenvolva um vício.

Se a medicação fracassar, a trepanação do crânio pode ser necessária para aliviar a pressão.

Geralmente fatal.

TEFT ENTROU NO BARRACÃO ao meio-dia. Adentrar o interior escuro era como adentrar uma caverna. Ele olhou para a esquerda, onde os outros feridos geralmente dormiam. Estavam todos fora naquele momento, pegando um pouco de sol. Todos os cinco passavam bem, até mesmo Leyten.

Teft passou pelas fileiras de cobertores enrolados nas laterais do cômodo, caminhando até os fundos, onde Kaladin estava deitado.

Pobre homem, pensou Teft. *O que é pior: estar moribundo, ou ter que permanecer aqui atrás, longe da luz?* Era necessário. A Ponte Quatro estava caminhando em uma corda bamba. Eles tiveram a permissão de retirar Kaladin, e até agora ninguém tentara impedi-los de cuidar dele. Praticamente o exército inteiro ouvira Sadeas entregar Kaladin ao Pai das Tempestades para julgamento.

Gaz também fora ver Kaladin, depois bufara, achando graça. Ele provavelmente diria aos superiores que Kaladin estava prestes a morrer. Homens não viviam muito com feridas como aquelas.

Ainda assim, Kaladin persistia. Soldados faziam questão de tentar dar uma olhada nele. Sua sobrevivência era incrível. As pessoas estavam comentando pelo acampamento. Entregue ao Pai das Tempestades para julgamento, e então poupado. Um milagre. Sadeas não ia gostar disso. Quanto tempo levaria até que um olhos-claros decidisse livrar seu luminobre do problema? Sadeas não podia agir abertamente — não sem perder muito de sua credibilidade —, mas um discreto envenenamento ou sufocamento abreviaria seu embaraço.

Então a Ponte Quatro mantinha Kaladin o mais longe possível de olhos alheios. E sempre deixavam alguém com ele. Sempre.

Homem tormentoso, Teft pensou, ajoelhando-se ao lado do paciente febril nas suas cobertas amassadas, olhos fechados, rosto suado, corpo envolto em um número assustador de ataduras. A maioria estava manchada de vermelho. Eles não tinham dinheiro para trocá-las com frequência.

Skar estava de vigia no momento. O homem baixo e de rosto vigoroso estava sentado aos pés de Kaladin.

— Como ele está? — perguntou Teft.

Skar falou baixinho.

— Parece que ele está piorando, Teft. Eu o ouvi murmurando sobre formas escuras, se debatendo e mandando que elas se afastassem. Ele abriu os olhos. Não parecia estar me vendo, mas viu *alguma coisa*. Eu juro.

Esprenos de morte, pensou Teft, sentindo um arrepio. *Kelek nos proteja.*

— É meu turno agora — disse Teft, sentando-se. — Vá comer alguma coisa.

Skar se levantou, parecendo pálido. Se Kaladin sobrevivesse à grantormenta e depois morresse de suas feridas, todos ficariam arrasados. Skar saiu do recinto com os ombros caídos.

Teft contemplou Kaladin por um longo tempo, tentando organizar seus pensamentos e emoções.

— Por que agora? — sussurrou. — Por que aqui? Depois de tantos terem vigiado e esperado, você aparece aqui?

Mas, naturalmente, Teft estava sendo precipitado. Ele não *sabia* ao certo. Só tinha pressupostos e esperanças. Não, não eram esperanças — eram *medos*. Ele havia rejeitado os Esperantes. E, ainda assim, ali estava ele. Pescou no bolso três pequenas esferas de diamante. Fazia muito, muito tempo desde que economizara alguma coisa do seu soldo, mas guardara aquelas esferas, pensando, preocupado. Elas brilhavam com Luz das Tempestades em sua mão.

Ele realmente queria saber?

Rangendo os dentes, Teft chegou mais perto de Kaladin, olhando para o rosto do homem inconsciente.

— Seu bastardo — sussurrou ele. — Seu bastardo tormentoso. Você pegou um bando de homens na forca e os ergueu só o bastante para que respirassem. Agora vai abandoná-los? Não vou tolerar isso, ouviu bem? *Não vou.*

Ele pressionou as esferas na mão de Kaladin, envolvendo os dedos frouxos ao redor delas, então pousando a mão sobre o ventre do rapaz. Depois sentou-se sobre os calcanhares. O que aconteceria? Tudo que os Esperantes tinham eram histórias e lendas. Histórias para tolos, como Teft as chamava. Pura fantasia.

Ele esperou. Naturalmente, nada aconteceu. *Você é tão tolo quanto eles, Teft*, disse para si mesmo. Estendeu a mão para a de Kaladin. Aquelas esferas comprariam algumas bebidas.

Kaladin arquejou subitamente, inspirando rápido e forte.

O brilho na mão dele se apagou.

Teft parou, arregalando os olhos. Fios de Luz começaram a se levantar do corpo de Kaladin. Era muito tênue, mas não havia dúvida de que ele estava emanando Luz das Tempestades branca e brilhante. Kaladin parecia ter sido banhado em um súbito calor, e sua pele fumegava.

Ele abriu subitamente os olhos, que também vazavam luz. Kaladin arquejou alto outra vez, e então os fios de Luz começaram a se contorcer ao redor das feridas expostas em seu peito. Algumas se fecharam e se curaram.

Então acabou, a Luz daquelas pequenas peças gasta. Os olhos de Kaladin se fecharam e ele relaxou. Suas feridas ainda eram feias, sua febre ainda ardia, mas alguma cor retornara à sua pele. O rubor inflamado ao redor de vários cortes diminuíra.

— Meu Deus — disse Teft, notando que estava tremendo. — Todo-Poderoso, lançado do céu para habitar nossos corações... É verdade.

Ele inclinou a cabeça até o chão de pedra, fechando os olhos com força, lágrimas escorrendo dos cantos.

Por que agora?, pensou novamente. *Por que aqui?*

E, pelo amor do céu, por que eu?

Ele ficou ajoelhado por cem batimentos cardíacos, contando, pensando, se preocupando. Por fim, ele se pôs de pé e recuperou as esferas — agora opacas — da mão de Kaladin. Teria que trocá-las por esferas com Luz. Então voltaria e deixaria que Kaladin as drenasse também.

Teria que ser cuidadoso. Algumas esferas por dia, mas não muitas. Se o garoto se curasse rápido demais, chamaria muita atenção.

E eu preciso contar aos Esperantes. Eu preciso…

Os Esperantes não existiam mais. Estavam mortos, por sua culpa. Se havia outros, ele não fazia ideia de como localizá-los.

Com quem poderia falar? Quem acreditaria nele? O próprio Kaladin não compreendia o que estava fazendo.

Era melhor ficar quieto, pelo menos até decidir o que fazer a respeito.

39

GRAVADAS A FOGO

"Em um instante, Alezarv apareceu, cruzando uma distância que teria levado mais de quatro meses de viagem a pé."

— Outra história folclórica, esta registrada em *Entre os olhos--escuros*, de Calinam. Página 102. Histórias de viagem instantânea e dos Sacroportais permeiam esses contos.

A MÃO DE SHALLAN VOAVA sobre a prancheta de desenho, movendo-se como que por conta própria, com o carvão arranhando, esboçando, manchando. Primeiro linhas espessas, como trilhas de sangue deixadas por um polegar percorrendo granito bruto. Linhas finas como arranhões feitos por um alfinete.

Ela estava sentada na sua pequena câmara no Conclave. Sem janelas, sem ornamentação nas paredes de granito. Só a cama, seu baú, a mesa de cabeceira e uma pequena escrivaninha que também servia como mesa de desenho.

Um único brom de rubi jogava uma luz sanguinolenta sobre seu desenho. Geralmente, para produzir uma imagem vibrante, ela precisava memorizar deliberadamente a cena. Um piscar de olhos, congelando o mundo, marcando uma impressão na sua mente. Ela não fizera isso durante a aniquilação dos ladrões realizada por Jasnah. Estivera paralisada demais pelo horror ou pelo fascínio mórbido.

Apesar disso, podia ver cada uma daquelas cenas na sua mente de modo tão vívido como se as houvesse memorizado deliberadamente. E essas memórias não desapareciam quando ela as desenhava. Não conseguia livrar sua mente delas; as mortes estavam gravadas a fogo.

Ela se reclinou para trás, a mão trêmula, a imagem diante dela uma representação exata em carvão do cenário noturno sufocante, do espaço estreito entre as paredes do beco, uma figura torturada feita de chamas se elevando rumo ao céu. Naquele momento, sua face ainda continha sua forma, olhos sombrios arregalados e lábios abertos e queimando. A mão de Jasnah estava estendida na direção da figura, como se estivesse esconjurando-a ou adorando-a.

Shallan levou os dedos manchados de carvão ao peito, contemplando sua criação. Era mais um de dúzias de desenhos que fizera nos últimos dias. O homem transformado em chama, o outro congelado em cristal, os dois Transmutados em fumaça. Ela só conseguia desenhar um dos dois inteiramente; estivera voltada para o lado leste do beco. Seus desenhos da morte do quarto homem representavam fumaça ascendendo, a roupa já caída no chão.

Sentia-se culpada por ser incapaz de registrar aquela morte; e sentia-se estúpida pela culpa.

A lógica não condenava Jasnah. Sim, a princesa colocara-se voluntariamente em perigo, mas isso não removia a responsabilidade daqueles que escolheram causar-lhe mal. As ações dos homens eram repreensíveis. Shallan passara os dias estudando livros de filosofia, e a maioria dos referenciais éticos exonerava a princesa.

Mas Shallan estivera lá. Ela vira os homens morrerem. Vira o terror em seus olhos, e *sentia-se* péssima. Não teria havido outra maneira?

Matar ou morrer. Essa era a Filosofia da Severidade. Ela exonerava Jasnah.

Ações não eram más. A intenção podia ser má, e a intenção de Jasnah havia impedido os homens de ferir outras pessoas. Essa era a Filosofia do Propósito. Ela louvava Jasnah.

A moralidade era distinta dos ideais dos homens. Ela existia completa em algum lugar, para ser abordada — mas nunca inteiramente compreendida — pelos mortais. A Filosofia dos Ideais. Ela alegava que remover o mal era, em última instância, moral, e assim, ao destruir homens maus, Jasnah estava justificada.

O objetivo devia ser pesado contra os métodos. Se a meta é digna, então os passos tomados são dignos, mesmo que alguns deles em si sejam repreensíveis. A Filosofia da Aspiração. Ela, mais que qualquer outra, consideraria éticas as ações de Jasnah.

Shallan puxou a folha da sua prancheta de desenho e jogou-a ao lado de outras espalhadas sobre a cama. Seus dedos se moveram novamente, agarrando o lápis de carvão, começando uma nova imagens na folha em branco presa na mesa, incapaz de escapar.

Seu furto a incomodava tanto quanto os assassinatos. Ironicamente, a exigência de Jasnah de que Shallan estudasse filosofia moralista forçou-a a contemplar suas próprias terríveis ações. Ela fora a Kharbranth para roubar o fabrial, depois usá-lo para salvar seus irmãos e sua casa de grandes dívidas e da destruição. Mas, no fim, não fora por isso que Shallan roubara o Transmutador. Roubara porque estava com raiva de Jasnah.

Se as intenções eram mais importantes do que a ação, então ela devia condenar a si mesma. Talvez a Filosofia da Aspiração — que declarava que os objetivos eram mais importantes do que as atitudes tomadas para obtê-los — concordasse com o que fizera, mas era a filosofia que considerava mais repreensível. Shallan estava ali sentada, desenhando, condenando Jasnah. Mas foi ela quem traiu uma mulher que confiara nela e a acolhera. Agora estava planejando cometer heresia com o Transmutador ao utilizá-lo, ainda que não fosse uma fervorosa.

O Transmutador estava em uma parte oculta do baú de Shallan. Três dias, e Jasnah não dissera nada sobre o desaparecimento. Ela usava a cópia todos os dias. Não disse nada, nem agiu de modo diferente. Talvez não houvesse tentado realizar uma Transmutação. Que o Todo-Poderoso não permitisse que ela saísse e se arriscasse novamente, esperando ser capaz de usar o fabrial para matar homens que a atacassem.

Naturalmente, havia um aspecto daquela noite em que Shallan precisava pensar. Ela estava portando uma arma oculta que não havia usado. Sentia-se tola por nem mesmo ter pensado em sacá-la naquela noite. Mas ainda não estava acostumada com...

Shallan gelou, percebendo pela primeira vez o que estava desenhando. Não era outra cena do beco, mas uma sala ricamente decorada com um espesso carpete ornamentado e espadas na parede. Uma longa mesa de jantar, com uma refeição consumida pela metade.

E um homem morto em roupas finas, caído de cara no chão, sangue se acumulando ao seu redor. Ela deu um pulo para trás, jogando longe o carvão, e depois amassou o papel. Trêmula, sentou-se na cama entre os desenhos. Deixando cair a folha amassada, ela levou os dedos à testa, sentindo o suor frio ali.

Havia algo de errado com ela, com seus desenhos.

Precisava sair dali. Escapar da morte, da filosofia e das perguntas. Levantou-se e andou rapidamente até a sala principal dos aposentos de Jasnah. A princesa estava fora, pesquisando, como sempre. Ela não exigira que Shallan fosse ao Véu naquele dia. Será que havia percebido que sua pupila precisava de tempo para pensar sozinha? Ou foi porque suspeitava que Shallan roubara o Transmutador, e não confiava mais nela?

Shallan atravessou apressadamente a sala mobiliada apenas com o básico fornecido pelo rei Taravangian e abriu a porta para o corredor, quase dando de cara com uma criada-mestra que estava prestes a bater.

A mulher se assustou, e Shallan deixou escapar um gritinho.

— Luminosa — disse a mulher, curvando-se imediatamente. — Minhas desculpas. Mas uma das suas telepenas está piscando. — A mulher mostrou a pena, fixada na lateral com um pequeno rubi piscante.

Shallan inspirou e expirou, acalmando seu coração.

— Obrigada.

Como Jasnah, ela deixava suas telepenas aos cuidados de servos porque estava frequentemente longe dos seus aposentos, e provavelmente perderia qualquer tentativa de contato.

Ainda agitada, sentiu-se tentada a deixar o dispositivo ali e sair. Contudo, ela precisava falar com seus irmãos, Nan Balat em particular, e ele estivera fora nas últimas vezes que tentara entrar em contato. Ela pegou a telepena e fechou a porta. Não queria voltar aos seus aposentos, com todos aqueles desenhos a acusando, mas havia uma mesa e uma prancheta de telepena na sala principal. Sentou-se ali, depois torceu o rubi.

Shallan?, a pena escreveu. **Você está confortável?** Era uma frase em código, com o objetivo de indicar que era de fato Nan Balat — ou, pelo menos, sua prometida — do outro lado.

Minhas costas doem e meu pulso está coçando, ela escreveu de volta, fornecendo a outra metade do código.

Sinto muito por ter perdido suas outras comunicações, enviou Nan Balat. **Tive que comparecer a uma festa em nome do nosso pai. Foi com Sur Kamar, então eu não podia mesmo perder, apesar de levar um dia de viagem para a ida e para a volta.**

Está tudo bem, escreveu Shallan. Ela respirou fundo. **Estou com o item.** Ela virou a gema.

A pena ficou imóvel por um longo momento. Finalmente, uma mão apressada escreveu: **Glória aos Arautos. Ah, Shallan. Você conseguiu! Está voltando para nós, então? Como consegue usar a telepena no oceano? Você está em algum porto?**

Eu não parti, escreveu Shallan.

O quê? Por quê?

Porque seria suspeito demais, ela escreveu. Pense bem, Nan Balat. Se Jasnah tentar usar o item e descobrir que está quebrado, ela pode não pensar imediatamente que foi enganada. Isso muda se eu partir para casa de modo súbito e suspeito.

Preciso esperar até que ela descubra, para ver o que fará em seguida. Se ela descobrir que seu fabrial foi substituído por uma falsificação, então posso desviar a atenção dela para outros culpados. Ela já suspeita do fervor. Se, por outro lado, ela pensar que seu fabrial quebrou de alguma maneira, saberei que estamos livres.

Ela torceu a gema, colocando a telepena no lugar.

A pergunta que ela estava esperando veio em seguida. E se ela imediatamente imaginar que foi você? Shallan, e se você não puder desviar as suspeitas dela? E se ela ordenar uma busca nos seus aposentos e eles encontrarem o compartimento oculto?

Ela pegou a caneta. Então ainda é melhor que eu esteja aqui, ela escreveu. Balat, eu aprendi muito sobre Jasnah Kholin. Ela é incrivelmente concentrada e determinada. Não vai me deixar escapar se pensar que eu a roubei. Ela vai me caçar, e usará todos os seus recursos para obter vingança. Teríamos nosso próprio rei e Grão-príncipes em nossa propriedade em poucos dias, exigindo que devolvêssemos o fabrial. Pai das Tempestades! Aposto que Jasnah tem contatos em Jah Keved a quem poderia alertar antes que eu chegasse em casa. Estaria sob custódia no momento que pusesse os pés em terra seca.

Nossa única esperança é desviar sua atenção. Se isso não funcionar, é melhor que eu esteja aqui e sofra sua fúria rapidamente. Provavelmente ela vai tomar o Transmutador e me expulsar da sua presença. Mas se nós dermos trabalho e ela tiver que me caçar... Ela pode ser muito impiedosa, Balat. As coisas não acabariam bem para nós.

A resposta demorou a chegar. Quando foi que você ficou tão boa em lógica, pequena?, ele finalmente enviou. Vejo que você pensou em todos os detalhes. Pelo menos, melhor do que eu. Mas, Shallan, nosso tempo está acabando.

Eu sei, ela escreveu. Você disse que conseguiria segurar a situação por mais alguns meses. Peço que faça isso. Dê-me pelo menos mais duas ou três semanas para ver o que Jasnah faz. Além disso, enquanto eu estiver aqui, posso pesquisar como essa coisa funciona. Ainda não encontrei livros que deem pistas, mas há tantos aqui que talvez eu apenas não tenha encontrado o livro certo ainda.

Muito bem, escreveu ele. Algumas semanas. Tome cuidado, pequena. Os homens que deram ao pai seu fabrial fizeram outra visita. Eles perguntaram por você. Estou preocupado com eles, ainda mais do que com nossas finanças. Eles me perturbam profundamente. Adeus.

Adeus, ela escreveu de volta.

Até aquele momento, não havia indício de reação da parte da princesa. Ela nem mesmo havia mencionado o Transmutador. Isso deixava Shallan nervosa. Queria que Jasnah simplesmente dissesse alguma coisa. A espera estava sendo excruciante. Todo dia, quando ela se sentava junto de Jasnah, seu estômago se contorcia de ansiedade até ela ser tomada pela náusea. Pelo menos, considerando os assassinatos de alguns dias atrás, Shallan tinha uma excelente desculpa para parecer perturbada.

Lógica fria e calma. A própria Jasnah ficaria orgulhosa.

Soou uma batida na porta e Shallan rapidamente recolheu a conversa que teve com Nan Balat e queimou-a na lareira. Uma criada do palácio entrou um momento depois, carregando uma cesta nos braços. Ela sorriu para Shallan. Estava na hora da limpeza diária.

Shallan teve um estranho momento de pânico ao ver a mulher. Não era uma das criadas que conhecia. E se Jasnah houvesse mandado ela ou outa pessoa para revistar seus aposentos? Será que já o revistara? Shallan assentiu para a mulher e então — para aliviar suas preocupações — caminhou até seu quarto e fechou a porta. Ela se apressou até o baú e verificou o compartimento escondido. O fabrial estava lá. Ela o levantou e inspecionou. Perceberia se Jasnah houvesse de algum modo refeito a troca?

Você está sendo tola, ela disse a si mesma. *Jasnah é discreta, mas não* tão *discreta*. Ainda assim, Shallan enfiou o Transmutador em sua bolsa-segura. Ele mal cabia dentro do receptáculo de pano em forma de envelope. Sentiria-se mais segura sabendo que estava com ela enquanto a criada limpava seu quarto. Além disso, a bolsa-segura podia ser um esconderijo melhor do que seu baú.

Por tradição, a bolsa-segura de uma mulher era onde ela guardava itens íntimos ou de grande importância. Procurar algo ali seria como despi-la para revistá-la — considerando sua posição social, as duas coisas seriam virtualmente impensáveis, a menos que estivesse obviamente envolvida em um crime. Jasnah provavelmente poderia forçar uma busca; mas se Jasnah pudesse fazer isso, então poderia ordenar uma revista do quarto de Shallan, e seu baú receberia atenção específica. A verdade era que, se Jasnah decidisse suspeitar dela, haveria muito pouco que Shallan poderia fazer para ocultar o fabrial. Então a bolsa-segura era um lugar tão bom quanto qualquer outro.

Ela recolheu as imagens que desenhara e colocou-as com a face para baixo sobre a mesa, tentando não olhar para elas. Não queria que fossem vistas pela criada. Finalmente, ela partiu, levando seu portfólio. Sentia que precisava sair e escapar por algum tempo. Desenhar alguma outra coisa que não fosse morte e assassinato. A conversa com Nan Balat só servira para deixá-la mais abalada.

— Luminosa? — chamou a criada.

Shallan estacou, mas a criada mostrou uma cesta.

— Deixaram isso para a senhora com as criadas-mestras.

Ela aceitou com hesitação, e olhou no interior da cesta. Pão e geleia. Uma nota, amarrada a uma das jarras, dizia:

> **Geleia de martil. Se você gostar, significa que é misteriosa, reservada e ponderada.**
>
> *Kabsal*

Shallan pendurou a cesta no cotovelo do seu braço seguro. Kabsal. Talvez ela devesse ir atrás dele. Ela sempre se sentia melhor depois de conversar com o fervoroso.

Mas não. Partiria em breve; não podia continuar enrolando a ele, ou a si mesma. Estava com medo da possível direção do relacionamento. Em vez disso, seguiu pela caverna principal e então para a saída do Conclave. Saiu para a luz do sol e respirou fundo, olhando para o céu enquanto os servos e atendentes cortavam caminho ao seu redor, multidões entrando e saindo do Conclave. Ela segurava com firmeza seu portfólio, sentindo a brisa fresca no rosto e o calor contrastante do sol contra seu cabelo e testa.

No fim das contas, a parte mais perturbadora era que Jasnah estava certa. O mundo de respostas simples de Shallan era um lugar tolo e infantil. Ela se apegara à esperança de que poderia encontrar a verdade e usá-la para explicar — talvez justificar — o que havia feito em Jah Keved. Mas se existia algo como a verdade, era muito mais complicado e nebuloso do que imaginara.

Alguns problemas não pareciam ter boas respostas; só muitas respostas erradas. Ela podia escolher a fonte da sua culpa, mas não podia escolher livrar-se daquela culpa inteiramente.

DUAS HORAS E CERCA de 24 desenhos depois, Shallan sentia-se muito mais relaxada.

Estava sentada nos jardins do palácio, com o caderno no colo, desenhando caramujos. Os jardins não eram tão amplos quanto os do seu pai, mas eram muito mais variados, sem mencionar que eram abençoadamente isolados. Como muitos jardins modernos, tinham sido projetados com paredes de casca-pétrea cultivada. Aquele incluía um labirinto de muros de pedra viva, baixos o bastante para que, de pé, ela pudesse ver o caminho de volta à entrada. Mas caso se sentasse em um dos numerosos bancos, podia sentir-se sozinha e invisível.

Ela perguntou ao jardineiro o nome da planta de cascas-pétreas mais proeminente; ele a chamara de "pedra laminada". Um nome adequado, já que crescia em finas seções arredondadas que se empilhavam umas sobre as outras, como pratos em um guarda-louça. Vista de lado, parecia uma pedra erodida com centenas de finas camadas expostas. Gavinhas minúsculas cresciam dos poros, acenando ao vento. As cascas-pétreas eram de um tom azulado, mas as gavinhas eram amarelas.

O tema do seu desenho atual era um caramujo com uma concha achatada e com pequenas nervuras. Quando ela batia na concha, ele se enfiava em uma fenda na casca-pétrea, parecendo tornar-se parte da pedra laminada. Disfarçava-se perfeitamente. Quando ela deixou que se movesse, ele mordiscou a casca-pétrea — mas não a mastigou.

Ele está limpando a casca-pétrea, ela compreendeu, continuando seu desenho. *Está se alimentando do líquen e do mofo.* De fato, uma trilha mais limpa estendia-se atrás dele.

Pedaços de um tipo diferente de casca-pétrea — com protrusões semelhantes a dedos crescendo a partir de um botão central — brotavam junto da pedra laminada. Quando olhou de perto, ela notou pequenos crenguejos — finos e multípedes — arrastando-se sobre ela e se alimentando. Também a estariam limpando?

Curioso, pensou Shallan, começando a desenhar os crenguejos em miniatura. Eles tinham carapaças com o mesmo tom que os dedos da casca-pétrea, enquanto a concha do caramujo era quase uma duplicata das colorações amarelas e azuladas da pedra laminada. Era como se eles houvessem sido projetados pelo Todo-Poderoso em pares, a planta dando segurança ao animal, o animal limpando a planta.

Alguns esprenos de vida — manchas verdes e brilhantes — flutuavam ao redor dos montes de casca-pétrea. Alguns dançavam entre as rachaduras na casca, outros flutuavam como partículas de poeira ziguezagueando, só para cair novamente.

Ela usou um lápis de carvão com ponta mais fina para escrever alguns pensamentos sobre o relacionamento entre os animais e as plantas. Não conhecia nenhum livro que falasse sobre relacionamentos do tipo.

As eruditas pareciam preferir estudar animais maiores e dinâmicos, como grã-carapaça ou espinha-branca. Mas Shallan achou aquela descoberta bela e maravilhosa.

Caramujos e plantas podem se ajudar mutuamente. Mas eu estou traindo Jasnah.

Ela olhou para sua mão segura, e para a bolsa-segura escondida ali. Sentia-se mais segura tendo o Transmutador por perto. Ainda não ousara tentar utilizá-lo. Estava nervosa demais com o roubo, e se preocupava em usar o objeto perto de Jasnah. Agora, contudo, ela estava em um recanto do labirinto, com apenas uma entrada levando a seu beco sem saída. Ela levantou-se casualmente, olhando ao redor. Não havia mais ninguém nos jardins, e ela estava longe o bastante da entrada para que qualquer pessoa levasse alguns minutos para alcançá-la.

Shallan sentou-se novamente, deixando de lado sua prancheta de desenho e o lápis. *Melhor eu ver se consigo descobrir como usá-lo. Talvez não seja necessário continuar pesquisando no Palaneu em busca de uma solução.* Contanto que se levantasse e olhasse ao redor periodicamente, poderia se certificar de que não seria abordada ou vista por acidente.

Ela pegou o dispositivo proibido, que pesou na sua mão. Sólido. Respirando fundo, ela envolveu as correntes ao redor dos dedos e pulso, as gemas contra o dorso da mão. O metal era frio e as correntes, frouxas. Ela flexionou a mão, ajustando o fabrial.

Antecipara uma sensação de poder. Um formigamento na pele, talvez, ou um sentimento de força e potência. Mas não houve nada.

Ela tocou de leve as três gemas — colocara seu quartzo fumê na terceira posição. Alguns outros fabriais, como telepenas, só funcionavam quando se tocava nas pedras. Mas tentar isso era bobagem, já que nunca vira Jasnah agir assim. A mulher simplesmente fechava os olhos e tocava em alguma coisa, realizando a Transmutação do objeto. Fumaça, cristal e fogo eram os pontos forte daquele Transmutador. Só uma vez ela vira Jasnah criar outra coisa.

Hesitante, Shallan pegou um pedaço de casca-pétrea solta de uma das plantas. Segurou-a na mão livre, então fechou os olhos.

Torne-se fumaça!, ela comandou.

Nada aconteceu.

Torne-se cristal!, ordenou dessa vez.

Ela abriu um olho. Não houve mudança.

Fogo. Queime! Você é fogo! Você...

Ela fez uma pausa, percebendo a estupidez daquilo. Uma mão misteriosamente queimada? Não, isso não seria *nem um pouco* suspeito. Em vez disso, ela se concentrou no cristal. Fechou os olhos novamente, mantendo a imagem de um pedaço de quartzo em mente. Ela tentou *forçar* a casca-pétrea a mudar.

Nada aconteceu, então ela só tentou se concentrar, imaginando a transformação da casca-pétrea. Depois de alguns minutos de fracasso, tentou fazer a bolsa-segura se transformar, depois o banco, então um fio de cabelo. Nada funcionou.

Shallan verificou para ter certeza de que estava ainda sozinha, depois sentou-se, frustrada. Nan Balat havia perguntado a Luesh como os dispositivos funcionavam, e ele dissera que era mais fácil mostrar do que explicar. Prometera dar a eles respostas caso Shallan efetivamente conseguisse roubar o dispositivo de Jasnah.

Agora ele estava morto. Estaria ela condenada a levar aquele Transmutador para sua família, só para imediatamente entregá-lo àqueles homens perigosos, nunca utilizando-o para adquirir riqueza e proteger sua casa? Tudo porque não sabiam como ativá-lo?

Os outros fabriais que ela usara haviam sido fáceis de ativar, mas eles haviam sido construídos por artifabrianos contemporâneos. Transmutadores eram fabriais de tempos antigos. Eles não utilizavam métodos modernos de ativação. Ela fitou as gemas brilhantes no dorso da sua mão. Como poderia descobrir o método de usar uma ferramenta com milhares de anos de idade, proibida a todos, exceto aos fervorosos?

Escondeu novamente o Transmutador na sua bolsa-segura. Aparentemente, teria que voltar a pesquisar no Palaneu. Ou então perguntar a Kabsal. Mas será que ela conseguiria perguntar sem parecer suspeita? Tirou da cesta o pão e a geleia, comendo e pensando distraidamente. Se Kabsal não soubesse, e se ela não conseguisse descobrir as respostas antes de deixar Kharbranth, haveria outras opções? Se ela levasse o artefato ao rei vedeno, ou talvez aos fervorosos, seriam eles capazes de proteger sua família em troca do presente? Afinal, ela não poderia realmente ser culpada por roubar de uma herege, e contanto que Jasnah não soubesse com quem estava o Transmutador, eles estariam em segurança.

Por algum motivo, isso fez com que ela se sentisse ainda pior. Roubar o Transmutador para salvar sua família era uma coisa, mas entregá-lo aos próprios fervorosos a quem Jasnah desprezava? Parecia uma traição maior.

40
VER VERMELHO E AZUL

"Morte nos lábios. Som no ar. Fuligem na pele."

— De "A última desolação", de Ambrian, linha 335.

KALADIN CAMBALEOU PARA A luz, protegendo os olhos contra o sol ardente, seus pés descalços sentindo a transição da pedra fria do interior para a pedra aquecida pelo sol do exterior. O ar estava ligeiramente úmido, não tão abafado quanto nas semanas anteriores.

Ele descansou a mão sobre o batente de madeira da porta, suas pernas tremendo com rebeldia, seus braços fracos como se tivessem carregado uma ponte por três dias consecutivos. Respirou profundamente. Seu flanco devia estar ardendo de dor, mas só sentia um mal-estar residual. Algumas das suas feridas mais profundas ainda estavam cobertas de cascas, mas as menores haviam desaparecido completamente. Sua mente estava surpreendentemente clara. Ele nem mesmo sentia uma dor de cabeça.

Rodeou a caserna, sentindo-se mais forte a cada passo, embora continuasse com a mão na parede. Lopen vinha logo atrás; o herdaziano estava cuidando de Kaladin desde que despertara.

Eu devia estar morto, pensou Kaladin. *O que está acontecendo?*

No outro lado da caserna, ele ficou surpreso ao encontrar os homens carregando a ponte em seu treino diário. Rocha estava na frente, no meio, fornecendo o ritmo de marcha como Kaladin costumava fazer. Eles alcançaram o outro lado da serraria e fizeram a curva, avançando de volta.

Só quando já quase tinham ultrapassado o barracão foi que um dos homens na frente — Moash — notou Kaladin. Ele estacou, quase fazendo com que toda a equipe de ponte tropeçasse.

— Qual é o seu problema? — gritou Torfin, de trás, a cabeça envolta pela madeira da ponte.

Moash não lhe deu atenção. Ele saiu de baixo da ponte, fitando Kaladin com olhos arregalados. Rocha ordenou apressadamente que os homens pousassem a ponte no chão. Mais deles o viram, adotando as mesmas expressões reverentes que Moash. Hobber e Peet, suas feridas suficientemente curadas, haviam começado a praticar com os outros. Isso era bom; voltariam a ganhar soldo.

Os homens caminharam até Kaladin, silenciosos nos seus coletes de couro. Eles mantiveram distância, hesitantes, como se ele fosse frágil. Ou sagrado. Kaladin estava sem camisa, as feridas quase curadas e expostas, e vestia apenas suas calças de carregador de pontes que chegavam até os joelhos.

— Vocês realmente precisam praticar o que devem fazer se um de vocês tropeçar ou pisar em falso — disse Kaladin. — Quando Moash parou abruptamente, vocês todos quase caíram. Isso poderia ser um desastre no campo.

Todos olharam para ele, incrédulos, e Kaladin não conseguiu evitar um sorriso. Em um momento, os homens o rodearam, rindo e batendo nas suas costas. Não eram boas-vindas totalmente apropriadas para um enfermo, particularmente quando o tapa veio de Rocha, mas Kaladin apreciou o seu entusiasmo.

Só Teft não se uniu a eles. O carregador de pontes mais velho ficou de lado, com os braços cruzados. Parecia preocupado.

— Teft? — perguntou Kaladin. — Você está bem?

Teft bufou, mas mostrou um mínimo sorriso.

— Só pensei que esses rapazes não tomam banho com frequência para que eu queira chegar perto o bastante para um abraço. Sem ofensa.

Kaladin deu uma gargalhada.

— Entendo.

Seu último "banho" fora durante a grantormenta.

A grantormenta.

Os outros carregadores continuavam a rir, perguntando como ele se sentia, proclamando que Rocha deveria arrumar alguma coisa *extra* especial para a refeição noturna junto à fogueira. Kaladin sorriu e acenou, garantindo que se sentia bem, mas estava se lembrando da tempestade.

Lembrava-se perfeitamente dela. De se segurar ao anel no topo do edifício, sua cabeça para baixo e os olhos fechados contra a torrente avassaladora. Lembrava-se de Syl, em uma postura protetora diante dele, como se pudesse desviar a própria tempestade. Ele não conseguia vê-la por perto. Onde estaria?

Também se lembrava do rosto. O próprio Pai das Tempestades? Decerto que não. Uma ilusão. Sim... sim, certamente estava delirando. As memórias de esprenos de morte estavam misturadas com lembranças da sua vida — e misturadas com estranhos súbitos *choques* de força... gelados, mas refrescantes. Como o ar frio de uma manhã revigorante depois de uma longa noite em um quarto abafado, ou como esfregar a seiva de folhas de gulque em músculos doloridos, deixando-os quentes e frios ao mesmo tempo.

Ele se lembrava desses momentos com muita clareza. O que os causara? A febre?

— Quanto tempo? — indagou ele, verificando os carregadores, contando-os.

Eram 33, incluindo Lopen e o silencioso Dabbid. Quase todos estavam presentes. Impossível. Se suas costelas estavam curadas, então ele devia ter ficado inconsciente por pelo menos quatro semanas. Quantas incursões de pontes?

— Dez dias — respondeu Moash.

— Impossível — disse Kaladin. — Minhas feridas...

— É por isso que estamos tão surpresos de vê-lo de pé e caminhando! — replicou Rocha, rindo. — Você deve ter ossos duros como granito. O meu nome devia ser seu!

Kaladin se recostou na parede. Ninguém corrigiu Moash. Uma equipe inteira de homens não perderia a noção de tempo daquele jeito.

— Idolir e Treff?

— Nós os perdemos — disse Moash, ficando sério. — Tivemos duas incursões de ponte enquanto você estava inconsciente. Ninguém gravemente ferido, mas dois mortos. Nós... não sabíamos como ajudá-los.

Isso fez com que os homens se aquietassem. Mas a morte era o destino dos carregadores, e eles não podiam pensar muito no que fora perdido. Kaladin decidiu, no entanto, que precisaria treinar alguns dos outros na cura.

Mas como ele estava de pé e caminhando? Será que fora ferido com menos gravidade do que pensara? Hesitantemente, cutucou seu flanco, buscando costelas quebradas. Só estava um pouco dolorido. Tirando a fraqueza, estava tão saudável quanto sempre fora. Talvez devesse ter prestado um pouco mais de atenção aos ensinamentos religiosos de sua mãe.

Enquanto os homens voltavam a falar e celebrar, ele notou a maneira como o olhavam. Respeitosa, reverente. Eles se lembravam do que havia dito antes da grantormenta. Recordando, Kaladin percebeu que estivera um pouco delirante naquele momento. Agora parecia uma proclamação incrivelmente arrogante, sem mencionar que trazia um quê de profecia. Se os fervorosos descobrissem …

Bem, ele não podia desfazer o que fizera. Teria apenas que seguir em frente. *Você já estava oscilando sobre um abismo*, pensou Kaladin. *Precisava escalar até um penhasco ainda* mais *alto?*

Um súbito e lamurioso toque de corneta soou pelo campo. Os carregadores se calaram. A corneta soou mais duas vezes.

— Era de se esperar — resmungou Natam.

— Estamos de serviço? — perguntou Kaladin.

— Estamos — disse Moash.

— Façam fila! — rosnou Rocha. — Vocês sabem o que fazer! Vamos mostrar ao capitão Kaladin que não esquecemos como se faz.

— "Capitão" Kaladin? — perguntou Kaladin enquanto os homens se enfileiravam.

— Claro, *gancho* — disse Lopen de trás dele, falando naquele sotaque rápido que contrastava tanto com sua atitude despreocupada. — Eles tentaram fazer de Rocha o líder de ponte, claro, mas nós só passamos a chamar você de "capitão" e ele de "líder de esquadrão". Gaz ficou furioso. — Lopen sorriu.

Kaladin assentiu. Os outros homens estavam tão felizes, mas ele tinha dificuldade em partilhar do seu humor.

Enquanto eles entravam em formação ao redor da sua ponte, Kaladin começou a perceber a fonte da sua melancolia. Seus homens estavam de volta ao ponto de partida, ou pior. Ele estava enfraquecido e ferido, e ofendera o grão-príncipe em pessoa. Sadeas não ficaria satisfeito ao descobrir que Kaladin havia sobrevivido à febre.

Os carregadores ainda estavam destinados a serem abatidos um a um. O transporte lateral fora um fracasso. Ele não havia salvado seus homens, só fornecera um curto adiamento da execução.

Carregadores de pontes não devem sobreviver....

Ele tinha suspeitas quanto ao motivo disso. Cerrando os dentes, soltou a parede do barracão e atravessou até o ponto onde os carregadores estavam enfileirados, os líderes dos subesquadrões fazendo uma rápida revista dos seus coletes e sandálias.

Rocha olhou Kaladin de soslaio.

— E o que você acha que está fazendo?

— Estou me juntando a vocês — disse Kaladin.

— E o que você diria a um dos homens se *ele* tivesse acabado de se levantar depois de uma semana com febre?

Kaladin hesitou. *Eu não sou como os outros homens*, pensou, então se arrependeu. Ele não podia começar a acreditar que era invencível. Correr agora com a equipe, fraco como estava, seria pura idiotice.

— Você tem razão.

— Você pode ajudar a mim e ao *moolie* carregando água, *gancho* — disse Lopen. — Agora nós somos uma equipe. Vamos em todas as missões.

Kaladin assentiu com a cabeça.

— Tudo bem.

Rocha olhou para ele.

— Se eu me sentir cansado demais quando chegarmos ao final das pontes permanentes, eu volto. Prometo.

Rocha concordou, relutante. Os homens marcharam sob a ponte até a área de concentração, e Kaladin juntou-se a Lopen e Dabbid, enchendo odres de água.

KALADIN ESTAVA DE PÉ na beira do precipício, com as mãos juntas atrás das costas, as sandálias na borda da queda. O abismo o fitava, mas ele não o fitou de volta. Estava concentrado na batalha sendo travada no platô adiante.

Aquela abordagem havia sido fácil; eles chegaram ao mesmo tempo que os parshendianos. Em vez de se darem ao trabalho de matar os carregadores, os parshendianos assumiram uma posição defensiva no centro do platô, ao redor da crisálida. Agora os homens de Sadeas lutavam com eles.

A testa de Kaladin estava empapada de suor devido ao calor do dia, e ainda sentia um resquício de exaustão da sua doença. Mas não estava nem perto de quão mal devia estar. O filho do cirurgião estava perplexo.

Por enquanto, o soldado vencia o cirurgião. Estava transfixado pela batalha. Lanceiros alethianos, vestindo couro e placas peitorais, pressionavam uma linha curva contra os guerreiros parshendianos. A maioria dos parshendianos usava machados de guerra ou martelos, embora alguns poucos brandissem espadas ou bastões. Todos tinham aquela armadura laranja-avermelhada crescendo da pele, e eles lutavam aos pares, cantando o tempo todo.

Era o pior tipo de batalha, a equilibrada. Frequentemente, muito menos homens eram perdidos em uma escaramuça onde os inimigos ganhavam rapidamente a vantagem. Quando isso acontecia, o comandante ordenava a retirada para diminuir as perdas. Mas batalhas de oponentes páreos... eram brutais e sangrentas. Assistindo a luta — os corpos caídos sobre as pedras, as armas faiscando, os homens empurrados para fora do platô —, lembrou-se das suas primeiras lutas como lanceiro. Seu comandante ficou chocado com a facilidade com que Kaladin lidara com a visão do sangue derramado. O pai de Kaladin teria ficado chocado com a facilidade com que Kaladin derramou esse sangue.

Havia uma grande diferença entre suas batalhas em Alethkar e as lutas nas Planícies Quebradas. Lá, ele estivera cercado pelos piores soldados — ou pelo menos pelos soldados menos treinados — de Alethkar. Homens que não mantinham as fileiras. E ainda assim, com toda a desordem, aquelas lutas faziam sentido para ele. Os combates nas Planícies Quebradas, não.

Fora esse seu erro de cálculo. Ele havia mudado as táticas do campo de batalha antes de compreendê-las. Não cometeria o mesmo equívoco novamente.

Rocha se aproximou de Kaladin, junto com Sigzil. O papaguampas musculoso contrastava com o baixo e silencioso homem azishiano. A pele de Sigzil era de um marrom profundo — não era preta como a de alguns parshemanos. Ele tendia a ser calado.

— É uma batalha ruim — declarou Rocha, cruzando os braços. — Os soldados não ficarão felizes, ganhando ou não.

Kaladin concordou, distraído, prestando atenção aos berros, gritos e pragas.

— Por que eles estão lutando, Rocha?

— Por dinheiro — disse Rocha. — E por vingança. Você devia saber disso aí. Não foi o seu rei que foi morto pelos parshendianos?

— Ah, eu entendo por que *nós* lutamos — replicou Kaladin. — Mas os parshendianos: por que *eles* lutam?

Rocha sorriu.

— É porque eles não gostam muito da ideia de serem decapitados por matarem seu rei, imagino! Uma grande indelicadeza da parte deles isso aí.

Kaladin sorriu, embora achasse o humor um sentimento pouco natural enquanto assistia homens morrendo. Ele fora treinado por tempo demais pelo seu pai para que qualquer morte o deixasse impassível.

— Talvez. Mas então por que eles lutam pelas gemas-coração? Seus números estão diminuindo devido a escaramuças como esta.

— Como você sabe? — indagou Rocha.

— Eles atacam com menos frequência do que antes. As pessoas comentam sobre isso no acampamento. E não atacam tão perto do lado dos alethianos, como costumavam.

Rocha assentiu, pensativo.

— Parece lógico. Ha! Talvez a gente vença logo essa luta e então iremos para casa.

— Não — disse Sigzil em voz baixa. Ele tinha uma maneira muito formal de falar, quase sem sotaque. Que linguagem os azishianos falavam, afinal? Seu reino era tão distante que Kaladin só conhecera um azishiano antes. — Duvido. E posso dizer por que eles estão lutando, Kaladin.

— É mesmo?

— Eles devem ter Transmutadores. Precisam das gemas pelo mesmo motivos que nós. Para fazer comida.

— Parece razoável— ponderou Kaladin, as mãos ainda juntas atrás das costas, os pés afastados. A posição de descanso ainda lhe parecia natural. — Só uma conjectura, mas bastante razoável. Deixe-me perguntar outra coisa, então. Por que os carregadores não podem ter escudos?

— Porque isso aí nos deixaria lentos demais — disse Rocha.

— Não — replicou Sigzil. — Eles poderiam botar carregadores com escudos na frente das pontes, correndo diante de nós. Isso não atrasaria ninguém. Sim, você teria que usar mais carregadores... mas salvaria vidas o bastante com esses escudos para permitir um número maior.

Kaladin concordou.

— Sadeas já usa mais de nós do que precisa. Na maioria dos casos, um número maior de pontes do que o necessário consegue se instalar.

— Mas por quê? — indagou Sigzil.

— Porque somos bons alvos — sussurrou Kaladin, compreendendo. — Nós somos colocados na linha de frente para chamar a atenção dos parshendianos.

— É claro que somos. — Rocha deu de ombros. — Exércitos sempre fazem isso aí. Os mais pobres e menos treinados vão primeiro.

— Eu sei — disse Kaladin —, mas geralmente eles recebem alguma proteção. Você não está vendo? Não somos apenas uma onda inicial dispensável. Nós somos *iscas*. Estamos expostos, então os parshendianos não têm como não disparar contra nós. Isso permite que os soldados comuns se aproximem sem serem feridos. Os arqueiros parshendianos estão mirando contra os carregadores.

Rocha franziu o cenho.

— Escudos nos tornariam menos tentadores — disse Kaladin. — É por isso que ele os proibiu.

— Talvez — comentou Sigzil, pensativo. — Mas parece tolice desperdiçar tropas.

— Na verdade, *não é* tolice — disse Kaladin. — Se você precisa atacar posições fortificadas repetidamente, não pode se dar ao luxo de perder suas tropas treinadas. Não estão vendo? Sadeas tem um número limitado de homens treinados. Mas homens destreinados são fáceis de achar. Cada flecha que acerta um carregador de pontes é uma flecha que *não* acerta um soldado em quem ele gastou muito dinheiro em treinamento e equipamento. É por isso que é melhor para Sadeas utilizar um grande números de carregadores, em vez de um número menor, mas protegido.

Ele devia ter percebido isso antes. Fora distraído pela importância que os carregadores tinham nas batalhas. Se as pontes não chegarem nos abismos, então o exército não pode atravessar. Mas cada equipe de ponte era bem guarnecida com corpos, e o dobro de equipes de ponte necessário era enviado em uma investida.

Ver uma ponte cair devia dar aos parshendianos um grande senso de satisfação, e eles geralmente conseguiam derrubar duas ou três nas piores incursões. Às vezes mais. Contanto que os carregadores estivessem morrendo, e os parshendianos não passassem seu tempo atirando nos soldados, Sadeas tinha motivo para manter os carregadores vulneráveis. Os parshendianos deviam ter percebido isso, mas era muito difícil desviar sua flecha do homem sem armadura carregando equipamento de cerco. Dizia-se que os parshendianos não eram lutadores sofisticados. De fato, assistindo a batalha no outro platô — estudando-a, concentrado —, ele viu que era verdade.

Enquanto os alethianos mantinham uma linha reta e disciplinada — cada homem protegendo seus parceiros —, os parshendianos atacavam em pares independentes. Os alethianos tinham técnicas e táticas superiores. Era verdade que cada um dos parshendianos era superior em força, e sua habilidade com aqueles machados era notável. Mas as tropas alethianas de Sadeas eram bem treinadas em formações modernas. Quando conseguiam um ponto de apoio — e se pudessem prolongar a batalha —, sua disciplina frequentemente os levava à vitória.

Os parshendianos nunca haviam lutado em batalhas de grande escala antes desta guerra, concluiu Kaladin. *Eles estão acostumados com escaramuças menores, talvez contra outras vilas ou clãs.*

Vários dos outros carregadores se uniram a Kaladin, Rocha e Sigzil. Logo a maioria deles estava de pé, alguns imitando a postura de Kaladin. Outra hora se passou antes que a batalha fosse vencida. Sadeas foi vitorioso, mas Rocha estava certo. Os soldados estavam sérios; haviam perdido muitos amigos naquele dia.

Foi um grupo cansado e abatido de lanceiros que Kaladin e os outros conduziram de volta ao acampamento.

ALGUMAS HORAS DEPOIS, KALADIN estava sentado sobre um toco de madeira junto da fogueira da Ponte Quatro. Syl estava sentada no seu joelho, tendo tomado a forma de uma pequena chama translúcida nas cores azul e branca. Ela o encontrara durante a marcha de retorno, girando alegremente ao vê-lo de pé e caminhando, mas não deu nenhuma explicação para sua ausência.

O fogo verdadeiro crepitava e sibilava, com o grande caldeirão de Rocha borbulhando sobre ele, e alguns esprenos de chama dançavam sobre a lenha. A cada poucos segundos, alguém perguntava a Rocha se o guisado já estava pronto, frequentemente batendo na sua tigela com um golpe bem-humorado da colher. Rocha nada dizia e continuava mexendo. Todos sabiam que ninguém comeria antes que ele declarasse que o guisado estava pronto; era muito insistente em não servir comida "inferior".

Havia no ar um cheiro de bolinhos de massa cozidos. Os homens estavam rindo. Seu líder de ponte havia sobrevivido à execução, e a incursão de ponte do dia não custara uma única vida. O entusiasmo era alto.

Exceto por Kaladin.

Ele compreendia agora; entendia como era fútil a luta deles. Entendia por que Sadeas não se dera ao trabalho de reconhecer sua sobrevivência. Ele já era um carregador de pontes, e ser um carregador de pontes era uma sentença de morte.

Kaladin esperara mostrar a Sadeas que sua equipe de ponte poderia ser eficiente e útil; esperara provar que eles mereciam proteção — escudos, armadura, treinamento. Kaladin pensou que, se agissem como soldados, talvez fossem *vistos* como soldados.

Nada disso daria certo. Um carregador de pontes que sobrevivia era, por definição, um carregador de pontes que havia falhado.

Seus homens riam e apreciavam a fogueira. Confiaram nele. Kaladin havia feito o impossível, sobrevivendo a uma grantormenta, ferido, amarrado a uma parede. Certamente realizaria outro milagre, dessa vez para eles. Eram bons homens, mas pensavam como soldados de infantaria. Os oficiais e os olhos-claros se preocupavam com o futuro. Os homens estavam alimentados e felizes, e isso era o bastante por enquanto.

Não para Kaladin.

Ele se viu cara a cara com o homem que deixou para trás, aquele que abandonou naquela noite em que decidiu não se jogar no abismo. Um homem de olhar assombrado, um homem que desistiu de se importar ou de ter esperança. Um cadáver ambulante.

Eu vou falhar com eles, pensou.

Não podia deixar que eles continuassem a carregar pontes, morrendo um por um. Mas também não conseguia pensar em uma alternativa. E assim, as gargalhadas deles o dilaceravam.

Um dos homens — Mapas — ficou de pé, levantando os braços, aquietando os outros. Era a hora entre as luas, então ele estava iluminado primariamente pela fogueira; havia um punhado de estrelas no céu. Várias delas se moviam, pequenos pontos de luz perseguindo uns aos outros, voejando como distantes insetos luminosos. Esprenos de estrela.

Mapas era um sujeito de rosto chato, barba cheia e sobrancelhas espessas. Todos o chamavam de Mapas devido à sua marca de nascença que ele jurava que era um mapa exato de Alethkar, ainda que Kaladin não conseguisse ver a semelhança.

Mapas pigarreou.

— Esta é uma boa noite, uma noite especial mesmo. Temos nosso líder de ponte de volta.

Vários dos homens aplaudiram. Kaladin tentou esconder a náusea que sentia.

— Temos boa comida chegando — continuou Mapas, e olhou Rocha de soslaio. — Ela *tá* chegando, num tá, Rocha?

— Está chegando. — Rocha continuou mexendo.

— Tem certeza? A gente podia sair em outra incursão de ponte. Para você ter mais um tempinho, sabe? Mais cinco ou seis horas…

Rocha lançou a ele um olhar feroz. Os homens riram, vários deles batendo nas tigelas com as colheres. Mapas deu uma risada, então pegou um pacote embrulhado em papel atrás da pedra que estava usando como assento e jogou-o para Rocha.

Surpreso, o papaguampas mal conseguiu pegá-lo, quase deixando-o cair no guisado.

— De todos nós — disse Mapas, um pouco sem jeito. — Por nos fazer guisado toda noite. Não pense que não percebemos como você trabalha duro nisso. Nós relaxamos enquanto você cozinha. E você sempre serve todo mundo primeiro. Então compramos isso para agradecer. — Ele esfregou o nariz no braço, estragando um pouco a emoção do momento, e sentou-se de novo. Vários dos carregadores bateram nas suas costas, cumprimentando-o pelo discurso.

Rocha desembrulhou o pacote e ficou olhando durante um longo período. Kaladin inclinou-se para a frente, tentando ver o conteúdo. Rocha enfiou a mão no pacote e levantou o item. Era uma navalha de brilhante aço prateado; havia um pedaço de madeira cobrindo o lado afiado. Rocha o removeu, inspecionando a lâmina.

— Seus idiotas malucos — disse ele em voz baixa. — É linda.

— Também tem um pedaço de aço polido — disse Peet. — Para servir de espelho. E um pouco de sabão de barba e uma tira de couro para afiar a lâmina.

Incrivelmente, Rocha ficou com os olhos úmidos. Ele se afastou do caldeirão, agarrado a seus presentes.

— O guisado está pronto — anunciou ele. Então correu para o barracão.

Os homens ficaram em silêncio.

— Pai das Tempestades — disse finalmente o jovem Dunny. — Vocês acham que fizemos a coisa certa? Quero dizer, o modo como ele reclama e tudo mais...

— Acho que foi perfeito — disse Teft. — Só deem ao grandalhão algum tempo para se recuperar.

— Desculpe não termos comprado nada para o senhor — disse Mapas a Kaladin. — Não sabíamos que estaria acordado...

— Está tudo bem — disse Kaladin.

— Bem — disse Skar. — Alguém vai servir esse guisado, ou vamos ficar sentados aqui com fome até ele queimar?

Dunny se levantou de um salto, agarrando a concha. Os homens se reuniram ao redor do caldeirão, se amontoando um atrás do outro até serem servidos pelo rapaz. Sem Rocha ali para brigar com eles e mantê-los enfileirados, foi virando um vale-tudo. Só Sigzil não se uniu a eles. O homem quieto e de pele escura ficou sentado, os olhos refletindo as chamas.

Kaladin se levantou. Estava preocupado — apavorado, na verdade — com a possibilidade de se tornar novamente aquela pessoa miserável, aquele que havia desistido de se importar porque não via alternativa. Então ele procurou uma conversa, caminhando na direção de Sigzil. Seu movimento perturbou Syl, que bufou e zumbiu até seu ombro. Ela ainda estava na forma de uma chama; ter aquilo no seu ombro era uma causa *ainda* maior de distração. Ele não disse nada; se ela soubesse que o incomodava, provavelmente faria mais vezes. Ela *ainda* era um espreno de vento, afinal de contas.

Kaladin sentou-se perto de Sigzil.

— Não está com fome?

— Eles estão mais ansiosos do que eu — respondeu Sigzil. — Se as noites anteriores servirem de guia, ainda haverá o bastante para mim depois de eles encherem suas tigelas.

Kaladin concordou.

— Gostei da sua análise hoje no platô.

— Às vezes eu sou bom nisso.

— Você tem estudo. Dá para perceber nas suas palavras e ações.

Sigzil hesitou.

— Sim — disse ele finalmente. — Entre o meu povo, não é pecado que um homem tenha uma mente afiada.

— Não é um pecado para um alethiano, tampouco.

— Minha experiência é que vocês só se preocupam com guerras e a arte da matança.

— E o que você viu de nós além do exército?

— Não muito — admitiu Sigzil.

— Então, um homem educado — disse Kaladin, pensativo. — Em uma equipe de ponte.

— Minha educação nunca foi completada.

— Nem a minha.

Sigzil olhou para ele, curioso.

— Eu era aprendiz de cirurgião — explicou Kaladin.

Sigzil assentiu, o espesso cabelo preto caindo sobre os ombros. Ele era um dos poucos carregadores que se preocupava em fazer a barba. Agora que Rocha tinha uma navalha, talvez isso mudasse.

— Um cirurgião — disse ele. — Não posso dizer que estou surpreso, levando em consideração como lida com os feridos. Os homens dizem que você é secretamente um olhos-claros de alta classe.

— *O quê?* Mas meus olhos são castanhos!

— Desculpe — disse Sigzil. — Não disse a palavra certa... vocês *não têm* a palavra certa na sua língua. Para vocês, um olhos-claros é o mesmo que um líder. Em outros reinos, contudo, outras coisas tornam um homem um... maldita seja essa língua alethiana. Um homem de alta estirpe. Um luminobre, só que sem os olhos. De qualquer modo, os homens acham que você deve ter sido criado fora de Alethkar. Como um líder.

Sigzil olhou de volta para os outros. Eles estavam começando a se sentar, atacando vigorosamente seu guisado.

— É a maneira como você lidera tão naturalmente, a maneira como faz com que os outros queiram escutá-lo. São as coisas que eles associam aos olhos-claros. Portanto, inventaram um passado para você. Vai ser difícil convencê-los do contrário agora. — Sigzil olhou para ele. — Se for mesmo uma invenção. Eu estava no abismo no dia que você usou aquela lança.

— Uma lança — disse Kaladin. — Uma arma de um soldado olhos-escuros, não uma espada de olhos-claros.

— Para muitos carregadores, a diferença é mínima. Todos estão muito acima de nós.

— Então, qual é a sua história?

Sigzil deu um sorriso.

— Estava imaginando quando você ia perguntar. Os outros mencionaram que você os interrogou sobre suas origens.

— Gosto de conhecer os homens que lidero.

— E se alguns de nós forem assassinos? — Sigzil indagou em voz baixa.

— Então estou em boa companhia. Se matou um olhos-claros, posso lhe comprar uma bebida.

— Não foi um olhos-claros — replicou Sigzil. — E ele não está morto.

— Então você não é um assassino — disse Kaladin.

— Não por falta de tentativa. — O olhar de Sigzil ficou distante. — Tinha certeza de que ia conseguir. Não foi a minha escolha mais sábia. Meu mestre... — Ele se calou.

— Foi ele que você tentou matar?

— Não.

Kaladin esperou, mas não houve mais nenhuma informação. *Um erudito*, ele pensou. *Ou pelo menos um intelectual. Deve haver uma maneira de usar isso.*

Encontre uma saída para essa armadilha mortal, Kaladin. Use o que você tem. Precisa *haver uma maneira.*

— Você estava certo sobre os carregadores — comentou Sigzil. — Nós somos mandados para morrer. É a única explicação racional. Existe um lugar no Oeste, Marabethia. Já ouvir falar?

— Não — disse Kaladin.

— Fica junto à costa, ao norte, nas terras dos selayanos. Esse povo é conhecido pelo seu grande apreço pelo debate. Em cada cruzamento na cidade eles têm pequenos pedestais que permitem que um homem suba e proclame seus argumentos. Diz-se que todo mundo em Marabethia carrega uma bolsa com frutas podres caso passem por um proclamador de quem discordem.

Kaladin franziu o cenho. Nunca ouvira tantas palavras de Sigzil em todo o tempo que estavam carregando pontes juntos.

— O que você disse antes, no platô — continuou Sigzil, olhando para a frente, — me fez pensar nos marabethianos. Sabe, eles têm uma maneira curiosa de tratar criminosos condenados. Eles os penduram sobre um despenhadeiro da costa perto da cidade, perto da água, na maré alta, com um corte em cada bochecha. Existe ali uma determinada espécie de grã-carapaça nas profundezas. As criaturas são conhecidas pelo seu sabor suculento e, naturalmente, elas têm gemas-coração. Não tão grandes quanto as dos demônios-do-abismo, mas ainda assim são boas. Então os criminosos são usados como iscas. Um criminoso pode exigir execução imediata, mas dizem que se você ficar ali pendurado por uma semana e não for devorado, estará livre para partir.

— E isso acontece com que frequência? — perguntou Kaladin.

Sigzil sacudiu a cabeça.

— Nunca. Mas os prisioneiros quase sempre fazem essa aposta. Os marabethianos têm uma expressão para descrever alguém que se recusa a ver a verdade de uma situação. "Você só vê vermelho e azul", eles dizem. Vermelho pelo sangue escorrendo. Azul pela água. Dizem que são as duas únicas coisas que todos os prisioneiros veem. Geralmente eles são atacados em um dia. E, ainda assim, a maioria decide se arriscar. Eles preferem a falsa esperança.

Ver vermelho e azul, pensou Kaladin, visualizando a imagem mórbida.

— Você faz um bom trabalho — disse Sigzil, se levantando e recolhendo sua tigela. — De início, odiei você por mentir para os homens. Mas agora vejo que uma falsa esperança os deixa felizes. O que você faz é como dar remédio a um homem doente para aliviar sua dor até que ele morra. Agora esses homens podem passar seus últimos dias rindo. Você é mesmo um curandeiro, Kaladin Filho da Tempestade.

Kaladin queria refutá-lo, dizer que não era uma falsa esperança, mas não conseguiu. Não com o coração tão apertado; não com o que ele sabia.

Um momento depois, Rocha saiu subitamente do barracão.

— Sinto-me como um verdadeiro *alil'tiki'i* novamente! — proclamou ele, segurando alto a sua navalha. — Meus amigos, vocês não sabem o que fizeram! Algum dia vou levá-los aos Picos e mostrarei uma hospitalidade de rei!

Apesar de toda a sua reclamação, ele não havia raspado totalmente a barba. Havia deixado longas costeletas loiro-avermelhadas, que se curvavam até seu queixo. A ponta do queixo em si estava raspada, assim como seus lábios. Naquele homem alto e de rosto oval, era uma aparência bastante notável.

— Ha! — disse Rocha, avançando até a fogueira a passos largos. Ele pegou os homens mais próximos e abraçou-os com força, fazendo com que Bisig quase entornasse seu guisado. — Vou transformar todos vocês em família por causa disso aí. O *humaka'aban* de um montanhês é seu orgulho! Sinto-me novamente como um homem de verdade. Aqui. Essa navalha não pertence só a mim, mas a todos nós. Qualquer um que deseje usá-la deve usar. Seria uma honra compartilhar isso com vocês!

Os homens riram, e alguns aceitaram a oferta. Kaladin não foi um deles. Simplesmente... não parecia importante. Ele aceitou a tigela de guisado trazida por Dunny, mas não comeu. Sigzil preferiu não se sentar de volta ao seu lado, recuando para o outro lado da fogueira.

Ver vermelho e azul, pensou Kaladin. *Não sei se é uma boa descrição para nós.* Para que visse vermelho e azul, Kaladin teria que acreditar que havia pelo menos uma pequena chance de a equipe de ponte sobreviver. Naquela noite, estava tendo dificuldades em convencer a si mesmo.

Ele nunca fora um otimista. Via o mundo como ele era, ou ao menos tentava. Isso era um problema, quando a verdade que enxergava era tão terrível.

Ah, Pai das Tempestades, ele pensou, sentindo o peso esmagador do desespero enquanto fitava sua tigela. *Estou voltando ao meu estado de miséria. Estou perdendo o controle da situação, e de mim mesmo.*

Ele não podia carregar as esperanças de todos os homens.

Simplesmente não era forte o bastante.

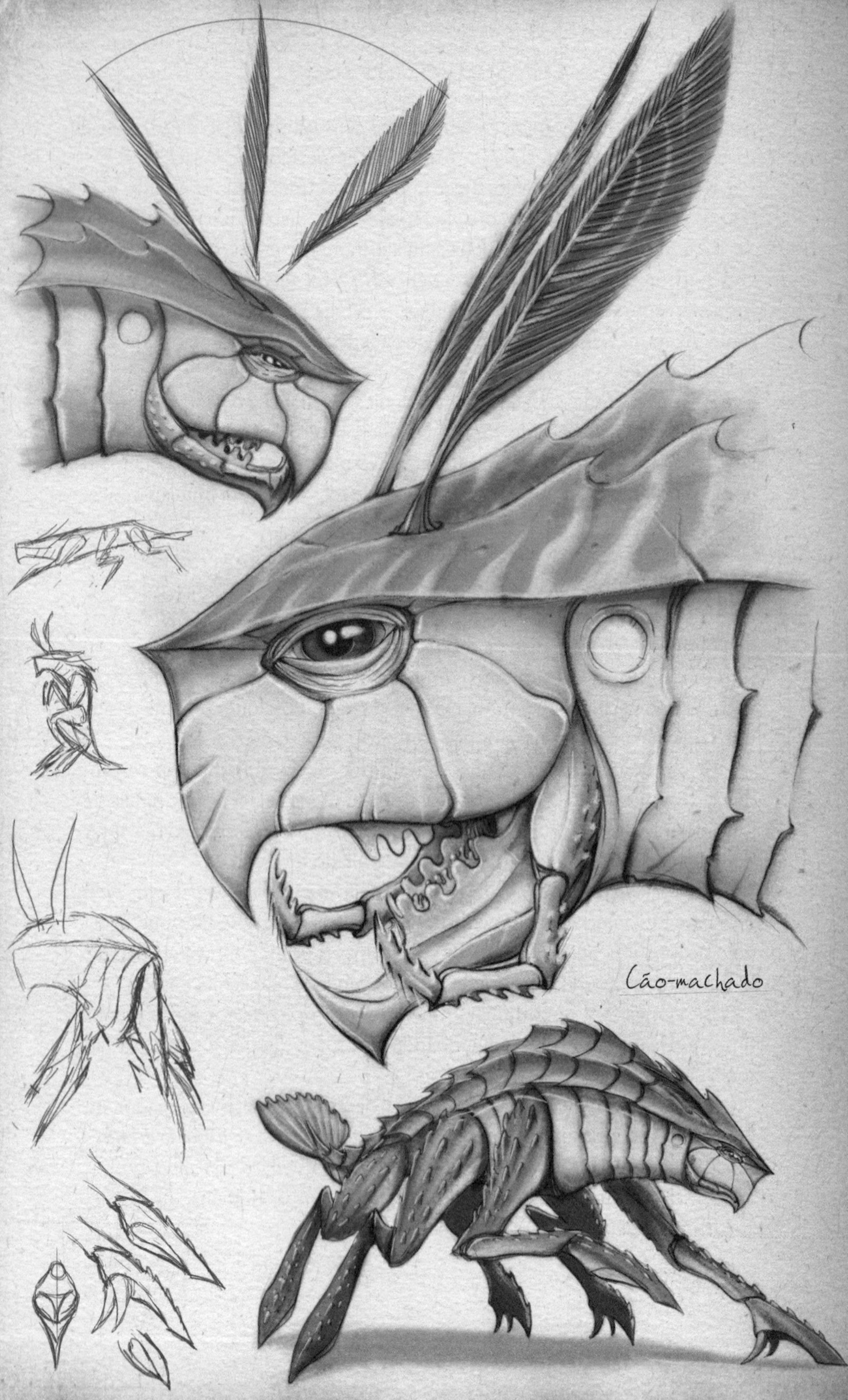
Cão-machado

41

SOBRE ALDS E MILP

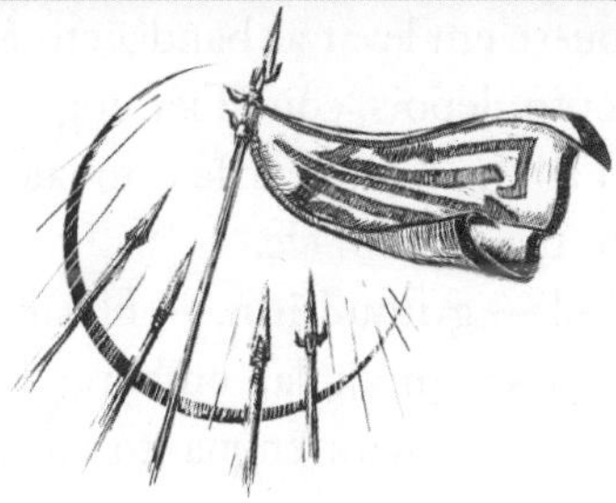

CINCO ANOS E MEIO ATRÁS

KALADIN FORÇOU CAMINHO PARA passar pela histérica Laral e cambaleou para dentro da sala de cirurgia. Mesmo depois de anos trabalhando com o pai, a quantidade de sangue na sala foi chocante. Era como se alguém houvesse derramado um balde de tinta vermelho-vivo.

O odor de carne queimada estava no ar. Lirin trabalhava freneticamente no Luminobre Rillir, o filho de Roshone. Um objeto de aparência cruel, semelhante a uma presa, aflorava do abdômen do jovem, e a parte inferior da sua perna esquerda fora esmagada. Estava ligada ao corpo por uns poucos tendões, fragmentos de osso aparecendo como juncos das águas de um lago. O próprio Luminobre Roshone jazia em uma mesa lateral, grunhindo, os olhos fechados com força enquanto segurava sua perna, que havia sido perfurada por outra das lanças de osso. Sangue vazava do seu curativo improvisado, fluía pela borda da mesa e pingava no chão, misturando-se com o sangue do filho.

Kaladin estacou na porta, boquiaberto. Laral continuava a gritar. Ela agarrou o umbral da porta enquanto vários dos guardas de Roshone tentavam levá-la embora. Seus lamentos eram desesperados.

— Faça alguma coisa! Se esforce mais! Ele não pode! Ele estava lá quando aconteceu e eu não me importo e me soltem! — As frases misturadas viraram uivos. Os guardas finalmente a levaram.

— Kaladin! — chamou seu pai, ríspido. — Preciso de você!

Levado a mover-se pelo choque, Kaladin entrou na sala, lavando as mãos e depois recolhendo bandagens do armário, pisando em sangue. Viu de relance o rosto de Rillir; grande parte da pele do lado direito havia sido arrancada. A pálpebra se fora, o olho azul fora cortado na frente, esvaziado como a casca de uma uva amassada para fazer vinho.

Kaladin apressou-se em levar as bandagens ao pai. Sua mãe apareceu na porta um momento depois, com Tien logo atrás. Ela levou a mão à boca, então puxou Tien para longe. Ele cambaleou, parecendo tonto. Ela voltou um momento depois sem ele.

— Água, Kaladin! — gritou Lirin. — Hesina, vá pegar mais. Rápido!

Sua mãe apressou-se em ajudar, embora já não costumasse auxiliar na cirurgia. Suas mãos tremiam enquanto ele pegava um dos baldes e corria para fora. Kaladin levou o outro balde, que estava cheio, até seu pai, enquanto Lirin removia o pedaço de osso das entranhas do jovem olhos-claros. O olho restante de Rillir oscilava, a cabeça tremendo.

— O que é isso? — perguntou Kaladin, pressionando a atadura na ferida enquanto seu pai jogava o estranho objeto de lado.

— Presa de espinha-branca — respondeu seu pai. — Água.

Kaladin agarrou uma esponja, mergulhou-a no balde e usou-a para espremer água na ferida abdominal de Rillir. Isso dispersou o sangue, permitindo que Lirin pudesse dar uma boa olhada nos danos. Ele sondou a ferida com os dedos enquanto Kaladin aguardava com agulha e linha prontos. Já havia um torniquete na perna; a amputação completa seria feita depois.

Lirin hesitou, os dedos dentro do buraco aberto no estômago de Rillir. Kaladin limpou novamente a ferida. Ele olhou para seu pai, preocupado.

Lirin afastou os dedos e caminhou até o Luminobre Roshone.

— Bandagens, Kaladin — ordenou ele, secamente.

Kaladin se apressou, embora olhasse sobre o ombro para Rillir. O jovem olhos-claros, outrora tão belo, tremeu novamente, em um espasmo.

— Pai...

— Bandagens! — disse Lirin.

— O que está fazendo, cirurgião? — urrou Roshone. — E o meu filho? — Havia uma nuvem de esprenos de dor ao seu redor.

— Seu filho está morto — declarou Lirin, arrancando a presa da perna de Roshone.

O olhos-claros soltou um berro de agonia, embora Kaladin não pudesse dizer se foi por causa da presa ou do seu filho. Roshone travou o maxilar enquanto Kaladin pressionava o curativo na sua perna. Lirin mergulhou as mãos no balde d'água, então rapidamente limpou-as com seiva de erva-botão para espantar os esprenos de decomposição.

— Meu filho *não está morto* — rosnou Roshone. — Posso vê-lo se movendo! Cuide dele, cirurgião.

— Kaladin, pegue a água-estuporante — ordenou Lirin, com a agulha de costura na mão.

Kaladin foi rapidamente aos fundos da sala, pisando na poça de sangue, e abriu o armário mais afastado. Pegou um pequeno frasco de líquido transparente.

— O que está fazendo? — urrou Roshone, tentando se sentar. — Olhe para o meu filho! Pelo Todo-Poderoso no céu, *olhe* para ele!

Kaladin virou-se, hesitante, fazendo uma pausa enquanto derramava água-estuporante em uma atadura. Rillir estava tendo espasmos mais violentos.

— Eu trabalho de acordo com três diretrizes, Roshone — disse Lirin, fazendo força para pressionar o olhos-claros contra a mesa. — As diretrizes que todo cirurgião usa ao escolher entre dois pacientes. Se as feridas são iguais, trate primeiro o mais jovem.

— Então cuide do meu filho!

— Se as feridas não forem igualmente perigosas — continuou Lirin —, trate primeiro da pior ferida.

— Como eu estava *lhe dizendo para fazer*!

— A terceira diretriz está acima das outras duas, Roshone — disse Lirin, se inclinando. — Um cirurgião deve saber quando alguém está além da sua capacidade de ajudar. Sinto muito, Roshone. Eu o salvaria se pudesse, juro. Mas não posso.

— Não! — gritou Roshone, resistindo novamente.

— Kaladin! Rápido! — chamou Lirin.

Kaladin correu até ele e pressionou a bandagem de água-estuporante no queixo e boca de Roshone, bem abaixo do nariz, forçando o homem olhos-claros a respirar os vapores. Kaladin prendeu a própria respiração, como fora treinado a fazer.

Roshone berrou e gritou, mas os dois conseguiram segurá-lo, e ele estava fraco devido à perda de sangue. Logo seus gritos foram ficando mais baixos. Em segundos, estava balbuciando e sorrindo para si mesmo. Lirin voltou sua atenção à ferida na perna, enquanto Kaladin foi jogar fora a bandagem de água-estuporante.

— Não. Use-a em Rillir. — Seu pai não desviou os olhos do trabalho. — É a única misericórdia que podemos oferecer a ele.

Kaladin assentiu e usou a bandagem de água-estuporante no jovem ferido. A respiração de Rillir foi ficando menos frenética, embora ele não parecesse consciente o bastante para notar os efeitos. Então Kaladin jogou a bandagem com a água-estuporante no braseiro; o calor anulava os efeitos. A bandagem branca e macia enrugou-se e escureceu no fogo, emitindo vapor à medida que as bordas pegavam fogo.

Kaladin voltou com a esponja e lavou a ferida de Roshone enquanto Lirin a cutucava. Havia alguns fragmentos de osso presos no interior, e Lirin murmurou consigo mesmo, pegando suas pinças e uma faca extremamente afiada.

— Que vão todos para a Danação — praguejou Lirin, removendo o primeiro fragmento de presa. Atrás dele, Rillir parou de se mover. — Não é o bastante para eles mandar metade de nós para a guerra? Precisam buscar a morte mesmo quando estão vivendo em uma vila tranquila? Roshone nunca devia ter saído em busca do tormentoso espinha-branca.

— Ele o estava *procurando*?

— Eles foram caçá-lo — cuspiu Lirin. — Wistiow e eu costumávamos zombar de olhos-claros como eles. Se não consegue matar homens, mata feras. Bom, foi nisso que deu, Roshone.

— Pai — disse Kaladin em voz baixa. — Ele não vai ficar satisfeito com o senhor quando despertar.

O luminobre estava deitado de olhos fechados, cantarolando baixinho. Lirin não respondeu. Ele arrancou outro fragmento de presa, e Kaladin lavou a ferida. Seu pai pressionou os dedos junto a uma grande perfuração, inspecionando-a.

Havia mais um pedaço de presa cravado em um músculo dentro da ferida. Junto ao músculo estava a artéria femoral, a maior artéria da perna. Lirin usou a faca para liberar cuidadosamente o fragmento de presa. Então fez uma pausa por um momento, com a borda da lâmina muito perto da artéria.

Se ela fosse cortada... pensou Kaladin. Roshone estaria morto em minutos. Ele só estava vivo naquele momento porque a presa errara a artéria.

A mão de Lirin, normalmente firme, tremeu. Então ele olhou para Kaladin. Afastou a lâmina sem tocar na artéria, então pegou sua pinça para remover o fragmento. Jogou a lasca fora, depois calmamente pegou sua agulha e linha.

Atrás deles, Rillir parara de respirar.

NAQUELA NOITE, KALADIN SENTOU-SE nos degraus de sua casa, as mãos no colo.

Roshone voltara à sua residência para ficar sob os cuidados dos seus servos pessoais. O cadáver do seu filho estava esfriando na cripta abaixo, e um mensageiro fora enviado para solicitar um Transmutador para o corpo.

No horizonte, o sol estava rubro como sangue. Para onde quer que Kaladin olhasse, o mundo era vermelho.

A porta para a sala de cirurgia se fechou, e seu pai — parecendo tão exausto quanto Kaladin se sentia — cambaleou para fora. Ele sentou-se ao lado do filho, suspirando enquanto olhava para o sol. Será que o céu também parecia sangue para ele?

Eles não falaram enquanto o sol afundava lentamente adiante. Por que ele era mais colorido quando estava se pondo? Estava zangado por ser forçado a descer o horizonte? Ou era um ator, realizando um espetáculo antes de se retirar?

Por que a parte mais colorida dos corpos das pessoas — o brilho do sangue — ficava oculta sob a pele, sem ser vista a não ser que algo desse errado?

Não, pensou Kaladin. *O sangue não é a parte mais colorida de um corpo. Os olhos também podem ser coloridos.* O sangue e os olhos. Ambos eram representações da herança de um indivíduo, e de sua nobreza.

— Vi um homem por dentro hoje — disse Kaladin finalmente.

— Não pela primeira vez e certamente não pela última — replicou Lirin. — Estou orgulhoso de você. Esperava encontrá-lo aqui chorando, como costuma fazer quando perdemos um paciente. Você está aprendendo.

— Quando disse que vi um homem por dentro, não estava falando dos ferimentos.

Lirin não respondeu de imediato.

— Entendo.

— O senhor o teria deixado morrer se eu não estivesse ali, não é?

Silêncio.

— Por que não deixou? — quis saber Kaladin. — Teria resolvido tantos problemas!

— Eu não o teria deixado morrer. Isso seria o mesmo que assassiná-lo.

— O senhor poderia tê-lo deixado sangrar, então alegado que não conseguiu salvá-lo. Ninguém o questionaria. O senhor *podia* ter feito isso.

— Não. — Lirin olhou para o crepúsculo. — Não, não podia.

— Mas por quê?

— Porque eu não sou um matador, filho.

Kaladin franziu o cenho.

Lirin estava com uma expressão distante nos olhos.

— Alguém precisa começar. Alguém tem que dar o primeiro passo e fazer o que é certo *porque* é certo. Se ninguém começar, então os outros não podem segui-lo. Os olhos-claros fazem o máximo para se matarem, e nos matarem também. Os outros ainda não trouxeram de volta Alds e Milp. Roshone simplesmente os deixou lá.

Alds e Milp, dois habitantes da cidade, estavam na caçada, mas não voltaram com o grupo que trouxe os dois olhos-claros feridos. Roshone estava tão preocupado com Rillir que os deixara para trás de modo a viajar rápido.

— Os olhos-claros não se importam com a vida — continuou Lirin. — Então eu tenho que me importar. Esse é outro motivo por que eu não podia deixar Roshone morrer, mesmo que você não estivesse lá. Muito embora ter visto você tenha me dado forças.

— Queria que não tivesse dado — replicou Kaladin.

— Você não deve dizer essas coisas.

— Por que não?

— Porque não, filho. Nós precisamos ser *melhores* do que eles. — Ele suspirou e se levantou. — Você devia ir dormir. Posso precisar de você quando os outros voltarem com Alds e Milp.

Era improvável; os dois moradores provavelmente já estavam mortos. Disseram que suas feridas eram muito graves. Além disso, os espinhas-branca ainda rondavam a área.

Lirin entrou, mas não obrigou Kaladin a segui-lo.

Eu o teria deixado morrer?, Kaladin se perguntou. *Talvez até mesmo usado a faca para apressar o seu fim?* Roshone não fora nada além de uma praga desde sua chegada, mas isso justificava matá-lo?

Não. Cortar aquela artéria não teria sido justificado. Mas que obrigação tinha Kaladin de ajudar? Recusar auxílio não era a mesma coisa que matar. Simplesmente *não era*.

Kaladin pensou sobre o assunto de dezenas de maneiras, ponderando as palavras do pai. O que descobriu deixou-o chocado. Ele honestamente teria deixado Roshone morrer naquela mesa. Teria sido melhor para a família de Kaladin; teria sido melhor para a cidade inteira.

O pai de Kaladin rira certa vez do desejo do filho de ir para a guerra. De fato, agora que Kaladin havia decidido que se tornaria cirurgião nos seus próprios termos, seus pensamentos e ações dos anos anteriores pareciam-lhe infantis. Mas Lirin considerava Kaladin incapaz de matar. *Você mal consegue pisar em um crenguejo sem sentir culpa, filho*, dissera ele. *Enfiar sua lança em um homem não é nem de longe tão fácil quanto você parece pensar.*

Mas seu pai estava errado. Era uma revelação incrível e assustadora. Não era uma fantasia sobre a glória da batalha; era real.

Naquele momento, Kaladin soube que ele *conseguiria* matar, se fosse necessário. Algumas pessoas — como um dedo necrosado ou uma perna despedaçada além de qualquer reparo — simplesmente precisavam ser removidas.

A História do Homem

A Expulsão
A perda dos Salões Tranquilinos

As Desolações
Guerra contra os Esvaziadores

Aharietiam
A última Desolação, derrota dos Esvaziadores

A Traição
A queda dos Cavaleiros Radiantes

A Hierocracia
O fracasso do Vorinismo

42
MENDIGOS E GARÇONETES

"Como uma grantormenta, regular na sua chegada, mas sempre inesperada."

— A palavra Desolação é usada duas vezes em referência às aparências deles. Ver páginas 57, 59 e 64 de Histórias junto ao fogo.

— TOMEI MINHA DECISÃO — declarou Shallan.

Jasnah levantou os olhos da sua pesquisa. Em um momento incomum de atenção, ela deixou de lado seus livros e sentou-se de costas para o Véu, fitando Shallan.

— Muito bem.

— O que a senhora fez foi legal e correto, no sentido estrito das palavras — afirmou Shallan. — Mas não foi moral, e *certamente* não foi ético.

— Então a moralidade e a legalidade são distintas?

— Quase todas as filosofias concordam que sim.

— Mas o que *você* pensa?

Shallan hesitou.

— Sim. É possível ser moral sem seguir a lei, e ser imoral mesmo obedecendo a lei.

— Mas você também disse que o que eu fiz foi "correto", mas não "moral". A distinção entre essas duas coisas parece menos fácil de definir.

— Uma ação pode ser correta — disse Shallan. — É simplesmente algo feito, visto sem considerar a intenção. Matar quatro homens em autodefesa é correto.

— Mas não moral?

— A moralidade se aplica à sua intenção e ao contexto geral da situação. Procurar homens para matá-los é um ato imoral, Jasnah, independentemente do possível resultado.

Jasnah bateu na mesa com uma unha. Ela estava usando sua luva, as gemas do Transmutador quebrado salientes por baixo do tecido. Já fazia duas semanas. Certamente ela descobrira que ele não funcionava. Como podia estar tão calma?

Estaria tentando consertá-lo em segredo? Talvez temesse que, se revelasse que estava quebrado, perdesse poder político. Ou teria percebido que o seu Transmutador fora trocado por outro? Será que, contra todas as probabilidades, Jasnah simplesmente não tentara usar o Transmutador? Shallan precisava ir embora antes que fosse tarde. Mas se partisse antes que Jasnah descobrisse a troca, correria risco de a mulher experimentar seu Transmutador logo depois de sua partida, jogando suspeita diretamente sobre ela. A espera ansiosa estava quase levando Shallan à loucura.

Finalmente, Jasnah assentiu, depois voltou à sua pesquisa.

— A senhora não tem nada a dizer? — indagou Shallan. — Acabei de acusá-la de assassinato.

— Não, assassinato é uma definição jurídica. Você disse que eu matei de modo antiético.

— Imagino que a senhora acha que estou errada.

— Você está — concordou Jasnah. — Mas aceito que acredita no que está dizendo e que se baseou em pensamentos racionais para dizê-lo. Dei uma olhada nas suas anotações, e acredito que compreende as várias filosofias. Em alguns casos, acho que você foi bastante perspicaz na sua interpretação. A lição foi instrutiva. — Ela abriu o livro.

— Então é isso?

— Claro que não. Vamos estudar filosofia novamente no futuro; por enquanto, acredito que você estabeleceu uma base sólida sobre o tópico.

— Mas ainda assim decidi que a senhora estava errada. Ainda acho que existe uma Verdade absoluta por aí.

— Sim, e levou duas semanas de esforço para chegar a essa conclusão. — Jasnah levantou os olhos e fitou os de Shallan. — Não foi fácil, não é mesmo?

— Não.

— E ainda tem dúvidas, não tem?

— Tenho.

— Isso é suficiente. — Jasnah estreitou ligeiramente os olhos, um sorriso de reconforto aparecendo nos seus lábios. — Caso a ajude a lidar com seus sentimentos, menina, compreenda que eu *estava* tentando fazer o bem. Às vezes me pergunto se deveria fazer mais proveito do meu Transmutador. — Ela voltou à leitura. — Você está livre pelo resto do dia.

Shallan ficou atônita.

— O quê?

— Livre — repetiu Jasnah. — Pode ir. Faça o que quiser. Suspeito que vai passar a tarde desenhando mendigos e garçonetes, mas pode escolher. Vá, vá logo.

— Sim, Luminosa! Obrigada.

Jasnah acenou para dispensá-la, e Shallan agarrou seu portfólio e partiu apressada da saleta. Não tinha qualquer tempo livre desde o dia em que fora desenhar sozinha nos jardins. Ela fora gentilmente censurada por isso; Jasnah a deixara nos seus aposentos para descansar, não para sair por aí desenhando.

Shallan esperou impaciente enquanto os servos parshemanos baixavam seu elevador até o nível térreo do Véu, depois saiu apressadamente do cavernoso saguão central. Depois de uma longa caminhada, ela se aproximou dos aposentos dos hóspedes, acenando com a cabeça para os criados-mestres que trabalhavam ali. Metade guardas, metade zeladores, eles monitoravam as pessoas que entravam e saíam.

Ela usou sua grossa chave de bronze para destrancar a porta para os aposentos de Jasnah, depois entrou e a trancou de novo. A pequena sala de estar — mobiliada com um tapete e duas cadeiras ao lado da lareira — era iluminada por topázios. A mesa ainda continha meia taça de vinho de laranja, pois Janah pesquisara até tarde, junto com algumas migalhas de pão em um prato.

Shallan foi rapidamente ao próprio quarto, depois trancou a porta e tirou o Transmutador da sua bolsa-segura.

O brilho cálido das gemas banhou seu rosto com uma luz branca e vermelha. Elas eram grandes o bastante — e, portanto, brilhantes o bastante — para que fosse difícil fitá-las diretamente. Cada uma devia valer dez ou vinte brons.

Ela fora forçada a escondê-las do lado de fora na recente grantormenta para infundi-las, e isso havia sido outra fonte de ansiedade. Respirou fundo, então ajoelhou-se e pegou um pequeno bastão de madeira sob a cama. Uma semana e meia de prática, e ela ainda não conseguira que o Transmutador fizesse... bem, coisa alguma. Havia tentado pequenos toques nas gemas, torcê-las, sacudir a mão, e flexionar a mão em uma exata imitação de Jasnah. Ela havia estudado cada imagem que desenhara do processo. Havia tentado falar, concentrar-se, e até implorar.

Contudo, havia encontrado um livro no dia anterior que oferecera o que parecia ser uma dica útil. Ele alegava que cantarolar, quem diria, podia tornar uma Transmutação mais eficaz. Era só uma referência passageira, mas era mais do que ela encontrar em qualquer outro lugar. Sentou-se na cama e forçou-se a se concentrar. Fechou os olhos, segurando o bastão, imaginando que ele estava se transformando em quartzo. Então começou a cantarolar.

Nada aconteceu. Mas ela continuou cantarolando, tentando notas diferentes, concentrando-se o máximo que podia. Ela manteve a atenção na tarefa por uma boa meia hora, mas por fim sua mente começou a divagar. Jasnah era uma das eruditas mais brilhantes e perspicazes do mundo. Ela deixara o Transmutador em um lugar onde podia ser roubado. Será que havia intencionalmente enganado Shallan com uma cópia falsa?

Parecia algo excessivamente elaborado. Por que não preparar simplesmente uma armadilha e revelar Shallan como ladra? O fato de que ela não conseguia usar o Transmutador fazia com que forçasse a plausibilidade das explicações.

Ela parou de cantarolar e abriu os olhos. O bastão não havia mudado. *De nada valeu aquela pista*, pensou, deixando o bastão de lado com um suspiro. Tivera tantas esperanças.

Deitou-se na cama para descansar, fitando o teto de pedra marrom, entalhado — como o resto do Conclave — diretamente na montanha. Ali, a pedra fora deixada intencionalmente bruta, evocando o teto de uma caverna. Era bastante belo, de um modo sutil que nunca notara antes, as cores e os contornos da pedra ondulando como um lago tocado pelo vento.

Ela pegou uma folha do seu portfólio e começou a desenhar os padrões da rocha. Um desenho para acalmá-la, e então voltaria ao Transmutador. Talvez devesse tentar usá-lo na sua outra mão novamente.

Ela não podia capturar as cores das camadas, não com carvão, mas podia registrar a maneira fascinante como elas se entrelaçavam. Como uma obra de arte. Será que algum pedreiro havia cortado o teto daquele jeito intencionalmente, produzindo essa criação sutil, ou fora um acidente da natureza? Ela sorriu, imaginando algum pedreiro sobrecarregado de trabalho notando a bela textura da pedra e decidindo formar um padrão ondulado para seu próprio fascínio pessoal e senso de beleza.

— *O que você é?*

Shallan deu um gritinho, sentando-se, o caderno pulando do seu colo. Alguém havia sussurrado aquelas palavras. Ela ouvira distintamente!

— Quem está aí? — indagou.

Silêncio.

— Quem está aí?! — repetiu mais alto, o coração batendo rápido.

Algo soou fora do lado de fora, vindo da sala de estar. Shallan levantou--se de um pulo, escondendo a mão com o Transmutador sob um travesseiro enquanto a porta rangia ao ser aberta, revelando uma enrugada criada do palácio, uma olhos-escuros vestida em um uniforme branco e laranja.

— Ah, céus! — exclamou a mulher. — Não fazia ideia de que a senhora estava aqui, Luminosa. — Ela fez uma grande mesura.

Uma criada do palácio. Estava ali para limpar o quarto, uma ocorrência cotidiana. Concentrada na sua meditação, Shallan não a ouvira entrar.

— Por que você falou comigo?

— Falei com a senhora, Luminosa?

— Você… — Não, a voz havia sido um sussurro, e viera muito nitidamente de *dentro* do quarto. Não podia ter sido a criada.

Ela sentiu um arrepio e olhou ao redor. Mas era bobagem. O pequeno quarto podia ser facilmente inspecionado. Não havia Esvaziadores escondidos nos cantos ou debaixo da cama.

O que, então, ela acabara de ouvir? *Ruídos da mulher limpando a sala, obviamente.* A mente de Shallan só havia interpretado aqueles sons aleatórios como palavras.

Forçando-se a relaxar, Shallan olhou além da criada, para a sala de estar. A mulher havia limpado o copo de vinho e as migalhas. Uma vassoura estava encostada contra a parede. Além disso, a porta de Jasnah estava entreaberta.

— Você esteve no quarto da Luminosa Jasnah? — perguntou Shallan.

— Sim, Luminosa — respondeu a mulher. — Arrumando a mesa, fazendo a cama…

— A Luminosa Jasnah *não* gosta que pessoas entrem no quarto dela. As criadas foram instruídas a não limpá-lo.

O rei havia prometido que suas criadas foram escolhidas a dedo, mas Jasnah ainda insistia que ninguém entrasse no seu quarto.

A mulher empalideceu.

— Perdão, Luminosa. Eu não sabia! Não me disseram…

— Silêncio, está tudo bem — disse Shallan. — É melhor dizer a ela o que fez. Ela sempre nota quando mexem em suas coisas. É melhor que você vá até ela e explique.

— S-Sim, Luminosa. — A mulher curvou-se novamente.

— Na verdade — disse Shallan, ao ter uma ideia —, você devia ir agora mesmo. Não há motivo para deixar para depois.

A criada idosa suspirou.

— Sim, naturalmente, Luminosa.

Ela se retirou. Alguns segundos depois, a porta externa se fechou e foi trancada.

Shallan se levantou, removendo o Transmutador e guardando-o novamente na sua bolsa-segura. Saiu às pressas, o coração batendo forte, a voz estranha esquecida enquanto aproveitava a oportunidade de dar uma olhada no quarto de Jasnah. Era improvável que descobrisse alguma coisa útil sobre o Transmutador, mas não podia deixar a chance passar — não com a criada para levar a culpa por mover as coisas de lugar.

Ela sentiu apenas uma fagulha de culpa ao fazer isso. Já roubara de Jasnah. Em comparação, bisbilhotar seu quarto não era nada.

O quarto era maior do que o de Shallan, embora ainda parecesse apertado devido à inevitável falta de janelas. A cama de Jasnah, uma monstruosidade de quatro colunas, ocupava metade do espaço. A cômoda de maquiagem estava contra a parede do outro lado, e junto a ela havia a penteadeira de onde Shallan havia originalmente roubado o Transmutador. Além de uma cômoda, a única outra coisa no cômodo era uma mesa, com uma alta pilha de livros no lado esquerdo.

Shallan nunca tivera uma oportunidade de ler os cadernos de Jasnah. Teria ela feito anotações sobre o Transmutador? Sentou-se à mesa, apressadamente abrindo a gaveta superior e remexendo os pincéis, lápis de carvão e folhas de papel. Todos estavam cuidadosamente organizados, e o papel estava em branco. A gaveta inferior da esquerda tinha uma pequena coleção de livros de referência.

Restavam os livros sobre a mesa. Jasnah levava consigo a maioria dos seus cadernos quando trabalhava. Mas... sim, havia alguns ali. Com o coração agitado, Shallan pegou os três volumes finos e colocou-os diante de si.

Notas sobre Urithiru, dizia o interior do primeiro. O caderno aparentemente estava cheio de citações e comentários de vários livros que Jasnah encontrara. Todas falavam sobre esse lugar, Urithiru. Jasnah o mencionara anteriormente para Kabsal.

Shallan deixou aquele caderno de lado, espiando o seguinte, esperando alguma menção sobre o Transmutador. Esse também fora preenchido totalmente, mas não possuía um título. Shallan o folheou, lendo algumas passagens.

"Os seres de cinzas e fogo, que matavam como um enxame, implacáveis perante os Arautos..." Anotado em Masly, página 337. Corroborado por Coldwin e Hasavah.

"Eles levam embora a luz, onde quer que espreitem. Pele que é queimada." Cormshen, página 104.

Innia, nos seus registros de contos folclóricos infantis, fala dos Esvaziadores como sendo "como uma grantormenta, regular na sua chegada, mas sempre inesperada." A palavra Desolação é usada duas vezes em referência às aparências deles. Ver páginas 57, 59 e 64 de Histórias junto ao fogo.

"Eles mudaram, mesmo enquanto os combatíamos. Eram como sombras, que podem se transformar conforme as chamas dançam. Nunca os subestime por conta de um primeiro olhar." Supostamente um fragmento coletado de Talatin, um Radiante da Ordem dos Guardiões das Pedras. A fonte — Encarnado, *de Guvlow — é no geral considerada confiável, ainda que esse seja um fragmento copiado de* "O poema da sétima manhã", *que foi perdido.*

E prosseguia assim. Páginas e mais páginas. Jasnah a treinara nesse método de fazer anotações — uma vez que o caderno estivesse cheio, cada item devia ser avaliado de novo em termos de confiabilidade e utilidade, e copiado para cadernos diferentes e mais específicos.

Franzindo o cenho, Shallan deu uma olhada no último caderno. Tratava de Natanatan, das Colinas Devolutas e das Planícies Quebradas. Coletava registros de descobertas de caçadores, exploradores ou comerciantes procurando uma passagem fluvial para Nova Natanan. Dos três cadernos, o maior era aquele voltado para os Esvaziadores.

Os Esvaziadores novamente. Muitas pessoas no campo cochichavam sobre eles e outros monstros das trevas. Os raspantes, ou uivadores tormentosos, ou mesmo os temidos esprenos de noite. Shallan fora ensinada pelas suas severas tutoras que esses seres eram superstições, invenções dos Radiantes Perdidos, que usavam histórias de monstros para justificar sua dominação da humanidade.

Os fervorosos ensinavam outra coisa. Eles falavam dos Radiantes Perdidos — chamados então de Cavaleiros Radiantes — vencendo os Esvaziadores durante a guerra para dominar Roshar. De acordo com esses ensinamentos, foi só depois de derrotar os Esvaziadores — e da partida dos Arautos — que os Radiantes haviam caído.

Os dois grupos concordavam que os Esvaziadores haviam partido. Invenções ou inimigos há muito derrotados, o resultado era o mesmo. Shallan conseguia crer que algumas pessoas — até algumas eruditas — podiam acreditar que os Esvaziadores ainda existiam, assombrando a humanidade. Mas Jasnah, a cética? Jasnah, que negava a existência do Todo-Poderoso? Poderia a mulher realmente ser tão anormal a ponto de negar a existência de Deus, mas *aceitar* a existência dos seus inimigos mitológicos?

Uma batida soou da porta externa. Shallan deu um pulo, levando a mão ao peito. Correu para recolocar os cadernos na mesa na mesma ordem e orientação. Então, afobada, correu até a porta.

Jasnah não bateria, sua tola desmiolada, ela disse a si mesma, destravando e abrindo um pouco a porta.

Kabsal estava do lado de fora. O bonito fervoroso olhos-claros trazia uma cesta.

— Ouvi rumores de que você tem o dia livre. — Ele balançou a cesta de um modo tentador. — Gostaria de um pouco de geleia?

Shallan se acalmou, então olhou de volta para os aposentos abertos de Jasnah. Ela realmente devia investigar mais. Virou-se para Kabsal, com o propósito de recusar, mas seus olhos eram tão convidativos. Aquele toque de sorriso no rosto, a postura agradável e relaxada.

Se Shallan fosse com Kabsal, talvez pudesse perguntar o que ele sabia sobre Transmutadores. Mas não foi isso que a fez se decidir. A verdade era que *precisava* relaxar. Andava tão tensa ultimamente, o cérebro cheio de filosofia, cada momento de folga tentando fazer o Transmutador funcionar. Era de se espantar que estivesse ouvindo vozes?

— Adoraria um pouco de geleia — declarou.

— Geleia de veramora — disse Kabsal, mostrando a pequena jarra verde. — É azishiana. As lendas dizem que aqueles que consomem essas frutinhas só falam a verdade até o próximo crepúsculo.

Shallan levantou uma sobrancelha. Eles estavam sentados em almofadas sobre um lençol nos jardins do Conclave, não muito longe de onde ela realizara a primeira experiência com o Transmutador.

— E é verdade?

— Que nada — respondeu Kabsal, abrindo a jarra. — As veramoras são inofensivas. Mas as folhas e caules da planta da veramora, se queimados, emitem uma fumaça que deixa as pessoas intoxicadas e eufóricas. Parece que pessoas costumam recolher os caules para fazer fogueira. Elas comem as frutas ao redor da fogueira e têm uma noite bastante... interessante.

— É surpreendente que... — Shallan começou, depois mordeu o lábio.

— O quê?

Ela suspirou.

— É surpreendente que elas não tenham sido chamadas de nascimoras, levando em conta as consequências... — Ela enrubesceu.

Ele riu.

— É um bom ponto!

— Pai das Tempestades — disse ela, enrubescendo ainda mais. — Sou péssima em me comportar apropriadamente. Aqui, me passe um pouco dessa geleia.

Ele sorriu, passando uma fatia de pão com geleia verde. Um parshemano de olhar mortiço — convocado de dentro do Conclave — estava sentado no chão ao lado de uma parede de casca-pétrea, servindo de acompanhante improvisado. Parecia estranho estar com um homem de idade próxima à dela com um único parshemano de companhia. Parecia libertador, empolgante. Ou talvez fosse apenas o sol e o ar livre.

— *Também* sou péssima em me comportar como uma erudita — disse ela, fechando os olhos e respirando fundo. — Gosto demais de espaços abertos.

— Muitas das maiores eruditas passaram a vida viajando.

— E para cada uma delas, há mais uma centena enfiada em um buraco de uma biblioteca, enterrada em livros.

— E elas não gostariam que fosse diferente. A maioria das pessoas inclinadas à pesquisa *prefere* seus buracos e bibliotecas. Mas não você. Isso a torna interessante.

Ela abriu os olhos, sorrindo para ele, então deu uma saborosa mordida no seu pão com geleia. Aquele pão thayleno era tão fofo que mais parecia um bolo.

— Então — disse ela enquanto ele mastigava —, está se sentindo mais verídico, agora que provou a geleia?

— Sou um fervoroso. É meu dever e vocação ser verídico o tempo todo.

— Naturalmente. Também sou sempre verdadeira. *Tão* cheia de veracidade, de fato, que às vezes ela espreme as mentiras para fora da minha boca. Não há lugar para elas dentro de mim, sabe?

Ele riu com vontade.

— Shallan Davar. Não posso imaginar alguém tão doce quanto você pronunciando uma única mentira.

— Então, pelo bem da sua sanidade, vou emiti-las aos pares. — Ela sorriu. — Estou extremamente entediada, e esse lanche está horrível.

— Você acabou de refutar todo um corpo de tradições e mitologia acerca da ingestão da geleia de veramora!

— Ótimo — disse Shallan. — Geleia não deve ter tradições ou mitologia. Deve ser doce, colorida e deliciosa.

— Como jovens damas, imagino.

— Irmão Kabsal! — Ela enrubesceu novamente. — Isso não foi *nem um pouco* apropriado.

— Ainda assim você sorriu.

— Não pude evitar. Sou doce, colorida e deliciosa.

— A parte colorida está certa — respondeu ele, obviamente divertido pelo seu profundo rubor. — E a parte doce. Nada posso dizer sobre ser deliciosa…

— Kabsal! — exclamou ela, embora não estivesse totalmente chocada. Já dissera a si mesma que ele só estava interessado em proteger sua alma, mas estava ficando cada vez mais difícil acreditar. Ele a visitava pelo menos uma vez por semana.

Ele riu do seu embaraço, mas isso só a deixou ainda mais corada.

— Pare com isso! — Ela pôs uma mão diante dos olhos. — Meu rosto deve estar da cor do meu cabelo! Não devia dizer tais coisas; você é um homem religioso.

— Mas ainda assim um homem, Shallan.

— Um homem que disse que o seu interesse em mim era apenas acadêmico.

— Sim, acadêmico — disse ele, despreocupadamente. — Envolvendo muitos experimentos e muita pesquisa de campo de primeira mão.

— *Kabsal!*

Ele riu com vontade, dando uma mordida no seu pão.

— Sinto muito, Luminosa Shallan. Mas a sua reação!

Ela resmungou, baixando a mão, mas sabendo que em parte ele dizia tais coisas porque ela o encorajava. Não podia evitar. Ninguém nunca havia mostrado aquele tipo de interesse nela, e ele o expressava cada vez mais. Ela gostava de Kabsal — gostava de falar com ele, de ouvi-lo falar. Era uma maneira maravilhosa de quebrar a monotonia do estudo.

Naturalmente, não havia possibilidade de uma união. Supondo que conseguisse proteger sua família, seria preciso fazer um bom casamento político. Flertes com um fervoroso sob o comando do rei de Kharbranth não serviria para nada.

Logo terei que começar a dar pistas da verdade, ela pensou. *Ele tem que saber que isso não vai a lugar nenhum. Não tem?*

Ele se inclinou para ela.

— Você realmente é o que parece, não é, Shallan?

— Capaz? Inteligente? Charmosa?

Ele sorriu.

— Genuína.

— Eu não diria isso.

— Mas é. Posso ver.

— Não é que eu seja genuína. Sou ingênua. Vivi toda minha infância na mansão da família.

— Você não tem um ar de reclusa. Conversa com muita tranquilidade.

— Foi preciso aprender. Passei a maior parte da infância sozinha, e *detesto* interlocutores tediosos.

Ele sorriu, embora seus olhos mostrassem preocupação.

— É uma pena que alguém como você carecesse de atenção. É como pendurar uma bela pintura voltada para a parede.

Ela se apoiou na sua mão segura, terminando o pão.

— Eu não diria que carecia de atenção, não *quantitativamente*, com certeza. Recebia muita atenção do meu pai.

— Ouvi falar dele. Sua reputação é de um homem severo.

— Ele é... — Ela tinha que fingir que ele ainda estava vivo. — Meu pai é um homem de paixão e virtude. Só que nunca ao mesmo tempo.

— Shallan! Isso pode ter sido a coisa mais astuta que já ouvi você falar.

— E talvez a mais verdadeira. Infelizmente.

Kabsal olhou nos seus olhos, procurando algo. O que ele viu?

— Você não parece gostar muito do seu pai.

— Outra declaração verdadeira. As frutinhas estão fazendo efeito em nós dois.

— Imagino que seja um homem cruel...

— Sim, embora nunca comigo. Sou preciosa demais. Sua filha perfeita. Sabe, meu pai é *precisamente* o tipo de homem que penduraria uma pintura voltada para o lado errado. Desse modo, ela não seria maculada por olhos indignos ou tocada por mãos indignas.

— Que pena. Você me parece bastante tocável.

Ela lançou um olhar raivoso.

— Já disse, chega dessas provocações.

— Eu não estava provocando — replicou ele, fitando-a com profundos olhos azuis. Olhos sérios. — Você me intriga, Shallan Davar.

Ela percebeu que seu coração batia forte. Estranhamente, um pânico surgiu ao mesmo tempo.

— Eu não devia ser intrigante.

— Por que não?

— Enigmas lógicos são intrigantes. Cálculos matemáticos podem ser intrigantes. Manobras políticas são intrigantes. Mas mulheres... elas não devem ser nada menos do que desconcertantes.

— E se eu pensar que estou começando a entendê-la?

— Então estarei em profunda desvantagem, já que não entendo a mim mesma.

Ele sorriu.

— Não devia falar assim, Kabsal. Você é um fervoroso.

— Um homem pode deixar o fervor, Shallan.

Ela ficou chocada. Ele a encarava atentamente, sem piscar. Bonito, de fala mansa, inteligente. *Isso poderia ficar muito perigoso muito rápido*, ela pensou.

— Jasnah acha que você está se aproximando de mim porque quer o Transmutador dela — confessou Shallan. Então fez uma careta.

Idiota! Essa *é a sua resposta quando um homem insinua que poderia deixar o serviço do Todo-Poderoso para ficar com você?*

— A Luminosa Jasnah é muito inteligente — disse Kabsal, servindo-se de outra fatia de pão.

Shallan ficou confusa.

— Ah, hã. Quer dizer que ela está *certa*?

— Certa e errada — replicou Kabsal. — O devotário ficaria muito, muito feliz em conseguir aquele fabrial. Planejei pedir sua ajuda em algum ponto.

— Mas?

— Mas meus superiores acharam uma *péssima* ideia. — Ele fez uma careta. — Pensam que o rei de Alethkar é volátil o bastante para entrar em guerra com Kharbranth por causa disso. Transmutadores não são Espadas Fractais, mas podem ser igualmente importantes. — Ele balançou a cabeça, abocanhando um pedaço do pão. — Elhokar Kholin devia sentir vergonha de permitir que sua irmã usasse esse fabrial, ainda mais de modo tão trivial. Mas se o roubássemos... Bem, as repercussões atingiriam toda a área vorin de Roshar.

— É mesmo? — disse Shallan, sentindo-se enjoada.

Ele assentiu.

— A maioria das pessoas não pensa sobre isso. Eu não pensei. Reis governam e guerreiam com Fractais… mas seus exércitos subsistem por meio de Transmutadores. Você tem alguma ideia dos tipos de linhas de suprimento e grupos de suporte que Transmutadores substituem? Sem eles, a guerra é praticamente *impossível*. Seriam necessárias centenas de vagões cheios de alimentos todo mês!

— Imagino… que isso seria um problema. — Ela respirou fundo. — Eles me fascinam, esses Transmutadores. Sempre me perguntei como seria usar um deles.

— Eu também.

— Então você nunca usou um?

Ele balançou a cabeça.

— Não há nenhum em Kharbranth.

Certo, ela pensou. *Claro. Foi por isso que o rei precisou de Jasnah para ajudar sua neta.*

— Você já ouviu alguém falando sobre como usar um? — Ela se retraiu depois da pergunta ousada. Será que isso despertaria suspeitas?

Ele apenas assentiu despreocupadamente.

— Há um segredo para usá-los, Shallan.

— É mesmo? — perguntou ela, o coração na garganta.

Ele a encarou com ar conspirador.

— Na verdade, não é tão difícil.

— Não é… O quê?

— É verdade. Ouvi de vários fervorosos. Há tantas sombras e rituais acerca dos Transmutadores… Eles são mantidos misteriosos, são usados longe das vistas. Mas a verdade é que são simples. Basta colocar um na mão, pressionar essa mão contra alguma coisa, e tocar uma gema com o dedo. É simples assim.

— Não é assim que Jasnah faz — disse ela, talvez de modo excessivamente defensivo.

— Pois é, isso me confundiu, mas parece que se você usa um deles por tempo o bastante, aprende a controlá-lo melhor. — Ele balançou a cabeça. — Não gosto do mistério que cresceu em volta deles. Parece demais com o misticismo da antiga Hierocracia. É melhor não seguirmos por *aquele* caminho novamente. Que importância teria se as pessoas soubessem quão simples de usar são os Transmutadores? Os princípios e dons do Todo-Poderoso são geralmente simples.

Shallan mal escutou a última parte. Infelizmente, parecia que Kabsal era tão ignorante quanto ela. Mais ignorante, na verdade. Ela já tinha tentado o exato método mencionado por ele, e não funcionou. Talvez os fervorosos que ele conhecia estivessem mentindo para proteger o segredo.

— De qualquer modo — continuou Kabsal —, acho que nos desviamos do assunto. Você me perguntou sobre roubar o Transmutador, e fique tranquila, eu não a colocaria nessa posição. Fui tolo em pensar nisso, e fui rapidamente proibido de tentar. Eu *fui* ordenado a cuidar de sua alma e evitar que você seja corrompida pelos ensinamentos de Jasnah, e talvez tentar recuperar a alma de Jasnah também.

— Bem, essa última parte vai ser difícil.

— Eu não havia percebido — respondeu ele secamente.

Ela sorriu, embora não conseguisse decidir o que estava sentindo.

— Parece que estraguei o momento, não foi? Entre nós?

— Foi melhor assim — disse ele, limpando as mãos. — Fui longe demais, Shallan. Às vezes, me pergunto se sou tão ruim como fervoroso como você é tentando se comportar apropriadamente. Não quero ser presunçoso. É só a maneira como você fala, que deixa minha mente em turbilhão, e minha língua começa a dizer tudo que me vem à cabeça.

— Então...

— Então devemos parar por aqui — disse Kabsal, de pé. — Preciso de tempo para pensar.

Shallan também se levantou, estendendo a mão livre para que ele a ajudasse; era difícil ficar de pé em um fino vestido vorin. Eles estavam em uma seção dos jardins onde a casca-pétrea não era tão alta, então, de pé, Shallan viu o rei em pessoa passando ali perto, conversando com um fervoroso de meia-idade de rosto longo e estreito.

O rei costumava andar pelos jardins na sua caminhada de meio-dia. Ela acenou para ele, mas o homem gentil não a viu. Estava profundamente envolvido na conversa com o fervoroso. Kabsal virou-se, notou o rei, então se agachou rapidamente.

— O que foi? — perguntou Shallan.

— O rei acompanha cuidadosamente seus fervorosos. Ele e o Irmão Ixil acham que estou trabalhando com catalogação hoje.

Ela sorriu a contragosto.

— Você está matando seu trabalho para fazer um piquenique comigo?

— Estou.

— Eu pensei que você *devia* passar tempo comigo — disse ela, cruzando os braços. — Para proteger minha alma.

— Devia. Mas também há alguns fervorosos que se preocupam que eu esteja um pouco interessado *demais* em você.

— Eles têm razão.

— Vou visitá-la amanhã — prometeu ele, espiando sobre o topo da casca-pétrea. — Contanto que não fique preso indexando o dia inteiro como punição. — Kabsal sorriu para ela. — Se eu decidir deixar o fervor, a escolha é minha, e eles não podem me proibir... embora possam tentar me distrair.

Ele escapou enquanto ela se preparava para chamá-lo de arrogante. Mas não conseguiu falar. Talvez porque estivesse cada vez menos certa do *que* queria. Não deveria se concentrar em ajudar sua família?

Àquela altura, Jasnah provavelmente já havia descoberto que seu Transmutador não funcionava, mas não via vantagem em revelar o fato. Shallan devia ir embora. Poderia ir até Jasnah e usar a terrível experiência no beco como desculpa para desistir.

Ainda assim, estava terrivelmente relutante. Kabsal era parte do motivo, mas não era o principal. A verdade era que, apesar das reclamações ocasionais, ela *adorava* estudar para se tornar uma erudita. Mesmo depois do treinamento filosófico de Jasnah, mesmo depois de passar dias lendo um livro depois do outro. Sim, Jasnah estivera errada em matar aqueles homens, mas Shallan queria saber o bastante sobre filosofia para explicar corretamente por quê. Sim, cavar informações em registros históricos podia ser tedioso, mas Shallan apreciava as habilidades e a paciência que estava aprendendo; elas certamente seriam valiosas quando realizasse sua própria pesquisa profunda do futuro.

Passar os dias aprendendo, os almoços rindo com Kabsal, as noites conversando e debatendo com Jasnah. Era *isso* que ela queria. E essas eram as partes da sua vida que eram completamente falsas.

Perturbada, ela pegou a cesta de pão e geleia e foi até o Conclave e à suíte de Jasnah. Um envelope endereçado a ela estava na caixa de espera. Shallan franziu o cenho, rompendo o selo para ler a carta.

Menina,

Recebemos sua mensagem. O Prazer do Vento *logo estará no porto de Kharbranth novamente. É claro que lhe daremos passagem e a levaremos de volta às suas terras. Seria um prazer tê-la a bordo. Nós somos homens de Davar. Estamos em débito com a sua família.*

Estamos fazendo uma viagem rápida até o continente, mas em breve estaremos em Kharbranth. Em uma semana iremos buscá-la.

— Capitão Tozbek

A mensagem ao final, escrita pela esposa de Tozbek, era ainda mais clara.

Ficaremos felizes em oferecer-lhe passagem gratuita, Luminosa, se estiver disposta a escrever um pouco para nós durante a viagem. Os livros-razão precisam urgentemente serem reescritos.

Shallan fitou o bilhete durante um longo período. Queria apenas saber onde ele estava e quando estava planejando retornar, mas aparentemente ele considerara sua carta um pedido para levá-la de volta.

Parecia um prazo final adequado. Isso marcaria sua partida três semanas depois do roubo do Transmutador, o tempo que pedira que Nan Balat esperasse. Se Jasnah não reagisse à troca do Transmutador até então, Shallan teria que deduzir que ela não estava sob suspeita.

Uma semana. Ela *pegaria* aquele barco. Sentiu-se arrasada com essa percepção, mas era necessário. Baixou o papel e deixou a sala de hóspedes, seus passos levando-a pelos corredores até o Véu.

Em pouco tempo, estava em frente à saleta de Jasnah. A princesa estava sentada à sua mesa, a pena rabiscando em um caderno. Ela ergueu os olhos.

— Pensei ter dito que você podia fazer o que quisesse hoje.

— A senhora disse — replicou Shallan. — E percebi que o que eu queria fazer era estudar.

Jasnah sorriu de um modo astuto. Quase *presunçoso*. Se ela soubesse…

— Bem, não vou censurá-la por isso — disse Jasnah, voltando para sua pesquisa.

Shallan se sentou, oferecendo pão com geleia para Jasnah, que balançou a cabeça e continuou pesquisando. Shallan cortou outra fatia e cobriu-a com geleia. Então abriu um livro e suspirou, satisfeita.

Em uma semana, teria que partir. Mas, enquanto isso, permitiria a si mesma fingir um pouco mais.

43
O MISERÁVEL

"Eles viviam nas regiões selvagens, sempre aguardando pela Desolação — ou às vezes uma criança tola que não tomava cuidado com as trevas da noite."

— Uma história infantil, sim, mas essa citação de *Sombras recordadas* parece indicar a verdade que eu busco. Ver página 82, a quarta história.

KALADIN DESPERTOU COM UM sentimento familiar de medo. Passara boa parte da noite acordado, deitado no chão duro, olhando para o escuro, pensando. *Por que tentar? Por que me importar? Não há esperança para esses homens.*

Sentia-se como um andarilho procurando desesperadamente um caminho até a cidade para escapar de feras selvagens. Mas a cidade estava no topo de uma montanha íngreme, e independentemente de como a abordava, a subida era sempre a mesma. Impossível. Uma centena de caminhos diferentes. O mesmo resultado.

Sobreviver à sua punição não salvaria os seus homens. Treiná-los para que corressem mais rápido não os salvaria.

Eles eram iscas. A eficiência da isca não mudava seu propósito ou o seu destino.

Kaladin forçou-se a ficar de pé. Sentia-se desgastado, como uma pedra de mó muito usada. Ele ainda não entendia como havia sobrevivido. *O Senhor me preservou, Todo-Poderoso? Salvou-me para que pudesse vê-los morrer?*

As pessoas deveriam queimar orações ao Todo-Poderoso, que esperava que seus Arautos recapturassem os Salões Tranquilinos. Isso nunca fez sentido para Kaladin. O Todo-Poderoso supostamente era capaz de ver tudo e saber tudo. Então por que precisava que uma oração fosse queimada para poder agir? Por que ele precisava que as pessoas combatessem por ele, em primeiro lugar?

Kaladin deixou o barracão, saindo para a luz. Então estacou.

Os homens estavam enfileirados, esperando. Um bando maltrapilho de carregadores, vestindo coletes de couro marrom e calças curtas que só chegavam aos joelhos. Camisas sujas, mangas enroladas até os cotovelos, cordões na frente. Pele empoeirada, cabelos arrepiados. E, ainda assim, devido ao presente de Rocha, todos tinham barbas bem aparadas ou rostos lisos. Todo o resto estava desgastado; mas suas faces estavam limpas.

Kaladin levou uma mão hesitante ao rosto, tocando sua barba negra desgrenhada. Os homens pareciam estar esperando por algo.

— O que foi? — ele perguntou.

Os homens se remexeram, constrangidos, olhando na direção da serraria. Eles estavam esperando que Kaladin os liderasse na prática, naturalmente. Mas a prática era inútil. Ele abriu a boca para dizer-lhes isso, mas hesitou quando viu algo se aproximando. Quatro homens carregando um palanquim. Um homem alto e magro, vestindo uma casaca violeta de olhos-claros, caminhava ao lado do veículo.

Os homens se viraram para olhar.

— O que é isso? — perguntou Hobber, coçando o pescoço grosso.

— Deve ser o substituto de Lamaril — disse Kaladin, gentilmente abrindo caminho através da fileira de carregadores.

Syl flutuou até ele e pousou no seu ombro enquanto os carregadores do palanquim paravam diante de Kaladin e viravam de lado, revelando uma mulher de cabelos escuros vestindo um elegante vestido roxo decorado com glifos dourados. Ela estava reclinada de lado, pousada em um divã acolchoado, os olhos de um azul pálido.

— Sou a Luminosa Hashal — disse ela, a voz levemente tocada por um sotaque de Kholinar. — Meu marido, o Luminobre Matal, é seu novo capitão.

Kaladin conteve a língua, engolindo um comentário. Tinha alguma experiência com olhos-claros que eram "promovidos" a posições como aquela. O próprio Matal nada disse, apenas permaneceu parado com a mão pousada no punho da espada. Ele era alto — quase tão alto quanto Kaladin —, mas delgado. Mãos delicadas. Aquela espada não vira muita prática.

— Fomos advertidos que esta equipe tem causado problemas — continuou Hashal. Seus olhos se estreitaram, focando Kaladin. — Parece que você sobreviveu ao julgamento do Todo-Poderoso. Trago uma mensagem para você, dos seus superiores. O Todo-Poderoso concedeu-lhe outra chance de provar que é um carregador de pontes. Isso é tudo. Muitos estão tentando ver significado demais no que aconteceu, de modo que o grão-príncipe proibiu que curiosos viessem vê-lo. O meu marido não pretende administrar as equipes de ponte com a permissividade do seu predecessor. Meu marido é um associado bem respeitado e honrado do Grão-príncipe Sadeas em pessoa, não um mestiço quase olhos-escuros como Lamaril.

— É mesmo? — disse Kaladin. — Então como foi que ele acabou *nesta* posição de merda?

Hashal não exibiu sinal algum de raiva diante do comentário. Ela moveu os dedos para o lado, e um dos soldados avançou e atacou com a base da lança o estômago de Kaladin.

Kaladin segurou a arma, os antigos reflexos ainda fortes demais. Possibilidades passaram pela sua mente, e ele pôde ver a luta antes que ocorresse.

Puxar a lança, pegar o soldado desprevenido.

Avançar e atacar seu antebraço com o cotovelo, fazendo-o largar a arma.

Assumir o controle, girar a lança para cima e acertar o soldado na lateral da cabeça.

Dar um giro largo para derrubar os dois que foram ajudar o companheiro.

Levantar a lança para...

Não. Isso apenas faria com que fosse morto.

Kaladin soltou a base da lança. O soldado ficou surpreso que um mero carregador de pontes houvesse bloqueado seu golpe. Franzindo o cenho, ele levantou a base e acertou-a na lateral da cabeça de Kaladin.

Kaladin deixou-se acertar, rolando com o golpe, permitindo ser derrubado no chão. Sua cabeça ressoava com o choque, mas sua visão parou de girar depois de um momento. Ele teria uma dor de cabeça, mas provavelmente nenhuma concussão.

Respirou fundo algumas vezes, deitado no chão, as mãos formando punhos. Seus dedos pareciam queimar onde ele havia tocado a lança. O soldado voltou à posição ao lado do palanquim.

— Sem permissividade — disse Hashal calmamente. — Se precisa saber, meu marido *solicitou* esta tarefa. As equipes de ponte são essenciais para a vantagem do Luminobre Sadeas na Guerra da Vingança. A má administração de Lamaril foi uma desgraça.

Rocha se ajoelhou, ajudando Kaladin a se levantar enquanto olhava feio para os olhos-claros e seus soldados. Kaladin ergueu-se, cambaleante, levando a mão ao lado da cabeça. Seus dedos ficaram úmidos, e um fio de sangue quente corria pelo seu pescoço até o ombro.

— De agora em diante, além do serviço normal de ponte, cada equipe terá um único tipo de serviço — proclamou Hashal. — Gaz!

O baixo sargento de pontes apareceu de trás do palanquim. Kaladin não o havia notado ali, atrás dos carregadores e dos soldados.

— Sim, Luminosa? — Gaz se curvou várias vezes.

— Meu marido deseja que a Ponte Quatro seja designada permanentemente ao serviço de abismo. Sempre que não forem necessários para o trabalho de ponte, quero que trabalhem nesses abismos. Isso será muito mais eficiente. Eles saberão quais seções foram vasculhadas recentemente e não cobrirão o mesmo terreno. Estão vendo? Eficiência. Eles vão começar imediatamente.

Ela bateu na lateral do palanquim e os carregadores deram a volta, levando-a embora. Seu marido continuou a caminhar junto dela sem dizer uma palavra, e Gaz se apressou para acompanhá-los. Kaladin olhou para eles, com a mão na cabeça. Dunny correu e trouxe-lhe um curativo.

— Serviço de abismo — grunhiu Moash — Bom trabalho, fidalgote. Ela vai conseguir que um demônio-do-abismo nos mate, se as flechas dos parshendianos não nos acertarem.

— O que vamos fazer? — perguntou o calvo e magro Peet, a voz cheia de preocupação.

— Vamos trabalhar — respondeu Kaladin, pegando o curativo de Dunny.

Ele se afastou, deixando-os com o seu medo.

POUCO TEMPO DEPOIS, KALADIN estava na beira do abismo, olhando para baixo. A luz quente do sol do meio-dia queimava sua nuca e lançava sua sombra no abismo para unir-se com as outras lá embaixo. *Eu poderia voar*, ele pensou. *Pisar no vazio e cair, o vento soprando. Voar por alguns momentos. Uns poucos e belos momentos.*

Ele se ajoelhou e pegou a escada de corda, depois desceu até as trevas. Os outros carregadores seguiram-no em silêncio. Haviam sido afetados pelo seu ânimo.

Kaladin sabia o que estava acontecendo com ele. Passo a passo, estava voltando a ser o pobre miserável de antes. Sempre soubera que isso era um perigo. Ele se agarrara aos carregadores como a uma tábua de salvação. Mas agora estava soltando-a.

Enquanto descia os degraus, uma tênue figura translúcida azul e branca desceu ao seu lado, sentada em um assento semelhante a um balanço. Suas cordas desapareciam alguns centímetros acima da cabeça de Syl.

— O que há de errado com você? — perguntou ela em voz baixa.

Kaladin apenas continuou descendo.

— Você devia estar feliz. Sobreviveu à tempestade. Os outros carregadores ficaram tão empolgados.

— Estava louco para lutar com aquele soldado — sussurrou Kaladin.

Syl inclinou a cabeça para o lado.

— Eu poderia tê-lo derrotado. Provavelmente teria derrotado todos os quatro. Sempre fui bom com a lança. Não, não era bom. Durk dizia que eu era incrível. Um soldado nato, um artista com a lança.

— Então talvez você devesse ter lutado com eles.

— Achei que você não gostasse de matanças.

— Eu odeio — disse ela, tornando-se mais translúcida. — Mas já ajudei homens a matar.

Kaladin estacou na escada.

— *O quê?*

— É verdade. Eu me lembro vagamente.

— Como?

— Não sei. — Ela empalideceu. — Não quero falar sobre isso. Mas era a coisa certa a fazer. Sinto que era.

Kaladin ficou parado por mais um momento. Teft chamou lá de baixo, perguntando se havia algo errado. Ele voltou a descer.

— Eu não lutei com os soldados hoje — disse Kaladin, os olhos voltados para a parede do abismo — porque não funcionaria. Meu pai me disse que é impossível proteger matando. Bem, ele estava errado.

— Mas...

— Ele estava errado porque deu a entender que era possível proteger pessoas de *outras* maneiras. Não é. Este mundo quer que elas morram, e tentar salvá-las é inútil.

Ele chegou ao fim do abismo, pisando nas trevas. Teft alcançou o fundo em seguida e acendeu sua tocha, banhando as paredes de pedra cobertas de musgo em uma oscilante luz alaranjada.

— Foi por isso que você não a aceitou? — sussurrou Syl, voejando e pousando no ombro de Kaladin. — A glória. Meses atrás?

Kaladin balançou a cabeça.

— Não. Isso foi outra coisa.

— O que você disse, Kaladin? — Teft ergueu a tocha. O rosto do maduro carregador de pontes parecia mais velho do que o normal sob a luz trêmula, as sombras criadas por ela enfatizando os sulcos da sua pele.

— Nada, Teft — disse Kaladin. — Nada importante.

Syl bufou em resposta. Kaladin ignorou-a, acendendo sua tocha na de Teft enquanto os outros carregadores chegavam. Depois que todos desceram, Kaladin conduziu o caminho pelo abismo escuro. O céu pálido parecia distante ali, como um grito longínquo. O lugar era um túmulo, com madeira podre e poças de água estagnada, que só servia para criar larvas de crenguejo.

Os carregadores se aglomeravam inconscientemente, como sempre faziam naquele lugar cruel. Kaladin caminhava na frente, e Syl ficou em silêncio. Ele deu a Teft giz para marcar as direções, e não pausou para recolher objetos. Mas tampouco caminhou rápido demais. Os outros carregadores estavam quietos atrás dele, sussurrando ocasionalmente em vozes baixas demais para ecoar. Era como se suas palavras houvessem sido estranguladas pelas trevas.

Rocha por fim avançou para caminhar ao lado de Kaladin.

— É um trabalho difícil, esse nosso. Mas somos carregadores! A vida é difícil, hein? Nada de novo. Precisamos de um plano. Como será nossa próxima luta?

— Não há próxima luta, Rocha.

— Mas tivemos uma grande vitória! Veja, há poucos dias, você estava delirante. Devia ter morrido. Eu sei. Mas, em vez disso, você está andando, forte como qualquer homem. Ha! Mais forte. É milagre. O *Uli'tekanaki* guia você.

— Não é um milagre, Rocha — disse Kaladin. — Está mais para uma maldição.

— Como que é uma maldição, meu amigo? — indagou Rocha, rindo. Ele saltou em uma poça, rindo ainda mais alto quando ela respingou em Teft, que estava andando atrás dele. O grande papaguampas podia ser incrivelmente infantil em alguns momentos. — Viver não é uma maldição!

— É, sim, se eu voltei para ver vocês todos morrerem — replicou Kaladin. — Seria melhor que eu não houvesse sobrevivido àquela tempestade. Vou só acabar morto por uma flecha parshendiana. Todos nós vamos.

Rocha pareceu perturbado. Quando Kaladin não disse mais nada, ele recuou. Eles seguiram em frente, passando com dificuldade por seções de paredes arranhadas, onde demônios-do-abismo haviam deixado suas marcas. Por fim, tropeçaram em um monte de corpos depositados pelas grantormentas. Kaladin parou, segurando sua tocha, os outros espiando ao seu redor. Cerca de cinquenta pessoas haviam sido levadas pela água até um recesso na rocha, uma pequena passagem lateral sem saída.

Os corpos estavam empilhados ali, uma parede de mortos, com os braços pendendo, bambus e detritos presos entre eles. Kaladin viu de imediato que os cadáveres eram velhos o bastante estarem inchados e apodrecendo. Atrás dele, um dos homens vomitou, o que fez com que alguns dos outros também vomitassem. O odor era horrível, os cadáveres cortados e despedaçados por crenguejos e animais carniceiros maiores, muitos dos quais fugiram da luz. Uma mão decepada jazia ali perto, acompanhada por um rastro de sangue. Também havia arranhões frescos no líquen que chegava a uns quatro metros de altura na parede. Um demônio-do-abismo havia pegado um dos corpos para devorá-lo.

Kaladin não vomitou. Ele enfiou a tocha meio queimada entre duas pedras grandes e começou a trabalhar, puxando corpos para fora da pilha. Pelo menos não estavam podres o bastante para se despedaçarem. Os carregadores lentamente preencheram o espaço ao redor dele, trabalhando. Kaladin deixou sua mente se entorpecer, sem pensar.

Depois que os corpos foram removidos, os carregadores os enfileiraram. Então começaram a remover as armaduras, remexer nos bolsos, retirar facas de cintos. Kaladin deixou a coleta de lanças para os outros, trabalhando sozinho em um ponto mais afastado.

Teft se ajoelho ao lado dele, virando um corpo com uma cabeça esmagada pela queda. O homem mais baixo começou a desfazer os nós da couraça do morto.

— Você quer conversar?

Kaladin nada disse. Apenas continuou trabalhando. *Não pense sobre o futuro. Não pense sobre o que vai acontecer. Apenas sobreviva.*

Não se importe, mas não se desespere. Apenas exista.

— Kaladin.

A voz de Teft era como um faca, penetrando a concha de Kaladin, fazendo-o se contorcer.

— Se eu quisesse conversar, estaria aqui trabalhando sozinho?

— De fato — respondeu Teft. Ele finalmente soltara a alça do peitoral. — Os outros homens estão confusos, filho. Eles querem saber o que vamos fazer agora.

Kaladin suspirou, então se levantou, voltando-se para os carregadores.

— Eu não sei o que fazer! Se tentarmos nos proteger, Sadeas nos punirá! Somos iscas, e vamos morrer. Não há nada que possamos fazer em relação a isso! Não há esperança.

Os carregadores olharam para ele, chocados. Kaladin deu as costas para eles e voltou a trabalhar, ajoelhando-se ao lado de Teft.

— Pronto. Expliquei para eles.

— Idiota — falou Teft em voz baixa. — Depois de tudo que fez, agora está nos abandonando?

Do outro lado, os carregadores voltaram a trabalhar. Kaladin pegou alguns deles resmungando.

— Desgraçado — disse Moash. — Eu avisei que isso ia acontecer.

— Abandonando vocês? — sibilou Kaladin para Teft. *Só me deixe em paz. Deixe-me voltar à apatia. Pelo menos não dói.* — Teft, passei horas e horas tentando encontrar uma saída, mas não há nenhuma! Sadeas nos *quer* mortos. Olhos-claros conseguem o que querem; é assim que o mundo funciona.

— E daí?

Kaladin o ignorou, voltando a trabalhar, removendo uma bota de um soldado cuja fíbula parecia ter sido despedaçada em três lugares diferentes, o que tornou tormentosamente difícil remover o sapato.

— Bem, talvez todos nós acabemos mortos — disse Teft. — Mas talvez a sobrevivência não seja o mais importante.

Por que *Teft* estava — logo ele — tentando alegrá-lo?

— Se não é a sobrevivência que importa, Teft, então o que é?

Kaladin finalmente arrancou a bota. Ele se virou para o próximo corpo na fila, então estacou. Era um carregador de pontes. Kaladin não o reconheceu, mas aquele colete e as sandálias eram inconfundíveis. Ele estava caído contra a parede, braços fechados, boca ligeiramente aberta e pálpebras afundadas. A pele de uma de suas mãos havia se soltado.

— Eu não sei o que é mais importante — grunhiu Teft. — Mas parece patético desistir. Devemos continuar lutando. Até a hora de sermos levados por essas flechas. Você sabe, "Jornada antes do destino".

— O que *isso* significa?

— Eu não sei — respondeu Teft, baixando os olhos rapidamente. — Só algo que já ouvi.

— É algo que os Radiantes Perdidos costumavam dizer — explicou Sigzil, passando por eles.

Kaladin olhou para o lado. O azishiano de voz mansa colocou um escudo em uma pilha. Ele ergueu os olhos, a pele marrom mais escura sob a luz da tocha.

— Era o lema deles. Parte do lema, pelo menos. "Vida antes da morte. Força antes da fraqueza. Jornada antes do destino."

— Radiantes Perdidos? — disse Skar, carregando várias botas. — Quem está falando *deles*?

— Foi o Teft — disse Moash.

— Eu, não! Foi só algo que ouvi uma vez.

— O que significa? — perguntou Dunny.

— Eu disse que não sei! — disse Teft.

— Supostamente, era uma das crenças deles — disse Sigzil. — Em Yulay, existem grupos que falam sobre os Radiantes. E desejam seu retorno.

— Quem quer que eles voltem? — questionou Skar, se encostando na parede e cruzando os braços. — Eles nos entregaram para os Esvaziadores.

— Ha! — zombou Rocha. — Esvaziadores! Bobagem de terrabaixista. Uma história de fogueira contada por crianças.

— Eles existiram — defendeu-se Skar. — Todo mundo sabe disso.

— Todo mundo que escuta histórias de fogueira! — Rocha gargalhou. — Ar demais! Deixa as suas mentes moles. Mas tudo bem... ainda são minha família. Só que são os burros da família!

Teft franziu o cenho enquanto os outros continuavam a falar sobre os Radiantes Perdidos.

— Jornada antes do destino — sussurrou Syl, no ombro de Kaladin. — Gosto disso.

— Por quê? — indagou Kaladin, se ajoelhando para desamarrar as sandálias do carregador de pontes morto.

— Porque sim — respondeu ela, como se fosse explicação o bastante. — Teft tem razão, Kaladin. Eu sei que você quer desistir. Mas não pode.

— Por que não?

— Porque não *pode*.

— Fomos designados para o serviço de abismo de agora em diante — disse Kaladin. — Não vamos mais poder coletar mais caniços para ganhar dinheiro. Isso significa que não haverá mais bandagens, antisséptico ou comida para refeições noturnas. Com todos esses corpos, vamos acabar encontrando esprenos de decomposição, e os homens vão adoecer... isso se os demônios-do-abismo não nos devorarem ou uma grantormenta de surpresa não nos afogar. E teremos que continuar correndo com essas pontes até que a Danação termine, perdendo um homem depois de outro. Não há esperança.

Os homens ainda estavam falando.

— Os Radiantes Perdidos ajudaram o outro lado — argumentou Skar. — Eles sempre foram corruptos.

Teft se ofendeu com isso. Ele se levantou, apontando para Skar.

— Você não sabe de nada! Foi muito tempo atrás. Ninguém sabe o que realmente aconteceu.

— Então por que todas as histórias dizem a mesma coisa? — quis saber Skar. — Eles nos abandonaram. Assim como os olhos-claros estão nos abandonando agora. Talvez Kaladin esteja certo. Talvez não *haja* esperança.

Kaladin baixou os olhos. Essas palavras o assombravam. *Talvez Kaladin esteja certo… talvez não haja esperança…*

Ele já fizera aquilo antes. Sob seu último proprietário, antes de ser vendido a Tvlakv e transformado em carregador de pontes. Ele desistira de tudo em uma noite silenciosa, depois de liderar Goshel e os outros escravos em uma rebelião. Tinham sido massacrados. Mas de algum modo ele sobrevivera. Por todos os raios, por que *ele* sempre sobrevivia? *Não posso fazer isso de novo*, pensou, fechando os olhos com força. *Não posso ajudá-los.*

Tien. Tukks. Goshel. Dallet. O escravo sem nome que ele tentara curar nos vagões de escravos de Tvlakv. Todos terminaram do mesmo jeito. Kaladin tinha o toque do fracasso. Às vezes, dava esperança aos homens, mas o que era a esperança, a não ser outra oportunidade de fracasso? Quantas vezes um homem podia cair antes que não conseguisse mais se levantar?

— Acho que somos ignorantes — grunhiu Teft. — Não gosto de ouvir o que os olhos-claros dizem sobre o passado. Suas mulheres escrevem todas as histórias, sabiam?

— Não acredito que você esteja discutindo isso, Teft — exasperou-se Skar. — E depois? Devemos deixar os Esvaziadores roubarem nossos corações? Talvez eles sejam incompreendidos. Ou os parshendianos. Talvez devamos só *deixar* que eles matem nosso rei sempre que quiserem.

— Por que vocês dois não vão à tormenta? — disse Moash, irritado. — Não importa. Vocês ouviram Kaladin. Até *ele* acha que já estamos mortos.

Kaladin não aguentava mais suas vozes. Ele cambaleou para longe, para a escuridão, fora da luz das tochas. Nenhum dos homens o seguiu. Adentrou o lugar das trevas profundas, com apenas a distante fita do céu acima para dar-lhe luz.

Ali, Kaladin escapava dos olhos deles. Na escuridão, ele topou com uma pedra e parou cambaleante. Ela estava coberta de musgo e líquen. Ficou ali com as mãos pressionadas contra a rocha, depois grunhiu e virou-se para apoiar as costas nela. Syl apareceu diante dele, ainda visível, apesar da escuridão. Sentou-se no ar, arrumando o vestido ao redor das pernas.

— Não posso salvá-los, Syl — sussurrou Kaladin, angustiado.

— Tem certeza?

— Eu falhei todas as outras vezes.

— Então vai falhar novamente agora?

— Sim.

Ela se calou.

— Está bem — disse ela, por fim. — Digamos que esteja certo.

— Então por que lutar? Eu disse a mim mesmo que tentaria uma última vez. Mas falhei antes de começar. Não há como salvá-los.

— A luta em si não significa nada?

— Não se você estiver destinado a morrer. — Ele baixou a cabeça.

As palavras de Sigzil ecoaram em sua mente. *Vida antes da morte. Força antes da fraqueza. Jornada antes do destino.* Kaladin olhou para cima, para a abismo de céu. Como um distante rio de pura água azul.

Vida antes da morte.

O que esse ditado significava? Que os homens deviam buscar a vida antes de buscar a morte? Isso era óbvio. Ou significava outra coisa? Que a vida vinha antes da morte? Novamente, era óbvio. No entanto, as palavras simples mexeram com ele. A morte vem, elas sussurravam. A morte vem para todos. Mas a vida vem primeiro. Aproveite-a.

A morte é o destino. Mas a jornada, essa é a vida. Ela é que importa.

Um vento frio soprou através do corredor de pedra, passando por ele, trazendo odores frescos e afastando o fedor dos cadáveres em decomposição.

Ninguém se importava com os carregadores. Ninguém se importava com aqueles no fundo, com os olhos mais escuros. E, no entanto, aquele vento parecia sussurrar sem parar. *Vida antes da morte. Vida antes da morte. Viva antes de morrer.*

Seu pé acertou alguma coisa. Ele se abaixou e pegou o objeto. Uma pequena pedra. Mal podia vê-la na escuridão. Ele reconhecia o que estava acontecendo, aquela melancolia, aquele senso de desespero. A sensação o tomara com frequência quando era mais jovem, principalmente durante as semanas do Pranto, quando o céu ficava oculto pelas nuvens. Durante esses períodos, Tien tentava alegrá-lo, ajudá-lo a sair do seu desespero. Tien sempre fora capaz de fazer isso.

Depois de perder o irmão, ele lidara com esses períodos de tristeza de modo mais inábil. Ele se tornara o miserável, o indiferente — mas também não se desesperava. Parecia melhor não sentir nada em vez de sentir dor.

Vou falhar com eles, pensou Kaladin, fechando os olhos bem apertado. *Por que tentar?*

Não era ele um tolo por continuar tentando, como fazia? Se ao menos pudesse vencer uma vez… seria o bastante. Contanto que acreditasse que podia ajudar alguém, contanto que acreditasse que alguns caminhos levavam a lugares além da escuridão, poderia ter esperança.

Você prometeu que tentaria uma última vez, ele pensou. *Eles ainda não estão mortos.*

Ainda estão vivos. Por enquanto.

Havia uma coisa que ainda não tentara. Algo que o assustava demais. Em todas as suas tentativas no passado, perdera tudo.

O miserável parecia agora estar diante dele. Significava libertação. Apatia. Kaladin realmente queria voltar para aquele estado? Era um falso refúgio. Ser aquele homem não o protegera. Só o levara cada vez mais fundo, até que terminar com a própria vida parecera o melhor caminho.

Vida antes da morte.

Kaladin se levantou, abrindo os olhos, deixando cair a pequena pedra. Ele caminhou lentamente na direção da luz das tochas. Os carregadores levantaram os olhos do seu trabalho. Tantos olhos questionadores. Alguns cheios de dúvida, alguns severos, outros encorajadores. Rocha, Dunny, Hobber, Leyten. Eles acreditavam em Kaladin. Ele sobrevivera à tempestade. Um milagre concedido.

— Tem uma coisa que podemos tentar — disse Kaladin. — Mas provavelmente vai acabar com todos nós mortos nas mãos do nosso próprio exército.

— Vamos morrer de qualquer jeito — observou Mapas. — Foi você mesmo quem disse.

Vários dos outros concordaram. Kaladin respirou fundo.

— Temos que tentar escapar.

— Mas o acampamento de guerra é vigiado! — disse Jaks Sem-orelha. — Carregadores de pontes não têm permissão de sair sem supervisão. Eles sabem que poderíamos fugir.

— Vamos morrer — disse Moash, o rosto severo. — Estamos a milhas e milhas da civilização. Não há nada aqui a não ser grã-carapaça, e nenhum abrigo das grantormentas.

— Eu sei — disse Kaladin. — Mas é isso ou as flechas dos parshendianos.

Os homens se calaram.

— Eles vão nos mandar para cá todos os dias para roubar cadáveres — continuou Kaladin. — E eles não mandam supervisores, porque têm medo dos demônios-do-abismo. A maior parte do trabalho dos carregadores é só distração para não pensarmos no nosso destino, então não temos que levar mais que uma pequena quantidade de itens coletados.

— Você acha que devemos escolher um desses abismos e fugir por eles? — perguntou Skar. — Eles tentaram mapear todos. As equipes nunca alcançavam o outro lado das Planícies... eram mortas pelos demônios-do-abismo ou pelas enchentes das grantormentas.

Kaladin balançou a cabeça.

— Não é isso que vamos fazer. — Ele chutou algo no chão à sua frente: uma lança caída. Seu chute lançou-a pelo ar na direção de Moash, que a pegou, surpreso. — Posso treiná-los para usar as lanças — falou Kaladin em voz baixa.

Os homens fizeram silêncio, olhando para a arma.

— De que adiantaria? — perguntou Rocha, pegando a lança de Moash e dando uma olhada nela. — Não podemos lutar contra um exército.

— Não — concordou Kaladin. — Mas, com treinamento, poderão lutar contra um posto de guarda à noite. Podemos conseguir escapar. — Kaladin os encarou, encontrando o olhar de cada um dos homens. — Quando estivermos livres, vão mandar soldados atrás de nós. Sadeas não vai permitir que carregadores matem seus soldados e não sejam punidos. Temos que ter esperança de que ele vai nos subestimar e mandar um grupo pequeno, de início. Se os matarmos, talvez a gente consiga chegar longe o bastante para nos escondermos. Será perigoso. Sadeas moverá mundos e fundos para nos recapturar, e provavelmente vamos terminar com uma companhia inteira nos perseguindo. Raios, provavelmente nunca escaparemos do acampamento, para começo de conversa. Mas é alguma coisa.

Ele ficou em silêncio, esperando enquanto os homens trocavam olhares incertos.

— Estou dentro — disse Teft, se empertigando.

— Eu também — disse Moash, dando um passo à frente. Parecia ansioso.

— E eu — disse Sigzil. — Prefiro cuspir nos rostos daqueles alethianos e morrer nas suas espadas do que continuar sendo um escravo.

— Ha! — disse Rocha. — E eu vou cozinhar muita comida para todos para mantê-los de estômago cheio enquanto vocês matam.

— Não vai lutar conosco? — perguntou Dunny, surpreso.

— Matar é indigno — disse Rocha, empinando o queixo.

— Bem, eu vou matar — disse Dunny. — Sou seu homem, capitão.

Os outros começaram a falar também, cada homem de pé, vários pegando lanças do chão úmido. Eles não gritaram de empolgação nem rugiram como outras tropas que Kaladin havia liderado. Estavam apavorados com a ideia de combater — a maioria era de escravos comuns ou modestos trabalhadores. Mas estavam dispostos.

Kaladin deu um passo à frente e começou a esboçar um plano.

44

O PRANTO

CINCO ANOS ATRÁS

KALADIN ODIAVA O PRANTO. Ele marcava o final de um ano velho e a chegada do novo, quatro semanas cheias de chuva em uma cascata incessante de gotas pesadas. Nunca furiosa, nunca intensa como uma grantormenta. Lenta, constante. Como o sangue de um ano moribundo que estava dando seus últimos passos incertos rumo à pira. Enquanto outras estações chegavam e partiam de modo imprevisível, o Pranto nunca deixava de voltar na mesma época do ano. Infelizmente.

Kaladin estava deitado no teto inclinado da sua casa em Larpetra. Tinha um pequeno balde de piche ao seu lado, coberto por um pedaço de madeira. Estava quase vazio agora que ele havia acabado de emendar o teto. O Pranto era um péssimo período para realizar esse trabalho, mas também era a época em que uma goteira persistente podia ser mais irritante. Eles iam remendar quando o Pranto terminasse, mas pelo menos daquela maneira não teriam que sofrer um fluxo constante de gotas na mesa de jantar pelas próximas semanas.

Ele estava deitado de costas, olhando para o céu. Talvez devesse descer e entrar em casa, mas já estava completamente ensopado. Então continuou ali, olhando e pensando.

Outro exército estava passando pela cidade. Um entre muitos, ultimamente — eles costumavam vir durante o Pranto, reabastecendo e seguindo para novos campos de batalha. Roshone havia feito uma rara aparição para dar as boas-vindas ao comandante militar: o Alto-marechal Amaram em pessoa, aparentemente um primo distante, além do chefe da defesa alethiana naquela área. Ele era um dos mais renomados soldados ainda em Alethkar; a maioria já havia partido para as Planícies Quebradas.

As pequenas gotas de chuva nublavam Kaladin. Muitos dos outros gostavam daquelas semanas — não havia grantormentas, exceto por uma bem no meio do período, em alguns anos. Para o povo da cidade, era uma época apreciada para descansar da agricultura e relaxar. Mas Kaladin ansiava pelo sol e pelo vento. Sentia falta até das grantormentas, com sua fúria e vitalidade. Aqueles dias eram sombrios, e ele achava difícil realizar qualquer coisa produtiva. Como se a falta de tempestades o deixasse sem forças.

Poucas pessoas haviam visto Roshone com frequência desde a malfadada caça ao espinha-branca e a morte de seu filho. Ele se escondeu na mansão, cada vez mais recluso. O povo de Larpetra tomava muito cuidado, como se esperasse que a qualquer momento ele fosse explodir e voltar sua raiva contra eles. Kaladin não estava preocupado com isso. Uma tempestade — vinda de uma pessoa ou do céu — era algo a que se podia reagir. Mas aquele sufocamento, aquele lento e constante apagamento da vida... era muito, muito pior.

— Kaladin? — chamou a voz de Tien. — Você ainda está aí em cima?

— Estou — respondeu ele, sem se mover. As nuvens eram tão *sem graça* durante o Pranto. Haveria alguma coisa mais sem vida do que aquele cinza miserável?

Tien foi até os fundos da casa, onde o telhado se encurvava até tocar o chão. Ele tinha as mãos nos bolsos da sua longa capa de chuva e um chapéu de abas largas na cabeça. Ambos pareciam grandes demais para ele, mas roupas sempre pareciam grandes demais para Tien. Mesmo quando cabiam nele perfeitamente.

O irmão de Kaladin escalou o telhado e caminhou até ele, então também se deitou, olhando para o céu. Outra pessoa poderia ter tentado alegrar Kaladin, e teria falhado. Mas de algum modo Tien sabia a coisa certa a fazer. Por enquanto, era ficar em silêncio.

— Você gosta da chuva, não gosta? — perguntou Kaladin finalmente.

— Gosto — disse Tien. Naturalmente, já que Tien gostava de praticamente tudo. — Mas é difícil olhar para ela assim. Não paro de piscar.

Por algum motivo, isso fez Kaladin sorrir.

— Fiz uma coisa para você — contou Tien. — Hoje, lá na oficina.

Os pais de Kaladin estavam preocupados; Ral, o carpinteiro, havia tomado Tien como aprendiz, embora não precisasse realmente de outro, e estava declaradamente insatisfeito com o trabalho do garoto. Tien se distraía fácil, reclamava Ral.

Kaladin sentou-se enquanto Tien retirava algo do bolso. Era um pequeno cavalo de madeira, cuidadosamente esculpido.

— Não se preocupe com a água — disse Tien, entregando-o. — Já envernizei.

— Tien — disse Kaladin, impressionado. — É *lindo*.

Os detalhes eram incríveis — os olhos, os cascos, as linhas do rabo. Parecia exatamente igual aos majestosos animais que puxavam a carruagem de Roshone.

— Você mostrou isso para Ral?

— Ele disse que estava bom. — Tien sorriu por baixo do seu chapéu enorme. — Mas disse que eu devia estar fazendo uma cadeira em vez disso. Ele meio que ficou bravo.

— Mas como... Quero dizer, Tien, ele tem que ver que isso é incrível!

— Ah, não sei se é tudo isso — protestou Tien, ainda sorrindo. — É só um cavalo. Mestre Ral gosta de coisas que você pode usar. Coisas para se sentar, coisas para pendurar roupas. Mas acho que posso fazer uma boa cadeira amanhã, algo que o deixará orgulhoso.

Kaladin olhou para seu irmão, com seu rosto inocente e natureza amigável. Ele não havia perdido esses traços, embora agora estivesse na adolescência. *Como é que você sempre consegue sorrir?*, pensou Kaladin. *O clima está horrível, seu mestre trata você como crem, e sua família está sendo lentamente estrangulada pelo senhor da cidade. E ainda assim você sorri. Como, Tien?*

E por que você consegue me fazer sorrir também?

— O pai gastou outra das esferas, Tien — disse Kaladin impulsivamente.

Toda vez que seu pai era forçado a fazer isso, ele parecia ficar um pouco mais pálido, mais encurvado. As esferas estavam escuras ultimamente, sem luz. Não era possível infundir esferas durante o Pranto. Todas elas em dado momento se esgotavam.

— Ainda há bastante — disse Tien.

— Roshone está tentando nos cansar — disse Kaladin. — Pouco a pouco, ele quer nos sufocar.

— Não é tão ruim quanto parece, Kaladin — respondeu seu irmão, esticando a mão para tocar seu braço. — As coisas nunca são tão ruins quanto parecem. Você vai ver.

Muitas objeções surgiram na sua mente, mas o sorriso de Tien baniu todas elas. Ali, no meio da pior parte do ano, Kaladin sentiu-se por um momento como se houvesse vislumbrado a luz do sol. Ele podia jurar que as coisas ao redor pareceram se tornar mais brilhantes, a tempestade ficando um pouco menos escura, o céu clareando.

A mãe deles deu a volta até os fundos da casa. Ela olhou para os dois, como se achasse graça no fato de estarem sentados no telhado, na chuva. Ela subiu na parte mais baixa. Um pequeno grupo de háspiros estava agarrado na pedra ali; as pequenas criaturas de duas conchas proliferavam durante o Pranto. Eles pareciam surgir do nada, como os seus primos, os minúsculos caramujos, espalhados por toda a pedra.

— Sobre o que vocês dois estão falando? — perguntou ela, caminhando até eles e sentando-se também.

Hesina raramente agia como as outras mães na cidade. Às vezes isso incomodava Kaladin. Ela não deveria ter mandado os dois para dentro de casa ou algo assim, reclamando que iam pegar uma gripe? Não, ela só se sentou ali com eles, vestindo uma capa de chuva de couro marrom.

— Kaladin está preocupado porque o pai está gastando as esferas — revelou Tien.

— Ah, eu não me preocuparia com isso — replicou ela. — Vamos mandar você para Kharbranth. Em dois meses terá idade suficiente para partir.

— Vocês dois deviam vir comigo — disse Kaladin. — E o pai também.

— E deixar a cidade? — disse Tien, como se nunca houvesse considerado a ideia. — Mas eu gosto daqui.

Hesina sorriu.

— O que foi? — perguntou Kaladin.

— A maioria dos jovens da sua idade está tentando fazer de tudo para se *livrar* dos pais.

— Eu não posso partir e deixar vocês aqui. Somos uma família — disse Kaladin, olhando para Tien. Falar com seu irmão fizera com que se sentisse muito melhor, mas ainda tinha suas questões. — Ele está tentando nos estrangular. Ninguém paga pela cura, e eu sei que ninguém mais aceita pagar pelo seu trabalho. Quanto o pai consegue por essas esferas que gasta, afinal de contas? Verduras a dez vezes o preço comum, cereais ao dobro do preço?

Hesina sorriu.

— Muito perspicaz.

— O pai me ensinou a notar detalhes. Os olhos de um cirurgião.

— Bem — disse ela, com os olhos brilhando —, os seus olhos de cirurgião notaram a primeira vez que gastamos uma das esferas?

— Claro — disse Kaladin. — Foi no dia depois do acidente de caça. O pai teve que comprar tecido novo para fazer bandagens.

— E nós *precisávamos* de novas bandagens?

— Bem, não. Mas a senhora sabe como o pai é. Ele não gosta nem de deixar o estoque ficar baixo.

— E por isso ele gastou uma dessas esferas — disse Hesina. — Que havia guardado durante meses e meses, batendo cabeça com o senhor da cidade por elas.

Sem mencionar todo o trabalho que ele teve para roubá-las, para começo de conversa, pensou Kaladin. *Mas você sabe muito bem disso.* Ele olhou para Tien, que estava contemplando o céu novamente. Até onde Kaladin sabia, seu irmão ainda não havia descoberto a verdade.

— Então seu pai resistiu tanto tempo só para finalmente fraquejar e gastar uma esfera em algumas bandagens de que não precisaríamos por vários meses.

Ela tinha razão. Por que seu pai *havia* subitamente decidido...?

— Ele está deixando Roshone pensar que está vencendo — disse Kaladin, surpreso, olhando-a de volta.

Hesina deu um sorriso malandro.

— Roshone teria encontrado uma maneira de se vingar em algum momento. Não teria sido fácil. O seu pai tem uma posição alta como cidadão, e tem o direito a um inquérito. Ele *salvou* a vida de Roshone, e muitos poderiam testemunhar a severidade dos ferimentos de Rillir. Mas Roshone teria encontrado uma maneira. A menos que achasse que estávamos derrotados.

Kaladin voltou-se na direção da mansão. Embora estive oculta pela mortalha da chuva, ele ainda podia identificar as tendas do exército montadas no campo abaixo. Como seria viver como soldado, frequentemente exposto às tempestades e chuva, aos ventos e tormentas? Antes, Kaladin teria ficado intrigado, mas a vida de um lanceiro não o atraía mais. Sua mente estava cheia de diagramas de músculos e listas memorizadas de sintomas e doenças.

— Vamos continuar gastando as esferas — disse Hesina. — Uma a cada poucas semanas. Em parte para sobreviver, embora minha família tenha oferecido suprimentos. Mais para fazer com que Roshone pense que estamos nos curvando. E então mandaremos você embora. Inesperadamente. Você estará longe, as esferas em segurança nas mãos dos fervorosos para uso como uma bolsa durante seus anos de estudo.

Kaladin ficou surpreso ao entender. Eles não estavam perdendo; estavam *ganhando*.

— Imagine, Kaladin — disse Tien. — Você vai viver em uma das maiores cidades no mundo! Vai ser tão empolgante. Você será um homem culto, como o pai. Terá escrivãs que lerão para você o livro que quiser.

Kaladin afastou o cabelo molhado da testa. Tien fazia com que a coisa toda parecesse muito mais grandiosa do que ele andara pensando. Mas claro, Tien podia fazer uma poça cheia de crem soar grandiosa.

— Isso é verdade — disse sua mãe, ainda olhando para cima. — Você poderia aprender matemática, história, política, estratégia, ciência…

— Esses não são assuntos de mulheres? — disse Kaladin, franzindo o cenho.

— Mulheres olhos-claros os estudam. Mas também há homens eruditos, embora em número menor.

— Tudo isso para me tornar um cirurgião.

— Você não teria que se tornar um cirurgião. A sua vida é só sua, filho. Se quiser seguir o caminho de um cirurgião, ficaremos orgulhosos. Mas não pense que precisa viver a vida do seu pai. — Ela baixou os olhos para Kaladin, piscando devido à água da chuva.

— O que mais eu faria? — disse Kaladin, estupefato.

— Há muitas profissões possíveis para homens com uma boa mente e treinamento. Se você realmente quiser estudar todas as artes, poderia se tornar um fervoroso. Ou talvez um guarda-tempo.

Guarda-tempo. Por reflexo, tateou a oração costurada na sua manga esquerda, aguardando pelo dia em que ele precisaria queimá-la para obter ajuda.

— Eles tentam prever o futuro.

— Não é a mesma coisa. Você vai ver. Há tantas coisas para explorar, tantos espaços aonde sua mente poderia ir… O mundo está mudando. A carta mais recente da minha família descreve fabriais incríveis, como canetas que podem escrever através de grandes distâncias. Pode não demorar até que os homens sejam ensinados a ler.

— Eu nunca ia querer aprender algo assim — disse Kaladin, chocado, olhando de relance para Tien.

Sua própria *mãe* estava realmente dizendo aquelas coisas? Mas também, ela sempre fora assim. Livre, tanto na mente quanto na língua. Porém, tornar-se um guarda-tempo… Eles estudavam as grantormentas, para prevê-las, sim, mas aprendiam sobre elas e seus mistérios. Eles estudavam os próprios ventos.

— Não — disse Kaladin. — Quero ser um cirurgião. Como meu pai.

Hesina sorriu.

— Se é isso que deseja, então, como eu disse, teremos orgulho de você. Mas seu pai e eu só queremos que você saiba que *pode* escolher.

Eles ficaram ali sentados por algum tempo, deixando que a chuva os ensopasse. Kaladin continuou perscrutando aquelas nuvens cinzentas, querendo saber o que Tien achava tão interessante nelas. Por fim, ouviu respingos abaixo, e o rosto Lirin apareceu na lateral da casa.

— Mas o quê... Vocês *três*? O que estão fazendo aí em cima?

— Festejando — respondeu despreocupadamente a mãe de Kaladin.

— Festejando o quê?

— A irregularidade, querido — disse ela.

Lirin suspirou.

— Querida, você às vezes é muito estranha, sabia?

— E eu não acabei de dizer isso?

— É verdade. Bem, vamos. Há uma reunião na praça.

Hesina franziu o cenho. Ela se levantou e desceu o teto inclinado. Kaladin olhou para Tien, e os dois se ergueram. Kaladin guardou o cavalo de madeira no bolso e escolheu cuidadosamente seu caminho pela pedra escorregadia, os sapatos esguichando. Água fria corria por seu rosto enquanto descia até o chão.

Eles seguiram Lirin até a praça. O pai de Kaladin parecia preocupado, caminhando com a postura curvada que havia adotado ultimamente. Talvez fosse uma afetação para enganar Roshone, mas Kaladin suspeitava que havia alguma verdade nela. Seu pai não gostava de entregar aquelas esferas, mesmo que fosse parte de um truque. Parecia demais que estava desistindo.

Mais à frente, uma multidão estava se aglomerando na praça da cidade, todos segurando guarda-chuvas ou vestindo capas.

— O que é isso, Lirin? — indagou Hesina, parecendo ansiosa.

— Roshone vai aparecer — explicou Lirin. — Ele pediu a Waber que reunisse todo mundo. Reunião da cidade inteira.

— Na *chuva*? — perguntou Kaladin. — Ele não podia ter esperado pelo Dia de Luz?

Lirin não respondeu. A família caminhou em silêncio; até Tien ficou sério. Passaram por alguns esprenos de chuva parados nas poças, brilhando com uma tênue luz azul, parecidos com velas que chegavam à altura dos tornozelos, derretendo sem chama. Eles raramente apareciam, exceto durante o Pranto. Dizia-se que eram as almas das gotas de chuva, hastes azuis brilhantes, que pareciam derreter, mas nunca diminuíam de tamanho, com um único olho azul no topo.

A maioria das pessoas da cidade já estava reunida, fofocando na chuva, quando a família de Kaladin chegou. Jost e Naget estavam presentes, mas nenhum dos dois acenou para Kaladin; já não eram mais amigos havia anos. Kaladin estremeceu. Seus pais chamavam aquela cidade de lar, e seu pai se recusava a ir embora, mas ela parecia cada vem menos um "lar".

Logo irei embora, ele pensou, ansioso para sair de Larpetra e deixar aquela gente pequena para trás. Ir para um lugar onde os olhos-claros fossem homens e mulheres de honra e beleza, dignos da alta posição dada a eles pelo Todo-Poderoso.

A carruagem de Roshone se aproximou. Ela havia perdido muito do seu brilho durante seus anos em Larpetra, a tinta dourada descascando, a madeira escura lascada pelo cascalho da estrada. Quando a carruagem entrou na praça, Waber e seus rapazes finalmente ergueram um pequeno toldo. A chuva havia ficado mais forte, e gotas atingiam o pano com um som oco de percussão. O ar tinha um odor diferente com todas aquelas pessoas presentes. Lá no telhado, estava fresco e límpido. Agora parecia abafado e úmido.

A porta da carruagem se abriu. Roshone havia ganhado mais peso, e sua roupa de olhos-claros fora ajustada para comportar o aumento da sua barriga. Ele usava uma perna de madeira no toco direito, escondida pela barra da calça; desceu com passo duro da carruagem e rapidamente se enfiou debaixo do toldo, resmungando.

Ele mal parecia a mesma pessoa, com aquela barba e o cabelo úmido e viscoso. Mas seus olhos continuavam os mesmos. Mais miúdos agora, por conta das bochechas mais cheias, mas ainda assim ardentes enquanto estudavam a multidão. Era como se ele tivesse sido atingido por uma pedra quando estava distraído, e agora procurasse o culpado.

Estaria Laral dentro da carruagem? Alguém mais se moveu lá dentro e desceu, mas era um homem esguio de rosto liso e olhos castanho-claros. O homem de aparência digna vestia um uniforme formal verde bem passado, e portava uma espada na cintura. Alto-marechal Amaram? Ele certamente parecia imponente, com aquela postura forte e rosto quadrado. A diferença entre ele e Roshone era notável.

Finalmente, Laral apareceu, usando um vestido amarelo-claro, segundo a moda antiga, com uma saia rodada e um corpete espesso. Ela olhou para a chuva, depois esperou o criado se apressar para trazer um guarda-chuva. Kaladin sentiu o coração bater forte. Eles não se falavam desde o dia em que ela o humilhara na mansão de Roshone. E, ainda assim, ela estava *linda*. Ao passar pela puberdade, havia se tornado cada vez mais bela. Alguns poderiam achar que o cabelo escuro salpicado de fios loiros era pouco atraente devido à sua indicação de miscigenação, mas Kaladin achava encantador.

Ao lado de Kaladin, seu pai ficou tenso e praguejou em voz baixa.

— O que foi? — perguntou Tien, do lado de Kaladin, se esticando para ver.

— Laral — respondeu a mãe de Kaladin. — Ela está usando uma oração de noiva na manga.

Kaladin se espantou, vendo o pano branco com o par de glifos azul costurado na manga do seu vestido. Ela o queimaria quando o noivado fosse anunciado formalmente.

Mas... quem? Rillir estava morto!

— Ouvi rumores sobre isso — disse o pai de Kaladin. — Parece que Roshone não estava disposto a abrir mão das conexões oferecidas por ela.

— Ele? — indagou Kaladin, abalado.

O *próprio* Roshone ia se casar com ela? Outros na multidão haviam começado a sussurrar quando notaram a oração.

— Olhos-claros se casam com mulheres muito mais jovens o tempo todo — comentou a mãe de Kaladin. — Para eles, casamentos frequentemente servem para garantir a lealdade da casa.

— *Ele?* — perguntou Kaladin novamente, incrédulo, dando um passo à frente. — Precisamos impedir isso. Temos que...

— Kaladin — chamou seu pai com rispidez.

— Mas...

— Isso é assunto deles, não nosso.

Kaladin ficou em silêncio, sentindo as pesadas gotas de chuva acertarem sua cabeça, as mais leves sopradas como uma névoa. A água corria pela praça e se acumulava em depressões. Um espreno de chuva surgiu perto de Kaladin, como se houvesse se formado da água, e ficou olhando para cima, sem piscar.

Roshone se apoiou na sua bengala e acenou com a cabeça para Natir, seu mordomo. O homem estava acompanhado pela esposa, uma mulher de aparência severa que se chamava Alaxia. Natir bateu as mãos magras para silenciar a multidão, e logo o único som era o da chuva suave.

— Luminobre Amaram — declarou Roshone, indicando o homem olhos-claros uniformizado — é o alto-marechal interineiro do nosso principado. Ele está no comando da defesa de nossas fronteiras enquanto o rei e o Luminobre Sadeas estão fora.

Kaladin assentiu. Todos conheciam Amaram. Ele era muito mais importante do que a maioria dos militares que passavam por Larpetra.

Amaram se adiantou para falar.

— Vocês têm uma bela cidade aqui — disse ele para os olhos-escuros reunidos. Tinha uma voz forte e profunda. — Obrigado por me receberem.

Kaladin franziu o cenho, olhando para os outros moradores. Eles pareciam igualmente confusos pela frase.

— Normalmente — continuou Amaram —, eu deixaria essa tarefa para um dos meus oficiais subordinados. Mas como estava visitando meu primo, decidi vir pessoalmente. Não é um dever tão oneroso que eu precise delegá-lo.

— Perdão, Luminobre — disse Callins, um dos lavradores. — Mas que dever seria esse?

— Ora, recrutamento, meu bom lavrador — respondeu Amaram, acenando com a cabeça para Alaxia, que deu um passo à frente com uma folha de papel presa a uma prancheta. — O rei levou a maior parte dos nossos exércitos com ele na sua busca de realizar o Pacto de Vingança. Minhas forças estão com um número insuficiente de soldados, e é necessário recrutar jovens de cada vila ou cidade por onde passamos. Faço isso com voluntários sempre que possível.

Os moradores da cidade ficaram imóveis. Alguns meninos costumavam falar de fugir para o exército, mas poucos realmente o faziam. O dever de Larpetra era fornecer comida.

— Minhas batalhas não são tão gloriosas quanto a guerra pela vingança — disse Amaram —, mas é nosso dever sagrado defender nossas terras. Essa excursão vai durar quatro anos, e ao completarem seu dever, vocês receberão um bônus de guerra igual a um décimo dos seus soldos totais. Então podem retornar, ou se alistar para novas missões. Caso se destaquem por bravura, subirão a um posto elevado, e isso pode significar o aumento de um nan para vocês e seus filhos. Há algum voluntário?

— Eu vou — disse Jost, dando um passo à frente.

— Eu também — acrescentou Abry.

— Jost! — protestou a mãe do rapaz, agarrando seu braço. — As plantações...

— Suas plantações são importantes, brunata* — disse Amaram —, mas nem de longe tão importantes quanto a defesa do seu povo. O rei en-

* Termo usado pelos olhos-claros, principalmente de alto escalão, para se referir a indivíduos olhos-escuros. (N. do T.)

via para cá riquezas das Planícies saqueadas, e as gemas que ele capturou podem fornecer comida para Alethkar em caso de emergência. Os dois são bem-vindos. Há mais alguém?

Mais três meninos da cidade se adiantaram, e um homem mais velho — Harl, que perdera a esposa para a marcafebre. Ele era o homem cuja filha Kaladin não conseguira salvar depois da sua queda.

— Excelente — disse Amaram. — Mais alguém?

Os moradores da cidade estavam estranhamente quietos. Muitos dos meninos, que Kaladin ouvira falar com tanta frequência em entrar para o exército, desviaram o olhar. Kaladin sentiu o coração batendo e a perna tremeu como se estivesse ansiosa para impeli-lo adiante.

Não. Ele seria um cirurgião. Lirin olhou para ele, seus olhos castanho-escuros indicando uma profunda preocupação. Mas quando Kaladin não deu sinal de se mover, ele relaxou.

— Muito bem — disse Amaram, acenando para Roshone com a cabeça. — Vamos precisar da sua lista, afinal de contas.

— Lista? — perguntou Lirin em voz alta.

Amaram voltou o olhar para ele.

— A necessidade do nosso exército é grande, brunato. Eu primeiro aceito voluntários, mas o exército *precisa* ser reabastecido. Como senhor da cidade, meu primo tem o dever e a honra de decidir quais homens serão enviados.

— Leia os quatro primeiros nomes, Alaxia — disse Roshone —, e o último.

Alaxia olhou para a lista, falando com uma voz seca.

— Agil, filho de Marf. Caull, filho de Taleb.

Kaladin voltou-se para Lirin, apreensivo.

— Ele não pode levar você — tranquilizou-o Lirin. — Nós somos do segundo nan e cumprimos uma função essencial para a cidade. Eu como cirurgião, você como meu único aprendiz. Pela lei, estamos isentos do recrutamento. Roshone sabe disso.

— Habrin, filho de Arafik — continuou Alaxia. — Jorna, filho de Loats. — Ela hesitou, então ergueu os olhos. — Tien, filho de Lirin.

O silêncio se espalhou pela praça. Até a chuva pareceu hesitar por um momento. Então todos os olhos se voltaram para Tien. O menino parecia estupefato. Lirin estava imune, como cirurgião da cidade, Kaladin, como seu aprendiz.

Mas não Tien. Ele era o terceiro aprendiz de um carpinteiro; não era vital, nem imune.

Hesina agarrou Tien com força.

— Não!

Lirin colocou-se diante deles, na defensiva. Kaladin estava atordoado, olhando para Roshone. O sorridente e presunçoso Roshone.

Nós levamos seu filho, entendeu Kaladin, encontrando aqueles olhos miúdos. *Essa é sua vingança.*

— Eu... — disse Tien. — O exército?

Pela primeira vez, ele pareceu perder sua confiança e otimismo. Seus olhos se arregalaram e o rosto empalideceu. Ele desmaiava quando via sangue. Detestava lutar. Ainda era pequeno e magro, apesar da idade.

— Ele é jovem demais — declarou Lirin. Seus vizinhos se afastaram, deixando a família de Lirin sozinha na chuva.

Amaram franziu o cenho.

— Nas cidades grandes, jovens de oito e nove anos são aceitos no exército.

— Jovens olhos-claros! — replicou Lirin. — Para serem treinados como oficiais. Eles não são enviados para a batalha!

Amaram franziu o cenho mais profundamente. Ele saiu para a chuva, caminhando até a família.

— Quantos anos você tem, filho? — perguntou ele a Tien.

— Ele tem 13 — disse Lirin.

Amaram olhou para ele.

— O cirurgião. Ouvi falar de você. — Ele suspirou, olhando de volta para Roshone. — Não tenho tempo para me envolver nas suas politicagens mesquinhas de cidadezinha, primo. Não há outro garoto que sirva?

— É minha escolha! — insistiu Roshone. — Minha pelos ditames da lei. Eu envio aqueles que a cidade pode dispensar. Bem, esse menino é o *primeiro* que podemos dispensar.

Lirin avançou, com um olhar raivoso. O Alto-marechal Amaram pegou-o pelo braço.

— Não faça nada de que vá se arrepender, brunato. Roshone agiu de acordo com a lei.

— Você se escondeu por trás da lei, zombando de mim, cirurgião — gritou Roshone para Lirin. — Bem, agora a lei se virou contra *você*. Pode ficar com as esferas! A sua cara agora vale o preço de todas elas!

— Eu... — balbuciou Tien novamente.

Kaladin nunca vira o menino tão apavorado. Sentia-se impotente. Os olhos da multidão estavam em Lirin, parado com o braço no agarrado pelo do general olhos-claros, encarando Roshone.

— O menino será um mensageiro por um ano ou dois — prometeu Amaram. — Ele não irá para combate. É o melhor que posso fazer. Cada indivíduo é necessário nesses tempos.

Lirin murchou, então curvou a cabeça. Roshone riu, conduzindo Laral para a carruagem. Ela não olhou para Kaladin enquanto subia de volta. Roshone a seguiu e, embora ainda estivesse rindo, sua expressão endurecera e tornara-se sem vida, como as nuvens acima. Tivera sua vingança, mas seu filho ainda estava morto, e ele ainda estava preso em Larpetra.

Amaram voltou-se para multidão.

— Os recrutas podem trazer duas mudas de roupa e até 19 quilos de outras posses. Elas *serão* pesadas. Apresentem-se ao exército em duas horas e procurem o Sargento Hav.

Então ele se virou e seguiu Roshone. Tien o acompanhou com o olhar, pálido como um edifício caiado de branco. Kaladin podia ver seu terror por deixar sua família. Seu irmão, aquele que sempre o fazia sorrir quando chovia. Era fisicamente doloroso para Kaladin vê-lo tão assustado. Não estava *certo*. Tien devia sorrir. Era o jeito dele.

Sentiu o cavalo de madeira no seu bolso. Tien sempre trazia alívio quando ele sofria. Subitamente, ocorreu-lhe que havia algo que podia fazer como compensação. *Está na hora de parar de se esconder na sala enquanto outra pessoa levanta o globo de luz*, pensou Kaladin. *Está na hora de ser um homem.*

— Luminobre Amaram! — gritou Kaladin.

O general hesitou, parado nos degraus da carruagem, um pé já dentro, e olhou sobre o ombro.

— Quero tomar o lugar de Tien — declarou Kaladin.

— Não é permitido! — disse Roshone de dentro da carruagem. — A lei diz que posso escolher.

Amaram assentiu, o rosto severo.

— Então pelo menos me levem *também* — disse Kaladin. — Posso me voluntariar?

Desse modo, pelo menos, Tien não ficaria sozinho.

— Kaladin! — disse Hesina, agarrando-o pelo braço.

— É permitido — respondeu Amaram. — Não recusarei nenhum soldado, filho. Se quer se alistar, é bem-vindo.

— Kaladin, não — disse Lirin. — Não podem ir os dois. Não...

Kaladin olhou para Tien, o rosto do menino molhado sob seu chapéu de abas largas. Ele balançou a cabeça, mas seus olhos pareciam esperançosos.

— Eu me voluntario — disse Kaladin, virando-se de volta para Amaram. — Vou me alistar.

— Então você tem duas horas — respondeu Amaram, subindo na carruagem. — Mesma permissão de posses que os outros.

A porta da carruagem se fechou, mas não antes que Kaladin tivesse um vislumbre de Roshone, com uma expressão ainda *mais* satisfeita. Sacudindo entre as poças, o veículo foi embora, deixando cair água do seu teto.

— Por quê? — Lirin voltou-se para Kaladin, a voz áspera. — Por que fez isso comigo? Depois de todos os nossos planos!

Kaladin voltou-se para Tien. O menino pegou seu braço.

— Obrigado — sussurrou Tien. — Obrigado, Kaladin. *Obrigado.*

— Perdi vocês dois — disse Lirin, rouco, pisando nas poças enquanto se afastava. — Raios! Os dois.

Ele estava chorando. A mãe de Kaladin também estava chorando. Ela agarrou Tien novamente.

— Pai! — disse Kaladin, se virando, surpreso com a confiança que sentia.

Lirin fez uma pausa, parado na chuva, um pé em uma poça onde esprenos de chuva se aglomeravam. Os esprenos se afastaram dele lentamente, como lesmas verticais.

— Em quatro anos, eu o trarei de volta para casa em segurança — disse Kaladin. — Prometo pelas tormentas e pelo décimo nome do Todo-Poderoso. Eu *trarei Tien de volta.*

Eu prometo...

45

SHADESMAR

"Yelig-nar, chamado de Ventomales, era um dos que podiam falar como um homem, embora frequentemente sua voz fosse acompanhada pelos gemidos daqueles que consumira."

— Os Desfeitos são obviamente invenções do folclore. Curiosamente, a maioria deles não era considerada indivíduos, mas sim personificações de tipos de destruição. Essa citação é de Traxil, linha 33, considerada uma fonte primária, embora eu duvide que seja autêntica.

ELES SÃO ESTRANHAMENTE ACOLHEDORES, esses parshemanos selvagens, leu Shallan. Era novamente a narrativa do rei Gavilar, registrada um ano antes do seu assassinato.

Agora faz quase cinco meses desde o nosso primeiro encontro. Dalinar continua a me pressionar para voltar à nossa terra natal, insistindo que a expedição se alongou demais.

Os parshemanos prometeram que me levariam em uma caçada atrás de uma fera de casco grande que chamavam de ulo mas vara, o que minhas eruditas dizem que pode ser traduzido basicamente como "Monstro dos Abismos". Se suas descrições estão corretas, essas criaturas têm grandes gemas-coração, e a cabeça de uma delas seria um troféu deveras impressionante. Eles também mencionam seus terríveis deuses, e achamos que podem estar se referindo a vários grã-carapaça de abismo particularmente grandes.

Estamos impressionados por encontrar religião entre esses parshemanos. A crescente evidência de uma sociedade parshemana completa — com civilização, cultura e um idioma único — é impressionante. Meus guarda-tempos começaram a chamar essas pessoas de "parshendianos". É óbvio que esse grupo é muito diferente dos nossos criados parshemanos comuns, e podem até mesmo não ser da mesma raça, apesar dos padrões de pele. Talvez sejam primos distantes, tão diferentes dos parshemanos comuns como cães-machados alethianos são da raça selayana.

Os parshendianos viram nossos servos e ficaram confusos. "Onde está a música deles?", Klade me pergunta com frequência. Eu não sei o que isso significa. Mas nossos servos não reagem aos parshendianos de nenhuma maneira, e não mostram interesse em imitá-los. Isso é tranquilizador.

A pergunta sobre música talvez tenha a ver com o fato de os parshendianos estarem frequentemente cantarolando e entoando. Eles têm uma habilidade impressionante de fazer música em conjunto. Juro que deixei um parshendiano cantando consigo mesmo, e logo depois passei por outro fora do alcance da voz do primeiro, mas cantando a mesmíssima música — estranhamente similar ao outro em ritmo, melodia e letra.

Seu instrumento favorito é o tambor. Eles são feitos de modo primitivo, com impressões digitais de tinta marcando as laterais. Isso combina com seus edifícios simples, que eles constroem de crem e pedra. Eles os constroem nas formações rochosas semelhantes a crateras, aqui na borda das Planícies Quebradas. Perguntei a Klade se eles se preocupam com as grantormentas, mas ele apenas deu uma gargalhada. "Por que nos preocuparmos? Se os edifícios forem varridos pelo vento, podemos construí-los de novo, não podemos?"

Do outro lado da saleta, o livro de Jasnah farfalhou quando ela virou uma página. Shallan deixou de lado seu próprio volume, depois repassou os livros sobre a mesa. Com seu treinamento em filosofia encerrado por enquanto, ela havia retornado ao estudo do assassinato do rei Gavilar.

Ela puxou cuidadosamente um pequeno volume do fundo da pilha: um registro ditado pelo Guarda-tempo Matain, um dos eruditos que haviam acompanhado o rei. Shallan folheou as páginas, buscando uma passagem específica. Era uma descrição da primeira expedição de caça parshendiana que haviam encontrado.

Aconteceu depois que nos instalamos às margens de um rio profundo em uma área de vegetação espessa. Era um local ideal para um acampamento de longo termo, já que as densas árvores de sabugália nos pro-

tegiam contra ventos de grantormenta, e a garganta do rio eliminava o risco de inundações. Sua Majestade sabiamente seguiu meu conselho, enviando grupos de batedores tanto rio acima quanto rio abaixo.

A expedição de batedores do Grão-príncipe Dalinar foi a primeira a encontrar os estranhos e indomados parshemanos. Quando ele voltou ao acampamento com sua história, eu — como muitos outros — recusei-me a acreditar nas suas alegações. Certamente o Luminobre Dalinar havia simplesmente cruzado com servos parshemanos de outra expedição como a nossa.

Quando eles visitaram nosso acampamento, no dia seguinte, sua realidade não pôde mais ser negada. Eram dez — definitivamente parshemanos, mas maiores do que aqueles com que estamos familiarizados. Alguns tinham uma pele com marcas pretas e vermelhas, e outros com marcas brancas e vermelhas, como é mais comum em Alethkar. Carregavam armas magníficas, o aço brilhante marcado com entalhes complexos, mas vestiam roupas simples de tecido de narbim trançado.

Não demorou para que Sua Majestade ficasse fascinado por aqueles estranhos parshemanos, insistindo que eu começasse um estudo sobre sua linguagem e sociedade. Admito que minha intenção original era expô-los como algum tipo de fraude. Contudo, quanto mais nós aprendíamos, mais percebi como havia sido errônea a minha avaliação original.

Shallan batucou o dedo na página, pensando. Então puxou um volume grosso, chamado *Rei Gavilar Kholin, uma biografia*, publicada pela viúva de Gavilar, Navani, dois anos antes. Shallan folheou pelas páginas, buscando um parágrafo específico.

Meu marido era um excelente rei — um líder inspirador, um duelista inigualável e um gênio tático no campo de batalha. Mas não possuía um único dedo de erudição na sua mão direita. Ele nunca mostrou interesse no registro de grantormentas, entediava-se com conversas sobre ciência, e ignorava fabriais, a menos que possuíssem um óbvio uso bélico. Era um homem feito segundo o clássico ideal masculino.

— Por que ele estava tão interessado neles? — disse Shallan em voz alta.

— Hmmm? — indagou Jasnah.

— O rei Gavilar — respondeu Shallan. — Sua mãe insiste, na biografia, que ele não era um erudito.

— Verdade.

— Mas ele *estava* interessado nos parshendianos — continuou Shallan. — Mesmo antes de saber das Espadas Fractais. De acordo com o relato de Matain, ele queria saber sobre seu idioma, sua sociedade e sua música. Isso era só um disfarce, para fazer com que ele parecesse mais erudito para futuros leitores?

— Não — disse Jasnah, baixando seu próprio livro. — Quanto mais ele permanecia nas Colinas Devolutas, mais fascinado ele ficava pelos parshendianos.

— Então há uma discrepância. Por que um homem que antes não se interessava por erudição subitamente ficou tão obcecado?

— Sim. Também já me perguntei sobre isso. Mas às vezes as pessoas mudam. Quando ele voltou, fiquei encorajada pelo seu interesse; passamos muitas noites falando sobre suas descobertas. Foi uma das poucas vezes em que realmente senti-me conectada ao meu pai.

Shallan mordeu o lábio.

— Jasnah, por que a senhora mandou que eu pesquisasse esse evento? A senhora *viveu* a situação; já sabe qualquer coisa que eu esteja "descobrindo".

— Sinto que uma perspectiva nova pode ser útil. — Jasnah pousou o livro, olhando para Shallan. — Não quero que encontre respostas específicas. Em vez disso, espero que note detalhes que eu perdi. Você está vendo como a personalidade do meu pai mudou durante esses meses, e isso significa que está indo fundo. Acredite ou não, poucas pessoas pegaram a discrepância que você acabou de observar... embora muitos tenham notados as mudanças posteriores, depois que ele voltou a Kholinar.

— Mesmo assim, é um tanto estranho estudar esse assunto. Talvez eu ainda esteja influenciada pela ideia das minhas tutoras de que só os clássicos são uma área de estudo apropriada para jovens damas.

— Os clássicos têm seu lugar, e ocasionalmente recomendarei a você obras clássicas, como fiz no seu estudo de moralidade. Mas quero que tais tangentes sejam complementares aos seus projetos atuais. *Esses* devem ser o foco, e não enigmas históricos há muito perdidos.

Shallan assentiu.

— Mas, Jasnah, a senhora não é uma *historiadora*? Esses enigmas históricos há muito perdidos não são o prato principal do seu campo?

— Sou uma Veristitaliana — replicou Jasnah. — Nós buscamos respostas no passado, reconstruindo o que realmente aconteceu. Para muitos, escrever uma história não é tratar da verdade, mas apresentar a imagem mais lisonjeira de si mesmo e dos seus motivos. Minhas irmãs e eu escolhemos projetos que consideramos mal compreendidos ou representados erroneamente, e, ao estudá-los, esperamos compreender melhor o presente.

Por que, então, está gastando tanto tempo pesquisando contos folclóricos e procurando espíritos malignos? Não, Jasnah estava procurando algo real. Algo tão importante que a fizera partir das Planícies Quebradas e da luta para vingar seu pai. Ele pretendia fazer algo com aqueles contos folclóricos, e de algum modo a pesquisa de Shallan fazia parte do plano.

Isso a deixava empolgada. Era o tipo de coisa que sempre quisera fazer, desde criança, pesquisando os poucos livros do pai, frustrada por ele ter afugentado mais outra tutora. Ali, com Jasnah, Shallan era parte de alguma coisa — e, conhecendo Jasnah, era parte de algo *grande*.

E ainda assim o navio de Tozbek chega amanhã de manhã. Vou partir.

Preciso começar a reclamar. Preciso convencer Jasnah de que tudo isso foi muito mais difícil do que eu tinha previsto, de modo que quando eu partir ela não se surpreenda. Preciso chorar, ter um ataque, desistir. Preciso...

— O que é Urithiru? — indagou Shallan, em um impulso.

Para sua surpresa, Jasnah respondeu sem hesitação.

— Dizia-se que Urithiru era o centro dos Reinos de Prata, uma cidade com dez tronos, um para cada rei. Era a cidade mais majestosa e importante de todo o mundo.

— É mesmo? Por que nunca ouvi falar dela antes?

— Porque foi abandonada mesmo antes de os Radiantes Perdidos se voltarem contra a humanidade. A maioria das eruditas a considera apenas um mito. Os fervorosos se recusam a tocar no assunto, devido à sua associação com os Radiantes, e, portanto, com o primeiro grande fracasso do Vorinismo. Muito do que sabemos sobre a cidade vem de fragmentos de trabalhos perdidos citados pelos eruditos clássicos. Muitas dessas obras clássicas sobreviveram apenas em pedaços. De fato, a única obra completa que temos daqueles tempos é *O caminho dos reis*, e isso apenas devido aos esforços de Vanrial.

Shallan assentiu lentamente.

— Se houvesse ruínas de uma antiga e magnífica cidade oculta em algum lugar, Natanatan... que é inexplorada, selvagem e tomado por florestas... seria o lugar natural para procurá-las.

— Urithiru *não* está em Natanatan. — Jasnah sorriu. — Mas é uma boa especulação, Shallan. Volte aos seus estudos.

— As armas — disse Shallan.

Jasnah ergueu uma sobrancelha.

— Os parshendianos. Eles tinham belas armas de aço finamente entalhado. Mas usavam tambores rústicos de pele e com marcas de dedo nas laterais, e viviam em cabanas de pedra e crem. Isso não parece incongruente para a senhora?

— Sim. Certamente descreveria esse fato como estranho.

— Então...

— Garanto a você, Shallan, que a cidade não está lá.

— Mas a senhora *está* interessada nas Planícies Quebradas. Falou delas com o Luminobre Dalinar através da telepena.

— Falei.

— O que eram os Esvaziadores? — Agora que Jasnah estava de fato respondendo perguntas, talvez ela dissesse. — O que eles eram *de verdade*?

Jasnah estudou-a com uma expressão curiosa.

— Ninguém sabe ao certo. A maioria das eruditas os considera, como Urithiru, simples mitos, enquanto os teólogos os aceitam como contrapartes do Todo-Poderoso... monstros que viviam nos corações dos homens, assim como o Todo-Poderoso costumava viver.

— Mas...

— Volte aos seus estudos, menina — ordenou Jasnah, erguendo seu livro. — Talvez falemos disso em outro momento.

As palavras foram ditas com um tom definitivo. Shallan mordeu o lábio, contendo-se para não dizer algo indelicado apenas para atrair Jasnah de volta à conversa. *Ela não confia em mim*, pensou. Talvez com boa razão. *Você está partindo*, Shallan disse novamente a si mesma. *Amanhã. Vai navegar para longe de tudo isso.*

Mas isso significava que tinha menos de um dia restante. Mais um dia no grandioso Palaneu. Mais um dia com todos aqueles livros, todo aquele poder e conhecimento.

— Preciso de uma cópia da biografia que Tifandor fez do seu pai — disse Shallan, cutucando os livros. — Todo mundo faz referência a ela.

— Está em um dos andares inferiores — respondeu Jasnah, despreocupadamente. — Talvez eu consiga achar o número do índice.

— Não precisa — disse Shallan, se levantando. — Vou procurá-la. Preciso da prática.

— Como preferir — disse Jasnah.

Shallan sorriu. Sabia exatamente onde estava o livro — mas fingir que estava procurando por ele daria a ela algum tempo longe de Jasnah. E durante esse período poderia ver o que conseguia descobrir sobre os Esvaziadores por conta própria.

DUAS HORAS DEPOIS, SHALLAN estava sentada em uma mesa abarrotada de livros, em uma das salas de um andar inferior do Palaneu, seu lampião de esfera iluminando uma pilha de volumes escolhidos apressadamente, nenhum dos quais se mostrara de muita utilidade.

Parecia que todo mundo sabia alguma coisa sobre os Esvaziadores. Pessoas em áreas rurais falavam deles como criaturas misteriosas que apareciam à noite, roubando dos desafortunados e punindo os tolos. Esses Esvaziadores pareciam mais maliciosos do que malignos. Mas então aparecia alguma história sobre Esvaziadores tomando a forma de um viajante perdido, que depois de receber a generosidade de um lavrador de taleu, assassinava a família inteira, bebia seu sangue e depois escrevia símbolos sinistros nas paredes usando cinza negra.

Contudo, a maioria das pessoas nas cidades via os Esvaziadores como espíritos que espreitavam à noite, um tipo de espreno maligno que invadia os corações dos homens e os obrigava a realizar atos horríveis. Quando um homem bom era tomado pela raiva, isso era obra de um Esvaziador.

Eruditos riam de todas essas ideias. Narrativas históricas reais — pelo menos as que encontrou às pressas — eram contraditórias. Os Esvaziadores eram habitantes da Danação? Se era esse o caso, a Danação não estaria agora vazia, já que os Esvaziadores haviam conquistado os Salões Tranquilinos e expulsado a humanidade para Roshar?

Eu devia ter imaginado que seria difícil achar qualquer coisa sólida, pensou Shallan, reclinando-se na sua cadeira. *Jasnah está pesquisando esse assunto há meses, talvez anos. O que eu esperava encontrar em algumas horas?*

A única coisa que conseguira com a pesquisa fora aumentar sua confusão. Que ventos errantes teriam levado Jasnah àquele tópico? Não fazia sentido. Estudar os Esvaziadores era como tentar determinar se esprenos de morte existiam ou não. De que adiantava?

Balançou a cabeça, empilhando seus livros. Os fervorosos os colocariam de volta nas estantes para ela. Precisava pegar a biografia de Tifandor e voltar à sacada delas. Levantou-se e caminhou até a saída da sala, levando seu lampião na mão livre. Não estava acompanhada de um parshemano; pretendia levar de volta apenas um livro. Ao chegar à saída, notou que havia outra luz se aproximando da sacada. Logo antes de Shallan chegar, alguém havia passado pelo umbral da porta, segurando um lampião de granada.

— Kabsal? — perguntou Shallan, surpresa de ver seu rosto jovem pintado de violeta pela luz.

— Shallan? — disse ele, olhando para a inscrição de índice acima da entrada. — O que está fazendo aqui? Jasnah me disse que estava procurando Tifandor.

— Eu... me perdi.

Ele ergueu a sobrancelha.

— Menti mal?

— Muito mal — respondeu ele. — Você está dois andares acima e cerca de mil números de índice de distância. Quando não consegui encontrar você lá embaixo, perguntei aos transportadores do elevador se podiam me levar até onde haviam trazido você, e eles me trouxeram aqui.

— O treinamento de Jasnah às vezes é exaustivo — disse Shallan. — Então procuro um canto silencioso para relaxar e me recompor. É meu único momento sozinha.

Kabsal assentiu, pensativo.

— Foi melhor? — perguntou ela.

— Ainda problemático. Você fez uma pausa, mas durante *duas horas*? Além disso, lembro que você me contou que o treinamento de Jasnah não era tão terrível.

— Ela teria acreditado — disse Shallan. — Jasnah acha que é muito mais exigente do que realmente é. Ou... bem, ela *é* exigente. Só não me incomoda tanto quanto ela imagina.

— Muito bem — disse ele. — Mas *o que* você estava fazendo aqui, então?

Ela mordeu o lábio, fazendo com que ele soltasse uma gargalhada.

— O que foi? — perguntou Shallan, enrubescendo.

— Você parece tão danadamente *inocente* quando faz isso!

— Eu *sou* inocente.

— Não acabou de mentir para mim duas vezes seguidas?

— Inocente, como o oposto de experiente. — Ela fez uma careta. — Senão, teriam sido mentiras mais convincentes. Venha. Caminhe comigo enquanto pego o Tifandor. Se nos apressarmos, não vou ter que mentir para Jasnah.

— Muito bem — disse ele, juntando-se a ela e caminhando pelo perímetro do Palaneu.

A pirâmide invertida subia até o teto, muito acima, e as quatro paredes se expandiam para fora de modo inclinado. Os níveis superiores eram mais claros e mais fáceis de enxergar, com pequenas luzes se movimentando pelos corrimões nas mãos dos fervorosos ou eruditos.

— Cinquenta e sete níveis — disse Shallan. — Nem posso imaginar quanto trabalho deve ter sido investido na criação de tudo isso.

— Nós não o criamos — disse Kabsal. — Já estava aqui. Pelo menos o poço principal. Os kharbranthianos escavaram as salas para os livros.

— Essa formação é *natural*?

— Tão natural quanto cidades como Kholinar. Ou se esqueceu da minha demonstração?

— Não. Mas por que não usou este lugar como um dos seus exemplos?

— Ainda não encontramos o padrão de areia correto — disse ele. — Mas temos certeza de que o próprio Todo-Poderoso fez este lugar, como fez com as cidades.

— E os Cantores do Alvorecer? — perguntou Shallan.

— O que têm eles?

— Eles poderiam ter criado este lugar?

Ele deu uma risada enquanto chegavam ao elevador.

— Os Cantores do Alvorecer não faziam esse tipo de coisa. Eles eram curandeiros, esprenos bondosos enviados pelo Todo-Poderoso para cuidar dos humanos quando fomos forçados a sair dos Salões Tranquilinos.

— Mais ou menos o contrário dos Esvaziadores.

— Pode-se dizer que sim.

— Vamos descer dois níveis — disse ela aos ascensoristas parshemanos.

Eles começaram a baixar a plataforma, as roldanas estalando e a madeira tremendo sob seus pés.

— Se está pensando em me distrair com essa conversa, não vai ter sucesso — disse Kabsal, cruzando os braços e se inclinando contra o corrimão. — Fiquei sentado na companhia da sua reprovadora mestra por mais de uma hora, e digo que *não* foi uma experiência agradável. Acho que ela sabe que ainda pretendo tentar convertê-la.

— É claro que ela sabe. É Jasnah. Ela sabe praticamente tudo.

— Exceto pelo que ela veio estudar aqui.

— Os Esvaziadores — respondeu Shallan. — É isso que ela está estudando.

Kabsal franziu o cenho. Alguns momentos depois, o elevador parou no andar correto.

— Os Esvaziadores? — disse ele, parecendo curioso.

Ela tinha esperado que ele zombasse ou achasse graça. *Não, ele é um fervoroso. Kabsal acredita neles.*

— O que eles são? — perguntou Shallan, saindo do elevador.

Não muito abaixo, a enorme caverna formava uma ponta. Havia um grande diamante infundido ali, marcando o núcleo.

— Nós não falamos sobre isso — respondeu Kabsal, a acompanhando.

— Por que não? Você é um fervoroso. Isso faz parte da sua religião.

— Uma parte impopular. As pessoas preferem ouvir sobre os Dez Atributos Divinos ou os Dez Defeitos Humanos. Nós as agradamos porque também preferimos que esse assunto permaneça enterrado no passado.

— Por que… — incitou ela.

— Porque — disse ele, suspirando — lembra nosso fracasso. Shallan, os devotários, no fundo, ainda são vorinismo clássico. Isso significa que a Hierocracia e a queda dos Radiantes Perdidos são *nossa* vergonha.

Ele levantou seu lampião violeta. Shallan andava ao seu lado, curiosa, deixando-o falar.

— Nós acreditamos que os Esvaziadores eram *reais*, Shallan. Um flagelo e uma praga. Cem vezes eles atacaram a humanidade. Primeiro nos expulsando dos Salões Tranquilinos, depois tentando nos destruir aqui em Roshar. Eles não eram apenas esprenos escondidos sob as rochas, que apareciam para roubar roupas nos varais. Eram criaturas de terrível poder destrutivo, forjados na Danação, criados a partir do ódio.

— Por quem? — perguntou Shallan.

— O quê?

— Quem os criou? Quero dizer, o *Todo-Poderoso* não deve ter "criado alguma coisa a partir do ódio". Então, quem os criou?

— Tudo tem um oposto, Shallan. O Todo-Poderoso é uma força do bem. Para equilibrar sua bondade, a cosmere precisava dos Esvaziadores como seu oposto.

— Então quanto mais bem o Todo-Poderoso fazia, mais mal ele criava como efeito colateral? De que adianta fazer qualquer boa se isso só cria mais mal?

— Estou vendo que Jasnah continuou sua instrução em filosofia.

— Isso não é filosofia — disse Shallan. — É lógica simples.

Ele suspirou.

— Eu não acho que você queira entrar na teologia profunda desse tema. Basta dizer que a bondade pura do Todo-Poderoso criou os Esvaziadores, mas *homens* podem escolher o bem sem criar mal, porque, como mortais, têm uma natureza dupla. Assim, a única maneira do bem aumentar na cosmere é ele ser criado pelos homens. Dessa maneira, o bem pode vir a sobrepujar o mal.

— Tudo bem — disse ela. — Mas essa explicação sobre os Esvaziadores não me convence.

— Pensei que você fosse crente.

— Eu *sou*. Mas só porque presto honras ao Todo-Poderoso não significa que vou aceitar qualquer explicação, Kabsal. Pode ser religião, mas ainda tem que fazer sentido.

— Você não me disse uma vez que não compreendia a si mesma?

— Bem, sim.

— E, no entanto, espera ser capaz que compreender as ações exatas do *Todo-Poderoso*?

Os lábios dela se apertaram em uma linha.

— Certo, tudo bem. Mas ainda quero saber mais sobre os Esvaziadores.

Ele deu de ombros enquanto ela o guiava até uma sala de arquivos cheia de prateleiras com livros.

— Contei a você o básico, Shallan. Os Esvaziadores eram uma encarnação do mal. Nós lutamos contra eles 99 vezes, comandados pelos Arautos e seus cavaleiros escolhidos, as dez ordens que chamamos de Cavaleiros Radiantes. Finalmente, veio Aharietiam, a Última Desolação. Os Esvaziadores foram expulsos de volta para os Salões Tranquilinos. Os Arautos os seguiram para expulsá-los do céu também, e as Épocas dos Arautos de Roshar terminaram. A humanidade entrou na Era da Solidão. A era moderna.

— Mas por que tudo do passado é tão fragmentado?

— Isso foi há milhares e milhares de anos, Shallan — disse Kabsal. — Antes da história, antes que os homens soubessem como forjar o aço. Tiveram que nos dar Espadas Fractais, senão teríamos que lutar com os Esvaziadores com bastões.

— Mas mesmo assim tínhamos os Reinos de Prata e os Cavaleiros Radiantes.

— Formados e liderados pelos Arautos.

Shallan franziu o cenho, contando fileiras de prateleiras. Ela parou na fileira correta, entregou seu lampião para Kabsal, depois caminhou pelo corredor e tirou a biografia da prateleira. Kabsal a seguiu, segurando os lampiões.

— Deve haver mais coisa — disse Shallan. — Senão, Jasnah não estaria indo tão fundo.

— Eu sei por que ela está fazendo isso — disse ele.

Shallan o encarou.

— Não percebe? Ela está tentando provar que os Esvaziadores não existiram. Quer demonstrar que foi tudo uma invenção dos Radiantes. — Ele se adiantou e virou-se para encará-la, a luz do lampião se refletindo nos livros de cada lado, fazendo com que seu rosto parecesse pálido. — Ela quer provar de uma vez por todas que os devotários, e o vorinismo, são uma grande fraude. *É disso* que se trata.

— Talvez — concordou Shallan, pensativa.

Parecia fazer sentido. Que objetivo melhor teria uma herege declarada? Minar crenças tolas e refutar a religião. Isso explicava por que Jasnah estudava algo tão aparentemente sem importância como os Esvaziadores. Se encontrasse as evidências corretas nos registros históricos, ela poderia ser capaz de provar que estava certa.

— Já não fomos açoitados o bastante? — disse Kabsal, com olhar zangado. — Os fervorosos não são uma ameaça para ela. Não somos uma ameaça para ninguém, hoje em dia. Não podemos possuir propriedades... Danação, *nós* somos propriedades. Dançamos de acordo com os caprichos dos senhores da cidade e dos mestres da guerra, temendo contar-lhes as verdades dos seus pecados por medo da vingança. Somos espinhas-branca sem presas ou garras, e esperam que fiquemos aos pés do nosso mestre, tecendo elogios. Mas isso é real. É *tudo* real, e eles nos ignoram e...

Ele parou de repente, olhando para ela, lábios apertados e mandíbula tensa. Shallan nunca vira tal paixão, tal *fúria* vindo do agradável fervoroso. Nunca imaginaria que ele era capaz disso.

— Sinto muito — disse ele, dando-lhe as costas, voltando pelo corredor.

— Está tudo bem — respondeu ela, correndo atrás dele, subitamente deprimida.

Shallan esperara descobrir algo mais grandioso, mais misterioso, por trás da sigilosa pesquisa de Jasnah. Seria tudo aquilo realmente apenas para provar que o vorinismo era falso?

Eles caminharam em silêncio até a sacada. E ali ela percebeu que tinha que contar para ele.

— Kabsal, estou indo embora.

Ele a encarou, surpreso.

— Tive notícias da minha família. Não posso falar sobre o assunto, mas não posso mais ficar aqui.

— É algo relacionado ao seu pai?

— Por quê? Você ouviu alguma coisa?

— Só que ele anda recluso ultimamente. Mais do que o normal.

Ela tentou não se retrair. As notícias haviam chegado tão longe?

— Sinto muito por precisar ir embora de modo tão súbito

— Você vai voltar?

— Eu não sei.

Ele fitou seus olhos, inquisitivo.

— Já sabe quando vai partir? — perguntou ele em uma voz subitamente tranquila.

— Amanhã de manhã.

— Muito bem, então. Pode pelo menos me fazer a honra de me desenhar? Você nunca me deu um retrato, embora tenha feito desenhos de muitos dos outros fervorosos.

Surpresa, ela percebeu que era verdade. Apesar do tempo que passaram juntos, nunca traçara um desenho de Kabsal. Ela levou a mão livre à boca.

— Me desculpe!

Ele pareceu surpreso.

— Não estou reclamando, Shallan. Na verdade, não é tão importante...

— Sim, é *sim* — respondeu ela, agarrando a mão dele e puxando-o pela passagem. — Deixei meu material de desenho lá em cima. Venha.

Ela seguiu com ele apressadamente até o elevador, instruindo os parshemanos a subirem. Enquanto o elevador ascendia, Kabsal olhou para a mão dela na dele e Shallan o soltou rapidamente.

— Você é uma mulher muito desconcertante — disse ele, tenso.

— Eu avisei. — Ela apertou o livro encontrado ao peito. — Você não disse que me entendia perfeitamente?

— Eu retiro essa declaração. — Ele a encarou. — Está realmente indo embora?

Shallan assentiu.

— Sinto muito. Kabsal... Eu não sou quem você acha que sou.

— Acho que você é uma mulher linda e inteligente.

— Bem, a parte de ser mulher está certa.

— Seu pai está doente, não está?

Ela não respondeu.

— Entendo que você queira voltar para estar com ele — continuou Kabsal. — Mas certamente não vai abandonar seu aprendizado para sempre. Você vai voltar a Jasnah.

— E ela não vai permanecer em Kharbranth para sempre. Jasnah está pulando de um lugar para outro constantemente nos últimos dois anos.

Ele olhou adiante, fitando a frente do elevador enquanto subiam. Logo teriam que se transferir para outro elevador para serem transportados até o próximo grupo de andares.

— Eu não devia ter passado tempo com você — disse ele finalmente. — Os fervorosos superiores me acham distraído demais. Não gostam quando um de nós começa a olhar para fora do fervor.

— O seu direito de cortejar é garantido.

— Nós somos propriedades. Um homem pode ter direitos garantidos e ao mesmo tempo ser desencorajado de exercê-los. Tenho evitado o trabalho, desobedeci aos meus superiores... ao cortejar você, também cortejei problemas.

— Não pedi que fizesse nada disso.

— Tampouco me desencorajou.

Ela não tinha resposta para isso, a não ser um sentimento de preocupação crescente. Um toque de pânico, um desejo de fugir e se esconder. Durante seus anos de quase solidão na casa do pai, ela nunca sonhou com um relacionamento como aquele. *É isso que está acontecendo?*, ela pensou, o pânico aumentando. *Um relacionamento?* Suas intenções ao ir para Kharbranth pareciam tão claras. Como chegara ao ponto onde se arriscava a partir o coração de um homem?

E, para sua vergonha, ela admitia que sentiria mais falta da pesquisa do que de Kabsal. Era uma pessoa horrível por se sentir assim? *Gostava* dele. Ele era agradável e interessante.

Kabsal a encarou, um olhar cheio de anseios. Ele parecia... Pai das Tempestades, ele realmente parecia apaixonado por ela. Ela também não devia estar se apaixonando por ele? Não achava que estivesse se apaixonando. Só estava confusa.

Quando alcançaram o topo do sistema de elevadores do Palaneu, ela praticamente correu para o Véu. Kabsal a seguiu, mas eles precisavam pegar outro elevador até a saleta de Jasnah, e logo ela estava novamente presa com ele.

— Eu poderia ir junto — disse Kabsal em voz baixa. — Voltar com você para Jah Keved.

O pânico de Shallan aumentou. Ela mal o conhecia. Sim, haviam conversado frequentemente, mas raramente sobre coisas importantes. Se ele deixasse o fervor, seria rebaixado ao décimo dan, quase tão baixo quanto um olhos-escuros. Não teria dinheiro ou casa, e estaria em uma situação quase tão ruim quanto a da sua família.

Sua família. O que seus irmãos diriam se ela levasse estranho para casa? Outro homem para se tornar parte dos seus problemas e conhecedor dos seus segredos?

— Posso ver pela sua expressão que essa não é uma opção — disse Kabsal. — Parece que interpretei errado algumas coisas muito importantes.

— Não, não é isso — respondeu Shallan rapidamente. — É só que... Ah, Kabsal. Como você espera compreender minhas ações quando nem mesmo *eu* consigo entendê-las? — Ela tocou o braço dele, virando-o para si. — Fui desonesta com você. E com Jasnah. E, o que é mais irritante, comigo mesma. Sinto muito.

Ele deu de ombros, obviamente tentando fingir indiferença.

— Pelo menos vou conseguir um retrato. Não vou?

Ela assentiu enquanto o elevador finalmente tremia até parar. Caminhou pelo corredor escuro, seguida por Kabsal com os lampiões. Jasnah fitou-a cuidadosamente enquanto Shallan adentrava a saleta, mas não perguntou por que demorara tanto. Shallan percebeu que estava ruborizada enquanto coleava seu material de desenho. Kabsal hesitou no umbral da porta. Ele deixara uma cesta de pão e geleia na mesa, ainda coberta com um pano; Jasnah não a tocara, embora ele sempre oferecesse um pouco para ela como uma oferta de paz. Sem geleia, que Jasnah detestava.

— Onde devo me sentar? — perguntou Kabsal.

— Só fique aí de pé — instruiu Shallan, sentando-se, apoiando seu caderno de desenho contra as pernas e segurando-o com a sua mão segura coberta.

Ela olhou para ele, encostado com uma mão contra o batente da porta. Cabeça raspada, trajando uma túnica cinza-claro, mangas curtas, faixa envolvendo a cintura. Olhos confusos. Ela piscou, capturando uma Lembrança, então começou a desenhar.

Foi uma das experiências mais constrangedoras da sua vida. Ela não disse a Kabsal que ele podia se mover, então ele manteve a pose. Não falou nada. Talvez tivesse pensado que isso estragaria a imagem. Shallan percebeu que sua mão estava tremendo enquanto desenhava, muito embora — felizmente — tenha conseguido conter as lágrimas.

Lágrimas, ela pensou, fazendo as linhas finais da parede ao redor de Kabsal. *Por que eu deveria chorar? Não fui eu que acabou de ser rejeitada. Por que as minhas emoções não podem fazer sentido de vez em quando?*

— Aqui — disse ela, soltando a página e estendendo-a. — Vai borrar, a menos que as pulverize com laquê.

Kabsal hesitou, então andou até ela, tomando o desenho com dedos reverentes.

— É maravilhoso — sussurrou ele, então levantou os olhos e correu até seu lampião, abrindo-o e retirando o brom de granada do seu interior. — Aqui — disse ele, oferecendo o brom. — Pagamento.

— Não posso aceitar! Para começar, não é seu.

Como um fervoroso, qualquer coisa que Kabsal carregasse pertencia ao rei.

— Por favor — insistiu Kabsal. — Quero lhe dar alguma coisa.

— O retrato é um presente — disse ela. — Se você me pagar, deixará de ser um presente.

— Então vou encomendar outro — respondeu ele, pressionando a esfera brilhante nos dedos dela. — Vou levar o primeiro desenho de graça, mas faça outro para mim, por favor. Uma imagem de nós dois juntos.

Ela hesitou. Raramente desenhava a si mesma; parecia estranho.

— Tudo bem.

Ela pegou a esfera, depois furtivamente guardou-a na sua bolsa-segura, ao lado do Transmutador. Era um pouco estranho carregar algo tão pesado ali, mas se acostumara ao volume e peso.

— Jasnah, tem um espelho?

A mulher suspirou de modo audível, obviamente incomodada pela distração. Ela procurou nas suas coisas e tirou um espelho. Kabsal foi pegá-lo.

— Segure-o ao lado da sua cabeça — pediu Shallan —, para que eu possa ver a mim mesma.

Ele caminhou de volta até ela e obedeceu, parecendo confuso.

— Mova o ângulo um pouco para o lado — disse Shallan. — Muito bem, aí. — Ela piscou, capturando na sua mente a imagem do próprio rosto ao lado do dele. — Sente-se. Não preciso mais do espelho. Só o queria como referência... por algum motivo, colocar meu rosto na cena que quero desenhar me ajuda. Vou me desenhar sentada ao seu lado.

Ele baixou o espelho e Shallan começou a trabalhar, usando o desenho para distrair-se de suas emoções conflitantes. Culpa por não ter sentimentos tão fortes por Kabsal quanto os dele por ela, mas tristeza porque não voltaria a vê-lo. E, acima de tudo, ansiedade em relação ao Transmutador.

Desenhar a si mesma ao lado dele era um desafio. Trabalhou furiosamente, misturando a realidade de Kabsal sentado a uma ficção dela mesma, no seu vestido com flores bordadas, sentada com as pernas de lado. O rosto no espelho tornou-se seu ponto de referência, e ela construiu sua cabeça ao redor dele. Estreito demais para ser belo, com cabelo claro demais, bochechas marcadas com sardas.

O Transmutador, ela pensou. *Permanecer em Kharbranth com ele é um perigo. Mas partir é perigoso também. Será que há uma terceira opção? E se eu o enviasse?*

Ela hesitou, o lápis de carvão pairando sobre o desenho. Ousaria enviar o fabrial — embalado, entregue a Tozbek em segredo — de volta para Jah Keved sozinho? Não teria mais que se preocupar em ser incriminada se ela mesma ou seu quarto fossem revistados, embora quisesse destruir todas as imagens que desenhara de Jasnah com o Transmutador. E ela não arriscaria que suspeitassem dela por ter sumido quando Jasnah descobrisse que seu Transmutador não funcionava.

Ela continuou desenhando, cada vez mais mergulhada em pensamentos, deixando os dedos trabalharem. Se enviasse o Transmutador sozinho, poderia continuar em Kharbranth. Era uma perspectiva maravilhosa e tentadora, mas que aumentava a confusão dos seus sentimentos. Ela havia se preparado por tanto tempo para partir. O que ela faria com Kabsal? E Jasnah. Poderia Shallan realmente permanecer ali, aceitando a instrução de Jasnah, depois do que fizera?

Sim, pensou Shallan. *Sim, eu poderia.*

A veemência daquela emoção a surpreendeu. Suportaria a culpa, um dia após o outro, se isso significasse continuar a aprender. Era algo terrivelmente egoísta da parte dela, algo que a envergonhava. Mas aguentaria por mais algum tempo, pelo menos. Em algum momento teria que voltar, claro. Não poderia deixar seus irmãos encararem o perigo sozinhos. Eles precisavam dela.

Egoísmo, seguido por coragem. Estava quase tão surpresa pelo último sentimento quanto pelo primeiro. Não costumava associar nenhum dos dois à sua pessoa. Mas estava começando a perceber que ela não *sabia* quem era. Não antes de deixar Jah Keved e tudo que era familiar, tudo que esperavam que fosse.

O ato de desenhar tornou-se cada vez mais intenso. Ela terminou as figuras e deu início ao fundo. Linhas rápidas e fortes tornaram-se o chão e o arco atrás. Um borrão escuro rabiscado para a lateral da mesa, formando uma sombra. Linhas finas e nítidas para o lampião pousado no chão. Linhas amplas e tênues para formar as pernas e roupas da criatura parada atrás...

Shallan gelou, os dedos traçando uma linha involuntária de carvão, se afastando da figura que desenhara diretamente atrás de Kabsal. Uma figura que não estava realmente ali, uma figura com um símbolo nítido e anguloso pairando acima da sua gola, em vez de uma cabeça.

Shallan se levantou, jogando para trás a cadeira, o caderno e o lápis de carvão agarrados em sua mão livre.

— Shallan? — disse Kabsal, erguendo-se também.

Ela fizera de novo. Por quê? A paz que começara a sentir durante o desenho evaporou-se em um instante, e seu coração começou a acelerar. As pressões retornaram. Kabsal. Jasnah. Seus irmãos. Decisões, escolhas, problemas.

— Está tudo bem? — perguntou Kabsal, dando um passo na sua direção.

— Sinto muito. Eu-eu cometi um erro.

Ele franziu o cenho. Do outro lado, Jasnah levantou o rosto, com uma ruga na testa.

— Está tudo bem— disse Kabsal. — Olhe aqui, vamos comer um pouco de pão e geleia. Podemos nos acalmar, e então você termina o desenho. Não me importo com uma...

— Preciso ir embora — cortou Shallan, sentindo-se sufocada. — Sinto muito.

Ela passou pelo fervoroso aturdido, fugindo apressada da saleta, evitando o lugar onde estava a figura no seu desenho. O que havia de *errado* com ela?

Correu até o elevador, pedindo que os parshemanos a levassem para baixo. Ela olhou sobre o ombro. Kabsal estava no corredor, procurando por ela. Shallan alcançou o elevador, o caderno de desenho agarrado na mão, o coração acelerado. *Fique calma*, pensou, se recostando contra o corrimão de madeira do elevador enquanto os parshemanos começavam a baixá-la. Ela olhou para o desembarcadouro vazio acima dela.

E percebeu que estava piscando, memorizando a cena. Começou a desenhar de novo.

Desenhou com movimentos concisos, o bloco apoiado no braço seguro. Para iluminação, tinha apenas duas esferas bem pequenas de cada lado, onde as cordas esticadas tremiam. Ela se moveu sem pensar, só *desenhando*, olhando para cima.

Baixou os olhos para ver o que havia desenhado. Duas figuras estavam no desembarcadouro acima, vestindo túnicas retas demais, como tecido feito de metal. Estavam inclinadas para baixo, assistindo sua partida.

Ela olhou para cima novamente. O desembarcadouro estava vazio. *O que está acontecendo comigo?*, pensou, com horror crescente. Quando o elevador chegou ao térreo, ela saiu desajeitadamente, a saia esvoaçando. Praticamente correu até a saída do Véu, hesitando junto ao portão, ignorando os criados-mestres e fervorosos que a olhavam, confusos.

Para onde ir? O suor escorria por seu rosto. Para onde fugir quando se estava enlouquecendo?

Ela se misturou à multidão na caverna principal. Era fim de tarde, e a saída para o jantar já começara — servos levando carrinhos de refeição, olhos-claros indo para seus aposentos, eruditas caminhando com as mãos unidas às costas. Shallan passou correndo entre eles, o cabelo se soltando do coque, o grampo caindo na pedra com um som agudo. As mechas vermelhas soltas escorriam pelas costas. Chegou ao corredor que levava aos seus aposentos, ofegante, desgrenhada, e olhou para trás. Entre o fluxo de tráfego deixara uma trilha de pessoas olhando para ela, confusas.

Quase a contragosto, ela piscou e capturou uma Lembrança. Levantou novamente o bloco, agarrando o lápis de carvão com dedos úmidos, rapidamente esboçando a cena da caverna apinhada. Só traços tênues. Homens feitos de linhas, mulheres feitas de curvas, paredes de rochas inclinadas, chão acarpetado, lampejos de luz dos lampiões de esfera nas paredes.

E cinco figuras com cabeças de símbolos em preto, com túnicas e mantos excessivamente rígidos. Cada uma tinha um símbolo diferente, torcido e desconhecido, pairando acima de um torso sem pescoço. As criaturas se mesclavam à multidão, invisíveis. Como predadores. Concentrados em Shallan.

Estou só imaginando coisas, tentou dizer a si mesma. *Estou sobrecarregada, com muitas preocupações.* Será que eles representavam sua culpa? A tensão de trair Jasnah e mentir para Kabsal? As coisas que fizera antes de deixar Jah Keved?

Ela tentou ficar parada ali, esperando, mas seus dedos se recusavam a ficar quietos. Ela piscou, então começou a desenhar em uma nova folha. Acabou com a mão trêmula. As figuras estavam quase a alcançando, suas não-cabeças angulosas pendendo horrivelmente do lugar onde deveriam estar seus rostos.

A lógica preveniu que ela estava tendo uma reação exagerada, mas independentemente do que dizia a si mesma, não conseguia acreditar. As criaturas eram *reais*. E estavam vindo atrás dela.

Saiu em disparada, surpreendendo vários servos que estavam se aproximando para oferecer ajuda. Ela correu, os pés com chinelos deslizando pelos tapetes do corredor, e por fim chegou à porta dos aposentos de Jasnah. Com o caderno de desenho debaixo do braço, ela a destrancou com dedos trêmulos, depois entrou e fechou-a com força atrás de si. Trancou a porta novamente e correu até seu quarto. Bateu essa porta também, depois se virou, recuando. A única luz no aposento vinha de três marcos de diamantes na taça de cristal na sua mesa de cabeceira.

Ela subiu na cama, depois recuou o máximo que podia da porta, até estar contra a parede, respirando ruidosamente. Ainda tinha o bloco debaixo do braço, embora houvesse perdido o carvão. Havia outros na sua cabeceira.

Não faça isso. Apenas fique sentada e se acalme.

Sentia um arrepio crescente, um terror que só aumentava. Ela *precisava* saber. Moveu-se para pegar o carvão, então piscou e começou a desenhar seu quarto.

Teto primeiro. Quatro linhas retas. Depois as paredes. Linhas nos cantos. Seus dedos continuavam se movendo, desenhando, ilustrando o próprio caderno que estava diante dela, a mão segura coberta apoiando-o por trás. E então continuou. Até os seres de pé ao redor dela — símbolos distorcidos sem conexão com os ombros assimétricos. Aquelas não-cabeças possuíam ângulos irreais, que se misturavam de maneiras insólitas e impossíveis.

A criatura na sua frente estava estendendo dedos lisos demais na direção de Shallan. A apenas centímetros do lado direito do bloco.

Ah, Pai das Tempestades... pensou Shallan, o lápis de carvão parando. O quarto estava vazio, mas na folha havia uma imagem cheia de figuras em túnicas. Elas estavam perto o bastante para que Shallan pudesse sentir sua respiração, caso elas respirassem.

Havia uma brisa gelada no quarto? De modo hesitante — apavorada, mas incapaz de se impedir —, Shallan deixou cair o lápis e levantou a mão livre para a direita.

E sentiu alguma coisa.

Então ela gritou, pulando para ficar de pé na cama, soltando o caderno e se encostando contra a parede. Antes que pudesse conscientemente pensar no que estava fazendo, começou a lutar com a manga, tentando extrair o Transmutador. Era a única coisa que tinha que se assemelhava a uma arma. Não, aquilo era uma estupidez. Ela não sabia como usá-lo. Estava indefesa.

Exceto...

Raios!, ela pensou, desesperada. *Não posso usar aquilo. Eu me prometi.*

Ela iniciou o processo mesmo assim. Dez batimentos cardíacos, para manifestar o fruto do seu pecado, os proventos do seu ato mais horrível. Foi interrompida no meio do processo por uma voz, insólita, mas distinta:

O que você é?

Ela levou a mão ao peito, perdendo o equilíbrio na cama macia, caindo de joelhos no lençol amarrotado. Estendeu uma mão para o lado, se apoiando na mesa de cabeceira, os dedos tocando o grande cálice de vidro.

— O que eu sou? — sussurrou ela. — Uma mulher apavorada.

Isso é verdade.

O quarto se transformou ao seu redor.

A cama, a mesa de cabeceira, seu caderno, as paredes, o teto — tudo pareceu *estalar*, se transformando em pequenas esferas de vidro escuro. Ela se viu em um lugar com um céu escuro e um estranho e pequenino sol branco que pendia no horizonte, longe demais.

Shallan gritou ao perceber que estava no ar, caindo de costas em uma chuva de contas. Chamas pairavam ali perto, dezenas, talvez centenas. Como a ponta de velas flutuando e se movendo ao vento.

Ela atingiu alguma coisa. Um mar escuro e sem fim, mas que não era molhado. Era feito de pequenas contas, um oceano inteiro de minúsculas esferas de vidro. Elas emergiram ao seu redor, movendo-se em uma ondulação. Shallan arfou, sacudindo os braços, tentando permanecer na superfície.

Você quer que eu mude?, uma voz calorosa indagou em sua mente, distinta e diferente do sussurro frio que ouvira antes. Era profunda e ressonante, e transmitia uma sensação de grande idade. Parecia vir da sua mão, e ela percebeu que estava segurando algo. Uma das contas.

O movimento do oceano de vidro ameaçava arrastá-la para baixo; ela chutava desesperadamente, de algum modo conseguindo se manter na superfície.

Estou como estou há muito tempo, disse a voz calorosa. *Durmo tanto. Eu vou mudar. Dê-me o que você tem.*

— Eu não sei do que você está falando! Por favor, me ajude!

Eu vou mudar.

Ela subitamente sentiu frio, como se estivessem sugando o seu calor. Gritou quando a conta nos seus dedos ardeu subitamente. Deixou-a cair no momento em que a ondulação do oceano puxou-a para baixo, contas rolando umas sobre as outras com um suave tinido.

Ela caiu para trás e atingiu sua cama, de volta ao seu quarto. Ao lado, a taça em sua mesa de cabeceira *derreteu*, o vidro se transformando em líquido vermelho, deixando cair as três esferas no topo inundado do móvel. O líquido vermelho escorreu pelos lados da mesa, pingando no chão. Shallan recuou, horrorizada.

O cálice fora transformado em sangue.

No susto, ela esbarrou na mesa de cabeceira, fazendo-a tremer. Uma jarra d'água vazia estivera junto à taça. Seu movimento a derrubou, jogando-a ao chão. Ela se quebrou no piso de pedra, respingando no sangue.

Isso foi uma Transmutação!, ela pensou. Havia transformado o cálice em sangue, que era uma das Dez Essências. Levou a mão à cabeça, fitando o líquido rubro se espalhando em uma poça no piso. Parecia haver uma grande quantidade dele.

Estava tão atordoada. A voz, as criaturas, o mar de contas de vidro e o céu frio e tenebroso. Tudo acontecera tão rápido.

Realizei uma Transmutação, ela percebeu novamente. *Consegui!*

Será que aquilo tinha algo a ver com as criaturas? Mas começou a vê-las nos seus desenhos antes mesmo de roubar o Transmutador. Como... o quê...? Ela olhou para a mão segura e para o Transmutador escondido na bolsa-segura dentro da sua manga.

Eu não o coloquei na mão, ela pensou. *Mas usei-o mesmo assim.*

— Shallan?

Era a voz de Jasnah. Bem do lado de fora do quarto. A princesa devia tê-la seguido. Shallan sentiu uma pontada de pânico ao ver um fio de sangue vazando na direção da porta. Estava quase lá, e logo passaria por baixo da fresta.

Por que tinha que ser sangue? Enojada, ela saltou para o chão, as chinelas se empapando do líquido vermelho.

— Shallan? — insistiu Jasnah, a voz mais próxima. — Que som foi esse?

Shallan olhou desesperada para o sangue, então para o caderno, cheio de imagens de estranhas criaturas. E se eles *tiveram* algo a ver com a Transmutação? Jasnah os reconheceria. Havia uma sombra debaixo da porta.

Ela entrou em pânico, guardando o caderno no baú. Mas o sangue, *aquilo* a entregaria. Era tanto sangue que só uma ferida grave poderia ser a causa. Jasnah veria. Ela saberia. Sangue fora de lugar? Uma das Dez Essências?

Jasnah ia saber o que Shallan havia feito!

Um pensamento lhe ocorreu. Não era uma ideia brilhante, mas era uma saída, e a única coisa em que conseguiu pensar. Ela ficou de joelhos e agarrou um caco da garrafa d'água quebrada na sua mão segura, por cima do tecido da manga. Respirou fundo e puxou para cima a manga esquerda, então usou o vidro para fazer um corte superficial na sua pele. No pânico do momento, ela mal sentiu a dor. O sangue brotou.

Enquanto a maçaneta virava e a porta se abria, Shallan deixou o caco de vidro cair ao seu lado. Ela fechou os olhos, fingindo desmaiar. A porta se abriu abruptamente.

Jasnah arfou e imediatamente gritou pedindo ajuda. Ela correu até Shallan, agarrando seu braço e colocando pressão na ferida. Shallan balbuciou, como se mal estivesse consciente, agarrando sua bolsa-segura — e o Transmutador lá dentro — com a mão segura. Eles não iam abri-la, iam? Ela colocou o braço junto ao peito, encolhendo-se silenciosamente enquanto mais pegadas e gritos ressoavam, servos e parshemanos correndo para o quarto, Jasnah pedindo socorro.

Isso não vai terminar bem, pensou Shallan.

46 FILHO DE TANAVAST

"Embora eu tivesse um jantar marcado na Cidade de Veden naquela noite, insisti em visitar Kholinar para falar com Tivbet. As tarifas em Urithiru estavam aumentando de modo bastante injustificado. Àquela altura, os ditos Radiantes já haviam começado a mostrar sua verdadeira natureza."

— Depois do incêndio do Palaneu original, só restou uma página da autobiografia de Terxim, e esta é a única linha com alguma utilidade para mim.

KALADIN SONHOU QUE ERA a tempestade.

Avançava furiosamente, o paredão atrás dele uma capa esvoaçante enquanto voava sobre uma encrespada vastidão negra. O oceano. Sua passagem agitava uma tormenta, ondas enormes se chocando, levantando capas brancas capturadas pelos seus ventos.

Ele se aproximou de um continente sombrio e ascendeu bem alto. Mais alto, cada vez mais alto. Deixou o mar para trás. A vastidão do continente se espalhou diante dele, um oceano de rocha. *Tão grande*, ele pensou, impressionado. Não havia compreendido. Como poderia?

Ele rugiu além das Planícies Quebradas. Parecia que algo muito grande as atingira no centro, causando rachaduras que fluíram para as margens. Elas também eram muito maiores do que esperara; não era de se admirar que ninguém conseguisse encontrar o caminho pelos abismos.

Havia um grande platô no centro, mas com a escuridão e a distância, ele não enxergava muita coisa. Mas havia luzes. Alguém vivia ali.

Ele viu que o lado oriental das planícies era muito diferente do lado ocidental, marcado por pilares altos e finos, platôs que já haviam sido desgastados quase totalmente. Apesar disso, ele podia ver uma simetria nas Planícies Quebradas. De cima, elas pareciam uma obra de arte.

Em um momento ele as ultrapassou, continuando rumo a norte e oeste para sobrevoar o Mar das Lanças, um raso mar interior onde dedos de pedra quebrados despontavam acima da água. Ele passou por Alethkar, tendo um vislumbre da grande cidade de Kholinar, construída entre formações rochosas como barbatanas se erguendo da pedra. Então se virou para sul, para longe de tudo que conhecia. Passou sobre montanhas majestosas, densamente povoadas nos picos, com vilas aglomeradas perto de respiradouros que emitiam vapor ou lava. Os Picos dos Papaguampas?

Deixou-os com chuva e ventos, trovejando rumo a terras estrangeiras. Passou por cidades e planícies abertas, vilas e rios sinuosos. Havia muitos exércitos. Kaladin passou por tendas baixas contra as faces a sotavento de formações rochosas, estacas enfiadas na rocha para mantê-las firmes, homens escondidos no seu interior. Passou por encostas onde soldados se amontoavam em fendas. Passou por grandes vagões de madeira, construídos para abrigar olhos-claros durante a guerra. Quantas guerras o mundo estava lutando? Não havia nenhum lugar que estivesse em paz?

Ele seguiu para sudeste, soprando na direção de uma cidade construída em longas valas que pareciam marcas gigantes de garras rasgando a paisagem. Ele voou sobre essa cidade em um instante, passando por um sertão onde até a pedra apresentava nervuras e ondulações, como água ondulante congelada. As pessoas daquele reino tinham a pele escura como Sigzil.

A terra não acabava mais. Centenas de cidades. Milhares de vilas. Pessoas com tênues veias azuis sob a pele. Um lugar onde a pressão da grantormenta que se aproximava fez com que água brotasse do chão. Uma cidade onde pessoas viviam em gigantescas estalactites ocas pendendo de uma titânica cumeeira protegida.

Ele soprou para oeste. A terra era tão vasta, tão enorme. Tantos povos diferentes. Deixou sua mente maravilhada. A guerra parecia menos frequente no Ocidente do que no Oriente, e isso o confortou, mas ainda estava aflito. A paz parecia um bem escasso no mundo.

Algo chamou sua atenção. Estranhos lampejos de luz. Ele ventou na direção deles, na vanguarda da tempestade. O que *eram* aquelas luzes? Vinham em irrupções, formando estranhos padrões. Quase como objetos físicos que podia alcançar e tocar, bolhas esféricas de luz que vibravam com picos e vales.

Kaladin cruzou uma estranha cidade projetada em um padrão triangular, com altos picos se elevando como sentinelas nos cantos e no centro. Os lampejos de luz estavam vindo de um edifício no pico central. Kaladin sabia que devia passar rapidamente, pois, como a tempestade, não podia recuar; soprava sempre para oeste.

Ele abriu a porta com o seu vento, adentrando um longo corredor com paredes de ladrilhos vermelho-vivo, murais em mosaicos por onde ele passou rápido demais para entender. Ele roçou as saias de serviçais altas e de cabelos dourados, que carregavam bandejas de comida ou toalhas fumegantes. Elas falavam em uma língua estranha, talvez se perguntando quem deixara uma janela destrancada durante uma grantormenta.

Os lampejos de luz vinham diretamente de cima. Eram hipnotizantes. Passando por uma bela mulher de cabelos vermelhos e dourados que estava encolhida e assustada em um canto, Kaladin abriu estrondosamente uma porta. Teve um rápido vislumbre do que estava além.

Um homem diante de dois cadáveres. Com a cabeça pálida raspada e roupas brancas, o assassino segurava uma espada longa e fina em uma mão. Ele desviou os olhos de suas vítimas e quase pareceu *ver* Kaladin. Ele tinha grandes olhos de shino.

Era tarde demais para ver qualquer outra coisa. Kaladin soprou pela janela, escancarando as persianas e sumindo na noite.

Mais cidades, montanhas e florestas passaram em um borrão. Diante de sua chegada, as plantas enrolavam suas folhas, petrobulbos fechavam suas conchas, e arbustos recolhiam seus ramos. Logo ele se aproximou do oceano ocidental.

FILHO DE TANAVAST. FILHO DA HONRA. FILHO DAQUELE QUE PARTIU HÁ MUITO TEMPO. A voz súbita sacudiu Kaladin; ele se debateu no ar.

O SACROPACTO FOI ROMPIDO.

O som estrondoso fez o próprio paredão de chuva vibrar. Kaladin atingiu o solo, separando-se da tempestade. Ele deslizou até parar, os pés lançando respingos de água. Ventos de tempestade o atingiam, mas Kaladin era parte deles o bastante para que não fosse jogado ou sacudido.

HOMENS NÃO CAVALGAM MAIS AS TORMENTAS. A voz era o trovão, um estampido no ar. O SACROPACTO ESTÁ QUEBRADO, FILHO DA HONRA.

— Eu não entendo! — gritou Kaladin para a tempestade.

Um rosto se formou diante dele, a face que vira antes, o rosto idoso do tamanho do céu, os olhos cheios de estrelas.

ODIUM ESTÁ VINDO. O MAIS PERIGOSO DOS 16. VÁ AGORA.

Algo soprou contra ele.

— Espere! — disse Kaladin. — Por que há tanta guerra? Temos que lutar o tempo todo?

Ele não sabia ao certo porque perguntara aquilo. As perguntas simplesmente saíram. A tempestade roncou, como um pai idoso e pensativo. O rosto desapareceu, estilhaçando-se em gotas de chuva.

Mais suavemente, a voz respondeu: ODIUM REINA.

KALADIN ACORDOU SOBRESSALTADO. ESTAVA cercado por figuras escuras, que o seguravam contra o duro chão de pedra. Ele gritou, antigos reflexos assumindo o controle. Instintivamente, estendeu as mãos, cada uma agarrando uma panturrilha e puxando para desequilibrar dois dos atacantes.

Eles praguejaram, caindo no chão. Kaladin usou o momento para se contorcer enquanto dava um amplo golpe com o braço. Livrou-se das mãos que o pressionavam ao chão, se balançou e se jogou para a frente, avançando rumo ao homem diante dele.

Kaladin rolou sobre ele, derrubando-o e se erguendo, livre dos seus captores. Ele girou, suor respingando da testa. Onde estava sua lança? Procurou a faca no seu cinto.

Sem faca. Sem lança.

— Raios o partam, Kaladin! — Era Teft.

Kaladin levou uma mão ao peito, respirando deliberadamente, dispersando o estranho sonho. Ponte Quatro. Ele estava com a Ponte Quatro. Os guarda-tempos do rei haviam previsto uma grantormenta nas primeiras horas da manhã.

— Está tudo bem — disse ele para o bando de carregadores curvados e irritados que antes o segurava. — O que vocês estavam fazendo?

— Você tentou sair na tempestade — ladrou Moash, se erguendo.

A única luz era de uma esfera de diamante que um dos homens havia colocado em um canto.

— Ha! — acrescentou Rocha, se levantando e limpando a roupa. — Já tinha aberto a porta e estava olhando a chuva como se tivessem acertado sua cabeça com uma pedra. Tivemos que puxar você de volta. Não é bom para você passar mais duas semanas na cama, hein?

Kaladin se tranquilizou. A calmaria — a silenciosa chuva ao final de uma grantormenta — continuava a cair lá fora, gotas pingando no telhado.

— Você não acordava de jeito nenhum — disse Sigzil. Kaladin olhou de relance o homem azishiano, sentado com as costas contra a parede de pedra. Ele não havia tentado segurar Kaladin. — Estava tendo algum tipo de sonho febril.

— Estou bem — disse Kaladin.

Não era bem verdade; sua cabeça doía e estava exausto. Respirou fundo e endireitou os ombros, tentando vencer a fadiga.

A esfera no canto piscou. Então sua luz se apagou, deixando-os na escuridão.

— Raios! — murmurou Moash. — Aquela enguia do Gaz. Ele nos deu esferas foscas de novo.

Kaladin cruzou a caserna escura como breu, andando cuidadosamente. Sua dor de cabeça foi sumindo enquanto tateava à procura da porta. Ele a abriu, deixando entrar a pálida luz de uma manhã nublada.

Os ventos eram fracos, mas a chuva ainda caía. Ele saiu e rapidamente ficou ensopado. Os outros carregadores o seguiram, e Rocha jogou para ele um pequeno pedaço de sabão. Como a maioria dos outros, Kaladin usava apenas uma tanga, e se ensaboou na enxurrada fria. O sabão cheirava a óleo e era áspero devido à areia suspensa nele. Nada de sabonetes perfumados e macios para carregadores.

Kaladin jogou o pedaço de sabão para Bisig, um carregador magro com um rosto anguloso. Ele o recebeu, agradecido — Bisig não falava muito —, e começou a se limpar enquanto Kaladin deixava a chuva enxaguar o sabão do seu corpo e cabelo. Ali perto, Rocha estava usando uma tigela com água para escanhoar e aparar sua barba de papaguampas, longa nas laterais e cobrindo as bochechas, mas raspada debaixo dos lábios e no queixo. Era uma estranha contraparte para sua cabeça, que ele raspava no meio, da altura das sobrancelhas até a nuca. O resto do cabelo ele mantinha curto.

A mão de Rocha era firme e cuidadosa, e ele nem se arranhou. Depois de terminar, ele se levantou e acenou para os homens esperando atrás dele. Um por um, Rocha raspou a barba de quem quisesse. De vez em quando fazia uma pausa para afiar a lâmina usando sua pedra de amolar e uma faixa de couro.

Kaladin levou os dedos até a própria barba. Ele não a raspava desde que entrara para o exército de Amaram, muito tempo atrás. Ele caminhou até o final da fila. Quando chegou a vez de Kaladin, o grande papaguampas riu.

— Sente-se, meu amigo, sente-se! É bom que você tenha vindo. O seu rosto mais parece ter galhos de casca-nó do que uma barba de verdade.

— Raspe tudo — pediu Kaladin, sentando-se no toco. — E prefiro não ter um padrão estranho como o seu.

— Ha! — disse Rocha, afiando sua navalha. — Você é um terrabaixista, meu bom amigo. Não é certo você usar uma *humaka'aban*. Eu teria que lhe dar uma surra se tentasse.

— Pensei que lutar fosse indigno.

— É permitido em várias exceções importantes — explicou Rocha. — Agora chega de conversa, a menos que queira perder um lábio.

Rocha começou aparando a barba, então ensaboou-a e raspou-a, começando pela bochecha esquerda. Kaladin nunca deixara outra pessoa barbeá-lo antes; quando fora para a guerra pela primeira vez, era jovem o bastante para mal precisar apará-la. Ele se acostumou a fazer isso por conta própria à medida que cresceu.

O toque de Rocha era hábil, e Kaladin não sentiu nenhum corte ou machucado. Em poucos minutos, Rocha deu um passo para trás. Kaladin levou os dedos ao queixo, tocando a pele macia e sensível. Seu rosto parecia frio, estranho ao toque. Isso o relembrou do passado, transformando-o — só um pouco — no homem que fora antes.

Era estranho perceber quanta diferença fazia um rosto raspado. *Devia ter feito isso semanas atrás.*

A calmaria havia se transformado em garoa, anunciando os últimos suspiros da tempestade. Kaladin se levantou, deixando a água lavar os fios aparados do seu peito. Dunny, com seu rosto de bebê — o último da fila —, sentou-se para a sua vez. Ele mal tinha barba para raspar.

— Você fica bem sem barba — disse uma voz. Kaladin se virou para ver Sigzil encostado na parede do barracão, bem debaixo do beiral do telhado. — Seu rosto tem linhas fortes. Quadrado e firme, com um queixo orgulhoso. O meu povo diria que é um rosto de líder.

— Eu não sou olhos-claros — respondeu Kaladin, virando o rosto para cuspir.

— Você realmente os odeia.

— Eu odeio suas mentiras — disse Kaladin. — Odeio o fato de que costumava acreditar que eles eram honrados.

— E gostaria de derrubá-los? — indagou Sigzil, parecendo curioso. — De governar no lugar deles?

— Não.

Isso pareceu surpreender Sigzil. A um lado, Syl finalmente apareceu, tendo acabado de se divertir nos ventos da grantormenta. Ele sempre se preocupava — só um pouco — que ela fosse embora com eles e o deixasse.

— Você deseja punir aqueles que puniram você? — perguntou Sigzil.

— Ah, eu adoraria puni-los — disse Kaladin. — Mas não quero assumir seu lugar, nem quero me unir a eles.

— Eu me uniria a eles num piscar de olhos — replicou Moash, chegando por trás dele, os braços cruzados diante do peito esguio e musculoso. — Se eu estivesse no comando, as coisas mudariam. Os olhos-claros trabalhariam nas minas e campos. Eles correriam com as pontes e morreriam pelas flechas dos parshendianos.

— Não vai acontecer — disse Kaladin. — Mas não vou culpá-lo por tentar.

Sigzil assentiu, pensativo.

— Algum de vocês já ouviu falar na terra de Babatharnam?

— Não — respondeu Kaladin, dando uma olhada na direção do acampamento. Os soldados estavam se movendo agora. Uma boa parte estava se lavando também. — Mas é um nome engraçado para um país.

Sigzil bufou.

— Pessoalmente, sempre achei que Alethkar era um nome ridículo. Acho que depende de onde você foi criado.

— Então, por que mencionar Babab... — disse Moash.

— Babatharnam — disse Sigzil. — Eu visitei o local uma vez, com meu mestre. Eles têm árvores muito peculiares. A planta inteira... tronco e tudo mais... se deita quando uma grantormenta se aproxima, como se fosse construída com dobradiças. Fui jogado na prisão três vezes durante nossa visita lá. Os babathianos são muito particulares sobre o modo de falar. Meu mestre ficou bastante insatisfeito com a quantia que teve que pagar para me libertar. Claro, acho que eles estavam usando qualquer desculpa para aprisionar um estrangeiro, já que sabiam que meu mestre tinha bastante dinheiro. — Ele sorriu com um ar saudoso. — Uma dessas prisões *foi* minha culpa. As mulheres de lá, sabe, têm esses padrões de veias que aparecem sob a pele. Alguns visitantes consideram isso perturbador, mas achei que os padrões eram lindos. Quase irresistíveis...

Kaladin franziu o cenho. Ele não vira algo assim no seu sonho?

— Mencionei os babathianos porque eles têm um curioso sistema de governo lá — continuou Sigzil. — Sabe, os idosos tornam-se líderes. Quanto mais idade se tem, mais autoridade se possui. Todos têm uma chance de liderar, se viverem tempo o bastante. O rei é chamado de Ancião-mor.

— Parece justo — disse Moash, caminhando para se juntar a Sigzil debaixo do beiral. — Melhor do que decidir quem reina de acordo com a cor dos olhos.

— Ah, é — concordou Sigzil. — Os babathianos são muito justos. Atualmente reina a Dinastia Monavakah.

— Como é possível ter uma dinastia, se você escolhe os líderes de acordo com a idade? — perguntou Kaladin.

— Na verdade, é muito fácil — disse Sigzil. — Basta executar qualquer um que se torne velho o bastante para desafiar você.

Kaladin sentiu um arrepio.

— Eles *fazem* isso?

— Fazem, infelizmente — respondeu Sigzil. — Há muitos tumultos em Babatharnam. Foi perigoso visitar o país naquela época. Os Monavakahs tomam *muito* cuidado para que os membros da família *deles* vivam mais tempo; há cinquenta anos que ninguém fora da sua linhagem se torna o Ancião-mor. Todos os outros foram derrubados por assassinato, exílio, ou morte no campo de batalha.

— Isso é horrível — disse Kaladin.

— Duvido que muitos discordariam. Mas estou falando desses horrores com um propósito. Sabe, na minha experiência, não importa aonde você vá, vai encontrar alguém que abusa do seu poder. — Ele deu de ombros. — A cor dos olhos não é um método tão estranho, em comparação com muitos outros que já vi. Se você derrubasse os olhos-claros e se colocassem no poder, Moash, duvido que o mundo seria um lugar muito diferente. Os abusos ainda aconteceriam; só que para outras pessoas.

Kaladin assentiu lentamente, mas Moash balançou a cabeça.

— Não. Eu mudaria o mundo, Sigzil. E pretendo mudar.

— E como vai fazer isso? — indagou Kaladin, achando graça.

— Vim para esta guerra para conseguir uma Espada Fractal — respondeu Moash. — E ainda pretendo conseguir, de algum modo. — Ele enrubesceu, depois desviou o rosto.

— Você se alistou achando que o fariam lanceiro, não foi? — perguntou Kaladin.

Moash hesitou, então assentiu.

— Alguns dos homens que se alistaram comigo se tornaram soldados mesmo, mas a maioria foi enviada para as equipes de ponte. — Ele olhou para Kaladin, a expressão ficando tensa. — É melhor que esse seu plano funcione, fidalgote. Na última vez que fugi, levei uma surra. Me disseram que se eu tentasse de novo, receberia uma marca de escravo.

— Nunca prometi que funcionaria, Moash. Se você tem uma ideia melhor, vá em frente e diga.

Moash hesitou.

— Bem, se você realmente nos ensinar a usar a lança, como prometeu, então acho que não me importo.

Kaladin olhou ao redor, cuidadosamente verificando se Gaz ou algum dos carregadores de outras equipes estava por perto.

— Fique quieto — murmurou Kaladin para Moash. — Não fale disso fora dos abismos.

A chuva havia quase terminado; logo as nuvens iam se desfazer. Moash o olhou feio, mas permaneceu em silêncio.

— Você não acha mesmo que eles te deixariam ter uma Espada Fractal, não é? — disse Sigzil.

— Qualquer homem pode ganhar uma Espada Fractal — explicou Moash. — Escravo ou homem livre, olhos-claros ou olhos-escuros. É a lei.

— Partindo do princípio de que eles seguem a lei — disse Kaladin, suspirando.

— Vou dar um jeito — repetiu Moash.

Ele olhou para o lado, onde Rocha estava fechando sua navalha e enxugando a água da chuva da cabeça calva. O papaguampas se aproximou.

— Eu ouvi falar desse lugar que você mencionou, Sigzil — disse Rocha. — Babatharnam. Meu primo-primo-primo foi até lá certa vez. Eles têm caracóis muito saborosos.

— É uma viagem bem longa para um papaguampas — observou Sigzil.

— Quase a mesma que para um azishiano — disse Rocha. — Na verdade, muito mais, porque vocês têm pernas tão pequenas!

Sigzil fechou a cara.

— Eu já vi seu tipo antes — disse Rocha, cruzando os braços.

— O quê? — indagou Sigzil. — Azishianos? Não somos tão raros.

— Não, não a sua raça — respondeu Rocha. — Seu tipo. Como chamam? Que ficam visitando lugares, contando aos outros o que viram? Um Cantor do Mundo. Isso aí, é esse o nome. Não?

Sigzil estacou. Então ele subitamente se levantou, empertigado, e saiu pisando duro até o barracão, sem olhar para trás.

— Ora, o que foi que deu nele? — perguntou Rocha. — Eu não tenho vergonha de ser cozinheiro. Por que ele tem vergonha de ser Cantor do Mundo?

— Cantor do Mundo? — perguntou Kaladin.

Rocha deu de ombros.

— Eu não sei muito. São pessoas estranhas. Dizem que precisam viajar por cada reino e contar às pessoas de lá sobre outros reinos. É um tipo de contador de histórias, mas eles se acham muito mais.

— Ele provavelmente é algum tipo de luminobre no país dele — disse Moash. — O modo como ele fala. Como será que ele veio parar aqui com crenguejos como nós?

— Ei — disse Dunny, se unindo a eles. — O que vocês fizeram com Sigzil? Ele me prometeu contar sobre minha terra natal.

— Terra natal? — disse Moash. — Você é de Alethkar.

— Sigzil disse que esses meus olhos violetas não são nativos de Alethkar. Ele acha que devo ter sangue vedeno.

— Seus olhos não são violetas — disse Moash.

— É claro que são — contestou Dunny. — Só precisa ver sob sol forte. Eles são muito escuros.

— Ha! — disse Rocha. — Se você é de Vedenar, nós somos primos! Os Picos são próximos de Vedenar. Às vezes as pessoas de lá têm um bom cabelo vermelho, como nós!

— Fique feliz que ninguém pensou que seus olhos eram vermelhos, Dunny — disse Kaladin. — Moash, Rocha, vão reunir seus subesquadrões e falem com Teft e Skar. Quero que os homens passem óleo nos coletes e sandálias, para proteger da umidade.

Os homens suspiraram, mas seguiram as ordens. O exército fornecia o óleo. Embora os carregadores fossem dispensáveis, bom couro e metal para fivelas não eram baratos.

Enquanto os homens se reuniam para trabalhar, o sol surgiu entre as nuvens. O calor contra a pele úmida de chuva de Kaladin era agradável. Havia algo refrescante no frio de uma grantormenta seguido pelo sol. Minúsculos pólipos de petrobulbo na lateral do edifício se abriram, bebendo no ar úmido. Esses teriam que ser raspados. Os petrobulbos comeriam a pedra das paredes, criando buracos e rachaduras.

Os botões eram de um profundo carmesim. Era chachel, terceiro dia da semana. As feiras de escravos mostrariam novos itens para venda. Isso significaria novos carregadores. A equipe de Kaladin corria sério perigo. Yake fora flechado no braço durante a última corrida, e Delp fora acertado no pescoço. Kaladin não pôde fazer nada por ele, e, com Yake ferido, sua equipe estava reduzida a 28 membros capazes de carregar a ponte.

Como previsto, cerca de uma hora depois do início das atividades matinais — cuidar do equipamento, passar óleo na ponte, Lopen e Dabbid correndo para pegar os potes de comida e levá-los até a serraria —, Kaladin avistou soldados conduzindo uma fila de homens sujos e de passo arrastado na direção da serraria. Ele gesticulou para Teft e os dois marcharam para encontrar Gaz.

— Antes que você grite comigo — disse Gaz quando Kaladin chegou —, entenda que não posso mudar nada aqui.

Os escravos estavam amontoados, vigiados por um par de soldados em casacas verdes amarrotadas.

— Você é sargento de pontes — disse Kaladin.

Teft chegou junto dele. Não raspara a barba grisalha, mas começara a mantê-la curta e bem aparada.

— É — disse Gaz —, mas não passo mais as tarefas. A Luminosa Hashal quer fazer isso pessoalmente. Em nome do marido, claro.

Kaladin trincou os dentes. Ela deixaria a equipe da Ponte Quatro com poucos membros.

— Então não ficamos com nada.

— Eu não disse *isso* — protestou Gaz, então cuspiu catarro escuro para o lado. — Ela deu um para vocês.

Pelo menos é alguma coisa, pensou Kaladin. Havia cerca de cem homens no novo grupo.

— Qual deles? É melhor que seja alto o bastante para carregar uma ponte.

— Ah, ele é alto, sim — disse Gaz, gesticulando para que alguns escravos saíssem do caminho. — Um bom trabalhador, também.

Os homens chegaram para o lado, revelando um homem no fundo. Ele era um pouco mais baixo que a média dos homens comuns, mas ainda *era* alto o suficiente para carregar uma ponte.

Tinha a pele marmorizada de preto e vermelho.

— Um *parshemano*? — perguntou Kaladin. Ao lado, Teft praguejou baixinho.

— Por que não? — disse Gaz. — São escravos perfeitos. Nunca discutem.

— Mas estamos em *guerra* com eles! — protestou Teft.

— Estamos em guerra com uma tribo esquisita — replicou Gaz. — Aqueles lá das Planícies Quebradas são bem diferentes dos sujeitos que trabalham para nós.

Pelo menos isso era verdade. Havia um bocado de parshemanos no acampamento de guerra, e, apesar do tipo de pele, havia muito pouca semelhança entre eles e os guerreiros parshendiano. Nenhum deles possuía as estranhas carapaça semelhantes a armaduras na pele, por exemplo. Kaladin fitou o homem parrudo e calvo. O parshemano olhava fixamente para o chão; vestia apenas uma tanga, e era forte. Seus dedos eram mais grossos do que os dos humanos, os braços mais encorpados, as coxas, mais roliças.

— Ele é domesticado — disse Gaz. — Vocês não precisam se preocupar.

— Pensei que os parshemanos fossem valiosos demais para serem usados em incursões de pontes — disse Kaladin.

— É apenas um experimento — disse Gaz. — A Luminosa Hashal quer saber suas opções. Encontrar carregadores suficientes tem sido difícil ultimamente, e os parshemanos podem nos ajudar a preencher os buracos.

— Isso é bobagem, Gaz — disse Teft. — Não me importo se ele é "domesticado" ou não. Pedir que ele carregue uma ponte contra os outros da sua raça é pura idiotice. E se ele nos trair?

Gaz deu de ombros.

— Veremos o que acontece.

— Mas...

— Deixe para lá, Teft — disse Kaladin. — Você, parshemano, venha comigo.

Ele virou-se para descer de volta a colina. O parshemano o seguiu, obediente. Teft praguejou e fez o mesmo.

— Que truque você acha que eles estão querendo pregar na gente? — indagou Teft.

— Suspeito que seja exatamente o que ele disse. Um teste para ver se um parshemano é confiável para correr com pontes. Talvez ele siga ordens. Ou talvez se recuse a correr, ou tente nos matar. De qualquer maneira, ela vence.

— Pelo bafo de Kelek — praguejou Teft. — Nossa situação é mais feia que o bucho de um papaguampas. Ela vai acabar nos matando, Kaladin.

— Eu sei.

Ele olhou sobre o ombro para o parshemano. Era um pouco mais alto do que a maioria da sua raça, seu rosto um pouco mais largo, mas todos eles pareciam iguais para Kaladin.

Os outros membros da Ponte Quatro haviam formado uma fila quando Kaladin retornou. Eles assistiram à chegada do parshemano com surpresa e descrença. Kaladin parou na frente deles, com Teft ao seu lado, o parshemano atrás. Era agoniante ter um deles às suas costas. Ele casualmente se deslocou para o lado. O parshemano só ficou ali parado, olhos baixos, ombros caídos.

Kaladin olhou para os outros. Eles haviam adivinhado, e estavam ficando hostis.

Pai das Tempestades, pensou Kaladin. *Então* existe *algo mais baixo neste mundo do que um carregador de pontes. Um parshemano carregador de pontes.* Parshemanos podiam custar mais do que a maioria dos escravos, mas o mesmo valia para um chule. Na verdade, a comparação era adequada, porque os parshemanos eram explorados como animais.

Ver a reação dos outros fez com que Kaladin sentisse pena da criatura. E isso o deixou com raiva de si mesmo. Precisava *sempre* reagir daquela maneira? O parshemano era perigoso, uma distração para os outros homens, um fator em que eles não poderiam confiar.

Um risco.

Transforme um risco em uma vantagem sempre que possível. Essas palavras foram ditas por um homem que só se preocupava com a própria pele.

Raios, pensou Kaladin. *Sou um idiota. Um verdadeiro idiota. Isso não é a mesma coisa, de jeito nenhum.*

— Parshemano, você tem um nome?

O homem sacudiu a cabeça. Parshemanos raramente falavam. Sabiam falar, mas era preciso estimulá-los.

— Bem, vamos ter que chamá-lo de alguma coisa — disse Kaladin. — Que tal Shen?

O homem deu de ombros.

— Tudo bem, então — disse Kaladin para os outros. — Este é Shen. Agora ele é um de nós.

— Um parshemano? — indagou Lopen, descansando junto ao barracão. — Não gosto dele, *gancho*. Veja como olha para mim.

— Ele vai nos matar enquanto dormimos — acrescentou Moash.

— Não, isso é *bom* — replicou Skar. — Podemos fazer com que ele corra na frente. Vai levar uma flecha por um de nós.

Syl pousou no ombro de Kaladin, fitando o parshemano. Seus olhos estavam cheios de tristeza.

Se você derrubasse os olhos-claros e se colocassem no poder, os abusos ainda aconteceriam; só que para outras pessoas.

Mas aquele era um *parshemano*.

Tem que fazer o que puder para continuar vivo...

— Não — disse Kaladin. — Shen é um de *nós* agora. Não me importo com o que ele era antes. Não me importo com o que vocês foram. Somos a Ponte Quatro. E ele também.

— Mas... — começou Skar.

— *Não* — cortou Kaladin. — Não vamos tratá-lo como os olhos-claros nos tratam, Skar. Ponto final. Rocha, arrume um colete e sandálias para ele.

Os carregadores debandaram, todos menos Teft.

— E os… nossos planos? — perguntou Teft baixinho.

— Vamos continuar — disse Kaladin.

Teft pareceu incomodado com isso.

— O que ele vai fazer, Teft? — perguntou Kaladin. — Nos dedurar? Nunca ouvi um parshemano dizer mais de uma palavra de cada vez. Duvido que possa agir como um espião.

— Eu não sei — resmungou Teft. — Mas nunca gostei deles. Parecem ser capazes de falar uns com os outros sem fazer som algum. Não gosto da cara deles.

— Teft — disse Kaladin com secura —, se rejeitássemos carregadores baseados na cara deles, já teríamos chutado você há semanas por conta da sua.

Teft grunhiu. Então sorriu.

— O que foi? — perguntou Kaladin.

— Nada. É que… por um momento, você me lembrou de dias melhores. Antes que essa desgraça me acontecesse. Você entende os riscos, não? Lutar pela liberdade, escapar de um homem como Sadeas?

Kaladin assentiu solenemente.

— Ótimo — disse Teft. — Bem, como você não está inclinado a fazer isso, eu vou ficar de olho no nosso amigo "Shen". Pode me agradecer depois que eu impedir ele de enfiar uma faca nas suas costas.

— Não acho que é preciso se preocupar.

— Você é jovem — disse Teft. — Eu sou velho.

— Suponho que isso torne você mais sábio.

— Pela Danação, não. A única coisa que prova é que tenho mais experiência em permanecer vivo do que você. Vou vigiá-lo. Você treine o resto desse bando miserável para… Perdeu o fio da meada, olhando ao redor. — Para impedir que tropecem nos próprios pés no momento que alguém os ameaçar. Entendeu?

Kaladin concordou. Aquilo soou muito com algo que um dos antigos sargentos de Kaladin teria dito. Teft insistia em não falar sobre o passado, mas ele nunca parecera tão arrasado quanto a maioria dos outros.

— Tudo bem — disse Kaladin. — Garanta que os homens cuidem do equipamento.

— Aonde você vai?

— Caminhar — disse Kaladin. — E pensar.

UMA HORA DEPOIS, KALADIN ainda perambulava pelo acampamento de guerra de Sadeas. Precisava voltar logo para a serraria; seus homens estavam novamente no trabalho de abismo, e receberam apenas umas poucas horas livres para cuidar do equipamento.

Quando era um rapaz, não compreendia por que seu pai frequentemente saía andando para pensar. Quanto mais velho Kaladin ficava, mais percebia que imitava os hábitos do homem. Caminhar, se mover, ajudava sua mente. A passagem constante de tendas, cores variando, homens se movendo — tudo isso criava uma sensação de mudança, e fazia com que seus pensamentos quisessem se mover também.

Não faça apostas mesquinhas com sua vida, Kaladin, Durk sempre dissera. *Não aposte só uma peça quando tem um bolso cheio de marcos. Aposte tudo ou saia da mesa.*

Syl dançava diante dele, saltando de um ombro para outro na rua apinhada. Ocasionalmente ela pousava na cabeça de alguém passando na outra direção e ficava sentada ali, as pernas cruzadas, enquanto passava por Kaladin. Todas as suas esferas estavam na mesa. Estava determinado a ajudar os carregadores. Mas algo o incomodava, uma preocupação que não conseguia ainda explicar.

— Você parece preocupado — observou Syl, pousando no seu ombro.

Ela estava usando um chapéu e uma jaqueta sobre sua roupa usual, como se estivesse imitando os lojistas das proximidades. Passaram pela loja do apotecário. Kaladin mal se deu ao trabalho de olhar para ela. Não tinha seiva de erva-botão para vender. Logo ficaria sem suprimentos.

Ele disse aos seus homens que os treinaria a lutar, mas isso levaria tempo. E quando estivessem treinados, como conseguiriam as lanças nos abismos que usariam para escapar? Subir com elas escondidas seria difícil, considerando a maneira como eram revistados. Eles poderiam começar a lutar na hora da revista, mas isso só colocaria todo o acampamento de guerra em alerta.

Problemas, problemas. Quanto mais ele pensava, mais impossível lhe parecia a tarefa.

Ele abriu caminho para um par de soldados vestindo casacas verde-floresta. Seus olhos castanhos os marcavam como cidadãos comuns, mas os nós brancos nos ombros indicavam que eram oficiais civis. Líderes de esquadrão e sargentos.

— Kaladin? — chamou Syl.

— Escapar com os carregadores é a tarefa mais difícil que já peguei. Muito mais difícil do que minhas outras tentativas de fuga como escravo, e falhei em todas elas. Não posso deixar de me perguntar se não estou me preparando para outro desastre.

— Vai ser diferente dessa vez, Kaladin — disse Syl. — Posso sentir.

— Parece algo que Tien diria. A morte dele prova que palavras não mudam nada, Syl. Antes que pergunte, não estou caindo em desespero novamente. Mas *não posso* ignorar o que aconteceu comigo. Começou com Tien. Desde aquele momento, parece que toda vez que escolhi especificamente pessoas para proteger, elas acabaram mortas. Todas as vezes. É o bastante para que eu me pergunte se o próprio Todo-Poderoso me odeia.

Ela franziu o cenho.

— Acho que você está sendo tolo. Além do mais, se fosse o caso, ele odiaria as pessoas que morreram, e não você. *Você* sobreviveu.

— Suponho que seja egocêntrico da minha parte achar que tudo é sobre mim. Mas, Syl, eu sempre sobrevivi quando quase ninguém mais escapou. Repetidas vezes. Meu antigo esquadrão de lanceiros, a primeira equipe de pontes de que participei, muitos escravos que tentaram me ajudar a escapar. Existe um padrão. Está ficando cada vez mais difícil de ignorar.

— Talvez o Todo-Poderoso esteja preservando você — sugeriu Syl.

Kaladin hesitou na rua; um soldado passante praguejou e o empurrou para o lado. Algo naquela conversa estava errado. Kaladin se moveu para o lado de um barril de chuva colocado entre duas lojas com sólidas paredes de pedra.

— Syl. Você mencionou o Todo-Poderoso.

— Você mencionou primeiro.

— Ignore isso por enquanto. Você acredita no Todo-Poderoso? Você sabe se ele realmente existe?

Syl inclinou a cabeça.

— Eu não sei. Hã. Bem, há um bocado de coisas que eu não sei. Mas eu devia saber isso. Acho eu. Talvez? — Ela parecia bastante perplexa.

— Não tenho certeza se eu acredito — disse Kaladin, olhando para a rua. — Minha mãe acreditava, e meu pai sempre falava sobre os Arautos com reverência. Acho que ele também acreditava, mas talvez apenas porque as tradições da cura teoricamente vieram dos Arautos. Os fervorosos ignoram a nós, carregadores. Eles costumavam visitar os soldados, quando eu estava no exército de Amaram, mas nunca vi um único deles na serraria. Não tenho pensado muito nisso. Ter fé nunca pareceu ajudar nenhum dos soldados.

— Então, se você não acredita, não há por que achar que o Todo-Poderoso o odeia.

— Só que se *não há* Todo-Poderoso, pode haver alguma outra coisa. Eu não sei. Muitos dos soldados que eu conheci eram supersticiosos. Eles falavam sobre coisas como Antiga Magia e a Guardiã da Noite, coisas que podiam trazer má sorte. Eu zombava deles. Mas agora, como posso continuar a ignorar essa possibilidade? E se todos esses fracassos puderem ser traçados a algo desse tipo?

Syl parecia perturbada. O chapéu e a jaqueta que estava usando se dissolveram em névoa, e ela abraçou a si mesma, como que arrepiada pelos seus comentários.

Odium reina...

— Syl — disse ele, franzindo o cenho, se lembrando do seu estranho sonho. — Você já ouviu falar de algo chamado Odium? Não estou falando de ódio, o sentimento, quero dizer... uma pessoa, ou algo chamado por esse nome.

Syl sibilou de repente. Foi um som feroz e perturbador. Ela saiu voando do seu ombro, tornando-se uma mancha de luz, e correu como um raio sob as cornijas do edifício seguinte.

Ele ficou aturdido.

— Syl? — chamou, atraindo a atenção de duas lavadeiras que passavam.

A esprena não reapareceu. Kaladin cruzou os braços. Aquela palavra a perturbara. Por quê? Uma série alta de imprecações interrompeu seus pensamentos. Kaladin girou enquanto um homem saía de um belo edifício de pedra do outro lado da rua, empurrando uma mulher seminua na sua frente. O homem tinha olhos azul-claros, e sua casaca verde-floresta — carregada debaixo de um braço — tinha nós vermelhos no ombro. Um oficial olhos-claros, de patente não muito alta. Talvez sétimo dan.

A mulher seminua caiu no chão. Ela segurava a parte frontal do vestido aberto junto ao peito, chorando, seu longo cabelo preto preso com duas fitas vermelhas. O vestido era o de uma mulher olhos-claros, exceto que as duas mangas eram curtas, a mão segura exposta. Uma cortesã.

O oficial continuou a praguejar enquanto vestia o casaco. Ele não abotoou todos os botões. Em vez disso, deu um passo à frente e chutou a prostituta na barriga. Ela arfou, esprenos de dor saindo do solo e se juntando ao redor dela. Ninguém na rua parou, embora a maioria se apressasse ao passar, com a cabeça baixa.

Kaladin rosnou, saltando para a estrada, abrindo caminho entre um grupo de soldados. Então parou.

Três homens de azul saíram da multidão, posicionando-se determinadamente entre a mulher caída e o oficial de verde. Só um deles tinha olhos claros, a julgar pelos nós nos seus ombros. Nós dourados. Um homem de alta patente, segundo ou terceiro dan. Eles obviamente não eram do exército de Sadeas, não com aquelas casacas azuis bem passadas.

O oficial de Sadeas hesitou. O oficial vestido de azul pousou a mão no punho de sua espada. Os outros dois portavam finas alabardas com brilhantes lâminas em meia-lua.

Um grupo de soldados de verde saiu da multidão e começou a cercar os soldados de azul. A atmosfera ficou tensa e Kaladin percebeu que a rua — apinhada até momentos atrás — estava se esvaziando rapidamente. Ele estava praticamente sozinho, o único homem assistindo os três de azul, agora cercados por sete de verde. A mulher ainda estava no chão, choramingando. Ela se encolheu perto do oficial de traje azul.

O homem que a chutara — um bruto de traços grosseiros com cabelo preto arrepiado — começou a abotoar o lado direito da casaca.

— Aqui não é o lugar de vocês, amigos. Parece que entraram no acampamento de guerra errado.

— Temos negócios legítimos — disse o oficial de azul.

Ele tinha cabelo louro-claro, salpicado com preto alethiano, e um belo rosto. Tinha a mão estendida à frente como se quisesse apertar a do oficial de Sadeas.

— Vamos lá — disse ele, afável. — Seja qual for seu problema com essa mulher, tenho certeza de que podemos resolver sem raiva ou violência.

Kaladin se moveu de volta para baixo da cornija onde Syl se escondera.

— Ela é uma puta — disse o homem de Sadeas.

— Posso ver — replicou o homem de azul. Ele continuou com a mão estendida.

O oficial de verde cuspiu nela.

— Entendo — disse o homem louro.

Ele recolheu a mão e linhas serpenteantes de névoa se reuniram no ar, solidificando-se em suas mãos enquanto ele as erguia em uma postura ofensiva. Uma espada enorme apareceu, tão longa quanto a altura de um homem.

Ela pingava água de condensação ao longo da sua lâmina gélida e brilhante. Era bela, longa e sinuosa, seu único fio ondulando como uma enguia e se curvando até uma ponta. A parte posterior trazia nervuras delicadas, como formações cristalinas.

O oficial de Sadeas cambaleou para trás e caiu, o rosto pálido. Os soldados de verde se dispersaram. O oficial os xingou — em uma linguagem extremamente vil —, mas nenhum deles voltou para ajudá-lo. Com um último olhar de ódio, ele se apressou em subir de volta para o edifício.

A porta bateu, deixando a via estranhamente silenciosa. Kaladin era o único na rua além dos soldados de azul e a cortesã caída. O Fractário olhou para Kaladin, mas obviamente julgou que ele não era uma ameaça. Jogou a espada nas pedras e ela penetrou facilmente o solo e ficou de pé com o punho voltado para o céu.

O jovem Fractário então deu a mão para a prostituta caída.

— Só por curiosidade, o que você fez com ele?

Hesitante, ela pegou sua mão e deixou-o puxá-la para ficar de pé.

— Ele se recusou a pagar, dizendo que sua reputação fez com que fosse um prazer para mim. — Ela fez uma careta. — Ele me chutou a primeira vez depois que fiz um comentário sobre a "reputação" dele. Aparentemente ele não tinha a fama que pensava ter.

O luminobre deu uma risada.

— Sugiro que você insista em ser paga *primeiro* de agora em diante. Vamos escoltá-la até a fronteira. Aconselho que não volte ao acampamento de guerra de Sadeas tão cedo.

A mulher assentiu, segurando a parte frontal do vestido junto ao peito. Sua mão segura ainda estava exposta. Esguia, com pele bronzeada, os dedos longos e delicados. Kaladin percebeu que estava olhando fixamente e corou. Ela seguiu com o luminobre enquanto seus dois companheiros vigiavam os lados das ruas, com alabardas a postos. Mesmo com o cabelo desgrenhado e a maquiagem manchada, ela era bem bonita.

— Obrigada, Luminobre. Talvez eu interesse ao senhor? Não haveria cobrança.

O jovem luminobre ergueu uma sobrancelha.

— Tentador, mas meu pai me mataria. Ele é insistente com antigas tradições.

— Que pena — disse ela, se afastando dele, desajeitadamente cobrindo o peito enquanto enfiava o braço na manga. Ela pegou uma luva para sua mão segura. — Então seu pai é bem puritano?

— Pode-se dizer que sim. — Ele se virou para Kaladin. — Ei, garoto de ponte.

Garoto de ponte? Aquele fidalgote parecia ser só alguns anos mais velho do que o próprio Kaladin.

— Vá avisar o Luminobre Reral Makoram — ordenou o Fractário, jogando algo na direção de Kaladin, do outro lado da rua. Uma esfera. Ela brilhou na luz do sol antes de Kaladin apanhá-la. — Ele está no Sexto Batalhão. Diga-lhe que Adolin Kholin não vai poder ir à reunião de hoje. Mandarei uma mensagem para remarcar.

Kaladin olhou para a esfera. Uma peça de esmeralda. Mais do que ele normalmente ganharia em duas semanas. Ergueu os olhos; o jovem luminobre e seus dois homens já estavam recuando, seguidos pela prostituta.

— Você correu para ajudá-la — disse uma voz. Ele olhou para cima enquanto Syl flutuava para repousar em seu ombro. — Foi muito nobre da sua parte.

— Os outros chegaram primeiro — disse Kaladin.

E um deles era um olhos-claros, ainda por cima. O que ele ganhou com isso?

— Ainda assim, você tentou ajudar.

— Tolamente — disse Kaladin. — O que eu poderia ter feito? Lutado com um olhos-claros? Isso só teria atraído metade dos soldados do acampamento contra mim, e a prostituta teria sido surrada ainda mais por ter causado tal distúrbio. Ela podia ter acabado morta pelas minhas ações. — Ele se calou. Era muito parecido com o que estava dizendo antes.

Ele não podia se entregar à crença de que estava amaldiçoado, ou que tinha má sorte, ou fosse lá o que fosse. A superstição nunca levava a lugar algum. Mas ele tinha que admitir que o padrão *era* perturbador. Se não mudasse suas ações, como poderia esperar resultados diferentes? Precisava tentar algo novo. Mudar, de alguma maneira. Isso exigiria mais pensamento.

Kaladin começou a caminhar na direção da serraria.

— Você não vai fazer o que o luminobre pediu? — perguntou Syl. Ela não demonstrava qualquer vestígio do seu medo súbito; parecia querer fingir que nada acontecera.

— Depois de como ele me tratou? — rebateu Kaladin.

— Não foi tão mal assim.

— Não vou me curvar a eles. Chega de correr segundo os seus caprichos, só porque eles *esperam* isso de mim. Se essa mensagem fosse mesmo importante, então ele deveria ter esperado para ver se eu concordava em repassar.

— Você pegou a esfera dele.

— Adquirida pelo suor dos olhos-escuros que ele explora.

Syl ficou em silêncio por um momento.

— Essa escuridão ao seu redor quando você fala deles me assusta, Kaladin. Você deixa de ser você mesmo quando pensa sobre os olhos--claros.

Ele não respondeu, só continuou andando. Não devia nada àquele luminobre e, além disso, tinha ordens de voltar para a serraria.

Mas o homem *havia* avançado para proteger a mulher.

Não, Kaladin insistiu consigo mesmo. *Ele só estava procurando uma maneira de humilhar um dos oficiais de Sadeas. Todos sabem que existe uma tensão entre os acampamentos.*

E isso foi tudo que ele se permitiu pensar sobre o assunto.

47 BÊNÇÃOS DA TEMPESTADE

UM ANO ATRÁS

KALADIN VIROU A PEDRA nos dedos, deixando as facetas de quartzo suspenso capturarem a luz. Estava encostado contra um grande rochedo, um pé pressionando a pedra, a lança ao seu lado.

A pedra refletiu a luz, cintilando em cores diferentes, dependendo da direção em que ele a voltasse. Belos cristais em miniatura reluziam, como as lendárias cidades feitas de joias.

Ao seu redor, o exército do Alto-marechal Amaram se preparava para a batalha. Mais de mil homens afiavam lanças ou vestiam armaduras de couro. O campo de batalha era ali perto e, sem previsão de grantormentas, o exército passara a noite nas tendas.

Fazia quase quatro anos desde que se juntara ao exército de Amaram naquela noite chuvosa. Quatro anos. É uma eternidade.

Soldados corriam de um lado para outro. Alguns levantavam as mãos e saudavam Kaladin. Ele acenou de volta, guardando a pedra no bolso, e depois cruzou os braços para esperar. Ali perto, o estandarte de Amaram já estava erguido, um fundo cor-de-vinho marcado com um par de glifos verde-escuro que parecia um espinha-branca com as presas levantadas. *Merem* e *khakh*, honra e determinação. O estandarte flutuava diante de um sol nascente, o frio da manhã começando a ceder lugar para o calor do dia.

Kaladin se virou, olhando para leste. Na direção de um lar para onde nunca poderia retornar. Ele decidira meses atrás. Seu alistamento terminaria em algumas semanas, mas ele ia se alistar novamente. Não poderia encarar seus pais depois de quebrar a promessa de proteger Tien.

Um corpulento soldado olhos-escuros trotou até ele, com um machado preso nas costas, nós brancos nos ombros. A arma incomum era o privilégio de ser um líder de esquadrão. Gare tinha braços grossos e uma espessa barba negra, embora houvesse perdido uma grande seção de escalpo no lado direito da cabeça. Ele era seguido por dois dos seus sargentos — Nalem e Korabet.

— Kaladin — chamou Gare. — Pelo Pai das Tempestades, rapaz! Por que está me incomodando? E num dia de batalha!

— Estou bem ciente do que vamos encarar, Gare — respondeu Kaladin, com os braços ainda cruzados.

Várias companhias já estavam se reunindo, formando fileiras. Dallet garantiria que o esquadrão de Kaladin se posicionasse. Na frente, eles haviam decidido. Seu inimigo — um olhos-claros chamado Hallaw — gostava de saraivadas longas. Já haviam lutado com os homens dele várias vezes. Uma vez em particular havia sido marcada a fogo na alma e na memória de Kaladin.

Ele havia se alistado no exército de Amaram esperando defender as fronteiras alethianas — e estava fazendo isso. Contra outros alethianos. Lordes menores que queriam se apropriar de pedaços das terras do Grão-príncipe Sadeas. Às vezes, os exércitos de Amaram tentavam tomar territórios de outros grão-príncipes — terras que Amaram alegava que realmente pertenciam a Sadeas e que haviam sido roubadas anos antes. Kaladin não sabia o que pensar daquilo. De todos os olhos-claros, Amaram era o único em quem confiava. Mas parecia que eles estavam fazendo a mesma coisa que os outros exércitos que combatiam.

— Kaladin? — disse Gare, impaciente.

— Você tem algo que eu quero — declarou Kaladin. — Um novo recruta, que se alistou ontem. Galan disse que o nome dele é Cenn.

Gare fechou a cara.

— Temos mesmo que fazer isso *agora*? Fale comigo depois da batalha. Se o garoto sobreviver, talvez eu o entregue a você. — Ele começou a se virar para partir, seus homens no encalço.

Kaladin ergueu-se e pegou a lança. O movimento fez com que Gare estacasse.

— Você não vai ter trabalho nenhum — disse Kaladin em voz baixa. — Basta enviar o garoto para o meu esquadrão. Aceite seu pagamento. Fique quieto. — Ele mostrou uma bolsa de esferas.

— Talvez eu não queira vendê-lo — disse Gare, virando-se outra vez.

— Você não vai vendê-lo. Vai transferi-lo para mim.

Gare olhou para a bolsa.

— Muito bem, então. Talvez eu não goste de como todo mundo faz o que *você* manda. Não me importa quão bom você é com uma lança. Meu esquadrão é meu, e pronto.

— Não vou aumentar o preço, Gare. — Kaladin deixou a bolsa cair no chão. As esferas retiniram. — Nós dois sabemos que o menino é inútil para você. Sem treinamento, mal equipado, pequeno demais para ser um bom soldado de frente. Mande-o para mim.

Kaladin se virou e começou a ir embora. Em segundos, ouviu o estalido quando Gare pegou a bolsa.

— Valeu a tentativa.

Kaladin continuou caminhando.

— O que esses recrutas significam para você, afinal de contas? — gritou Gare para Kaladin. — Metade do seu esquadrão é de homens pequenos demais para lutar direito! Parece até que você *quer* morrer!

Kaladin o ignorou. Passou pelo acampamento, acenando de volta para aqueles que acenavam para ele. A maioria o evitava, ou porque o conheciam e o respeitavam ou porque tinham ouvido falar da sua reputação. O mais jovem líder de esquadrão no exército, com apenas quatro anos de experiência e já no comando. Um olhos-escuros precisava viajar para as Planícies Quebradas para subir mais de posto.

O acampamento era uma confusão de soldados se apressando em preparações de último minuto. Mais e mais companhias se reuniam na linha de frente, e Kaladin podia ver o inimigo se perfilando na cumeeira baixa do outro lado do campo, a oeste.

O inimigo. Era assim que eram chamados. Mas se houvesse *realmente* uma disputa de fronteiras com os vedenos ou os reshianos, aqueles homens ficariam ao lado das tropas de Amaram e então lutariam juntos. Parecia que a Guardiã da Noite estava brincando com eles, em algum jogo de azar proibido, ocasionalmente dispondo os homens no seu tabuleiro como aliados, então botando-os para se matarem no dia seguinte.

Lanceiros não deviam pensar nesse tipo de coisa. Foi o que lhe disseram, repetidas vezes. Imaginava que devia obedecer, pois percebera que seu dever era manter seu esquadrão vivo da melhor maneira possível. Vencer era secundário.

Você não pode matar para proteger...

Ele encontrou facilmente o posto do cirurgião; podia sentir os odores de antissépticos e pequenos fogos ardendo. Os aromas o recordavam de sua juventude, que agora parecia muito, muito distante. Ele havia algum dia realmente planejado se tornar um cirurgião? O que havia acontecido com seus pais? E Roshone?

Nada disso importava agora. Ele havia mandado uma mensagem para eles através dos escribas de Amaram, uma nota lacônica que lhe custara uma semana de soldo. Seus pais sabiam que ele havia falhado, e que não pretendia voltar. Não houve resposta.

Ven era o chefe dos cirurgiões, um homem alto com um nariz protuberante e um rosto comprido. Ele estava assistindo enquanto seus aprendizes dobravam ataduras. Kaladin certa vez pensara em se ferir para se juntar a eles; todos os aprendizes tinham alguma invalidez que os impedia de lutar. Mas não fora capaz de fazer isso. Ferir a si mesmo parecia uma atitude covarde. Além disso, a cirurgia era sua vida antiga. De certo modo, ele não a merecia mais.

Kaladin puxou uma bolsa de esferas do cinto, com a intenção de jogá-las para Ven. Contudo, a bolsa ficou presa no cinto e recusou-se a sair. Kaladin praguejou, cambaleando, puxando mais. A bolsa se soltou subitamente, fazendo com que perdesse novamente o equilíbrio. Uma forma branca e translúcida saiu zumbiu, girando com um ar despreocupado.

— Espreno de vento tormentoso — disse ele. Eram comuns naquelas planícies rochosas.

Ele adentrou o pavilhão do cirurgião, jogando a bolsa de esferas para Ven. O homem alto pegou-a com agilidade, fazendo-a desaparecer em um bolso da sua volumosa túnica branca. O suborno garantia que os homens de Kaladin seriam atendidos primeiro no campo de batalha, contanto que não houvesse olhos-claros precisando de atenção.

Estava na hora de juntar-se à linha de frente. Ele apertou o passo, a lança na mão. Ninguém o questionou por usar calças sob a saia de lanceiro — algo que fazia para que seus homens pudessem reconhecê-lo por trás. De fato, ninguém o questionava muito atualmente. Isso ainda lhe parecia estranho, depois de tantas dificuldades nos seus primeiros anos no exército.

Ele ainda tinha a sensação de que ali não era seu lugar. Sua reputação o destacava, mas o que podia fazer? Ela impedia que seus homens fossem provocados, e depois de vários anos lidando com um desastre depois do outro, ele podia finalmente parar e *pensar*.

Não tinha certeza de que gostava disso. Pensar havia provado ser perigoso, ultimamente. Fazia muito tempo desde que havia segurado aquela pedra e pensado em Tien e no seu lar.

Ele abriu caminho até as fileiras de frente, encontrando seus homens exatamente onde havia dito que se posicionassem.

— Dallet — chamou Kaladin, enquanto trotava até o gigantesco lanceiro que era o sargento do esquadrão. — Logo teremos um novo recruta. Eu preciso que você... — Ele parou de falar. Um jovem de cerca de catorze anos estava ao lado de Dallet, parecendo minúsculo na sua armadura de lanceiro.

Kaladin sentiu um lampejo de reconhecimento. Outro rapaz, com um rosto familiar, segurando uma lança de que não deveria precisar. Duas promessas quebradas ao mesmo tempo.

— Ele chegou aqui sozinho há poucos minutos, senhor — informou Dallet. — Eu estava dando instruções.

Kaladin fez um esforço para despertar da lembrança. Tien estava morto. Mas *pelo Pai das Tempestades*, aquele novo rapaz parecia muito com ele.

— Bom trabalho — disse Kaladin para Dallet, forçando-se a desviar o olhar de Cenn. — Eu paguei bom dinheiro para tirar esse garoto de Gare. Aquele homem é tão incompetente que bem poderia estar lutando para o outro lado.

Dallet grunhiu, concordando. Os homens saberiam o que fazer com Cenn.

Tudo bem, pensou Kaladin, vasculhando o campo de batalha em busca de um bom local onde seus homens pudessem se defender. *Vamos ao que interessa.*

Ele ouvira histórias sobre os soldados que lutavam nas Planícies Quebradas. Os *verdadeiros* soldados. Caso mostrasse potencial o bastante naquelas disputas de fronteira, era enviado para lá. Supostamente era mais seguro — muito mais soldados, mas menos batalhas. Então Kaladin queria mandar seu esquadrão para lá o mais rápido possível.

Ele conversou com Dallet, escolhendo um ponto. Por fim, as cornetas tocaram.

O esquadrão de Kaladin avançou.

— ONDE ESTÁ O GAROTO? — indagou Kaladin, arrancando sua lança do peito de um homem vestido de marrom. O soldado inimigo caiu no chão, gemendo. — Dallet!

O corpulento sargento estava lutando. Ele não podia se virar para responder.

Kaladin praguejou, varrendo com o olhar o caótico campo de batalha. Lanças atingiam escudos, carne, couro; homens berravam e gritavam. Enxames de esprenos de dor cobriam o terreno, como pequenas mãos alaranjadas ou pedaços de tendões, brotando do solo entre o sangue dos caídos.

O esquadrão de Kaladin estava todo à vista, os feridos protegidos no centro. Todos exceto o novo garoto. Tien.

Cenn, pensou Kaladin. *O nome dele é Cenn.*

Kaladin vislumbrou um lampejo de verde no meio do marrom do inimigo. Uma voz apavorada de alguma maneira se destacou na comoção. Era ele.

Kaladin saiu da formação em um salto, provocando um grito de surpresa de Larn, que estivera lutando ao seu lado. Ele se desviou de uma lança jogada por um inimigo, correndo sobre o chão rochoso, pulando por cima de cadáveres.

Cenn havia sido derrubado, a lança erguida. Um soldado inimigo tirou-lhe a arma.

Não.

Kaladin bloqueou o golpe, desviando a lança inimiga e escorregando até parar na frente de Cenn. Havia seis lanceiros ali, todos vestindo marrom. Kaladin girou entre eles em uma ofensiva selvagem. Sua lança parecia fluir com vida própria. Ele derrubou um homem, depois abateu outro com uma faca atirada.

Ele era como água fluindo colina abaixo, sempre em movimento. Pontas de lanças brilhavam no ar ao seu redor, as hastes sibilando. Nenhuma delas o atingia. Ele não podia ser detido, não quando estava se sentindo daquele jeito. Quando tinha a energia de defender os caídos, o poder de proteger um dos seus homens.

Kaladin pôs sua lança em uma posição de descanso, agachado com um pé para a frente, o cabo sob o braço. Suor escorrida da sua testa, resfriado pela brisa. Estranho. Não havia uma brisa antes; agora ela parecia envolvê-lo.

Todos os seis lanceiros inimigos estavam mortos ou incapacitados. Kaladin inspirou e expirou uma vez, então voltou-se para verificar a ferida de Cenn. Ele havia largado a lança ao lado, e estava de joelhos. O corte não era tão ruim, embora provavelmente fosse muito doloroso para o rapaz.

Enquanto pegava uma bandagem, Kaladin olhou de relance o campo de batalha. Ali perto um soldado inimigo se mexia, mas estava ferido com gravidade suficiente para não causar problemas. Dallet e o resto da equipe de Kaladin estava limpando a área de inimigos isolados. Ali perto, um inimigo olhos-claros de alta patente estava reunindo um pequeno grupo de soldados para um contra-ataque. Ele vestia uma armadura completa. Não uma Armadura Fractal, naturalmente, mas aço prateado. Um homem rico, a julgar pelo seu cavalo.

Em um piscar de olhos, Kaladin voltou a enfaixar a perna de Cenn — embora continuasse vigiando o soldado inimigo ferido com o canto do olho.

— Kaladin, senhor! — exclamou Cenn, apontando para o soldado que se mexera.

Pai das Tempestades! O rapaz acabara de perceber o homem? Será que seus instintos de batalha já tinham um dia sido tão embotados quanto os de Cenn?

Dallet empurrou o ferido para longe. O resto do esquadrão formou um círculo ao redor de Kaladin, Dallet e Cenn. Kaladin terminou o curativo, depois se levantou, pegando a lança. Dallet devolveu-lhe suas facas.

— Você me deixou preocupado, senhor. Correndo desse jeito.

— Eu sabia que você me seguiria — disse Kaladin. — Levante a bandeira vermelha. Cyn, Korater, vocês vão voltar com o garoto. Dallet, fique aqui. As fileiras de Amaram estão se deslocando nessa direção. Logo estaremos a salvo.

— E o senhor? — indagou Dallet.

Ali perto, o olhos-claros não conseguira reunir tropas o suficiente. Ele estava exposto, como uma pedra deixada para trás por um rio que estava secando.

— Um Fractário — disse Cenn.

Dallet bufou.

— Não, graças ao Pai das Tempestades. Só um oficial olhos-claros. Os Fractários são valiosos demais para serem desperdiçados em uma pequena disputa de fronteiras.

Kaladin cerrou a mandíbula, olhando para aquele guerreiro olhos-claros. Como ele se considerava poderoso, sentado no seu caríssimo cavalo, protegido dos lanceiros pela majestosa armadura e alta montaria. Ele brandia sua maça, matando os inimigos ao redor.

Aquelas escaramuças eram causadas por indivíduos como ele, olhos--claros ambiciosos de baixa patente, que tentavam roubar terras enquanto seus superiores estavam longe, combatendo os parshendianos. Esse tipo tinha muito menos baixas do que os lanceiros, e assim as vidas sob seu comando se tornavam produtos baratos.

Cada vez mais, nos últimos anos, todos aqueles olhos-claros mesquinhos passaram a representar Roshone aos olhos de Kaladin. Só Amaram era diferente. Amaram, que havia tratado tão bem o pai de Kaladin, prometendo manter Tien seguro. Amaram, que sempre falava com respeito, mesmo com os lanceiros, seus inferiores. Ele era como Dalinar e Sadeas. Não aquela ralé.

Claro, Amaram não conseguira proteger Tien. Mas Kaladin também não.

— Senhor? — disse Dallet, hesitante.

— Destacamentos Dois e Três, formação em pinça — ordenou Kaladin friamente, apontando para o olhos-claros inimigo. — Vamos tirar um luminobre do trono.

— Tem certeza de que é uma boa ideia, senhor? — perguntou Dallet. — Temos feridos.

Kaladin se voltou para Dallet.

— Aquele é um dos oficiais de Hallaw. Pode ser o próprio.

— O senhor não tem como ter certeza.

— Não importa. É um chefe de batalhão. Se matarmos um oficial tão graduado, quase certamente estaremos no próximo grupo enviado para as Planícies Quebradas. Vamos pegá-lo. Imagine, Dallet. Soldados de verdade. Uma frente de guerra com disciplina e olhos-claros com integridade. Um lugar onde a nossa luta *significará* alguma coisa.

Dallet suspirou, mas assentiu. Ao aceno de Kaladin, dois subesquadrões se juntaram a ele, igualmente ansiosos. Será que também odiavam aqueles olhos-claros briguentos, ou haviam captado a repulsa de Kaladin?

O luminobre foi surpreendentemente fácil de derrubar. O problema deles — praticamente sem exceção — era que subestimavam os olhos--escuros. Talvez aquele tivesse esse direito. Quantos ele havia matado durante sua vida?

O Destacamento Três atraiu a guarda de honra. O Destacamento Dois distraiu o olhos-claros. Ele não viu Kaladin se aproximando de uma terceira direção. O homem foi derrubado com uma faca no olho; seu rosto estava desprotegido. Ele gritou enquanto caía no chão, ainda vivo.

Kaladin enfiou a sua lança no rosto do inimigo, atacando três vezes enquanto o cavalo fugia a galope.

A guarda de honra do homem entrou em pânico e fugiu para se reunir ao seu exército. Kaladin sinalizou para os dois destacamentos, batendo a lança contra seu escudo, comunicando o sinal de "manter posição". Eles se espalharam em leque, e o baixinho Toorim — um homem que Kaladin havia resgatado de outro esquadrão — se agachou ao lado do olhos-claros, como se quisesse conferir se ele estava morto. Na verdade, estava procurando discretamente por esferas.

Roubar dos mortos era estritamente proibido, mas Kaladin achava que, se Amaram queria os espólios, devia matar o inimigo por conta própria. Ele respeitava Amaram mais do que à maioria — bem, mais do que a *qualquer outro* — dos olhos-claros. Mas subornos eram dispendiosos.

Toorim caminhou até ele.

— Nada, senhor. Ou ele não trouxe esferas para a batalha, ou estão escondidas sob a placa peitoral.

Kaladin assentiu, sério, vasculhando o campo de batalha. As forças de Amaram estavam se recuperando; elas venceriam em pouco tempo. De fato, Amaram provavelmente estava liderando uma investida direta contra o inimigo àquela altura. Ele geralmente entrava na batalha no final.

Kaladin limpou o suor da testa. Teria que chamar Norby, o senhor capitão, para comprovar que haviam matado um olhos-claros. Primeiro ele precisava que os médicos...

— Senhor! — gritou Toorim subitamente.

Kaladin olhou para trás, para as linhas inimigas.

— Pai das Tempestades! — exclamou Toorim. — *Senhor!*

Toorim não estava olhando para as linhas inimigas. Kaladin girou, voltando o olhar pra as fileiras do seu exército. Ali — atacando os soldados em um cavalo tão escuro quanto a própria morte — estava uma impossibilidade.

O homem vestia uma brilhante armadura dourada. Uma *perfeita* armadura dourada, como se todas as outras armaduras tivessem sido projetadas para imitá-la. Cada peça encaixava perfeitamente; não havia buracos mostrando alças ou couro. Ela fazia com que o cavaleiro parecesse imenso, poderoso. Como um deus carregando uma majestosa lâmina que deveria ser grande demais para ser usada. Ela era entalhada e estilizada, na forma de chamas em movimento.

— Pai das Tempestades... — sussurrou Kaladin.

O Fractário surgiu das fileiras de Amaram. Estava cavalgando através delas, abatendo homens ao passar. Por um curto momento, a mente de Kaladin recusou-se a aceitar que aquela criatura — aquela bela *divindade* — podia ser um inimigo. O fato de que o Fractário viera pelo lado deles reforçava essa ilusão.

A confusão de Kaladin durou até o momento em que o cavalo do Fractário pisoteou Cenn, a Espada Fractal descendo e acertando a cabeça de Dallet em um golpe único e fácil.

— Não! — urrou Kaladin. — *Não!*

O corpo de Dallet caiu para trás, os olhos aparentemente acesos, com fumaça emanando deles. O Fractário abateu Cyn e esmagou Lyndel antes de seguir em frente. Tudo isso foi feito com toda a tranquilidade, como uma mulher parando para limpar uma mancha no balcão.

— *NÃO!* — gritou Kaladin, avançando na direção dos homens caídos do seu esquadrão. Ele não havia perdido ninguém naquela batalha! Ia proteger a todos!

Ele caiu de joelhos ao lado de Dallet, largando a lança. Mas não havia batimento cardíaco, e aqueles olhos queimados... Ele estava morto. A dor ameaçou tomar Kaladin.

Não!, disse aquela parte da sua mente treinada pelo seu pai. *Salve aqueles que puder!*

Ele se voltou para Cenn. O menino fora pisoteado no peito por um casco, que rachara seu esterno e despedaçara suas costelas. Ele arfava, os olhos voltados para o céu, lutando para respirar. Kaladin puxou uma bandagem. Então fez uma pausa, olhando para ele. Uma bandagem? Para tratar um tórax esmagado?

Cenn parou de arfar. Ele teve uma convulsão, os olhos ainda abertos.

— Ele está vendo! — sibilou o menino. — O flautista negro na noite. Ele nos segura na palma da mão, tocando uma melodia que homem nenhum pode ouvir!

Os olhos de Cenn desfocaram. Ele parou de respirar.

O rosto de Lyndel havia sido esmagado. Os olhos de Cyn fumegavam, e ele também não estava respirando. Kaladin estava ajoelhado no sangue de Cenn, horrorizado, enquanto Toorim e os dois subesquadrões entravam em formação ao seu redor, parecendo tão atônitos quanto ele.

Isso não é possível. Eu... Eu...

Gritos.

Kaladin levantou os olhos. A bandeira verde e vinho de Amaram estava voejando ao sul. O Fractário havia passado pelo esquadrão de

Kaladin seguindo direto para aquela bandeira. Lanceiros fugiam em polvorosa, gritando, se espalhando diante do Fractário.

A raiva fervilhou dentro de Kaladin.

— Senhor? — chamou Toorim.

Kaladin pegou sua lança e ficou de pé. Seus joelhos estavam cobertos com o sangue de Cenn. Seus homens o encaravam, confusos e preocupados. Eles permaneceram firmes no meio do caos; até onde Kaladin podia perceber, eram os únicos homens que não estavam fugindo. O Fractário havia destroçado as fileiras.

Kaladin brandiu a lança no ar, depois começou a correr. Seus homens soltaram um grito de guerra, entrando em formação atrás dele, avançando pelo terreno rochoso. Lanceiros em uniformes das duas cores se apressaram em sair do caminho, soltando lanças e escudos.

Kaladin ganhou velocidade, as pernas impulsionando, seu esquadrão mal conseguindo acompanhá-lo. Logo à frente — bem diante do Fractário — uma fileira de verdes se desfez e correu. A guarda de honra de Amaram. Frente a frente com um Fractário, abandonaram sua missão. O próprio Amaram era um homem solitário sobre um cavalo empinando. Estava vestido com armadura prateada, que parecia muito *comum* quando comparada com a Armadura Fractal.

O esquadrão de Kaladin avançava contra o fluxo do exército, uma fileira de soldados indo na direção errada. Os únicos indo na direção errada. Alguns dos homens fugindo fizeram hesitaram à passagem deles, mas nenhum se juntou ao grupo.

Adiante, o Fractário cavalgou até Amaram. Com um amplo golpe da Espada, o Fractário atravessou o pescoço da montaria do alto-marechal. Os olhos do cavalo queimaram até se tornarem dois grandes buracos, e ele caiu estrebuchando, com Amaram ainda na sela.

O Fractário girou seu corcel em uma curva fechada, então se jogou da sela à toda velocidade. Ele atingiu o chão com um som de esmagamento, de algum modo permanecendo de pé e deslizando até parar.

Kaladin redobrou sua velocidade. Estava correndo para obter vingança, ou estava tentando proteger seu alto-marechal? O único olhos-claros que mostrara um mínimo de humanidade? Fazia diferença?

Amaram se contorcia dentro da volumosa armadura, a carcaça do cavalo sobre sua perna.

O Fractário levantou sua Espada com as duas mãos para liquidá-lo.

Chegando por trás, Kaladin gritou e deu um golpe baixo com a base da lança, colocando impulso e força no golpe. A haste da lança se estilhaçou contra a parte de trás da perna do Fractário em uma chuva de lascas de madeira.

O choque derrubou Kaladin no chão, os braços tremendo, a lança quebrada agarrada nas mãos. O Fractário cambaleou, baixando sua Espada. Ele virou o rosto coberto pelo elmo na direção de Kaladin, sua postura indicando total perplexidade.

Os vinte homens restantes do seu esquadrão chegaram um momento depois, atacando vigorosamente. Kaladin levantou-se ligeiro e correu para pegar a lança de um soldado caído. Ele jogou a lança quebrada fora depois de pegar uma das facas da bainha, agarrou a nova lança no chão, depois voltou-se para ver seus homens atacando como havia ensinado. Eles avançaram contra o inimigo de três direções, enfiando lanças entre as juntas da Armadura. O Fractário olhou ao redor, como se achasse graça de um bando de cachorrinhos latindo perto dele. Nem um único dos golpes de lança parecia perfurar sua armadura. Ele sacudiu a cabeça sob o elmo.

Então atacou.

A Espada Fractal girou em uma série de amplos golpes mortais, cortando cerca de dez dos lanceiros.

Kaladin viu, paralisado de horror, Toorim, Acis, Hamel e sete outros caírem no chão, os olhos queimando, suas armaduras e armas trespassadas. Os lanceiros restantes recuaram, chocados.

O Fractário atacou-os novamente, matando Raksha, Navar e quatro outros. Kaladin estava boquiaberto. Seus homens — seus amigos — mortos em um piscar de olhos. Os quatro últimos fugiram, Hab tropeçando no cadáver de Toorim e caindo no chão, soltando sua lança.

O Fractário os ignorou, voltando até onde Amaram ainda estava caído, preso.

Não, pensou Kaladin. *Não, não, NÃO!* Algo o fez avançar, contra toda lógica, contra todo sentido. Enojado, agonizante, *furioso*.

O terreno em depressão onde acontecera a batalha estava vazio, exceto por eles. Os lanceiros prudentes haviam fugido. Seus quatro homens restantes alcançaram a colina a uma curta distância, mas não fugiram. Eles o chamaram.

— Kaladin! — berrou Reesh. — Kaladin, não!

Kaladin gritou em vez de fugir. O Fractário o viu, e girou — incrivelmente rápido — golpeando. Kaladin se desviou e atacou com a base da lança o joelho do Fractário.

Ela quicou. Kaladin praguejou, recuando bem quando a Espada cortou o ar diante dele. Kaladin recuperou o equilíbrio e avançou. Ele fez uma investida habilidosa contra o pescoço do inimigo. O gorjal repeliu o ataque. A lança de Kaladin mal arranhou a tinta da Armadura.

O Fractário voltou-se contra ele, brandindo a Espada com as duas mãos. Kaladin passou rapidamente pelo homem, escapando por pouco do alcance daquela espada incrível. Amaram finalmente se libertara, e estava se arrastando pelo chão, puxando uma das pernas — múltiplas fraturas, pela aparência retorcida.

Kaladin deslizou até parar, girando, fitando o Fractário. Aquela criatura não era um deus. Era tudo que os olhos-claros mais mesquinhos representavam — a capacidade de matar gente como Kaladin com impunidade.

Toda armadura possuía uma fresta. Todo homem tinha um defeito. Kaladin pensou ver os olhos do homem pela abertura da viseira. Aquela fenda era do tamanho certo para uma adaga, mas o lançamento teria que ser perfeito. Precisaria estar perto. Mortalmente perto.

Kaladin avançou novamente. O Fractário girou a Espada no mesmo arco amplo que usara para matar tantos de seus homens. Kaladin se jogou para baixo, escorregando de joelhos e se curvando para trás. A Espada Fractal relampejou acima dele, cortando o topo da sua lança. A ponta girou no ar em cambalhotas.

Kaladin se esforçou para se pôr novamente de pé. Ele moveu a mão, atirando sua faca nos olhos que o vigiavam por trás da armadura invulnerável. A adaga atingiu o metal apenas ligeiramente fora do ângulo, batendo contra a lateral do elmo e ricocheteando.

O Fractário praguejou, golpeando outra vez contra Kaladin com sua enorme Espada.

De pé, Kaladin ainda sentia o impulso o impelindo para frente. Algo brilhou no ar ao seu lado, caindo rumo ao chão.

A ponta da lança.

Ele urrou em desafio, girando, agarrando a ponta da lança no ar. Ela estava caindo com a ponta para baixo, e ele a pegou pelos dez centímetros de haste que ainda restavam, com o polegar contra o toco, a ponta afiada estendida sob sua mão. O Fractário girou sua arma enquanto Kaladin freava no chão e movia o braço em um movimento lateral, *enfiando* a ponta da lança direto na fenda da viseira do Fractário.

O mundo parou.

Kaladin permanecia com o braço estendido, o Fractário de pé à sua direita. Amaram havia se arrastado até metade da subida nas margens daquela depressão. Os companheiros de Kaladin estavam nos limites da cena, boquiabertos. Kaladin estava parado, arfando, ainda agarrando a haste da lança, a mão diante do rosto do Fractário.

O Fractário rangeu, depois caiu para trás, batendo no chão com um estrondo. Sua Espada caiu dos seus dedos, atingindo o chão em um ângulo e abrindo um buraco na pedra.

Cambaleando, Kaladin se afastou, sentindo-se exausto. Perplexo. Entorpecido. Seus homens acudiram, parando todos juntos, olhando para o homem caído. Estavam impressionados, talvez até um pouco reverentes.

— Ele está morto? — perguntou Alabet em voz baixa.

— Está — respondeu uma voz próxima.

Kaladin se virou. Amaram ainda estava no chão, mas havia arrancado o elmo, o cabelo preto e a barba cobertos de suor.

— Se ele estivesse vivo, sua Espada teria desaparecido. A armadura está caindo do corpo dele. Ele está morto. Sangue dos meus ancestrais... Você matou um Fractário!

Estranhamente, Kaladin não estava surpreso. Só exausto. Olhou ao redor para os corpos dos homens que haviam sido seus amigos mais queridos.

— Pegue-a, Kaladin — disse Coreb.

Kaladin se virou, olhando para a Espada Fractal que despontava de uma pedra, o punho voltado para o céu.

— Pegue-a — repetiu Coreb. — Ela é sua. Pai das Tempestades, Kaladin. Você é um *Fractário*!

Kaladin deu um passo à frente, aturdido, levantando a mão na direção do punho da Espada. Ele hesitou a poucos centímetros dela.

Tudo parecia *errado*.

Se ele tomasse aquela Espada, se tornaria um deles. Seus olhos podiam até mudar, se as histórias estivessem certas. Embora a Espada resplandecesse sob a luz, limpa dos assassinatos que acabara de cometer, por um momento ela pareceu-lhe rubra. Manchada com o sangue de Dallet. O sangue de Toorim. O sangue de homens que estavam vivos meros segundos atrás.

Ela era um tesouro. Homens trocavam reinos por Espadas Fractais. O punhado de homens olhos-escuros que haviam conquistado uma eram imortalizados em canções e em histórias.

Mas a ideia de tocar naquela Espada o enojava. Ela representava tudo que passara a odiar nos olhos-claros, e havia acabado de massacrar amigos queridos. Não podia tornar-se uma lenda por causa de algo assim. Viu seu reflexo no metal cruel da Espada, então baixou a mão e deu-lhe as costas.

— Ela é sua, Coreb — disse Kaladin. — Estou dando-a a você.

— *O quê?* — disse Coreb.

Adiante, a guarda de honra de Amaram finalmente havia retornado, aparecendo apreensiva no topo da pequena depressão, com um jeito envergonhado.

— O que está fazendo? — clamou Amaram enquanto Kaladin passava por ele. — O que... Você não vai pegar a Espada?

— Eu não a quero — disse Kaladin em voz baixa. — Estou entregando-a aos meus homens.

Kaladin foi embora, emocionalmente exausto, lágrimas nos olhos enquanto escalava para fora da depressão e abria caminho entre a guarda de honra.

Caminhou sozinho de volta para o acampamento de guerra.

48

MORANGO

"Eles levam embora a luz, onde quer que espreitem. Pele que é queimada."

— Cormshen, página 104.

SHALLAN ESTAVA SENTADA EM silêncio, recostada em uma cama de lençóis brancos esterilizados, em um dos muitos hospitais de Kharbranth. Seu braço estava envolto em um curativo bem cuidado, e ela segurava sua prancheta de desenho diante de si. As enfermeiras haviam relutantemente deixado que ela desenhasse, contanto que não "ficasse nervosa".

Seu braço doía; havia se cortado mais profundamente do que pretendera. Esperara simular a ferida causada pelo cálice quebrado; não pensara o bastante para entender como isso ia parecer uma tentativa de suicídio. Embora tenha protestado que simplesmente caíra da cama, podia perceber que as enfermeiras e os fervorosos não aceitavam sua explicação. Ela não podia culpá-los.

Os resultados eram embaraçosos, mas pelo menos ninguém pensou que havia Transmutado para criar todo aquele sangue. O embaraço era um preço válido para escapar de suspeitas.

Ela continuou a desenhar. Estava em um quarto grande e espaçoso, em um hospital kharbranthiano, as paredes com várias camas alinhadas. A não ser pelos incômodos óbvios, seus dois dias no hospital haviam passado razoavelmente bem. Ela tivera bastante tempo para pensar sobre aquela tarde mais estranha de sua vida, quando vira fantasmas, transformara vidro em sangue e ouvira um fervoroso oferecer abandonar o fervor para ficar com ela.

Ela fizera vários desenhos daquele quarto de hospital. As criaturas espreitavam nas imagens, permanecendo nos cantos do quarto. A presença delas fazia com que fosse difícil para dormir, mas estava lentamente se acostumando.

O ar cheirava a sabão e óleo de listre; era banhada regularmente e seu braço lavado com antisséptico para espantar os esprenos de putrefação. Cerca de metade das camas abrigava mulheres doentes, e havia divisórias de tecido em molduras de madeira com rodas que podiam ser movidas entre os leitos para privacidade. Shallan vestia um robe branco simples que abria na frente e que tinha uma longa manga esquerda fechada com um cordão para proteger a mão segura.

Ela havia transferido sua bolsa-segura para o robe, abotoando-a dentro da manga esquerda. Ninguém havia olhado dentro da bolsa. Depois de darem banho em Shallan, sua bolsa-segura fora desabotoada e entregue a ela sem uma palavra, apesar do seu peso incomum. Não se olhava dentro da bolsa-segura de uma mulher. Ainda assim, ela ficava com a bolsa por perto sempre que possível.

No hospital, todas as suas necessidades eram providas, mas ela não podia ir embora. Era como estar em casa, nas propriedades do seu pai. Mais e mais, isso a apavorava tanto quanto os cabeça-de-símbolos. Ela tivera uma provinha da independência, e não queria voltar à vida de antes. Protegida, mimada, exibida como um troféu.

Infelizmente, era improvável que voltasse a estudar com Jasnah. Sua suposta tentativa de suicídio dava-lhe uma excelente razão para voltar para casa. Precisava ir. Permanecer, enviando o Transmutador sozinho, seria egoísta, considerando essa oportunidade para partir sem levantar suspeitas. Além disso, ela havia usado o Transmutador. Poderia aproveitar a longa viagem de volta para descobrir como havia feito isso, então estar pronta para ajudar sua família quando chegasse.

Ela suspirou e, depois de alguns sombreados, terminou seu desenho. Era uma imagem daquele lugar estranho que havia visitado. Aquele horizonte distante, com seu sol poderoso, mas frio. As nuvens acima correndo na sua direção, fazendo com que o sol parecesse estar no final de um longo túnel. Acima do oceano flutuavam centenas de chamas, um mar de luzes sobre o mar de contas de vidro.

Ela levantou a imagem, olhando para o desenho que estava por baixo. Era ela, encolhida na cama, cercada pelas estranhas criaturas. Não *ousava* contar a Jasnah o que vira, tinha medo de revelar que havia Transmutado e, portanto, cometido o roubo.

A imagem seguinte era dela deitada no chão em meio ao sangue. Shallan levantou os olhos do caderno. Uma fervorosa vestida de branco estava sentada contra a parede ali perto, fingindo costurar, mas na verdade vigiando, caso Shallan decidisse se machucar novamente. Shallan apertou os lábios em uma linha fina.

É uma boa desculpa, ela disse a si mesma. *Funciona perfeitamente. Pare de sentir tanta vergonha.*

Voltou para o último esboço do dia. Representava um dos cabeça-de--símbolos. Sem olhos, sem rosto, só aquele irregular símbolo alienígena com pontas semelhantes a cacos de cristal. Eles *tinham* que ter algo a ver com a Transmutação. Não tinham?

Eu visitei outro lugar, ela pensou. *Acho... Acho que falei com o espírito do cálice.* Será que um *cálice* tinha alma? Ao abrir sua bolsa para verificar o Transmutador, descobriu que a esfera que Kabsal lhe dera havia deixado de brilhar. Lembrava-se de uma vaga sensação de luz e beleza, uma tempestade dentro dela.

Ela tirara parte da luz da esfera e a entregara ao cálice — ao *espreno* do cálice — como um suborno para se transformar. Era assim que a Transmutação funcionava? Ou ela estava apenas forçando conexões?

Shallan baixou o caderno enquanto visitantes adentravam o quarto e começavam a se mover entre os pacientes. A maioria das mulheres sentou-se animadamente ao ver o rei Taravangian, com seus trajes laranja e ar gentil e maduro. Ele pausou em cada cama para conversar. Ela ouvira dizer que ele fazia visitas frequentes, pelo menos uma vez por semana.

Por fim, ele chegou ao leito de Shallan. Sorriu para ela, sentando-se em um banco acolchoado fornecido por um de seus muitos assistentes.

— E a jovem Shallan Davar. Fiquei terrivelmente triste ao saber do seu acidente. Desculpe não ter vindo antes. Os deveres do Estado me impediram.

— Está tudo bem, Vossa Majestade.

— Não, não, não está — disse ele. — Mas as coisas são como devem ser. Há muitos que reclamam que passo tempo demais aqui.

Shallan sorriu. Essas reclamações nunca eram veementes. Os senhores de terras e senhores das casas que praticavam jogos políticos na corte estavam bastante satisfeitos com um rei que passava tanto tempo fora do palácio, ignorando suas tramas.

— Este hospital é incrível, Vossa Majestade. Mal posso acreditar em como todos são bem tratados.

Ele abriu um largo sorriso.

— Meu grande triunfo. Tanto olhos-claros quanto olhos-escuros, ninguém é deixado de lado… seja mendigo, prostituta ou marinheiro de outras terras. Tudo é pago pelo Palaneu, sabe? De certo modo, até o mais obscuro e inútil registro está ajudando a curar os enfermos.

— Estou feliz de estar aqui.

— Duvido, criança. Um hospital como este é, talvez, a única coisa em que um homem pode investir tanto dinheiro e ficar exultante se nunca for usada. É uma tragédia que você tenha se tornado minha hóspede.

— O que quero dizer é que prefiro ficar doente aqui do que em outro lugar. Mas suponho que seja como dizer que é preferível se engasgar com vinho do que com água e sabão.

Ele riu.

— Você é uma menina doce — disse ele, se levantando. — Há algo que eu possa fazer para melhorar sua estadia?

— Encerrá-la?

— Infelizmente não posso dar essa permissão — replicou ele, com um olhar terno. — Tenho que me curvar à sabedoria dos meus cirurgiões e enfermeiras. Eles dizem que você ainda corre risco. Temos que pensar na sua saúde.

— Manter-me aqui me dá saúde às custas do meu bem-estar, Vossa Majestade.

Ele balançou a cabeça.

— Não podemos permitir que você sofra outro acidente.

— Eu… Eu compreendo. Mas prometo que estou me sentindo muito melhor. O episódio que tive foi causado por excesso de trabalho. Mas agora que estou relaxada, não corro mais perigo.

— Isso é ótimo, mas ainda precisamos mantê-la aqui por mais uns dias.

— Sim, Vossa Majestade. Mas eu poderia pelo menos receber visitas? Até agora, a equipe do hospital insistiu que eu não devia ser incomodada.

— Sim… Entendo que isso poderia ajudá-la. Vou falar com os fervorosos e sugerir que lhe permitam receber alguns visitantes. — Ele hesitou. — Quando estiver recuperada, poderia ser melhor suspender seu treinamento.

Ela fez uma careta, tentando não sentir nojo de si mesma pelo fingimento.

— Detestaria fazer isso, Vossa Majestade. Mas estou sentindo muita falta da minha família. Talvez eu deva voltar para casa.

— Uma excelente ideia. Tenho certeza de que os fervorosos ficarão mais inclinados a liberá-la se souberem que você está indo para casa. —

Ele sorriu generosamente, pousando uma mão no seu ombro. — Este mundo às vezes é uma tempestade. Mas lembre-se de que o sol sempre se levanta novamente.

— Obrigada, Vossa Majestade.

O rei se afastou, visitando outros pacientes, depois conversando em voz baixa com os fervorosos. Nem cinco minutos se passaram antes que Jasnah entrasse pela porta com seu característico andar empertigado. Estava usando um lindo vestido azul-escuro com bordados dourados. Seu cabelo preto estava trançado e preso com seis grampos de ouro; suas bochechas brilhavam com blush, os lábios rubros com pintura. Ela se destacava na sala branca como uma flor em um campo de pedra estéril.

Ela deslizou na direção de Shallan com os pés ocultos sob a bainha da saia de seda, carregando um livro grosso sob o braço. Um fervoroso trouxe-lhe um banco e ela se sentou no mesmo lugar onde estivera o rei.

Jasnah observou Shallan, o rosto rígido e impassível.

— Já me disseram que a minha tutela é exigente, até mesmo severa. Esse é um dos motivos por que costumo recusar pupilas.

— Peço perdão pela minha fraqueza, Luminosa — disse Shallan, baixando os olhos.

Jasnah pareceu descontente.

— Não quis sugerir que fosse culpa sua, menina. Estava tentando dizer o contrário. Infelizmente, não estou... acostumada com tal comportamento.

— Pedir desculpas?

— Sim.

— Bem, sabe... Para criar habilidade em pedir desculpas, é preciso primeiro cometer erros. É esse o seu problema, Jasnah. A senhora é absolutamente péssima nisso.

A expressão da mulher suavizou-se.

— O rei mencionou que você pretende voltar à sua família.

— O quê? Quando?

— Nós nos encontramos no corredor lá fora — disse ela. — E ele finalmente me deu a permissão de visitá-la.

— Assim até parece que a senhora estava lá esperando.

Jasnah não respondeu.

— Mas a sua pesquisa!

— Pode ser feita na câmera de espera do hospital. — Ela hesitou. — Tem sido um pouco difícil me concentrar nesses últimos dias.

— Jasnah! Quase está agindo feito uma *humana*!

Jasnah fitou-a com reprovação, e Shallan fez uma se retraiu, imediatamente se arrependendo das suas palavras.

— Sinto muito. Eu não aprendo, não é?

— Ou talvez esteja apenas praticando a arte da desculpa. Para não ficar tão constrangida quando for necessário, como eu.

— Muito astuto da minha parte.

— De fato.

— Posso parar agora, então? — pediu Shallan. — Acho que já pratiquei o bastante.

— Na minha opinião, pedir desculpas é uma arte que precisa de mais mestres. Não me use como modelo. O orgulho muitas vezes é confundido com impecabilidade. — Ela se inclinou para a frente. — Sinto muito, Shallan Davar. Ao sobrecarregá-la, posso ter feito um mal ao mundo e roubado dele uma das grandes eruditas da nova geração.

Shallan enrubesceu, sentindo-se ainda mais tola e culpada. Seus olhos foram até a mão de sua mestra. Jasnah usava a luva preta que ocultava a cópia. Com os dedos da sua mão segura, Shallan agarrou a bolsa-segura contendo o Transmutador. Se Jasnah soubesse...

Jasnah tirou o livro de baixo do seu braço e colocou-o na mesa ao lado de Shallan.

— Isto é para você.

Shallan pegou o livro e abriu na folha de rosto, mas estava em branco. A seguinte também, assim como todas no seu interior. A ruga na sua testa se aprofundou, e ela olhou para Jasnah.

— Ele se chama *Livro das páginas infinitas* — disse Jasnah.

— Hã, tenho certeza de que não são infinitas, Luminosa. — Ela abriu a última página e mostrou-a.

Jasnah sorriu.

— É uma metáfora, Shallan. Muitos anos atrás, uma pessoa querida fez uma bela tentativa de me converter ao Vorinismo. Esse foi o método que ele usou.

Shallan inclinou a cabeça.

— A sua busca é pela verdade — continuou Jasnah —, mas você também se apega à sua fé. Isso merece muita admiração. Procure o Devotário da Sinceridade. É um dos menores devotários, mas este livro é seu guia.

— Um livro com páginas em branco?

— De fato. Eles adoram o Todo-Poderoso, mas são guiados pela crença de que sempre há mais respostas a serem descobertas. O livro não pode ser preenchido, já que há sempre algo novo a aprender. Nesse devotário, ninguém é punido por fazer perguntas, mesmo aquelas que desafiam os preceitos do Vorinismo. — Ela balançou a cabeça. — Não posso explicar os dogmas deles. Você deve conseguir encontrá-los em Vedenar, embora não haja nenhum em Kharbranth.

— Eu... — Shallan deixou a voz morrer ao notar como a mão de Jasnah pousava carinhosamente no livro. Era precioso para ela. — Não imaginei que houvesse fervorosos dispostos a questionar as próprias crenças.

Jasnah ergueu uma sobrancelha

— É possível encontrar homens sábios em qualquer religião, Shallan, e bons homens em todas as nações. Aqueles que *verdadeiramente* buscam a sabedoria, aqueles que reconhecem a virtude em seus adversários, e que aprendem com quem aponta seus erros. Todos os outros... herege, vorin, ysperista, ou maakiano... têm mentes igualmente fechadas.

Ela retirou a mão do livro, fazendo menção de se levantar.

— Ele está errado — disse Shallan subitamente, compreendendo.

Jasnah se voltou para ela.

— Kabsal — explicou Shallan, o rosto vermelho. — Ele disse que a senhora estava pesquisando os Esvaziadores porque desejava provar que o Vorinismo era falso.

Jasnah bufou, zombeteira.

— Não dedicaria quatro anos da minha vida a uma busca tão vazia. É idiotice tentar provar uma negativa. Os vorins que acreditem no que quiserem... os sábios entre eles encontrarão bondade e consolo na sua fé; os tolos serão tolos independentemente de em que acreditarem.

Shallan franziu o cenho. Então *por que* Jasnah estava estudando os Esvaziadores?

— Ah. É só falar da tempestade que começa a ventar — disse Jasnah, voltando-se para a entrada do quarto.

Assustada, Shallan percebeu que Kabsal havia acabado de chegar, vestindo seu traje cinzento de costume. Estava discutindo em voz baixa com uma enfermeira, que apontava para a cesta que ele carregava. Finalmente, a enfermeira jogou as mãos para o alto e foi embora, deixando Kabsal se aproximar, triunfante.

— Finalmente! — disse ele a Shallan. — O velho Mungam sabe ser um verdadeiro tirano.

— Mungam? — perguntou Shallan.

— O fervoroso que administra este lugar — explicou Kabsal. — Deviam ter permitido minha entrada imediatamente. Afinal de contas, eu sei do que você precisa para melhorar! — Ele pegou uma jarra de geleia, com um sorriso largo.

Jasnah continuou no seu banco, fitando Kabsal do outro lado da cama.

— Pensei que você daria uma trégua a Shallan, considerando que sua atenção a levou ao desespero.

Kabsal enrubesceu. Ele olhou para Shallan, que viu a súplica nos seus olhos.

— Não foi você, Kabsal — disse ela. — Eu só... não estava pronta para a vida fora de casa. Ainda não sei o que me passou pela cabeça. Nunca fiz nada assim antes.

Ele sorriu, puxando um banco para se sentar.

— Na minha opinião, é a falta de cor nesses lugares que mantém as pessoas doentes por tanto tempo. Isso e a falta de comida adequada. — Ele piscou, voltando o pote para Shallan. Era de um vermelho-escuro. — Morango.

— Nunca ouvi falar — disse Shallan.

— É extremamente raro — disse Jasnah, estendendo a mão para o pote. — Como a maioria das plantas de Shinovar, não cresce em outros locais.

Kabsal pareceu surpreso quando Jasnah removeu a tampa e passou um dedo no interior do pote. Ela hesitou, então levou uma porção da geleia ao nariz para cheirá-la.

— Pensei que a senhora detestasse geleia, Luminosa Jasnah.

— E detesto. Só estava curiosa em relação ao cheiro. Ouvi falar que morangos têm um aroma bem característico. — Ela fechou a tampa, então limpou o dedo no seu lenço.

— Também trouxe pão — disse Kabsal. Ele tirou um pequeno pedaço de pão fofo. — É gentil da sua parte não me culpar, Shallan, mas percebo agora que fui muito insistente nas minhas atenções. Pensei que talvez pudesse trazer isto e...

— E o quê? — cortou Jasnah. — Absolver a si mesmo? "Sinto muito por levá-la ao suicídio. Tome aqui um pouco de pão."

Com o rosto corado, ele baixou os olhos.

— É claro que quero um pedaço — disse Shallan, olhando feio para Jasnah. — E ela também. Foi muito gentil da sua parte, Kabsal.

Ela pegou o pão, partindo um pedaço para Kabsal, outro para si mesma e um para Jasnah.

— Não — disse Jasnah. — Obrigada.

— Jasnah. Poderia por favor experimentar só um pouco?

Incomodava-lhe o fato de os outros dois não se darem bem. A mulher mais velha suspirou.

— Ora, está bem.

Ela pegou o pão, segurando-o enquanto Shallan e Kabsal comiam. O pão era úmido e delicioso, embora Jasnah tenha feito uma careta ao colocar o seu pedaço na boca e mastigá-lo.

— Você realmente devia experimentar a geleia — disse Kabsal para Shallan. — Morango é muito difícil de encontrar. Tive que procurar muito.

— Sem dúvida subornando comerciantes com dinheiro do rei — comentou Jasnah.

Kabsal suspirou.

— Luminosa Jasnah, entendo que a senhora não gosta de mim. Mas estou me esforçando muito para ser agradável. Poderia pelo menos *fingir* fazer o mesmo?

Jasnah olhou de relance para Shallan, provavelmente lembrando-se da suposição de Kabsal que minar o Vorinismo era a meta da sua pesquisa. Ela não pediu desculpas, mas também não retrucou.

Menos mal, pensou Shallan.

— A geleia, Shallan — disse Kabsal, oferecendo-lhe uma fatia de pão.

— Ah, claro. — Ela removeu a tampa do pote, segurando-o entre os joelhos e usando a mão livre.

— Imagino que tenha perdido seu navio — comentou Kabsal.

— Sim.

— Que navio? — perguntou Jasnah.

Shallan se retraiu.

— Eu estava planejando ir embora, Luminosa. Sinto muito. Devia ter-lhe contado.

Jasnah inclinou-se para trás.

— Suponho que era de se esperar, considerando tudo que aconteceu.

— Geleia? — ofereceu Kabsal novamente.

Shallan franziu o cenho. Ele estava sendo particularmente insistente em relação à geleia. Ela levantou o pote e cheirou-o, depois recuou.

— Que cheiro horrível! Isso é geleia? — Cheirava a vinagre e limo.

— O quê? — disse Kabsal, alarmado. Ele pegou o pote, cheirando o conteúdo, e depois se afastou, com um ar enojado.

— Parece que comprou um pote estragado — comentou Jasnah. — Não deveria ter esse cheiro?

— De modo algum — respondeu Kabsal.

Ele hesitou, então passou o dedo na geleia mesmo assim, provando um grande bocado.

— Kabsal! — disse Shallan. — Isso é nojento!

Ele tossiu, mas forçou-se a engolir.

— Na verdade não está tão ruim. Você devia experimentar.

— *O quê?*

— De verdade — insistiu ele, empurrando a geleia na direção dela. — Quer dizer, eu queria fazer algo especial para você. E acabou dando muito errado.

— Eu *não* vou provar, Kabsal.

Ele hesitou, como se estivesse pensando em obrigá-la. Por que estava agindo de modo tão estranho? Kabsal levou uma mão à cabeça, se levantou e afastou-se cambaleando do leito.

Então acelerou o passo rumo à saída. Ele só chegou à metade do caminho antes de cair no chão, seu corpo escorregando um pouco na pedra imaculada.

— Kabsal! — disse Shallan, saltando da cama e correndo até ele, sem se importar com suas poucas vestes. Ele estava tremendo. E… e…

E ela também. O quarto estava girando. Subitamente, ela se sentiu muito, muito cansada. Tentou ficar de pé, mas escorregou, zonza. Mal sentiu quando atingiu o chão.

Alguém estava se ajoelhando ao lado dela, praguejando.

Jasnah. Sua voz estava longe.

— Ela foi envenenada. Preciso de uma granada. Tragam-me uma granada!

Tem uma na minha bolsa-segura, Shallan pensou. Tateou por ela desajeitadamente, conseguindo desfazer o laço da manga de sua mão segura. *Por que… por que ela quer…*

Mas não, não posso mostrar isso a ela. O Transmutador!

Sua mente estava tão confusa.

— Shallan — disse a voz de Jasnah em um sussurro ansioso. — Vou ter que Transmutar seu sangue para purificá-lo. Vai ser perigoso. *Extremamente* perigoso. Não sou boa com carne ou sangue. Não é minha especialidade.

Ela precisa dele. Para me salvar. Debilmente, ela puxou sua bolsa-segura com a mão direita.

— Você… não pode…

— Silêncio, menina. Onde está a granada que eu pedi?!

— Você não pode Transmutar — disse Shallan em um fio de voz, abrindo o cordão da sua bolsa.

Ela a virou de cabeça para baixo, vendo vagamente um objeto dourado cair no chão, junto com a granada que recebera de Kabsal.

Pai das Tempestades! Por que o quarto estava girando tanto?

Jasnah ofegou, surpresa. Era um som distante.

Apagando...

Algo aconteceu. Um lampejo de calor atravessou Shallan, queimando, algo *dentro* da sua pele, como se houvesse sido jogada em um caldeirão fervilhante. Ela gritou, arqueando as costas, seus músculos espasmando.

E tudo ficou preto.

Petrobulbos

O termo "petrobulbo" refere-se a uma família inteira de plantas, mas também a uma planta específica.

Petrobulbo "Verdadeiro"
(ou Petrobulbo "Comum")

Seu peso é tal que ele sempre repousa de pé.

Pólipo de Lavis

Os graos do pólipo ficam suspensos em um material áspero, similar a areia.

Podem ser ressecados e armazenados de diversas maneiras.

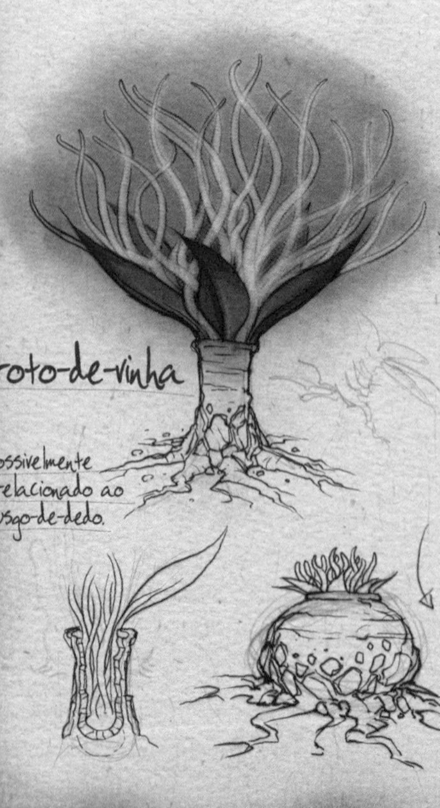

Broto-de-vinha

Possivelmente relacionado ao musgo-de-dedo.

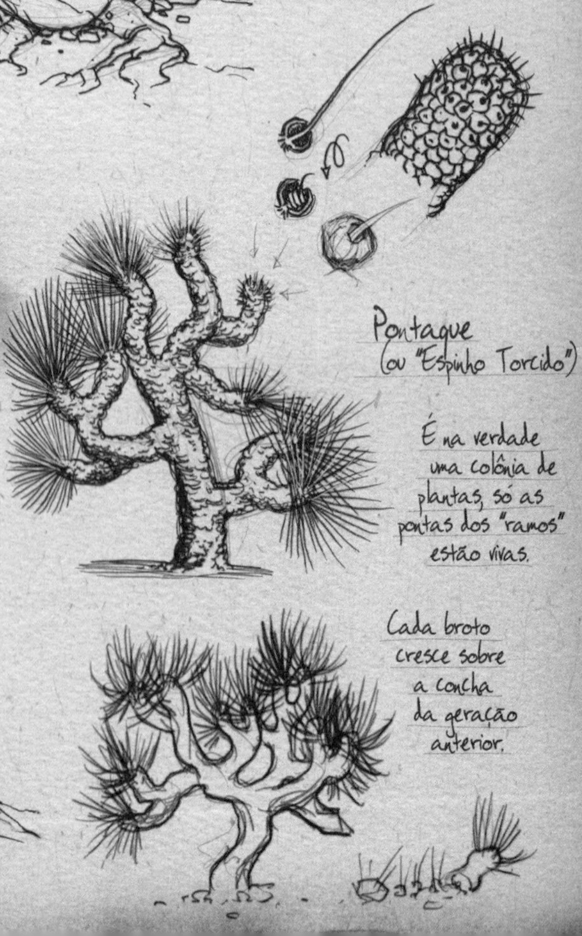

Pontaque
(ou "Espinho Torcido")

É na verdade uma colônia de plantas, só as pontas dos "ramos" estão vivas.

Cada broto cresce sobre a concha da geração anterior.

49

PREOCUPAR-SE

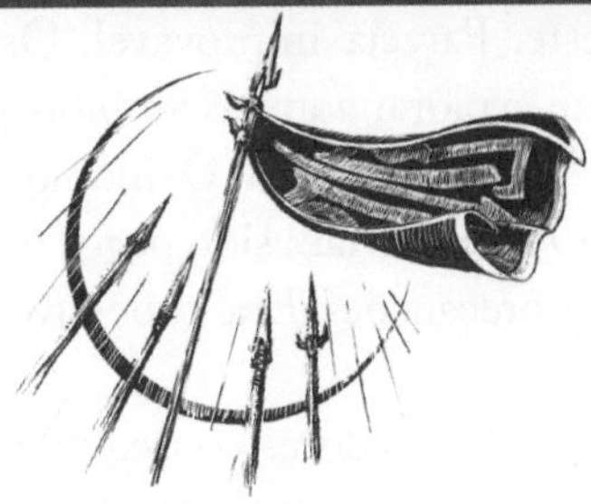

"Radiante / de terra natal / o anunciador vem / para anunciar / a terra natal dos Radiantes."

— Embora eu não seja admiradora da poesia *ketek* como meio de transmitir informações, este poema de Allahn é frequentemente citado em referência a Urithiru. Acredito que alguns confundiam o lar dos Radiantes com sua terra natal.

AS GIGANTESCAS PAREDES DO abismo que se elevavam dos dois lados de Kaladin escorriam musgo cinza-esverdeado. As chamas da sua tocha dançavam, enquanto a luz era refletida em seções de pedra lisa molhadas pela chuva. O ar úmido era gelado, e a grantormenta deixara poças e lagos. Ossos finos — uma ulna e um rádio — despontavam de uma poça profunda pela qual Kaladin passou. Ele não olhou para ver se o resto do esqueleto estava lá.

Enchentes relâmpago, pensou Kaladin, prestando atenção nos passos dos carregadores atrás dele. *Aquela água tem que ir para algum lugar, senão estaríamos cruzando canais em vez de abismos.*

Kaladin não sabia se podia confiar ou não no seu sonho, mas andara perguntando, e era verdade que a borda oriental das Planícies Quebradas era mais aberta do que o lado ocidental. Os platôs eram erodidos. Se os carregadores conseguissem chegar lá, talvez conseguissem de fugir para leste.

Talvez. Muitos demônios-do-abismo viviam naquela área, e batedores alethianos patrulhavam o perímetro além. Se a equipe de Kaladin se deparasse com eles, seria difícil explicar o que um grupo de homens armados — muitos deles com marcas de escravos — estava fazendo lá.

Syl caminhava junto da parede do abismo, aproximadamente na altura da cabeça de Kaladin. Esprenos de gravidade não a puxavam para baixo como faziam com tudo mais. Ela caminhava com as mãos atrás das costas, sua minúscula saia na altura dos joelhos flutuando em um vento intangível.

Escapar para leste. Parecia improvável. Os grão-príncipes haviam tentado intensamente explorar aquele caminho, procurando uma rota até o centro das Planícies. Eles falharam. Demônios-do-abismo haviam matado alguns grupos. Outros haviam sido pegos nos abismos durante grantormentas, apesar das precauções. Era impossível prever perfeitamente as tempestades.

Outras expedições de batedores conseguiram evitar esses dois destinos. Haviam usado enormes escadas extensíveis para escalar até os platôs durante grantormentas. Contudo, haviam perdido muitos homens, já que os topos dos platôs forneciam proteção esparsa durante as tempestades, e não era possível levar vagões ou outros abrigos pelos abismos. O maior problema, segundo ouvira, eram as patrulhas dos parshendianos. Elas descobriram e mataram dúzias de expedições de batedores.

— Kaladin? — chamou Teft, agitado, lançando respingos ao passar por uma poça onde flutuavam pedaços de uma carapaça vazia de crenguejo. — Você está bem?

— Ótimo.

— Está pensando demais.

— Eu comi demais, isso sim — disse Kaladin. — O grude estava especialmente espesso esta manhã.

Teft sorriu.

— Nunca pensei que você fosse piadista.

— Eu costumava ser mais assim. Puxei da minha mãe. Não dava para falar nada com ela sem que fosse torcido e rebatido.

Teft assentiu. Eles caminharam em silêncio por algum tempo, os carregadores mais atrás rindo enquanto Dunny contava uma história sobre a primeira garota que ele beijou.

— Filho, anda sentido algo estranho ultimamente? — disse Teft.

— Estranho? Estranho, como?

— Não sei. Só... algo esquisito? — Ele tossiu. — Sabe, como estranhos aumentos de força? Uma... hã, sensação de que está leve?

— Uma sensação de que estou *o quê*?

— Leve. Hã, talvez, como se sua cabeça estivesse leve. Cabeça leve. Esse tipo de coisa. Raios, garoto, estou só verificando se você ainda se sente doente. Você apanhou bastante daquela grantormenta.

— Estou bem — disse Kaladin. — Na verdade, incrivelmente bem.

— Estranho, hein?

Era estranho. Isso alimentava sua preocupação constante de que estava sujeito a algum tipo de maldição sobrenatural do tipo que em teoria se abatia sobre quem procurava a Antiga Magia. Havia histórias de homens malignos transformados em imortais, então torturados repetidamente — como Extes, cujos braços eram arrancados todos os dias por ter sacrificado seu filho aos Esvaziadores em troca de saber o dia da sua morte. Era só uma história, mas histórias tinham suas origens.

Kaladin continuava vivo quando todos os outros haviam morrido. Seria isso obra de algum espreno da Danação, brincando com ele como um espreno de vento, mas infinitamente mais nefasto? Deixando-o pensar que podia ser capaz de fazer algum bem, então matando todo mundo que tentasse ajudar? Supostamente havia milhares de tipos de esprenos, muitos que as pessoas nunca haviam visto ou que desconheciam. Syl o seguia. E se algum tipo de espreno maligno estivesse fazendo o mesmo?

Um pensamento muito perturbador.

A superstição é inútil, ralhou consigo mesmo. *Pense demais nisso e vai acabar como Durk, insistindo que precisa usar suas botas da sorte em todas as batalhas.*

Eles chegaram à seção onde o abismo se bifurcava, dividindo-se ao redor de um platô lá no alto. Kaladin voltou-se para encarar os carregadores.

— Este lugar aqui serve.

Os carregadores pararam e se juntaram. Ele podia ver a expectativa em seus olhos, a empolgação. Também já sentira aquilo, na época quando ainda não conhecia a dor muscular e os ferimentos da prática. Estranhamente, Kaladin agora sentia que estava mais fascinado *e* mais desapontado com a lança do que na juventude. Ele amava o foco, a sensação de certeza que experimentava quando lutava. Mas isso não salvara aqueles que o seguiram.

— É agora que deveria dizer que vocês são um bando miserável — disse Kaladin aos homens. — Foi assim que sempre vi fazerem. O sargento-instrutor diz aos recrutas que eles são patéticos. Aponta as fraquezas deles, às vezes luta com alguns, dando rasteiras neles para ensinar-lhes humildade. Eu fiz isso algumas vezes ao treinar novos lanceiros. — Kaladin sacudiu a cabeça. — Hoje, não é assim que vamos começar. Vocês não precisam de humilhação. Vocês não sonham com a glória; sonham com a sobrevivência. Mais que tudo, vocês *não* são o grupo lamentável e despreparado de recrutas com que a maioria dos sargentos tem que lidar. Vocês são duros. Já os vi correrem quilômetros a fio carregando uma ponte. Vocês são bravos. Já os vi avançarem direto para uma fileira de arqueiros. Vocês são determinados. Do contrário, não estariam aqui agora, comigo.

Kaladin caminhou até a parede do abismo e extraiu uma lança descartada de um entulho trazido pelas enchentes. Quando a pegou, no entanto, percebeu que a ponta da lança havia caído. Ele quase a jogou fora, depois reconsiderou.

Era perigoso quando segurava lanças. Faziam com que ele quisesse lutar, e podiam levá-lo a pensar que era o que fora antes: Kaladin Filho da Tempestade, um confiante chefe de pelotão. Ele não era mais aquele homem.

Parecia que sempre que ele pegava em armas, as pessoas ao seu redor morriam — amigos e inimigos. Então, por enquanto, parecia bom segurar aquela haste de madeira; era só um bastão, mais nada. Uma vara que ele podia usar para treinamento.

Podia encarar o retorno à lança em outra ocasião.

— É bom que já estejam preparados — disse Kaladin aos homens. — Porque não temos as seis semanas costumeiras para treinar um novo lote de recrutas. Em seis semanas, Sadeas terá conseguido dar cabo de metade de nós. Pretendo vê-los todos bebendo cerveja marrom em uma taverna em algum lugar seguro daqui a seis semanas.

Vários deles se animaram um pouco ao ouvir isso.

— Teremos que ser rápidos — continuou Kaladin. — Terei que pressioná-los bastante. É nossa única opção. — A primeira coisa que precisam aprender é que não tem problema em se preocupar.

Os 33 carregadores estavam dispostos em duas fileiras. Todos quiseram ir. Até Leyten, que se ferira tão feio. Ninguém entre eles estava tão machucado que não pudesse caminhar, embora Dabbid continuasse com o olhar perdido. Rocha estava de braços cruzados, aparentemente sem intenção de aprender a lutar. Shen, o parshemano, estava lá no fundo, olhando para o chão. Kaladin não pretendia colocar uma lança nas mãos dele.

Vários dos carregadores pareciam confusos pelo que Kaladin havia dito sobre emoções, embora Teft só houvesse erguido uma sobrancelha e Moash houvesse bocejado.

— Como assim? — perguntou Drehy, um homem louro e magro, de membros longos e musculosos, que falava com um leve sotaque; era de um lugar do extremo ocidente, chamado Rianal.

— Muitos soldados pensam que na hora da luta é melhor ser frio e sem emoções — explicou Kaladin, correndo o polegar pela haste, sentindo a textura da madeira. — Acho que isso é pura baboseira. Sim, vocês precisam de foco. Sim, emoções são perigosas. Mas se você não se preocupar com nada, o que é você? Um animal, pensando apenas em matar. Nossa paixão é o que nos torna humanos. Nós *temos* que lutar por um motivo. Então eu digo que não tem problema se preocupar. Vamos falar sobre como controlar seu medo e raiva, mas lembrem dessa primeira lição que ensinei a vocês.

Vários dos carregadores assentiram. A maioria ainda parecia confusa. Kaladin lembrou-se de estar no lugar deles, se perguntando por que Tukks perdia tempo falando sobre emoções. Pensara compreender emoções — seu impulso de aprender a usar a lança viera *por causa* das suas emoções. Vingança. Ódio. Um desejo de poder para se vingar de Varth e dos soldados do seu esquadrão.

Ele ergueu os olhos, tentando banir essas memórias. Não, os carregadores não compreendiam suas palavras sobre se preocupar, mas talvez se lembrassem mais tarde, como acontecera com Kaladin.

— A segunda lição — prosseguiu Kaladin, batendo a lança decapitada na rocha com um estrondo que ecoou pelo abismo — é mais utilitária. Antes que possam aprender a lutar, precisam aprender a ficar de pé.

Ele deixou a lança cair. Os carregadores o fitavam com visível decepção. Kaladin se pôs em uma postura básica de lanceiro, com os pés bem separados — mas não demais —, virado de lado, joelhos dobrados em um leve agachamento.

— Skar, quero que tente me empurrar para trás.

— O quê?

— Tente me desequilibrar — disse Kaladin. — Me force a tropeçar.

Skar deu de ombros e avançou. Ele tentou empurrar Kaladin, que se livrou facilmente das mãos dele com um rápido movimento de pulso. Skar praguejou e atacou novamente, mas Kaladin pegou seu braço e o empurrou para trás, fazendo-o cambalear.

— Drehy, venha ajudá-lo — ordenou Kaladin. — Moash, você também. Tentem me desequilibrar.

Os outros dois se juntaram a Skar. Kaladin evitou os ataques, permanecendo bem no meio deles, ajustando sua postura para rechaçar cada tentativa. Ele agarrou o braço de Drehy e puxou-o para a frente, quase derrubando-o. Impediu uma investida de ombro de Skar, desviando o peso do homem e esquivando-se. Ele recuou quando Moash o agarrou, desequilibrando-o.

Kaladin permaneceu completamente inabalável, movendo-se entre eles e ajustando seu centro de equilíbrio ao dobrar os joelhos e posicionar os pés.

— O combate começa com as pernas — disse Kaladin enquanto se desviava dos ataques. — Não importa quão rápido você dá socos, ou quão preciso são suas investidas. Se o seu oponente puder derrubá-lo, ou fazê-lo tropeçar, você perde. Perder significa morrer.

Vários dos carregadores que estavam assistindo tentaram imitar Kaladin, se agachando. Skar, Drehy e Moash haviam finalmente decidido tentar um ataque coordenado, planejando agarrar Kaladin ao mesmo tempo.

— Muito bem, vocês três. — Ele acenou para que voltassem até os outros. Eles relutantemente interromperam seus ataques. — Vou dividir vocês em pares. Vamos passar o dia todo hoje... e provavelmente a semana inteira... trabalhando as posturas. Aprender a mantê-las, a não travar os joelhos quando for ameaçado, a manter seu centro de gravidade. Vai levar tempo, mas prometo que se começarem com isso, se tornarão perigosos muito mais rápido. Mesmo que pareça que tudo que estão fazendo de início é ficarem de pé.

Os homens assentiram.

— Teft, divida os homens em pares por tamanho e peso, então mostre a eles uma postura básica de lança para a frente.

— Sim, senhor! — gritou Teft.

Então estacou, percebendo o que acabara de revelar. A velocidade com que respondeu tornara óbvio que Teft já fora um soldado. O homem encarou Kaladin e viu que ele percebera. O homem mais velho fechou a cara, mas Kaladin sorriu. Tinha um veterano sob seu comando; isso facilitaria bastante as coisas.

Teft não fingiu ignorância, e facilmente entrou no papel de sargento-instrutor, dividindo os homens em pares, corrigindo suas posturas. *Não admira que ele nunca tire aquela camisa*, pensou Kaladin. *Ela provavelmente esconde muitas cicatrizes.*

Enquanto Teft instruía os homens, Kaladin apontou para Rocha, gesticulando para que se aproximasse.

— Sim? — perguntou Rocha. Seu peito era tão largo que seu colete de carregador de pontes mal fechava.

— Você falou algo antes — disse Kaladin. — Que lutar era indigno?

— É verdade. Não sou um quarto filho.

— O que isso tem a ver?

— O primeiro filho e o segundo filho são necessários para cuidar da lavoura e do rebanho — explicou Rocha, levantando um dedo. — É mais importante. Sem comida, ninguém vive, sim? Terceiro filho é artesão. Sou eu. Eu sirvo com orgulho. Só quarto filho pode ser guerreiro. Os guerreiros não são tão necessários como comida ou artesanato. Está vendo?

— A sua profissão é determinada pela ordem de nascimento?

— É — respondeu Rocha, orgulhoso. — É a melhor maneira. Nos Picos, sempre há comida. Nem todas as famílias têm quatro filhos. Então nem sempre um soldado é necessário. Eu não posso lutar. Que homem faria isso diante dos *Uli'tekanaki*?

Kaladin olhou de relance para Syl. Ela deu de ombros, aparentemente sem se importar com as ações de Rocha.

— Tudo bem, então tem outra coisa que quero que faça. Vá pegar Lopen, Dabbid... — Kaladin hesitou. — E Shen. Traga-o também.

Rocha obedeceu. Lopen estava na fileira, aprendendo as posturas, embora Dabbid — como de costume — estivesse sozinho a um canto, sem olhar para nada em particular. Qualquer coisa que ele tivesse era bem pior que o costumeiro trauma de batalha.

Shen estava ao lado dele, hesitante, como se não soubesse seu lugar.

Rocha puxou Lopen para fora da fileira, então agarrou Dabbid e Shen e caminhou de volta até a Kaladin.

— *Gancho* — disse Lopen, em uma saudação casual. — Acho que seria um péssimo lanceiro, com uma mão só.

— Está tudo bem — disse Kaladin. — Tem outra coisa que preciso que façam. Teremos problemas com Gaz e nosso novo capitão... ou pelo menos com sua esposa... se não levarmos material resgatado.

— Nós três não podemos fazer o trabalho de trinta, Kaladin — disse Rocha, coçando a barba. — Isso aí não é possível.

— Talvez não, mas a maior parte do tempo nesses abismos é gasta procurando cadáveres que ainda não foram roubados. Acho que podemos trabalhar muito mais rápido. Nós *temos* que trabalhar muito mais rápido, se vamos treinar com a lança. Felizmente, temos uma vantagem.

Ele estendeu a mão e Syl pousou nela. Kaladin havia conversado com ela mais cedo, e Syl concordara com o plano. Ele não notou ela fazendo nada especial, mas subitamente Lopen arfou. Syl havia se tornado visível para ele.

— Ah... — disse Rocha, curvando-se respeitosamente para Syl. — Como coletar caniços.

— Ora, faíscas me queimem — disse Lopen. — Rocha, você nunca disse que ela era tão bonita!

Syl sorriu de orelha a orelha.

— Seja respeitoso — censurou Rocha. — Não deve falar dela desse jeito, pessoinha.

Os homens sabiam sobre Syl, naturalmente. Kaladin não falava dela, mas o viam conversando com o ar, e Rocha havia explicado.

— Lopen — disse Kaladin —, Syl pode se mover muito mais rápido que um carregador de pontes. Ela vai procurar lugares para coleta, e vocês quatro podem pegar as coisas rapidamente.

— Perigoso — comentou Rocha. — E se encontrarmos um demônio-do-abismo quando estivermos sozinhos?

— Infelizmente, não podemos voltar de mãos vazias. A *última* coisa que queremos é que Hashal decida mandar Gaz aqui para baixo para supervisionar.

Lopen bufou.

— Ele nunca viria, *gancho*. Muito trabalho aqui embaixo.

— Muito perigoso, também — acrescentou Rocha.

— Todo mundo diz isso — disse Kaladin. — Mas nunca vi mais do que esses arranhões nas paredes.

— Eles estão aqui embaixo — disse Rocha. — Não é uma lenda. Pouco antes de você chegar, metade de uma equipe de ponte foi morta. Devorada. A maioria das feras fica nos platôs intermediários, mas algumas chegam até aqui.

— Bem, detesto colocar vocês em perigo, mas se não tentarmos esse plano, vão nos tirar do serviço de abismo e vamos acabar limpando latrinas.

— Tudo bem, *gancho* — disse Lopen. — Eu vou.

— Eu também — disse Rocha. — Com a *ali'i'kamura* como proteção, talvez seja seguro.

— Pretendo ensinar você a lutar em algum momento — disse Kaladin. Então, quando Rocha franziu o cenho, ele rapidamente acrescentou: — Você, Lopen, quero dizer. Ter um braço só não significa que você é inútil. Terá uma desvantagem, mas há coisas que posso ensinar para você lidar com isso. Nesse momento, um coletor é mais importante para nós do que outra lança.

— Por mim, tudo bem.

Lopen gesticulou para Dabbid, e os dois foram pegar sacos para a coleta. Rocha fez menção de segui-los, mas Kaladin segurou seu braço.

— Não desisti de encontrar uma saída mais fácil do que lutar — disse Kaladin a ele. — Se nós nunca voltarmos, Gaz e os outros provavelmente vão achar que um demônio-do-abismo nos pegou. Se houver alguma maneira de alcançar o outro lado...

Rocha pareceu cético.

— Muitos já procuraram.

— A borda oriental está aberta.

— Sim — disse Rocha, com uma gargalhada. — E quando você conseguir chegar tão longe sem ser devorado por demônios-do-abismo ou morto por enchentes, eu te chamarei de meu *kaluk'i'iki.*

Kaladin ergueu uma sobrancelha.

— Só uma mulher pode ser *kaluk'i'iki* — disse Rocha, como se isso explicasse a piada.

— Esposa?

Rocha gargalhou ainda mais alto.

— Não, não. Terrabaixista bêbado de ar. Ha!

— Ótimo. Olhe só, veja se consegue memorizar os abismos, talvez fazer algum tipo de mapa. Suspeito que a maioria dos que vêm aqui embaixo sigam as rotas estabelecidas. Isso significa que é muito mais provável que encontremos material de coleta nas passagens laterais; é para lá que vou enviar Syl.

— Passagens laterais? — disse Rocha, ainda achando graça. — Parece até que você *quer* que eu seja devorado. Ha, e por um grã-carapaça. Eles deviam ser a *comida*, não os *comedores*.

— Eu...

— Não, não — continuou Rocha. — É um bom plano. Só estou brincando. Vou ter cuidado, e vai ser bom ter isso aí, já que não quero lutar.

— Obrigado. Talvez você encontre um lugar onde possamos sair escalando.

— Vou fazer isso aí. — Rocha assentiu. — Mas não podemos simplesmente escalar. O exército tem muitos batedores nas Planícies. É assim que eles sabem quando os demônios-do-abismo chegam para virar crisálidas, hein? Eles vão nos ver, e não vamos conseguir cruzar abismos sem uma ponte.

Era um bom argumento, infelizmente. Se escalassem ali perto, seriam vistos. Se escalassem na zona intermediária, ficariam presos em platôs sem ter para onde ir. Se escalassem mais perto dos parshendianos, seriam encontrados pelos batedores inimigos. Isso se eles *conseguissem* sair dos abismos. Alguns tinham apenas uns dez metros ou 15 metros de profundidade, outros tinham mais de trinta.

Syl saiu voando para conduzir Rocha e sua equipe, e Kaladin voltou ao grupo principal de carregadores para ajudar Teft a corrigir posturas. Era um trabalho difícil; o primeiro dia sempre era. Os carregadores eram descuidados e inseguros.

Mas também mostravam uma notável determinação. Kaladin nunca havia trabalhado com um grupo menos reclamão. Os carregadores não pediam pausas. Eles não olhavam com raiva quando Kaladin aumentava a pressão. Os cenhos franzidos eram para suas próprias fraquezas, zangados consigo mesmos por não aprenderem mais rápido.

E eles aprenderam. Depois de apenas algumas horas, os mais talentosos entre eles — com Moash na vanguarda — começaram a se transformar em guerreiros. Suas posturas ficaram mais firmes, mais confiantes. Quando deviam estar exaustos e frustrados, ficaram mais determinados.

Kaladin deu um passo atrás, assistindo Moash se posicionar depois que Teft o empurrou. Era um exercício de reajuste — Moash deixava Teft golpeá-lo, então rapidamente voltava à posição e acertava os pés. Repetidamente. O propósito era treinar para voltar à posição sem pensar. Kaladin normalmente não teria iniciado os exercícios de reajuste até o segundo ou terceiro dia. Mas ali estava Moash, absorvendo tudo depois de apenas duas horas. Havia dois outros — Drehy e Skar — quase tão rápidos no aprendizado quanto Moash.

Kaladin se recostou contra a parede de pedra. Água fria escorria pela pedra ao seu lado, e uma planta de floragola hesitantemente abriu suas frondes semelhantes a leques sobre a cabeça dele: duas folhas largas e alaranjadas, com espinhos nas pontas, que se abriam como punhos.

Será o treinamento de carregador de pontes?, perguntou-se Kaladin. *Ou será a entrega deles?* Eles haviam recebido uma oportunidade de lutar. Esse tipo de oportunidade mudava um homem.

Ao vê-los de pé, resolutos e capazes, em posturas que haviam acabado de aprender, Kaladin percebeu uma coisa. Aqueles homens — rejeitados pelo exército, forçados a trabalhar quase até a morte, então alimentados com comida extra pelo planejamento cuidadoso de Kaladin — eram os recrutas mais capazes e prontos para treinamento que já recebera.

Ao tentar derrubá-los, Sadeas os preparara para a excelência.

50
PÓ DE QUEBRACOSTAS

"Chama e cinzas. Pele tão horrível. Olhos como poços de escuridão."

— Uma citação da *Ivíada* provavelmente não precisa de anotação de referência, mas essa vem da linha 482, caso eu precise localizá-la rapidamente.

SHALLAN ACORDOU EM UM pequeno quarto branco.

Ela se sentou, sentindo-se estranhamente saudável. O sol brilhava através das persianas brancas e finas da janela, adentrando o quarto. Shallan franziu o cenho, sacudindo a cabeça confusa. Sentira-se queimada dos pés às orelhas, até a pele descascar. Mas isso era só uma memória. Ela tinha o corte no braço, mas, tirando isso, estava perfeitamente bem.

Um som tênue. Ela se virou e viu uma enfermeira seguindo apressada por um corredor branco, do lado de fora; a mulher aparentemente vira Shallan sentada e agora estava indo informar alguém.

Estou no hospital, Shallan pensou. *Transferida para um quarto particular.*

Um soldado espiou dentro do quarto, inspecionando Shallan. Aparentemente, estava sob guarda.

— O que aconteceu? — perguntou ela. — Fui envenenada, não fui? — Sentiu um súbito choque de preocupação. — Kabsal! Ele está bem?

O guarda simplesmente voltou ao seu posto. Shallan começou a se arrastar para fora da cama, mas ele olhou para dentro de novo com uma expressão zangada. Ela deixou escapar um gritinho, cobrindo-se com o lençol e se recostando. Ainda estava vestindo um dos robes do hospital, muito parecido com um macio robe de banho.

Quanto tempo estivera inconsciente? Por que estava...

O Transmutador!, ela entendeu. *Eu o devolvi para Jasnah.*

A meia hora seguinte foi um dos períodos mais miseráveis na vida de Shallan. Ela a passou suportando os periódicos olhares ferozes do guarda e sentindo-se nauseada. O que havia acontecido?

Finalmente, Jasnah apareceu na ponta do corredor. Usava um vestido diferente, preto com fitas cinza-claro nas bainhas. Ela seguiu na direção do quarto como uma flecha e dispensou o guarda com uma única palavra ao passar. O homem se afastou às pressas, suas botas soando mais alto no chão de pedra do que as chinelas de Jasnah.

Jasnah entrou e, muito embora não tenha proferido acusação alguma, seu olhar era tão hostil que Shallan quis se arrastar para baixo das cobertas e se esconder. Não. Ela queria se arrastar para debaixo da cama, cavar o chão e colocar rocha entre ela e aqueles olhos.

Acabou olhando para baixo, envergonhada.

— Você foi sábia em devolver o Transmutador — disse Jasnah, em uma voz gelada. — Isso salvou sua vida. *Eu* salvei sua vida.

— Obrigada — sussurrou Shallan.

— Para quem está trabalhando? Qual devotário a subornou para roubar o fabrial?

— Nenhum, Luminosa. Roubei-o por conta própria.

— Protegê-los não ajudará em nada. Você *vai* acabar me contando a verdade.

— Essa é a verdade — disse Shallan, erguendo os olhos, sentindo um toque de desafio. — Foi por isso que me tornei sua pupila, para começo de conversa. Para roubar o Transmutador.

— Sim, mas para quem?

— Para *mim* — declarou Shallan. — É tão difícil acreditar que eu agi por conta própria? Sou um fracasso tão miserável que a única resposta racional é crer que fui enganada ou manipulada?

— Você não tem motivo para levantar a voz para mim, menina — disse Jasnah, calma. — E tem *todos* os motivos para se colocar no seu lugar.

Shallan voltou a baixar os olhos. Jasnah ficou em silêncio por um momento. Finalmente, suspirou.

— O que estava *pensando*, menina?

— Meu pai está morto.

— E daí?

— Ele não era bem-quisto, Luminosa. Na verdade, era *odiado*, e nossa família está falida. Meus irmãos estão tentando manter as aparências, fingindo que ele ainda está vivo. Mas... — Ousaria dizer a Jasnah que seu pai possuía um Transmutador? Fazer isso não ajudaria a desculpar o que Shallan fizera, e poderia aumentar ainda mais os problemas da família. — Precisávamos de alguma coisa. Uma vantagem. Uma maneira de ganhar dinheiro rapidamente, ou *criar* dinheiro.

Jasnah ficou em silêncio novamente. Quando finalmente falou, parecia estar achando graça.

— Você pensou que sua salvação seria enfurecer não só todo o fervor, mas também Alethkar? Entende o que meu irmão teria feito, se descobrisse?

Shallan desviou o olhar, sentindo-se tola e envergonhada. Jasnah suspirou.

— Às vezes esqueço como você é jovem. Entendo a tentação desse furto. Ainda assim, foi uma estupidez. Providenciei sua passagem de volta a Jah Keved. Você partirá pela manhã.

— Eu... — Era mais do que ela merecia. — Obrigada.

— Seu amigo, o fervoroso, está morto.

Shallan levantou os olhos, consternada.

— O que aconteceu?

— O pão estava envenenado. Pó de quebracostas. Altamente fatal, salpicado no pão para parecer farinha. Suspeito que todo pão tivesse esse veneno, sempre que ele visitava. Sua meta era fazer com que eu comesse um pedaço.

— Mas eu comi um *bocado* daquele pão!

— A geleia continha o antídoto — explicou Jasnah. — Nós o encontramos em vários potes vazios que ele havia usado.

— Não pode ser!

— Comecei a investigar — disse Jasnah. — Devia ter feito isso imediatamente. Ninguém se lembra direito de onde esse "Kabsal" veio. Embora ele falasse dos outros fervorosos com familiaridade, para você ou para mim, eles só o conheciam vagamente.

— Então ele...

— Estava enganando você, menina. O tempo todo, estava te usando para se aproximar de mim. Para espiar o que eu estava fazendo, me matar, se possível. — Ela tratava do assunto de modo ponderado, sem emoção alguma. — Acredito que ele usou muito mais do pó durante essa última tentativa, mais do que já usara antes, talvez esperando conseguir que eu o inalasse. Ele percebeu que seria sua última oportunidade. Contudo, o veneno se voltou contra ele, funcionando mais rápido do que Kabsal previu.

Alguém quase a matara. Não alguém, *Kabsal*. Por isso ele estava tão ansioso para que ela provasse a geleia!

— Estou muito desapontada com você, Shallan — disse Jasnah. — Agora entendo por que tentou tirar a própria vida. Foi a culpa.

Ela *não* tentara se matar. Mas de que adiantaria admitir isso? Jasnah estava com pena dela; era melhor não dar motivo para que mudasse de ideia. Mas e as coisas estranhas que Shallan vira e vivenciara? Será que Jasnah teria uma explicação?

Olhar para Jasnah, vendo a raiva fria por trás da aparência tranquila, assustou Shallan o bastante para que suas perguntas sobre os cabeça-de-símbolos e o lugar estranho que visitara morressem em seus lábios. Como pudera algum dia se considerar corajosa? Ela não era corajosa; era uma tola. Lembrou-se de todas as vezes que a fúria do seu pai ecoara pela casa. A raiva mais silenciosa e mais justificada de Jasnah não era menos intimidadora.

— Bem, você vai precisar aprender a viver com sua culpa — disse Jasnah. — Pode não ter escapado com meu fabrial, mas jogou fora uma carreira muito promissora. Esse plano idiota vai macular sua vida por décadas. Mulher alguma irá aceitá-la como pupila agora. Você *jogou tudo fora*. — Ela balançou a cabeça em desagrado. — Detesto estar errada.

Dito isso, virou-se para partir. Shallan levantou uma mão. *Preciso pedir desculpas. Preciso dizer alguma coisa.*

— Jasnah?

A mulher não olhou para trás, e o guarda não retornou.

Shallan se encolheu debaixo da coberta, com um nó no estômago, sentindo-se tão mal que por um momento desejou ter afundado um pouco mais aquele caco de vidro. Ou talvez que Jasnah não houvesse sido rápida o bastante com o Transmutador para salvá-la.

Perdera tudo. Sem fabrial para proteger sua família, sem tutelagem para continuar seus estudos. Sem Kabsal. Ele nunca lhe pertencera de verdade.

Suas lágrimas umedeceram os lençóis enquanto a luz do sol lá fora foi diminuindo até sumir. Ninguém foi ver como ela estava.

Ninguém se importava.

51

SAS NAHN

UM ANO ATRÁS

KALADIN ESTAVA SENTADO EM silêncio na sala de espera da central de guerra de Amaram. Construída com madeira, a central era composta por dúzias de robustas seções que podiam ser desconectadas e puxadas por chules. Kaladin estava sentado ao lado de uma janela, olhando para o acampamento. Havia um espaço vazio onde costumava ficar seu esquadrão. Podia vê-lo de onde estava. Suas tendas tinham sido desmontadas e entregues a outros esquadrões.

Restavam quatro dos seus homens. Quatro de 26. E seus homens o chamavam de sortudo, de Filho da Tempestade. Ele começara a acreditar.

Eu matei um Fractário hoje, pensou, com a mente entorpecida. *Como Lanacin Passo Firme, ou Evod, o Marcador. Eu. Eu matei um deles.*

E não se importava.

Ele cruzou os braços no parapeito de madeira. Não havia vidro na janela, e ele podia sentir a brisa. Um espreno de vento voejava de uma tenda para outra. Atrás de Kaladin, a sala possuía um espesso tapete vermelho e escudos nas paredes. Havia algumas cadeiras de madeira acolchoadas, como a que Kaladin estava sentado. Aquela era a sala de espera "íntima" da central de guerra — pequena, mas maior do que toda a sua casa em Larpetra, incluindo o centro cirúrgico.

Matei um Fractário, ele pensou novamente. *E então entreguei a Espada e a Armadura.*

Aquilo só podia ser a coisa mais monumentalmente estúpida que alguém já fizera em qualquer reino e qualquer era. Como Fractário, Kaladin teria sido mais importante do que Roshone — mais importante do que Amaram. Ele poderia ir para as Planícies Quebradas e lutar em uma guerra de verdade.

Nunca mais disputas de fronteiras; nunca mais capitães olhos-claros mesquinhos que pertenciam a famílias sem importância, amargurados porque haviam sido deixados para trás. Ele nunca mais teria que se preocupar com bolhas de botas que não cabiam, refeições com gosto de crem, ou outros soldados querendo puxar uma briga.

Ele poderia ter sido rico. E abrira mão de tudo isso em um instante.

E *ainda assim* o mero pensamento de tocar aquela Espada revirava seu estômago. Ele não queria riqueza, títulos, exércitos ou até mesmo uma boa refeição. Ele queria ser capaz de voltar e proteger os homens que haviam confiado nele. Por que havia perseguido aquele Fractário? Devia ter corrido. Mas não, insistiu em atacar um tormentoso *Fractário.*

Você protegeu seu alto-marechal, ele disse a si mesmo. *Você é um herói.*

Mas por que a vida de Amaram valia mais do que a dos seus homens? Kaladin serviu Amaram devido à honra que ele mostrara. Ele deixava os lanceiros partilharem do seu conforto na central de guerra durante grantormentas, um esquadrão diferente a cada tempestade. Ele insistia que seus homens fossem bem alimentados e bem pagos. Ele não os tratava como lama.

Mas deixava seus subordinados fazerem isso. E quebrara sua promessa de proteger Tien.

Assim como eu. Assim como eu....

As entranhas de Kaladin eram uma massa contorcida de culpa e tristeza. Uma coisa permanecia clara, como um ponto brilhante de luz na parede de um quarto escuro. Ele não queria nada com aqueles Espadas Fractais. Nem queria tocá-las.

A porta se abriu subitamente e Kaladin virou-se na cadeira. Amaram entrou. Alto, magro, com um rosto quadrado e uma longa casaca militar verde-escura. Caminhava com uma muleta. Kaladin fitou as ataduras e a tala com um olhar crítico. *Eu teria feito melhor.* Também teria insistido que o paciente continuasse na cama.

Amaram estava conversando com um dos seus guarda-tempos, um homem de meia-idade com barba quadrada e trajes pretos.

— ... Por que Thaidakar arriscaria? — dizia Amaram em voz baixa. — Mas quem mais seria? Os Sanguespectros estão ficando mais ousados. Precisamos descobrir quem ele era. Nós sabemos alguma coisa sobre ele?

— Ele era vedeno, Luminobre — disse o guarda-tempo. — Eu não reconheci. Mas vou investigar.

Amaram assentiu, ficando em silêncio. Atrás dos dois, um grupo de oficiais olhos-claros entrou, um deles carregando a Espada Fractal, segurando-a sobre um pano branco imaculado. Atrás desse grupo vinham os quatro membros sobreviventes do esquadrão de Kaladin: Hab, Reesh, Alabet e Coreb.

Kaladin se levantou, sentindo-se exausto. Amaram permaneceu junto à porta, os braços cruzados, enquanto os dois últimos homens entravam e fechavam a porta. Esses dois também eram olhos-claros, mas de nível inferior — oficiais da guarda pessoal de Amaram. Será que eles estavam entre os que tinham fugido?

Foi uma decisão inteligente, pensou Kaladin. *Mais inteligente do que o que eu fiz.*

Amaram se apoiou na muleta, inspecionando Kaladin com brilhantes olhos castanhos. Ele estivera em conferência com seus conselheiros por várias horas, tentando descobrir quem fora o Fractário.

— Você fez algo corajoso hoje, soldado — disse Amaram para Kaladin.

— Eu... — Como responder àquilo? *Gostaria de tê-lo deixado morrer, senhor.* — Obrigado.

— Todos os outros fugiram, incluindo minha guarda de honra. — Os dois homens mais próximos da porta olharam para o chão, envergonhados. — Mas você avançou e atacou. Por quê?

— Não cheguei a pensar a respeito, senhor.

Amaram pareceu descontente com a resposta.

— Seu nome é Kaladin, não?

— Sim, Luminobre. De Larpetra? Lembra?

Amaram franziu o cenho, parecendo confuso.

— Seu primo, Roshone, é o senhor da cidade lá. Ele mandou meu irmão para o exército quando o senhor foi recrutar soldados. Eu... Eu me alistei com meu irmão.

— Ah, sim — disse Amaram. — Acho que me lembro de você. — Ele não perguntou por Tien. — Você ainda não respondeu a minha pergunta. Por que atacar? Não foi pela Espada Fractal. Você a rejeitou.

— Sim, senhor.

Ao lado, o guarda-tempo levantou as sobrancelhas, como se não pudesse acreditar que Kaladin havia rejeitado as peças. O soldado segurando a Espada Fractal continuava fitando-o com assombro.

— Por quê? — insistiu Amaram. — Por que você a rejeitou? Eu preciso saber.

— Eu não a quero, senhor.

— Sim, mas por quê?

Porque ela me tornaria em um de vocês. Porque não posso olhar para aquela arma e não ver o rosto dos homens que seu portador matou tão casualmente. Porque... porque...

— Não posso responder a isso, senhor. — Kaladin suspirou.

O guarda-tempo andou até o braseiro da sala, balançando a cabeça, e começou a aquecer suas mãos.

— Veja bem — disse Kaladin. — Esses Fractais são meus. Bem, decidi entregá-los a Coreb. Ele tem a patente mais alta entre meus soldados, e é o melhor lutador entre eles. Os outros três vão entender. Além disso, Coreb vai cuidar deles, quando se tornar um olhos-claros.

Amaram olhou para Coreb, então assentiu para seus atendentes. Um deles fechou as cortinas. Os outros sacaram suas espadas e começaram a se mover na direção dos quatro membros restantes do esquadrão de Kaladin.

Kaladin gritou, saltando para a frente, mas dois dos oficiais haviam se posicionado junto dele. Um deles o golpeou no estômago assim que Kaladin começou a se mover. Ficou tão surpreso que o golpe o acertou em cheio, e ele perdeu o fôlego.

Não.

Lutou contra a dor, virando-se para atacar o homem. Os olhos do oficial se arregalaram quando o punho de Kaladin o acertou, jogando-o para trás. Vários outros homens se jogaram contra ele. Kaladin não estava armado, e estava tão exausto da batalha que mal conseguia ficar de pé. Eles o derrubaram com golpes nos flancos e nas costas. Caiu no chão, cheio de dor, mas ainda capaz de assistir enquanto os soldados avançavam contra seus homens.

Reesh foi abatido primeiro. Kaladin arfou, esticando uma mão, lutando para ficar de joelhos.

Isso não pode acontecer. Por favor, não!

Hab e Alabet puxaram suas facas, mas caíram rapidamente, um soldado atravessando Hab enquanto outros dois cortavam Alabet. A faca de Alabet caiu no chão com estrépito, seguida pelo seu braço, e depois pelo seu cadáver.

Coreb durou mais tempo, recuando, as mãos espalmadas estendidas. Ele não gritou. Parecia entender. Os olhos de Kaladin estavam lacrimejando, e os soldados o agarravam por trás, impedindo-o de ajudar.

Coreb caiu de joelhos e começou a implorar. Um dos homens de Amaram acertou-o no pescoço, cortando habilmente sua cabeça. Em alguns segundos estava tudo acabado.

— Seu canalha! — disse Kaladin, arfando contra a dor. — Canalha tormentoso!

Kaladin chorava, lutando inutilmente contra os quatro homens que o seguravam. O sangue dos lanceiros caídos empapava o assoalho.

Eles estavam mortos. Todos mortos. Pai das Tempestades! Todos eles!

Amaram adiantou-se, com uma expressão grave. Ele dobrou um joelho diante de Kaladin.

— Sinto muito.

— Canalha! — gritou Kaladin o mais alto que pôde.

— Eu não podia correr o risco que eles contassem o que viram. É assim que deve ser, soldado. É pelo bem do exército. Vamos contar que seu esquadrão ajudou o Fractário. Sabe, é preciso que os homens acreditem que eu o matei.

— Está tomando os Fractais para si?

— Fui treinado no uso da espada — respondeu Amaram. — E estou acostumado a usar armadura. Será melhor para Alethkar se eu tomar os Fractais.

— Você podia ter me pedido! Raios o partam!

— E quando as notícias se espalhassem pelo acampamento? — indagou Amaram. — Que você matou o Fractário, mas eu fiquei com os Fractais? Ninguém acreditaria que você os entregou por livre escolha. Além disso, filho, você não me deixaria ficar com elas. — Amaram balançou a cabeça. — Acabaria mudando de ideia. Em um dia ou dois, teria exigido a riqueza e prestígio... os outros o convenceriam a isso. Você teria *exigido* que eu os devolvesse. Levei horas para decidir, mas Restares está certo... é isso que deve ser feito. Pelo bem de Alethkar.

— Não é por Alethkar! É por você! Raios! Pensei que você fosse melhor do que os outros! — Lágrimas pingavam do queixo de Kaladin.

Amaram subitamente pareceu culpado, como se atingido pelas palavras de Kaladin. Ele se virou, acenando para o guarda-tempo. O homem voltou do braseiro, segurando algo que estivera aquecendo nas brasas. Um pequeno ferro de marcar.

— Era tudo fingimento? — perguntou Kaladin. — O honorável luminobre que se importa com seus homens? Mentiras? Tudo mentira?

— Isso *é* pelos meus homens — respondeu Amaram. Ele retirou a Espada Fractal do pano, segurando-a. A gema no seu punho emitiu um lampejo de luz branca. — Você nem imagina os fardos que carrego, lanceiro. — A voz de Amaram perdeu parte do seu tom calmo e racional. Ele parecia estar na defensiva. — Não posso me preocupar com as vidas de uns poucos lanceiros olhos-escuros quando milhares de pessoas podem ser salvas pela minha decisão.

O guarda-tempo foi até Kaladin, posicionando o ferro de marcar. Os glifos, invertidos, diziam *sas nahn*. Uma marca de escravo.

— Você foi atrás de mim — disse Amaram, mancando até a porta, contornando o corpo de Reesh. — Por salvar minha vida, pouparei a sua. Cinco homens contando a mesma história teriam credibilidade, mas um único escravo será ignorado. O acampamento de guerra ouvirá que você não tentou ajudar seus companheiros... mas que tampouco tentou detê-los. Você fugiu e foi capturado pela minha guarda.

Amaram hesitou junto à porta, apoiando o fio cego da Espada Fractal roubada no ombro. A culpa ainda estava presente em seus olhos, mas suas feições tinham endurecido, escondendo-a.

— Você está sendo exonerado como um desertor e marcado como escravo. Mas foi poupado da morte pela minha misericórdia.

Ele abriu a porta e foi embora.

O ferro de marcar desceu, queimando o destino de Kaladin na sua pele. Ele soltou um último grito rouco.

FIM DA
PARTE TRÊS

INTERLÚDIOS

BAXIL • GERANID • SZETH

BAXIL ANDAVA APRESSADAMENTE PELO elegante corredor do palácio, levando uma volumosa bolsa de ferramentas. Um som de passos veio de trás e ele pulou, girando. Não viu nada. O corredor estava vazio, um tapete dourado forrando o chão, espelhos nas paredes, teto com arcos coberto com elaborados mosaicos.

— Pode *parar* com isso? — reclamou Av, caminhando ao seu lado. — Toda vez que você dá um pulo, eu quase acerto você com o susto.

— Não consigo evitar — disse Baxil. — Não devíamos fazer isso à noite?

— A senhora sabe o que faz — respondeu Av.

Como Baxil, Av era emuliano, de pele e cabelo escuros. Mas o homem mais alto tinha muito mais autoconfiança. Ele andava pelos corredores como se houvesse sido convidado, a espada de lâmina grossa pendendo de uma bainha sobre seu ombro.

Pela graça do Primeiro Kadasix, pensou Baxil. *Gostaria que Av nunca precisasse desembainhar aquela arma. Obrigado.*

Sua mestra caminhava à frente, a única outra pessoa no corredor. Ela não era emuliana — nem mesmo parecia makabakiana, embora tivesse pele escura e lindos cabelos pretos. Ela tinha olhos de shina, mas era alta e esbelta, como uma alethiana. Av achava que ela tinha descendência mista. Pelo menos era o que ele dizia quando os dois ousavam conversar sobre essas coisas. A mestra tinha ouvidos apurados. Estranhamente apurados.

Ela parou na interseção seguinte. Baxil novamente olhou sobre o ombro. Av o cutucou com o cotovelo, mas ele não conseguia deixar de olhar. Sim, a mestra alegava que os servos do palácio estavam ocupados aprontando a nova ala de convidados, mas aquele era o lar do próprio Ashno dos Sábios. Um dos homens mais ricos e santos de toda Emul. Ele tinha centena de servos. E se um deles passasse por aquele corredor?

Os dois homens se juntaram à sua mestra na interseção. Ele se obrigou a olhar para a frente, a deixar de espiar sobre o ombro, mas então se pegou observando a mestra. Era perigoso ser empregado por uma mulher tão bonita quanto ela, com longo cabelo preto, solto e pendendo até a cintura. Ela nunca usava uma túnica feminina apropriada, ou mesmo um vestido ou saia. Sempre calças, geralmente esguias e justas, uma espada de lâmina fina no quadril. Seus olhos eram de um roxo tão tênue que eram quase brancos.

Ela era impressionante. Maravilhosa, inebriante, avassaladora.

Av deu outra cotovelada nas suas costelas. Baxil pulou, depois olhou feio para o primo, esfregando o lado do corpo.

— Baxil — chamou a mestra. — Minhas ferramentas.

Ele abriu a bolsa, entregando um cinto de ferramentas dobrado que tilintou quando ela o pegou. Sem olhar para Baxil, ela virou no corredor à esquerda.

Baxil assistiu, incomodado. Aquele era o Salão Sagrado, o local onde um homem rico colocava imagens dos seus Kadasix para reverenciá-los. A mestra caminhou até a primeira obra de arte. A pintura representava Epan, Senhora dos Sonhos. Era belíssima, uma obra-prima de folha de ouro sobre uma tela preta.

A mestra removeu uma faca do cinto e com um golpe cortou a pintura de cima a baixo. Baxil se retraiu, mas nada disse. Já estava quase acostumado com a maneira casual como ela destruía arte, embora ficasse perplexo. Contudo, ela pagava os dois muito bem.

Av se recostou contra a parede, limpando os dentes com uma unha. Baxil tentou imitar sua pose relaxada. O grande corredor era iluminado por peças de topázio engastadas em belos candelabros, mas não se moveram para pegá-las. A mestra não aprovava furtos.

— Estive pensando em procurar a Antiga Magia — comentou Baxil, em parte para não demostrar seu incômodo enquanto a mestra passava a desfigurar os olhos de um fino busto.

Av bufou.

— Por quê?

— Sei lá — respondeu Baxil. — Para me distrair. Nunca fui atrás disso, você sabe, e dizem que todo homem tem uma chance. Pedir uma dádiva à Guardiã da Noite. Você usou a sua?

— Que nada — disse Av. — Não estou a fim de viajar até o Vale. Além disso, meu irmão foi. Voltou com duas mãos dormentes. Nunca mais conseguiu sentir nada com elas.

— Qual foi a dádiva dele? — indagou Baxil enquanto a mestra envolvia um vaso em um pano e depois silenciosamente o despedaçava no chão.

— Não sei. Ele nunca disse. Parecia envergonhado. Provavelmente pediu alguma besteira, como um bom corte de cabelo. — Av abriu um sorrisinho.

— Estava pensando em me tornar mais útil — disse Baxil. — Pedir coragem, sabe?

— Se você quer... — replicou Av. — Na minha opinião, há maneiras melhores do que a Antiga Magia. Você nunca sabe qual maldição vai receber.

— Eu posso formular meu pedido perfeitamente — disse Baxil.

— Não funciona assim. Não é um jogo, não importa o que dizem as histórias. A Guardiã da Noite não engana você nem distorce suas palavras. Você pede uma dádiva; ela concede o que *ela* acha que você merece, então lança junto uma maldição... às vezes relacionada com o pedido, às vezes não.

— E você é uma especialista? — perguntou Baxil. A mestra estava rasgando outra pintura. — Pensei que nunca tinha ido.

— Eu não fui, porque meu pai foi, minha mãe foi, e também cada um dos meus irmãos. Alguns deles conseguiram o que queriam. A maioria se arrependeu da maldição, exceto meu pai. Ele conseguiu um monte de tecido de boa qualidade; vendeu tudo para impedir que morrêssemos de fome, algumas décadas atrás.

— Qual foi a maldição dele? — indagou Baxil.

— Ver o mundo de cabeça para baixo a partir de então.

— É mesmo?

— É — disse Av. — Tudo ao contrário. Como se as pessoas caminhassem no teto e o céu estivesse embaixo. Mas ele falou que se acostumou rápido, e quando morreu já nem achava mais que fosse uma maldição.

Baxil sentiu enjoo só de pensar naquela maldição. Ele olhou para a bolsa de ferramentas. Se não fosse tão covarde, será que poderia — talvez — ser capaz de convencer a mestra a vê-lo como algo mais que um capanga de aluguel?

Pela graça do Primeiro Kadasix, seria ótimo saber a coisa certa a fazer. Obrigado.

A mestra voltou, o cabelo um pouco despenteado. Ela estendeu a mão.

— Martelo acolchoado, Baxil. Tem uma estátua grande ali.

Ele tirou o martelo do saco e entregou-o à mestra.

— Talvez eu devesse arrumar uma Espada Fractal — comentou ela, distraída, apoiando a ferramenta no ombro. — Mas isso tornaria a coisa fácil demais.

— Não me incomodaria se fosse fácil demais, mestra — observou Baxil.

Ela bufou, caminhando de volta para o corredor. Logo começou a golpear uma estátua na outra ponta, quebrando os seus braços. Baxil fez uma careta.

— Alguém *vai* ouvir isso.

— Vai — disse Av. — Provavelmente foi por isso que ela deixou a estátua para o fim.

Pelo menos as batidas eram abafadas pelo acolchoamento. Eles deviam ser os únicos ladrões que invadiam a casa de homens ricos e não levavam nada.

— *Por que* ela faz isso, Av? — Baxil se pegou perguntando.

— Não sei. Talvez você devesse perguntar a ela.

— Você disse para eu nunca fazer isso!

— Depende — disse Av. — Você é apegado aos seus membros?

— Bastante apegado.

— Bem, se algum dia deixar de ser, comece a fazer perguntas intrometidas à mestra. Até lá, cale a boca.

Baxil não disse mais nada. *A Antiga Magia*, ele pensou. *Ela* poderia *me mudar. Eu vou procurá-la.*

Contudo, conhecendo sua sorte, não seria capaz de encontrá-la. Ele suspirou, se recostando na parede enquanto sons abafados continuavam a soar da direção da sua mestra.

I-8
GERANID

— ESTOU PENSANDO EM TROCAR de Vocação — disse Ashir, sua voz vindo de trás.

Geranid assentiu distraidamente enquanto trabalhava em suas equações. A pequena sala de pedra estava tomada pelo cheiro de temperos. Ashir estava tentando outro experimento. Envolvia algum tipo de pó de curry e uma fruta shina rara que ele havia caramelizado. Algo assim. Ela podia ouvir a mistura chiando na sua nova placa quente fabrial.

— Estou cansado de cozinhar — continuou Ashir.

Sua voz era suave e gentil. Ela o amava por isso. Em parte, porque ele gostava de falar — e se alguém ia falar enquanto ela estava tentando pensar, era melhor que tivesse uma voz suave e gentil.

— Eu não sou mais *apaixonado* pela culinária como era antes. Além disso, de que adiantará um cozinheiro no Reino Espiritual?

— Arautos precisam de comida — disse ela, distraída, riscando uma linha da sua prancheta e depois escrevendo outra linha de números abaixo.

— Precisam mesmo? — questionou Ashir. — Nunca me convenci disso. Ah, eu li as especulações, mas não me parece racional. O corpo precisa ser alimentado no Reino Físico, mas o espírito existe em um estado completamente diferente.

— Um estado de ideais — respondeu ela. — Então talvez você pudesse criar alimentos ideais.

— Hmm... Qual seria a graça disso? Sem experimentação.

— Eu não faria questão das experimentações — disse ela, inclinando-se para a frente para inspecionar a lareira do cômodo, onde havia dois esprenos de chama dançando na lenha ardente. — Se isso significasse nunca mais ter que comer algo como aquela sopa verde que você fez no mês passado.

— Ah — disse ele, nostálgico. — Aquilo foi notável, não foi? Absolutamente nojenta, mas feita inteiramente de ingredientes apetitosos. — Ele parecia considerar aquilo um triunfo pessoal. — Me pergunto se eles comem no Reino Cognitivo. Será que a comida lá é como a comida que imaginamos? Terei que ler e descobrir se alguém já comeu enquanto visitava Shadesmar.

Geranid respondeu com um grunhido neutro, pegando seu compasso e se inclinando mais perto do calor para medir os esprenos de chama. Ela franziu o cenho, então escreveu outra anotação.

— Aqui, querida — disse Ashir, caminhando até ela, então se ajoelhando ao seu lado e oferecendo uma pequena tigela. — Experimente isto. Acho que vai gostar.

Ela deu uma olhada no conteúdo. Pedaços de pão cobertos com um molho vermelho. Era comida masculina, mas ambos eram fervorosos, então não fazia diferença.

Do lado de fora, podia ouvir os sons de ondas batendo gentilmente contra as rochas. Estavam em uma minúscula ilha reshiana, tecnicamente enviados para prover as necessidades religiosas de quaisquer visitantes vorins. Alguns viajantes efetivamente os procuravam, ocasionalmente até alguns dos reshianos. Mas na verdade aquela era uma maneira de se isolarem e se concentrarem nos seus experimentos. Geranid com seus estudos sobre esprenos; Ashir com sua química — através da culinária, naturalmente, já que isso permitia que comesse os resultados.

O homem corpulento sorriu afavelmente, a cabeça raspada, a barba grisalha aparada cuidadosamente em formato quadrado. Ambos seguiam as regras de suas posições, apesar da reclusão. Não queriam escrever o final de uma vida de fé com um último capítulo descuidado.

— Nada verde — notou ela, pegando a tigela. — É um bom sinal.

— Hmmm — disse ele, inclinando-se para inspecionar as anotações dela. — Sim. É realmente fascinante a maneira como o vegetal shino caramelizou. Estou muito feliz que Gom o tenha trazido. Você vai ter que dar uma olhada nas minhas anotações. Acho que as contas estão certas, mas posso estar enganado.

Ele não era tão bom em matemática quanto em teoria. Convenientemente, Geranid era exatamente o contrário. Ela pegou uma colher e experimentou a comida. Não usava manga na sua mão segura — outra das vantagens de ser uma fervorosa. A comida na verdade estava ótima.

— Você *experimentou* isso, Ashir?

— Não — respondeu ele, ainda conferindo os cálculos dela. — Você que é a corajosa, minha cara.

Ela fungou.

— Está horrível.

— Deu para perceber pela maneira como você está pegando outro pedação neste momento.

— Sim, mas você vai detestar. Não tem frutas. Você botou peixe?

— Um punhado de peixinhos secos que peguei hoje de manhã. Ainda não sei qual é a espécie deles. Mas são saborosos. — Ele hesitou, então olhou para a lareira e para os esprenos. — Geranid, *o que é* isso?

— Acho que fiz uma descoberta — respondeu ela em voz baixa.

— Mas os cálculos — disse ele, batendo com o dedo na prancheta. — Você disse que eles eram erráticos, e ainda são.

— Sim — respondeu ela, estreitando os olhos para os esprenos de chama. — Mas posso prever quando serão erráticos e quando não serão.

Ele a encarou, franzindo o cenho.

— Os esprenos mudam quando eu os meço, Ashir. Antes de serem medidos, eles dançam e variam de tamanho, luminosidade e forma. Mas quando faço uma anotação, eles imediatamente congelam no seu estado atual. Então continuam daquele jeito permanentemente, até onde sei.

— O que isso significa? — indagou ele.

— Espero que você possa me dizer. Eu tenho os números; você tem a imaginação, meu querido.

Ele coçou a barba, reclinando-se na cadeira, e pegou uma tigela e uma colher para si mesmo. Havia salpicado frutas secas sobre sua porção; Geranid às vezes pensava que ele se juntara ao fervor pela sua paixão por doces.

— O que acontece se você apagar os números? — perguntou ele.

— O espreno volta a ser variável. Comprimento, forma, luminosidade.

Ele comeu uma colherada.

— Vá para a outra sala.

— O quê?

— Apenas vá. Leve sua prancheta.

Ela suspirou. As juntas estalando enquanto se levantava. Estava ficando *tão* velha assim? Pela luz das estrelas, eles passaram muito tempo naquela ilha. Ela caminhou até o outro cômodo, onde ficava o leito deles.

— E agora? — gritou ela.

— Vou medir o espreno com seus compassos — respondeu ele. — Vou fazer três medições seguidas. Só escreva um dos números que vou ditar. Não me diga qual deles você vai anotar.

— Tudo bem.

A janela estava aberta, e ela olhou para a grande superfície vítrea da água que escurecia. O mar reshiano não era tão raso quanto o Lagopuro, mas era bastante quente a maior parte do tempo, tomado por ilhas tropicais e, ocasionalmente, um gigantesco grã-carapaça.

— Nove centímetros e quatro milímetros — disse Ashir.

Ela não escreveu o número.

— Sete centímetros e um milímetro.

Ela também ignorou esse número, mas preparou seu giz para escrever — do modo mais silencioso possível — os próximos números que ele falasse.

— Cinco centímetros e oito milí... Uau.

— O que foi?

— Ele parou de mudar de tamanho. Devo deduzir que você escreveu o terceiro número?

Ela franziu o cenho, caminhando de volta para a pequena sala de estar. A placa quente de Ashir estava em uma mesa baixa à sua direita. Seguindo o estilo reshiano, não havia cadeiras, só almofadas, e toda a mobília era plana e longa, em vez de alta.

Ela se aproximou da lareira. Um dos dois esprenos de chama dançava sobre um pedaço de lenha, sua forma mudando e o comprimento variando como as próprias chamas. O outro havia tomado uma forma muito mais estável. Seu comprimento já não sofria alterações, embora sua forma variasse ligeiramente.

Ele parecia de algum modo *travado*. Quase como uma pessoinha dançando sobre o fogo. Ela apagou sua anotação. Imediatamente o espreno começou a pulsar e mudar erraticamente como o outro.

— Uau — repetiu Ashir. — É como se ele soubesse, de algum modo, que foi medido. Como se meramente *definir* sua forma o prendesse de alguma maneira. Escreva um número.

— Que número?

— Qualquer número — disse ele. — Mas um que poderia ser o tamanho de um espreno de chamas.

Ela obedeceu. Nada aconteceu.

— Você precisa *realmente* medir — disse ele, batendo a colher suavemente contra a tigela. — Sem fingir.

— Me pergunto sobre a precisão do instrumento — disse ela. — Se eu usasse um que fosse menos preciso, isso daria ao espreno mais flexibilidade? Ou haverá um limite, uma precisão além da qual ele se vê preso? — Ela se sentou, apreensiva. — Preciso pesquisar mais este assunto. Tentar isso com a luminosidade, então comparar o resultado com minha equação geral de luminosidade de esprenos de chama em comparação com o fogo para o qual são atraídos.

Ashir fez uma careta.

— Isso, minha cara, parece muito com matemática.

— De fato.

— Então vou fazer um lanche para você enquanto criar novas maravilhas de cálculo e genialidade. — Ele sorriu, beijando a testa dela. — Você acabou de descobrir algo maravilhoso — disse Ashir em uma voz mais baixa. — Eu ainda não sei o que significa, mas pode muito bem mudar o modo como compreendemos os esprenos. E talvez até mesmo fabriais.

Ela sorriu, voltando às suas equações. E daquela vez ela não se incomodou quando ele começou a tagarelar sobre seus ingredientes, desenvolvendo uma nova fórmula para alguma confecção açucarada que ele tinha *certeza* que ela adoraria.

I-9

A MORTE VESTE BRANCO

SZETH-FILHO-FILHO-VALLANO, INSINCERO DE SHINOVAR, girou entre os dois guardas enquanto os olhos deles queimavam. Eles desabaram em silêncio no chão. Com três golpes rápidos, ele atravessou sua Espada Fractal pelas dobradiças e o ferrolho da grande porta. Então respirou fundo, absorvendo a Luz das Tempestades de uma bolsa de gemas na sua cintura. Ele se acendeu com energia renovada e arrebentou a porta com um chute de força amplificada pela Luz.

A porta voou para dentro da sala, as dobradiças incapazes de mantê-la presa, depois caiu com um estrondo, deslizando pela pedra. O grande salão de festa estava cheio de gente, lareiras crepitantes e pratos ressoando. A porta pesada deslizou até parar, e o salão se calou.

Sinto muito, ele pensou. Então iniciou a carnificina.

Seguiu-se o caos. Gritos, berros, pânico. Szeth saltou para o topo da mesa de jantar mais próxima e começou a girar, abatendo todos ao seu redor. Enquanto isso, certificou-se de prestar atenção aos sons dos moribundos. Não tapava os ouvidos para os gritos; não ignorava os uivos de dor. Prestava atenção em cada um deles.

E odiava a si mesmo.

Ele avançou, pulando de mesa a mesa, brandindo sua Espada Fractal, um deus de Luz das Tempestades ardente e morte.

— Soldados! — gritou o homem olhos-claros no outro extremo do salão. — Onde estão meus soldados?!

De ombros largos e barriga proeminente, o homem tinha uma barba castanha quadrada e um nariz grande. Rei Hanavanar de Jah Keved. Não um Fractário, embora houvesse alguns rumores de que ele guardava secretamente uma Espada Fractal.

Perto de Szeth, homens e mulheres fugiam desordenadamente, tropeçando uns sobre os outros. Szeth desceu entre eles, a roupa branca ondulando. Executou um homem que estava desembaiando sua espada — mas também atravessou três mulheres que só queriam escapar. Olhos queimavam e corpos desabavam.

Szeth estendeu a mão para trás, infundindo a mesa de onde saltara, então a projetou contra a parede mais distante com uma Projeção Básica, o tipo que mudava qual direção era para baixo. A grande mesa de madeira caiu para o lado, atingindo pessoas, causando mais gritos e mais dor.

Szeth percebeu que estava chorando. Suas ordens eram simples. Matar. Matar como nunca havia matado antes. Deixar os inocentes gritando aos seus pés e fazer os olhos-claros chorarem. Fazer isso vestido de branco, para que todos soubessem quem ele era. Szeth não levantou objeção alguma. Não lhe cabia objetar. Ele era um Insincero.

E obedecia a seus mestres.

Três homens olhos-claros juntaram a coragem para atacá-lo, e Szeth levantou a Espada Fractal em uma saudação. Eles proferiram gritos de batalha enquanto avançavam. Ele manteve o silêncio. Um giro do seu pulso cortou a lâmina da espada do primeiro. O pedaço de metal girou no ar enquanto Szeth colocava-se entre os outros dois, a Espada sibilando através dos seus pescoços. Eles caíram juntos, os olhos murchando. Szeth acertou o primeiro homem por trás, perfurando suas costas com a Espada, que saiu pelo peito.

O homem caiu para a frente — um buraco na camisa, mas com a pele intocada. Enquanto batia no chão, a lâmina da espada cortada retiniu nas pedras ao seu lado.

Outro grupo partiu na direção de Szeth pela lateral, e ele atraiu Luz das Tempestades para sua mão e jogou-a em uma Projeção Plena ao longo do chão até os pés deles. Era a Projeção que vinculava objetos; quando os homens passaram por ela, seus sapatos grudaram no piso. Eles tropeçaram e descobriram que suas mãos e corpos também estavam Projetados ao chão. Szeth andou entre eles cheio de tristeza, golpeando.

O rei se afastava, como se quisesse dar a volta da câmara e escapar. Szeth cobriu o topo de uma mesa com uma Projeção Plena, então infundiu a coisa toda com uma Projeção Básica também, apontada para o umbral da porta. A mesa virou no ar e acertou a saída com um estrondo — o lado com a Projeção Plena grudando-a na parede. Algumas pessoas tentaram arrancá-la do caminho, mas apenas agrupou-as enquanto Szeth se aproximava, brandindo a Espada Fractal.

Tantas mortes. Por quê? Que propósito aquilo cumpriria?

Quando ele atacou Alethkar, seis anos antes, pensou que aquilo havia sido um massacre. Ele não sabia ainda o que era um verdadeiro massacre. Alcançou a porta e viu que estava pisando sobre os corpos de cerca de trinta pessoas, suas emoções arrastadas pela tempestade de Luz dentro dele. Subitamente odiou aquela Luz das Tempestades tanto quanto odiava a si mesmo. Tanto quanto odiava aquela maldita Espada.

E... e o rei. Szeth se virou para o homem. Irracionalmente, sua mente confusa e fragmentada o culpou. Por que havia promovido um banquete naquela noite? Por que não havia se retirado mais cedo? Por que havia convidado tantas pessoas?

Szeth avançou contra o rei. Ele passou pelos mortos, que jaziam contorcidos no chão, acusando-o com seus olhos queimados e sem vida. O rei se encolhia atrás da sua mesa alta.

Aquela mesa alta tremeu, vibrando estranhamente.

Algo estava errado.

Instintivamente, Szeth projetou-se para o teto. Do seu ponto de vista, a sala virou, e o teto agora era o chão. Duas figuras irromperam debaixo da mesa do rei. Dois homens de Armadura, portando Espadas Fractais.

Girando no ar, Szeth evitou seus golpes, depois se projetou de volta ao chão, pousando na mesa do rei no momento em que o próprio rei invocava uma Espada Fractal. Então os rumores eram verdadeiros.

O rei atacou, mas Szeth saltou para trás, pousando para além dos Fractários. Podia ouvir passos do lado de fora. Szeth espiou e viu homens enchendo o salão. Os recém-chegados carregavam escudos em um específico formato de diamante. Semi-fractais. Szeth ouvira falar dos novos fabriais, capazes de deter uma Espada Fractal.

— Você acha que eu não sabia que estava vindo? — berrou o rei. — Depois de ter matado três dos meus grão-príncipes? Estamos prontos para você, assassino.

Ele levantou algo de baixo da mesa. Outro daqueles escudos semi-fractais. Eram feitos de metal engastado com uma gema oculta na parte de trás.

— Você é um tolo — disse Szeth, com Luz das Tempestades vazando da boca.

— Por quê? — indagou o rei. — Acha que eu devia ter fugido?

— Não — replicou Szeth, fitando-o nos olhos. — Porque preparou uma armadilha para mim durante um banquete. E agora posso culpá-lo pelas mortes deles.

Os soldados se espalharam pelo salão enquanto dois Fractários de armadura completa avançavam na sua direção, com as Espadas desembainhadas. O rei sorriu.

— Que assim seja — disse Szeth, respirando fundo, sugando a Luz das Tempestades das muitas gemas dentro das bolsas em sua cintura.

A Luz começou a fervilhar dentro dele, como uma grantormenta em seu peito, queimando e gritando. Ele havia inspirado mais do que nunca, prendendo a Luz das Tempestades até que mal pudesse impedi-la de despedaçá-lo.

Ainda havia lágrimas em seus olhos? Melhor que elas ocultassem seus crimes. Ele soltou a alça em sua cintura, livrando-se do cinto e das pesadas esferas.

Então largou sua Espada Fractal.

Seus oponentes estacaram, chocados, enquanto sua Espada desaparecia como névoa. Quem largaria uma Espada Fractal no meio de uma batalha? Isso desafiava a razão.

Assim como Szeth.

Você é uma obra de arte, Szeth-filho-Neturo. Um deus.

Era hora de saber.

Os soldados e Fractários avançaram. Segundos antes que o alcançassem, Szeth começou a se mover, com tempestade líquida nas veias. Ele se desviou dos ataques iniciais de espada, girando no meio dos soldados. Conter toda aquela quantidade de Luz das Tempestades facilitava a infusão de objetos; a luz queria sair e pressionava sua pele. Naquele estado, a Espada Fractal seria apenas uma distração. O próprio Szeth era a verdadeira arma.

Ele agarrou o braço de um dos soldados atacantes. Só precisou de um instante para infundi-lo e projetá-lo para cima. O homem gritou, caindo no ar enquanto Szeth se desviava de outro golpe de espada. Ele tocou a perna do atacante com uma agilidade inumana. Bastou um olhar e uma piscadela para projetar o homem para o teto também.

Os soldados praguejaram, golpeando, seus volumosos semifractais subitamente se tornando obstáculos enquanto Szeth movia-se entre eles, gracioso como uma enguia celeste, tocando braços, pernas, ombros, enviando uma dúzia, então duas dúzias de homens voando em todas as direções. A maioria deles subiu, mas ele enviou uma barreira de corpos na direção dos Fractários que se aproximavam, fazendo-os gritar enquanto os soldados se chocavam com eles.

Szeth saltou para trás enquanto um esquadrão de soldados partia na sua direção, projetando-se para a parede mais distante e girando no ar.

O salão mudou de orientação, e ele pousou na parede — que agora era o chão. Ele correu na direção do rei, que aguardava por trás dos seus Fractários.

— Matem-no! — gritou o rei. — Raios os partam! O que estão fazendo? Matem-no!

Szeth saltou da parede, projetando-se para baixo enquanto dava uma cambalhota e pousava com um joelho na mesa de jantar. Os talheres e os pratos tilintaram enquanto ele agarrava uma faca de jantar e infundia-a uma, duas, três vezes. Ele usou uma tripla Projeção Básica, apontando-a na direção do rei, então soltou-a e projetou-se para trás.

Ele se esquivou enquanto um dos Fractários atacava, cortando a mesa ao meio. A faca liberada por Szeth caiu muito mais rapidamente do que deveria, voando como um raio na direção do rei. Ele mal conseguiu levantar o escudo a tempo, arregalando os olhos quando a faca ressoou contra o metal.

Danação, pensou Szeth, projetando-se para cima com um quarto de Projeção Básica. Aquilo não o puxou para o alto, só o deixou muito mais leve. Um quarto do seu peso agora estava sendo puxado para cima em vez de para baixo. Em essência, ele ficou com metade do seu peso normal.

Ele se contorceu, a roupa branca se agitando graciosamente enquanto caía entre os soldados comuns. Os soldados que ele projetara antes começaram a cair do teto, sua Luz se esgotando. Uma chuva de corpos quebrados, despencando um a um até o solo.

Szeth avançou contra os soldados novamente. Alguns homens caíam e outros ele arremessava longe. Seus valiosos escudos ressoavam nas pedras, caindo de dedos mortos ou atordoados. Os soldados tentavam alcançá-lo, mas Szeth bailava entre eles, aplicando a antiga arte marcial de kammar, que só usava as mãos. Supostamente era uma forma de luta menos letal, com a finalidade de agarrar inimigos e usar seu peso contra eles, imobilizando-os.

Também era ideal para tocar e infundir alguém.

Ele era a tempestade. Ele era a destruição. Homens voavam pelos ares, caíam e morriam segundo sua vontade. Com um gesto amplo, Szeth tocou uma mesa e projetou-a para cima com meia Projeção Básica. Com metade da sua massa puxada para cima, metade para baixo, ela tornou-se sem peso. Szeth aplicou-lhe uma Projeção Plena, depois chutou-a na direção dos soldados; eles grudaram nela, suas roupas e pele se conectando à madeira.

Uma Espada Fractal sibilou no ar perto dele, e Szeth exalou levemente, Luz das Tempestades emanando dos seus lábios enquanto se desviava. Os dois Fractários atacaram enquanto corpos caíam do teto, mas Szeth era rápido demais, ágil demais. Os Fractários não trabalhavam juntos. Estavam acostumados a dominar um campo de batalha ou duelar com um único inimigo. Suas armas poderosas tornaram-nos descuidados.

Szeth corria com pés leves, com apenas metade da atração ao solo que era exercida sobre os outros homens. Ele facilmente evitou outro golpe com um salto, projetando-se ao teto para ganhar um pouco mais de altura antes de realizar um quarto de Projeção para tornar-se pesado novamente. O resultado foi um salto de três metros no ar sem esforço algum.

O golpe de que desviara atingiu o chão e cortou o cinto que ele deixara cair antes, abrindo uma das grandes bolsas. Esferas e gemas puras se espalharam pelo chão. Algumas infundidas, outras escuras. Szeth sugou Luz das Tempestades das que rolaram até perto dele.

Atrás dos Fractários, o próprio rei se aproximava, a arma em riste. Ele devia ter tentado fugir.

Os dois Fractários ergueram suas enormes Espadas contra Szeth, que se esquivou novamente dos ataques, agarrando no ar um escudo que caía do teto. O homem que o estivera segurando caiu com um estrondo um segundo depois.

Szeth saltou contra um dos Fractários — um homem de armadura dourada —, desviando sua arma com o escudo e passando por ele. O outro homem, cuja Armadura era vermelha, também golpeou. Szeth aparou a Espada com o escudo, que rachou, quase se desfazendo. Ainda barrando a Espada, Szeth projetou-se para trás do Fractário enquanto saltava para a frente.

O movimento o fez dar uma cambalhota sobre o homem. Szeth continuou, caindo na direção da parede do outro lado enquanto uma segunda onda de soldados começava a despencar no chão. Um atingiu o Fractário de vermelho, fazendo-o tropeçar.

Szeth atingiu a parede, pousando contra as pedras. Estava tão cheio de Luz das Tempestades. Tanto poder, tanta vida, tanta destruição terrível, terrível.

Pedra. Ela era sagrada. Fazia tempo que não pensava mais nisso. Como alguma coisa podia ser sagrada para ele agora?

Enquanto corpos desabavam sobre os Fractários, ele se ajoelhou e pôs a mão sobre uma grande pedra na parede diante dele, infundindo-a. Szeth a projetou repetidas vezes na direção dos Fractários. Uma, duas, dez vezes, 15 vezes. Não parava de verter Luz das Tempestades nela. A pedra brilhou forte. A argamassa rachou. Pedra rangeu contra pedra.

O Fractário vermelho virou-se bem na hora em que a gigantesca pedra infundida voava na sua direção, movendo-se vinte vezes mais rápido do que a aceleração normal de uma pedra caindo. Ela chocou-se contra ele, despedaçando sua placa peitoral, espalhando pedaços liquefeitos em todas as direções. O bloco lançou-o através do salão, esmagando-o contra a parede do outro lado. Ele não se moveu mais.

Szeth estava quase sem Luz das Tempestades agora. Ele usou um quarto de Projeção em si mesmo para reduzir seu peso, então galopou pelo chão. Homens jaziam esmagados, quebrados e mortos ao seu redor. Esferas rolavam pelo piso, e ele extraiu sua Luz das Tempestades. A Luz fluiu como as almas daqueles que matara, infundindo seu corpo.

Ele começou a correr. O outro Fractário cambaleou para trás, levantando sua Espada e subindo na tábua quebrada de uma mesa despedaçada, cujas pernas tinham se partido. O rei finalmente havia percebido que sua armadilha estava falhando. Ele começou a fugir.

Dez batimentos cardíacos, pensou Szeth. *Volte para mim, sua cria da Danação.*

O pulso de Szeth começou a ecoar em seus ouvidos. Ele gritou — Luz escapando da sua boca como fumaça irradiante — e se jogou no chão enquanto o Fractário golpeava. Szeth projetou-se na direção da parede mais distante, passando por entre as pernas do Fractário. Imediatamente depois, projetou-se para cima.

Ele subiu pelos ares enquanto o Fractário buscava cercá-lo novamente. Mas Szeth não estava mais lá. Ele se projetou para baixo, caindo atrás do Fractário e pousando sobre a mesa quebrada. Agachou-se para infundi-la. Um homem em uma Armadura Fractal podia estar protegido contra Projeções, mas a coisa onde estava pisando, não.

Szeth projetou a placa de madeira para cima com uma Projeção múltipla. Ela subiu com um solavanco, derrubando o Fractário como a um soldado de brinquedo. Szeth continuou sobre a tábua, subindo com ela em um golpe de ar. Quando ela se aproximou do teto alto, ele pulou para fora, projetando-se para baixo uma, duas, três vezes.

O topo da mesa arrebentou-se no teto. Szeth despencou com uma incrível velocidade rumo ao Fractário, que estava caído de costas, atordoado.

A Espada de Szeth formou-se em seus dedos no momento em que ele atingiu o inimigo, a lâmina atravessando a Armadura Fractal. A placa peitoral explodiu e a Espada mergulhou fundo no peito do homem e depois no chão sob ele.

Szeth se levantou, libertando sua Espada Fractal. O rei em fuga olhou para trás sobre o ombro com um grito de horror e incredulidade. Seus dois Fractários haviam tombado em questão de segundos. Os soldados restantes nervosamente se moveram para proteger sua retirada.

Szeth havia parado de chorar. Parecia que não conseguia chorar mais. Sentia-se entorpecido. Sua mente... simplesmente não conseguia pensar. Ele odiava o rei. Odiava-o profundamente. E isso doía, uma dor física, de tão intenso que era aquele ódio irracional.

Com Luz das Tempestades emanando de si, projetou-se na direção do rei.

Ele caiu, os pés um pouco acima do chão, como se estivesse flutuando. Suas roupas ondulavam. Para os guardas ainda vivos, ele parecia levitar sobre o piso.

Szeth se projetou para baixo de modo ligeiramente angulado e começou a golpear com a Espada quando alcançou as fileiras de soldados. Correu entre eles como se estivesse descendo uma ladeira íngreme. Girando e rodopiando, gracioso e terrível, derrubou uma dúzia de homens, extraindo mais Luz das Tempestades das esferas que estavam espalhadas pelo chão.

Szeth alcançou o umbral da porta, homens com olhos pegando fogo caindo no chão atrás dele. Do lado de fora, o rei corria entre um pequeno grupo final de guardas. Ele se virou e gritou ao ver Szeth, depois levantou seu escudo semi-fractal.

Szeth costurou entre os guardas, depois atingiu o escudo duas vezes, despedaçando-o e forçando o rei a recuar. O homem tropeçou, deixando cair sua Espada, que desvaneceu-se no ar.

Szeth saltou e se projetou para baixo com uma dupla Projeção Básica. Ele caiu em cima do rei, seu peso aumentado quebrando um braço do homem e prendendo-o ao chão. Szeth correu sua lâmina através dos soldados surpresos, que caíram enquanto suas pernas morriam debaixo deles.

Finalmente, Szeth ergueu sua Espada acima da cabeça, baixando o olhar até o rei.

— Quem é você? — sussurrou o homem, os olhos lacrimejando de dor.

— A morte — disse Szeth, então cravou a Espada pelo rosto do rei até o piso de pedra.

PARTE

QUATRO

A iluminação da tempestade

DALINAR • KALADIN • ADOLIN • NAVANI

52

UMA ESTRADA PARA O SOL

"Estou parado diante do corpo de um irmão. Estou chorando. Esse sangue é dele ou meu? O que foi que nós fizemos?"

— Data: *vevanev* do ano de 1173, 107 segundos antes da morte. O indivíduo era um marinheiro vedeno desempregado.

— PAI — DISSE ADOLIN, andando de um lado para outro na sala de estar de Dalinar. — Isso é completamente *louco*.

— É verdade — replicou Dalinar com secura. — Assim como eu, pelo que parece.

— Nunca aleguei que o senhor estava louco.

— Na verdade, acredito que alegou, sim — observou Renarin.

Adolin olhou de relance para o irmão. Renarin estava ao lado da lareira, inspecionando o novo fabrial que fora instalado alguns dias atrás. O rubi infundido, engastado em uma placa de metal, brilhava suavemente e emitia um calor confortável. Era conveniente, mas para Adolin parecia errado que não houvesse o crepitar do fogo.

Os três estavam sozinhos na sala de estar de Dalinar, aguardando a chegada da grantormenta do dia. Fazia uma semana desde que Dalinar havia informado seus filhos da sua intenção de abdicar da posição de grão-príncipe.

O pai de Adolin estava sentado em uma das suas grandes cadeiras de encosto alto, as mãos entrelaçadas à frente, estoico. Os acampamentos de guerra ainda não sabiam da sua decisão — graças aos Arautos —, mas ele pretendia fazer o anúncio em breve. Talvez no banquete daquela noite.

— Certo, muito bem — disse Adolin. — Talvez eu tenha dito. Mas foi sem querer. Ou pelo menos não queria que causasse essa reação.

— Tivemos essa discussão uma semana atrás, Adolin — disse Dalinar em voz baixa.

— Sim, e você prometeu pensar sobre sua decisão!

— Eu pensei. Minha determinação não mudou.

Adolin continuou a andar de um lado para outro; Renarin estava de pé, empertigado, olhando-o passar. *Sou um tolo*, pensou Adolin. *É claro que o pai ia fazer isso. Eu devia ter imaginado.*

— Veja bem — disse Adolin. — Só porque está tendo alguns problemas, não significa que precisa abdicar.

— Adolin, nossos inimigos vão usar minha fraqueza contra nós. De fato, você acredita que eles *já* estão usando. Se eu não abdicar do principado agora, os problemas ficarão muito piores do que já estão.

— Mas eu não *quero* ser grão-príncipe — reclamou Adolin. — Pelo menos, não ainda.

— A liderança raramente leva em conta o que nós queremos, filho. Acho que muitos poucos entre a elite dos alethianos entendem isso.

— E o que vai acontecer com você? — perguntou Adolin, aflito. Ele parou e olhou para o pai.

Dalinar era tão *firme*, mesmo ali sentado contemplando sua própria loucura. Com as mãos juntas, vestindo um rígido uniforme azul com um casaco azul-Kholin, cabelo grisalho nas têmporas. Suas mãos eram grandes e cheias de calos; sua expressão, determinada. Dalinar havia tomado uma decisão e permanecia firme, sem hesitação ou debate.

Louco ou não, ele era o que Alethkar precisava. E Adolin havia — na sua pressa — feito o que guerreiro algum no campo de batalha conseguira fazer: dera uma rasteira em Dalinar Kholin e o despachara, derrotado.

Ah, Pai das Tempestades, pensou Adolin, com o estômago se retorcendo de dor. *Jezerezeh, Kelek e Ishi, Arautos no céu. Permitam-me encontrar uma maneira de consertar isso. Por favor.*

— Retornarei a Alethkar — declarou Dalinar. — Embora eu deteste deixar nosso exército aqui com um Fractário a menos. Eu poderia... mas não, não conseguiria abrir mão deles.

— É claro que não! — disse Adolin, chocado.

Um Fractário abrir mão dos seus Fractais? Isso quase nunca acontecia, a menos que o Fractário estivesse fraco e doente demais para usá-los. Dalinar assentiu.

— Há muito tempo me preocupo que nossa terra natal esteja em perigo, agora que todos os Fractários estão lutando aqui nas Planícies. Bem, talvez essa mudança de ventos seja uma bênção. Retornarei a Kholinar e ajudarei a rainha, serei útil lutando contra as incursões nas fronteiras. Talvez os reshianos e vedenos pensem duas vezes antes de nos atacar se souberem que estão encarando um Fractário completo.

— É possível — disse Adolin. — Mas eles também podem intensificar seus esforços e começar a mandar um Fractário nas suas incursões.

Isso pareceu preocupar seu pai. Jah Keved era o único outro reino em Roshar que possuía um número substancial de Fractais, quase tantos quanto Alethkar. Não havia uma guerra direta entre eles há séculos. Alethkar era dividido demais, e Jah Keved não era muito melhor. Mas se os dois reinos se enfrentassem com toda força, seria uma guerra como nunca vista desde os tempos da Hierocracia.

Trovões distantes retumbaram do lado de fora e Adolin virou-se bruscamente para Dalinar. Seu pai permanecia em sua cadeira, olhando fixamente para oeste, no sentido oposto da tempestade.

— Continuaremos essa discussão depois — disse Dalinar. — Agora, vocês deviam amarrar meus braços à cadeira.

Adolin fez uma careta, mas obedeceu sem reclamar.

DALINAR PISCOU, OLHANDO AO redor. Estava nas ameias da muralha de uma fortaleza. Feita de grandes blocos de pedra vermelha, a muralha era massiva e reta. Fora construída em uma brecha no lado a sotavento de uma elevada formação rochosa que dava vista para uma planície de pedra, como uma folha úmida grudada sobre uma rachadura em uma rocha.

Essas visões parecem tão reais, pensou Dalinar, olhando para a lança que segurava e depois para seu uniforme antiquado: um saiote de pano e uma casaca curta de couro. Era difícil se lembrar de que estava na verdade sentado em sua cadeira, com os braços amarrados. Ele não podia sentir as cordas ou ouvir a grantormenta.

Pensou em esperar até o fim da visão sem fazer nada. Se não era real, por que ele deveria participar? Mas ele não acreditava totalmente — *não podia* acreditar totalmente — que estava inventando aquelas ilusões. Sua decisão de abdicar para Adolin era motivada pelas suas dúvidas. Estaria louco? Estaria interpretando errado? No mínimo, não podia mais confiar em si mesmo. Ele não sabia o que era real e o que não era. Em tal situação, um homem devia abdicar de sua autoridade e compreender o que estava acontecendo.

De qualquer maneira, sentia que precisava *viver* aquelas visões, e não as ignorar. Parte de sua mente ainda esperava chegar a uma solução antes que precisasse abdicar formalmente. Ele não queria que essa parte ganhasse controle demais — um homem precisava fazer o que era certo. Mas Dalinar faria pelo menos isso: trataria a visão como real enquanto fosse parte dela. Se houvesse segredos a encontrar ali, só os descobriria se participasse devidamente.

Ele olhou ao redor. O que estava sendo mostrado a ele, e por quê? A ponta da sua lança era de aço de qualidade, embora seu capacete parecesse ser de bronze. Um dos seis homens com ele na muralha usava uma placa peitoral de bronze; dois outros possuíam uniformes de couro mal remendados, cortados e recosturados com pontos largos.

Os outros homens perambulavam, olhando ociosamente por cima da muralha. *Plantão de guarda*, pensou Dalinar, andando e observando a paisagem. Aquela formação rochosa estava no final de uma enorme planície — a situação perfeita para uma fortaleza. Nenhum exército poderia se aproximar sem ser visto muito antes da chegada.

O ar era frio o bastante para que pedaços de gelo tomassem a pedra nos cantos sombreados. A luz solar pouco fazia para dispersar o frio, e o clima explicava a ausência de grama; as folhas estariam retraídas em seus orifícios, esperando o alívio do clima da primavera.

Dalinar apertou o manto ao seu redor, estimulando um dos companheiros a fazer o mesmo.

— Clima tormentoso — murmurou o homem. — Quanto tempo vai durar? Já faz oito semanas.

Oito semanas? Quarenta dias de inverno de uma vez? Isso era raro. Apesar do frio, os outros três soldados não pareciam muito envolvidos no seu trabalho de guarda. Um deles estava até cochilando.

— Permaneçam alertas — censurou Dalinar.

Eles o encararam, e o sonolento piscou para despertar. Todos os três pareciam incrédulos. Um deles, um homem alto e ruivo, fechou a cara.

— Logo você dizendo isso, Leef?

Dalinar mordeu o lábio para não replicar. Com que identidade eles o viam?

O ar gelado fazia sua respiração se condensar, e atrás de si podia ouvir metal retinindo enquanto homens trabalhavam em forjas e bigornas abaixo. Os portões para a fortaleza estavam fechados, e as torres dos arqueiros estavam guarnecidas à esquerda e à direita. Eles estavam em guerra, mas o plantão de vigia era sempre um trabalho tedioso. Só soldados bem treinados permaneciam alertas durante horas a fio. Talvez fosse por isso que havia tantos soldados ali; se a qualidade dos olhos vigiando não podia ser garantida, então quantidade serviria.

Contudo, Dalinar tinha uma vantagem. As visões nunca mostravam episódios de paz ociosa; elas jogavam-no em períodos de conflito e mudança. Momentos decisivos. Então foi por isso que, apesar de dúzias de olhos vigiando, ele foi o primeiro a ver.

— Lá! — disse ele, se inclinando sobre a murada de pedra bruta. — O que é aquilo?

O homem ruivo levantou uma mão, protegendo os olhos.

— Nada. Uma sombra.

— Não, está se movendo — disse um dos outros. — Parecem pessoas. Marchando.

O coração de Dalinar começou a bater forte em antecipação enquanto o ruivo dava o alerta. Mais arqueiros subiram correndo até a ameia, prendendo cordas nos arcos. Soldados se reuniram no pátio avermelhado abaixo. Tudo era feito da mesma pedra vermelha, e Dalinar escutou um dos homens se referir ao local como "Forte Febripetra". Nunca ouvira falar dele.

Batedores a cavalo saíram galopando do forte. Mas por que já não havia batedores a postos do lado de fora?

— Deve ser a força defensiva da retaguarda — murmurou um soldado. — Eles não podem ter atravessado nossas fileiras. Não com os Radiantes lutando...

Radiantes? Dalinar se aproximou para ouvir, mas o homem olhou feio para ele e deu-lhe as costas. Dalinar não sabia que identidade assumira, mas os outros não gostavam muito dele.

Aparentemente, aquele forte era uma posição recuada atrás das linhas de frente de uma guerra. Então ou a força que se aproximava era amiga, ou o inimigo havia conseguido atravessar e enviado um elemento avançado para cercar o forte. Então aquelas eram as reservas, o que provavelmente explicava porque só tinham alguns cavalos. Ainda assim, deveriam ter batedores a postos.

Quando os batedores finalmente galoparam de volta ao forte, traziam bandeiras brancas. Dalinar olhou para seus companheiros, confirmando suas suspeitas ao vê-los relaxarem. Branco significava amigos. Mas por que ele havia sido mandado para lá se era tão simples? Se *fosse* apenas sua imaginação, ela fabricaria uma visão simples e tediosa quando nunca tinha feito isso antes?

— Precisamos ficar alertas para o caso de ser uma armadilha — disse Dalinar. — Alguém descubra o que esses batedores viram. Eles só identificaram bandeiras, ou viram de perto?

Os outros soldados — incluindo alguns dos arqueiros que agora ocupavam o topo da muralha — olharam-no de maneira estranha. Dalinar praguejou em voz baixa, olhando de volta para a tropa que estava chegando, oculta pelas sombras. Sentia um comichão premonitório na nuca. Ignorando os olhares estranhos, ele pegou sua lança e correu pelo caminho do topo da muralha, alcançando uma escadaria em ziguezague, sem corrimão. Já estivera em fortificações como aquela antes, e sabia como manter os olhos focalizados nos degraus para evitar a vertigem.

Ele chegou ao final e — com a lança pousada no ombro — procurou alguém em posição de comando. As construções do Forte Febripetra eram compactas e utilitárias, apoiadas umas nas outras ao longo das paredes rochosas do abismo natural. A maioria possuía coletores de chuva quadrados no topo. Com bons estoques de comida — ou, com sorte, um Transmutador —, uma fortificação daquela poderia suportar um cerco durante anos.

Ele não conseguia ler as insígnias de patente, mas pôde identificar um oficial quando viu um parado usando um manto vermelho-sangue com um grupo de guardas de honra. Ele não usava cota de malha, só um peitoral de bronze brilhante sobre couro, e estava em conferência com um dos batedores. Dalinar se apressou.

Só então viu que os olhos do homem eram castanho-escuros. Isso o deixou incrédulo de choque. As pessoas ao redor tratavam o homem como um luminobre.

— ... a Ordem dos Guardiões das Pedras, meu senhor — disse o batedor ainda montado. — E um grande número de Corredor dos Ventos. Todos a pé.

— Mas por quê? — questionou o oficial de olhos escuros. — Por que os Radiantes estão vindo para cá? Eles deviam estar combatendo os demônios nas linhas de frente!

— Meu senhor, nossas ordens foram de voltar assim que os identificássemos.

— Bem, vá de novo e descubra por que estão aqui! — berrou o oficial, fazendo com que o batedor se encolhesse, depois se afastasse a galope.

Os Radiantes. Eles geralmente estavam conectados às visões de Dalinar, de uma maneira ou de outra. Enquanto o oficial começava a gritar comandos para seus assistentes, ordenando-lhes que preparassem barracões vazios para os cavaleiros, Dalinar seguiu o batedor de volta à muralha. Havia homens aglomerados junto das fendas de ataque ali, olhando para a planície. Como os que estavam acima, usavam uniformes que pareciam compostos de partes sortidas. Não eram um bando esfarrapado, mas obviamente estavam vestindo peças de segunda mão.

O batedor atravessou um túnel discreto na muralha enquanto Dalinar alcançava a sombra da enorme parede de pedra, caminhando até um grupo de soldados.

— O que houve? — perguntou ele.

— Os Radiantes — disse um dos homens. — Começaram a correr.

— Parece até que vão atacar — disse outro. Ele riu para mostrar como a ideia era ridícula, embora houvesse um toque de incerteza na sua voz.

O quê?, pensou Dalinar, ansioso.

— Deixem-me passar.

Surpreendentemente, os homens abriram caminho. Enquanto Dalinar passava, podia sentir a confusão deles. Ele comandara com a autoridade de um grão-príncipe e um olhos-claros, e eles obedeceram instintivamente. Agora que o viam, estavam incertos. Por que um simples guarda estava mandando neles?

Dalinar não deu a eles a chance de questioná-lo. Subiu na plataforma, onde uma fenda de ataque retangular oferecia visão através da muralha até a planície. Era pequena demais para um homem passar, mas larga o bastante para que arqueiros disparassem. Através dela, Dalinar viu que os soldados que se aproximavam haviam formado uma fileira distinta. Homens e mulheres em brilhantes Armaduras Fractais estavam avançando. O batedor parou, olhando para os Fractários que corriam ombro a ombro, nenhum deles fora do lugar. Como uma onda cristalina. Enquanto se aproximavam, Dalinar pôde ver que as Armaduras deles não eram pintadas, mas brilhavam nas cores azul ou âmbar nas juntas e nos glifos na frente, como os outros Radiantes que apareceram nas suas visões.

— Eles não sacaram suas Espadas Fractais — disse Dalinar. — Isso é um bom sinal

O batedor recuou seu cavalo. Parecia haver cerca de duzentos Fractários do lado de fora. Alethkar possuía cerca de vinte Espadas, e Jah Keved tinha um número similar. Somando todas as outras no resto do mundo, talvez houvesse o suficiente para se igualar aos dois poderosos reinos vorins. Isso significava, até onde ele sabia, que havia menos de cem Espadas no mundo inteiro. E ali estava ele, vendo *duzentos* Fractários reunidos em um exército. Era assombroso.

Os Radiantes diminuíram o passo, primeiro para um trote, depois para uma marcha. Os soldados ao redor de Dalinar ficaram quietos. Os Radiantes na vanguarda pararam em uma linha, imóveis. Subitamente, outros começaram a cair do céu. Eles aterrissaram com o som de pedra rachando, filetes de Luz das Tempestades brotando de suas silhuetas. Todos esses emanavam um brilho azulado.

Logo o número de Radiantes chegou a cerca de trezentos. Eles começaram a invocar suas Espadas, que apareceram nas mãos deles como névoa se condensando. Tudo isso aconteceu em silêncio. Suas viseiras estavam abaixadas.

— Se eles avançarem sem espada foi um bom sinal, então o que significa isso? — sussurrou um dos homens ao lado de Dalinar.

Uma suspeita começou a crescer em Dalinar, o horror de saber o que aquela visão estava prestes a mostrar-lhe. O batedor, finalmente vencido pelo medo, virou o cavalo e galopou de volta para o forte, gritando para que a porta fosse aberta. Como se um pouco de madeira e pedra fosse proteção contra centenas de Fractários. Um único homem com uma Armadura e uma Espada era quase um exército sozinho, e isso sem levar em conta os estranhos poderes daquelas pessoas.

Os soldados abriram o túnel para o batedor. Tomando uma decisão rápida, Dalinar saltou e correu até a abertura. Atrás dele, o oficial que Dalinar vira antes estava abrindo caminho até a fenda de ataque.

Dalinar alcançou a porta aberta, correndo por ela bem no momento em que o batedor cavalgava de volta para o pátio. Homens chamaram Dalinar, apavorados. Ele os ignorou, correndo até a planície aberta. A muralha reta e ampla assomava sobre ele, como uma estrada para o sol. Os Radiantes ainda estavam longe, embora houvessem parado dentro do alcance das flechas. Fascinado pelas belas figuras, Dalinar diminuiu o passo, então parou a cerca de trinta metros de distância.

Um cavaleiro se adiantou à frente dos seus companheiros, vestido com uma capa azul-vivo. Sua Espada Fractal de aço ondulante possuía entalhes intricados ao longo do centro. Ele a apontou para o forte durante um momento.

Então ele enfiou a ponta da espada na planície de pedra. Dalinar ficou confuso. O Fractário removeu o elmo, expondo uma bela cabeça de cabelo loiro e pele pálida, clara como a de um homem de Shinovar. Ele jogou o elmo no chão ao lado da Espada, e ele rolou por um segundo enquanto o Fractário fechava as mãos em punhos nas manoplas, braços ao lado do corpo. Então ele abriu bem as mãos e as manoplas caíram no chão rochoso.

Ele se virou, sua Armadura Fractal caindo do corpo — o peitoral se soltando, grevas escorregando. Por baixo, ele vestia um uniforme azul amarrotado. Ele se livrou de seus escarpes de cano alto e continuou a se afastar, a Armadura Fractal e a Espada Fractal — os tesouros mais preciosos que um homem podia possuir — jogados no chão e abandonados como lixo.

Os outros começaram a imitá-lo. Centenas de homens e mulheres, enfiando Espadas Fractais na pedra e então removendo suas Armaduras. O som de metal atingindo rocha veio como chuva, depois como trovão.

Dalinar percebeu que estava avançando. A porta se abriu atrás dele e alguns soldados curiosos deixaram o forte. Dalinar alcançou as Espadas Fractais. Elas brotavam da rocha como árvores de prata reluzentes, uma floresta de armas. Brilhavam suavemente, como sua própria Espada Fractal nunca brilhara, mas enquanto ele corria entre elas, sua luz começou a se apagar.

Um sentimento terrível se apossou dele. Uma sensação de imensa tragédia, de dor e traição. Parando onde estava, ele arfou subitamente, a mão no peito. O que estava acontecendo? O que *era* aquela sensação horrível, aquela gritaria que ele jurava quase poder ouvir?

Os Radiantes. Eles se afastaram das suas armas descartadas. Agora todos pareciam indivíduos, cada um caminhando sozinho, apesar da multidão. Dalinar disparou atrás deles, tropeçando em peitorais descartados e pedaços de armadura. Finalmente ultrapassou todos os obstáculos.

— Esperem!

Nenhum deles se virou.

Agora podia ver outros à distância, bem longe. Uma multidão de soldados, sem Armaduras Fractais, esperando o retorno dos Radiantes. Quem eram eles, e por que não tinham avançado? Dalinar alcançou os Radiantes — eles não estavam caminhando muito rápido — e agarrou um deles pelo braço. O homem se virou; sua pele era bronzeada e o cabelo, escuro, como um alethiano. Os olhos eram do mais pálido azul. Na verdade, era um tom nada natural — as íris pareciam quase brancas.

— Por favor — disse Dalinar. — Diga-me porque estão fazendo isso.

O ex-Fractário soltou o braço e continuou a se afastar. Dalinar praguejou, então correu até o meio dos Fractários. Eles eram de todas as raças e nacionalidades, peles claras e escuras, alguns com as sobrancelhas brancas dos thaylenos, outros com padrões ondulados na pele, como os selayanos. Eles caminhavam olhando para a frente, sem conversar entre si, os passos lentos, mas resolutos.

— Alguém pode me explicar por quê? — gritou Dalinar. — É isso, não é? O Dia da Traição, o dia em que vocês traíram a humanidade. Mas por quê?

Nenhum deles respondeu. Era como se ele não existisse.

Pessoas falavam de traição, do dia em que os Cavaleiros Radiantes voltaram as costas aos seus companheiros humanos. O que eles estavam combatendo, e por que haviam parado? *Duas ordens de cavaleiros foram mencionadas*, pensou Dalinar. *Mas havia dez ordens. Onde estavam as outras oito?*

Dalinar caiu de joelho naquele mar de indivíduos solenes.

— Por favor. Eu preciso saber.

Ali perto, alguns dos soldados do forte haviam alcançado as Espadas Fractais — mas, em vez de correr atrás dos Radiantes, esses homens estavam cautelosamente pegando as Espadas do chão. Alguns oficiais saíram correndo do forte, ordenando que os soldados largassem as Espadas. Eles logo se viram em minoria em relação aos homens que começaram a surgir dos portões laterais e correr até as armas.

— Eles são os primeiros — disse uma voz.

Dalinar levantou os olhos e viu que um dos cavaleiros havia parado ao seu lado. Era o homem que parecia alethiano. Ele olhou sobre o ombro para a multidão reunida ao redor das Espadas. Os homens começaram a gritar uns com os outros, todos se apressando para pegar uma Espada antes que todas fossem tomadas.

— Eles são os primeiros — disse o Radiante, voltando-se para Dalinar. Dalinar reconheceu a profundidade daquela voz; era a mesma que sempre falava com ele naquelas visões. — Eles foram os primeiros, e também foram os últimos.

— Este é o Dia da Traição? — perguntou Dalinar.

— Esses eventos entrarão para a história — disse o Radiante. — Eles serão infames. Vocês terão muitos nomes para o que aconteceu aqui.

— Mas por quê? — indagou Dalinar. — Por favor. Por que eles abandonaram seu dever?

A figura pareceu estudá-lo.

— Eu disse que não posso ser de muita ajuda para você. A Noite das Tristezas virá, e a Verdadeira Desolação. A Tempestade Eterna.

— Então responda minhas perguntas! — disse Dalinar.

— Leia o livro. Você deve uni-los.

— O livro? *O caminho dos reis*?

A figura virou-se e se afastou dele, unindo-se aos outros Radiantes enquanto cruzavam a planície de pedra, caminhando para um destino desconhecido.

Dalinar olhou para trás, para o tumulto de soldados correndo para as Espadas. Muitas já haviam sido tomadas. Não havia Espadas o bastante para todos, e alguns começaram a brandir as suas, usando-as para afastar aqueles que chegavam perto demais. Ele assistiu enquanto um oficial gritando com uma Espada na mão foi atacado por dois homens pela retaguarda.

O brilho no interior das armas havia desaparecido completamente.

A morte daquele oficial deu ousadia aos outros. Mais conflitos começaram, homens se amontoando para atacar aqueles que tinham Espadas, esperando conseguir uma. Olhos começaram a queimar. Gritos, berros, morte. Dalinar assistiu tudo até que se viu novamente nos seus aposentos, amarrado a uma cadeira. Renarin e Adolin vigiavam de perto, parecendo nervosos.

Dalinar piscou, ouvindo a chuva da grantormenta caindo sobre o telhado.

— Eu voltei — disse ele aos filhos. — Podem se acalmar.

Adolin ajudou a desamarrar os laços, enquanto Renarin se levantou e pegou uma taça de vinho de laranja para Dalinar. Depois que Dalinar foi solto, Adolin deu um passo atrás e cruzou os braços. Renarin se aproximou, o rosto pálido. Ele parecia ter sofrido um dos seus episódios de fraqueza; de fato, suas pernas estavam tremendo. Assim que Dalinar pegou a taça, o jovem sentou-se em uma cadeira e colocou a cabeça entre as mãos.

Dalinar provou o vinho doce. Ele já contemplara guerras nas suas visões antes. Já vira mortes e monstros, grã-carapaça e pesadelos. E ainda assim, por algum motivo, aquela visão foi a mais perturbadora de todas. Percebeu que sua própria mão tremia enquanto levantava o copo para um segundo gole.

Adolin ainda estava olhando para ele.

— É tão ruim assim ficar me olhando? — perguntou Dalinar.

— Os seus murmúrios são perturbadores, pai — respondeu Renarin. — Estranhos, sobrenaturais. Distorcidos, como um edifício de madeira inclinado pelo vento.

— O senhor se debate — disse Adolin. — Quase derrubou a cadeira. Tive que segurá-la até o senhor parar.

Dalinar levantou-se, suspirando, e caminhou para encher de novo a taça.

— E você ainda acha que não preciso abdicar?

— Os episódios são controláveis — respondeu Adolin, embora parecesse perturbado. — O meu argumento *nunca* foi que o senhor abdicasse. Só não queria que confiasse em ilusões para tomar decisões sobre o futuro da nossa casa. Desde que o senhor aceite que suas visões não são reais, podemos seguir em frente. Não há por que desistir da sua posição.

Dalinar verteu o vinho e olhou para leste, na direção da muralha, desviando o rosto de Adolin e Renarin.

— Eu não aceito que o que vejo não é real.

— O quê? — disse Adolin. — Mas achei que havia convencido...

— Eu aceito que não sou mais confiável — disse Dalinar. — E que há uma chance de que eu esteja enlouquecendo. Aceito que algo está acontecendo comigo. — Ele se virou. — Quando comecei a ter essas visões, acreditava que elas vinham do Todo-Poderoso. Você me convenceu de que posso ter julgado rápido demais. Não sei o bastante para confiar nelas. Posso estar louco. Ou podem ser visões sobrenaturais sem ter parte com o Todo-Poderoso.

— Como poderia ser? — indagou Adolin, franzindo o cenho.

— A Antiga Magia — respondeu Renarin em voz baixa, ainda sentado.

Dalinar assentiu.

— O quê? — protestou Adolin. — A Antiga Magia é um mito.

— Infelizmente, não é — disse Dalinar, e depois tomou outro gole de vinho fresco. — Sei que é um fato.

— Pai — disse Renarin. — Para que a Antiga Magia o afetasse, o senhor teria que ter viajado ao Oeste para procurá-la, não é?

— Sim — admitiu ele, envergonhado.

O lugar vazio em suas memórias antes ocupado por sua esposa nunca parecera tão óbvio quanto agora. Tendia a ignorá-lo, com boa razão. Ela havia desaparecido completamente, e às vezes era difícil lembrar-se de que *havia* sido casado.

— Essas visões não fazem sentido com o que sei sobre a Guardiã da Noite — continuou Renarin. — A maioria a considera apenas algum tipo de espreno poderoso. Depois que a pessoa a procura e recebe sua recompensa e sua maldição, ela a deixa em paz. Quando o senhor a procurou?

— Já faz muitos anos — respondeu Dalinar.

— Então isso provavelmente não se deve à influência dela — disse Renarin.

— Concordo.

— Mas o que foi que o senhor pediu? — perguntou Adolin, franzindo o cenho.

— Minha maldição e meu dom são meus apenas, filho — respondeu Dalinar. — Os detalhes não importam.

— Mas...

— Concordo com Renarin — interrompeu Dalinar. — Provavelmente não é feito da Guardiã da Noite.

— Tudo bem, ótimo. Mas por que mencioná-la?

— Porque, Adolin, eu *não sei* o que está acontecendo comigo — respondeu Dalinar, exasperado. — Essas visões parecem detalhadas demais para serem produtos da minha mente. Mas seus argumentos me fizeram pensar. Posso estar errado. Ou *você* pode estar errado, e pode ser o Todo-Poderoso. Ou pode ser algo totalmente diferente. Não sabemos, e é por isso que é perigoso me deixar no comando.

— Bem, o que eu disse ainda vale — insistiu Adolin com teimosia. — Nós podemos conter a situação.

— Não, não podemos — disse Dalinar. — Só porque até agora só aconteceu durante grantormentas, não significa que não possa se expandir para outros períodos de tensão. E se eu sofrer um episódio durante uma batalha?

Era o mesmo motivo por que não deixavam Renarin entrar em combate.

— Se acontecer, vamos lidar com isso — disse Adolin. — Por enquanto, podemos apenas ignorar...

Dalinar ergueu uma mão.

— Ignorar? Eu *não posso* ignorar algo assim. As visões, o livro, as coisas que sinto... estão mudando cada aspecto de mim. Como posso governar se não seguir a minha consciência? Se continuar como grão-príncipe, terei que duvidar de cada decisão minha. Ou eu decido confiar em mim mesmo, ou tenho de abdicar. Não *suporto* a ideia um meio-termo.

A sala ficou em silêncio.

— Então o que fazemos? — perguntou Adolin.

— Fazemos a escolha — respondeu Dalinar. — *Eu* faço a escolha.

— Abdicar ou continuar acreditando em ilusões — cuspiu Adolin. — De qualquer modo seremos governados pelas visões.

— E você tem uma opção melhor? — questionou Dalinar. — Você está sempre reclamando, Adolin, parece ser um hábito seu. Mas não o vejo oferecer uma alternativa válida.

— Eu ofereci uma — disse Adolin. — Ignore as visões e siga em frente!

— Eu disse uma opção *válida*!

Os dois ficaram se encarando. Dalinar lutou para conter sua raiva. De muitas maneiras, ele e Adolin eram parecidos demais. Compreendiam um ao outro, e isso permitia que tocassem em pontos sensíveis.

— Bem — disse Renarin —, e se nós testássemos se as visões são verdadeiras ou não?

Dalinar olhou para ele.

— Como assim?

— O senhor disse que esses sonhos são detalhados — continuou Renarin, se inclinando para a frente com as mãos juntas no colo. — O quê, exatamente, o senhor vê?

Dalinar hesitou, então engoliu o resto do seu vinho. Por um momento, desejou que estivesse bebendo o inebriante vinho roxo em vez do laranja.

— As visões frequentemente mostram os Cavaleiros Radiantes. No final de cada episódio, alguém... acho que um dos Arautos... se aproxima e ordena que eu una os grão-príncipes de Alethkar.

Todos ficaram em silêncio, Adolin com um ar perturbado, Renarin sentado sem dizer nada.

— Hoje, eu vi o Dia da Traição — continuou Dalinar. — Os Radiantes abandonaram seus Fractais e foram embora. As Armaduras e Espadas... se apagaram, de algum modo, quando foram abandonadas. Pareceu um detalhe estranho de se ver. — Ele olhou para Adolin. — Se essas visões são fantasias, então sou muito mais inteligente do que eu pensava.

— O senhor se lembra de algum detalhe que pudéssemos verificar? — indagou Renarin. — Nomes? Locais? Eventos que poderiam ser localizados na história?

— Nessa última, o lugar se chamava Forte Febripetra — respondeu Dalinar.

— Nunca ouvi falar — comentou Adolin.

— Forte Febripetra — repetiu Dalinar. — Na minha visão, havia algum tipo de guerra acontecendo ali perto. Os Radiantes estavam lutando nas linhas de frente. Eles recuaram até essa fortaleza, então abandonaram seus Fractais ali.

— Talvez possamos encontrar algo na história — disse Renarin. — Prova de que esse forte existiu ou que os Radiantes não fizeram o que você viu lá. Então saberíamos, não é mesmo? Se os sonhos são ilusões ou verdade?

Dalinar se pegou assentindo. Nunca lhe ocorrera provar as visões, em parte porque acreditara desde o início que fossem reais. Quando começou a se questionar, esteve mais inclinado a esconder a natureza das visões e se calar. Mas se ele soubesse que estava vendo eventos reais... bem, pelo menos isso eliminaria a possibilidade de loucura. Não resolveria tudo, mas ajudaria um bocado.

— Eu não sei — disse Adolin, ainda cético. — Pai, o senhor está falando de um período anterior à Hierocracia. Seremos capazes de encontrar qualquer coisa nas histórias?

— Há histórias do tempo dos Radiantes — disse Renarin. — Não são tão distantes quanto a era sombria ou as Épocas dos Arautos. Podemos perguntar a Jasnah. Não é isso que ela faz? Como Veristitaliana?

Dalinar olhou para Adolin.

— Parece que vale a pena tentar, filho.

— Talvez — disse Adolin. — Mas não podemos tomar a existência de um único lugar como prova. O senhor pode ter ouvido falar desse tal Forte Febripetra e o incluído na visão.

— Bem, é verdade — disse Renarin. — Mas se o pai vê apenas ilusões, então certamente poderemos provar que algumas partes das visões são inverídicas. Parece impossível que cada detalhe que ele imagina seja algo que tirou de um livro ou história. *Alguns* aspectos das ilusões teriam que ser pura fantasia.

Adolin assentiu lentamente.

— Eu... Você tem razão, Renarin. Sim, é um bom plano.

— Precisamos chamar uma das minhas escribas — disse Dalinar. — Para que eu possa ditar a visão que acabei de ter enquanto ela está fresca na minha memória.

— Sim — disse Renarin. — Quanto mais detalhes tivermos, mais fácil será provar... ou refutar... as visões.

Dalinar fez uma careta, deixando de lado sua taça e caminhando até os outros. Ele se sentou.

— Tudo bem, mas quem poderíamos usar para registrar o ditado?

— O senhor tem muitas escrivãs, pai — observou Renarin.

— E são todas esposas ou filhas de um dos meus oficiais — disse Dalinar.

Como ele poderia explicar? Já era doloroso o bastante expor fraqueza a seus filhos. Se notícias do que ele via se espalhassem entre seus oficiais, isso abalaria a moral. Talvez algum dia chegasse a hora de revelar aquelas coisas aos seus homens, mas precisaria fazer isso cuidadosamente. E preferiria muito saber por conta própria se estava ou não louco antes de abordar os outros.

— Sim — disse Adolin, concordando, embora Renarin ainda parecesse perplexo. — Eu entendo. Mas, pai, não podemos nos dar ao luxo de esperar o retorno de Jasnah. Pode levar meses.

— Concordo — disse Dalinar. Ele suspirou. Havia outra opção. — Renarin, envie um mensageiro à sua tia Navani.

Adolin olhou para Dalinar, levantando uma sobrancelha.

— É uma boa ideia. Mas pensei que o senhor não confiasse nela.

— Confio que ela mantém sua palavra — explicou Dalinar, resignado. — E na discrição dela. Contei-lhe dos meus planos de abdicar, e ela não falou para ninguém.

Navani era excelente em guardar segredos. Muito melhor do que as mulheres na sua corte. Ele confiava nelas até certo ponto, mas manter um segredo como aquele exigiria alguém extremamente preciso nas suas palavras e pensamentos.

Esse alguém era Navani. Ela provavelmente encontraria uma maneira de manipulá-lo com aquele segredo, mas pelo menos a notícia ficaria escondida dos seus homens.

— Vá, Renarin — disse Dalinar.

Renarin assentiu e se levantou. Aparentemente havia se recuperado da sua crise, e caminhou firme até a porta. Quando ele saiu, Adolin se aproximou de Dalinar.

— Pai, o que o senhor fará se provarmos que estou certo, e que é apenas sua imaginação?

— Parte de mim gostaria que isso acontecesse — disse Dalinar, vendo a porta se fechar atrás de Renarin. — Tenho medo da loucura, mas pelo menos é algo familiar, algo com que podemos lidar. Entregarei a você o principado, então buscarei ajuda em Kharbranth. Mas se essas coisas *não* forem ilusões, então vou encarar outra decisão. Será que aceito o que elas me dizem ou não? Poderia ser melhor para Alethkar se eu me provasse louco. Pelo menos seria mais fácil.

Adolin pensou a respeito, a testa enrugada e a mandíbula tensa.

— E Sadeas? Ele parece perto do fim da investigação. O que fazemos?

Era uma pergunta válida. O modo como Dalinar agia com Sadeas, por confiar em suas visões, fora o que causara discussões com Adolin, em primeiro lugar.

Você deve uni-los. Não era apenas um comando das visões. Era o sonho de Gavilar. Uma Alethkar unificada. Será que Dalinar deixara que o sonho — combinado com a culpa por ter falhado com seu irmão — o levasse a criar racionalizações sobrenaturais para buscar realizar a vontade de seu irmão?

Sentia-se tão inseguro. E *detestava* insegurança.

— Muito bem — disse Dalinar. — Você tem minha permissão para se preparar para o pior, caso Sadeas aja contra nós. Prepare nossos oficiais e chame de volta as companhias enviadas em patrulha contra bandidos. Se Sadeas me denunciar por tentar matar Elhokar, vamos fechar nosso acampamento de guerra e entraremos em alerta. Não pretendo deixar que ele me prenda para execução.

Adolin pareceu aliviado.

— Obrigado, pai.

— Espero que não chegue a tanto, filho — disse Dalinar. — No momento em que Sadeas e eu realmente entrarmos em guerra, a nação de Alethkar vai se esfacelar. São os nossos dois principados que sustentam o rei e, se entrarmos em conflito, os outros vão escolher lados ou iniciarão suas próprias guerras.

Adolin concordou, mas Dalinar se reclinou na cadeira, perturbado. *Sinto muito*, pensou, dirigindo-se a qualquer que fosse a força enviando as visões. *Mas preciso ser sábio.*

De certa maneira, aquele parecia ser um segundo teste. As visões haviam dito para que confiasse em Sadeas. Bem, ele logo veria o que ia acontecer.

— ... E ENTÃO TUDO SE APAGOU — contou Dalinar. — Depois disso, me vi de volta aqui.

Navani ergueu a pena, parecendo pensativa. Não levara muito tempo para que ele descrevesse sua visão. Ela a registrara com habilidade, extraindo detalhes dele, sabendo quando estimulá-lo a falar mais. Não havia dito palavra sobre a estranheza da solicitação, nem parecera achar graça no seu desejo de registrar por escrito uma de suas ilusões. Ela fora profissional e cuidadosa. Estava sentada agora na escrivaninha dele, o cabelo preso em cachos e fixado com quatro grampos. Seu vestido era vermelho, combinando com sua pintura labial, e seus belos olhos violeta estavam curiosos.

Pai das Tempestades, pensou Dalinar. *Ela é tão linda.*

— Bem? — perguntou Adolin.

Ele estava encostado contra a porta, do lado de fora da câmara. Renarin saíra para coletar um relatório dos danos da grantormenta. O rapaz precisava de prática naquele tipo de atividade.

Navani ergueu uma sobrancelha.

— O que foi, Adolin?

— O que a senhora acha, tia? — indagou Adolin.

— Nunca ouvi falar em qualquer um desses lugares ou eventos — disse Navani. — Mas acredito que vocês não esperavam que eu os conhecesse. Você não disse que queria que eu entrasse em contato com Jasnah?

— Sim — disse Adolin. — Mas certamente a senhora tem uma análise.

— Prefiro guardar minha opinião, querido — disse Navani, levantando-se e dobrando o papel ao prendê-lo com a mão segura e marcar bem a dobra com a outra. Ela sorriu, passando por Adolin e dando-lhe uma palmadinha no ombro. — Vejamos o que Jasnah diz antes de fazer qualquer análise, está bem?

— Acho que sim — respondeu Adolin, soando insatisfeito.

— Passei algum tempo ontem conversando com aquela sua jovem — comentou Navani. — Danlan? Acho que você fez uma sábia escolha. Ela tem uma boa cabeça.

Adolin se animou.

— Você gosta dela?

— Bastante — respondeu Navani. — Também descobri que ela adora melanícias. Você sabia disso?

— Na verdade, não sabia.

— Ótimo. Seria frustrante ter tido todo esse trabalho para encontrar uma maneira de você agradá-la só para descobrir que você já sabia. Tomei a liberdade de comprar uma cesta de melanícias no caminho até aqui. Você vai encontrá-las na antecâmara, vigiada por um soldado entediado que não parecia estar fazendo nada de importante. Se for visitá-la com a cesta nesta tarde, penso que será muito bem recebido.

Adolin hesitou. Provavelmente sabia que Navani estava distraindo-o da sua preocupação em relação a Dalinar. Contudo, ele relaxou, então começou a sorrir.

— Bem, seria uma agradável mudança de ares, considerando os eventos mais recentes.

— Foi o que pensei — disse Navani. — Sugiro que vá logo; essas melanícias estão perfeitamente maduras. Além disso, gostaria de falar com seu pai.

Adolin beijou Navani no rosto com ternura.

— Obrigado, Mashala.

Ele permitia que ela tomasse certas liberdades que não permitia aos outros; perto da sua tia favorita, ele voltava a ser um menino. Adolin sorria ainda mais ao passar pela porta.

Dalinar percebeu que também estava sorrindo. Navani conhecia bem seu filho. Mas seu sorriso não durou muito, quando se deu conta de que a partida de Adolin deixara-o sozinho com Navani. Ele se levantou.

— O que você gostaria de me pedir? — perguntou ele.

— Eu não disse que queria *pedir* algo a você, Dalinar. Só quero conversar. Somos da mesma família, afinal de contas. Deveríamos passar mais tempo juntos.

— Se deseja conversar, vou chamar alguns soldados para nos acompanharem.

Ele deu uma olhada para a antecâmara. Adolin havia fechado a segunda porta ao sair, impedindo que ele visse seus guardas — e que seus guardas o vissem.

— Dalinar — disse ela, caminhando até ele. — Isso *realmente* anularia o motivo de ter mandado Adolin embora. Eu queria um pouco de privacidade.

Ele enrijeceu.

— Você deveria ir embora agora.

— É mesmo?

— Sim. As pessoas vão considerar isso impróprio. Vão comentar.

— Você está insinuando que algo impróprio *poderia* acontecer, então? — indagou Navani, soando quase como uma adolescente empolgada.

— Navani, você é minha *irmã*.

— Não somos parentes de sangue. Em alguns reinos, uma união entre nós seria ordenada pela tradição, depois da morte do seu irmão.

— Não estamos em outros reinos. Aqui é Alethkar. Existem regras.

— Sei — disse ela, se aproximando mais. — E o que você fará se eu *não* sair? Vai pedir socorro? Vai ordenar que eu seja arrastada para fora?

— Navani — disse ele, angustiado. — Por favor. Não faça isso de novo. Estou exausto.

— Excelente. Isso deixa mais fácil conseguir o que quero.

Ele fechou os olhos. *Não posso lidar com isso agora.* A visão, o confronto com Adolin, suas próprias emoções incertas... Ele não sabia mais o que pensar.

Testar as visões era uma boa decisão, mas não conseguia se livrar da desorientação que sentia por ser incapaz de decidir o que fazer em seguida. Gostava de tomar decisões e mantê-las, e não podia fazer isso no momento.

A situação o irritava muito.

— Agradeço por seu trabalho de escrivã e por sua disposição de manter essa situação entre nós — disse ele, abrindo os olhos. — Mas realmente devo pedir que saia *agora*, Navani.

— Ah, Dalinar — disse ela em voz baixa.

Estava perto o bastante para que ele pudesse sentir seu perfume. Pai das Tempestades, ela era tão linda. Vê-la o fez relembrar dias distantes, quando a desejara tão intensamente que quase passara a detestar Gavilar por ter conquistado sua afeição.

— Por que você não pode relaxar só um pouquinho? — perguntou ela.

— As regras...

— Todo mundo...

— Eu não posso ser *todo mundo*! — exclamou Dalinar, mais brusco do que pretendia. — Se eu ignorar nosso código e ética, o que serei, Navani? Os outros grão-príncipes e olhos-claros merecem recriminação pelo que fazem, e eu os deixei cientes disso. Se *eu* abandonar meus princípios, então me tornarei algo muito pior do que eles: um hipócrita!

Ela estacou.

— Por favor — implorou ele, tenso devido à emoção. — Vá embora. Não me provoque hoje.

Ela hesitou, então foi embora sem dizer uma palavra.

Navani nunca saberia o quanto ele havia desejado que ela levantasse mais uma objeção. No seu estado, provavelmente teria sido incapaz de continuar discutindo. Quando a porta se fechou, ele desabou na cadeira, soltando o ar, e fechou os olhos.

Todo-Poderoso nos céus. Por favor. Apenas me mostre o que devo fazer.

"Ele precisa pegá-lo, o título caído! A torre, a coroa e a lança!"

— Data: *vevahach* do ano de 1173, oito segundos antes da morte. O indivíduo era uma prostituta. Histórico desconhecido.

UMA FLECHA AFIADA COMO navalha atingiu a madeira ao lado do rosto de Kaladin. Ele sentiu o sangue quente escorrendo de um corte na bochecha, fluindo rosto abaixo, misturando-se com o suor pingando do seu queixo.

— Fiquem firmes! — gritou ele, avançando sobre terreno desigual, com o peso familiar da ponte sobre os ombros.

Ali perto, logo à frente e à esquerda, a Ponte Vinte soçobrava, quatro homens na frente abatidos pelas flechas, seus cadáveres fazendo tropeçar os que vinham atrás.

Os arqueiros parshendianos estavam ajoelhados do outro lado do abismo, cantando calmamente apesar da chuva de flechas do lado de Sadeas. Seus olhos negros eram como fragmentos de obsidiana, sem partes brancas. Só aquela treva sem emoções.

Naqueles momentos — ouvindo os homens gritando, chorando, berrando, uivando —, Kaladin odiava os parshendianos tanto quanto odiava Sadeas e Amaram. Como eles podiam cantar enquanto matavam?

Os parshendianos diante da equipe de Kaladin puxaram as cordas dos arcos e fizeram mira. Kaladin gritou para eles, sentindo um estranho pico de força enquanto as flechas eram disparadas.

As setas zuniram pelo ar em uma onda concentrada. Dez flechas acertaram a madeira junto da cabeça de Kaladin, e a ponte tremeu devido ao impacto, lascas voando. Mas nenhuma delas acertou carne.

Do outro lado do abismo, vários dos parshendianos baixaram os arcos, interrompendo seu cântico. Seus rostos demoníacos expressavam perplexidade.

— Baixar! — gritou Kaladin enquanto a equipe de ponte alcançava o abismo.

O solo ali era áspero, coberto de petrobulbos nodosos. Kaladin pisou na vinha de um deles, fazendo com que a planta se retraísse. Os carregadores levantaram e afastaram a ponte dos ombros, então habilmente se afastaram, baixando-a no chão. Dezesseis outras equipes se enfileiraram com eles, pousando suas pontes. Na retaguarda, a cavalaria pesada de Sadeas trovejava pelo platô naquela direção.

Os parshendianos novamente esticaram os arcos.

Kaladin trincou os dentes, jogando seu peso contra uma das barras de madeira na lateral, ajudando a empurrar a massiva construção através do abismo. Detestava essa parte; os carregadores ficavam totalmente expostos.

Os arqueiros de Sadeas continuavam disparando, movendo-se em um ataque concentrado e disruptivo, com o propósito de forçar os parshendianos a recuarem. Como sempre, os arqueiros não pareciam se preocupar se acertavam os carregadores, e várias flechas voaram perigosamente perto de Kaladin. Ele continuou a empurrar — suando, sangrando — e sentiu uma pontada de orgulho pela Ponte Quatro. Já estavam começando a se mover como guerreiros, rápidos, ágeis, tornando mais difícil para os arqueiros acertarem. Será que Gaz ou os homens de Sadeas perceberiam?

A ponte foi encaixada e Kaladin gritou, ordenando a retirada. Os carregadores saíram do caminho, se desviando das flechas pretas e de hastes grossas dos parshendianos e das setas verdes e mais leves dos arqueiros de Sadeas. Moash e Rocha subiram na ponte e a atravessaram, descendo ao lado de Kaladin. Outros se espalharam ao redor da parte traseira da ponte, desviando-se da carga de cavalaria se aproximando.

Kaladin se demorou, acenando para que seus homens saíssem do caminho. Quando todos estavam seguros, ele olhou de relance para a ponte, que estava recoberta de flechas. Nenhum homem caído. Um milagre. Virou-se para correr...

Alguém do outro lado da ponte se pôs de pé, cambaleante. Dunny. O jovem carregador de pontes tinha uma flecha branca e verde brotando do ombro. Seus olhos estavam arregalados, atordoados.

Kaladin praguejou, correndo de volta. Antes que desse dois passos, uma seta de haste preta acertou o jovem no outro ombro. Ele caiu no deque da ponte, sangue jorrando na madeira escura.

A carga da cavalaria não desacelerou. Desesperado, Kaladin tentou subir pela lateral da ponte, mas algo o puxou de volta. Mãos no seu ombro. Ele cambaleou, girando para encontrar Moash. Kaladin rosnou para ele, tentando empurrar o homem, mas Moash — usando um movimento que o próprio Kaladin ensinara — puxou-o de lado, fazendo com que tropeçasse. Moash jogou-se sobre ele, segurando Kaladin junto ao chão enquanto a cavalaria pesada atravessava a ponte como uma tempestade, flechas estalando contra suas armaduras prateadas.

Pedaços quebrados de flecha polvilharam o chão. Kaladin lutou por um momento, depois ficou quieto.

— Ele está morto — disse Moash com dureza. — Não havia nada que você pudesse fazer. Sinto muito.

Não havia nada que você pudesse fazer...

Nunca há algo que eu possa fazer. Pai das Tempestades, por que não consigo salvá-los?

A ponte parou de tremer, a cavalaria chocou-se com os parshendianos e abriu espaço para os soldados da infantaria, que atravessaram em seguida sob sons metálicos. A cavalaria recuaria depois que a infantaria garantisse sua posição, já que os cavalos eram valiosos demais para se arriscarem em uma luta prolongada.

Sim, pensou Kaladin. *Pense sobre a tática. Pense sobre a batalha. Não pense sobre Dunny.*

Ele empurrou Moash e se levantou. O cadáver de Dunny estava desfigurado além de qualquer reconhecimento. Kaladin travou o maxilar e virou-se, se afastando sem olhar para trás. Passou pelos carregadores, que o observavam, e andou até a borda do abismo, as mãos agarrando os antebraços às costas, pés afastados. Não era perigoso, contanto que estivesse longe da ponte. Os parshendianos haviam deixado de lado seus arcos e estavam recuando. A crisálida era um gigantesco monte no extremo esquerdo do platô.

Kaladin queria assistir. Isso o ajudava a pensar como um soldado, e pensar como um soldado o ajudava a superar as mortes das pessoas próximas. Os outros carregadores se aproximaram hesitantes e ocuparam o espaço ao lado dele, em posição de descanso. Até Shen, o parshemano, se juntou a eles, silenciosamente imitando os outros. Ele havia participado de todas as incursões de ponte até então sem reclamar. Não se recusava a marchar contra seus primos; não tentava sabotar o ataque. Gaz estava desapontado, mas Kaladin não se surpreendeu. Os parshemanos eram assim.

Exceto por aqueles do outro lado do abismo. Kaladin contemplou o combate, mas tinha dificuldade em se concentrar nas táticas. A morte de Dunny era dolorosa demais. O rapaz havia sido um amigo, um dos primeiros a apoiá-lo, um dos melhores carregadores.

Cada carregador de pontes morto os deixava mais perto do desastre. Levaria semanas para treiná-los a lutar adequadamente. Perderiam metade da equipe — talvez ainda mais — antes que estivessem preparados para a batalha. Isso não era bom o bastante.

Bem, você terá que descobrir uma maneira de resolver, pensou Kaladin. Ele havia tomado sua decisão, e não havia espaço para desespero. Desespero era um luxo.

Ele saiu da posição de descanso e afastou-se do abismo. Os outros carregadores se viraram para segui-lo com os olhos, surpresos. Kaladin havia recentemente desenvolvido o hábito de assistir batalhas inteiras naquela posição. Os soldados de Sadeas haviam percebido. Muitos consideravam aquilo uma atitude arrogante dos carregadores. Alguns, contudo, pareciam respeitar a Ponte Quatro pela exibição. Kaladin sabia que havia rumores sobre ele por conta da tempestade; sem dúvida estava fornecendo mais motivos para comentário.

A Ponte Quatro o seguiu, e Kaladin conduziu-os através do platô rochoso. Ignorou deliberadamente o corpo destroçado na ponte. Dunny fora um dos únicos carregadores a manter algum traço de inocência. E agora estava morto, esmagado por Sadeas, derrubado por setas dos dois lados. Ignorado, esquecido, abandonado.

Não havia nada que Kaladin pudesse fazer por ele. Então, em vez disso, dirigiu-se até onde estavam os membros da Ponte Oito, exaustos, em um trecho de pedra plana. Kaladin lembrou-se de deitar-se assim depois das suas primeiras incursões de ponte. Agora ele mal ficava ofegante.

Como de costume, as outras equipes haviam deixado seus feridos para trás ao recuarem. Um pobre homem da Oito estava se arrastando na direção dos outros, uma flecha atravessada na coxa. Kaladin caminhou até ele. Sua pele era marrom-escura e seus olhos eram castanhos, o espesso cabelo preto preso em uma longa trança. Esprenos de dor se arrastavam junto dele, e o homem ergueu os olhos enquanto Kaladin e os membros da Ponte Quatro se aproximavam.

— Fique parado — disse Kaladin suavemente, ajoelhando-se e virando gentilmente o homem para dar uma boa olhada na coxa ferida. Kaladin tateou-a, pensativo. — Teft, vamos precisar de uma fogueira. Pegue seu estopim. Rocha, você ainda está com minha agulha e linha? Vou precisar. Onde está Lopen com a água?

Os membros da Ponte Quatro ficaram calados. Kaladin levantou o olhar do homem confuso e ferido.

— Kaladin — disse Rocha. — Você sabe como as equipes de ponte nos trataram.

— Não me importo.

— Praticamente não sobrou dinheiro — observou Drehy. — Mesmo reunindo nossa renda, mal temos o bastante para ataduras para nossos próprios homens.

— Não me importo.

— Se cuidarmos dos feridos de outras equipes de ponte — disse Drehy, balançando a cabeça loura —, teremos que alimentá-los, cuidar deles...

— Darei um jeito — disse Kaladin.

— Eu... — começou Rocha.

— Raios os partam! — praguejou Kaladin, levantando-se e varrendo o platô com um gesto. Os corpos dos carregadores estavam espalhados, ignorados. — Vejam só isso! Quem se importa com eles? Sadeas, não. Seus companheiros carregadores também não. Duvido até que os próprios Arautos gastem um pensamento com eles.

"Não vou ficar aqui assistindo enquanto homens morrem atrás de mim. Temos que ser melhores do que isso! Não podemos desviar os olhos, como os olhos-claros, fingindo que não vemos. Esse homem é um de nós. Como Dunny era.

"Os olhos-claros falam sobre honra. Cospem alegações falsas sobre sua nobreza. Bem, eu só conheci *um* homem na minha vida toda que era honrado de verdade. Era um cirurgião que ajudava a qualquer um, até mesmo aqueles que o odiavam. Especialmente os que o odiavam. Bem, eu vou mostrar a Gaz, a Sadeas, a Hashal e a qualquer outro idiota tormentoso que queira assistir, o que ele me ensinou. Agora vão trabalhar e *parem de reclamar*!"

A Ponte Quatro fitou-o com olhos arregalados e envergonhados, então partiu para a ação. Teft organizou uma unidade de triagem, enviando alguns homens para procurar outros carregadores feridos e alguns para coletar lenha de petrobulbo para uma fogueira. Lopen e Dabbid correram para pegar a água.

Kaladin ajoelhou-se e apalpou a perna do homem ferido, verificando a rapidez do vazamento do sangue, e determinou que não seria necessário cauterizar. Quebrou a haste e limpou a ferida com um pouco de muco de conchacônica para aliviar a dor. Então retirou a seta, causando um grunhido, e usou seu estoque pessoal de ataduras para envolver a ferida.

— Segure isso aqui — instruiu Kaladin. — E não bote peso nessa perna. Vou dar uma olhada em você antes de marcharmos de volta para o acampamento.

— Como… — disse o homem. Ele não tinha traço algum de sotaque. Kaladin esperara que fosse um azishiano, devido à pele escura. — Como vou voltar se não posso me apoiar nessa perna?

— Nós vamos carregá-lo — disse Kaladin.

O homem levantou os olhos, obviamente chocado.

— Eu… — Lágrimas se formaram nos seus olhos. — Obrigado.

Kaladin assentiu com um movimento curto, virando-se enquanto Rocha e Moash traziam outro homem ferido. Teft estava aumentando a fogueira, que cheirava forte a petrobulbos úmidos. O novo homem havia sido atingido na cabeça e sofrera um longo corte no braço. Kaladin esticou a mão para receber a linha.

— Kaladin, rapaz — disse Teft em voz baixa, entregando a linha e se ajoelhando. — Veja bem, não quero que ache que estou reclamando, porque não estou. Mas quantos homens podemos realmente carregar de volta?

— Já carregamos três — disse Kaladin. — Amarrados no topo da ponte. Aposto que conseguimos colocar mais três e carregar outro na liteira de água.

— E se tivermos mais que sete?

— Se fizermos bons curativos neles, alguns podem caminhar.

— E se ainda houver mais?

— Raios, Teft — disse Kaladin, começando a dar os pontos. — Então levamos os que pudermos e carregamos a ponte de volta para pegar os que ficaram para trás. Traremos Gaz conosco, se os soldados acharem que vamos fugir.

Teft ficou em silêncio e Kaladin preparou-se para sua incredulidade. Em vez disso, contudo, o soldado grisalho sorriu. Parecia até estar com os olhos úmidos.

— Pelo bafo de Kelek. É verdade. Eu nunca pensei…

Kaladin franziu o cenho, olhando para Teft e pressionando uma ferida para estacar o sangramento.

— O que foi?

— Ah, nada. — Ele fechou a cara. — Volte ao trabalho! Esse rapaz precisa de você.

Kaladin voltou a dar os pontos.

— Você ainda está carregando uma bolsa cheia de esferas, como eu falei? — perguntou Teft.

— Não posso deixá-las no barracão, não é? Mas vamos precisar gastá-las em breve.

— Não vai gastar nada — disse Teft. — Essas esferas dão sorte, está ouvindo? Guarde-as com você e mantenha elas sempre infundidas.

Kaladin suspirou.

— Acho que há algo errado com esse lote. Elas não mantêm a Luz das Tempestades. Sempre escurecem depois de alguns dias, toda vez. Talvez seja algo relacionado com as Planícies Quebradas. Já aconteceu com outros carregadores também.

— Que estranho — disse Teft, esfregando o queixo. — Essa foi uma investida ruim. Três pontes caíram. Muitos carregadores mortos. Interessante como não perdemos ninguém.

— Perdemos Dunny.

— Mas não na investida. Você sempre corre na ponta, e as flechas sempre parecem nos errar. Estranho, hein?

Kaladin olhou novamente para ele, franzindo o cenho.

— O que você está dizendo, Teft?

— Nada. Continue costurando! Quantas vezes tenho que repetir?

Kaladin ergueu uma sobrancelha, mas voltou ao trabalho. Teft andava muito estranho ultimamente. Seria a tensão? Muitas pessoas eram supersticiosas em relação a esferas e Luz das Tempestades.

Rocha e sua equipe trouxeram mais três feridos e disseram que eram todos que haviam encontrado. Carregadores de pontes que caíam frequentemente terminavam como Dunny, pisoteados. Bem, pelo menos a Ponte Quatro não teria que fazer uma viagem de volta ao platô.

Os três tinham feridas graves de flechas, portanto Kaladin deixou o homem com um corte no braço aos cuidados de sua equipe, instruindo Skar a manter a pressão no trabalho de sutura inacabado. Teft aqueceu uma adaga para cauterização; os recém-chegados obviamente haviam perdido muito sangue. Um deles provavelmente não sobreviveria.

Tantas partes do mundo estão em guerra, ele pensou enquanto trabalhava. O sonho havia realçado o que outros já haviam dito. Kaladin não sabia, tendo crescido na remota Larpetra, quão afortunada era sua cidade por ter evitado a batalha.

O mundo inteiro guerreava, e ele lutava para salvar alguns pobres carregadores. Que bem isso faria? E ainda assim ele continuou a cauterizar carne, costurar, salvar vidas, como seu pai havia ensinado. Começava a entender o senso de futilidade que vira nos olhos do pai naquelas ocasionais noites tenebrosas em que Lirin se voltara para o vinho na sua solidão.

Você está tentando compensar o fracasso com Dunny, pensou Kaladin. *Ajudar esses outros não vai trazê-lo de volta.*

Ele perdeu o homem que havia suspeitado que ia morrer, mas salvou os outros quatro, e o carregador que recebera uma pancada na cabeça estava começando a despertar. Kaladin sentou-se, cansado, as mãos cobertas de sangue. Ele as lavara com um fio de água dos odres de Lopen, então, lembrando-se finalmente da própria ferida, procurou o ponto onde a flecha cortara sua face.

Ele gelou. Por mais que apalpasse a pele, não conseguia encontrar a ferida. Mas havia sentido sangue na bochecha e queixo. Ele sentira a flecha abrir sua pele, não sentira?

Kaladin se levantou, sentindo um arrepio, e levou a mão à testa. O que estava acontecendo?

Alguém se pôs ao seu lado. O rosto agora bem barbeado de Moash expunha uma cicatriz tênue ao longo do queixo. Ele estudou Kaladin.

— Sobre Dunny...

— Você fez a coisa certa — disse Kaladin. — Provavelmente salvou minha vida. Obrigado.

Moash assentiu lentamente. Ele se virou para olhar os quatro homens feridos; Lopen e Dabbid estavam dando água a eles, perguntando seus nomes.

— Eu estava errado sobre você — disse Moash subitamente, estendendo a mão para Kaladin.

Kaladin tomou a mão dele, hesitante.

— Obrigado.

— Você é um tolo e um encrenqueiro. Mas é honesto. — Moash deu uma risada. — Se acabar nos matando, não será de propósito. Não posso dizer o mesmo de alguns dos meus comandantes anteriores. Bom, vamos lá preparar esses homens para a volta.

"Os fardos dos nove se tornaram meus. Por que devo suportar a loucura deles todos? Oh, Todo-Poderoso, livrai-me."

— Data: *palaheses* do ano de 1173, número desconhecido de segundos antes da morte. O indivíduo era um rico olhos-claros. Amostra coletada de segunda mão.

O FRIO AR NOTURNO TRAZIA a ameaça da chegada breve do inverno. Dalinar vestia uma longa e espessa casaca de uniforme sobre calças e camisa, abotoada rigidamente até o peito e colarinho, e era longa na parte traseira e nas laterais, chegando até suas canelas, fluindo na cintura como um manto. Em anos anteriores, a casaca poderia ter sido usada com um *takama*, embora Dalinar nunca houvesse apreciado aqueles trajes semelhantes a saias.

O propósito do uniforme nunca foi a moda ou a tradição, mas deixá-lo facilmente distinguível para aqueles que o seguiam. Ele não veria tanto problema nos uniformes dos outros olhos-claros se eles ao menos usassem as próprias cores.

Ele adentrou a Planície de Banquetes do rei. Pedestais haviam sido colocados nas laterais onde os braseiros costumavam ficar, cada um deles portando um dos novos fabriais que emitiam calor. Os córregos entre as ilhas havia diminuído até um fio; o gelo havia parado de derreter nas terras altas.

O comparecimento no banquete daquela noite foi pequeno, embora isso fosse aparente principalmente nas quatro ilhas que não eram do rei. Nas ilhas que davam acesso a Elhokar e aos grão-príncipes, as pessoas participariam mesmo se o banquete fosse celebrado no meio de uma grantormenta. Dalinar andou pelo caminho central, e Navani — sentada à mesa de jantar das mulheres — encontrou seu olhar. Ela virou o rosto, talvez ainda se lembrando das suas palavras ríspidas do último encontro.

Riso não estava no seu lugar costumeiro, insultando aqueles que chegavam à ilha do rei; de fato, ele não estava em lugar algum. *Não surpreende*, pensou Dalinar. Riso não gostava de ser previsível; ele passara vários banquetes recentes no seu pedestal, distribuindo insultos. Provavelmente achava que já havia esgotado aquela tática.

Todos os nove outros grão-príncipes estavam presentes. A maneira como tratavam Dalinar tornara-se rígida e distante desde que haviam recusado seus pedidos de lutarem juntos. Como se tivessem ficado ofendidos pela simples oferta. Olhos-claros inferiores faziam alianças, mas os grão-príncipes eram como reis e consideravam uns aos outros rivais, a serem mantidos a uma distância segura.

Dalinar mandou um criado trazer-lhe comida e sentou-se à mesa. Tinha sido atrasado para o jantar pelos relatórios das companhias que chamara de volta ao acampamento, então foi um dos últimos a comer. A maioria dos outros já estava confraternizando. À direita, a filha de um oficial estava tocando uma serena melodia de flauta para um grupo de ouvintes. À esquerda, três mulheres com cadernos de desenho estavam rascunhando o mesmo homem. Mulheres costumavam se desafiar para duelos assim como os homens faziam com Espadas Fractais, embora raramente usassem essa palavra. Eram sempre "competições amistosas" ou "jogos de talento".

Sua comida chegou, estagma ao vapor — um tubérculo marrom que crescia em poças profundas — sobre uma cama de taleu cozido. O grão estava inchado, e toda a refeição estava coberta de um molho marrom espesso e apimentado. Ele sacou sua faca e cortou uma fatia da ponta do estagma. Usando a faca para passar taleu no topo, ele pegou o pedaço com a mão e começou a comer. A refeição estava bem temperada e quente, provavelmente devido à friagem, e bastante saborosa de se comer, o vapor do prato enevoando o ar diante dele.

Até então, Jasnah não havia respondido sobre sua visão, embora Navani alegasse que poderia encontrar algo por conta própria. Ela também era uma erudita renomada, embora seus interesses sempre houvessem se voltado mais para fabriais. Ele a olhou de relance. Teria sido um tolo em ofendê-la daquele jeito? Será que isso a levaria a usar a informação de suas visões contra ele?

Não, ela não seria tão mesquinha. Navani *realmente* parecia se importar com ele, embora sua afeição fosse imprópria.

As cadeiras ao seu redor estavam vazias. Ele estava se tornando um pária, primeiro devido à sua conversa sobre os Códigos, depois por conta das tentativas de fazer com que os grão-príncipes trabalhassem com ele, e finalmente devido à investigação de Sadeas. Não era de se admirar que Adolin estivesse preocupado.

Subitamente, alguém se esgueirou para o assento ao lado de Dalinar, vestindo um manto preto contra a friagem. Não era nenhum dos grão-príncipes. Quem ousaria...

A figura baixou o capuz, revelando o rosto aquilino de Riso. Um rosto anguloso e pontudo, com nariz e mandíbula marcantes, sobrancelhas delicadas e olhos aguçados. Dalinar suspirou, esperando pelo fluxo inevitável de gracejos astutos até demais.

Riso, contudo, nada disse. Ele inspecionou a multidão com expressão séria.

Sim, pensou Dalinar. *Adolin também tem razão sobre ele.* Dalinar havia julgado o homem de maneira excessivamente ríspida no passado. Ele não era o tolo que alguns dos seus antecessores haviam sido. Riso continuou em silêncio, e Dalinar decidiu que talvez a peça do homem naquela noite fosse sentar-se ao lado das pessoas e deixá-las nervosas. Não era lá uma grande peça, mas Dalinar frequentemente não entendia as ações de Riso. Talvez fosse terrivelmente inteligente para alguém que compreendesse. Dalinar voltou à sua refeição.

— Os ventos estão mudando — sussurrou Riso.

Dalinar olhou-o de relance. Os olhos de Riso se estreitaram, e ele sondou o céu noturno.

— Já está acontecendo há alguns meses. Um furacão. Se deslocando e se agitando, soprando-nos em círculos. Como um mundo girando, mas não podemos vê-lo porque somos parte dele.

— Mundo girando? Que bobagem é essa?

— A bobagem dos homens que se importam, Dalinar — respondeu Riso. — E o brilho daqueles que não se importam. Os segundos dependem dos primeiros... mas também exploram os primeiros, enquanto os primeiros não compreendem os segundos, esperando que eles sejam mais como os primeiros. E todos os jogos deles roubam o nosso tempo. Segundo a segundo.

— Riso. — Dalinar suspirou. — Não estou com cabeça para isso esta noite. Sinto muito se não estou captando sua intenção, mas não faço ideia do que isso significa.

— Eu sei — respondeu Riso, então olhou direto para ele. — Adonalsium.

Dalinar franziu o cenho ainda mais.

— O quê?

Riso fitou-o atentamente.

— Já ouviu falar nesse termo, Dalinar?

— Ado... o quê?

— Nada — respondeu Riso. Ele parecia preocupado, diferente do seu jeito usual. — Bobagem. Baboseira. Figlidigraque. Não é estranho que palavras sem sentido frequentemente soem como outras palavras, cortadas e desmembradas, depois costuradas como algo parecido... mas totalmente diferentes ao mesmo tempo?

Dalinar franziu o cenho.

— Será que isso poderia ser feito com um homem? Desmontá-lo, emoção a emoção, pedaço a pedaço, bocado sangrento a bocado sangrento. Então combinar tudo de volta como algo novo, como um aimiano dysiano. Se você montar algum homem desse jeito, Dalinar, certifique-se de chamá-lo de Bobagem, em minha homenagem. Ou talvez de Bobasim.

— Esse é o seu nome, então? Seu verdadeiro nome?

— Não, meu amigo — respondeu Riso, se levantando. — Eu abandonei meu verdadeiro nome. Mas quando nos encontrarmos de novo, vou pensar em um nome bem inteligente para você me chamar. Até então, Riso bastará... ou, se preferir, pode me chamar de Hoid. Tome cuidado; Sadeas está planejando uma revelação no banquete desta noite, embora eu não saiba o que é. Adeus. Sinto muito por não ter insultado você mais vezes.

— Espere, você está partindo?

— É preciso. Espero voltar. Voltarei, se não for morto. Provavelmente voltarei de qualquer jeito. Peça desculpas ao seu sobrinho por mim.

— Ele não vai ficar feliz — disse Dalinar. — Ele gosta de você.

— Sim, é um dos seus traços mais admiráveis — comentou Riso. — Junto com me pagar, deixar que eu coma sua comida tão cara e me dar a oportunidade de fazer pouco dos seus amigos. Mas o cosmere, infelizmente, tem precedência sobre comida grátis. Tome cuidado, Dalinar. A vida aqui está ficando perigosa, e você está bem no centro da coisa.

Riso assentiu, então sumiu na noite. Ele ergueu seu capuz, e logo Dalinar não conseguiu mais diferenciá-lo da escuridão.

Dalinar voltou à sua refeição. *Sadeas está planejando uma revelação no banquete desta noite, embora eu não saiba o que é.* Riso raramente se enganava — embora quase sempre agisse estranho. Estaria realmente partindo, ou ainda estaria no acampamento de manhã, rindo da peça que pregara em Dalinar?

Não, não era uma peça. Ele acenou para um criado-mestre vestido de preto e branco.

— Vá chamar meu filho mais velho.

O criado fez uma mesura e retirou-se. Dalinar comeu o resto da sua refeição em silêncio, olhando ocasionalmente para Sadeas e Elhokar. Não estavam mais na mesa de jantar, então a esposa de Sadeas havia se juntado a eles. Ialai era uma mulher curvilínea que supostamente pintava o cabelo. Isso indicava sangue estrangeiro no passado da família — o cabelo alethiano sempre aparecia em proporção à quantidade de sangue alethiano do indivíduo. Sangue estrangeiro significava fios esparsos de outra cor. Ironicamente, a miscigenação era muito mais comum em olhos-claros do que em olhos-escuros. Olhos-escuros raramente se casavam com estrangeiros, mas as casas alethianas frequentemente precisavam de alianças ou de dinheiro de fora.

Depois de terminar seu prato, Dalinar deixou a mesa do rei e foi para a ilha propriamente dita. A mulher ainda estava tocando sua canção melancólica. Ela era muito boa. Alguns momentos depois, Adolin chegou à ilha do rei e apressou-se até Dalinar.

— Pai? Você me chamou?

— Fique por perto. Riso me contou que Sadeas planeja fazer uma tempestade com alguma coisa hoje.

A expressão de Adolin tornou-se sombria.

— Então é hora de partir.

— Não. Precisamos ver como isso vai se desdobrar.

— Pai…

— Mas você *pode* se preparar — disse Dalinar em voz baixa. — Só por via das dúvidas. Convidou oficiais da nossa guarda para o banquete desta noite?

— Convidei — respondeu Adolin. — Seis.

— Estou dando meu convite adicional para a ilha do rei. Informe-os. E a Guarda do Rei?

— Eu garanti de que alguns dos soldados guardando a ilha esta noite estão entre os mais leais ao senhor. — Adolin indicou com a cabeça uma área em penumbra na lateral da Planície de Banquetes. — Acho que devemos nos posicionar ali. Será uma boa linha de retirada caso o rei tente prendê-lo.

— Ainda não acho que vá chegar a isso.

— Você não tem como ter certeza. Afinal de contas, Elhokar permitiu essa investigação, para começar. Ele está ficando cada vez mais paranoico.

Dalinar olhou de relance para o rei. O homem mais jovem quase sempre usava sua Armadura Fractal atualmente, embora não estivesse com ela no momento. Parecia estar continuamente tenso, espiando por cima do ombro, o olhar vigiando todos os lados.

— Me avise quando os homens estiverem em suas posições — disse Dalinar.

Adolin assentiu, se afastando rapidamente.

A situação fez com que Dalinar tivesse pouca vontade de socializar. Ainda assim, ficar parado sozinho com um ar embaraçado não era melhor, então ele foi até o onde o Grão-príncipe Hatham estava conversando com um pequeno grupo de olhos-claros, ao lado da fogueira principal. Eles saudaram Dalinar com um aceno de cabeça quando ele chegou; apesar da maneira como o estavam tratando, de modo geral, nunca o excluiriam em um banquete como aquele. Simplesmente não era coisa que se fazia a alguém da sua posição.

— Ah, Luminobre Dalinar — disse Hatham da sua maneira suave e excessivamente polida.

O homem esguio e de pescoço longo vestia uma camisa verde de babados sob uma casaca semelhante a uma túnica, com um cachecol de seda em verde mais escuro ao redor do pescoço. Trazia um rubi de brilho tênue em cada um dos dedos; as gemas haviam tido parte de sua Luz das Tempestades drenada por um fabrial feito para esse propósito.

Dos quatro companheiros de Hatham, dois eram olhos-claros inferiores e um deles era um fervoroso baixo e vestido de branco que Dalinar não conhecia. O último era um homem nataniano, usando luvas vermelhas sobre a pele azulada, com cabelos muito brancos com dois cachos pintados de vermelho-vivo trançados para pender junto a suas bochechas. Era um dignitário visitante; Dalinar já o vira antes nos banquetes. Como era mesmo seu nome?

— Diga-me, Luminobre Dalinar — falou Hatham. — Tem prestado atenção no conflito entre os tukarenos e os emulianos?

— É um conflito religioso, não é? — indagou Dalinar. Ambos eram reinos makabakianos, na costa sul, onde o comércio era abundante e lucrativo.

— Religioso? — disse o homem de Natan. — Não, não diria isso. Todos os conflitos são de natureza essencialmente econômica.

Au-nak, lembrou-se Dalinar. *É esse o nome dele.* O homem falava com um sotaque arejado, estendendo demais os sons "ah" e "oh".

— O dinheiro está por trás de todas as guerras — continuou Au-nak. — A religião é apenas uma desculpa. Ou talvez uma justificativa.

— Há diferença? — perguntou o fervoroso, obviamente ofendido com o tom de Au-nak.

— Claro que há — respondeu Au-nak. — Uma desculpa é o que se usa depois que o ato está feito; já uma justificativa é o que se oferece antes.

— Eu diria que desculpa é algo que se afirma, mas em que não se acredita, Nak-ali — disse Hatham, usando a forma elevada do nome de Au-nak. — Já uma justificativa é algo em que realmente se acredita.

Por que tal demonstração de respeito? O homem devia ter algo que Hatham desejava.

— Ainda assim — continuou Au-nak. — Essa guerra em particular é pela cidade de Sesemalex Dar, que os emulianos tornaram sua capital. É uma excelente cidade comercial, e os tukarenos a querem para si.

— Já ouvi falar de Sesemalex Dar — observou Dalinar, esfregando o queixo. — A cidade é realmente espetacular, preenchendo fendas recortadas na pedra.

— De fato — concordou Au-nak. — Há uma composição específica na rocha local que permite que a água seja drenada. O formato dela é maravilhoso. É, obviamente, uma das Cidades do Alvorecer.

— Minha esposa adoraria comentar a respeito — disse Hatham. — Ela estuda as Cidades do Alvorecer.

— A planta da cidade é importante para a religião emuliana — explicou o fervoroso. — Eles alegam que é sua terra ancestral, uma bênção que receberam dos Arautos. E os tukarenos são liderados por aquele sacerdote-divino, Tezim. Então o conflito é de natureza religiosa.

— Se a cidade não fosse um porto tão fantástico, seriam eles tão persistentes em proclamar sua significância religiosa? — protestou Au-nak. — Acho que não. Eles são pagãos, afinal de contas, então não podemos presumir que sua religião tenha verdadeira importância.

Conversas sobre as Cidades do Alvorecer andavam populares entre os olhos-claros — a ideia de que certas cidades podiam traçar suas origens até os Cantores do Alvorecer. Talvez...

— Algum dos senhores já ouviu falar em um lugar chamado Forte Febripetra? — perguntou Dalinar.

Os outros balançaram a cabeça; até Au-nak nada tinha a dizer.

— Por quê? — indagou Hatham.

— Só curiosidade.

A conversa continuou, mas Dalinar deixou sua atenção voltar a Elhokar e seu círculo de assistentes. Quando Sadeas faria sua declaração? Se pretendia sugerir que Dalinar fosse preso, não faria isso em um banquete, faria?

Dalinar forçou sua atenção de volta à conversa. Realmente devia prestar mais atenção ao que estava acontecendo no mundo. Houve uma época em que notícias de quais reinos estavam em conflito o fascinavam. Tanta coisa havia mudado desde o início das visões.

— Talvez não seja de natureza econômica ou religiosa — disse Hatham, tentando dar um fim à discussão. — Todo mundo sabe que as tribos makabakianas guardam estranhos rancores.

— Talvez — concedeu Au-nak.

— Isso importa? — perguntou Dalinar.

Os outros se viraram para ele.

— É só mais uma guerra. Se não estivessem lutando um com o outro, descobririam outros grupos para atacar. É o que fazemos. Vingança, honra, riquezas, religião... todos esses motivos só produzem o mesmo resultado.

Os outros se calaram, o silêncio rapidamente tornando-se embaraçoso.

— Qual é o devotário de sua crença, Luminobre Dalinar? — indagou Hatham, pensativo, como se tentasse se lembrar de algo que esquecera.

— A Ordem de Talenelat.

— Ah — disse Hatham. — Sim, faz sentido. Eles detestam discutir sobre religião. O senhor deve considerar esta discussão tediosa ao extremo.

Uma saída segura da conversa. Dalinar sorriu, assentindo em agradecimento à polidez de Hatham.

— A Ordem de Talenelat? — disse Au-nak. — Sempre pensei que fosse um devotário de pessoas inferiores.

— Isso vindo de um nataniano — comentou o fervoroso, com ar formal.

— Minha família sempre foi devotadamente vorin.

— Sim — replicou o fervoroso. — De maneira bastante conveniente, já que sua família usou seus laços vorins para negociar vantajosamente em Alethkar. Me pergunto se você é igualmente devoto quando não está em nosso solo.

— Não preciso ser insultado dessa maneira — irritou-se Au-nak.

Ele deu as costas e saiu pisando duro, fazendo com que Hatham levantasse uma mão.

— Nak-ali! — chamou Hatham, correndo atrás dele, ansioso. — Por favor, ignore-o!

— Chato insuportável — disse o fervoroso em voz baixa, tomando um gole do seu vinho. Laranja, naturalmente, já que era um homem do clero.

Dalinar franziu o cenho para ele.

— Você é ousado, fervoroso — disse com severidade. — A ponto de ser tolo, talvez. Insultou um homem com quem Hatham deseja fazer negócios.

— Na verdade, eu pertenço ao Luminobre Hatham — confessou o fervoroso. — Ele me *pediu* que insultasse seu convidado. O Luminobre Hatham quer que Au-nak pense que ele está envergonhado. Agora, quando Hatham concordar rapidamente com as exigências de Au-nak, o estrangeiro vai pensar que foi por causa disso... e não vai atrasar a assinatura do contrato por suspeita de que o processo está indo fácil demais.

Ah, naturalmente. Dalinar olhou para o par que se afastava. *Eles vão muito longe para conseguir o que querem.*

Levando isso em consideração, o que Dalinar devia pensar sobre a aparente polidez de Hatham, anteriormente, quando dera a ele um motivo para explicar seu desdém pelo conflito? Estaria Hatham preparando Dalinar para alguma manipulação?

O fervoroso limpou a garganta.

— Eu agradeceria se o senhor não repetisse para ninguém o que acabei de contar-lhe, Luminobre.

Dalinar notou Adolin voltando para a ilha do rei, acompanhado por seis dos seus oficiais, em uniforme e portando suas espadas.

— Então, por que me contou, em primeiro lugar? — perguntou Dalinar, voltando sua atenção para o homem de trajes brancos.

— Assim como Hatham deseja que seu parceiro nos negócios saiba de sua boa vontade, eu gostaria que soubesse da minha boa vontade para com o senhor, Luminobre.

Dalinar franziu o cenho. Nunca tivera muito contato com os fervorosos — seu devotário era simples e direto. Dalinar já lidava com política suficiente na corte; não desejava se envolver em política religiosa.

— Por quê? De que importa se você tem boa vontade para comigo?

O fervoroso sorriu.

— Conversaremos com o senhor novamente. — Ele fez uma profunda mesura e retirou-se.

Dalinar estava prestes a exigir mais explicações, mas Adolin chegou, olhando o fervoroso se afastar.

— O que houve?

Dalinar apenas balançou a cabeça. Fervorosos não deviam se envolver em política, fosse qual fosse seu devotário. Eles haviam sido oficialmente proibidos disso desde a Hierocracia. Mas, como na maioria das situações na vida, o ideal e a realidade eram coisas distintas. Os olhos-claros não conseguiam deixar de usar os fervorosos nos seus esquemas, e assim, cada vez mais, os devotários faziam parte das intrigas da corte.

— Pai? — chamou Adolin. — Os homens estão em suas posições.

— Ótimo — respondeu Dalinar.

Ele travou o maxilar e então cruzou a pequena ilha. Daria um fim naquele fiasco, de uma vez por todas. Ao passar pela fogueira, uma densa onda de calor fez o lado esquerdo do seu rosto suar, enquanto o lado direito permanecia frio devido ao clima do outono. Adolin se apressou para caminhar ao seu lado, a mão na espada embainhada.

— Pai? O que estamos fazendo?

— Sendo provocadores — respondeu Dalinar, avançando a passos largos para onde Elhokar e Sadeas estavam conversando. Sua multidão de bajuladores abriu espaço para Dalinar com relutância.

— ... e pensar que... — O rei se interrompeu, olhando para Dalinar. — Sim, tio?

— Sadeas — disse Dalinar. — Qual é a situação da sua investigação sobre a sela cortada?

Sadeas pareceu atônito. Ele segurava uma taça de vinho violeta na mão direita, seu longo robe de veludo vermelho aberto na frente, exibindo uma camisa branca.

— Dalinar, você está...

— Sua investigação, Sadeas — repetiu Dalinar com firmeza.

Sadeas suspirou, olhando para Elhokar.

— Vossa Majestade. Na verdade, estava planejando fazer um pronunciamento sobre esse tema hoje à noite. Ia esperar até mais tarde, mas se Dalinar insiste tanto...

— Eu insisto.

— Ah, vá em frente, Sadeas — disse o rei. — Agora fiquei curioso.

O rei acenou para um criado, que imediatamente silenciou a flautista, enquanto outro criado tocava sinos para pedir silêncio. Em instantes, todos na ilha se calaram.

Sadeas fez uma careta para Dalinar, que de certo modo expressou a mensagem: "você pediu, velho amigo".

Dalinar cruzou os braços, o olhar fixo em Sadeas. Seus seis homens da Guarda Cobalto se colocaram atrás dele, e Dalinar percebeu como um grupo similar de oficiais olhos-claros do acampamento de guerra de Sadeas estava a postos ali perto.

— Bem, eu não planejava ter tamanha audiência — disse Sadeas. — Na maior parte, isso foi planejado apenas para Vossa Majestade.

Duvido, pensou Dalinar, tentando suprimir sua ansiedade. O que faria se Adolin estivesse certo e Sadeas o acusasse de tentar assassinar Elhokar?

Seria, de fato, o fim de Alethkar. Dalinar não se entregaria pacificamente, e os acampamentos de guerra se voltariam uns contra os outros. A paz instável que os unira pela última década chegaria fim. Elhokar nunca seria capaz de impedir.

Além disso, se acabasse em batalha, as coisas não correriam bem para Dalinar. Os outros haviam se distanciado dele; já teria problemas o bastante enfrentando Sadeas — se vários dos outros se unissem contra ele, acabaria caindo, em horrível desvantagem. Podia ver por que Adolin achava incrivelmente tolo ter dado ouvido às visões. E ainda assim, em um momento poderosamente surreal, Dalinar sentiu que havia feito a coisa certa. Nunca sentira tanta certeza quanto naquele momento, preparando-se para ser condenado.

— Sadeas, não me canse com seu senso de drama — disse Elhokar. — Eles estão ouvindo. Eu estou ouvindo. Dalinar parece prestes a explodir. Fale.

— Muito bem — disse Sadeas, entregando seu vinho a um criado. — Minha primeira tarefa como Grão-príncipe da Informação foi descobrir a verdadeira natureza da tentativa contra a vida de Sua Majestade durante a caçada de grã-carapaça.

Ele acenou para um dos seus homens, que saiu apressadamente. Outro se adiantou, entregando a correia de couro rompida a Sadeas.

— Levei essa correia a três coureiros em três diferentes acampamentos de guerra. Cada um deles chegou à mesma conclusão: ela foi cortada. O couro é relativamente novo e estava bem cuidado, como provado pela falta de rachaduras e ressecamentos em outras áreas. O corte é demasiadamente homogêneo. Alguém a cortou.

Dalinar sentiu uma horrível antecipação. Isso era próximo do que havia descoberto, mas estava sendo apresentado da pior maneira possível.

— Com qual propósito... — começou Dalinar.

Sadeas levantou a mão.

— Por favor, grão-príncipe. Primeiro o senhor exige um relatório, depois me interrompe?

Dalinar calou-se. Ao seu redor, vários olhos-claros importantes estavam se reunindo. Podia sentir a tensão deles.

— Mas quando ela foi cortada? — indagou Sadeas, voltando-se para a multidão. Ele tinha mesmo um gosto pelo drama. — Isso era essencial, como podem ver. Entrevistei vários homens que estiveram na caçada. Nenhum deles relatou ter visto nada específico, embora todos se lembrassem de um evento estranho. A hora em que o Luminobre Dalinar e Sua Majestade correram até uma formação rochosa. Um momento quando Dalinar e o rei estiveram sozinhos.

Foram ouvidos sussurros das pessoas nos fundos.

— Contudo, havia um problema — continuou Sadeas. — Um problema que o próprio Dalinar levantou. Por que cortar a correia da sela de um Fractário? Um movimento estúpido. Uma queda de cavalo não seria muito perigosa para um homem vestindo uma Armadura Fractal.

A um lado, o criado que Sadeas havia mandado embora voltou, conduzindo um jovem com cabelo louro entremeado de fios pretos. Sadeas pegou algo de uma bolsa em sua cintura e o ergueu. Uma grande safira. Não estava infundida. De fato, olhando mais de perto, Dalinar pôde ver que estava rachada — ela não poderia mais conter Luz das Tempestades.

— A questão me levou a investigar a Armadura Fractal do rei — disse Sadeas. — Oito das dez safiras usadas para infundir sua Armadura ficaram rachadas depois da batalha.

— Acontece — disse Adolin, se ponto ao lado de Dalinar, a mão na espada. — Sempre perdemos algumas em toda batalha.

— Mas oito? — perguntou Sadeas. — Uma ou duas é normal. Mas já perdeu oito em uma única batalha antes, jovem Kholin?

A única resposta de Adolin foi um olhar raivoso. Sadeas guardou a gema, acenando para o jovem que seus homens haviam trazido.

— Este é um dos cavalariços empregados pelo rei. Fin, não é mesmo?

— S...Sim, luminobre — gaguejou o menino. Não devia ter mais que 12 anos.

— O que foi que me contou antes, Fin? Por favor, diga novamente para que todos possam ouvir.

O jovem olhos-escuros se encolheu, parecendo nauseado.

— Bem, Luminobre, senhor, foi exatamente isso: todo mundo falou que a sela foi verificada no acampamento do Luminobre Dalinar. E imagino que tenha sido, de verdade. Mas fui eu que preparei o cavalo de Sua Majestade antes que ele fosse entregue aos homens do Luminobre Dalinar. E eu verifiquei mesmo, eu juro. Coloquei sua sela favorita e tudo mais. Mas...

O coração de Dalinar acelerou. Teve que se controlar para não invocar sua Espada.

— Mas o quê? — perguntou Sadeas a Fin.

— Mas quando os cavalariços-chefes do rei passaram com o cavalo a caminho do acampamento do Grão-príncipe Dalinar, ele estava usando uma sela diferente. Eu juro.

Várias das pessoas ao redor deles pareceram confusos com essa confissão.

— Aha! — disse Adolin, apontando. — Mas isso aconteceu no complexo palaciano do rei!

— De fato. — Sadeas levantou uma sobrancelha para Adolin. — Muito astuto da sua parte, jovem Kholin. Essa descoberta... somada às gemas rachadas... tem significado. Suspeito que a pessoa que tentou matar Sua Majestade plantou na sua Armadura Fractal gemas danificadas que rachariam quando forçadas, perdendo sua Luz das Tempestades. Então enfraqueceu a cinta da cela com um corte cuidadoso. A esperança era de que Sua Majestade caísse enquanto lutava com um grã-carapaça, permitindo que a criatura o atacasse. As gemas falhariam, a Armadura quebraria, e Sua Majestade pereceria em um "acidente" durante uma caçada.

Sadeas levantou um dedo quando a multidão recomeçou a sussurrar.

— Contudo, é importante notar que esses eventos... a troca da sela ou a inclusão das gemas... só podem ter acontecido antes que Sua Majestade encontrasse com Dalinar. Parece-me que Dalinar é um suspeito bastante improvável. Na verdade, minha hipótese atual é que o culpado seja alguém que foi ofendido pelo Luminobre Dalinar; essa pessoa quis que todos nós pensássemos que ele podia estar envolvido. Talvez a real intenção nem fosse matar Sua Majestade, e sim apenas jogar suspeita sobre Dalinar.

A ilha ficou em silêncio, sem um sussurro sequer.

Dalinar estava atordoado. *Eu... Eu estava certo!*

Adolin finalmente rompeu o silêncio.

— *O quê?*

— Todas as evidências apontam para a inocência do seu pai, Adolin — disse Sadeas pacientemente. — Você considera isso surpreendente?

— Não, mas... — Adolin franziu a testa.

Ao redor, os olhos-claros começaram a conversar, soando desapontados, e foram se dispersando. Os oficiais de Dalinar permaneceram atrás dele, como se esperassem um ataque surpresa.

Pelo sangue dos meus pais..., pensou Dalinar. *O que isso significa?*

Sadeas mandou que os homens levassem o cavalariço embora, então acenou com a cabeça para Elhokar e retirou-se na direção das bandejas, onde vinho aquecido aguardava em cântaros, junto de pães torrados. Dalinar alcançou Sadeas enquanto o homem mais baixo enchia um pequeno prato. Dalinar tomou-o pelo braço, sentindo com o tecido macio da roupa de Sadeas.

Sadeas o encarou, levantando uma sobrancelha.

— Obrigado — disse Dalinar em voz baixa. — Por não levar isso adiante.

Atrás deles, a flautista voltou a tocar.

— Por não levar o que adiante? — indagou Sadeas, pousando seu pequeno prato, depois se soltando dos dedos de Dalinar. — Eu esperava fazer essa apresentação depois de ter descoberto provas mais concretas de que você não estava envolvido. Infelizmente, pressionado desse jeito, o melhor que pude fazer foi indicar que seu envolvimento era improvável. Temo que alguns rumores ainda persistirão.

— Espere. Você *queria* provar minha inocência?

Sadeas fechou a cara, pegando novamente seu prato.

— Sabe qual é o seu problema, Dalinar? Por que todo mundo começou a achá-lo tão cansativo?

Dalinar não respondeu.

— A presunção. Você se tornou extremamente arrogante. Sim, eu pedi a Elhokar essa posição para que pudesse provar que você era inocente. É tão tormentosamente difícil acreditar que mais alguém neste exército faria algo honesto?

— Eu...

— É claro que é — respondeu Sadeas. — Você tem nos olhado de cima como um homem pisando sobre uma única folha de papel, mas que se considera tão no alto que enxerga por vários quilômetros. Bem, acho que aquele livro de Gavilar é crem, e os Códigos são mentiras que as pessoas fingiam seguir para que pudessem acalmar suas consciências atrofiadas. Danação, minha própria consciência é atrofiada. Mas não quero ver você caluniado por essa tentativa idiota de matar o rei. Se você quisesse matá-lo, teria simplesmente queimado os olhos dele e pronto!

Sadeas tomou um gole do seu vinho violeta fumegante.

— O problema é que Elhokar ficou insistindo nessa maldita correia. E as pessoas começaram a comentar, já que ele estava sob sua proteção e vocês saíram cavalgando daquele jeito. Só o Pai das Tempestades sabe como eles podem pensar que *você* tentaria assassinar Elhokar. Você mal consegue matar parshendianos hoje em dia.

Sadeas enfiou um pequeno pedaço de pão torrado na boca, então começou a se afastar. Dalinar pegou-o pelo braço novamente.

— Eu... Estou em dívida com você. Não devia tê-lo tratado como tratei nesses últimos seis anos.

Sadeas revirou os olhos, mastigando o pão.

— Não foi só por você. Enquanto todo mundo pensasse que você estava por trás disso, ninguém descobriria quem realmente tentou matar Elhokar. E alguém *tentou*, Dalinar. Não engulo oito gemas rachando em um combate. Só a correia teria sido uma maneira ridícula de tentar assassinato, mas com uma Armadura Fractal enfraquecida... Quase acredito que a chegada surpresa do demônio-do-abismo também foi orquestrada. Mas não tenho ideia de como alguém conseguiria fazer isso.

— E aquela conversa sobre alguém tentando me incriminar? — perguntou Dalinar.

— Foi mais para dar aos outros assunto para fofocas enquanto tento descobrir o que realmente aconteceu. — Sadeas olhou para a mão de Dalinar no seu braço. — Pode me soltar?

Dalinar o largou.

Sadeas pousou o prato, ajeitou a túnica e tirou poeira do ombro.

— Ainda não desisti de você, Dalinar. Provavelmente vou precisar de sua ajuda antes do fim disso tudo. Mas preciso dizer que ultimamente não sei o que pensar de você. Essa conversa sobre querer abandonar o Pacto de Vingança... é verdade?

— Mencionei essa opção confidencialmente a Elhokar, explorando opções. Então, sim, é verdade, se quer saber. Estou cansado dessa luta. Estou cheio dessas Planícies, de estar longe da civilização, de matar parshendianos um punhado de cada vez. Contudo, desisti de recuar. Em vez disso, quero *vencer*. Mas os grão-príncipes não me escutam! Acham que estou tentando dominá-los com algum truque elaborado.

Sadeas achou graça.

— É mais fácil você socar um homem na cara do que apunhalá-lo pelas costas. Você é abençoadamente direto.

— Seja meu aliado — pediu Dalinar.

Sadeas estacou.

— Você sabe que não vou traí-lo, Sadeas — disse Dalinar. — Você confia em mim como os outros nunca confiarão. Tente fazer o que andei pedindo que os outros grão-príncipes fizessem. Ataque platôs comigo.

— Não vai funcionar — disse Sadeas. — Não há motivo para levar mais de um exército em uma investida. Já deixo metade das minhas tropas para trás. Não há espaço para manobrar com um número maior.

— Sim, mas pense bem. E se tentássemos novas táticas? Suas equipes de ponte são rápidas, mas minhas tropas são mais fortes. E se você invadisse rapidamente um platô com uma força de vanguarda para conter os parshendianos? Você poderia segurar a posição até que minhas forças mais poderosas, mas mais lentas, chegassem.

Sadeas parou para pensar.

— Poderia significar uma Espada Fractal, Sadeas.

Os olhos dele tornaram-se famintos.

— Sei que já lutou com Fractários parshendianos — disse Dalinar, aproveitando o tema. — Mas perdeu. Sem uma Espada, está em desvantagem.

Fractários parshendianos tinham o hábito de escapar depois de entrar em batalhas. Lanceiros comuns não conseguiam matar um deles, naturalmente. Era preciso um Fractário para matar um Fractário.

— Já matei dois no passado. Mas não costumo ter a oportunidade, porque não consigo chegar nos platôs rápido o bastante. Você consegue. Juntos, podemos ganhar com mais frequência, e *eu* posso conseguir para você uma Espada. Podemos fazer isso, Sadeas. Juntos. Como nos velhos tempos.

— Os velhos tempos — disse ele, distraído. — Gostaria de ver Espinho Negro em batalha novamente. Como dividiríamos as gemas-coração?

— Dois terços para você — propôs Dalinar. — Já que seu número de investidas bem-sucedidas é o dobro do meu.

Sadeas pareceu pensativo.

— E as Espadas Fractais?

— Se encontrarmos um Fractário, Adolin e eu o enfrentaremos. Você fica com a Espada. — Ele levantou um dedo. — Mas eu fico com a Armadura. Para o meu filho, Renarin.

— O inválido?

— Que diferença faz para você? — disse Dalinar. — Você já tem Armadura. Sadeas, isso poderia significar *vencer* a guerra. Se começarmos a trabalhar juntos, podemos incluir os outros, e preparar ataques de grande escala. Raios! Talvez nem precisemos disso. Nós dois temos os maiores exércitos; se pudermos encontrar uma maneira de pegar os parshendianos em um platô grande o bastante, com o grosso das nossas tropas... cercando-os para que não possam escapar... talvez sejamos capazes de causar dano suficiente às forças deles para colocar um fim nisso tudo.

Sadeas digeriu a ideia. Então deu de ombros.

— Muito bem. Mande-me os detalhes por um mensageiro. Mas faça isso depois. Já perdi tempo demais do banquete desta noite.

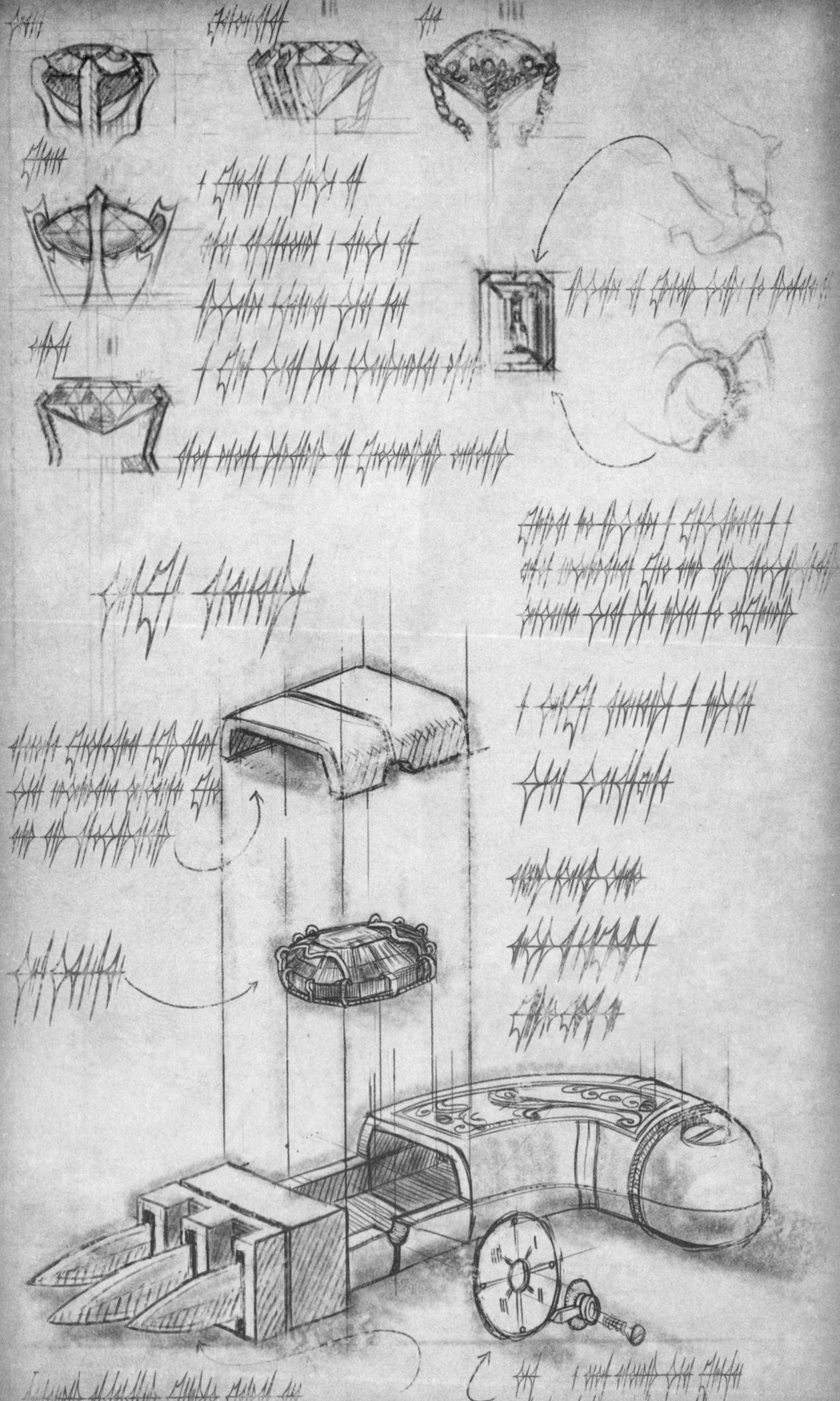

55

UM BROM DE ESMERALDA

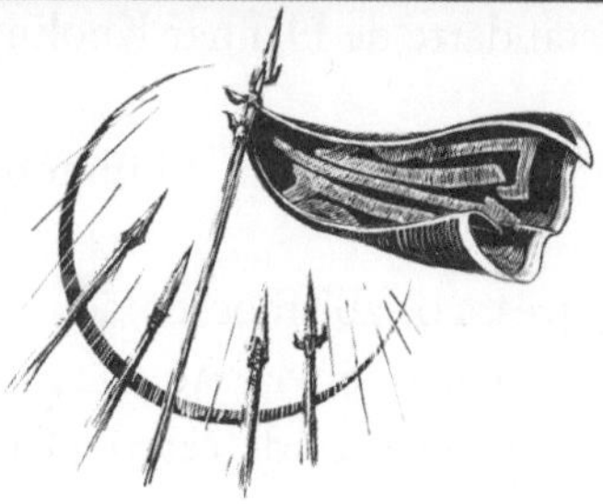

"Uma mulher senta e arranca os próprios olhos com as unhas. Filha de reis e ventos, a vândala."

— Data: *palahevan* do ano de 1173, 73 segundos antes da morte. O indivíduo era um mendigo de certo renome, conhecido por suas canções elegantes.

UMA SEMANA DEPOIS DE perder Dunny, Kaladin estava em outro platô, assistindo a uma batalha. Dessa vez, contudo, não precisava salvar os feridos. Eles haviam chegado *antes* dos parshendianos. Um evento raro, mas bem-vindo. O exército de Sadeas agora estava ocupando o centro do platô, protegendo a crisálida enquanto alguns dos seus soldados a perfuravam.

Os parshendianos não paravam de saltar sobre a linha de soldados e atacar os homens trabalhando na crisálida. *Ele está sendo cercado*, pensou Kaladin. Não estava indo bem, o que significaria uma infeliz viagem de retorno. Os homens de Sadeas já ficavam mal quando, tendo chegado em segundo, eram rechaçados. Perder a gema-coração depois de chegar primeiro… isso os deixaria ainda mais frustrados.

— Kaladin! — chamou uma voz. Kaladin se virou para ver Rocha trotando na sua direção. Haveria alguém ferido? — Você viu aquilo? — O papaguampas apontou.

Kaladin se virou, seguindo o gesto dele. Outro exército estava se aproximando em um platô adjacente. Kaladin ergueu as sobrancelhas; os estandartes eram azuis, e os soldados eram obviamente alethianos.

— Um pouco atrasados, não é? — perguntou Moash, de pé ao lado de Kaladin.

— Acontece — disse Kaladin.

Às vezes outro grão-príncipe aparecia antes de Sadeas chegar ao platô. Com mais frequência, Sadeas chegava primeiro, e o outro exército alethiano precisava recuar. Geralmente eles não se aproximavam tanto antes de dar a volta.

— Aquele é o estandarte de Dalinar Kholin — disse Skar, juntando-se a eles.

— Dalinar — disse Moash, com admiração. — Dizem que ele não usa carregadores.

— Como ele atravessa os abismos, então? — perguntou Kaladin.

A resposta logo tornou-se óbvia. Aquele novo exército possuía enormes pontes semelhantes a torres de cerco, puxadas por chules. Elas ribombavam pelos platôs irregulares, frequentemente precisando encontrar caminho entre rachaduras na pedra. *Elas devem ser terrivelmente lentas*, pensou Kaladin. Mas, em compensação, o exército não precisava se aproximar do abismo enquanto era alvo de flechas. Eles podiam se esconder atrás daquelas pontes.

— Dalinar Kholin — disse Moash. — Dizem que é um verdadeiro olhos-claros, como os homens de antigamente. Um homem de honra e palavra.

Kaladin bufou.

— Já vi muitos olhos-claros com a mesma reputação, e eles sempre me desapontaram. Algum dia contarei sobre o Luminobre Amaram.

— Amaram? — indagou Skar. — O Fractário?

— Você ouviu falar disso? — perguntou Kaladin.

— Claro — respondeu Skar. — Parece que ele está vindo para cá. Todo mundo está falando sobre isso nas tavernas. Você estava junto quando ele conquistou seus Fractais?

— Não — sussurrou Kaladin. — Ninguém estava.

O exército de Dalinar Kholin se aproximou através do platô ao sul. De modo surpreendente, o exército de Dalinar seguiu direto para o platô do campo de batalha.

— Ele está atacando? — Moash coçou a cabeça. — Talvez ache que Sadeas vai perder, e quer fazer uma tentativa quando ele recuar.

— Não. — Kaladin franziu o cenho. — Ele está se juntando à batalha.

O exército parshendiano enviou alguns arqueiros para disparar contra o exército de Dalinar, mas suas flechas quicavam dos chules sem causar dano algum. Um grupo de soldados desprendeu as pontes e empurraram-nas até o lugar certo, enquanto os arqueiros de Dalinar se posicionavam e trocavam flechas com os parshendianos.

— Não parece que Sadeas trouxe menos soldados nessa incursão? — indagou Sigzil, juntando-se ao grupo que fitava o exército de Dalinar. — Talvez ele tenha planejado isso. Talvez por isso tenha se comprometido dessa forma, permitindo que os parshendianos o cercassem.

As pontes podiam ser baixadas e estendidas por manivelas; havia uma maravilhosa engenharia em ação. Enquanto elas se moviam, uma coisa decididamente estranha ocorreu: dois Fractários, provavelmente Dalinar e o filho, saltaram por cima do abismo e começaram a atacar os parshendianos. A distração permitiu que os soldados instalassem as grandes pontes, e uma cavalaria pesada atravessou para ajudar. Era um método completamente diferente de realizar uma investida de ponte, e Kaladin começou a considerar as implicações.

— Ele realmente *está* se juntando à batalha — disse Moash. — Acho que eles vão trabalhar juntos.

— Certamente é mais eficaz — disse Kaladin. — Estou surpreso que eles não tenham tentado isso antes.

Teft riu.

— É porque você não entende como os olhos-claros pensam. Grão-príncipes não querem apenas vencer a batalha, querem vencê-la sozinhos.

— Queria ter sido recrutado pelo exército dele — disse Moash, quase com reverência.

As armaduras dos soldados brilhavam, suas fileiras eram obviamente bem treinadas. Dalinar — o Espinho Negro — havia realizado um trabalho ainda melhor do que Amaram em cultivar uma reputação de honestidade. As pessoas o conheciam mesmo em Larpetra, mas Kaladin compreendia os tipos de corrupção que uma placa peitoral bem polida podia esconder.

Mas aquele homem que protegeu a prostituta na rua vestia azul. Adolin, o filho de Dalinar. Ele pareceu genuinamente altruísta na defesa da mulher.

Kaladin cerrou o queixo, deixando de lado esses pensamentos. Não seria enganado novamente.

Não seria.

A luta tornou-se mais brutal por um curto período, mas os parshendianos foram sobrepujados — esmagados entre duas forças opostas. Logo, a equipe de Kaladin conduziu um grupo vitorioso de soldados de volta aos campos para celebração.

KALADIN ROLOU A ESFERA entre os dedos. O vidro estava límpido, exceto por uma linha fina de bolhas congelada em um dos lados. As bolhas em si eram esferas minúsculas, capturando luz.

Ele estava em serviço de coleta no abismo. Haviam voltado do ataque ao platô tão rápido que Hashal, contra toda lógica ou misericórdia, os mandara ao abismo naquele mesmo dia. Kaladin continuou a virar a esfera nos dedos. No seu centro havia uma grande esmeralda cortada em formato arredondado, com dúzias de facetas minúsculas nos lados. Uma pequena fileira de bolhas suspensas se agarrava aos lados da gema, como se ansiassem estar perto do seu brilho.

Luz das Tempestades verde, cristalina e fulgurante brilhava de dentro do vidro, iluminando os dedos de Kaladin. Um brom de esmeralda, a esfera de mais alta denominação. Valia centenas de esferas menores. Para os carregadores, aquilo era uma fortuna, ainda que estranhamente distante, já que gastá-la era impossível. Kaladin achava poder ver a tempestade dentro daquela pedra. A luz era como... como parte da tempestade, capturada pela esmeralda. A luz não estava perfeitamente estável; só parecia firme em comparação com a oscilação da luz das velas, lanternas ou lâmpadas. Segurando-a de perto, Kaladin podia ver a luz se revolvendo furiosamente.

— O que fazemos com isso? — perguntou Moash, ao lado de Kaladin.

Rocha estava do seu outro lado. O céu estava encoberto, tornando-o mais escuro do que o normal, ali no fundo. O clima frio recente havia recuado de volta à primavera, embora ainda estivesse desconfortavelmente gelado.

Os homens trabalhavam de modo eficiente, recolhendo rapidamente lanças, armaduras, botas e esferas dos mortos. Devido ao tempo curto que receberam — e também por conta da exaustiva incursão de ponte de mais cedo —, Kaladin havia decidido deixar de lado a prática da lança por aquele dia. Em vez disso, coletaram material e armazenaram um pouco ali mesmo no abismo, para ser usado para evitar punição na próxima vez.

Enquanto trabalhavam, haviam encontrado um oficial olhos-claros. Aquele único brom de esmeralda valia mais do que um escravo carregador de pontes ganhava em duzentos dias. Na mesma bolsa encontraram uma coleção de peças e marcos cujo valor somado chegava a um pouco mais que outro brom de esmeralda. Riqueza. Uma fortuna. Simples trocados para um olhos-claros.

— Com isso, poderíamos alimentar aqueles carregadores feridos por meses — disse Moash. — Poderíamos comprar todos os suprimentos médicos que quiséssemos. Pai das Tempestades! Provavelmente poderíamos subornar os guardas nos limites do acampamento para que nos deixassem fugir.

— Isso aí não vai acontecer — disse Rocha. — É impossível sair dos abismos com as esferas.

— Podemos engoli-las — sugeriu Moash.

— Você engasgaria. Esferas são grandes demais, viu?

— Aposto que conseguiria — disse Moash. Seus olhos reluziam, refletindo a Luz das Tempestades verde. — Eu nunca vi tanto dinheiro. Vale a pena o risco.

— Engolir não vai funcionar — disse Kaladin. — Você acha que aqueles guardas que nos vigiam nas latrinas estão ali para nos impedir de fugir? Aposto que algum tormentoso parshemano vasculha nossos excrementos, e já vi que eles mantêm registros de quem vai lá e com que frequência. Não fomos os primeiros a pensar em engolir esferas.

Moash hesitou, então suspirou, desanimado.

— Você provavelmente tem razão. Raios o partam, mas não podemos simplesmente entregar as esferas a eles, podemos?

— Sim, podemos — disse Kaladin, fechando o punho ao redor da esfera. O brilho era forte o bastante para fazer sua mão resplandecer. — Nunca conseguiríamos gastá-la. Um carregador de pontes com um brom completo? Isso nos denunciaria.

— Mas… — começou Moash.

— Vamos entregá-la, Moash. — Então ele levantou a bolsa contendo as outra esferas. — Mas vamos encontrar um jeito de guardar estas.

Rocha assentiu.

— Sim. Se entregarmos essa esfera valiosa, eles vão pensar que somos honestos, hein? Vai disfarçar o roubo, e eles até nos darão uma pequena recompensa. Mas como vamos fazer isso, guardar a bolsa?

— Estou pensando — disse Kaladin.

— Então pense rápido — disse Moash, dando uma olhada na tocha de Kaladin, enfiada entre duas pedras na parede do abismo. — Vamos precisar voltar logo.

Kaladin abriu a mão e rolou a esfera de esmeralda entre os dedos. Como?

— Você já viu algo tão belo? — perguntou Moash, olhando para a esmeralda.

— É só uma esfera — disse Kaladin distraidamente. — Uma ferramenta. Eu já segurei um cálice contendo cem brons de diamante e me disseram que eram meus. Como nunca pude gastá-los, não me valeram nada.

— Cem diamantes? — disse Moash. — Onde... como?

Kaladin fechou a boca, amaldiçoando-se. *Eu não devia ficar mencionando coisas assim.*

— Vamos — disse ele, enfiando o brom de esmeralda de volta na bolsa preta. — Precisamos ser rápidos.

Moash suspirou, mas Rocha bateu nas suas costas de modo amistoso e eles se reuniram com o resto dos carregadores. Rocha e Lopen — seguindo as instruções de Syl — haviam conduzido o grupo até uma grande massa de cadáveres em uniformes vermelhos e marrons. Ele não sabia de qual grão-príncipe eram aqueles homens, mas os corpos estavam bastante frescos. Não havia parshendianos entre eles.

Kaladin olhou para o lado, onde Shen — o carregador de pontes parshemano — trabalhava. Quieto, obediente, robusto. Teft ainda não confiava nele. Parte de Kaladin estava feliz por isso. Syl pousou na parede ao seu lado, os pés plantados contra a superfície e olhando para o céu.

Pense, disse Kaladin a si mesmo. *Como podemos manter essas esferas? Tem que haver uma maneira.* Mas cada possibilidade parecia arriscada demais. Se fossem pegos roubando, provavelmente seriam transferidos para outro tipo de serviço. Kaladin não estava disposto a arriscar.

Silenciosos esprenos de vida começaram a surgir ao seu redor, brotando entre o musgo e os háspiros. Umas poucas floragolas abriram frondes vermelhas e amarelas junto a sua cabeça. Kaladin havia pensado repetidas vezes sobre a morte de Dunny. A Ponte Quatro não estava segura. Era verdade que vinham perdendo um número bastante pequeno de homens ultimamente, mas ainda assim estavam diminuindo. E cada incursão de ponte era uma chance de desastre total. Só seria necessário uma vez, com os parshendianos concentrados neles. Se perdessem três ou quatro homens, desabariam. As ondas de flechas seriam redobradas, abatendo todos.

Era o mesmo problema de sempre, aquele contra o qual Kaladin batia a cabeça dia após dia. Como proteger carregadores quando todos os outros os queriam expostos e em perigo?

— Ei, Sig — disse Mapas, carregando várias lanças. — Você é um Cantor do Mundo, certo?

Mapas havia se tornado cada vez mais amigável nas últimas semanas, e se mostrara talentoso em fazer com que os outros falassem. O homem calvo lembrava Kaladin de um taverneiro, sempre pronto para deixar os clientes à vontade.

Sigzil — que estava removendo as botas de uma fileira de cadáveres — lançou a Rocha um olhar seco que parecia dizer: "isso é culpa sua". Ele não gostava que os outros tivessem descoberto que ele era um Cantor do Mundo.

— Por que não nos conta uma história? — sugeriu Mapas, pousando sua carga. — Vai ajudar a passar o tempo.

— Não sou um bobo da corte nem um bardo — respondeu Sigzil, arrancando uma bota. — Eu não "conto histórias". Eu espalho conhecimento de culturas, povos, pensamentos e sonhos. Eu levo a paz através da compreensão. É um dever sagrado recebido dos próprios Arautos.

— Bem, então porque não começa a espalhar? — disse Mapas, se levantando e limpando as mãos nas calças.

Sigzil suspirou de modo audível.

— Muito bem. O que você deseja ouvir?

— Não sei. Alguma coisa interessante.

— Conte sobre o Clariarca Alazansi e a frota de cem navios — pediu Leyten.

— Não sou um bardo! — repetiu Sigzil. — Falo de nações e povos, não de histórias de taverna. Eu...

— Existe um lugar onde as pessoas vivem em fendas no chão? — perguntou Kaladin. — Uma cidade construída sobre um enorme complexo de linhas, todas atravessando a rocha como se houvessem sido entalhadas?

— Sesemalex Dar — disse Sigzil, assentindo e puxando outra bota. — Sim, é a capital do reino de Emul, e uma das cidades mais antigas do mundo. Dizem que a cidade... na verdade, o reino também... foram nomeados pelo próprio Jezrien.

— Jezrien? — disse Malop, levantando-se e coçando a cabeça. — Quem é esse?

Malop era um sujeito de cabelo volumoso, com uma vasta barba negra e uma tatuagem de glifo-amuleto em cada mão. Ele não era a esfera mais brilhante do cálice, por assim dizer.

— Vocês o chamam de Pai das Tempestades, aqui em Alethkar — disse Sigzil. — Ou Jezerezeh'Elin. Ele era o rei dos Arautos. Mestre das tempestades, portador da água e da vida, conhecido por sua fúria e temperamento, mas também pela sua misericórdia.

— Ah — disse Malop.

— Conte mais sobre a cidade — pediu Kaladin.

— Sesemalex Dar. Ela é, de fato, construída em canais. O padrão é bastante impressionante; fica protegida contra grantormentas, já que cada canal tem uma aba nas laterais, impedindo que a água escorra da planície de pedra ao redor. Isso, misturado com um sistema de drenagem de rachaduras, protege a cidade de inundações. As pessoas de lá são conhecidas pela sua cerâmica especializada em crem; a cidade é um dos principais pontos de passagem no sudeste. Os emulianos são uma tribo do povo askarkiano, e são etnicamente makabakianos... de pele escura, como eu. O reino deles faz fronteira com o meu, e visitei-o muitas vezes na minha juventude. É um lugar maravilhoso, cheio de viajantes exóticos.

Sigzil parecia cada vez mais relaxado enquanto continuava a falar.

— O sistema jurídico deles é muito tolerante com estrangeiros. Um homem que não seja da nacionalidade deles não pode possuir uma casa ou loja, mas quando você é visitante, você é tratado como um "parente que veio de longe, que deve receber toda gentileza e tolerância". Um estrangeiro pode jantar em qualquer residência que visitar, contanto que seja respeitoso e ofereça frutas como presente. O povo é muito interessado em frutas exóticas. Eles adoram Jezrien, embora não o aceitem como uma figura da religião Vorin. Eles o chamam de único deus.

— Os Arautos não são deuses — zombou Teft.

— Você não considera — replicou Sigzil. — Outros pensam diferente. Os emulianos têm o que os seus eruditos chamam de religião dissidente... contendo algumas ideias vorins. Mas, para os emulianos, vocês é que têm a religião dissidente.

Sigzil parecia achar isso engraçado, embora Teft tenha apenas fechado a cara. Sigzil continuou com mais e mais detalhes, falando sobre os vestidos e turbantes ondulantes das mulheres emulianas, das roupas preferidas dos homens. O gosto da comida — salgada — e a maneira de saudar um velho amigo — levando o indicador esquerdo à testa e se curvando respeitosamente. Sigzil sabia uma impressionante quantidade de informações sobre eles. Kaladin notou que o homem sorria melancolicamente às vezes, provavelmente recordando suas viagens.

Os detalhes eram interessantes, mas Kaladin estava mais chocado com o fato de que aquela cidade — que sobrevoara no seu sonho, semanas atrás — de fato existia. E não podia mais ignorar a estranha velocidade com que se recuperava de feridas. Algo estranho estava acontecendo com ele. Algo sobrenatural. E se estivesse relacionado com o fato de que todos ao seu redor sempre pareciam morrer?

Ele se ajoelhou para começar a remexer os bolsos dos homens mortos, uma tarefa que os outros carregadores evitavam. Esferas, facas e outros objetos úteis eram guardados. Itens pessoais, como orações não queimadas, eram deixados com os corpos. Ele encontrou algumas peças de zircônio, que acrescentou à bolsa.

Talvez Moash estivesse certo. Se conseguissem sair com aquele dinheiro, será que poderiam *subornar* os guardas para sair do acampamento? Realmente seria mais seguro do que lutar. Então por que insistia em ensinar os carregadores a lutar? Por que não pensara em sair sorrateiramente com eles?

Havia perdido Dallet e os outros do seu esquadrão original no exército de Amaram. Será que estava tentando compensar o ocorrido treinando um novo grupo de lanceiros? Buscava salvar homens que passara a amar, ou era só uma maneira de provar algo a si mesmo?

A sua experiência mostrara que homens que não sabiam lutar estavam em severa desvantagem naquele mundo de guerra e tormentas. Talvez fugir sorrateiramente fosse a melhor solução, mas ele sabia pouco sobre ser sorrateiro. Além disso, mesmo se fugissem escondido, Sadeas ainda mandaria tropas atrás deles. Os problemas os encontrariam. Fosse qual fosse o caminho, os carregadores teriam que matar para continuar livres.

Ele fechou os olhos com força, lembrando-se de uma das suas tentativas de fuga, quando mantivera seus companheiros escravos livres por uma semana inteira, escondidos no mato. Por fim, foram pegos pelos caçadores do seu mestre. Foi quando ele perdeu Nalma. *Nada disso tem a ver com salvá-los aqui e agora*, disse Kaladin a si mesmo. *Preciso dessas esferas.*

Sigzil ainda estava falando sobre os emulianos.

— Para eles — dizia o Cantor do Mundo —, a necessidade de atacar um homem pessoalmente é grosseira. Eles fazem guerra do modo oposto de vocês, alethianos. A espada não é arma para um líder. Uma alabarda é melhor, depois uma lança, e o melhor de tudo é um arco e flecha.

Kaladin achou outro punhado de esferas — marcos-celestes — no bolso de um soldado. Estavam presas em um pedaço envelhecido de queijo de porco, fragrante e mofado. Ele fez uma careta, catando as esferas e lavando-as em uma poça.

— Olhos-claros usando lanças? — disse Drehy. — Isso é ridículo.

— Por quê? — indagou Sigzil, soando ofendido. — Considero o costume dos emulianos interessante. Em alguns países, o ato de lutar é considerado desagradável. Para os shinos, por exemplo, se é preciso lutar com um homem, então você já falhou. Matar é, na melhor das hipóteses, uma maneira grosseira de resolver problemas.

— Você não vai ser como Rocha e se recusar a lutar, vai? — indagou Skar, lançando um olhar de raiva mal disfarçada para o papaguampas.

Rocha fungou e deu as costas ao homem mais baixo, ajoelhando-se para enfiar botas em saco grande.

— Não — disse Sigzil. — Acho que todos nós podemos concordar que os outros métodos fracassaram. Talvez se meu mestre soubesse que ainda estou vivo... mas não. Isso é tolice. Sim, vou lutar. E, se for preciso, a lança parece uma arma favorável, embora eu honestamente preferisse colocar mais distância entre mim e meus inimigos.

Kaladin franziu o cenho.

— Você quer dizer com um arco?

Sigzil assentiu.

— Entre meu povo, o arco é uma arma nobre.

— Você sabe como usá-lo?

— Infelizmente, não — admitiu Sigzil. — Eu teria mencionado se possuísse essa habilidade.

Kaladin se levantou, abrindo a bolsa e depositando as esferas com as outras.

— Havia algum arco entre os corpos?

Os homens se entreolharam, vários deles balançando a cabeça. *Raios*, pensou Kaladin. A semente de uma ideia havia começado a brotar na sua cabeça, mas isso a matou.

— Recolham algumas dessas lanças — ordenou ele. — Separe-as. Vamos precisar delas para treinamento.

— Mas temos que entregá-las — disse Malop.

— Não se não as levarmos para fora do abismo — disse Kaladin. — Toda vez que viermos fazer a coleta, vamos separar algumas lanças e guardá-las aqui. Não deve levar muito tempo para que tenhamos o suficiente para praticar.

— Como vamos tirá-las daqui quando for a hora de escapar? — indagou Teft, esfregando o queixo. — Lanças aqui embaixo não vão ajudar muito esses rapazes quando a luta de verdade começar.

— Vou encontrar uma maneira de subir com elas — disse Kaladin.

— Você diz coisas assim o tempo todo — observou Skar.

— Deixe disso, Skar — protestou Moash. — Ele sabe o que está fazendo.

Kaladin ficou atônito. Logo *Moash* acabara de defendê-lo?

Skar enrubesceu.

— Não me leve a mal, Kaladin. Estou só perguntando, mais nada.

— Eu entendo. É... — Kaladin deixou a frase morrer quando Syl flutuou até o fundo do abismo na forma de uma fita enrolada.

Ela pousou em um afloramento rochoso na parede, assumindo sua forma feminina.

— Encontrei outro grupo de corpos. A maioria é de parshendianos.

— Algum arco? — perguntou Kaladin.

Vários dos carregadores olharam para ele, surpresos, até perceberem que Kaladin estava fitando o ar. Então assentiram uns para os outros, entendendo.

— Acho que sim — disse Syl. — É por aqui. Não fica muito longe.

Os carregadores haviam praticamente acabado de saquear aqueles corpos.

— Peguem as coisas — disse Kaladin. — Encontrei outro lugar para coleta. Precisamos reunir o máximo que pudermos, depois guardar parte no abismo, onde haja uma boa chance de não ser levado pelas águas.

Os carregadores cataram o material, jogando sacos sobre os ombros, cada homem levando uma lança ou duas. Em poucos momentos, estavam andando rumo ao úmido fundo do abismo, seguindo Syl. Eles passaram por fendas nas antigas paredes de pedra onde velhos ossos lavados pelas tempestades haviam se fixado, criando um monte de fêmures, tíbias, crânios e costelas coberto de musgo. Não havia muito a coletar ali.

Cerca de 15 minutos depois, chegaram ao lugar que Syl havia encontrado. Um grupo de cadáveres parshendianos estava disperso em pilhas, misturados com um ocasional alethiano vestido de azul. Kaladin se ajoelhou junto de um dos corpos humanos. Reconheceu o par de glifos estilizado de Dalinar Kholin costurado na casaca. Por que o Exército de Dalinar *havia* se juntado a Sadeas na batalha? O que havia mudado?

Kaladin gesticulou para que os homens começassem a coletar o espólio dos alethianos enquanto caminhava até um dos cadáveres parshendianos. Estava muito mais fresco do que o homem de Dalinar. Eles encontravam muito menos cadáveres parshendianos do que alethianos. Não só havia menos deles em cada batalha, como também tinham menos probabilidade de cair para a morte nos abismos. Sigzil também sugerira que os corpos deles eram mais densos do que os dos humanos, e não flutuavam nem eram arrastados pela água tão facilmente.

Kaladin rolou o corpo de lado, e a ação gerou um súbito silvo no grupo de carregadores mais atrás. Kaladin virou-se a tempo de ver Shen abrindo caminho em uma exibição pouco comum de emoção.

Teft moveu-se rapidamente, agarrando Shen por trás e passando um braço ao redor de seu pescoço. Os outros carregadores ficaram parados, chocados, embora vários tenham assumido suas posturas de combate por reflexo.

Shen lutou fracamente contra a pegada de Teft. O parshemano era diferente dos seus primos mortos; de perto, as diferenças eram muito mais óbvias. Shen — como a maioria dos parshemanos — era baixo e um pouco roliço. Robusto, forte, mas não ameaçador. O cadáver aos pés de Kaladin, contudo, tinha os músculos e o porte de um papaguampas, tão alto quanto Kaladin e de ombros muito mais largos. Embora ambos possuíssem pele de tom marmorizado, o parshendiano tinha estranhas formações de armadura laranja-avermelhadas na cabeça, braços e pernas.

— Solte ele — disse Kaladin, curioso.

Teft olhou-o de relance, depois obedeceu a contragosto. Shen cambaleou apressado sobre o terreno desigual e com gentileza, mas também firmeza, afastou Kaladin do cadáver. Shen ficou ali de pé, como se o estivesse protegendo de Kaladin.

— Ele já fez isso aí antes — disse Rocha, andando até Kaladin. — Quando Lopen e eu levamos ele para coletar despojos.

— Ele protege os corpos dos parshendianos, *gancho* — acrescentou Lopen. — Como se fosse apunhalar você cem vezes por mexer em um deles, com certeza.

— Eles são todos assim — disse Sigzil, mais atrás.

Kaladin se virou, levantando uma sobrancelha.

— Trabalhadores parshemanos — explicou Sigzil. — Eles têm permissão de cuidar dos seus próprios mortos; é uma das poucas coisas que parecem mobilizá-los. Ficam furiosos se mais alguém manuseia os corpos. Eles os envolvem em linho e carregam-nos até descampados, e deixam-nos sobre placas de pedra.

Kaladin olhou para Shen. *Será que...*

— Coletem os despojos dos parshendianos — ordenou Kaladin aos seus homens. — Teft, você provavelmente terá que segurar Shen o tempo todo. Não posso permitir que ele tente nos deter.

Teft lançou a Kaladin um olhar sofrido; ele ainda achava que deviam colocar Shen na frente da ponte e deixá-lo morrer. Mas seguiu a ordem, empurrando Shen para longe e obtendo a ajuda de Moash para segurá-lo.

— E, homens, sejam respeitosos com os mortos — disse Kaladin.

— Eles são parshendianos! — protestou Leyten.

— Eu sei. Mas isso incomoda Shen. Ele é um de nós, então vamos manter a irritação dele no mínimo.

O parshemano baixou os braços, relutante, e deixou que Teft e Moash o puxassem para longe. Parecia resignado. Parshemanos tinham raciocínio lento. O quanto será que Shen havia compreendido?

— Você não queria encontrar um arco? — perguntou Sigzil, ajoelhando-se e removendo um arco curto parshendiano, feito de chifre, de debaixo de um corpo. — A corda sumiu.

— Tem outra na bolsa desse sujeito — disse Mapas, puxando algo da bolsa de cinto de outro cadáver parshendiano. — Ainda pode estar boa.

Kaladin aceitou a arma e a corda.

— Alguém sabe como usar um desses?

Os carregadores se entreolharam. Arcos eram inúteis para caçar a maioria das feras com carapaças; fundas funcionavam muito melhor. O arco só era realmente útil para matar outros homens. Kaladin olhou para Teft, que balançou a cabeça. Ele não havia treinado com um arco; nem Kaladin.

— É simples — disse Rocha, virando um corpo parshendiano. — Coloque uma flecha na corda. Aponte para frente. Puxe com força. Solte.

— Duvido que seja tão fácil — respondeu Kaladin.

— Nós mal temos tempo de treinar os rapazes com a lança, Kaladin — disse Teft. — Você quer ensinar alguns deles a atirar com arcos também? E sem um professor que saiba usar um arco?

Kaladin não respondeu. Ele guardou o arco e a corda em seu saco, acrescentou algumas flechas, depois ajudou os outros. Uma hora depois, eles haviam marchado pelos abismos na direção da escada, suas tochas crepitando enquanto a noite se aproximava. Quanto mais escurecia, mais desagradável se tornava o abismo. As sombras se aprofundavam, e sons distantes — água pingando, rochas caindo, o vento chamando — ganhavam um tom sinistro. Kaladin virou uma esquina e um grupo de crenguejos cheios de patas rastejou apressadamente pela parede e sumiu em uma fenda.

As conversas tinham minguado, e Kaladin não participou delas. Ocasionalmente, olhava sobre o ombro na direção de Shen. O parshemano silencioso caminhava de cabeça baixa. Roubar os cadáveres parshendianos o perturbara seriamente.

Posso usar isso, pensou Kaladin. *Mas será que devo?* Seria um grande risco. Ele já havia sido sentenciado uma vez por perturbar o equilíbrio das batalhas nos abismos.

Primeiro as esferas, ele pensou. Se conseguisse levar as esferas, talvez fosse capaz de levar outros itens. Por fim, ele viu uma sombra acima, cruzando o abismo. Haviam alcançado a primeira das pontes permanentes. Kaladin caminhou um pouco mais com os outros, até ter alcançado um lugar onde o chão do abismo estava mais perto do topo dos platôs acima.

Ele parou ali. Os carregadores se reuniram ao seu redor.

— Sigzil — disse Kaladin, apontando. — Você sabe um pouco de arcos. Quão difícil acha que seria acertar aquela ponte com uma flecha?

— Atirei com arco algumas vezes, Kaladin, mas não diria que sou um especialista. Imagino que não seja muito difícil. É uma distância de, digamos, uns 15 metros?

— Para que isso? — perguntou Moash.

Kaladin pegou a bolsa de esferas, então ergueu uma sobrancelha para eles.

— Vamos amarrar a bolsa na flecha, então atirá-la de modo que fique presa na parte debaixo da ponte. Então, quando estivermos em uma incursão de ponte, Lopen e Dabbid podem ficar para trás para beber água perto da ponte lá em cima. Eles enfiam a mão debaixo da madeira e puxam a flecha. Pegamos as esferas.

Teft assoviou.

— Inteligente.

— Podemos ficar com todas as esferas — disse Moash, ansioso. — Até a...

— Não — cortou Kaladin com firmeza. — As menores já são perigosas o bastante; as pessoas podem começar a se perguntar onde os carregadores estão arrumando tanto dinheiro.

Ele teria que comprar seus suprimentos de vários apotecários diferentes para esconder o fluxo de dinheiro. Moash pareceu desanimado, mas os outros carregadores estavam ansiosos.

— Quem quer tentar? — perguntou Kaladin. — Talvez seja melhor atirar algumas vezes para praticar, e então tentamos com a bolsa. Sigzil?

— Eu não sei se quero essa responsabilidade — disse Sigzil. — Talvez você devesse tentar, Teft.

Teft coçou o queixo.

— Claro. Tudo bem. Quão difícil pode ser?

— Quão difícil? — perguntou Rocha subitamente.

Kaladin olhou para o lado. Rocha estava parado mais atrás do grupo, embora sua altura facilitasse identificá-lo. Seus braços estavam cruzados.

— Quão difícil, Teft? — continuou Rocha. — 15 metros não é tão longe, mas não é um tiro fácil. E fazer isso com uma bolsa de esferas pesadas amarrada à flecha? Ha! Você também vai ter que acertar a flecha perto da lateral da ponte, para que Lopen possa alcançá-la. Se errar, pode perder todas as esferas. E se os batedores perto das pontes notarem uma flecha vindo do abismo? Vão achar suspeito, hein?

Kaladin olhou de soslaio o papaguampas. *É simples*, ele dissera. *Aponte para a frente... solte...*

— Bem — disse Kaladin, vigiando Rocha com o canto do olho. — Acho que teremos que arriscar. Sem essas esferas, os feridos vão morrer.

— Podemos esperar até a próxima incursão de ponte — disse Teft. — Amarrar uma corda à ponte e jogar para baixo, depois amarrar a bolsa a ela na próxima vez...

— 15 metros de corda? — perguntou Kaladin secamente. — Chamaria muita atenção comprar algo assim.

— Não, *gancho* — disse Lopen. — Tenho um primo que trabalha em um lugar que vende corda. Poderia conseguir um pouco para você facilmente, com dinheiro.

— Talvez — disse Kaladin. — Mas você ainda teria que escondê-la na liteira, depois pendurá-la no abismo sem que ninguém visse. E deixá-la pendurada por vários dias? As pessoas veriam.

Os outros concordaram. Rocha parecia muito desconfortável. Suspirando, Kaladin pegou o arco e várias flechas.

— Vamos ter que arriscar. Teft, por que você não...

— Ah, pelo fantasma de Kali'kalin — murmurou Rocha. — Me dá o arco aqui.

Ele abriu caminho aos empurrões entre os carregadores, pegando o arco de Kaladin, que escondeu um sorriso. Rocha olhou para cima, julgando a distância na luz poente. Ele prendeu a corda no arco, depois estendeu uma mão. Kaladin entregou-lhe uma flecha. Ele nivelou o arco com o abismo e disparou. A flecha voou rapidamente, acertando a parede de pedra.

Rocha assentiu para si mesmo, então apontou para a bolsa de Kaladin.

— Nós levamos só cinco esferas — disse Rocha. — Mais que isso seria pesado demais. É loucura tentar mesmo com cinco. Terrabaixistas bêbados de ar.

Kaladin sorriu, então contou cinco marcos de safira — que valiam juntos dois meses e meio de pagamento para um carregador de pontes — e colocou-as em uma bolsa sobressalente. Ele entregou a bolsa para Rocha, que sacou uma faca e entalhou um sulco na haste da flecha, perto da ponta.

Skar cruzou os braços e encostou-se contra a parede coberta de musgo.

— Isso é roubo, sabe?

— Sei — concordou Kaladin, olhando para Rocha. — E não sinto nenhuma culpa em relação a isso. E você?

— Nem um pouco. — Skar sorriu. — Acho que se alguém está tentando te matar. Qualquer expectativa quanto à sua lealdade são jogadas na tormenta. Mas se alguém fosse até Gaz...

Os outros carregadores ficaram subitamente nervosos, e não foram poucos os olhos que se voltaram para Shen, embora Kaladin pudesse perceber que Skar não estava pensando no parshemano. Se um dos carregadores fosse trair o grupo, poderia ganhar uma recompensa.

— Talvez devêssemos colocar um vigia — sugeriu Drehy. — Sabe, para ter certeza de que ninguém vai escapulir para falar com Gaz.

— Nada disso — disse Kaladin. — O que a gente ia fazer? Nos trancarmos no barracão, tão desconfiados que nunca conseguimos fazer nada? — Ele balançou a cabeça. — Não. Este é apenas mais um perigo. É um perigo real, mas não podemos desperdiçar energia espionando uns aos outros. Então vamos continuar.

Skar não pareceu convencido.

— Nós somos a Ponte Quatro — declarou Kaladin com firmeza. — Nós encaramos a morte juntos. Temos que confiar uns nos outros. Não é possível correr para a batalha se perguntando se os seus camaradas vão trocar de lado subitamente. — Ele encontrou os olhos de todos os homens, um de cada vez. — Eu confio em vocês. Em todos vocês. Vamos superar essa situação, e vamos fazer isso juntos.

Vários deles concordaram; Skar pareceu mais tranquilo. Rocha terminou seu trabalho na flecha, então amarrou a bolsa bem apertado junto à haste.

Syl ainda estava sentada no ombro de Kaladin.

— Você quer que eu vigie os outros? Garanta que ninguém faça o que Skar acha que eles podem fazer?

Kaladin hesitou, depois assentiu. Era melhor se precaver. Ele só não queria que os homens pensassem daquela maneira.

Rocha segurou a flecha, avaliando o peso.

— Alvo quase impossível — reclamou ele, colocando-se diretamente abaixo da ponte.

Então, em um movimento fluido, posicionou a flecha e puxou a corda até o rosto. A pequena bolsa pendia da seta, oscilando contra a madeira da flecha. Os carregadores prenderam a respiração.

Rocha soltou a corda. A flecha zuniu junto à parede do abismo, quase rápida demais para se ver. Um leve estalo soou quando a flecha encontrou a madeira, e Kaladin prendeu a respiração, mas a flecha não se soltou.

Continuou lá, pendurada, as preciosas esferas presas à haste, bem perto da lateral da ponte, onde poderia ser alcançada.

Kaladin bateu no ombro de Rocha enquanto os carregadores o ovacionavam. Rocha olhou Kaladin de lado.

— Não vou usar o arco para lutar. Você precisa saber disso.

— Eu prometo — disse Kaladin. — Será bem-vindo se concordar, mas não vou forçá-lo.

— Não vou lutar — insistiu Rocha. — Não é o meu lugar. — Ele olhou para cima, para as esferas, e abriu um tênue sorriso. — Mas atirar na ponte não tem problema.

— Onde você aprendeu? — perguntou Kaladin.

— É segredo — disse Rocha com firmeza. — Pegue o arco. Não me incomode mais.

— Tudo bem — concordou Kaladin, aceitando o arco. — Mas eu não sei se posso prometer não incomodá-lo mais. Posso precisar de mais alguns disparos no futuro. — Ele fitou Lopen. — Você realmente acha que consegue comprar corda sem chamar atenção?

Lopen se recostou contra a parede.

— Meu primo nunca falhou comigo.

— Quantos primos você tem, afinal de contas? — perguntou Jaks Sem-Orelha.

— Primos nunca são demais — disse Lopen.

— Bem, vamos precisar dessa corda — disse Kaladin, um plano começando a surgir na sua mente. — Faça isso, Lopen. Vou conseguir troco dessas esferas para pagar por ela.

Comprou [illegible], pensando [illegible] porta [illegible]
da barra de [illegible] em [illegible].

Kaladin [illegible] de Rocha enquanto os [illegible]
conosco. [illegible] de lado.

— Não vejo isso [illegible] você [illegible]

— Eu [illegible] — disse Kaladin. [illegible] se [illegible]
mas não vou [illegible].

— Não [illegible] Rocha. — Não [illegible]. — Ele [illegible] para [illegible]. Mas [illegible] na ponte [illegible] problema.

— Onde você aprendeu [illegible]? — perguntou Kaladin.

— [illegible] — [illegible]. [illegible]

— [illegible] — Mas [illegible] se [illegible] que [illegible] sem [illegible].

[illegible] parede.

— [illegible]

— Quanto [illegible] você [illegible]? — perguntou [illegible].

— [illegible] — disse Lopen.

— Bem, [illegible] — disse Kaladin [illegible] para pagar [illegible].

56

AQUELE LIVRO TORMENTOSO

"A luz afasta-se tanto. A tempestade nunca para. Estou destroçado, e todos ao meu redor morreram. Eu choro pelo fim de todas as coisas. Ele venceu. Ah, ele nos arrasou."

— Data: de *palahakev* do ano de 1173, 16 segundos antes da morte. O indivíduo era um marinheiro thayleno.

DALINAR LUTAVA, A EUFORIA pulsando dentro dele, brandindo sua Espada Fractal montado em Galante. Ao redor, parshendianos caíam com olhos queimando.

Eles avançavam em pares, cada equipe tentando acertá-lo de uma direção diferente, mantendo-o ocupado e — eles provavelmente esperavam — desorientado. Se um par conseguisse atacá-lo enquanto estava distraído, poderiam ser capazes de derrubá-lo da montaria. Aqueles machados e maças — usados repetidamente — poderiam rachar sua Armadura. Era uma tática muito custosa; havia um círculo de cadáveres espalhado ao redor de Dalinar. Mas na luta contra um Fractário, toda tática era custosa.

Dalinar mantinha Galante em movimento, dançando de um lado para outro, enquanto brandia sua Espada em amplos golpes. Ele estava apenas um pouco adiante da linha dos seus homens. Um Fractário precisava de espaço para lutar; as Espadas eram tão longas que ferir os próprios companheiros era um perigo bastante real. Sua guarda de honra só se aproximaria se ele caísse ou encontrasse dificuldades.

A Euforia o animava e fortalecia. Não havia experimentado a fraqueza e a náusea que sentira no campo de batalha naquele dia, semanas atrás. Talvez houvesse se preocupado à toa. Ele virou Galante bem a tempo de confrontar dois pares de parshendianos atacando-o por trás, cantando baixinho. Conduziu Galante com os joelhos, executando com maestria um golpe lateral, cortando o pescoço dos dois parshendianos, e então o braço de um terceiro. Os olhos dos dois primeiros queimaram, e eles desabaram. O terceiro deixou cair a arma de uma mão que tornou-se subitamente sem vida, agitando-se de modo flácido, com todos os nervos cortados.

O quarto membro daquele esquadrão fugiu, lançando um olhar de raiva para Dalinar. Era um dos parshendianos que não usava barba, e parecia haver algo de estranho naquele rosto. A estrutura das maçãs rosto era um pouco diferente...

Seria uma mulher?, pensou Dalinar, impressionado. *Não é possível. Ou é?*

Atrás dele, seus soldados comemoraram quando um grande número de parshendianos fugiu para se reagrupar. Dalinar baixou sua Espada Fractal, o metal brilhando, esprenos de glória piscando no ar ao seu redor. Havia outro motivo para que permanecesse à frente dos seus homens. Um Fractário não era apenas uma força de destruição; era também uma força de ânimo e inspiração. Os homens lutavam mais vigorosamente quando viam seu luminobre derrubando um inimigo atrás do outro. Fractários mudavam o rumo de batalhas.

Como os parshendianos haviam sido desbaratados por enquanto, Dalinar desceu de Galante e pousou nas rochas. Cadáveres sem sangue derramado jaziam em volta dele, mas quando se aproximou do lugar onde seus homens haviam lutado, sangue vermelho-alaranjado manchava as pedras. Crenguejos rastejavam pelo chão, lambendo o líquido, e esprenos de dor se espremiam entre eles. Parshendianos feridos olhavam para o céu, os rostos como máscaras de cor, cantando para si mesmos em voz baixa uma canção perturbadora. Frequentemente eram apenas sussurros; eles nunca gritavam enquanto morriam.

Dalinar sentiu a Euforia recuar enquanto se reunia com sua guarda de honra.

— Eles estão se aproximando demais de Galante — disse Dalinar a Teleb, entregando-lhe as rédeas. O pelo denso do richádio estava salpicado de suor espumante. — Não quero arriscá-lo. Mande um homem cavalgá-lo até as linhas da retaguarda.

Teleb assentiu, acenando para que um soldado obedecesse a ordem. Dalinar ergueu sua Espada Fractal, perscrutando o campo de batalha. A força parshendiana estava se reagrupando. Como sempre, as duplas de ataque eram o foco da sua estratégia. Cada par tinha diferentes armas, e frequentemente um deles tinha o rosto glabro, enquanto o outro usava uma barba trançada com gemas. Suas eruditas haviam sugerido que aquele era algum tipo primitivo de relação de aprendiz e mestre.

Dalinar inspecionou cadáveres sem barba em busca de sinais de pelos raspados. Não havia nenhum, e muitos deles tinham rostos de formas vagamente femininas. Será que os parshendianos sem barba eram todos mulheres? Os corpos não pareciam ter seios que se destacassem, e seu porte era masculino, mas a estranha armadura parshendiana podia estar ocultando essas coisas. Os parshendianos sem barba *realmente* pareciam alguns centímetros menores, e o formato dos rostos... Ao estudá-los, pareceu possível. Será que os pares eram maridos e esposas lutando juntos? Isso pareceu-lhe estranhamente fascinante. Seria possível que, apesar dos seis anos de guerra, ninguém se dera ao trabalho de investigar os gêneros daqueles com quem estavam lutando?

Sim. Os platôs disputados eram tão distantes, que ninguém chegou a levar de volta os cadáveres dos parshendianos; eles só instruíam os homens a remover as gemas das suas barbas ou recolher suas armas. Desde a morte de Gavilar, houve muito pouco investimento no estudo dos parshendianos. Todos só os queriam mortos e, se havia algo em que os alethianos eram talentosos, era em matar.

E você *deveria estar matando eles agora*, disse Dalinar a si mesmo. *Não analisando sua cultura.* Mas ele decidiu que mandaria seus soldados recolherem alguns corpos para os estudiosos.

Ele avançou até outra parte do campo de batalha, segurando a Espada Fractal diante de si com as duas mãos, tomando cuidado para não ultrapassar seus soldados. Ao sul, podia ver o estandarte de Adolin balançando ao vento enquanto ele liderava sua divisão contra os parshendianos lá. O rapaz estava muito reservado nos últimos tempos, diferente do usual. Estar errado sobre Sadeas parecia tê-lo deixado mais contemplativo.

No flanco ocidental, o estandarte do próprio Sadeas tremulava orgulhosamente, suas forças mantendo os parshendianos longe da crisálida. Ele havia chegado primeiro, como antes, confrontando os parshendianos para que as companhias de Dalinar pudessem se aproximar. Dalinar havia considerado extrair a gema-coração para que os alethianos pudessem recuar, mas por que terminar a batalha tão rapidamente? Tanto ele quanto Sadeas acreditavam que o verdadeiro motivo da aliança era esmagar o máximo possível de parshendianos.

Quanto mais eles matassem, mais rápido aquela guerra terminaria. E até então o plano de Dalinar estava funcionando. Os dois exércitos se complementavam. Os ataques anteriores de Dalinar tinham sido lentos demais, e ele permitira que os parshendianos se posicionassem com demasiada vantagem. Sadeas era rápido — ainda mais agora, quando podia deixar homens para trás e se concentrar inteiramente na velocidade —, e assustadoramente eficiente em levar os homens até os platôs para lutar, mas seus soldados não eram tão bem treinados quanto os de Dalinar. Assim, se Sadeas conseguia chegar primeiro, ele defendia a posição tempo o bastante para que Dalinar atravessasse com seus homens, e o treinamento superior — e os Fractais superiores — das suas forças agiam como um martelo contra os parshendianos, esmagando-os contra a bigorna de Sadeas.

Não que fosse fácil, de modo algum; os parshendianos lutavam como demônio-do-abismo.

Dalinar partiu para cima deles, ceifando com sua Espada, matando parshendianos de todos os lados. Ele não podia evitar um respeito relutante pelos parshendianos. Poucos homens ousariam investir contra um Fractário diretamente — pelo menos não sem todo o peso do seu exército impelindo-os à frente, quase contra sua vontade.

Aqueles parshendianos atacavam com bravura. Dalinar girou, golpeando ao redor, a Euforia crescendo dentro dele. Com uma espada comum, um guerreiro concentrava-se em controlar seus golpes, atacando e esperando o contrachoque. Eram necessários ataques rápidos e com arcos pequenos. Uma Espada Fractal era diferente. A Espada era enorme, mas surpreendentemente leve. Nunca havia contrachoque; acertar um golpe era quase como passar a espada pelo ar. O truque era controlar o impulso e manter a espada em movimento.

Quatro parshendianos se jogaram contra ele; pareciam saber que o ataque corpo a corpo era uma das melhores maneiras de derrubá-lo. Se chegassem perto demais, o comprimento do cabo da sua Espada e a natureza de sua armadura tornariam a luta mais difícil para ele. Dalinar girou em um longo ataque na altura da cintura, e notou a morte dos parshendianos por um ligeiro atrito da Espada enquanto a lâmina atravessava seus troncos. Ele pegou todos os quatro, e foi tomado por uma intensa satisfação.

Que foi imediatamente seguida pela náusea.

Danação! De novo, não! Voltou-se para outro grupo de parshendianos enquanto os olhos dos mortos ardiam e fumegavam.

Ele se jogou em outro ataque — levantando sua Espada em um arco ondulante acima da cabeça, depois descendo-a paralela ao chão. Seis parshendianos morreram. Ele sentiu uma pontada de arrependimento, junto com desagrado pela Euforia. Certamente aqueles parshendianos — aqueles soldados — mereciam respeito, não regozijo, enquanto eram trucidados.

Ele se recordou das ocasiões quando a Euforia fora mais forte. Subjugando os grão-príncipes com Gavilar quando os dois eram jovens, rechaçando os vedenos, lutando com os herdazianos e destruindo os reshianos de Akak. Certa vez, a sede pela batalha quase levou-o a atacar o próprio Gavilar. Dalinar lembrava-se da inveja naquele dia, cerca de dez anos atrás, quando o impulso para atacar Gavilar — o único oponente digno à vista, o homem que conquistara a mão de Navani — quase o consumira.

Sua guarda de honra comemorava enquanto seus inimigos caíam. Ele se sentia vazio, mas agarrou-se a Euforia e manteve um controle estreito sobre seus sentimentos e emoções. Deixou a Euforia dominá-lo. Abençoadamente, a náusea foi embora, o que foi bom, porque outro grupo de parshendianos avançou contra ele pelo flanco. Dalinar executou uma virada de Postura do Vento, mudando a posição dos pés, baixando o ombro e jogando seu peso contra a Espada ao golpear.

Ele acertou três com a investida, mas um quarto e último parshendiano abriu caminho entre seus camaradas feridos, invadindo o espaço de ataque de Dalinar, brandindo o martelo. Seus olhos estavam arregalados de raiva e determinação, embora não gritasse ou urrasse. Ele só continuava sua canção.

O golpe rachou o elmo de Dalinar e empurrou sua cabeça para o lado, mas a Armadura absorveu a maior parte do impacto, com algumas tênues linhas semelhantes a uma teia se rachando pela peça. Dalinar podia vê-las brilhando fracamente, liberando Luz das Tempestades, na sua visão periférica.

O parshendiano estava perto demais. Dalinar deixou cair sua Espada. A arma virou fumaça enquanto ele levantava um braço encouraçado e bloqueava o golpe seguinte de martelo. Então ele moveu o outro braço, acertando o punho no ombro do parshendiano. O golpe jogou o homem ao chão. A canção do parshendiano foi interrompida. Rangendo os dentes, Dalinar deu um passo à frente e chutou o homem no peito, jogando o corpo uns seis metros pelo ar. Aprendera a tomar cuidado com parshendianos que não estavam totalmente incapacitados.

Dalinar baixou as mãos e começou a invocar novamente sua Espada Fractal. Estava sentindo-se forte outra vez, a paixão pela batalha retornando. *Eu não devia me sentir mal por matar os parshendianos. Isso é certo.*

Ele fez uma pausa, notando uma coisa. O que estava acontecendo no platô ao lado? Parecia...

Parecia um segundo exército parshendiano.

Vários grupos dos seus batedores estavam avançando rumo às linhas de batalha principais, mas Dalinar podia adivinhar as notícias que traziam.

— Pai das Tempestades! — praguejou, apontando com sua Espada Fractal. — Passem o aviso adiante! Um segundo exército se aproxima!

Vários homens se dispersaram seguindo seu comando. *Nós devíamos ter esperado por isso*, pensou Dalinar. *Começamos a trazer dois exércitos para um platô, então eles fizeram o mesmo.*

Mas isso indicava que antes eles estavam se segurando. Será que tinham feito aquilo porque perceberam que os campos de batalha deixavam pouco espaço para manobras? Ou seria devido à velocidade? Mas não fazia sentido — os alethianos precisavam se preocupar com pontes como pontos de engarrafamento que os deixavam mais lentos conforme mais tropas levavam. Mas os parshendianos podiam saltar os abismos. Então por que empregar menos tropas do que o seu total?

Maldições, ele pensou, frustrado. *Sabemos tão pouco sobre eles!*

Ele enfiou a Espada Fractal na rocha ao seu lado, de modo que não desaparecesse, e começou a gritar ordens. A guarda de honra formou-se ao seu redor, conduzindo os batedores e enviando mensageiros. Por um curto período, ele se tornou um general tático em vez de um guerreiro de investida.

Levou algum tempo para mudar sua estratégia de batalha. Um exército às vezes era como um enorme chule, movendo-se desajeitadamente, lento para reagir. Antes que suas ordens pudessem ser executadas, a nova força parshendiana começou a cruzar para o platô pelo lado norte. Era lá que Sadeas estava lutando. Dalinar não tinha uma boa linha de visão, e os relatórios dos batedores estavam levando tempo demais.

Ele olhou para o lado; havia uma elevada formação rochosa ali perto. Possuía encostas desiguais, fazendo com que parecesse uma pilha de tábuas. Ele agarrou sua Espada Fractal no meio de um relatório e correu pelo chão rochoso, esmagando alguns petrobulbos sob suas botas de aço. A Guarda Cobalto e os mensageiros seguiram-no com presteza.

Na formação rochosa, Dalinar jogou sua Espada de lado, deixando-a se dissolver em fumaça, e se lançou para cima, agarrando a pedra e escalando. Segundos depois, havia subido até o topo plano.

O campo de batalha se estendia abaixo. O exército parshendiano principal era uma massa preta e vermelha no centro do platô, agora pressionada pelos alethianos por dois lados. As equipes de ponte de Sadeas esperavam no platô ocidental, ignoradas, enquanto a nova força parshendiana cruzava do norte até o campo de batalha.

Pai das Tempestades, como eles saltam, pensou Dalinar, assistindo os parshendianos cruzarem o abismo em poderosos pulos. Seis anos de luta haviam mostrado a Dalinar que soldados humanos — particularmente se estivessem com armaduras leves — corriam mais rápido do que tropas parshendianas, se precisassem atravessar mais do que algumas dezenas de metros. Mas aquelas pernas grossas e poderosas dos parshendianos podiam transportá-los longe quando pulavam.

Nem um único parshendiano perdeu o equilíbrio ao cruzar o abismo. Eles se aproximavam trotando, então disparavam a toda velocidade por cerca de três metros, lançando-se para a frente. A nova tropa forçava passagem ao sul, diretamente ao exército de Sadeas. Levantando uma mão contra a branca luz solar, Dalinar descobriu que conseguia identificar a bandeira pessoal de Sadeas.

Ela estava diretamente no caminho da força parshendiana que se aproximava; ele tendia a permanecer na retaguarda dos seus exércitos, em uma posição segura. Agora, aquela posição subitamente se tornara a linha de frente, e as outras tropas de Sadeas estavam demorando demais para sair do confronto e reagir. Ele não tinha apoio algum.

Sadeas!, pensou Dalinar, pisando bem na beirada da rocha, sua capa tremulando atrás dele na brisa. *Preciso enviar meus lanceiros de reserva até ele...*

Mas não, eles seriam lentos demais.

Lanceiros não conseguiriam chegar até ele; mas alguém montado, talvez sim.

— Galante! — berrou Dalinar, pulando da formação rochosa.

Ele caiu nas rochas abaixo, a Armadura absorvendo o choque quando aterrissou, rachando a pedra. Luz das Tempestades fumegava ao redor dele, se elevando da sua armadura, e as grevas estalaram levemente.

Galante se libertou dos seus cuidadores, galopando pelas rochas ao ouvir o chamado de Dalinar. Quando o cavalo se aproximou, Dalinar agarrou os suportes da sela e subiu.

— Sigam-me, se puderem — gritou para sua guarda de honra. — E mandem um mensageiro dizer ao meu filho que agora ele está no comando do nosso exército!

Dalinar manobrou Galante e galopou pelo perímetro do campo de batalha. Sua guarda pediu pelos cavalos, mas teriam dificuldade em acompanhar um richádio.

Que assim fosse.

Soldados em luta se tornaram um borrão à direita de Dalinar. Ele se inclinou sobre a sela, com o vento sibilando sobre a Armadura Fractal. Ergueu uma mão e invocou Sacramentadora. Ela apareceu em sua mão, fumegante e gelada, enquanto ele guiava Galante pela curva da ponta ocidental do campo de batalha. Como planejado, o exército parshendiano original estava entre sua força e a de Sadeas. Ele não tinha tempo de contorná-lo. Então, respirando fundo, Dalinar abriu caminho pelo meio do inimigo. Suas fileiras estavam espalhadas devido ao modo como lutavam.

Galante galopou entre eles, e os parshendianos se jogaram para fora do caminho do garanhão, praguejando na sua língua melodiosa. Cascos trovejavam sobre as pedras; Dalinar apressou Galante com os joelhos. Precisavam manter o ritmo. Alguns parshendianos lutando na frente de batalha contra a força de Sadeas se viraram e correram até ele; viram a oportunidade. Se Dalinar caísse, pousaria sozinho, cercado por milhares de inimigos.

O coração de Dalinar batia forte enquanto segurava sua Espada, tentando golpear os parshendianos que chegavam perto demais. Em minutos, ele se aproximou da linha parshendiana a noroeste. Ali, seus inimigos entraram em formação, levantando as lanças e apoiando-as contra o chão.

Raios!, pensou Dalinar. Os parshendianos nunca haviam usado lanças daquele jeito contra cavalaria pesada. Eles estavam começando a aprender.

Dalinar avançou contra a formação, então girou Galante no último momento, ficando paralelo à parede de lanças dos parshendianos. Ele brandiu a Espada Fractal para o lado, cortando as pontas das suas armas e acertando alguns braços. Uma faixa de parshendianos oscilou, e Dalinar respirou fundo, conduzindo Galante diretamente sobre eles, aparando algumas pontas de lanças. Uma delas quicou contra sua placa de ombro, e Galante recebeu um longo corte no flanco esquerdo.

Eles avançaram no impulso, atropelando os parshendianos, e Galante relinchou e se livrou da linha parshendiana bem perto de onde a força principal de Sadeas estava enfrentando o inimigo.

O coração de Dalinar estrondava. Ele passou pela força de Sadeas como um raio, galopando rumo às linhas da retaguarda, onde um caos fervilhante de homens tentava reagir à nova força parshendiana. Homens gritavam e morriam, em uma massa confusa de alethianos verde-floresta e parshendianos em preto e vermelho.

Ali! Dalinar viu a bandeira de Sadeas tremer ao vento por um instante antes de cair. Ele se jogou da sela de Galante e atingiu as rochas. O cavalo deu a volta, compreendendo. Sua ferida era grave, e Dalinar não queria que ele se arriscasse mais.

Estava na hora do abate recomeçar.

Ele investiu contra a força parshendiana pelo flanco, e alguns se voltaram, com expressões de surpresa nos seus olhos negros geralmente tão estoicos. Às vezes os parshendianos pareciam alienígenas, mas suas emoções eram muito humanas. A Euforia cresceu e Dalinar não a conteve. Precisava demais dela; um aliado estava em perigo.

Estava na hora de libertar o Espinho Negro.

Dalinar atravessou violentamente as fileiras dos parshendianos. Ele abateu os inimigos como um homem limpando migalhas de uma mesa depois da refeição. Não havia precisão controlada ali, nenhum confronto cuidadoso de alguns esquadrões com sua guarda de honra na retaguarda. Era um ataque total, com todo o poder e força letal de um matador com uma vida inteira de experiência e potencializado pelos Fractais. Ele era uma tempestade, cortando através de pernas, dorsos, braços, pescoços, matando, matando, matando. Ele era um turbilhão de morte e aço. As armas eram rechaçadas pela sua armadura, deixando minúsculas rachaduras. Ele exterminou dúzias, sempre em movimento, forçando seu caminho rumo ao ponto onde caíra o estandarte de Sadeas.

Olhos queimavam, espadas fulguravam no céu, e os parshendianos cantavam. A pressão de suas próprias tropas — se amontoando à medida que eram atingidas pela linha de Sadeas — atrapalhava seus esforços. Mas não os de Dalinar. Ele não precisava se preocupar em atingir amigos, nem que sua arma ficasse presa em carne ou emperrada em uma armadura. E se cadáveres impediam seu caminho, ele os podava — carne morta podia ser cortada como aço e madeira.

Sangue parshendiano respingava no ar enquanto ele matava, depois fatiava, depois empurrava para abrir caminho através dos corpos. Brandindo a espada do ombro ao quadril, indo e voltando, ocasionalmente se virando para varrer aqueles que estavam tentando matá-lo por trás.

Ele tropeçou em uma faixa de pano verde. O estandarte de Sadeas. Dalinar girou, procurando. Deixara atrás de si uma linha de cadáveres, que estava sendo rápida, mas cuidadosamente, atravessada por mais parshendianos concentrados nele. Exceto à sua esquerda. Nenhum parshendiano ali estava voltado para ele.

Sadeas!, pensou Dalinar, saltando para a frente, abatendo parshendianos pelas costas. Isso revelou um grupo deles aglomerados em círculo, golpeando algo abaixo. Algo que vazava Luz das Tempestades.

Ali perto jazia um grande martelo de Fractário, onde aparentemente Sadeas o deixara cair. Dalinar saltou adiante, largando a Espada e agarrando o martelo. Ele rugiu enquanto o batia no chão, jogando longe uma dúzia de parshendianos, então virou-se e fez o mesmo do outro lado. Corpos voaram como respingos.

O martelo funcionava melhor assim de perto; a Espada teria simplesmente matado os homens, fazendo com que seus cadáveres se acumulassem no chão, deixando-o ainda esmagado e preso. O martelo, contudo, jogava os corpos longe. Ele saltou para o meio da área que acabara de limpar, posicionando-se com um pé de cada lado do prostrado Sadeas. Iniciou o processo de invocar novamente sua Espada e golpeou com o martelo, desbaratando seus inimigos.

No nono batimento do seu coração, ele jogou o martelo no rosto de um parshendiano, então deixou Sacramentadora formar-se novamente nas suas mãos. Imediatamente se pôs na Postura do Vento, olhando para baixo. A armadura de Sadeas vazava Luz das Tempestades de uma dúzia de rachaduras e fendas. A placa peitoral fora completamente despedaçada; pedaços quebrados e denteados de metal despontavam, revelando o uniforme por baixo. Fios de fumaça irradiante emanavam dos buracos.

Não havia tempo para verificar se ele ainda estava vivo. Os parshendianos agora viam não um, mas dois Fractários ao seu alcance, e se jogaram contra Dalinar. Guerreiros caíram repetidamente enquanto Dalinar os trucidava com amplos golpes, protegendo o espaço ao seu redor.

Não podia deter a todos. Sua armadura foi atingida várias vezes, principalmente nos braços e nas costas, e rachou, como cristal sob demasiada pressão.

Ele rugiu, abatendo quatro parshendianos enquanto mais dois o acertavam por trás, fazendo sua armadura vibrar. Girou e matou um, o outro mal conseguindo se esquivar do seu alcance. Dalinar começou a ofegar, e quando se movia rapidamente, deixava trilhas de Luz das Tempestades azul no ar. Parecia uma fera ensanguentada tentando evitar os ataques de mil predadores ao mesmo tempo.

Mas ele não era um chule, cuja única proteção era se esconder. Ele matava, e a Euforia aumentava dentro dele. Sentia perigo real, uma chance de cair, e isso fez a Euforia emergir. Ele quase se engasgou com o júbilo, o prazer, o desejo. O perigo. Mais e mais golpes estavam atravessando suas defesas; mais e mais parshendianos conseguiam se desviar ou recuar do alcance de sua Espada.

Ele sentiu uma brisa passando pelo seu peitoral. Fria, terrível, assustadora. As rachaduras estavam aumentando. Se a placa se rompesse ...

Ele gritou, fatiando um parshendiano com a Espada, queimando seus olhos, derrubando o homem sem deixar uma marca na sua pele. Dalinar levantou a espada, girando, cortando as pernas de outro inimigo. Suas entranhas eram uma tempestade de emoções, e suor escorria da testa sob o elmo. O que aconteceria aos alethianos se tanto ele quanto Sadeas tombassem ali? Dois grão-príncipes mortos na mesma batalha, duas Armaduras e uma Espada perdidas?

Isso não podia acontecer. Ele não cairia ali. Não sabia ainda se era louco ou não. Não podia morrer até que soubesse!

Subitamente, uma onda de parshendianos que ele ainda não havia atacado morreu. Uma figura em uma brilhante Armadura Fractal azul abriu caminho através deles. Adolin brandia sua gigantesca Espada Fractal em uma única mão, o metal resplandecendo.

Adolin atacou novamente, e a Guarda Cobalto avançou, preenchendo o espaço criado por ele. A música dos parshendianos mudou de ritmo, tornando-se frenética, e eles recuaram à medida que mais e mais tropas vinham, algumas em verde, outras em azul.

Dalinar se ajoelhou, exausto, deixando sua Espada desaparecer. Sua guarda o cercou, e o exército de Adolin os envolveu, sobrepujando os parshendianos, obrigando-os a recuar. Em alguns minutos, a área estava segura.

O perigo havia passado.

— Pai — chamou Adolin, ajoelhando ao lado dele, removendo o elmo. O cabelo louro e preto do rapaz estava despenteado e molhado de suor. — Raios! O senhor me deu um susto! Você está bem?

Dalinar removeu seu próprio elmo, o doce ar fresco passando pelo seu rosto úmido. Ele respirou fundo, depois assentiu.

— A sua chegada foi... muito boa, filho.

Adolin ajudou Dalinar a se levantar.

— Tive que atravessar o exército inteiro dos parshendianos. Sem querer desrespeitá-lo, pai, mas por que raios o senhor fez isso?

— Porque sabia que você poderia cuidar do exército se eu tombasse — respondeu Dalinar, batendo no braço do filho, suas Armaduras ressoando.

Adolin viu as costas da Armadura Fractal de Dalinar e seus olhos se arregalaram.

— Muito ruim? — indagou Dalinar.

— Parece que está remendada por cuspe e barbante — respondeu Adolin. — O senhor está vazando Luz das Tempestades feito um odre de vinho usado para prática de arqueiros.

Dalinar assentiu, suspirando. Sua Armadura já estava começando a pesar. Ele provavelmente teria que removê-la antes de voltarem ao acampamento, para que ela não congelasse nele.

Ao lado, vários soldados estavam soltando Sadeas da sua Armadura. Ela estava tão deteriorada que a Luz das Tempestades cessara, exceto por uns poucos fios minúsculos. Ela podia ser concertada, mas seria caro — regenerar uma Armadura Fractal geralmente despedaçava as gemas de onde ela extraía Luz.

Os soldados removeram o elmo de Sadeas, e Dalinar sentiu alívio ao ver seu ex-amigo piscando, parecendo desorientado, mas sem maiores ferimentos. Ele tinha um corte na coxa, onde um dos parshendianos o acerara com uma espada, e alguns arranhões no peito.

Sadeas olhou para Dalinar e Adolin. Dalinar ficou tenso, esperando recriminações — aquilo só acontecera porque Dalinar insistira em lutar com dois exércitos no mesmo platô, o que havia provocado os parshendianos a trazer outro exército. Dalinar devia ter destacado batedores para ficar de olho nisso.

Sadeas, contudo, abriu um grande sorriso.

— Pai das Tempestades, essa foi por pouco! Como vai a batalha?

— Os parshendianos foram desbaratados — respondeu Adolin. — A última força resistindo era aquela ao seu redor. Nossos homens estão liberando a gema-coração nesse momento. O dia é nosso.

— Vencemos novamente! — disse Sadeas, triunfante. — Dalinar, de vez em quando parece que esse seu cérebro senil consegue conceber uma ou duas boas ideias!

— Nós temos a mesma idade, Sadeas — observou Dalinar, enquanto mensageiros se aproximavam, trazendo relatórios do resto do campo de batalha.

— Espalhem a notícia — proclamou Sadeas. — Hoje à noite, todos os meus soldados festejarão como se fossem olhos-claros!

Ele sorriu enquanto seus soldados o ajudavam a se levantar, e Adolin se afastou para receber os relatórios dos batedores. Sadeas dispensou a ajuda com um aceno, insistindo que conseguia ficar de pé apesar da sua ferida, e começou a chamar seus oficiais.

Dalinar virou-se para procurar Galante e certificar-se de que a ferida do cavalo seria cuidada. Enquanto fazia isso, contudo, Sadeas agarrou seu braço.

— Eu devia estar morto — murmurou ele.

— Talvez.

— Não vi muita coisa. Mas pensei ter visto você sozinho. Onde estava sua guarda de honra?

— Tive que deixá-la para trás — disse Dalinar. — Era a única maneira de chegar até você a tempo.

Sadeas franziu o cenho.

— Isso foi um risco terrível, Dalinar. Por quê?

— Não se deve abandonar seus aliados no campo de batalha, a menos que não haja outro recurso. Esse é um dos Códigos.

Sadeas balançou a cabeça.

— Essa sua honra vai acabar matando você, Dalinar. — Ele parecia perplexo. — Não que eu esteja reclamando disso hoje!

— Se eu morresse, então teria sido vivendo corretamente. Não é o destino que importa, mas a jornada.

— Os Códigos?

— Não. *O caminho dos reis*.

— Aquele livro tormentoso.

— Aquele livro tormentoso salvou sua vida hoje, Sadeas — replicou Dalinar. — Estou começando a entender o que Gavilar via nele.

Sadeas fechou a cara ao ouvir isso, embora tenha olhado para sua armadura, que jazia em pedaços ali perto. Ele sacudiu a cabeça.

— Talvez eu deixe você me explicar o que quer dizer. Eu gostaria de voltar a entendê-lo, velho amigo. Estou começando a me perguntar se algum dia entendi. — Ele soltou o braço de Dalinar. — Alguém me traga um cavalo, raios! Onde estão meus oficiais?

Dalinar partiu, e rapidamente encontrou vários membros da sua guarda cuidando de Galante. Ao se juntar a eles, notou o imenso número de cadáveres no chão, formando uma linha onde havia atravessado as fileiras dos parshendianos para chegar até Sadeas, uma trilha de morte.

Ele olhou de volta para o ponto onde defendera Sadeas. Dezenas de mortos. Talvez centenas.

Sangue dos meus pais, pensou Dalinar. *Fui eu que fiz isso?* Ele não matava em tamanha escala desde os primeiros dias em que ajudara Gavilar a unir Alethkar. E não sentia náusea diante da morte desde a juventude.

Mas agora sentia-se enojado, mal conseguindo controlar o estômago. Ele se recusava a vomitar no campo de batalha. Seus homens não deviam ver isso.

Ele se afastou cambaleando, uma mão na cabeça, a outra carregando o elmo. Devia estar exultante, mas não conseguia. Simplesmente… não conseguia.

Você vai precisar de sorte ao tentar me entender, Sadeas, ele pensou. *Porque está sendo um trabalho da Danação quando eu tento.*

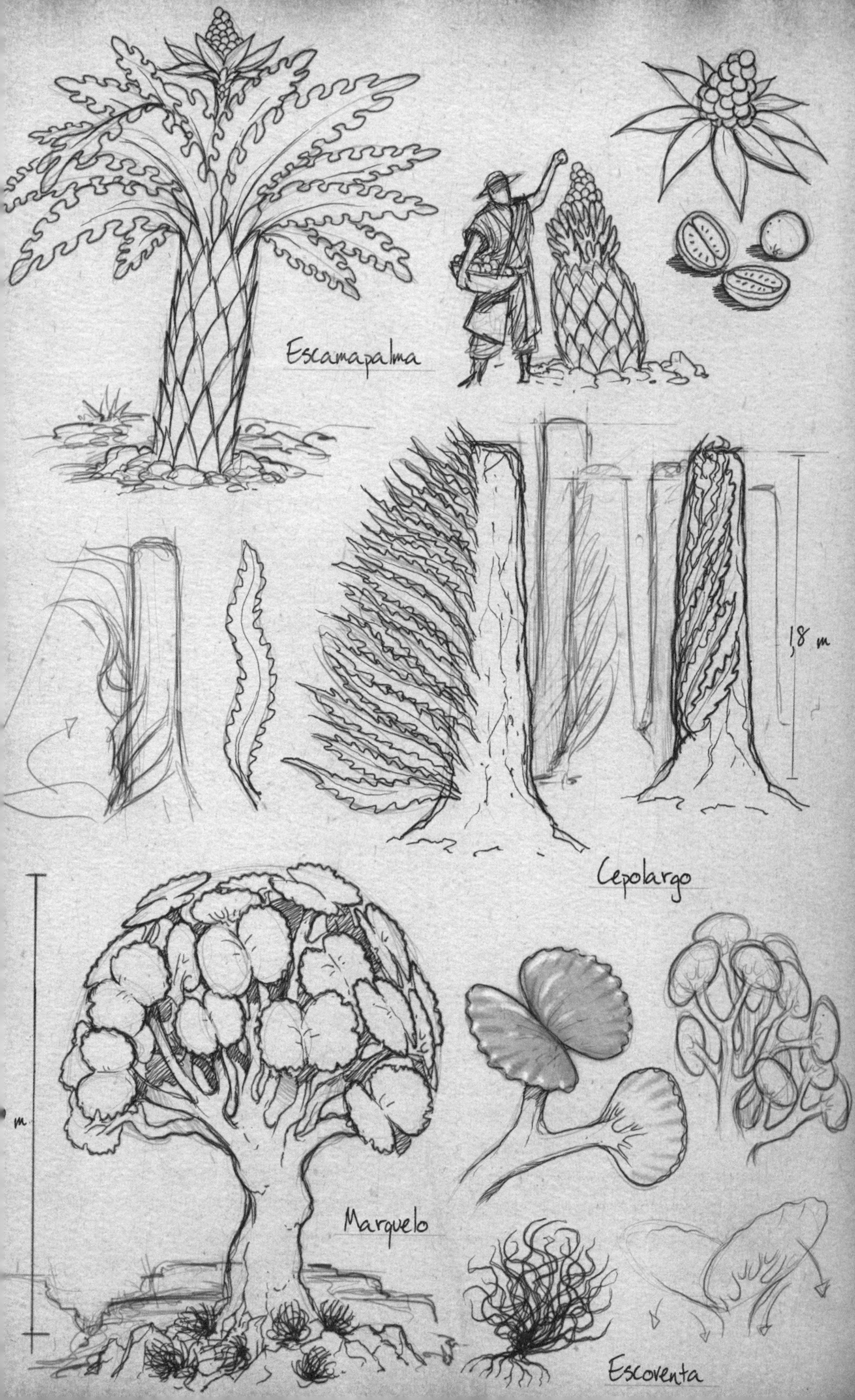
Escamapalma
1,8 m
Cepolargo
Marquelo
Escoventa

"Seguro o bebê nas mãos, uma faca em sua garganta, e sei que todos que vivem desejam que eu deixe a lâmina escorregar. Que eu derrame seu sangue no chão, sobre minhas mãos, e que assim nos consiga mais ar para respirar."

— Data: *shashanan* do ano de 1173, 23 segundos antes da morte. O indivíduo era um jovem olhos-escuros de 16 anos. A amostra vale destaque.

— E O MUNDO TODO FOI destruído! — berrou Mapas, as costas arqueadas, olhos arregalados, gotículas de baba avermelhada nas bochechas. — As rochas tremeram sob os passos deles, e as pedras se ergueram rumo aos céus. Vamos morrer! Vamos morrer!

Ele teve um último espasmo e a luz se apagou dos seus olhos. Kaladin se reclinou, sangue carmesim brilhando em suas mãos, a adaga que estivera usando como uma cirúrgica escorregando dos seus dedos e tinindo baixinho contra a pedra. O amável homem jazia morto sobre as pedras de um platô, a ferida de flecha no lado esquerdo do peito aberta, partindo ao meio a marca de nascença que ele alegava parecer com Alethkar.

Eles estão sendo levados, pensou Kaladin. *Um por um. Rasgados e sangrando. Não somos nada além de bolsas carregadas de sangue. Então morremos, e ele chove sobre as pedras como as enchentes de uma grantormenta.*

Até que apenas eu continue vivo. Eu sempre continuo vivo.

Uma camada de pele, uma camada de gordura, uma camada de músculo, uma camada de osso. Os homens eram isso.

A batalha rugia através do abismo. Os carregadores prestavam tanta atenção quanto se estivesse acontecendo em outro reino. Morram, morram, morram, então saiam do caminho.

Os membros da Ponte Quatro formavam um círculo solene ao redor de Kaladin.

— O que foi que ele disse no final? — perguntou Skar. — As rochas tremeram?

— Não foi nada — disse o musculoso Yake. — Só o delírio de um moribundo. Às vezes acontece.

— Com mais frequência ultimamente, pelo que parece — observou Teft.

Sua mão estava tocando o braço onde ele havia apressadamente enrolado uma bandagem em uma ferida de flecha. Ele não ia carregar uma ponte tão cedo. As mortes de Mapas e de Arik deixavam-nos com apenas 26 membros agora. Mal era o suficiente para carregar uma ponte. O aumento de peso era bastante perceptível, e eles tinham dificuldade em acompanhar as outras equipes de ponte. Mais algumas perdas e teriam problemas sérios.

Eu deveria ter sido mais rápido, pensou Kaladin, olhando para Mapas, seu corpo escancarado, suas entranhas expostas para secar ao sol. A cabeça da flecha havia perfurado seu pulmão e se instalado em sua espinha. Poderia Lirin tê-lo salvo? Se Kaladin houvesse estudado em Kharbranth, como seu pai desejara, teria aprendido o bastante — sabido o bastante — para impedir mortes como aquela?

Isso às vezes acontece, filho...

Kaladin ergueu mãos trêmulas e ensanguentadas ao rosto, agarrando sua cabeça enquanto a memória o consumia. Uma garotinha, uma cabeça rachada, uma perna quebrada, um pai furioso.

Desespero, ódio, perda, frustração, horror. Como podia um homem viver dessa maneira? Ser um cirurgião, viver sabendo que seria fraco demais para salvar algumas pessoas? Quando outros homens falhavam, uma plantação se enchia de vermes. Quando um cirurgião falhava, alguém morria.

Você tem que aprender quando deve se importar...

Como se ele pudesse escolher. Banir o sentimento como se apagasse uma lanterna. Kaladin curvou-se sob o peso. *Eu devia tê-lo salvado, eu devia tê-lo salvado, eu devia tê-lo salvado.*

Mapas, Dunny, Amark, Goshel, Dallet, Nalma. Tien.

— Kaladin. — A voz de Syl. — Seja forte.

— Se eu fosse forte, eles ainda estariam vivos — sibilou ele.

— Os outros carregadores ainda precisam de você. Você prometeu a eles, Kaladin. Você deu sua palavra.

Kaladin ergueu os olhos. Os carregadores pareciam ansiosos e preocupados. Só havia oito deles; Kaladin enviara os outros para procurar carregadores caídos de outras equipes. Encontraram três, inicialmente, feridas leves que Skar podia tratar. Nenhum mensageiro foi até ele. Ou as equipes de ponte não tinham outros feridos, ou os feridos estavam além de qualquer ajuda.

Talvez ele devesse dar uma olhada, só por via das dúvidas. Mas, entorpecido, ele não podia encarar mais um moribundo que seria incapaz de salvar. Kaladin se ergueu, cambaleante, e se afastou do cadáver. Foi até a beira do abismo e se forçou a se posicionar na antiga postura que Tukks lhe ensinara.

Pés separados, mãos atrás das costas, segurando os antebraços. Costas retas, olhando para frente. A familiaridade o fortaleceu.

O senhor estava errado, pai, ele pensou. *O senhor disse que eu aprenderia a lidar com as mortes. E, no entanto, aqui estou eu. Anos depois. O mesmo problema.*

Os carregadores o acompanharam. Lopen se aproximou com um odre d'água. Kaladin hesitou, então aceitou o odre, lavando o rosto e as mãos. A água cálida jorrou sobre sua pele, trazendo um frescor bem-vindo enquanto evaporava. Ele suspirou longamente, inclinando a cabeça para agradecer o herdaziano baixinho.

Lopen ergueu uma sobrancelha, depois gesticulou para a bolsa na sua cintura. Ele havia recuperado a mais recente bolsa de esferas que haviam prendido na ponte com uma flecha. Era a quarta vez que faziam aquilo, e haviam recuperado todas sem nenhum incidente.

— Vocês tiveram algum problema? — perguntou Kaladin.

— Não, *gancho* — disse Lopen, com um largo sorriso. — Foi tão fácil quanto dar uma rasteira em um papaguampas.

— Eu ouvi isso — grunhiu Rocha, que estava ali perto, parado na posição de descanso.

— E a corda? — perguntou Kaladin.

— Larguei o rolo todo no abismo — disse Lopen. — Mas não amarrei a ponta em nada. Como você disse.

— Ótimo — disse Kaladin.

Uma corda pendendo de uma ponte teria sido óbvio demais. Se Hashal ou Gaz desconfiassem do que Kaladin estava planejando…

E onde está Gaz?, pensou Kaladin. *Por que ele não veio na incursão de ponte?*

Lopen deu a Kaladin a bolsa de esferas, como se estivesse ansioso para se livrar da responsabilidade. Kaladin aceitou-a, enfiando-a no bolso da calça.

Lopen recuou e Kaladin voltou à posição de descanso. O platô do outro lado do abismo era longo e estreito, com encostas íngremes dos dois lados. Como nas últimas batalhas, Dalinar Kholin havia ajudado as forças de Sadeas. Ele sempre chegava mais tarde. Talvez culpasse suas pontes lentas, puxadas por chules. Muito conveniente. Seus homens frequentemente conseguiam atravessar sem o ataque dos arqueiros.

Sadeas e Dalinar ganhavam mais batalhas dessa maneira. Não que isso importasse para os carregadores.

Muitas pessoas estavam morrendo do outro lado do abismo, mas Kaladin não sentia nada por elas. Nenhum impulso de curá-las, nenhum desejo de ajudar. Podia agradecer a Hav por isso, por tê-lo treinado para pensar em termos de "nós" e "eles". De certo modo, Kaladin *havia* aprendido o que seu pai dissera. Da maneira errada, mas já era alguma coisa. Proteger o "nós", destruir o "eles". Um soldado precisava pensar assim. Então Kaladin odiava os parshendianos. Eles eram o inimigo. Se não houvesse aprendido a dividir sua mente daquela maneira, a guerra o teria destruído.

Talvez fosse destruir de qualquer modo.

Enquanto assistia à batalha, ele se concentrou em uma coisa em particular para se distrair. Como os parshendianos tratavam seus mortos? Suas ações pareciam irregulares. Os soldados parshendianos raramente perturbavam seus mortos depois de caídos; eles seguiam caminhos tortuosos de ataque para evitar os cadáveres. E quando os alethianos marchavam sobre os mortos parshendianos, eles formavam pontos de terríveis conflitos.

Será que os alethianos notavam isso? Provavelmente não. Mas ele via que os parshendianos reverenciavam seus mortos — reverenciavam-nos a ponto de arriscar os vivos para preservar os cadáveres. Isso podia ser útil. *Seria* útil. De algum modo.

Os alethianos por fim venceram a batalha. Pouco depois, Kaladin e sua equipe estavam se arrastando de volta pelo platô, carregando sua ponte, com três feridos amarrados no topo. Haviam encontrado apenas aqueles três, e parte de Kaladin sentiu-se mal quando percebeu que outra parte estava grata. Ele já havia resgatado cerca de quinze homens de outras equipes, e ter que alimentá-los estava esgotando seus recursos —

mesmo com o dinheiro das bolsas. O barracão deles estava apinhado de convalescentes.

A Ponte Quatro alcançou um abismo e Kaladin moveu-se para abaixar seu fardo. O processo agora era automático. Baixar a ponte, desamarrar rapidamente os feridos, empurrar a ponte através do abismo. Kaladin inspecionou os três homens. Todos que ele havia resgatado daquele jeito pareciam perplexos com suas ações, embora estivesse fazendo isso há semanas. Vendo que estavam bem, Kaladin se moveu para a posição de descanso enquanto os soldados atravessavam.

A Ponte Quatro o imitou. Cada vez mais, eles eram alvo de olhares raivosos dos soldados — tanto de olhos-claros quanto olhos-escuros.

— Por que eles fazem isso? — sussurrou Moash quando um soldado que passava jogou uma montevinha podre nos carregadores.

Moash limpou a fruta vermelha e fibrosa do rosto, depois suspirou e voltou à posição. Kaladin nunca pedira que os homens se unissem a ele, mas eles o faziam todas as vezes.

— Quando lutei no exército de Amaram, meu sonho era me juntar às tropas nas Planícies Quebradas. Todos sabiam que os soldados que sobraram em Alethkar eram a escória. Nós imaginávamos os verdadeiros soldados lutando na gloriosa guerra de vingança contra aqueles que haviam matado nosso rei. Esses soldados tratariam seus companheiros com justiça. Sua disciplina seria firme. Todos seriam especialistas com a lança, e não sairiam de suas fileiras no campo de batalha.

Ao seu lado, Teft bufou. Kaladin virou-se para Moash.

— Por que eles nos tratam assim, Moash? Porque sabem que deviam ser melhores do que são. Porque eles veem disciplina nos carregadores, e ficam constrangidos. Em vez de melhorarem, seguem a estrada mais fácil, que é nos desprezar.

— Os soldados de Dalinar Kholin não agem assim — observou Skar, que estava atrás de Kaladin. — Seus homens marcham em fileiras retas. O acampamento é organizado. Se estão em serviço, não deixam suas casacas desabotoadas nem ficam ociosos.

Será que nunca vou parar de escutar histórias sobre o tormentoso Dalinar Kholin?, pensou Kaladin.

Os homens comentavam daquele jeito de Amaram. Como era fácil ignorar um coração perverso se ele vestia um uniforme bem passado e tinha uma reputação de honestidade.

Várias horas depois, o grupo suado e exausto de carregadores subiu pela ladeira até a serraria. Eles deixaram a ponte no seu lugar de repouso.

Estava ficando tarde; Kaladin precisava comprar comida imediatamente, se quisessem ter suprimentos para o guisado da noite. Ele limpou as mãos na sua toalha enquanto os membros da Ponte Quatro se enfileiravam.

— Vocês estão dispensados para as atividades noturnas — disse ele. — Temos serviço de abismo de manhã cedo. A prática matinal de ponte será feita no fim da tarde.

Os carregadores assentiram, então Moash levantou a mão. Todos juntos, os carregadores levantaram os braços e os cruzaram, pulsos unidos, mãos em punhos. Tinha a aparência de algo ensaiado. Depois disso, eles foram embora.

Kaladin ergueu uma sobrancelha, enfiando a toalha no cinto. Teft havia ficado, sorridente.

— O que foi isso? — perguntou Kaladin.

— Os homens queriam uma saudação — disse Teft. — Nós não podemos usar uma saudação militar comum... não quando os lanceiros já nos acham arrogantes. Então ensinei a eles a saudação do meu antigo esquadrão.

— Quando?

— Hoje de manhã, enquanto você estava recebendo nossa ordem do dia de Hashal.

Kaladin sorriu. Estranho como ainda conseguia fazer isso. Ali perto, as outras 19 equipes da incursão do dia baixavam suas pontes, uma a uma. Será que a Ponte Quatro já se parecera com eles, com barbas irregulares e expressões assombradas? Nenhum deles falava com os outros. Alguns olhavam de soslaio para Kaladin ao passar, mas baixavam os olhos assim que percebiam que ele estava vendo. Eles haviam parado de tratar a Ponte Quatro com o desprezo que mostravam antes. Curiosamente, agora pareciam considerar a equipe de Kaladin como consideravam todas as outras pessoas no acampamento — superiores a eles. Apressaram o passo para evitar sua atenção.

Pobres tolos, pensou Kaladin. Será que poderia, talvez, persuadir Hashal a permitir que ele escolhesse alguns para a Ponte Quatro? Precisava de homens extras, e ver aquelas figuras encurvadas fez doer seu coração.

— Conheço esse olhar, rapaz — disse Teft. — Por que você sempre precisa ajudar todo mundo?

— Bah — disse Kaladin. — Não consigo nem proteger a Ponte Quatro. Vamos, deixe-me dar uma olhada nesse braço.

— Não está tão mau.

Kaladin agarrou o braço dele de qualquer modo, removendo a bandagem cheia de sangue coagulado. O corte era longo, mas superficial.

— Vamos precisar de antisséptico — observou Kaladin, notando uns poucos esprenos vermelhos de putrefação se arrastando ao redor da ferida. — É melhor suturar.

— Não está tão ruim assim!

— Mesmo assim — disse Kaladin, acenando para que Teft o acompanhasse a um dos barris de chuva junto da serraria.

A ferida era superficial o bastante para que Teft provavelmente conseguisse mostrar aos outros golpes e bloqueios de lança no dia seguinte, durante o serviço de abismo, mas não era desculpa para deixar que infeccionasse ou criasse uma cicatriz.

No barril de chuva, Kaladin lavou a ferida, depois chamou Lopen — que estava parado na sombra ao lado do barracão — para que trouxesse o equipamento médico. O herdaziano fez novamente a saudação, ainda que só com um braço, e saiu em busca da bolsa.

— Então, rapaz — disse Teft. — Como está se sentindo? Alguma experiência estranha ultimamente?

Kaladin franziu o cenho, levantando os olhos do braço.

— Raios, Teft! É a quinta vez em dois dias que você me pergunta isso. O que está querendo?

— Nada, nada!

— Tem *alguma coisa* — insistiu Kaladin. — O que você está procurando, Teft? Eu...

— *Gancho* — chamou Lopen, caminhado até ele, trazendo a bolsa de suprimentos médicos sobre o ombro. — Aqui está.

Kaladin olhou para ele, então aceitou a bolsa, relutante, e abriu os cordões.

— Vai ser melhor se...

Um movimento rápido veio de Teft. Como se estivesse dando um golpe.

Kaladin se moveu por reflexo, respirando fundo, assumindo uma postura defensiva, com os braços erguidos, uma mão formando um punho e a outra pronta para bloquear.

Algo despertou dentro de Kaladin. Como uma profunda inspiração, como uma bebida ardente injetada diretamente no seu sangue. Uma onda poderosa pulsou pelo seu corpo. Energia, força, consciência. Foi como a resposta de alerta natural do corpo ao perigo, só que cem vezes mais intensa.

Kaladin pegou o punho de Teft, movendo-se como um raio. Teft estacou.

— O que você está fazendo? — questionou Kaladin.

Teft estava sorrindo. Ele deu um passo para trás, libertando o punho.

— Kelek — exclamou ele, sacudindo a mão. — Que pegada forte você tem.

— Por que tentou me atacar?

— Eu queria conferir uma coisa — respondeu Teft. — Você está com aquela bolsa de esferas que Lopen lhe entregou, sabe, e a sua própria bolsa, com o que andamos coletando. Provavelmente mais Luz das Tempestades do que você jamais carregou, pelo menos recentemente.

— O que isso tem a ver? — perguntou Kaladin. O que era aquele calor dentro dele, a ardência nas veias?

— *Gancho* — disse Lopen, cheio de espanto. — Você está brilhando.

Kaladin franziu o cenho. Do que ele estava...

Então percebeu. Era muito tênue, mas real, fios de fumaça luminosa emanavam da sua pele. Como vapor saindo de uma tigela de água quente em uma noite fria de inverno.

Tremendo, Kaladin colocou a bolsa médica na borda larga do barril d'água. Sentiu um momento de frieza na pele. O que era aquilo? Chocado, ele levantou a outra mão, olhando os fios de luz exalando dela.

— O que você fez comigo? — questionou ele, olhando para Teft.

O carregador de pontes mais velho ainda estava sorrindo.

— Responda! — disse Kaladin, avançando um passo e agarrando a frente da camisa de Teft. *Pai das Tempestades, eu me sinto forte!*

— Eu não fiz nada, rapaz — respondeu Teft. — Você anda fazendo isso já tem algum tempo. Peguei você se alimentando de Luz das Tempestades quando estava se recuperando da grantormenta.

Luz das Tempestades. Kaladin soltou Teft apressadamente, procurando a bolsa de esferas no seu bolso. Ele a pegou e abriu o cordão.

O interior da bolsa estava escuro. Todas as cinco gemas haviam sido drenadas. A luz branca emanando da pele de Kaladin iluminava levemente dentro da bolsa.

— Ora, veja só isso — comentou Lopen do seu lado.

Kaladin se virou para ver o herdaziano se inclinando para olhar a bolsa de remédios. Por que aquilo era tão importante? Então Kaladin entendeu. Ele pensou que havia colocado a bolsa na borda do barril, mas na sua pressa só a pressionara contra a lateral do barril. A bolsa agora estava fixada na madeira. Agarrada ali, como se estivesse pendurada em um gancho invisível. Emitindo uma luz tênue, exatamente como Kaladin. Ele viu quando a luz se apagou, e a bolsa se soltou e caiu no chão.

Kaladin levou uma mão à testa, olhando do surpreso Lopen ao curioso Teft. Então olhou de relance ao redor da serraria, desesperado. Ninguém mais estava olhando para eles; sob a luz do sol, os vapores eram fracos demais para serem vistos à distância.

Pai das Tempestades... o que... como...

Ele vislumbrou uma figura familiar acima dele. Syl estava se movendo como uma folha ao vento, jogada para um lado e para outro, distraidamente, translúcida.

Foi ela!, pensou Kaladin. *O que ela fez comigo?*

Ele cambaleou para longe de Lopen e Teft, correndo na direção de Syl. Seus passos o fizeram avançar rápido demais.

— Syl! — berrou ele, parando debaixo dela.

Ela desceu rápido para pairar diante dele, mudando de uma folha para uma jovem de pé no ar.

— Sim?

Kaladin olhou ao redor.

— Venha comigo — disse ele, andando apressadamente para um dos becos entre os barracões.

Ele se apertou contra uma parede, na sombra, respirando ruidosamente. Ninguém podia vê-lo ali. Syl pairou no ar na frente dele, as mãos atrás das costas, olhando-o cuidadosamente.

— Você está brilhando.

— O que você fez comigo?

Ela inclinou a cabeça, então deu de ombros.

— Syl... — disse ele de modo ameaçador, embora não soubesse ao certo que dano poderia causar a um espreno.

— Eu não sei, Kaladin — respondeu ela com franqueza, sentando-se, suas pernas pendendo da beirada de uma plataforma invisível. — Eu só... Eu só me lembro vagamente de coisas que costumava saber muito bem. Este mundo, como interagir com os homens.

— Mas você fez alguma coisa.

— *Nós* fizemos alguma coisa. Não fui eu. Não foi você. Mas nós dois juntos... — Ela deu de ombros novamente.

— Isso não é muito útil.

Ela fez uma careta.

— Eu sei. Sinto muito.

Kaladin ergueu uma mão. Na sombra, a luz que emanava dele era mais visível. Se alguém passasse por ali…

— Como eu me livro disso?

— Por que você quer se livrar?

— Bem, porque… Eu… Porque sim.

Syl não respondeu. Algo ocorreu a Kaladin. Algo que talvez devesse ter perguntado há muito tempo.

— Você não é um espreno de vento, é?

Ela hesitou, então balançou a cabeça.

— Não.

— O que é você, então?

— Eu não sei. Eu conecto coisas.

Conectar coisas. Quando ela pregava peças, costumava fazer com que objetos se grudassem. Sapatos ficavam presos ao chão e faziam homens tropeçar. Pessoas pegavam suas jaquetas de cabides e não conseguiam soltá-las. Kaladin se abaixou e pegou uma pedra no chão. Tinha o tamanho de sua palma, desgastada pelos ventos e chuvas de grantormentas. Ele pressionou-a contra a parede da caserna e imaginou que sua Luz passava para a pedra.

Sentiu um arrepio. A pedra começou a emanar vapores luminosos. Quando Kaladin tirou a mão, a pedra continuou onde estava, presa à parede do edifício.

Kaladin se aproximou, estreitando os olhos. Pensou ver esprenos minúsculos, azul-escuros e com a forma de pequenas gotas de tinta, se aglomerando ao redor do local onde a rocha encontrava a parede.

— Esprenos de conexão — disse Syl, caminhando ao lado da sua cabeça; ela ainda estava de pé no ar.

— Eles estão mantendo a pedra no lugar.

— Talvez. Ou foram atraídos pelo que você fez ao fixar a pedra ali.

— Não é assim que funciona. Ou é?

— Os esprenos de putrefação causam doenças ou são atraídos por elas? — perguntou Syl distraidamente.

— Todo mundo sabe que eles causam doenças.

— E os esprenos de vento causam o vento? Esprenos de chuva causam a chuva? Esprenos de fogo causam incêndios?

Ele hesitou. Não, não causavam. Causavam?

— Isso é inútil. O que preciso saber é como me livrar dessa luz, não estudá-la.

— E *por que* você precisa se livrar dela? — repetiu Syl. — Kaladin, você ouviu as histórias. Homens que caminhavam em paredes, homens que se conectavam às tempestades. Corredor dos Ventos. Por que você quer se livrar de algo assim?

Kaladin se esforçou para definir a questão. A cura, a maneira como ele nunca era atingido correndo na frente da ponte... Sim, tinha percebido que algo estranho estava acontecendo. Por que isso o assustava tanto? Seria por medo de ser excluído, como seu pai sempre fora, como o cirurgião de Larpetra? Ou era algo maior?

— Estou fazendo o que os Radiantes faziam — disse ele.

— Foi o que acabei de dizer.

— Eu andei me perguntando se tinha má sorte, ou se havia ofendido algo parecido com a Antiga Magia. Talvez seja essa a explicação! O Todo--Poderoso amaldiçoou os Radiantes Perdidos por terem traído a humanidade. E se eu for amaldiçoado também, por conta do que estou fazendo?

— Kaladin, você *não* está amaldiçoado.

— Você acabou de dizer que não sabe o que está acontecendo. — Ele andou de um lado para outro no beco. Ao seu lado, a pedra finalmente desgrudou da parede e caiu no chão. — Você pode dizer, com toda certeza, que o que estou fazendo não pode ter atraído má sorte? Você sabe o bastante para negar a ideia completamente, Syl?

Ela continuava parada no ar, com os braços cruzados, sem dizer nada.

— Essa... coisa — continuou Kaladin, gesticulando para a pedra. — Isso não é natural. Os Radiantes traíram a humanidade. Perderam seus poderes e foram amaldiçoados. Todo mundo conhece as lendas. — Ele olhou para as próprias mãos, ainda brilhando, embora com muito menos intensidade do que antes. — Não importa o que fizemos, o que aconteceu comigo, de algum modo atraí a mesma maldição. É por isso que todo mundo perto de mim morre quando tento ajudá-los.

— E você acha que eu sou uma maldição? —perguntou ela.

— Eu... Bem, você disse que é parte disso, e...

Ela avançou, apontando para ele, uma mulher minúscula e irada pairando no ar.

— Então você pensa que eu causei tudo isso? Seus fracassos? As mortes?

Kaladin não respondeu. Ele percebeu quase que imediatamente que o silêncio poderia ser a pior resposta. Syl — surpreendentemente humana em suas emoções — girou no ar com uma expressão magoada e zuniu para longe em uma fita de luz.

Estou exagerando, ele disse a si mesmo. Nunca se sentira tão perturbado. Ele se recostou contra a parede, a mão na cabeça. Antes que tivesse tempo de pôr os pensamentos em ordem, sombras escureceram a entrada do beco. Teft e Lopen.

— Pedras falantes! — disse Lopen. — Você realmente brilha no escuro, *gancho*!

Teft pegou o ombro de Lopen.

— Ele não vai comentar com ninguém, rapaz. Vou me certificar disso.

— É isso aí, *gancho* — confirmou Lopen. — Eu jurei não dizer nada. Você pode confiar em um herdaziano.

Kaladin olhou para os dois, atordoado. Passou por eles, saindo do beco e cruzando a serraria correndo, fugindo de olhares vigilantes.

QUANDO CHEGOU A NOITE, o corpo de Kaladin já tinha parado de emitir luz. Apagara-se como uma chama se extinguindo, e só havia levado alguns minutos para desaparecer.

Kaladin caminhou em direção ao sul pela borda das Planícies Quebradas, naquela área de transição entre os acampamentos de guerra e os platôs. Em algumas áreas — como a área de concentração junto da serraria de Sadeas — havia uma ladeira suave descendo entre os dois pontos. Em outra, havia uma pequena encosta, de cerca de dois metros e meio. Ele passou por uma delas, rochas à direita, Planícies abertas à esquerda.

Cavidades, fissuras e recantos marcavam a pedra. Algumas seções sombreadas aqui ainda escondiam lagos de água da grantormenta de dias atrás. Criaturas se arrastavam rapidamente pelas pedras, mas o ar frio do anoitecer logo faria com que se escondessem. Ele passou por um lugar marcado por pequenos orifícios cheios d'água; crenguejos — multípedes, com garras minúsculas, seus corpos alongados cobertos por carapaças — lambiam e se alimentavam nas bordas. Um pequeno tentáculo moveu-se subitamente, puxando um deles para o buraco. Provavelmente um agarrador.

Havia grama crescendo na lateral da encosta ao lado dele, e as folhas espiavam dos seus buracos. Cachos de musgo-de-dedo brotavam como flores entre o verde. As gavinhas rosa-vivo e roxo lembravam tentáculos, acenando para ele no vento. Quando Kaladin passou, a tímida grama se encolheu, mas o musgo-de-dedo era mais ousado. Os cachos só se recolhiam nas conchas se ele batesse na pedra perto deles.

Acima, no topo, alguns batedores vigiavam as Planícies Quebradas. Aquela área abaixo da encosta não pertencia a nenhum grão-príncipe específico, e os batedores ignoraram Kaladin. Ele só seria detido se tentasse deixar os acampamentos de guerra nos limites do sul ou do norte.

Nenhum dos carregadores o seguira. Não sabia ao certo o que Teft dissera a eles. Talvez que Kaladin estava perturbado com a morte de Mapas.

Pareceu-lhe estranho estar sozinho. Desde que havia sido traído por Amaram e escravizado, tivera sempre companhia. Escravos com quem planejara fugas. Carregadores de pontes com quem havia trabalhado. Soldados para guardá-lo, capatazes para surrá-lo, amigos em quem podia confiar. A última vez em que esteve sozinho foi naquela noite em que fora amarrado para que a grantormenta o matasse.

Não, eu não estava sozinho naquela noite. Syl estava comigo. Ele baixou a cabeça, passando por pequenas rachaduras no chão à esquerda. Aquelas linhas cresciam até por fim se tornarem abismos à medida que seguiam para o sul.

O que estava acontecendo com ele? Não estava delirando. Teft e Lopen também haviam visto. Teft parecia até estar à espera.

Kaladin *devia* ter morrido durante aquela grantormenta. E, ainda assim, estava de pé e caminhando logo depois. Suas costelas ainda deviam estar sensíveis, mas não doíam há semanas. Suas esferas, e as dos outros carregadores perto dele, ficavam consistentemente sem Luz das Tempestades.

Teria sido a grantormenta que o mudara? Mas não, ele havia descoberto esferas drenadas antes de ser pendurado para morrer. E Syl... ela praticamente havia admitido responsabilidade por parte do que havia acontecido. Já vinha acontecendo há muito tempo.

Ele parou ao lado de um afloramento rochoso, descansando contra ele, fazendo com que a grama recuasse. Olhou para leste, além das Planícies Quebradas. Seu lar. Seu sepulcro. Essa vida o estava despedaçando. Os carregadores contavam com ele, pensavam que Kaladin era seu líder, seu salvador. Mas havia rachaduras nele, como as rachaduras nas pedras nos limites das Planícies.

Aquelas rachaduras estavam ficando maiores. Ele continuava fazendo promessas a si mesmo, como um homem correndo uma longa distância depois de esgotar toda sua energia. Só um pouco mais. Corra só até aquela próxima colina. Então você pode desistir. Minúsculas fraturas, fissuras na rocha.

Foi bom eu ter vindo aqui, ele pensou. *Nós dois nos merecemos, eu e você. Somos iguais.* O que havia feito as Planícies se quebrarem, em primeiro lugar? Algum tipo de grande peso?

Uma melodia distante começou a tocar, soando pelas Planícies. Kaladin teve um sobressalto ao ouvir o som. Era tão inesperado, tão deslocado, que foi assustador apesar da sua suavidade.

Os sons estavam vindo das Planícies. Hesitante, mas incapaz de resistir, ele seguiu adiante. Rumo a leste, para a rocha plana e varrida pelos ventos. Os sons tornavam-se cada vez mais altos enquanto ele caminhava, mas ainda eram perturbadores, difíceis de decifrar. Uma flauta, embora de tom mais grave do que estava acostumado.

Enquanto se aproximava, Kaladin sentiu cheiro de fumaça. Uma luz ardia na planície; uma pequena fogueira.

Kaladin caminhou até a beirada daquela península específica, um abismo crescendo das rachaduras até mergulhar nas trevas. Bem na ponta da península — cercada pelo abismo por três lados —, Kaladin viu um homem sentado sobre um rochedo, vestindo o uniforme preto de um olhos-claros. Uma pequena fogueira de concha de petrobulbo queimava diante dele. O cabelo do homem era curto e preto, seu rosto anguloso. Portava uma fina espada na bainha.

Os olhos do homem eram de um azul pálido. Kaladin nunca ouvira falar de um homem olhos-claros tocando uma flauta. Eles não consideravam a música uma atividade feminina? Homens olhos-claros cantavam, mas não tocavam instrumentos, a menos que fossem fervorosos.

Aquele homem era extremamente talentoso. A estranha melodia que estava tocando era estranha, quase irreal, como se viesse de outro tempo e lugar. Ecoava pelo abismo e voltava; o homem parecia quase estar tocando um dueto consigo mesmo.

Kaladin parou a uma curta distância, percebendo que a última coisa que desejava agora era lidar com um Luminobre, particularmente um que era excêntrico o bastante para se vestir de preto e perambular pelas Planícies Quebradas para praticar com sua flauta. Virou-se para partir.

A música parou. Kaladin hesitou.

— Sempre fico preocupado de esquecer como tocá-la — disse uma voz suave atrás dele. — É bobagem, eu sei, levando em conta quanto tempo eu pratiquei. Mas nos dias de hoje raramente dou a ela a atenção que merece.

Kaladin voltou-se para o estranho. Sua flauta havia sido talhada de uma madeira escura, quase preta. O instrumento parecia ordinário demais para pertencer a um olhos-claros, mas o homem o segurava com reverência.

— O que está fazendo aqui? — perguntou Kaladin.

— Só estou sentado. Praticando, às vezes.

— Quero dizer, por que está aqui?

— Por que estou aqui? — repetiu o homem, baixando a flauta, se recostando e relaxando. — Por que qualquer um de nós está aqui? Essa é uma questão bem profunda para um primeiro encontro, jovem carregador de pontes. Geralmente prefiro apresentações antes de teologia. Almoço também, se possível. Talvez uma boa sesta. Na verdade, praticamente qualquer coisa deveria vir antes da teologia. Mas especialmente apresentações.

— Tudo bem — disse Kaladin. — E você é...?

— Eu só estou sentado. E praticando, às vezes... como provocar carregadores.

Kaladin enrubesceu, novamente virando-se para partir. Que aquele tolo olhos-claros dissesse e fizesse o que bem entendesse. Kaladin tinha decisões difíceis a tomar.

— Bem, até mais ver, então — disse o olhos-claros atrás dele. — Estou feliz que esteja indo embora. Não gostaria que se aproximasse demais; sou bastante apegado à minha Luz das Tempestades.

Kaladin estacou. Então girou.

— O quê?

— Minhas esferas — respondeu o estranho, segurando o que parecia ser um brom de esmeralda totalmente infundido. — Todo mundo sabe que carregadores são ladrões, ou pelo menos mendigos.

Naturalmente. Ele estava falando sobre esferas. Não sabia nada da... condição de Kaladin. Ou sabia? Os olhos do homem brilhavam, como se houvesse escutado uma excelente piada.

— Não se ofenda por ter sido chamado de ladrão — disse o homem, levantando um dedo. Kaladin franziu o cenho. Para onde fora a esfera? Ela estava na mão dele até instantes atrás. — Falei como um elogio.

— Um elogio? Chamar alguém de ladrão?

— Mas é claro. Eu mesmo sou um ladrão.

— É mesmo? E o que você rouba?

— Orgulho — disse o homem, se inclinando para a frente. — E às vezes tédio, modéstia à parte. Sou o Riso do Rei. Ou pelo menos era, até recentemente. Parece provável que eu perca o título em breve.

— O quê do rei?

— Riso. Era meu trabalho ser sagaz.

— Dizer coisas confusas não é a mesma coisa que ser sagaz.

— Ah — disse o homem, os olhos brilhando. — Você já provou ser mais sábio do que a maioria das pessoas que conheci ultimamente. O que é ser sagaz, então?

— Dizer coisas inteligentes.

— E o que é inteligência?

— Eu... — Por que estava tendo aquela conversa? — Acho que é a capacidade de dizer e fazer as coisas certas na hora certa.

O Riso do rei inclinou a cabeça para o lado, depois sorriu. Finalmente, ele estendeu a mão para Kaladin.

— E qual é seu nome, meu ponderado carregador de pontes?

Kaladin hesitantemente levantou a própria mão.

— Kaladin. E qual é o seu?

— Eu tenho muitos. — O homem apertou a mão dele. — Comecei a vida como um pensamento, um conceito, palavras em uma página. Essa foi outra coisa que eu roubei. A mim mesmo. Em outros tempos, eu tinha o nome de uma pedra.

— Uma bela pedra, espero.

— Uma linda pedra — respondeu ele. — E que se tornou completamente inútil de tanto que a usei.

— Bem, como chamam você agora?

— De muitas coisas, e só algumas são educadas. Quase todas são verdadeiras, infelizmente. Você, contudo, pode me chamar de Hoid.

— É o seu nome?

— Não. É o nome de alguém que eu devia ter amado. Mais uma vez, é uma coisa que roubei. É algo que nós, ladrões, fazemos.

Ele olhou de soslaio para leste, sobre as Planícies que escureciam rapidamente. A pequena fogueira ardendo ao lado do rochedo de Hoid lançava uma luz fugidia, vermelha devido ao carvão em brasa.

— Bem, foi um prazer conhecê-lo — disse Kaladin. — Vou seguir o meu caminho...

— Não antes que eu lhe dê uma coisa. — Hoid pegou sua flauta. — Espere, por favor.

Kaladin suspirou. Tinha a sensação de que aquele homem esquisito não ia deixá-lo escapar antes de terminar.

— Essa é uma Flauta de Trilheiro — disse Hoid, inspecionando a madeira escura. — Ela foi feita para ser usada por um contador de histórias, para que ele a toque enquanto está contando a história.

— Você quer dizer para *acompanhar* um contador de histórias. Para ser tocada por outra pessoa enquanto ele fala.

— Na verdade, quis dizer o que disse.

— Como um homem pode contar uma história enquanto toca a flauta?

Hoid ergueu uma sobrancelha, depois levou a flauta aos lábios. Ele a tocava de modo diferente das flautas que Kaladin conhecia — em vez de segurá-la diante de si, Hoid a segurava para o lado e soprava através da parte superior. Ele testou algumas notas, que tinham o mesmo tom melancólico que Kaladin ouvira antes.

— Essa história é sobre Derethil e o *Vagavela* — declarou Hoid.

Ele começou a tocar. As notas eram mais rápidas, mais nítidas, do que as que havia tocado antes. Pareciam quase se atropelar, se apressando em sair da flauta como crianças correndo para chegar primeiro. Eram belas e límpidas, subindo e descendo escalas, intricadas como um tapete trançado.

Kaladin se viu hipnotizado. A música era poderosa, quase *exigente.* Como se cada nota fosse um anzol jogado para prender sua carne e mantê-lo por perto.

Hoid parou abruptamente, mas as notas continuaram a ecoar no abismo, voltando enquanto ele falava.

— Derethil é bem conhecido em algumas terras, embora seja menos mencionado aqui no Oriente. Ele foi rei durante a era sombria, o período antes da memória. Um homem poderoso. Comandante de milhares, líder de dezenas de milhares. Alto, majestoso, abençoado com uma pele clara e olhos mais claros ainda. Era um homem a ser invejado.

Enquanto os ecos se calavam mais abaixo, Hoid recomeçou a tocar, pegando ritmo. Ele realmente parecia estar continuando exatamente do ponto em que as notas ecoantes foram diminuindo, como se a música nem tivesse sido interrompida. As notas tornaram-se cada vez mais suaves, sugerindo um rei caminhando pela corte com seus assistentes. Enquanto Hoid tocava, com os olhos fechados, ele se inclinou para a frente, na direção da fogueira. O ar que soprava sobre a flauta agitou a fumaça.

A música foi abaixando de volume. A fumaça girou, e Kaladin pensou ver o rosto de um homem nos padrões da fumaça, um homem de queixo pontudo e maçãs-do-rosto altas. Claro que ele não estava realmente ali. Era só imaginação. Mas a música assombrosa e a fumaça remoinhando pareciam encorajar sua imaginação.

— Derethil lutou contra os Esvaziadores durante os dias dos Arautos e dos Radiantes — continuou Hoid, os olhos ainda fechados, a flauta só um pouco abaixo dos seus lábios, a música ecoando pelo abismo e parecendo acompanhar suas palavras. — Quando finalmente houve paz, ele descobriu que não estava contente. Seus olhos sempre se voltavam para oeste, rumo ao grande mar aberto. Ele mandou construir o melhor navio já conhecido pelos homens, uma nau majestosa criada para fazer o que ninguém havia ousado antes: navegar o oceano durante uma grantormenta.

Os ecos foram sumindo e Hoid começou a tocar novamente, como se estivesse alternando com um parceiro invisível. A fumaça espiralava, elevando-se no ar, se retorcendo no vento da respiração de Hoid. E Kaladin quase pensou enxergar uma enorme embarcação em um estaleiro, com uma vela tão grande quanto um edifício, presa a um casco semelhante a uma flecha. A melodia tornou-se rápida e recortada, como se imitasse os sons de martelos batendo e serras cortando.

— A meta de Derethil — disse Hoid, fazendo uma pausa — era buscar a origem dos Esvaziadores, o lugar onde haviam sido gerados. Muitos o chamaram de tolo, mas ele não conseguia se conter. Nomeou o navio de *Vagavela* e reuniu uma tripulação formada pelos mais bravos marinheiros. Então, no dia em que uma grantormenta estava se formando, o navio ergueu as âncoras. Navegando pelo oceano, a vela bem aberta, como braços estendidos para os ventos da tempestade...

A flauta estava nos lábios de Hoid em um segundo, e ele remexeu o fogo chutando um pedaço de concha de petrobulbo. Faíscas ergueram-se no ar e a fumaça cresceu, agitando-se enquanto Hoid baixava a cabeça e apontava os orifícios da flauta para a fumaça. A música tornou-se violenta, tempestuosa, as notas caindo inesperadamente e vibrando com rápidas ondulações. As escalas se transformaram em notas altas que gemiam pelos ares.

E Kaladin visualizou em sua mente. A enorme nau subitamente minúscula diante do terrível poder de uma grantormenta. Levada pelo vento, carregada para o mar sem fim. O que aquele Derethil esperava ou desejava encontrar? Uma grantormenta em terra já era terrível; mas no mar?

Os sons ecoavam nas paredes abaixo. Kaladin percebeu que estava se abaixando nas rochas, assistindo a fumaça em movimento e as chamas crescentes. Vendo o navio minúsculo capturado e aprisionado em um terrível redemoinho.

Por fim, a música de Hoid ficou mais lenta, e os ecos violentos sumiram, deixando uma melodia muito mais delicada. Como ondas batendo.

— O *Vagavela* encalhou e quase foi destruído, mas Derethil e a maioria dos seus marinheiros sobreviveu. Eles se viram em um grupo de pequenas ilhas ao redor de um gigantesco vórtice, para onde diz-se que o oceano era drenado. Derethil e seus homens foram saudados por um povo estranho com corpos longos e flexíveis, que vestiam túnicas de uma única cor e usavam nos cabelos conchas diferentes de qualquer coisa que crescia em Roshar.

"Essas pessoas acolheram os sobreviventes, alimentaram-nos, e cuidaram para que recobrassem a saúde. Durante suas semanas de recuperação, Derethil estudou aquele estranho povo, que se chamava Uvara, o Povo do Grande Abismo. Eles viviam de modo curioso. Ao contrário das pessoas em Roshar, que discutem constantemente, os uvaras sempre pareciam concordar. Desde a infância, não havia questionamentos; todas as pessoas cumpriam o seu dever."

Hoid começou a tocar novamente, deixando a fumaça subir sem interferência. Kaladin pensou ver uma gente esforçada, sempre trabalhando. Um edifício surgiu entre eles com uma figura na janela: Derethil, assistindo. A música era calma, curiosa.

— Certo dia — continuou Hoid —, enquanto Derethil e seus homens estavam lutando para recuperar suas forças, uma jovem serviçal trouxe-lhes refrescos. Ela tropeçou em uma pedra, deixando cair as taças no chão, quebrando-as. Em um instante, os outros uvaras atacaram a infeliz criança e trucidaram-na de maneira brutal. Derethil e seus homens ficaram tão perplexos que, quando perceberam, a criança já estava morta. Furioso, Derethil exigiu saber o motivo daquele assassinato injustificado. Um dos outros nativos explicou: "Nosso imperador não tolera o fracasso."

A música começou novamente, melancólica, e Kaladin sentiu um arrepio. Ele testemunhou a menina sendo apedrejada até a morte, e a figura orgulhosa de Derethil curvada sobre seu corpo caído.

Kaladin conhecia aquela tristeza. A tristeza do fracasso, de deixar alguém morrer quando deveria ter sido capaz de fazer algo a respeito. Tantas pessoas que ele havia amado morreram.

Agora ele sabia o motivo. Havia atraído a ira dos Arautos e do Todo-Poderoso. Só podia ser isso, certo?

Ele sabia que devia estar voltando à Ponte Quatro. Mas não conseguia se afastar. Estava fascinado pelas palavras do contador de histórias.

— À medida que Derethil começou a prestar mais atenção — disse Hoid, sua música ecoando docemente para acompanhá-lo —, ele viu outros assassinatos. Aqueles uvaras, o Povo do Grande Abismo, eram capazes de surpreendente crueldade. Se um dos seus membros fizesse algo errado, ainda que fosse algo apenas ligeiramente impróprio ou desfavorável, os outros o abatiam. Sempre que ele perguntava, a cuidadora de Derethil fornecia a mesma resposta: "Nosso imperador não tolera o fracasso."

O eco da música cessou, mas novamente Hoid levantou sua flauta bem na hora em que as notas se desvaneciam. A melodia tornou-se solene. Suave, tranquila, como um lamento por alguém que falecera. Ainda assim, possuía um toque de mistério, ocasionais movimentos rápidos, indicando segredos.

Kaladin franziu o cenho enquanto contemplava a fumaça girando, formando o que parecia ser uma torre. Alta, fina, com uma área aberta no topo.

— O imperador, Derethil descobriu, residia na torre na costa oriental da maior ilha dos uvaras.

Kaladin sentiu um arrepio. As imagens de fumaça eram apenas sua imaginação enriquecendo a história, não eram? Ele realmente vira uma torre *antes* que Hoid a mencionasse?

— Derethil determinou que precisava confrontar esse cruel imperador. Que tipo de monstro exigiria que um povo tão obviamente pacífico matasse com tanta frequência e com tanta ferocidade? Derethil reuniu seus marinheiros, um grupo heroico, e eles se armaram. Os uvaras não tentaram detê-los, embora tenham ficado apavorados enquanto os estranhos invadiam a torre do imperador.

Hoid ficou em silêncio, e não voltou à sua flauta. Em vez disso, deixou a música ecoar no abismo. Ela pareceu demorar-se desta vez, com notas longas e sinistras.

— Derethil e seus homens saíram da torre pouco tempo depois, carregando um cadáver ressecado em finos trajes e joias. "Este é o seu imperador?", perguntou Derethil. "Nós o encontramos no quarto de cima, sozinho." Parecia que o homem estava morto há anos, mas ninguém ousara entrar na sua torre. Tinham medo demais dele.

"Quando ele mostrou aos uvaras o cadáver, eles começaram a soluçar e chorar. A ilha inteira foi tomada pelo caos, enquanto os uvaras começavam a queimar casas, se rebelar, ou cair de joelhos, tomados pelo sofrimento. Perplexos e confusos, Derethil e seus homens invadiram os estaleiros dos uvaras, onde o *Vagavela* estava sendo reparado. Sua guia e cuidadora se juntou a eles, e implorou que a levassem na sua fuga. Então foi assim que Nafti uniu-se à tripulação.

"Derethil e seus homens ergueram as velas, e embora os ventos estivessem parados, eles contornaram o redemoinho com o *Vagavela*, usando a correnteza para se afastar das ilhas. Muito depois de terem partido, ainda podiam ver a fumaça subindo daquelas terras supostamente pacíficas. Eles se reuniram no convés, assistindo, e Derethil perguntou a Nafti qual o motivo dos terríveis tumultos."

Hoid calou-se, deixando suas palavras se elevarem com a estranha fumaça, perdendo-se na noite.

— Bem? — questionou Kaladin. — O que ela respondeu?

— Envolvida em um cobertor, fitando sua terra com olhos melancólicos, ela disse: "Não entende, Viajante? Se o imperador está morto, e esteve morto durante todos esses anos, então os assassinatos que cometemos não eram reponsabilidade dele. Eram responsabilidade nossa."

Kaladin se sentou. O tom provocador e brincalhão que Hoid usou antes sumiu. Nada de zombaria; nada de jogos de palavras com a intenção de confundir. Aquela história foi sincera, e Kaladin descobriu que não conseguia falar. Ficou sentado ali, pensando naquela ilha e nas coisas terríveis que foram feitas.

— Eu acho... — disse Kaladin finalmente, passando a língua pelos lábios secos. — Acho que isso é inteligência.

Hoid ergueu uma sobrancelha, levantando os olhos da sua flauta.

— Ser capaz de se lembrar de uma história como essa e contá-la com tanto envolvimento.

— Tome cuidado com o que diz — disse Hoid, sorrindo. — Se basta uma boa história para ter inteligência, então vou perder o emprego.

— Você não disse que já estava desempregado?

— Verdade. O rei finalmente está sem riso. Como será que ele vai ficar agora?

— Hum... enfim um homem sério? — disse Kaladin.

— Vou contar a ele que você disse isso — disse Hoid, os olhos brilhando. — Mas acho que está incorreto. Uma pessoa pode ter riso, mas não seriedade. O que é um riso?

— Eu não sei. Talvez algum tipo de espreno na cabeça, que te dá humor?

Hoid entortou a cabeça, depois riu.

— Ora, parece uma explicação tão boa quanto qualquer outra. — Ele se levantou, limpando a poeira das calças pretas.

— Essa história é verdadeira? — perguntou Kaladin, se levantando também.

— Talvez.

— Mas como poderíamos saber? Derethil e seus homens retornaram?

— Algumas histórias dizem que sim.

— Mas como? As grantormentas sopram apenas em uma direção.

— Então acho que a história é mentira.

— Eu não disse isso.

— Não, eu disse. Felizmente, é o melhor tipo de mentira.

— Que tipo?

— Ora, o tipo que *eu* conto, naturalmente.

Hoid gargalhou, então chutou a areia para apagar o fogo, esmagando as últimas brasas sob seu calcanhar. Não parecia haver combustível o bastante para gerar a fumaça vista por Kaladin.

— O que você colocou no fogo? — indagou Kaladin. — Para fazer aquela fumaça especial?

— Nada. Era só uma fogueira comum.

— Mas eu vi...

— O que você viu é seu. Uma história não ganha vida até que seja imaginada por alguém.

— O que essa história significa, então?

— Significa o que você quiser — disse Hoid. — O propósito de um contador de histórias não é dizer como você deve pensar, mas sim fornecer perguntas sobre as quais pensar. Nós nos esquecemos demais disso.

Kaladin franziu o cenho, olhando para oeste, de volta para os acampamentos de guerra. Eles agora estavam iluminados com esferas, lampiões e velas.

— É sobre assumir a responsabilidade — disse Kaladin. — Os uvaras estavam felizes em matar e assassinar, contanto que pudessem culpar o imperador. Só quando perceberam que não havia ninguém para assumir a responsabilidade foi que se arrependeram.

— Essa é uma interpretação — comentou Hoid. — Na verdade, é ótima. Então, pelo que você não quer assumir responsabilidade?

Kaladin teve um sobressalto.

— O quê?

— As pessoas veem nas histórias o que estão procurando, meu jovem amigo. — Ele estendeu a mão para trás do seu rochedo, puxando uma bolsa e jogando-a sobre o ombro. — Não tenho respostas para você. Na maioria dos dias, acho que nunca tive resposta nenhuma. Vim até sua terra para procurar um antigo conhecido, mas em vez disso acabei passando a maior parte do tempo me escondendo dele.

— O que você disse... sobre eu assumir responsabilidade...

— Foi só um comentário inútil, nada mais. — Ele estendeu a mão e tocou o ombro de Kaladin. — Meus comentários frequentemente são inúteis. Não consigo fazer com que trabalhem pesado. Gostaria que minhas palavras carregassem pedras; isso seria interessante. — Ele estendeu a flauta de madeira escura. — Aqui. Eu a carreguei por mais tempo do que você acreditaria, se eu contasse a verdade. Fique com ela.

— Mas eu não sei tocar!

— Então aprenda — replicou Hoid, botando a flauta na mão de Kaladin. — Quando conseguir fazer com que a música cante de volta para você, então terá dominado a flauta. — Ele fez menção de partir. — E cuide bem daquele meu danado aprendiz. Ele realmente devia ter me informado que ainda estava vivo. Talvez estivesse com medo de que eu o resgatasse novamente.

— Aprendiz?

— Diga a ele que está formado — disse Hoid, ainda caminhando. — Agora ele é um pleno Cantor do Mundo. Não deixe que ele seja morto. Passei tempo demais tentando enfiar um pouco de juízo naquele cérebro.

Sigzil, pensou Kaladin.

— Vou entregar a flauta para ele.

— Não vai, não — disse Hoid, se virando, caminhando de costas. — É um presente para *você*, Kaladin Filho da Tempestade. Espero poder ouvi-lo tocar quando nos reencontrarmos!

E com isso o contador de histórias se virou e começou uma corrida leve rumo aos acampamentos de guerra. Mas não entrou neles; sua figura sombreada se voltou para sul, como se pretendesse deixar os acampamentos. Para onde ele estava indo?

Kaladin olhou para a flauta em sua mão. Era mais pesada do que esperara. Que tipo de madeira era aquela? Ele esfregou sua superfície lisa, pensando.

— Eu não gosto dele — disse subitamente a voz de Syl, vindo de trás. — Ele é esquisito.

Kaladin virou-se e viu a esprena no rochedo, sentada onde estava Hoid um momento atrás.

— Syl! Há quanto tempo está aqui?

Ela deu de ombros.

— Você estava ouvindo a história. Não quis interromper. — Ela estava sentada com as mãos no colo, parecendo desconfortável.

— Syl...

— Estou por trás do que está acontecendo com você — confessou ela, a voz baixa. — Sou eu que estou fazendo isso.

Kaladin franziu o cenho, dando um passo à frente.

— Somos nós dois — continuou ela. — Mas, sem mim, você não estaria mudando. Eu estou... tomando algo de você. E dando algo em troca. É como costumava funcionar, embora não lembre como ou quando. Só sei que era assim.

— Eu...

— Quieto. Estou falando.

— Desculpe.

— Estou disposta a parar, se você quiser — disse ela. — Mas eu voltaria a ser como era antes. Isso me assusta. Flutuando ao vento, sem me lembrar de nada por mais do que alguns minutos. É por causa desse vínculo entre nós que voltei a pensar, a me lembrar do que e de quem eu sou. Se nós pararmos, vou perder isso.

Ela olhou para Kaladin, pesarosa.

Ele fitou aqueles olhos, então respirou fundo.

— Venha — chamou ele, virando-se e caminhando de volta pela península.

Ela voou até ele, tornando-se uma fita de luz, flutuando preguiçosamente no ar ao lado de sua cabeça. Logo eles chegaram ao local sob a encosta que levava aos acampamentos de guerra. Kaladin seguiu para norte, na direção do acampamento de Sadeas. Os crenguejos haviam recuado para suas rachaduras e tocas, mas muitas das plantas ainda deixavam suas frondes flutuarem ao vento fresco. Quando ele passou, a grama se recolheu, parecendo o pelo de alguma fera escura na noite, iluminada por Salas.

Qual responsabilidade você está evitando...

Ele não estava evitando responsabilidade. Assumia responsabilidade demais! Lirin dizia isso constantemente, censurando Kaladin por sentir culpa pelas mortes que não conseguira evitar.

Contudo, havia algo a que ele se agarrava. Uma desculpa, talvez, como o imperador morto. Era a alma do miserável. Apatia. A crença de que nada era sua culpa, de que não podia mudar nada. Se era amaldiçoado, ou se acreditava que não precisava se importar, então não precisava sofrer quando fracassava. Esses fracassos não tinham como ser impedidos. Alguém ou alguma coisa os ordenara.

— Se eu não sou amaldiçoado — disse Kaladin em voz baixa. — Então por que sobrevivo quando os outros morrem?

— Por causa de nós dois — respondeu Syl. — Essa conexão. Ela torna você mais forte, Kaladin.

— Então por que não pode me tornar forte o bastante para ajudar os outros?

— Eu não sei — disse Syl. — Talvez possa.

Se eu me livrar disso, posso voltar a ser normal. Para qual propósito? Para que eu possa morrer com os outros?

Ele continuou a caminhar nas trevas, passando por luzes acima que criavam sombras vagas e tênues nas pedras à sua frente. Os ramos de musgo-de-dedo, aglomerados em cachos. Suas sombras parecendo braços.

Ele frequentemente pensava em salvar os carregadores. E ainda assim, enquanto meditava sobre o assunto, percebeu que frequentemente definia salvá-los como salvar a si mesmo. Dizia para si mesmo que não os *deixaria* morrer, porque sabia como ficaria se eles morressem. Quando perdia homens, o miserável ameaçava tomar conta, porque Kaladin detestava fracassar.

Era isso? Era por isso que desejava encontrar motivos para se considerar amaldiçoado? Para justificar seu fracasso?

Kaladin começou a caminhar mais rápido. Era uma boa ação ajudar os carregadores — mas também era egoísta. Os poderes deixaram-no perturbado devido à responsabilidade que representavam.

Ele começou a trotar. Em pouco tempo, estava correndo.

Mas se não fosse sobre *ele* — se não estava ajudando os carregadores porque desprezava o fracasso, ou porque temia a dor de vê-los morrer —, então seria sobre *eles*. Sobre as afáveis provocações de Rocha, sobre a seriedade de Moash, sobre a rudeza honesta de Teft ou a confiabilidade de Peet. O que precisava fazer para protegê-los? Desistir das suas ilusões? Das suas desculpas?

Aproveitar qualquer oportunidade, independentemente de como ela o transformasse? Independentemente de como ela o deixava nervoso, ou dos fardos que representava?

Ele subiu correndo a ladeira até a serraria.

A Ponte Quatro estava fazendo o guisado da noite, conversando e rindo. Os quase vinte homens feridos das outras equipes estavam sentados, comendo com gratidão. Era gratificante ver quão rapidamente eles haviam perdido suas expressões de olhar vazio e começado a rir com os outros homens.

O aroma do condimentado guisado do papaguampas pesava no ar. Kaladin desacelerou sua corrida, parando ao lado dos carregadores. Vários pareceram preocupados quando o viram, ofegante e suado. Syl pousou no seu ombro.

Kaladin procurou Teft. O carregador de pontes mais velho estava sentado sozinho debaixo do beiral do barracão, olhando para a rocha à frente. Ele ainda não havia notado Kaladin, que gesticulou para que os outros continuassem, então caminhou até Teft. Ele se agachou diante do homem.

Teft levantou os olhos, surpreso.

— Kaladin?

— O que você sabe? — perguntou Kaladin em uma voz baixa e séria. — E como você sabe?

— Eu… Quando eu era jovem, minha família pertencia a uma seita secreta que esperava pelo retorno dos Radiantes. Eu a abandonei quando era rapaz. Pensei que fosse bobagem.

Ele estava escondendo algo; Kaladin percebia pela hesitação na sua voz.

Responsabilidade.

— Quanto você sabe sobre as minhas habilidades?

— Não muito — respondeu Teft. — Só lendas e histórias. Ninguém conhecia realmente as habilidades dos Radiantes, rapaz.

Kaladin encontrou os olhos dele, depois sorriu.

— Bem, vamos descobrir.

58

A JORNADA

"Re-Shephir, a Mãe da Meia-Noite, parindo abominações com sua essência tão tenebrosa, tão terrível, tão devoradora. Ela está aqui! Está me vendo morrer!"

— Data: *shashabev* do ano de 1173, 8 segundos antes da morte. O indivíduo era um estivador olhos-escuros de quarenta e poucos anos, pai de três filhos.

— ODEIO ESTAR ERRADO — disse Adolin, reclinando-se na cadeira, uma mão pousada tranquilamente na mesa de topo de cristal, a outra agitando o vinho na taça. Vinho amarelo. Não estava de serviço naquele dia, então podia relaxar um pouco.

O vento despenteava seu cabelo; estava sentado com um grupo de outros jovens olhos-claros nas mesas externas de uma loja de vinhos do Mercado Externo. O Mercado Externo era uma coleção de edifícios que haviam surgido nos limites dos acampamentos de guerra, perto do palácio do rei. Uma mistura eclética de pessoas passava pela rua abaixo do terraço onde ficava a mesa.

— Acredito que todo mundo compartilha desse seu ódio, Adolin — disse Jakamav, inclinando-se com os dois cotovelos na mesa. Ele era um homem robusto, um olhos-claros do terceiro dan do acampamento do Grão-príncipe Roion. — Quem *gosta* de estar errado?

— Eu conheço algumas pessoas que preferem — respondeu Adolin, pensativo. — Claro que elas não *admitem*. Mas o que mais poderíamos presumir da frequência com que erram?

Inkima — a companheira de Jakamav naquela tarde — deu uma gargalhada tilintante. Era uma coisinha rechonchuda com olhos amarelo--claros que pintava o cabelo de preto. Estava usando um vestido vermelho. A cor não combinava com ela.

Danlan também estava presente, claro. Estava sentada em uma cadeira ao lado de Adolin, mantendo uma distância apropriada, embora ocasionalmente tocasse o braço dele com sua mão livre. O vinho dela era violeta. Ela *gostava* de vinho, embora parecesse escolhê-lo para combinar com suas roupas. Um traço curioso. Adolin sorriu. Estava muito atraente com aquele pescoço longo e corpo gracioso envolto em um vestido justo. Ela não tingia o cabelo, embora ele fosse mais para castanho-avermelhado. Não havia nada de errado com cabelo claro. De fato, por que todos valorizavam tanto o cabelo *escuro*, quando olhos-claros eram o ideal?

Pare com isso, disse Adolin para si mesmo. *Vai acabar tão pensativo quanto o pai.*

Os outros dois — Toral e sua acompanhante, Eshava — eram olhos--claros do acampamento do príncipe Grão-príncipe Aladar. Embora a Casa Kholin estivesse atualmente desfavorecida, Adolin tinha conhecido ou amigos em quase todos os acampamentos de guerra.

— Errar pode ser divertido — comentou Toral. — Mantém a vida interessante. Se estivéssemos todos certos o tempo todo, como seria?

— Meu querido — disse sua acompanhante. — Você não me disse, certa vez, que estava quase sempre certo?

— Sim — admitiu Toral. — E se todos fossem como eu, de quem eu zombaria? Seria péssimo que a competência de todo mundo me tornasse comum.

Adolin sorriu, bebendo seu vinho. Tinha um duelo formal na arena naquele dia, e descobrira que uma taça de vinho amarelo antes da luta o ajudava a relaxar.

— Bem, você não precisa se preocupar *comigo* tendo razão com muita frequência, Toral. Eu tinha certeza de que Sadeas ia agir contra meu pai. Não faz sentido. Por que ele não agiu?

— Estratégia, talvez? — especulou Toral. Ele era um sujeito astuto, conhecido pelo gosto refinado. Adolin sempre queria sua presença ao experimentar vinhos. — Ele quer parecer forte.

— Ele *era* forte — disse Adolin. — Não ganha mais nada ao não agir contra nós.

— Ora — disse Danlan, sua voz suave soando meio ofegante. — Eu sei que sou bem nova nos acampamentos de guerra, e minha avaliação fatalmente refletirá minha ignorância, mas...

— Você sempre diz isso, sabia? — comentou Adolin, casual. Gostava bastante da voz dela.

— Eu sempre digo o quê?

— Que você é ignorante. Mas não é. É uma das mulheres mais inteligentes que conheço.

Ela hesitou, parecendo estranhamente chateada por um momento. Então sorriu.

— Você não devia dizer tais coisas, Adolin, quando uma mulher está tentando mostrar humildade.

— Ah, claro. Humildade. Eu havia esquecido que isso existe.

— Tempo demais junto dos olhos-claros de Sadeas? — perguntou Jakamav, provocando outra gargalhada de Inkima.

— De qualquer modo — disse Adolin. — Sinto muito. Por favor, continue.

— Eu estava dizendo — prosseguiu Danlan — que duvido que Sadeas deseje começar uma guerra. Atacar o seu pai de modo tão óbvio daria nisso, não?

— Sem dúvida — concordou Adolin.

— Então talvez tenha sido por isso que ele se conteve.

— Eu não sei — disse Toral. — Ele podia ter envergonhado sua família sem atacá-lo... poderia ter dado a entender, por exemplo, que vocês haviam sido negligentes e tolos em não proteger o rei, mas que não estavam por trás da tentativa de assassinato.

Adolin concordou.

— Isso ainda poderia ter dado início a uma guerra — observou Danlan.

— Talvez — disse Toral. — Mas você precisa admitir, Adolin, que a reputação do Espinho Negro não anda muito... impressionante, ultimamente.

— Como assim? — rebateu Adolin.

— Ah, Adolin — disse Toral, acenando e levantando sua taça para pedir mais vinho. — Não seja chato. Você sabe do que estou falando, e *também* sabe que não falo por mal. Onde aquela atendente se meteu?

— Seria de se imaginar que, depois de seis anos aqui, já teríamos uma casa de vinhos decente — acrescentou Jakamav.

Inkima também riu disso. Ela estava *realmente* se tornando irritante.

— Meu pai tem uma reputação firme — contestou Adolin. — Ou você não tem prestado atenção nas nossas vitórias ultimamente?

— Obtidas com o auxílio de Sadeas — apontou Jakamav.

— Mesmo assim são vitórias. Nos últimos meses, meu pai salvou não só a vida de Sadeas, como a do próprio rei. Ele luta audaciosamente. Certamente vocês veem que os boatos anteriores sobre ele eram totalmente infundados.

— Tudo bem, tudo bem — disse Toral. — Não precisa ficar chateado, Adolin. Todos nós concordamos que seu pai é um homem maravilhoso. Mas foi *você* que reclamou conosco que queria mudá-lo.

Adolin observou seu vinho. Os dois outros homens na mesa vestiam o tipo de traje que o pai de Adolin desaprovava. Casacas curtas sobre camisas de seda coloridas. Toral usava um fino cachecol de seda amarela no pescoço e outro ao redor do pulso direito. Era o auge da moda, e parecia muito mais confortável do que o uniforme de Adolin. Dalinar acharia aqueles trajes ridículos, mas às vezes a moda *era* ridícula. Ousada, diferente. Havia algo revigorante em se vestir de maneira que interessasse os outros, movendo-se de acordo com ondas de estilo. Antigamente, antes de se juntar ao pai na guerra, Adolin adorava combinar roupas para passar seus dias. Agora tinha apenas duas opções: casaca de uniforme de verão ou casaca de uniforme de inverno.

A atendente finalmente chegou, trazendo duas garrafas de vinho, uma amarela e outra azul-profundo. Inkima riu enquanto Jakamav se inclinava para sussurrar algo no seu ouvido.

Adolin levantou a mão para impedir que a atendente enchesse sua taça.

— Já não sei mais se quero mudar meu pai.

Toral franziu o cenho.

— Na semana passada…

— Eu sei — cortou Adolin. — Isso foi antes de vê-lo socorrer Sadeas. Toda vez que eu esqueço como meu pai é incrível, ele faz alguma coisa para provar que sou um dos Dez Tolos. Também aconteceu quando Elhokar estava em perigo. É como se… meu pai só agisse assim quando ele *realmente* se importa com alguma coisa.

— Você está dando a entender que ele não se importa realmente com a guerra, querido Adolin — disse Danlan.

— Não. Só que as vidas de Elhokar e Sadeas são mais importantes do que matar parshendianos.

Os outros aceitaram essa explicação e passaram para outros tópicos. Mas Adolin ficou cismando sobre o assunto. Sentia-se perturbado ultimamente. Estar errado sobre Sadeas era um dos motivos; o outro era a possibilidade de provarem se as visões estavam certas ou erradas.

Adolin sentia-se em uma armadilha. Pressionara o pai a confrontar a própria sanidade, e agora — de acordo com o que fora combinado na sua última conversa — praticamente havia concordado em aceitar a decisão de Dalinar de abdicar se provassem que as visões eram falsas.

Todo mundo odeia estar errado, pensou Adolin. *Só que meu pai disse que* prefere *estar errado, se for o melhor para Alethkar.* Adolin duvidava que muitos olhos-claros fossem preferir ter prova de que eram loucos em vez de estarem certos.

— Talvez — disse Eshava. — Mas isso não muda todas as tolas restrições dele. Eu gostaria que ele *de fato* abdicasse.

Adolin se espantou.

— O quê? O que você disse?

Eshava olhou para ele.

— Nada. Só conferindo se você estava prestando atenção, Adolin.

— Não. Diga-me o que estavam falando.

Ela deu de ombros, olhando para Toral, que se inclinou para a frente.

— Não pense que os acampamentos de guerra estão *ignorando* o que acontece com o seu pai durante as grantormentas, Adolin. Andam dizendo que ele deveria abdicar por conta disso.

— Seria uma tolice — respondeu Adolin com firmeza. — Levando em conta o grau de sucesso que tem mostrado em combate.

— Abdicar seria de fato um exagero — concordou Danlan. — Contudo, Adolin, eu gostaria *mesmo* que convencesse seu pai a diminuir essas restrições tolas no nosso acampamento. Você e os outros homens Kholin poderiam *realmente* retornar à sociedade.

— Eu tentei — disse ele, verificando a posição do sol. — Acredite. E agora, infelizmente, preciso me preparar para um duelo. Com a sua licença.

— Outro dos bajuladores de Sadeas? — perguntou Jakamav.

— Não. — Danlan sorriu. — É o Luminobre Resi. Thanadal andou fazendo certos comentários, e isso pode servir para calar sua boca. — Ela olhou para Adolin com ternura. — Encontro você lá.

— Obrigado — disse ele, se levantando e abotoando a casaca. Beijou a mão livre de Danlan, acenou para os outros e saiu apressado para a rua.

Foi uma partida um tanto brusca da minha parte. Será que perceberam como a discussão me deixou incomodado? Provavelmente, não. Eles não o conheciam tão bem quanto Renarin. Adolin gostava de conviver com muitas pessoas, mas não era extremamente próximo de nenhuma delas. Não conhecia nem Danlan tão bem ainda. Mas *gostaria* que seu relacionamento com ela durasse. Estava cansado das implicâncias de Renarin sobre seus rápidos flertes. Danlan era muito bonita; parecia que o cortejo funcionaria.

Ele passou pelo Mercado Exterior, as palavras de Toral pesando. Adolin não queria tornar-se grão-príncipe. Não estava pronto. Gostava de duelar e conversar com os amigos. Liderar o exército era uma coisa, mas, como grão-príncipe, ele teria outras preocupações. Como, por exemplo, o futuro da guerra nas Planícies Quebradas, ou proteger e aconselhar o rei.

Isso não devia ser problema nosso, ele pensou. Mas, como seu pai sempre dizia: Se eles não fizessem, quem faria?

O Mercado Exterior era muito mais desorganizado do que os mercados dentro do acampamento de guerra de Dalinar. Ali, os edifícios precários — a maioria construída com blocos de pedra de uma pedreira próxima — haviam surgido sem nenhum plano específico. Muitos comerciantes eram thaylenos, com seus típicos chapéus, coletes e longas sobrancelhas expressivas.

O mercado movimentado era um dos poucos lugares onde soldados de todos os dez acampamentos de guerra se misturavam. Na verdade, aquela passara a ser uma das principais funções do lugar; era um campo neutro onde homens e mulheres de diferentes acampamentos podiam se encontrar. Também fornecia um mercado que não era altamente regulamentado, embora Dalinar houvesse estipulado algumas regras quando o mercado começou a mostrar sinais de ilegalidade.

Adolin acenou com a cabeça para um grupo de soldados Kholin vestidos de azul que passava, e eles bateram continência. Estavam patrulhando, alabardas nos ombros, elmos brilhantes. As tropas de Dalinar mantinham a paz ali, e suas escribas cuidavam do local. Tudo às custas dele.

Seu pai não gostava da configuração do Mercado Exterior ou da falta de muralhas do lugar. Dizia que uma incursão ali seria catastrófica, que violava o espírito dos Códigos. Mas fazia anos que os parshendianos não invadiam o lado alethiano das Planícies. E se eles decidissem atacar os acampamentos de guerra, os batedores e guardas avisariam com antecedência.

Então, qual era o propósito dos Códigos? O pai de Adolin agia como se fossem extremamente importantes. "Sempre esteja uniformizado, sempre esteja armado, sempre esteja sóbrio. Esteja sempre vigilante quando houver risco de ataque." Mas ali não *havia* risco de ataque.

Enquanto caminhava pelo mercado, Adolin olhou — pela primeira vez com atenção — e tentou perceber o que o pai estava fazendo.

Era fácil identificar os oficiais de Dalinar. Usavam uniformes, como ordenado. Casacas e calças azuis com botões prateados, nós nos ombros para indicar a patente. Os oficiais que não eram do acampamento de Dalinar vestiam todo tipo de roupas. Era difícil distingui-los dos comerciantes e de outros civis ricos.

Mas isso não importa, pensou Adolin mais uma vez. *Porque não vamos ser atacados.*

Ele franziu o cenho, passando por um grupo de olhos-claros relaxando na frente de outra casa de vinhos. Assim como ele estivera fazendo. Suas roupas — de fato, suas posturas e gestos — passavam a ideia de que eles só se importavam com a própria diversão. Adolin percebeu que isso o irritava. Havia uma guerra acontecendo. Quase todos os dias soldados morriam. Morriam enquanto os olhos-claros bebiam e jogavam conversa fora.

Talvez os Códigos não fossem apenas para oferecer proteção contra os parshendianos. Talvez houvesse algo mais — dar aos homens comandantes respeitáveis e confiáveis. Tratar a guerra com a gravidade que ela merecia. Talvez fossem para que uma zona de guerra não virasse um festival. Os homens comuns precisavam permanecer atentos e vigilantes; portanto, Adolin e Dalinar faziam o mesmo.

Adolin hesitou e parou na rua. Ninguém o ofendeu ou mandou que se movesse — todos viam sua patente. Apenas o contornavam.

Acho que agora entendo, ele pensou. Por que precisara de tanto tempo?

Perturbado, ele se apressou no caminho até o embate do dia.

— "CAMINHEI DE ABAMABAR ATÉ Urithiru" — declamou Dalinar, citando de memória. — "Nisto, a metáfora e a experiência são uma só coisa, inseparáveis como minha mente e memória. Uma contém a outra, e embora possa explicar uma delas a você, a outra é só para mim."

Sadeas — sentado ao seu lado — ergueu uma sobrancelha. Elhokar estava sentado do outro lado de Dalinar, trajando sua Armadura Fractal. Ele a usava com cada vez mais frequência, certo de que havia assassinos sedentos por sua vida. Juntos, assistiam os homens duelando abaixo, no fundo de uma pequena cratera que Elhokar havia escolhido como arena de duelo dos acampamentos de guerra. As plataformas rochosas nas encostas de três metros ao redor serviam como excelentes arquibancadas.

O duelo de Adolin ainda não havia começado, e os homens que estavam lutando agora eram olhos-claros, mas não Fractários. Suas espadas de duelo de lâminas sem fio estavam cobertas por uma substância branca que parecia a giz. Quando um deles conseguia atingir a armadura acolchoada do outro, deixava uma marca.

— Então, espere aí — disse Sadeas. — O homem que escreveu o livro...

— Nohadon é seu nome sagrado. Outros o chamam de Bajerden, embora não se saiba realmente se era esse seu verdadeiro nome.

— Ele decidiu caminhar até onde?

— De Abamabar até Urithiru — respondeu Dalinar. — Imagino que tenha sido uma grande distância, pela maneira como a história é contada.

— Ele não era um rei?

— Era.

— Mas por que...

— É confuso — disse Dalinar. — Mas escute só. Você vai ver. — Ele limpou a garganta e continuou: — "Percorri essa inspiradora distância sozinho, e proibi que assistentes me acompanhassem. Não tive corcel além das minhas gastas sandálias, nem companheiro além de um sólido cajado para oferecer conversa com suas batidas contra a rocha. Minha boca seria minha bolsa; não a enchi com gemas, mas sim com canções. Quando cantar para obter sustento me falhou, meus braços trabalharam bem para limpar um piso ou chiqueiro, e frequentemente me conseguiram recompensa satisfatória.

"'Meus entes queridos temeram pela minha segurança e, talvez, pela minha sanidade. Reis, eles explicaram, não caminham como mendigos por centenas de quilômetros. Minha resposta foi que se um mendigo podia realizar tal feito, então por que não um rei? Eles me consideravam menos capaz do que um mendigo?

"'Às vezes acho que sou. O mendigo sabe muitas coisas que um rei pode apenas imaginar. E, no entanto, quem traça os códigos para a regulamentação da mendicância? Frequentemente me pergunto o que minha vida... minha vida fácil após a Desolação, e meu nível atual de conforto... me ofereceu em termos de experiência útil para criar leis. Se tivéssemos que nos apoiar no que sabemos, reis só seriam úteis para criar leis sobre o aquecimento apropriado do chá e o estofamento de tronos.'"

Sadeas franziu o cenho ao ouvir aquilo. Diante deles, os dois espadachins continuavam a duelar; Elhokar assistia atentamente. Ele adorava duelos. Levar areia para revestir o chão daquela arena fora um dos seus primeiros atos nas Planícies Quebradas.

— "Ainda assim" — disse Dalinar, ainda citando *O caminho dos reis* — "fiz a viagem e, como o astuto leitor já concluiu, sobrevivi a ela. As histórias das aventuras marcarão uma página diferente desta narrativa, pois primeiro devo explicar meu propósito ao seguir por esse estranho caminho. Embora eu estivesse bastante disposto a deixar que minha família me considerasse louco, não desejo ficar conhecido assim nos ventos da história.

"'Minha família viajou para Urithiru de forma direta, e estava me esperando há semanas quando cheguei. Não fui reconhecido no portão, pois meu cabelo virara uma juba sem uma navalha para domá-lo. Quando revelei minha identidade, fui carregado, arrumado, alimentado, motivo de preocupações e censurado, precisamente nessa ordem. Só depois de tudo isso finalmente me perguntaram o propósito da minha excursão. Eu não poderia ter seguido a rota simples, fácil e comum até a cidade santa?'"

— Exatamente — interrompeu Sadeas. — Ele podia pelo menos ter cavalgado!

— "Como resposta" — citou Dalinar — "removi minhas sandálias e exibi meus pés calejados. Eles estavam confortáveis sobre a mesa, junto da minha bandeja de uvas pela metade. Àquela altura, as expressões dos meus companheiros proclamavam que me consideravam um tolo, então me expliquei, relatando as histórias da minha viagem. Uma após a outra, como pilhas de sacos de taleu armazenados para o inverno. Gostaria de fazer pão com elas em breve, depois enfiá-lo entre estas páginas.

"'Sim, eu poderia ter viajado rápido. Mas todos os homens chegam ao mesmo destino final. Quer encontremos nosso fim em um sepulcro santificado ou na cova de um indigente, todos, exceto os próprios Arautos, terão de ir à ceia com a Guardiã da Noite.

"'Sendo assim, será que nosso destino importa? Ou o caminho que seguimos? Declaro que nenhum feito tem importância tão grande quanto a estrada usada para alcançá-lo. Não somos criaturas de destinos. É a jornada que nos dá forma. Nossos pés calejados, nossas costas fortalecidas por carregar o peso de nossas viagens, nossos olhos abertos pelo deleite das experiências vividas.

"'No fim, devo proclamar que nenhum bem pode ser alcançado por meios falsos. Pois a importância da nossa existência não está na realização, mas no método. O Monarca deve entender isso; ele não deve se concentrar tanto no que deseja realizar a ponto de desviar os olhos do caminho que precisa atravessar para conseguir.'"

Dalinar se sentou. A rocha abaixo deles havia sido acolchoada e aumentada com descansos de braço e suportes para as costas. O duelo terminou com um dos olhos-claros — vestindo verde, já que era um súdito de Sadeas — acertando um golpe no peitoral do outro, deixando uma longa marca branca. Elhokar aplaudiu em aprovação, as manoplas estalando, e os dois duelistas se curvaram. A vitória do vencedor foi registrada pelas mulheres nos assentos de juízas. Elas também portavam livros de código de duelo, e arbitravam disputas ou infrações.

— Presumo que este seja o final da sua história — disse Sadeas, enquanto os dois duelistas se posicionavam na areia.

— É, sim — confirmou Dalinar.

— E você memorizou essa passagem inteira?

— Provavelmente troquei algumas palavras.

— Conhecendo você, isso significa que pode ter esquecido um único "um" ou "o".

Dalinar franziu o cenho.

— Ah, não seja tão rígido, velho amigo — disse Sadeas. — Foi um elogio. Mais ou menos.

— O que você achou da história? — perguntou Dalinar quando o duelo recomeçou.

— É ridícula — disse Sadeas com franqueza, acenando para que um criado trouxesse mais vinho. Amarelo, já que ainda era de manhã. — Ele caminhou aquela distância toda só para defender o argumento de que reis deveriam considerar as consequências dos seus comandos?

— Não foi só para provar um argumento — disse Dalinar. — Também pensei isso, mas comecei a enxergar. Ele caminhou porque queria vivenciar as mesmas coisas que seu povo. Ele usou isso como uma metáfora, mas acho que realmente queria saber como era caminhar tanto.

Sadeas tomou um gole do vinho, depois fitou o sol, apertando os olhos.

— Não poderíamos colocar um toldo ou algo do tipo aqui?

— Eu gosto do sol — respondeu Elhokar. — Passo tempo demais preso naquelas cavernas que chamamos de edifícios.

Sadeas olhou de lado para Dalinar, revirando os olhos.

— Grande parte de *O caminho dos reis* é organizada como essa passagem que citei — comentou Dalinar. — Uma metáfora da vida de Nohadon... um acontecimento real transformado em um exemplo. Ele as chama de "As quarenta parábolas".

— Todas elas são ridículas assim?

— Na minha opinião, essa é bonita — disse Dalinar suavemente.

— Não duvido que ache. Sempre adorou histórias sentimentais. — Ele levantou uma das mãos. — Isso também é para ser um elogio.

— Mais ou menos?

— Exato. Dalinar, meu amigo, você sempre foi emotivo. Isso o torna genuíno. Também dificulta que pense de cabeça fria... mas contanto que continue instigado a salvar minha vida, acho que posso viver com isso. — Ele coçou o queixo. — Suponho que não teria outro jeito, não é?

— Acho que não.

— Os outros grão-príncipes o acham moralista demais. Você deve entender por quê.

— Eu... — O que ele podia dizer? — Não é minha intenção.

— Bem, você os provoca. Por exemplo, veja o modo como se recusa a reagir aos argumentos ou insultos deles.

— Protestar apenas chama atenção para a questão — disse Dalinar. — A melhor defesa do caráter é agir corretamente. Se você age com virtude, será tratado de acordo pelas pessoas ao seu redor.

— Está vendo, é isso — replicou Sadeas. — Quem fala desse jeito?

— Dalinar — comentou Elhokar, embora ainda estivesse assistindo ao duelo. — Meu pai também falava assim.

— Exatamente — disse Sadeas. — Dalinar, amigo, os outros simplesmente não conseguem aceitar que você fala sério. Eles acham que é fingimento.

— E você? O que acha?

— Eu vejo a verdade.

— E qual é?

— Você é um puritano moralista — disse Sadeas com leveza. — Mas é honesto.

— Tenho certeza de que você também disse isso como um elogio.

— Na verdade, dessa vez só estava tentando irritá-lo. — Sadeas ergueu a taça de vinho para Dalinar.

Ao lado deles, Elhokar sorriu.

— Sadeas, isso foi bastante sagaz. Devo nomeá-lo o novo Riso?

— O que aconteceu com o antigo? — A voz de Sadeas traía curiosidade, até mesmo expectativa, como se esperasse ouvir que uma tragédia se abatera sobre Riso.

O sorriso de Elhokar virou um cenho franzido.

— Ele desapareceu.

— É mesmo? Que decepção.

— Bah. — Elhokar acenou com uma manopla. — Ele faz isso de vez em quando. Em algum momento voltará. Instável como a própria Danação, aquele sujeito. Se não me fizesse rir tanto, eu o teria substituído há muitas estações.

Eles ficaram em silêncio, e o duelo continuou. Alguns outros olhos--claros — tanto mulheres quanto homens — assistiam, acomodados nas encostas semelhantes a arquibancadas. Dalinar notou com desconforto que Navani havia chegado e estava conversando com um grupo de mulheres, incluindo a mais recente paixão de Adolin, a escriba de cabelos avermelhados.

Os olhos de Dalinar pousaram em Navani, observando seu vestido violeta, sua beleza madura. Ela havia registrado a maioria das suas visões recentes sem reclamar, e parecia tê-lo perdoado por botá-la para fora dos seus aposentos de modo tão ríspido. Navani nunca zombava dele, nunca agia com ceticismo. Ele era grato por isso. Deveria agradecer, ou será que ela veria aquilo como uma abertura?

Ele desviou o olhar, mas descobriu que não podia assistir ao duelo sem vê-la com o canto do olho. Assim, em vez disso, olhou para o céu, apertando as pálpebras contra o sol da tarde. Os sons de metal atingindo metal ecoavam de baixo. Atrás deles, várias lesmas grandes estavam grudadas na pedra, esperando pela água de uma grantormenta.

Ele tinha tantas perguntas, tantas incertezas. Escutava *O caminho dos reis* e se esforçava para descobrir o que significavam as últimas palavras de Gavilar. Como se, de algum modo, elas contivessem a chave tanto para sua loucura quanto para a natureza de suas visões. Mas a verdade era que ele não sabia de nada, e não podia confiar nas próprias decisões. Isso o estava transtornando aos poucos, ponto a ponto.

Nuvens pareciam menos frequentes naquelas planícies varridas pelo vento. Apenas o sol fulgurante interrompido por furiosas grantormentas. O resto de Roshar era influenciado pelas tempestades — mas ali no Oriente as ferozes e indomadas grantormentas reinavam supremas. Será que qualquer rei mortal poderia ter esperança de conquistar aquelas terras? Havia lendas de que elas tinham sido habitadas, sido mais do que apenas colinas devolutas, planícies desoladas e florestas luxuriantes. Natanatan, o Reino de Granito.

— Ah — disse Sadeas, soando como se houvesse provado alguma coisa amarga. — Ele precisava vir?

Dalinar baixou a cabeça e seguiu o olhar de Sadeas. O Grão-príncipe Vamah havia chegado para assistir ao duelo, acompanhado por seu séquito. Embora a maioria dos homens usasse suas cores tradicionais, marrom e cinza, o próprio grão-príncipe vestia uma longa casaca cinza com fendas para revelar a brilhante seda vermelha e laranja por baixo, combinando com os babados nos punhos e no colarinho.

— Pensei que você gostasse de Vamah — disse Elhokar.

— Eu o tolero — replicou Sadeas. — Mas seu senso de estilo é absolutamente repulsivo. Vermelho e laranja? E nem mesmo um laranja-queimado, mas um laranja-berrante, de doer os olhos. E esse visual rasgado não está na moda há séculos. Ah, que maravilha, ele está se sentando bem na nossa frente. Serei forçado a olhá-lo pelo resto da sessão.

— Você não devia julgar as pessoas tão duramente apenas pela aparência — censurou Dalinar.

— Dalinar, nós somos grão-príncipes. — respondeu Sadeas secamente. — Nós *representamos* Alethkar. Muitas pessoas em todo o mundo nos veem como um centro de cultura e influência. Consequentemente, eu não deveria ter o direito de encorajar uma apresentação apropriada?

— Uma apresentação apropriada, sim — disse Dalinar. — O certo é estarmos arrumados e asseados.

Seria bom se seus soldados, por exemplo, mantivessem seus uniformes limpos.

— Arrumados, asseados e na moda — corrigiu Sadeas.

— E eu? — indagou Dalinar, olhando para seu uniforme simples. — Você me colocaria nesses babados e cores fortes?

— Você? Você não tem mais jeito. — Ele levantou uma das mãos para evitar objeções. — Não, estou sendo injusto. Esse uniforme tem certo tom... atemporal. O traje militar, em virtude da sua utilidade, nunca sairá totalmente de moda. É uma escolha segura, constante. De certo modo, você evita a questão da moda ao não participar do jogo. — Ele indicou Vamah com a cabeça. — Vamah tenta jogar, mas é péssimo nisso, o que é imperdoável.

— Ainda digo que você dá importância demais a essas sedas e cachecóis — disse Dalinar. — Somos soldados em guerra, não cortesãos em um baile.

— As Planícies Quebradas estão rapidamente se tornando um destino para dignitários estrangeiros. É importante que nos apresentemos de maneira apropriada. — Ele levantou um dedo para Dalinar. — Se tenho que aceitar sua superioridade moral, meu amigo, então talvez seja hora de você aceitar meu senso de estilo. Poderia-se dizer que *você* julga as pessoas ainda mais do que eu pelas roupas que usam.

Dalinar ficou em silêncio. O comentário doeu pela verdade que continha. Ainda assim, se dignitários iam se reunir com os grão-príncipes nas Planícies Quebradas, seria demais pedir que encontrassem um grupo eficiente de acampamentos de guerra liderados por homens que pelo menos pareciam generais?

Dalinar se recostou para assistir o fim do embate. Pela sua contagem, estava na hora da luta de Adolin. Os dois olhos-claros que haviam lutado se curvaram para o rei, depois se recolheram a uma tenda ao lado da arena de duelos. Um momento depois, Adolin pisou na areia, trajando sua Armadura Fractal azul-escura. Ele carregava o elmo debaixo do braço, seu cabelo louro e preto despenteado com estilo. Ele acenou para Dalinar com uma mão recoberta pela manopla e inclinou a cabeça para o rei, depois colocou o elmo.

O homem que entrou logo depois dele vestia uma Armadura Fractal pintada de amarelo. O Luminobre Resi era o único Fractário completo no exército do Grão-príncipe Thanadal — embora seu acampamento de guerra tivesse três homens que carregavam apenas a Espada ou a Armadura. O próprio Thanadal não tinha nenhuma das duas. Não era incomum que um grão-príncipe confiasse fractais a seus melhores guerreiros; fazia muito sentido, particularmente quando se era o tipo de general que preferia permanecer atrás da linha de frente e organizar a tática. No principado de Thanadal, era uma tradição secular indicar o portador dos Fractais de Resi para um cargo conhecido como Defensor Real.

Thanadal recentemente falara mal de Dalinar abertamente, e, assim, Adolin — em uma resposta moderadamente sutil — havia desafiado o principal Fractário do grão-príncipe para uma luta amistosa. Poucos duelos eram por Fractais; naquele caso, perder não custaria nada a qualquer um dos homens, a não ser estatísticas na sua classificação. A luta atraiu uma quantidade incomum de atenção, e a pequena arena se encheu nos 15 minutos seguintes, enquanto os duelistas se alongavam e se preparavam. Mais de uma mulher posicionou a prancheta para desenhar ou escrever impressões sobre a luta. O próprio Thanadal não compareceu.

A luta começou quando a grã-juíza em exercício, a Luminobre Istow, pediu que os combatentes invocassem suas Espadas. Elhokar inclinou-se para a frente, atento, enquanto Resi e Adolin circulavam na areia, as Espadas Fractais se materializando. Dalinar se viu inclinado para a frente também, embora sentisse uma pontada de vergonha. De acordo com os Códigos, a maioria dos duelos devia ser evitada quando Alethkar estava em guerra. Havia uma diferença sutil entre lutar pela prática e duelar com outro homem devido a um insulto, talvez deixando oficiais importantes feridos.

Resi estava na Postura da Rocha, segurando sua Espada Fractal à frente com as duas mãos, a ponta voltada para o céu, os braços totalmente estendidos. Adolin usava a Postura do Vento, ligeiramente inclinada para o lado, as mãos adiante e os cotovelos dobrados, a Espada Fractal apontando para cima de sua cabeça. Eles continuaram circulando. O vencedor seria o primeiro a despedaçar completamente uma seção da Armadura do outro. Isso não era muito perigoso; uma Armadura enfraquecida geralmente ainda conseguia repelir um golpe, mesmo que se despedaçasse no processo.

Resi atacou primeiro, dando um grande salto para a frente e golpeando ao levantar a Espada Fractal sobre a cabeça e descê-la pela direita em um poderoso golpe. A Postura da Rocha era voltada para aquele tipo de ataque, fornecendo o maior impulso e força possíveis por trás de cada pancada. Dalinar a considerava desajeitada — não era necessário usar tanto poder tendo uma Espada Fractal, no campo de batalha, embora fosse útil contra outros Fractários.

Adolin desviou saltando para trás, as pernas fortalecidas pela Armadura Fractal conferindo-lhe uma agilidade que desafiava o fato de estar usando uma armadura que pesava mais de seiscentos quilos. O ataque de Resi — ainda que bem executado — deixara-o aberto, e Adolin atacou cuidadosamente o avambraço esquerdo do oponente, rachando a placa que cobria o antebraço. Resi atacou de novo, e novamente Adolin dançou para fora do caminho, então acertou a coxa esquerda do oponente.

Alguns poetas descreviam o combate como uma dança. Dalinar raramente concordava, em relação ao combate comum. Dois homens lutando com espadas e escudos partiam um para cima do outro com fúria, batendo suas armas repetidamente, tentando passar pelo escudo do inimigo. Menos uma dança e mais uma luta livre com armas.

Contudo, lutar com Espadas Fractais podia *sim* ser como uma dança. As longas armas necessitavam de uma grande dose de habilidade para serem brandidas apropriadamente, e a Armadura era resistente, então os combates geralmente eram prolongados. As lutas eram preenchidas com movimentos grandiosos e arcos amplos. Havia fluidez na luta com uma Espada Fractal. Havia graça.

— Ele é muito bom, sabe? — disse Elhokar. Adolin acertou o elmo de Resi, conseguindo uma rodada de aplausos da plateia. — Melhor do que meu pai. Melhor até do que o senhor, tio.

— Ele trabalha muito duro — respondeu Dalinar. — Realmente adora fazer isso. Não a guerra, não o combate. O duelo.

— Ele poderia ser um campeão, se quisesse.

Adolin queria, e Dalinar sabia disso. Mas havia recusado lutas que possibilitariam a conquista do título. Dalinar suspeitava que Adolin seguia, até certo ponto, os Códigos. Torneios e campeonatos de duelo eram coisas para os raros períodos entre as guerras. Mas podia-se argumentar que proteger a honra da família era algo a se fazer em qualquer período.

De qualquer modo, Adolin não duelava pela classificação, e isso fazia os outros Fractários o subestimarem. Aceitavam duelos com ele sem hesitação, e alguns não-Fractários o desafiavam. Por tradição, a Armadura e Espada Fractais do próprio rei estavam disponíveis, por uma grande quantia, para aqueles que tivessem tanto o seu favor quanto o desejo de duelar com um Fractário.

Dalinar sentiu um arrepio ao pensar em mais alguém trajando sua Armadura ou segurando Sacramentadora. Não era natural. Mas emprestar a Espada e a Armadura do rei — ou, antes que a monarquia fosse restaurada, o empréstimo da Espada e da Armadura de um grão-príncipe — era uma tradição forte. Nem mesmo Gavilar a quebrara, embora houvesse reclamado em particular.

Adolin desviou-se de outro golpe, mas havia começado a se mover para as formas ofensivas da Postura do Vento. Resi não estava pronto para isso — embora houvesse conseguido acertar Adolin uma vez no guarda-braço, o golpe foi superficial. Adolin avançou, movendo a Espada em um padrão fluido. Resi recuou, caindo em uma postura de contragolpe — a Postura da Rocha era uma das poucas a contar com essa estratégia.

Adolin afastou a Espada do oponente com um golpe, tirando-a da postura. Resi se recompôs, mas Adolin desequilibrou-o novamente. Resi foi ficando cada vez mais descuidado no retorno à postura e Adolin começou a atacar, acertando-o de um lado, depois do outro. Golpes pequenos e rápidos, para enervar.

Funcionaram. Resi berrou e se lançou em um dos golpes de cima para baixo característicos da Postura da Rocha. Adolin reagiu perfeitamente, soltando uma das mãos da espada e levantando o braço esquerdo para aparar o golpe no seu avambraço intacto. A placa sofreu uma grande rachadura, mas o movimento permitiu que Adolin movesse a Espada para o lado e atacasse o coxote esquerdo rachado de Resi.

A couraça da coxa despedaçou-se com o som de metal rasgando, as peças voando como em uma explosão, fumegando e brilhando como aço derretido. Resi cambaleou para trás; a perna esquerda não podia mais suportar o peso da Armadura Fractal. A partida havia acabado. Duelos mais importantes podiam seguir por duas ou três placas quebradas, mas isso ia se tornando perigoso.

A grã-juíza se levantou, declarando o término. Resi cambaleou para longe, arrancando o elmo. Todos podiam ouvi-lo praguejar. Adolin saudou o oponente, tocando o lado sem fio da sua Espada na testa, depois dispensando a lâmina. Ele se curvou para o rei. Outros homens às vezes iam até a multidão se gabar ou aceitar elogios, mas Adolin retornou à tenda de concentração.

— Talentoso, de fato — comentou Elhokar.

— E um rapaz tão... correto — disse Sadeas, provando sua bebida.

— Sim — respondeu Dalinar. — Às vezes, gostaria que estivéssemos em paz, apenas para que Adolin pudesse se dedicar aos duelos.

Sadeas suspirou.

— Mais conversa sobre abandonar a guerra, Dalinar?

— Não foi isso que quis dizer.

— Você vive reclamando que desistiu desse argumento, tio — disse Elhokar, voltando-se para ele. — Mas continua rodeando o tema, falando saudosamente da paz. As pessoas nos acampamentos o chamam de covarde.

Sadeas achou graça.

— Ele não é covarde, Vossa Majestade. Posso garantir.

— Por que, então? — perguntou Elhokar.

— Esses rumores cresceram muito além do razoável — protestou Dalinar.

— E ainda assim o senhor não responde minhas perguntas — disse Elhokar. — Se pudesse tomar essa decisão, tio, faria com que deixássemos as Planícies Quebradas? O senhor é um covarde?

Dalinar hesitou.

Você deve uni-los, dissera aquela voz. *É sua tarefa, e eu a atribuo a você.*

Será que sou um covarde?, ele se perguntou. Nohadon o desafiou, no livro, a examinar a si mesmo, a nunca ter tanta certeza ou arrogância a ponto de não querer buscar a verdade.

A pergunta de Elhokar não fora sobre suas visões. E, no entanto, Dalinar tinha a distinta impressão de que ele *estava* sendo covarde, pelo menos em relação ao seu desejo de abdicar. Se desistisse devido ao que estava acontecendo, seria de fato tomar o caminho mais fácil.

Não posso desistir, ele entendeu. *Não importa o que aconteça. Tenho que prosseguir até o fim.* Mesmo se estivesse louco. Ou, um pensamento cada vez mais preocupante, mesmo se as visões fossem reais, mas com origens suspeitas. *Preciso continuar. Mas também preciso planejar e garantir que não derrubarei minha casa.*

Era uma linha tão tênue na qual caminhar. Nada nítido, tudo nebuloso. Ele estava pronto para fugir porque gostava de tomar decisões coerentes. Bem, não havia nada coerente em relação ao que estava acontecendo com ele. Parecia que, ao tomar a decisão de continuar sendo grão-príncipe, havia colocado uma pedra angular importante para reconstruir as bases de quem era.

Ele não ia abdicar. Estava decidido.

— Dalinar? — perguntou Elhokar. — Você está... bem?

Dalinar piscou, percebendo que havia deixado de prestar atenção ao rei e a Sadeas. Ficar olhando para o nada daquele jeito não melhoraria sua reputação. Ele se voltou para o rei.

— Você quer saber a verdade. Sim, se eu pudesse dar a ordem, levaria todos os dez exércitos de volta a Alethkar.

Apesar do que os outros diziam, ele não era covarde. Não, acabara de confrontar a covardia dentro de si, e a compreendera. Aquilo ali era diferente.

O rei parecia chocado.

— Eu *partiria* — disse Dalinar com firmeza. — Mas não porque quero fugir ou porque tenho medo da batalha. Partiria porque temo pela estabilidade de Alethkar; deixar essa guerra nos ajudaria a garantir nossa terra natal e a lealdade dos grão-príncipes. Eu mandaria mais emissários e eruditas para descobrir por que os parshendianos mataram Gavilar. Nós desistimos disso rápido demais. Ainda me pergunto se o assassinato não foi cometido por criminosos ou rebeldes do povo deles.

"Eu descobriria como é a cultura deles... e, sim, eles têm cultura. Se o assassinato não foi cometido por rebeldes, eu continuaria perguntando até saber *por que* fizeram aquilo. Eu exigiria restituição... talvez que nos entregassem o próprio rei para execução... em troca da garantia de paz. Quanto às gemas-coração, eu falaria com minhas cientistas e descobriria um método seguro de manter este território. Talvez anexando essa área em massa, protegendo todas as Colinas Devolutas, pudéssemos realmente expandir nossas fronteiras e tomar as Planícies Quebradas. Eu não *abandonaria* a vingança, Vossa Majestade, mas prosseguiria com ela... e com nossa guerra aqui... de maneira mais ponderada. Nesse momento, sabemos muito pouco para sermos eficazes."

Elhokar pareceu surpreso. Ele assentiu.

— Eu... Tio, isso na verdade faz sentido. Por que não me explicou antes?

Dalinar ficou atônito. Algumas semanas atrás, Elhokar se indignara quando Dalinar apenas mencionara a ideia de retornar. O que havia mudado?

Não dou ao rapaz crédito suficiente, ele percebeu.

— Andei tendo dificuldade de explicar meus pensamentos, Vossa Majestade.

— Vossa Majestade! — disse Sadeas. — Certamente não está de fato considerando...

— Esse último atentado contra minha vida deixou-me perturbado, Sadeas. Diga-me: fez algum progresso para determinar quem colocou gemas enfraquecidas na minha Armadura?

— Ainda não, Vossa Majestade.

— Estão tentando me matar — disse Elhokar em voz baixa, se encolhendo na armadura. — Querem me ver morto, como a meu pai. Às vezes me pergunto se estamos correndo atrás dos Dez Tolos aqui. O assassino de branco... ele era shino.

— Os parshendianos assumiram a responsabilidade por enviá-lo — observou Sadeas.

— Sim, mas eles são selvagens, e facilmente manipulados. Seria a distração perfeita, colocar a culpa em um grupo de parshemanos. Ficamos em guerra durante anos e anos, sem notar os verdadeiros vilões, trabalhando em silêncio no meu próprio território. Eles me vigiam. Sempre. Esperando. Posso ver seus rostos nos espelhos. Símbolos, distorcidos, inumanos...

Dalinar voltou-se para Sadeas, e os dois trocaram um olhar perturbado. Estaria a paranoia de Elhokar piorando, ou apenas mais visível? Ele via espectros de conspirações em cada sombra, e agora — com o atentado contra sua vida — tinha provas para alimentar essas preocupações.

— Recuar das Planícies Quebradas seria uma boa ideia — disse Dalinar cuidadosamente. — Mas não se for para começarmos outra guerra com outras pessoas. Precisamos estabilizar e unificar nosso povo.

Elhokar suspirou.

— Pensar em caçar o assassino é inútil agora. Talvez não precisemos disso. Ouvi falar que seus esforços com Sadeas têm dado frutos.

— De fato, Vossa Majestade — disse Sadeas, parecendo orgulhoso, talvez até um pouco presunçoso. — Embora Dalinar ainda insista em usar suas próprias pontes lentas. Às vezes, minhas forças são quase eliminadas antes que ele chegue. Funcionaria melhor se Dalinar usasse táticas de ponte modernas.

— O desperdício de vidas… — disse Dalinar.

— É aceitável — cortou Sadeas. — A maioria é de escravos, Dalinar. É uma honra para eles ter a chance de participar de alguma maneira.

Duvido que eles vejam a situação desse jeito.

— Gostaria que você pelo menos *tentasse* do meu jeito — continuou Sadeas. — Nossa estratégia até agora funcionou, mas me preocupo que os parshendianos continuem a enviar dois exércitos contra nós. Não me agrada a ideia de lutar com ambos sozinho antes de você chegar.

Dalinar hesitou. Isso seria um problema. Mas desistir da ponte de cercos?

— Bem, por que não chegar a um meio-termo? — sugeriu Elhokar. — Na próxima investida de platô, tio, o senhor deixa que os carregadores de Sadeas o ajudem na marcha inicial até o platô contestado. Sadeas já tem várias equipes de ponte extras que poderia lhe emprestar. Ele ainda pode correr à frente com um exército menor, mas você seguiria mais rápido do que de costume, usando as equipes de ponte dele.

— Isso seria o mesmo que ter equipes de ponte próprias — disse Dalinar.

— Não necessariamente — respondeu Elhokar. — O senhor diz que os parshendianos raramente conseguem se posicionar e atirar nos seus homens uma vez que Sadeas os confronta. Os homens de Sadeas podem começar o ataque da maneira de sempre, e o senhor pode chegar quando ele houver garantido uma posição segura para o senhor.

— Sim… — disse Sadeas, pensativo. — Os carregadores que *você* usar estarão seguros, e você não vai desperdiçar vidas. Mas poderá chegar no platô para me ajudar duas vezes mais rápido.

— E se você não conseguir distrair os parshendianos o suficiente? — indagou Dalinar. — E se eles ainda posicionarem arqueiros para disparar contra os meus carregadores na hora da travessia?

— Então recuaremos. — Sadeas suspirou. — E decidiremos que o experimento fracassou. Mas pelo menos teremos tentado. É assim que avançamos, velho amigo. Tentando coisas novas.

Dalinar coçou o queixo, pensativo.

— Ah, vamos lá, Dalinar — disse Elhokar. — Ele seguiu sua sugestão de atacarem juntos. Tente do jeito dele pelo menos uma vez.

— Muito bem — concordou Dalinar. — Vamos ver como funciona.

— Excelente. — Elhokar se levantou. — E agora, acredito que vou cumprimentar seu filho. Aquela luta foi empolgante!

Dalinar não achara a luta particularmente empolgante — o oponente de Adolin não chegara a obter vantagem em momento algum. Mas era o melhor tipo de batalha. Dalinar não acreditava nos argumentos sobre uma "boa" luta ser entre dois oponentes equiparáveis. Ao vencer, era sempre melhor vencer rápido e com grande vantagem.

Dalinar e Sadeas se levantaram respeitosamente enquanto o rei descia as aflorações de pedra semelhantes a degraus rumo ao chão arenoso. Dalinar então voltou-se para Sadeas.

— Preciso ir. Mande-me uma escrivã para detalhar os platôs onde você acha que podemos tentar essa manobra. Da próxima vez que um deles estiver pronto para uma investida, marcharei meu exército até sua área de concentração e partiremos juntos. Você e seu grupo menor e mais rápido podem seguir na frente, e eu os alcanço quando estiverem em posição.

Sadeas assentiu.

Dalinar voltou-se para subir os degraus até a rampa de saída.

— Dalinar — chamou Sadeas.

Dalinar olhou para trás, para o outro grão-príncipe. O cachecol de Sadeas esvoaçava ao vento, os braços cruzados, o bordado dourado brilhando.

— Mande também uma das suas escrivãs. Com uma cópia daquele livro de Gavilar. Pode ser divertido ouvir suas outras histórias.

Dalinar sorriu.

— Vou mandar, Sadeas.

59

UMA HONRA

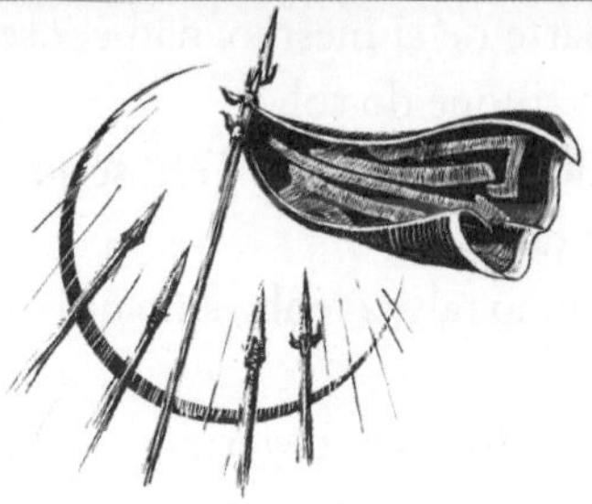

"Pairo acima do vazio final, amigos atrás de mim, amigos à minha frente. O banquete que preciso beber está agarrado a seu rosto e as palavras que devo falar cintilam em minha mente. Os velhos votos serão renovados."

— Data: *betabanan* do ano de 1173, 45 segundos antes da morte. O indivíduo era uma criança olhos-claros de cinco anos. A dicção estava notavelmente melhor ao fornecer a amostra.

KALADIN OLHOU PARA AS três brilhantes esferas de topázio no chão diante dele. O barracão estava escuro, vazio a não ser por Teft e ele. Lopen estava encostado no umbral da porta iluminado pelo sol, assistindo com ar casual. Lá fora, Rocha comandava os outros carregadores. Kaladin mandara-os praticar as formações de batalha. Nada óbvio. Poderia ser explicado como prática para o transporte de pontes, mas na verdade os estava treinando para obedecer a ordens e se reorganizar de modo eficiente.

As três pequenas esferas — apenas marcos — iluminavam o chão ao redor em pequenos anéis cor de bronze. Kaladin se concentrou nelas, prendendo a respiração, desejando que a luz entrasse nele.

Nada aconteceu.

Tentou mais intensamente, fitando o interior das gemas.

Nada aconteceu.

Apanhou uma e colocou-a na sua palma, levantando-a para ver a luz e nada mais. Ele conseguia distinguir os detalhes da tempestade, o cambiante vórtice de luz. Ele o comandou, projetou sua vontade, implorou.

Nada aconteceu.

Kaladin grunhiu, deitando-se na rocha e olhando para o teto.

— Talvez você não esteja querendo o bastante — disse Teft.

— Eu quero o máximo que sei querer. Não está dando certo, Teft.

Teft grunhiu e pegou uma das esferas.

— Talvez você esteja enganado sobre mim — disse Kaladin. Parecia poeticamente apropriado que no momento em que aceitou aquela estranha e assustadora parte de si mesmo, não conseguisse fazê-la funcionar. — Pode ter sido um truque do sol.

— Um truque do sol — repetiu Teft, sério. — Grudar uma bolsa no barril foi um truque da luz.

— Tudo bem. Então talvez tenha sido um estranho acaso, algo que só aconteceu uma vez.

— *E também* quando você foi ferido — lembrou Teft. — *E também* em toda incursão de ponte, quando você precisou de uma dose extra de força ou resistência.

Kaladin soltou um suspiro de frustração e bateu a cabeça levemente contra o chão rochoso algumas vezes.

— Bem, se sou um desses Radiantes de quem você vive falando, por que não consigo fazer nada?

— Imagino que você seja como um bebê aprendendo a usar as pernas — disse o grisalho carregador de pontes, rolando a esfera nos dedos. — De início, a coisa só acontece. Aos poucos, ele descobre como mover as pernas por vontade própria. Você só precisa de prática.

— Passei uma semana olhando para esferas, Teft. Quanto mais prática será necessário?

— Bem, mais do que isso, obviamente.

Kaladin revirou os olhos e sentou-se.

— Por que estou lhe dando ouvidos? Você já admitiu que não sabe mais do que eu.

— Eu não sei nada sobre usar Luz das Tempestades — disse Teft, fazendo cara feia. — Mas eu sei o que *deveria* acontecer.

— De acordo com histórias que se contradizem. Você me contou que os Radiantes podiam voar e caminhar pelas paredes.

Teft assentiu.

— E podiam mesmo. E derreter pedras com os olhos. E percorrer grandes distâncias em um instante. E comandar a luz do sol. E...

— E por que eles precisariam caminhar pelas paredes *e* voar? — disse Kaladin. — Se eles podiam voar, por que se importar em correr pelas paredes?

Teft nada disse.

— E por que se incomodar com qualquer uma dessas coisas se eles podem simplesmente "percorrer distâncias em um instante"? — Acrescentou Kaladin.

— Não sei ao certo — admitiu Teft.

— Não podemos confiar em histórias ou lendas — disse Kaladin. Ele olhou para Syl, que havia pousado ao lado de uma das esferas, encarando-a com um interesse semelhante ao de uma criança. — Quem sabe o que é verdade e o que foi inventado? A única coisa que sabemos ao certo é isso. — Ele pegou uma das esferas e segurou-a entre dois dedos. — O Radiante sentado aqui está muito, muito cansado da cor marrom.

Teft grunhiu.

— Você não é um Radiante, rapaz.

— Não estávamos falando agora mesmo...

— Ah, você consegue infundir. Consegue beber Luz das Tempestades e comandá-la. Mas ser um Radiante era mais do que isso. Era um modo de vida, as coisas que faziam. As Palavras Imortais.

— As o quê?

Teft rolou sua esfera entre os dedos novamente, segurando-a e olhando para suas profundezas.

— Vida antes da morte. Força antes da fraqueza. Jornada antes do destino. Esse era seu lema, e o Primeiro Ideal das Palavras Imortais. Havia quatro outros.

Kaladin ergueu uma sobrancelha.

— Quais?

— Na verdade, não sei — disse Teft. — Mas as Palavras Imortais... esses Ideais... guiavam tudo o que eles faziam. Dizem que os outros quatro Ideais eram diferentes para cada ordem de Radiantes. Mas o Primeiro Ideal era o mesmo para todas as dez ordens: vida antes da morte, força antes da fraqueza, jornada antes do destino. — Ele hesitou. — Ou pelo menos foi o que me contaram.

— Sim, bem, isso me parece óbvio — disse Kaladin. — A vida vem antes da morte. Assim como o dia vem antes da noite, ou o número um vem antes dos dois. Óbvio.

— Você não está levando isso a sério. Talvez seja por isso que a Luz das Tempestades te rejeita.

Kaladin se levantou e se alongou.

— Sinto muito, Teft. Só estou cansado.

— Vida antes da morte — disse Teft, sacudindo o dedo na direção de Kaladin. — O Radiante busca defender a vida, sempre. Ele nunca mata sem necessidade, e nunca arrisca a vida por motivos frívolos. Viver é mais difícil do que morrer. O dever do Radiante é viver.

"Força antes da fraqueza. Todos os homens são fracos em algum momento de suas vidas. O Radiante protege os fracos, e usa sua força pelos outros. A força não torna alguém capaz de governar; torna alguém capaz de servir."

Teft apanhou as esferas e guardou-as na bolsa. Ele segurou a última por um segundo, depois guardou-a também.

— Jornada antes do destino. Há muitas maneiras de alcançar uma meta. É melhor fracassar do que vencer por meios injustos. Proteger dez inocentes não justifica matar um. No fim, todos os homens morrem. Como você viveu será muito mais importante para o Todo-Poderoso do que o que realizou.

— O Todo-Poderoso? Então os cavaleiros estavam ligados à religião?

— E tudo não está ligado à religião? Foi algum velho rei que inventou tudo isso. Fez a esposa escrever um livro ou algo assim. Minha mãe o leu. Os Radiantes basearam os Ideais no que estava escrito lá.

Kaladin deu de ombros, indo verificar a pilha de coletes de couro dos carregadores. Em teoria, ele e Teft estavam conferindo se havia rasgos ou cordões rompidos. Depois de alguns minutos, Teft se juntou a ele.

— Você realmente acredita nisso? — perguntou Kaladin, levantando um colete e puxando os cordões. — Que alguém seguiria esses votos, ainda mais um bando de olhos-claros?

— Eles não eram só olhos-claros. Eram Radiantes.

— Eles eram pessoas — disse Kaladin. — Homens no poder sempre fingem virtude, ou orientação divina, algum tipo de encargo para "proteger" o resto de nós. Se acreditarmos que o Todo-Poderoso nos colocou onde estamos, é mais fácil engolirmos o que eles fazem conosco.

Teft virou um colete pelo avesso. Estava começando a rasgar por baixo do acolchoamento do ombro esquerdo.

— Eu não acreditava. E então... Então vi você infundindo Luz, e comecei a pensar.

— Histórias e lendas, Teft — disse Kaladin. — Queremos acreditar que já existiram homens melhores. Faz a gente pensar que pode voltar a ser desse jeito. Mas as pessoas não mudam. Elas são corruptas agora; elas eram corruptas no passado.

— Talvez. Meus pais acreditavam em tudo isso. Nas Palavras Imortais, nos Ideais, nos Cavaleiros Radiantes, no Todo-Poderoso. Até mesmo no velho Vorinismo. Na verdade, especialmente no velho Vorinismo.

— Que levou à Hierocracia. Os devotários e os fervorosos não devem ser donos de terras ou propriedades. É perigoso demais.

Teft bufou.

— Por quê? Você acha que eles seriam piores no comando do que os olhos-claros?

— Bem, você provavelmente tem um bom argumento.

Kaladin franziu o cenho. Passara tanto tempo acreditando que o Todo-Poderoso o havia abandonado, ou até mesmo amaldiçoado, que era difícil acreditar que talvez, como Syl dissera, ele fosse abençoado. Sim, havia sido preservado, e achava que devia ser grato por isso. Mas o que podia ser pior do que receber grande poder, e mesmo assim ser fraco demais para salvar aqueles que amava?

Suas especulações foram interrompidas quando Lopen se empertigou à porta, gesticulando discretamente para Kaladin e Teft. Felizmente, não havia mais nada a esconder. De fato, nunca houvera nada a esconder, além de Kaladin sentado no chão olhando para as esferas como um idiota. Ele deixou de lado o colete e caminhou até a entrada.

O palanquim de Hashal estava sendo carregado diretamente para o barracão de Kaladin, seu marido alto e geralmente silencioso caminhando ao lado. A faixa no pescoço dele era violeta, assim como o bordado nos punhos de sua casaca curta, semelhante a um colete. Gaz ainda não havia reaparecido. Já se passara uma semana sem sinal dele. Hashal e seu marido — junto com seus assistentes olhos-claros — tinham assumido suas funções, e não respondiam a perguntas sobre o sargento.

— Raios — resmungou Teft, se pondo ao lado de Kaladin. — Esses dois me dão arrepios, como quando sei que alguém atrás de mim está com uma faca.

Rocha deixou os carregadores enfileirados e esperando em silêncio, como se para uma inspeção. Kaladin caminhou para unir-se a eles, Teft e Lopen seguindo logo atrás. Os criados desceram o palanquim diante de Kaladin. Com os lados abertos e apenas um pequeno toldo na parte superior, o veículo era pouco mais do que uma poltrona em uma plataforma. Muitas mulheres olhos-claros os usavam nos acampamentos de guerra.

Kaladin relutantemente fez a mesura apropriada, levando os outros carregadores a fazer o mesmo. Não era o momento de levar uma surra por insubordinação.

— Você tem um bando tão bem-treinado, líder de ponte — disse ela, coçando distraidamente o rosto com uma unha vermelho-rubi, o cotovelo apoiado no braço da poltrona. — Tão... eficiente em incursões de pontes.

— Obrigado, Luminosa Hashal — respondeu Kaladin, tentando, sem sucesso, esconder a frieza e hostilidade em sua voz. — Posso fazer uma pergunta? Gaz já não aparece faz alguns dias. Ele está bem?

— Não. — Kaladin esperou mais detalhes, mas ela nada acrescentou. — Meu marido tomou uma decisão. Seus homens são tão bons em incursões de pontes que vocês são um modelo para as outras equipes. Sendo assim, a partir de hoje estarão no serviço de ponte todos os dias.

Kaladin sentiu um arrepio.

— E o serviço de coleta?

— Ah, ainda haverá tempo para isso. Vocês precisam levar tochas lá para baixo de qualquer jeito, e as incursões de platô nunca acontecem à noite. Então seus homens vão dormir durante o dia, sempre de plantão, e trabalharão nos abismos à noite. Um aproveitamento muito melhor do seu tempo.

— Todas as incursões de ponte — disse Kaladin. — A senhora vai nos fazer ir em *todas as incursões.*

— Sim — respondeu ela de modo displicente, sinalizando para que os criados a levantassem. — A sua equipe é boa demais. Precisa ser usada. Vocês começam o serviço de ponte em tempo integral a partir de amanhã. Considerem isso... uma honra.

Kaladin inspirou com força para impedir-se de dizer o que pensava da "honra" dela. Não conseguiu se forçar a fazer uma mesura enquanto ela partia, mas a mulher não pareceu se importar. Rocha e os homens começaram a murmurar.

Todas as incursões de ponte. Ela acabara de duplicar a rapidez com que seriam mortos. A equipe de Kaladin não duraria mais do que algumas semanas. Eles já eram tão poucos que perder um ou dois homens em uma incursão faria a ponte desabar. Então os parshendianos se concentrariam neles, eliminando-os.

— Pelo bafo de Kelek! — exclamou Teft. — Ela quer nos ver mortos!

— Não é justo — acrescentou Lopen.

— Somos carregadores — disse Kaladin, olhando para eles. — Por que acham que qualquer tipo de "justiça" se aplica a nós?

— Ela não conseguiu acabar conosco rápido o bastante para o gosto de Sadeas — disse Moash. — Você sabia que soldados foram surrados por terem vindo ver você, o homem que sobreviveu à grantormenta? Ele não se esqueceu de você, Kaladin.

Teft ainda estava praguejando. Ele chamou Kaladin de lado, seguido por Lopen, mas os outros continuaram falando entre si.

— Danação! — disse Teft em voz baixa. — Eles costumavam fingir que tratavam as equipes de ponte do mesmo modo. Fazia parecer que eram justos. Mas pelo jeito desistiram disso. Canalhas.

— O que vamos fazer, *gancho*? — perguntou Lopen.

— Vamos até os abismos — respondeu Kaladin. — Exatamente como planejado. E vamos tentar descansar bastante hoje, já que parece que vamos ficar acordados a noite toda amanhã.

— Os homens vão odiar descer aos abismos à noite, rapaz — replicou Teft.

— Eu sei.

— Mas não estamos prontos para… o que precisamos fazer — comentou Teft, olhando para os lados a fim de garantir que ninguém ouviria. Só havia ele, Kaladin e Lopen. — Vamos precisar de pelo menos algumas semanas.

— Eu sei.

— Não vamos durar mais algumas semanas! — disse Teft. — Com Sadeas e Kholin trabalhando juntos, as incursões estão acontecendo quase todo dia. Basta uma incursão ruim… uma só vez em que os parshendianos se concentrem em nós… e tudo estará acabado. Seremos eliminados.

— Eu sei! — disse Kaladin, frustrado, respirando fundo e cerrando os punhos para não explodir.

— *Gancho!* — disse Lopen.

— O que foi? — perguntou Kaladin rispidamente.

— Está acontecendo de novo.

Kaladin estacou, então olhou para seus braços. Realmente, havia um traço de fumaça luminescente surgindo da sua pele. Era extremamente tênue — não havia muitas gemas perto dele —, mas ali estava. Os fios de luz sumiram rapidamente. Ele torceu para que nenhum dos outros carregadores houvesse reparado.

— Danação. O que foi que eu fiz?

— Eu não sei — disse Teft. — Será que foi porque você estava com raiva de Hashal?

— Eu estava com raiva antes.

— Você inspirou — disse Syl com entusiasmo, agitando-se ao redor dele no ar, uma fita de luz.

— O quê?

— Eu vi. — Ela se retorceu até dar uma volta completa. — Você estava furioso, aí inspirou, e a Luz… foi junto.

Kaladin olhou para Teft, mas, naturalmente, o carregador de pontes mais velho não havia escutado.

— Reúna os homens — ordenou Kaladin. — Vamos descer até nosso serviço de abismo.

— E o que acabou de acontecer? — indagou Teft. — Kaladin, não podemos participar de tantas incursões de pontes. Seremos destroçados.

— Vou dar um jeito nisso hoje. Reúna os homens. Syl, preciso que faça algo para mim.

— O quê? — Ela pousou diante dele e tomou a forma de uma jovem.

— Encontre um lugar onde alguns cadáveres de parshendianos tenham caído.

— Pensei que vocês iam praticar com as lanças hoje.

— É isso que os homens vão fazer. Primeiro, vou organizá-los. Depois, tenho uma tarefa diferente.

KALADIN SINALIZOU RAPIDAMENTE BATENDO palmas e os carregadores se organizaram em uma formação adequada de ponta de flecha. Eles carregavam as lanças que haviam ocultado no abismo, guardadas em um saco grande cheio de pedras e enfiado em uma fissura. Ele bateu palmas novamente e os carregadores se reorganizaram em uma formação de muralha de duas linhas. Palmas de novo, e formaram um círculo com um homem atrás de cada dois homens, como um reserva de substituição rápida.

As paredes do abismo pingavam água, e os carregadores pisavam em poças. Eles eram bons. Melhores do que tinham qualquer direito de ser, melhores — para seu nível de treinamento — do que qualquer equipe com que já trabalhara.

Mas Teft tinha razão. Não durariam muito tempo em uma luta. Mais algumas semanas e Kaladin os colocaria para praticar ataques e defesas, e como se protegerem mutuamente, para que começassem a apresentar ameaça. Até então, eles eram apenas carregadores que sabiam se mover em padrões elegantes. Precisavam de mais tempo.

— Teft — disse Kaladin. — Assuma o comando.

O homem fez uma daquelas saudações de braços cruzados.

— Syl — disse Kaladin à esprena —, vamos ver aqueles corpos.

— Eles estão aqui perto. Vamos.

Ela zuniu pelo abismo, uma fita brilhante. Kaladin seguiu atrás.

— Senhor — chamou Teft.

Kaladin hesitou. Quando Teft havia começado a chamá-lo de "senhor"? Era estranho como soava apropriado.

— Sim?

— O senhor quer uma escolta?

Teft estava na frente dos carregadores reunidos, que se pareciam cada vez mais com soldados, com seus coletes de couro e lanças em posturas praticadas.

Kaladin balançou a cabeça.

— Vou ficar bem.

— Demônio-do-abismo…

— Os olhos-claros mataram todos rondando tão perto do nosso lado. Além disso, se eu topasse com um, que diferença faria dois ou três homens a mais?

Teft fez uma careta por trás da barba grisalha, mas não ofereceu mais objeções. Kaladin continuou a seguir Syl. Na sua bolsa, carregava o resto das esferas que haviam descoberto nos corpos durante as coletas. Eles haviam desenvolvido o hábito de guardar parte de cada descoberta e pregá-la debaixo das pontes. E, com a ajuda de Syl, agora encontravam mais do que de costume. Ele tinha uma pequena fortuna na bolsa. Esperava que aquela Luz das Tempestades fosse útil agora.

Pegou um marco de safira para iluminação, evitando poças cheias de ossos. Um crânio brotava de uma delas, musgo verde crescendo no escalpo como cabelo, esprenos de vida fervilhando acima. Talvez devesse achar sinistro caminhar por aqueles cantos escuros sozinho, mas isso não incomodava Kaladin. Era um lugar santificado, a tumba dos humildes, a caverna sepulcral dos carregadores e lanceiros que haviam morrido devido aos éditos dos olhos-claros, derramando sangue pelas paredes de rocha. Aquele local não era sinistro; era sagrado.

Na verdade, estava contente por estar sozinho com seu silêncio e os restos dos mortos. Aqueles homens não haviam ligado para as querelas daqueles nascidos com olhos mais claros que os deles; importavam-se com suas famílias ou no mínimo com suas bolsas de esferas. Quantos deles haviam sido aprisionados naquela terra estrangeira, naqueles platôs infindáveis, pobres demais para escapar de volta a Alethkar? Centenas pereciam a cada semana, conquistando gemas para homens que já eram ricos, vingando um rei morto há muito tempo.

Kaladin passou por outra caveira, esta sem a mandíbula inferior, o topo rachado por uma machadada. Os ossos pareciam contemplá-lo, curiosos, a Luz das Tempestades azul na sua mão pintando o chão irregular e as paredes com um tom assombroso.

Os devotários ensinavam que, quando os homens morriam, os mais valentes, aqueles que melhor haviam cumprido suas Vocações, ascendiam para ajudar a reconquistar o céu. Cada homem faria o que havia feito em vida. Lanceiros lutariam, lavradores trabalhariam em fazendas espirituais, olhos-claros liderariam. Os fervorosos faziam questão de apontar que a excelência em qualquer Vocação traria poder. Um lavrador seria capaz de acenar e criar grandes campos de colheitas espirituais. Um lanceiro seria um grande guerreiro, capaz de causar trovões com seu escudo e relâmpago com sua lança.

Mas e os carregadores? Será que o Todo-Poderoso exigiria que todos aqueles caídos se levantassem e continuassem sua labuta? Será que Dunny e os outros carregavam pontes na pós-vida? Nenhum fervoroso fora até eles para testar suas habilidades ou conceder-lhes Elevações. Talvez carregadores não fossem necessários na Guerra pelo Céu. De qualquer modo, só os mais habilidosos iam para lá. Os outros simplesmente dormiriam até que os Salões Tranquilinos fossem recuperados.

Então eu voltei a acreditar? Ele escalou um rochedo cravado no abismo. *Simples assim?* Ele não tinha certeza. Mas não importava. Faria o melhor que pudesse pelos seus carregadores. Se fosse uma Vocação, tudo bem.

Naturalmente, se ele escapasse com a equipe, Sadeas os substituiria por outros que morreriam em seu lugar.

Tenho que me preocupar com o que posso fazer, disse a si mesmo. *Aqueles outros carregadores não são minha responsabilidade.*

Teft falava sobre os Radiantes, sobre ideais e histórias. Por que os homens não podiam realmente agir daquele jeito? Por que precisavam contar com sonhos e invenções para obter inspiração?

Se você fugir, vai deixar todos os outros carregadores serem abatidos, sussurrou uma voz dentro dele. *Precisa haver algo que possa fazer por eles.*

Não! Se eu me preocupar com isso, não serei capaz de salvar a Ponte Quatro. Se eu encontrar uma saída, vamos partir.

Se você partir, então quem vai lutar por eles?, a voz parecia dizer. *Ninguém se importa. Ninguém.*

O que seu pai tinha dito, tantos anos atrás? Ele fazia o que considerava certo porque alguém tinha que começar. Alguém precisava dar o primeiro passo.

A mão de Kaladin pareceu esquentar. Ele parou no abismo, fechando os olhos. Geralmente não era possível sentir qualquer calor de uma esfera, mas aquela em sua mão parecia quente. E então... de um modo que pareceu completamente natural... Kaladin respirou fundo. A esfera esfriou e uma onda de calor subiu pelo seu braço.

Ele abriu os olhos. A esfera estava escura e seus dedos estavam cobertos com geada. Luz emanava dele como fumaça de uma fogueira, branca, pura.

Sentia-se vivo, cheio de energia. Não precisava respirar — de fato, prendeu a respiração, aprisionando a Luz das Tempestades. Syl zuniu de volta até ele, girou ao seu redor e então parou no ar, tomando a forma de uma mulher.

— Você conseguiu. O que aconteceu?

Kaladin balançou a cabeça, ainda prendendo a respiração. Alguma coisa estava despertando nele, como...

Como uma tempestade. Rugindo nas suas veias, uma tempestade varrendo sua caixa torácica. Fazia Kaladin querer correr, saltar, gritar. Quase o fazia ter vontade de explodir. Sentia que podia caminhar pelo ar. Ou pelas paredes.

Sim!, pensou. Ele saiu correndo, saltando para a parede do abismo e plantando os pés ali.

Então quicou e voltou ao chão. Ficou tão atordoado que soltou um grito, e sentiu a tempestade dentro de si diminuir à medida que o ar escapou.

A Luz das Tempestades emanava dele com mais rapidez agora que estava respirando. Permaneceu ali deitado de barriga para cima até que o último vestígio se esgotasse.

Syl pousou no seu peito.

— Kaladin? O que foi aquilo?

— Eu sendo um idiota — replicou ele, sentando-se e sentindo uma dor nas costas e outra mais aguda onde seu cotovelo atingira o chão. — Teft disse que os Radiantes caminhavam pelas paredes, e eu me senti tão vivo...

Syl caminhou no ar, como se estivesse descendo uma escadaria.

— Acho que você ainda não está pronto para isso. Não se arrisque tanto. Se você morrer, voltarei a ficar estúpida, sabe?

— Vou me lembrar disso — respondeu Kaladin, se levantando. — Talvez seja melhor tirar "morrer" da minha lista de tarefas desta semana.

Ela riu, deslizando pelo ar, tornando-se novamente uma fita.

— Vamos, venha logo.

Ela voou pelo abismo. Kaladin coletou a esfera fosca, então procurou na bolsa outra gema para fornecer luz. Teria drenado todas? Não. As outras ainda brilhavam intensamente. Ele selecionou um marco de rubi, depois se apressou para alcançar Syl.

Ela o conduziu por um estreito abismo que continha um pequeno grupo de cadáveres parshendianos frescos.

— Isso é mórbido, Kaladin — observou Syl, parando acima dos corpos.

— Eu sei. Você sabe para onde Lopen foi?

— Eu o mandei fazer coleta aqui por perto, pegando as coisas que você pediu.

— Traga-o para cá, por favor.

Syl suspirou, mas partiu zunindo. Ela sempre ficava mal-humorada quando ele a fazia aparecer para outras pessoas além dele. Kaladin se ajoelhou. Todos os parshendianos pareciam tão similares. Aquele mesmo rosto quadrado, aqueles traços duros, quase pétreos. Alguns tinham barbas com pedaços de gemas amarrados nelas. As gemas brilhavam, mas não muito. Gemas lapidadas continham melhor a Luz das Tempestades. Por que seria?

Rumores no acampamento alegavam que os parshendianos levavam os humanos feridos e os devoravam. Rumores também afirmavam que eles abandonavam seus mortos, sem se preocupar com os caídos, e que nunca construíam piras apropriadas para eles. Mas isso era mentira. Eles se preocupavam com seus mortos. Todos pareciam ter a mesma sensibilidade demonstrada por Shen, que tinha um ataque sempre que um dos carregadores sequer tocava um cadáver parshendiano.

É melhor eu estar certo sobre isso, Kaladin pensou com ar severo, tirando uma faca de um dos corpos dos parshendianos. Era ricamente ornamentada e forjada, o aço entalhado com glifos que Kaladin não reconheceu. Ele começou a cortar a estranha couraça que crescia no tórax do cadáver.

Kaladin rapidamente determinou que a fisiologia parshendiana era muito diferente da humana. Pequenos ligamentos azuis prendiam a couraça à pele abaixo. Estava conectada por toda a superfície. Ele continuou trabalhando. Não houve muito sangue, que havia se acumulado nas costas do cadáver ou vazado. Sua faca não era a ferramenta de um cirurgião, mas realizou bem o serviço. Quando Syl voltou com Lopen, Kaladin já havia removido a placa peitoral e passado para o elmo da carapaça. Essa parte foi mais difícil de remover; o elmo havia crescido entremeado ao crânio em alguns lugares, e ele teve que serrar com a seção serrilhada da lâmina.

— Ei, *gancho* — disse Lopen, com um saco pendurado sobre o ombro. — Você realmente não gosta deles, não é mesmo?

Kaladin se levantou, limpando as mãos no saiote do parshendiano morto.

— Você encontrou o que eu pedi?

— Encontrei, sim — disse Lopen, baixando o saco e enfiando a mão nele.

Ele puxou um colete e um chapéu de armadura de couro, do tipo que os lanceiros usavam. Então retirou algumas correias de couro finas e um escudo de madeira de tamanho médio. Finalmente, pegou uma série de ossos vermelhos. Ossos dos parshendianos. No fundo do saco havia a corda que Lopen havia comprado e jogado no abismo, então escondido ali embaixo.

— Você não perdeu o juízo, perdeu? — indagou Lopen, olhando para os ossos. — Porque, se for esse o caso, eu tenho um primo que sabe fazer uma bebida para gente que perdeu o juízo, e talvez te ajude a melhorar, com certeza.

— Se eu tivesse perdido o juízo, diria que sim? — ponderou Kaladin, caminhando até um lago de água parada para lavar o elmo de carapaça.

— Eu não sei — disse Lopen, se recostando. — Talvez. Acho que não importa se você é maluco ou não.

— Você seguiria um louco em batalha?

— Claro — respondeu Lopen. — Se você for louco, é de um tipo bom, e eu gosto de você. Não é um louco do tipo que mata pessoas dormindo. — Ele sorriu. — Além disso, todos nós seguimos malucos o tempo todo. Fazemos isso todo dia com os olhos-claros.

Kaladin deu uma risada.

— Então, para que serve tudo isso?

Kaladin não respondeu. Ele posicionou a placa peitoral sobre o colete de couro, então a amarrou na frente com algumas das correias de couro. Fez o mesmo com o chapéu e o elmo, embora ao fim tenha tido que serrar alguns sulcos no elmo com sua faca para fixá-lo.

Depois de terminar, Kaladin usou as últimas correias para prender os ossos na frente do escudo de madeira redondo. Os ossos chocalharam quando ele levantou o escudo, mas decidiu que estava bom o bastante.

Ele pegou o escudo, o chapéu e o peitoral e colocou-os no saco de Lopen. Mal couberam.

— Tudo bem — disse ele, se levantando. — Syl, nos leve até o abismo mais raso.

Eles haviam passado algum tempo investigando, descobrindo o melhor lugar de onde lançar flechas na parte de baixo das pontes permanentes. Uma ponte em particular era próxima do acampamento de guerra de Sadeas — então eles frequentemente a atravessavam na saída para uma incursão de ponte — e cruzava um abismo particularmente raso. Com apenas cerca de dez metros de profundidade, em vez dos trinta metros ou mais costumeiros.

Ela assentiu, então foi embora voando, deixando-os sozinhos. Kaladin e Lopen a seguiram. Teft tinha ordens de guiar os outros de volta e encontrar Kaladin na base da escada, mas Kaladin e Lopen deviam estar muito à frente deles. Passou a caminhada escutando distraidamente Lopen falar sobre sua família estendida.

Quanto mais Kaladin pensava sobre seu plano, mais ousado lhe parecia. Talvez Lopen estivesse certo em questionar sua sanidade. Mas Kaladin havia tentado ser racional; havia tentado ser cuidadoso. Tudo isso falhara; agora não havia mais tempo para lógica ou cuidado. Hashal obviamente pretendia que a Ponte Quatro fosse exterminada.

Quando planos inteligentes e cuidadosos falhavam, era hora de tentar uma ação desesperada.

Lopen calou-se subitamente. Kaladin hesitou. O herdaziano estava pálido e paralisado. O que...

Som de arranhões. Kaladin também estacou, o pânico surgindo. Um dos corredores laterais ecoou com um profundo som de trituração. Kaladin virou-se lentamente, a tempo de vislumbrar algo grande — não, algo *enorme* — descendo pelo distante abismo. Sombras na luz fraca, o som de patas quitinosas raspando na pedra. Kaladin prendeu a respiração, suando, mas a fera não foi na direção deles.

O som de raspagem ficou mais baixo, então por fim sumiu. Ele e Lopen ficaram imóveis por um longo período depois que o ruído se dissipou.

Finalmente, Lopen falou.

— Acho que os mais próximos não estão todos mortos, hein, *gancho*?

— É — disse Kaladin.

Ele pulou de susto quando Syl voou de volta para encontrá-los. Sugou Luz das Tempestades inconscientemente com a surpresa, e quando ela parou no ar, encontrou-o brilhando timidamente.

— O que está havendo? — perguntou ela, as mãos na cintura.

— Demônio-do-abismo — disse Kaladin.

— É mesmo? — Ela pareceu empolgada. — Nós devíamos ir atrás dele!

— O quê?

— Claro — disse ela. — Aposto que você conseguiria lutar contra ele.

— Syl…

Os olhos dela brilhavam de modo divertido. Era só uma piada.

— Vamos. — Ela partiu voando.

Ele e Lopen passaram a pisar de modo mais delicado. Por fim, Syl pousou na encosta do abismo, ficando parada ali como se estivesse zombando da tentativa de Kaladin de caminhar pela parede.

Kaladin olhou para a sombra de uma ponte de madeira mais de dez metros acima. Era o abismo mais raso que conseguiram encontrar; eles tendiam a se tornar cada vez mais profundos seguindo para leste. Mais e mais, ele tinha certeza de que tentar escapar pelo leste era impossível. Era longe demais, e sobreviver às enchentes das grantormentas era um desafio enorme. O plano original — lutar ou subornar os guardas, depois fugir — era o melhor.

Mas eles precisavam sobreviver tempo o bastante para tentar. A ponte acima oferecia uma oportunidade, se Kaladin pudesse alcançá-la. Ele jogou a pequena bolsa de esferas e o saco cheio de armaduras e ossos sobre o ombro. Originalmente, pensara em fazer Rocha atirar uma flecha com uma corda amarrada por cima da ponte, dando a volta até o abismo. Com alguns homens segurando uma ponta, um deles poderia escalar e amarrar o saco na parte inferior da ponte.

Mas era arriscado atirar uma flecha para fora do abismo onde batedores poderiam vê-la. Dizia-se que eles tinham olhar muito aguçado, já que os exércitos dependiam deles para encontrar demônios-do-abismo formando crisálidas.

Kaladin pensou em uma maneira melhor do que a flecha. Talvez.

— Precisamos de pedras — disse ele. — Do tamanho de punhos. Um bocado delas.

Lopen deu de ombros e começou a procurar. Kaladin se uniu a ele, pescando-as em poças e puxando-as de abismos. Não faltavam pedras nos abismos. Em pouco tempo, ele tinha uma grande pilha de pedras em um saco.

Ele pegou a bolsa de esferas e tentou pensar como havia pensado antes, quando absorvera a Luz das Tempestades. *Esta é nossa última chance.*

— Vida antes da morte — sussurrou ele. — Força antes da fraqueza. Jornada antes do destino.

O Primeiro Ideal dos Cavaleiros Radiantes. Ele inspirou profundamente e um intenso choque de poder subiu pelo seu braço. Seus músculos queimavam com energia, com o desejo de se mover. A tempestade se espalhou dentro dele, forçando contra sua pele, fazendo seu sangue bombear forte. Ele abriu os olhos. Fumaça brilhante emanava de seu corpo. Foi capaz de conter grande parte da Luz, prendendo-a ao segurar a respiração.

É como uma tempestade dentro de mim. Parecia que ia parti-lo ao meio.

Ele colocou o saco com a armadura no chão, mas enrolou a corda ao redor do seu braço e amarrou o saco de pedras ao seu cinto. Pegou uma pedra do tamanho de um punho e a levantou, sentindo sua superfície desgastada pelas tempestades. *Espero que isso funcione...*

Ele infundiu a pedra com Luz das Tempestades, seu braço se cobrindo com geada. Não sabia ao certo como estava fazendo aquilo, mas parecia natural, como verter líquido em uma taça. A luz parecia se acumular sob a pele da sua mão, então se transferir para a pedra — como se ele estivesse pintando-a com um líquido vibrante e luminoso.

Kaladin pressionou a pedra à parede rochosa. Ela se fixou no local, vazando Luz das Tempestades, grudando de maneira tão forte que não conseguiu mais arrancá-la dali. Ele testou seu peso nela, e a pedra aguentou. Ele colocou outra um pouco mais baixo, então outra um pouco mais alto. Depois, desejando que alguém pudesse queimar uma oração pelo seu sucesso, começou a escalar.

Tentou não pensar sobre o que estava fazendo. Escalando pedras presas na parede por... o quê? Luz? Esprenos? Continuou subindo. Era muito parecido com escalar as formações rochosas perto de Larpetra com Tien, exceto que ele podia fazer pontos de apoio para as mãos exatamente onde queria.

Devia ter procurado um pouco de pó de pedra para cobrir minhas mãos, ele pensou, se içando para cima, então pegando outra pedra do seu saco e grudando-a na parede.

Syl caminhava ao seu lado, seu passeio casual parecendo zombar da dificuldade da escalada. Enquanto deslocava o peso para outra rocha, ouviu um estalo assustador vindo do fundo. Ele arriscou um olhar para baixo. A primeira das suas pedras havia se soltado. As outras perto dela estavam vazando Luz das Tempestades de modo muito tênue agora.

As rochas conduziam até ele como uma série de pegadas ardentes. A tempestade em seu interior havia se aquietado, embora ainda trovejasse e rosnasse nas suas veias, agitação e distração ao mesmo tempo. O que aconteceria se ficasse sem Luz antes de chegar ao topo?

A rocha seguinte se soltou. A outra ao lado dela seguiu-a alguns segundos depois. Lopen estava do outro lado do fundo do abismo, encostado na parede, interessado, mas relaxado.

Continue se movendo!, pensou Kaladin, irritado consigo mesmo pela distração. Voltou ao trabalho.

Justo quando seus braços estavam começando a arder devido à escalada, ele alcançou o fundo da ponte. Mais duas das pedras se soltaram; o ruído delas mais alto agora, já que caíam de uma altura muito maior.

Estabilizando-se na parte inferior da ponte com uma mão, os pés ainda apoiados nas pedras mais altas, ele enrolou a ponta da corda ao redor de um suporte da ponte de madeira. Deu mais uma volta e fez um nó improvisado, deixando bastante corda extra na ponta mais curta.

Ele deixou o resto da corda deslizar livremente do seu ombro até o chão do abismo.

— Lopen — chamou ele. Luz escapava de sua boca enquanto falava. — Puxe até esticar bem.

O herdaziano obedeceu, e Kaladin puxou do seu lado, deixando o nó bem firme. Então segurou a seção longa da corda e se soltou da parede, ficando pendurado sob o fundo da ponte. O nó aguentou o tranco.

Kaladin relaxou. Ainda estava emanando luz, e — exceto pelo chamado a Lopen — estivera prendendo a respiração por um bom quarto de hora. *Isso pode ser útil*, ele pensou, embora seus pulmões estivessem começando a arder, então passou a respirar normalmente. A Luz não o deixou de todo, mas começou a escapar mais rápido.

— Tudo bem — disse Kaladin a Lopen. — Amarre o outro saco na ponta da corda.

A corda sacudiu, e alguns momentos depois Lopen avisou que já estava pronto. Kaladin agarrou a corda com as pernas para manter sua posição, então usou as mãos para puxar o segmento abaixo dele, subindo o saco da armadura. Usando a corda na extremidade curta do nó, ele enfiou sua bolsa de esferas foscas no saco com a armadura, então o prendeu no lugar sob a ponte onde ele esperava que Lopen e Dabbid fossem capazes de alcançá-lo de cima.

Ele olhou para baixo. O chão parecia muito mais distante dali do que visto da ponte acima. A partir daquela sutil diferença de perspectiva, tudo mudou.

Ele não sentiu vertigem da altura. Em vez disso, ficou empolgado. Parte dele sempre gostara de estar no alto. Parecia natural. Ficar embaixo — preso em buracos e incapaz de ver o mundo — que era deprimente.

Ele pensou no que faria em seguida.

— O que foi? — perguntou Syl, andando no ar até ele.

— Se eu deixar a corda aqui, alguém pode vê-la enquanto estiver cruzando a ponte.

— Então corte-a.

Ele a encarou, levantando uma sobrancelha.

— Enquanto estou pendurado nela?

— Você vai ficar bem.

— É uma queda de mais de dez metros! No mínimo vou quebrar alguns ossos.

— Não — replicou Syl. — Tenho *certeza*, Kaladin. Você vai ficar bem. Confie em mim.

— Confiar em você? Syl, você mesma disse que sua memória não está completa!

— Você me insultou, na semana passada — disse ela, cruzando os braços. — Acho que me deve desculpas.

— Devo pedir desculpas cortando uma corda e caindo dez metros?

— Não, você vai pedir desculpas confiando em mim. Eu já disse. Tenho certeza.

Ele suspirou, olhando para baixo novamente. Sua Luz das Tempestades estava acabando. O que mais podia fazer? Deixar a corda seria tolice. Poderia amarrá-la em outro nó, que conseguiria soltar sacudindo a corda de baixo?

Se esse tipo de nó existia, ele não sabia como fazê-lo. Trincou os dentes. Então, enquanto a última de suas rochas caía e repicava no chão, ele respirou fundo e sacou a faca parshendiana que guardara mais cedo. Movendo-se rapidamente, antes que tivesse chance de reconsiderar, ele cortou a corda.

Caiu rapidamente, uma das mãos ainda segurando a corda cortada, o estômago afundando com o súbito horror da queda. A ponte pareceu voar para cima, e a mente em pânico de Kaladin imediatamente moveu os olhos para baixo. Não era bonito. Era assustador. Era horrível. Ele ia morrer! Ele…

Está tudo bem.

Suas emoções se acalmaram em um instante. De algum modo, ele soube o que fazer. Contorceu-se no ar, soltando a corda e atingindo o solo com os dois pés. Pousou se agachando, apoiando uma das mãos na pedra, um choque frio subindo pelo seu corpo. Sua Luz das Tempestades restante saiu em um único lampejo, drenada do seu corpo em um anel de fumaça luminoso que se chocou contra o chão antes de se espalhar, desaparecendo.

Ele se levantou. Lopen estava boquiaberto. Kaladin sentia as pernas doloridas devido ao impacto, mas era como se houvesse saltado pouco mais que um metro.

— Dez trovoadas nas montanhas, *gancho*! — exclamou Lopen. — Isso foi incrível!

— Obrigado — disse Kaladin.

Ele levou a mão à cabeça, olhando de relance para as pedras espalhadas ao redor da base da parede, então fitando a armadura, presa com segurança sob a ponte.

— Eu te falei — declarou Syl, triunfante, enquanto pousava no seu ombro.

— Lopen — disse Kaladin. — Você acha que consegue pegar aquele saco com a armadura durante a próxima incursão de ponte?

— Claro. Ninguém vai ver. Eles ignoram os herdazis, eles ignoram carregadores e, mais que tudo, ignoram aleijados. Para eles, sou tão invisível que podia atravessar paredes.

Kaladin assentiu.

— Pegue o saco. Esconda. Traga-o para mim antes da investida final no platô.

— Eles não vão gostar se você for para uma incursão de ponte com armadura, *gancho* — disse Lopen. — Acho que vai dar no mesmo do que já tentou antes.

— Vamos ver — disse Kaladin. — Só faça o que eu pedi.

60
AQUILO QUE NÃO
PODEMOS TER

"A morte é minha vida, a força torna-se minha fraqueza, a jornada terminou."

— Data: *betabanes* do ano de 1173, 95 segundos antes da morte. O indivíduo era uma erudita de modesto renome. Amostra coletada de segunda mão. Considerada questionável.

— É POR ISSO, PAI – disse Adolin —, que o senhor absolutamente *não pode* abdicar em meu favor, não importa *o que* a gente descubra com as visões.

— É mesmo? — perguntou Dalinar, sorrindo para si mesmo.

— Sim.

— Muito bem, você me convenceu.

Adolin estacou no corredor. Os dois estavam seguindo para as câmaras de Dalinar, que virou-se e olhou para o homem mais jovem.

— É sério? — indagou Adolin. — Quero dizer, eu realmente ganhei uma discussão com o senhor?

— Sim. Seus argumentos são válidos. — Ele não acrescentou que havia chegado à decisão por conta própria. — Não importa o que aconteça, vou ficar. Não posso abandonar essa luta agora.

Adolin sorriu de orelha a orelha.

— Mas... — Dalinar levantou um dedo. — Tenho uma exigência. Vou redigir uma ordem, autenticada pela minha escriba de posição mais elevada e testemunhada por Elhokar, que dará a você o direito de me depor, caso eu fique muito instável. Não vamos deixar os outros acampamentos saberem disso, mas não vou me arriscar a ficar tão louco que seja impossível me afastar.

— Muito bem — concordou Adolin, caminhando até Dalinar. Eles estavam sozinhos no corredor. — Aceito esses termos. Contanto que o senhor não conte a Sadeas. Ainda não confio nele.

— Não estou pedindo que confie nele — replicou Dalinar, abrindo a porta para seus aposentos. — Você só precisa acreditar que ele é capaz de mudar. Sadeas já foi meu amigo, e acho que pode voltar a ser.

As pedras frias da câmara Transmutada pareciam comportar o frescor da primavera, que continuava se recusando a se tornar verão, mas pelo menos não tinha recaído no inverno. Elthebar havia prometido que isso não aconteceria — contudo, as promessas do guarda-tempo eram sempre cheias de ressalvas. A vontade do Todo-Poderoso era misteriosa, e os sinais nem sempre eram confiáveis.

Ele agora aceitava guarda-tempos, muito embora houvesse rejeitado o auxílio deles quando se tornaram populares. Homem algum devia tentar conhecer o futuro, nem declarar conhecê-lo, pois o futuro pertencia apenas ao próprio Todo-Poderoso. E Dalinar se perguntava como os guarda-tempos podiam realizar suas pesquisas sem ler. Eles alegavam que não liam, mas Dalinar havia visto os livros deles, cheios de glifos. Glifos. Eles não deviam ser usados em livros; eram imagens. Mesmo um homem que nunca houvesse visto um glifo poderia entender seu significado, baseado na sua forma. Isso tornava a interpretação de glifos diferente da leitura.

Guarda-tempos faziam muitas coisas incômodas. Infelizmente, eles eram muito *úteis*. Saber quando uma grantormenta podia chegar, bem, era uma vantagem tentadora demais. Muito embora os guarda-tempos estivessem frequentemente errados, era mais comum que estivessem certos.

Renarin estava ajoelhado junto à lareira, inspecionando o fabrial que havia sido instalado ali para aquecer a sala. Navani já havia chegado e estava na escrivaninha elevada de Dalinar, compondo uma carta; ela acenou distraidamente com seu caniço quando Dalinar entrou. Estava usando o fabrial que ele a vira usar no banquete algumas semanas atrás; a geringonça de várias pernas estava conectada ao ombro dela, agarrada ao tecido do seu vestido violeta.

— Eu não sei, pai — disse Adolin, fechando a porta. Aparentemente, ele ainda estava pensando sobre Sadeas. — Eu não me importo se ele está ouvindo *O caminho dos reis*. Só está fazendo isso para que você não preste tanta atenção às investidas nos platôs, para que suas escrivãs possam combinar a parte dele das gemas-coração de modo mais favorável. Ele está manipulando o senhor.

Dalinar deu de ombros.

— Gemas-coração são secundárias, filho. Se eu puder forjar novamente uma aliança com ele, então isso vale qualquer custo. De certo modo, sou eu que estou manipulando Sadeas.

Adolin suspirou.

— Está bem. Mas ainda vou ficar de olho na minha bolsa de dinheiro quando ele estiver por perto.

— Só tente não insultá-lo. Ah, e mais uma coisa: eu gostaria que você tomasse um cuidado extra com a Guarda do Rei. Caso haja soldados que sabemos com certeza que são leais a mim, coloque-os como guardas dos aposentos de Elhokar. As palavras dele sobre uma conspiração me deixaram preocupado.

— O senhor certamente não acredita nisso — disse Adolin.

— Algo estranho aconteceu com a armadura dele. Toda essa situação fede como lama de crem. Talvez não seja nada. Por enquanto, faça-me esse favor.

— Preciso observar que não gostava muito de Sadeas quando você, ele e Gavilar eram amigos — disse Navani, terminando sua carta com um floreio.

— Ele não está por trás dos ataques ao rei — disse Dalinar.

— Como pode ter certeza? — perguntou Navani.

— Porque não é o jeito dele. Sadeas nunca quis o título de rei. O poder de um grão-príncipe já é suficiente para ele, e ainda permite que outra pessoa seja culpada por erros em grande escala. — Dalinar balançou a cabeça. — Ele nunca tentou tomar o trono de Gavilar, e está em uma posição ainda melhor com Elhokar.

— Porque meu filho é um fraco — disse Navani. Não era uma acusação.

— Ele *não* é fraco — protestou Dalinar —, é inexperiente. Mas, sim, isso torna a situação ideal para Sadeas. Ele está dizendo a verdade... pediu para ser o Grão-príncipe da Informação porque quer muito descobrir quem está tentando matar Elhokar.

— Mashala — disse Renarin, usando o termo formal para tia. — Esse fabrial no seu ombro, o que ele faz?

Navani olhou para o dispositivo com um sorriso matreiro. Dalinar percebeu que ela estivera esperando que um deles fizesse essa pergunta. Dalinar sentou-se; a grantormenta chegaria logo.

— Ah, isso? É um tipo de dorial. Aqui, deixe-me mostrar. — Ela usou a mão segura para pressionar um clipe que soltava as pernas semelhantes a garras e levantou o objeto. — Você está sentindo alguma dor, querido? Uma topada no dedão, talvez, ou um arranhão?

Renarin balançou a cabeça.

— Estirei um músculo da mão na minha prática de duelo mais cedo — disse Adolin. — Não foi grave, mas dói um pouco.

— Venha aqui — disse Navani.

Dalinar sorriu com ternura — Navani sempre agia da maneira mais sincera quando brincava com novos fabriais. Era uma das poucas ocasiões em que ele podia vê-la sem nenhum fingimento. Aquela não era Navani, a mãe do rei, ou Navani, a maquinadora política; era Navani, a engenheira empolgada.

— A comunidade de artifabrianos está fazendo algumas coisas maravilhosas — disse Navani, enquanto Adolin estendia a mão. — Estou particularmente orgulhosa deste pequeno dispositivo, já que tomei parte na sua construção.

Ela o prendeu na mão de Adolin, envolvendo as garras na palma e fixando-as. Adolin levantou a mão, virando-a de um lado para outro.

— A dor sumiu.

— Mas você ainda está sentindo, correto? — perguntou Navani, com um ar convencido.

Adolin cutucou a palma com os dedos da outra mão.

— A mão não está nem um pouco dormente.

Renarin assistia com grande interesse, olhando com intensa curiosidade através dos óculos. Se ao menos o rapaz aceitasse se tornar um fervoroso... Então ele poderia ser um engenheiro, se desejasse. Mas ainda assim ele se recusava. Seus motivos sempre pareceram pouco convincentes para Dalinar.

— É meio grande — observou Dalinar.

— Bem, é só um modelo inicial — defendeu-se Navani. — Eu o estava desenvolvendo a partir de uma daquelas horríveis criações de Sombralonga, e não tive o luxo de refinar a forma. Acho que tem bastante potencial. Imagine alguns desses em um campo de batalha, aliviando a dor de soldados feridos. Imagine-o nas mãos de um cirurgião, que não teria que se preocupar com a dor do seu paciente enquanto trabalhava nele.

Adolin assentiu. Dalinar teve que admitir que parecia um dispositivo útil. Navani sorriu.

— Esta é uma ótima época para se estar vivo; estamos aprendendo todo tipo de coisas sobre fabriais. Este, por exemplo, é um fabrial de diminuição... ele diminui algo, neste caso a dor. Ele não cura a ferida, mas pode ser um passo nessa direção. De qualquer modo, é um tipo completamente diferente de fabriais emparelhados, como telepenas. Se vocês soubessem os planos que temos para o futuro...

— Como por exemplo? — indagou Adolin.

— Você saberá em algum momento — disse Navani com um sorriso misterioso. Ela removeu o fabrial da mão de Adolin.

— Espadas Fractais? — Adolin pareceu empolgado.

— Bom, não — respondeu Navani. — O desenho e o funcionamento de Espadas e Armaduras Fractais são completamente diferentes de tudo que já descobrimos. A coisa mais próxima que já se conseguiu são aqueles escudos, em Jah Keved. Mas, até onde sei, eles usam um projeto totalmente diferente de uma Armadura Fractal de verdade. Os antigos deviam ter uma compreensão fantástica da engenharia.

— Não — disse Dalinar. — Eu os vi, Navani. Eles são... Bem, eles são antigos. Sua tecnologia é primitiva.

— E as Cidades do Alvorecer? — perguntou Navani com ceticismo. — Os fabriais?

Dalinar balançou a cabeça.

— Não vi nenhum deles. Há Espadas Fractais nas visões, mas elas destoam do ambiente. Talvez tenham sido dadas diretamente pelos Arautos, como dizem as lendas.

— Talvez — admitiu Navani. — Por que nós não...

Ela desapareceu.

Dalinar piscou. Não ouvira a grantormenta se aproximando.

Ele agora estava em um grande salão ladeado por enormes pilastras que pareciam esculpidas em arenito macio, com laterais granulares e sem ornamentos. O teto era bem alto, esculpido na rocha em padrões geométricos que pareciam vagamente familiares. Círculos conectados por linhas, espalhando-se concentricamente...

— Eu não sei o que fazer, velho amigo — disse uma voz ao seu lado.

Dalinar se virou e viu um jovem em trajes reais brancos e dourados, caminhando com as mãos apertadas diante de si, ocultas por mangas volumosas. Seu cabelo escuro estava puxado para trás em uma trança, e sua barba era curta e pontuda. Fios de ouro estavam trançados no seu cabelo e se juntavam na testa para formar um símbolo dourado. O símbolo dos Cavaleiros Radiantes.

— Eles dizem que toda vez é igual — disse o homem. — Nunca estamos prontos para as Desolações. Devíamos melhorar nossas resistência, mas em vez disso nos aproximamos cada vez mais da destruição. — Ele se virou para Dalinar, como se esperasse uma resposta.

Dalinar olhou para baixo. Também vestia trajes ornamentados, embora não fossem tão luxuosos. Onde estaria? Em que período? Precisava encontrar pistas para que Navani as registrasse e Jasnah as usasse para provar — ou refutar — aqueles sonhos.

— Também não sei o que dizer — respondeu Dalinar. Se pretendia obter informações, precisava agir de maneira mais natural do que nas visões anteriores.

O homem majestoso suspirou.

— Eu esperava que você pudesse me dar algum conselho, Karm.

Eles continuaram a andar para a lateral do aposento, se aproximando de um ponto onde a parede se abria em uma enorme varanda com um parapeito de pedra. A vista mostrava o céu da tarde; o sol poente manchava o ar com um vermelho sujo e opressivo.

— Nossa própria natureza nos destrói — disse a figura régia com uma voz suave, embora seu rosto expressasse raiva. — Alakavish era um Manipulador de Fluxos. Ele devia saber dos riscos. E ainda assim o laço de Nahel não deu a ele mais sabedoria do que tem um homem comum. Infelizmente, nem todos os esprenos são tão perspicazes quanto esprenos de honra.

— Concordo — disse Dalinar.

O outro homem pareceu aliviado.

— Estava preocupado que você considerasse minhas palavras ousadas demais. Os seus Manipuladores de Fluxos foram… Mas não, não devemos olhar para trás.

O que é um Manipulador de Fluxos? Dalinar queria gritar a pergunta, mas não havia como. Não sem parecer totalmente deslocado.

Talvez…

— O que você acha que deve ser feito com esses Manipuladores de Fluxos? — indagou Dalinar cuidadosamente.

— Não sei se podemos forçá-los a fazer qualquer coisa. — Seus passos ecoavam no salão vazio. Não havia guardas nem assistentes? — O poder deles… Bem, Alakavish prova a atração que os Manipuladores de Fluxos têm sobre o povo. Se ao menos houvesse uma maneira de encorajá-los… — O homem parou, voltando-se para Dalinar. — Eles precisam melhorar, velho amigo. Todos nós precisamos. A responsabilidade do que recebemos… seja a coroa ou o laço de Nahel… precisa *nos* tornar melhores.

Ele parecia esperar algo de Dalinar. Mas o quê?

— Posso ver no seu rosto que você discorda — disse o homem majestoso. — Está tudo bem, Karm. Entendo que meus pensamentos sobre este assunto não são convencionais. Talvez vocês estejam certos, talvez nossas habilidades sejam prova de uma escolha divina. Mas se isso for verdade, não deveríamos agir com mais consciência?

Dalinar franziu o cenho. Aquilo lhe soava familiar. O homem majestoso suspirou, caminhando até a beira da varanda. Dalinar juntou-se a ele, saindo do salão. A perspectiva finalmente permitiu que olhasse para a paisagem abaixo.

Milhares de cadáveres o confrontaram.

Dalinar arquejou. Os mortos cobriam as ruas da cidade, uma cidade que reconhecia vagamente. *Kholinar*, ele pensou. *Minha terra natal.* Ele estava junto do homem majestoso no topo de uma torre baixa, com três andares de altura — algum tipo de forte de paredes de pedra. Parecia estar localizado no ponto onde um dia estaria o palácio.

A cidade era inconfundível, com suas formações rochosas e picos se erguendo no ar como enormes barbatanas. As Lâminas de Vento, eram chamadas. Mas estavam menos erodidas do que na sua época, e a cidade ao redor deles era muito diferente. Feita de estruturas quadradas de pedra, muitas das quais haviam sido derrubadas. A destruição ia até bem longe, ladeando as ruas primitivas. Teria sido a cidade atingida por um terremoto?

Não, aqueles cadáveres haviam tombado em uma batalha. Dalinar sentia o cheiro de sangue, vísceras e fumaça. Os corpos estavam espalhados, muitos perto da muralha baixa que cercava o forte. A muralha estava quebrada em alguns lugares, derrubada. E havia pedras de formato estranho ao redor dos cadáveres. Pedras cortadas como...

Pelo sangue dos meus pais, pensou Dalinar, agarrando a balaustrada de pedra e inclinando-se para frente. *Não são pedras. São criaturas.* Criaturas gigantescas, seis ou sete vezes maiores do que uma pessoa, de pele fosca e cinzenta como granito. Elas tinham grandes membros e corpos esqueléticos, com patas dianteiras — ou seriam braços? — saindo de ombros largos. Os rostos eram longos e estreitos, como flechas.

— O que aconteceu aqui? — Dalinar deixou escapar. — É terrível!

— Eu me pergunto a mesma coisa. Como pudemos deixar isso acontecer? As Desolações têm um nome apropriado. Ouvi as contagens iniciais. Onze anos de guerra, e nove em cada dez pessoas do meu reino agora estão mortas. Será que ainda temos reinos para comandar? Sur não existe mais, tenho certeza. Tarma, Eiliz... eles provavelmente não vão sobreviver. Uma parte muito grande de seu povo morreu.

Dalinar nunca ouvira falar daqueles lugares.

O homem fechou a mão em punho e bateu-a suavemente contra o parapeito. Estações de cremação haviam sido montadas mais longe; já haviam começado a cremar os cadáveres.

— Os outros querem culpar Alakavish. E é verdade, se ele não houvesse trazido a guerra até nós antes da Desolação, talvez não tivéssemos sido tão arrasados. Mas Alakavish era um sintoma de uma doença maior. Quando os Arautos voltarem da próxima vez, o que vão encontrar? Um povo que os esqueceu mais uma vez? Um mundo despedaçado pela guerra e por disputas? Se continuarmos como estamos, então talvez *mereçamos* perder.

Dalinar sentiu um arrepio. Havia pensado que aquela visão devia ser posterior à última, mas as visões anteriores não tinham seguido uma ordem cronológica. Ele ainda não havia visto nenhum Cavaleiro Radiante, mas talvez não fosse porque eles tinham debandado. Talvez eles não *existissem* ainda. E talvez houvesse um motivo para as palavras daquele homem pareciam tão familiares.

Seria possível? Será que ele estava realmente ao lado do homem cujas palavras Dalinar havia escutado repetidas vezes?

— Há uma espécie de honra na perda — disse Dalinar cuidadosamente, usando palavras repetidas várias vezes em *O caminho dos reis*.

— Se essa perda traz aprendizado. — O homem sorriu. — Usando minhas próprias palavras contra mim novamente, Karm?

Dalinar sentiu que lhe faltava o ar. Era o próprio homem. Nohadon. O grande rei. Ele era real. Ou fora real. Aquele homem era mais jovem do que Dalinar havia imaginado, mas aquela postura humilde, mas ainda assim nobre... sim, estava certo.

— Estou pensando em abdicar do trono — sussurrou Nohadon.

— Não! — Dalinar deu um passo na direção dele. — Não faça isso.

— Não posso liderá-los. Não se é esse o resultado da minha liderança.

— Nohadon.

O homem se voltou para ele, franzindo o cenho.

— O quê?

Dalinar hesitou. Será que estava errado sobre a identidade daquele homem? Mas não. O nome Nohadon era mais um título. Muitas pessoas na história haviam recebido nomes sagrados da Igreja, antes que ela fosse encerrada. Até mesmo Bajerden provavelmente não era seu nome verdadeiro, que se perdera no tempo.

— Não é nada — disse Dalinar. — Você não pode desistir do trono. As pessoas precisam de um líder.

— Eles *têm* líderes — replicou Nohadon. — Há príncipes, reis, Transmutadores, Manipuladores de Fluxos. Nunca faltam homens e mulheres que desejam liderar.

— É verdade, mas faltam aqueles que são bons nisso.

Nohadon inclinou-se sobre o parapeito e olhou para os caídos com uma expressão de profunda tristeza e preocupação. Era estranho ver o homem daquele jeito. Ele era tão jovem. Dalinar nunca o imaginara com tamanha insegurança, tamanho tormento.

— Eu conheço esse sentimento — disse Dalinar em voz baixa. — A incerteza, a vergonha, a confusão.

— Você me conhece bem demais, velho amigo.

— Eu conheço essas emoções porque as senti. Eu… Eu nunca pensei que você as sentia também.

— Então devo me corrigir. Talvez você não me conheça bem o bastante.Dalinar calou-se.

— Então, o que devo fazer? — indagou Nohadon.

— Você está perguntando a *mim*?

— Você é meu conselheiro, não é? Bem, gostaria de aconselhamento.

— Eu… Você não pode desistir do trono.

— E o que devo fazer com ele?

Nohadon virou-se e caminhou pela longa varanda que parecia se estender por todo aquele andar. Dalinar se juntou a ele, passando por lugares onde a pedra fora destroçada e o parapeito, quebrado.

— Não tenho mais fé no povo, velho amigo — disse Nohadon. — Junte dois homens e eles vão achar algo para discutir. Reúna-os em grupos, e um grupo vai descobrir motivos para oprimir ou atacar os outros. Agora isso. Como posso protegê-los? Como posso impedir que isso aconteça novamente?

— Dite um livro — sugeriu Dalinar com veemência. — Um grande livro para oferecer esperança às pessoas, para explicar sua filosofia de liderança e de estilo de vida!

— Um livro? Eu? Escrever um livro?

— Por que não?

— Porque é uma ideia incrivelmente *estúpida*.

Dalinar ficou de queixo caído.

— O mundo que conhecemos foi quase destruído — disse Nohadon. — Mal se encontra uma família que não tenha perdido metade dos seus membros! Nossos melhores homens são cadáveres naquele campo, e não temos comida para mais do que dois ou três meses, no máximo. E devo passar meu tempo escrevendo um livro? Quem o escreveria para mim? Todos os meus escrituários foram abatidos quando Yelignar invadiu a chancelaria. Você é o único escriturário que conheço que sobreviveu.

Um *homem* escritor? Aquele *era mesmo* um período estranho.

— Eu poderia escrevê-lo, então.

— Com um só braço? Então você aprendeu a escrever com a mão esquerda?

Dalinar olhou para baixo. Ele possuía os dois braços, embora aparentemente o homem que Nohadon via não tivesse o braço direito.

— Não, precisamos reconstruir — continuou Nohadon. — Eu só queria que houvesse uma maneira de convencer os reis... os que ainda estão vivos... a não tentar obter vantagem sobre os outros. — Nohadon tamborilou os dedos no parapeito. — Então esta é a minha decisão. Abdicar, ou fazer o que é necessário. Este não é um tempo para escrever; é um tempo para ação. E então, infelizmente, um tempo para a espada.

A espada?, pensou Dalinar. *Você dizendo isso, Nohadon?*

Não seria assim. Aquele homem se tornaria um grande filósofo; ele ensinaria paz e reverência, e não forçaria os homens a cumprir seus desejos. Ele os *guiaria* para que agissem com honra.

Nohadon se voltou para Dalinar.

— Peço desculpas, Karm. Eu não devia desconsiderar suas sugestões logo depois de pedir por elas. Estou no meu limite, como imagino que todos estejam. Às vezes, me parece que ser humano é querer aquilo que não podemos ter. Para alguns, isso significa poder. Para mim é paz.

Nohadon virou-se, caminhando de volta pela varanda. Embora seu passo fosse lento, sua postura indicava que desejava ficar sozinho. Dalinar deixou-o partir.

— Ele vai se tornar um dos escritores mais influentes que Roshar já conheceu — disse Dalinar.

Estava silencioso, exceto pelos chamados de pessoas trabalhando lá embaixo, recolhendo os cadáveres.

— Eu sei que você está aqui — disse Dalinar.

Silêncio.

— O que ele vai decidir? — indagou Dalinar. — Ele os uniu, como desejava?

A voz que frequentemente falava nas suas visões não se manifestou. Dalinar não recebeu resposta alguma para suas perguntas. Ele suspirou, voltando-se para contemplar os campos de mortos.

— Pelo menos você está certo em relação a uma coisa, Nohadon. Ser humano é querer aquilo que não podemos ter.

A paisagem escureceu com o crepúsculo. Aquela escuridão o envolveu, e ele fechou os olhos. Quando os reabriu, estava de volta nos seus aposentos, de pé com as mãos pousadas no encosto de uma cadeira. Ele se voltou para Adolin e Renarin, que estavam ali perto, ansiosos, preparados para agarrá-lo caso se tornasse violento.

— Bem, isso foi inútil — disse Dalinar. — Não descobri nada. Raios! Estou fazendo um péssimo trabalho em...

— Dalinar — interrompeu Navani secamente, ainda escrevendo em seu papel com um caniço. — A última coisa que você disse antes de a visão terminar. O que foi?

Dalinar franziu o cenho.

— A última coisa...

— Sim — insistiu Navani, com urgência. — Exatamente as últimas palavras que você disse.

— Eu estava citando o homem com quem tinha acabado de conversar. "Ser humano é querer aquilo que não podemos ter." Por quê?

Ela o ignorou, escrevendo furiosamente. Quando acabou, ela saiu da cadeira de pernas longas, indo apressadamente até a estante dele.

— Você tem uma cópia de... Sim, bem que achei que você teria. Esses são os livros de Jasnah, não são?

— São — confirmou Dalinar. — Ela queria que fossem bem cuidados até que voltasse.

Navani puxou um volume da prateleira.

— *Analética*, de Corvana.

Ela pôs o volume na escrivaninha e folheou as páginas. Dalinar se juntou a ela, muito embora, naturalmente, não entendesse o que estava escrito na página.

— O que tem?

— Aqui — disse Navani, e olhou para Dalinar. — Quando você entra nessas suas visões, você fala, sabia?

— Coisas sem nexo. Sim, meus filhos me contaram.

— *Anak malah kaf, del makian habin yah* — recitou Navani. — Soa familiar?

Dalinar balançou a cabeça, perplexo.

— Soa bem parecido com o que o pai estava dizendo — observou Renarin. — Durante a visão.

— Não soa "bem parecido", Renarin — replicou Navani, com ar satisfeito. — É exatamente a mesma frase. Essa foi a última coisa que você disse antes de sair do transe. Escrevi tudo que você balbuciou hoje... o melhor que consegui.

— Com que propósito? — indagou Dalinar.

— Porque pensei que pudesse ser útil. E foi. A mesma frase está na *Analética*, de modo quase exato.

— O quê? — perguntou Dalinar, incrédulo. — Como?

— É um verso de uma canção — disse Navani. — Um cântico de Vanrial, uma ordem de artistas que vivem nas encostas da Montanha Silenciosa, em Jah Keved. Ano após ano, século após século, eles cantam essas mesmas palavras... canções que alegam ter sido escritas no Canto do Alvorecer pelos Arautos. Eles têm as letras dessas canções escritas em um antigo alfabeto. Mas os *significados* se perderam. São apenas sons, agora. Algumas eruditas acreditam que o alfabeto, e as canções em si, podem de fato estar no Canto do Alvorecer.

— E eu... — disse Dalinar.

— Você acabou de falar um verso de uma delas. Além disso, se a frase que forneceu está correta, você a *traduziu*. Isso poderia provar a Hipótese de Vanrial! Uma frase não é muito, mas poderia nos dar a chave para traduzir todo o alfabeto. Faz algum tempo que estava incomodada com isso, escutando essas visões. Eu *achei* que as coisas que você dizia eram organizadas demais para serem bobagens. — Ela olhou para Dalinar, sorrindo profundamente. — Dalinar, você pode ter acabado de resolver um dos mais difíceis e mais antigos mistérios de todos os tempos.

— Espere — disse Adolin. — O que a senhora está dizendo?

— O que estou dizendo, sobrinho, é que temos a sua prova — respondeu Navani, olhando diretamente para ele.

— Mas... Quer dizer, ele poderia ter ouvido aquela única frase...

— E desenvolvido uma linguagem inteira a partir dela? — replicou Navani, segurando uma folha coberta de texto. — Isso *não é* bobagem, mas não é uma língua falada atualmente. Suspeito que seja o que parece, o Canto do Alvorecer. Então, a menos que você consiga pensar em outra maneira para explicar como seu pai aprendeu a falar uma língua morta, Adolin, as visões certamente são reais.

O cômodo ficou em silêncio. A própria Navani parecia chocada com o que havia acabado de dizer. Ela se recuperou rapidamente.

— Agora, Dalinar, quero que você descreva essa visão com o máximo de detalhes possível. Preciso das palavras exatas que você falou, se puder recordá-las. Cada parte que pudermos coletar vai ajudar as minhas eruditas a destrincharem essa questão...

61

CERTO PELO ERRADO

"Na tempestade eu despertei, caindo, girando, lamentando."

— Data: *kakanev* do ano de 1173, 13 segundos antes da morte. O indivíduo era um guarda da cidade.

— COMO PODE TER TANTA certeza de que era ele, Dalinar? — perguntou Navani em voz baixa.

Dalinar balançou a cabeça.

— Apenas sei. Era Nohadon.

Haviam se passado várias horas desde o fim da visão. Navani havia deixado sua escrivaninha para sentar-se em uma cadeira mais confortável perto de Dalinar. Renarin estava sentado diante dele, acompanhando-os por uma questão de decência. Adolin havia partido para obter o relatório de danos da grantormenta. O rapaz parecia bastante perturbado com a descoberta de que as visões eram reais.

— Mas o homem que você viu nunca falou o próprio nome — replicou Navani.

— Era ele, Navani. — Dalinar olhou para a parede sobre a cabeça de Renarin, fitando a lisa pedra Transmutada. — Ele tinha uma aura de comando, o peso de grandes responsabilidades. Uma realeza.

— Pode ter sido algum outro rei. Afinal de contas, ele descartou sua sugestão de escrever um livro.

— Ainda não era a hora. Tanta morte... Ele estava deprimido por uma grande perda. Pai das Tempestades! Nove em cada dez pessoas mortas na guerra. Pode imaginar algo assim?

— As Desolações — respondeu Navani.

Una as pessoas... A Verdadeira Desolação está chegando....

— Você sabe de alguma referência às Desolações? — perguntou Dalinar. — Não as histórias que os fervorosos contam. Referências históricas?

Navani segurava uma taça de vinho violeta aquecido, gotículas de condensação na borda do vidro.

— Sei, mas não sou a pessoa certa para responder. Jasnah é a historiadora.

— Acho que vi as consequências de uma delas. Eu... posso ter visto cadáveres de Esvaziadores. Isso nos daria mais provas?

— Nada tão bom quanto a linguística. — Navani tomou um gole do vinho. — As Desolações são temas de estudo da antiguidade. Pode-se argumentar que você imaginou o que esperava ver. Mas essas palavras... se eu puder traduzi-las, ninguém poderá questionar que você está vendo algo real.

A prancheta de escrever de Navani estava sobre a mesa baixa entre eles, o caniço e a tinta colocados cuidadosamente sobre o papel.

— Você pretende contar para outras pessoas? Das minhas visões?

— De que outra maneira poderemos explicar o que está acontecendo com você?

Dalinar hesitou. Como poderia explicar? Por um lado, era um alívio saber que não era louco. Mas e se alguma força estivesse tentando enganá-lo com as visões, utilizando imagens de Nohadon e dos Radiantes porque ele as consideraria confiáveis?

Os Cavaleiros Radiantes caíram, lembrou Dalinar. *Eles nos abandonaram. Algumas das outras ordens podem ter se voltado contra nós, como dizem as lendas.* Havia um tom perturbador em tudo aquilo. Conseguira outra pedra para reconstruir as bases de quem era, mas o ponto mais importante permanecia indefinido. Ele confiava nas suas visões ou não? Não podia voltar a acreditar nelas sem questionar, não agora que os desafios de Adolin haviam despertado preocupações reais em sua cabeça.

Até que soubesse sua fonte, sentia que não podia falar a respeito.

— Dalinar — disse Navani, se inclinando para frente. — Os acampamentos de guerra comentam sobre seus episódios. Até as esposas dos seus oficiais estão perturbadas. Elas acham que você tem medo das tempestades, ou que tem alguma doença mental. Isso vai justificar suas ações.

— Como? Me transformando em algum tipo de místico? Muitos vão achar que essas visões passam perto demais de profecias.

— O senhor vê o passado, pai — disse Renarin. — Isso não é proibido. E se o Todo-Poderoso envia essas visões, então como os homens poderiam questionar?

— Adolin e eu falamos com fervorosos — replicou Dalinar. — Eles disseram que era muito improvável que elas viessem do Todo-Poderoso. Se nós decidirmos que as visões são confiáveis, muitos vão discordar de mim.

Navani se recostou, provando seu vinho, a mão segura pousada no colo.

— Dalinar, seus filhos me contaram que certa vez você procurou a Antiga Magia. Por quê? O que você pediu à Guardiã da Noite, e que maldição ela lançou sobre você?

— Eu disse a eles que essa vergonha é só minha — respondeu Dalinar. — E que não vou compartilhá-la.

A sala ficou em silêncio. As rajadas de chuva que seguiam a grantormenta haviam parado de cair no telhado.

— Pode ser importante — disse Navani finalmente.

— Foi há muito tempo. Muito antes de as visões começarem. Não acho que as coisas estejam relacionadas.

— Mas podem estar.

— Sim — admitiu ele.

Será que aquele dia nunca deixaria de assombrá-lo? Perder todas as memórias da sua esposa não fora o suficiente? O que Renarin pensaria? Será que ele condenaria o pai por um pecado tão odioso? Dalinar forçou-se a olhar nos olhos do filho.

Curiosamente, Renarin não parecia incomodado, só pensativo.

— Sinto muito que você tenha descoberto minha vergonha — disse Dalinar, olhando para Navani.

Ela acenou com indiferença.

— Fazer um pedido à Antiga Magia é ofensivo para os devotários, mas suas punições para isso nunca são severas. Imagino que você não teve muita dificuldade em se purificar.

— Os fervorosos me mandaram doar esferas para os pobres — respondeu Dalinar. — E tive que encomendar uma série de orações. Nada disso removeu os efeitos ou minha sensação de culpa.

— Acho que você se surpreenderia com o número de olhos-claros devotos que se voltam para a Antiga Magia em algum ponto da vida. Pelo menos aqueles que podem viajar até o Vale. Mas *de fato* me pergunto se existe alguma relação.

— Tia — disse Renarin, voltando-se para ela. — Recentemente solicitei uma série de leituras sobre a Antiga Magia. Concordo com a avaliação dele. Isso não parece o trabalho da Guardiã da Noite. Ela lança maldições em troca de pequenos desejos. É sempre uma maldição e um desejo. Pai, suponho que o senhor saiba quais foram essas duas coisas.

— Sim. Sei exatamente qual foi minha maldição, e não tem relação com isso.

— Então é improvável que seja culpa da Antiga Magia.

— É. Mas sua tia está certa em questionar. A verdade é que também não temos prova alguma que isso tenha vindo do Todo-Poderoso. Algo deseja que eu saiba sobre as Desolações e os Cavaleiros Radiantes. Talvez a gente deva se perguntar qual é o motivo.

— O que *foram* as Desolações, tia? — indagou Renarin. — Os fervorosos falam dos Esvaziadores. Da humanidade, e dos Radiantes, e de lutas. Mas o que eram realmente? Sabemos alguma coisa específica?

— Há folcloristas entre as escrivãs do seu pai que seriam mais úteis nessa questão.

— Talvez — acrescentou Dalinar —, mas não sei ao certo em qual delas posso confiar.

Navani fez uma pausa.

— Muito bem. Bom, pelo que pude entender, não há fontes primárias que tenham sido preservadas. Isso aconteceu muito tempo atrás. Lembro que o mito de Parasaphi e Nadris menciona as Desolações.

— Parasaphi — disse Renarin. — Foi ela quem procurou as pedras-semente.

— Sim. Para repovoar seu povo, que tinha sofrido muitas baixas, ela escalou os picos de Dara... o mito varia, listando diferentes cordilheiras modernas como os verdadeiros picos de Dara... para encontrar pedras tocadas pelos próprios Arautos. Ela as levou para Nadris no seu leito de morte, e recolheu a semente dele para dar vida às pedras. Elas chocaram dez crianças, que ela usou para fundar uma nova nação. Acredito que seu nome era Marnah.

— A origem dos makabakianos — disse Renarin. — Minha mãe me contou essa história quando eu era criança.

Dalinar balançou a cabeça.

— Nascidos das pedras?

As histórias antigas raramente faziam muito sentido para ele, embora os devotários houvessem canonizado muitas delas.

— A história menciona as Desolações, no início — disse Navani. — Responsabilizando-as pelo extermínio do povo de Parasaphi.

— Mas o que *foram* as Desolações?

— Guerras. — Navani tomou um gole de vinho. — Os Esvaziadores atacaram repetidas vezes, tentando expulsar a humanidade de Roshar para a Danação. Assim como um dia forçaram a humanidade e os Arautos a sair dos Salões Tranquilinos.

— Quando os Cavaleiros Radiantes foram fundados? — perguntou Dalinar.

Navani deu de ombros.

— Eu não sei. Talvez fossem um grupo militar de um reino específico, ou quem sabe originalmente fossem um bando de mercenários. Isso facilitaria entender como eles acabaram se tornando tiranos.

— Minhas visões não dão a entender que eles eram tiranos — disse Dalinar. — Talvez esse seja o verdadeiro propósito das visões: me fazer acreditar em mentiras sobre os Radiantes. Fazer com que eu confie neles, talvez em uma tentativa de me levar a imitar sua queda e traição.

— Eu não sei — disse Navani com ceticismo. — Não acho que você tenha visto qualquer mentira sobre os Radiantes. As lendas tendem a concordar que eles não foram sempre maus. Pelo menos na medida em que lendas concordam em qualquer coisa.

Dalinar se levantou e pegou a taça quase vazia de Navani, então caminhou até a mesa de bebidas e encheu-a novamente. Descobrir que não era louco devia ter ajudado a esclarecer as coisas, mas, em vez disso, deixara-o mais perturbado. E se os Esvaziadores estivessem por trás das visões? Algumas histórias que ouvira diziam que eles podiam possuir os corpos dos homens e obrigá-los a fazer o mal. Ou, se elas *fossem* do Todo-Poderoso, qual era seu propósito?

— Preciso pensar sobre tudo isso — disse ele. — Foi um longo dia. Por favor, gostaria ficar sozinho com meus pensamentos agora.

Renarin se levantou e inclinou respeitosamente a cabeça antes de seguir para a porta. Navani ergueu-se mais lentamente, o vestido esguio farfalhando enquanto deixava a taça na mesa, depois caminhou para apanhar seu fabrial que sugava dor. Renarin partiu e Dalinar caminhou até o umbral da porta, esperando Navani se aproximar. Ele não pretendia deixar que ela o encurralasse sozinho novamente. Olhou através da porta; seus soldados estavam à vista. Ótimo.

— Você não está nem um pouco satisfeito? — indagou Navani, detendo-se junto à porta, perto dele, com uma mão no batente.

— Satisfeito?

— Você não está enlouquecendo.

— E não sabemos se estou sendo manipulado ou não. De certo modo, agora temos mais perguntas do que antes.

— As visões são uma bênção — afirmou Navani, pondo a mão livre no braço dele. — Posso sentir, Dalinar. Não está vendo como é maravilhoso?

Dalinar encontrou os olhos dela, de um violeta-claro, lindos. Ela era tão ponderada, tão inteligente. Como desejava que pudesse confiar completamente nela...

Ela sempre foi honrada comigo, ele pensou. *Nunca falou com ninguém sobre minha intenção de abdicar. Nem mesmo tentou usar minhas visões contra mim.* Sentiu-se envergonhado por ter se preocupado algum dia com as ações dela.

Navani Kholin era uma mulher maravilhosa. Uma mulher fantástica, incrível, *perigosa.*

— Eu vejo mais preocupações — respondeu ele. — E mais perigo.

— Mas, Dalinar, você está tendo experiências com que eruditas, historiadoras e folcloristas apenas sonham! Eu o invejo, embora você alegue não ter visto fabriais dignos de nota.

— Os antigos não possuíam fabriais, Navani. Estou certo disso.

— E isso muda tudo o que pensávamos compreender sobre eles.

— Suponho que sim.

— Pelas avalanches, Dalinar. — Ela suspirou. — Não há mais nada que desperte sua paixão?

Dalinar respirou fundo.

— Coisas demais, Navani. Minhas entranhas parecem enguias, emoções se contorcendo umas sobre as outras. A verdade dessas visões é perturbadora.

— É empolgante — corrigiu ela. — Você falou sério, mais cedo? Sobre confiar em mim?

— Eu disse isso?

— Você disse que não confiava nas suas escrivãs, e me pediu para registrar as visões. Há algo implícito nessa ação.

A mão dela ainda estava no seu braço. Navani estendeu a mão segura e fechou a porta para o corredor. Ele quase a deteve, mas hesitou. Por quê?

A porta se fechou com um estalo. Estavam sozinhos. E ela era tão linda. Aqueles olhos espertos e excitáveis, acesos com paixão.

— Navani — disse Dalinar, controlando seu desejo. — Você está fazendo de novo.

Por que ele permitia que ela agisse assim?

— Sim, estou — respondeu ela. — Sou uma mulher teimosa, Dalinar.

Ela não parecia estar brincando.

— Isso não é decente. Meu irmão... — Ele estendeu a mão para abrir novamente a porta.

— Seu irmão — cuspiu Navani, um lampejo de raiva no rosto. — Por que todo mundo sempre se concentra nele? Todos se preocupam tanto com o homem que morreu! Ele não está aqui, Dalinar. Ele se foi. Sinto falta dele, mas nem metade da falta que você sente, pelo que parece.

— Eu honro a sua memória — respondeu Dalinar com rigidez, hesitante, a mão na maçaneta.

— Isso é ótimo! Estou feliz por você. Mas já faz *seis anos*, e todos me veem como a esposa de um defunto. As outras mulheres me bajulam com fofocas inúteis, mas não me deixam participar dos seus círculos políticos. Acham que sou uma relíquia. Quer saber por que eu voltei tão rapidamente?

— Eu...

— Eu *voltei* porque não tenho um lar. Esperam que eu me retire de acontecimentos importantes porque meu marido está morto! Que eu fique zanzando por aí, paparicada, mas ignorada. Eu as deixo constrangidas... a rainha, as outras mulheres na corte.

— Sinto muito — disse Dalinar. — Mas eu não...

Ela levantou a mão livre, tocando-o de leve no peito.

— Eu não vou aceitar isso de você, Dalinar. Nós éramos amigos mesmo antes de eu *conhecer* Gavilar! Você ainda me conhece como eu mesma, não como a sombra de um reinado que desmoronou anos atrás. Não conhece? — Ela olhou para ele, suplicante.

Pelo sangue dos meus pais, pensou Dalinar, chocado. *Ela está chorando.* Duas pequenas lágrimas.

Ele raramente a vira ser tão sincera.

E assim ele a beijou.

Era um erro. Sabia que era. Ele a agarrou de qualquer modo, puxando-a para um abraço rude e apertado e pressionando sua boca contra a dela, incapaz de se conter. Ela derreteu contra ele. Dalinar sentiu o gosto de suas lágrimas enquanto elas corriam pelos seus lábios e encontravam os dele.

Durou muito tempo. Tempo demais. Um tempo maravilhosamente longo. Sua mente gritava com ele, como um prisioneiro acorrentado em uma cela e obrigado a assistir algo horrível. Mas parte dele desejara aquilo durante décadas — décadas passadas assistindo seu irmão cortejar, casar e depois possuir a única mulher que o jovem Dalinar desejou.

Ele tinha dito a si mesmo que nunca permitiria aquilo. Havia renegado seus sentimentos por Navani no momento em que Gavilar conquistou a mão dela. Dalinar havia se retirado.

Mas o gosto dela — seu aroma, o calor do seu corpo contra o dele — era doce demais. Como um perfume desabrochando, lavou-o da culpa. Por um momento, aquele toque afastou tudo mais. Ele não se lembrava do medo das visões, da preocupação com Sadeas, da vergonha pelos erros do passado.

Só conseguia pensar nela. Linda, inteligente, delicada e forte ao mesmo tempo. Agarrou-se a ela, algo a que podia se apegar enquanto o resto do mundo fervilhava ao seu redor.

Por fim, ele interrompeu o beijo. Ela o encarou, atordoada. Esprenos de paixão, como pequenos flocos de neve cristalina, flutuavam ao redor deles. A culpa o inundou novamente. Ele tentou afastá-la gentilmente, mas ela se agarrou a ele, segurando-o com força.

— Navani.

— Quieto. — Ela pressionou a cabeça contra o peito dele.

— Não podemos…

— Quieto — repetiu ela, de modo mais insistente.

Ele suspirou, mas permitiu-se abraça-la.

— Há algo de errado nesse mundo, Dalinar — sussurrou Navani. — O rei de Jah Keved foi assassinado. Fiquei sabendo hoje. Ele foi morto por um Fractário shino de roupa branca.

— Pai das Tempestades!

— Algo está acontecendo — continuou ela. — Algo maior do que nossa guerra aqui, algo maior do que Gavilar. Já ouviu falar das coisas estranhas que os homens dizem quando estão morrendo? A maioria das pessoas as ignora, mas os cirurgiões estão comentando. E os guarda-tempos sussurram que as grantormentas estão se tornando mais poderosas.

— Eu ouvi falar — respondeu ele, achando difícil falar, de tão inebriado por ela que estava.

— Minha filha está buscando alguma coisa — disse Navani. — Às vezes ela me assusta; é tão intensa. Eu honestamente acredito que ela é a pessoa mais inteligente que já conheci. E as coisas que ela está pesquisando… Dalinar, ela acredita que algo muito perigoso se aproxima.

O sol se aproxima do horizonte. A Tempestade Eterna está chegando. A Verdadeira Desolação. A Noite das Tristezas…

— Preciso de você — disse Navani. — Sei disso há anos, mas temia que a culpa fosse arrasá-lo, então fugi. Mas não consegui permanecer longe. Não com a maneira como me tratam. Não com tudo o que está acontecendo no mundo. Estou apavorada, Dalinar, e preciso de você. Gavilar não era o homem que todos pensavam. Eu gostava dele, mas...

— Por favor, não fale mal dele.

— Muito bem.

Sangue dos meus pais! Ele não conseguia tirar o perfume dela da cabeça. Sentia-se paralisado, segurando-a como um homem agarrado a uma pedra durante uma grantormenta.

Ela o encarou.

— Bem, que fique claro então que eu gostava de Gavilar. Mas gosto mais de você. E estou cansada de esperar.

Ele fechou os olhos.

— Como isso pode funcionar?

— Vamos dar um jeito.

— Seremos denunciados.

— Os acampamentos de guerra já me ignoram — disse Navani. — E espalham rumores e mentiras sobre você. O que mais podem fazer conosco?

— Vão encontrar alguma coisa. Por enquanto, os devotários não me condenam.

— Gavilar está morto — disse Navani, pousando a cabeça no peito dele. — Nunca fui Insincero enquanto ele estava vivo, embora o Pai das Tempestades saiba que tive motivo. Os devotários podem dizer o que quiserem, mas *Os Argumentos* não proíbem nossa união. Tradição não é o mesmo que doutrina, e não vou me conter só por medo de ofender alguém.

Dalinar respirou fundo, então forçou-se a abrir os abraços e recuar.

— Se você esperava aliviar minhas preocupações por hoje, não ajudou.

Ela cruzou os braços. Ele ainda sentia onde a mão segura dela o tocara nas costas. Um toque terno, reservado para um membro da família.

— Não estou aqui para aliviá-lo, Dalinar. Pelo contrário.

— Por favor. *Realmente* preciso de tempo para pensar.

— Não vou deixar que você me afaste. Não vou ignorar o que aconteceu. Não vou...

— Navani — interrompeu ele, gentilmente. — Não vou abandoná-la. Prometo.

Ela o encarou, um sorriso maroto surgindo no rosto.

— Muito bem. Mas você começou algo hoje.

— *Eu* comecei? — perguntou ele, divertido, encantado, confuso, preocupado e envergonhado ao mesmo tempo.

— O beijo foi seu, Dalinar — disse ela com leveza, abrindo a porta e adentrando a antecâmara.

— Você me seduziu.

— O quê? Seduzi? — Ela o olhou por cima do ombro. — Dalinar, nunca fui mais aberta e honesta na minha vida.

— Eu sei — respondeu Dalinar, sorrindo. — Foi isso que me seduziu.

Ele fechou a porta suavemente, então suspirou.

Pelo sangue dos meus pais, por que essas coisas nunca são simples?

E ainda assim, em direto contraste aos seus pensamentos, ele sentia que o mundo inteiro havia de algum modo se tornado mais certo por ter escolhido o caminho errado.

62
TRÊS GLIFOS

"A escuridão torna-se um palácio. Deixem-na reinar! Deixem--na reinar!"

— Data: *kakevah* de 1173, 22 segundos antes da morte. O indivíduo era um homem selayano olhos-escuros, profissão desconhecida.

— VOCÊ ACHA QUE ISSO vai nos salvar? — indagou Moash, olhando feio para a oração amarrada no antebraço direito de Kaladin.

Kaladin olhou para o lado. Estava em posição de descanso enquanto os soldados de Sadeas atravessavam a ponte deles. O gelado ar primaveril era agradável, agora que havia começado a trabalhar. O céu estava claro, sem nuvens, e o guarda-tempos prometera que não havia nenhuma grantormenta por perto.

A oração amarrada em seu braço era simples. Três glifos: vento, proteção, adorado. Uma oração a Jezerezeh — o Pai das Tempestades — para proteger entes queridos e amigos. Era do tipo direto preferido por sua mãe. Mesmo com toda sua sutileza e humor, sempre que ela tricotava ou escrevia uma oração, era simples e sincera. Usá-la fazia ele se lembrar dela.

— Não acredito que você gastou dinheiro com isso — continuou Moash. — Se existem Arautos olhando por nós, eles não prestam atenção nos carregadores.

— Acho que andei me sentindo nostálgico.

A oração provavelmente não significava nada, mas ele tivera motivos para começar a pensar mais sobre religião recentemente. A vida de um escravo tornava difícil acreditar que qualquer um, ou qualquer coisa, olhava por eles. Mas muitos carregadores haviam se tornado mais religiosos durante seu cativeiro. Dois grupos, reações opostas. Será que isso significava que alguns eram estúpidos e os outros insensíveis, ou alguma outra coisa?

— Eles vão conseguir nos matar, sabe? — disse Drehy, mais atrás. — Acabou.

Os carregadores estavam exaustos. Kaladin e sua equipe haviam sido forçados a trabalhar nos abismos a noite toda. Hashal os colocara sob condições estritas, exigindo uma maior quantia de coleta. Para satisfazer a cota, eles haviam abandonado o treino a fim de recolher material.

E então, naquele dia, haviam sido despertados para um ataque aos platôs matinais depois de apenas três horas de sono. Estavam cabisbaixos enquanto aguardavam em fila, e ainda nem haviam chegado ao platô contestado.

— Que tentem — disse Skar em voz baixa do outro lado da linha. — Eles nos querem mortos? Bem, eu não vou recuar. Vamos mostrar a eles o que é coragem. Eles podem se esconder por trás das nossas pontes enquanto avançamos.

— Isso não é vitória — replicou Moash. — Devíamos atacar os soldados. Agora mesmo.

— Nossas próprias tropas? — disse Sigzil, virando o rosto marrom e olhando através da fileira.

— Isso mesmo — disse Moash, ainda olhando para a frente. — Eles vão nos matar de qualquer modo. Vamos levar alguns conosco. Danação, por que não atacamos Sadeas? A guarda dele não vai estar esperando. Aposto que podemos derrubar alguns e agarrar suas lanças, depois começar a matar olhos-claros antes de sermos abatidos.

Uns poucos carregadores murmuraram em concordância enquanto os soldados continuavam a atravessar.

— Não — disse Kaladin. — Isso não ajudaria em nada. Eles nos matariam antes mesmo que perturbássemos Sadeas.

Moash cuspiu.

— E o que estamos fazendo *vai* ajudar em alguma coisa? Danação, Kaladin, já me sinto pendurado na corda!

— Tenho um plano — disse Kaladin.

Ele esperou pelas objeções. Seus outros planos não haviam funcionado.

Ninguém reclamou.

— Muito bem, então — disse Moash. — Qual é?

— Você vai ver hoje — respondeu Kaladin. — Se funcionar, vamos ganhar tempo. Se não, eu vou morrer. — Ele se voltou para encarar a fileira de rostos. — Nesse caso, Teft tem ordens de liderá-los em uma tentativa de fuga esta noite. Vocês não estão prontos, mas pelo menos têm uma chance.

Isso era muito melhor do que atacar Sadeas enquanto ele atravessava a ponte.

Os homens de Kaladin concordaram, e Moash pareceu satisfeito. Por mais beligerante que fosse sua atitude, no início, ele se tornara igualmente leal. Era esquentado, mas também era o melhor com a lança.

Sadeas se aproximou, cavalgando seu garanhão ruano, trajando sua Armadura Fractal vermelha, seu elmo com o visor levantado. Por acaso, ele cruzou a ponte de Kaladin, muito embora — como sempre — tivesse vinte pontes entre as quais escolher. Sadeas não lançou nem mesmo um olhar para a Ponte Quatro.

— Desfazer e cruzar — ordenou Kaladin depois da passagem de Sadeas.

Os carregadores cruzaram a ponte e Kaladin deu as ordens para que a puxassem e depois a erguessem. Ela parecia mais pesada do que nunca. Os carregadores começaram a trotar, contornando a coluna do exército e apressando-se para alcançar o abismo seguinte. Atrás, ao longe, um segundo exército — vestido de azul — os seguia, fazendo o cruzamento com algumas das outras equipes de ponte de Sadeas. Parecia que Dalinar Kholin havia desistido das suas pesadas pontes mecânicas, e agora estava usando as equipes de ponte de Sadeas para atravessar. De pouco valeu sua "honra" e a disposição de não sacrificar as vidas de carregadores.

Na sua bolsa, Kaladin levava um grande número de esferas infundidas, obtidas com cambistas em troca de uma maior quantidade de esferas foscas. Ele detestou o prejuízo, mas precisava da Luz das Tempestades.

Alcançaram o abismo seguinte rapidamente. Aquele seria o penúltimo, de acordo com as informações fornecidas por Matal, o marido de Hashal. Os soldados começaram a verificar as armaduras e a se alongar, esprenos de expectativa se elevando no ar como pequenas flâmulas.

Os carregadores colocaram a ponte e recuaram. Kaladin notou Lopen e o silencioso Dabbid se aproximando com sua maca com odres e bandagens. Lopen havia prendido a maca a um gancho na sua cintura, para compensar o braço perdido. Os dois se moviam entre os membros da Ponte Quatro, dando-lhes água.

Ao passar por Kaladin, Lopen indicou com a cabeça o grande volume no centro da maca. A armadura.

— Vai precisar dela em que momento? — sussurrou Lopen, baixando a liteira, então entregando um odre a Kaladin.

— Logo antes da investida. Bom trabalho, Lopen.

Lopen lhe deu uma piscadela.

— Um herdaziano maneta é duas vezes mais útil do que um alethiano descerebrado. Além disso, enquanto eu tiver mão ainda posso fazer isso. — Ele discretamente fez um gesto obsceno na direção dos soldados em marcha.

Kaladin sorriu, mas estava ficando nervoso demais para achar graça. Já fazia muito tempo desde a última vez em que ficara nervoso antes de uma batalha. Pensara que Tukks o tivesse forçado a superar esse problema anos atrás.

— Ei — chamou subitamente uma voz. — Preciso de um pouco disso.

Kaladin girou e viu um soldado caminhando na direção deles. Era exatamente o tipo de homem que Kaladin aprendera a evitar no exército de Amaram. Olhos-escuros de patente baixa, ele era naturalmente grande, e provavelmente fora promovido simplesmente pelo seu tamanho. Sua armadura estava bem preservada, mas o uniforme por baixo estava manchado e amarrotado, e ele mantinha as mangas enroladas, deixando à mostra braços peludos.

De início, Kaladin pensou que o homem havia visto o gesto de Lopen. Mas ele não parecia zangado. O homem empurrou Kaladin para o lado, então puxou o odre d'água de Lopen. Ali perto, os soldados esperando para cruzar a ponte repararam. As equipes que carregavam água para eles eram muito mais lentas, e alguns dos homens esperando ficaram olhando para Lopen e seus odres.

Seria um terrível precedente se deixassem os soldados pegar a água deles — mas isso era um problema minúsculo em comparação com outro muito maior. Se aqueles soldados se amontoassem ao redor da liteira para pegar água, acabariam descobrindo o saco com a armadura.

Kaladin se moveu rapidamente, pegando de volta o odre da mão do soldado.

— Vocês têm sua própria água.

O soldado olhou para Kaladin, como se não acreditasse que um carregador de pontes o estivesse confrontando. Ele fez uma cara sombria, baixando a lança para o lado, a base apoiada no chão.

— Eu não quero esperar.

— Que pena — respondeu Kaladin, se pondo diretamente diante do homem, olhos nos olhos. Silenciosamente, ele amaldiçoou o idiota. Se aquilo acabasse virando uma briga... O soldado hesitou, ainda mais espantado em ver uma ameaça tão agressiva de um carregador de pontes. Kaladin não tinha braços tão grossos quanto os do homem, mas era um dedo ou dois mais alto. A incerteza do soldado transparecia no seu rosto.

Apenas recue, pensou Kaladin.

Mas não. Recuar diante de um carregador de pontes enquanto seu esquadrão estava assistindo? O homem cerrou um punho, as articulações estalando.

Dentro de segundos, a equipe de ponte inteira os cercou. O soldado ficou desconcertado enquanto a Ponte Quatro entrava em formação ao redor de Kaladin, em um agressivo padrão de cunha invertida, movendo-se naturalmente — e de forma hábil — como Kaladin os treinara. Todos os homens cerraram os punhos, dando ao soldado a oportunidade de ver como o levantamento de peso diário os havia treinado para um nível físico além de um soldado mediano.

O homem encarou seu próprio esquadrão, como se estivesse buscando apoio.

— Você quer começar uma briga agora, amigo? — perguntou Kaladin em voz baixa. — Se machucar os carregadores, me pergunto quem Sadeas vai mandar carregar essa ponte.

O homem olhou de volta para Kaladin, ficou em silêncio por um momento, então fechou a cara, praguejou, e foi embora pisando duro.

— Devia estar cheia de crem mesmo — murmurou ele, voltando à sua equipe.

Os membros da Ponte Quatro relaxaram, embora tenham recebido alguns olhares dos outros soldados alinhados. Pela primeira vez, foi algo além de olhares de desprezo. Com sorte, nenhum deles teria percebido que um esquadrão de carregadores havia seguido de modo rápido e preciso uma formação de batalha geralmente usada no combate com lanças.

Kaladin acenou para que os homens relaxassem, agradecendo com um aceno de cabeça. Eles recuaram e Kaladin jogou o odre d'água recuperado de volta para Lopen.

O homem mais baixo deu um sorriso malandro.

— Vou segurar com mais firmeza de agora em diante, *gancho*. — Ele olhou de soslaio o soldado que tentou levar a água.

— O que foi? — perguntou Kaladin.

— Bem, eu tenho um primo nas equipes que carregam água, sabe? — disse Lopen. — E estou pensando aqui que ele me deve um favor por conta daquela vez em que ajudei a amiga da irmã dele a escapar de um sujeito procurando por ela…

— Você *realmente* tem muitos primos.

— Nunca é demais. Se mexe com um de nós, mexe com todos nós. Isso é algo que vocês, cabeças de palha, nunca entendem. Sem ofensa, *gancho*.

Kaladin ergueu uma sobrancelha.

— Não crie problemas com o soldado. Hoje, não.

Já vou criar muitos problemas por conta própria em breve.

Lopen suspirou, mas concordou.

— Tudo bem. Por você. — Ele ofereceu um odre. — Tem certeza de que não quer um pouco?

Kaladin não queria; seu estômago estava revirado. Mas se obrigou a pegar o odre e beber alguns goles.

Logo depois, chegou a hora de cruzar e puxar a ponte para a última corrida. A investida. Os soldados de Sadeas estavam formando fileiras, olhos-claros cavalgando de um lado para outro, dando ordens. Matal acenou para que a equipe de Kaladin avançasse. O exército de Dalinar Kholin havia ficado para trás, chegando mais lentamente devido ao seu maior contingente.

Kaladin tomou seu lugar na frente da ponte. Adiante, os parshendianos estavam enfileirados com arcos na borda do platô deles, fitando a abordagem que se aproximava. Eles já estavam cantando? Kaladin pensou ouvir suas vozes.

Moash estava à direita de Kaladin, Rocha à sua esquerda. Só três homens na linha da morte, devido ao número pequeno de carregadores que tinham na equipe. Ele havia colocado Shen bem no fundo, para evitar que visse o que Kaladin estava prestes a fazer.

— Vou soltar a ponte e sair de baixo quando começarmos a nos mover — contou Kaladin a eles. — Rocha, você assume o comando. Mantenha o grupo correndo.

— Está bem — disse Rocha. — Vai ser difícil carregar sem você. Temos poucos homens, e estamos muito fracos.

— Vocês vão conseguir. É necessário.

Kaladin não conseguiu ver o rosto de Rocha, já que não estava sob a ponte como ele, mas sua voz soou preocupada.

— Isso aí que você vai tentar é perigoso?

— Talvez.

— Posso ajudar?

— Infelizmente não, meu amigo. Mas sua pergunta me dá forças.

Rocha não teve chance de responder. Matal gritou para que as equipes de ponte avançassem. Flechas foram disparadas para distrair os parshendianos. A Ponte Quatro começou a correr.

E Kaladin se abaixou e correu na frente deles. Lopen estava esperando ao lado, e jogou para Kaladin o saco com a armadura.

Matal gritou para Kaladin, em pânico, mas as equipes de ponte já estavam em movimento. Kaladin se concentrou na sua meta, proteger a Ponte Quatro, e inspirou rápido. A Luz das Tempestades o inundou a partir da bolsa na sua cintura, mas ele não sugou muito. Só o bastante para fornecer um pico de energia.

Syl voava diante dele, uma ondulação no ar, quase invisível. Kaladin abriu o cordão do saco, puxando o colete e passando-o desajeitadamente sobre a cabeça. Ele ignorou as amarras na lateral, colocando o elmo enquanto saltava sobre um pequena formação rochosa. O escudo veio por último, estalando com os ossos vermelhos dos parshendianos em um padrão cruzado na frente.

Mesmo depois de vestir a armadura, Kaladin achou fácil se manter bem na frente das sobrecarregadas equipes de ponte. Suas pernas infundidas com Luz das Tempestades eram rápidas e firmes.

Os arqueiros parshendianos diretamente à sua frente pararam de cantar. Vários deles baixaram os arcos e, embora estivesse longe demais para ver o rosto deles, Kaladin podia sentir sua indignação. Havia esperado por isso; havia torcido por isso.

Os parshendianos abandonavam seus mortos. Não porque não se importassem, mas porque consideravam uma ofensa terrível movê-los. O simples ato de tocar os mortos era considerado um pecado. Se fosse esse o caso, um homem profanando cadáveres e usando-os como peças de vestuário em batalha seria muito, muito pior.

Enquanto Kaladin se aproximava, uma canção diferente começou entre os arqueiros parshendianos. Uma canção rápida, violenta, mais um cântico que uma melodia. Aqueles que haviam baixado seus arcos os levantaram novamente.

E tentaram matá-lo de todas as maneiras.

Flechas voaram na sua direção. Dúzias delas. Não foram disparadas em ondas cuidadosas; voavam individualmente, de modo rápido e descontrolado, cada arqueiro atirando em Kaladin o mais rápido que podia. Um enxame de morte se voltou para ele.

Com o batimento acelerado, Kaladin desviou-se para a esquerda, saltando de um pequeno afloramento de rocha. As flechas cortavam o ar ao seu redor, perigosamente perto. Mas enquanto estavam infundidos com Luz das Tempestades, seus músculos reagiam rapidamente. Ele se desviava das flechas, então se voltava para outra direção, movendo-se erraticamente.

Atrás dele, a Ponte Quatro chegou ao alcance das flechas, e nem uma única seta foi disparada contra eles. Outras equipes de ponte também foram ignoradas, já que muitos dos arqueiros se concentravam em Kaladin. As setas eram lançadas mais rapidamente, chovendo ao seu redor, ricocheteando em seu escudo. Uma delas cortou seu braço ao passar; outra bateu contra seu elmo, quase arrancando-o.

A ferida no braço vazou Luz, não sangue, e para a surpresa de Kaladin, ela lentamente começou a se fechar, geada cristalizando sobre sua pele e Luz das Tempestades emanando dele. Inspirou mais, infundindo-se até quase brilhar visivelmente. Mergulhou, se esquivou, saltou, correu.

Seus reflexos treinados por batalhas deleitavam-se com aquela nova velocidade, e ele usou o escudo para derrubar flechas no ar. Era como se seu corpo houvesse ansiado por aquela habilidade, como se houvesse nascido para se aproveitar da Luz das Tempestades. Antes, ele vivera de modo lento e impotente. Agora estava curado. Não agia além de suas capacidades — não, finalmente as *alcançara*.

Uma chuva de flechas buscava seu sangue, mas Kaladin moveu-se entre elas, recebendo outro corte no braço, porém desviando de outras com escudo ou armadura. Outra saraivada chegou e ele levantou o escudo, preocupado de estar se movendo muito devagar. Contudo, as flechas mudaram de curso, desviando-se na direção do escudo e atingindo-o. Atraídas a ele.

Estou puxando as flechas para o escudo! Ele se lembrou de dúzias de incursões de ponte, com setas acertando a madeira perto de onde estavam suas mãos, nas barras de suporte. Sempre errando-o por pouco.

Há quanto tempo venho fazendo isso? Quantas flechas atraí para a ponte, afastando-as de mim?

Ele não tinha tempo de pensar a respeito. Continuou movendo-se, desviando-se. Sentia as flechas assoviarem pelo ar, ouvia seu impacto, sentia as farpas quando elas acertavam a pedra ou o escudo e se quebravam. Ele havia esperado que aquilo distraísse alguns dos parshendianos de atirarem em seus homens, mas não tinha ideia da intensidade da reação deles.

Parte dele estava exultante com a empolgação de desviar-se, agachar-se e bloquear a chuva de flechas. Contudo, estava começando a ficar mais lento. Tentou sugar mais Luz, mas não veio nada. Suas esferas estavam esgotadas. Ele entrou em pânico, ainda se desviando, mas os disparos começaram a diminuir.

Com um sobressalto, Kaladin percebeu que as equipes de ponte haviam se dividido ao redor dele, deixando um espaço para que continuasse se desviando enquanto elas o ultrapassavam e pousavam seus fardos. A Ponte Quatro estava posicionada, a cavalaria passando por ela a galope para atacar os arqueiros. Apesar disso, alguns dos parshendianos continuavam disparando contra Kaladin, enfurecidos. Os soldados os abateram facilmente, varrendo o chão com eles e abrindo espaço para os soldados da infantaria de Sadeas.

Kaladin baixou seu escudo. Estava recoberto de flechas. Ele mal teve tempo de respirar fundo antes que os carregadores o alcançassem, chamando-o com alegria, quase derrubando-o com sua empolgação.

— Seu idiota! — exclamou Moash. — Seu maluco tormentoso! O que foi isso? O que estava pensando?

— Foi incrível — disse Rocha.

— Você devia estar morto! — disse Sigzil, embora seu rosto normalmente sério estivesse aberto em um sorriso.

— Pai das Tempestades — acrescentou Moash, puxando uma flecha do colete de Kaladin, na região do ombro. — Olha só isso.

Kaladin baixou os olhos, chocado ao perceber uma dúzia de buracos de flecha nas laterais do seu colete e camisa, onde havia escapado por pouco de ser atingido. Três flechas ficaram presas no couro.

— Filho da Tempestade — declarou Skar. — É só o que tenho a dizer.

Kaladin dispensou os elogios, seu coração ainda acelerado. Estava entorpecido. Perplexo por ter sobrevivido, gelado pela Luz que consumira, exausto como se houvesse passado por uma rigorosa corrida de obstáculos. Ele olhou para Teft, levantando uma sobrancelha, indicando com a cabeça para a bolsa na sua cintura.

Teft balançou a cabeça. Ele assistira a tudo; a Luz das Tempestades emanando de Kaladin não fora visível para as pessoas observando, não sob a luz do dia. Ainda assim, a maneira como Kaladin havia se desviado devia ter parecido incrível, mesmo sem a luz óbvia. Se já contavam histórias sobre ele antes, aumentariam muito depois disso.

Ele se virou para fitar as tropas que passavam e percebeu algo. Ainda precisava lidar com Matal.

— Em suas posições, homens — disse ele.

Todos obedeceram relutantemente, se organizando ao redor dele em duas fileiras. À frente, Matal apareceu ao lado da ponte deles. Parecia preocupado, como bem deveria. Sadeas estava passando a cavalo. Kaladin se preparou, lembrando-se de como sua vitória anterior — quando haviam corrido segurando a ponte de lado — havia se transformado em derrota. Ele hesitou, então se apressou rumo à ponte onde Sadeas ia passar por Matal.

Os homens de Kaladin o seguiram.

Kaladin chegou enquanto Matal se curvava para Sadeas, que estava usando sua gloriosa Armadura Fractal vermelha. Kaladin e os carregadores também se curvaram.

— Avarak Matal — disse Sadeas, indicando Kaladin com a cabeça. — Esse homem parece familiar.

— É o homem de antes, Luminobre — explicou Matal, nervosamente. — Aquele que…

— Ah, sim — lembrou-se Sadeas. — O "milagre". E você o enviou à frente como um chamariz? Não sabia que era capaz de tais medidas ousadas.

— Assumo total responsabilidade, Luminobre — declarou Matal, com sua expressão mais corajosa.

Sadeas considerou o campo de batalha.

— Bem, para sua sorte, funcionou. Suponho que agora terei que promovê-lo. — Ele balançou a cabeça. — Esses selvagens praticamente ignoraram a força de assalto. Todas as vinte pontes montadas, a maioria praticamente sem baixas. De certo modo, parece um desperdício. Considere-se promovido. Foi notável a maneira como o garoto se desviou… — Ele esporeou o cavalo para que avançasse, deixando Matal e os carregadores para trás.

Aquela fora a promoção mais indiferente que Kaladin já ouvira, mas seria o bastante. Kaladin sorriu de orelha a orelha quando Matal voltou-se para ele com um olhar furioso.

— Você… — gaguejou Matal. — Você podia ter causado minha execução!

— Em vez disso, consegui a sua promoção — respondeu Kaladin, a Ponte Quatro entrando em formação ao seu redor.

— Eu devia executá-lo mesmo assim.

— Já tentaram. Não funcionou. Além disso, você sabe que de agora em diante Sadeas vai esperar que eu sempre distraia os arqueiros. Boa sorte para convencer qualquer outro carregador de pontes a tentar isso.

O rosto de Matal ficou vermelho. Ele se virou e saiu pisando duro para verificar as outras equipes de ponte. As duas mais próximas — a Ponte Sete e a Ponte Dezoito — estavam olhando para Kaladin e sua equipe. Todas as vinte pontes haviam sido montadas? Quase sem baixas?

Pai das Tempestades, pensou Kaladin. *Quantos arqueiros estavam disparando contra mim?*

— Você conseguiu, Kaladin! — exclamou Moash. — Você descobriu o segredo. Precisamos fazer funcionar. Expandir os efeitos.

— Aposto que conseguiria me desviar das flechas, se me concentrasse só nisso — disse Skar. — Com armadura suficiente...

— Devia ser mais de uma pessoa — concordou Moash. — Cinco ou mais, correndo para atrair a atenção dos ataques parshendianos.

— Os ossos — comentou Rocha, cruzando os braços. — Foi por isso que funcionou. Os parshendianos ficaram tão furiosos que ignoraram as equipes de ponte. Se todos os cinco usassem os ossos dos parshendianos...

Isso fez Kaladin pensar em uma coisa. Ele olhou para trás, procurando alguém entre os carregadores. Onde estava Shen?

Ali. Ele estava sentado sobre as pedras, distante, olhando para a frente. Kaladin se aproximou com os outros. O parshemano olhou para ele, o rosto uma máscara de dor, lágrimas escorrendo. Ele encarou Kaladin e estremeceu visivelmente, se virando e fechando os olhos.

— Ele se sentou aí no momento em que viu o que você tinha feito, rapaz — disse Teft, esfregando o queixo. — Talvez não sirva mais para incursões de ponte.

Kaladin removeu o elmo fixado na carapaça, então correu os dedos pelo cabelo. A carapaça presa em suas roupas fedia um pouco, muito embora ele a houvesse lavado, abismo.

— Vamos ver — disse Kaladin, sentindo uma pontada de culpa. Não o bastante para esquecer a vitória de proteger seus homens, mas o bastante para diminuí-la, pelo menos. — Por enquanto, ainda há muitas equipes de ponte que foram alvejadas. Vocês sabem o que fazer.

Os homens assentiram, saindo em busca de feridos. Kaladin designou um homem para vigiar Shen — ele não sabia mais o que fazer com o parshemano — e tentou não demonstrar sua exaustão enquanto colocava o capacete e o colete encouraçados e empapados de suor na liteira de Lopen. Ele se ajoelhou para conferir seu equipamento médico, caso fosse necessário, e descobriu que sua mão estava tremendo. Ele a pressionou contra o chão para que parasse, respirando pausadamente.

Pele fria e pegajosa. Náusea. Fraqueza. Estava em choque.

— Você está bem, rapaz? — perguntou Teft, ajoelhando-se ao lado de Kaladin.

Ainda estava usando um curativo no braço ferido algumas incursões de ponte atrás, mas não era o bastante para impedi-lo de carregar. Não quando havia tão poucos.

— Vou ficar bem — disse Kaladin, pegando um odre d'água e segurando-o em uma das mãos trêmulas. Ele mal conseguiu tirar a tampa.

— Você não parece...

— Vou ficar bem — repetiu Kaladin, bebendo, depois baixando a água. — O que importa é que os homens estão seguros.

— Você vai fazer isso toda vez, sempre que formos para a batalha?

— O que for necessário para mantê-los seguros.

— Você não é imortal, Kaladin — sussurrou Teft. — Os Radiantes podiam ser mortos, como qualquer homem. Mais cedo ou mais tarde, uma dessas flechas vai encontrar seu pescoço em vez do ombro.

— A Luz das Tempestades cura.

— A Luz ajuda seu corpo a se curar. É diferente, eu acho. — Teft pôs a mão no ombro de Kaladin. — Não podemos perder você, rapaz. Os homens precisam de você.

— Não vou evitar me colocar em perigo, Teft. E não vou deixar os homens encararem uma tempestade de flechas, se puder evitar.

— Bem, você vai ter que permitir que alguns de nós o acompanhemos. A ponte pode aguentar com 25, se for necessário. Isso nos deixa alguns homens extras, como Rocha disse. E aposto que alguns dos feridos que salvamos estão bem o bastante para começarem a ajudar a carregar. Ninguém vai ousar mandá-los de volta às suas equipes, não enquanto a Ponte Quatro estiver fazendo o que você fez hoje, e ajudando toda a incursão a funcionar.

— Eu... — Kaladin deixou a frase morrer. Podia imaginar Dallet fazendo algo assim. Ele sempre dissera que, como sargento, parte do seu trabalho era manter Kaladin vivo. — Tudo bem.

Teft assentiu e se levantou.

— Você era um lanceiro, Teft — disse Kaladin. — Não tente negar. Como acabou aqui, nas equipes de ponte?

— Aqui é o meu lugar.

Teft se afastou para supervisionar a busca por feridos. Kaladin se sentou, depois se deitou, esperando o choque ceder. Ao sul, o outro exército

— com a bandeira azul de Dalinar Kholin — havia chegado. Eles cruzaram para um platô adjacente.

Kaladin fechou os olhos para se recuperar. Por fim, ouviu algo e abriu os olhos de novo. Syl estava sentada em seu peito com as pernas cruzadas. Atrás dela, o exército de Dalinar Kholin havia começado um ataque no campo de batalha, e conseguira fazê-lo sem ser alvejado. Sadeas havia bloqueado os parshendianos.

— Foi incrível — disse Kaladin para Syl. — O que eu fiz com as flechas.

— Ainda acha que é amaldiçoado?

— Não. Eu sei que não sou. — Ele olhou para o céu nublado. — Mas isso significa que os fracassos foram todos meus. Deixei Tien morrer, falhei com meus lanceiros, com os escravos que tentei resgatar, com Tarah... — Ele não pensava nela havia algum tempo. Seu fracasso com ela havia sido diferente dos outros, mas ainda assim um fracasso. — Se não existia maldição nem má sorte, nenhum deus nos céus zangado comigo... eu tenho que suportar o fato de que um pouco mais de esforço, um pouco mais de prática ou habilidade, poderia tê-los salvado.

Syl franziu o cenho.

— Kaladin, você precisa esquecer tudo isso. Não foi culpa sua.

— Era isso que meu pai sempre me dizia. — Ele sorriu levemente. — "Domine sua culpa, Kaladin. Importe-se, mas não demais. Assuma a responsabilidade, mas não se culpe." Proteger, salvar, ajudar... mas saber quando desistir. São cordas bambas em que caminhar. Como faço isso?

— Eu não sei. Não sei nada disso, Kaladin. Mas você está se acabando. Por dentro e por fora.

Kaladin fitou o céu acima.

— Foi maravilhoso. Eu era uma tempestade, Syl. Os parshendianos não conseguiam me atingir. As flechas não eram nada.

— Você está só começando. Se esforçou demais.

— "Salve-os" — sussurrou Kaladin. — "Faça o impossível, Kaladin. Mas não se esforce demais. Mas também não sinta culpa se falhar." Cordas bambas, Syl. Tão finas...

Alguns dos seus homens voltaram com um homem ferido, um thayleno de rosto quadrado com uma flecha no ombro. Kaladin partiu ao trabalho. Suas mãos estavam tremendo levemente, mas não tanto quanto antes.

Os carregadores se juntaram ao redor dele, assistindo. Já havia começado a treinar Rocha, Drehy e Skar, mas, com todos eles olhando, Kaladin se pegou explicando.

— Se colocar pressão aqui, pode diminuir o fluxo de sangue. Essa ferida não é tão perigosa, embora provavelmente não seja muito agradável... — o paciente concordou com uma careta — ...e o verdadeiro problema é a possibilidade de infecção. Lave a ferida para garantir que não fiquem farpas de madeira ou pedaços de metal, então dê pontos. Os músculos e a pele do ombro aqui vão repuxar, então vocês precisam de linha forte para segurar a ferida. Agora...

— Kaladin — interrompeu Lopen, parecendo preocupado.

— O quê? — disse Kaladin, distraído, ainda trabalhando.

— Kaladin!

Lopen o havia chamado pelo nome, em vez de dizer *gancho*. Kaladin se levantou, virando-se para ver o herdaziano parado no fundo do grupo, apontando para o abismo. A batalha havia se movido mais para norte, mas um grupo de parshendianos havia atravessado a fileira de Sadeas. Eles tinham arcos.

Kaladin assistiu, atordoado, enquanto o grupo de parshendianos entrava em formação e armava os arcos. Cinquenta flechas, todas apontadas para a equipe de Kaladin. Os parshendianos não pareciam se importar com o fato de estarem expostos a um ataque por trás. Pareciam concentrados em uma única coisa.

Destruir Kaladin e seus homens.

Kaladin gritou o alarme, mas sentia-se tão lento, tão cansado. Os carregadores em torno dele se viraram enquanto os arqueiros puxavam as cordas. Os homens de Sadeas geralmente defendiam o abismo para impedir que os parshendianos derrubassem as pontes e cortassem sua rota de fuga. Mas daquela vez, ao notarem que os arqueiros não estavam tentando derrubar as pontes, os soldados não se apressaram em detê-los. Abandonaram os carregadores para morrer, preferindo cortar a rota dos parshendianos até as pontes.

Os homens de Kaladin estavam expostos. Alvos perfeitos. *Não*, pensou Kaladin. *Não! Não pode acabar assim. Não depois de...*

Uma força se chocou com a fileira parshendiana. Uma única figura em uma armadura cinza-ardósia, brandindo uma espada tão longa quanto um homem. O Fractário passou pelos arqueiros distraídos com urgência, rasgando suas fileiras. Flechas voaram na direção da equipe de Kaladin, mas foram soltas cedo demais, sem a devida mira. Algumas chegaram perto enquanto os carregadores se encolhiam para se proteger, mas ninguém foi acertado.

Parshendianos caíam perante a terrível Espada do Fractário, alguns desabando no abismo, outros recuando. O resto morria com os olhos queimados. Em segundos, o esquadrão de cinquenta arqueiros havia sido reduzido a cadáveres.

A guarda de honra do Fractário o alcançou. Ele se virou, a armadura parecendo brilhar enquanto levantava a Espada em uma saudação, em sinal de respeito aos carregadores. Então ele avançou em outra direção.

— Era ele — disse Drehy, se levantando. — Dalinar Kholin. O tio do rei!

— Ele nos salvou! — disse Lopen.

— Bah. — Moash limpou a poeira do corpo. — Ele só viu um grupo de arqueiros indefesos e aproveitou a chance para atacar. Olhos-claros não ligam para nós. Certo, Kaladin?

Kaladin fitou o lugar onde os arqueiros haviam se posicionado. Em um momento, ele podia ter perdido tudo.

— Kaladin? — chamou Moash.

— Você tem razão — respondeu Kaladin distraidamente. — Foi só uma oportunidade bem aproveitada.

Mas então por que levantar a Espada para Kaladin?

— De agora em diante, recuaremos mais depois que os soldados cruzarem. Eles costumavam nos ignorar depois do início da batalha, mas não vão mais fazer isso. O que eu fiz hoje... o que todos nós faremos em breve... vai deixá-los furiosos. Furiosos o bastante para serem estúpidos, mas também furiosos o bastante para nos matar. De agora em diante, Leyten, Narm, encontre pontos para vigiar o campo. Quero saber se algum parshendiano se mover na direção do abismo. Vou enfaixar este homem e vamos recuar.

Os dois batedores correram e Kaladin se voltou para o homem com o ombro ferido. Moash se ajoelhou ao lado dele.

— Uma investida contra um inimigo preparado sem a perda de pontes, um Fractário nos socorrendo por sorte, o próprio Sadeas nos cumprimentando. Você quase me faz acreditar que eu deveria arrumar uma dessas faixas de oração.

Kaladin olhou para a oração. Estava manchada de sangue devido a um corte o braço que a Luz das Tempestades quase esgotada não fora capaz de curar inteiramente.

— Espere para ver se conseguimos escapar. — Kaladin terminou de suturar a ferida. — Esse é o verdadeiro teste.

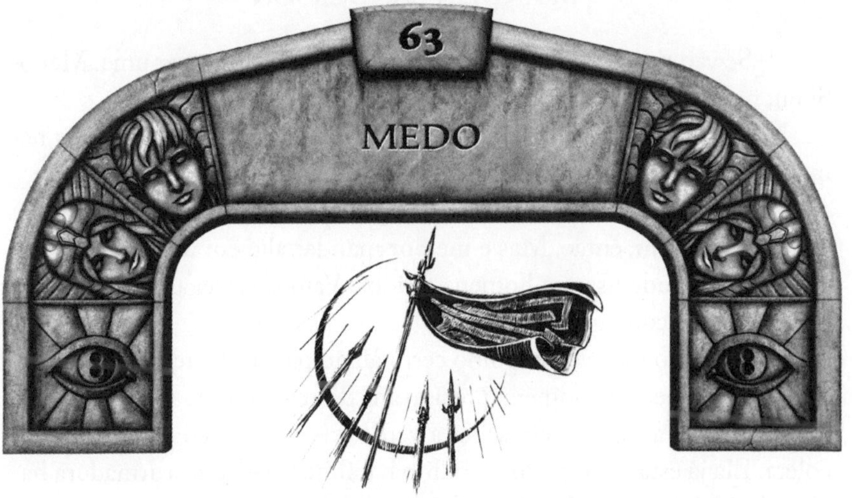

"Eu quero dormir. Sei agora por que vocês fazem o que fazem, e os odeio por isso. Não vou falar das verdades que vejo."

— Data: *kakashah* do ano de 1173, 142 segundos antes da morte. O indivíduo era um marinheiro shino, deixado para trás pela sua tripulação, supostamente por trazer má sorte. Amostra majoritariamente inútil.

— ESTÁ VENDO? — LEYTEN virou o pedaço de carapaça nas mãos. — Se entalharmos aqui na beirada, é mais provável que a lâmina... ou, nesse caso, a flecha... se desvie do rosto. Não queremos estragar esse seu lindo sorriso.

Kaladin sorriu, pegando de volta o pedaço de armadura. Leyten a entalhara com maestria, colocando orifícios para correias de couro que a fixariam no colete. O abismo era frio e escuro à noite. Com o céu encoberto, parecia uma caverna. Só o fulgor ocasional de uma estrela bem alto revelava o contrário.

— Quanto tempo você levaria para fazê-las? — perguntou a Leyten.

— Todas as cinco? Até o fim da noite, provavelmente. O verdadeiro truque foi descobrir como trabalhar o material. — Ele bateu na carapaça com os nós dos dedos. — Material incrível. Quase tão duro quanto aço, mas com metade do peso. Duro de cortar ou quebrar. Mas perfurando dá para moldar facilmente.

— Ótimo — disse Kaladin. — Porque não quero cinco conjuntos. Quero um para cada homem da equipe.

Leyten ergueu uma sobrancelha.

— Se vão nos deixar usar armaduras, todo mundo vai ter uma. Menos Shen, naturalmente.

Matal havia concordado em permitir que o deixassem para trás nas incursões de ponte; ele nem mesmo olhava para Kaladin agora.

Leyten assentiu.

— Tudo bem, então. Mas é melhor mandar alguém me ajudar.

— Você pode usar os homens feridos. Vamos carregar o máximo de carapaças que conseguirmos.

Seu sucesso havia conseguido certo alívio para a Ponte Quatro. Kaladin alegara que seus homens precisavam de mais tempo para encontrar carapaças, e Hashal — sem saber a verdade — havia reduzido a cota de coleta. Ela já estava fingindo — muito habilmente — que a armadura havia sido ideia dela desde o início, e estava ignorando a pergunta de onde ela viera, em primeiro lugar. Mas quando ela olhou nos olhos de Kaladin, ele viu preocupação. O que mais ele tentaria? Até agora, ela não ousara afastá-lo. Não quando ele havia arrancado tantos elogios de Sadeas.

— Como um aprendiz de armeiro acabou como carregador de pontes, afinal de contas? — perguntou Kaladin enquanto Leyten se ajeitava para voltar a trabalhar. Era um homem de braços grossos, corpulento e de rosto oval e cabelos claros. — Artesãos não costumam ser desperdiçados.

Leyten deu de ombros.

— Quando um pedaço de armadura quebra e um olhos-claros recebe uma flechada no ombro, alguém precisa levar a culpa. Tenho certeza de que meu mestre mantinha um aprendiz extra exatamente para esse tipo de situação.

— Bem, nós é que demos sorte. Você vai nos manter vivos.

— Farei o melhor que puder, senhor. — Ele sorriu. — Não tenho como fazer uma armadura pior do que a que você fez. É inacreditável que aquela placa peitoral não tenha caído na metade do ataque!

Kaladin bateu nos ombros do carregador, então deixou-o trabalhar, envolto por um pequeno círculo de peças de topázio; Kaladin obtivera permissão para levar as esferas, explicando que seus homens precisavam de luz para trabalhar nas armaduras. Ali perto, Lopen, Rocha e Dabbid estavam voltando com outra carga de coleta. Syl voava na frente, conduzindo-os.

Kaladin caminhou pelo abismo, uma esfera de granada amarrada a um pequeno receptáculo de couro no seu cinto para iluminação. O abismo se dividia ali, formando uma grande interseção triangular — um lugar perfeito para o treinamento de lança. Largo o bastante para dar aos homens espaço para praticar, e distante o suficiente de quaisquer pontes permanentes para que os batedores não escutassem ecos.

Kaladin dava as instruções iniciais de cada dia, depois deixava Teft liderar a prática. Os homens trabalhavam sob a luz das esferas, pequenas pilhas de marcos de diamante nos cantos, apenas o suficiente para enxergar. *Nunca pensei que invejaria aqueles dias praticando sob o sol quente no exército de Amaram*, ele pensou.

Caminhou até Hobber, um homem de dentes separados, e corrigiu sua posição, depois mostrou-lhe como colocar peso por trás de seus golpes de lança. Os carregadores estavam progredindo rapidamente, e os fundamentos estavam provando seu mérito. Alguns estavam treinando com lança e escudo, praticando posições onde seguravam lanças mais leves na altura da cabeça, com o escudo levantado.

Os mais hábeis eram Skar e Moash. De fato, Moash era surpreendentemente hábil. Kaladin caminhou para a lateral, contemplando o homem de rosto aquilino. Ele estava concentrado, com olhar intenso, queixo firme. Movia-se de um ataque para o outro, as dozes esferas dando-lhe um número igual de sombras.

Kaladin lembrava-se de sentir tal dedicação. Passara um ano daquele jeito, depois da morte de Tien, levando-se à exaustão todo dia. Determinado a melhorar. Determinado a nunca deixar outra pessoa morrer devido à sua falta de habilidade. Ele se tornara o melhor do seu esquadrão, então o melhor da sua companhia. Alguns diziam que ele fora o melhor lanceiro do exército de Amaram.

O que teria acontecido com ele, se Tarah não o houvesse tirado de sua dedicação obsessiva? Teria se consumido, como ela afirmava?

— Moash — chamou Kaladin.

Moash fez uma pausa, voltando-se para ele sem sair da posição.

Kaladin acenou para que ele se aproximasse e Moash relutantemente trotou na sua direção. Lopen havia deixado alguns odres de água para eles, pendurados pelos cordões em um aglomerado de háspiros. Kaladin soltou um odre, jogando-o para Moash. O homem tomou um gole, depois limpou a boca.

— Você está ficando bom — disse Kaladin. — Provavelmente é o melhor daqui.

— Obrigado — respondeu Moash.

— Notei que continua treinando quando Teft deixa os outros homens fazerem pausas. É bom se dedicar, mas não se desgaste demais. Quero que seja um dos chamarizes.

Moash abriu um largo sorriso. Todos os homens tinham se voluntariado para ser um dos quatro a se unir a Kaladin para distrair os parshendianos. Isso era incrível. Meses atrás, Moash — junto com os outros — havia ansiosamente colocado os mais novos ou mais fracos na frente da ponte para levar flechadas. Agora, sem exceção, eles se ofereciam para os trabalhos mais perigosos.

Você percebe o que poderia obter com esses homens, Sadeas?, pensou Kaladin. *Se não estivesse tão ocupado pensando em maneiras de matá-los?*

— Então, qual é sua motivação? — indagou Kaladin, indicando com a cabeça o escuro terreno de prática. — Por que está se esforçando tanto? O que você busca?

— Vingança — respondeu o outro, o rosto sombrio.

Kaladin assentiu.

— Eu já perdi uma pessoa. Porque não era bom o bastante com a lança. Quase morri de tanto praticar.

— Quem foi?

— Meu irmão.

Moash assentiu. Os outros carregadores, incluindo Moash, pareciam ter grande reverência pelo passado "misterioso" de Kaladin.

— Foi bom ter treinado — disse Kaladin. — E é boa sua dedicação. Mas você precisa ter cuidado. Se eu tivesse me matado de tanto treinar, não teria adiantado nada.

— Com certeza. Mas é diferente, Kaladin.

Kaladin ergueu uma sobrancelha.

— Você queria poder salvar alguém. Eu quero matar alguém.

— Quem?

Moash hesitou, então balançou a cabeça.

— Talvez um dia eu conte. — Ele estendeu a mão e agarrou o ombro de Kaladin. — Eu tinha desistido dos meus planos, mas você me fez ter esperança. Dou minha vida para protegê-lo, Kaladin. Juro pelo sangue dos meus pais.

Kaladin encarou os olhos intensos de Moash e balançou a cabeça afirmativamente.

— Tudo bem, então. Vá ajudar Hobber e Yake. As investidas deles ainda estão desequilibradas.

Moash se afastou para obedecer. Ele não chamava Kaladin de "senhor" e não parecia ter por ele a mesma reverência tácita dos outros. Isso fazia Kaladin se sentir mais à vontade com ele.

Passou a hora seguinte ajudando os homens, um por um. A maioria deles era ansiosa demais, se jogando nos ataques. Kaladin explicou a importância do controle e da precisão, que vencia mais lutas do que a Euforia caótica. Eles ouviam, prestando atenção. Mais e mais, eles o lembravam do seu antigo esquadrão de lanceiros.

Isso o fez pensar. Ele se lembrou de como se sentiu quando propôs o plano de fuga aos homens. Estivera procurando uma saída — uma maneira de lutar, por mais arriscada que fosse. Uma chance. As coisas haviam mudado. Agora ele tinha uma equipe de que se orgulhava, amigos que passara a amar, e uma possibilidade — talvez — de estabilidade.

Se conseguissem aprimorar a estratégia de usar as armaduras e se desviar das flechas, ficariam razoavelmente seguros. Talvez tão seguros quanto seu antigo esquadrão de lanceiros. Será que fugir ainda era a melhor opção?

— Você está com cara de preocupado — disse uma voz retumbante. Kaladin se virou enquanto Rocha se aproximava e se encostava na parede ao seu lado, cruzando os antebraços musculosos. — É a cara de um líder, eu digo. Sempre preocupada. — Rocha levantou uma sobrancelha ruiva e espessa.

— Sadeas nunca vai nos liberar, ainda mais agora que estamos tão em destaque. Os olhos-claros alethianos consideram vergonhoso deixar escravos escapar; isso o faz parecer impotente. Capturar aqueles que fogem sempre foi essencial para manter sua reputação.

— Você já disse isso — replicou Rocha. — Vamos lutar com os homens que ele mandar atrás de nós, vamos para Kharbranth, onde não existem escravos. De lá, os Picos, até meu povo, que nos receberá como heróis!

— Podemos derrotar o primeiro grupo, se ele for tolo e enviar apenas umas poucas dezenas de homens. Mas depois disso ele vai mandar mais. E os nossos feridos? Vamos deixá-los aqui para morrer? Ou os levamos conosco, e ficamos bem mais lentos?

Rocha assentiu lentamente.

— Você está dizendo que precisamos de um plano.

— Sim. Acho que é isso que estou dizendo. Ou isso, ou ficamos aqui... como carregadores.

— Ha! — Rocha pareceu considerar uma piada. — Apesar da nova armadura, nós morreríamos logo. Estamos nos fazendo de alvos!

Kaladin hesitou. Rocha tinha razão. Os carregadores seriam usados todos os dias. Mesmo que Kaladin diminuísse a taxa de mortalidade para dois ou três homens por mês — antes ele teria considerado isso impossível, mas agora parecia realizável —, a Ponte Quatro, como estava atualmente composta, acabaria em um ano.

— Vou conversar com Sigzil sobre isso — disse Rocha, esfregando o queixo entre as laterais da barba. — Vamos pensar. Deve ter uma maneira de escapar dessa armadilha, uma maneira de desaparecer. Uma trilha falsa? Uma distração? Talvez a gente consiga convencer Sadeas de que morremos durante uma incursão de ponte.

— Como faríamos isso?

— Eu não sei — respondeu Rocha. — Mas vamos pensar.

Ele se despediu de Kaladin e foi na direção de Sigzil. O azishiano estava praticando com os outros. Kaladin havia tentado falar com ele sobre Hoid, mas Sigzil — calado como de costume — não quisera discutir o assunto.

— Ei, Kaladin! — chamou Skar, que fazia parte de um grupo avançado que estava passando pelo treinamento de combate cuidadosamente supervisionado por Teft. — Venha treinar conosco. Mostre a esses idiotas desmiolados como se faz.

Os outros também começaram a chamá-lo. Kaladin acenou para que desistissem, balançando a cabeça. Teft foi ter com ele, uma lança pesada sobre o ombro.

— Rapaz — disse ele em voz baixa. — Acho que seria bom para o ânimo deles se você mostrasse uma coisinha ou outra.

— Já passei a instrução a eles.

— Com uma lança sem ponta. Indo bem devagar, com muita conversa. Eles precisam ver, rapaz. Ver você.

— Já falamos disso, Teft.

— Bem, já falamos mesmo.

Kaladin sorriu. Teft tomava cuidado para não parecer zangado ou beligerante — parecia estar tendo uma conversa normal com Kaladin.

— Você já foi sargento, não foi?

— Esqueça isso. Vamos, apenas mostre para eles algumas rotinas simples.

— Não, Teft — repetiu Kaladin, com mais seriedade.

Teft olhou para ele.

— Você vai se recusar a lutar no campo de batalha, como aquele papaguampas?

— Não é isso.

— Então o que é?

Kaladin procurou uma explicação.

— Vou lutar quando chegar a hora. Mas se eu me permitir voltar a isso agora, vou ficar ansioso. Vou querer atacar logo. Vai ser difícil esperar até que os homens estejam prontos. Confie em mim, Teft.

Teft fitou-o atentamente.

— Você está com medo, rapaz.

— O quê? Não. Eu...

— Dá para ver. E já vi isso antes. Na última vez que lutou por alguém, você falhou, hein? Então agora não quer tentar de novo.

Kaladin hesitou.

— Sim — admitiu.

Mas era mais do que isso. Quando lutasse de novo, teria que se tornar o homem de muito tempo atrás, o homem que fora chamado de Filho da Tempestade. O homem dotado de força e confiança. Ele não tinha certeza se podia voltar a ser aquele homem. Era isso que o assustava.

Quando segurasse aquela lança novamente, não haveria volta.

— Bem. — Teft coçou o queixo. — Quando chegar a hora, espero que esteja pronto. Porque esse pessoal vai precisar de você.

Kaladin assentiu e Teft voltou aos outros, oferecendo qualquer explicação para aplacá-los.

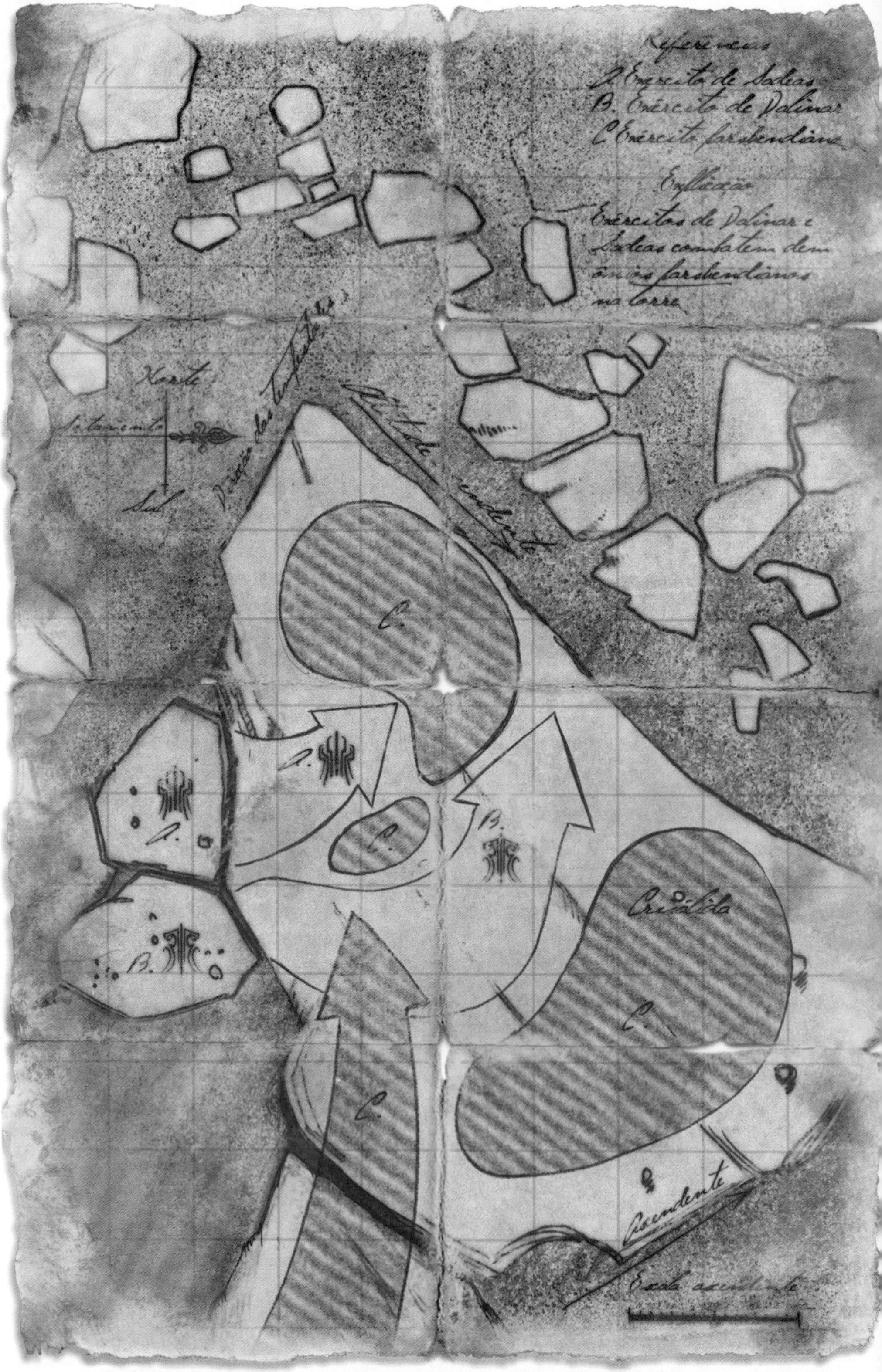

Mapa da Batalha da Torre, desenhado e legendado por Navani Kholin, por volta de 1173

64

UM HOMEM DE EXTREMOS

"Eles vêm da cova, dois homens mortos, um coração nas mãos, e sei que vi a verdadeira glória."

— Data: *kakashah* do ano de 1173, 13 segundos antes da morte. O indivíduo era um carregador de riquixá.

— EU NÃO TINHA CERTEZA se você estava interessado ou não — disse Navani baixinho para Dalinar enquanto caminhavam lentamente pelo terreno do palácio de guerra de Elhokar. — Metade do tempo você parecia estar flertando... mostrando interesse, depois recuando. Na outra metade, eu tinha certeza de que havia interpretado errado. E Gavilar era tão direto. Ele sempre preferiu agarrar o que desejava.

Dalinar concordou, pensativo. Estava com seu uniforme azul, enquanto Navani trajava um discreto vestido grená com uma bainha longa. Os jardineiros de Elhokar começaram a cultivar a flora ali. À direita, uma tortuosa fileira de casca-pétrea amarela se elevava até a altura da cintura, como um parapeito. A planta pétrea estava recoberta de pequenos feixes de háspiros com conchas peroladas, lentamente se abrindo e fechando enquanto respiravam. Pareciam minúsculas bocas, falando de modo rítmico e silencioso umas com as outras.

O caminho de Dalinar e Navani seguiu um curso tranquilo morro acima. Dalinar passeava com as mãos às costas. Sua guarda de honra e as escrivãs de Navani os seguiam. Alguns pareciam perplexos com a quantidade de tempo que Dalinar e Navani andavam passando juntos.

Quantos deles suspeitavam da verdade? Todos? Alguns? Nenhum? E isso importava?

— Eu não queria confundir você naquela época — respondeu ele, em voz baixa para evitar que ouvidos curiosos o escutassem. — Pretendia cortejá-la, mas Gavilar expressou preferência por você. Então achei que precisava desistir.

— Fácil assim? — perguntou Navani. Ela parecia ofendida.

— Ele não percebeu que eu estava interessado. Achou que, como eu a apresentei a ele, estava indicando que devia cortejá-la. Nosso relacionamento frequentemente funcionava assim; eu descobria pessoas que Gavilar deveria conhecer, então fazia as apresentações. Não percebi o que havia feito ao entregá-la a ele até ser tarde demais.

— Me "entregar"? Há uma marca de escravizada na minha testa de que eu não sei?

— Não quis dizer...

— Ah, cale-se — disse Navani, a voz subitamente terna.

Dalinar abafou um suspiro; embora Navani houvesse amadurecido desde a juventude, seus humores *sempre* mudavam tão rápido quanto as estações. Na verdade, isso fazia parte do seu charme.

— Você abria mão das coisas por ele com frequência? — indagou Navani.

— Sempre.

— Isso não ficou cansativo?

— Eu não pensava muito a respeito — respondeu Dalinar. — Quando pensava... Sim, ficava frustrado. Mas era Gavilar. Você sabe como ele era. Aquela força de vontade, aquele ar natural de prerrogativa. Sempre parecia surpreso quando alguém negava algo a ele, ou quando o próprio mundo não seguia seus desejos. Ele não me forçava a ceder... a vida simplesmente era assim.

Navani concordou.

— Apesar disso, peço desculpas por ter confundido você. Eu... bem, tive dificuldades em desapegar. Temo que às vezes tenha deixado transparecer meus verdadeiros sentimentos.

— Bem, acho que posso perdoá-lo por isso — disse ela. — Embora você tenha passado as duas décadas seguintes garantindo que eu pensasse que me odiava.

— Eu não fiz nada disso!

— Ah, não? E como eu deveria interpretar a sua frieza? A maneira como você deixava o recinto quando eu chegava?

— Eu estava me contendo. Havia tomado minha decisão.

— Bem, parecia que me odiava — disse Navani. — Embora eu tenha me perguntado várias vezes o que você estava escondendo por trás desse olhar de pedra. Claro, logo *Shshshsh* apareceu.

Como sempre, quando o nome de sua esposa era mencionado, ele o escutava como o som de uma brisa suave, que depois sumia imediatamente da memória. Ele não podia ouvir ou lembrar-se do nome.

— Ela mudou tudo — continuou Navani. — Você realmente parecia amá-la.

— Amava, sim — respondeu Dalinar. Certamente ele a amara. Não amara? Não conseguia se lembrar de nada. — Como ela era? — Ele rapidamente acrescentou: — Quer dizer, na sua opinião. Como você a via?

— Todo mundo adorava *Shshshsh* — disse Navani. — Eu me esforcei bastante para odiá-la, mas no final só sentia certo ciúme.

— Você tinha ciúme dela? Por quê?

— Porque sim. Ela combinava tanto com você. Nunca fazia comentários impróprios, nunca ameaçava as pessoas à sua volta, era sempre tão calma. — Navani sorriu. — Pensando bem, eu realmente devia ter sido capaz de odiá-la. Mas ela era tão gentil. Embora não fosse muito... bem...

— O quê?

— Esperta — respondeu Navani. Ela enrubesceu, algo bastante raro. — Sinto muito, Dalinar, mas ela simplesmente não era. Não era tola, mas... bem... Nem todo mundo pode ser astuto. Talvez fosse parte do seu charme.

Ela pareceu pensar que Dalinar ficaria ofendido.

— Está tudo bem — disse ele. — Você ficou surpresa quando me casei com ela?

— Quem ficaria? Como eu disse, ela era perfeita para você.

— Porque éramos compatíveis intelectualmente? — perguntou Dalinar secamente.

— De modo algum. Mas vocês *eram* compatíveis no temperamento. Por algum tempo, depois que desisti de tentar odiá-la, pensei que nós quatro podíamos ser amigos próximos. Mas você era sempre tão rígido comigo.

— Eu não podia me permitir mais nenhuma... recaída que pudesse indicar que ainda estava interessado.

Ele disse essa última parte com embaraço. Afinal de contas, não era isso que estavam fazendo agora? Tendo uma recaída? Navani olhou para ele.

— Lá vai você de novo.

— O quê?

— Sentindo culpa. Dalinar, você é um homem maravilhoso e honrado... mas realmente é bastante inclinado à autoindulgência.

Culpa? Como autoindulgência?

— Nunca havia pensado nisso.

Ela sorriu.

— O que foi? — perguntou ele.

— Você realmente é sincero, não é, Dalinar?

— Eu tento ser. — Ele olhou por cima do ombro. — Embora a natureza do nosso relacionamento continue a perpetuar um tipo de mentira.

— Não mentimos para ninguém. Que pensem ou achem o que quiserem.

— Imagino que tenha razão.

— Geralmente tenho. — Ela ficou em silêncio por um momento. — Você se arrepende de termos...

— Não — respondeu Dalinar rispidamente, surpreso com a intensidade da sua objeção. Navani apenas sorriu. — Não — continuou ele, a voz mais gentil. — Eu não me arrependo, Navani. Eu não sei como proceder, mas *não vou* desistir.

Navani hesitou junto de um grupo de pequenos petrobulbos do tamanho de punhos, com suas vinhas pendendo como línguas verdes. Estavam aglomerados quase como um buquê, crescendo sobre uma grande pedra oval colocada ao lado do caminho.

— Suponho que seja demais pedir que você não se sinta culpado. Não poderia ser só um pouco flexível?

— Não sei se consigo. Especialmente agora. Seria difícil explicar o motivo.

— Poderia tentar? Por mim?

— Eu... Bem, sou um homem de extremos, Navani. Descobri isso quando jovem. Várias vezes percebi que a única maneira de controlar esses extremos era dedicar minha vida a alguma coisa. Primeiro foi Gavilar. Agora são os Códigos e os ensinamentos de Nohadon. É através deles que estabeleço meus limites. Como um cercado ao redor de uma fogueira, para contê-la e controlá-la.

Ele respirou fundo.

— Sou um homem fraco, Navani. De verdade. Se me permitir certa folga, esqueço todas as minhas proibições. Foi o impulso de seguir os Códigos nos anos depois da morte de Gavilar que me manteve forte. Se eu permitir algumas rachaduras nessa armadura, posso voltar a ser o homem que era antes. Um homem que não desejo ser nunca mais.

Um homem que contemplou assassinar o próprio irmão pelo trono — e pela mulher que se casou com ele. Mas não podia explicar isso, não ousava permitir que Navani soubesse o que seu desejo por ela quase o levou a fazer.

Naquele dia, Dalinar havia jurado que nunca assumiria o trono. Essa era uma das suas restrições. Poderia explicar como ela, sem sequer tentar, forçava aquelas restrições? Como era difícil reconciliar seu amor por ela, — que há tanto tempo fervilhava —, com sua culpa de finalmente tomar para si o que havia cedido ao irmão?

— Você não é um homem fraco, Dalinar — disse Navani.

— Sou, sim. Mas a fraqueza pode se passar por força, se for devidamente limitada, assim como a covardia pode se passar por heroísmo, se não tiver saída.

— Mas não há nada no livro de Gavilar que proíba nosso relacionamento. É só a tradição que…

— Parece errado — respondeu Dalinar. — Mas, por favor, não se preocupe; já me preocupo o bastante por nós dois. Vou encontrar alguma maneira de fazer funcionar; só peço a sua compreensão. Quando demonstro frustração, não é com você, mas sim com a situação.

— Acho que posso aceitar isso. Desde que você consiga conviver com os rumores. Já estão começando.

— Não serão os primeiros rumores a me perseguir. Estou começando a me preocupar menos com eles e mais com Elhokar. Como vamos explicar a ele?

— Eu duvido que ele vá perceber — replicou Navani, bufando bem baixo, e continuando a caminhar. Ele a seguiu. — Ele está obcecado com os parshendianos, e às vezes com a ideia de que alguém no acampamento está tentando matá-lo.

— Nossa situação pode acabar alimentando isso — observou Dalinar. — Ele pode imaginar uma série de conspirações a partir do nosso relacionamento.

— Bem, ele…

Trombetas começaram a soar mais abaixo. Dalinar e Navani pararam para escutar e identificar a chamada.

— Pai das Tempestades — disse Dalinar. — Um demônio-do-abismo foi avistado na *própria Torre*. É um dos platôs que Sadeas anda vigiando. — Dalinar sentiu uma súbita empolgação. — Os grão-príncipes nunca conseguiram uma gema-coração lá. Será uma grande vitória se eu e ele conseguirmos juntos.

Navani pareceu perturbada.

— Você está certo sobre Sadeas, Dalinar. Nós *realmente* precisamos dele para nossa causa. Mas mantenha-o a uma distância segura.

— Deseje-me o favor do vento.

Ele estendeu a mão para ela, mas se deteve. O que ia fazer? Abraçá-la ali, em público? Isso atiçaria os rumores como fogo em uma poça de óleo. Ainda não estava pronto para tanto. Em vez disso, curvou-se para ela, depois apressou-se em responder a chamada e coletar sua Armadura Fractal.

Só quando havia descido metade do caminho foi que parou para considerar a escolha de palavras de Navani. Ela tinha dito "nós precisamos dele" para "nossa causa".

Qual era a causa deles? Duvidava que Navani tampouco soubesse. Mas ela já havia começado a pensar que estavam unidos nos seus esforços.

E ele percebeu que também pensava assim.

AS TROMBETAS CHAMAVAM, UM som tão puro e belo para indicar a iminência da batalha. Ele causou um furor na serraria. As ordens haviam chegado. A Torre seria atacada novamente — o mesmo lugar onde a Ponte Quatro havia falhado, o lugar onde Kaladin havia causado um desastre.

O maior dos platôs. O mais cobiçado.

Carregadores de pontes corriam de um lado para o outro em busca dos seus coletes. Carpinteiros e aprendizes se apressavam em sair do caminho. Matal gritava ordens; uma investida era a única ocasião em que ele fazia isso sem Hashal. Líderes de ponte, mostrando um mínimo de liderança, berravam para que suas equipes entrassem em formação.

Um vento açoitava o ar, lançando lascas de madeira e pedaços de grama seca ao céu. Homens gritavam, sinos repicavam. E nesse caos avançava a Ponte Quatro, com Kaladin à frente. Apesar da urgência, soldados pararam, carregadores ficaram boquiabertos, carpinteiros e aprendizes se detiveram.

Trinta e cinco homens marchavam em armaduras de carapaças de um tom laranja-ferrugem, habilmente talhadas por Leyten para ser fixadas nos coletes de couro e chapéus. Eles tinham arrancado braçadeiras e caneleiras para complementar os peitorais. Os elmos eram feitos de várias peças cranianas diferentes, e haviam sido ornamentadas — por insistência de Leyten — com sulcos e cortes, como pequenos chifres ou as bordas da carapaça de um caranguejo. As outras peças também eram ornamentadas, talhadas com padrões semelhantes a dentes, lembrando lâminas serrilhadas. Jaks Sem-Orelha havia levado tinta azul e branca e desenhado padrões na armadura laranja.

Cada membro da Ponte Quatro carregava um escudo de madeira grande com ossos vermelhos de parshendianos — agora fixados com firmeza. Costelas, na maior parte, dispostas em padrões de espiral. Alguns dos homens haviam amarrado ossos de dedos no meio, para que chocalhassem, e outros haviam fixado costelas protuberantes nas laterais dos elmos, dando-lhes a aparência de presas ou mandíbulas.

Os espectadores observavam, espantados. Não era a primeira vez que viam aquela armadura, mas seria a primeira investida em que todos os homens da Ponte Quatro a usariam. Todos juntos, formavam uma visão impressionante.

Dez dias, com seis incursões de ponte, haviam permitido que Kaladin e sua equipe aperfeiçoassem seu método. Cinco homens seriam chamarizes, com mais cinco na frente segurando escudos e usando apenas um braço para sustentar a ponte. Seus números haviam sido aumentados pelos feridos que tinham salvado de outras equipes, agora fortes o bastante para ajudarem a carregar.

Até então — apesar das seis incursões de ponte — não ocorrera uma única baixa. Os outros carregadores estavam cochichando sobre um milagre. Kaladin não achava que fosse. Ele só cuidava para ter sempre consigo uma bolsa cheia de esferas infundidas. Na maior parte do tempo, os arqueiros parshendianos pareciam se concentrar nele. De algum modo, percebiam que ele era o centro de tudo aquilo.

Alcançaram a ponte e entraram em formação, os escudos amarrados a hastes nas laterais, à espera do momento de uso. Enquanto levantavam a ponte, uma saudação espontânea veio das outras equipes.

— Isso é novidade — disse Teft, à esquerda de Kaladin.

— Acho que finalmente perceberam quem somos — comentou Kaladin.

— E quem somos?

Kaladin ajeitou a ponte nos ombros.

— Nós somos seus defensores. Ponte avante!

Eles começaram a trotar, liderando a saída do pátio de concentração, conduzidos pelos gritos de encorajamento.

MEU PAI NÃO É *louco*, pensou Adolin, cheio de energia e empolgação enquanto seus armeiros amarravam sua Armadura Fractal.

Passara dias pensando na revelação de Navani. Ele errara terrivelmente. Dalinar Kholin *não* estava enfraquecendo. Ele *não* estava ficando senil. *Não* era um covarde. Dalinar estava certo, e Adolin estava errado. Depois de muito meditar, Adolin chegou a uma decisão.

Estava *feliz* por ter se enganado.

Ele sorriu, flexionando os dedos na sua Armadura enquanto os armeiros moviam-se para o outro lado. Não sabia o que as visões significavam, ou quais seriam suas implicações. Seu pai era algum tipo de profeta, e era assustador pensar nisso.

Mas, por enquanto, era o bastante que Dalinar não fosse louco. Era hora de confiar nele. Pelo Pai das Tempestades, Dalinar havia merecido esse direito dos filhos.

Os armeiros terminaram de preparar a Armadura Fractal de Adolin. Quando se afastaram, o rapaz saiu às pressas da sala dos armeiros para a luz do sol, acostumando-se com a força, a velocidade e o peso combinados da Armadura Fractal. Niter e cinco outros membros da Guarda Cobalto acudiram, trazendo-lhe Puro-Sangue. Adolin tomou as rédeas, mas conduziu o richádio de início, querendo mais tempo para se adaptar à Armadura.

Eles logo chegaram na área de concentração. Dalinar, na sua Armadura Fractal, conversava com Teleb e Ilamar. Ele assomava sobre os homens enquanto apontava para leste. Companhias de soldados já estavam se movendo para a borda das Planícies.

Adolin caminhou até o pai, ansioso. Ali perto, percebeu uma figura cavalgando pela borda oriental dos acampamentos de guerra. A figura trajava uma brilhante Armadura Fractal vermelha.

— Pai? — chamou Adolin, apontando. — O que ele está fazendo aqui? Não devia estar nos esperando no acampamento dele?

Dalinar levantou o olhar, acenou para que um cavalariço trouxesse Galante, e os dois montaram. Eles cavalgaram para interceptar Sadeas, seguidos por uma dúzia de membros da Guarda Cobalto. Será que Sadeas queria cancelar a investida? Estaria preocupado de fracassar novamente na Torre?

Quando se aproximaram, Dalinar parou.

— Você devia estar avançando, Sadeas. Ser rápido vai fazer a diferença, se quisermos chegar ao platô antes que os parshendianos peguem a gema-coração e vão embora.

O grão-príncipe assentiu.

— Concordo, em parte. Mas primeiro precisamos conversar. Dalinar, estamos atacando a Torre!

Ele parecia ansioso.

— Sim, e daí?

— Danação, homem! — exclamou Sadeas. — Foi você que me disse que precisamos encontrar uma maneira de encurralar uma grande força de parshendianos em um platô. A Torre é *perfeita*. Eles sempre levam uma grande força para lá, e dois lados são inacessíveis.

Adolin se pegou assentindo.

— Sim — disse ele. — Pai, ele tem razão. Podemos cercá-los e atacar com força...

Os parshendianos geralmente fugiam quando sofriam muitas baixas. Esse era um dos motivos para que a guerra se estendesse tanto.

— Poderia ser um ponto de virada na guerra — disse Sadeas, os olhos brilhando. — Minhas escrivãs avaliam que não deve haver mais de vinte ou trinta mil tropas restantes. Os parshendianos vão empregar dez mil aqui... sempre fazem isso. Mas se pudermos cercá-los e matar todos eles, poderemos praticamente *destruir* a capacidade deles de guerrear nessas Planícies.

— Vai funcionar, pai — disse Adolin, cheio de expectativa. — Pode ser o momento que esperávamos... que *você* esperava. Uma maneira de virar a guerra, de causar dano o bastante para que os parshendianos não possam mais continuar lutando!

— Precisamos de tropas, Dalinar — disse Sadeas. — Muitas tropas. Quantos homens você pode empregar, no máximo?

— Em curto prazo? — disse Dalinar. — Oito mil, talvez.

— Terá que ser o suficiente — respondeu Sadeas. — Já consegui mobilizar cerca de sete mil. Vamos levar todos. Leve seus oito mil até o meu acampamento e usaremos todas as minhas equipes de ponte e marcharemos juntos. Os parshendianos chegarão primeiro... é inevitável, com um platô tão próximo do lado deles... mas se formos rápidos, poderemos cercá-los no platô. Então mostraremos a eles do que um *verdadeiro* exército alethiano é capaz!

— Não vou arriscar vidas nas suas pontes, Sadeas — respondeu Dalinar. — Não sei se posso concordar com um ataque completamente conjunto.

— Bah. Estou usando os carregadores de um novo jeito, que não custa tantas vidas. As baixas caíram até para quase zero.

— É mesmo? — disse Dalinar. — É por causa daqueles carregadores com armadura? O que fez você mudar?

Sadeas deu de ombros.

— Talvez você esteja me convencendo. De qualquer modo, precisamos partir agora. Juntos. Com o tanto de tropas que eles vão levar, não posso me arriscar a entrar em combate e esperar que vocês cheguem. Quero que nossas forças cheguem juntas e ataquem do modo mais unido possível. Se ainda estiver preocupado com os carregadores, posso atacar primeiro e conquistar uma posição, então deixar que vocês atravessem sem arriscar a vida de carregadores de ponte.

Dalinar pareceu pensativo.

Vamos lá, pai, pensou Adolin. *Você estava esperando por uma chance de abalar os parshendianos. É agora!*

— Muito bem — concordou Dalinar. — Adolin, envie mensageiros para mobilizar da Quarta à Oitava Divisão. Prepare os homens para marchar. Vamos acabar com essa guerra.

65

A TORRE

"Eu os vejo. Eles são as rochas. Eles são os espíritos vingativos. Olhos vermelhos."

— Data: *kakakes* do ano de 1173, oito segundos antes da morte. O indivíduo era uma jovem olhos-escuros de 15 anos. Considerada mentalmente instável desde a infância.

VÁRIAS HORAS DEPOIS, DALINAR estava com Sadeas em uma formação rochosa com vista para a própria Torre. Havia sido uma marcha longa e difícil. Aquele era um platô distante, o mais a leste que já haviam atacado. Os platôs além daquele ponto eram impossíveis de tomar. Os parshendianos podiam chegar tão rápido que removiam a gema-coração antes dos alethianos aparecerem. Às vezes isso também acontecia na Torre.

Dalinar procurou.

— Estou vendo — disse ele, apontando. — Ainda não pegaram a gema-coração!

Um círculo de parshendianos estava martelando a crisálida, mas a sua concha era como rocha espessa. Ainda estava resistindo.

— Você devia estar feliz de estar usando as minhas pontes, velho amigo. — Sadeas protegia o rosto do sol com uma das mãos. — Esses abismos podem ser largos demais para um Fractário saltar.

Dalinar concordou. A Torre era enorme; até mesmo seu gigantesco tamanho nos mapas não lhe fazia justiça. Ao contrário dos outros platôs, não era nivelado — em vez disso, tinha o formato de uma enorme cunha inclinada para oeste, apontando uma enorme face de penhasco na direção das tempestades. Era íngreme demais — e os abismos largos demais —

para ser abordado pelo leste ou sul. Só três platôs adjacentes forneciam áreas de concentração para investidas, todos ao longo do lado oeste ou sudeste.

Os abismos entre os platôs eram anormalmente largos, quase largos demais para as pontes. Nos platôs de concentração próximos, milhares e milhares de soldados vestindo azul ou verde estavam reunidos, uma cor para cada platô. Combinados, eles formavam a maior força que Dalinar já vira reunida contra os parshendianos.

Os números dos parshendianos eram tão grandes quanto previsto. Havia pelo menos dez mil deles a postos. Aquela seria uma batalha de grande escala, do tipo que Dalinar estava esperando, o tipo que poderia permitir que lançassem um grande número de alethianos contra uma grande força parshendiana.

Aquela *podia* ser a ocasião. O ponto de virada na guerra. Se vencessem, tudo poderia mudar.

Dalinar também protegeu os olhos, com o elmo debaixo do braço. Notou com satisfação que as equipes de batedores de Sadeas estavam cruzando para platôs adjacentes onde podiam vigiar a chegada de reforços parshendianos. Só porque os parshendianos haviam levado tantos guerreiros de início não significava que não haveria outras forças parshendianas esperando para atacá-los pelo flanco. Dalinar e Sadeas não seriam tomados de surpresa novamente.

— Venha comigo — disse Sadeas. — Vamos atacá-los juntos! Uma única grande onda de ataque, através de quarenta pontes!

Dalinar olhou para as equipes de ponte; muitos dos seus membros estavam deitados no platô, exaustos. Esperando — provavelmente temendo — sua próxima tarefa. Poucos deles usavam a armadura que Sadeas mencionara. Centenas deles seriam abatidos na investida, se atacassem juntos. Mas seria isso diferente do que Dalinar fez, pedindo aos seus homens que partissem para a batalha para capturar o platô? Não faziam todos parte do mesmo exército?

As rachaduras. Ele não podia deixar que aumentassem mais. Se pretendia ficar com Navani, tinha que provar a si mesmo que podia continuar firme em outras áreas.

— Não — disse ele. — Vou atacar, mas só depois que você tiver preparado um ponto de aterragem para minhas equipes de ponte. Mesmo isso é mais do que eu deveria permitir. Nunca force seus homens a fazer o que você não faria.

— Mas você investe contra os parshendianos!

— Nunca faria isso carregando uma dessas pontes — disse Dalinar. — Sinto muito, velho amigo. Não estou julgando você. É o que preciso fazer.

Sadeas balançou a cabeça, colocando seu elmo.

— Bem, vai ter que servir. Ainda estamos planejando jantar juntos hoje à noite para discutir estratégia?

— Imagino que sim. A menos que Elhokar faça um escândalo por nós dois perdemos o seu banquete.

Sadeas bufou.

— Ele vai ter que se acostumar com isso. Seis anos de banquetes toda noite… está ficando tedioso. Além disso, duvido que ele sinta algo além de felicidade se ganharmos hoje e deixarmos os parshendianos com um terço dos seus soldados. Vejo você no campo de batalha.

Dalinar assentiu e Sadeas saltou da formação rochosa, descendo até o chão abaixo e se unindo aos seus oficiais. Dalinar ficou mais um tempo, fitando a Torre. Não era apenas mais largo do que a maioria dos platôs, também era mais acidentado, coberto de formações rochosas proeminentes de crem endurecido. Os padrões eram ondulados e lisos, mas muito desiguais — como um campo cheio de pequenas sebes coberto por uma camada de neve.

A ponta mais a oeste do platô elevava-se dando vista para as Planícies. Os dois platôs que iam usar ficavam no meio da borda ocidental; Sadeas tomaria o do norte e Dalinar atacaria a partir daquele logo ao sul, uma vez que Sadeas houvesse preparado um terreno de chegada para ele.

Precisamos empurrar os parshendianos para sudeste, pensou Dalinar, esfregando o queixo. *Encurralá-los ali.* Tudo dependia disso. A crisálida estava próxima do topo, de modo que os parshendianos já estavam situados em uma boa posição para que Dalinar e Sadeas os empurrassem contra a beira do penhasco. Os parshendianos provavelmente se permitiriam empurrar, já que lhes daria o terreno mais alto.

Se um segundo exército parshendiano viesse, ficaria separado do primeiro. Os alethianos poderiam se concentrar nos parshendianos presos no alto da Torre enquanto mantinham uma formação defensiva contra os recém-chegados. Isso funcionaria.

Ele começou a se empolgar. Pulou para um afloramento mais baixo, então desceu por algumas fissuras que serviram de degraus para alcançar o solo do platô, onde seus oficiais esperavam. Contornou a formação rochosa, investigando o progresso de Adolin. Seu filho trajava a Armadura Fractal, direcionando as companhias cruzando as pontes móveis de Sadeas para o platô de concentração no sul. Não muito longe, os homens de Sadeas estavam entrando em formação para o ataque.

Aquele grupo de carregadores usando armadura se destacava, preparando-se à frente da formação das equipes de ponte. Por que *eles* tinham permissão de usar armadura? Por que não os outros também? Elas pareciam carapaças parshendianas. Dalinar sacudiu a cabeça. O ataque começou, equipes de ponte correndo na frente do exército de Sadeas, aproximando-se primeiro da Torre.

— Onde você gostaria de fazer nosso ataque, pai? — perguntou Adolin, invocando sua Espada Fractal e descansando-a em sua ombreira, com o lado afiado para cima.

— Ali — disse Dalinar, apontando para um ponto no platô de concentração deles. — Prepare os homens.

Adolin assentiu, gritando as ordens.

À distância, carregadores começaram a morrer. *Que os Arautos guiem seu caminho, pobres homens*, pensou Dalinar. *Assim como o meu.*

KALADIN DANÇAVA COM O vento.

Flechas choviam ao seu redor, passando perto, quase beijando-o com suas penas de casca-nó pintadas. Tinha que deixá-las chegar perto, tinha que fazer os parshendianos sentirem que estavam próximos de matá-lo.

Apesar dos quatro outros carregadores chamando a atenção deles, apesar dos outros homens da Ponte Quatro atrás, usando armaduras de esqueletos de parshendianos caídos, a maioria dos arqueiros mirava em Kaladin. Ele era um símbolo. Uma bandeira viva a ser destruída.

Kaladin girava entre as flechas, afastando-as com seu escudo. Uma tormenta rugia dentro dele, como se seu sangue houvesse sido substituído por ventos de tempestade. A ponta de seus dedos formigavam com energia. À frente, os parshendianos entoavam seu furioso cântico. O cântico dedicado àqueles que blasfemavam contra seus mortos.

Kaladin permaneceu à frente dos chamarizes, permitindo que as flechas caíssem bem perto. Provocando-os; zombando deles. Exigindo que o matassem até que as flechas pararam de cair e o vento se dissipou.

Kaladin desacelerou, prendendo a respiração para conter a tempestade interior. Os parshendianos relutantemente recuaram diante da força de Sadeas. Um enorme contingente, em termos de investidas de platô. Milhares de homens e 32 pontes. Apesar da distração de Kaladin, cinco pontes foram derrubadas e os homens que as carregavam foram abatidos.

Nenhum dos soldados correndo através do abismo havia feito qualquer esforço específico para atacar os arqueiros disparando contra Kaladin, mas o peso dos números forçara os parshendianos a fugir. Alguns fitaram Kaladin com repulsa, fazendo um gesto estranho, curvando a mão junto à orelha direita e apontando para ele antes de recuar.

Kaladin soltou a respiração, a Luz saindo dele em pulsos. Precisava tomar muito cuidado, absorvendo Luz das Tempestades o bastante para sobreviver, mas nem tanto que ela se tornasse visível para os soldados que assistiam.

A Torre erguia-se diante dele, uma rocha inclinada rumo a oeste. O abismo era tão amplo que ele ficou preocupado que os homens deixassem a ponte cair enquanto tentavam posicioná-la. Do outro lado, Sadeas havia disposto suas forças em forma de concha, empurrando para longe os parshendianos, tentando oferecer uma abertura a Dalinar.

Talvez atacar daquela maneira servisse para proteger a imagem imaculada de Dalinar. Ele se recusava a causar a morte dos carregadores. Pelo menos diretamente. Não importava que se aproveitasse do serviço dos homens que haviam caído para deixar Sadeas atravessar. Seus cadáveres eram a verdadeira ponte.

— Kaladin! — chamou uma voz de trás.

Kaladin girou. Um dos seus homens estava ferido. *Raios!*, ele pensou, correndo até a Ponte Quatro. Ainda havia Luz das Tempestades o bastante em suas veias para evitar a exaustão. Ele se tornara complacente. Seis incursões de ponte sem baixas. Devia ter percebido que aquilo não podia durar. Abriu caminho entre os carregadores para encontrar Skar no chão, segurando o seu pé, sangue rubro escorrendo entre seus dedos.

— Flecha no pé — disse Skar entre dentes cerrados. — No meu tormentoso pé! Quem é atingido no pé?

— Kaladin! — gritou Moash, com urgência.

Os carregadores se dividiram enquanto Moash levava Teft, com uma flecha brotando do ombro, entre a placa peitoral da carapaça e uma ombreira.

— Raios! — praguejou Kaladin, ajudando Moash a deitar Teft. O carregador de pontes mais velho parecia atordoado. A seta havia entrado fundo no músculo. — Alguém faça pressão no pé de Skar e coloque ataduras nele até que eu possa dar uma olhada. Teft, consegue me ouvir?

— Sinto muito, rapaz — balbuciou Teft, os olhos vidrados. — Eu...

— Você está bem — disse Kaladin, pegando apressadamente algumas bandagens com Lopen, depois balançando a cabeça com firmeza. Lopen ia aquecer uma faca para cauterização. — Quem mais?

— Todos os outros estão bem — disse Drehy. — Teft estava tentando esconder sua ferida. Deve ter sido atingido quando estávamos empurrando a ponte.

Kaladin pressionou a gaze contra a ferida, depois gesticulou para que Lopen se apressasse com a faca aquecida.

— Quero nossos batedores vigiando. Certifiquem-se de que os parshendianos não tentem nos pegar de novo, como fizeram há algumas semanas! Se eles saltarem para aquele platô para pegar a Ponte Quatro, estamos mortos.

— Está tudo sob controle — disse Rocha, protegendo os olhos do sol. — Sadeas está mantendo seus homens naquela área. Nenhum parshendiano vai passar.

A faca chegou e Kaladin segurou-a com hesitação, um fio de fumaça erguendo-se da lâmina. Teft perdera sangue demais; seria muito arriscado fazer uma sutura. Mas, com a faca, Kaladin se arriscava a deixar algumas feias cicatrizes. Isso deixaria o velho carregador de pontes com uma rigidez que prejudicaria sua habilidade de usar a lança.

Relutantemente, Kaladin pressionou a faca na ferida, a carne silvando e o sangue secando em flocos negros. Esprenos de dor brotaram do chão, grandes e alaranjados. Em uma cirurgia, era possível suturar. Mas no campo, frequentemente aquela era a única saída.

— Sinto muito, Teft. — Ele balançou a cabeça enquanto continuava a trabalhar.

HOMENS COMEÇARAM A GRITAR. Flechas atingiam madeira e carne, soando como lenhadores ao longe brandindo machados.

Dalinar esperava junto aos seus homens, assistindo os soldados de Sadeas lutarem. *É melhor ele nos dar uma abertura. Estou começando a ficar ansioso por esse platô.*

Felizmente, Sadeas conquistou com rapidez sua posição na Torre e enviou uma força pelo flanco para separar um pedaço do terreno para Dalinar. Eles nem haviam terminado de se posicionar antes que Dalinar começasse a se mover.

— Uma das equipes de ponte, venha comigo! — berrou ele, disparando para a frente de batalha. Foi seguido por uma das oito equipes de ponte que Sadeas havia lhe emprestado.

Dalinar precisava chegar naquele platô. Os parshendianos haviam notado o que estava acontecendo e começaram a pressionar a pequena companhia em verde e branco que Sadeas havia enviado para defender sua área de entrada.

— Equipe de ponte, ali! — disse Dalinar, apontando.

Os carregadores se apressaram, parecendo aliviados por não precisarem posicionar a ponte sob saraivadas de flechas. Assim que soltaram a ponte, Dalinar atravessou para o ataque, seguido pela Guarda Cobalto. Logo à frente, os homens de Sadeas se dispersaram.

Dalinar urrou, fechando as manoplas ao redor do cabo de Sacramentadora enquanto a espada se formava da névoa. Chocou-se contra a linha dos parshendianos com um amplo golpe de duas mãos que derrubou quatro homens. Os parshendianos começaram a cantar em seu estranho idioma, entoando seu cântico de guerra. Dalinar chutou um cadáver para o lado e começou a atacar de verdade, defendendo freneticamente a vantagem que os homens de Sadeas haviam conquistado para ele. Em poucos minutos, seus soldados o rodearam.

Com a Guarda Cobalto protegendo sua retaguarda, Dalinar mergulhou na contenda, rompendo as fileiras do inimigo como só um Fractário podia fazer. Ele cortou espaços nas linhas de frente dos parshendianos, como um peixe saltando de um riacho, cortando de um lado para o outro, mantendo os inimigos desorganizados. Cadáveres com olhos queimados e roupas rasgadas formavam uma trilha atrás dele. Mais e mais tropas alethianas preenchiam os espaços. Adolin chocou-se com um grupo de parshendianos ali perto, seu próprio esquadrão da Guarda Cobalto a uma distância segura logo atrás. Ele atravessou seu exército inteiro — precisava ascender rapidamente, encurralando os parshendianos para que não pudessem escapar. Sadeas ia vigiar as bordas a norte e oeste da Torre.

O ritmo da batalha inspirava Dalinar. Os parshendianos cantando, os soldados grunhindo e gritando, a Espada Fractal em suas mãos e o fluxo de poder da Armadura. A Euforia surgiu dentro dele. Como não foi atacado pela náusea, ele cuidadosamente liberou o Espinho Negro, e sentiu a alegria de dominar um campo de batalha e o desapontamento de não ter um oponente digno.

Onde estavam os parshendianos Fractários? Vira um em batalha semanas atrás. Por que não havia reaparecido? Será que eles mandariam tantos homens à Torre sem enviar um Fractário?

Algo pesado acertou sua armadura, ricocheteando dela, fazendo com que uma pequena nuvem de Luz das Tempestades escapasse entre as juntas do seu antebraço. Dalinar praguejou, levantando um braço para proteger o rosto enquanto observava o espaço ao seu redor. *Ali*, ele pensou, achando uma formação rochosa próxima onde um grupo de parshendianos estava girando enormes fundas com as duas mãos. As pedras do tamanho de cabeças atingiam tanto parshendianos quanto alethianos, embora Dalinar fosse obviamente o alvo.

Ele grunhiu quando outra pedra, atingindo seu antebraço, enviou um choque suave por toda a Armadura Fractal. O golpe foi forte o bastante para causar uma pequena série de rachaduras no seu avambraço direito.

Dalinar rosnou e iniciou uma corrida impulsionada pela Armadura. A Euforia fluiu mais intensamente através de seu corpo, e ele jogou o ombro contra um grupo de parshendianos, espalhando-os, depois girou a Espada e abateu aqueles lentos demais para saírem do caminho. Ele se desviou para o lado enquanto uma chuva de pedras caía onde estivera, depois saltou para um rochedo baixo, deu dois passos e pulou na direção do cume onde estavam os lançadores de pedras.

Ele agarrou a beirada com uma das mãos, segurando a Espada com a outra. Os homens no pequeno cume recuaram de maneira atrapalhada, mas Dalinar se içou o bastante para atacar. Sacramentadora cortou as pernas deles, e os quatro homens caíram no chão com os pés mortos. Dalinar soltou a Espada, que desapareceu, e usou as duas mãos para subir no cume.

Ele pousou agachado, a Armadura estalando. Vários dos parshendianos restantes tentaram girar suas fundas, mas Dalinar agarrou um par de pedras enormes de uma pilha — empunhando-as facilmente com suas manoplas — e jogou-as contra eles. As pedras atingiram-nos com força o bastante para desfazer a formação dos fundibulários, esmagando suas caixas torácicas.

Dalinar sorriu e em seguida começou a jogar mais pedras. Enquanto o último parshendiano caía do cume, Dalinar girou, invocando Sacramentadora e lançando um olhar sobre o campo de batalha. Uma parede de lanças de fulgurante aço azul lutava contra outra parede preta e vermelha de parshendianos. Os homens de Dalinar iam bem, pressionando os parshendianos para sudeste, onde seriam cercados. Adolin liderava essa investida, a Armadura Fractal brilhando.

Bebendo profundamente da Euforia agora, Dalinar brandiu a Espada Fractal sobre a cabeça, refletindo a luz solar. Logo abaixo, seus homens o saudavam, as vozes soando mais alto do que o cântico bélico dos parshendianos. Esprenos de glória surgiam ao redor dele.

Pai das Tempestades, era bom vencer novamente. Ele se jogou da formação rochosa, desta vez sem tomar o caminho lento e cuidadoso. Caiu no meio de um grupo de parshendianos, fazendo estrondo nas rochas, Luz das Tempestades azul surgindo da sua armadura. Ele girou, matando, lembrando-se dos anos lutando junto de Gavilar. Vencendo, conquistando.

Ele e Gavilar haviam criado algo durante aqueles anos. Uma nação coesa e sólida a partir de algo quebrado. Como mestres oleiros reconstruindo uma fina cerâmica que havia se espatifado. Com um rugido, Dalinar atravessou a fileira de parshendianos, até onde a Guarda Cobalto estava lutando para alcançá-lo.

— Vamos pressioná-los! — gritou ele. — Passem adiante! Todas as companhias para a lateral da Torre!

Os soldados ergueram suas lanças e mensageiros correram para levar suas ordens. Dalinar girou e atacou os parshendianos, abrindo caminho para si e para seu exército. Para norte, as forças de Sadeas estavam atrasadas. Bem, a força de Dalinar faria o trabalho por ele. Se conseguisse avançar ali, poderia cortar os parshendianos ao meio, depois esmagar o lado norte contra Sadeas e o lado sul contra a borda do precipício.

Seu exército avançou atrás dele, e a Euforia fervilhava em seu peito. Era poder. Uma força maior que a Armadura Fractal. Uma vitalidade maior que a juventude. Habilidade maior que uma vida de prática. Uma febre de potência. Uma onda de parshendianos caía diante de sua Espada. Não cortava a carne deles, mas perfurava suas fileiras. O impulso dos seus ataques frequentemente fazia os cadáveres passarem por ele, mesmo enquanto seus olhos queimavam. Os parshendianos começaram a se dispersar, fugindo ou recuando. Ele sorriu por trás da viseira quase translúcida.

Isso era vida. Isso era controle. Gavilar havia sido o líder, o impulso, a essência da conquista deles. Mas Dalinar havia sido o guerreiro. Seus oponentes haviam se rendido ao governo de Gavilar, mas o Espinho Negro... ele fora o homem que os desbaratara, que duelara com seus líderes e matara seus melhores Fractários.

Dalinar gritou para os parshendianos e toda a linha de frente deles se dobrou, depois se despedaçou. Os alethianos avançaram, comemorando. Dalinar se reuniu a seus homens, avançando para abater os pares de combate dos parshendianos que fugiam para norte ou sul, tentando se juntar aos grupos maiores que ainda mantinham suas posições.

Ele alcançou um par. Um deles se virou para contê-lo com um martelo, mas Dalinar cortou-o de passagem, depois agarrou o outro e jogou-o no chão com um movimento de braço. Sorrindo, Dalinar levantou a Espada sobre a cabeça, lançando uma sombra sobre o soldado.

O parshendiano rolou desajeitadamente, segurando o braço, sem dúvida fraturado quando foi jogado no chão. Ele olhou para Dalinar, apavorado, esprenos de medo aparecendo ao redor dele.

Era só um rapaz.

Dalinar estacou, a Espada erguida, os músculos retesados. Aqueles olhos... aquele rosto... parshendianos podiam não ser humanos, mas seus traços — suas expressões — eram as mesmas. Exceto pela pele marmorizada e as estranhas seções de carapaça protetora, aquele menino poderia ter sido um cavalariço no estábulo de Dalinar. O que via acima dele? Um monstro sem rosto em uma armadura invulnerável? Qual era a história daquele rapaz? Devia ser apenas um garoto quando Gavilar foi assassinado.

Dalinar cambaleou para trás, a Euforia desaparecendo. Um dos homens da Guarda Cobaltos passou por ele, enfiando casualmente uma espada no pescoço do menino parshendiano. Dalinar ergueu a mão, mas tudo terminou rápido demais para que ele interrompesse. O soldado não percebeu seu gesto.

Dalinar baixou a mão. Seus homens estavam correndo ao redor dele, avançando sobre os parshendianos em fuga. A maioria dos inimigos ainda lutava, resistindo a Sadeas de um lado e à força de Dalinar do outro. A borda oriental do platô estava a uma curta distância à direita — ele atingira a força parshendiana como uma lança, perfurando seu centro, dividindo-a para norte e sul.

Ao redor dele estavam os mortos. Muitos deles haviam caído com o rosto para baixo, acertados nas costas por lanças ou flechas das forças de Dalinar. Alguns parshendianos ainda estavam vivos, mas moribundos. Eles cantarolavam ou sussurravam para si mesmos em uma estranha e perturbadora canção. Aquela que cantavam enquanto esperavam a morte.

Suas canções sussurradas se erguiam como as maldições de espíritos na Marcha das Almas. Dalinar sempre considerara a canção de morte a mais bela de todas que ouvira dos parshendianos. Ela parecia atravessar os grunhidos, batidas e gritos da batalha ao redor. Como sempre, a canção de cada parshendiano estava perfeitamente harmonizada com a dos companheiros. Era como se todos pudessem ouvir a mesma melodia em algum lugar longínquo, e a reproduzissem através de lábios ofegantes e sangrentos.

Os Códigos, Dalinar pensou, voltando-se para seus guerreiros. *Nunca peça dos seus homens um sacrifício que não esteja pronto a fazer você mesmo. Nunca faça com que lutem em condições que você se recusaria a lutar. Nunca peça a um homem que realize um ato que você não faria para não manchar as próprias mãos.*

Ficou nauseado. Aquilo não era belo; não era glorioso. Não era força, poder ou vida. Era algo revoltante, repelente e horrendo.

Mas eles mataram Gavilar!, ele pensou, procurando uma maneira de vencer o súbito enjoo.

Você deve uni-los....

Roshar fora unificada, outrora. Será que isso incluía os parshendianos?

Você não sabe se pode confiar nas visões ou não, disse a si mesmo, sua guarda de honra entrando em formação atrás dele. *Elas podem vir da Guardiã da Noite ou dos Esvaziadores. Ou de qualquer outra fonte.*

Naquele momento, as objeções pareciam fracas. O que as visões queriam que ele fizesse? Levar paz a Alethkar, unir seu povo, agir com justiça e honra. Será que não podia julgar as visões a partir disso?

Ele levantou a Espada Fractal até o ombro, caminhando solenemente entre os caídos rumo à linha norte, onde os parshendianos estavam encurralados entre seus homens e os de Sadeas. Sua náusea se intensificou.

O que estava acontecendo com ele?

— Pai! — O grito de Adolin soou desesperado.

Dalinar voltou-se para o filho, que estava correndo na sua direção. A Armadura do jovem estava manchada de sangue parshendiano, mas, como sempre, sua Espada brilhava.

— O que vamos fazer? — indagou Adolin, ofegante.

— Sobre o quê? — perguntou Dalinar.

Adolin virou-se, apontando para sudeste — na direção do platô ao sul daquele de onde o exército de Dalinar começara sua investida, havia mais de uma hora. Ali, saltando através do vasto abismo, estava um enorme segundo exército parshendiano.

Dalinar levantou bruscamente seu visor, ar fresco batendo no rosto suado. Ele deu um passo à frente. Havia antecipado essa possibilidade, mas alguém devia ter dado o alerta. Onde estavam os batedores? O que estava...

Ele sentiu um arrepio.

Tremendo, correu até uma das formações rochosas lisas e protuberantes, muito comuns na Torre.

— Pai? — chamou Adolin, correndo atrás dele.

Dalinar escalou, procurando o topo do rochedo, deixando cair sua Espada Fractal. Ele subiu no cume e olhou para norte, por cima de suas tropas e dos parshendianos. Para norte, na direção de Sadeas. Adolin escalou até chegar ao seu lado, a manopla subindo o visor.

— Ah, não… — sussurrou ele.

O exército de Sadeas estava recuando através do abismo para o platô de concentração a norte. Metade já havia atravessado. Os oito grupos de carregadores que emprestara a Dalinar haviam recuado e sumido. Sadeas estava abandonando Dalinar e suas tropas, deixando-os cercados de três lados pelos parshendianos, sozinhos nas Planícies Quebradas. E estava levando todas as suas pontes consigo.

66

CÓDIGOS

"Aquele cântico, aquela cantoria, aquelas vozes roucas."

— Data: *kaktach* do ano de 1173, 16 segundos antes da morte. O indivíduo era um oleiro de meia-idade. Relatou ter sonhos estranhos durante as grantormentas pelos dois últimos anos.

KALADIN, CANSADO, DESENROLOU A ferida de Skar para inspecionar os pontos e trocar a atadura. A flecha o acertara no lado direito do tornozelo, desviando-se no calombo da fíbula e arranhando os músculos na lateral do pé.

— Você teve muita sorte, Skar — disse Kaladin, colocando a nova bandagem. — Vai voltar a usar esse pé, desde que *não* coloque seu peso nele até que esteja curado. Vou mandar alguns dos homens carregá-lo de volta ao acampamento.

Atrás dele, os gritos e impactos da batalha pulsavam furiosamente. A luta agora estava distante, concentrada na borda oriental do platô. À direita de Kaladin, Teft bebia, enquanto Lopen vertia água na sua boca. O homem mais velho fechou a cara, tomando o odre de Lopen com a mão boa.

— Não sou um inválido — reclamou. Ele havia superado a tontura inicial, embora ainda estivesse fraco.

Kaladin sentou-se, esgotado. Quando a Luz das Tempestades se desvanecia, deixava-o exausto. Isso logo passaria; já fazia mais de uma hora desde a investida inicial. Ele carregava mais algumas esferas infundidas na bolsa; forçou-se a resistir ao impulso de sugar sua Luz.

Ele se levantou, pretendendo designar alguns homens para carregar Skar e Teft para o outro lado do platô, apenas para o caso de a batalha ir mal e eles precisarem recuar. Era improvável; os soldados alethianos estavam indo bem na última vez que verificara.

Ele observou o campo de batalha mais uma vez. O que viu fez gelar seu sangue.

Sadeas estava recuando.

De início, pareceu tão impossível que Kaladin não conseguiu aceitar. Estaria Sadeas conduzindo seus homens para atacar de outra direção? Mas não, a retaguarda já havia atravessado as pontes, e a bandeira de Sadeas estava se aproximando. Será que o grão-príncipe estava ferido?

— Drehy, Leyten, peguem Skar. Rocha e Peet, vocês levam o Teft. Corram para o lado ocidental do platô e estejam preparados para fugir. O resto de vocês, nas suas posições de ponte.

Os homens, só agora notando o que estava acontecendo, obedeceram com ansiedade.

— Moash, você vem comigo — disse Kaladin, se apressando na direção da ponte deles.

Moash correu até Kaladin.

— O que está havendo?

— Sadeas está se retirando — explicou Kaladin, assistindo a onda de homens de verde fluindo para longe das fileiras parshendianas como cera derretendo. — Não há motivo para isso. A batalha mal começou, e suas forças estavam vencendo. Só posso pensar que Sadeas deve ter sido ferido.

— Por que o exército inteiro bateria em retirada por isso? Você não acha que ele está...

— A bandeira dele ainda está levantada — disse Kaladin. — Então provavelmente não está morto. A menos que eles tenham mantido a bandeira erguida para que os homens não entrassem em pânico.

Ele e Moash alcançaram a lateral da ponte. Atrás deles, o resto da equipe formou apressadamente uma fila. Matal estava do outro lado do abismo, falando com o comandante da retaguarda. Depois de uma conversa rápida, Matal atravessou e começou a passar pela fileira de equipes de ponte, ordenando que elas se preparassem para o transporte. Ele olhou para a equipe de Kaladin, mas viu que já estavam prontos, e seguiu adiante.

À direita de Kaladin, no platô adjacente — aquele de onde Dalinar havia lançado seu ataque —, as oito equipes de ponte emprestadas se afastaram do campo de batalha, cruzando para o platô em que ele estava. Um oficial olhos-claros que Kaladin não reconheceu estava lhes dando ordens. Mais além, ao sul, uma nova força parshendiana havia chegado, e agora estava passando para a Torre.

Sadeas cavalgou até o abismo. A tinta na sua Armadura Fractal brilhava ao sol; ela não mostrava um único arranhão. De fato, toda a sua guarda de honra estava incólume. Embora houvessem atravessado para a Torre, haviam se afastado do inimigo e voltado. Por quê?

E então Kaladin viu. A força de Dalinar Kholin, lutando na encosta intermediária superior da cunha, agora estava cercada. Aquela nova força parshendiana estava ocupando as seções que Sadeas havia ocupado, supostamente para proteger a retirada de Dalinar.

— Estão abandonando ele! — exclamou Kaladin. — Era uma armadilha. Uma armação. Sadeas está deixando o Grão-príncipe Kholin e todos os seus soldados para morrer.

Kaladin contornou o fim da ponte, empurrando soldados que estavam saindo dela. Moash praguejou e o seguiu. Não sabia ao certo por que estava abrindo caminho aos empurrões até a próxima ponte — a Ponte Dez —, onde Sadeas estava atravessando. Talvez precisasse ter certeza de que Sadeas não estava ferido. Talvez ainda estivesse perplexo. Aquela era uma traição em uma escala grandiosa, terrível o bastante a ponto de fazer a traição de Kaladin por Amaram parecer quase trivial.

Sadeas trotou seu cavalo pela ponte, fazendo a madeira estalar. Estava acompanhado por dois homens olhos-claros em armaduras comuns, e todos os três levavam os elmos sob os braços, como se estivessem em um desfile.

A guarda de honra deteve Kaladin, com um ar hostil. Ele ainda estava perto o bastante para confirmar que Sadeas estava, de fato, completamente ileso. Também estava perto o bastante para estudar o rosto orgulhoso do grão-príncipe quando ele virou o cavalo e olhou de volta para a Torre. A segunda força parshendiana encontrou o exército de Kholin, cercando-o. Mesmo que isso não houvesse acontecido, Kholin não tinha pontes. Ele não podia recuar.

— Eu avisei, velho amigo — disse Sadeas, com voz baixa, mas distinta, acima dos gritos distantes. — Avisei que essa sua honra ainda causaria a sua morte.

Ele balançou a cabeça. Então virou o cavalo, trotando para longe do campo de batalha.

DALINAR ABATEU UM PAR de combatentes parshendianos. Sempre havia outro para substituí-lo. Ele travou o maxilar, se pondo na Postura do Vento e ficando na defensiva, protegendo sua pequena elevação na encosta e agindo como uma pedra na qual a onda parshendiana teria que quebrar.

Sadeas havia planejado bem a sua retirada. Seus homens não estavam tendo dificuldades; haviam sido ordenados a lutar de uma maneira que permitisse um afastamento rápido. E ele tinha quarenta pontes para atravessar. Em conjunto, isso fez que o abandono de Dalinar acontecesse rápido, em nível de batalhas. Embora Dalinar houvesse imediatamente ordenado que seus homens forçassem caminho para a frente, esperando alcançar Sadeas enquanto as pontes ainda estavam montadas, não fora rápido o bastante. As pontes de Sadeas estavam sendo recolhidas, e todo o seu exército já havia atravessado.

Adolin estava lutando ali perto. Eles eram dois homens cansados de Armadura encarando um exército inteiro. Suas armaduras haviam acumulado um número assustador de rachaduras. Nenhuma delas já estava em situação crítica, mas vazavam a preciosa Luz das Tempestades; fios luminosos se elevavam como as canções dos parshendianos moribundos.

— Eu avisei para não confiar nele! — berrou Adolin enquanto lutava, eliminando um par de parshendianos, depois recebendo uma onda de flechas de uma equipe de arqueiros instalada ali perto. As flechas choviam contra a armadura do rapaz, arranhando a tinta. Uma delas acertou uma rachadura, aumentando-a. — Eu avisei. — Adolin continuou a gritar, baixando o braço em diagonal e fatiando o próximo par de parshendianos imediatamente antes de o acertarem com seus martelos. — Eu avisei que ele era uma enguia!

— Eu sei! — gritou Dalinar de volta.

— Nós caímos direitinho — continuou Adolin, berrando como se não houvesse escutado o pai. — Nós o deixamos levar nossas pontes. Nós o deixamos nos colocar no platô antes que a segunda onda de parshendianos chegasse. Nós o deixamos controlar os batedores. Nós até *sugerimos* o padrão de ataque que nos deixaria cercados, se ele não nos apoiasse!

— Eu sei.

O coração de Dalinar estava apertado. Sadeas estava executando uma traição premeditada, cuidadosamente planejada e completa. Não fora sobrepujado, não havia recuado por segurança — embora indubitavelmente fosse alegar isso quando voltasse ao acampamento. Um desastre, ele diria. Parshendianos em toda parte. Atacar juntos havia desequilibrado a situação, e — infelizmente — ele fora forçado a recuar e deixar seu amigo. Ah, talvez alguns dos homens de Sadeas abrissem o bico, contando a verdade, e sem dúvida os outros grão-príncipes saberiam o que realmente havia acontecido. Mas ninguém poderia desafiar Sadeas abertamente. Não depois de uma manobra tão decisiva e poderosa.

As pessoas nos acampamentos de guerra aceitariam a situação. Os outros grão-príncipes estavam insatisfeitos demais com Dalinar para criar problemas. O único que poderia dizer algo seria Elhokar, e Sadeas tinha sua confiança. Isso estava arrasando o coração de Dalinar. Era tudo fingimento? Poderia ele ter se enganado sobre Sadeas de modo tão absoluto? E a investigação inocentando Dalinar? E os seus planos e reminiscências? Tudo mentira?

Eu salvei sua vida, Sadeas. Dalinar assistiu a bandeira de Sadeas recuar através do platô de concentração. Entre aquele grupo distante, um cavaleiro trajando uma Armadura Fractal carmesim voltou-se e olhou para trás. Sadeas, vendo Dalinar lutar para sobreviver. Aquela figura fez uma pausa momentânea, então deu as costas e partiu.

Os parshendianos estavam cercando a posição avançada onde Dalinar e Adolin lutavam um pouco à frente do exército. Eles estavam sobrepujando sua guarda. Dalinar saltou para baixo e chacinou outro par de inimigos, mas recebeu outro golpe no antebraço no processo. Os parshendianos fervilhavam ao redor dele, e sua guarda começou a ceder.

— Recuar! — gritou ele para Adolin, então começou a voltar ao exército propriamente dito.

O rapaz praguejou, mas obedeceu. Dalinar e Adolin recuaram até a linha de frente da defesa. Ofegante, Dalinar removeu seu elmo rachado. Estava lutando sem parar tempo o bastante para perder o fôlego, apesar da sua Armadura Fractal. Ele deixou um dos guardas entregar-lhe um odre d'água, e Adolin fez o mesmo. Dalinar espremeu a água morna na boca e no rosto. Tinha o gosto metálico de água de chuva.

Adolin baixou seu odre, bochechando a água. Ele encontrou o olhar de Dalinar, seu rosto grave e perturbado. Ele sabia. Assim como Dalinar sabia; assim como os homens provavelmente sabiam. Não havia como sobreviver àquela batalha. Os parshendianos não deixavam sobreviventes. Dalinar se preparou, aguardando mais acusações de Adolin. O garoto estivera certo todo o tempo. E fossem lá o que fossem as visões, haviam enganado Dalinar em pelo menos um aspecto. Confiar em Sadeas os condenara à morte.

Homens estavam morrendo a uma curta distância, gritando e xingando. Dalinar queria continuar a lutar, mas primeiro precisava descansar. Perder um Fractário devido à fadiga não ajudaria em nada seus homens.

— Bem? — Dalinar questionou Adolin. — Pode dizer. Eu causei nosso fim.

— Eu...

— Isso é *minha* culpa — continuou Dalinar. — Eu não devia ter arriscado nossa casa por esses sonhos tolos.

— Não — respondeu Adolin. Ele pareceu surpreso consigo mesmo por dizer isso. — Não, pai. Não é culpa sua.

Dalinar olhou fixamente para o filho. Não era isso que esperava ouvir.

— O que o senhor poderia ter feito diferente? — indagou Adolin. — Desistir de tentar fazer de Alethkar um lugar melhor? Se tornar como Sadeas e os outros? Não. Eu não desejaria que o senhor se tornasse esse tipo de homem, pai, não importa as vantagens que ganharíamos. Queria que os Arautos não houvessem permitido que Sadeas nos enganasse desse jeito, mas não vou culpar o senhor pela perfídia dele.

Adolin estendeu a mão, agarrando o braço de Dalinar sobre a armadura.

— O senhor tem razão em seguir os Códigos. Estava tentando unir Alethkar. E fui tolo em confrontá-lo o tempo todo. Talvez se eu não tivesse passado tanto tempo distraindo o senhor, poderíamos ter previsto isso aqui.

Dalinar ficou emudecido. Era *Adolin* dizendo aquelas palavras? O que havia mudado no garoto? E por que dizia isso agora, na aurora do maior fracasso de Dalinar?

Contudo, enquanto as palavras pairavam no ar, Dalinar sentiu sua culpa se evaporando, levada pelos gritos dos moribundos. Culpa *era* uma emoção egoísta.

Ele teria preferido mudar? Sim, podia ter sido mais cauteloso. Podia ter tomado mais cuidado com Sadeas. Mas teria desistido dos Códigos? Teria se tornado o mesmo assassino impiedoso da sua juventude?

Não.

Fazia diferença que as visões estivessem erradas sobre Sadeas? Estava envergonhado do homem em que as visões, e as leituras do livro, o haviam transformado? A peça final se encaixou dentro dele, a última pedra angular, e ele descobriu que não estava mais preocupado. A confusão se fora. Ele sabia o que fazer, finalmente. Sem mais perguntas. Sem incerteza.

Ele agarrou o braço de Adolin.

— Obrigado.

Adolin assentiu. Ele ainda estava zangado, Dalinar percebeu, mas escolheu seguir o pai — e parte de seguir um líder era apoiá-lo mesmo quando a batalha se voltava contra ele.

Então eles se soltaram e Dalinar virou-se para os soldados ao redor.

— É hora de lutar — declarou Dalinar, o volume de sua voz crescendo. — E temos que lutar não porque procuramos a glória dos homens, mas porque as outras opções são piores. Nós seguimos os Códigos não porque eles nos são vantajosos, mas porque abominamos as pessoas que nos tornaríamos se não os seguíssemos. Estamos sozinhos neste campo de batalha devido a quem somos.

Os membros da Guarda Cobalto, parados em um círculo, começaram a se virar, um de cada vez, olhando para ele. Atrás deles, soldados de reserva — olhos-claros e olhos-escuros — se aproximaram, com olhares apavorados, mas rostos determinados.

— A morte é o fim de todos os homens! — gritou Dalinar. — E qual é a medida desse homem, depois que partiu? A riqueza que acumulou e deixou para a disputa dos seus herdeiros? A glória que obteve, apenas para ser cedida àqueles que o mataram? As posições elevadas que adquiriu pelo acaso? Não. Nós lutamos aqui porque nós compreendemos. O fim é o mesmo. É o *caminho* que separa os homens. Quando provarmos daquele final, o faremos com cabeças erguidas, os olhos voltados para o sol.

Ele ergueu a mão, invocando Sacramentadora.

— Não tenho vergonha do que me tornei — gritou ele, e descobriu que era verdade. Parecia tão estranho estar livre da culpa. — Outros homens podem se degradar para me destruir. Que eles fiquem com sua glória. Pois eu manterei a minha!

A Espada Fractal se formou, caindo em sua mão.

Os homens não o aclamaram, mas *estavam* mais empertigados, as costas eretas. Parte do seu terror havia recuado. Adolin colocou o elmo, sua própria Espada se materializando em sua mão, revestida de condensação. Ele assentiu.

Juntos, eles avançaram de volta para a batalha.

E é assim que eu morro, pensou Dalinar, jogando-se contra as fileiras dos parshendianos. Ali ele encontrou a paz. Uma emoção inesperada no campo de batalha, mas por isso mesmo bem-vinda.

Porém, descobriu um arrependimento: estava deixando o pobre Renarin como grão-príncipe Kholin, despreparado e cercado por inimigos fortalecidos pela carne do seu pai e do seu irmão.

Nunca entreguei a Armadura Fractal que lhe prometi. Ele terá que abrir caminho sem ela. Que a honra dos nossos ancestrais o proteja, filho.

Seja forte — e aprenda a sabedoria mais rápido do que seu pai.

Adeus.

67 PALAVRAS

"Deixe-me não sofrer mais! Deixe-me não chorar mais! Dai--Gonarthis! O Pescador Negro segura a minha tristeza e a consome!"

— Data: *tanatesach* do ano de 1173, 28 segundos antes da morte. O indivíduo era uma malabarista olhos-escuros. Observar a similaridade com a amostra 1172-89.

A PONTE QUATRO SE ARRASTAVA atrás do resto do exército. Com dois feridos e quatro homens sendo necessários para carregá-los, a ponte estava muito pesada. Felizmente, Sadeas havia levado praticamente todas as equipes de ponte naquela incursão, incluindo as oito que emprestara a Dalinar. Isso significava que o exército não precisava esperar pela equipe de Kaladin para atravessar.

Kaladin estava saturado pela exaustão, e a ponte nos seus ombros parecia feita de pedra. Ele não se sentia tão cansado desde seus primeiros dias como carregador de pontes. Syl pairava diante dele, assistindo com preocupação enquanto marchava à frente de seus homens, suor empapando seu rosto, se esforçando com o terreno desigual do platô.

À frente, o final do exército de Sadeas estava acumulado ao longo do abismo, atravessando. O platô de concentração estava quase vazio. A pura e abominável audácia do que Sadeas fizera retorcia as entranhas de Kaladin. Ele havia pensado que o que fora feito com ele tinha sido horrível. Mas ali, Sadeas friamente condenara milhares de homens, olhos-claros e olhos--escuros. Seus supostos aliados. Aquela traição parecia pesar tanto sobre Kaladin quanto a própria ponte. Ela o esmagava, deixava-o sem fôlego.

Não havia esperança para os homens? Eles matavam quem deviam amar. De que adiantava lutar, de que adiantava vencer, se não havia diferença entre aliados e inimigos? O que era a vitória? Sem sentido. O que a morte dos amigos e colegas de Kaladin significavam? Nada. O mundo inteiro era uma pústula, de um verde doentio, infestada de corrupção.

Entorpecidos, Kaladin e os outros alcançaram o abismo, embora fosse tarde demais para ajudar na transferência. Os homens que ele havia enviado à frente já estavam lá, Teft com um ar severo, Skar apoiado em uma lança para sustentar a perna ferida. Um pequeno grupo de lanceiros mortos jazia ali perto. Os soldados de Sadeas recuperavam seus feridos, quando possível, mas alguns morriam no caminho. Alguns desses tinham sido abandonados ali; Sadeas obviamente estava com pressa para deixar a cena.

Os mortos haviam sido deixados com seu equipamento. Skar provavelmente havia conseguido sua muleta ali. Alguma pobre equipe de ponte teria que depois cruzar de volta todo o caminho até ali para coletar o equipamento deles, e dos mortos de Dalinar.

Eles pousaram a ponte e Kaladin secou a testa.

— Não empurrem a ponte através do abismo — disse ele aos seus homens. — Vamos esperar até que o último dos soldados tenha atravessado, então passaremos com ela por uma das outras pontes.

Matal olhou para Kaladin e sua equipe, mas não mandou que armassem sua ponte. Ele provavelmente percebeu que, até que houvessem posicionado a ponte, já seria hora de removê-la novamente.

— Não é uma bela visão? — disse Moash, caminhando até Kaladin e olhando para trás.

Kaladin se virou. A Torre se erguia atrás deles, inclinada na sua direção. O exército de Kholin era um círculo azul, preso no meio do terreno inclinado depois de tentar abrir caminho e alcançar Sadeas antes que ele partisse. Os parshendianos eram um enxame escuro com pontos vermelhos das suas peles marmorizadas. Eles pressionavam o círculo dos alethianos, comprimindo-o.

— Que vergonha — disse Drehy, sentado na beira da ponte deles. — Isso me dá nojo.

Outros carregadores concordaram, e Kaladin ficou surpreso ao ver a preocupação no rosto deles. Rocha e Teft se juntaram a Kaladin e Moash, todos vestidos com suas armaduras de carapaça parshendiana. Estava feliz por deixar Shen no acampamento. Ele teria ficado catatônico ao ver tudo aquilo.

Teft segurava seu braço ferido. Rocha levantou a mão para proteger os olhos e balançou a cabeça, olhando para leste.

— É uma vergonha. Uma vergonha para Sadeas. Uma vergonha para nós.

— Ponte Quatro — chamou Matal. — Venham!

Matal estava acenando para que eles cruzassem a Ponte Seis e deixassem o platô de concentração. Kaladin subitamente teve uma ideia. Uma ideia fantástica, como um petrobulbo desabrochando na sua mente.

— Vamos atravessar com a nossa própria ponte, Matal — gritou Kaladin. — Acabamos de chegar no abismo. Precisamos descansar por alguns minutos.

— Atravessem agora! — berrou Matal.

— Nós só vamos ficar mais lentos! — replicou Kaladin. — Você quer explicar para Sadeas por que ele precisou segurar o exército inteiro por conta de uma miserável equipe de ponte? Nós temos nossa ponte. Deixe meus homens descansarem. Depois alcançamos vocês.

— E se aqueles selvagens vierem atrás de você? — questionou Matal.

Kaladin deu de ombros.

Matal hesitou, então pareceu entender o quanto queria que aquilo acontecesse.

— Fique à vontade — disse ele, se apressando para atravessar a ponte seis enquanto as outras pontes eram removidas. Em segundos, a equipe de Kaladin estava sozinha ao lado do abismo, o exército recuando para oeste.

Kaladin abriu um largo sorriso.

— Não posso acreditar, depois de toda a preocupação... Homens, estamos livres!

Os outros se voltaram para ele, confusos.

— Vamos seguir daqui a pouco — explicou Kaladin, entusiasmado —, e Matal vai pensar que estamos a caminho. Vamos ficar cada vez mais para trás do exército, até estarmos fora de vista. Então vamos virar para norte, usar a ponte para cruzar as Planícies. Podemos escapar para norte, e todos vão pensar que os parshendianos nos pegaram e nos massacraram!

Os outros carregadores o fitavam com olhos arregalados.

— Suprimentos — disse Teft.

— Temos essas esferas — respondeu Kaladin, puxando sua bolsa. — Uma pequena fortuna, bem aqui. Podemos pegar a armadura e as armas dos mortos que estão ali e usá-las para nos defendermos de bandidos. Vai ser difícil, mas *não seremos perseguidos*!

Os homens estavam começando a se entusiasmar. Contudo, algo fez Kaladin hesitar. *E os carregadores feridos no acampamento?*

— Eu vou ter que ficar para trás — disse ele.

— *O quê?* — rebateu Moash.

— Alguém precisa ficar — disse Kaladin. — Pelo bem dos nossos feridos no acampamento. Não podemos abandoná-los. E, se eu ficar para trás, posso sustentar a história. Vocês têm que me ferir e me deixar em um dos platôs. Sadeas *com certeza* vai mandar coletores de volta. Direi a eles que minha equipe foi caçada como vingança por profanar os cadáveres parshendianos, nossa ponte jogada no abismo. Eles vão acreditar; já viram como os parshendianos nos odeiam.

A equipe estava toda de pé agora, trocando olhares. Olhares desconfortáveis.

— Não vamos embora sem você — disse Sigzil. Muitos dos outros concordaram.

— Eu vou atrás de vocês — disse Kaladin. — Não podemos abandonar aqueles homens.

— Kaladin, rapaz… — começou Teft.

— Podemos falar sobre isso mais tarde — interrompeu Kaladin. — Talvez eu vá com vocês, depois entre escondido no acampamento para resgatar os feridos. Por enquanto, vão saquear os cadáveres.

Eles hesitaram.

— É uma ordem, homens!

Eles se moveram, sem reclamar mais, se apressando para roubar as posses dos cadáveres que Sadeas havia abandonado. Isso deixou Kaladin sozinho ao lado da ponte.

Ainda estava perturbado. Não era só pelos feridos no acampamento. O que era, então? Aquela era uma oportunidade fantástica. Do tipo que ele teria praticamente matado para obter durante seus anos como escravo. A chance de desaparecer, considerado morto? Os carregadores não teriam que lutar. Estavam livres. Por que, então, ele estava tão nervoso?

Kaladin voltou o olhar para seus homens, e ficou chocado ao ver alguém de pé ao seu lado. Uma mulher de translúcida luz branca.

Era Syl, como nunca a vira antes, do tamanho de uma pessoa normal, as mãos juntas diante de si, o cabelo e vestido fluindo ao vento. Ele não tinha ideia de como ela havia se tornado tão grande. Estava olhando para o leste com uma expressão horrorizada. Olhos arregalados e cheios de tristeza. Era o rosto de uma criança assistindo a um assassinato brutal que roubava sua inocência.

Kaladin virou-se e lentamente olhou na mesma direção. Na direção da Torre.

Na direção do exército desesperado de Dalinar Kholin.

Vê-los fez seu coração apertar. Eles lutavam sem nenhuma esperança. Cercados. Abandonados. Deixados para morrer.

Nós temos uma ponte, lembrou-se Kaladin. *Se pudéssemos posicioná-la...* A maioria dos parshendianos estava concentrada no exército alethiano, com apenas uma mínima força de reserva na base perto do abismo. Era um grupo tão pequeno que talvez os carregadores pudessem contê-lo.

Mas não. Isso era idiotice. Havia milhares de soldados parshendianos bloqueando o caminho de Kholin até o abismo. E como os carregadores poderiam colocar a ponte, sem arqueiros para apoiá-los?

Vários dos carregadores voltaram da sua rápida coleta. Rocha juntou-se a Kaladin, olhando para leste, sua expressão se tornando grave.

— Isso aí é terrível — disse ele. — Não podemos fazer algo para ajudar?

Kaladin balançou a cabeça.

— Seria suicídio, Rocha. Teríamos que realizar uma incursão completa sem qualquer exército para nos apoiar.

— Não poderíamos recuar só um pouco? — indagou Skar. — Esperar para ver se Kholin pode abrir caminho até nós? Se ele conseguisse, poderíamos montar nossa ponte.

— Não — disse Kaladin. — Se permanecermos fora de alcance, Kholin vai pensar que somos batedores deixados por Sadeas. Teremos que avançar para o abismo. Senão ele nunca irá ao nosso encontro.

Isso fez os carregadores empalidecerem.

— Além disso, se de algum modo salvarmos alguns daqueles homens, eles vão falar, e Sadeas vai saber que estamos vivos. Ele nos caçaria e nos mataria. Se voltarmos, jogaremos fora nossa chance de liberdade.

Os outros carregadores concordaram. O resto já havia se reunido, carregando armas. Era hora de partir. Kaladin tentou esmagar o sentimento de desespero dentro dele. Esse Dalinar Kholin provavelmente era exatamente como os outros. Como Roshone, Sadeas ou como qualquer um dos outros olhos-claros. Fingindo virtude, mas corrompido por dentro.

Mas tem milhares de soldados olhos-escuros com ele, pensou parte de Kaladin. *Homens que não merecem esse destino horrível. Homens como minha antiga equipe de lanceiros.*

— Não devemos nada a eles — sussurrou Kaladin. Pensou enxergar a bandeira de Dalinar Kholin, tremulando azul na frente do exército. —

Você os meteu nisso, Kholin. Não vou deixar que meus homens morram por você.

Ele deu as costas para a Torre.

Syl ainda estava ao seu lado, voltada para leste. Ver o ar de desespero naquele rosto fazia sua alma se contorcer.

— Os esprenos de vento são atraídos pelo vento ou eles criam o vento? — perguntou ela em voz baixa.

— Eu não sei — respondeu Kaladin. — Faz diferença?

— Talvez não. Sabe, lembrei o tipo de espreno que sou.

— Essa é a hora de falar disso, Syl?

— Eu conecto coisas, Kaladin — disse ela, voltando-se para ele e encontrando seu olhar. — Sou um espreno de honra. O espírito dos juramentos. Das promessas. E da nobreza.

Kaladin podia ouvir vagamente os sons da batalha. Ou era apenas sua mente, buscando algo que ele sabia estar lá?

Estava ouvindo os homens morrendo?

Estava vendo os soldados fugindo, se dispersando, deixando seu comandante sozinho?

Todos estavam fugindo. Kaladin ajoelhado sobre o corpo de Dallet.

Uma bandeira verde e grená, tremulando sozinha sobre o campo.

— Eu já passei por isso antes! — gritou Kaladin, voltando-se para aquela bandeira azul.

Dalinar sempre lutava na frente.

— O que aconteceu da última vez? — berrou Kaladin. — Eu aprendi! Não serei tolo novamente!

Sentia-se esmagado. A traição de Sadeas, sua exaustão, a morte de tantas pessoas. Por um instante, voltou no tempo, ajoelhado no quartel-general de Amaram, vendo os últimos dos seus amigos ser trucidado, fraco e ferido demais para salvá-los.

Ele levou uma mão trêmula à cabeça, sentindo a marca ali, úmida de suor.

— Não devo nada a você, Kholin.

E a voz do seu pai pareceu sussurrar uma resposta. *Alguém precisa começar, filho. Alguém tem que dar o primeiro passo e fazer o que é certo* porque *é certo. Se ninguém começar, então os outros não podem segui-lo.*

Dalinar partira em socorro dos homens de Kaladin, atacando aqueles arqueiros e salvando a Ponte Quatro.

Os olhos-claros não se importam com a vida, dissera Lirin. *Então eu tenho que me importar. Então nós temos.*

Então nós temos...

Vida antes da morte.

Eu falhei tantas vezes. Fui derrubado e pisoteado.

Força antes da fraqueza.

Seria conduzir meus amigos à morte...

Jornada antes do destino.

... à morte, e ao que é certo.

— Precisamos voltar — sussurrou Kaladin. — Raios, nós *temos* que voltar.

Ele se voltou para os membros da Ponte Quatro. Um por um, eles concordaram. Homens que haviam sido a escória do exército apenas meses antes — homens que não se importavam com nada além da própria pele — respiraram fundo, deixaram de lado preocupações com a própria segurança, e assentiram. Eles o seguiriam.

Kaladin olhou para cima e respirou fundo. A Luz das Tempestades o percorreu como uma onda, como se ele houvesse pousado os lábios em uma grantormenta e a absorvido.

— Erguer ponte! — comandou ele.

Os membros da Ponte Quatro gritaram para expressar sua concordância, agarrando a ponte e erguendo-a. Kaladin pegou um escudo, agarrando as correias.

Então ele se virou, levantando-o bem alto. Com um grito, conduziu seus homens em uma investida de volta para aquela bandeira azul abandonada.

A ARMADURA DE DALINAR VAZAVA Luz das Tempestades de dezenas de pequenas rachaduras; nenhuma peça principal havia escapado de danos. A luz emanava dele como vapor de um caldeirão, pairando como a Luz das Tempestades costumava fazer, difundindo-se lentamente.

O sol era inclemente, cozinhando-o enquanto ele lutava. Estava tão cansado. Não fazia muito tempo desde a traição de Sadeas, não considerando o contexto de uma batalha. Mas Dalinar havia se esforçado muito, permanecendo na linha de frente, lutando lado a lado com Adolin. Sua Armadura havia perdido muita Luz das Tempestades. Estava se tornando mais pesada, e emprestando-lhe menos poder a cada golpe. Logo ela se tornaria um fardo, deixando-o lento, de modo que os parshendianos poderiam se amontoar sobre ele.

Havia matado muitos deles. Tantos cadáveres. Um número apavorante, e fez isso sem a Euforia. Estava vazio por dentro. Melhor isso do que o prazer.

Não havia matado nem perto do suficiente. Eles estavam concentrados em Dalinar e Adolin; com Fractários na linha de frente, qualquer brecha logo era ocupada por um homem de armadura brilhante e uma Espada letal. Os parshendianos precisavam abater ele e Adolin primeiro. Eles sabiam disso. Dalinar sabia. Adolin sabia.

Havia histórias sobre campos de batalha onde Fractários eram os últimos de pé, derrubados pelos seus inimigos depois de lutas longas e heroicas. Histórias sem realismo algum. Se matassem os Fractários primeiro, era possível tomar suas Espadas e voltá-las contra o inimigo.

Ele golpeou novamente, os músculos lentos de fadiga. Morrer primeiro. Seria um bom lugar a ocupar. *Não peça nada deles que você mesmo não faria*... Dalinar cambaleou nas pedras, sua Armadura Fractal parecendo tão pesada quanto uma armadura comum.

Podia ficar satisfeito com a maneira como cuidara da própria vida. Mas seus homens... havia falhado com eles.

Pensar em como os levara estupidamente a uma armadilha deixava-o nauseado.

E ainda havia Navani.

De todos os momentos para finalmente começar a cortejá-la, pensou Dalinar. *Seis anos desperdiçados. Uma vida desperdiçada. E agora ela vai ter que chorar novamente.*

Esse pensamento fez com que levantasse os braços e firmasse os pés na rocha. Ele rechaçou os parshendianos. Ainda lutando. Por ela. Não poderia cair enquanto ainda tivesse forças.

Ali perto, a armadura de Adolin também estava vazando. O jovem estava se esforçando cada vez mais para proteger o pai. Não houve discussão sobre tentar, talvez, saltar os abismos e fugir. Com abismos tão largos, as chances eram mínimas — mas, além disso, eles não abandonariam seus homens à morte. Ele e Adolin viveram seguindo os Códigos. Também morreriam seguindo os Códigos.

Dalinar atacou novamente, permanecendo ao lado de Adolin, lutando daquela maneira sincronizada pouco-além-do-alcance de dois Fractários. O suor escorria pelo seu rosto, dentro do elmo, e ele lançou um último olhar na direção do exército sumindo de vista. Mal era visível no horizonte. A posição atual de Dalinar dava-lhe uma boa visão do oeste.

Que aquele homem seja amaldiçoado por...

Por...

Sangue dos meus pais, o que é aquilo*?*

Uma pequena força estava se movendo rumo ao platô ocidental, correndo na direção da Torre. Uma única equipe de ponte, carregando sua ponte.

— Não pode ser — disse Dalinar

Ele recuou da luta, deixando a Guarda Cobalto — o que sobrara dela — acudir para defendê-lo. Desconfiando dos próprios olhos, ele levantou o visor. O resto do exército de Sadeas se fora, mas restava aquela única equipe de ponte. Por quê?

— Adolin! — gritou ele, apontando com a Espada Fractal, uma súbita esperança inundando seus membros.

O jovem se virou, acompanhando o gesto de Dalinar. Adolin estacou.

— Impossível! Que tipo de armadilha é essa?

— Se for uma armadilha, é estúpida. Nós já estamos mortos.

— Mas por que ele enviaria uma equipe de volta? Com que propósito?

— E isso importa?

Eles hesitaram por um momento em meio à batalha. Os dois sabiam a resposta.

— Formações de assalto! — gritou Dalinar, voltando-se para as suas tropas.

Pai das Tempestades, havia restado tão poucos deles. Menos de metade dos oito mil originais.

— Em formação — ordenou Adolin. — Preparem-se para avançar! Teremos que abrir caminho entre eles, homens. Juntem suas forças. Nós só temos uma chance!

Uma chance mínima, pensou Dalinar, baixando o visor. *Teremos que atravessar o resto do exército parshendiano.* Mesmo que chegassem ao outro lado, provavelmente encontrariam a equipe morta, sua ponte jogada no abismo. Os arqueiros parshendianos já estavam em formação; havia mais de uma centena deles. Seria um massacre.

Mas era uma esperança. Uma minúscula e preciosa esperança. Se o seu exército ia cair, seria enquanto tentava aproveitar aquela esperança.

Levantando sua Espada Fractal, sentindo uma onda de força e determinação, Dalinar avançou na vanguarda dos seus homens.

PELA SEGUNDA VEZ NO dia, Kaladin correu na direção de um grupo parshendiano armado, com o escudo diante de si, usando uma armadura cortada do cadáver de um inimigo caído. Talvez devesse sentir nojo pela criação daquela armadura. Mas isso não era pior do que os parshendianos haviam feito ao matar Dunny, Mapas e o homem sem nome que fora generoso com Kaladin no seu primeiro dia como carregador. Kaladin ainda usava as sandálias daquele homem.

Nós e eles, pensou. Essa era a única maneira como um soldado podia pensar. Hoje, Dalinar Kholin e seus homens eram parte do "nós".

Um grupo de parshendianos havia visto os carregadores se aproximando e estava prestes a armar os arcos. Felizmente, parecia que Dalinar também havia visto o bando de Kaladin, pois o exército azul estava começando a abrir caminho na direção do resgate.

Não ia funcionar. Havia parshendianos demais, e os homens de Dalinar deviam estar exaustos. Seria outro desastre. Mas, pelo menos uma vez, Kaladin avançou para o desastre de olhos bem abertos.

Essa é a minha escolha, ele pensou enquanto os arqueiros parshendianos entravam em formação. *Não é algum deus zangado me vigiando, nem algum espreno fazendo truques, nem um golpe do destino.*

Sou eu. Eu escolhi *seguir Tien. Eu* escolhi *atacar o Fractário e salvar Amaram. Eu* escolhi *escapar das arenas dos escravos. E agora eu* escolho *tentar socorrer esses homens, embora saiba que provavelmente vou falhar.*

Os parshendianos dispararam suas flechas e Kaladin sentiu uma exaltação. O cansaço se evaporou, a fadiga sumiu. Não estava lutando por Sadeas. Não estava trabalhando para forrar os bolsos de ninguém. Estava lutando para proteger.

As setas silvaram na sua direção e ele moveu o escudo em um arco, rebatendo-as. Outras vieram, disparando de várias direções, buscando sua carne. Ele continuou à frente, saltando quando atiravam em suas coxas, virando-se quando atiravam em seus ombros, erguendo o escudo quando miravam em seu rosto. Não era fácil, e algumas flechas chegavam perto, marcando sua placa peitoral ou as caneleiras. Mas nenhuma o acertou. Ele estava conseguindo. Ele estava...

Algo estava errado.

Ele girou entre duas flechas, confuso.

— Kaladin! — chamou Syl, flutuando ali perto, de volta à sua forma menor. — Ali!

Ela apontou na direção do outro platô de concentração ali perto, que Dalinar usara para seu assalto. Um grande contingente de parshendianos havia saltado para aquele, e os soldados estavam se ajoelhando e levantando arcos. Não apontados para ele, mas direto para o flanco desprotegido da Ponte Quatro.

— Não! — gritou Kaladin, Luz das Tempestades escapando da sua boca em uma nuvem.

Ele se virou e correu de volta pelo platô rochoso rumo à equipe de ponte. Flechas foram lançadas contra suas costas. Uma acertou a parte traseira da armadura, mas desviou-se. Outra acertou seu elmo. Ele saltou sobre um abismo, movendo-se com toda a velocidade que a Luz das Tempestades podia lhe emprestar.

Os parshendianos ao lado estavam puxando os arcos. Havia pelo menos cinquenta deles. Ele ia chegar tarde demais.

Ele ia...

— Ponte Quatro! — berrou. — Carregamento lateral para a direita!

Eles não praticavam aquela manobra havia semanas, mas o treinamento veio à tona quando obedeceram sem questionar, deixando a ponte cair para o lado enquanto os arqueiros disparavam. A revoada de flechas atingiu o deque da ponte, recobrindo a madeira. Kaladin deixou escapar um suspiro de alívio, alcançando a equipe, que havia desacelerado para transportar a ponte de lado.

— Kaladin! — disse Rocha, apontando.

Kaladin se virou. Os arqueiros atrás dele, na Torre, estavam puxando os arcos para uma grande saraivada.

A equipe de ponte estava exposta. Os arqueiros soltaram as cordas.

Ele gritou de novo, a Luz das Tempestades infundindo o ar ao seu redor enquanto jogava tudo que tinha no seu escudo. O grito ecoou nos seus ouvidos; a Luz explodiu a partir dele, as roupas congelando e rachando.

Flechas escureceram o céu. Algo o *acertou*, um impacto estendido que o atirou para trás rumo aos carregadores. Ele foi atingido com força, grunhindo enquanto a pressão sobre ele continuava.

A ponte deixou de se mover, os homens pararam.

Tudo ficou em silêncio.

Kaladin hesitou, sentindo-se completamente esgotado. Seu corpo doía, suas mãos formigavam, as costas ardiam. Havia uma dor aguda no seu pulso. Ele grunhiu, abrindo os olhos, cambaleando enquanto as mãos de Rocha o seguravam por trás.

Um impacto surdo. A ponte sendo baixada. *Idiotas!*, pensou Kaladin. *Não a coloquem... Recuem....*

Os carregadores se juntaram ao redor dele enquanto Kaladin escorregava para o chão, atordoado depois de ter gastado demais da Luz das Tempestades. Ele hesitou diante do objeto preso ao seu braço ferido.

O escudo estava *coberto* de flechas, dezenas, algumas rachando outras. Os ossos cruzados na frente do escudo haviam sido despedaçados; a madeira estava reduzida a farpas. Algumas das flechas haviam atravessado e atingido seu antebraço; daí vinha a dor.

Mais de cem flechas. Uma salva inteira. Atraída para um único escudo.

— Pelos raios do Clarimensageiro — sussurrou Drehy. — O que... o que foi...

— Foi como uma fonte de luz — disse Moash, se ajoelhando ao lado de Kaladin. — Como se o próprio sol nascesse de você, Kaladin.

— Os parshendianos... — grasnou Kaladin, e soltou o escudo.

As correias estavam rompidas e, enquanto se esforçava para ficar de pé, o escudo praticamente se desintegrou, caindo em pedaços, espalhando dúzias de flechas quebradas aos seus pés. Algumas permaneceram presas no seu braço, mas ele ignorou a dor, procurando os parshendianos.

Os grupos de arqueiros nos dois platôs estavam paralisados; suas posturas indicavam perplexidade. Os que estavam na frente começaram a falar uns com os outros em um idioma que Kaladin não compreendia.

— *Neshua Kadal!* — Eles se levantaram.

E então fugiram.

— O quê? — disse Kaladin.

— Eu não sei — respondeu Teft, segurando o próprio braço ferido. — Mas vamos levar você para um lugar seguro. Dane-se esse braço. Lopen!

O homem mais baixo trouxe Dabbid, e os dois conduziram Kaladin para um local mais seguro perto do centro do platô. Ele segurou o braço, entorpecido, em uma exaustão tão profunda que mal conseguia pensar.

— Erguer ponte! — chamou Moash. — Ainda temos um trabalho a fazer!

O resto dos carregadores correram de volta para a ponte com um ar determinado, levantando-a. Na Torre, a força de Dalinar estava lutando para abrir caminho pelos parshendianos até a possível segurança da equipe de ponte. *Eles devem estar sofrendo baixas terríveis...*, pensou Kaladin, entorpecido.

Ele tropeçou e foi ao chão; Teft e Lopen o puxaram até uma cavidade protegida, juntando-se a Skar e Dabbid. A bandagem do pé de Skar estava pingando sangue, a lança que estava usando como muleta pousada ao seu lado. *Eu não disse a ele... para não usar aquele pé....*

— Precisamos de esferas — disse Teft. — Skar?

— Ele pegou as esferas hoje de manhã — respondeu o homem magro. — Dei todas que eu tinha. Acho que a maioria dos homens deu.

Teft xingou em voz baixa, puxando as setas restantes do braço de Kaladin, depois enrolando-o com bandagens.

— Ele vai ficar bem? — indagou Skar.

— Eu não sei — respondeu Teft. — Não sei de nada. Kelek! Sou um idiota. Kaladin. Rapaz, pode me ouvir?

— É... só choque ... — murmurou Kaladin.

— Você está estranho, *gancho* — disse Lopen nervosamente. — Branco.

— Sua pele está pálida, rapaz — comentou Teft. — Parece que fez alguma coisa consigo mesmo lá atrás. Eu não sei... Eu... — Ele praguejou novamente, batendo a mão contra a pedra. — Eu devia ter prestado atenção. Idiota!

Eles o deitaram de lado, e Kaladin mal podia ver a Torre. Novos grupos de parshendianos — que não haviam visto sua exibição — estavam indo na direção do abismo, portando armas. A Ponte Quatro chegou e pousou a ponte. Eles desprenderam seus escudos e rapidamente pegaram lanças nos sacos de coleta amarrados na lateral da ponte. Então os homens assumiram suas posições, empurrando nas laterais, preparando para deslizar a ponte sobre o abismo.

As equipes parshendianas não tinham arcos. Elas entraram em formação para esperar, as armas a postos. Seu número era facilmente o triplo dos carregadores, e mais estavam chegando.

— Temos que ajudar — disse Skar para Lopen e Teft.

Os outros dois concordaram, e todos os três — dois feridos e um maneta — se levantaram. Kaladin tentou fazer o mesmo, mas caiu novamente, as pernas fracas demais para sustentá-lo.

— Fique, rapaz. — Teft sorriu. — Pode deixar que nós resolvemos isso.

Eles coletaram algumas lanças de um estoque que Lopen colocara na liteira, depois foram se unir à equipe de ponte. Até Dabbid se juntou a eles. Ele não falava desde que fora ferido naquela primeira incursão de ponte, muito tempo atrás.

Kaladin se arrastou até a beirada da cavidade, assistindo. Syl pousou na pedra ao seu lado.

— Idiotas tormentosos — murmurou Kaladin. — Não deviam ter me seguido. Sinto orgulho deles mesmo assim.

— Kaladin… — chamou Syl.

— Há algo que você possa fazer? — Ele estava tão *tormentosamente* cansado. — Alguma coisa para me deixar mais forte?

Ela balançou a cabeça.

Mais à frente, os carregadores começaram a empurrar. A madeira da ponte fez um ruído áspero enquanto cruzava as rochas, movendo-se sobre o abismo na direção dos parshendianos que aguardavam. Eles começaram a cantar aquela ríspida canção de batalha, a mesma que cantavam sempre que viam Kaladin na sua armadura.

Os parshendianos pareciam ansiosos, zangados, mortais. Eles queriam sangue. Iam cortar os carregadores e despedaçá-los, depois derrubar a ponte — e seus cadáveres — no vazio abaixo.

Está acontecendo de novo, pensou Kaladin, tonto e atordoado. Ele se encolheu, exausto e abalado. *Não consigo chegar até eles. Eles vão morrer. Bem na minha frente. Tukks. Morto. Nalma. Morta. Goshel. Morto. Dallet. Cenn. Mapas. Dunny. Mortos. Mortos. Mortos…*

Tien.

Morto.

Encolhido na cavidade da rocha. Os sons da batalha ressoando ao longe. Cercado pela morte.

Em um momento, ele se viu de volta ao mais horrível dos dias.

KALADIN CAMBALEAVA ATRAVÉS DO caos de xingamentos, gritos e combates da guerra, agarrado à sua lança. Havia deixado o escudo cair. Precisava encontrar um escudo em algum lugar. Ele não devia ter um escudo?

Era a sua terceira batalha de verdade. Estava no exército de Amaram havia apenas alguns meses, mas Larpetra já parecia a um mundo de distância. Ele alcançou uma rocha com um espaço côncavo e se agachou, pressionando as costas contra ela, inspirando e expirando, os dedos escorregadios na haste da lança. Estava tremendo.

Nunca percebera como a sua vida antes era um paraíso. Longe da guerra. Longe da morte. Longe daqueles gritos, da cacofonia de metal contra metal, de metal atingindo madeira, de metal rasgando carne. Ele apertou bem os olhos, tentando bloquear tudo.

Não, ele pensou. *Abra os olhos. Não deixe que eles o encontrem e o matem tão facilmente.*

Ele forçou os olhos a se abrirem, então virou-se e espiou o campo de batalha. Era uma bagunça completa. Eles lutavam em uma grande colina, milhares de homens de cada lado, se misturando e se matando. Como alguém poderia acompanhar alguma coisa naquela insanidade?

O exército de Amaram — o exército de Kaladin — estava tentando manter a posse da colina. Outro exército, também alethiano, estava tentando tomá-la. Isso era tudo que Kaladin sabia. O inimigo parecia mais numeroso do que seu próprio exército.

Ele vai estar em segurança, pensou Kaladin. *Vai estar!*

Mas estava tendo problemas para convencer a si mesmo. O trabalho de Tien como mensageiro não havia durado muito tempo. O recrutamento estava em baixa, ele ouvira falar, e todas as mãos que pudessem segurar uma lança eram necessárias. Tien e os outros mensageiros mais velhos haviam sido organizados em vários esquadrões de reservistas.

Dalar dissera que esses esquadrões nem seriam utilizados. Provavelmente. A menos que o exército estivesse em sério perigo. Estar cercado no topo de uma colina íngreme, suas linhas totalmente caóticas, constituía sério perigo?

Vá para o topo, ele pensou, olhando para a ladeira. O estandarte de Amaram ainda flamulava no alto. Seus soldados deviam estar conseguindo manter o terreno. Kaladin só enxergava uma confusão de homens em laranja e, ocasionalmente, em verde-floresta.

Saiu correndo para subir o morro. Ele não se virou enquanto homens gritavam, não verificou de que lado vinham. Havia tufos de grama arrancados diante dele. Tropeçou em alguns cadáveres, contornou um par de árvores cepolargo desfolhadas, e evitou lugares onde homens estavam lutando.

Pronto, ele pensou, notando um grupo de lanceiros à frente, enfileirados, vigiando atentamente. Verdes. A cor de Amaram. Kaladin correu até eles, e os soldados deixaram-no passar.

— Qual é o seu esquadrão, soldado? — disse um corpulento homem olhos-claros com os nós de um capitão de patente baixa.

— Mortos, senhor — Kaladin forçou-se a dizer. — Todos mortos. Estávamos na companhia do Luminobre Tashlin e...

— Bah — interrompeu o homem, virando-se para um mensageiro. — É o terceiro relato de que Tashlin caiu. Alguém avise Amaram. O lado leste está enfraquecendo. — Ele olhou para Kaladin. — Você, vá para as reservas para remanejamento.

— Sim, senhor — respondeu Kaladin, entorpecido.

Ele olhou para o caminho por onde viera. A ladeira estava coberta de cadáveres, muitos deles vestidos de verde. Enquanto olhava, um grupo de três retardatários correndo até o topo foi interceptado e massacrado.

Nenhum dos homens no topo se moveu para ajudá-los. Kaladin poderia ter sido abatido de modo igualmente fácil, a poucos metros da segurança. Ele sabia que provavelmente era importante, por razões estratégicas, que aqueles soldados na linha mantivessem suas posições. Mas parecia tão cruel.

Encontre Tien, ele pensou, partindo na direção do campo dos reservistas no lado norte do amplo topo da colina. Ali, contudo, ele só encontrou mais caos. Grupos de homens atordoados, ensanguentados, sendo separados em novos esquadrões e enviados de volta para o campo de batalha. Kaladin moveu-se entre eles, procurando o esquadrão que havia sido formado com os mensageiros.

Encontrou Dalar primeiro. O sargento dos reservistas, magricela e com três dedos, estava ao lado de um poste alto com um par de bandeiras triangulares. Ele estava designando esquadrões recém-criados para preencher as perdas nas companhias lutando mais abaixo. Kaladin ainda podia ouvir os gritos.

— Você — disse Dalar, apontando para Kaladin. — O remanejamento de esquadrões é naquela direção. Mexa-se!

— Preciso encontrar o esquadrão dos mensageiros — disse Kaladin.

— Ora, pela Danação, por qual motivo?

— Como vou saber? — Kaladin deu de ombros, tentando permanecer calmo. — Eu só cumpro ordens.

Dalar grunhiu.

— A companhia do Luminobre Sheler. Lado sudeste. Você pode…

Kaladin já estava correndo. Não era para ser assim. Tien devia permanecer em segurança. Pai das Tempestades. Não faziam nem *quatro meses* ainda!

Ele chegou ao lado sudeste da colina e buscou uma bandeira flamulando a um quarto do caminho de descida. O par de glifos pretos dizia *shesh lerel* — a companhia de Sheler. Surpreso com a própria determinação, Kaladin passou pelos soldados guardando a colina e adentrou novamente o campo de batalha.

As coisas pareciam melhores ali. A companhia de Sheler estava mantendo sua posição, embora fosse atacada por uma onda de inimigos. Kaladin desceu correndo a encosta, derrapando em alguns lugares, deslizando em sangue. Seu medo havia desaparecido, substituído pela preocupação com seu irmão.

Ele chegou na linha de frente da companhia exatamente na hora que os esquadrões inimigos estavam atacando. Tentou recuar para a retaguarda a fim de procurar Tien, mas foi pego na onda de ataques. Ele correu para o lado, unindo-se a um esquadrão de lanceiros.

O inimigo investiu contra eles em um segundo. Kaladin segurou a lança com as duas mãos, ficando próximo dos outros lanceiros e tentando não os atrapalhar. Ele não sabia realmente o que estava fazendo. Mal sabia o bastante para se proteger com seu companheiro de escudo. O combate aconteceu rapidamente, e Kaladin deu um único golpe. O inimigo foi rechaçado, e ele conseguiu evitar ser ferido.

Ficou ali, ofegante, agarrando sua lança.

— Você — disse uma voz autoritária. Um homem estava apontando para Kaladin, com nós nos ombros. O líder de esquadrão. — Já estava na hora de a minha equipe receber reforços. Por um momento achei que Varth ia ficar com todos os homens. Onde está seu escudo?

Kaladin se apressou em pegar o escudo de um soldado morto ali perto. Enquanto isso, o líder de esquadrão praguejou atrás dele.

— Danação. Estão vindo de novo. Duas pontas dessa vez. Não vamos conseguir contê-los assim.

Um homem em um colete verde de mensageiro veio correndo por cima de uma formação rochosa próxima.

— Contenha o ataque a leste, Mesh!

— E a onda para o sul? — berrou Mesh, o líder de esquadrão.

— Por enquanto está resolvida. Defenda o leste! Essas são suas ordens! — O mensageiro seguiu adiante, entregando uma mensagem similar ao próximo esquadrão na fila. — Varth. Seu esquadrão deve defender o leste!

Kaladin levantou seu escudo. Precisava encontrar Tien. Ele não podia...

Ele parou desajeitadamente. Ali, no próximo esquadrão na linha, havia três figuras. Garotos mais jovens, parecendo pequenos nas suas armaduras e segurando as lanças de modo inseguro. Um deles era Tien. Sua equipe de reservistas havia obviamente sido dividida para preencher lacunas em outros esquadrões.

— Tien! — gritou Kaladin, saindo da fileira enquanto as tropas inimigas caíam sobre eles.

Por que Tien e os outros dois estavam posicionados *no meio e na frente* da formação do esquadrão? Eles mal sabiam segurar uma lança! Mesh gritou chamando Kaladin, que o ignorou. O inimigo os alcançou em um instante, e o esquadrão de Mesh se desfez, perdendo a disciplina e se transformando em uma resistência mais desorganizada e frenética.

Kaladin sentiu algo como uma batida contra sua perna. Ele tropeçou, caindo no chão, e percebeu com um choque que havia sido atingido por uma lança. Não sentiu dor. Estranho.

Tien!, pensou, forçando-se a se levantar. Alguém assomava sobre ele, e Kaladin reagiu imediatamente, rolando enquanto uma lança descia à procura de seu coração. Sua própria lança estava de volta às suas mãos e, antes que percebesse que a agarrara, golpeou para cima.

Então estacou. Havia atravessado o pescoço de um soldado inimigo com sua lança. Acontecera tão rápido. *Acabei de matar um homem.*

Ele rolou, deixando o inimigo cair de joelhos enquanto soltava sua lança. O esquadrão de Varth havia recuado um pouco mais. O inimigo o atingiu um pouco depois de atacar o ponto onde estava Kaladin. Tien e os outros dois ainda estavam na frente.

— Tien! — gritou Kaladin.

O menino olhou para ele, os olhos arregalados. Ele chegou a sorrir. Atrás dele, o resto do esquadrão recuou, deixando os três garotos destreinados expostos.

E, farejando fraqueza, os soldados inimigos caíram sobre Tien e os outros. Havia um olhos-claros de armadura à frente deles, em aço reluzente. Ele brandia uma espada.

O irmão de Kaladin caiu no mesmo instante. Em um piscar de olhos ele estava ali, com um ar apavorado. No seguinte, já estava no chão.

— *Não!* — gritou Kaladin.

Ele tentou se levantar, mas caiu de joelhos. Sua perna não estava funcionando direito. O esquadrão de Varth avançou, atacando os inimigos — que haviam sido distraídos por Tien e os outros dois. Eles tinham colocado os soldados destreinados na frente para interromper a investida do inimigo.

— Não, não, não! — berrou Kaladin.

Ele usou sua lança para se erguer, depois avançou aos tropeços. Não podia ter acontecido o que estava pensando. Não podia ter acabado tão rápido.

Por um milagre Kaladin não foi abatido enquanto percorria o resto da distância. Ele mal pensou nisso. Só olhava para o ponto onde Tien havia caído. Ouviu uma trovoada. Não. Cascos. Amaram havia chegado com sua cavalaria, e estava varrendo as linhas inimigas.

Kaladin não se importava. Ele havia finalmente chegado ao local. Ali, encontrou três cadáveres: jovens, pequenos, caídos em uma concavidade na pedra. Horrorizado, chocado, Kaladin estendeu a mão e rolou o corpo daquele que estava com o rosto para baixo.

Os olhos mortos de Tien voltaram-se para cima.

Kaladin continuou ajoelhado ao lado do corpo. Devia ter feito um curativo na sua ferida, devia ter voltado à segurança, mas estava entorpecido demais. Ele só ficou ali, ajoelhado.

— Já era hora de ele chegar — comentou uma voz.

Kaladin levantou os olhos, notando um grupo de lanceiros reunidos ali perto, assistindo a cavalaria.

— Ele queria que os inimigos se juntassem aqui — disse um dos lanceiros, que tinha nós nos ombros.

Era Varth, o líder de esquadrão. Que olhos agudos tinha aquele homem. Não era um bruto ignorante. Era esguio, pensativo.

Eu devia sentir raiva, pensou Kaladin. *Eu devia sentir... alguma coisa.*

Varth olhou para ele, depois para os corpos dos três mensageiros.

— Seu canalha — rosnou Kaladin. — Você os colocou na frente.

— É preciso trabalhar com o que se tem — respondeu Varth, acenando para sua equipe, então apontando para uma posição fortificada. — Se me dão homens que não sabem lutar, encontro outra utilidade para eles. — Ele hesitou enquanto sua equipe marchava para longe. Parecia arrependido. — Tem que se fazer o que puder para continuar vivo, filho. Transforme uma desvantagem em vantagem sempre que possível. Lembre-se disso, se sobreviver.

Depois disso, ele foi embora.

Kaladin olhou para baixo. *Por que não pude protegê-lo?*, pensou, olhando para Tien, lembrando-se do riso do irmão. Sua inocência, seu sorriso, sua empolgação em explorar as colinas perto de Larpetra.

Por favor. Por favor, deixe-me protegê-lo. Torne-me forte o bastante.

Estava se sentindo tão fraco. Perda de sangue. Pegou-se caindo de lado e, com mãos cansadas, enfaixou sua ferida. Então, sentindo-se terrivelmente vazio por dentro, ele se deitou ao lado de Tien e puxou o corpo para perto.

— Não se preocupe — sussurrou Kaladin. Quando havia começado a chorar? — Vou levá-lo para casa. Vou protegê-lo, Tien, Vou levá-lo de volta…

Segurou o corpo noite adentro, muito depois do fim da batalha, agarrando-se a ele enquanto gradualmente o cadáver esfriava.

KALADIN PISCOU. NÃO ESTAVA naquela cavidade com Tien. Estava no platô.

Podia ouvir homens morrendo ao longe.

Ele detestava pensar naquele dia. Quase desejava não ter saído à procura de Tien. Então não precisaria ter visto. Não teria se ajoelhado lá, impotente, enquanto seu irmão era abatido.

Estava acontecendo de novo. Rocha, Moash, Teft. Eles todos iam morrer. E ele estava ali deitado, impotente de novo. Mal podia se mexer. Sentia-se tão *esgotado*.

— Kaladin — sussurrou uma voz. Ele piscou. Syl estava flutuando diante dele. — Você conhece as Palavras?

— Tudo que eu queria fazer era protegê-los — sussurrou ele.

— É por isso que estou aqui. As Palavras, Kaladin.

— Eles vão morrer. Não posso salvá-los. Eu…

Amaram executou seus homens na sua frente.

Um Fractário sem nome matou Dallet.

Um olhos-claros matou Tien.

Não.

Kaladin rolou e forçou-se a ficar de pé, oscilando sobre pernas fracas.

Não!

A Ponte Quatro ainda não havia posicionado sua ponte. Isso o surpreendeu. Eles ainda estavam empurrando-a através do abismo, com os parshendianos se amontoando do outro lado, ansiosos, sua canção se tornando mais frenética. Seu delírio parecera durar horas, mas só haviam se passado alguns instantes.

NÃO!

A liteira de Lopen estava na frente de Kaladin. Uma lança jazia entre os odres d'água vazios e as bandagens esfarrapadas, sua ponta de aço refletindo a luz do sol. Ela sussurrava para ele. Ela o apavorava, e ele a amava.

Quando chegar a hora, espero que esteja pronto. Porque esse pessoal vai precisar de você.

Ele pegou a lança, a primeira arma real que havia segurado desde sua exibição no abismo, muitas semanas atrás. Então começou a correr. Lentamente, de início; ganhando velocidade. Inconsequente, com o corpo exausto. Mas não parou. Ele se forçou a avançar, seguindo na direção da ponte, que estava só na metade do caminho através do abismo.

Syl disparou na frente dele, olhando para trás, preocupada.

— As *Palavras*, Kaladin!

Rocha gritou enquanto Kaladin corria para a ponte em movimento. A madeira balançava sob seus pés. Ela estava sobre o abismo, mas ainda não havia alcançado o outro lado.

— Kaladin! — berrou Teft. — O que está fazendo?

Kaladin gritou, alcançando o fim da ponte. Encontrando uma pequena pontada de força em algum lugar, ele ergueu a lança e se jogou da beira da plataforma de madeira, lançando-se no ar acima do cavernoso vazio.

Os carregadores gritaram, horrorizados. Syl voava ao redor dele, aflita. Os parshendiano olhavam, perplexos, enquanto um solitário carregador de pontes navegava pelo ar na direção deles.

Seu corpo exausto e desgastado já não tinha mais força alguma. Naquele momento de tempo cristalizado, Kaladin olhou para baixo na direção dos seus inimigos. Parshendianos com sua pele marmorizada, vermelha e preta. Soldados erguendo armas de fino acabamento, como se quisessem recortá-lo do céu. Estrangeiros, seres bizarros com peitorais e elmos feitos de carapaça. Muitos deles tinham barbas.

Barbas trançadas com gemas brilhantes.

Kaladin inspirou.

Como o poder da própria salvação — como raios de luz solar emitidos pelos olhos do Todo-Poderoso —, a Luz das Tempestades explodiu daquelas gemas. Ela ondulou pelo ar, atraída em correntes visíveis, como colunas brilhantes de fumaça luminosa. Retorcendo-se, curvando-se em espirais como pequenas nuvens cônicas, até atingirem seu corpo.

E a tempestade ganhou vida novamente.

Kaladin pousou na beirada rochosa, as pernas subitamente poderosas, sua mente, corpo e sangue *vivos* com energia. Ele se agachou, a lança debaixo do braço, um pequeno círculo de Luz das Tempestades se expandindo dele em uma onda, direcionado para as pedras pela sua queda. Atônitos, os parshendianos se retraíram, arregalando os olhos, a canção tornando-se titubeante.

Um fluxo de Luz das Tempestades fechou as feridas em seu braço. Ele sorriu, segurando a lança à frente. Era algo tão familiar quanto o corpo de uma amante perdida há muito tempo.

As Palavras, disse uma voz urgente, como se viesse direto da sua mente. Naquele momento, Kaladin surpreendeu-se ao perceber que as conhecia, embora nunca as tivesse aprendido.

— Eu vou proteger aqueles que não podem proteger a si mesmos — sussurrou ele.

O Segundo Ideal dos Cavaleiros Radiantes.

Um *estrondo* sacudiu o ar, como o som de um trovão, embora o céu estivesse completamente limpo. Teft cambaleou para trás — tendo acabado de pousar a ponte — e ficou boquiaberto junto com o resto da Ponte Quatro. Kaladin *explodiu* com energia.

Uma aura de brancura emanava dele, uma onda de fumaça branca. Luz das Tempestades. A sua força atingiu a primeira fileira dos parshendianos, jogando-os para trás, e Teft teve que levantar a mão para se proteger da vibração luminosa.

— Alguma coisa acabou de mudar — sussurrou Moash, a mão erguida. — Alguma coisa importante.

Kaladin levantou a lança. A luz poderosa pareceu diminuir, recuando. Um brilho mais contido começou a emanar do seu corpo. Radiante, como a fumaça de um fogo etéreo.

Ali perto, alguns dos parshendianos fugiram, outros se adiantaram, levantando suas armas em um desafio. Kaladin girou na direção deles, uma tempestade viva de aço, madeira e determinação.

68
ESHONAI

"Eles a chamaram de Desolação Final, mas mentiram. Nossos deuses mentiram. Ah, como mentiram. A Tempestade Eterna está vindo. Posso ouvir seus sussurros, ver seu paredão, enxergar sua essência."

— Data: *tanatanes* do ano de 1173, oito segundos antes da morte. O indivíduo era um trabalhador itinerante azishiano. Amostra merece destaque.

SOLDADOS DE AZUL PROFERIAM gritos de guerra para se encorajar. Os sons eram como o rugido de uma avalanche atrás de Adolin, enquanto ele brandia sua Espada em golpes selvagens. Não havia espaço para uma postura adequada. Precisava continuar se movendo, golpeando através dos parshendianos, conduzindo seus homens rumo ao abismo a oeste.

Seu cavalo e o de seu pai ainda estavam seguros, carregando alguns feridos nas fileiras da retaguarda. Mas os Fractários não ousavam montá-los. Em combate tão próximo, os richádios seriam abatidos e seus cavaleiros, derrubados.

Aquele era o tipo de manobra de campo de batalha que teria sido impossível sem Fractários. Uma investida contra uma força mais numerosa? Realizada por homens feridos e exaustos? Eles teriam sido detidos e esmagados.

Mas Fractários não podiam ser detidos tão facilmente. Suas armaduras vazavam Luz das Tempestades, suas Espadas de um metro e oitenta fulguravam em amplos golpes, Adolin e Dalinar despedaçavam as defesas dos parshendianos, criando uma abertura, uma fenda. Seus homens — os mais bem treinados nos acampamentos de guerra alethianos — sabiam como aproveitá-la. Eles formaram uma cunha atrás dos seus Fractários, forçando a abertura dos exércitos parshendianos, usando formações de lanceiros para penetrar e continuar avançando.

Adolin movia-se quase correndo. A inclinação da colina trabalhava a favor deles, dando-lhes uma melhor posição, permitindo-lhes descer a ladeira como chules avançando. A chance de sobreviver quando tudo parecia perdido deu aos homens um pico de energia para uma última investida na direção da liberdade.

Sofreram baixas tremendas. A força de Dalinar já havia perdido mais um milhar dos seus quatro mil, provavelmente mais. Mas isso não importava. Os parshendianos lutavam para matar, mas os alethianos — daquela vez — lutavam para viver.

ARAUTOS VIVOS DO CÉU, pensou Teft, assistindo Kaladin lutar. Momentos antes o rapaz parecia quase morto, a pele cinzenta, as mãos tremendo. Agora ele era um furacão brilhante, uma tempestade brandindo uma lança. Teft já estivera em muitos campos de batalha, mas nunca vira algo remotamente parecido com aquilo. Kaladin protegia o terreno diante da ponte. Luz das Tempestades branca fluía dele como um fogo ardente. Sua velocidade era incrível, quase inumana, e sua precisão... cada golpe de lança atingia um pescoço, flanco ou outro alvo desprotegido de carne parshendiana.

Era mais do que a Luz das Tempestades. Teft só tinha lembranças fragmentadas das coisas que sua família tentara lhe ensinar, mas todas as memórias concordavam. A Luz não fornecia habilidade. Ela não podia tornar um homem algo que não era. Ela aprimorava, fortalecia, revigorava.

Ela aperfeiçoava.

Kaladin se abaixou, acertando com a base da lança a perna de um parshendiano, derrubando-o, e subiu para bloquear um machado prendendo o cabo com a haste da sua lança. Ele soltou uma das mãos, girando a ponta da lança para debaixo do braço do parshendiano e atingindo-o na axila. Enquanto o parshendiano caía, Kaladin soltou a lança e golpeou a base na cabeça de um parshendiano que se aproximara demais. A base da lança se despedaçou em uma chuva de farpas, e o elmo encouraçado do parshendiano explodiu.

Não, não era só Luz das Tempestades. Aquele era um mestre da lança com sua capacidade ampliada até níveis assombrosos.

Os carregadores se reuniram ao redor de Teft, perplexos. Seu braço ferido não parecia doer tanto.

— Ele parece parte do próprio vento — disse Drehy. — Um vento que ganhou vida. Não é um homem. É um espreno.

— Sigzil? — chamou Skar, de olhos arregalados. — Você já viu algo assim?

O homem de pele escura sacudiu a cabeça.

— Pai das Tempestades — sussurrou Peet. — O que... *o que* ele *é*?

— Ele é nosso líder de ponte — respondeu Teft, saindo do seu devaneio. Do outro lado do abismo, Kaladin desviou-se por pouco de um golpe de maça. — E ele precisa da nossa ajuda! Primeira e segunda equipes, vocês vão pelo lado esquerdo. Não deixem os parshendianos cercarem Kaladin. Terceira e quarta equipes, vocês estão comigo na direita! Rocha e Lopen, estejam prontos para recuar com qualquer ferido. O resto de vocês, formação de parede enrugada. Não ataquem, só permaneçam vivos e mantenham eles a distância. E, Lopen, jogue para ele uma lança que não esteja quebrada!

DALINAR RUGIU, ATACANDO UM grupo de espadachins parshendianos. Ele avançou sobre seus corpos, subindo uma ladeira curta e se jogando em um salto, caindo de vários metros nos parshendianos abaixo dele, golpeando com a Espada. Sua armadura era um enorme peso nas costas, mas a energia da luta o mantinha avançando. A Guarda Cobalto — os membros isolados que ainda restavam — rugiu e saltou da ladeira atrás dele.

Estavam condenados. Aqueles carregadores já deviam estar mortos àquela altura. Mas Dalinar os abençoou pelo seu sacrifício. Podia ter sido inútil, no final, mas havia mudado a jornada. Era *assim* que soldados deviam cair — não encurralados e assustados, mas lutando com paixão.

Ele não se deixaria afundar em silêncio nas trevas, de modo algum. Gritou novamente em desafio enquanto chocava-se com um grupo de parshendianos, girando e correndo sua Espada Fractal em um vasto círculo. Ele cambaleou através de um tapete de parshendianos mortos cujos olhos ardiam enquanto caíam.

E Dalinar irrompeu para uma planície rochosa aberta.

Ele ficou espantado. *Nós conseguimos*, pensou sem acreditar. *Nós atravessamos todo o caminho.* Atrás deles, soldados exultaram, suas vozes cansadas parecendo quase tão surpresas quanto ele se sentia. Bem à frente, um grupo final de parshendianos estava entre Dalinar e o abismo. Mas estavam de costas para ele. Por que eles estavam...

Os carregadores.

Os *carregadores* estavam lutando. Dalinar ficou boquiaberto, baixando Sacramentadora com braços entorpecidos. Aquela pequena força de carregadores protegia a entrada da ponte, lutando desesperadamente contra os parshendianos que estavam tentando forçá-los de volta.

Era a coisa mais incrível, mais *gloriosa* que Dalinar já vira.

Adolin soltou um brado, abrindo espaço entre os parshendianos à esquerda de Dalinar. A armadura do rapaz estava arranhada, rachada e marcada, e o elmo havia se partido, deixando sua cabeça perigosamente exposta. Mas seu rosto estava exultante.

— Vamos, vamos — berrou Dalinar, apontando. — Deem apoio a eles, raios! Se esses carregadores caírem, estamos todos mortos!

Adolin e a Guarda Cobalto lançaram-se adiante. Galante e Puro-Sangue, o richádio de Adolin, passaram por eles galopando, carregando três feridos cada. Dalinar detestava ter que deixar tantos feridos nas encostas, mas os Códigos eram claros. Nesse caso, proteger os homens que podia salvar era mais importante.

Dalinar virou-se para atacar o corpo principal de parshendianos à sua esquerda, garantindo que o corredor permaneceria aberto para suas tropas. Muitos dos soldados correram para a segurança, embora vários esquadrões tivessem provado sua coragem ficando em formação nas laterais para continuar lutando, aumentando a abertura. O suor havia encharcado a bandana conectada ao elmo de Dalinar, e gotas escorriam, passando por suas sobrancelhas e caindo no olho esquerdo. Ele praguejou, procurando abrir o visor — e estacou.

As tropas inimigas estavam se afastando. Ali, parado entre eles, havia um gigante parshendiano com mais de dois metros de altura em uma reluzente Armadura Fractal prateada. Ela cabia nele perfeitamente, como só uma Armadura poderia, tendo se moldado à sua grande estatura. Sua Espada Fractal era serrilhada e curva, como chamas congeladas em metal. Ele a levantou para Dalinar em uma saudação.

— Agora? — bradou Dalinar, incrédulo. — *Agora* você aparece?

O Fractário deu um passo à frente, suas botas de aço repicando na pedra. Os outros parshendianos recuaram.

— Por que não antes? — questionou Dalinar, apressadamente assumindo a Postura do Vento, piscando o olho esquerdo para se livrar do suor. Ele estava junto à sombra de uma grande formação rochosa que parecia um livro deitado. — Por que esperar a batalha inteira só para atacar agora? Quando...

Quando Dalinar estava prestes a escapar. Aparentemente, o Fractário parshendiano estivera disposto a deixar seus companheiros atacarem Dalinar quando parecia óbvio que ele ia cair. Talvez eles deixassem soldados comuns tentarem conquistar Fractais, como acontecia nos exércitos humanos. Agora que Dalinar podia escapar, a perda potencial de uma Armadura e uma Espada era grande demais, então o Fractário havia sido enviado para lutar com ele.

O Fractário avançou, falando na pesada língua parshendiana. Dalinar não entendeu uma palavra. Ele levantou sua Espada e entrou na postura. O parshendiano disse mais alguma coisa, então grunhiu e deu um passo à frente, brandindo a espada.

Dalinar praguejou baixinho, ainda cego do olho esquerdo. Ele recuou, girando a Espada e desviando a arma do inimigo. O impacto sacudiu Dalinar dentro da armadura. Seus músculos responderam com lentidão. Luz das Tempestades ainda vazava das rachaduras de sua armadura, mas estava diminuindo. Não demoraria muito para que a Armadura parasse de responder.

O Fractário parshendiano atacou novamente. Dalinar não conhecia aquele estilo de luta, mas parecia ter sido muito praticado. Aquele não era um selvagem brincando com uma arma poderosa. Era um Fractário treinado. Dalinar foi mais uma vez forçado a se defender, algo que não era o ponto forte da Postura do Vento. Seus músculos sobrecarregados estavam lentos demais para se desviar, e a Armadura estava rachada demais para correr o risco de se deixar atingir.

O golpe quase o desequilibrou. Ele cerrou os dentes, jogando impulso em sua arma e exagerando intencionalmente no movimento quando veio o próximo golpe do parshendiano. As Espadas se encontraram com um clangor furioso, jogando no ar uma chuva de faíscas, como um balde de metal derretido lançado para o alto.

Dalinar recuperou-se rapidamente e se jogou para a frente, tentando atingir o peito do inimigo com o ombro. Mas o parshendiano ainda estava cheio de força, e sua Armadura, sem rachaduras. Ele saiu do caminho e por pouco não acertou Dalinar nas costas.

Dalinar se contorceu bem a tempo. Então se virou e saltou para uma pequena formação rochosa, pisando em uma saliência mais alta e conseguindo alcançar o topo. O parshendiano o seguiu, como Dalinar previra. A base precária aumentava o risco — o que, para ele, era bom.

Um único golpe poderia arruinar Dalinar. Isso significava que precisava arriscar.

Quando o parshendiano se aproximou do rochedo, Dalinar atacou, usando a vantagem de um terreno mais seguro e posição mais elevada. O inimigo nem tentou se desviar. Recebeu um golpe no elmo, que rachou, mas ganhou a oportunidade de atacar as pernas de Dalinar.

Dalinar saltou para trás, sentindo-se dolorosamente lento. Mal conseguiu sair do caminho a tempo, e não foi capaz de realizar um segundo ataque enquanto o parshendiano escalava a rocha.

O oponente fez uma investida agressiva. Travando o maxilar, Dalinar levantou o antebraço para bloqueá-lo e passou para o ataque, rezando aos Arautos que a placa do seu antebraço conseguisse desviar o golpe. A espada parshendiana o acertou, despedaçando a Armadura e fazendo o braço de Dalinar tremer com o choque. A manopla no seu punho subitamente pareceu pesada como chumbo, mas Dalinar continuou se movendo, brandindo a espada em seu próprio ataque.

Não contra a armadura do parshendiano, mas contra a rocha abaixo dele.

Enquanto os fragmentos derretidos da placa de antebraço de Dalinar salpicavam o ar, ele cortou a beirada rochosa sob os pés do oponente. A seção inteira se partiu, fazendo o Fractário cair para trás na direção do chão, que ele atingiu com um estrondo.

Dalinar bateu o punho com a proteção de antebraço quebrada no chão e liberou a manopla. Quando a peça se desprendeu, ele ergueu a mão livre, o suor deixando-a gelada. Abandonou a manopla — ela não funcionaria corretamente agora que a peça do antebraço se fora — e rugiu enquanto usava a Espada com uma única mão. Cortou outro pedaço da rocha e deixou-o cair na direção do Fractário.

O parshendiano se levantou desajeitadamente, mas a rocha caiu bem em cima dele, causando uma explosão de Luz das Tempestades e um som profundo de rachadura. Dalinar desceu de sua elevação, tentando alcançar o parshendiano enquanto ainda estava imóvel. Infelizmente, a perna direita de Dalinar estava se arrastando, e ele caminhava mancando. Se tirasse a bota, não seria capaz de sustentar o resto da Armadura Fractal.

Ele cerrou os dentes, parando quando o parshendiano se levantou. Fora lento demais. A armadura do parshendiano, embora rachada em vários lugares, não estava nem de longe tão danificada quanto a dele. De modo impressionante, ele conseguira manter sua Espada Fractal. O inimigo levantou a cabeça com elmo para Dalinar, olhos escondidos sob a abertura. Ao redor deles, os outros parshendianos assistiam em silêncio, formando um círculo, mas sem interferir.

Dalinar levantou sua Espada, segurando-a com uma das mãos protegidas pela manopla e a outra nua. A brisa era gelada na sua mão suada e exposta.

Não adiantava correr. Lutaria ali mesmo.

PELA PRIMEIRA VEZ EM muitos meses, Kaladin sentia-se totalmente desperto e vivo.

A beleza da lança assoviando no ar. A unidade de corpo e mente, mãos e pés reagindo instantaneamente, mais rápido do que pensamentos podiam se formar. A clareza e a familiaridade das antigas formas de treinamento de lança, aprendidas durante o período mais terrível da sua vida.

Sua arma era uma extensão dele mesmo; ele a movia tão fácil e instintivamente quanto movia os dedos. Girando, abriu caminho entre os parshendianos, vingando-se daqueles que haviam massacrado tantos dos seus amigos. Retribuição para cada uma das flechas lançadas sobre sua carne.

Com o êxtase pulsante da Luz das Tempestades no seu interior, ele sentia um ritmo na batalha. Quase como a batida da música parshendiana.

E eles cantavam. Haviam se recuperado de vê-lo beber Luz das Tempestades e falar as Palavras do Segundo Ideal. Agora atacavam em ondas, desejando ferventemente chegar à ponte e derrubá-la. Alguns tinham saltado para o outro lado para atacar daquela direção, mas Moash havia conduzido carregadores para a defesa. Surpreendentemente, eles estavam conseguindo.

Syl revoava ao redor de Kaladin como um raio, navegando as ondas de Luz das Tempestades que emanavam da sua pele, movendo-se como uma folha nos ventos de uma tempestade. Arrebatada. Ele nunca a vira daquele jeito.

Ele não interrompeu os ataques — de certa maneira, só havia *um* ataque, pois um fluía diretamente para o próximo. Sua lança nunca parava e, junto com seus homens, ele fez os parshendianos recuarem, aceitando cada desafio enquanto eles avançavam aos pares.

Matando. Chacinando. Sangue voava e os moribundos grunhiam aos seus pés. Ele tentou não prestar muita atenção nisso. Eles eram o inimigo.

Mas a pura glória do que fazia parecia não combinar com a desolação que causava.

Ele estava protegendo; estava salvando. Mas estava matando. Como algo tão terrível podia ser ao mesmo tempo tão belo?

Desviou-se do ataque de uma fina espada prateada, então golpeou com sua lança no flanco, esmagando costelas. Ele girou a lança, despedaçando sua haste já fraturada contra o corpo da dupla parshendiana. Jogou os restos da arma em um terceiro homem, então pegou uma nova lança que Lopen jogou para ele. O herdaziano estava coletando-as dos alethianos caídos ali perto para dá-las a Kaladin quando ele precisasse.

Ao lutar com um homem, aprendia-se algo sobre ele. Seus inimigos eram cuidadosos e precisos? Avançavam de modo agressivo e dominador? Proferiam insultos para enraivecê-lo? Eram impiedosos, ou deixavam vivo um homem obviamente incapacitado?

Ele estava impressionado com os parshendianos. Lutou com dezenas deles, cada um com um estilo ligeiramente diferente de combate. Parecia que estavam enviando apenas dois ou quatro contra ele por vez. Seus ataques eram cuidadosos e controlados, e cada par lutava como uma equipe. Pareciam respeitá-lo pela sua habilidade.

O mais interessante era que pareciam evitar lutar contra Skar ou Teft, que estavam feridos, preferindo se concentrar em Kaladin, Moash e nos outros lanceiros que mostravam mais habilidade. Não eram os selvagens brutais e incultos que Kaladin fora levado a esperar. Eram soldados profissionais que seguiam uma ética honrosa no campo de batalha, que faltava à maioria dos alethianos. Neles, encontrou o que havia sempre esperado encontrar nos soldados das Planícies Quebradas.

Essa compreensão o abalou. Enquanto os matava, ele descobriu que *respeitava* os parshendianos.

No final, a tempestade em seu interior impeliu-o à frente. Havia escolhido um caminho, e esses parshendianos massacrariam o exército de Dalinar Kholin sem hesitação. Kaladin havia se comprometido. Cuidaria para que ele e seus homens cumprissem a missão.

Não sabia ao certo há quanto tempo estava lutando. A Ponte Quatro estava se defendendo muito bem. Com certeza não estavam em combate há muito tempo, senão teriam sido sobrepujados. Mas a multidão de parshendianos feridos e moribundos ao redor de Kaladin parecia indicar horas.

Ele ficou tanto aliviado quanto estranhamente desapontado quando uma figura de Armadura irrompeu através das fileiras dos parshendianos, liberando uma multidão de soldados de azul. Kaladin relutantemente deu um passo para trás, o coração batendo forte, a tempestade dentro dele abafada. A luz havia deixado de fluir perceptivelmente da sua pele. O suprimento contínuo de parshendianos com gemas em suas tranças o alimentara durante a parte inicial do combate, mas os últimos chegaram sem gemas. Outra indicação de que não eram os sub-humanos de mentes simples que os olhos-claros afirmavam. Eles viram o que Kaladin estava fazendo e, mesmo sem compreender, reagiram ao fato.

Ele tinha Luz o bastante para impedir que desmaiasse. Mas enquanto os alethianos rechaçavam os parshendianos, Kaladin percebeu como haviam chegado em boa hora.

Preciso tomar muito cuidado com isso, ele pensou. A tempestade dentro dele fazia com que sentisse sede de movimento e ataque, mas usá-la drenava o seu corpo. Quanto mais a utilizava, e quanto mais rápido, pior era quando a energia se esgotava.

Soldados alethianos assumiram a defesa do perímetro dos dois lados da ponte, e os carregadores exaustos recuaram, muitos sentando-se e tateando ferimentos. Kaladin correu até eles.

— Relatório!

— Três mortos — declarou Rocha com gravidade, ajoelhando-se ao lado dos mortos que deitara no chão. Malop, Jaks Sem-Orelha e Narm.

Kaladin franziu o cenho em sofrimento. *Fique feliz que o resto sobreviveu*, disse a si mesmo. Era fácil de pensar. Difícil de aceitar.

— E os demais?

Mais cinco tinham sofrido ferimentos sérios, mas Rocha e Lopen haviam cuidado deles. Os dois haviam aprendido bastante com as instruções de Kaladin, e havia pouco mais que pudesse fazer pelos feridos. Ele olhou para o corpo de Malop. O homem havia sofrido um corte de machado no braço, amputando-o e fragmentando o osso. Morrera devido à hemorragia. Se Kaladin não estivesse lutando, poderia ter...

Não. Sem arrependimentos por enquanto.

— Atravessem a ponte — disse ele aos carregadores, apontando. — Teft, você está no comando. Moash, está forte o bastante para permanecer comigo?

— Com certeza — disse Moash, com um sorriso no rosto ensanguentado.

Ele parecia empolgado, não exausto. Todos os três mortos tinham lutado ao seu lado, mas ele e os outros tinham combatido muito bem.

Os outros carregadores recuaram. Kaladin virou-se para inspecionar os soldados alethianos. Era como olhar para uma tenda de triagem. Todo homem tinha algum tipo de ferida. Os que estavam no centro cambaleavam e mancavam. Aqueles nas margens ainda lutavam, seus uniformes rasgados e manchados de sangue. A retirada havia se dissolvido em caos.

Kaladin abriu caminho por entre os feridos, acenando para que eles atravessassem a ponte. Alguns obedeceram. Outros ficaram parados, parecendo atordoados. Kaladin foi até um grupo que parecia estar melhor do que a maioria.

— Quem está no comando aqui?

— É... — O rosto do soldado havia sofrido um corte na bochecha. — O Luminobre Dalinar.

— Comando imediato. Quem é o seu capitão?

— Está morto — respondeu o homem. — E o meu comandante de companhia. E seu segundo em comando.

Pai das Tempestades, pensou Kaladin.

— Atravesse a ponte — disse ele, e seguiu adiante. — Eu preciso de um oficial! Quem está no comando da retirada?

À frente, conseguiu identificar uma figura em uma Armadura Fractal azul arranhada, lutando adiante do grupo. Aquele devia ser o filho de Dalinar, Adolin. Ele estava ocupado contendo os parshendianos; não seria prudente incomodá-lo.

— Aqui — chamou um homem. — Encontrei o Luminobre Havar! Ele é o comandante da retaguarda!

Finalmente, pensou Kaladin, correndo pelo caos para encontrar um homem barbado de olhos claros no chão, tossindo sangue. Kaladin olhou para ele, notando a enorme ferida no abdômen.

— Quem é o seu segundo em comando?

— Morto — disse o homem ao lado do comandante. Era um olhos-claros.

— E quem é você? — perguntou Kaladin.

— Nacomb Gaval. — Ele parecia jovem, mais jovem do que Kaladin.

— Você foi promovido — declarou Kaladin. — Faça com que esses homens atravessem a ponte o mais rápido possível. Se alguém perguntar, diga que recebeu uma promoção interina como comandante da retaguarda. Se alguém alegar ter um posto superior ao seu, mande-o falar comigo.

O homem se assustou.

— Promovido... Quem é você? Você *pode* fazer isso?

— Alguém precisa fazer — respondeu Kaladin rispidamente. — Vá. Ao trabalho.

— Eu...

— *Vá!*

Surpreendentemente, o olhos-claros bateu continência e começou a gritar, chamando seu esquadrão. Os homens de Kholin estavam feridos, abalados e atordoados, mas eram bem treinados. Quando alguém tomou o comando, as ordens foram passadas rapidamente. Os esquadrões cruzaram a ponte, seguindo formações de marcha. Provavelmente, na confusão, se agarravam àqueles padrões familiares.

Em questão de minutos, a massa principal do exército de Kholin estava fluindo pela ponte como areia em uma ampulheta. O círculo de combate diminuiu. Ainda assim, homens gritavam e morriam no tumulto anárquico de espada contra escudo e de lança contra metal.

Kaladin apressadamente removeu a armadura de carapaça — enfurecer os parshendianos não parecia uma boa ideia no momento —, então moveu-se em meio aos feridos, procurando oficiais. Encontrou uns dois, embora estivessem atordoados, feridos e sem fôlego. Aparentemente, aqueles que ainda eram capazes de lutar estavam liderando os dois flancos que continham os parshendianos.

Seguido por Moash, Kaladin seguiu com presteza para a linha de frente central, onde os alethianos pareciam estar se defendendo melhor. Ali, finalmente, encontrou alguém no comando: um olhos-claros alto e imponente, com um peitoral e elmo de aço, seu uniforme em um tom de azul um pouco mais escuro do que os outros. Ele dirigia a luta logo atrás da linha de frente.

O homem acenou para Kaladin, gritando para ser ouvido acima dos sons da batalha.

— Você comanda os carregadores?

— Comando, sim — disse Kaladin. — Por que os seus homens não estão atravessando a ponte?

— Nós somos a Guarda Cobalto — respondeu o homem. — Nosso dever é proteger o Luminobre Adolin.

O homem apontou para Adolin na sua Armadura Fractal azul, logo à frente. O Fractário parecia estar abrindo caminho na direção de alguma coisa.

— Onde está o grão-príncipe? — gritou Kaladin.

— Não temos certeza. — O homem fez uma careta. — Seus guardas desapareceram.

— Vocês *têm* que recuar. A maioria do exército já atravessou. Se permanecerem aqui, serão cercados!

— Não vamos deixar o Luminobre Adolin. Sinto muito.

Kaladin olhou ao redor. Os grupos de alethianos lutando nos flancos mal conseguiam defender o terreno, mas não recuariam antes de receberem ordens.

— Muito bem — disse Kaladin, levantando a lança e abrindo caminho até a linha de frente.

Ali, os parshendianos lutavam com vigor. Kaladin abateu um com um golpe na garganta, girando no meio de um grupo, sua lança relampejando. Sua Luz das Tempestades estava quase esgotada, mas aqueles parshendianos tinham gemas nas barbas. Kaladin inspirou — só um pouco, para não se revelar aos soldados alethianos — e lançou um ataque total.

Os parshendianos recuaram diante da sua investida furiosa, e os poucos membros da Guarda Cobalto perto dele cambalearam para longe, com um ar perplexo. Em segundos, Kaladin deixara uma dúzia de parshendianos no chão ao seu redor, feridos ou mortos. Isso abriu um espaço, e ele atravessou, seguido de perto por Moash.

Vários dos parshendianos estavam concentrados em Adolin, cuja Armadura Fractal azul estava arranhada e rachada. Kaladin nunca vira uma Armadura Fractal em um estado tão ruim. Aquelas rachaduras emanavam Luz das Tempestades do mesmo jeito como acontecia com a pele de Kaladin quando ele continha — ou usava — uma grande quantidade dela.

A fúria de um Fractário em combate fez Kaladin hesitar. Ele e Moash pararam pouco antes do espaço de luta do homem, e os parshendianos ignoraram os carregadores, tentando, com óbvio desespero, derrubar o Fractário. Adolin abatia múltiplos inimigos ao mesmo tempo — mas, como Kaladin havia visto apenas uma vez antes, sua Espada não cortava carne. Os olhos dos parshendianos queimavam e escureciam, e dúzias deles caíam mortos, com Adolin colecionando cadáveres ao seu redor como frutas maduras caindo de uma árvore.

E, ainda assim, era óbvio que Adolin estava em dificuldades. Sua Armadura Fractal estava mais do que apenas rachada — havia buracos em algumas peças. Seu elmo se fora, embora houvesse sido substituído pelo chapéu comum de um lanceiro. Sua perna esquerda mancava, quase se arrastando. Aquela sua Espada era mortal, mas os parshendianos se aproximavam cada vez mais.

Kaladin não ousou chegar mais perto.

— Adolin Kholin! — berrou.

O homem continuou lutando.

— Adolin Kholin! — gritou Kaladin novamente, sentindo um pequeno sopro de Luz das Tempestades deixá-lo, sua voz ressoando.

O Fractário fez uma pausa, então olhou para Kaladin. Relutantemente, ele recuou, deixando a Guarda Cobalto — que usara o caminho aberto por Kaladin — avançar para conter os parshendianos.

— Quem é você? — questionou Adolin, alcançando Kaladin.

Seu rosto jovem e orgulhoso estava reluzente de suor, seu cabelo uma massa empapada de louro misturado com preto.

— Sou o homem que salvou sua vida — disse Kaladin. — Preciso que ordene a retirada. Suas tropas não podem mais lutar.

— Meu pai está ali, carregador — respondeu Adolin, apontando com sua Espada colossal. — Eu o vi há apenas alguns momentos. Seu richádio foi procurá-lo, mas nem o cavalo nem o homem voltaram. Vou liderar um esquadrão para...

— Você vai *recuar!* — disse Kaladin, exasperado. — Olhe para os seus homens, Kholin! Eles mal conseguem ficar de pé, quanto mais lutar. Você está perdendo dúzias a cada minuto. Precisa tirá-los daqui.

— Não vou abandonar meu pai — teimou Adolin.

— Pela paz do... Se você cair, Adolin Kholin, esses homens não terão *nada*. Seus comandantes estão feridos ou mortos. Você não pode alcançar seu pai; mal consegue andar! Repito: *leve seus homens para um lugar seguro!*

O jovem Fractário deu um passo atrás, perplexo com o tom de Kaladin. Ele olhou para nordeste, para onde uma figura em cinza-ardósia subitamente apareceu sobre um afloramento de rocha, lutando contra outra figura trajando uma Armadura Fractal.

— Ele está tão perto...

Kaladin respirou fundo.

— Eu vou atrás dele. Você lidera a retirada. Defenda a ponte, mas apenas a ponte.

Adolin olhou furioso para Kaladin. Ele deu um passo, mas algo em sua armadura cedeu e ele cambaleou, caindo sobre um joelho. Com os dentes cerrados, conseguiu se levantar.

— Senhor Capitão Malan — bradou Adolin. — Leve seus soldados, vá com esse homem. Traga meu pai!

O homem com quem Kaladin havia falado antes fez uma saudação curta. Adolin olhou feio para Kaladin novamente, depois levantou sua Espada Fractal e caminhou com dificuldade na direção da ponte.

— Moash, vá com ele — ordenou Kaladin.

— Mas...

— Vá, Moash — repetiu Kaladin com severidade, olhando para o rochedo onde Dalinar estava lutando.

Respirou fundo, enfiou a lança debaixo do braço e disparou em uma corrida intensa. A Guarda Cobalto gritou para ele, tentando acompanhá-lo, mas Kaladin não olhou para trás. Alcançou a linha dos atacantes parshendianos, virou-se e deu rasteira em dois com sua lança, então saltou sobre os corpos e continuou avançando. A maioria dos parshendianos naquele trecho estava distraída pelo combate de Dalinar ou pela batalha para chegar à ponte; as fileiras estavam dispersas entre as duas frentes.

Kaladin moveu-se rápido, inspirando mais Luz enquanto corria, desviando-se e contornando os parshendianos que tentavam atacá-lo. Em instantes, havia alcançado o lugar onde Dalinar estivera lutando. Embora o rochedo agora estivesse vazio, um grande grupo de parshendianos estava reunido ao redor da base.

Ali, ele pensou, saltando para a frente.

UM CAVALO RELINCHOU. DALINAR ergueu os olhos, chocado, enquanto Galante avançava para dentro do círculo aberto que os espectadores parshendianos haviam formado. O richádio fora até ele. Como... onde...? O cavalo devia estar livre e seguro no platô de concentração.

Era tarde demais. Dalinar estava de joelhos, vencido pelo Fractário inimigo. O parshendiano chutou o peito de Dalinar, lançando-o para trás.

Um golpe no elmo veio em seguida. Outro. Mais um. O elmo explodiu, e a força dos golpes deixou Dalinar tonto. Onde estava? O que estava acontecendo? Por que estava esmagado por algo tão pesado?

Armadura Fractal, ele pensou, lutando para se levantar. *Estou usando... minha Armadura Fractal...*.

Uma brisa soprou contra seu rosto. Golpes na cabeça; era preciso tomar cuidado com golpes na cabeça, mesmo trajando uma Armadura. Seu inimigo estava sobre ele e parecia inspecioná-lo. Como se procurasse alguma coisa.

Dalinar havia deixado cair sua Espada. Soldados parshendianos comuns cercavam o duelo. Eles forçaram Galante a recuar e o cavalo relinchou, empinando. Dalinar o fitava, a visão turva.

Por que o Fractário não acabava com ele? O gigante parshendiano se inclinou para baixo, então falou. As palavras tinham um sotaque pesado, e a mente de Dalinar quase as ignorou. Mas ali, de perto, Dalinar percebeu uma coisa. Ele compreendia o que estava sendo dito. O sotaque era quase indecifrável, mas as palavras eram em *alethiano*.

— É *você* — disse o Fractário parshendiano. — Finalmente te encontrei.

Dalinar hesitou, surpreso.

Alguma coisa perturbou as fileiras de retaguarda dos soldados parshendianos que estavam assistindo. Havia algo familiar em relação àquela cena, parshendianos ao redor, Fractário em perigo. Dalinar já a vivera antes, mas do outro lado.

Aquele Fractário não podia estar falando com ele. Dalinar sofrera uma pancada demasiado forte na cabeça. Devia estar tendo alucinações. O que era aquela perturbação no círculo de espectadores?

Sadeas, pensou Dalinar, a mente confusa. *Ele voltou para me socorrer, como eu o socorri.*

Você deve uni-los...

Ele virá, pensou Dalinar. *Sei que ele virá. Vou reuni-los...*

Os parshendianos estavam gritando, se movendo, se retorcendo. Subitamente, uma figura explodiu através deles. Definitivamente não era Sadeas. Um jovem de rosto forte e longo, com cabelos pretos encaracolados. Ele carregava uma lança.

E estava brilhando.

O quê?, pensou Dalinar, perplexo.

KALADIN POUSOU NO CÍRCULO aberto. Os dois Fractários estavam no centro, um no chão, Luz das Tempestades emanando de forma tênue do seu corpo. Tênue demais. Considerando o número de rachaduras, suas gemas deviam estar quase esgotadas. O outro — um parshendiano, julgando pelo tamanho e forma dos membros — assomava sobre o guerreiro caído.

Ótimo, pensou Kaladin, correndo antes que os soldados parshendianos pudessem se recompor e atacá-lo. O Fractário parshendiano estava curvado, concentrado em Dalinar. Sua Armadura estava vazando Luz das Tempestades através de uma grande fissura na perna.

Assim, com a memória voltando para quando resgatara Amaram, Kaladin avançou e golpeou a rachadura com a lança.

O Fractário gritou e deixou cair sua Espada, surpreso. A arma virou fumaça. Kaladin libertou sua lança e pulou para trás. O Fractário tentou golpeá-lo com a manopla, mas errou. Kaladin saltou e — jogando toda sua força no golpe — afundou a lança na rachadura da perna novamente.

O Fractário gritou ainda mais alto, tropeçando, então caiu de joelhos. Kaladin tentou liberar sua lança, mas o homem caiu sobre ela, partindo a haste. Kaladin recuou, agora encarando um círculo de parshendianos com as mãos vazias, Luz das Tempestades fluindo do seu corpo.

Silêncio. E então eles começaram a falar novamente as palavras que tinham dito antes.

— *Neshua Kadal!*

Eles as repetiram entre si, sussurrando, parecendo confusos. Então começaram uma canção que ele nunca ouvira antes.

Menos mal, pensou Kaladin. Contanto que não o atacassem. Dalinar Kholin estava se movendo, sentando-se. Kaladin se ajoelhou, forçando a maior parte da sua Luz das Tempestades para o chão rochoso, mantendo só o bastante para que continuasse em movimento, mas não o suficiente para fazê-lo brilhar. Então foi rapidamente até o cavalo usando armadura junto do círculo de parshendianos.

Os parshendianos se afastaram dele, parecendo apavorados. Ele pegou as rédeas e voltou rapidamente ao grão-príncipe.

DALINAR SACUDIU A CABEÇA, tentando clarear a mente. Sua visão ainda oscilava, mas seus pensamentos estavam se reordenando. O que havia acontecido? Ele fora atingido na cabeça, e... e agora o Fractário estava caído.

Caído? O que derrubara o Fractário? Será que a criatura havia realmente falado com ele? Não, devia ter imaginado coisas. Isso, e o jovem lanceiro brilhando. Ele não estava brilhando agora. Segurando as rédeas de Galante, o jovem acenava urgentemente para Dalinar, que forçou-se a ficar de pé. Ao seu redor, os parshendianos estavam murmurando algo ininteligível.

Aquela Armadura Fractal, pensou Dalinar, olhando para o parshendiano ajoelhado. *Uma Espada Fractal... Eu poderia cumprir minha promessa para Renarin. Eu poderia...*

O Fractário grunhia, segurando a perna com a manopla. Dalinar sentiu um impulso irresistível de dar o golpe de misericórdia. Ele deu um passo à frente, arrastando um pé insensível. Ao redor deles, as tropas parshendianas assistiam em silêncio. Por que não atacavam?

O lanceiro alto correu até Dalinar, puxando as rédeas de Galante.

— Monte no seu cavalo, olhos-claros.

— Devíamos acabar com ele. Nós poderíamos...

— Monte no seu cavalo! — ordenou o jovem, jogando as rédeas para ele enquanto as tropas parshendianas se voltavam para enfrentar um contingente de soldados alethianos que se aproximava.

— Você supostamente é honrado — rosnou o lanceiro. Dalinar raramente ouvira alguém falar com ele assim, particularmente um olhos-escuros. — Bem, seus homens não vão partir sem *você*, e *meus* homens não vão partir sem *eles*. Então você *vai* subir no seu cavalo e nós *vamos* escapar dessa armadilha mortal. Entendeu?

Dalinar fitou os olhos do jovem. Então assentiu. Naturalmente. Ele estava certo; tinham que deixar o Fractário inimigo. Como poderiam remover sua armadura, de qualquer modo? Arrastariam o cadáver por todo o caminho?

— Recuar! — berrou Dalinar para os seus soldados, subindo na sela de Galante; ele mal conseguiu, pois sua armadura tinha pouquíssima Luz das Tempestades restante.

O firme e leal Galante disparou em um galope pelo corredor de fuga que seus homens haviam comprado para ele com seu sangue. O lanceiro sem nome correu atrás dele, e a Guarda Cobalto os cercou. Uma força maior das suas tropas estava à frente, no platô de fuga. A ponte ainda estava lá, com Adolin esperando ansiosamente na entrada, defendendo-a para a retirada de Dalinar.

Tomado por uma onda de alívio, Dalinar galopou através do deque de madeira, alcançando o platô seguinte. Adolin e o resto das suas tropas o seguiram.

Ele virou Galante para leste. Os parshendianos se aglomeraram junto ao abismo, mas não os perseguiram. Um grupo estava trabalhando na crisálida no platô. Ela havia sido esquecida por todos os lados durante o furor. Os parshendianos nunca tinham partido atrás deles antes, mas se mudassem de ideia agora, poderiam atormentar a força de Dalinar por todo o caminho até as pontes permanentes.

Mas não fizeram isso. Eles formaram fileiras e começaram a cantar outra de suas canções, a mesma que cantavam sempre que as forças alethianas batiam em retirada. Dalinar viu uma figura em Armadura Fractal prateada e uma capa vermelha cambalear até a frente. O elmo havia sido removido, mas ele estava distante demais para identificar os traços naquela pele marmorizada em preto e vermelho. O outrora inimigo de Dalinar levantou sua Espada Fractal em um movimento inconfundível. Uma saudação, um gesto de respeito. Instintivamente, Dalinar invocou sua Espada, e dez batimentos cardíacos depois a ergueu para devolver a saudação.

Os carregadores puxaram a ponte através do abismo, separando os exércitos.

— Armem a triagem — bradou Dalinar. — Não vamos deixar para trás ninguém que tenha chance de sobreviver. Os parshendianos não vão nos atacar aqui!

Seus homens responderam com um grito. De algum modo, escapar parecia mais uma vitória do que qualquer gema-coração que já tivessem conquistado. As exaustas tropas alethianas dividiram-se em batalhões. Oito haviam marchado para a batalha, e se tornaram oito novamente — embora vários dos batalhões só tivessem algumas centenas de sobreviventes. Os homens treinados em cirurgia de campo inspecionaram as fileiras, enquanto os oficiais restantes contavam os sobreviventes. Os homens começaram a se sentar entre esprenos de dor e esprenos de exaustão, cobertos de sangue, alguns sem armas, muitos com uniformes rasgados.

No outro platô, os parshendianos continuavam com sua estranha canção.

Dalinar percebeu que estava olhando para a equipe de ponte. O jovem que o salvara aparentemente era o líder. Ele tinha vencido um *Fractário*? Dalinar se lembrava vagamente de um encontro rápido e afiado, uma lança na perna. Claramente o rapaz era tanto hábil quanto sortudo.

A equipe de carregadores de ponte agia com muito mais coordenação e disciplina do que Dalinar teria esperado de homens de escalão tão baixo. Ele não podia mais esperar. Dalinar conduziu Galante adiante, cruzando as pedras e passando por soldados feridos e exaustos. Isso o lembrou da própria fadiga, mas depois de ter a chance de se sentar, estava se recuperando, e sua cabeça não estava mais zumbindo.

O líder da equipe de ponte estava cuidando da ferida de um homem, e seus dedos eram bastante hábeis. Um homem treinado em medicina de campo, entre *carregadores*?

Bem, por que não?, pensou Dalinar. *Não é mais estranho do que eles serem capazes de lutar tão bem.* Sadeas devia estar escondendo isso dele.

O jovem levantou os olhos. E, pela primeira vez, Dalinar notou as marcas de escravo na sua testa, escondidas pelo cabelo comprido. O rapaz se ergueu, a postura hostil, cruzando os braços.

— Vocês são homens de valor — disse Dalinar. — Todos vocês. Por que o seu grão-príncipe recuou, apenas para depois mandá-los de volta para nos ajudar?

Vários dos carregadores riram.

— Ele não nos mandou de volta — respondeu o líder. — Nós voltamos por conta própria. Contra a vontade dele.

Dalinar se viu assentindo e percebeu que aquela era a única resposta que fazia sentido.

— Por quê? Por que voltaram por nós?

O jovem deu de ombros.

— Você se deixou encurralar de uma maneira realmente espetacular.

Dalinar concordou, cansado. Talvez devesse se ofender com o tom do rapaz, mas era verdade.

— Sim, mas *por que* vocês vieram? E como aprenderam a lutar tão bem?

— Por acaso — respondeu o jovem. Ele voltou a cuidar do ferido.

— Como posso compensá-los? — perguntou Dalinar.

O carregador de pontes olhou de volta para ele.

— Eu não sei. Íamos fugir de Sadeas, desaparecer na confusão. Ainda podemos fazer isso, mas ele certamente vai nos caçar e nos matar.

— Eu posso levar seus homens para o meu acampamento, fazer com que Sadeas os liberte da sua servidão.

— Acho que ele não nos deixaria partir — disse o carregador de pontes, seus olhos sombrios. — E acho que seu acampamento não vai nos oferecer segurança alguma. O que Sadeas fez hoje... vai significar guerra entre vocês, não vai?

Iria? Dalinar evitara pensar em Sadeas — a sobrevivência estivera em primeiro plano —, mas sua raiva contra o homem era um abismo fervilhante em sua alma. Ele *ia* se vingar de Sadeas. Mas poderia permitir guerra entre os principados? Isso devastaria Alethkar. Mais do que isso, destruiria a casa Kholin. Dalinar não possuía as tropas ou os aliados para enfrentar Sadeas, não depois daquele desastre.

Como Sadeas responderia quando Dalinar retornasse? Será que tentaria terminar o trabalho, atacando? *Não. Não, ele fez as coisas desse jeito por um motivo.* Sadeas não o havia enfrentado pessoalmente. Ele abandonara Dalinar, mas, pelos padrões alethianos, isso era totalmente diferente. Ele também não queria arriscar o reino.

Sadeas não desejava uma guerra declarada, e Dalinar não *podia* iniciar uma guerra declarada, apesar da sua fúria ardente. Ele cerrou o punho, voltando-se para o lanceiro.

— Não haverá guerra — respondeu Dalinar. — Pelo menos, não agora.

— Bem, nesse caso, se você nos levar para o seu acampamento, cometerá um roubo — disse o lanceiro. — As leis do rei, os Códigos que meus homens alegam que você obedece, exigiriam que nos devolvesse a Sadeas. Ele *não vai* nos entregar de mão beijada.

— Eu cuido de Sadeas — disse Dalinar. — Voltem comigo. Prometo que estarão seguros. Juro por toda a honra que me resta.

O jovem carregador de pontes encontrou seus olhos, procurando alguma coisa. Era um homem muito duro para alguém tão jovem.

— Muito bem — respondeu o lanceiro. — Vamos voltar. Não posso abandonar meus homens que ficaram no acampamento e com tantos homens feridos agora não temos os suprimentos adequados para fugir.

O jovem voltou ao trabalho e Dalinar cavalgou Galante em busca de um relatório de baixas. Ele se obrigou a conter sua raiva contra Sadeas. Foi difícil. Não, Dalinar não podia deixar que aquilo se transformasse em guerra — mas também não podia permitir que as coisas voltassem a ser como eram antes.

Sadeas havia perturbado o equilíbrio, que nunca seria restaurado. Não como antes.

"Tudo recua por minha causa. Luto contra quem salvou minha vida. Protejo quem matou minhas promessas. Ergo a mão. A tempestade responde."

— Data: *tanataneo* do ano de 1173, 18 segundos antes da morte. O indivíduo era uma olhos-escuros mãe de quatro filhos, de 62 anos.

NAVANI PASSOU PELOS GUARDAS, ignorando seus protestos e os chamados de suas damas de companhia. Ela se controlou para manter a calma. *Ia* permanecer calma! O que ouvira era só um rumor. *Tinha* que ser.

Infelizmente, quanto mais envelhecia, mais difícil se tornava manter a tranquilidade apropriada para uma Luminobre. Ela apertou o passo através do acampamento de guerra de Sadeas. Soldados ergueram as mãos enquanto ela passava, para oferecer ajuda ou exigir que parasse. Ela ignorou a todos igualmente; eles nunca ousariam encostar um dedo nela. Ser a mãe do rei lhe garantia alguns privilégios.

O acampamento era desorganizado e mal planejado. Aglomerados de comerciantes, prostitutas e trabalhadores moravam em favelas construídas a sotavento das casernas. Fios de crem endurecido pendiam dos telhados mais a sotavento, como trilhas de cera que houvesse escorrido da beira de uma mesa. Era grande o contraste com as linhas nítidas e os edifícios limpos do acampamento de Dalinar.

Ele vai estar bem, ela disse a si mesma. *Ele* tem *que estar bem!*

Era prova do seu estado desordenado que ela mal considerasse construir um novo padrão urbano para Sadeas na cabeça. Foi direto para a área de concentração, e encontrou um exército que mal parecia ter estado em uma batalha. Soldados sem qualquer vestígio de sangue nos uniformes, homens conversando e rindo, oficiais caminhando entre as fileiras e dispensando homens esquadrão por esquadrão.

Isso devia tê-la aliviado. Não *parecia* uma força que acabara de sofrer um desastre. Em vez disso, ficou ainda mais ansiosa.

Sadeas, em uma Armadura Fractal vermelha intacta, estava conversando com um grupo de oficiais à sombra de um toldo próximo. Ela marchou até lá, mas um grupo de guardas conseguiu barrar seu caminho, entrando em formação ombro a ombro enquanto um deles foi informar Sadeas da sua chegada.

Navani cruzou os braços, impaciente. Talvez devesse ter levado um palanquim, como suas damas de companhia haviam sugerido. Várias delas, com ar preocupado, haviam acabado de chegar na área de concentração. Um palanquim teria sido mais rápido em última instância, elas haviam explicado, já que teria dado tempo para que mensageiros fossem enviados, de modo que Sadeas pudesse recebê-la.

Outrora, ela obedecia a tais etiquetas. Lembrava-se de ser jovem, jogando os jogos com perícia, deleitando-se com as maneiras de manipular o sistema. E o que conseguira com isso? Um marido morto que nunca amara e uma posição "privilegiada" na corte que era o equivalente a ser mandada para o pasto.

O que Sadeas faria se ela simplesmente começasse a gritar? A mãe do rei, berrando como um cão-machado cuja antena havia sido torcida? Ela considerou a ideia enquanto o soldado esperava por uma chance de anunciá-la a Sadeas.

Pelo canto do olho, ela notou um jovem de uniforme azul chegando na área de concentração, acompanhado por uma pequena guarda de honra de três homens. Era Renarin, pela primeira vez com uma expressão que ia além de tranquila curiosidade. Agitado e com olhos arregalados, ele apressou-se a falar com Navani.

— Mashala — chamou ele em sua voz baixa. — Por favor. O que a senhora ouviu?

— O exército de Sadeas retornou sem o exército do seu pai — respondeu Navani. — Dizem que houve uma derrota, mas não parece que esses homens perderam uma batalha.

Ela lançou um olhar fulminante a Sadeas, pensando seriamente em fazer um escândalo. Felizmente, ele finalmente falou com o soldado e então mandou-o de volta.

— A senhora pode se aproximar, Luminosa — disse o homem, com uma mesura.

— Já era hora — rosnou ela, empurrando-o e entrando debaixo do toldo. Renarin juntou-se a ela, caminhando de modo mais hesitante.

— Luminosa Navani — disse Sadeas, as mãos juntas atrás das costas, imponente em sua Armadura carmesim. — Eu esperava levar as notícias no palácio do seu filho. Mas imagino que um desastre como este seja grande demais para ser contido. Expresso minhas condolências pela perda do seu irmão.

Renarin arquejou baixinho.

Navani se controlou, cruzando os braços, tentando aquietar os gritos de negação e dor que vieram do fundo da sua mente. Aquilo era um padrão. Ela frequentemente via padrões nas coisas. Naquele caso, o padrão era que ela nunca podia ter nada precioso por muito tempo, pois lhe era sempre tomado no momento em que começava a parecer promissor.

Silêncio, ela censurou a si mesma.

— Você vai explicar — disse ela a Sadeas enquanto encontrava os olhos dele.

Ela havia praticado aquele olhar durante décadas, e ficou feliz ao ver que o desconcertara.

— Sinto muito, Luminosa — gaguejou Sadeas. — Os parshendianos sobrepujaram o exército do seu irmão. Foi tolice trabalharmos juntos. Nossa mudança de tática foi tão ameaçadora para os selvagens que eles levaram todos os soldados que puderam a essa batalha e nos cercaram.

— E então você *deixou* Dalinar?

— Nós lutamos muito para alcançá-lo, mas a desvantagem era grande demais. Tivemos que recuar para evitar morrer também! Eu teria continuado lutando, se não tivesse visto seu irmão tombar com meus próprios olhos, cercado por parshendianos com martelos. — Ele fez uma careta. — Estavam levando pedaços da Armadura Fractal ensanguentada como troféus. Monstros bárbaros.

Navani sentiu frio. Estava gelada, entorpecida. Como isso pôde acontecer? Depois de finalmente — *finalmente* — conseguir que aquele homem de cabeça dura o visse como uma mulher, em vez de uma irmã. E agora...

E agora...

Ela travou o maxilar para não chorar.

— Eu não acredito.

— Entendo que as notícias sejam difíceis. — Sadeas acenou para que um assistente pegasse uma cadeira para ela. — Gostaria de não ter sido forçado a trazê-las para a senhora. Dalinar e eu... bem, eu o conhecia há muitos anos, e embora nem sempre víssemos as coisas do mesmo ângulo, eu o considerava um aliado. E um amigo. — Ele praguejou baixinho, olhando para leste. — Eles vão pagar por isso. Vou *garantir* que paguem.

Ele parecia tão sério que Navani começou a fraquejar. O pobre Renarin, pálido e de olhos arregalados, parecia extremamente abalado. Quando a cadeira chegou, Navani a recusou, então Renarin sentou-se, ganhando um olhar de desaprovação de Sadeas. Renarin agarrou a cabeça com as mãos, olhando para o chão.

Ele estava tremendo.

Ele é o grão-príncipe agora, compreendeu Navani.

Não. *Não.* Ele só seria o grão-príncipe se ela aceitasse a ideia de que Dalinar estava morto. E ele não estava. Não podia estar.

Sadeas tinha todas as pontes, ela pensou, olhando para a serraria.

Navani saiu para a luz do fim de tarde, sentindo o calor na pele. Ela caminhou até suas atendentes.

— Pincel — pediu a Makal, que carregava uma bolsa com as posses de Navani. — O mais grosso. E minha tinta de queimar.

A mulher baixa e roliça abriu a bolsa, pegando um longo pincel com uma ponta de pelos de porco tão larga quando um polegar. Navani o pegou; a tinta veio em seguida.

Ao redor dela, os guardas observavam enquanto Navani pegava o pincel e o mergulhava na tinta cor de sangue. Ela se ajoelhou e começou a pintar no chão de pedra.

Arte era criação; aquilo era sua alma, sua essência. Criação e ordem. Pegava-se algo desorganizado — um respingo de tinta, uma página vazia — e construía-se alguma coisa a partir disso. Alguma coisa a partir de nada. A *alma* da criação.

Ela sentiu lágrimas no rosto enquanto pintava. Dalinar não tinha esposa ou filhas; não tinha ninguém para rezar por ele. Assim, Navani pintou uma oração nas próprias pedras, mandando suas assistentes buscarem mais tinta. Ela caminhou para determinar o tamanho do glifo enquanto continuava pintando sua borda, tornando-o enorme, espalhando tinta nas pedras cor de bronze.

Soldados se reuniram ao redor dela, e Sadeas saiu do seu toldo, assistindo-a pintar, as costas dela voltadas para o sol enquanto se arrastava pelo chão e furiosamente mergulhava seu pincel nos potes de tinta. O que era uma oração, se não uma criação? Fazer algo do nada. Criar um desejo a partir do desespero, um pedido a partir da angústia. Curvando-se diante do Todo-Poderoso e formando humildade a partir do orgulho vazio de uma vida humana.

Alguma coisa a partir de nada. Criação verdadeira.

Suas lágrimas se misturaram com a tinta. Ela usou quatro potes. Arrastou-se, mantendo a mão segura no chão, pincelando as pedras e manchando o rosto de tinta quando limpava as lágrimas. Quando finalmente terminou, estava ajoelhada diante de um glifo de seis metros de comprimento, que parecia estampado em sangue. A tinta úmida refletia a luz do sol, e ela a acendeu com uma vela; a tinta era feita para queimar, quer estivesse úmida ou seca. As chamas queimaram por toda a oração, matando-a e enviando sua alma para o Todo-Poderoso.

Ela baixou a cabeça diante da oração. Era um único caractere, mas bastante complexo. *Thath*. Justiça.

Os homens assistiam em silêncio, como se tivessem medo de estragar seu desejo solene. Uma brisa fria começou a soprar, fazendo tremular as flâmulas e mantos. A oração se apagou, mas estava tudo bem. Ela não fora feita para queimar por muito tempo.

— Luminobre Sadeas! — chamou uma voz ansiosa.

Navani levantou os olhos. Soldados abriram caminho para um mensageiro de verde. Ele correu até Sadeas, começando a falar, mas o grão-príncipe agarrou o homem pelo ombro com a força da Armadura Fractal e apontou, gesticulando para que seus guardas formassem um perímetro. Ele puxou o mensageiro para debaixo do toldo.

Navani continuou ajoelhada ao lado da sua oração. As chamas deixaram no solo uma marca preta na forma do glifo. Alguém se pôs ao lado dela — Renarin. Ele se ajoelhou, pousando a mão em seu ombro.

— Obrigado, Mashala.

Ela assentiu, se levantando, a mão livre respingada com pigmento vermelho. Suas bochechas ainda estavam úmidas de lágrimas, mas ela estreitou os olhos, buscando ver Sadeas através do círculo de soldados. Seu rosto vermelho expressava fúria, os olhos arregalados de raiva.

Ela se virou e abriu caminho em meio aos soldados, indo até os limites da área de concentração. Renarin e alguns dos oficiais de Sadeas se uniram a ela, olhando na direção das Planícies Quebradas.

E ali viram uma longa fila de homens se arrastando de volta para os acampamentos de guerra, liderados por um cavaleiro em uma armadura cinza-ardósia.

Dalinar cavalgava Galante à frente de 2.653 homens. Isso era tudo que restava da sua força de assalto de oito mil.

A longa jornada de volta através dos platôs dera-lhe tempo para pensar. Suas entranhas ainda eram uma tempestade de sentimentos. Ele flexionou a mão esquerda enquanto cavalgava; agora estava abrigada em uma manopla de Armadura Fractal pintada de azul que pegara emprestada com Adolin. Levaria dias para que sua própria manopla crescesse novamente. Mais tempo ainda se os parshendianos tentassem fazer crescer uma armadura inteira a partir da manopla que abandonara. Eles falhariam, contanto que os armeiros de Dalinar alimentassem sua Armadura com Luz das Tempestades. A manopla abandonada entraria em decomposição e viraria poeira, enquanto uma peça nova cresceria para Dalinar.

Por enquanto, ele usaria a de Adolin. Haviam coletado todas as gemas infundidas entre seus 2.600 homens e usaram-nas para recarregar e reforçar sua armadura. Ainda exibia rachaduras; curar a grande quantidade de danos que a Armadura sofrera levaria dias, mas ela estava novamente apta ao combate, se fosse necessário.

Ele precisava garantir que não seria. Pretendia confrontar Sadeas, e queria estar de armadura na ocasião. Na verdade, o que ele *queria* era subir a toda para o acampamento de guerra de Sadeas e emitir uma declaração formal de guerra contra seu "velho amigo". Talvez até mesmo invocar sua Espada e matar Sadeas.

Mas não faria isso. Seus soldados estavam fracos demais, sua posição, demasiado incerta. Uma guerra formal destruiria a ele e ao reino. Precisava tomar outra atitude; alguma que protegesse o reino. A vingança chegaria. Em algum momento. Alethkar viria primeiro.

Ele baixou a manopla azul, agarrando as rédeas de Galante. Adolin cavalgava um pouco atrás. Também haviam reparado sua armadura, embora agora ele estivesse com uma manopla a menos. Dalinar havia recusado de início a manopla do filho, mas se rendera à lógica de Adolin. Se um deles ia ficar sem a peça, era melhor que fosse o mais jovem. Dentro da Armadura Fractal, a diferença de idade não importava, mas fora dela, Adolin era um jovem de vinte e poucos anos e Dalinar um homem maduro com mais de cinquenta.

Ele ainda não sabia o que pensar das visões e do aparente fracasso do conselho de confiar em Sadeas. Confrontaria a questão mais tarde. Um passo de cada vez.

— Elthal — chamou Dalinar.

Elthal era o oficial de mais alto escalão a sobreviver ao desastre, um homem ágil com um ar distinto e um bigode fino. Seu braço estava em uma tipoia. Ele foi um dos que haviam defendido a brecha junto com Dalinar durante a última parte do combate.

— Sim, Luminobre? — disse Elthal, andando até Dalinar. Todos os cavalos, exceto pelos dois richádios, estavam carregando feridos.

— Leve os feridos para o meu acampamento de guerra. Então mande Teleb deixar todo o acampamento em alerta. Mobilize as companhias restantes.

— Sim, Luminobre — respondeu o homem, fazendo uma saudação. — Luminobre, para o que eles devem se preparar?

— Para tudo. Mas, com sorte, para nada.

— Compreendo, Luminobre — disse Elthal, partindo para cumprir as ordens.

Dalinar conduziu Galante até o grupo de carregadores, ainda seguindo seu sombrio líder, um homem chamado Kaladin. Eles haviam deixado a ponte para trás assim que alcançaram as pontes permanentes; Sadeas poderia mandar apanhá-la quando quisesse.

Os carregadores se detiveram quando ele se aproximou, parecendo tão cansados quanto Dalinar se sentia, então se organizaram em uma formação sutilmente hostil. Eles se agarravam às suas lanças, como se tivessem certeza de que ele tentaria tomá-las. Aqueles homens o salvaram, mas obviamente não confiavam nele.

— Estou mandando meus feridos de volta para meu acampamento — disse Dalinar. — Vocês deviam ir com eles.

— Você vai confrontar Sadeas? — perguntou Kaladin.

— É preciso. — *Tenho que saber por que ele fez o que fez.* — Vou comprar a liberdade de vocês no processo.

— Então vou ficar com você — decidiu Kaladin.

— Eu também — disse um homem de rosto aquilino ao seu lado. Logo todos os carregadores estavam exigindo ficar.

Kaladin voltou-se para eles.

— Eu devia mandá-los de volta.

— O quê? — perguntou um carregador de pontes mais velho, com a curta barba grisalha. — Você pode se arriscar, mas nós não podemos? Temos homens lá no acampamento de Sadeas. Precisamos tirá-los de lá. No mínimo, precisamos permanecer juntos. Seguir até o fim.

Os outros concordaram. Mais uma vez, Dalinar ficou impressionado com a disciplina deles. Cada vez mais, estava certo de que Sadeas nada tinha a ver com aquilo. Era o homem na liderança. Embora seus olhos fossem castanho-escuros, ele se comportava como um Luminobre.

Bem, se não queriam partir, Dalinar não ia forçá-los. Continuou a cavalgar, e logo cerca de mil dos soldados de Dalinar se separaram do grupo e marcharam para sul, rumo ao seu acampamento de guerra. O resto deles continuou na direção do acampamento de Sadeas. Enquanto se aproximavam, Dalinar percebeu uma pequena multidão reunida no abismo final. Duas figuras em particular se destacavam na frente — Renarin e Navani.

— O que *eles* estão fazendo no acampamento de guerra de Sadeas? — indagou Adolin, sorrindo mesmo com a fadiga, conduzindo Puro-Sangue para junto de Dalinar.

— Não sei — respondeu Dalinar. — Mas que o Pai das Tempestades os abençoe por terem vindo.

Ao ver seus rostos a recebê-lo, ele começou a sentir — finalmente — que havia sobrevivido àquele dia. Galante cruzou a última ponte. Renarin estava lá esperando, e Dalinar regozijou-se. Por uma vez na vida, o garoto estava demonstrando felicidade abertamente. Dalinar desceu da sela e abraçou o filho.

— Pai, o senhor está vivo!

Adolin riu, descendo da própria sela, a armadura estalando. Renarin saiu do abraço e agarrou Adolin pelo ombro, batendo de leve na Armadura Fractal com a outra mão, sorrindo de orelha a orelha. Dalinar também sorriu, desviando o olhar dos irmãos para se voltar para Navani. Ela estava com as mãos unidas na frente do corpo, uma sobrancelha levantada. Estranhamente, seu rosto trazia algumas manchas de tinta vermelha.

— Você nem chegou a ficar preocupada, não é mesmo? — disse ele.

— Preocupada? — perguntou ela. Seus olhos se encontraram e, pela primeira vez, ele reparou como estavam vermelhos. — Fiquei apavorada.

Então Dalinar a agarrou em um abraço. Teve que tomar cuidado, por conta da Armadura Fractal, mas as manoplas deixaram-no sentir a seda do vestido dela, e a falta do elmo fez com que sentisse o doce perfume floral do seu sabonete. Ele a abraçou o mais apertado que ousou, curvando a cabeça e pressionando o nariz no cabelo dela.

— Hmm, parece que você sentiu minha falta — observou ela afetuosamente. — As pessoas estão vendo. Vão comentar.

— Não me importo.

— Hmm... Parece que você sentiu *muito* a minha falta.

— No campo de batalha — disse ele com voz rouca —, pensei que fosse morrer. E percebi que estava tudo bem.

Ela se afastou, parecendo confusa.

— Passei tempo demais me preocupando com o que as pessoas pensam, Navani. Quando achei que minha hora tinha chegado, entendi que toda aquela preocupação havia sido em vão. No final, estava feliz com a maneira como vivi a minha vida. — Ele olhou para ela, então abriu mentalmente sua manopla direita, deixando que caísse no chão com um tinido. Estendeu a mão calejada, envolvendo o queixo dela. — Só lamentei duas coisas. Uma foi você, a outra Renarin.

— Então está dizendo que poderia morrer e estaria tudo bem?

— Não. Estou dizendo que encarei a eternidade, e vi paz nela. Isso vai mudar a maneira como vivo.

— Sem toda aquela culpa?

Ele hesitou.

— Do jeito que eu sou, duvido que vá me livrar de tudo. O fim era pacífico, mas viver... é uma tempestade. Ainda assim, agora vejo as coisas de modo diferente. Está na hora de deixar de ser manipulado por mentirosos.

Ele levantou os olhos para o cume acima, onde mais soldados de verde estavam se reunindo.

— Não paro de pensar em uma das visões — sussurrou ele. — A última, onde encontrei Nohadon. Ele rejeitou minha sugestão de escrever sobre sua sabedoria. Há alguma coisa ali. Algo que preciso aprender.

— O quê? — perguntou Navani.

— Ainda não sei. Mas estou perto de descobrir.

Ele a abraçou novamente, a mão em sua nuca, sentindo o cabelo dela. Gostaria que a Armadura sumisse, para que o metal não fosse uma barreira entre eles.

Mas ainda não era hora para isso. Relutantemente, ele a soltou, voltando-se para o lado, onde Renarin e Adolin olhavam para os dois com certo constrangimento. Seus soldados fitavam o exército de Sadeas, que estava se reunindo no cume.

Não posso deixar que isso se torne um massacre, pensou Dalinar, pegando do chão a manopla caída e calçando-a. As correias se apertaram, conectando-a ao resto da armadura. *Mas também não vou me esgueirar de volta ao meu acampamento sem confrontá-lo.* Descobriria pelo menos o propósito da traição. Tudo estava indo tão bem.

Além disso, havia a questão da sua promessa aos carregadores. Dalinar caminhou ladeira acima, o manto azul coberto de sangue voejando atrás dele. Adolin o seguia de um lado, com a armadura tilintando, e Navani acompanhava seu passo do outro. Renarin os seguia, assim como as 1.600 tropas restantes de Dalinar.

— Pai… — chamou Adolin, fitando as tropas hostis.

— Não invoque sua Espada. Isso não vai acabar em luta.

— Sadeas abandonou vocês, não foi? — perguntou Navani em voz baixa, os olhos ardendo de raiva.

— Ele não nos abandonou, apenas — cuspiu Adolin. — Ele preparou uma armadilha para nós, depois nos traiu.

— Nós sobrevivemos — disse Dalinar com firmeza. O caminho adiante estava ficando mais nítido. Ele sabia o que tinha que fazer. — Ele não vai nos atacar aqui, mas pode tentar nos provocar. Mantenha sua espada em névoa, Adolin, e não deixe que nossas tropas cometam nenhum erro.

Os soldados de verde abriram caminho com relutância, portando lanças. Hostis. Ao lado, Kaladin e seus carregadores caminhavam perto da vanguarda da força de Dalinar.

Adolin não invocou sua Espada, embora fitasse com desprezo as tropas de Sadeas ao redor. Os soldados de Dalinar deviam estar nervosos de se verem novamente cercados pelo inimigo, mas seguiram-no até a área de concentração. Sadeas estava esperando logo à frente. O traiçoeiro grão-príncipe os esperava com os braços cruzados, ainda vestindo sua Armadura Fractal, o cabelo preto e encaracolado balançando ao vento. Alguém havia queimado um enorme glifo *thath* nas pedras ali perto, e Sadeas estava bem no seu centro.

Justiça. Havia algo magnificamente apropriado no fato de Sadeas estar parado ali, pisando na justiça.

— Dalinar, velho amigo! — exclamou Sadeas. — Parece que superestimei as probabilidades contra você. Peço desculpas por recuar quando ainda estava em perigo, mas a segurança dos meus homens vem em primeiro lugar. Tenho certeza de que compreende.

Dalinar parou a uma curta distância. Os dois se encararam, os seus exércitos tensos. Uma brisa fria sacudia o toldo atrás de Sadeas.

— Mas é claro — respondeu Dalinar, a voz calma. — Você fez o que tinha que fazer.

Sadeas relaxou visivelmente, mas vários dos soldados de Dalinar começaram a murmurar depois de ouvir isso. Adolin silenciou-os com olhares severos.

Dalinar se virou, acenando para que Adolin e seus homens recuassem. Navani olhou-o com uma sobrancelha arqueada, mas recuou com os outros quando ele pediu. Dalinar olhou de volta para Sadeas, e o homem — parecendo curioso — também acenou para que seus assistentes se afastassem.

Dalinar caminhou até a borda daquele glifo *thath*, e Sadeas avançou até que estivessem a apenas alguns centímetros de distância. Eram da mesma altura. Tão de perto, Dalinar pensou ver a tensão — e a raiva — nos olhos de Sadeas. Sua sobrevivência havia arruinado meses de planejamento.

— Preciso saber o motivo — perguntou Dalinar, baixo demais para que outros além de Sadeas pudessem ouvir.

— Por causa do meu juramento, velho amigo.

— *O quê?* — As mãos de Dalinar formaram punhos.

— Nós fizemos um juramento juntos, anos atrás. — Sadeas suspirou, deixando de lado a leviandade e falando abertamente. — Proteger Elhokar. Proteger este reino.

— Era isso que eu estava fazendo! Nós tínhamos o mesmo propósito. E estávamos lutando juntos, Sadeas. Estava *funcionando.*

— Sim — disse Sadeas. — Mas agora tenho certeza de que posso vencer os parshendianos sozinho. Tudo que fizemos juntos, posso conseguir ao dividir meu exército em dois... um para correr na frente, uma força maior para segui-lo. Eu tive que aproveitar essa chance de tirá-lo do caminho. Dalinar, não está vendo? Gavilar morreu porque era fraco. *Eu* queria atacar os parshendianos desde o início, conquistá-los. Ele insistiu em um tratado, que levou à sua morte. Agora você está começando a agir exatamente como ele. As mesmas ideias, as mesmas maneiras de falar. Por sua causa, essas ideias começam a contaminar Elhokar. Ele se veste como você; ele me fala dos Códigos, e de como talvez fosse bom aplicá-los em todos os acampamentos de guerra. Está começando a pensar em *recuar.*

— Então agora você quer que eu pense que isso foi um ato de honra? — rosnou Dalinar.

— De modo algum. — Sadeas deu uma risada. — Lutei durante anos para me tornar o conselheiro de maior confiança de Elhokar... mas sempre havia você para distraí-lo, tendo a atenção dele, apesar de todos os meus esforços. Não vou fingir que foi só uma questão de honra, ainda que a honra fizesse parte da coisa, sim. No final, eu só queria que você sumisse.

A voz de Sadeas tornou-se fria.

— Mas você *está* enlouquecendo, velho amigo. Pode me chamar de mentiroso, mas o que eu fiz hoje foi um ato de misericórdia. Uma maneira de deixar você morrer em glória, em vez de vê-lo decair cada vez mais. Ao deixar que os parshendianos o matassem, eu protegeria Elhokar de você e lhe transformaria em um símbolo para lembrar os outros do que estamos realmente fazendo aqui. A sua morte poderia ter finalmente nos unido. Irônico, se você pensar a respeito.

Dalinar controlou a respiração. Era difícil não deixar que sua raiva, sua indignação, o consumissem.

— Então me diga uma coisa: por que não me acusar da tentativa de assassinato? Por que me inocentar, se estava planejando me trair depois?

Sadeas bufou.

— Bah. Ninguém *realmente* acreditaria que você tentou matar o rei. Haveria boatos, mas não acreditariam. Culpar você rápido demais poderia pegar mal para mim. — Ele balançou a cabeça. — Acho que Elhokar sabe quem tentou matá-lo. Ele já me disse que sim, mas não me disse o nome.

O quê? Ele sabe? Mas... como? Por que não nos disse? Dalinar ajustou seus planos. Não sabia ao certo se Sadeas estava falando a verdade, mas, se estivesse, aquela informação seria útil.

— Ele sabe que não foi você — continuou Sadeas. — Isso deu para perceber, embora ele não saiba como é transparente. Culpar você teria sido inútil. Elhokar o teria defendido, e eu poderia muito bem perder a posição de Grão-príncipe da Informação. Mas acabou me dando uma maravilhosa oportunidade de fazer com que você confiasse em mim novamente.

Você deve uni-los... As visões. Mas o homem que falou com Dalinar naquelas visões estava totalmente errado. Agir com honra *não* havia conquistado a lealdade de Sadeas. Só havia tornado Dalinar vulnerável à traição.

— Se fizer alguma diferença, eu gosto de você. De verdade — disse Sadeas despreocupadamente. — Mas você é uma pedra no meu caminho, e mesmo sem perceber está agindo para destruir o reino de Gavilar. Quando tive uma chance, eu aproveitei.

— Não foi apenas uma oportunidade conveniente — disse Dalinar. — Você armou tudo, Sadeas.

— Eu planejei, mas estou sempre planejando. Nem sempre aproveito minhas chances. Hoje eu aproveitei.

Dalinar riu, seco.

— Bom, você me mostrou algo hoje, Sadeas, ao tentar acabar comigo.

— E o que foi? — indagou Sadeas, achando graça.

— Mostrou que ainda sou uma ameaça.

OS GRÃO-PRÍNCIPES CONTINUAVAM CONVERSANDO em voz baixa. Kaladin estava ao lado dos soldados de Dalinar, exausto, com os membros da Ponte Quatro.

Sadeas lançou-lhes um olhar. Matal estava na multidão, e passara o tempo todo vigiando a equipe de Kaladin com o rosto vermelho. Provavelmente sabia que seria punido, do mesmo modo que Lamaril. Eles deviam ter aprendido. Deviam ter matado Kaladin logo no início.

Eles tentaram, pensou. *Eles falharam.*

Não sabia o que acontecera com ele, o que acontecera com Syl e as palavras em sua cabeça. Parecia que a Luz das Tempestades funcionava melhor agora. Ela se tornara mais potente, mais poderosa. Mas agora a Luz se esgotara, e estava *tão* cansado. Exaurido. Havia forçado seus limites, e forçado demais a Ponte Quatro.

Talvez ele e os outros devessem ter ido para o acampamento de Kholin. Mas Teft tinha razão; precisavam seguir até o fim.

Ele prometeu, pensou Kaladin. *Ele prometeu que nos libertaria de Sadeas.*

Contudo, em que tinham dado as promessas de olhos-claros no passado?

Os grão-príncipes interromperam sua conferência, separando-se, recuando um do outro.

— Bem — disse Sadeas em alto e bom som —, seus homens estão obviamente cansados, Dalinar. Podemos falar mais tarde sobre o que deu errado, embora eu imagine que seja óbvio que nossa aliança se provou impraticável.

— Impraticável — repetiu Dalinar. — É uma maneira gentil de dizer. — Ele indicou com a cabeça os carregadores. — Vou levar esses carregadores comigo para o meu acampamento.

— Temo que eu não possa me desfazer deles.

O coração de Kaladin se apertou.

— Certamente eles não valem muito para você — replicou Dalinar. — Dê o seu preço.

— Não pretendo vendê-los.

— Pagarei sessenta broms de esmeralda por cada homem — disse Dalinar.

Isso causou espanto nos soldados que assistiam a cena dos dois lados. Era praticamente vinte vezes o preço de um bom escravo.

— Nem se fosse mil por cabeça, Dalinar — disse Sadeas. Kaladin podia ver a morte dos seus carregadores naqueles olhos. — Leve seus soldados e vá embora.

— Não me pressione nesse assunto, Sadeas — avisou Dalinar.

Subitamente, a tensão estava de volta. Os oficiais de Dalinar baixaram as mãos às espadas, e seus lanceiros ficaram atentos, agarrando as hastes das suas armas.

— Não pressionar? — perguntou Sadeas. — Que tipo de ameaça é essa? *Deixe* meu acampamento. É óbvio que não há mais nada entre nós. Se tentar roubar minha propriedade, terei todas as justificativas para atacá-lo.

Dalinar continuou onde estava. Parecia confiante, embora Kaladin não visse motivo para isso. *E assim morre outra promessa*, pensou ele, dando as costas à cena. No fim, apesar de todas as boas intenções, Dalinar Kholin era igual aos outros.

Atrás de Kaladin, homens arquejaram, surpresos.

Kaladin estacou, então virou de volta. Dalinar Kholin estava segurando sua gigantesca Espada Fractal; recém-invocada, ela pingava gotas de água. Sua armadura soltava um vapor tênue, a Luz das Tempestades se elevando das rachaduras.

Sadeas cambaleou para trás, arregalando os olhos. Sua guarda de honra sacou as espadas. Adolin Kholin estendeu a mão para o lado, aparentemente começando a invocar sua própria arma.

Dalinar deu um passo à frente, então fincou a ponta da Espada no meio do glifo escurecido na rocha e deu um passo para trás.

— Pelos carregadores — disse ele.

Sadeas ficou atônito. Os murmúrios cessaram e as pessoas no acampamento pareciam espantadas demais até para respirar.

— *O quê?* — perguntou Sadeas.

— A Espada — repetiu Dalinar, sua voz ressoando. — Em troca dos seus carregadores. Todos eles. Todos os que você tem no acampamento. Eles serão meus, e farei com eles o que eu quiser, e você nunca mais chegará perto. Em troca, você fica com a espada.

Sadeas olhou para a Espada, incrédulo.

— Essa arma vale uma fortuna. Cidades, palácios, *reinos*.

— Temos um acordo? — perguntou Dalinar.

— Pai, não! — disse Adolin Kholin, sua própria Espada aparecendo em sua mão. — O senhor...

Dalinar levantou a mão, silenciando o mais jovem. Ele manteve os olhos em Sadeas.

— *Temos um acordo?* — repetiu ele, cada palavra perfeitamente nítida.

Kaladin apenas observava, incapaz de se mover, incapaz de pensar.

Sadeas fitava a Espada Fractal, os olhos cheios de cobiça. Ele lançou um olhar a Kaladin, hesitou só por um instante, então estendeu a mão e agarrou a Espada pelo cabo.

— *Leve* essas criaturas tormentosas.

Dalinar assentiu secamente, dando as costas para Sadeas.

— Vamos embora — disse ele ao seu cortejo.

— Eles não valem nada, sabe? — zombou Sadeas. — Você é um dos Dez Tolos, Dalinar Kholin! Não está vendo como está louco? Essa decisão será lembrada como a mais ridícula já tomada por um grão-príncipe alethiano!

Dalinar não olhou para trás. Ele caminhou até Kaladin e os outros membros da Ponte Quatro.

— Vamos — disse Dalinar a eles, a voz gentil. — Peguem suas coisas e os homens que deixaram para trás. Mandarei tropas com vocês para agirem como guardas. Deixem as pontes e venham rapidamente para meu acampamento. Vocês estarão seguros Lá. Vocês têm minha palavra de honra.

Ele começou a se afastar.

Kaladin saiu do seu torpor. Ele correu atrás do grão-príncipe, agarrando seu braço sobre a armadura.

— Espere. Você... aquilo... *o que acabou de acontecer?*

Dalinar voltou-se para ele. Então o grão-príncipe pôs a mão no ombro de Kaladin, a manopla emitindo um brilho azul, que destoava do resto da armadura cinza-ardósia.

— Eu não sei o que fizeram com você. Só posso imaginar como foi sua vida. Mas saiba o seguinte: vocês não serão carregadores no meu acampamento, tampouco escravos.

— Mas...

— Quanto vale a vida de um homem? — perguntou Dalinar em voz baixa.

— Os vendedores de escravos dizem que um vale cerca de dois brons de esmeralda — respondeu Kaladin, franzindo o cenho.

— E o que você me diz?

— Uma vida não tem preço — disse ele imediatamente, citando seu pai.

Dalinar sorriu, rugas se estendendo dos cantos dos olhos.

— Coincidentemente, esse é o exato valor de uma Espada Fractal. Então hoje você e seus homens se sacrificaram para me comprar 2.600 vidas que não têm preço. E tudo que eu tinha para reembolsá-los era uma única espada que não tem preço. Uma verdadeira pechincha.

— Você realmente acha que fez um bom negócio, não é? — disse Kaladin, perplexo.

Dalinar sorriu de uma maneira bastante paternal.

— Pela minha honra? Sem dúvida alguma. Vá e leve seus homens para a segurança, soldado. Mais tarde esta noite, terei algumas perguntas para você.

Kaladin olhou para Sadeas, que segurava sua nova Espada com um ar reverente.

— Você disse que cuidaria de Sadeas. Era isso que pretendia fazer?

— Ainda não cuidei de Sadeas — respondeu Dalinar. — Cuidei de você e dos seus homens. Ainda tenho trabalho a fazer hoje.

DALINAR ENCONTROU O REI Elhokar na sala de estar do palácio. Acenou mais uma vez para os guardas do lado de fora, então fechou a porta. Eles pareceram perturbados. E deveriam mesmo estar; tinham recebido ordens incomuns. Mas seguiriam o seu comando. Eles usavam as cores do rei, azul e dourado, mas eram homens de Dalinar, escolhidos especificamente pela sua lealdade.

A porta se fechou com um estalo. O rei estava concentrado em um dos seus mapas, trajando sua Armadura Fractal.

— Ah, tio — disse ele, voltando-se para Dalinar. — Ótimo. Eu queria mesmo falar com o senhor. Já escutou esses rumores sobre o senhor e a minha mãe? Sei que nada impróprio poderia estar acontecendo, mas eu *me preocupo* com o que as pessoas pensam.

Dalinar cruzou a sala, suas botas batendo no luxuoso tapete. Diamantes infundidos pendiam dos cantos do aposento, e as paredes esculpidas haviam sido engastadas com minúsculas peças de quartzo para brilhar e refletir a luz.

— Sinceramente, tio — continuou Elhokar, sacudindo a cabeça. — Estou perdendo a paciência com sua reputação nos acampamentos. Esses rumores me afetam, como pode ver, e... — Ele deixou a frase morrer quando Dalinar parou a um passo dele. — Tio? Está tudo bem? Os guardas da porta relataram algum tipo de contratempo na sua incursão ao platô hoje, mas eu estava com a cabeça ocupada. Perdi alguma coisa importante?

— Sim — respondeu Dalinar. Então levantou a perna e chutou o rei no peito.

A força do golpe jogou o rei para trás contra a mesa. A fina madeira se despedaçou quando o pesado Fractário se chocou nela. Elhokar caiu no chão, sua placa peitoral ligeiramente rachada. Dalinar foi até ele, então chutou novamente o rei nas costelas, rachando mais a placa peitoral.

Elhokar começou a gritar, em pânico.

— Guardas! A mim! Guardas!

Ninguém veio. Dalinar chutou-o novamente e Elhokar praguejou, agarrando sua bota. Dalinar grunhiu, mas se curvou e pegou Elhokar pelo braço, depois puxou-o para que se levantasse, jogando-o para a lateral da sala. O rei tropeçou no tapete, destruindo uma cadeira em sua queda. Pedaços arredondados de madeira se espalharam, farpas voando para todos os lados.

De olhos arregalados, Elhokar levantou-se desajeitadamente. Dalinar avançou até ele.

— O que há de errado com você, tio? — berrou Elhokar. — Está louco! Guardas! Assassino na câmara do rei! Guardas!

Elhokar tentou correr até a porta, mas Dalinar bloqueou a passagem com o ombro, lançando o homem mais jovem ao chão de novo.

Elhokar rolou, mas conseguiu se apoiar em uma das mãos e se erguer até ficar de joelhos, a outra mão estendida e envolta em névoa enquanto ele invocava sua Espada.

Dalinar chutou a mão do rei bem na hora em que a Espada Fractal se solidificou nela. O golpe o fez soltar a arma, e ela se dissolveu de volta na névoa imediatamente.

Elhokar tentou um soco frenético contra Dalinar, que segurou seu punho, então estendeu a mão para baixo e levantou o rei para que ficasse de pé. Ele puxou Elhokar para a frente e golpeou a placa peitoral do rei com o punho. Elhokar se debateu, mas Dalinar repetiu o movimento, atingindo a Armadura novamente com a manopla, rachando o revestimento de aço ao redor dos dedos, fazendo o rei grunhir.

O golpe seguinte despedaçou a placa peitoral de Elhokar em uma explosão de fragmentos derretidos.

Dalinar deixou o rei cair no chão. Elhokar lutou para se levantar de novo, mas o peitoral era um foco para o poder da Armadura Fractal e perdê-lo deixava as pernas e braços pesados. Ele se ajoelhou diante do rei, que se contorcia. A Espada Fractal de Elhokar formou-se novamente, mas Dalinar agarrou o punho do rei e esmagou-o contra o chão de pedra, soltando a Espada outra vez. Ela desapareceu na névoa.

— Guardas! — guinchou Elhokar. — Guardas, guardas, *guardas*!

— Eles não vão vir, Elhokar — disse Dalinar em voz baixa. — São meus homens, e ordenei que não entrassem... nem deixassem ninguém entrar... independentemente do que ouvissem. Mesmo que isso incluísse pedidos de socorro da sua parte.

Elhokar se calou.

— Eles são meus homens, Elhokar — repetiu Dalinar. — Eu os treinei. Eu os coloquei aqui. Eles sempre serão leais a mim.

— Por que, tio? O que o senhor está fazendo? Por favor, me diga. — Ele estava quase chorando.

Dalinar se inclinou, se aproximando o bastante para sentir o hálito do rei.

— A correia do seu cavalo durante a caçada — disse Dalinar em voz baixa. — Foi você que a cortou, não foi?

Os olhos de Elhokar se arregalaram ainda mais.

— As selas foram trocadas antes que você chegasse ao meu acampamento — continuou Dalinar. — Você fez isso porque não queria arruinar sua sela favorita quando ela se soltasse do cavalo. Você planejou tudo; você *fez* acontecer. Por isso tinha tanta certeza de que a correia foi cortada.

Elhokar assentiu, se encolhendo.

— Alguém estava tentando me matar, mas vocês não acreditavam! Eu... Eu tive medo de que fosse o senhor! Então eu decidi... Eu...

— Você cortou a própria correia — disse Dalinar — para criar um atentado visível e óbvio contra sua vida. Algo que faria com que eu ou Sadeas investigássemos.

Elhokar hesitou, então assentiu novamente.

Dalinar fechou os olhos, expirando lentamente.

— Você não percebe o que fez, Elhokar? Lançou suspeita sobre mim em todos os acampamentos! Você deu a Sadeas uma oportunidade de me destruir. — Ele abriu os olhos, encarando o rei.

— Eu precisava saber — sussurrou Elhokar. — Não podia confiar em ninguém. — Ele gemeu sob o peso de Dalinar.

— E as gemas rachadas na sua Armadura Fractal? Foi você que as colocou também?

— Não.

— Então talvez tenha de fato descoberto alguma coisa — grunhiu Dalinar. — Imagino que não seja totalmente culpa sua.

— Então vai me deixar levantar?

— Não. — Dalinar se inclinou mais ainda. Ele pôs a mão no peito do rei. Elhokar parou de resistir, encarando-o, aterrorizado. — Se eu pressionar, você morre. Suas costelas racham como gravetos, seu coração é esmagado como uma uva. Ninguém me culparia por isso. Todos já comentam que o Espinho Negro deveria ter tomado o trono para si anos atrás. A sua guarda é leal a mim. Não haveria ninguém para vingá-lo. Ninguém se importaria.

Elhokar soltou o ar quando Dalinar pressionou levemente seu peito.

— Você me entende? — sussurrou Dalinar.

— Não!

Dalinar suspirou, então soltou o homem mais jovem e se levantou. Elhokar inspirou, ofegante.

— A sua paranoia pode ser infundada ou pode ter fundamento. De qualquer modo, você precisa entender uma coisa: eu não sou seu inimigo.

Elhokar franziu o cenho.

— Então o senhor não vai me matar?

— Raios, não! Eu amo você como a um filho, garoto.

Elhokar esfregou o peito.

— O senhor... tem instintos paternais muito estranhos.

— Passei anos seguindo você — disse Dalinar. — Dei-lhe minha lealdade, minha devoção e meu conselho. Jurei lealdade a você... prometendo a mim mesmo, *jurando* que nunca cobiçaria o trono de Gavilar. Tudo para manter meu coração leal. Apesar de tudo isso, você não confia em mim. Faz um truque como esse com a correia, lançando suspeitas sobre mim, dando aos seus próprios inimigos vantagens contra você, sem nem perceber.

Dalinar deu um passo na direção do rei. Elhokar se encolheu.

— Bem, agora você sabe — continuou Dalinar, a voz dura. — Se eu quisesse matar você, Elhokar, já teria feito isso há muito tempo. Tive *muitas* chances. Parece que você não aceita lealdade e devoção como prova da minha honestidade. Bem, se vai agir como uma criança, então será tratado como criança. Agora você tem certeza de que não quero sua morte. Pois, se eu quisesse, poderia ter esmagado seu peito e resolvido a questão!

Ele encarou o rei nos olhos.

— Agora você *entendeu*?

Lentamente, Elhokar assentiu.

— Ótimo — disse Dalinar. — Amanhã, você vai me nomear seu Grão-príncipe da Guerra.

— *O quê?*

— Sadeas me traiu hoje — declarou Dalinar. Ele caminhou sobre a mesa quebrada, chutando os pedaços. O selo do rei rolou para fora da sua gaveta habitual. Dalinar o pegou. — Quase seis mil dos meus homens foram massacrados. Adolin e eu mal sobrevivemos.

— O quê? — disse Elhokar, forçando-se a se sentar. — Isso é impossível!

— Nem um pouco — disse Dalinar, olhando para o sobrinho. — Ele viu uma chance de recuar, deixando os parshendianos nos destruírem. Então aproveitou. Uma coisa bastante alethiana de se fazer. Impiedosa, mas que permitiria a ele fingir um senso de honra e moralidade.

— Então... você espera que eu o leve a julgamento?

— Não. Sadeas não é pior nem melhor do que os outros. Qualquer um dos grão-príncipes teria traído seus companheiros, se visse uma chance segura de fazer isso. Pretendo descobrir uma maneira de uni-los para além das aparências. De algum modo. Amanhã, você vai me nomear Grão-príncipe da Guerra, eu darei minha Armadura a Renarin para cumprir uma promessa. Já entreguei minha Espada para cumprir outra.

Ele se aproximou, encontrando novamente o olhar de Elhokar, depois apertou o selo real na mão.

— Como Grão-príncipe da Guerra, vou aplicar os Códigos em todos os dez acampamentos. Então coordenarei o esforço de guerra diretamente, determinando quais exércitos irão para quais incursões de platô. Todas as gemas-coração serão propriedade do Trono, depois distribuídas como espólios por você. Vamos mudar isso aqui de uma competição para uma guerra de verdade, e vou transformar esses seus dez exércitos, e seus líderes, em soldados de verdade.

— Pai das Tempestades! Eles vão nos matar! Os grão-príncipes vão se revoltar! Não vou durar uma semana!

— Eles não vão gostar, isso é certo — concordou Dalinar. — E, sim, isso envolve uma grande dose de perigo. Teremos que ser muito mais cuidadosos com nossa guarda. Se você estiver certo, alguém já está tentando lhe matar, então devemos fazer isso de qualquer modo.

Elhokar olhou fixamente para ele, depois para a mobília quebrada, massageando o peito.

— Você está falando *sério*, não está?

— Sim. — Ele jogou o selo para Elhokar. — Você vai mandar suas escribas escreverem minha nomeação logo depois que eu sair.

— Mas o senhor não disse que era errado forçar os homens a seguirem os Códigos? — disse Elhokar. — O senhor disse que a melhor maneira de mudar as pessoas era vivendo corretamente e deixando que eles fossem influenciadas pelo seu exemplo!

— Isso foi antes de o Todo-Poderoso mentir para mim — respondeu Dalinar. Ele ainda não sabia o que pensar disso. — Muito do que eu contei a você aprendi com *O caminho dos reis*. Mas eu não entendi uma coisa. Nohadon escreveu o livro no final de sua vida, *depois* de criar ordem... depois de forçar os reinos a se unirem, depois de reconstruir as terras que haviam caído durante a Desolação.

"O livro foi escrito para encarnar um ideal. Foi dado a pessoas que já tinham o impulso para fazer o certo. Esse foi o meu erro. Antes que isso possa funcionar, nosso povo precisa ter um nível mínimo de honra e dignidade. Adolin me disse algo muito profundo, há algumas semanas. Ele me perguntou por que eu forçava meus filhos a viverem segundo expectativas tão elevadas, mas deixava que outros continuassem errando sem condenação.

"Eu estava tratando os outros grão-príncipes e seus olhos-claros como adultos. Um adulto pode seguir um princípio e adaptá-lo às suas necessidades. Mas ainda não estamos prontos para fazer isso. Somos crianças. E quando se está ensinando uma criança, é preciso *exigir* que ela faça o certo até crescer o bastante para fazer as próprias escolhas. Os Reinos de Prata não *começaram* como unificados e gloriosos bastiões da honra. Eles foram treinados para isso, como crianças educadas até a maturidade.

Ele deu um passo à frente, se ajoelhando ao lado de Elhokar. O rei continuava a esfregar o peito, sua Armadura Fractal estranha com a parte central faltando.

— Nós vamos cuidar de Alethkar, sobrinho — disse Dalinar suavemente. — Os grão-príncipes juraram lealdade a Gavilar, mas agora ignoram esses juramentos. Bem, está na hora de parar de permitir isso. Vamos vencer essa guerra, e vamos transformar Alethkar em um reino que os homens voltarão a invejar. Não devido à nossa habilidade militar, mas porque as pessoas aqui estarão seguras, e porque a justiça reinará. Vamos fazer isso... ou você e eu morreremos tentando.

— O senhor diz isso com entusiasmo.

— Porque finalmente sei com precisão o que tenho que fazer — disse Dalinar, erguendo-se e empertigando-se. — Eu estava tentando ser Nohadon, o pacificador. Mas não sou. Sou o Espinho Negro, um general e um senhor da guerra. Não tenho talento para politicagem por baixo dos panos, mas sou muito bom em treinar tropas. Começando amanhã, cada homem nesses acampamentos será meu. No que me diz respeito, são todos recrutas inexperientes. Até os grão-príncipes.

— Partindo do princípio de que farei a proclamação.

— Você fará — disse Dalinar. — E, em troca, prometo descobrir quem está tentando matá-lo.

Elhokar bufou, começando a remover a Armadura Fractal peça por peça.

— Depois que a nomeação vier a público, será fácil descobrir quem está tentando me matar. Poderá colocar todos os nomes nos acampamentos de guerra nessa lista!

O sorriso de Dalinar aumentou.

— Então pelo menos você não vai precisar ficar adivinhando. Não fique tão emburrado, sobrinho. Aprendeu algo hoje. O seu tio não quer matar você.

— Ele só quer que eu seja um alvo.

— Pelo seu próprio bem, filho — respondeu Dalinar, caminhando até a porta. — Não se preocupe demais. Tenho planos para mantê-lo vivo.

Ele abriu a porta, revelando um grupo nervoso de guardas impedindo a entrada de um grupo nervoso de servos e assistentes.

— Ele está bem — disse Dalinar. — Estão vendo?

Ele saiu da frente, deixando que os guardas e servos fossem cuidar do rei. Dalinar virou-se para partir. Então hesitou.

— Ah, Elhokar? Estou cortejando sua mãe. Talvez seja melhor começar a se acostumar com isso.

Apesar de tudo que havia acontecido nos últimos minutos, isso causou uma expressão de pura perplexidade no rei. Dalinar sorriu e fechou a porta, indo embora com passo firme.

Quase tudo ainda estava errado. Ele ainda estava furioso com Sadeas, sofrendo a perda de tantos dos seus homens, confuso em relação a Navani, perplexo com suas visões e intimidado pela ideia de unificar os acampamentos de guerra.

Mas pelo menos agora tinha algo com que trabalhar.

FIM DA

PARTE QUATRO

PARTE CINCO

O silêncio acima

SHALLAN • DALINAR • KALADIN •

SZETH • RISO

70
MAR DE VIDRO

SHALLAN ESTAVA DEITADA EM silêncio no leito do seu pequeno quarto de hospital. Chorara até as lágrimas secarem, depois chegara a vomitar na comadre, de nervoso pelo que havia feito. Sentia-se miserável.

Tinha traído Jasnah. E Jasnah sabia disso. De algum modo, desapontar a princesa parecia pior que o próprio roubo. Todo o plano fora uma tolice desde o início.

Além disso, Kabsal estava morto. Por que ela se sentia tão mal em relação a *isso*? Ele era um assassino, tentando matar Jasnah, disposto a arriscar a vida de Shallan para alcançar suas metas. E ainda assim ela sentia falta dele. Jasnah não parecia surpresa que alguém houvesse tentado matá-la; talvez assassinos fossem parte comum da sua vida. Ela provavelmente pensava que Kabsal era um assassino frio, mas ele fora tão gentil com Shallan. Será que tudo aquilo fora mentira?

Ele deve ter sido pelo menos um pouco sincero, disse a si mesma, encolhida na cama. *Se não gostava de mim, por que se esforçou tanto para me convencer a comer a geleia?*

Ele havia passado o antídoto a Shallan primeiro, em vez de comê-lo.

Mas depois ele o comeu, ela pensou. *Colocou aquele bocado de geleia na boca. Por que o antídoto não o salvou?*

Essa pergunta começou a assombrá-la. Enquanto isso, outra coisa chamou sua atenção, algo que teria notado antes, se não estivesse tão distraída com a própria culpa.

Jasnah havia comido o pão.

Envolvendo-se nos próprios braços, Shallan sentou-se, recuando até a cabeceira da cama. *Ela comeu o pão, mas não foi envenenada. Minha vida não faz sentido ultimamente. As criaturas de cabeças retorcidas, o lugar com o céu escuro, a Transmutação… e agora isso.*

Como Jasnah havia sobrevivido? Como?

Com dedos trêmulos, Shallan pegou a bolsa no móvel ao lado da mesa. Lá dentro, encontrou a esfera de granada que Jasnah havia usado para salvá-la. Ela emitia uma luz fraca; a maior parte havia sido usada na Transmutação. Era luz o bastante para iluminar sua prancheta de desenho ao lado da cama. Jasnah provavelmente nem se preocupara em dar uma olhada nela; não se interessava por artes visuais. Junto do caderno de desenho estava o livro que Jasnah havia lhe presenteado. O *Livro das páginas infinitas*. Por que ela havia deixado aquilo ali?

Shallan pegou o lápis de carvão e folheou seu caderno de desenho até uma página em branco. Passou por várias imagens das criaturas com cabeças de símbolo, algumas ambientadas naquele mesmo quarto. Elas sempre espreitavam ao redor dela. Às vezes, pensava vê-las com os cantos dos olhos. Em outras ocasiões, podia ouvi-las sussurrando. Não ousara dirigir-se a elas novamente.

Ela começou a desenhar, os dedos incertos, fazendo um esboço de Jasnah naquele dia no hospital. Sentada ao lado da cama de Shallan, segurando a geleia. Shallan não havia capturado uma Lembrança distinta, portanto a imagem não era tão precisa, mas lembrava bem o bastante para desenhar Jasnah com o dedo enfiado na geleia. Ela levantou o dedo para cheirar os morangos. Por quê? Por que ela colocou o dedo na geleia? Não seria o suficiente levar a jarra ao nariz?

Jasnah não havia feito uma careta ao sentir o cheiro. Na verdade, Jasnah não havia mencionado que a geleia estava estragada.

Ela havia apenas recolocado a tampa e devolvido o pote.

Shallan folheou até outra página em branco e desenhou Jasnah com um pedaço de pão junto à boca. Depois de comê-lo, fez uma cara de nojo. Estranho.

Shallan baixou seu lápis, olhando para aquele esboço de Jasnah, um pedaço de pão entre os dedos. Não era uma reprodução perfeita, mas era boa o suficiente. No desenho, parecia que o pedaço de pão estava *derretendo*. Como se houvesse sido amassado entre os dedos de Jasnah enquanto ela o colocava na boca.

Será que… Será possível?

Shallan desceu da cama, coletando a esfera e carregando-a na mão, o bloco de desenho debaixo do braço. O guarda se fora. Ninguém parecia se importar com o que aconteceria com ela; ia ser mandada embora de barco na manhã seguinte.

O chão de pedra estava frio sob seus pés descalços. Ela estava usando apenas o robe branco, e sentia-se quase nua. Pelo menos sua mão segura estava coberta. Havia uma porta no final do corredor que dava para a cidade, e ela a atravessou.

Cruzou a cidade em silêncio, indo até a Ralinsa, evitando becos escuros. Ela caminhou até o Conclave, seus longos cabelos vermelhos soltos ao vento, atraindo vários olhares estranhos. Era tão tarde da noite que ninguém no caminho se preocupou o bastante para perguntar se ela precisava de ajuda.

Os criados-mestres na entrada do Conclave deixaram-na passar. Eles a reconheceram, e alguns perguntaram se precisava de ajuda. Shallan recusou auxílio, caminhando sozinha até o Véu. Ela entrou, depois olhou para as paredes cheias de sacadas, algumas delas iluminadas por esferas.

A saleta de Jasnah estava ocupada. Claro que estava. Jasnah estava trabalhando, como sempre. Ele devia estar particularmente incomodada de ter perdido tanto tempo com a suposta tentativa de suicídio de Shallan.

O elevador balançou sob os pés de Shallan enquanto os parshemanos levantavam-na até o andar de Jasnah. Ela subiu em silêncio, sentindo-se desconectada do mundo ao redor. Caminhar pelo palácio — pela *cidade* — trajando apenas um robe? Confrontar Jasnah Kholin *novamente*? Ela não havia aprendido nada?

Mas o que tinha a perder?

Caminhou pelo familiar corredor de pedra até a saleta, iluminada pela fraca esfera violeta diante de si. Jasnah estava sentada à sua mesa. Seus olhos pareciam exaustos de uma maneira incomum, com olheiras escuras, o rosto estressado. Ela levantou os olhos e ficou rígida quando viu Shallan.

— Você não é bem-vinda aqui.

Shallan entrou mesmo assim, surpresa com a calma que sentia. Suas mãos deviam estar tremendo.

— Não me faça chamar os soldados para me livrar de você — disse Jasnah. — Eu poderia jogá-la na prisão por cem anos pelo que fez. Você tem alguma ideia do que...

— O Transmutador que você usa é falso — declarou Shallan calmamente. — Sempre foi falso, mesmo antes que eu fizesse a troca.

Jasnah estacou.

— Me perguntei por que você não havia notado a troca — continuou Shallan, sentando-se na outra cadeira da sala. — Fiquei confusa durante semanas. Será que você tinha notado, mas decidiu ficar quieta para pegar o ladrão? Não havia Transmutado nada todo aquele tempo? Não fazia sentido. A menos que o Transmutador que eu roubei fosse um simulacro.

Jasnah relaxou.

— Sim. Muito astuto da sua parte ter percebido. Eu tenho vários simulacros. Você não foi a primeira a tentar roubar o fabrial, sabe? Naturalmente, o verdadeiro está muito bem guardado.

Shallan pegou seu caderno de desenho e procurou uma imagem específica. Era o desenho do estranho lugar com um mar de contas, as chamas flutuantes, o sol distante em um céu muito, muito escuro. Shallan olhou-a por um momento. Então virou a folha e mostrou-a para Jasnah.

A expressão de choque absoluto exibida por Jasnah quase fez valer a pena a noite de náusea e culpa. Os olhos da mulher se arregalaram e ela balbuciou por um momento, tentando encontrar palavras. Shallan piscou, capturando uma Lembrança da cena. Não pôde evitar.

— Onde você encontrou isso? — questionou Jasnah. — Que livro descreveu essa cena para você?

— Livro nenhum, Jasnah — respondeu Shallan, baixando a imagem. — Eu visitei esse lugar. Na noite em que Transmutei sem querer a taça no meu quarto em sangue, então disfarcei o acontecido fingindo uma tentativa de suicídio.

— Impossível. Você acha que acredito…

— Não tem *nenhum* fabrial, não é, Jasnah? Não há um Transmutador. Nunca houve. Você usa o "fabrial" falso para distrair as pessoas do fato de que você tem o poder de Transmutar por conta própria.

Jasnah ficou em silêncio.

— Eu também consegui — disse Shallan. — O Transmutador estava guardado na minha bolsa-segura. Eu não o estava tocando… mas não fazia diferença. Ele era falso. O que eu fiz eu fiz sem ele. Talvez estar perto de você tenha me transformado, de alguma maneira. Tem algo a ver com aquele lugar e aquelas criaturas.

Novamente, não houve resposta.

— Você suspeitava que Kabsal fosse um assassino — continuou Shallan. — Quando eu caí, no hospital, você soube imediatamente o que havia acontecido; estava esperando veneno, ou pelo menos estava ciente de que era uma possibilidade. Mas *você* pensou que o veneno estivesse na geleia. Você a Transmutou quando abriu a tampa e fingiu cheirá-la. Não sabia como recriar geleia de morango e, quando tentou, fez aquela substância nojenta. Achou que havia se livrado do veneno. Mas sem saber eliminou por Transmutação o *antídoto*.

"Você também não queria comer o pão, só por via das dúvidas. Sempre se recusava. Quando a convenci a provar um pedaço, você o Transmutou para alguma outra coisa enquanto o colocava na boca. Você disse que é péssima em fazer materiais orgânicos, e criou alguma coisa nojenta. Mas se livrou do veneno, o que explica porque não sucumbiu a ele."

Shallan olhou sua antiga mestra nos olhos. Seria a fadiga que a tornava tão indiferente às consequência de confrontar aquela mulher? Ou seria seu conhecimento da verdade?

— Você fez tudo isso, Jasnah, com um Transmutador *falso*. Ainda não havia identificado a minha troca. Não tente me convencer do contrário. Eu o peguei na noite em que você matou aqueles quatro bandidos.

Os olhos violeta de Jasnah traíram um brilho de surpresa.

— Sim — disse Shallan. — Todo esse tempo. Você não o substituiu por uma cópia. Não sabia que havia sido enganada até eu entregar o fabrial para que você me salvasse com ele. Foi tudo mentira, Jasnah.

— Não — disse Jasnah. — Você só está delirando devido à fadiga e ao estresse.

— Muito bem — disse Shallan. Ela se levantou, pegando a esfera de luz fraca. — Acho que terei que mostrar a você. Se eu puder.

Criaturas, ela chamou em pensamento. *Podem me ouvir?*

Sim, sempre, veio um sussurro de resposta. Embora esperasse ouvi-lo, ainda teve um sobressalto.

Podem me levar de volta àquele lugar?, ela perguntou.

Você precisa me contar algo verdadeiro, respondeu a voz. *Quanto mais verdadeiro, mais forte será nosso vínculo.*

Jasnah está usando um Transmutador falso, pensou Shallan. *Tenho certeza de que é verdade.*

Não é o bastante, sussurrou a voz. *Preciso saber algo verdadeiro sobre você. Diga-me. Diga-me. O que você é?*

— O que eu sou? — sussurrou Shallan. — De verdade?

Aquele era um dia de enfrentamento. Sentia-se estranhamente forte, firme. Era hora de falar.

— Sou uma assassina. Matei meu pai.

Ah, respondeu a voz. *É de fato uma verdade poderosa...*

E a saleta desapareceu.

Shallan caiu, lançada naquele mar de contas de vidro escuro. Ela se debateu tentando permanecer na superfície. Conseguiu por um momento. Então algo tocou sua perna, puxando-a para baixo. Ela gritou e afundou, minúsculas contas de vidro preenchendo sua boca. Ela entrou em pânico. Ia…

As contas acima dela se afastaram. As que estavam embaixo subiram, levando-a para cima, até onde havia alguém com a mão estendida. Jasnah, com as costas para o céu escuro, o rosto iluminado por chamas flutuantes ao redor. Jasnah agarrou a mão de Shallan, puxando-a para cima, até alguma coisa. Uma jangada. *Feita* de contas de vidro. Elas pareciam obedecer à vontade de Jasnah.

— Garota idiota — disse Jasnah, acenando.

O mar de contas à esquerda se dividiu e a jangada avançou, levando-as de lado na direção de algumas chamas de luz. Jasnah empurrou Shallan para uma das pequenas chamas, e ela caiu de costas para fora da balsa.

E bateu no chão da saleta. Jasnah estava sentada no mesmo lugar, de olhos fechados. Um momento depois, ela os abriu e lançou a Shallan um olhar furioso.

— Garota idiota! — repetiu Jasnah. — Você não tem *ideia* de como isso foi perigoso. Visitar Shadesmar com uma única esfera fraca? Idiota!

Shallan tossiu, sentindo ainda contas na garganta. Ela cambaleou para se levantar, encontrando o olhar de Jasnah. A outra mulher ainda parecia furiosa, mas nada disse. *Ela sabe que está em minhas mãos*, percebeu Shallan. *Se eu espalhar a verdade…*

O que aquilo significava? Ela possuía poderes estranhos. Isso tornava Jasnah algum tipo de Esvaziador? O que as pessoas diriam? Não fora à toa que ela havia criado o simulacro.

— Quero fazer parte disso — declarou Shallan, impulsivamente.

— Como é?

— Disso que você está fazendo. O que está pesquisando. Quero fazer parte.

— Você não tem ideia do que está dizendo.

— Eu sei disso — admitiu Shallan. — Sou ignorante. Há uma cura simples para isso. — Ela deu um passo à frente. — Eu quero *saber*, Jasnah. Eu quero ser sua pupila de verdade. Seja qual for a fonte dessa coisa que você faz, quero fazê-la também. Quero que me treine, e me deixe fazer parte do seu trabalho.

— Você me roubou.

— Eu sei. E sinto muito.

Jasnah ergueu uma sobrancelha.

— Não vou me justificar — continuou Shallan. — Mas, Jasnah, vim aqui já planejando roubá-la. Pretendia fazer isso desde o início.

— Isso deveria melhorar a situação?

— Planejei roubar de Jasnah, a herege implacável — explicou Shallan. — Não sabia que começaria a lamentar a necessidade daquele furto. Não só por sua causa, mas porque eu abandonaria *isso tudo*. Tudo que passei a amar. Por favor. Eu cometi um erro.

— Um erro enorme. Insuperável.

— Não cometa um erro ainda maior me mandando embora. Posso ser alguém para quem você não precisa mentir. Alguém que sabe.

Jasnah se recostou na cadeira.

— Roubei o fabrial na noite em que você matou aqueles homens, Jasnah — disse Shallan. — Eu tinha decidido que não conseguiria roubá-lo, mas você me convenceu de que a verdade não era tão simples quanto eu pensava. Você abriu uma caixa cheia de tormentas dentro de mim. Cometi um erro. Cometerei outros. Preciso de você.

Jasnah respirou fundo.

— Sente-se.

Shallan se sentou.

— Você nunca mais vai mentir para mim — disse Jasnah, levantando um dedo. — E nunca mais vai roubar de mim, ou de qualquer outra pessoa.

— Eu prometo.

Jasnah ficou quieta por um momento, então suspirou.

— Venha aqui — disse ela, abrindo um livro.

Shallan obedeceu enquanto Jasnah pegava várias folhas de papel cheias de anotações.

— O que é isso? — perguntou Shallan.

— Você quer participar do que estou fazendo? Bem, então precisa ler isso. — Jasnah olhou para as anotações. — É sobre os Esvaziadores.

71

GRAVADO EM SANGUE

SZETH-FILHO-FILHO-VALLANO, Insincero de Shinovar, caminhava com as costas curvadas, carregando um saco de grãos de um navio rumo às docas de Kharbranth. A Cidade dos Sinos trazia o aroma de uma fresca manhã junto ao oceano, pacífica, mas animada, os pescadores chamando os amigos enquanto preparavam suas redes.

Szeth juntou-se a outros carregadores, levando seu saco através das ruas tortuosas. Outro comerciante talvez usasse uma carreta de chule, mas Kharbranth era conhecida pelas suas multidões e vielas íngremes. Uma fila de carregadores era uma opção eficiente.

Szeth manteve os olhos baixos. Em parte, para imitar a aparência de um trabalhador; em parte, para protegê-los do sol ardente, o deus dos deuses, que o vigiava e assistia sua vergonha. Szeth não deveria sair durante o dia. Precisava esconder seu rosto terrível.

Sentia que cada passo deixava uma pegada sangrenta. Os massacres que cometera nos últimos meses, trabalhando para seu mestre oculto... Ele ouvia os mortos gritando toda vez que fechava os olhos. Eles corroíam sua alma, desgastando-a até nada sobrar, assombrando-o, consumindo-o.

Tantos mortos. Mortos demais.

Estaria perdendo a razão? Toda vez que cometia um assassinato, pegava-se culpando as vítimas. Ele as amaldiçoava por não serem fortes o bastante para se defenderem e matá-lo.

Durante cada um dos seus massacres, vestira branco, exatamente como fora ordenado.

Um pé diante do outro. Não pense. Não se concentre no que fez. No que você... vai fazer.

Ele havia chegado ao último nome da lista: Taravangian, o rei de Kharbranth. Um monarca querido, conhecido por construir e manter hospitais na cidade. Era sabido até na distante Azir que, caso estivesse doente, Taravangian o receberia. Venha para Kharbranth e seja curado. O rei amava a todos.

E Szeth ia matá-lo.

No topo da cidade íngreme, Szeth levou seu saco junto aos outros carregadores, dando a volta até a parte dos fundos do edifício palaciano, adentrando um escuro corredor de pedra, depois subindo uma escadaria. Taravangian era um homem simples. Isso devia aumentar o sentimento de culpa de Szeth, mas percebeu que estava consumido pela aversão. Taravangian não seria inteligente o bastante para se preparar contra Szeth. Tolo. Idiota. Será que algum dia Szeth enfrentaria um inimigo forte o bastante para matá-lo?

Szeth chegara à cidade cedo e conseguira um trabalho como carregador. Ele precisou pesquisar e estudar, pois as instruções daquela vez mandavam que não matasse nenhuma outra pessoa antes de executar o assassinato. A morte de Taravangian devia ser realizada de modo discreto.

Por que a diferença? As instruções declaravam que ele devia entregar uma mensagem. "Os outros estão mortos. Vim concluir o trabalho." As instruções eram explícitas: certificar-se de que Taravangian ouvira e reconhecera as palavras antes de feri-lo.

Parecia um caso de vingança. Alguém havia mandado Szeth caçar e destruir os homens que o prejudicaram. Szeth pousou o saco na despensa do palácio. Virou-se automaticamente, seguindo a fila de carregadores de volta ao corredor. Ele indicou com a cabeça o banheiro dos servos, e o mestre dos carregadores acenou que ele fosse. Szeth fizera aquele mesmo serviço em várias ocasiões, e podia-se confiar — supostamente — que ele faria suas necessidades e voltaria ao trabalho.

A privada não cheirava tão mal quanto havia imaginado. Era um cômodo escuro, entalhado na caverna subterrânea, mas uma lâmpada queimava ao lado de um homem de pé diante de uma vala de mictório. Ele acenou com a cabeça para Szeth, amarrando a frente das calças e limpando os dedos nas pernas enquanto caminhava para a porta. Ele levou a vela, mas generosamente acendeu um outro toco antes de ir embora.

Assim que ele se foi, Szeth infundiu-se com Luz das Tempestades da sua bolsa e colocou a mão na porta, executando uma Projeção Plena entre ela e o batente, trancando-a. Sua Espada Fractal veio em seguida. No palácio, tudo era construído para baixo. Confiando nos mapas que havia comprado, ele se ajoelhou e cortou um pedaço da pedra do chão, mais largo de um lado. Quando a pedra começou a escorregar, Szeth infundiu-a com Luz das Tempestades, executando metade de uma Projeção Básica para cima, deixando a rocha sem peso.

Em seguida, ele se Projetou para cima com uma Projeção sutil que o deixou pesando apenas um décimo do seu peso normal. Saltou sobre a rocha e seu peso diminuído pressionou-a para baixo lentamente. Ele desceu sobre ela até a sala abaixo. Três assentos luxuosos de cor violeta estavam alinhados nas paredes, sob espelhos de prata de fina qualidade. O banheiro dos olhos-claros. Uma lâmpada queimava com uma pequena chama na arandela, mas Szeth estava sozinho.

A pedra tocou o chão com um barulho surdo e leve, e Szeth saltou dela. Removeu suas roupas, revelando um traje preto e branco de criado-mestre por baixo. Pegou um chapéu combinando no bolso e colocou-o na cabeça, então relutantemente dispensou a Espada e foi para o corredor, Projetando rapidamente a porta para trancá-la.

Atualmente, ele mal pensava no fato de que estava caminhando sobre pedra. Outrora, teria reverenciado um corredor de rocha como aquele. Será que já fora aquele homem? Ele de fato havia reverenciado alguma coisa?

Szeth avançou apressadamente. Seu tempo era curto. Felizmente, o rei Taravangian seguia uma rotina estrita. Sétimo sino: reflexão privada no seu escritório. Szeth podia ver o umbral da porta no escritório à frente, guardado por dois soldados.

Szeth inclinou a cabeça, escondendo seus olhos de shino e indo na direção deles. Um dos homens ergueu a mão como um aviso, então Szeth agarrou-a e torceu-a, fraturando o pulso. Ele acertou o rosto do homem com o cotovelo, jogando-o contra a parede.

O companheiro, perplexo, abriu a boca para gritar, mas Szeth chutou-o no estômago. Mesmo sem uma Espada Fractal, ele era perigoso, infundido com Luz das Tempestades e treinado em kammar. Agarrou o segundo guarda pelo cabelo e bateu com a testa dele contra o chão de pedra. Então ergueu-se e abriu a porta com um chute.

Ele entrou em uma sala bem iluminada por uma fileira dupla de lâmpadas no lado esquerdo. Estantes apinhadas cobriam a parede direita do piso até o teto. Um homem estava sentado com as pernas cruzadas em um pequeno tapete diretamente à frente de Szeth e olhava para fora de uma enorme janela cortada na rocha, fitando o oceano.

Szeth deu um passo à frente.

— Fui instruído a lhe dizer que os outros estão mortos. Vim concluir o serviço. — Ele levantou as mãos, a Espada Fractal se formando.

O rei não se virou.

Szeth hesitou. Precisava garantir que o homem reconhecesse o que havia sido dito.

— Você me ouviu? — inquiriu Szeth, avançando.

— Você matou meus guardas, Szeth-filho-filho-Vallano? — perguntou o rei tranquilamente.

Szeth congelou. Ele praguejou e deu um passo atrás, levantando a Espada em uma postura defensiva. Outra armadilha?

— Você fez bem o seu trabalho — disse o rei, ainda sem encará-lo. — Líderes mortos, vidas perdidas. Pânico e caos. Era esse o seu destino? Você se pergunta? Receber essa monstruosidade de Espada Fractal do seu povo, exilado e absolvido de qualquer pecado que seus mestres possam exigir de você?

— Não estou absolvido — respondeu Szeth, ainda ressabiado. — Esse é um erro comum dos pisapedras. O peso de cada vida me puxa para baixo, devorando minha alma.

As vozes... os gritos... espíritos abaixo, posso ouvi-los berrando...

— Mas você mata.

— É a minha punição — respondeu Szeth. — Matar, não ter escolha, e mesmo assim carregar meus pecados. Sou um Insincero.

— Insincero — ruminou o rei. — Eu diria que você conhece muito bem a fidelidade. Mais do que seus compatriotas, agora.

Ele finalmente se voltou para encarar Szeth, que viu que estivera enganado sobre aquele homem. O rei Taravangian não era simplório. Tinha olhos astutos e um rosto sábio e atento, emoldurado por uma barba branca fina, os bigodes caindo como pontas de flechas.

— Você viu o que a morte e o assassinato fazem a um homem. Poderia dizer, Szeth-filho-filho-Vallano, que carrega grandes pecados pelo seu povo. Você compreende o que eles não podem compreender. E assim tem a fidelidade.

Szeth franziu o cenho. Então tudo começou a fazer sentido. Ele soube o que aconteceria em seguida, mesmo enquanto o rei procurava em sua volumosa manga e retirava uma pequena pedra que reluziu sob as duas dúzias de lâmpadas.

— Sempre foi você — disse Szeth. — Meu mestre invisível.

O rei colocou a pedra no chão entre eles. A Sacrapedra de Szeth.

— Você colocou seu próprio nome na lista — continuou Szeth.

— Para o caso de você ser capturado — explicou Taravangian. — A melhor defesa contra a suspeita é estar junto com as vítimas.

— E se eu o matasse?

— As instruções foram muito específicas — respondeu Taravangian. — E, como determinamos, você é *muito* bom em segui-las. Provavelmente nem preciso dizer, mas ordeno que *não* me machuque. Agora, você matou meus guardas?

— Eu não sei — respondeu Szeth, forçando-se a se ajoelhar e dispensando a Espada. Ele falou alto, tentando afogar os gritos que pensava, com certeza, estarem vindo dos beirais da sala. — Deixei os dois inconscientes. Acredito que fraturei o crânio de um deles.

Taravangian suspirou. Ele se levantou, andando até a porta. Szeth deu uma olhada sobre o ombro para ver o rei idoso inspecionando os guardas e verificando suas feridas. Taravangian chamou ajuda, e outros guardas chegaram para cuidar dos homens.

Szeth foi deixado com uma terrível tempestade de emoções. Aquele homem gentil e contemplativo o mandara assassinar e matar? Ele havia causado os gritos?

Taravangian retornou.

— Por quê? — indagou Szeth, a voz rouca. — Vingança?

— Não. — Taravangian parecia muito cansado. — Alguns dos homens que você matou eram amigos queridos, Szeth-filho-filho-Vallano.

— Mais precauções? — cuspiu Szeth. — Para evitar suspeitas?

— Em parte. E também porque suas mortes eram necessárias.

— Por quê? De que isso pode servir?

— Estabilidade. Aqueles que você matou estavam entre os homens mais poderosos e influentes de Roshar.

— E como isso ajuda a manter a estabilidade?

— Às vezes, é preciso derrubar a estrutura antiga para construir uma nova, com paredes mais fortes — explicou Taravangian. Ele se virou, olhando para o oceano. — E vamos precisar de paredes fortes nos próximos anos. Paredes muito, muito fortes.

— Suas palavras são como os cem pombos.

— *Fáceis de soltar, difíceis de manter* — replicou Taravangian, falando em shino.

Szeth levantou os olhos bruscamente. Aquele homem falava o idioma shino e conhecia os provérbios do seu povo? Algo estranho para um pisapedras. Ainda mais estranho em um assassino.

— Sim, eu falo sua língua. Às vezes me pergunto se o próprio Irmão da Vida o enviou até mim.

— Para que eu me cobrisse de sangue por você. Sim, parece algo que um dos seus deuses vorins faria.

Taravangian ficou em silêncio.

— Levante-se — disse ele finalmente.

Szeth obedeceu. Ele sempre obedecia a seu mestre. Taravangian o conduziu a uma porta na lateral do escritório. O velho tirou uma lâmpada de esfera da parede, iluminando uma escadaria íngreme e em caracol de degraus estreitos. Eles desceram e enfim chegaram a um patamar. Taravangian abriu outra porta e entrou em uma grande sala que não estava em nenhum dos mapas do palácio que Szeth comprara ou subornara alguém para dar uma olhada. Era longa, com amplos parapeitos nas laterais, dando-lhe a aparência de um terraço. Tudo estava pintado de branco.

Estava cheia de leitos. Centenas e mais centenas. Muitos estavam ocupados.

Szeth seguiu o rei, franzindo o cenho. Uma enorme sala oculta, talhada na pedra do Conclave? Pessoas andavam de um lado para outro usando jalecos brancos.

— Um hospital? — indagou Szeth. — Você espera que eu considere seus esforços humanitários uma redenção pelo que me mandou fazer?

— Isso não é trabalho humanitário — disse Taravangian, caminhando lentamente, seus trajes em branco e laranja farfalhando.

As pessoas por quem passavam se curvaram a ele com reverência. Taravangian conduziu Szeth até uma alcova de leitos, cada um com uma pessoa doente. Havia médicos trabalhando ali. Fazendo algo a seus braços.

Drenando seu sangue.

Uma mulher com uma prancheta estava junto das camas, segurando uma pena, esperando por alguma coisa. O quê?

— Eu não entendo — disse Szeth, assistindo horrorizado enquanto quatro pacientes iam empalidecendo. — Você está matando essas pessoas, não está?

— Sim. Não precisamos do sangue; é apenas uma maneira de matar de modo lento e fácil.

— Todas elas? Todo mundo nesta sala?

— Tentamos selecionar apenas os piores casos para trazer para cá, pois depois que chegam aqui, não podemos deixá-los partir se começarem e se recuperar. — Ele se virou para Szeth com uma expressão triste.

— Às vezes precisamos de mais corpos do que doentes terminais podem oferecer. E assim temos que trazer os esquecidos e os miseráveis. Aqueles que não farão falta.

Szeth não conseguia falar. Não podia expressar seu horror e repulsa. Diante dele, uma das vítimas — um homem jovem — expirou. Dois dos restantes eram crianças. Szeth deu um passo à frente. Precisava acabar com aquilo. Precisava...

— Você vai ficar quieto — ordenou Taravangian. — E voltar ao meu lado.

Szeth fez o que o mestre comandou. O que eram mais algumas mortes? Só mais uma coleção de gritos para assombrá-lo. Podia ouvi-los agora, vindo de debaixo das camas, de trás da mobília.

Ou eu poderia matá-lo, pensou Szeth. *Poderia impedir tudo isso.*

Ele quase o fez. Mas a honra prevaleceu, por enquanto.

— Como pode ver, Szeth-filho-filho-Vallano — disse Taravangian —, eu não preciso mandar você para fazer o trabalho sangrento por mim. Eu o faço aqui, por conta própria. Segurei pessoalmente a faca e tirei o sangue das veias de muitos. Como você, eu sei que não posso escapar dos meus pecados. Somos dois homens com o mesmo coração. Esse é um dos motivos pelos quais o procurei.

— Mas *por quê*?

Nos leitos, um jovem moribundo começou a falar. Uma das mulheres com uma prancheta se aproximou rapidamente, registrando as palavras.

— O dia foi nosso, mas eles o tomaram — gemeu o menino. — Pai das Tempestades! Vocês não podem tê-lo. O dia é nosso. Eles vêm, grasnando, e as luzes falham. Ah, Pai das Tempestades! — O menino arqueou as costas, então ficou subitamente quieto, os olhos sem vida.

O rei voltou-se para Szeth.

— Um homem pecar é melhor do que um povo ser destruído, não é mesmo, Szeth-filho-filho-Vallano?

— Eu...

— Não sabemos por que alguns falam e outros, não — disse Taravangian. — Mas os mortos veem alguma coisa. Começou há sete anos, na época em que o Rei Gavilar começou a investigar as Planícies Quebradas. — Seus olhos tornaram-se distantes. — Alguma coisa está vindo, e essas pessoas podem vê-la. Naquela ponte entre a vida e o oceano infindável da morte, elas veem alguma coisa. Suas palavras podem nos salvar.

— Você é um monstro.

— Sim — disse Taravangian. — Mas sou o monstro que vai salvar este mundo. — Ele olhou para Szeth. — Tenho um nome a acrescentar na sua lista. Esperava não precisar, mas acontecimentos recentes tornaram a questão inevitável. Não posso deixá-lo assumir o controle. Isso vai minar tudo.

— Quem? — perguntou Szeth, imaginando se alguma coisa poderia horrorizá-lo ainda mais.

— Dalinar Kholin — disse Taravangian. — Temo que terá que ser feito rapidamente, antes que ele possa unir os grão-príncipes alethianos. Você precisa ir até as Planícies Quebradas e acabar com ele. — Ele hesitou. — Infelizmente, terá que ser feito de maneira brutal.

— Raramente tenho o luxo de trabalhar de outra maneira — respondeu Szeth, fechando os olhos.

Os gritos o receberam.

Relevo copiado com carvão de Nalan'Elin, esculpido na parede do palácio de Sua Majestade Elhokar Kholin nas Planícies Quebradas, por volta de 1173.

72

VERISTITALIANA

— Antes que eu leia, preciso entender uma coisa — disse Shallan. — Você Transmutou meu sangue, não foi?

— Para remover o veneno — respondeu Jasnah. — Sim. Ele agiu extremamente rápido; como disse, devia ser uma forma muito concentrada do pó. Tive que Transmutar seu sangue várias vezes enquanto a botamos para vomitar. Seu corpo continuava a absorver o veneno.

— Mas você disse que não era boa com materiais orgânicos. Transformou a geleia de morango em algo intragável.

— Sangue não é a mesma coisa — disse Jasnah, acenando com a mão. — É uma das Essências. Você vai aprender, caso eu de fato decida lhe ensinar Transmutação. Por enquanto, saiba que a forma pura de uma Essência é bastante fácil de fazer; os oito tipos de sangue são mais fáceis de criar do que água, por exemplo. Criar algo complexo como geleia de morango, contudo... uma mistura feita de uma fruta que eu nunca havia provado ou cheirado antes... estava muito além das minhas capacidades.

— E os fervorosos? Os Transmutadores? Eles realmente usam fabriais, ou é tudo uma farsa?

— Não, fabriais de Transmutação são reais. Bastante reais. Até onde sei, todas as outras pessoas que fazem o que eu... o que *nós* podemos fazer... usam um fabrial para isso.

— E as criaturas com as cabeças de símbolo? — indagou Shallan. Ela folheou seus desenhos até encontrar uma imagem delas. — Você também as vê? Qual é a relação delas?

Jasnah franziu o cenho, pegando a imagem.

— Você vê essas criaturas? Em Shadesmar?

— Elas aparecem nos meus desenhos — explicou Shallan. — Ficam me cercando, Jasnah. Você não as vê? Será que sou…

Jasnah levantou uma das mãos.

— São um tipo de espreno, Shallan. Estão, sim, relacionados com sua habilidade. — Ela tamborilou levemente na mesa. — Duas ordens dos Cavaleiros Radiantes tinham habilidade inerente de Transmutação; acredito que os fabriais originais foram projetados baseados em seus poderes. Achei que você… Mas não, obviamente isso não faria sentido. Agora estou vendo.

— O quê?

— Vou explicar à medida que treiná-la — respondeu Jasnah, devolvendo a folha. — Você vai precisar de uma fundamentação maior, antes que possa entender. Basta dizer que todas as habilidade dos Radiantes estavam ligadas a esprenos.

— Espere! *Radiantes*? Mas…

— Vou explicar — disse Jasnah. — Mas primeiro precisamos falar sobre os Esvaziadores.

Shallan concordou.

— Você acha que eles vão voltar, não acha?

Jasnah a observou.

— Por que diz isso?

— As lendas dizem que os Esvaziadores vieram uma centena de vezes para tentar destruir a humanidade. Eu… li algumas das suas anotações.

— Você *o quê*?

— Estava procurando informações sobre Transmutação — confessou Shallan.

Jasnah suspirou.

— Bem, suponho que este seja o menor dos seus crimes.

— Não consigo entender — disse Shallan. — Por que você está se dando ao trabalho de ler essas histórias de mitos e sombras? Outras eruditas… eruditas que sei que você respeita… consideram os Esvaziadores uma invenção. Mas você caça histórias de lavradores e as anota no seu caderno. Por que, Jasnah? Por que tem fé nisso, quando rejeita coisas que são muito mais plausíveis?

Jasnah deu uma olhada nas suas folhas de papel.

— Sabe qual é a verdadeira diferença entre mim e um crente, Shallan?

Shallan balançou a cabeça.

— Me parece que a religião, na sua essência, pega acontecimentos naturais e lhes atribui causas sobrenaturais. Eu, contudo, pego acontecimentos naturais e encontro os significados *naturais* por trás deles. Talvez essa seja a linha divisória entre a ciência e a religião. Lados opostos de um cartão.

— Então... você acha que...

— Os Esvaziadores tinham um equivalente natural, no mundo real — disse Jasnah com firmeza. — Tenho certeza disso. Alguma coisa *causou* as lendas.

— E o que foi?

Jasnah entregou a Shallan uma página de anotações.

— Essas foram as melhores informações que consegui encontrar. Leia. Diga-me o que acha.

Shallan olhou a página. Algumas das citações — ou pelo menos os conceitos — eram familiares devido ao que já havia lido.

> *Subitamente perigosos. Como um dia calmo que se transformou em uma tempestade.*

— Eles eram reais — repetiu Jasnah.

> *Seres de cinza e fogo.*

— Nós lutamos com eles — disse Jasnah. — Nós lutamos com eles com tanta frequência que os homens começaram a falar das criaturas como metáforas. Uma centena de batalhas... dez vezes dez...

> *Chama e cinzas. Pele tão terrível. Olhos como poços de escuridão. Música quando eles matam.*

— Nós os derrotamos... — disse Jasnah.

Shallan sentiu um arrepio.

— ... mas as lendas mentem sobre uma coisa — continuou Jasnah. — Elas alegam que expulsamos os Esvaziadores de Roshar ou que os destruímos. Mas não é assim que humanos funcionam. Não jogamos fora coisas que nos são úteis.

Shallan se levantou, caminhando até a porta da sacada, olhando para o elevador, que estava sendo lentamente baixado por dois ascensoristas.

Parshemanos. Com peles de cor preta e vermelha.

Cinza e fogo.

— Pai das Tempestades... — sussurrou Shallan, horrorizada.

— Nós não destruímos os Esvaziadores — disse Jasnah atrás dela, a voz perturbada. — Nós os *escravizamos*.

73
CONFIANÇA

O FRIO CLIMA DA PRIMAVERA finalmente havia retrocedido ao verão. Ainda fazia frio à noite, mas não de uma maneira desconfortável. Kaladin estava na área de concentração de Dalinar Kholin, olhando para leste, para as Planícies Quebradas.

Desde a traição, o resgate e o cumprimento da promessa de Kholin, Kaladin estava nervoso. Liberdade. Comprada com uma Espada Fractal. Parecia impossível. Sua experiência de vida o ensinara a esperar uma armadilha.

Ele estava com as mãos juntas às costas, com Syl sentada em seu ombro.

— Será que ouso confiar nele? — perguntou em voz baixa.

— Ele é um bom homem — respondeu Syl. — Eu o vigiei. Apesar daquela *coisa* que carregava.

— Que coisa?

— A Espada Fractal.

— Por que você se incomoda com ela?

— Não sei — disse ela, envolvendo o corpo com os braços. — Ela só me parece *errada*. Eu a detesto. Estou feliz que ele tenha se livrado dela. Faz dele um homem melhor.

Nomon, a lua intermediária, começou a ascender. Brilhante e azul-pálida, banhava o horizonte com seu fulgor. Em algum lugar, do outro lado das Planícies, estava o Fractário parshendiano que Kaladin havia enfrentado. Ele havia golpeado o homem na perna por trás. Os parshendianos que assistiam não haviam interferido no duelo e evitaram atacar os carregadores feridos, mas Kaladin havia atacado um de seus campeões da maneira mais covarde possível, metendo-se em uma luta.

Ele estava incomodado com o que havia feito, e isso o frustrava. Um guerreiro não podia se incomodar com quem atacava, ou como. A sobrevivência era a única regra do campo de batalha.

Na verdade, sobrevivência e lealdade. E ele às vezes deixava inimigos feridos viverem, se não fossem uma ameaça. E salvava jovens soldados que precisavam de proteção. E…

E nunca fora bom em fazer o que um guerreiro devia fazer.

Naquele dia, ele havia salvado um grão-príncipe — outro olhos-claros — e, junto com ele, milhares de soldados. Salvara-os matando parshendianos.

— É possível matar para proteger? — perguntou Kaladin em voz alta. — Não é uma contradição?

— Eu… Eu não sei.

— Você agiu de modo estranho na batalha — disse Kaladin. — Voando ao meu redor. Depois disso, você partiu. Não a vi mais.

— A matança— sussurrou ela. — Doía. Tive que ir embora.

— Mas foi você que me instigou a ir salvar Dalinar. Você queria que eu voltasse e matasse.

— Eu sei.

— Teft disse que os Radiantes seguiam um critério — disse Kaladin. — Ele contou que, pelas regras deles, não era correto cometer atos terríveis para obter grandes realizações. Mas o que eu fiz hoje? Massacrei parshendianos para salvar alethianos. E então? Eles não são inocentes, mas nós também não. Nem por uma leve brisa ou um furacão.

Syl não respondeu.

— Se eu não tivesse salvado os homens de Dalinar — disse Kaladin —, teria permitido que Sadeas tivesse sucesso em uma traição terrível. Teria deixado morrer homens que poderia ter salvado. Teria nojo de mim mesmo. Também perdi três bons homens, carregadores que estavam a meros momentos da liberdade. A vida dos outros valiam isso?

— Eu não tenho as respostas, Kaladin.

— E alguém tem?

Passos soaram atrás dele. Syl se virou.

— É ele.

A lua acabara de surgir. Aparentemente, Dalinar Kholin era um homem pontual.

Ele andou até Kaladin. Carregava um pacote debaixo do braço, e tinha uma postura militar, mesmo sem a Armadura Fractal. Na verdade, era mais impressionante sem ela. Seu porte musculoso indicava que não contava com a Armadura para dar-lhe forças, e o uniforme bem passado indicava um homem que compreendia que outros se inspiravam quando seu líder tinha a imagem apropriada.

Já conheci outros de aparência igualmente nobre, pensou Kaladin. Mas algum homem entregaria uma *Espada Fractal* só para manter as aparências? E, se o fizesse, a aparência se tornava então realidade?

— Sinto muito por marcar nosso encontro tão tarde — disse Dalinar. — Sei que foi um longo dia.

— Duvido que conseguisse dormir, de qualquer jeito.

Dalinar grunhiu baixinho, como se compreendesse.

— Seus homens estão bem cuidados?

— Sim — disse Kaladin. — Muito bem, na verdade. Obrigado.

Kaladin obtivera casernas vazias para os carregadores, que receberam cuidados médicos dos melhores cirurgiões de Dalinar — foram atendidos *antes* dos oficiais olhos-claros. Os outros carregadores, que não eram da Ponte Quatro, aceitaram Kaladin imediatamente como seu líder, sem deliberação alguma sobre o assunto.

Dalinar assentiu.

— Quantos você imagina que vão aceitar minha oferta de uma bolsa e a liberdade?

— Um bom número dos homens das outras equipes vai aceitá-la. Mas aposto que um número ainda maior vai recusar. Carregadores de pontes não pensam na fuga ou na liberdade. Eles não saberiam o que fazer da vida. Quanto à minha equipe... Bem, tenho a impressão de que eles vão insistir em fazer o mesmo que eu. Se eu ficar, eles ficam. Se eu partir, eles partem.

— E o que você vai fazer?

— Ainda não decidi.

— Falei com meus oficiais. — Dalinar fez uma careta. — Os que sobreviveram. Eles contaram que você deu ordens a eles, que assumiu o comando como um olhos-claros. Meu filho ainda está chateado com a maneira como sua... conversa com ele se deu.

— Até um idiota podia ver que ele não conseguiria chegar até você. Quanto aos oficiais, a maioria estava em choque ou exaustos. Eu apenas os estimulei.

— Devo a você minha vida duas vezes — disse Dalinar. — E a vida do meu filho e dos meus homens.

— Você pagou esse débito.

— Não. Mas fiz o que pude.

Ele deu uma olhada em Kaladin, como se estivesse avaliando-o, julgando-o.

— Por que a sua equipe de ponte voltou até nós? De verdade, por quê?

— Por que abriu mão da sua Espada Fractal?

Dalinar sustentou seu olhar, então assentiu.

— É justo. Tenho uma oferta para você. O rei e eu vamos fazer algo muito, muito perigoso. Algo que vai contrariar todos os acampamentos de guerra.

— Parabéns.

Dalinar deu um ligeiro sorriso.

— Minha guarda de honra foi quase eliminada, e os homens que sobreviveram são necessários para aumentar a Guarda do Rei. Minha confiança nas pessoas está bem escassa atualmente. Preciso de alguém para proteger a mim e à minha família. Quero você e seus homens para esse trabalho.

— Você quer um bando de carregadores como guarda-costas?

— Quero os melhores como guarda-costas — disse Dalinar. — Aqueles na sua equipe, que foram treinados por você. Quero o resto como soldados do meu exército. Ouvi falar sobre como seus homens lutaram bem. Você os treinou sem que Sadeas soubesse, isso tudo enquanto carregavam pontes. Estou curioso para ver o que podem fazer com os recursos certos. — Dalinar se virou, olhando para norte. Na direção do exército de Sadeas. — Meu exército está reduzido. Vou precisar de todos os homens que puder, mas todos os recrutas serão suspeitos. Sadeas vai tentar mandar espiões para nosso acampamento. E traidores. E assassinos. Elhokar acha que não vamos durar uma semana.

— Pai das Tempestades — disse Kaladin. — O que você está planejando?

— Vou acabar com os jogos deles, sabendo muito bem que vão reagir como crianças perdendo seu brinquedo favorito.

— Essas crianças têm exércitos e Espadas Fractais.

— Infelizmente.

— E é *disso* que você quer que eu o proteja?

— Sim.

Sem conversa fiada. Direto. Isso merecia respeito.

— Vou aumentar a Ponte Quatro para se tornar a guarda de honra — disse Kaladin. — E treinarei o resto como uma companhia de lanceiros. Aqueles na guarda de honra serão pagos de acordo com o cargo.

Geralmente, a guarda pessoal de um olhos-claros ganhava o triplo do salário de um lanceiro padrão.

— Naturalmente.

— E quero espaço para treinamento — continuou Kaladin. — Direito total de requisição dos intendentes. Quero estabelecer a rotina dos meus homens, e nomear meus próprios sargentos e líderes de esquadrão. Não responderemos a nenhum olhos-claros a não ser você, seus filhos e o rei.

Dalinar ergueu uma sobrancelha.

— Essa última parte é um pouco... irregular.

— Quer que eu proteja você e sua família? Contra os outros grão-príncipes e seus assassinos, que podem se infiltrar no seu exército e entre os seus oficiais? Bem, não posso ficar em uma posição onde qualquer olhos-claros mande em mim, não é mesmo?

— Você tem razão — admitiu Dalinar. — Porém deve perceber que ao fazer isso eu estaria essencialmente lhe dando a mesma autoridade de um olhos-claros do quarto dan. Você estaria no comando de mil ex-carregadores. Um batalhão inteiro.

— Sim.

Dalinar pensou por um momento.

— Muito bem. Considere-se nomeado para o posto de capitão... é a patente mais alta para que ouso nomear um olhos-escuros. Se nomeá-lo chefe de batalhão, vou arrumar muitos problemas. Contudo, deixarei claro que você está fora da cadeia de comando. Você não mandará em olhos-claros de patente inferior, e olhos-claros de patente superior não terão autoridade sobre você.

— Tudo bem — disse Kaladin. — Mas quanto aos soldados treinados por mim, quero que sejam designados para patrulhas, e não incursões de platô. Ouvi falar que você tem vários batalhões caçando bandidos, mantendo a paz nos Mercados Externos, esse tipo de coisa. É o que meus homens farão por um ano, pelo menos.

— Está certo — concordou Dalinar. — Você quer tempo para treiná-los antes de jogá-los em batalhas, imagino.

— Isso mesmo, e também matei muitos parshendianos hoje. Me peguei lamentando suas mortes. Eles me mostraram mais honra do que a maioria dos membros do meu próprio exército. Não gostei do sentimento, e quero algum tempo para pensar sobre isso. Os guarda-costas que vou treinar para você... iremos para o campo de batalha, mas nosso propósito primário será proteger você, e não matar parshendianos.

Dalinar pareceu perplexo.

— Tudo bem. Embora você não deva se preocupar. Não pretendo ir muito às linhas de frente, no futuro. Meu papel está mudando. Mesmo assim, temos um acordo.

Kaladin estendeu a mão.

— Isso depende dos meus homens concordarem.

— Você não disse que eles farão o que você fizer?

— Provavelmente. Eu os comando, mas não sou dono deles.

Dalinar também estendeu a mão e apertou a de Kaladin sob a luz da lua cor de safira. Então tirou o pacote debaixo do braço.

— Tome.

— O que é isso? — indagou Kaladin, pegando o pacote.

— Meu manto. Aquele que usei na batalha, lavado e remendado.

Kaladin o desdobrou. Era de um azul profundo, com o par de glifos de *khokh e linil* costurado nas costas em linha branca.

— Cada homem que usa as minhas cores é da minha família, de certo modo. O manto é presente simples, mas é uma das poucas coisas que posso oferecer que tem algum significado. Aceite-o com minha gratidão, Kaladin Filho da Tempestade.

Kaladin lentamente dobrou de novo o manto.

— Onde ouviu esse nome?

— Seus homens. Eles têm muito respeito por você. E isso faz com que *eu* tenha muito respeito por você. Preciso de homens como você, como todos vocês. — Ele estreitou os olhos, parecendo pensativo. — O reino inteiro precisa de você. Talvez toda Roshar. A Verdadeira Desolação está chegando...

— O que você disse?

— Nada — respondeu Dalinar. — Por favor, descanse um pouco, capitão. Espero ouvir boas novas de você em breve.

Kaladin assentiu e se retirou, passando pelos dois homens que serviam como guardas de Dalinar naquela noite. A caminhada até sua nova caserna foi curta. Dalinar havia dado um edifício para cada uma das equipes de ponte. Mais de mil homens. O que ele ia fazer com tantos? Nunca comandara um grupo maior do que 25 homens antes.

A caserna da Ponte Quatro estava vazia. Kaladin hesitou junto ao umbral da porta, olhando para dentro. A caserna estava equipada com uma cama de campanha e um baú com cadeado para cada homem. Parecia um palácio.

Sentiu o cheiro de fumaça. Franzindo o cenho, deu a volta na caserna e encontrou os homens sentados ao redor de uma fogueira nos fundos, relaxando sobre tocos ou pedras, esperando enquanto Rocha cozinhava um guisado. Escutavam Teft, que estava sentado com um curativo no braço, falando em voz baixa. Shen estava lá; o silencioso parshemano sentara-se no ponto mais distante do grupo. Eles o haviam buscado, junto com seus feridos, no acampamento de Sadeas.

Teft parou de falar assim que viu Kaladin, e os homens se viraram, a maioria deles com curativos de algum tipo. *Dalinar quer* esses homens *como seus guarda-costas?*, pensou Kaladin. Eles eram um bando bem esfarrapado.

Contudo, na verdade ele concordava com a escolha de Dalinar. Se fosse colocar sua vida nas mãos de alguém, escolheria aquele grupo.

— O que estão fazendo? — perguntou Kaladin em um tom severo. — Deviam estar todos descansando.

Os carregadores se entreolharam.

— É que ... — disse Moash. — Não parecia certo ir dormir antes de fazermos... bem, de fazermos isto.

— Difícil dormir em um dia assim, *gancho* — acrescentou Lopen.

— Fale por você. — Skar bocejou, a perna ferida repousando em um toco. — Mas vale a pena ficar acordado pelo guisado. Mesmo que Rocha ponha pedras nele.

— Eu não faço isso! — reclamou Rocha. — Terrabaixista bêbado de ar.

Eles haviam deixado um lugar reservado para Kaladin. Ele se sentou, usando o manto de Dalinar como uma almofada para as costas e a cabeça. Recebeu com gratidão uma tigela de guisado oferecida por Drehy.

— Estávamos falando sobre o que os homens viram hoje — contou Teft. — As coisas que você fez.

Kaladin hesitou, a colher na boca. Havia quase esquecido — ou talvez houvesse esquecido intencionalmente — que exibira aos seus homens suas habilidades com a Luz das Tempestades. Com sorte, os soldados de Dalinar não teriam visto. Sua Luz estava tênue naquela hora, e o dia, claro.

— Entendo — disse Kaladin, seu apetite sumindo.

Eles o viam de modo diferente? Assustador? Alguém a se evitar, como seu pai em Larpetra? Pior ainda, alguém a se adorar? Ele viu os olhos arregalados dos homens e se preparou.

— Foi *incrível*! — disse Drehy, se inclinando para a frente.

— Você é um dos Radiantes — disse Skar, apontando. — Acredito nisso, mesmo que Teft diga que não.

— Ele não é *ainda* — rebateu Teft. — Não prestou atenção?

— Pode me ensinar a fazer o que você fez? — interrompeu Moash.

— Quero aprender também, *gancho* — disse Lopen. — Sabe, se você for começar a ensinar....

Kaladin hesitou, atordoado, enquanto os outros também entravam na conversa.

— O que você consegue fazer?

— Como é a sensação?

— Você pode voar?

Ele ergueu a mão, interrompendo as perguntas.

— Vocês não ficaram assustados com o que viram?

Vários dos homens deram de ombros.

— Foi o que manteve você vivo, *gancho* — disse Lopen. — Só me assusta como as mulheres vão achar isso irresistível. Elas vão dizer: "Lopen, você só tem um braço, mas vejo que está brilhando. Acho que devia me beijar agora."

— Mas é estranho e assustador — protestou Kaladin. — Era o que os Radiantes faziam! Todo mundo sabe que eles eram traidores.

— É — disse Moash, fungando. — Assim como todo mundo sabe que os olhos-claros foram escolhidos pelo Todo-Poderoso para reinar, e são sempre nobres e justos.

— Nós somos a Ponte Quatro — acrescentou Skar. — Já passamos por muita coisa. Vivemos no crem e fomos usados como isca. Se isso nos ajudar a sobreviver, é bom. Não tem mais nada a dizer.

— Então, acha que pode ensinar a gente? — perguntou Moash. — Pode nos mostrar como fazer o que você faz?

— Eu... Eu não sei se pode ser ensinado — disse Kaladin, olhando para Syl, que estava sentada em uma rocha ali perto com uma expressão curiosa. — Nem sei ao certo o que *é*.

Eles pareceram decepcionados.

— Mas isso não significa que não podemos tentar — acrescentou Kaladin.

Moash sorriu.

— Você pode fazer? — perguntou Drehy, pegando uma esfera, uma pequena peça luminosa de diamante. — Agora? Quero ver sem ser de surpresa.

— Não é uma brincadeira, Drehy — disse Kaladin.

— Você não acha que merecemos? — Sigzil inclinou-se para a frente na sua pedra.

Kaladin fez uma pausa. Então, hesitante, estendeu o dedo e tocou na esfera. Ele inspirou rapidamente; extrair a Luz estava se tornando cada vez mais natural. A esfera escureceu. Luz das Tempestades começou a escoar da pele de Kaladin, e ele respirou normalmente para fazê-la emanar mais rápido, tornando-a mais visível. Rocha pegou um velho cobertor rasgado — usado como material para acender a fogueira — e jogou-o sobre o fogo, perturbando o espreno de chama e criando alguns momentos de trevas antes que as chamas consumissem o tecido.

Naquela escuridão, Kaladin brilhou, pura Luz branca emanando da sua pele.

— Raios… — balbuciou Drehy.

— Então, *o que* você consegue fazer com isso? — indagou Skar, ansioso. — Você não respondeu.

— Não sei ao certo — disse Kaladin, com a mão estendida. O brilho esmoreceu em um instante, e o fogo queimou através do cobertor, iluminando todos eles novamente. — Só sei disso há algumas semanas. Posso atrair flechas na minha direção e fazer com que pedras fiquem grudadas. A Luz me torna mais forte e mais rápido, e cura minhas feridas.

— *Muito* mais forte? — indagou Sigzil. — Quanto peso as pedras aguentam depois que você as cola, e por quanto tempo elas permanecem grudadas? Quão mais rápido você se torna? Duas vezes mais rápido? Um quarto a mais da velocidade normal? A que distância uma flecha deve estar para que você possa atrair ela na sua direção? E pode atrair outras coisas também?

Kaladin ficou atônito.

— Eu… não sei.

— Bem, parece bastante importante saber esse tipo de coisa — comentou Skar, esfregando o queixo.

— Podemos fazer testes. — Rocha cruzou os braços, sorrindo. — É uma boa ideia.

— Talvez nos ajude a descobrir como nós também podemos aprender — observou Moash.

— Não é uma coisa que se aprende. — Rocha balançou a cabeça. — É de *holetental*. Só para ele.

— Você não tem como ter certeza — protestou Teft.

— Você não tem como ter certeza de que eu não tenho certeza. — Rocha sacudiu uma colher na direção dele. — Coma o seu guisado.

Kaladin levantou as mãos.

— Vocês não podem falar disso para ninguém, homens. As pessoas vão ficar com medo de mim, talvez achem que tenho alguma relação com os Esvaziadores ou os Radiantes. Preciso que vocês jurem.

Kaladin os encarou um a um, e eles assentiram.

— Mas queremos ajudar — disse Skar. — Mesmo que não possamos aprender. Isso faz parte de você, e você é um de nós. Ponte Quatro. Certo?

Kaladin olhou para os rostos entusiasmados e não pôde deixar de concordar.

— Sim. Sim, vocês podem ajudar.

— Excelente — disse Sigzil. — Vou preparar uma lista de testes para avaliar velocidade, precisão e força desses vínculos que você pode criar. Temos que descobrir uma maneira de determinar se há algo mais que você possa fazer.

— Jogá-lo de um penhasco — sugeriu Rocha.

— De que isso vai adiantar? — questionou Peet.

Rocha deu de ombros.

— Se ele tiver outras habilidades, isso aí vai fazer com que apareçam, hein? Nada como cair de um penhasco para transformar um garoto em um homem!

Kaladin fitou-o com uma expressão azeda, e Rocha gargalhou.

— Vai ser um penhasco pequenininho. — Ele juntou o polegar e o indicador para mostrar uma pequena quantidade. — Gosto demais de você para te jogar de um penhasco grande.

— Acho que está brincando — respondeu Kaladin, tomando uma colherada do guisado. — Mas só por via das dúvidas, vou grudar você no teto hoje à noite para impedir que tente qualquer experimento enquanto estou dormindo.

Os carregadores riram.

— Só não brilhe forte demais enquanto estamos tentando dormir, hein, *gancho*? — disse Lopen.

— Farei o possível.

Ele engoliu outra colherada de guisado. O gosto estava melhor do que o usual. Será que Rocha havia mudado a receita?

Ou era alguma outra coisa? Enquanto se recostava para comer, os outros carregadores começaram a conversar, falando de casa e dos seus passados, coisas que antes eram tabu. Vários dos homens de outras equipes — feridos a quem Kaladin havia ajudado, até mesmo umas poucas almas solitárias que ainda estavam acordadas — foram se aproximando.

Os homens da Ponte Quatro deram-lhe as boas-vindas, passando o guisado e abrindo espaço.

Todos pareciam tão exaustos quanto Kaladin, mas ninguém falou em ir dormir. Ele podia entender o motivo agora. O fato de estarem juntos, comendo o guisado de Rocha, ouvindo a conversa tranquila enquanto o fogo crepitava, enviando faíscas amarelas dançando no ar...

Isso era muito mais relaxante do que o sono poderia ser. Kaladin sorriu, se recostando, olhando para cima rumo ao céu escuro e à grande lua cor de safira. Então fechou os olhos, escutando.

Mais três homens estavam mortos. Malop, Jaks Sem-Orelha e Narm. Kaladin havia falhado com eles. Mas ele e a Ponte Quatro haviam protegido centenas de outros. Centenas que nunca teriam que carregar uma ponte de novo, que nunca precisariam encarar as flechas dos parshendianos, nunca teriam que lutar novamente, se não quisessem. E, de modo mais pessoal, 27 dos seus amigos sobreviveram. Em parte devido ao que ele havia feito, em parte devido ao próprio heroísmo deles.

Vinte e sete homens estavam vivos. Ele finalmente conseguira salvar alguém.

Por enquanto, era o bastante.

74

SANGUESPECTRO

SHALLAN ESFREGOU OS OLHOS. Havia lido as anotações de Jasnah — pelo menos as mais importantes. Só essas já formavam uma pilha grande. Ela ainda estava sentada na saleta, embora tivessem mandado um parshemano trazer um cobertor para ela se enrolar, cobrindo o robe do hospital.

Seus olhos ardiam depois da noite que passara chorando, depois lendo. Estava exausta. Mas também se sentia viva.

— É verdade — disse ela. — Você tem razão. Os Esvaziadores são os parshemanos. Não vejo outra conclusão possível.

Jasnah sorriu, parecendo estranhamente satisfeita consigo mesma, considerando que só havia convencido uma pessoa.

— Então, o que fazemos agora? — perguntou Shallan.

— Tem relação com seus estudos anteriores.

— Meus estudos? Quer dizer, sobre a morte do seu pai?

— Isso mesmo.

— Os parshendianos o atacaram — disse Shallan. — Mataram-no subitamente, sem aviso. — Ela focou na outra mulher. — Foi isso que a levou a estudar esse assunto, não foi?

Jasnah assentiu.

— Aqueles parshemanos selvagens… os parshendianos das Planícies Quebradas… são a chave. — Ela se inclinou para a frente. — Shallan. O desastre que nos espera é muito real, muito terrível. Não preciso de alertas místicos ou sermões teológicos para me assustar. Já estou apavorada por conta própria.

— Mas nós domamos os parshemanos.

— Domamos mesmo? Shallan, pense no que eles fazem, em como são vistos, na frequência com que são usados.

Shallan hesitou. Os parshemanos estavam em toda parte.

— Eles servem nossa comida — continuou Jasnah. — Trabalham nos nossos armazéns. Eles cuidam das nossas *crianças*. Não há nenhuma vila em Roshar que não tenha parshemanos. Nós os ignoramos; só esperamos que estejam lá, agindo como sempre. Trabalhando sem reclamar. Mas um grupo subitamente passou de amigos pacíficos a guerreiros ferozes. Alguma coisa os despertou. Assim como aconteceu há centenas de anos, durante os dias conhecidos como Épocas dos Arautos. Havia um período de paz, seguido por uma invasão de parshemanos que, por motivos que ninguém compreendia, subitamente enlouqueciam de raiva. Era *isso* que estava por trás da luta da humanidade para impedir que fosse "banida para a Danação". Foi isso que quase destruiu nossa civilização. Havia esses terríveis cataclismos repetidos, que eram tão assustadores que os homens começaram a chamá-los de Desolações.

"Nós alimentamos os parshemanos. Nós os integramos a todas as partes da nossa sociedade. Confiamos neles, sem perceber que nos aproveitamos de uma grantormenta prestes a explodir. Os relatos das Planícies Quebradas falam da habilidade desses parshendianos de se comunicarem entre si, que permite que cantem suas músicas em uníssono quando estão bem distantes uns dos outros. Sua mente está conectada, como telepenas. Você percebe o que isso significa?"

Shallan assentiu. O que aconteceria se todo parshemano em Roshar subitamente se voltasse contra seus mestres? Buscando liberdade, ou pior, vingança?

— Seríamos devastados. A civilização que conhecemos entraria em colapso. Temos que fazer *alguma coisa*!

— E vamos — respondeu Jasnah. — Estamos coletando fatos, garantindo que temos certeza dessas descobertas.

— E de quantos fatos ainda precisamos?

— Mais. Muitos mais. — Jasnah olhou para os livros. — Há algumas coisas nessas histórias que eu não entendo. Contos de criaturas lutando ao lado dos parshemanos, feras de pedra que podem ser algum tipo de grã-carapaça, e outras coisas estranhas que me parecem ter algum grão de verdade. Mas esgotamos o que Kharbranth tem a oferecer. Você ainda quer mesmo mergulhar nisso? É um fardo pesado, o que nos aguarda. Você não retornará à sua terra por algum tempo.

Shallan mordeu o lábio, pensando nos seus irmãos.

— Você me deixaria partir agora, com tudo que eu sei?

— Não quero que você me sirva enquanto pensa em maneiras de escapar. — Jasnah parecia exausta.

— Não posso simplesmente abandonar meus irmãos. — As entranhas de Shallan se retorceram de novo. — Mas isso é maior do que eles. Danação... é maior do que *eu*, ou *você*, ou qualquer um de nós. Eu tenho que ajudar, Jasnah. Não posso ir embora assim. Vou ter que encontrar outra maneira de ajudar minha família.

— Ótimo. Então vamos empacotar as suas coisas. Partiremos amanhã naquele navio que fretei para você.

— Vamos para Jah Keved?

— Não. Precisamos ir ao centro de tudo. — Ela olhou para Shallan. — Vamos para as Planícies Quebradas. Precisamos descobrir se os parshendianos já foram parshemanos comuns e, se foram, o que foi que os despertou. Talvez eu esteja errada em relação a isso, mas, se estiver certa, então os parshendianos podem ter a chave para transformar parshemanos comuns em soldados. — Jasnah adotou um tom grave ao continuar: — E precisamos fazer isso antes que mais alguém faça, e depois use essa informação contra nós.

— Mais alguém? — indagou Shallan, sentindo uma pontada de pânico. — Há outros procurando isso?

— Claro que há. Quem você acha que teve tanto trabalho tentando me assassinar? — Ela pegou uma pilha de papel na mesa. — Eu não tenho muitas informações sobre eles. Pelo que sei, pode haver muitos grupos buscando esses segredos. Contudo, tenho certeza de que existe pelo menos um. Eles se chamam de Sanguespectros. — Ela puxou uma folha. — Seu amigo Kabsal era um deles. Nós encontramos esse símbolo tatuado no interior do seu braço.

Ela pousou a folha na mesa. Nela, havia um símbolo de três diamantes formando um padrão entrelaçado.

Era o mesmo símbolo que Nan Balat havia mostrado a ela semanas atrás. O símbolo portado por Luesh, o mordomo do seu pai, o homem que sabia como usar o Transmutador. O símbolo usado pelos homens que tinham ido pressionar sua família a devolvê-lo. Os homens que haviam financiado o pai de Shallan no seu plano de tornar-se grão-príncipe.

— Todo-Poderoso no céu — sussurrou Shallan, erguendo os olhos. — Jasnah, eu acho... acho que meu *pai* pode ter sido membro deste grupo.

75

NO APOSENTO SUPERIOR

OS VENTOS DA GRANTORMENTA começaram a soprar contra o complexo de Dalinar, poderosos o bastante para fazerem as rochas gemerem. Navani estava junto dele, abraçados. O perfume dela era maravilhoso. Era... emocionante saber que ela ficara apavorada por ele.

A alegria por tê-lo de volta era bastante para abafar, por enquanto, a sua fúria pelo modo como havia tratado Elhokar. Ela acabaria aceitando. Fora necessário.

Enquanto a grantormenta se aproximava com toda a força, Dalinar sentiu a visão chegando. Ele fechou os olhos, deixando-se levar. Tinha uma decisão a tomar, uma responsabilidade. O que fazer? As visões haviam mentido para ele, ou pelo menos tinham-no enrolado. Parecia que não podia confiar nelas, pelo menos não de modo tão explícito, como fizera.

Ele respirou fundo, abriu os olhos, e viu-se em um lugar de fumaça.

Olhou ao redor, desconfiado. O céu era escuro, e ele estava em um campo de rochas mortiças, brancas como ossos, ásperas e irregulares, estendendo-se em todas as direções. Até a eternidade. Silhuetas amorfas feitas de fumaça cinzenta erguiam-se do chão. Como anéis de fumaça, só que com outras formas. Ali, uma cadeira. Lá, um petrobulbo com vinhas estendidas, curvando-se para os lados e desaparecendo. Ao seu lado apareceu a figura de um homem de uniforme, silencioso e vaporoso, elevando-se letargicamente rumo ao céu, a boca aberta. As formas se derretiam e se distorciam à medida que subiam, embora parecessem manter suas silhuetas por muito mais tempo do que deveriam. Era enervante estar naquele plano infinito, pura escuridão acima, figuras de fumaça surgindo ao seu redor.

Era diferente de todas as visões anteriores. Era...

Não, espere. Ele franziu o cenho, recuando enquanto a figura de uma árvore surgia do chão perto dele. *Eu já vi esse lugar antes. Na primeira das minhas visões, há muitos meses.* A lembrança era confusa. Ele estivera desorientado, a visão fora vaga, como se sua mente não houvesse aprendido a aceitar o que estava presenciando. De fato, a única coisa de que se lembrava distintamente era...

— Você deve uni-los — ressoou uma voz poderosa.

... era da voz. Falando com ele de todo o ambiente ao redor, fazendo as figuras de fumaça se confundirem e distorcerem.

— Por que você mentiu para mim? — questionou Dalinar da escuridão aberta. — Eu fiz o que você disse e fui traído!

— Você deve uni-los. O sol se aproxima do horizonte. A Tempestade Eterna está chegando. A Verdadeira Desolação. A Noite das Tristezas. Você precisa se preparar. Faça do seu povo uma fortaleza de força e paz, uma muralha para resistir aos ventos. Deixem de disputas e se unam.

— Eu preciso de respostas! — insistiu Dalinar. — Não confio mais em você. Se quer que eu o escute, precisa...

A visão mudou. Ele girou, descobrindo que ainda estava em uma rochosa planície aberta, mas o sol normal estava no céu. O campo de pedra parecia um terreno comum de Roshar.

Era muito raro que uma visão o colocasse em um lugar sem ninguém com quem pudesse conversar e interagir. Daquela vez, contudo, estava usando as próprias roupas. O uniforme azul dos Kholin.

Teria isso acontecido antes, na outra vez que esteve naquele lugar de fumaça? Sim... havia acontecido. Era a primeira vez em que era levado a um lugar onde já estivera. Por quê?

Ele vasculhou cuidadosamente o cenário. Já que a voz não voltou a falar com ele, começou a andar, passando por rochedos rachados e pedaços quebrados de xisto, seixos e rochas. Não havia plantas, nem mesmo petrobulbos. Só uma paisagem vazia preenchida por rochas quebradas.

Por fim, ele viu um cume. Subir até um ponto alto parecia uma boa ideia, embora a caminhada parecesse levar horas. A visão não terminava. O tempo frequentemente era estranho naquelas visões. Ele continuou a subir pela encosta da formação rochosa, desejando ter sua Armadura Fractal para fortalecê-lo. Finalmente no topo, ele andou até a beirada para olhar para baixo.

E ali viu Kholinar, seu lar, a cidade capital de Alethkar.

Ela havia sido destruída.

Os belos edifícios haviam sido despedaçados. As Lâminas de Vento haviam sido derrubadas. Não havia corpos, só pedras fragmentadas. Aquilo não era como a visão anterior, com Nohadon. Aquilo não era a Kholinar do passado distante; ele podia ver os destroços do seu próprio palácio. Mas não havia formações rochosas como aquela onde ele estava perto de Kholinar no mundo real. Antes, as visões sempre haviam mostrado o passado. Seria aquela uma visão do futuro?

— Não posso mais lutar com ele — disse a voz.

Dalinar deu um pulo, olhando para o lado. Havia um homem ali. Ele tinha pele escura e cabelos de um branco puro. Alto, de peito largo, mas não enorme, ele usava roupas exóticas de um corte estranho: calças largas e ondulantes e uma casaca que só chegava à cintura. Ambas pareciam feitas de ouro.

Sim… a mesma coisa havia acontecido antes, na sua primeira visão. Dalinar agora se lembrava.

— Quem é você? — perguntou ele. — Por que está me mostrando essas visões?

— Você pode ver, lá — disse a figura, apontando. — Se prestar bastante atenção. Começa ao longe.

Dalinar olhou naquela direção, irritado. Não conseguia identificar nada específico.

— Raios. Você não vai responder minhas perguntas nem ao menos uma vez? De que adianta tudo isso, se só fala em enigmas?

O homem não respondeu. Ele continuou apontando. E… sim, algo *estava* acontecendo. Havia uma sombra no ar, se aproximando. Uma parede de trevas. Como uma grantormenta, só que *errada*.

— Me diga pelo menos uma coisa — pediu Dalinar. — Que tempo estamos vendo? É o passado, o futuro, ou alguma outra coisa?

A figura não respondeu imediatamente. Então ele disse:

— Você provavelmente está se perguntando se esta é uma visão do futuro.

Dalinar teve um sobressalto.

— Eu acabei… acabei de perguntar…

Aquilo era familiar. Familiar demais.

Ele disse exatamente a mesma coisa da última vez, compreendeu Dalinar, sentindo um arrepio. *Tudo isso aconteceu. Estou tendo a mesma visão novamente.*

A figura apertou os olhos na direção do horizonte.

— Não posso ver o futuro completamente. Cultura, ela é melhor nisso do que eu. É como se o futuro fosse uma janela se despedaçando. Quanto mais você olha, em mais pedaços a janela se quebra. É possível prever o futuro próximo, mas o futuro distante... Eu só posso imaginar.

— Você não pode me ouvir, não é? — perguntou Dalinar, ficando assustado ao finalmente começar a entender. — Nunca pôde.

Sangue dos meus pais... ele não está me ignorando. Ele não me vê! Não está falando em enigmas. Só parece estar porque entendi suas palavras como respostas misteriosas para minhas perguntas.

Ele não me falou para confiar em Sadeas. Eu... Eu só deduzi...

Tudo pareceu tremer ao redor de Dalinar. Suas deduções, o que ele pensava que sabia. O próprio solo.

— Isso é o que poderia acontecer — disse a figura, indicando a distância. — Isso é o que eu temo que vá acontecer. É isso que ele quer. A Verdadeira Desolação.

Não, aquele paredão no ar não era uma grantormenta. Não era a chuva que estava gerando aquela sombra gigantesca, mas poeira ao vento. Agora ele se lembrava da visão inteira. Havia terminado aqui, com ele confuso, olhando para a muralha de poeira que se aproximava. Daquela vez, contudo, a visão continuou.

A figura se virou para ele.

— Sinto muito por fazer isso com você. Mas espero que as coisas que já viu tenham lhe dado um fundamento para compreender. Mas não sei ao certo. Não sei quem você é ou como chegou até aqui.

— Eu... — O que dizer? Fazia diferença?

— A maioria das coisas que mostrei são cenas que vi diretamente — continuou a figura. — Mas algumas, como esta, nasceram dos meus medos. Se eu a temo, então você também deve temê-la.

A terra estava tremendo. A muralha de poeira estava sendo causada por alguma coisa. Alguma coisa se aproximando.

O chão estava caindo.

Dalinar arquejou. As pedras à sua frente estavam se despedaçando, se desfazendo, se tornando poeira. Ele recuou enquanto tudo começava a tremer, um gigantesco terremoto acompanhado por um terrível rugido de rochas moribundas. Ele caiu ao chão.

Houve um terrível, angustiante, apavorante momento de pesadelo. O tremor, a destruição, os sons da própria terra que parecia morrer.

Então acabou. Dalinar respirou fundo antes de se levantar com pernas trêmulas. Ele e a figura estavam em um solitário pico rochoso. Uma pequena seção que — por algum motivo — havia sido resguardada. Era como um pilar de pedra de alguns passos de largura, erguendo-se bem alto.

Ao redor dele, a terra se *fora*. Kholinar se fora. Ela havia caído na escuridão insondável abaixo. Ele sentiu vertigem, de pé no pequeno pedaço de rocha que — impossivelmente — permanecia.

— O que é isso? — questionou Dalinar, embora soubesse que não era ouvido.

A figura olhou ao redor, com um ar triste.

— Não posso deixar muita coisa. Só essas poucas imagens, dadas a você. Seja lá quem for.

— Essas visões... elas são como um diário, não são? Uma história que você escreveu, um livro que deixou para trás. Só que, em vez de lê-lo, eu o vejo.

A figura olhou para o céu.

— Não sei se alguém verá isso. Eu já parti, sabe?

Dalinar não respondeu. Ele olhou para além da borda do penhasco para o vazio, horrorizado.

— Isso não é apenas sobre você — disse a figura, levantando a mão. Uma luz se apagou no céu, uma que Dalinar nem havia notado. Então outra também se apagou. O sol pareceu escurecer. — É sobre todos eles — continuou a figura. — Eu devia ter percebido que ele viria atrás de mim.

— Quem é você? — indagou Dalinar, falando para si mesmo.

A figura ainda olhava para o céu.

— Deixo isto aqui porque deve haver alguma coisa. Uma esperança a descobrir. Uma chance de que alguém saiba o que fazer. Você quer lutar com ele?

— Quero — disse Dalinar impulsivamente, apesar de saber que não fazia diferença. — Eu não sei quem ele é, mas se deseja fazer *isso*, então vou combatê-lo.

— Alguém precisa liderá-los.

— Eu vou — disse Dalinar. As palavras simplesmente escaparam.

— Alguém deve uni-los.

— Eu vou.

— Alguém deve protegê-los.

— Eu vou!

A figura ficou em silêncio por um momento. Então falou em uma voz clara e nítida:

— Vida antes da morte. Força antes da fraqueza. Jornada antes do destino. Volte a dizer os antigos juramentos e devolva aos homens os Fractais que outrora portaram. — Ele se voltou para Dalinar, encontrando seu olhar. — Os Cavaleiros Radiantes devem se erguer novamente.

— Não sei como fazer isso — sussurrou Dalinar. — Mas vou tentar.

— Os homens devem enfrentá-los juntos — disse a figura, andando até Dalinar, colocando uma mão no seu ombro. — Vocês não podem perder tempo em disputas, como antigamente. Ele percebeu que, com o tempo, vocês se tornam seus próprios inimigos. Que ele não *precisa* lutar com vocês. Não se os fizer esquecer, se voltar uns contra os outros. Suas lendas dizem que vocês venceram. Mas a verdade é que nós perdemos. E estamos perdendo.

— Quem é você? — perguntou Dalinar novamente, a voz mais suave.

— Gostaria de poder fazer mais — repetiu a figura em trajes dourados. — Talvez você consiga fazê-lo escolher um campeão. Ele está preso a algumas regras. Todos nós estamos. Um campeão poderia ser bom para você, mas não é certeza. E… sem os Fractais do Alvorecer… Bem, eu fiz o que pude. É terrível, terrível deixar vocês sozinhos.

— Quem é você? — repetiu Dalinar. E, contudo, pensou que sabia.

— Eu sou… *Eu era*… Deus. O que você chama de Todo-Poderoso, o criador da humanidade. — A figura fechou os olhos. — E agora estou morto. Odium me matou. Sinto muito.

EPÍLOGO

DE MAIOR VALOR

— VOCÊS ESTÃO SENTINDO? — perguntou Riso para a noite aberta. — Alguma coisa acabou de mudar. Acredito que seja o som que o mundo faz quando se mija.

Três guardas estavam diante dos grossos portões de madeira da cidade de Kholinar. Os homens fitaram Riso com preocupação.

Os portões estavam fechados, e aqueles homens eram da guarda noturna, um título um tanto inadequado. Eles passavam menos tempo "vigiando" e mais conversando, bocejando, jogando, ou — como era o caso naquela noite — ficando a postos de modo desconfortável e escutando as palavras de um louco.

Aquele louco por acaso tinha olhos azuis, o que permitia que se livrasse de todo tipo de problemas. Talvez Riso devesse achar estranho o valor que aquelas pessoas davam em algo tão simples quanto a cor dos olhos, mas já estivera em muitos lugares e vira muitos métodos de governo. Aquele não parecia mais ridículo do que a maioria dos outros.

E, naturalmente, havia um motivo para que fosse assim. Bem, geralmente havia um motivo. Naquele caso específico, era um bom motivo.

— Luminobre? — chamou um dos guardas, olhando enquanto Riso sentava-se em suas caixas.

Elas haviam sido empilhadas ali e deixadas por um comerciante que dera uma gorjeta aos guardas noturnos a fim de garantir que nada fosse roubado. Para Riso, elas eram apenas um poleiro conveniente. Sua bolsa estava pousada atrás dele, e ele afinava o entir apoiado em seus joelhos, um quadrado instrumento de cordas. Era tocado de cima, dedilhando as cordas enquanto o instrumento ficava apoiado no colo.

— Luminobre? — repetiu o guarda. — O que está fazendo aí em cima?

— Esperando — disse Riso. Ele olhou para cima, voltando-se para leste. — Esperando a chegada da tempestade.

Isso deixou os guardas ainda mais desconfortáveis. Não havia previsão de grantormenta para aquela noite. Riso começou a tocar o entir.

— Vamos conversar para passar o tempo. Digam-me. O que os homens mais valorizam nos outros?

A música ressoava para uma audiência de edifícios silenciosos, becos e pedras de calçamento. Os guardas não responderam sua pergunta. Eles não sabiam o que pensar de um olhos-claros vestido de preto que havia adentrado a cidade pouco antes do cair da noite, então se sentado em caixas junto dos portões para tocar música.

— Bem? — indagou Riso, fazendo uma pausa na música. — O que vocês acham? Se um homem e uma mulher tivessem um talento, qual seria o mais reverenciado, mais apreciado, considerado o mais valioso?

— Hã... música? — disse finalmente um dos homens.

— Sim, uma resposta comum — disse Riso, tocando algumas notas graves. — Uma vez fiz essa pergunta a algumas eruditas muito sábias. O que os homens consideram o mais valioso dos talentos? Uma mencionou habilidade artística, como você astutamente respondeu. Outra escolheu um grande intelecto. A última escolheu o talento de inventar, a capacidade de projetar e criar dispositivos maravilhosos.

Ele não tocou uma melodia específica no entir, apenas dedilhou aqui e ali, uma escala ou quinta ocasional. Como conversa fiada na forma de cordas.

— Inteligência estética — continuou Riso —, invenção, sagacidade, criatividade. Nobres ideais, de fato. A maioria dos homens escolheria um desses, dada a escolha, e o proclamaria o maior dos talentos. — Ele dedilhou uma corda. — Que belos mentirosos nós somos.

Os guardas se entreolharam; as tochas queimando nos suportes do muro pintavam-nos com um uma luz alaranjada.

— Vocês acham que sou um cínico — disse Riso. — Pensam que vou dizer que os homens alegam valorizar esses ideais, mas que secretamente preferem talentos vis. A habilidade de acumular moedas ou encantar mulheres. Bem, eu *sou* um cínico, mas, neste caso, realmente penso que essas eruditas foram honestas. Suas respostas falam das almas dos homens. No fundo, nós queremos acreditar em grandes realizações e virtudes, e escolheríamos esse caminho. É por isso que nossas mentiras, particularmente aquelas que contamos a nós mesmos, são tão belas.

Ele começou a tocar uma verdadeira canção. Uma melodia simples, de início suave, melancólica. Uma canção para uma noite silenciosa quando o mundo inteiro mudava. Um dos soldados limpou a pergunta.

— Então, *qual* é o talento mais valioso que um homem pode ter? — Ele parecia verdadeiramente curioso.

— Não tenho a mínima ideia — respondeu Riso. — Felizmente, não era essa a questão. Eu não perguntei qual é o mais valioso, perguntei o que os *homens mais valorizam*. A diferença entre essas perguntas é ao mesmo tempo minúscula e tão vasta quanto o mundo.

Ele continuou a canção. Um músico não devia dedilhar um entir. Não se fazia uma coisa dessas, pelo menos não alguém com qualquer senso de decoro.

— Nisso, como em todas as coisas, nossas ações nos denunciam — continuou Riso. — Se uma artista cria uma obra de intensa beleza, usando técnicas inovadoras, ela será louvada como uma mestra, e lançará um novo movimento estético. Mas se outra, trabalhando de modo independente e com o mesmo nível de habilidade, conseguisse fazer o mesmo no mês seguinte? Receberia a mesma aclamação? Não. Seria chamada de imitadora.

"Intelecto. Se um grande pensador desenvolver uma nova teoria da matemática, ciência ou filosofia, nós o chamaremos de sábio. Vamos nos sentar aos seus pés e aprender, e registraremos seu nome na história para ser reverenciado por milhares de pessoas. Mas e se outro homem determinar a mesma teoria por conta própria, e então atrasar a publicação de seus resultados em apenas uma semana? Ele será lembrado pela sua grandeza? Não. Ele será esquecido.

"Invenção. Uma mulher constrói um novo projeto de grande valor... um fabrial ou uma conquista da engenharia. Ela será conhecida como uma inovadora. Mas se alguém com o mesmo talento criar o mesmo projeto um ano depois... sem perceber que ele já foi desenvolvido... *ela* será recompensada por sua criatividade? Não. Será chamada de plagiadora e falsificadora."

Ele dedilhou as cordas, deixando a melodia continuar, sinuosa, assombrosa, mas com um leve tom de zombaria.

— E assim, no final, o que devemos determinar? É o *intelecto* de um gênio que nós reverenciamos? Se fosse seu talento, a beleza da sua mente, então não o louvaríamos independentemente de já termos visto o resultado antes? Mas não fazemos isso. Se tivermos duas obras de majestade artística, que em tudo mais sejam equivalentes, daremos maior glória àquele que a fez *primeiro*. Não importa o que você cria. Importa que você crie *antes de todos os outros*. Então não é a beleza em si que admiramos. Não é a força do intelecto. Não é a invenção, a estética, ou a habilidade. O maior talento que achamos que um homem pode ter? — Ele dedilhou uma corda final. — Parece-me que não é nada mais que a novidade.

Os guardas pareciam confusos.

Os portões estremeceram. Alguém batia neles do lado de fora.

— A tempestade chegou — disse Riso, se levantando.

Os guardas se apressaram em pegar as lanças encostadas no muro. Eles tinham uma casa de guarda, mas estava vazia; preferiam o ar noturno.

O portão estremeceu novamente, como se algo imenso estivesse do lado de fora. Os guardas gritaram, chamando os homens no topo da muralha. Tudo era caos e confusão enquanto o portão estrondava uma terceira vez, poderoso e vibrante, como se fosse atingido por uma rocha.

E então uma lâmina brilhante e prateada foi enfiada entre as portas enormes, movendo-se para cima, cortando a barra que as mantinha fechadas. Uma Espada Fractal.

Os portões se escancararam. Os guardas recuaram atabalhoadamente. Riso esperou em suas caixas, segurando o entir em uma das mãos, a bolsa sobre o ombro.

Fora dos portões, parado na sombria estrada de pedra, havia um homem solitário de pele escura. Seu cabelo era longo e sujo, a roupa nada mais do que um tecido de estopa envolvendo sua cintura. Ele estava com a cabeça baixa, o cabelo úmido e imundo caindo sobre o rosto e se misturando com uma barba que tinha pedaços de madeira e folhas presos nela.

Seus músculos brilhavam, molhados como se houvesse acabado de nadar uma grande distância. Ao seu lado, carregava uma gigantesca Espada Fractal, a ponta para baixo, enfiada pelo menos um dedo na pedra, a mão no cabo. A Espada refletia a luz das tochas; era longa e reta, e tinha a forma de um enorme espinho.

— Seja bem-vindo, ó perdido — sussurrou Riso.

— Quem é você?! — gritou um dos guardas, nervoso, enquanto um dos outros dois corria para dar o alerta. Um Fractário havia chegado a Kholinar.

A figura ignorou a pergunta. Ele avançou, arrastando sua Espada Fractal, como se fosse muito pesada. Ela cortou a rocha atrás dele, deixando um pequeno sulco na pedra. A figura caminhava de modo instável, e quase tropeçou. Ele se endireitou contra o portão e uma mecha de cabelo se afastou de seu rosto, expondo os olhos. Olhos marrom-escuros, como um homem de classe inferior. Eram olhos selvagens, atordoados.

O homem finalmente notou os guardas, que estavam paralisados, com lanças apontadas para ele, e levantou a mão livre na direção deles.

— Vão — disse ele roucamente, falando em um alethiano perfeito, sem sotaque algum. — Corram! Deem o sinal! Soem o alarme!

— Quem é você? — conseguiu perguntar um dos guardas. — Que alarme? Quem está atacando?

O homem fez uma pausa. Ele levou a mão à cabeça, trêmulo.

— Quem sou eu? Eu... Eu sou Talenel'Elin, Tendões-de-Pedra, Arauto do Todo-Poderoso. A Desolação chegou. Ah, Deus... ela chegou. E eu falhei.

Ele caiu para a frente, atingindo o chão rochoso, a Espada Fractal retinindo atrás dele. Ela não desapareceu. Os guardas avançaram cautelosamente. Um deles cutucou o homem com o cabo da lança.

O homem que havia anunciado ser um Arauto não se moveu.

— O que é que valorizamos? — sussurrou Riso. — Inovação. Originalidade. Novidade. Mas o mais importante... chegar na hora certa. Temo que você tenha chegado tarde demais, meu pobre e confuso amigo.

FIM DO

LIVRO UM DE

OS RELATOS DA GUERRA DAS TEMPESTADES

NOTA FINAL

"Alto no silêncio, luminais tempestades — moribundas tempestades — luminam o silêncio no alto."

A amostra acima é digna de nota, já que é um ketek, uma forma complexa de poesia sagrada vorin. O ketek não só tem o mesmo sentido lido para frente e para trás (permitindo alteração nas formas verbais), como também é divisível em cinco seções menores distintas, cada uma expressando um pensamento completo.

O poema completo deve formar uma sentença que é gramaticalmente correta e (teoricamente) tocante no significado. Devido à dificuldade na construção de um ketek, a estrutura era considerada a mais alta e mais impressionante forma de toda a poesia vorin.

O fato de que esta tenha sido proclamada por um herdaziano moribundo inculto em uma linguagem que ele mal falava é particularmente digno de nota. Não há registro desse ketek específico em qualquer antologia de poesia vorin, então é bastante improvável que o indivíduo estivesse simplesmente repetindo algo que ouviu certa vez. Nenhum dos fervorosos a quem o mostramos o conhecia, embora três deles tenham elogiado sua estrutura e solicitado conhecer o poeta.

Nós entregamos à mente de Sua Majestade, em um dia bom, a tarefa de descobrir por que as tempestades podem ser importantes, e o que o poema pode querer dizer ao indicar que há silêncio no alto e abaixo das ditas tempestades."

— Joshor, Chefe dos Coletores Silenciosos de Sua Majestade, tanatanev de 1173

ARS ARCANUM

AS DEZ ESSÊNCIAS E SUAS ASSOCIAÇÕES HISTÓRICAS

NÚMERO	Gema	Essência	Foco Corporal	Propriedades de Transmutação	Atributos Divinos Primários/ Secundários
1 Jes	Safira	Zéfiro	Inspiração	Gás translúcido, ar	Proteção / Liderança
2 Nan	Quartzo fumê	Vapor	Expiração	Gás opaco, fumaça, névoa	Justo / Confiante
3 Chach	Rubi	Faísca	A Alma	Fogo	Bravo / Obediente
4 Vev	Diamante	Brilho	Os Olhos	Quartzo, vidro, cristal	Amoroso/ Curador
5 Palah	Esmeralda	Polpa	O Cabelo	Madeira, plantas, musgo	Erudito/ Generoso
6 Shash	Granada	Sangue	O Sangue	Sangue, todos os líquidos não oleosos	Criativo/ Honesto
7 Betab	Zircão	Sebo	Óleo	Todos os tipos de óleo	Sábio/ Cuidadoso
8 Kak	Ametista	Folha	As Unhas	Metal	Resoluto / Construtor
9 Tanat	Topázio	Astrágalo	O Osso	Rocha e pedra	Confiável / Engenhoso
10 Ishi	Heliodoro	Tendão	Carne	Carne, músculo	Pio/ Orientador

A lista acima é uma coleção imperfeita do simbolismo vorin tradicional associado às Dez Essências. Quando reunidas, elas formam o Olho Duplo do Todo-Poderoso, um olho com duas pupilas representando a criação das plantas e das criaturas. Essa também é a base para a forma de ampulheta que frequentemente é associada aos Cavaleiros Radiantes.

Os eruditos antigos também colocavam as dez ordens de Cavaleiros Radiantes nessa lista, junto com os próprios Arautos, que possuem individualmente associações clássicas com um dos números e Essências.

Não sei ainda ao certo como os dez níveis de Esvaziamento ou sua prima, a Antiga Magia, cabem nesse paradigma, se é que cabem. Minha pesquisa sugere que, de fato, deveria haver outra série de habilidades que é ainda mais esotérica que os Esvaziamentos. Talvez a Antiga Magia se encaixe nela, embora eu esteja começando a suspeitar de que seja algo inteiramente diferente.

SOBRE A CRIAÇÃO DOS FABRIAIS

Cinco grupos de fabriais foram descobertos até agora. Os métodos de sua criação são cuidadosamente guardados pela comunidade artifabriana, mas parecem ser o trabalho de cientistas dedicadas, em oposição às Manipulações de Fluxos outrora realizadas pelos Cavaleiros Radiantes.

FABRIAIS DE ALTERAÇÃO

Aumentadores: Esses fabriais são feitos para aprimorar alguma coisa. Eles podem criar calor, dor ou até mesmo um vento suave, por exemplo. São energizados — como todos os fabriais — por Luz das Tempestades. Parecem trabalhar melhor com forças, emoções ou sensações.

Os ditos semifractais de Jah Keved são criados com esse tipo de fabrial conectado a uma folha de metal, aprimorando sua durabilidade. Já vi fabriais desse tipo usando vários tipos de gema; imagino que qualquer uma das dez Gemas Polares funcione.

Diminuidores: Esses são fabriais que fazem o oposto dos aumentadores, e geralmente parecem cair sob as mesmas restrições que seus primos. Os artifabrianos que me confidenciaram essas informações acreditam que seja possível fazer fabriais até melhores do que os que foram criados até agora, particularmente em relação a aumentadores e diminuidores.

FABRIAIS EMPARELHADOS

Siameses: Ao infundir um rubi e usar uma metodologia que não me foi revelada (embora eu tenha minhas suspeitas), é possível criar um par de gemas emparelhadas. O processo exige a divisão do rubi original. As duas metades então vão criar reações paralelas através de uma distância. Telepenas são uma das formas mais comuns desse tipo de fabrial.

A conservação de força é mantida; por exemplo, se alguém estiver conectado a uma pedra pesada, vai ser necessária a mesma força para levantar o fabrial emparelhado que seria para levantar a pedra em si. Parece haver algum tipo de processo usado durante a criação do fabrial que influencia a qual distância as metades podem estar e ainda funcionar.

Inversores: Usar uma ametista em vez de um rubi também cria metades siamesas de uma gema, mas essas duas trabalham criando reações *opostas*. Levante uma, e a outra será pressionada para baixo, por exemplo.

Esses fabriais acabaram de ser descobertos, e já estão conjecturando suas possíveis serventias. Parece haver algumas limitações inesperadas para essa forma de fabrial, embora eu não tenha sido capaz de descobrir quais são.

FABRIAIS DE ALARME

Só há um tipo de fabrial nesse conjunto, informalmente conhecido como Alertador. Um Alertador pode avisar alguém de um objeto, um sentimento ou um fenômeno próximo. Esses fabriais usam uma gema de heliodoro como seu foco. Eu não sei se esse é o único tipo de gema que funciona, ou se há algum outro motivo para o uso do heliodoro.

No caso desse tipo de fabrial, a quantidade de Luz das Tempestades que se pode infundir nele afeta seu alcance. Dessa forma, o tamanho da gema utilizada é muito importante.

CORRIDA PELOS VENTOS E PROJEÇÕES

Relatos sobre as estranhas habilidades do Assassino de Branco me levaram a algumas fontes de informação que, acredito, são geralmente desconhecidas. Os Corredores dos Ventos eram uma ordem de Cavaleiros Radiantes, e eles usavam dois tipos primários de Manipulação de Fluxos. Os efeitos dessas Manipulações eram conhecidos — coloquialmente entre os membros da ordem — como as Três Projeções.

PROJEÇÃO BÁSICA: MUDANÇA GRAVITACIONAL

Esse tipo de Projeção era uma das Projeções mais comuns usadas na ordem, embora não fosse a mais fácil. (Essa distinção pertence à Projeção

Plena, abaixo.) Uma Projeção Básica envolvia revogar o vínculo gravitacional espiritual de um ser ou objeto com o planeta abaixo, em vez disso ligando temporariamente esse ser ou objeto a um objeto ou direção diferente.

Efetivamente, isso cria uma mudança na força gravitacional, torcendo as energias do próprio planeta. Uma Projeção Básica permitia que um Corredor dos Ventos corresse pelas paredes, fizesse objetos ou pessoas saírem voando, ou criasse efeitos similares. Usos avançados desse tipo de Projeção permitiam que um Corredor dos Ventos se tornasse mais leve ao projetar parte da sua massa para cima. (Matematicamente, projetar um quarto da massa do indivíduo para cima diminuiria pela metade o peso efetivo de uma pessoa. Projetar metade da massa de um indivíduo para cima criaria ausência de peso.)

Múltiplas Projeções Básicas também podem puxar um objeto ou o corpo de uma pessoa para baixo no dobro, triplo ou outros múltiplos do seu peso.

PROJEÇÃO PLENA: JUNTAR OBJETOS

Uma Projeção Plena pode parecer muito similar a uma Projeção Básica, mas elas funcionam a partir de princípios muito diferentes. Enquanto uma tem a ver com a gravitação, a outra tem a ver com a força (ou Fluxo, como os Radiantes chamavam) da adesão — juntar objetos como se fossem um só. Acredito que esse Fluxo possa ter algo a ver com a pressão atmosférica.

Para criar uma Projeção Plena, um Corredor dos Ventos infundia um objeto com Luz das Tempestades, então pressionava outro objeto nele. Os dois objetos eram conectados com um vínculo extremamente poderoso, quase impossível de ser quebrado. Na verdade, a maioria dos materiais se quebrava antes do vínculo.

PROJEÇÃO REVERSA: DAR A UM OBJETO ATRAÇÃO GRAVITACIONAL

Acredito que esta possa ser na verdade uma versão especializada da Projeção Básica. Esse tipo de Projeção requer a menor quantidade de Luz das Tempestades de qualquer das três Projeções. O Corredor dos Ventos infundia algo, dava um comando mental, e criava uma *atração* ao objeto que puxava outros objetos na sua direção.

No seu âmago, essa Projeção cria uma bolha ao redor do objeto que imita seu vínculo espiritual com o chão abaixo. Assim, era muito mais difícil para a Projeção afetar objetos tocando o chão, onde seu vínculo com o planeta é mais forte. Objetos caindo ou voando são os mais fáceis de influenciar. Outros objetos podem ser afetados, mas requerem Luz das Tempestades e habilidade mais substanciais.

ILUSTRAÇÕES

Arte da capa por Michael Whelan | www.michaelwhelan.com
Verso da capa por Isaac Stewart © Dragonsteel Entertainment, LLC
Mapa de Roshar por Isaac Stewart

DIREÇÃO EDITORIAL
Daniele Cajueiro

EDITOR RESPONSÁVEL
André Marinho

PRODUÇÃO EDITORIAL
Adriana Torres
Júlia Ribeiro
Mariana Lucena

REVISÃO DE TRADUÇÃO
Beatriz D'Oliveira

CONSULTORIA
Alec Costa
Raphael Castilho

REVISÃO
Alice Cardoso
Bruna Silva
Carolina Rodrigues
Gabriel Demasi
Juliana Borel
Rayana Faria

ADAPTAÇÃO DE PROJETO GRÁFICO E DIAGRAMAÇÃO
Larissa Fernandez e Leticia Fernandez

Este livro foi impresso em 2025, pela Corprint, para a Trama.
O papel do miolo é Ivory Bulk $58g/m^2$ e o da capa é cartão $250g/m^2$